中國古典文學基本叢書

顧亭林詩箋釋

上册

王冀民 撰

中華書局

圖書在版編目(CIP)數據

顧亭林詩箋釋:全二册/王冀民撰. —2版. —北京:中華書局,1998.1(2023.10重印)
(中國古典文學基本叢書)
ISBN 978-7-101-12762-1

Ⅰ.顧… Ⅱ.王… Ⅲ.古典詩歌-注釋-中國-清代
Ⅳ.I222.749

中國版本圖書館CIP數據核字(2017)第202889號

責任編輯:顧 青
責任印製:陳麗娜

中國古典文學基本叢書
顧亭林詩箋釋
(全二册)
王冀民 撰
*
中 華 書 局 出 版 發 行
(北京市豐臺區太平橋西里38號 100073)
http://www.zhbc.com.cn
E-mail:zhbc@zhbc.com.cn
大廠回族自治縣彩虹印刷有限公司印刷
*
850×1168毫米 1/32・33½印張・4插頁・596千字
1998年1月第1版 2017年10月第2版
2023年10月第4次印刷
印數:8501-9500册 定價:118.00元

ISBN 978-7-101-12762-1

總目

上册

自序……一
編例……一
目録……一
卷一（一六四四——一六四九）……一
卷二（一六五〇——一六五六）……一九三
卷三（一六五七——一六六二）……三八三

下册

卷四（一六六三——一六七三）……五七七
卷五（一六七四——一六八二）……八一九
集外詩補……一〇二九
附録　亭林先生神道表……全祖望　一〇三八
後記……王　素　一〇四三

自序

一九三八年秋，日寇陷黃梅，掠廣濟，先母偕余避難山中，晝伏巖洞，夜聞火礮，其情境頗與顧亭林奉母避兵語濂相類〔一〕。時余年甫十六，尚未詳亭林身世，尤未研亭林詩文，余母首告以王碩人絶食殉國事，然後畧及亭林生平，進而論曰：「亭林先生專著數百卷，皆生前可傳之作，文亦然。以身負沈痛之人，處文網密佈之世，其生前可傳之作，第可盡其學，必不可以盡其隱。先生之隱盡之于詩，故手自編録，授之門人，而又借韻目以諱字，此殆生前不敢傳而欲傳之于身後也。人欲洞知亭林，當從研讀其詩始。」母又命余曰：「亭林詩不宗一家，故能自成一家。嘗聞曾滌生編歷代名家詩鈔，本擬選録亭林詩，終懼而不敢，故止于元遺山，金以後六百年遂無人焉。汝欲習詩，可讀亭林詩；讀而箋釋之，方知其詩之異。清末徐嘉君有注，然不足以窮其詩也。」余敬聆母訓，銘之于心。

兹後余遊學四方，每攜亭林集以行，由蓉渝、寧滬、冀魯返至江漢，二十餘年，無日不以重注亭林詩自任。且深知欲蕆其事，必以力行七事爲先：

一、當考實亭林生平　亭林乙、丙之際受職唐王，參戎行，謀抗清，稍後被禍、入獄，均見自撰詩文及早出譜傳。北遊二十餘年，天下已定，雖仍寄望于恢復，並無恢復之實舉。然貧不入幕，死不應徵，方嚴自律，著述以終，已足以彪炳民族史册。論者或謂其貯墾田所入「以備有事」，定居華陰爲「志在四方」，

甚至傳其善擊劍，精拳術，創會黨，設票號，一若不如此不足以證其抗清。懸想雖多，可徵者少，故不宜信。

二、當選閱亭林著作　亭林遺著去僞存真，可三十種，注家縱不能遍讀，亦當熟研與注詩有關之文集（包括餘集、殘稿、輯佚）與日知録；次如史書（聖安紀事、熹廟諒闇記事、明季實録等）及地理考古之書（昌平山水記、山東考古録、京東考古録、金石文字記等），亦不可不涉獵。至于郡國利病、音學五書等卷帙較繁，知檢索可已。

三、當選讀亭林徵引之書　亭林多聞博學，其詩屬辭用事必貼切有據，然常引之書亦不外明人所稱之「十三經」與「二十一史」；間引諸子，以莊、揚爲多。性好古，取證詩文鮮及唐宋以後人，可知亭林讀書雖富，徵引則甚嚴。注家如此取徑，庶免博涉。

四、當詳悉亭林所處之時　亭林生于萬曆之末，歷三朝而明亡。南明喘延十八載，清始統一。復經三藩之亂，亂甫平而亭林逝。擾擾七十年（一六一三——一六八二）事，集中無不涵蓋，此亭林詩所以稱「詩史」也。注家當本知人論世之則，先治史而後注詩。

五、當追踪亭林所遊之地　亭林以遊爲隱，「足跡所至，無三月之淹」，「一年之中，半宿旅店」〔二〕。集中紀遊詩皆馬步親行所得；卽非紀遊詩，亦必與平日棲息之地相關。昔史遷爲前人立傳，每先尋其人遺躅，注亭林詩而能重踐其經行之地，則領畧詩中意境必深。

六、當通明詩學及亭林詩法　亭林早歲卽以詩文著稱〔三〕，當時未必不受七子影響，然甲申以前詩

無一存，殆兼悔少作而故意棄之。今集中詩多用五言，尤工古體及歌行，細味之，似出入漢魏而兼初唐氣韻。注家應先明詩而後評詩，注詩而不評詩，則與注文何異？

七、當辨析前人研究之得失　亭林詩初刻時已有簡注，雖未署名，必出潘耒之手。耒注最能發微抉隱，深得乃師之心。徐嘉君鄉里寒士，首爲箋注，貸貲刊行，篳褸之功，洵不可沒。自云「歷時十年，寒暑靡綴，草稿三易，檢書四百五十餘種」，可見用力之勤。惜所據乃潘耒刪改後之刻本（徐氏未見原鈔本），旁引之亭林文集亦不全（徐氏未見蔣山傭殘稿及後人輯佚）。且身爲清人，明知詩中斥清詞句亦不敢不諱。故全書漏注二十餘首，誤注及曲注頗多。至于注詞而失于審源，考事而不免臆測，注詩而不評詩，尤待後人補正。潘、徐通注之外，歷來讀亭林詩者，不乏眉批小識，或得或失，亦足取資。

以上七事既須先行，則必積時日、聚精力而後可。然自一九六〇年後，余忽遘肝疾，因懼天不假年，難竟母志，遂不問七事之完否，逕取中華新版顧亭林詩文集爲底本而箋釋之。甫三年而脫初稿，于徐注雖多補正，然乏特色，蓋所積不厚，蹈隙易而拓境難也。病既愈，心頗不慊，猶什襲藏之，曰：「留俟異日。」不幸「文革」亂作，家被三抄，此稿與它稿皆蕩然無一存。又十年，時局大定，身爲教職所羈，仍不得重整前稿。因念燃藜無功，不如炳燭，于是提前乞休。一九八三年遊燕，邂逅周君振甫，承告王蘧常先生顧詩彙注即將刊行，因囑余但爲「選注」，余曰：「選注斷爛，曷足以窮亭林之詩？苟獲同心，理宜讓善。」遂中輟以待。無何，得讀彙注，喜而告人曰：「蘧翁學博，吴君力勤，亭林詩校注之精盡匯于此矣。」該書所采校本、注本、譜傳、史料遠較徐注爲博，雖以徐注爲基礎而有所補正。二注相承，後來居上，乃

著述之必然，不煩論定。惟歷來彙注多主集成，重承先不重啟後，且係匯集他人之作，本欲擇善，翻易承誤，其非承誤而因史料後出或一時失檢，雖良注亦不免焉。

余惟亭林「思大揭其親之志于天下」，其「幽隱莫發數十年靡訴之衷」〔四〕，不託之于已傳之學，而託之于不敢生傳之詩。是故注亭林詩，考事易而逆志難。不考其事，雖釋必近辭書；妄逆其志，雖箋尤同捫籥。舊注之弊，往往在此。今試問：亭林緬懷唐、桂，爲何終生未作西南之遊？志存恢復，爲何北遊之後，未見密謀抗清之實據？人皆謂亭林剛嚴方正，爲何常與清朝官員往還？深惡降臣，爲何仍交史庶常與程工部？鴻博既舉，爲何特恕潘、李且不廢廣師〔五〕？至于責人堅守志節，而己則鬋髮易服〔六〕；避用清朔，而仍書康熙年號〔七〕，尤不可解。凡此種種，似集夷清、惠和于一身，既不可置而不議或曲爲廻護，亦不可執其一端而妄疑大節，此注亭林詩之所以難也。

余欲勉試其難，遂決志繼徐、王二注之後，另起編例，酌理前稿。一九八五年夏，由舟山渡海過滬，本欲往謁蘧常先生，未果；因留柬及手稿數葉，匆卒返漢。未幾奉先生病中復函（全文見本書後記），頗邀謬奬，因發憤速成此書，俾先生「先覩爲快」。惟内省前述七事尚有未完成者，需爲之補益，其中追尋亭林遺蹤尤爲重要。一九八四年後，凡蘇浙、齊魯、晉豫、關中之地爲注亭林詩所必到者，陵如鍾山孝陵、昌平十三陵，關如山海、居庸，山如泰華嵩驪，乃至一寺一塔、一磯一石，力皆親踐；其現狀異乎亭林賦詠者，即囊中檢其詩文而對勘之。以是遷延，更歷六載，廢楮數篋，稿凡三易，及其付刊，上距吾母辭世已四十五年，蘧常先生亦歸道山，而余則浸浸古稀矣！昔人云：「注詩不易，注顧詩尤不易。」〔八〕

信然。

後出之書，必借前書之成果；三人一龍，而非後人必勝于前人也。故本書主旨及編例亦有異于徐、王二注者：（一）箋語獨行，總論某人某事及亭林心跡，意之所逆，力求通達。（二）釋文仍襲文言體，然淺顯而詳盡，俾來日好學之士，人人能讀亭林詩。（三）評詩集中于箋，散見于釋，僅供初學，不爲高論。又，亭林傳記，清代多有。徐、王俱録清國史儒林傳，彼與明史、清史稿俱屬官書，必有所蔽。它如先正事畧、漢學師承記等雖出自私家，而旨趣各殊。惟全祖望亭林先生神道表係應徐涵（乾學之孫）之請而作，雖記事間有出入，然論學、逆志均較近實；銘尾「重泉拜母，庶無愧怍」八字尤深得亭林之心，故特録置本書之末。至近人論述亭林之文，蘧翁前言已足以概，故不復贅。

王冀民　一九九〇年十月于武漢

【注】

〔一〕見亭林餘集常熟陳君墓誌銘。

〔二〕見文集卷六與潘次耕。

〔三〕見〔九三〕贈路光禄太平箋録歸莊與葉方恆書。

〔四〕全祖望亭林先生神道表引王高士不菴（煒）語。

〔五〕或謂朱彝尊一應博學鴻詞，亭林即與之交絶，其實非也。殘稿卷三與潘次耕札尾附言「此札可與錫鬯（彝尊字）、公肅觀之」。時彝尊已官檢討。廣師篇作于康熙十五年，十人中，吴任臣（志伊）、朱錫鬯（彝尊）以後俱應鴻博，該文仍編入文集卷六。

〔六〕〔五五〕流轉即先生翦髮詩。另見餘集與潘次耕札四責陳亮工語。

〔七〕亭林曾書康熙年號，見佚文輯補與人書。另見中華書局書品一九八七年第四期拙文有關顧炎武的兩點辨誤的商榷。

〔八〕見徐嘉顧詩箋注路岯序。

編例

一、亭林詩清末有徐嘉君箋注，近有王蘧常先生彙注，徐創其始，王匯其成。本書後出，所引年譜、校本及注家不另立名，一仍二注之舊，唯「蘧常案」簡稱「蘧案」。

二、本書以中華書局一九八三年第二版顧亭林詩文集爲底本，録詩、分卷及編次皆同；以潘耒原鈔本爲對照本，旨在反窺亭林原作之本意，諒知潘耒諱改之苦心，故與徐注僅以潘刻本爲底本，王注逕以原鈔本爲底本用意各别。

三、本書共收亭林詩三三二題，四三〇首，並按中華書局本目録順序逐題編號（如[一]大行哀詩——[三三二]姬人怨），以利查檢。

四、亭林詩已經亭林本人生前逐年編次，故從前譜家但以「年譜」繫詩，而未另作「詩譜」。徐、王二注均另撰詩譜，但譜中皆録及甲申以前事，似于體例未合。然亭林詩多與時局及本人身世攸關，故本書于每年箋釋之前，冠以「編年」，分别記録該年國家大事及亭林行踪，俾與詩對照。

五、本書之「釋」，包括字、詞、句、段，而以「解題」（或解序）居首。

（一）鑒于舊時反切及現代注音尚非今時青年、老年所共曉，本書寧襲用直音法，增附古四聲，但求近似。亭林押韻喜用古音，往往逸出切韻音系之外，與現代音尤不諧，然依古音讀之無不叶。本書雖間

一指出(如〔二六三〕河上作)而不能遍注。讀者請自玩索。

(二)亭林屬辭用事皆有所本，爲證其使用貼切，本書于索源之後必詳其所以用之之故。已見前後釋者，但按題號書「見××題」，俾讀者檢閲前後釋，加深理解。亭林極少襲用唐宋以後人語，徐注往往徵引元明詩文，似不可取。本書于一、二尚難索源之詞語，寧闕而不强釋。

(三)難句及關鍵句，酌譯或加釋。數句貫串自成小段則合釋或小結。

(四)徐、王二注釋人釋事，往往照録明季清初及南明史料，冗而欠當；本書則多方選材，綜合成文，俾事增文省，但不一一注明出處。如係徵引原文，則必標明作者、書名、篇名(不注卷數)，並加引號，以明起迄。如係節録，則加删節號，以備讀者查檢。

(五)潘耒「原注」及亭林「自注」價值甚高，一律保留，並移作主要釋文。

六、本書之「箋」最見特色，係針對全題或全首，故獨立成文，置于釋文之後。内容包括探討詩作寓意，評析詩法特點，考人論事，索隱辨誤。

七、「箋」後偶有「附録」，以友人原唱或酬章爲主，兼酌録與本題有關之詩文。

八、本書臨文不諱，于古人一律稱名，惟亭林得稱「先生」。亭林仇恨清朝，斥之爲「夷」爲「虜」，深惡農民軍，貶之爲「寇」爲「賊」，本書一律改用今稱。

目録

卷一（一六四四——一六四九）

[一]大行哀詩……三
[二]千官二首……八
[三]感事七首……一〇
[四]京口即事二首……二三
[五]京闕篇……二五
[六]金陵雜詩五首……三八
[七]千里……四四
[八]秋山二首……四七
[九]表哀詩……五一
[一〇]聞詔……五五
[一一]十二月十九日奉先妣藁葬……五六
[一二]上吳侍郎暘……五八
[一三]延平使至……六四
[一四]海上四首……六六
[一五]不去三首……七二
[一六]賦得老鶴萬里心……七五
[一七]贈顧推官咸正……七八
[一八]大漢行……八三
[一九]義士行……八六
[二〇]秦皇行……八八
[二一]墟里……九〇
[二二]塞下曲二首……九二
[二三]海上行……九四
[二四]哭楊主事廷樞……九七

〔二五〕推官二子被難二首……一〇二
〔二六〕淄川行……一〇三
〔二七〕哭顧推官……一〇五
〔二八〕哭陳太僕……一一三
〔二九〕十月二十日奉先妣葬于先曾祖墓之左……一一七
〔三〇〕墓後結廬三楹作……一二〇
〔三一〕精衛……一二三
〔三二〕吳興行贈歸高士祚明……一二四
〔三三〕賦得越鳥巢南枝……一三〇
〔三四〕賦得江介多悲風……一三三
〔三五〕擬唐人五言八韻六首……一三四
〔三六〕常熟縣耿侯橘水利書……一四七
〔三七〕偶來……一五〇
〔三八〕浯溪碑歌……一五二
〔三九〕寄薛開封寀……一五九
〔四〇〕將遠行作……一六〇
〔四一〕京口二首……一六四
〔四二〕元日……一六八
〔四三〕石射堋山……一七一
〔四四〕春半……一七三
〔四五〕懷人……一七六
〔四六〕賦得秋鷹……一七九
〔四七〕八尺……一八〇
〔四八〕歲九月虜令伐我墓柏二株……一八二
〔四九〕桃花溪歌贈陳處士梅……一八五
〔五〇〕瞿公子玄錥將往桂林不得達而歸贈之以詩……一八九
卷二（一六五〇——一六五六）
〔五一〕金壇縣南顧龍山上有高皇帝御題詞一闋……一九四

〔五二〕贈于副將元剴……一九五
〔五三〕重至京口……二〇二
〔五四〕榜人曲二首……二〇三
〔五五〕流轉……二〇五
〔五六〕秀州……二〇九
〔五七〕恭謁孝陵……二一二
〔五八〕拜先曾王考木主于朝天宫後祠中……二一六
〔五九〕贈萬舉人壽祺……二一八
〔六〇〕淮東……二二三
〔六一〕贈人二首……二二八
〔六二〕同族兄存愉拜黄門公墓……二三一
〔六三〕贈路舍人澤溥……二三五
〔六四〕清江浦……二四〇
〔六五〕丈夫……二四四
〔六六〕王家營……二四五
〔六七〕傳聞二首……二四七
〔六八〕路舍人家見東武四先曆……二五二
〔六九〕再謁孝陵……二五五
〔七〇〕恭謁高皇帝御容于靈谷寺……二五八
〔七一〕贈朱監紀四輔……二六一
〔七二〕監紀示遊粤詩……二六二
〔七三〕贈鄔處士繼思……二六四
〔七四〕昔有二首……二六六
〔七五〕贈楊明府永言……二七〇
〔七六〕送歸高士之淮上……二七三
〔七七〕贈劉教諭永錫……二七四
〔七八〕贈郝將軍太極……二七六
〔七九〕孝陵圖……二七八
〔八〇〕十廟……二八五
〔八一〕金山……二九二
〔八二〕僑居神烈山下……二九五
〔八三〕古隱士二首……二九七

〔八四〕真州……二九九
〔八五〕太平……三〇一
〔八六〕蟂磯……三〇三
〔八七〕江上二首……三〇四
〔八八〕久留燕子磯院中有感而作……三〇六
〔八九〕范文正公祠……三〇八
〔九〇〕錢生肅潤之父出示所輯方書……三〇九
〔九一〕元旦陵下作二首……三一四
〔九二〕常熟歸生晟陳生芳績書來以詩答之……三一六
〔九三〕贈路光禄太平……三一八
〔九四〕酬王生仍……三二六
〔九五〕永夜……三二七
〔九六〕酬陳生芳績……三二九
〔九七〕贈路舍人……三三〇
〔九八〕贈錢行人邦寅……三三二
〔九九〕松江別張處士慤王處士煒暨諸友人……三三六
〔一〇〇〕贈潘節士檉章……三四二
〔一〇一〕閏五月十日恭謁孝陵……三五〇
〔一〇二〕王處士自松江來拜陵畢遂往蕪湖……三五二
〔一〇三〕桃葉歌……三五三
〔一〇四〕黄侍中祠……三五六
〔一〇五〕王徵君具舟城西同二沙門小坐栅洪橋下……三五八
〔一〇六〕攝山……三六五
〔一〇七〕賈倉部必選説易……三六七
〔一〇八〕出郭二首……三六九
〔一〇九〕旅中……三七二
〔一一〇〕酬王處士九日見懷之作……三七四
〔一一一〕送張山人應鼎還江陰……三七五

[一一二]和陳生芳績追痛之作三首……三七七

卷三（一六五七——一六六二）

[一一三]元日……三八四
[一一四]萊州……三八五
[一一五]安平君祠……三八九
[一一六]不其山……三九〇
[一一七]勞山歌……三九一
[一一八]張饒州允掄山中彈琴……三九五
[一一九]淮北大雨……三九六
[一二〇]濟南二首……三九八
[一二一]賦得秋柳……四〇〇
[一二二]酬徐處士元善……四〇四
[一二三]登岱……四〇八
[一二四]謁夫子廟……四一二
[一二五]七十二弟子……四一四
[一二六]謁周公廟……四一六
[一二七]謁孟子廟……四一八
[一二八]賦得桔槔……四二〇
[一二九]張隱君元明園中仙隱祠二首……四二三
[一三〇]再賦四章……四二四
[一三一]濟南……四二九
[一三二]自笑……四三一
[一三三]爲丁貢士亡考衢州君生日作……四三三
[一三四]酬歸戴王潘四子韭溪草堂聯句見懷……四三四
[一三五]濰縣二首……四四〇
[一三六]衡王府……四四一
[一三七]督亢……四四四
[一三八]京師作……四四五
[一三九]薊州……四五三

〔一四〇〕玉田道中……四五五
〔一四一〕永平……四五七
〔一四二〕謁夷齊廟……四五八
〔一四三〕寄弟紓及友人江南三首……四六三
〔一四四〕山海關……四七〇
〔一四五〕望夫石……四七六
〔一四六〕昌黎……四七八
〔一四七〕三屯營……四七九
〔一四八〕恭謁天壽山十三陵……四八一
〔一四九〕王太監墓……四九二
〔一五〇〕劉諫議祠……四九四
〔一五一〕居庸關二首……四九六
〔一五二〕重登靈巖……四九八
〔一五三〕秋雨……五〇〇
〔一五四〕與江南諸子别……五〇二
〔一五五〕江上……五〇四
〔一五六〕天津……五〇八
〔一五七〕舊滄洲……五一二
〔一五八〕再謁天壽山陵……五一五
〔一五九〕送王文學麗正歸新安……五一七
〔一六〇〕答徐甥乾學……五一八
〔一六一〕白下……五二〇
〔一六二〕重謁孝陵……五二二
〔一六三〕贈林處士古度……五二三
〔一六四〕羌胡引……五二八
〔一六五〕贈黄職方師正……五三六
〔一六六〕元日……五四一
〔一六七〕杭州二首……五四四
〔一六八〕禹陵……五四九
〔一六九〕宋六陵……五五四
〔一七〇〕顔神山中見橘……五五六
〔一七一〕三月十九日有事于欑宫……五五八

【一七二】古北口四首…………五六〇
【一七三】五十初度時在昌平…………五六三
【一七四】北嶽廟…………五六四
【一七五】井陘…………五六九
【一七六】一雁…………五七二
【一七七】堯廟…………五七四

卷四（一六六三——一六七三）

【一七八】元旦…………五七八
【一七九】霍山…………五八〇
【一八〇】書女媧廟…………五八三
【一八一】晉王府…………五九〇
【一八二】贈傅處士山…………五九三
【一八三】又酬傅處士次韻二首…………五九五
【一八四】贈陸貢士來復…………五九八
【一八五】詠史…………六〇二
【一八六】李克用墓…………六〇四
【一八七】五臺山…………六〇七
【一八八】酬李處士因篤…………六〇九
【一八九】雨中送申公子涵光…………六一四
【一九〇】酬史庶常可程…………六一六
【一九一】汾州祭吴潘二節士…………六二〇
【一九二】寄潘節士之弟耒…………六二三
【一九三】王官谷…………六二四
【一九四】蒲州西門外鐵牛…………六二六
【一九五】潼關…………六二八
【一九六】華山…………六三一
【一九七】驪山行…………六三五
【一九八】長安…………六三七
【一九九】乾陵…………六四一
【二〇〇】樓觀…………六四四
【二〇一】將去關中別中尉存杠于慈恩塔

下……六四六
【二〇二】后土祠……六五二
【二〇三】龍門……六五五
【二〇四】自大同至西口四首……六五六
【二〇五】孟秋朔旦有事于攢宮……六六二
【二〇六】贈孫徵君奇逢……六六三
【二〇七】酬程工部先貞……六六九
【二〇八】寄劉處士大來……六七六
【二〇九】朱處士彝尊過余于太原東郊贈
之……六八一
【二一〇】屈山人大均自關中至……六八六
【二一一】重過代州贈李處士……六八九
【二一二】偶題……六九三
【二一三】出雁門關屈趙二生相送至此有
賦二首……六九四
【二一四】應州二首……六九八
【二一五】重至大同……七〇〇
【二一六】得伯常中尉書却寄並示朱王二
門人……七〇三
【二一七】淮上別王生畧……七〇六
【二一八】贈蕭文學企昭……七〇七
【二一九】曲周拜路文貞公祠……七一一
【二二〇】德州過程工部……七一三
【二二一】過蘇祿國王墓……七一四
【二二二】赴東六首……七一七
【二二三】贈子德李子行……七三五
【二二四】贈同繫閻君明鋒先出……七四二
【二二五】爲黃氏作……七四三
【二二六】樓桑廟……七四六
【二二七】三月十二日有事于攢宮同李處
士因篤……七四九
【二二八】贈李貢士嘉時年八十……七五一

[二二九]邯鄲……七五二
[二三〇]邢州……七五四
[二三一]自大名至保定子德已先一月西行賦寄……七五六
[二三二]亡友潘節士之弟耒遠來受學二首……七五七
[二三三]述古三首……七六一
[二三四]德州講易畢奉柬諸君……七六六
[二三五]輓殷公子岳二首……七七一
[二三六]寄張文學弨時淮上有築隄之役……七七四
[二三七]雙雁……七七七
[二三八]夏日二首……七七八
[二三九]秋風行……七八二
[二四〇]靜樂……七八五
[二四一]太原寄王高士錫闡……七八六
[二四二]盂縣北有藏山云是程嬰公孫杵曲藏趙孤處……七八八
[二四三]讀李處士顒襄城紀事有贈……七九〇
[二四四]寄楊高士瑀……七九三
[二四五]齊祭器行……七九四
[二四六]題李先生矩亭……七九八
[二四七]瓠……八〇〇
[二四八]土門旅宿……八〇三
[二四九]燕中贈錢編修秉鐙……八〇五
[二五〇]先妣忌日……八〇七
[二五一]哭程工部……八〇九
[二五二]有歎二首……八一〇
[二五三]哭歸高士四首……八一四

卷五（一六七四——一六八二）

[二五四]廣昌道中二首……八二〇
[二五五]寄問傅處士土堂山中……八二四

[二五六]與胡處士庭訪北齊碑……八二五
[二五七]詠史二首……八二七
[二五八]路光祿書來叙江東同好一時徂謝感歎成篇……八三〇
[二五九]過矩亭拜李先生墓下……八三一
[二六〇]潘生次耕南歸寄示……八三六
[二六一]子房……八三七
[二六二]刈禾長白山下……八四〇
[二六三]歲暮二首……八四二
[二六四]兄子洪善北來書示……八四六
[二六五]閏五月十日二首……八五〇
[二六六]過張貢士爾岐……八五二
[二六七]送程工部葬……八五四
[二六八]路舍人客居太湖東山三十年寄此代柬……八五六
[二六九]孫徵君葬不獲執紼……八五六
[二七〇]漢三君詩三首……八六三
[二七一]楚僧元瑛談湖南三十年來事作四絶句四首……八六六
[二七二]賦得簷下雀……八七〇
[二七三]薊門送李子德歸關中……八七二
[二七四]李生自南中歸檇李追惟壯遊兼示舊作……八七五
[二七五]二月十日有事于攢宮……八七九
[二七六]贈獻陵司香貫太監宗……八八二
[二七七]陵下人言上年有聲自寶城出入皆異之……八八三
[二七八]過郭林宗墓……八八四
[二七九]介休……八八六
[二八〇]介之推祠……八八七
[二八一]霍北道中懷關西諸君……八九〇
[二八二]河上作……八九一

[二八三]雨中至華下宿王山史家……八九五
[二八四]過李子德四首……八九七
[二八五]皁帽……九〇二
[二八六]采芝……九〇三
[二八七]寄李生雲霑……九〇四
[二八八]春雨……九〇八
[二八九]寄同時二三處士被薦者……九一二
[二九〇]井中心史歌……九一三
[二九一]夏日……九一九
[二九二]梓潼篇贈李中孚……九二一
[二九三]和王山史燕中對菊詩……九二七
[二九四]關中雜詩五首……九二八
[二九五]過朝邑王處士建常……九三三
[二九六]寄子嚴……九三六
[二九七]寄次耕……九三九
[二九八]次耕書來言時貴有求觀余所著書者答示……九四四
[二九九]雲臺觀尋希夷先生遺跡……九四七
[三〇〇]硤石驛東有西鵶路至臨汝築垣封閉有題……九四九
[三〇一]雒陽……九五〇
[三〇二]三月十九日行次嵩山會善寺……九五三
[三〇三]少林寺……九五四
[三〇四]嵩山……九五八
[三〇五]測景臺……九六〇
[三〇六]卓太傅祠……九六二
[三〇七]梁園……九六四
[三〇八]海上……九六五
[三〇九]五嶽……九六八
[三一〇]贈張力臣……九七〇
[三一一]子德自燕中西歸省我于汾州天寧寺……九七五

[三一二]寄次耕三首……九七八
[三一三]歲暮西還時李生雲霑方讀鹽鐵論……九八一
[三一四]送康文學歸郃陽……九八六
[三一五]友人來坐中口占二首……九八七
[三一六]送李生南歸寄戴笠王錫闡二高士……九八八
[三一七]酬族子湄……九九一
[三一八]朱處士鶴齡寄尚書埤傳……九九二
[三一九]哭李侍御灌谿先生模……九九七
[三二〇]華下有懷顧推官……一〇〇〇
[三二一]華陰古蹟二首……一〇〇二
[三二二]悼亡五首……一〇〇四
[三二三]冬至寓中尉敏泘家祭畢而飲有作三首……一〇〇八
[三二四]寄題貞孝墓後四柹……一〇一三
[三二五]贈衛處士蒿……一〇一四
[三二六]酬李子德二十四韻……一〇一七
[三二七]贈毛錦銜……一〇二五

集外詩補

[三二八]和若士兄……一〇二九
[三二九]古俠士歌二首……一〇三一
[三三〇]哭張蒿庵先生……一〇三二
[三三一]圍城……一〇三三
[三三二]姬人怨二首……一〇三四

右列詩目係據中華書局本，原目有省字、改字、誤字均一仍其舊。題號係本書所加。

顧亭林詩箋釋卷一

起明崇禎十七年甲申(一六四四)
終清順治六年己丑(一六四九)

編年(一六四四)

是年歲次甲申，明思宗朱由檢崇禎十七年，清世祖愛新覺羅福臨順治元年。

三月，李自成入北京，十九日，明崇禎帝自縊于煤山。

四月，清睿親王多爾袞乘亂趨廣寧，叩山海關。適逢漢奸吴三桂開關乞師，遂共敗李自成于一片石。自成回師北京，二十九日倉卒即皇帝位，翌日棄京撤軍回陝。

五月，三日多爾袞入北京。先是馬士英等擁明福王朱由崧四月至南京，五月朔謁陵監國。十一日福王即皇帝位，改明年爲弘光元年，以史可法、馬士英等兼大學士。可法與馬士英不協，乞出鎮揚州，並建江北四鎮：以總兵劉澤清轄淮海，經理山東；高傑轄徐泗，經理開歸；劉良佐轄鳳壽，經理陳杞；黄得功轄滁和，經理光固。然四鎮不和，時生内鬨。

六月，南京追謚明崇禎帝爲烈皇帝，廟號思宗。

七月，明遣左懋第至北京通好。多爾袞致書史可法勸降，可法復書拒之。張獻忠陷成都，殺明蜀王至澍等。

八月，明福王大選淑女，大興土木，馬士英、阮大鋮等以奸邪濟之，朝政、軍事益不可爲。史可法請餉進兵，馬士英中格不發。

十月，清愛新覺羅福臨自盛京(瀋陽)抵北京卽皇帝位，是爲清世祖。加多爾袞爲叔父攝政王，以漢人范文程、漢奸洪承疇爲大學士。旋命豫親王多鐸經略江南，英親王阿濟格攻李自成。

十一月，張獻忠稱大西國王，改成都爲西京，建元大順。明史可法率師北伐，進至清江浦。清扣留明使左懋第，縱副使陳洪範還。

十二月，清兵自孟縣渡河。

顧炎武原名繼紳，譜名絳，字忠清。明亡後，慕王炎午(文天祥門人)爲人，乃改名炎武，字寧人。世居江蘇崑山之千墩浦，其故居乃南朝顧野王之園林，俗呼爲「顧亭林」，因自號亭林。僑寓南京神烈山時，曾自署爲蔣山傭。流轉江南北時，襲莊子意又號涂(塗)中。晚歲偶署名圭年。

顧氏自六朝以來，向爲江東巨族。先生曾祖諱章志(明史有傳)，官南京兵部右侍郎；本生祖紹芳，官左春坊左贊善；嗣祖紹芾，國學生；本生父同應(紹芳子)，兩中副榜，未仕；嗣父同吉(紹芾子)，未娶而卒；嗣母王氏，未嫁而歸顧氏，遂撫同應仲子絳爲嗣，卽先生也。

先生生于明萬曆四十一年癸丑(一六一三)五月二十八日。幼受學于嗣祖，十三歲援例納粟入邑庠，與同邑歸莊俱參復社，人稱「歸奇顧怪」。(先生幼患痘瘡，左目有雲翳，視力偏斜微弱。)雖未領鄉

薦，但俱有名于時。今年先生三十二歲。先是先生從叔葉墅（字季皋）與再從兄維（字中隅）搆家難，四載訟庭，互尋仇隙，先生本生父一支三十餘口風飛雹散。先生去年始釋嗣祖服，今年四月亦被迫侍嗣母王碩人率家人遷居常熟縣之唐市（去縣東南三十里）；十月再歸千墩，竟遭焚劫；年終又遷常熟之語濂涇（去千墩八十餘里）。福王即位南京，崑山令楊永言薦先生于朝，詔用爲兵部司務，明年始赴。

先生天資穎悟，于書無所不窺，尤留心經世之學。明亡前已草成肇域志一百卷、天下郡國利病書一百二十卷，收集明史資料百十帙，鈔書、藏書五、六千卷。詩文尤爲同儕所稱。然自編詩稿則始于本年，前此均棄而不録，蓋有深意存焉。

〔一〕大行哀詩 已下闕逢涒灘

神器無中墜，英明乃嗣興。紫蜺迎劍滅，丹日御輪升。景命殷王及，靈符代邸膺。天威寅降鑒，祖武肅丕承。采堊昭王儉，盤杅象帝兢。澤能回夏暍，心似涉春冰。世值頹風運，人多比德朋。求官逢碩鼠，馭將失飢鷹。細柳年年急，萑苻歲歲增。闕門亡鐵牡，路寢泄金縢。霧起昭陽鏡，風摇甲觀燈。已占伊水竭，真遘杞天崩。道否窮仁聖，時危恨股肱。哀同望帝化，神想白雲乘。祕讖歸新野，羣心望有仍。小臣王室淚，無路哭橋陵。

【釋】

〔解題〕本箋釋所録詩篇皆據中華書局一九八三年整理本，該本係以康熙潘刻初印本爲底本，以潘耒手鈔原本（以下均

簡稱「原鈔本」)爲主要校本。本題據原鈔本「大行」之下有「皇帝」二字。大行，謂一去不復返也。風俗通云：天子新崩，未有定謚，故總其名曰大行皇帝。此題實指明思宗。思宗朱由檢(一六一一——一六四四)，光宗常洛第五子，初封信王，繼兄熹宗由校卽位，年號崇禎。今年三月思宗自縊，五月福王由崧卽位南京，味詩末「新野」、「有仍」二句，當作于福王嗣立之後。

〔已下閼逢涒灘〕「已」通「以」。閼逢涒灘卽甲申歲。古人以歲星與干支相配，得出紀年之另一種稱謂，分别見于爾雅釋天與史記曆書，今多從爾雅。又前朝遺民不仕新朝，且不奉其正朔及年號，輒以干支紀年，據云始于由晉入宋之陶潛。先生于南明餘燼未熄時，係以「隆武」(唐王年號)紀年，今不書「崇禎十七年」，諒係晚歲編集時仿資治通鑑例，統以太歲紀年。兹據爾雅列表對照于下：

支	子	丑	寅	卯	辰	巳	午	未	申	酉	戌	亥
歲陰	困敦	赤奮若	攝提格	單閼	執徐	大荒落	敦牂	協洽	涒灘	作噩	閹茂	大淵獻

干	甲	乙	丙	丁	戊	己	庚	辛	壬	癸
歲陽	閼逢	旃蒙	柔兆	強圉	著雍	屠維	上章	重光	玄黓	昭陽

〔神器〕老子：「天下神器，不可爲也。」引申爲帝位。班彪王命論：「游説之士，至比天下于逐鹿，幸捷而得之，不知神器有命，不可以智力求也。」

〔嗣興〕猶云繼起。書洪範：「鯀則殛死，禹乃嗣興。」詩起二句質言熹宗既死，思宗當立。

〔紫蜺迎劍滅〕原注：「太玄經：紫蜺霱雲朋圜日。」按：引文出太玄經六割。紫蜺原作翔龍解，係瑞物；此處用本義，作雌虹（即霓），古人視爲天地淫氣，喻巨閹魏忠賢。思宗甫即位，首誅魏忠賢，一時天下望治。

〔丹日御輪升〕「御」，動詞，駕也。天子登位曰御極，此言思宗之立，如紅日駕輦而初升也。

〔景命殷王及〕景，大也。「景命」猶言天之大命。詩大雅既醉：「君子萬年，景命有僕。」「及」乃「兄終弟及」之「及」，謂兄死弟繼也，語見春秋公羊傳。據通鑑前編：兄終弟及自殷王太庚始（太庚繼兄沃丁而立）。

〔靈符代邸膺〕「靈符」天子之符；膺，受也。曹植大魏篇：「大魏膺靈符。」邸猶府。「代邸」，漢文帝初封代王。陳平、周勃既誅諸呂，乃迎代王恆而立之，恆，惠帝弟也。「景命」、「靈符」二句言思宗乃熹宗之弟，初封信王，入嗣大統，亦兄終弟及之義。

〔天威寅降鑒〕「天威」上帝之威，書君奭：「弗永遠念天威。」寅，敬也，與下句「肅」字對言。「降鑒」降示鑒戒，後漢書班固傳：「上帝懷而降鑒。」

〔祖武肅丕承〕武，足迹，詩大雅下武：「昭茲來許，繩其祖武。」丕，大也；承，繼承，書君牙：「丕顯哉，文王謨；丕承哉，武王烈。」「天威」、「祖武」二句言思宗敬遵天戒，克承祖德。

〔采堊昭王儉〕采，櫟木，韓非子五蠹：「堯之王天下也，茅茨不翦，采椽不斲。」堊，烏各切，音鄂，白土牆，爾雅釋宮：「牆謂之堊。」注：「白飾牆也。」昭，示也。左傳桓公二年：「君人者，將……昭令德以示子孫，是以清廟茅屋，大路越席，大羹不致，粢食不鑿，昭其儉也。」句言思宗寢處之地，不飾椽，不粉牆，俱示儉約。

〔盤杅象帝兢〕原注:「墨子:堯舜禹湯文武之事,書于竹帛,鏤之金石,琢之盤盂。後漢書崔駰傳作杅。」按:引文出墨子非命。杅,椀屬。古人盤杅均可刻銘,湯武各有盤銘。兢,戒慎也,書皋陶謨:「兢兢業業。」句言思宗每以聖王格言刻之盤杅,以象其敬懼。

〔澤能回夏暍〕澤,恩澤。暍,音竭或喝,俱入聲,傷暑也。荀子富國:「使民夏不宛暍,冬不凍寒。」句似指思宗初立時,寬免天啟死難諸臣及大赦東林黨人,並豁免災區田賦諸事。

〔心似涉春冰〕書君牙:「若蹈虎尾,涉于春冰。」春冰易融,狀心理危懼。此似言思宗屢下詔罪己。

〔世值頹風運〕「頹風」謂頹壞之風俗。桓温薦譙元彥(秀)表:「若秀蒙蒲帛之徵,足以鎮静頹風,軌訓囂俗。」自「世值」句以下,叙事一轉。

〔人多比德朋〕書洪範:「凡厥庶民,無有淫朋,人無有比德。」比德謂阿比之德,乃小人之朋。時李自成移檄亦云:「君非甚闇,孤立而煬竈恆多;臣盡行私,比周而公忠絶少。」

〔碩鼠〕詩魏風碩鼠:「碩鼠碩鼠,無食我黍。」蓋以碩鼠喻貪官。

〔飢鷹〕陳登謂吕布曰:「登見曹公,言養將軍譬如養虎,當飽其肉,不飽則食人。曹公曰:不如卿言,譬如養鷹,飢則爲用,飽則颺去。」(見三國志魏志陳登傳)以上鼠、鷹二喻,蓋歎崇禎時文官貪婪,武將跋扈。按:甲申二月帝親下罪己詔,有云:「任大臣而不法,用小臣而不廉。言官植黨,而清議不聞;武將驕横,而軍功不奏,皆由朕撫馭失道,誠感未孚之所致也。」上四句似從此詔化出。

〔細柳〕指細柳營。周亞夫軍細柳(地在咸陽西南)以備胡,文帝往勞軍,不得入。使使持節召將軍,亞夫乃開壁門,請以軍禮見。帝爲動容曰:「此真將軍矣!」(事見史記絳侯世家及漢書周亞夫傳)

〔萑苻〕讀如桓扶,澤名。左傳昭公二十年:「鄭國多盜,取人于萑苻之澤。太叔……興徒兵以攻萑苻之盜。」「細柳」句

指清兵入侵，「萑苻」句喻農民起義。

〔關門亡鐵牡〕原注：「漢書五行志木沴金：成帝元延元年正月，長安章城門門牡自亡，函谷關次門牡亦自亡。師古曰：牡，所以下閉者也，以鐵爲之。」按：引文出漢書五行志第七中之上。氣相傷謂之沴。金克木爲常道，木沴金爲災變。門，木爲之；牡（鎖門），鐵爲之。門之牡自亡（失），即木沴金之義，所謂國之將亡，必有妖孽也。

〔路寢泄金縢〕「路寢」，天子之正寢。「金縢」，匱名，周公納策書者。據云：武王疾，周公禱于三王，願以身代，史乃納其祝策于金縢之匱中。事見書金縢。相傳北京大内亦有密室，係劉基所封，戒非大故不得啟。崇禎十五年冬清兵圍城，思宗啟之，得圖三幅，分繪諸臣逃走，兵將倒戈及皇帝自縊狀。事載北畧。雖涉迷信，先生似隱用其事，殆謂亡國有預兆歟！

〔霧起、風搖二句〕昭陽，漢武帝後宫名，乃后妃所居。甲觀，漢宫觀名，成帝母王皇后生帝于此，後多指太子所居。二句蓋指李自成入京，思宗倉卒命周皇后自縊，命太子出亡事，詳見〔一九〕義士行、〔一四八〕恭謁十三陵、〔一四九〕王太監墓、〔一五六〕天津各篇箋釋。

〔已占、真遘二句〕占，卜也。遘，遭也。國語周語上：伯陽父曰：「昔伊洛竭而夏亡。」列子天瑞：「杞國有人憂天地崩墜，身無所寄，廢寢食者。」二句歎明室之亡。

〔道否窮仁聖〕否音鄙，有阻塞之義。易否卦：「小人道長，君子道消。」此句蓋謂天命既絶，雖仁聖之君亦無如之何。

〔時危恨股肱〕股肱喻輔佐之臣，書益稷：「帝曰：臣作朕股肱耳目。」據傳李自成圍北京，思宗召廷臣議，無能獻策者。因歎曰：「君非亡國之君，臣乃亡國之臣。」

〔望帝化〕相傳蜀王杜宇稱帝，號望帝。不久禪位，死，化爲杜鵑。見華陽國志蜀志。杜鵑，啼血之鳥也。

〔白雲乘〕莊子天地：「乘彼白雲，至于帝鄉。」「哀同」、「神想」二句總結思宗殉國。

〔祕讖、羣心二句〕蔡少父頗學圖讖,嘗預言劉秀當爲天子,其後光武帝起兵新野(在今河南),滅王莽,卒興漢室。見後漢書光武紀。夏后相失國,其子少康之母乃有仍氏。少康有田一成(方十里爲成),有衆一旅,卒復夏國。見史記夏本紀。二句謂福王由崧以河南外藩入繼大統,當如漢光武、夏少康以致中興。

〔小臣王室淚〕小臣,古官名,周禮夏官司馬:「小臣掌王之小命。」後沿用爲人臣之謙詞,此先生自指。原注:「庾信哀江南賦序:袁安之每念王室,自然流涕。」袁安(?——九二)字君山,東漢和帝時人,位至司徒。時外戚竇氏擅權,安對人嘗噫嗚流涕。見後漢書本傳。

〔橋陵〕史記五帝紀:「黄帝崩,葬橋山。」山在今陝西黄陵縣西北,相傳黄帝衣冠葬此,因稱橋陵。

【箋】

先生自編詩集起自本年,並冠以此篇。非謂前此無詩,推先生之意,或有不必存者;非謂本年詩祗餘此三題,蓋先生後四十年心事,俱以此三題爲前導也。此篇可分三解:首六聯于思宗初政及儉德備極稱頌;中八聯叙頹風、責股肱,不忍斥君而斥臣,頗有不得已于言者;末二聯,有痛于舊君,有望于新君,緊扣本題「哀」字作結。

先生工五言而以學問氣勢勝。尤善驅遣經史,不喜用隋唐以後事。其五言長律每于排比鋪張中一韻呵成,自然運轉,與唐宋以後人借韻换氣不同。此體足以名家。

〔二〕千官二首

武帝求仙一上天,茂陵遺事只虚傳。千官白服皆臣子,孰似蘇生北海邊?

【釋】

〔解題〕此詩潘刻本無，據原鈔本補。「千官」即百官，荀子正論：「古者天子千官。」王維敕贈百官櫻桃詩：「芙蓉闕下會千官。」百、千並用，義皆同「衆」。

〔武帝求仙句〕漢武帝好神仙，時遣方士入海求蓬萊安期生之屬，史記封禪書載之甚詳。此句以武帝喻思宗，然思宗不好神仙，但借「上天」二字喻人君升遐。

〔茂陵遺事句〕茂陵，漢武帝陵，即以代武帝。相傳班固撰漢武帝内傳、郭憲作漢武洞冥記，均載武帝見西王母及求仙故事，其實皆六朝人僞託，浮誕不可信，故曰「虚傳」。

〔千官白服〕白服即孝服。漢書蘇武傳：「（李陵）語武：區脱捕得雲中生口，言太守以下吏民皆白服，曰上崩。」按：本年五月，福王在南京監國即位，爲大行皇帝發喪，此句「千官白服」似專指南京諸臣。

〔蘇生北海〕蘇生指蘇武，北海即今貝加爾湖，在蘇聯境。武（前一四〇——前六〇）出使匈奴，被留，徙北海牧羊十九年，持節不屈，漢書有傳。此承上句「白服」，本傳云：「武聞之（指武帝崩），南鄉號哭，歐血，旦夕臨，數月。」或以此句蘇武喻左懋第，然懋第本年七月北使，十月被留，殉節在明年，先生作詩時未必便知。緣此首全用漢武事，漢在南，匈奴在北，與南京諸臣處境同，借武以諷，不必實指。

一旦傳烽到法宫，罷朝辭廟亦匆匆。御衣即有丹書字，不是當年嵇侍中。

【釋】

〔傳烽〕烽，烽火，古人燃束草或狼糞爲煙火以報軍警。此指李自成入京警報。

〔法宫〕天子正殿，漢書鼂錯傳：「臣聞五帝神聖，其臣莫能及。故自親事，處于法宫之中，明堂之上。」

〔罷朝辭廟句〕天子輟朝别宗廟常在出降或殉國之際，然諸書所載思宗自縊前，有罷朝而無辭廟事。按：本年三月十八

日未時，監軍太監曹化淳已私啟禁城門迎闖王，旋攻内城。酉後帝不再召見朝臣。二更時，分遣太子、二王出宫，手刃袁妃、兩公主，命周后自縊。三更時，召司禮監王承恩，改裝率太監數百人欲出齊化、崇文、正陽諸門，不得，乃還宫易袍服與承恩奔萬歲山（即煤山，今景山），至巾帽局自縊。時在崇禎十七年三月十九日子時，距處置太子、后妃不過四、五小時耳，亦可謂「太匆匆」矣。

〔御衣、丹書句〕明史莊烈帝紀：帝崩，御書衣襟曰：「朕涼德藐躬，上干天咎，然皆諸臣誤朕。朕死，無面目見祖宗。自去冠冕，以髮覆面，任賊分裂，無傷百姓一人。」甲申傳信録：「上無他服，止白綾暗龍短襖一襲，跣一足而崩。」同書又載思宗書血詔于前襟云：「自朕失守社稷，無顔冠服終于正寢。」它書所載「御衣丹書」文字雖小異，大意則同。

〔嵇侍中〕即嵇紹。紹（？——三〇四），康子，爲晉惠帝侍中。八王之亂時，成都王穎等舉兵，紹從帝戰于蕩陰，以身衛帝，被亂軍所殺，血濺帝衣。事定，左右欲浣衣，帝曰：「此嵇侍中血，勿浣。」見晉書本傳。

【箋】

二詩似與大行哀詩俱作于思宗甫殉國、福王初即位之際，前題哀君，本題諷臣，其旨一也。然二詩所諷亦畧有異。前首似諷南京諸臣但知聞耗舉哀，惜無挺身使北者；後首遥諷北京諸臣但知迎闖求榮，竟無一人扈駕共難。

按原鈔本經潘耒删削未刻凡十八題二十三首，多屬全題或全首無法改易者。此題第一首用蘇武事，實犯漢、胡之忌，故並第二首不録。（第二首無「千官」字樣，留之當易題。）

〔三〕　感事七首

日角膺符早，天枝主鬯臨。安危宗社計，擁立大臣心。舊國仍三亳，多方有二斟。漢災當

百六，人未息謳吟。

【釋】

〔日角〕額上骨隆起如日角，古以爲帝王之相。王符潛夫論五德志：「大人迹出雷澤，華胥履之生伏羲，其相日角。」後漢書光武紀謂光武「隆準日角」。李商隱隋宮詩：「玉璽不緣歸日角。」義俱同。此句「日角」代福王由崧。

〔膺符早〕膺，受也。符，天子靈符，見〔一〕大行哀詩釋。崇禎十四年李自成破洛陽，殺福王常洵，子由崧嗣王位，時年十六，故曰「早」。

〔天枝〕猶言天潢帝胄之分支，此處代福王。王僧孺禮佛唱導發願文：「天枝峻密，帝葉英芬。」由崧父常洵乃神宗子，光宗弟，熹宗、思宗之叔。

〔主鬯臨〕鬯音暢，酒名，釀秬鬯爲之，可奉祭祀，見説文注。「主鬯」猶主祭，乃長子、太子之職。易震卦：「震驚百里，不喪匕鬯。」疏：「震卦施之于人，又爲長子。長子則正體于上，將所傳重，出則撫軍，守則監國，威震驚于百里，可以奉宗廟彝器粢盛，守而不失也。」「主鬯」與「膺符」對言。臨，主其事也。論語述而：「必也臨事而懼。」

〔宗社〕分指宗廟社稷，合言國家。漢書王莽傳：「世祖卽位，然後宗廟社稷復立。」孔融論盛孝章書：「惟公匡復漢室，宗社將絶，又能正之。」

〔擁立大臣心〕此謂福王由崧乃大臣一致擁立，其實不盡然。據黄宗羲弘光實録鈔（卷一）謂北都之變，諸臣議所以立者，兵部尚書史可法言福王有「七不可」（貪、淫、酗酒、不孝、虐下、不讀書、干預有司），擁立者唯馬士英、阮大鋮諸奸耳。明史亦同黄説，惟云主七不可者乃張慎言、吕大器、姜曰廣等，移牒可法，可法亦以爲然。見明史史可法傳。時先生位卑，未必洞悉内事，且由崧不君之迹尚未彰顯，故有此句。

〔舊國仍三亳〕「舊國」指殷之舊都。殷朝徙都七次，三次稱亳，書立政：「三亳阪尹。」三亳所在地史説不一，大約均在今河南省沿黄河以南一帶。福王舊封國在洛陽，故云。

〔多方有二斟〕多方，泛指天下諸侯。書多方：「告爾四國多方。」又同書泰誓下：「維我省周，誕受多方。」二斟指夏朝同姓諸侯斟鄩（地在今山東濰縣西南）、斟灌（地在今山東壽光縣東）。據史記夏本紀，夏后相爲其臣后羿所逐，初居商邱，依東方同姓諸侯二斟。久之，其子少康賴以中興。以上「舊國」、「多方」二句俱以少康喻福王由崧，一謂舊地尚在（時清兵尚未渡河），一謂諸侯擁戴。

〔漢災當百六〕「百六」指災期。古術數家以四千六百一十七歲爲一元，初入元一百零六歲内有旱災九年，謂之百六陽九。漢書谷永傳：「陛下承八世之功業，當陽數之標季，遭無妄之卦運，直百六之災阸。」此言明朝正值厄運。

〔人未失謳吟〕謳吟猶謳歌。漢書序傳：「今民皆謳吟思漢，向仰劉氏。」此言明朝中興可期。

縞素稱先帝，春秋大復讎。告天傳玉册，哭廟見諸侯。詔令屯雷動，恩波解澤流。須知六軍出，一掃定神州。

【釋】

〔縞素、春秋二句〕縞素，通指孝服，此處專指爲天子服喪。春秋公羊傳莊公四年：「遠祖者，幾世乎？九世矣！九世猶可以復讎乎？雖百世可也。……先君之耻，猶今君之耻也。」按：傳謂齊襄公滅紀乃爲遠祖哀公復讎，故史稱「春秋大復讎」（以復讎爲大），蓋褒之也。福王繼位時，已縞素爲先帝（思宗）發喪（見〔三〕千官白服釋），大申復讎之義。

〔告天傳玉册〕山海經中山經：「黄帝取峚山之玉册。」玉册猶玉版、玉牒，可以書刻文字，皇帝告天則用之。本年五月，福王在南京行告天禮。

〔哭廟見諸侯〕哭廟謂哭祭祖廟也。此專指先帝既喪，新君召羣臣行初見之禮。

〔詔令屯雷動〕屯，卦名，震(☳)下坎(☵)上。按：震爲雷，主剛；坎爲水，主柔。故王肅釋易屯象傳曰：「剛柔始交而難生，故爲物之始也。」此句言福王即位之詔若屯雷之動，乃復讎靖難之始。

〔恩波解澤流〕解，亦卦名，坎下震上。按：坎爲水，水即澤；解爲緩，謂緩解也。全句謂恩波如水澤緩緩流出，此指福王即位大赦，並免除新加練餉及舊欠錢糧諸事。

〔六軍〕天子之軍。周禮夏官司馬：「凡制軍，萬有二千五百人爲軍，王六軍。」

〔神州〕猶云「九州」，實指中國。戰國時騶衍曰：「中國名曰赤縣神州，內自有九州，禹之序九州是也。」見史記孟荀列傳。

上宰承王命，專征指大江。出關收漢卒，分陝寄周邦。日氣生玄甲，雲祥下赤幢。登壇推大將，國士定無雙。

【釋】

〔上宰承王命〕上宰即宰相，在明朝爲首輔。晉棗據雜詩：「天子命上宰，作蕃于漢陽。」承王命，謂奉天子之命出征也。書胤征：「胤后承王命徂征。」按：福王初立，閣臣共五人，史可法居首，次爲高弘圖、姜曰廣、馬士英、王鐸。

〔專征指大江〕古諸侯帥臣奉天子命有權自主征伐。竹書紀年帝辛三年：「王錫命西伯得專征伐。」大江通指長江下游。後漢書郡國志：「潯陽有九江，東合爲大江。」後泛指長江。本年五月，史可法自請出師，遂以兵部尚書兼文淵閣大學士督師渡江，駐揚州，專征伐。

〔出關收漢卒〕關，武關。項羽封劉邦爲漢王，其元年(前二〇六)八月即潛出漢中，定三秦，遣兵出武關，東略地。史記

高祖本紀：「漢王之出關至陝，撫關外父老。」此喻史可法渡江而北，整頓軍旅，招撫流亡。

〔分陝寄周邦〕周成王時，周公旦與召公奭奉王命分陝而治。其東，周公主之；其西，召公主之。見公羊傳隱公五年。此似指史可法議建四鎮。四鎮見本年編年。

〔日氣生玄甲〕日氣指太陽光熱，杜甫晴詩：「雨聲衝塞盡，日氣射江深。」玄甲卽鐵鎧，班固封燕然山銘：「玄甲耀日。」

〔雲祥下赤幢〕雲祥猶雲瑞，赤幢（音莊）猶赤旗，下，落也。「日氣」、「雲祥」二句共狀史可法甲仗之盛。

〔登壇、國士二句〕漢王劉邦至南鄭，諸將咸思東歸，多道亡者。蕭何聞韓信亡，自追及之。漢王怒其獨追信，何曰：「諸將易得，至于信者，國士無雙。」王乃設壇召信拜爲大將。詳見史記淮陰侯傳。此借韓信故事，言史可法亦將設壇拜將。

尚録文侯命，深虞雒邑東。千秋懸國恥，一旦表軍功。蹋鞠追名將，乘軒比上公。君王多倚託，先與賦彤弓。

【釋】

〔尚録文侯命〕原注：「蘇子瞻書傳曰：予讀文侯之命篇，知東周之不復興也。宗國傾覆，禍敗極矣，平王宜若衛文公、越勾踐然，今其書乃旋旋焉與平康之世無異。春秋傳曰厲王之禍，諸侯釋位以間王政，宣王有志而後效官。讀文侯之命，知平王之無志也。」尚，上也。文侯之命乃周平王東遷時錫晉文侯秬鬯圭瓚之作，飾功之意多，危懼之意少。

〔深虞雒邑東〕虞，憂也。「雒」卽洛，雒邑乃西周初所營，成王嘗駐此，然非都也。平王東遷後，遂爲都焉。此句承上，譏平王于宗國（指西周鎬京）覆滅之際，不思戒懼，但求偏安。按：其時史可法請頒討賊詔書，亦云：「昔晉之東也，其君臣日圖中原，而僅保江左；宋之南也，其君臣盡力楚、蜀，而僅保臨安。蓋偏安者，恢復之退步，未有志在偏安，而

遽能自立者也。先生録文侯之命，其意與可法同。

〔千秋懸國恥〕禮記哀公問：「物恥足以振之，國恥足以興之。」此句與前「春秋大復讎」句均激勵之辭。

〔一旦表軍功〕一旦猶一日。史記曹相國世家：「奈何以一旦之功而加萬世之功哉。」本年四鎮均晉封公、侯、伯，馬士英亦自叙歷年戰功，得加少傅兼太子太師。此句與上句「千秋懸國恥」對言，蓋譏諸人隱恥而冒功。

〔蹋鞠思名將〕原注：「史記驃騎傳：其在塞外，卒乏糧，或不能自振，而驃騎尚穿域蹋鞠。」驃騎，霍去病爲驃騎將軍。穿域謂穿地爲營。蹋鞠即蹴鞠、蹵鞠。蹋，踢也；鞠，革製皮球。蹋鞠即踢球，古代軍中習武之戲。此句借霍去病不恤士卒以譏武臣。

〔乘軒比上公〕左傳閔公二年：「衛懿公好鶴，鶴有乘軒者。」「上公」謂位在三公之上，周禮春官典命：「上公九命（三公八命）爲伯。」漢以太傅爲上公。此句以鶴喻，蓋譏佞臣也。

〔君王、先與二句〕原注：「春秋傳：衛寧武子來聘，公與之宴，爲賦湛露及彤弓，不辭又不答賦。」引文係左傳文公四年事。湛露、彤弓皆詩小雅篇名，天子宴諸侯錫有功也。上録文侯之命，亦有賜「彤弓一、彤矢百」之命。魯文公爲寧武子賦二詩，寧武子有其位故不必辭，自謙無功故不敢答。此二句言君王因倚託而先與賦，其激勵諸臣之意甚明。

按全首八句，寓意或正或反，言在彼而意在此，非原注無以明之。故知亭林詩集原注必係潘耒所作。先生與潘次耕札云：「至于著述詩文，天生與吾弟各留一本，不別與人以供其改竄也。」（見亭林餘集）潘耒親炙于先生，故能闡微發隱如此。

清蹕郊宫寂，春遊苑蘌荒。陵邊屯牧馬，闕下駐賢王。紫塞連玄菟，黄河界白羊。輿圖猶在眼，涕淚已沾裳。

【釋】

〔清蹕〕「清」謂清理道路，「蹕」謂辟止行人，古天子出行則戒嚴清道如此。顔延年應詔觀北湖田收詩：「帝暉膺順動，清蹕巡廣廛。」

〔郊宫〕立宫于郊以祀天地。明史禮志二：嘉靖九年作郊宫。

〔苑籞〕原鈔本作「禁籞」，義同。苑所以養鳥獸，籞所以養魚，合指天子園囿。

〔陵邊屯牧馬〕原鈔本作「城中屠各虜」。「屠各」乃後漢、西晉時東胡部族，與烏桓俱以强大常得爲單于，見後漢書烏桓傳及晉書四夷傳。「虜」古泛作對敵之蔑稱，後多用于少數民族，如南朝指北人爲索虜，漢人稱胡族爲胡虜。滿族出東胡地，故以「屠各虜」名之。三字不易諱，因累及全句，是亦不得已也。以下潘改均同。

〔闕下駐賢王〕原鈔本作「殿上左賢王」。匈奴單于下有左、右賢王，見史記匈奴傳。此指多爾袞。按：本年五月，多爾袞入京，乘輦升武英殿；十月，世祖福臨始抵京正位，故知此首係記十月以前事。潘刻本去「左」字，則「賢王」二字忌淺可恕。

〔紫塞連玄菟〕紫塞即長城，古今注都邑：「秦築長城，土色皆紫，漢塞亦然，故稱紫塞焉。」玄菟，郡名，漢武帝滅高麗置，地在今遼東，本係滿洲據地。清兵既已入關，則長城内外俱歸清有矣。

〔黄河界白羊〕原注：「史記劉敬傳：白羊樓煩王去長安近者七百里，輕騎一日一夕可以至。」白羊、樓煩俱胡族名，皆在北方，此處喻清，意謂明、清今日僅以黄河爲界。

〔輿圖〕古謂地爲輿，易説卦：「坤爲地，……爲大輿。」輿圖即地圖，周禮夏官職方氏：「職方氏掌天下之圖，以掌天下之地。」注：「天下之圖，如今司空輿地圖也。」

傳聞阿骨打，今已入燕山。毳幕諸陵下，狼煙六郡間。邊軍嚴不發，驛使去空還。一上江

樓望，黃河是玉關。

【釋】

〔傳聞、今已二句〕阿骨打即金太祖原名，本姓完顏，即位後，易名旻（一一一五——一一二三在位）。天輔六年（一一二二）旻自將陷遼燕京。燕京即宋燕山府治，明之北京也。本年十月，清攝政王多爾袞迎世祖福臨如北京即位，事俱見本年編年。清與金俱女真族，初建國亦稱「後金」，故二句以阿骨打入燕山爲喻，其斥福臨甚明。全首均露骨不可諱，故潘刻本削而不載，今據原鈔本補。

〔毳幕諸陵下〕毳音脆，獸細毛。毳幕指匈奴氈帳，文選李陵答蘇武書：「韋韝毳幕，以蔽風雨；羶肉酪漿，以充飢渴。」此句「毳幕」則代清兵。「諸陵」則專指明諸陵。

〔狼煙六郡間〕狼煙，狼糞所燃之煙，古邊地舉烽火時用之，取其煙直，風吹不斜，見段成式酉陽雜俎。又李商隱寄太原盧司空三十韻：「雞塞誰生事，狼煙不暫停。」此專指清兵所燃之煙，有貶義。六郡原指宋時燕山六州（幽、薊、瀛、莫、涿、檀），呼應起二句阿骨打入燕山，六州皆爲金人所有。此處以金喻清亦甚明。

〔邊軍嚴不發〕嚴，裝也（漢避明帝諱莊爲嚴，並及「裝」字）。清兵入京後，南明遣使報聘，故邊事雖急，邊兵則奉命整裝而不發，遂坐令河北之地盡歸清有。

〔驛使去空還〕驛使，古通指驛站傳遞文書之人，本係吏職，此句但借喻南北通使之臣。本年七月，南京遣應天巡撫、加兵部右侍郎兼僉都御史左懋第偕左都督陳洪範、太僕寺少卿兼職方司郎中馬紹愉等使清，祭陵並通好也。十一月，清廷留左、馬而縱陳歸，祭陵通好均無功。按：本年十二月己巳，陳洪範始還奏，故知此詩作於十月清世祖入京之後，清兵十二月孟津渡河之前。

〔黄河是玉關〕玉關卽玉門關，在今甘肅敦煌西北，古與陽關均爲中國通西域之界關。班昭代兄超上求歸疏云：「臣不敢望到酒泉郡，但願生入玉門關。」先生作詩時，但知清兵已全得河北地，猶不知其渡河也，故此句取義與前「黄河界白羊」句同。

自昔南朝地，常稱北府雄。六軍多壘日，萬國鼓鞞中。聽律音非吉，焚旗火乍紅。恐聞劉展亂，父老泣江東。

【釋】

〔南朝、北府二句〕南朝本指宋、齊、梁、陳四朝，此處則兼指東晉，以東晉亦在南也。北府本指京口（今鎮江），南徐州州治所在，此處亦兼指北府兵。世説新語排調：「郗司空拜北府。」注引南徐州記曰：「舊徐州都督以東爲稱，晉氏南遷，徐州刺史王舒加北中郎將，北府之號自此起也。」又晉書郗超傳：「愔在北府，桓温恆云：京口酒可飲，兵可用。深不欲愔居之。」此詩重言兵亂，故當兼指鎮江之地及鎮江之兵。

〔六軍多壘日〕「六軍」，見第一首釋。壘，軍壘，以土爲之，猶今防守工事。禮曲禮上：「四郊多壘，此卿大夫之辱也。」

〔萬國鼓鞞中〕「萬國」猶天下四方，杜甫垂老别詩：「萬國盡征戍。」鞞同鼙，軍鼓。禮樂記：「君子聽鼓鼙之聲，則思將帥之臣。」

〔聽律音非吉〕原注：「周禮：大師執同律以聽軍聲而詔吉凶。」引文出周禮春官宗伯。大師卽太師，樂官之長，「掌六律、六同以合陰陽之聲。」

〔焚旗火乍紅〕原注：「左傳僖十五年：火焚其旗。」引文應加引下句「不利行師」。

〔恐聞劉展亂二句〕自注：「六月壬午，督師標下兵與浙江兵鬨于鎮江西門外，焚民居數百家。」原注：「通鑑唐肅宗紀：安

史之亂，兵不及江淮；及劉展反，田神功討平之，其民始罹荼毒矣。」按：肅宗上元元年（七六〇）十一月，淮西節度使王仲昇、監軍使邢延恩密奏除節度副使劉展，展剛彊自用，既得其情，遂反，陷升、潤、蘇、常等州。十二月，命平盧兵馬使田神功擊展，大掠廣陵、楚州，殺商胡千數。明年正月，擊斬劉展，平盧兵大掠十餘日。見資治通鑑唐紀。本年六月督師史可法標下總兵官于永綬領馬兵駐鎮江，與浙江都司賈之奎所領步兵因事互鬬，馬兵勢盛，浙兵竄匿民家，馬兵遂借端淫掠，焚民居數十里。撫軍祁彪佳率部彈壓，地方始安。事見先生聖安皇帝本紀。劉展、于永綬作亂均在鎮江（唐潤州治），故取爲比。「江東」，自秦末始，通指自蕪湖以下長江南岸地，即今蘇南一帶，項羽自云率江東八千子弟渡江，既敗，何面目見江東父兄，均見史記項羽紀。

【箋】

本題所「感」之「事」始于五月福王即位，止于十二月陳洪範還奏，其時先生正屢遷于唐市、千墩、語濂涇之間，由第五、第六首推之，各首恐非同時起草，蓋即事遥感，年終編次命題者也。第一、二首謂福王倫序當立，故力贊其誓師復讎，以致中興。其時福王劣迹未彰，寄以厚望，亦人情之常；明年南都陷清，王出奔被俘，先生猶撰聖安本紀，尊爲「皇帝」，是亦人臣不言君過之義。第三首頌宰臣，「王命、專征」句以下，辭旨莊嚴慷慨，非史閣部無以當之。第四首諷將帥，明知「蹋鞠」、「乘軒」者不堪倚託，猶以「懸國恥」、「賦彤弓」激勵之。第五、六首俱狀明清敵我形勢，前首痛言（左）賢王已駐闕下，後首亟言阿骨打繼入燕山，兩舉「黄河」之名，何異宗澤「渡河」之呼。以上六首，先主復讎，繼主禦敵，俱示人以哀兵必勝。惟第七首則憂心忡忡，深懼亂萌，似與前六首所感不類，此蓋時勢使然，不得視爲杞憂。

先生五言八句對仗工穩，用事貼切，每首結構似有程式，即以本題七首爲例：首聯瀟灑若不經意，尾聯緩緩留有餘韻；腹二聯，一承上，一啟下，自然貫通。

編年（一六四五）

是年歲次乙酉，明福王朱由崧弘光元年，唐王朱聿鍵隆武元年，清順治二年。

正月，明總兵許定國謀殺高傑，旋降清。黄得功擬襲揚州，史可法諭止之。時三鎮互鬭，違可法令，馬士英又掣肘其間，國事益不可爲。是月，清兵陷西安，李自成南奔。

二月，李自成敗走襄陽，清豫王多鐸乃移師下江南。

三月，南京有男子自稱崇禎太子，有婦人自稱福王故妃，俱下獄鞫治。明左良玉以討馬、阮爲名，自武昌引兵東下，南京大震。

四月，左良玉病死九江，黄得功大破其餘衆，左兵平。良玉子夢庚降于清。同月，清兵下泗州，明將劉澤清以淮安降。清兵遂圍揚州，城破，明督師兵部尚書、武英殿大學士史可法死之。清兵屠城十日。

五月，清兵渡江取鎮江，圍南京，明福王奔蕪湖。大學士王鐸、尚書錢謙益等迎降，馬士英等奔浙；明總兵田雄劫福王降清，靖國公黄得功死之。

六月，清兵大舉南攻，連破蘇、常、杭州。于是明唐王朱聿鍵奔福州，魯王朱以海稱監國于紹興，潞王朱常淓于杭州迎降。清遂下薙髮令。

閏六月，明禮部尚書黄道周、南安伯鄭芝龍等奉唐王聿鍵稱帝于福州，建元隆武。同月，明使臣左懋第殉節于北京；李自成爲清兵所迫，棄武昌南奔通城九宫山，死。餘部郝摇旗、李過、高必正等先後

歸明總督何騰蛟及巡撫堵胤錫，編爲「忠貞營」，助明抗清。清命大學士洪承疇招撫江南各省。

七月，清兵破嘉定、崑山。

八月，清兵破松江、金山、江陰，閻應元等死之。

十月，明魯王兵攻杭州，不克。

十二月，明隆武帝兵攻江西、徽州皆失利，大學士黄道周被俘不屈，明年三月死于南京。

是年先生三十三歲。弘光改元，先生遂于春日由常熟赴京，任兵部司務職。先至京口；四月，偕從叔蘭服抵南京，寓朝天宫；旋返語濂涇。同月，揚州陷，清兵渡江。五月十日，福王出奔；十五日，南京失守。時先生方擬返京，不果，遂從軍回蘇，思有所建白。六月，又返語濂涇省母。時原崑山令楊永言及歸莊、吴其沆等擬復崑山，閏六月十七日率兵攻佔縣城，守二十餘日，七月六日，復爲清兵所破。先生初與其事，後因省母故，得免于難。然季弟纘、四弟繩皆被殺；纘妻朱氏引刀刺喉，卧瓦礫中得不死。生母何氏被清兵斷一臂；嗣母貞孝王碩人聞崑山、常熟相繼陷，遂于七月十四日絶食，至三十日而卒。貞孝遺命先生勿事二姓，先生終身守之。

是年秋，隆武帝遥授先生兵部職方司主事，未赴，然從此奉隆武年號。十二月十九日權厝嗣母于先曾祖少司馬章志公塋之東側，遂擬廬墓焉。

〔四〕　京口即事二首　已下旃蒙作噩

白羽出揚州，黄旗下石頭。六雙歸雁落，千里射蛟浮。河上三軍合，神京一戰收。祖生多意氣，擊楫正中流。

【釋】

〔解題〕京口即今江蘇鎮江。「即事」謂當前之事，陶潛癸卯歲始懷古田舍詩：「雖未量歲功，即事多所欣。」後常用爲詩題，專寫眼前事。旃蒙作噩謂乙酉歲。

〔白羽出揚州〕「白羽」，白羽扇之省稱。昔諸葛亮與晉顧榮皆曾捉白羽扇指揮軍事，後多借狀儒將。蘇軾射獵詩：「聖朝若用西凉簿，白羽猶能效一揮。」去年六月，四鎮争欲駐揚州，高傑尤暴横，可法以威懾之，令移瓜州，自鎮揚州。八月，議北進，遂命高傑駐徐州，自率師進駐清江浦。此句實敘去年事。

〔黄旗下石頭〕「黄旗」即黄旗紫蓋，本係帝王儀仗，古人以爲上應天象，乃帝王應運之徵。三國志吳孫皓傳注引江表傳：「黄旗紫蓋見于東南，終有天下者，荆揚之君乎？」宋書符瑞志亦云：「漢世術士言，黄旗紫蓋見于斗牛之間，江東有天子氣。」石頭即石頭城，吳時爲土塢，晉義熙（四〇五——四一八）中始加磚壘石，因山爲城，形勢險要。唐初城廢，世仍以「石頭」爲建康之代詞，地在今南京市西。此句亦追述去年福王在南京即位事。按：白羽、黄旗二句用事甚切。顧榮麾白羽扇討廣陵相陳敏（見〔五三〕重至京口釋），黄旗紫蓋亦惟江東石頭城始足當之。以古應今，兩不可易。

〔六雙歸雁落〕楚人有以弱弓微繳加歸雁之上者，頃襄王問之，曰：「稱楚之大，大王之賢，所弋非直此也。見鳥六雙，以王何取？王何不以聖人爲弓，以勇士爲繳，時張弓而射之？此六雙者，可得而囊載也。」（見史記楚世家）此似以「六

雙歸雁」比秦之失鹿，勗福王奮起，逐而射之。

〔千里射蛟浮〕漢書武帝紀載：「元封五年，帝南巡，至潯陽，浮江，親射蛟江中，獲之。此似以江蛟喻滿清，勗福王不遠千里而親屠之。

〔河上、神京二句〕河指黃河。神京謂帝都，謝朓齊敬皇后哀策文：「懷豐沛之綢繆兮，背神京之弘敞。」三軍泛指軍隊，荀子賦篇：「城郭以固，三軍以强。」二句似隱用郭子儀收復東都事。唐至德二載（七五七）九月，郭子儀奉廣平王俶共回紇兵復長安。十月東進，大敗安慶緒兵于陝川，河南諸郡紛殺安慶緒將吏降，廣平王俶遂復東京（洛陽）。見資治通鑑唐紀。去年十二月，史可法檄諸鎮出兵，高傑遂渡泗水，薄睢陽，可法進次河上。「六雙、千里」二句勗福王，此二句有望于史可法。

〔祖生、擊楫二句〕晉祖逖渡江北伐，中流擊楫而誓曰：「祖逖不能清中原而復濟者，有如大江。」辭色壯烈，衆皆感慨，見晉書祖逖傳。意氣，兼意志與氣概而言，史記李廣傳：「會日暮，吏士皆無人色，而廣意氣自如。」二句蓋先生自勵。

大將臨江日，中原望捷時。兩河通詔旨，三輔急王師。轉戰收銅馬，還兵飲月支。從軍無限樂，早賦仲宣詩。

【釋】

〔大將臨江日〕「大將」見〔三〕「登壇、國士二句」釋，係通指，不必實擬史可法；可法以上宰督師，非大將可比。

〔中原望捷時〕此句原鈔本作「匈奴出塞時」，蓋承上句，謂我軍臨江誓師之日，即匈奴（喻清）被逐出塞之時。三句流水，潘改後未變。

〔兩河通詔旨〕原注：「宋史李綱傳：請于河北置招撫司，河東置經制司，擇有材略者爲之，使宣諭天子恩德，所以不忍棄

兩河于敵國之意。」按：先生詩不喜引唐以後書，不喜用宋以後事；此句用事所以不避宋，蓋宋金之勢與明清相類也。

〔三輔急王師〕三輔本係漢代官名，卽京兆尹、左馮翊、右扶風。亦作地名，包括今西安及其附近大荔、鳳翔一帶。後多以「三輔」喻京師之地，此指北京。「王師」，天子軍隊，孟子梁惠王：「簞食壺漿，以迎王師。」急，急需，謂京師急待王師之至。

〔轉戰收銅馬〕原注：後漢書光武紀：擊銅馬于鄡，悉將降人分配諸將，衆遂數十萬。」轉戰，謂流轉作戰，庾信齊王憲神道碑：「斗建麾兵，天離轉戰。」銅馬本係西漢末河北農民起義軍之一支，此借光武帝收降銅馬，望朝廷招撫李、張餘部，共抗清兵。

〔還兵飲月支〕「還兵」，回師也。月支卽月氏，漢時西域國名，原居今甘肅張掖及青海西寧一帶，後爲匈奴逼遷伊犁河上游，旋擊大夏，據之，稱「大月氏」，以別于留祁連山之「小月氏」。武帝建元中，張騫應募使月氏，經匈奴，被留十餘年，後奔大宛、康居，仍得傳致大月氏而還。然張騫無「飲月支」事。漢書匈奴傳：「以老上單于所破月氏王頭爲飲器者共歃血盟。」則以月氏王頭爲飲酒之器者乃匈奴單于。此句但掇借漢事，言王師收降銅馬之後，卽還兵擊滅月支耳。其以月支喻清亦甚明。

〔從軍無限樂二句〕王粲（一七七——二一七）字仲宣，三國魏人，建安七子之一。曹操征張魯，粲曾作從軍行五首以美之。首云：「從軍有苦樂，但問所從誰。所從神且武，焉得久勞師。」（詩見文選）二句但取其樂，蓋所以激勵軍心。仲宣，亦先生自喻。

【箋】

據題可知二詩乃先生膺薦赴南京，途經京口之作。按：本年四月初，左良玉引兵東下，南都告警，此詩竟全未涉及

此事，疑作于四月以前。

二詩俱記渡江出師之盛，由南及北，由江及河，並雜取漢晉唐宋故事，而以自喻作結，章法極相似，意旨亦切近。獨怪今春已兆覆巢纍卵之勢，而二詩竟無邦國阽危之感，與去歲感事後四首頗不類。意者先生首次赴官，見危受命，故效王茂弘作新亭壯語乎！

〔五〕 京闕篇

王氣開江甸，山河拱舊京。德過瀍水卜，運屬阪泉征。赤縣疏封闊，黃圖映日明。秩猶分漢尹，烝尚薦周牲。闕道紆金輅，郊宮佇翠旌。山陵東掖近，府寺後湖清。國運方多難，天心會一更。神州疑逐鹿，率土駭奔鯨。虢略旗初仆，函關鼓不鳴。遂令纏大角，無復掃欃槍。合殿焚丹户，金墉落畫甍。銜哀遺梓椑，泣血貫宗祊。傾否時須聖，扶屯理必亨。望雲看五采，候緯得先贏。渡水收萍實，占龜兆大橫。舊邦回帝省，耆俊式王楨。曆是周正月，田踰夏一成。雅應歌吉日，民喜復盤庚。毓德生維嶽，分猷降昴精。朝稱元老壯，國有丈人貞。密切營三輔，恢張頓八紘。塘周淮口柵，山繞石頭城。未蕩封豨梗，仍遺穴鼠爭。師從甘野誓，人雜渭濱耕。四家懸蚩戮，千刃待莽烹。柳青依玉勒，花發韻金鉦。黃石傳三略，條侯總七營。虎頭雙劍白，猿臂一弓騂。會見妖氛浄，旋聞隴塞平。載櫜歸武烈，伊淢築文聲。禮洽封山玉，音諧降鳳笙。配天歸舊物，復國紀鴻名。曉集僊庭鷺，春遷

大谷鶯。尊師先太學，納誨必延英。側席推干鼎，回車載釣璜。在陰來鶴和，刻石起魚鏗。念昔掄科日，三陪薦士行。帝鄉秋惝怳，天闕歲峥嶸。賦客餘枚叟，文才後賈生。飲泉隨渴鹿，攀徑落危鼪。再見東都禮，尤深上國情。百僚方勸進，父老盡來迎。宿衛皆勳舊，干掫並禁兵。乾坤恩澤大，雷雨氣機盈。草緑西州晚，雲彤北闕晴。法宫瞻斗柄，别館望金莖。玉帛塗山會，車書雒邑程。海槎天上隔，陽卉日邊榮。對策年猶少，尊王志獨誠。小臣摇彩筆，幾欲擬張衡。

【釋】

〔解題〕「京闕」原鈔本作「帝京」。按：唐盧照鄰以帝京篇詠當時首都長安，先生亦以同題詠明初首都應天（成祖北遷，乃改稱南京）。清都順天，廢南京，故不得再稱帝京，潘刻本諱改。

〔王氣開江甸〕「王氣」古指帝王享國之運氣。「甸」，郊外。江甸猶言江外或江表。庾信哀江南賦序：「將非江表王氣終于三百年乎？」劉禹錫西塞山懷古詩：「王濬樓船下益州，金陵王氣黯然收。」均係詠南京常用語。然原鈔本「江甸」本作「洪武」，蓋謂洪武之初明太祖即建都于此。

〔山河拱舊京〕「山河」原鈔本作「江山」，「舊京」原鈔本作「大明」。按：洪武、大明，太顯，必改。成祖既以北京爲京師，則潘諱南京爲舊京，于義亦通。

〔德過瀍水卜〕瀍音纏。瀍水乃洛水支流，由西北谷城山南流經洛陽城東入洛水。周既滅殷，周公遂營成周，作洛誥，有曰：「我乃卜澗水東，瀍水西，惟洛食。」「卜」，言以龜卜而決其所居也。朱元璋爲吴王時，即改集慶路爲應天府；既稱帝，遂定都焉。

〔運曆阪泉征〕曆，繼也。「阪」音反，阪泉在今河北涿鹿，相傳黃帝與炎帝戰于阪泉之野，克之。此處寓明太祖征服蒙元。

〔赤縣疏封闊〕赤縣見〔三〕感事「神州」釋。疏，遠也，使動詞。封，界也，名詞。「疏封」猶言使版圖延伸。此句贊明朝疆域廣遠。然「疏封闊」三字原鈔本作「名三亳」（三亳見〔三〕感事釋），本謂明都雖北遷，南京仍三亳之一。

〔黃圖映日明〕黃圖即三輔黃圖，本係書名，首見于隋書經籍志，專記漢代三輔建築、禮儀諸事，當係南朝以前人作，後因稱帝京爲黃圖。陳江總雲堂賦：「覽黃圖之棟宇，規紫宸于太清。」此句借指南京。然「映日明」三字原鈔本作「號二京」，意謂南京與北京猶漢之長安與洛陽。按：以上六句中「京」、「明」二韻刻本與鈔本互易，諱改手法甚高。

〔秩猶分漢尹〕「秩」，官秩，即官職、官品。漢尹本指西漢于長安所設「京兆尹」，明洪武三年仿漢制改應天府知府爲府尹，秩正三品。永樂遷都以後，北京設順天府尹，但南京應天府尹仍設不變，故句用「猶」字、「分」字。

〔烝尚薦周牲〕「烝」通指天子太廟之祭，多于冬季行之。「薦」，進獻。「牲」，祭用之家畜（如牛、羊、豕）。禮王制：「周人尚赤牲，用騂。」此句以西周太廟之祭喻南京太廟之祭，謂不以遷都而廢也，故用「尚」字。

〔闕道紆金輅〕闕道，此指太廟闕前之行道。紆，迂回。金輅，通稱皇帝所乘車。宋書禮志：「乘金輅，祀太廟。」

〔郊宮佇翠旌〕郊宮見〔三〕感事釋。佇，久候。翠旌，翠羽所飾之旌旗。楚辭九歌少司命：「孔蓋兮翠旌。」闕道、郊宮二句分言天子祭祖、祀天盛況。此殆指太祖、惠帝、成祖時事。

〔山陵東掖近〕山陵，本指天子冢。水經注渭水：「秦名天子冢曰山，漢曰陵，故通曰山陵矣。」南京無他陵，故當專指明太祖孝陵。東掖，通稱宮禁之東垣。南京紫禁城門六，左曰「左掖」，即東掖也。此言鍾山孝陵距近宮掖之東。

〔府寺後湖清〕「府寺」，泛指朝廷官署。自漢以來，三公所居謂之「府」，九卿所居謂之「寺」。後湖即玄武湖，以在城北，故俗稱後湖。此言南京官署鄰近禁城之北。

〔國運、天心二句〕天心，上天之心。書咸有一德：「克享天心。」會，恰值。「更」音根，平聲，更易也。「一更」猶一變、一動。二句以下，轉敘明末禍亂。

〔神州疑逐鹿〕神州見〔三〕感事釋。「逐鹿」喻爭奪天下。漢書蒯通傳：「秦失其鹿，天下共逐之。」又六韜：「取天下若逐野鹿，而天下共分其肉。」俱以鹿喻。

〔率土駭奔鯨〕率土謂全境以内。詩小雅北山：「率土之濱，莫非王臣。」奔鯨喻時局之亂。潘岳西征賦：「奔鯨浪而失水。」柳宗元作鐃歌十二曲，其一曰奔鯨沛，首云：「奔鯨沛，盪海垠。」意皆同。

〔虢略、函關二句〕虢音葛，周初封國，有西、東、北之分，此指東虢，本在今河南滎陽。「略」，境界也。虢略，泛指今河南陝縣東南之地。左傳僖公十五年：「（晉）賂秦伯以河外列城五，東盡虢略。」函關故地本在今河南靈寶，此但指潼關以東地。二句隱括崇禎十五年三邊總督孫傳庭柿園之敗，十六年孫傳庭戰死潼關。自是李自成東掃河南，西破西安，稱王建國，形勢大變。

〔纏大角〕原注：「史記天官書：大角者，天王帝廷。杜子美詩：大角纏兵氣。」按：大角，星名，屬亢宿。所引杜詩見傷春篇。

〔掃欃槍〕欃槍，彗星之異名，爾雅釋天：「彗星爲欃槍。」埽通掃，彗星俗稱掃帚星，主兵凶。「遂令」、「無復」二句意謂從此帝廷受困，禍亂不止。

〔合殿、金城二句〕「合殿」，滿殿；「丹户」，朱門。「金城」猶堅城，賈誼過秦論：「金城千里。」「畫甍」猶畫梁（甍，屋梁或屋脊）。二句設想李自成兵入北京後，宮城内外殘破之狀。

〔銜哀遺梓椑〕銜哀猶懷痛，嵇康養生論：「曾子銜哀，七日不飢。」梓椑指帝后棺槨。椑音必，入聲，專指内棺。禮檀弓上：「君卽位而爲椑，歲壹漆之。」注：「椑謂杝棺親尸者。」據甲申傳信録睿謨留憾：崇禎帝既自縊，李自成命市柳木棺

殮之。後用太監王德化言，易以朱漆梓宮，並以皇后梓宮殮周后。

〔泣血貫宗祊〕「泣血」狀悲痛之極，禮檀弓上：「高子皐之執親之喪也，泣血三年。」注：「言泣無聲而血出。」「貫」，貫串或貫通。「祊」音汾，廟門；宗祊即宗廟。左傳襄公二十四年：「保姓受氏，以守宗祊。」參閱〔二〕千官「罷朝辭廟句」釋。「銜哀」、「泣血」二句痛思宗棺殮之薄，哀明室宗廟之亡。

〔傾否時須聖〕「傾否」謂反否爲泰。易否卦：「上九傾否，先否後喜。」象曰：否終則傾，何可長也。」「須聖」謂有待聖人出也。

〔扶屯理必亨〕原注：「顏延之皇太子釋奠詩：時屯必亨，運蒙則正。」按：屯亦卦名，象艱難。亨謂通達順利。自「傾否」、「扶屯」二句一轉，直至「在陰」、「刻石」二句，俱懸想南明中興形勢。

〔望雲看五采〕望雲即望氣。史記項羽紀：「吾令人望其氣，皆爲龍虎，成五采，此天子氣也。」此句以漢高祖之祥附會福王登極時吉兆。

〔候緯得先贏〕原注：「唐書：隋大業十三年六月，鎮星贏而旅于參。參，唐星也。李淳風曰：鎮星主福，未當居而居所宿國，吉。」按：史記天官書以水火金木填（同鎮、同土）五行星爲「緯」；候，窺候也。「候緯」即窺候五星。同書：「歲星（即木星）趨舍而前曰贏。」全句謂觀測五行而覩土星先期入駐參宿，昔主興唐，今主興明。

〔渡水收萍實〕説苑辨物：「楚昭王渡江，有物大如斗，直觸王舟，止王舟中。昭王大怪之，使聘問孔子。孔子曰：此名萍實，可剖而食之，惟霸者能獲之，此吉祥也。」（亦見孔子家語致思篇）按：昭王獲萍實時，吴已破楚，王在難中。萍實有散而復聚之兆，故以喻福王由崧。

〔占龜兆大横〕占龜謂以龜卜也。大横，卦兆名。史記孝文紀：「卜之龜，卦兆得大横，占曰：大横庚庚，余爲天王，夏啟以光。」按：此乃孝文繼惠帝位之卜，暗喻福王當繼思宗而中興。

〔舊邦回帝省〕舊邦借指南京，詩大雅文王：「周雖舊邦，其命維新。」省音醒，上聲，王使臣聘于諸侯曰省，見周禮秋官小行人。此句謂南京應再立新君（或再邀帝眷）。

〔耆俊式王楨〕原注：「書文侯之命：罔或耆壽，俊在厥服。」按：耆壽與俊均指德高重之老臣。式，法式或榜樣，書微子之命：「世世享德，萬邦作式。」此處乃爲動詞。楨，牆柱或主幹，詩大雅文王：「王國克生，維周之楨。」全句謂耆俊之臣皆爲明室支柱。

〔曆是周正月〕左傳隱公元年：「春王周正月。」然春秋經文但云「春王正月」，傳文加周字，則明謂王乃周王，正月乃周曆正月（十一月）也。本年乃明福王弘光元年，其正月與清曆正月異（見〔四三〕元日詩「反以晦爲元」釋），以此證福王仍係明朝正統。

〔田踰夏一成〕田方十里爲「成」，夏少康僅「有田一成，有衆一旅」，終滅過復國，見左傳哀公元年，參見〔三〕感事「二斟」釋。踰通逾，超過也。句謂南明國力猶盛，中興可必。

〔雅應歌吉日〕詩小雅有吉日篇，其序曰：「美宣王也，能慎微接下，無不自盡以奉其上焉。」按：宣王乃周室中興之主。

〔民喜復盤庚〕原注：「史記殷本紀：帝盤庚之時，殷已都河北；盤庚渡河南，復居成湯之故居。」盤庚乃商代中興之主，然據潘注，知此句乃喜福王仍以南京爲都。

〔毓德生維嶽〕毓德同育德，易蒙卦：「君子以果行育德。」詩大雅崧高：「維嶽降神，生甫及申。」甫指甫侯，申指申伯，均係四嶽之後。此句喜藩鎮武臣。

〔分猷降昴精〕猷，謀畫；分猷謂分獻謀略，書盤庚中：「汝分猷念以相從。」昴乃二十八宿之一，初學記一：「漢相蕭何長七尺八寸，昴星精。」此句喜宰執文臣。

〔元老壯〕詩小雅采芑：「方叔元老，克壯其猷。」方叔，周宣王卿士，曾北伐玁狁，南征荆楚，有功中興。

〔丈人貞〕易師卦：「師貞，丈人吉，無咎。」象曰：「師，衆也；貞，正也，能以衆正，可以王矣。」按：丈人指長者或老成人，原鈔本句下有自注：「兵部尚書兼武英殿大學士史可法。」

〔密切營三輔〕密切，密邇切近也，與下句「恢張」反，蓋就「三輔」近京畿而言（三輔見〔四〕京口即事釋）。原鈔本及潘刻本皆作「密切」，徐注本及吴庠、汪辟疆、曹氏校本則作「密勿」，密勿即黽勉，于句義似亦可通。

〔恢張頓八紘〕恢張謂恢弘、張大，皇甫謐三都賦序：「綴文之士，不率典言，並務恢張。」頓猶整頓，荀子勸學：「若挈裘領，詘五指而頓之，順者不可勝數也。」八紘猶云八極，指大地之極邊，淮南子地形：「九州之外，乃有八殥，……八殥之外，而有八紘。」（墜形訓同）曹植與楊德祖書：「設天網以該之，頓八紘而掩之。」按：「密切」、「恢張」二句一言近圖，一言遠略。

〔塘周、山繞二句〕原注：「建康志：栅塘在秦淮上，通古運瀆。實録注：吴時夾淮立栅，號栅塘。梁天監九年新作，緣淮塘，岸北起石頭，迄東冶；南岸起後渚、籬門，迄三橋，作兩重栅，皆施行焉。」山即石頭山，在南京市西。石頭城見〔四〕京口即事釋。

〔未蕩封豨梗〕豨同猪，豕也。封豨即大野猪，淮南子本經：「斷修蛇于洞庭，擒封豨于桑林。」梗，阻塞也。此以封豨喻李自成，時山東、河南尚爲李軍餘部所阻。

〔仍遺穴鼠爭〕史記趙奢傳：「譬如兩鼠鬭穴中，將勇者勝。」此以兩鼠喻清兵與李軍。本年正月，清兵破潼關，入西安，李自成走襄陽；二月，又奔承天。

〔師從甘野誓〕尚書有甘誓篇，其序曰：「啟與有扈戰于甘之野，作甘誓。」啟乃禹之子，繼父自立，有扈氏叛。有扈在今陜西户縣（原鄠縣）；甘在有扈南郊。啟將戰而誓，戰而滅扈。此言史可法將誓師北伐。

〔人雜渭濱耕〕三國志諸葛亮傳：「亮每患糧不繼，使己志不伸，是以分兵屯田爲久住之基。耕者雜于渭濱居民之間，而百

姓安堵，軍無私焉。此言史可法遣軍屯田。

〔四冢、千刀二句〕原注：「皇覽：蚩尤冢在東平郡壽張縣闞城中，高七丈，民常十月祀之。有赤氣出入如匹絳帛，民名爲蚩尤旗。肩髀冢在山陽郡鉅野縣重聚，大小與闞冢等。傳言黄帝與蚩尤戰于涿鹿之野，殺之，身體異處，故别葬之。梁徐陵在齊與楊僕射書：四冢磔蚩尤，千刀剸王莽。」二句似以蚩尤比清兵，以王莽比李自成。

〔玉勒〕本指玉製馬銜，此處代馬。庾信三月三日華林園馬射賦：「控玉勒而摇星，跨金鞍而動月。」

〔韻金鉦〕原注：「梁元帝藩難未靖述懷詩：金鉦韻渚宫。」「鉦」，鐃鈴之類。「韻」，動詞，使之成韻。渚宫在楚郢都（今湖北江陵），時梁元帝駐江陵。玉勒、金鉦之上分著「柳青」、「花發」二詞，蓋象春日出征。

〔黄石傳三略〕黄石指圯上老人。史記留侯世家載下邳圯上老人授張良太公兵法，其後十三年張良過穀城山果得黄石。隋書經籍志著録黄石公三略三卷，題下邳神人撰，書已佚，因史記未云三略，故其書顯係僞託。

〔條侯總七營〕條侯即周亞夫。亞夫（前？——前一四三），周勃子，封條侯。以屯細柳，嚴軍令，爲漢文帝所稱。景帝初，任太尉，總七營兵平七國之亂，遷丞相。傳見史記絳侯世家。

〔虎頭〕指班超。史稱班超燕頷虎頭（後漢書本傳作虎頸），係萬里侯相。見東觀漢記。

〔猿臂一弓騂〕史記李廣傳謂廣爲人長，猿臂，善射。騂，赤色。詩小雅角弓：「騂騂角弓。」

〔會見、旋聞二句〕妖氛本指妖邪之氣，泛指奇災異禍，曹丕送劍書：「用給左右，以除妖氛。」此處指李、張餘部。阸塞本指山關險要之地，史記漢興以來諸侯王年表：「漢郡八九十，形錯諸侯閒，犬牙相臨，秉其阸塞地利，彊本幹、弱枝葉之勢也。」此處以山海關、古北口等阸塞代清。自「傾否」、「扶屯」二句至此，詳敘新君即位，誓師北伐，以及君臣相契，文武協和，穩操勝券諸事，以下始轉敘既勝之後朝廷盛況。

〔載櫜歸武烈〕載，助詞，無義。櫜音高，盛箭之具，此處作名動詞。詩周頌時邁：「載戢干戈，載櫜弓矢。」武烈指周武王

之威烈，國語周語下：「成王能明文昭，能定武烈者也。」

〔伊淢築文聲〕伊，助詞，無義。淢音域，義通洫，護城溝也。詩大雅文王有聲：「築城伊淢，作豐伊匹。」文聲即周文王之聲。按：「載櫜」句言偃武，「伊淢」句言修文，前者在克商之後，後者在創業之初。二句蓋勉福王踵成王繼武王之烈，效武王廣文王之聲。

〔禮洽封山玉〕「禮洽」謂禮相合也，詩周頌載芟：「爲酒爲醴，烝畀祖妣，以洽百禮。」封山即封泰山，史記孝武紀：「皇帝始郊見泰一、雲陽，有司奉瑄玉嘉牲薦饗。」

〔音諧降鳳笙〕音諧謂音相和也，書舜典：「八音克諧，無相奪倫。」降鳳指鳳凰降臨，宋史樂志：「鳳凰于飛，簫則象之；鳳凰戾止，笙則象之。」按：「禮洽」、「音諧」二句一言制禮，一言作樂，與上聯偃武、修文相應。

〔配天歸舊物〕配天謂祭天而以先祖配之。左傳哀公元年：「（少康）復禹之績，祀夏配天，不失舊物。」

〔復國紀鴻名〕復國謂恢復舊國也。鴻名猶大名，史記司馬相如傳封禪文：「前聖之所以永保鴻名，而常爲稱首者用此。」

〔僊庭〕僊同仙。駱賓王上兗州張司馬啟：「下白鶴于僊庭。」

〔春遷大谷鶯〕詩小雅伐木：「伐木丁丁，鳥鳴嚶嚶。出自幽谷，遷于喬木。」按：詩「鳥鳴嚶嚶」，禽經易作「鶯鳴嚶嚶」，故唐以後漸以「鶯遷」爲祝頌之詞。

〔尊師先太學〕太學即大學，禮學記：「大學之禮，雖詔于天子，無北面，所以尊師也。」漢武帝時始置太學；明代不設太學，但設國子監，監生亦稱太學生。

〔納誨必延英〕納誨猶納諫、納教，書說命：「朝夕納誨，以輔台德。」延英，唐代殿名，在大明宮延英門內。

〔側席推干鼎〕側席，不正坐，所以尊賢也。說苑尊賢：「楚有子玉得臣，（晉）文公爲之側席而坐。」推，推重。干，求取干

進也。「干鼎」，以事喻人，即伊尹。漢書東方朔傳：「伊尹蒙恥辱負鼎俎和五味以干湯。」

〔回車載釣璜〕回車，使車回轉也。璜，半璧。「釣璜」，以事喻人，即姜太公。相傳姜太公釣于磻溪，得玉璜，周文王出獵遇之，與語大悦，載與俱歸。「側席」、「回車」兩句承上「延英」句，俱言尊賢。

〔在陰來鶴和〕易中孚：「鳴鶴在陰，其子和之；我有好爵，吾與爾靡之。」「和」，本字去聲，音相和也。

〔刻石起魚鏗〕原注：「劉敬叔異苑曰：晉武帝時，吴郡臨平岸崩，出一石鼓，打之無聲，以問張華。華曰：可取蜀中桐材，刻作魚形，扣之則鳴。于是如言，聲聞數十里。」班固東都賦：「發鯨魚，鏗華鐘。」按：「在陰」、「刻石」二句，徐注、原注均未釋義；「刻石」句用事鑄詞尤嫌不倫。推先生之意，或者以鶴子、蜀桐自喻，以啟「念昔」、「三陪」以下諸句歟？

〔念昔、三陪二句〕掄科謂參加科試；科試得薦，即參加鄉試，鄉試在應天府（南京）。先生十三歲納穀入邑庠（爲諸生），國變前應科試五次（崇禎三年、六年、九年、十一年、十二年），得薦三次（崇禎三年、九年、十二年），然皆不售，亦不就職。故爲顧寧人徵天下書籍啟（載遺書附録：同志贈言）曰：「寧人年十四爲諸生，屢試不遇，由貢士兩薦授樞曹，不就。」然二句不在敍科名，但謂前此曾三次赴京耳。以下六句則追念當時觀感。

〔帝鄉秋惝怳〕帝鄉本指天帝所居，引申爲天子所居，即京師。唐許渾秋日赴闕題潼關驛樓詩：「帝鄉明日到，猶自夢漁樵。」惝怳亦作惝恍，模糊不清貌，楚辭遠遊：「視儵忽而無見兮，聽惝怳而無聞。」按：明朝鄉試在秋日，此句蓋切實。

〔天闕歲峥嶸〕天闕本指帝王宫闕，亦可引申爲朝廷。宋書桂陽王傳：「便當投命有司，謝罪天闕。」又原注：「鮑照舞鶴賦：歲峥嶸而愁暮。」峥嶸，高峻超越貌，此處當指天闕氣象。

〔賦客餘枚叟〕枚叟指枚乘。乘（前？——前一〇四）字叔，西漢淮陰人。先事吴王濞，濞欲謀反，乘諫不聽，去而之梁，

爲孝王上客。景帝召拜弘農都尉，因病去官。武帝初以安車蒲輪徵，年老，道卒。乘工詩賦，今存七發等五篇及五言詩數首，多僞託。世以其老壽，故稱「枚叟」，漢書有傳。

〔文才後賈生〕賈生指賈誼。誼（前二〇〇——前一六八）西漢洛陽人。年十八，以能誦詩書屬文，有名郡中。文帝召爲博士，年僅二十餘。好論政，不爲絳、灌諸舊臣所容，出爲長沙王太傅。意不自得，作弔屈原賦及鵩鳥賦。後調梁王傅，乃上治安策，亦不見用，卒年三十二。世以其年少，亦稱「賈生」。誼乃西漢文學大家，除辭賦外，所著政論新書亦有名于世。史記有傳。按：「賦客」、「文才」二句分嵌「餘」、「後」二字，蓋謂其時文章之士，老成新進，尚不乏人，係泛指而非實指。

〔飲泉隨渴鹿〕「渴驥奔泉」本狀徐浩書勢（見新唐書徐浩傳），此句易驥爲鹿（亦猶前「曉集僊庭鷺」句易鶴爲鷺），恐係紀實。

〔攀徑落危鼪〕鼪通狌，黄鼠狼屬，多居郊野。危，高也，與攀字應。「飲泉」、「攀徑」二句明記當時野遊，似亦暗寓明末南京政局。按：崇禎十一年，閹黨餘孽阮大鋮欲謀起復，復社同人黄宗羲、陳貞慧、侯朝宗等作留都防亂揭以攻之。先生亦復社人，次年入京，或有感于此。

〔再見東都禮〕東都，此處指南京。謝朓始出尚書省詩：「還覩司隸章，復見東都禮。」文選注引東觀漢記曰：「更始欲北之雒陽，以上（指光武帝）爲司隸校尉。三輔官府吏東迎雒陽，見更始諸將過者數十輩，皆冠幘而衣婦人之衣，大爲長安所笑。見司隸官屬，皆相指示之，極望，老吏或垂涕，粲然復見官府儀禮，賢者蟻附也。」此句借光武故事，謂不圖北京禮儀復見于南京。自「再見」句以下，始敍本年入京事。

〔尤深上國情〕上國，此指京師，劉長卿客舍贈別韋九建赴任河南詩：「頃者遊上國，獨能光選曹。」

〔百僚方勸進〕百僚指百官、羣臣，書皋陶謨：「百僚師師，百工惟時。」勸進專指勸即帝位。凡國祚中斷，另立新君，或僞

行禪讓，均需羣臣勸進，如曹丕繼漢，侍中劉異率羣臣奉勸進表是也。此句言羣臣擁立福王，參見〔三〕感事「擁立大臣心」釋。

〔父老盡來迎〕上句言官，此句言民，俱狀福王即位盛況。

〔宿衞皆勳舊〕宿衞謂警衞宮禁，輪番值宿，史記齊悼惠王世家：「哀王三年，其弟章，入宿衞于漢，呂太后封爲朱虚侯。」勳舊指有功勳之舊臣及其子孫，晉書陳騫傳：「帝以其勳舊耆老，禮之甚重。」按：明初以來，南北京營指揮以下皆以勳臣後裔領之。

〔干掫並禁兵〕掫音求，巡夜打更，干掫謂武裝巡夜，左傳襄公二十五年：「陪臣干掫有淫者，不知二命。」禁兵即皇帝禁衞兵，後漢書耿秉傳：「帝每巡郡國及幸宮觀，秉常領禁兵宿衞左右。」

〔乾坤、雷雨二句〕乾、坤二卦名，代表天地，此處借喻皇帝，潘岳西征賦：「皇合德于乾坤。」氣機，兼有氣勢、機兆二義，易屯卦：「雷雨之動滿盈。」二句一言皇恩，一言皇威，所謂恩威並濟也。

〔草緑西州晚〕西州，東晉時揚州刺史治所，地在建康臺城西，故稱西州。城係元帝時築，在今南京市西。此句用「草緑」二字，切本年赴京時令。

〔雲彤北闕晴〕彤，朱紅色。北闕，宮殿北面門樓，漢書高帝紀：「蕭何治未央宮，立東闕、北闕。」漢代北闕係正門，乃大臣朝見奏事之所，故沿以北闕稱朝廷，孟浩然歲暮歸南山詩：「北闕休上書，南山歸敝廬。」

〔法宮瞻斗柄〕法宮見〔三〕千官釋。斗柄又名斗杓（音標），指北斗七星中玉衡、開陽、搖光三星。古人據斗柄所指定四方、四季。鶡冠子環流：「斗柄東指，天下皆春；斗柄南指，天下皆夏；……」

〔別館望金莖〕別館，皇帝別墅，史記李斯傳：「治離宮別館，周徧天下。」「金莖，銅柱之雅稱。漢武帝欲求仙露，立二銅柱以擎承露盤。班固西都賦：「抗仙掌以承露，擢雙立之金莖。」杜甫秋興詩：「蓬萊宮闕對南山，承露金莖霄

漢闕。」

〔玉帛塗山會〕左傳哀公七年：「禹合諸侯于塗山，執玉帛者萬國。」合卽會也。塗山，地名，所在有三，一說在今安徽懷遠，一說在今四川巴縣，一說在今浙江紹興。據先生〔一六八〕禹陵詩「玉帛千年會」句，似主紹興說；據此嶽辨，又似主懷遠說。玉帛指瑞玉、縑帛之類，皆會盟禮物。此句借萬國朝禹，以塗山喻南京。

〔車書雒邑程〕雒邑見〔三〕感事釋，此處卽以代周。「程」，法式也。禮記中庸：「今天下車同軌，書同文。」謂車之軌與書之文皆當以周室爲法式。本句以周喻明，與上句同申大一統之義。

〔海槎天上隔〕相傳天河與海通，有人居海渚，見年年八月有浮槎（木筏）來去不失期，乃乘槎而去。十餘月至一城郭，遥望宫中多織婦，有一丈夫牽牛渚次飲之。後還至蜀問嚴君平，荅曰：「某年月日，有客星犯牽牛宿。」記其年月，正是此人到天河時也。詳見張華博物志三。又杜甫秋興詩：「奉使虛隨八月槎。」乃自歎未能依時回長安，先生此句亦自言昔日與朝廷遠隔。

〔陽卉日邊明〕陽卉謂向陽花草，謝靈運九日從宋公戲馬臺集詩：「淒淒陽卉腓。」蓋先生自擬。高蟾下第後獻高侍郎詩：「天上碧桃和露種，日邊紅杏倚雲栽。」全句自喜今日得親覲天顏。

〔對策年猶少〕文心雕龍議對：「對策者，應詔而陳政也。」史記平津侯傳：「太常令所徵儒士各對策，百餘人，（公孫）弘第居下。」按：漢代取士，所問政事及經義皆書于簡册，令應試者對答，謂之對策。明代無對策事，此句借用。先生今年三十三歲，謂「猶少」者，謙辭也。

〔尊王〕尊事王室。史記太史公自序：「（趙衰）佐文（晉文公）尊王（周天子），卒爲晉輔。」

〔小臣搖彩筆〕小臣見〔二〕大行哀詩釋。彩筆猶五色筆，潘岳螢火賦：「援彩筆以爲銘。」杜甫秋興詩：「彩筆昔曾干氣象。」

〔幾欲擬張衡〕張衡（七八——一三九）字平子，東漢南陽西鄂人。善屬文，嘗作二京賦，先生故以此篇擬之。「幾欲」亦謙辭。

【箋】

此亦五言長律，共五十韻，五百字。其氣勢格局與大行哀詩畧近，惟一主哀，一主頌，蓋因内容主旨而異。約畧分之，可得四解：自起句至「府寺後湖清」乃第一解，鈎出南京建都歷史及規模，爲點題、扣題所不可少。自「國運方多難」至「泣血貫宗祊」係第二解，畧敍崇禎末年禍亂，以及北京淪喪、思宗殉國經過。雖非本題重點，然以下言北伐、言中興俱由此生出。自「傾否」、「扶屯」一聯至「刻石起魚鑒」句乃第三解，全用鋪張手法，詳敍傾否、扶屯諸事，係全篇主體。前半寄望君臣協和，誓師伐叛；後半懸想妖氛既凈，明室中興。自「念昔掄科日」至末句以張衡自況係第四解，前半追憶昔日赴京之行，故多太平景象；後半誇敍今春入京觀感，猶以中興一統爲重。一、四兩解首尾稱「王」，詞旨自然相應，知先生落筆之前，便有「尊王」之志，故原鈔本以「帝京」二字名篇，似不可易。

或謂弘光初元，禍敗極矣，此篇第四解乃「旋旋焉與平康之世無異」（見〔三〕感事原注引蘇子瞻書傳語）。得非諛耶？曰：「否」，此篇蓋切時（弘光元年）、切地（大明舊京）、切事（應詔任職）、切情（渴望中興）之作，明知前路多虞，殷憂未已；然封建臣子理當墨絰從戎，長懷哀兵必勝之心，未有當歌反哭者。試讀杜工部赴奉先詠懷與三大禮賦，時異趣異，不必强同，先生此作，何獨不然？

〔六〕金陵雜詩五首

江月懸孤影，還窺李白樓。詩人長不作，千載尚風流。塢壁三山古，池臺六代幽。長安佳麗

日，夢繞帝王州。

【釋】

〔解題〕明之南京，本係戰國時楚威王所置邑，初名金陵，秦改秣陵。其後或爲縣，或爲府、爲路，有建業、建康、江寧、集慶、應天諸名。明遷都北京，乃稱南京。「雜詩」相沿爲詩題，始于陶潛。文選列有「雜詩」之目，未明其義。

〔江月以下四句〕李白樓在南京城北，濱江。李白月夜金陵懷古詩：「蒼蒼金陵月，空懸帝王州。」此四句由月及樓，由樓及人、及詩，用流水法，一瀉直下。

〔塢壁三山古〕塢本作隝，土堡。「塢壁」亦作壁塢，俱指戰時防禦之土障。後漢書李章傳：「清河大姓趙綱遂于縣界起塢壁，繕甲兵，爲在所害。」「三山」在南京西南長江東岸，突出江中，有三峯，故名。謝朓有晚登三山還望京邑詩，李白登金陵鳳凰臺詩有「三山半落青天外」句。

〔池臺六代幽〕庾信哀江南賦：「池臺鐘鼓。」六代即六朝，唐人以吴、東晉、宋、齊、梁、陳皆建都建康，故合而名之。李白留别金陵諸公詩：「六代更霸王，遺迹見都城。」

〔長安、夢繞二句〕長安本西漢、隋、唐之都，後爲國都代稱，此借指南京。謝朓入朝曲：「江南佳麗地，金陵帝王州。」按：「帝王州」，前引李白詩亦出此。

春雨收山半，江天出翠層。重開百五日，遥祭十三陵。祝版書孫子，祠官走令丞。西京遺廟在，灑掃及冬烝。

【釋】

〔翠層〕指翠緑色之層臺，由王勃滕王閣序「層臺聳翠，上出重霄」化出，此指孝陵建築，非謂山也。

〔百五日〕即寒食日。荆楚歲時記：「去冬至節一百五日，即有疾風甚雨，謂之寒食。」注謂合在清明前二日，即春祭也。

〔遥祭十三陵〕明十三陵均在北京天壽山，即成祖之長陵，仁宗之獻陵，宣宗之景陵，英宗之裕陵，憲宗之茂陵，孝宗之泰陵，武宗之康陵，世宗之永陵，穆宗之昭陵，神宗之定陵，光宗之慶陵，熹宗之德陵，思宗之思陵。按：甲申之前，天壽山唯十二陵；去歲思宗渴葬，尚無陵名。小腆紀傳弘光紀但記今年三月癸巳（十日）「遥祭諸陵」，無「三」字樣。南疆繹史則云本年三月十九日（壬寅）思宗忌辰，王（弘光帝）于宫中舉哀，百官于太平門外設壇遥祭。先生此詩直稱「十三」，蓋合以上二事言之。至己亥（一六五九）恭謁詩，則並題亦作「十三」矣。

〔祝版書孫子〕版同板，「祝版」本祭祀時用以書字之竹木簡牘，此處但指祝文。明史禮志五載：洪武二年，詔太廟祝文止稱孝子皇帝，不稱臣。後改稱孝玄孫皇帝，又改稱孝曾孫嗣皇帝。按：宗廟之祭，貴在親親，不稱臣是也。太廟之祭，未必皆子，稱孫是也。孫之子以下古皆稱曾孫，尤宜。

〔祠官走令丞〕祠官即祠祭之官。漢書百官表載太常屬官有太樂、太祝、太史、太僕、太宰、太醫等六令六丞，此處專指太祝之類。「走」，奔走應對也。

〔西京遺廟〕東漢都洛陽，稱西漢舊都長安爲「西京」；猶明遷都北京，稱應天爲南京。「遺廟」指南京明祖孝陵諸廟。

〔灑掃及冬烝〕灑掃謂灑水掃除污穢，禮内則：「灑掃室堂及庭。」太廟之祭，秋日嘗，冬日烝，參見〔五〕京闕篇「烝尚薦牲」釋。此句原鈔本作「天下想中興」，意雖佳而不及潘改句切事。

天居宜壯麗，考室自宣王。地即周瀍右，規因漢未央。水衡存物力，司隸識朝章。父老多垂涕，還思祖德長。

【釋】

〔天居宜壯麗〕天居，天子所居。壯麗，見下「規因漢未央」釋。

〔考室自宣王〕「考」，成也。詩小雅斯干序：「斯干，宣王考室也。」按：南京宮室始建于吳王元年（一三六七），或于洪武初。

〔地即周瀍右〕瀍，水名，見〔五〕京闕篇「瀍水卜」釋。周營洛邑，即城瀍水之右。此句以長江喻瀍水，以南京喻洛邑。

〔規因漢未央〕漢書高帝紀：蕭何治未央宮，上（高帝）見其壯麗，甚怒。何曰：「天子以四海爲家，非壯麗無以重威，且無令後世有以加也。」此句蓋承首句「天居宜壯麗」，意謂南京宮室乃規模漢宮。

〔水衡存物力〕水衡，官名。漢武帝置水衡都尉，掌上林苑，兼主稅入；後併入少府，實天子私庫。物力猶云物資財力。漢書食貨志上：「生之有時，而用之亡度，則物力必屈。」

〔司隸識朝章〕司隸即司隸校尉，漢代官名，掌巡察京師之職。餘詳〔五〕京闕篇「再見東都禮」釋。

〔祖德〕祖宗德澤。謝靈運有述祖德詩二首。

正殿虛椒寢，蒼生望母儀。國風思窈窕，小雅夢熊羆。中使頻傳勅，臺臣早進規。願聞姜后戒，仍及會朝時。

【釋】

〔椒寢〕猶椒房，皇后所居，以椒和泥塗壁，取其温芳。此係漢制，明但因其名耳。

〔蒼生〕指衆民、百姓。按：「蒼」字獨用，義同。蔡琰悲憤詩：「彼蒼者何辜，乃遭此戹禍。」晉以後始綴「生」、「民」諸字，如

晉書王衍傳：「然誤天下蒼生者，未必非此人也。」謝安傳：「安石不肯出，將如蒼生何！」庾肩吾和太子重雲殿受戒詩：「小乘開治道，大覺拯蒼民。」疑蒼與黎、黔近黑，取義亦與黎庶、黔首、蒼頭同，蓋賤之也。至書益稷：「帝光天之下，至于海隅蒼生。」此「蒼生」但謂「蒼蒼然生草木之處」，與上述「蒼生」無涉。

〔母儀〕古代民以君爲父，以后爲母，故稱后範爲「母儀」。列女傳有母儀篇。後漢書光武郭皇后傳：「郭主雖王家女，而好禮節儉，有母儀德。」上二句，椒寢上用「虛」字，母儀上用「望」字，均寓福王由崧尚未立后。

〔國風思窈窕〕原注：「漢書杜欽傳：佩玉宴鳴，關雎歎之，知好色之伐性短年，天下將蒙化陵夷而成俗也。故詠淑女，幾以配上。」按：「風」本詩經之一體，多採自民謠，共十五國，故稱「國風」。關雎乃國風周南首篇，中有句「窈窕淑女，君子好逑」。窈窕，美好貌，即以代淑女。詩序謂關雎樂得淑女，以配君子，所以喻后妃之德。此句承上，預祝天子早得賢后。

〔小雅夢熊羆〕「雅」亦詩經之一體，有「大雅」、「小雅」之分。小雅斯干：「吉夢爲何？維熊維羆。」又：「維熊維羆，男子之祥。」故相沿以「夢熊」喻人生子。此句承上，預祝天子立后，早生太子。

〔中使、臺臣二句〕中使，原鈔本作「中史」，均指内臣。勅同敕、勑，通指天子詔令。「傳勅」謂傳福王選淑女之詔也。福王即位後，曾三選淑女，所在騷亂，參見〔一〇三〕桃葉歌「越州女子顔如花」釋。臺即御史臺，凡御史、給事中皆屬臺臣。時兵科陳子龍、工科李維樾、御史朱國昌均有諫章。

〔姜后戒〕原注：「列女傳：周宣姜后賢而有德，宣王嘗早卧而晏起，后夫人不出于房。姜后既出，乃脱簪珥待罪于永巷，使其傅母通言于王。王復姜后而勤于政事，早朝晏退，繼文武之迹，興周室之業。」

〔仍及會朝時〕原注：「詩：會且歸矣，無庶予子憎。」按：引詩出齊風雞鳴。會，朝會也。小序曰：「雞鳴，思賢妃也。哀公荒淫怠慢，故陳賢妃貞女夙夜警戒相成之道焉。」「顧聞」、「仍及」二句戒福王勿以好色而怠政。

記得尚書巷，于今六十年。功名存駕部，俎豆託朝天。樹向烏衣直，門臨白水偏。侍郎遺石在，過此一悽然。

【釋】

〔尚書巷〕自注：「先兵部侍郎府君官舍所在。」兵部侍郎卽先生曾祖章志，字子行，嘉靖癸丑（一五五三）進士，歷官南京光禄寺卿，應天府尹，南京兵部侍郎，卒贈都察院右都御史。明史有傳，先生顧氏譜系考載其仕歷尤詳。

〔功名存駕部〕句下自注：「先公疏船甲事，得請。爲南京百年之利，事載船政新書。」「駕部」，官名。魏晉以後，尚書省設駕部郎（或侍郎，或郎中），唐以後屬兵部，掌輿輦車乘、郵驛廏牧；明改爲車駕司。顧章志船政疏今不見，其事畧載蘇州府志。時南京馬快船爲上供所需，皆衛卒領之，然每爲中官所扼，卒以爲苦。章志奏請募船工代役，由衛卒輸錢米助之，朝廷所捐小而得惠大，神宗從其請，遂著爲令。此乃章志官南京兵部時事，故詩特及之。

〔俎豆託朝天〕句下自注：「有祠在朝天宮。」按：明繼宋制，于天慶觀舊址建朝天宮，爲南京學宫所在，清仍之，在今南京市區水西門内。先生本年偕從叔蘭服入京，卽寄寓朝天宫内。俎與豆均係古代祭器，二字連用，多指祭享之禮。論語衛靈公：「俎豆之事，則嘗聞之矣。」

〔烏衣〕南京城東南秦淮河畔有烏衣巷，本係東晉王、謝巨族聚居地，蓋以吴時所置烏衣營而得名。烏衣本賤者服，兵士服之，非謂王、謝子弟皆烏衣也。唐劉禹錫有烏衣巷詩。先生用此，隱寓顧氏爲江東世族。

〔白水〕原注：「古樂府青溪小姑曲：開門白水，側近橋梁。」按青溪亦名清溪，發源鍾山西南，入秦淮，今已湮沒。小姑曲所云「白水」，當指青溪。

〔侍郎遺石二句〕原注：「唐書：薛元超爲中書舍人、弘文館學士，兼修國史。中書省有一盤石，元超祖父道衡爲内史侍

郎,嘗據而草制。元超每見此石,未嘗不泫然流涕。」顧章志與薛道衡俱官侍郎,二人草制作疏亦同,故以類比,不必問「遺石」之有無也。

【箋】

題曰「雜詩」,知所詠非一,不稱「帝京」而稱「金陵」,知落筆時不專頌聖。今觀第一首但泛言江山形勝,止可作「金陵懷古」讀。第二首皆由鍾山孝陵生發,爲日後六祭孝陵張本。第三首詠紫禁城皇宫,可補京闕篇,亦兼述祖德之意。第四首明諷福王不立后而廣選淑女,然與童妃事無涉也。按:福王由崧原配黄氏,繼配李氏,均前亡。又于旅邸娶童氏,因南奔相失。本年三月,有婦人自稱童妃携子入京自陳,由崧弗納,命以假冒罪下錦衣衛獄,臣僚頗有爲之言者,皆弗聽。童氏遂瘐死獄中(明史、南畧、南疆逸史諸書所載不一)。童妃與僞太子案俱發于本年,先生詩嘗隱涉太子事(見〔一九〕義士行及〔二四二〕盂縣藏山詩)而不及童妃,此詩當亦然。後二聯,一紀實,一寓戒,與〔一〇三〕桃葉歌同屬史筆。第五首詠尚書巷,雖自述祖德,然益證顧氏乃朱明世臣,爲先生終身不仕二姓諸因之一。

〔七〕千里

千里吴封大,三州震澤通。戈矛連海外,文檄動江東。王子新開邸,將軍舊總戎。登壇多慷慨,誰復似臧洪?

【釋】

〔解題〕取篇首「千里」二字爲題,似同無題。然「吴封」、「震澤」皆確切不易之地,故知全詩所涉之事應不出吴中太湖一帶。

〔吴封〕指古吴封疆。西周初，封泰伯之後于吴；迨春秋末，國始大，奄有今淮泗以南，嘉湖以北之地，至夫差而稱霸。見史記吴泰伯世家。

〔三州震澤通〕三州舊指揚州、蘇州、常州；震澤卽太湖。古以爲三州皆通太湖。

〔戈矛、文檄二句〕此隱括今年五月南京失陷後，吴地抗清聲勢。「戈矛」喻戰事。詩秦風無衣：「修我戈矛，與子同仇。」「文檄」專指討清檄文。時清兵既下南京，豫王多鐸（多爾袞同母弟）遂遣刑侍李延齡、巡撫土國寶統兵進駐蘇州，曉諭遠近。于是吴地愛國士夫紛紛舉義，松江有陳子龍，嘉定有侯峒曾，華亭有沈猶龍，吴江有吴昜，洞庭有陸世鑰，宜興有盧象觀，太倉有張士儀，崑山有朱天麟。而原江南總兵吴志葵則屯兵吴淞口，其師夏允彝爲馳檄聯絡各軍，聲勢甚壯。無何，志葵等移師向蘇州，擬取蘇城，先生似亦與聞其事，時在乙酉六月至閏六月。句云「連海外」，疑指鄭鴻逵、劉孔昭等率部由江入海，及江北總兵黄斌卿等移駐舟山諸事。

〔王子新開邸〕「王子」，帝王之子。書微子傳曰：「微子，帝乙元子，故曰王子。」「邸」，府也；「開邸」猶開府。按：是時明諸王開府「監國」者多人，如潞王常淓監國杭州（詳見〔一六七〕杭州第二首釋）、唐王聿鍵監國福州（參見〔一〇〕聞詔、〔六三〕贈路舍人澤溥、〔六八〕路舍人家觀東武四先曆）、魯王以海監國紹興（詳見〔一六八〕禹陵釋）、義陽王朝墠監國崇明沙（參見小腆紀傳宗藩）。其中監國最早乃潞王，然「負扆之謀」，不過三日，卽以杭州降清；義陽王疏族庶出，荆本澈輔之，旋敗，王奔舟山，故不足道；唐王遠奔閩海，監國消息，未必卽達，且已超越此詩地限，故本句所稱「王子」，當指魯王。先生嘗稱魯王爲「冲主」（見禹陵釋），与「王子」一詞合。

〔將軍舊總戎〕總戎謂總督戎事，借作官名，卽總兵官之異稱。吴中士夫舉義之初，明總兵與其事者頗不乏人，知名者有吴志葵、黄蜚、張士儀、蔣若來及王佐才等。吴、黄均死于本年八月松江之役，史無專傳。王佐才字南陽，崑山人，原官狼山副總兵，年七十餘，休致在家。本年閏六月十三日，崑山貢生朱集璜起兵殺僞知縣閻茂才，十五日貢生陳大

任等議推佐才爲主帥，十七日原崑山知縣楊永言亦募兵入城，歸莊、吴其沆從之，皆移檄集糧，爲久守計。二十餘日後（七月六日），城破，佐才冠帶坐帥府，被執，死之。小腆紀傳、南疆逸史均有傳。先生崑山人，雖因侍母居常熟語濂涇，未與其事，然所云「總戎」，恐非佐才莫屬。

〔登壇多慷慨二句〕原注：「後漢書臧洪傳：陳留太守張邈與諸牧守大會酸棗，設壇場將盟。既而更相辭讓，莫敢先登，咸共推洪。洪乃攝衣升壇，操血而盟，辭氣慷慨，聞其言者，無不激揚。」按：酸棗之盟，討董卓也。洪字子源，射陽人，以忠義著稱。先生〔二七〕哭顧推官詩有「後死媿子源」句。又答原一公肅兩甥書（文集卷三）云：「酸棗之陳詞慷慨，尚記臧洪。」當指此時事。

【箋】南都易幟，弘光忝祀，于是明室繼甲申之亡而再亡。然甲申之亡亡于李，李，漢人也；乙酉之亡亡于清，清，滿族也。自後民族矛盾日甚，明之士夫慷慨赴義、死而無悔，較南宋士夫不屈于元，其悲壯慘烈尤覺過之。亭林詩集自此以下始多民族史詩，惟各篇所叙事或隱或顯，未必句句可考。如秋山、海上、不去、墟里以及賦得諸篇，莫不虛其言詞而實其意旨，讀詩者但明其大端可已，不必鑿鑿實之也。至千里所詠乃南都陷後，吴中士夫奮袂抗清之大畧；全詩尚未言及義師敗衄，故知必作于今年七月以前（崑山破城在七月初六）；所涉士夫以外人物（如王子、將軍），即不爲之覈實，亦無礙于理解全詩。惟先生此數月間行事則不可不考。

亭林餘集載先生常熟陳君墓誌銘曰：「崇禎十七年余在吴門，聞京師之報，人心兇懼，余乃奉母避之常熟之語濂涇，依水爲固。……乃未一歲而戎馬馳突，吴中諸縣並起義兵自守，與之抗衡。而余以母在，獨屏居水鄉不出。自六月至于閏月，无夜不與君（指陳梅）露坐水邊樹下，仰視月食（閏六月十六日），遥聞火礮。……無何，城破，余母不食以終（七月三十日），余始出入戎行。」由此可知，本年「六月至于閏月」，以至「（崑山）城破」，先生皆屏居常熟之語濂涇，未嘗親

預崑山守城之役。又文集卷五載先生吳同初行狀曰：「（乙酉）五月之朔，四人者（歸莊、吳其沆、徐履忱、顧蘭服）持觥至余舍（語濂涇）爲母壽。……旦日別去。余遂出赴楊公（永言）之辟。未旬日而北兵渡江（五月初九），余從軍于蘇。歸（語濂涇）而崑山起義兵，歸生與焉，尋亦竟得脱，而吳生死矣。余母亦不食卒。」行狀所云「從軍于蘇」，據元譜但云「回至蘇州，思有所建白，不果」。計此次從軍不過二十餘日；即有所建白，亦不過未雨綢繆計，時蘇州未陷，固無所謂攻城也。獨怪全撰神道表竟云：「于是先生方應崑山令楊永言之辟，與嘉定諸生吳其沆及歸莊共起兵，奉故鄖撫王永祚以從夏文忠公于吳，江東授公兵部司務（此係去歲杪及今春事，置此尤誤）。事既不克，永言行遁去，其沆死之，先生與莊幸得脱，而太安人遂不食卒。」此表混「從軍于蘇」與「崑山起義」爲一事，其誤甚明，況楊永言、夏允彝、王永祚三人未聞共事，而先生尤未親與崑山守城之役乎？全氏不及見先生餘集，故不知先生曾自言母卒之後，「始出入戎行」也。後人承全氏之誤，遂妄謂先生曾與復社諸君攻入蘇城，及奉王永祚共守崑山云云，以爲不若此，則不足以見先生忠君報國之志，殊不知先生事母極孝，老母猶在，何敢以身輕許人耶？

〔八〕 秋山 二首

秋山復秋山，秋雨連山殷。昨日戰江口，今日戰山邊。已聞右甄潰，復見左拒殘。旌旗埋地中，梯衝舞城端。一朝長平敗，伏尸徧岡巒。北去三百舸，舸舸好紅顏。吳口擁橐駞，鳴笳入燕關。昔時鄢郢人，猶在城南閒。

【釋】

〔昨日戰江口〕本年六月，閻應元、侯峒曾等始守江陰，清兵圍之八十餘日，八月城破，皆死之。應元字麗亨，通州人。原

任江陰典史，傳附明史侯峒曾傳。

〔今日戰山邊〕本年八月，沈猶龍、李待問等拒守金山，清兵圍之，城破，皆死之。猶龍，松江華亭人，明史有傳。按：此句「今日」，當指本年八月。又，「江口」、「山邊」亦可泛指當時各戰場。

〔右甄〕甄，長陣。晉書周訪傳：「使將軍李恒督左甄，許朝督右甄。」右甄猶右翼。

〔左拒〕拒，方陣。左傳桓公五年：「鄭子元請爲左拒。」左拒猶左翼。

〔旌旗埋地中〕原注：「漢書李陵傳：于是盡斬旌旗及珍寶埋地中。」

〔梯衝舞城端〕梯與衝皆攻城之具，卽雲梯、衝車之類。後漢書公孫瓚傳：「袁氏之攻，狀若鬼神，梯衝舞吾城上，鼓角鳴于地中。」

〔長平敗〕周赧王五十五年（前二六〇），秦白起大破趙括師于長平（今山西高平西北），坑趙降卒四十餘萬。見史記趙世家。或以蘇州之敗釋長平之敗，恐未必。清兵陷蘇在本年六月，明總兵吴志葵率軍反攻在閏六月（與其事者有夏允彝、吴昜、魯之璵、孫兆奎等），事雖敗，其慘烈尚不及江陰、嘉定、崑山之屠也。況全詩以「秋山」爲題，又有「昨日」、「今日」之比，則「一朝」不當專指閏六月。故長平之喻恐係泛擬，不必拘泥于一役。

〔北去三百舸二句〕「北去」二字原鈔本作「胡裝」，刻本諱「胡」，故改。舸，大船。紅顔指漢族被俘女子。按：嘉定凡三屠城。七月初，明叛將李成棟拘集民船，裝載金帛子女三百餘艘北去。他城被屠後諒亦如此。

〔吴口擁橐駞二句〕原注：「晉書慕容超載記：使送吴口千人。」古代男子稱丁，女子稱口（或稱丁女），「吴口」卽吴地女子。「橐駞」卽駱駝，史記匈奴傳：「其奇畜則橐駞。」「燕關」指燕地、北京。二句承上，直敘清兵驅所俘女子回燕。

〔昔時鄢郢人二句〕原注：「戰國策：雍門司馬謂齊王曰：鄢郢之大夫不欲爲秦，而在城南下者以百數。」此言楚雖敗于秦，其大夫尚集楚都城南以待戰。

秋山復秋水，秋花紅未已。烈風吹山岡，燐火來城市。天狗下巫門，白虹屬軍壘。可憐壯哉縣，一旦生荆杞。歸元賢大夫，斷脰良家子。楚人固焚麇，庶幾歆舊祀。句踐棲山中，國人能致死。歎息思古人，存亡自今始。

【釋】

〔烈風〕熾熱之風，狀火助風勢。書舜典：「烈風雷雨弗迷。」按：秋日無烈風，此蓋兵燹所致。

〔燐火來城市〕燐火，俗稱鬼火。淮南子氾論曰：「老槐生火，久血爲燐，人弗怪也。」説文直云「兵死及牛馬之血爲粦（即燐字）。」此句尤取義「兵死」二字。古有城不必有市，城市連用必指工商大邑。韓非子愛臣：「大臣之祿雖大，不得藉威城市。」此句「城市」與下句「巫門」相應，當指蘇州。

〔天狗下巫門〕天狗，星名。星命家謂十二辰所隨之神有善有惡，天狗乃月中凶神。史記天官書：「天狗狀如大奔星，有聲，其下止地類狗所墮。」蘇州北門曰「巫門」。

〔白虹屬軍壘〕白虹，兵象。史載聶政刺韓傀，荆軻刺秦王，均有白虹貫日。軍壘指軍營四周之壁壘，史記廉藺列傳附趙奢傳：「軍壘成，秦人聞之，悉甲而至。」屬，附也。庾信哀江南賦：「直虹貫壘，長星屬地。」

〔壯哉縣〕史記陳丞相世家：「高帝南過曲逆，上其城，望見其屋室甚大，曰：壯哉縣！」曲逆，秦時縣名，在今河北保定境。此處指蘇州治吴縣。

〔生荆杞〕狀荒蕪。阮籍詠懷詩：「堂上生荆杞。」

〔歸元賢大夫〕元，首也。孟子滕文公：「勇士不忘喪其元。」歸謂歸還，左傳僖公三十三年：「（先軫）免冑入狄師，死焉。狄人歸其元，面如生。」賢大夫，隱指蘇城死難諸人如侯峒曾、黃淳耀等。

〔斷脰良家子〕脰音豆，頸項也。良家子本指清白人家子女，漢制兼指軍士非醫巫商賈百工出身者。史記李將軍傳：「匈奴大入蕭關，而廣以良家子從軍擊胡。」此處泛指當時抗清戰士。

〔楚人固焚麇二句〕原注：「左傳定五年：吴師居麇，子期將焚之。子西曰：父兄親暴骨焉，不能收，又焚之，不可。子期曰：國亡矣，死者若有知也，可以歆舊祀，豈憚焚之！焚之而又戰。」麇音君，春秋國名，後併于楚，地在今湖北鄖縣西。引文叙前五〇五年吴師伐楚故事。子期、子西皆楚將，「焚麇」所以示堅壁清野，勿齎盜糧也。「歆舊祀」謂在舊祭所歆享。

〔句踐棲山中二句〕初，越王句踐敗于吴王夫差，行成于吴，困居會稽（山）之上，卧薪嘗膽，以圖復國。爾後十年生聚，十年教訓，國人皆願效死，遂滅吴稱霸。事見國語越語及史記越句踐世家。

〔歎息思古人二句〕「古人」，承上指楚子期、越句踐等。「存亡」謂使亡者後存也，穀梁傳僖公十七年：「（齊）桓公嘗有存亡繼絶之功。」「自今始」謂自今當堅壁清野以禦敵，卧薪嘗膽以復仇。

【箋】

此題當作于蘇崑起義及先生喪母之後。時清兵已連破蘇、常（閏六月）、嘉定、崑山（七月）、松江、金山、江陰（八月），江蘇全境盡失。題曰秋山，記事兼記時也。前首蓋綜括全蘇戰鬭，「北去」以下四句極狀清兵之擄掠；後首則詳述蘇城戰後慘象，「歸元」以下四句慨言義軍之決死。二詩皆寫敗局，然虎虎與弔國殤同，与悲陳陶、悲青坂異。又二詩末聯主旨極近，俱有三户亡秦之遺意焉。

先生工五言，其古體間用駢散，而聲韻自然鏗鏘，全自音學中流出，與魏晉南朝先無法、後拘法不同。故知先生五言近體可學，五言古體不易學。

〔九〕 表哀詩

原注：晉孫綽作表哀詩，其序曰：余以薄祜，夙遭閔凶，天覆既淪，俯憑坤厚，豈悟一朝，復見孤棄。不勝哀號，作詩一首。敢冒諒闇之譏，以申罔極之痛。

黽勉三遷久，閒關百戰深。生慚毛義檄，死痛子輿衾。荻字書猶記，斑衣舞尚尋。淒其天步蹙，荏苒歲華侵。密葉凋秋氣，貞柯落夜陰。國書公父訓，女史大家箴。未已還閭望，仍留恤緯心。霜催臨穴旐，風送隔鄰砧。白鶴非新表，青鳥即舊林。欲求防墓處，戈甲滿江潯。

【釋】

〔解題〕表哀詩本出孫綽，故潘耒即以綽序爲注。綽（三一四——三七一）字興公，東晉太原中都人，南渡後居會稽。善屬文，有遂初賦、遊天台山賦等。又以玄言詩見長，表哀詩則專爲喪母作。「祜」，福也。「天覆」指父，「坤厚」喻母。「諒闇」同諒陰、亮闇，本指天子居喪之凶廬，晉代人臣居喪亦借稱諒闇。諒闇不應作詩，故曰「冒譏」。「罔極」謂無窮盡也，詩小雅蓼莪：「欲報之德，昊天罔極。」先生嗣母王碩人事迹，徐注但引明史列女傳，而不言碩人殉國事。餘集載先生自作先妣王碩人行狀，前引他人所撰記、傳，力旌碩人貞孝；後則先生謹狀，歷叙碩人節烈，兹約録其文于下：

碩人姓王氏，崑山人。祖宇，明太僕少卿；父述，太學生。自幼字同邑儒生顧同吉，年十七，未婚而同吉病卒，碩人不哭不食，但請奔同吉喪。既奠，即入拜太姑與姑，請依居焉。舅紹芾不忍留，碩人曰：「曩已請期，身爲顧氏人矣。」自是屏居一室，不見門以外人，時遣訊父母安否而已。事翁姑孝，姑病且瘁，碩人斷一小指和藥煮之，病遂瘥。侍翁姑

十二年，翁姑始爲其子定嗣，抱同應之子炎武，碩人撫之如己生。崇禎九年，碩人年五十一，巡按御史王一鶚奏旌其門曰「貞孝」，名動三吴。弘光元年，南京既陷，炎武奉母僑居常熟之語濂涇。七月，崑山、常熟相繼陷，碩人聞之遂不食。遺言曰：「我雖婦人，身受國恩，與國俱亡，義也。」因命炎武曰：「汝無爲異國臣子，無負世世國恩，無忘先祖遺訓，則吾可以瞑于地下。」絶粒十有五日而卒。全祖望雖不見餘集，然所撰亭林先生神道表亦叙其事曰：「初，太安人王氏之守節也，養先生于襁褓中。太安人最孝，嘗斷指以療君姑之疾。崇禎九年，直指王一鶚請旌于朝，報可。乙酉之夏，太安人六十，避兵常熟之郊，謂先生曰：我雖婦人，然受國恩矣，果有大義，我則死之。……遂不食卒。遺言後人莫事二姓。」表末復引王高士不庵（煒）之言曰：「甯人身負沉痛，思大揭其親之志于天下」云云，故知先生民族大節有自來也。

〔黽勉〕黽音泯，「黽勉」兼雙聲聯綿字，通作勉勵解。詩邶風谷風：「黽勉同心，不宜有怒。」

〔三遷〕孟軻母仉氏曾因教子而三遷其居，一次近墓，一次近市，一次近學宫，至近學宫始定居焉。事見劉向列女傳。後沿以孟母三遷喻爲子擇鄰。先生國變後奉母由千墩遷唐市，遷語濂，亦兼三遷之義。

〔間關〕間，本字去聲；間關乃象聲詞，狀崎嶇輾轉，道路艱難。漢書王莽傳：「（王邑）間關至漸臺。」

〔生慚毛義檄〕毛義，東漢廬江人。家貧，事母孝。府檄以義爲安陽令，義捧檄而喜，蓋爲養母而仕也。母死遂去官，屢徵不起。見後漢書劉平傳序。此句謂生不能得禄養親。

〔死痛子輿衾〕子輿，孟軻字。據孟子梁惠王下，孟子後喪（母喪）踰于前喪（父喪），意謂棺槨衣衾之美也。此句痛母死不能厚葬。

〔荻字書猶記〕歐陽修四歲喪父，母鄭氏親誨之學。家貧，以荻（蘆草之類）畫地習書。見宋史本傳。先生先妣王碩人行狀：「吾母居別室中，晝則紡績，夜則觀書，至二更乃息。……尤好觀史記、通鑑及本朝政紀諸書，而于劉文成、方忠

烈、于忠肅諸人事，白炎武十數歲時即舉以教。」

〔斑衣〕相傳春秋楚人老萊子行年七十，父母猶存。嘗著五色斑斕衣，取水上堂，佯跌仆地，作小兒啼，以娛其親。其人見史記老子傳，其事分見高士傳、初學記孝子傳等。後遂以「斑衣戲彩」喻孝養不衰。錢起送韋信愛子歸覲詩：「棠花含笑待斑衣。」

〔淒其天步蹙〕其，語助詞，無義。淒其，狀風寒，詩邶風緑衣：「淒其以風。」天步猶天行、天運，詩小雅白華：「天步艱難。」蹙猶促，亦艱意。晉書慕容暐載記：「朝綱不振，天步孔艱。」自此句以下，兼喻時事。

〔荏苒歲華侵〕荏苒，漸逝貌，多指時間，潘岳悼亡詩：「荏苒冬春謝，寒暑忽流易。」歲華猶言歲月年華，謝朓休沐重還道中詩：「歲華春有酒。」孟浩然除夜詩：「那堪正漂泊，來日歲華新。」

〔密葉凋秋氣〕楚辭九辯：「悲哉！秋之爲氣也。」此謂密葉爲秋氣所傷。

〔貞柯落夜陰〕貞柯，耐霜枝也，此處喻貞母。晉書桓彝傳論：「貞柯罕能全其性。」先生嗣母王碩人絶食卒于七月三十日己卯晦，故取密葉、貞柯凋落爲喻，俱切時令。

〔國書公父訓〕國書指魯史春秋。魯敬姜，公父穆伯之妻，文伯之母。早寡，博達知禮。文伯相魯，敬姜曾與之論治國勞逸，孔子聞而嘉之。事亦見劉向列女傳。

〔女史大家箴〕女史，官名，掌王后之禮職，見周禮天官。箴，誡也。班昭（三四——一二〇），彪女、固妹、曹世叔妻。早寡，和帝召入宫，令皇后諸貴人師事之，號曰「大家」（讀如太姑）。曾續成兄固漢書，並作女誡七篇。後漢書曹世叔妻傳即昭傳。

〔還閭望〕原注：「烈女傳：王孫賈母言：女莫出而不還，則吾倚閭而望。女今事王，王出走，女不知其處，女尚何歸！」按：其事亦見戰國策齊策。方樂毅下齊七十餘城，閔王出走，王孫賈母謂其子云云，蓋國破家亡之日，賢母訓子盡忠王

室也。

〔恤緯心〕左傳昭公二十四年：「（鄭子太叔對晉范獻子語云）嫠不恤緯，而憂宗周之隕。」注曰：嫠，寡婦也。織者常苦緯少，寡婦所宜憂。後遂以「不恤緯」喻女子不憂己而憂國。

〔霜催臨穴旐〕霜，喻時令。穴，墓穴。詩秦風黃鳥：「臨其穴，惴惴其慄。」旐音跳或肇，旗之一種，黑色，多指喪旌。禮檀弓上：「孔子之喪……綢練設旐。」碩人歿于秋日，作詩時尚未安厝，此句係懸想，故用「催」字。

〔風送隔鄰砧〕砧同碪，擣衣石。王武陵秋暮登北樓詩：「夕陽風送遠城碪。」謂風送擣衣聲也。

〔白鶴非新表〕「表」即華表，指路木。搜神後記載：丁令威，漢末遼東人，曾赴靈虛山學道成仙，後化鶴歸來，止息于城門華表上。有少年欲射之，鶴乃飛鳴作人言：「有鳥有鳥丁令威，去家千年今始歸」云云。按葛洪神仙傳亦載蘇仙公（耽）化白鶴歸至郡城，與丁令威事近，惟不言止于華表，故此句「白鶴」當專用令威事。

〔青鳥即舊林〕青鳥，不知何代人，疑係晉以前方士，相傳著有葬經（一云相冢書），爲堪輿術之祖，抱朴子極言篇、世說新語術解注、後漢書王景傳注均言及之。唐書藝文志載王璨青鳥子三卷，乃借人名爲書名；此句則借人名爲鳥名，以與「林」字相應。「舊林」通指鄉里或隱地，張説和魏僕射還鄉詩：「富貴還鄉國，光輝滿舊林。」先生曾祖少司馬公章志賜塋在崑山故里，本年冬葬碩人于賜塋之東偏，故上句云「非新表」，此句曰「即舊林」。

〔欲求防墓處〕防墓指孔子父母合葬之墓，地在曲阜東之防山，禮檀弓所云「防墓崩」，即是。此詩以「表哀」爲題，尚未合葬，故「防墓」之上用「欲求」二字。

〔戈甲滿江潯〕戈，兵器，用以進擊；甲，軍服，用以自禦，故以戈甲喻兵戰。潯，水之厓也。淮南子原道：「游于江潯海裔。」此句蓋歎江南戰亂，母不得葬。

【箋】

孫綽表哀詩序頗切先生身世，故卽以「表哀」二字爲題。味全詩，當作于嗣母王碩人殉國不久。時居常熟語濂涇，方擬扶柩歸葬崑山祖塋而不得，故篇末多懸想之辭。通首雖徧用賢母、孝子故事，然不類尋常表哀之作，蓋碩人之死與壽終正寢異。「閶闔」、「天步」、「還閭」、「恤緯」、「戈甲」等語，皆于親喪之外，兼寓國難。

〔一〇〕 聞詔

聞道今天子，中興自福州。二京皆望幸，四海願同仇。滅虜須名將，尊王仗列侯。殊方傳尺一，不覺淚頻流。

【釋】

〔解題〕本年五月，清兵陷南京，福王出奔被俘。閏六月，唐王朱聿鍵稱帝福州，「聞詔」，聞唐王卽位之詔也。此詩潘刻本無，據原鈔本補。

〔今天子〕指唐王聿鍵（一六〇二——一六四六）。聿鍵，明太祖九世孫，其先乃太祖第二十三子桱，封唐王，國南陽。崇禎五年聿鍵襲封，九年以倡議勤王得罪，禁錮鳳陽高牆。福王立，始赦出。南京破，鄭鴻逵、鄭彩等奉王入閩監國，黃道周、鄭芝龍擁立之，遂稱帝于福州，建元隆武。

〔二京皆望幸〕二京，漢時指長安、洛陽，張衡有二京賦，此指明之南京、北京。天子有所至曰「幸」，漢書司馬相如傳：「設壇場望幸。」全句謂二京父老亟盼收復。

〔同仇〕見〔七〕千里「戈矛」釋。

〔滅虜、尊王二句〕唐安史之亂，郭子儀、李光弼皆以平亂滅虜爲中興名將。周平王東遷，諸侯如齊桓、晉文俱以尊王攘

夷爲天子所倚仗。此句係泛擬，不必指實。

〔殊方〕猶言異域。班固西都賦：「踰崑崙，越巨海，殊方異類，至于三萬里。」據孫詒讓別校本「殊」作「支」，例以韵目代字，殊方即夷方也。故知此句係指清兵佔領區，即先生聞詔時所在。

〔尺一〕詔版。漢制詔版長尺一寸。後漢書李雲傳：「今官位錯亂，小人諂進，財貨公行，政化日損，尺一拜用，不經御省。」

【箋】

南都陷没，明宗室爭立者十餘起，最著者乃唐王、魯王、桂王。先生曾受唐王官，奉隆武年號，盡忠臣節，没身不二，其心志俱見于詩集，此篇則其首見。潘刻不録，蓋以詞旨太顯，无可諱飾也。

〔一一〕十二月十九日奉先妣藁葬

婁縣百里内，牧騎過如織。土人每夜行，冬深月初黑。扶柩已南來，幸至先人域。合葬亦其時，倉卒未可得。停車就道右，予也聞日食。魂魄依祖考，即此幽宮側。三年卜天道，墓櫝茂以直。黽勉臣子心，有懷亦焉極。悲風下高原，父老爲哀惻。其旁可萬家，此意無人識。

【釋】

〔解題〕禮記曲禮：「生曰父曰母，死曰考曰妣。」先妣指嗣母貞孝王碩人。藁葬猶草葬，謂暫厝也。本年清兵蹂躪蘇南，七月，碩人絶食殉國于常熟之語濂涇，十一月，先生扶柩南歸崑山，暫厝曾祖少司馬公（顧章志）賜塋之東偏。

〔婁縣〕在今崑山縣境。秦時置，梁時改置崑山縣，唐以後爲華亭縣地，清順治十三年又析置爲縣，民初廢，故城在今崑山縣東北。

〔牧騎〕原鈔本作「胡兵」，孫校本作「虜兵」，均指清兵。以下詩凡稱胡兵、胡騎者，潘刻本多諱改爲「牧騎」。

〔土人每夜行〕土人即土著，指本地人。後漢書虞詡傳：「其土人所以推鋒執鋭無反顧之心者，爲臣屬于漢故也。」每夜行，意謂白晝畏清兵，至夜始敢出也。

〔先人域〕域，此指墓地。詩唐風葛生：「葛生蒙棘，蘞蔓于域。」先人域即顧氏祖塋所在。

〔合葬……未可得二句〕合葬謂使嗣母與嗣父同吉合墓也。王碩人未嫁而寡已四十年，既殁合葬，本已及時，惟本年兵荒馬亂，國難家難，俱起倉卒，雖欲立即營葬，勢不可得。按：先生合葬父母在母殁大祥之後，見〔二九〕奉先妣葬于先曾祖墓之左詩。

〔停車、予也二句〕原注：「禮記曾子問：孔子曰：昔者吾從老聃助葬于巷黨，及堩，日有食之。老聃曰：丘，止柩就道右，止哭以聽變。既明反而後行。」車，此指柩車。堩，墓道。儀禮既夕禮：「唯君命止柩于堩，其餘則否。」「予也」原鈔本作「丘也」。按：王碩人行狀曰：「古人有雨不克葬者，有日食而止柩就道右者，今之爲雨與日食也大矣。」故知二句係以日食喻國變，未嘗真有日食也。

〔祖考〕指少司馬章志，于碩人爲祖公。

〔即此幽宫側〕即，近也。幽宫指墓寢，王勃春思賦序：「豈徒幽宫狹路。」

〔三年、墓檟二句〕檟音賈，亦作「榎」，楸屬，常植墓側。左傳哀公十一年：「（伍子胥）將死，曰：樹吾墓檟，檟可材也，吴其亡乎！三年其始弱矣。盈必毁，天之道也。」二句借子胥語，預言清兵必亡。「三年」兼指三年之喪。

〔黽勉、有懷二句〕「黽勉」見〔九〕表哀詩釋。「有懷」謂有感于子胥之言。「焉極」猶言何其有極。二句蓋先生自誓，謂當

期之三年，俟敵覆滅而後葬，可與末句「此意無人識」互釋。

〔其旁可萬家〕史記淮陰侯列傳：「其母死，貧無以葬。然乃行營高敞地，令其旁可置萬家。」按：置萬家，謂遷置萬家爲之守墓也，本係古制，此句但謂來日必有以貞孝節烈光大碩人之墓者。

【箋】

先生母，三吴奇節，既卒當葬，然而不葬，何耶？行狀三復其意曰：「柏舟之節紀于詩，首陽之仁載于傳，合是二者爲一人，有諸乎？——于古未之聞也，而吾母實蹈之。此不孝所以稾葬而不葬，將有待而後葬也。」何故而有待？狀曰：「古人有雨不克葬者，有日食而止柩就道右者，今之爲雨與日食也大矣。」此詩亦曰：「合葬亦其時，倉卒未可得。停車就道右，予也聞日食。」夫止柩、停車皆有待也，待日食之過而後葬也，孰知日食之甚且久乎？

全首抒叙均用散體。凡爲此體，大都有意避駢，先生似非有意，蓋通篇已合家難與國難爲一，用事遣詞無不雙關，雖欲駢亦不易。

〔一一〕上吴侍郎暘

烽火臨瓜步，鑾輿去石頭。藩文來督府，降表送蘇州。殺戮神人哭，腥汙郡邑愁。依山成斗寨，保水得環洲。國士推司馬，戎韜冠列侯。師從黄鉞陳，計用白衣舟。曹沫提刀日，田單仗鍤秋。春旗吴苑出，夜火越江浮。作氣須先鼓，爭雄必上游。軍聲天外落，地勢掌中收。征虜投壺暇，東山賭墅優。莫輕言一戰，上客有良謀。

【釋】

〔解題〕此詩潘刻本無，據原鈔本補。「暘」它本或作「易」（作「易」誤），或作「陽」，俱訓「日」，惟「暘」則訓「日出」（見說文）。已知吴字「日生」，則名「暘」是也。又鈔本蔣山傭詩集題下有「已下柔兆閹茂」六字，而原鈔本仍置本年之末，今據暘之行事及詩「春旗」句，顯係明春之作，疑原鈔本編年有誤也。暘字日生，吴江人，崇禎十六年進士。福王時，史可法奏授兵部主事，參軍淮上。乙酉之變，暘已奉檄督餉至蘇州，故不與揚州之難。蘇州既降，清兵攻吴江，暘遂募兵千餘人屯太湖長白蕩，軍聲爲吴中義軍之冠。八月戰敗，孑身走。丙戌春，入主周瑞（亦吴江人，字毓祥）營，勢復振。正月復吴江，殺知縣孔，卽詩所云「春旗吴苑出」也。五月復嘉善，殺守將王。六月浙東師潰，清懸賞三千金購暘。秋，暘爲叛將所賣，被執于嘉善，解至杭州，不屈死。暘初起事，魯王授蘇松巡撫都御史，陞兵部尚書，封長興伯。旋唐王亦授兵部侍郎（後亦陞尚書），封忠義伯。先生稱吴爲「侍郎」，從唐王官也。

〔烽火、鑾輿二句〕烽火見〔三〕千官「傳烽」釋。瓜步在六合東南濱江，與南京相望，此借指瓜洲渡，係清兵渡江處。鑾輿，天子所乘車，此指福王。石頭見〔四〕京口卽事釋。二句隱括乙酉五月清兵渡江，福王棄京西逃事。

〔蕃文、降表二句〕蕃通番，指外族、外國。周禮秋官大行人：「九州之外，謂之蕃國。」蕃文指滿清文書，督府指清豫王多鐸所置軍務總督。五月下旬，多鐸自南京差鴻臚寺卿黄家鼒爲安撫，移文蘇州促降；六月上旬，復遣刑部侍郎李延齡、巡撫土國寶統兵蒞蘇城，並以王鏌爲新郡守，蘇州遂不戰而降。二句蓋謂蕃文從督府而來，降表自蘇州送出也。句法如此，史實亦如此，不宜以崑山或吴江送降表至蘇州當之。

〔殺戮、腥汙二句〕此概括蘇州郡邑殺戮之慘。清兵既降蘇州，閏六月十二日下薙髮令，違者，男女老幼皆無赦。據婁東無名氏研堂見聞雜記，李延齡十六日以三十六騎屠蘇城，「自北察院殺而南，及葑門，老穉無孑遺」。七月初六日，「崑山復破，殺戮一空，其逃出城門踐溺死者，婦女嬰孩無算。崑山頂上僧寮中，匿婦女千人，小兒一聲，搜戮殆盡，血流奔瀉，如泉水暴下」。蘇、崑如此，其它郡邑畧同。

〔依山、保水二句〕此叙吴暘初起事時駐守太湖形勢。山謂洞庭山；「斗寨」，斗絶之寨。水指長白蕩，在太湖東部，傍吴江；「環洲」，四面環水之小洲。按：乙酉六月，清兵徇吴江，縣丞朱國佐以城降。暘起兵擒國佐，遂與舉人孫兆奎等以水師千餘人出没五湖三泖間。

〔國士推司馬〕國士見〔三〕感事「登壇」句釋。司馬，兵部尚書或侍郎之代稱，此指吴暘。

〔戎韜冠列侯〕戎韜猶兵畧，庾信哀江南賦：「侍戎韜于武帳。」列侯即徹侯、通侯，漢爵之最高級，此指與暘同時起事之諸軍首領如黄蜚、陸世鑰等。張岱丙戌殉難列傳謂「暘遂練舟師于太湖，江東號吴兵最爲矯勁。」

〔師從黄鉞陳〕陳同陣。黄鉞猶金斧，古天子出師儀仗。後世大將出師，亦嘗「假黄鉞」以重威。暘先後受魯、唐二王封伯，猶假黄鉞也。時楚通城王宗室盛澂避居太湖西山，王朝昇等拥立爲王，曾復湖州，駐長興（南疆逸史宗藩有專傳）。或以此句用「從」字，疑暘曾從王征討，可備一説。

〔計用白衣舟〕三國時，吴將吕蒙謀襲荆州關羽，至潯陽，盡伏精兵于䑹䑸（船名）中，使人白衣摇櫓，作商賈之服，晝夜兼行，故羽不聞知。事見三國志吴志吕蒙傳。暘軍嘗以白羅布纏頭，人稱白頭軍。時清兵初至江南，未習水戰，兼不識地理，暘使部卒習水師者，雜農民散處湖畔，清兵掠民舟以濟，刼人操之，前散處之兵民詭來操舟，棹至中流，猝入水，鑿沉之，清兵溺死者無算。此事諸書記載畧異，然以計勝則一。

〔曹沫提刀日〕曹沫，春秋魯國人。爲魯將，與齊戰，三敗北，魯獻地以和。後齊桓公與魯盟于柯（齊邑），沫執匕首刼桓公，遂盡復魯地。事見史記刺客列傳。

〔田單仗鍤初〕田單，戰國齊人。初，燕樂毅下齊七十餘城，惟莒與即墨未下。洎燕以騎刼代毅，單乃身操版牐（築城具），率即墨士卒以火牛陣大破之。事見史記田單傳，參見〔二五〕安平君祠詩釋。按：曹沫、田單二句，但述暘爲國復仇之志，不必附會其事。

〔春旗吴苑出〕春旗，青色旗也。庾信三月三日華林園馬射賦序：「楊柳共春旗一色。」吴苑即長洲苑，在太湖北岸。時在春日，則係丙戌年事。小腆紀傳周瑞傳：「丙戌春，瑞復聚四保匯，王師討之，死者八百人，軍聲遂振，迎吴易（易、暘）入其營。」南疆逸史瑞傳記事同。疑此與張岱丙戌殉難列傳所云「丙戌正月，復吴江，殺知縣孔」爲同時事。

〔夜火越江浮〕越江本指浙江，此處當泛指太湖西南諸水。南疆逸史吴易傳：「是時部郎王期昇、吴景亶等奉通城王盛澂起兵西山，克長興而居之。然兵不及易之强，故皆依易以爲助。」則暘之舟師曾至湖西、長興可知，疑魯王封暘爲長興伯亦以此。

〔作氣須先鼓〕左傳莊公十年：「一鼓作氣，再而衰，三而竭。」

〔爭雄必上游〕史記高祖紀：「古之帝者，地方千里，必居上游。」先生形勢論（文集卷六）：「夫取天下者，必居天下之上游，而後可以制人。」

〔征虜投壺暇〕祭遵，後漢潁陽人。從光武平河北，拜征虜將軍。遵在軍取士皆用儒術，對酒設樂，必雅歌投壺。後漢書有傳。「投壺」，古代宴會時遊戲。賓主以次投矢于特製壺中，多中者勝。禮記有投壺篇。

〔東山賭墅秋〕秦苻堅寇晉，晉孝武帝詔以謝石、謝玄帥師禦之。玄恐，問計于叔安，安夷然謂已別有旨；遂命駕遊山，與玄圍棋賭墅。安棋常劣于玄，是日玄懼，便爲敵手，而又不勝。安遂遊陟，至夜乃還。見資治通鑑晉紀太元八年及晉書謝安傳。安初隱東山，東山有三，此專稱南京之東山，並以山名代安名。墅，別墅。賭墅謂以別墅爲賭注。征虜、東山二句，言暘不愧儒將。

〔莫輕言一戰〕此二句似承「作氣」、「爭雄」二句，意謂必先鼓勵士氣，佔據要衝，始能一戰而勝。「上客」疑係泛指，蘧案：「當謂陳子龍」，亦近理。子龍事見〔二六〕哭陳太僕詩。

【箋】

吴暘以文人而主軍事，先後與孫兆奎、周瑞等率師抗清，周旋五湖三泖間年餘，屢蹶屢起，終以身殉。其事俱見南明史料，雖不免傳聞異辭，然其大端則不煩臆測也。丙戌春，先生已藁葬嗣母，故得「出入戎行」（見常熟陳君墓誌銘）。觀此詩，似一度從吴暘游，于暘主軍之大端必多聞見，故可分三解：前六句隱示吴暘起事之原因，中十句循序概述暘之軍威與戰績，後八句于激勵中似寓告誡。全首多推功語而無肅殺氣，蓋作于暘蹶而復起之際也。

編年（一六四六）

是年歲次丙戌，明唐王朱聿鍵隆武二年（後唐王朱聿鐭紹武元年），清順治三年。

二月，明隆武帝將出汀州入贛，爲鄭芝龍所阻，駐蹕延平。

三月，隆武帝封芝龍子成功爲忠孝伯，賜國姓，掛招討大將軍印。清爲籠絡漢族士子，始舉行會試、殿試。

四月，明唐、魯二王交惡。唐王水軍都督周鶴芝遣人如日本乞師，無功。

六月，清博洛破紹興，明魯王浙東師潰，入海奔舟山，守將黄斌卿不納。

八月，清博洛破建寧，明隆武帝奔汀州，清兵追俘之，旋被害。明叛將孔有德、耿仲明、尚可喜奉命從滿洲兵分攻湖廣、兩廣。

九月，鄭芝龍擬降清，子成功諫不聽，去而入海，自謀抗清。

十月，明兩廣總督丁魁楚，廣西巡撫瞿式耜奉桂王朱由榔監國于肇慶，旋稱帝，改明年爲永曆元年。

十一月，明大學士蘇觀生奉隆武帝弟嗣唐王朱聿鐭繼位于廣州，改元紹武，于是肇慶兵與廣州兵相攻。

鄭彩奉魯王奔廈門，旋改居長垣。

十二月，清豪格入川攻張獻忠，至是追至西充，獻忠拒戰敗死；餘部孫可望、李定國、白文選等潰走川

南。鄭成功起兵南澳，仍奉隆武年號。清博洛兵破廣州，紹武帝自殺，蘇觀生等死之。桂王遂奔梧州。

是年先生三十四歲。自藁葬嗣母後，始往來兵間。將赴閩應職方之召，以母喪未葬，不果行。秋，浙東兵與吴暘兵均敗，先生行踪亦不定。十月，命家人趙和遷居，亦未詳所遷何地，大約仍不出崑山、常熟以至嘉興及瀕海。

〔一三〕延平使至 已下柔兆閹茂

春風一夕動三山，使者持旌出漢關。萬里干戈傳御札，十行書字識天顔。身留絶塞援枹伍，夢在行朝執戟班。一聽綸言同感激，收京遥待翠華還。

【釋】

〔解題〕原鈔本題作李定自延平歸賚（音賴，通齎）至御札。李定或以爲先生所遣家人。延平即今福建南平。御札，天子手札，詳見句釋。按：隆武帝移駐延平在本年二月，李定歸及作詩時當在二月以後。

〔三山〕福州乃隆武帝行都，時稱福京。有三山，所指不一，通指閩山、越王山、九仙山，故即以「三山」稱福州。前釋〔六〕金陵雜詩「三山」在南京，與此同名異地。

〔使者持旌出漢關〕使者當指李定。「旌」，原鈔本作「符」。古天子召大夫用旌，此次御札係授官，用「旌」字是。符剖爲二，合則徵信，初授官不得用符；若用「符」字，則有密敕意，揆諸乙丙時勢，亦宜。漢關古指漢胡交界處，如玉關、陽關

皆是，此處借指今閩浙交界處仙霞關（關在浙江省江山縣南）。作詩時蘇南、浙東皆淪于清，使者自三山至延平，由延平入浙，故視仙霞爲漢關。

〔御札〕史稱隆武帝喜文翰，灑灑千言，監國諭、卽位詔、親征詔皆帝自撰，授官札諒亦同。據元譜，知此札卽隆武遥授先生兵部職方司主事之札。

〔十行書字〕此處專指天子手書。後漢書循吏傳：「光武一札十行，細書成文。」

〔天顔〕天子容顔。吴越春秋句踐歸國外傳：「羣臣拜舞天顔舒。」杜甫紫宸殿退朝口號：「天顔有喜近臣知。」

〔身留絶塞援枹伍〕絶塞猶邊陲，杜甫返照詩：「絶塞愁時早閉門。」此句借指先生所居蘇浙淪陷區，謂與行朝懸隔也，參閲前「漢關」釋。「枹」音義同「桴」，鼓槌也。左傳成公二年：「左援枹而鼓。」「伍」猶列，言己身猶在戎行也。觀此句，益證先生已參義師。

〔夢在行朝執戟班〕行朝猶行在，天子臨時駐地。舊唐書崔胤傳：「臣（朱全忠自稱）今與（李）茂貞要約，……伏乞詔赴行朝，以備還駕。」此處可代福州及延平。執戟謂執戟守衛宫殿，秦漢時以郎官任之。史記淮陰侯傳：「臣事項王，官不過郎中，位不過執戟。」班，朝班。兵部主事，亦猶秦漢郎官。全句謂身居絶塞，而心常守衛天子左右。

〔綸言〕禮緇衣：「王言如絲，其出如綸。」後遂以天子詔旨爲綸音或綸言。此處「綸言」當指去年十一月隆武帝親征詔，非指所賚御札。

〔感激〕感動激發也。漢書淮南王安傳：「其羣臣賓客，江淮間多輕薄，以厲王遷死感激安。」詞義與今言「感謝」不同。

〔收京〕謂收復南、北二京。此借唐肅宗時郭子儀等收復長安、洛陽以喻時事。

〔翠華〕天子旌旗。司馬相如上林賦「建翠華之旗」，注謂「以翠羽爲旗上葆」。此處卽以翠華代隆武帝。

【箋】

蔣山傭殘稿卷三復遲明府書云：「某昔以明經，曾叨薦剡。」衍生注曰：「明薦授兵部職方司，未仕。」按：先生首薦在福王時，得兵部司務，已赴南京任（見甲申、乙酉編年）；衍生注曰「未仕」，當在唐王時，即此詩所云也。此詩首句用「春風」二字，知李定去而復歸必在春日；第七句感激用「同」字，諒聞詔時不止先生一人；頷聯「身留」、「夢在」二句尤可證先生乙、丙間行踪與心事。

世嘗以顧、黄、王並稱，或從其學術，或重其氣節。學術有本源，不必一概求同；氣節無二致，惟出處畧異耳。三先生均明朝遺臣，皆曾受職先朝，王先生官桂王行人，轉徙楚粤滇黔間，後以母病間道歸，遂不復出，亦不爲人所知。黄先生從魯王，官至左副都御史，後因江上師潰，無興復之望，乃奉母返里，隱居講學兼著述。惟顧先生雖受唐王官，但以母喪未葬，不及赴任而唐王已敗，事雖不爲時人所知，猶不免松江之獄。三先生銘心先朝，不事二姓，由今觀之，是猶忠之小者。然其分事三王，不爲畛域，而同歸于抗清者，則民族大義有以致之，得非忠之大者乎？

〔一四〕海上四首

日入空山海氣侵，秋光千里自登臨。十年天地干戈老，四海蒼生痛哭深。水湧神山來白鳥，雲浮仙闕見黄金。此中何處無人世，衹恐難酬烈士心。

【釋】

〔日入……登臨二句〕「日入」猶日落，「登臨」對「空山」而言。二句籠罩全題，知此組詩乃秋日登山望海有感之作，非泛泛詠海也。

〔十年天地句〕「十年」本成數，不必拘泥，然亦不似妄下。意自崇禎九年（一六三六）皇太極改國號後金爲大清，李自成繼高迎祥爲闖王，至今恰值十年。其初明朝背腹受敵，七年後北京先淪于李，繼覆于清；逾年南京不守，干戈益深。「十年」之數，其偶合乎？

〔四海蒼生句〕蒼生指百姓，見〔六〕金陵雜詩釋。賈誼陳政事疏：「臣竊惟事勢，可爲痛哭者一，可爲流涕者二，可爲長太息者六……」此亦痛事勢句。

〔水湧、雲浮二句〕史記封禪書：「蓬萊、方丈、瀛洲此三神山者，其傳在渤海中。……其物禽獸盡白，黄金銀爲宫闕，未至，望之如雲。」「鳥」原鈔本作「鶴」，「仙」原鈔本作「真」，于義可通。二句極狀海上瑰麗奇幻，爲詩末「祇恐」句作勢。

〔此中、祇恐二句〕「人世」猶「人間世」（莊子有此篇名）。味詩意，此處係對「神山」、「仙闕」而言，意謂舍神仙外，海上必有人居也。烈士猶志士，曹操步出夏門行龜雖壽：「烈士暮年，壯心不已。」此處似自指，與第四首末句「侯嬴」同。

滿地關河一望哀，徹天烽火照胥臺。名王白馬江東去，故國降幡海上來。秦望雲空陽鳥散，冶山天遠朔風迴。樓船見説軍容盛，左次猶虚授鉞才。

【釋】

〔烽火〕見〔三〕千官「傳烽」釋。

〔胥臺〕一名姑蘇臺，在蘇州胥門外，據越絶書，臺乃吴王闔廬時造。

〔名王白馬江東去〕原注：「隋書五行志：梁大同中，童謡曰：青絲白馬壽陽來。其後侯景破丹陽，乘白馬，以青絲爲羈勒。」按：「名」，大也。書武成：「告于皇天后土，所過名山大川。」「名王」即大王，通指胡夷首領。漢書宣帝紀：「單于

遺名王奉獻。」又杜甫前出塞：「虜其名王歸。」原注：「名王」係指侯景，景本胡族，故此句「名王」亦必指清兵首領。本年清以貝勒博洛爲征南大將軍，受命攻掠浙閩等地。「江東」兼謂浙江之東。

〔故國降幡海上來〕此句緊承上句，流水對。「故國」，此指杭州。降幡即降旗，劉禹錫金陵懷古詩：「一片降幡出石頭。」去年六月，清博洛入浙，急趨杭州，遺書明潞王朱常淓勸降。常淓力不能拒，遂降；「彼都人士」俱降。其事詳見〔一六七〕杭州第二首釋。杭州位錢塘入海之口，故稱「海上」。

〔秦望雲空陽鳥散〕「秦望」，山名。據水經注漸江水：山在紹興城南，爲羣峰之首，秦始皇嘗登之以望海。「陽鳥」，雁類候鳥。書禹貢「陽鳥攸居」，傳曰：「隨陽之鳥，鴻雁之屬。」去年閏六月，張國維、張煌言等赴台州迎魯王回駐紹興監國。本年六月清兵渡錢塘江擊之，王師潰，棄紹興倉皇入海。從臣張國維、陳函輝、王之仁等死之，方國安、馬士英、阮大鋮等皆降，此所謂「陽鳥散」也。其事詳見〔一六八〕禹陵「沖主常虛己」以下釋。

〔冶山天遠朔風廻〕「冶山」在福州城東北，有歐冶池，相傳爲歐冶子鑄劍之地。「朔風」，北風也，喻清兵。本年八月下旬，清兵取延平，隆武帝先一日奔汀州，清兵追之。九月朔，帝甫駐汀州，清兵猝至，被俘死（一說不知所終）。此組詩作于秋日，浙東地近，故已知魯王紹興之敗；閩疆地遠，尚不聞隆武汀州之耗。「朔風廻」謂清兵必阻于閩也。

〔樓船見說軍容盛〕此句原鈔本作「遥聞一下親征詔」，顯係追憶隆武帝去年十一月所下親征詔書（見〔一三〕延平使至「綸言」釋），故知以下二句均涉唐王事，潘耒諱改句亦同。樓船，船之高大者。漢武帝征南越，置樓船將軍，此處蓋指鄭芝龍輩。鄭氏本泉州海盜，崇禎時受撫，一門皆授武職。南都立，芝龍封南安伯，弟鴻逵官總兵。南都陷，鴻逵自鎮江入海，遇唐王，奉之入閩，芝龍與黃道周等遂擁立之。芝龍、鴻逵均封侯，弟芝豹、侄彩封伯，子成功，賜國姓，命爲御營中軍都督。一門勳望，聲餤赫然，軍容雖盛而不受唐王節制。按：潘耒以「樓船」句代原句，則與第三首「樓船」句用事重而命意反，先生自作必不出此。

〔左次猶虚授鉞才〕「左次」原鈔本作「夢想」（與「遥聞」相對）。「次」，位次也。「左」與「虚」字應，史記魏公子傳：「公子（即信陵君）從車騎，虚左，自迎夷門侯生。」言虚左位以待也。「授鉞」即授斧鉞。斧鉞皆兵器，出師之際，君以授將，示授權也。六韜龍韜：「君親操斧持首，授將其柄，曰：從此上至天者，將軍制之；復操鉞持柄，授將其刃，曰：從此下至淵者，將軍制之。」此句承上作轉語，言軍容雖盛（雖欲親征），終乏將才也。

南營乍浦北南沙，終古提封屬漢家。萬里風煙通日本，一軍旗鼓向天涯。樓船已奉征蠻勅，博望空乘泛海槎。愁絶王師看不到，寒濤東起日西斜。

【釋】

〔南營乍浦北南沙〕此句本意爲「南營乍浦，北營南沙。」須減一字成七言句，故原鈔本「北南沙」作「北營沙」，義不變。乍浦在今杭州灣海鹽附近；南沙在今上海崇明縣南七十里（寶山縣北）。兩地沿海南北數百里，皆明代經營禦倭之地。

〔終古提封屬漢家〕終古猶永古，屈原哀郢：「去終古之所居兮。」提封即轄疆（提，提轄；封，封疆），舊唐書東夷傳：「魏晉以前，近在提封之内，不可許以不臣。」此句承上，知「提封」專指蘇南、浙東一帶。漢家，古指中國。

〔萬里風煙通日本〕「風煙」同烽煙、烽火，高適信安王幕府詩：「四郊增氣象，萬里絶風煙。」明自嘉靖後，通稱日本爲倭國、倭寇，此用「日本」，蓋與下句「天涯」巧對。「通日本」謂風煙通向日本，係承「南營」、「終古」二句，指蘇南、浙東與日本當年對抗關係而言，未見有向日本乞師之意。

〔一軍旗鼓向天涯〕句下有自注：「去夏誠國公劉孔昭自福山入海。」劉孔昭本誠意伯劉基十四世孫，以擁立福王，晉爵誠國公，仍督南京操江，諂附馬阮，紊亂朝政。乙酉二月，奉旨禦左良玉，聞揚州陷，先奔浙，後率軍入海，不知所終。

小腆紀傳與馬、阮俱編入姦臣傳(傳缺)。福山在常熟北四十里。以上「萬里」、「一軍」二句，注者皆以爲暗寓乞師日本，各有比附，惜皆不能自圓。徐注與蘧案均以上句爲馮京第等乞師日本事，而謂下句與上句無涉。黄節注則併上下句均爲劉孔昭乞師日本事，而不論孔昭之爲人。殊不知「風煙」一詞已證先生不以日本爲友國，「旗鼓」二字顯諷劉孔昭全師而逃海。且馮京第赴日在丙戌，劉孔昭入海在乙酉，二事既不相干，時序亦不容顛倒，故乞師之説，實同臆測。今就詩論詩，此首前二聯歎昔，後二聯傷今。首聯言昔日南營乍浦，北營南沙，浙東蘇南，均係明朝國土。頷聯上句歎當年倭寇萬里而搆衅，下句歎劉孔昭守土而誤國，然後知後二聯亦必從浙東蘇南起興也。

〔樓船已奉征蠻勅〕樓船征蠻見本題第三首「樓船」句釋。按：乙酉八月，隆武帝以鄭鴻逵爲御營左先鋒，出浙東；以鄭彩爲御營右先鋒，出江西。二將各擁兵數千，號數萬，出關百里，逗留不行。此係去年事，先生但知其已奉勅，猶不知其逗留也。

〔博望空乘泛海槎〕漢張騫，以功封博望侯，漢書有傳。又荆楚歲時記：武帝令張騫尋河源，乘槎而去。「槎」亦作「楂」，水中木筏。杜甫有感詩：「乘楂斷消息，何處覓張騫？」此句殆反用張騫泛槎事，歎張名振由海路出援松江失利。據南明外史紹宗紀載：丙戌三月勅舟山黄斌卿曰：「今得張名振資助萬金，克服蘇松可望。」又東南紀事載：本年張名振出援松江，值海嘯，亡失樓船。大約舟山奉勅援松江已始于丙戌，此與丁亥歲助吴勝兆反正失利(見〔三三〕海上行箋)並非一事。詩句用張騫故事以切名振之姓。名振生平詳見〔六二〕金山詩解題。

〔愁絶王師看不到二句〕上句直承頸聯，樓船、博望皆王師也。下句暗扣頷聯，日本、天涯俱在東也。尾聯「王師」與首聯「漢家」亦遥相呼應。

長看白日下蕪城，又見孤雲海上生。感慨河山追失計，艱難戎馬發深情。埋輪拗鏃周千畝，蔓草枯楊漢二京。今日大梁非舊國，夷門愁殺老侯嬴。

【釋】

〔長看白日句〕「蕪城」荒城也，即揚州，以鮑照蕪城賦而異名。「白日」喻史可法。可法揚州之敗乃南明覆亡之始，故首句及之。「長」猶永也。

〔又見孤雲海上生〕孤雲生于海上，似喻魯王。或以爲先生受唐王官，當喻唐王，殊不知此詩首聯係以戰喻，本年六月魯王紹興之敗，關係閩浙全局，可與揚州之役相比，故用「又」字，且爲推出下聯「追失計」三字着力。

〔感慨……深情二句〕此聯承上隱喻叙事而放聲抒情，「感慨」、「發情」皆先生自狀，故極突兀跌宕之致。杜甫羌村詩「艱難愧深情」，愧父老之情也，與此句異。

〔埋輪拗鏃周千畝〕原注：「楚辭九歌（國殤）：埋兩輪兮縶四馬。」「尉繚子：拗矢折矛。」鏃即箭矢、箭鏑。國語周語上：「（宣王）三十九年戰于千畝，王師敗績于姜氏之戎。」「千畝」地名，在今山西介休縣南。此句以周、戎千畝之戰，喻明、清揚州、紹興諸戰，係由上句「艱難戎馬」導出。

〔蔓草枯楊漢二京〕二京見〔一〇〕聞詔釋。蔓草枯楊狀荒涼，此亦戰後景，與「蕪城」應。

〔今日、夷門二句〕大梁即今開封，戰國時魏都。夷門乃大梁之東門。侯嬴即夷門監者，又稱侯生，年七十，信陵君尊禮之。後秦圍趙邯鄲，平原君求救于魏，魏王畏秦不敢救，信陵君遂用侯生計，使如姬竊魏王兵符奪晉鄙軍，一戰而破秦存趙。事見史記魏公子傳。此借「大梁」喻所失都邑（揚州、杭州、北京、南京，不必開封也），借侯生以自喻（與「長看」、「又見」、「感慨」、「發情」相應，惜吾謀之不用也）。徐、黃、王諸注俱以侯嬴比陳潛夫，而俱不能言先生與陳有何交誼及所以引侯喻陳之故。潛夫官小位卑而陳論甚高，諸傳均謂之「好大言以駭俗」，考其議論，亦不過守江必須守淮，守江淮必先守汴洛，守汴洛當先遏敵于黃河之北，等等。書生談兵，多不出此，先生何特重潛夫而爲之愁殺耶？況先生詩文論形勢、言兵事比比皆是，此詩前四句已然，末聯以侯生自喻尤屬必然，不知徐、黃、王諸君何以踵誤

至此!

【箋】

味全組詩意,此題當作于今年九月隆武帝汀州殉國之前,六月魯王江上既敗之後。是時先生轉徙蘇松,逼近海上,南望王師,雲天遥阻,撫今追昔,必有不能已于言者。故雖以「海上」命題,且每首必著一「海」字,然實非詠海也。不詠海而以「海上」爲題,無它,感自海生而已。第一首乃全組楔子,已將「秋日登高望海有感」八字全部括出。登高則痛天地蒼生,望海則羡神山仙闕,前者進取,後者隱退;何去何從,盡在末聯,曰:我欲乘桴遊于海,其奈蒼生何!第二首緊寓「望」字而以「哀」字起韻,歷叙南都失守後迭遭敗創,自蘇松之敗,潞王之降,魯王之潰,唐王之遠徙,無一不可哀。末聯亦喜亦憂,正見先生寄望唐王之深。第三首立足于蘇南浙東,放眼乎天涯海角,浮想聯翩,詞旨恍惚。細味其意,前二聯似謂蘇南浙東,明朝舊壤,久費經營,昔年倭寇屢登陸以擾邊,去夏劉孔昭復揚帆而遠遁。後二聯則寄望于樓船之征與海師之援,樓船、海師俱不可見,可見者,寒濤落日而已,悲夫。第四首由望海更推出一層,係致慨于全國戰局。自史閣部揚州失守至魯監國江上之敗,連年戎馬,喪師失地,人謀不臧,追悔何及。結句以侯生自喻,與第一首竊比烈士正同。作爲組詩,一、四兩首多抒感,宜用虚筆,如「十年」、「四海」與「感慨」、「艱難」二聯皆虚而可味者也。二、三兩首多叙事,間用實筆,如「名王」、「故國」與「萬里」、「一軍」二聯皆實而不必泥者也。先生七律起句若不經意,結句留有餘味,腹二聯對仗活,使事切,頷聯承上,頸聯啟下,無空腹病,此宋代議論詩之常格,先生飽學,故優爲之。然先生七律不多作,每作輒蒼涼幽咽,沉鬱耐讀,此與學問無關,蓋時事身世使然。

〔一五〕不去三首

不去圍城擁短轅,棲棲猶自向平原。此心未忍輕三晉,顧見辛垣盡一言。

【釋】

〔解題〕日知録詩題條：「杜子美詩多取篇中字名之，如『不見李生久』，則以不見名篇；『近聞犬戎遠遁逃』，則以近聞名篇；『往在西京村』，則以往在名篇。……皆取首二字爲題，全無意義，頗得古人之體。」此三首俱以不去爲題，或亦無它寓意。

〔第一首〕全用魯仲連義不帝秦故事，見戰國策趙策及史記魯仲連傳。方秦兵圍趙都邯鄲也，魏王使客將軍辛垣衍説趙帝秦。時魯仲連亦在圍城中，乃因平原君見辛垣而責之。（一）不去圍城：辛垣衍謂魯仲連曰：「吾視先生之玉貌，非有求于平原君者，曷爲久居此圍城之中而不去也？」（二）短轅：小牛犢車。（三）棲棲：音西，忙碌不肯安居貌，詩小雅六月：「六月棲棲，戎車既飭。」（四）向平原：平原君名趙勝，趙國公子，惠文王弟，三任趙相。此次圍城，平原君亦在城中。向，歸向、仰慕也。平原君用毛遂計，與楚訂盟，求救于魏，破秦存趙，與有功焉。史記有傳。（五）此心未忍輕三晉：「三晉」指趙魏韓三國，本係晉國世卿；分晉後，得此共稱。魯仲連謂辛垣衍曰：「今秦萬乘之國，梁（魏）亦萬乘之國，交有稱王之名，睹其一戰而勝，欲從而帝之，是使三晉之大臣，不如鄒魯之僕妾也。」按：辛垣魏人，仲連魯人。（六）辛垣：辛垣，複姓；衍，名也。

落日江津送伍員，秋風壠上别徐君。偶來圯下逢黄石，便到山中卧白雲。

【釋】

〔落日句〕伍子胥，名員（員音運，可讀平、去二聲。王士禛池北偶談談藝人名字音條曾盛讚「顧詩用韻有據」），春秋楚人。父奢兄尚俱爲平王所害。員奔吴，後借吴兵以覆楚（事見〔三五〕擬唐人五言八韻申包胥乞師釋）。方共出亡時，「窘于江上，道乞食」。一説「至江，江上有一漁父乘船，知伍胥之急，乃渡伍胥」。史記有傳。江津，江邊渡口。

〔秋風句〕徐君，徐國之君。春秋時吳公子季札初使北，過徐君。徐君好季札劍，口弗敢言，季札心知之，爲使上國，未獻。比返，徐君已死，于是乃解劍繫之徐君冢樹而去。見史記吳泰伯世家。壠同壟，墳墓。

〔偶來句〕張良遣力士擊始皇不中，避禍下邳。過圯（音巳，橋也）上，遇老父墮履圯下，命良取之，良怒而終爲之取。因與良約，三日後授良書一編，曰：「十三年後，孺子遇我濟北穀城山下黄石卽我矣。」後十三年，良佐漢高祖平天下，過穀城山得黄石，乃取而祠之，且辟穀焉。世遂稱圯上老人爲黄石公。事見史記留侯世家。參見〔五〕京闕篇「黄石傳三略」釋。

〔便到句〕南史陶弘景傳：弘景隱于句容之句曲山，齊高帝詔問山中何所有，答以詩曰：「山中何所有？嶺上多白雲。」

欲投海島問田横，却恨三齊路不平。記作安平門下客，當時曾見火牛兵。

【釋】

〔欲投、却恨二句〕秦末，舊齊貴族田儋與弟榮、榮子廣相繼爲齊王。韓信破齊，其相田横自立爲齊王。迨漢王劉邦稱帝，横懼誅，率五百人逃居海島（島在卽墨縣東北）。高帝赦其罪而召之。横與二客詣洛陽，羞爲漢臣，途中自剄，二客亦自刎。島中五百人聞横死，皆自殺。又，陳勝發難，齊田市王膠東，田都王臨淄，田安王博陽，稱「三齊王」。以上皆見史記田儋傳。又據三齊記云：「右卽墨，中臨淄，左平陸，謂之三齊。」約當今山東省東部。

〔記作、當時二句〕田單曾以火牛陣破燕兵，復齊國，襄王封之爲安平君。參見〔二三〕上吳侍郎暘及〔二五〕安平君祠釋。

【箋】

三首寓意頗多歧說。全祖望以爲贈顧咸正，恐未必然。先生詩集本有「贈」、「哭」、「懷」顧推官各一題，另有痛推官二子被難二絶，諸詩叙事抒感皆質直無少諱，何獨此三首故作恍惚之辭？何明年贈咸正詩亦絶不涉此三首事？遽

案既云「全説或是」，又謂「亦不全合咸正事」，因斷言第一首「不去者爲顧咸正」，第二首「行者爲亭林本人，而咸正送之」。第三首以田横喻黄斌卿，以田單喻鄭芝龍，謂首句當係「咸正密疏隆武，託舟山黄斌卿轉遞事」。「惟作客云云，仍不可解」。夫全説已未必然，蘧案乃從而實之，故「不可解」處益多，翻不若但注詞而不考事爲愈也。

民按三首共借起句「不去」爲題，倘有寓意，殆謂守土不苟離，臨難毋苟免乎？先生自藁葬嗣母後，「始出入戎行」，由是與同志共危難，同生死，或棲遲湖上，或徘徊玉山，未嘗離此他去。細味全詩，似兼本題「不去」之意，要皆自説，而無代人立言之理（先生全部詩集亦無此體）。因疑第一首係以魯仲連自況，意其時義師中或有動揺者，叛將中或有可以説之反正者，故以魯仲連義不帝秦誨之乎？本首「不去」，謂不棄趙、不背明也。第二首用事甚雜，然「送伍員」必係送人出亡，「別徐君」必係追悼新交，「逢黄石」、「卧白雲」兩句謂一擊不中，不得不斂迹暫退，蓋以留侯自喻。本首當作于與敵周旋失利之後，所謂「不去」，不離洞庭山而他去也。先生素薄伍員之爲人（見文集卷六子胥鞭平王之尸辨及[三五]擬唐人五言八韵申包胥乞師），何至以員自況？蘧案以爲「行者爲亭林本人」，恐非是。第三首兼用齊田横、田單事。田横兵敗懼誅而入海，棄三齊于不顧；田單堅守卽墨以伺隙，卒破燕以存齊，本首歎横而重單，且以安平門客自喻，所謂「不去」，不去三齊而入海也。

[一六]　賦得老鶴萬里心用心字

何來千歲鶴，忽下九皋音。一自來凡境，摧頹已至今。臨風時獨舞，警露亦長吟。乍識人民異，還悲歲月侵。早寒江上笛，秋急戍樓砧。木落空依沼，雲多失舊林。三株天外冷，甲子世間深。尚想蓬萊曉，終思弱水陰。神州迷再舉，碧落杳千尋。多少乘軒者，知同一寸心。

【釋】

〔解題〕「賦得」，詩體之一，創自齊梁，如梁簡文帝賦得巃坻雁初飛、賦得舞鶴；梁元帝賦得涉江采芙蓉等，唐以後科舉試帖詩亦用之。「賦」本義爲鋪陳其事，「得」謂得題，故梁簡文帝有賦樂名得箜篌詩。大抵取古人詩句，或詠一物、詠一事，既得題，則逐字而詠之。用韻多采題面字，綴曰「用某字」。先生此題出杜甫遣興詩：「蟄龍三冬卧，老鶴萬里心。」詩集共有「賦得體」七首，此其一也。

〔千歲鶴〕淮南子説林：「鶴壽千歲，以極其游。」

〔九皋音〕詩小雅鶴鳴：「鶴鳴于九皋，聲聞于天。」皋，湖沼；九皋，深澤。

〔凡境〕凡，世俗也。如凡人（對仙人言）、凡心（對道心言）、凡世（對仙界言）。此處「凡境」即「世間」，對「天外」、「蓬萊」、「弱水」、「碧落」而言。

〔摧頽〕蹉跎失意貌。杜甫秋日荆南述懷詩：「琴烏曲怨憤，庭鶴舞摧頽。」

〔臨風時獨舞〕鮑照舞鶴賦：「臨驚風之蕭條。」

〔警露亦長吟〕原注：「埤雅：鶴性警，至八月白露降，流于草木上，點滴有聲。因即高鳴相警，移徙所宿處，慮有變害也。」按：埤雅此條引自周處風土記。

〔人民異〕漢文帝時，蘇仙公（耽）得道，化鶴歸來，以爪書曰：「城郭是，人民非，三百甲子一來歸。」見葛洪神仙傳。又，丁令威化鶴歸來，所作人言，亦有「城郭如故人民非，何不學仙冢纍纍」句。參閱〔九〕表哀詩「白鶴非新表」釋。

〔江上笛〕蘇軾李委吹笛引云：李委聞坡生日，作新曲曰鶴南飛以獻。

〔木落、雲多二句〕「空沼」與「九皋」相應。「舊林」喻故居，見〔九〕表哀詩釋。相鶴經：「行必依洲嶼，止必集林木。」疑即二句所從出。

〔三株〕即「三株樹」，「株」似應作珠。山海經海外南經：「三株樹在厭火北，生赤水上，其爲樹如柏，葉皆爲珠。」郭璞山海經圖讚有三珠樹讚。大抵「三」係數詞，「珠樹」乃名詞，唐王勔、王勮、王勃兄弟三人俱有才名，杜易簡稱之爲「三珠樹」，以此。蘧案引唐人詩：「鶴羣常繞三珠樹。」張九齡感遇詩：「巢在三珠樹。」

〔甲子世間深〕甲子喻時間，即鶴壽，見上「人民異」釋。

〔蓬萊〕見〔一四〕海上第一首「水湧、雲浮二句」釋。

〔弱水〕舊題東方朔十洲記：「鳳麟洲在西海之中央，……洲四面有弱水繞之，鴻毛不浮，不可越也。」按：古籍所載弱水其多，十洲記所載有「鴻毛不浮」句，當係先生詠鶴所資。

〔神州〕見〔三〕感事釋。

〔再舉〕原注：「楚辭惜誓：黄鵠之一舉兮，知山川之紆曲；再舉兮，知天地之圜方。」舉通翥，鳥飛去也。「鵠」古通鶴。

〔碧落〕猶九霄、天外。唐許渾送張厚淛東修謁詩：「碧落無雲鶴生龍。」

〔千尋〕八尺爲尋。千尋，狀其深也。

〔乘軒者〕見〔三〕感事釋。此處以乘軒之鶴與起句「千歲鶴」相比。

【箋】

全詩句句詠鶴，句句自詠。蓋老鶴而有萬里之心，亦猶老驥而存千里之志，鶴之心，驥之志最爲難得。詩詠老鶴而「用心字」，猶言吾心如老鶴也。乃知「下九皋」、「來凡境」、「依空沼」、「失舊林」，所以悲身世也。「臨風」、「警露」、「寒笛」、「急砧」，所以申戒懼也。「人民異」、「歲月侵」、「天外冷」、「世間深」，所以傷世變也。「想蓬萊」、「思弱水」、「迷神州」、「杳碧落」，所以懷故君也。吾心如是，彼乘軒者能有同乎？本年初延平使至詩：「身留絶塞援枹伍，夢在行朝執戟班。」可爲此詩注脚，兼識萬里之心所在。

編年（一六四七）

是年歲次丁亥，明桂王朱由榔永曆元年，清順治四年。

正月，清兵破肇慶、梧州，明桂王走桂林；二月，又奔全州。魯王誓師長垣。

三月，張獻忠餘部孫可望等入雲南，破土司沙定洲，與明黔國公沐天波合。清兵破長沙。

四月，明桂王奔武岡。李赤心攻荆州，敗，入川。清松江提督、明叛將吴勝兆反正，約降于明魯王，王遣張名振、沈廷揚出舟山援之。事敗，株連明義士楊廷樞、陳子龍、顧咸正等死者甚衆。

九月，明魯王屢攻崇明、漳州、福州不克，至是始收復連江、羅源，旋又收復福寧，自後轉戰于閩海。

十二月，桂王前奔武岡、柳州、象州，至是由象州返桂林，以瞿式耜、嚴起恆等爲大學士，何騰蛟爲督師。聲勢復振。

是年先生三十五歲。秋前仍居無定所。十月葬庶祖母王氏及嗣母貞孝王碩人于崑山祖墓。冬，留家屬于常熟之語濂涇，已則廬居母墓側。是年四月後，先生抗清諸同志相繼被捕死，先生雖逋逃在外，亦時慮不測；廬墓守制，兼避禍也。

〔一七〕　贈顧推官咸正已下彊圉大淵獻

上郡天北門，一垣接羌氐。當年關中陷，九野橫虹霓。日光不到地，哭帝蒼山蹊。君持蘇生節，冒死決蒺藜。揮刀斬賊徒，一炬看燃臍。東虞勢薄天，少梁色悲悽。遂從黃冠歸，間關策青驪。豈知杲卿血，已化哀鵑啼。未敢痛家讎，所念除鱷鯢。有懷託桑榆，焉得巖下棲。便蹴劉司空，夜舞愁荒雞。春水濕樓船，湖上聞鉦鼙。勾吳古下國，難與秦風齊。卻望殽潼間，山高別馬嘶。天子哀忠臣，臨軒降紫泥。高景既分符，汾陰亦執珪。如君俊拔才，久宜侍金閨。會須洗中原，指顧安黔黎。

【釋】

〔解題〕顧咸正字端木，崑山人。崇禎六年癸酉（一六三三）舉人，庚辰（一六四〇）以副榜除延安推官，曾招降饑民千餘。李自成破西安，被拘于營。吳三桂兵入陝，韓城推咸正爲主，斬李所委縣令以應。已而知爲清軍，乃全髮歸崑山。以上皆據南畧。按：咸正事迹史料多歧，南疆逸史顧咸建傳所附咸正事，乃謂「咸正之選推官也，延安已爲賊所陷，未赴而京師變，需次于家」。顯與先生此詩牴牾。又小腆紀傳以咸正與弟咸建同癸未（一六四三）榜進士，亦誤，當俱從南畧。疆圉大淵獻即丁亥歲。

〔上郡、一垣二句〕上郡，秦漢時郡名，在今延安、榆林一帶。垣指長城。羌同羗，氐音低，平聲，均我國西北少數民族，詩商頌殷武：「昔有成湯，自彼氐羗。」二句言上郡乃國家北門，與羌氐僅長城之隔。明指延安形勢，暗示咸正居官之地。

〔當年關中陷〕崇禎十六年（一六四三）十月，李自成破潼關，取西安，改號「西京」。十一月，破延安，改號天保府。于是北至榆林，西至隴右，盡歸自成所有。

〔九野横虹霓〕吕氏春秋有始篇：「天有九野，地有九州。」九野卽九天，包括天之中央與八方。虹霓亦作虹蜺，古以爲陰陽不和之氣，視同「妖氛」。此句狀農民軍聲勢。

〔日光、哭帝二句〕原注：「顔延之和謝監靈運詩：『謁帝蒼山蹊。』」帝，天帝，本指舜，此指明思宗。蒼山卽蒼梧之山，舜死葬處。蹊，山路。二句承上，謂日光爲虹霓所掩，喻崇禎帝煤山自縊。

〔君持蘇生節〕李自成攻西安，咸正率延安營兵三百人登城拒守，被執不降，乃拘于營。漢書蘇武傳：「（武）杖漢節牧羊，卧起操持，節旄盡落。」

〔冒死決蒺藜〕決通抉，挖出或挑出。蒺藜本植物名，果實有刺，古人象其形以鐵製之，謂之鐵蒺藜（亦名渠答），張于狹路微徑，以爲障礙物。按：咸正本囚于西安，下句忽言其在韓城，其間或有冒險逃免事，蘧案是也。

〔揮刀、一炬二句〕弘光元年（一六四五）正月，吴三桂破潼關，入西安，李自成奔襄陽。據南畧，咸正此時在韓城，曾斬李所委縣令以應，已而知爲清兵，遂入山中。然則此處「賊徒」，係指李所委縣令（張岱石匱室後集顧咸正傳謂其人名王業昌）。昔王允誅董卓，暴尸長安。卓素充肥，脂流于地。守尸吏燃火置卓臍中，光明達曙。見後漢書董卓傳。

〔東虜勢薄天〕「虜」原鈔本作「胡」，指清。潘耒刊先生詩，于當諱之字，每以同韻字代，下同。「薄」音義同「迫」，近也。枚乘七發：「冥火薄天。」是時清廷命豫親王多鐸督吴三桂追李自成，順治二年（一六四五）正月，多鐸兵至西安；二月英親王阿濟格督師剿李餘部，陝西全定。

〔少梁〕戰國時魏地名，對「大梁」言，在今陝西韓城縣南。

〔遂從黄冠歸〕黄冠卽道士所戴之冠，亦以稱道士。道士全髮，故化裝道士南歸。

〔間關策青驪〕間關謂道路崎嶇，見〔九〕表哀詩釋。青驪，黑馬也。張岱顧咸正傳：「明年南歸，以全髮走二千餘里抵吴。」

〔豈知、已化二句〕自注云：「弟錢塘知縣咸建。」顔杲卿，唐天寶末常山太守。安禄山反，杲卿起兵討賊，被執，罵賊而死。見唐書本傳。杲卿有族弟真卿，在德宗時，亦因出使李希烈，不屈被害。唐書亦有傳。此處以杲卿喻咸建。咸建字漢石，崇禎十六年進士，授錢塘知縣。乙酉六月，潞王既降，咸建守義不去，尋被清兵所執，死之。明史朱大典傳有附傳。「哀鵑」見〔一〕大行哀詩「望帝化」釋。按：咸建死在乙酉六月，咸正歸在丙戌四月，故云「已化哀鵑啼」也。

〔鱷鯢〕鱷同鯨，鱷鯢即鯨鯢，海大魚也。左傳宣公十二年：「取其鯨鯢而封之。」此處指清兵。

〔託桑榆〕原注：「漢光武賜馮異詔曰：可謂失之東隅，收之桑榆。」東隅，日初生地；桑榆，日落之地，言時暮也，意謂朝失而暮得。

〔巖下棲〕棲于巖穴，猶言歸隱。嵇康與山巨源絶交書：「故堯舜之君世，許由之巖棲，……其揆一也。」

〔便蹴劉司空二句〕晉書祖逖傳：逖與司空劉琨共被同寢，中夜聞荒雞鳴，蹴琨覺曰：「此非惡聲也。」因起舞。按：此祖、劉官司州主簿時事，「司空」乃琨卒後贈官。琨事詳見〔一八三〕又酬傅處士「越石笳」釋。「荒雞」見〔一五四〕與江南諸子別釋。據此二句，知咸正歸里後，與先生過從甚密。

〔春水、湖上二句〕樓船，多層兵船，見〔一四〕海上釋。「鉦」，鐃之屬，樂器，似鈴。「鼙」，小鼓或騎鼓。劉峻五等諸侯論「鉦鼙震于闉宇」，知二器多用于戰陣。然則「春水」、「湖上」二句乃隱括咸正曾參太湖抗清軍事。

〔勾吴古下國〕「勾」與「句」同，均讀如鉤，此作發語詞，無義。勾吴即古吴國（在今蘇南一帶）。春秋時，吴人稱中原諸國爲「上國」，自稱曰「下國」。國語吴語：「天若不知有罪，則何以使下國勝？」

〔雖與秦風齊〕詩國風有秦風而無「吴風」。又，「風」，俗也，吴地風俗不及秦地風俗之亢悍，先生以爲咸正吴人而仕于陝，或有感如此。

〔郤望殽潼間〕郤望，迴望也。殽指殽山，潼即潼關，指咸正來去關中必經之地。庚申歲（一六八〇）先生尚有〔三〇〕華下有懷顧推官詩。

〔別馬〕將別之馬。庾信李陵蘇武別贊：「歸驂欲動，別馬將前。」

〔天子、臨軒二句〕天子指隆武帝。臨軒謂天子不御正殿，而坐殿前堂陛之間以治事。紫泥即紫色印泥，天子及貴臣用之。按：隆武帝追贈咸建爲太僕寺少卿，謚忠節。又据小腆紀傳忠義載：弟咸受字幼疏，天啟甲子舉人，崑山城陷，亦殉難。

〔高景、汾陰二句〕原注：「漢書：周苛死滎陽，乃拜其弟昌爲御史大夫，後以功封汾陰侯。苛子成，以父死事封高景侯。」符與珪均古代封爵授官之憑證。二句言咸建之弟及子俱膺天子封賞。

〔俊拔〕狀氣度俊秀出衆，宋史陳宜中傳：「少甚貧，而性特俊拔。」

〔金閨〕漢宮有金馬門，亦曰金閨，後即以稱朝廷。江淹別賦：「金閨之諸彥，蘭臺之羣英。」

〔會須〕會，必也。古詩爲焦仲卿妻作：「吾已失恩義，會不相從許。」會須即必須，李白詩將進酒：「烹羊宰牛以爲樂，會須一飲三百杯。」

〔指顧〕一指一顧之間，狀時間短暫。班固東都賦：「指顧倏忽，獲車已實。」

〔黔黎〕黔首、黎民，均指平民百姓。按：周謂之黎民，秦謂之黔首。

【箋】

詩集所涉顧推官詩共四首，此其始也。前半叙咸正在秦中與李軍周旋事，用筆簡；後半叙歸吳後一門抗清事，用筆稍複。咸正忠烈全在抗清，「哭」、「懷」二首尤不可不讀。

〔一八〕大漢行

大漢傳世十二葉，祚移王莽繇居攝。黎元愁苦盜賊生，次第諸劉興宛葉。一時併起實倉皇，國計人心多未協。新市將軍憚伯升，遂令三輔重焚劫。指揮百二歸蕭王，一統山河成帝業。吁嗟帝王不可圖，長安天子今東都。隗王白帝何爲乎？扶風馬生真丈夫。

【釋】

〔解題〕題作「大漢」，實喻「大明」。行，歌行也，樂府及古詩之一體。此體有七言、雜言之分，先生多用雜言。今年詩體明標「行」者共五篇，惟此篇用七言。

〔大漢傳世句〕「大漢」僅指西漢。葉，世也。詩商頌長發：「昔在中葉，有震且業。」西漢自高祖劉邦以下，歷惠、文、景、武、昭、宣、元、成、哀、平、孺子嬰共十二帝。又據漢書叙傳所列「十二紀」，有高后無孺子嬰。

〔祚移王莽句〕「祚」，國祚、帝位。「繇」通由，自也。平帝崩，王莽以安漢公輔孺子劉嬰，自稱假皇帝，臣民稱攝皇帝，以丙寅（六）爲「居攝」元年。三年後乃廢劉嬰而即真皇帝位，改國號曰「新」，西漢于是乎亡。

〔黎元愁苦句〕「黎」即黎民，「元」即元元（平民），合言亦同。後漢書光武紀：「屬秀黎元，爲民父母。」盜賊指當時起義之農民軍，見以下「新市將軍」釋。

〔次第諸劉興宛葉〕次第猶依次、接連，作狀語。諸劉指劉姓皇族後裔，如劉玄、劉縯、劉秀等。宛，今南陽縣；葉，今鄧縣，均在河南省，漢代同屬南陽郡。玄、縯、秀皆南陽蔡陽（今湖北棗陽）人。

〔一時併起實倉皇〕原注：「漢書賈誼傳：高皇帝與諸公併起。師古曰：併，音步鼎反。」按：「高皇帝」上似應增引「天下殽

亂」四字。「併起」謂爭相起事也，此合「盜賊」與「諸劉」而言。「倉皇」亦作倉黃、倉惶，義近倉促或慌張。

〔國計人心多未協〕國計猶言國家大計，協謂協和。此就「新市將軍憚伯升」而言。

〔新市將軍憚伯升二句〕新市將軍指當時起義于新市（今湖北京山東北）之農民軍領袖王匡、王鳳等。伯升乃劉縯字。三輔見〔四〕京口即事釋。按：劉縯乃光武帝之兄，南陽豪傑王常等欲立縯爲帝，而新市、平林將帥樂放縱，憚縯威明，貪立懦弱，乃擁劉玄爲帝，建元「更始」。後更始兵克長安，殺王莽；赤眉兵入長安，殺更始帝，長安重遭焚劫，遂不可居。

〔指揮百二歸蕭王二句〕「百二」，與諸侯之兵比較而言。史記高祖紀：「秦，形勝之國也。帶河山之險，懸隔千里，持戟百萬，秦得百二焉。」百二，一說百分之二（謂二可當百）；一說百之二倍（即二百），均對諸侯持戟百萬而言。「蕭王」即光武帝。更始二年（二四），遣使立劉秀爲蕭王。明年六月，蕭王稱帝于鄗南（今河北柏鄉縣北），建元建武。九月，降封更始帝爲淮陽王。十月，光武帝入洛陽，東漢始。

〔吁嗟帝王不可圖二句〕此謂天命有歸，不可强求。後漢書馬援傳載：建武四年，援至洛陽見光武曰：「陛下恢廓大度，同符高祖，乃知帝王自有真也！」「長安天子」謂漢高祖，東都天子即光武也。

〔隗王〕隗囂字季孟，成紀人。王莽末，據隴西。初降更始，後助光武破赤眉，自稱西州上將軍，光武待以王禮。旋叛降公孫述，述封囂爲朔寧王，光武遣兵擊破之，囂憤恚死。初，囂欲竊位稱帝，班彪著王命論以諷之，不聽。後漢書有隗囂傳。

〔白帝〕本係地名，在四川奉節，此處代公孫述。公孫述字子陽，茂陵人。王莽末，據蜀，自稱益州牧。更始三年四月稱皇帝，號成家，建元龍興。後因殿前井有白龍出，遂號白帝，改魚腹浦爲白帝城。建武十二年（三六）光武帝遣吳漢入蜀，破成都，族滅之。後漢書有公孫述傳。

〔扶風馬生句〕馬援（前一四——四九）字子淵，扶風茂陵人。東漢開國功臣，官至伏波將軍。初從隗囂，囂于公孫述與光武間持兩端，使援入蜀觀之。援歸謂囂曰：「子陽井底蛙耳，而妄自尊大，不如專意東方。」建武四年，囂使援奉書至洛陽見光武，曰：「陛下恢廓大度，同符高祖，乃知帝王自有真也。」又援嘗謂賓客曰：「丈夫爲志，窮當益堅，老當益壯！」此句稱援爲「真丈夫」，蓋嘉其能識主也。

【箋】

此詩爲明末諸王爭立而發也。思宗崩，南都諸臣擬立福王由崧，史可法謂福王有七不可立，立之恐難以主天下，則人望乃在潞王。馬士英利福王昏庸，賄劉孔昭、劉澤清等共擁戴之，此爲福、潞之爭。南都既陷，潞王亦以杭州降，則二王賢愚不過一間。乙酉閏六月，唐王聿鍵即位于福州，魯王以海稱監國于紹興，遂開閩、浙之爭，然聿鍵出師殉國，以海沒齒抗清，二王志行未可軒輊。唐王既喪，其弟聿𨮁繼立于廣州，桂王由榔即位于肇慶，于是復有粵東、粵西之爭。兩年間朱氏子孫乘亂自立者尚不止此，然均或敗或死，所可紀者，「五王」、「三帝」而已。五王者，福王由崧、唐王聿鍵、魯王以海、後唐王聿𨮁、桂王由榔；三帝者，安宗簡皇帝，年號弘光，紹宗襄皇帝，年號隆武，以及亡國無謚之永曆帝。先生老壽，皆及見諸王之興滅，是非賢愚，至晚乃定。然此詩作于丁亥年初，時唐王聿鍵已喪，魯王倉皇入海，桂王由榔與後唐王聿𨮁先後自立，詩意所指，應在兩粵而不在閩浙、福潞，故可分三解：前六句追述諸劉併起之背景，末四句斷言帝王之位不可妄圖，中四句始爲本題主意所在。先生于南明諸王初無偏頗，故一律以「諸劉」喻之。迨其才德既顯，乃從而君之。先生翊戴唐王，終生不渝，蓋以唐王賢而有爲，能成中興之業也（唐王事詳見〔六三〕贈路舍人澤溥及〔六八〕路舍人家見東武四先曆）。唐王受制于鄭氏，此「新市將軍憚伯升」也。汀州潰敗，王業安歸？聿𨮁，唐王四弟。（隆武改元，𨮁繼封唐王，以主唐祀。）聞訃，十一月，嗣立于廣州，改元紹武（繼承隆武）。自茲以往，「指揮百二」，殆歸蕭王乎？十二月望，王方閱射，叛將李成棟率清兵突至，城陷，王「爲追騎所獲，安置東察院，饋之食，不食，曰：我若飲

汝一勺水，何以見先人于地下！遂投繯死」（見小腆紀傳紀三隆武、紹武）。嗚呼，壯哉！紹武之立不過四十餘日，兩粵之爭，先生必有所聞，故有白帝、馬生之喻。此詩作于丁亥初春，道路阻隔，軍情難確，聿鍔殉國，先生未必便知，然先生本兄終弟及之義，故以伯升、蕭王爲説，其右祖紹武，詞旨甚明，乃蘧案竟以爲「玩詩意，似尊桂而斥唐」，何耶？

又，此篇「葉」字重韻，然仿劉禹錫兩「高」異義之例，得不爲重。惟「葉」字今已簡化爲「叶」，「協」字古文亦作「叶」，如此則此篇「叶」字韻將三見，故書寫時不可不慎。

〔一九〕　義士行

飲此一杯酒，浩然思古人。自來三晉多義士，程嬰公孫杵臼無其倫。下宫之難何倉卒，賓客衣冠非舊日。袴中孤兒未可知，十五年後當何時？有如不幸先朝露，此恨悠悠誰與訴？一心立趙事竟成，存亡死生非所顧。嗚呼！趙朔之客真奇特，人主之尊或不能得，獨有人兮長歎空山側。

【釋】

〔解題〕義士，信守節義之士。左傳桓公二年：「武王克商，遷九鼎于雒邑，義士猶或非之。」又僖公十九年：「齊桓公存三亡國，以屬諸侯，義士猶曰薄德。」可知義士所爲必天下極難之事，如程嬰、公孫杵臼救孤存孤始足當之。先生以「義士」命題當本此。

〔三晉〕戰國初（前四〇三）晉國被其世卿韓趙魏三家所分，因習稱韓趙魏三國爲「三晉」，趙即趙孤之後。參見〔一五〕不去第一首釋。

〔程嬰、公孫杵臼〕春秋時，晉屠岸賈爲司寇，將作難，乃治靈公之賊（昔趙穿弒靈公于桃園），攻趙氏于下宮（即趙氏親廟），殺趙朔、趙同、趙括、趙嬰齊，皆滅其族。朔妻乃晉成公姊，有遺腹，走匿公宮，免身得男。屠岸賈聞之，索于宮中。夫人置兒袴中，祝曰：「趙宗滅乎，若號；不滅，若無聲。」及索兒，無聲。朔客公孫杵臼、友人程嬰謀取他人子負之，衣以文葆，匿山中。嬰僞告密，賈遂殺公孫杵臼與假孤，真孤乃在程嬰處，名曰「武」，與之匿山中十五年。其後景公疾，卜之，當立大業（有大功業者）之後。韓厥知趙孤所在，乃奏立之，而返其田邑如故。及趙武成人，程嬰謂武曰：「昔下宮之難，我非不能死，思立趙氏之後。今武既立，我將下報宣孟（指趙盾）與公孫杵臼。」遂自殺，武服齊衰三年。事散見左傳成公八年、史記趙世家、劉向新序及説苑。

〔倉卒〕同倉促、倉猝，匆遽也。漢書王嘉傳：「臨事倉卒乃求，非所以明朝廷也。」

〔賓客衣冠非舊日〕杜甫秋興八首之三「文武衣冠異昔時」，意謂長安易主則衣冠非舊。此句言下宮之難，趙氏賓客亦另投他主，以此見程嬰、公孫之義。

〔袴中孤兒以下四句〕「先朝露」，早逝之諱詞。漢書蘇武傳：「（李陵謂蘇武曰：）人生如朝露，何久自苦如此！」此四句言十五年漫不可期，設孤兒與程嬰不及十五年而死，則此恨終將埋没。

〔人主之尊或不能得〕人主暗指明思宗，言思宗雖爲人主，竟不能得義士如程嬰公孫輩以存其孤。

〔空山〕指程嬰藏孤之山。先生辛亥（一六七一）遊晉，曾親至其山，有詩，題曰〔二四三〕盂縣北有藏山云是程嬰公孫杵臼藏趙孤處。起句云：「空山三尺雪。」

【箋】

此詩爲思宗太子而發也。思宗三子：周后（一説田妃）生太子慈烺及定王慈炯，田貴妃生永王慈炤。甲申之變，太子年十六，思宗俱命避戚臣周奎、田弘遇家，後皆不知所在。弘光元年三月，有自稱太子者由淮上至江寧，寓興福寺，

福王命勳臣、閹臣驗其真僞。其人能呼諸臣名，並縷言宫中事，諸臣有懼者，有赧者，有謂真太子者，有指爲駙馬都尉王昺姪孫王之明者。福王諭諸臣曰：「太子若真，將何以處朕？」馬士英、王鐸、楊維垣解意，遂以「妖人王之明」下之獄中，榜掠呼號不忍聞。時都下士民皆以太子爲真，衆論籍籍，咸謂士英等朋奸導上，滅絶倫理；史可法、黄得功亦上疏力争；左良玉至以此爲興師借口。五月，福王出奔太平，亂兵遂入獄擁王之明其人立之。迨清兵入南都，明總督趙之龍等竟擁王之明降。後清豫王挾其人至北京，不知所終。同年冬，北京亦有自稱明太子者，爲周奎所賣，下獄論死，並株殺明臣趙鳳覽等。事見明史諸王傳、甲申傳信録、南畧、北畧及吴偉業鹿樵紀聞諸書。

按：先生日知録詐稱太子條始云：「王之明一事，中外流言洶洶不息，藩鎮稱兵遂以借口，此亦亡國之妖也。」知先生晚年已不復信王之明爲真太子。然作此詩時，思宗遺孤尚杳無下落，又何論存亡真僞？故繼云：「吾君之子，天下屬心，……寄之中城獄舍，不加刑鞫，是爲得理，不可以亡國之君臣而加之誣詆也。」此詩「嗚呼」以下三句三復歎息，縱不爲王之明發，其有嫌于福王君臣則甚明也。

〔二一〇〕秦皇行

秦肉六國啖神州，六國之士皆秦讎。劍一發，亡荆軻；筑再舉，誅漸離。博浪沙中中副車，
倉海神人無奈何。自言王者定不死，豈知天意亡秦却在此！隕石化，山鬼言，天意茫茫安
可論。扶蘇未出監上郡，始皇不死讎人刃。

【釋】

〔解題〕秦皇乃秦始皇之專稱，其父祖及其子二世不得稱也。史記有其「本紀」，于六國統一之前稱「秦王」，統一後乃改

稱「始皇」。此題則不分統一前後，概用「皇」字。

〔秦肉六國句〕原注：「揚子法言：始皇方斧，將相方刀；六國方木，將相方肉。」方，比也。斧伐木，刀切肉。前將相乃始皇之將相，後將相乃六國之將相。「肉六國」，謂以六國爲肉也。「神州」見〔三〕感事釋。啖同啗，吞食。

〔劍一發，亡荆軻〕荆軻又稱荆卿，衛人，爲燕太子丹詐稱獻督亢之圖以刺秦王政。方圖窮匕見時，荆軻力把王袖揕之，刺未及身，王驚起絶袖，繞殿柱走。秦臣曰「王負劍」，王乃拔劍斷軻左股，遂體解以徇。詳見史記刺客列傳、戰國策燕策、燕丹子。

〔筑再舉，誅漸離〕高漸離，燕國人，與荆軻爲友。善擊筑，曾擊筑餞别荆軻于易水。軻死，漸離以善擊筑得幸于始皇，始皇矐其目，稍坐近之。漸離乃陰置鉛于筑中，因舉筑扑始皇，未中，被殺。「離」古音近羅，與軻音叶。

〔博浪沙二句〕張良五世相韓，韓亡，良欲爲韓報仇，乃東見倉海君，得力士爲鐵錐重百二十斤。始皇東游至博浪沙（地名，在今河南原陽縣東南），良令力士操錐擊之，誤中副車（天子隨從之車）。始皇大怒，求弗得，大索天下十日。原注：「漢書張良傳：東見倉海君。晉灼曰：海神也。」又，史記留侯世家注引如淳曰：「倉海君，東夷君長也。」案：以倉海君爲東夷君長，于理爲近。先生取晉灼説，蓋歸之「天意」。

〔自言、豈知二句〕秦始皇既平六國，凡平生所欲無不遂，所不可必者壽耳。乃使徐市、盧生等入海求不死之藥。「王者不死」本童子答劉裕語，非始皇「自言」。南史宋武帝紀載：劉裕微時，伐荻傷一大蛇。明日往覘，見青衣童子數人擣藥，言我王爲劉寄奴（裕小字）所傷，合散傅之。裕曰：「王神，何不殺之？」童子曰：「寄奴王者不死，不可殺。」此處借作始皇飾威語。迨盧生使人海還，因奏録圖書，曰：「亡秦者胡也。」于是遣蒙恬伐匈奴，築長城，而不知亡秦者胡亥也，豈非天意乎？

〔隕石化〕史記秦始皇本紀：「三十六年，有墜星下東郡，至地爲石黔首。或刻其石曰：『始皇死而地分。』始皇盡取石旁

居人誅之。」

〔山鬼言〕同上書：「（三十六年）秋，使者從關東夜過華陰平舒道，有人持璧遮使者曰：『爲吾遺滈池君。』因言曰：『今年祖龍死。』使者問其故，因忽不見，置其璧去。使者奉璧具以聞，始皇默然良久，曰：『山鬼固不過知一歲事也。』退言曰：『祖龍者，人之先也。』使御府視璧，乃二十八年行渡江所沈璧也。」

〔扶蘇、始皇二句〕扶蘇，始皇長子，好儒術。始皇坑儒生于咸陽，扶蘇諫曰：「諸生皆誦法孔子，今上皆重法繩之，臣恐天下不安。」始皇怒，使扶蘇北監蒙恬軍于上郡（見始皇本紀）。上郡見〔一七〕贈顧推官釋。按：二句承上「天意茫茫安可論」句，不知于義何居，殆歎二事皆非天意耶？

【箋】

詩意恍惚，殊難指實。然先生向不爲無病之吟，故亦決非尋常詠史。意者，得毋借秦之暴喻清之暴乎？得毋借秦皇不死于讎而痛清酋爲惡不滅乎？詩兩言「天意」，兩恨「不死」，既問「安可論」，復歎「無奈何」，悲憤迷惘之情，不類先生它作。

〔二一〕墟里

昔有周大夫，愀然過墟里。時序已三遷，沉憂念方始。乃知臣子心，無可別離此。自經板蕩餘，一再見桃李。春秋相代嬗，激疾不可止。慨焉歲月去，人事亦轉徙。古制存練祥，變哀固其理。送終有時既，長恨無窮已。豈有西向身，未昧王裒旨。眷言託風人，言盡愁不弭。

【釋】

〔墟里〕墟，本義爲集居及故居，引申爲集市及廢址。「墟里」亦兼此二義。陶潛歸田園居詩：「曖曖遠人村，依依墟里煙。」係用前義；此處係本黍離詩，則用後義，亦猶箕子朝周，過殷之故墟也。

〔昔有周大夫二句〕詩王風黍離序：「黍離，閔宗周也。周大夫行役至于宗周（此指鎬京故墟），過故宗廟宮室，盡爲禾黍，閔周室之顛覆（指西周之亡），彷徨不忍去而作是詩也。」愀音悄，「愀然」，憂懼貌，荀子修身：「見不善，愀然必以自省也。」

〔時序已三遷〕自甲申三月至丁亥春，時序代換，已歷三年。

〔沉憂念方始〕沉憂，憂之重者，文選古詩：「沉憂令人老。」「念方始」，見下「變哀」釋。

〔臣子心〕爲臣爲子之心，蓋兼亡國喪母雙痛，與〔二〕奉先妣藁葬詩「黽勉」句重「子」畧異。

〔無可別離此〕「此」，當指墟里。此句承上，謂臣子之心必不忍離墟里而去也。

〔自經板蕩餘〕板與蕩本詩大雅二篇名，據詩小序：「板，凡伯刺厲王也。」「蕩，召穆公傷周室大壞也。」後遂以「板蕩」二字表國家動亂。此句原鈔本作「自我陷絕域」，「絕域」同絕塞，參見〔三〕延平使至釋。

〔春秋相代嬗〕猶言春去秋來。嬗音禪，去聲，傳也。「代嬗」卽更相傳遞，故亦作「遞嬗」。

〔激疾〕迅速。史記游俠傳序：「比如順風而呼，聲非加疾，其勢激也。」

〔古制存練祥〕練，白色熟絹，可製喪服。祥，祭名。古人父母喪，周年（滿十二月）而小祥，三年（滿二十五月）而大祥。祥者吉也，故小祥之祭可以服練冠，亦稱練祭。周禮春官大祝：「付（祔）祥練。」

〔變哀〕禮檀弓下：「喪禮，哀戚之至也；節哀，順變也，君子念始之者也。」此承上句，謂喪至小祥則當節哀，並與「時序」、「沉憂」二句呼應。

〔送終有時既二句〕原注：「楊惲報孫會宗書：君父，至尊親也；送其終也，有時而既。」既，盡也。此言送終之禮必有盡時（如小祥祭後可以節哀），而臣子之恨則無窮盡。

〔豈有、未昧二句〕晉書孝友傳王裒：裒字偉元，晉城陽營陵人。痛父儀爲司馬昭所殺，隱居教授，徵辟不就，終身不西向坐，以示不臣。另見〔三〇〕墓後結廬三楹詩。「西向身」指靦顏事仇之人，此處當係泛擬。

〔眷言託風人〕眷通睠，顧也。言，語助詞，無義。詩小雅大東：「睠言顧之。」古太史陳詩以觀民風，因稱詩人爲「風人」。文心雕龍明詩：「自王澤殄竭，風人輟采。」此句回應起句周大夫及黍離詩。

〔言盡愁不弭〕易繫辭：「書不盡言，言不盡意。」弭，止也。左傳成公十六年：「若之何憂猶未弭。」

【箋】

自甲申至此，時序已三遷矣，爲臣爲子之心，豈因練祥而變哀乎？故曰「送終有時既，長恨無窮已」。此詩前半以周大夫相喻，後半以王偉元自比，適見國仇與家仇俱不可因時序之遷而須臾忘也。全篇句義多重複，如狀時間流逝之速，既云「時序已三遷」，又曰「一再見桃李」；既云「春秋相代嬗」，又曰「慨焉歲月去」。言憂恨決不可忘，既云「沉憂念方始」，又曰「無可別離此」；既云「長恨無窮已」，又曰「言盡愁不弭」。乃知黍離之辭循環往復，蓋有由也。

〔二二〕塞下曲二首

趙信城邊雪化塵，紇干山下雀呼春。即今三月鶯花滿，長作江南夢裏人。

【釋】

〔解題〕古樂府有塞下曲，此用舊題，取其雙關。

〔趙信城〕原注：「史記衛將軍驃騎傳：遂至窴顏山趙信城。」窴音田，「窴顏」，古山名，漢元狩四年（前一一九）衛青追擊匈奴至此。趙信，漢朝叛將。據史記匈奴傳：前將軍翕侯趙信兵不利，降匈奴。單于既得趙信，以爲自次王，用其姊妻之以謀漢。信教單于益北絶漢，以誘罷（疲）漢兵。

〔紇干山〕原注：「五代史寇彦卿傳：紇干山頭凍死雀，何不飛去生處樂？」紇干山又名紇真山，在今山西大同東，夏恆積雪，天氣奇冷。朱温遣寇彦卿逼唐昭宗東遷洛陽，昭宗與左右皆哭，因取譬云云。

〔卽今三月句〕原注：「梁丘遲與陳伯之書：暮春三月，江南草長，雜花生樹，羣鶯亂飛。」按：陳伯之本梁將，後叛梁奔魏。梁武帝命臨川王宏北討，先使丘遲作此書召之。伯之得書，卽于壽陽擁衆歸梁。又「三月」之前冠「卽今」二字，知先生作詩時尚在春日。

〔夢裏人〕唐陳陶隴西行：「可憐無定河邊骨，猶是春閨夢裏人。」

一從都尉生降去，夜夜魂隨塞雁蘆。陛下寬仁多不殺，可能生入玉門無？

【釋】

〔一從都尉生降去〕李陵爲漢都尉，與匈奴戰，不利，生降匈奴。見漢書李陵傳。原鈔本此句作「一從都尉拜單于」，單音禪，「單于」猶可汗，匈奴君長之稱，此句喻清帝。

〔塞雁蘆〕猶言塞雁銜蘆。左思蜀都賦：「候雁銜蘆。」劉注：「候雁銜蘆以禦矰繳，令不得截其翼也。」注出淮南子及尸子。此處以銜蘆之雁喻叛將，以見生降者疑懼之情，爲下句「陛下寬仁」暗留地步。

〔陛下寬仁句〕原注：「史記：柴將軍遺韓王信書曰：陛下寬仁，諸侯雖有畔亡，而復歸輒復故位號，不誅也。」按：漢高帝六年，徙韓王信封地于太原，信降匈奴，帝遣將軍柴武擊滅之。注所引乃柴武誘信反正書也。

〔生入玉門〕後漢書班超傳：「臣不敢望到酒泉郡，但願生入玉門關。」此班昭代兄超上書乞歸之語，引喻以見老死異國

之哀。

【箋】

此詩爲新舊叛將而發也。清兵入關前，明將降清如孔有德、耿仲明、尚可喜、祖大壽、洪承疇、吳三桂等，至今皆已飛黄騰踏，位列公侯，亦莫不死心塌地，助桀爲虐。此輩民族天良，泯滅已盡，雖欲如丘遲之召，何異期娼婦之復貞，乞梟獍以報母？詩第一首末句用「長作」二字，示不復寄意也。清兵入關後，明將降清亦接踵，然或因懷舊，或因見疑，或因功高賞薄而心懷反側，降而反正者，遠較關外爲多，如本年四月吳勝兆于松江反正；明年春，金聲桓于贛、李成棟于粵反正；冬，姜瓖于大同反正，事雖不成，其心可鑒，詩第二首末句用「可能」二字，示有厚望焉。然此詩作于吳勝兆諸人反正之前，且以「塞下」爲題，自與諸人身世無關。蘧案以爲有望于鄭芝龍（芝龍去冬降清，已被博洛挾之北去），似于第二首甚切；徐注以洪承疇當之，亦與第一首稍近，然皆不能兼合也。至于黄注竟引先生先妣王碩人行狀，而斷曰：「亡國之人，長望恢復，而至于絶望，『長作江南夢裏人』，悲愴極矣！」是以第一首爲先生自説，有此理乎？

〔一一三〕　海上行

大海天之東，其處有黄金之宮，上界帝子居其中。欲往從之，水波雷駭；幾望見之，以風爲解。徐福至彼，止王不來。至今海上人，時見城郭高崔嵬。黿鼉噴沫，聲如宮商。日月經之，以爲光明。或言有巨魚，身如十洲長，幾化爲龍不可當，一旦失水愁徬徨。北冥之鯤，有耶無耶？又言海中之棗大如瓜，棗不實，空開花。但見鯨魚出没，鑿齒磨牙。昔時童男

女，一去不回家。東浮大海難復難，不如歸去持魚竿。

【釋】

〔有黃金之宮〕見〔一四〕海上「水湧、雲浮二句」釋，係憧憬誇張之辭，爲「欲往」之襯。

〔上界帝子〕「上界」猶天上、天界，佛、道諸教用指神佛居地，張九齡祠紫蓋山經玉泉山寺詩：「上界投佛影，中天揚梵音。」「帝子」指天帝或皇帝子女，九歌湘夫人：「帝子降兮北渚，目眇眇兮愁予。」此處似喻魯王。

〔欲往從之〕此借張衡四愁詩以承上句：「我所思兮在桂林，欲往從之湘水深。」

〔雷駭〕如雷之震駭，郭璞井賦：「聲雷駭以淵瀄。」

〔幾望見之二句〕「幾」音機，平聲，副詞，幾乎。「解」，解釋、解說。史記封禪書：「（始皇）使人乃齎童男女入海求之。船交海中，皆以風爲解，曰：未能至，望見之焉。」

〔徐福至彼二句〕史記淮南王安傳：「秦使徐福入海求神異物，遣振男女三千人，資之五穀種種百工而行。徐福得平原廣澤，止王不來。」又始皇本紀二十八年：「于是遣徐市，發童男女數千人，入海求僊人。」按：「振」通侲，侲男女即童男女；「市」同芾，即黻，音轉爲「福」（見清梁玉繩史記志疑及元吾丘衍閒居録），「徐市」即「徐福」，故知始皇本紀與劉安傳所記爲同一事。先生用事本安傳，然本紀正義引括地志云：「亶洲在東海中，秦始皇使徐福將童男女入海求仙人，止住此洲，共數萬家，至今洲上人有至會稽市易者。」安傳明言「徐福得平原廣澤」，括地志因附會爲亶洲，則先生所云「徐福至彼」，或有實指；「止王不來」，亦必有因。

〔崔嵬〕山高而不平貌。詩周南卷耳：「陟彼崔嵬。」

〔黿鼉噴沫二句〕黿鼉，大鼈之屬，古以爲龍類，居大海中。木華海賦：「或屑没于黿鼉之穴。」西京雜記：「瓠子河決，有蛟龍從九子自決中逆上入河，噴沫蹴波數十里。」宮與商乃古樂宮商角徵羽五聲之屬，二句言黿鼉噴沫之聲如音

樂也。

〔日月經之二句〕原注：「史記大宛傳贊：日月所相避，隱爲光明也。」疑此八字，暗寓明朝嗣君，與以下「或言」巨魚化龍相應。

〔或言有巨魚以下四句〕舊題東方朔十洲記所載海外十洲爲祖洲、瀛洲、玄洲、炎洲、長洲、元洲、流洲、生洲、鳳麟洲、聚窟洲。此以洲長狀魚之巨。魚化爲龍乃天子之象，魚龍失水乃天子在厄之象。

〔北冥之鯤二句〕莊子逍遥遊：「北冥有魚，其名曰鯤。」北冥（溟）猶北海；鯤，魚之最巨者。「或言」六句警告天子不可入海。

〔又言海中之棗以下七句〕原注：「晏子春秋：景公問晏子曰：東海之中有棗，華而不實。」史記封禪書：「少君言曰：臣嘗遊海上，見安期生食巨棗，大如瓜。」按：既云棗不實，又云大如瓜，何耶？漢書揚雄傳：「封豕其士，窫窳其民，鑿齒之徒，相與磨牙而爭之。」鑿齒，高誘注淮南子，以爲獸名；郭璞注山海經，以爲亦人也。俱言齒長如鑿。詳見〔一〇四〕羌胡引「鑿齒鋸牙」釋。童男女乃臣民之象，不回家乃葬身大海之象。「又言」七句警告臣民不可入海。

〔持魚竿〕徐陵與宗室書：「持竿而釣，徵聘不來。」言歸隱也。

【箋】

去年有海上四律，今春又以同題作雜言歌行，然二詩所叙所感大不相類，此篇尤迷離恍惚，近太白蜀道難而必有所寓。粗繹全詩，可分三解：自起句至「以風爲解」，言海上雖有帝子仙山，俱可望而不可即。自「徐福至彼，止王不來」。至「一去不回家」，言大海雖爲日月所經，然多險怪，往者必不復返。末二句，直以大海不可浮作結。詩意甚顯，即易題曰海道難，亦堪與蜀道難相亞。惟蜀道難本係古曲，太白作詩年月復不可考，故論者欲以某人某事當之，不易亦不必。先生此詩編在哭楊主事之前，塞下曲之後，則必作于今年三、四月。此時隆武帝殉國已半載，桂王崎嶇于全州、

武岡之間，詩所謂海上「帝子」其惟魯王乎？魯王自去歲六月浙東之敗，亟趨海門入海。張名振棄石浦以舟師來扈，至舟山，守將黄斌卿不納。十月，鄭彩以隆武帝已殂，乃奉王由舟山入閩。十一月抵中左所（廈門），鄭成功不納，彩遂改奉王駐長垣。是時魯王一棄于黄斌卿，再棄于鄭成功，三受制于鄭彩，名爲「監國」，實同傀儡，徒以舟楫爲宫殿，以海水爲輿圖而已。先生雖未親臨海上，然于魯王之厄，必有所聞，證以它日鄭彩亦棄王，張名振義誅黄斌卿，以及謡傳鄭成功沉王于海諸事，則先生爲魯王危，必非無據。

〔二四〕 哭楊主事

吴下多經儒，楊君實宗匠。方其對策時，已負人倫望。未得侍承明，西京俄淪喪。五馬遂南來，汪黄位丞相。幾同陳東獄，幸遇明主放。牧馬飲江南，真龍起芒碭。首獻大横占，並奏北邊狀。是日天顔迴，喜氣浮綵仗。御筆授一官，天墨春俱盎。魚麗笠澤兵，烏合松陵將。滅跡遂躬耕，猶爲義聲唱。松江再蹉跌，搜伏窮千嶂。竟入南冠囚，一死神慨慷。往秋夜中論，指事並吁悵。我慕淩御史，倉卒當絶吭。齊蠋與楚龔，相期各風尚。君今果不食，天日情已諒。隕首蘆墟村，噴血胥門浪。唯有大節存，亦足酬帝貺。灑涕見羊曇，停毫默悽愴。他日大鳥來，同會華陰葬。

【釋】

〔解題〕原鈔本題作哭楊主事廷樞。楊廷樞（一五九五——一六四七）字維斗，吴縣人。爲諸生時，即倡「應社」，與張溥

齊名。天啟末（一六二七），蘇州民共撻緹騎以救周順昌，廷樞實主其事。崇禎三年（一六三〇）舉應天鄉試第一，益知名，門弟子著録二千人。福王時，馬、阮當國，抑不能用。隆武初，授兵部主事、監察御史。乙酉八月，參沈猶龍、陳子龍等松江之役，事敗，晦迹躬耕。至本年四月，尚遁居鄧尉山隖。吴勝兆反正，戴之儁爲之籌畫，之儁，廷樞門人也。事敗，詞連廷樞，清兵踪迹得之。被縛後即絶食，以文信國自期，五日不死，作絶命詞十二首，裂衣帶書之。五月會審，清巡撫重其名，欲生之，命薙髮，廷樞曰：「砍頭事小，薙髮事大。」遂殺之于蘆墟村。臨刑，大聲曰「生爲大明人」，刑者即揮刃，頭墮于地，復曰「死爲大明鬼」。監刑者咋舌，亟禮而殯之。

〔吴下多經儒二句〕「宗匠」專指學問技藝爲衆所宗之大師，隋書何妥傳附包愷：「于時漢書學者以蕭（該）包（愷）二人爲宗匠。」廷樞倡應社時，即與太倉張溥、張采等分經立課，爲文章亦必本于經義，人稱臯里先生。門多生徒，稱吴門派。

〔對策〕見〔五〕京闕篇釋。明代鄉試策論，故亦云「對策」。此指崇禎三年庚午廷樞舉應天鄉試事。

〔人倫望〕人倫猶人羣，荀子富國：「人倫並處，同求而異道，同欲而異知，生（性）也。」望指仰望、聲望，後漢書盧植傳：

「盧尚書海内大儒，人之望也。」

〔侍承明〕漢未央宫有承明殿，其旁有侍臣值廬，曰「承明廬」，後遂以「侍承明」爲入仕。漢書嚴助傳：「帝賜書曰：君厭

承明之廬，勞侍從之事。」

〔西京俄淪喪〕此指甲申三月、五月，明北京先後爲李自成及多爾衮攻陷事。

〔五馬遂南來〕晉惠帝太安（三〇二——三〇三）中童謡曰：「五馬浮渡江，一馬化爲龍。」後中原大亂，宗藩多絶，惟瑯琊（元帝）、汝南、西陽、南頓、彭城五王同至江東，而元帝嗣統。見晉書五行志。此處喻明諸王南逃，而福王繼位。

〔汪黄位丞相〕宋高宗建炎元年，以黄潛善爲中書侍郎，汪伯彦同知樞密院事，位同丞相。然汪、黄排斥李綱，實爲奸

臣。此處隱斥馬、阮輩。

〔陳東獄、明主放二句〕先是靖康初，陳東爲太學生，伏闕上書，請誅蔡京、童貫等六奸。李綱罷，東又上疏請留，欽宗卒從其請。迨高宗復罷李綱，東又上書請留李而罷汪、黄，東竟下獄論死。「放」，放逐。二句指廷樞曾攻馬、阮，被福王罷歸。

〔牧馬飲江南〕「牧馬」原鈔本作「佛狸」，蓋以拓跋燾侵宋（詳見〔一六四〕羌胡引釋）喻清兵南犯也。

〔真龍起芒碭〕芒碭，山名，在今安徽碭山縣東南，本爲芒、碭二山，相距八里。史記高祖紀：「即自疑亡匿，隱于芒碭山澤巖石之間。」此以真龍喻高祖，以高祖喻隆武帝，時隆武起自鳳陽高牆。

〔首獻、並奏二句〕自注：「手詔曰：朕甚感楊廷樞之占卦。」大横，卦兆名，見〔五〕京闕篇釋。「北邊」原鈔本作「東胡」，指清兵。

〔是日天顔和以下四句〕天顔見延平使至釋。綵仗指宫殿儀仗，「綵」同「彩」。宋之問奉和幸長安故城未央宫應制詩：「寒輕彩仗外，春發幔城中。」天墨，天子筆墨。盎音央，上聲，盛滿也。「授二官」有自注：「擢兵部主事，兼監察御史。」以上六句，俱記廷樞受知于隆武帝，與先生正同。

〔魚麗笠澤兵〕魚麗謂如魚之相比，軍陣名，左傳桓公五年：「王以諸侯伐鄭，鄭伯禦之，……爲魚麗之陣。」笠澤，松江也。此句似記廷樞參沈猶龍等松江守城之役。

〔烏合松陵將〕烏合謂如烏之猝合，狀倉促集合之兵。松陵即吳江縣。此句似言廷樞曾參吳暘太湖軍事。見〔一二〕上吳侍郎暘釋。

〔滅跡遂躬耕二句〕曹植潛志賦：「退隱身以滅跡。」躬耕謂親治農事，諸葛亮出師表：「臣本布衣，躬耕于南陽。」又，庾信哀江南賦：「兄弟三人，義聲俱唱。」按：二句承上似有省文，意謂松江、太湖兵敗後，雖匿身田野，猶倡言興復。

〔松江再蹉跌〕蹉跌，本指失足，此喻意外失誤。漢書朱博傳：「功曹後常戰栗，不敢蹉跌。」全句係暗示本年吴勝兆反正失敗事。勝兆本明將，降清，得官松江提督。長洲諸生戴之儁客其所，教以反正歸魯王，勝兆從之，陰遣人約舟山守將黄斌卿于四月十五及十六兩日以水師入松江。勝兆謀事不密，清海防同知趙之昜、推官方重朗密揭告變，洪承疇未之信，卽以二人揭下勝兆，勝兆知事泄，乃殺趙、方，遽下令入海，意翌日斌卿海師必至也。時斌卿駐舟山，恣睢跋扈，不爲魯王用。勝兆送款，斌卿猶豫不欲應，惟沈廷揚導張名振軍至崇明，泊鹿苑，十四日夜，巨風大作，全軍盡覆，名振泅水免，廷揚被俘死，而勝兆猶未知也。旋使中軍詹世勳、都司高永義偵之。二人登城久望，烽火寂然，遂變志反兵相向，矯殺勝兆親信，之儁亦死。乃執勝兆，送江寧洪承疇窮治。詞逮楊廷樞、陳子龍、顧咸正、夏之旭、夏完淳、侯岐曾等多人，俱死。自是浙西陸上義師遂不復振。

〔搜伏窮千嶂〕此言清兵追緝之嚴。先是廷樞携妻女匿洞庭山中，足跡不入城市。事既泄，爲清巡撫土國寶差兵擒獲。

〔南冠囚〕卽楚囚。左傳成公九年：「晉侯觀于軍府，見鍾儀，問之曰：南冠而縶者誰也？有司對曰：鄭人所獻楚囚也。」

〔一死神慨慷〕慨慷謂感慨激動，義近「慷慨」。慷多作平聲，此句叶韵當讀仄聲。廷樞死狀見下「隕首」、「噴血」二句，此句但言其被捕後已決一死。

〔往秋、指事二句〕指事謂指言某事，此處當指國事。二句係追述，與以下「君今」等句相應。

〔我慕凌御史二句〕「凌御史」下有自注「凌駉」二字。凌駉（一六〇三——一六四五）字龍翰，歙縣人，崇禎進士。福王立，授御史，巡撫河南，至歸德，城被清兵所圍。豫王多鐸令生致凌御史，不者且屠城。駉乃率子潤生往見多鐸，多鐸勸之降，觴以酒，均不納。明日，多鐸斬不降者于駉前，曰：「公以首領易虚名乎？」駉曰：「已辦一死矣。」並勸多鐸勿下江南，曰：「大江以南，天之所限；否則，揚子江頭凌御史，卽錢塘江上伍相國也。」旋被殺，潤生從死。「倉卒」亦作「倉猝」，音訓「怱促」，此指危急之間。「絶吭」亦作「絶亢」，意謂自斷己喉而死。

〔齊蠋〕蠋音屬。史記田單傳：燕既滅齊，欲以齊之王蠋爲相，封以萬家。蠋本布衣，曰：「忠臣不事二君，貞女不更二夫。」遂自縊死。

〔楚龔〕漢書兩龔傳：龔勝，楚彭城人；龔舍，楚武原人。二人相友，並以名節稱。王莽簒漢，二人俱謝病不仕。舍先卒，莽乃使使者安車徵勝，勝稱病篤，使者不允，勝遂絶食死。

〔風尚〕尚，通「上」，謂以高風亮節上友古人也。孟子萬章：「以友天下之善士爲未足，又尚論古之人……是尚友也。」

〔君今果不食二句〕「不食」謂不食諾言，書湯誓：「爾無不信，朕不食言。」「天日」乃指天誓日之省辭，韓愈柳子厚墓誌銘：「指天日涕泣，誓生死不相背負。」按：自「往秋夜中論」至此八句，可證先生與廷樞于乙酉松崑之役後，曾相匿洞庭山，過從甚密。戴之儁説吳勝兆反正，必出之師教，事敗，詞連其師兼及先生，自不足怪。

〔隕首、噴血二句〕此記廷樞死所。「胥門」即蘇州西門，亦曰閶門。蘆墟村在吳縣郊，村有泗州寺，廷樞受鞫盡節處。廷樞死狀，諸書所記畧異，然主鞫者爲清巡撫土國寶，手刃者爲提督巴山，廷樞臨刑不屈，則皆可信。

〔帝貺〕貺音況，賜也。「帝貺」，天子所寄，此指前述隆武知遇。

〔羊曇〕二字下有自注：「君甥衛向。」曇音談。羊曇係謝安甥，爲安所愛重。安死，曇行不由西州路。嘗大醉，不覺至州門，因慟哭而去。見晉書謝安傳。按：西州城在建康臺城西（今南京市朝天宫西），乃晉揚州刺史治所。太元十年（三八五）謝安還都，輿疾入西州城門，八月薨于家。此句以羊曇喻衛向，以西州門喻蘇州胥門。

〔停毫〕毫，筆頭。隋書許善心傳：「文不加點，筆不停毫。」

〔默悽愴〕默然傷感。宋玉九辯：「中憯惻之悽愴兮，長太息而增欷。」

〔他日大鳥來二句〕楊震（？——一二四）字伯起，東漢華陰人，官至太尉。爲人清廉有風骨，後爲宦官鴆死。順帝以禮改葬震于華陰潼亭。先葬十餘日，有大鳥高丈餘，集震喪前，俯仰悲鳴，淚下沾地，葬畢乃飛去。見後漢書本傳。詩

用此事，蓋切廷樞之姓。

【箋】

吳勝兆之獄，株連甚衆，然逮繫之早，刑戮之急，被禍諸賢尤以楊主事爲最。此無他，説吳者戴之儁，教戴者楊主事耳。此真所謂「滅跡遂躬耕，猶爲義聲唱」也。其血書亦云：「方隱遁夫山椒，忽陷罹于羅網；雖云突如其來，亦已知之稔矣。」既已知之稔，則「砍頭事小」，不爲大言。

〔二五〕推官二子執後欲爲之經營而未得也而二子死矣二首

生來一諾比黄金，那肯風塵負此心。不是白登詩未解，菲才端自媿盧諶。

【釋】

〔解題〕顧天逵（一六一八——一六四七）字大鴻；天遴（一六二一——一六四七）字仲熊，崑山人，推官咸正子。乙酉之難，皆削髮爲僧，居西山。天逵欲走閩中，道不通而止，因從婦翁侯岐曾居嘉定。丁亥五月吳勝兆反正事敗，詞連陳子龍，岐曾囑天逵轉之崑山。適天遴自山中來視其兄，遂共載子龍歸崑之墓舍。越二日，邏者縛天逵兄弟並子龍以去。子龍投水死；天逵、天遴及岐曾同日見殺于松江。事見歸莊兩顧君大鴻仲熊傳。據歸傳，知先生曾作兩顧事狀，今集中不載，僅存此詩二首。「經營」謂籌謀規劃，詩小雅北山：「旅力方剛，經營四方。」此處指設法營救。

〔生來、那肯二句〕楚人諺曰：「得黄金百斤，不如得季布一諾。」見史記季布傳。風塵謂如風之揚塵，狀世態，杜甫將赴成都草堂詩：「迴首風塵甘息機。」不負心謂不負朋友之託也，晉書劉弘傳：「匹夫之交尚不負心，何況大丈夫乎！」二句應係先生自訴，爲下二句鋪墊。

〔不是、菲才二句〕原注：「晉書：劉琨作詩贈別駕盧諶，引鴻門、白登之事，用以喻意。諶素無奇畧，以常詞酬和，殊乖琨心。」「菲」，薄也。菲才猶菲材，此處用作謙詞。端自猶本自、正是。按：劉琨重贈盧諶詩，有「白登幸曲逆，鴻門賴留侯」之句，係以陳平、張良出奇應變期盧諶，先生用劉、盧事，或者天逵兄弟平時曾以此相勉，追營救未得，竟負此心，故爾自責歟？

蒼黄一夜出城門，白刃如霜日色昏。欲告家中賣黄犢，松江江上去招魂。

〔蒼黄〕墨子所染：「（墨子）見染絲者而嘆曰：染于蒼則蒼，染于黄則黄，所入者變，其色亦變。」後引喻爲形勢遽變。孔稚珪北山移文：「豈期終始參差，蒼黄翻覆。」詩用「蒼黄」二字，正見二子被逮之速、被殺之速，雖欲營救而不及也。

〔白刃如霜〕此狀清兵邏卒刀劍之利，賈島劍客詩：「十年磨一劍，霜刃未曾試。」

〔欲告家中賣黄犢〕原注：「古樂府平陵東：歸告我家賣黄犢。」先生此句頗似借句，原注明引平陵東，知有深意存焉。漢末東郡太守翟義起兵討王莽，事敗爲莽所殺，相傳平陵東乃翟義門客所作，「賣犢買刀」，反龔遂之意而用，蓋寓買刀爲義復仇之意。

〔松江句〕松江，二子就義處。此句承上「賣黄犢」而有省文，意謂復仇後將招二子之魂而祭之。

【箋】

本年哭顧推官詩曰：「二子各英姿，文才比蘭桂。身危更藏亡，並命一朝斃。」知天逵兄弟才膽兼備，罹禍之慘，與夏完淳同。此詩與題序俱簡短，且多隱晦，然媿而自責，憤而自誓，亦猶匣劍帷燈，不可掩也。

〔二六〕 淄川行

張伯松，巧爲奏，大纛高牙擁前後。罷將印，歸里中，東國有兵鼓逢逢。鼓逢逢，旗獵獵，淄

川城下圍三匝。圍三匝，開城門，取汝一頭謝元元。

【釋】

〔解題〕孫之獬，山東淄川（今淄博市）人。天啟壬戌（一六二二）進士，媚魏忠賢得官侍講。魏敗，名列逆案，削籍歸。順治初，率先降清，練鄉勇以抗農民軍，有功，擢禮部右侍郎。乙酉六月，升兵部尚書，奉命總督軍務，招撫江西。明年召還，爲金聲桓所劾，奪職家居。本年農民軍餘部丁可澤及降將謝遷等攻淄川，陷之，擒之獬，縛拷十餘日，九月，縫口支解死。按：先生詩集中，凡涉及時人，除有意自注外，不論忠奸，多諱其名。元譜謂此詩「爲孫之獬作也」，甚是。題曰淄川行，蓋從里貫言，它篇畧同。

〔張伯松以下三句〕原注：「漢書王莽傳：張竦爲劉嘉作奏，請滅安衆侯崇，莽封嘉爲師禮侯，嘉子七人皆賜爵關内侯。又封竦爲淑德侯。長安爲之諺曰：欲求封，過張伯松，力戰鬬，不如巧爲奏。」按：張竦字德松，亦作伯松。其兄紹與劉崇攻王莽，敗，竦與崇族父嘉詣闕自白。竦爲嘉作奏，嘉父子得封，竦亦得封。一賣兄，一賣姪，時人鄙之，故諺云云。後莽敗，竦亦爲農民軍所殺。「纛」音到，去聲，與「牙」均仗旗名，或飾以繒羽，或飾以象牙，皆將相儀仗。歐陽修相州晝錦堂記：「高牙大纛，不足爲公榮。」之獬官尚書，宜擁有之。之獬以「巧爲奏」得美官，其事據研堂見聞雜記，謂其首薙髮迎降，不容于衆，乃羞憤上疏言：「陛下平定中國，萬事鼎新，而衣冠束髮之制，獨存漢舊，此乃陛下從中國，非中國從陛下也。」于是清廷普下薙髮令，荼毒生靈百萬。

〔東國〕古泛指齊、魯、徐夷等東方諸國。史記孟嘗君傳：「其攻秦也，欲王之令楚王割東國以與齊。」正義曰：「東國，齊、徐夷。」

〔鼓逢逢〕逢音朋，「逢逢」，鼓聲。詩大雅靈臺：「鼉鼓逢逢，矇瞍奏公。」

〔旗獵獵〕「獵獵」，旗翻捲聲。李白永王東巡歌：「雷鼓嘈嘈喧武昌，雲旗獵獵過潯陽。」以上旗鼓聲，均狀農民軍聲勢。

〔取汝一頭謝元元〕元元即平民，參見〔一八〕大漢行「黎元」釋。戰國策秦策：「制海内，子元元。」「謝」謂謝罪，斬孫之頭以謝天下之民也。研堂見聞雜記叙孫之死狀，曰：「謝遷等入淄川城，首將之獬一家殺死。孫男四人，孫女、孫婦皆備極淫慘以斃。而之獬獨縛至十餘日，五毒備下，縫口支解。」然則不僅取一頭而已也。

【箋】

順治初，明臣降清者多閹黨餘孽，此輩叛君辱國，大節已虧，本不必濫污詩筆，然如孫之獬者，首請薙髮，以求一官，至于塗炭萬民，蓄此豚尾，尤狗彘之不若。是故先生不吝春秋之誅，以四韻譜出之。第一韻已盡其巧奏得官之醜行，餘三韻遞叙義軍爲民除害之經過，運筆如斧，大義凛然。視清史稿本傳所云「值土賊亂，駡賊不屈遇害」，其是非相去亦遠矣！

〔二七〕 哭顧推官

推官吾父行，世遠亡譜系。及乎上郡還，始結同盟契。崎嶇鞭弭間，周旋僅一歲。痛自京師淪，王綱亦陵替。人懷分土心，欲論縱横勢。與君共三人，獨奉南陽帝。誓麾白羽扇，一掃天日翳。君才本恢宏，闊略人事細。一疏入人手，幾墮猾虜睨。乃有漢將隙，因掉三寸説。主帥非其人，大事復不濟。君來就茅屋，問我「駕所税？」「幸有江上舟，請鼓鈴下枻！」别去近一旬，君行尚留滯。二子各英姿，文才比蘭桂。身危更藏亡，並命一朝斃。巢卵理必連，事乃在眉背。一身更前却，欲聽華亭唳。我時亦出亡，聞此輒投袂。扁舟來勸君：「行

矣不再計！」驚弦鳥不飛，困網魚難逝。旦日追吏來，君遂見囚繫。檻車赴白門，忠孝辭色厲。竟作戎首論，卒踐捐生誓。倉皇石頭骨，未從九原瘞。父子兄弟閒，五人死相繼。嗚呼三吳中，巍然一門第。尚有五歲孫，伏匿蒼山際。門人莫將奠，行客揮哀涕。羣情佇收京，恩卹延後世。歸喪琅邪冢，詔策中牢祭。後死媿子源，徘徊哭江裔。他日修史書，猶能著凡例。

【釋】

〔解題〕顧推官咸正由陝歸里前事已見本年初贈詩。丙戌歸里後，即與同里歸莊及先生共受唐王詔，參震澤、松江軍事。洎吳勝兆兵敗，詞連咸正，而又躊躇不行，遂被執，檻送江寧，不屈，九月被殺。按：元譜謂咸正「後二子之死僅一月」，冒廣生據此亦云：「二子之死，先其父一月，故亭林哭顧推官詩亦在此詩（指〔二五〕推官二子執後詩）之後。」皆誤。咸正及二子逮死時日當以歸莊兩顧君傳最爲覈實。兩顧君傳已定二子死于丁亥夏五月，而後謂「兄弟死後十餘日，延安亦被收」（元譜以爲咸正之逮在六月，不誤）。又云「延安被收，以其年九月遇害」。證以孫之獬亦死于九月，故此詩編在淄川行之後，與兩顧君傳正合。元譜蓋誤以咸正被逮之月爲遇害之月耳。

〔推官吾父行二句〕「父行」，此指與父同輩之族人。「譜系」，此指記載宗族世系之書，隋書經籍志有譜系篇，先生亦著有顧氏譜系考。今知先生與天逵兄弟同輩，天逵之高祖鼎臣、先生之高祖顧濟，嘉靖時雖同里同官，已非親族；今曰「父行」，當係由江東旁郡顧譜推得。

〔上郡〕見〔一七〕贈顧推官咸正詩。

〔同盟契〕契，約也。左傳僖公九年：「齊侯盟諸侯于葵丘，曰：凡我同盟之人，既盟之後，言歸于好。」由「及乎」、「始結」二

句，疑先生與咸正等必有同盟抗清之約。

〔崎嶇、周旋二句〕「崎嶇」本指山路險阻，引申爲處境艱難，史記燕世家：「燕（外）迫蠻貉，内措齊晉，崎嶇彊國之間，最爲弱小。」弭音米，未飾之弓。周旋，輾轉追逐。左傳僖公二十三年：「若不獲命，其左執鞭弭，右屬櫜鞬，以與君周旋。」二句隱指從軍抗清。「僅一歲」蓋自咸正丙戌四月南歸，至今年六月被逮，二人相契不過一歲。

〔京師淪〕指甲申北京之陷。

〔王綱亦陵替〕王綱，朝廷綱紀，揚雄劇秦美新：「是以帝典闕而不補，王綱弛而未張。」陵替猶頹廢，左傳昭公十八年：「閔子馬曰：周其亂乎？……于是乎下陵上替，能無亂乎！」言上下皆頹廢而不振也。

〔人懷分土心二句〕分土謂分割國土，縱横即合縱連横，意指南明諸王爭立，參見〔一八〕大漢行箋。

〔與君共三人二句〕「三人」下有自注：「其一歸高士祚明。」祚明乃歸莊國變後易名。南陽帝指唐王聿鍵，原封南陽。據全祖望亭林先生神道表：「次年（丙戌）閩中使至，以職方郎召，欲與族父延安推官咸正赴之，念太夫人未葬，不果。」

〔誓麾白羽扇〕原鈔本此句作「談笑東胡空」，東胡指清，潘耒諱改。「麾羽扇」乃顧榮事，詳見〔五三〕重至京口「白羽扇」釋，徐嘉引語林諸葛武侯事當之，大謬。

〔天日翳〕翳，音意，去聲，障蔽之物。曹植感節賦：「折若華之翳日。」

〔恢宏〕原鈔本作「恢弘」，清人諱弘（高宗弘曆），故易作宏，義不變。諸葛亮出師表：「恢弘志士之氣。」猶言闊大、擴張。

〔闊畧人事細〕有忽畧細事，不拘小節意。後漢書馮衍傳：「闊畧杪小之禮，蕩佚人間之事。」

〔一疏入人手二句〕咸正聞唐王在閩，乃草密疏寄舟山黄斌卿，屬其轉達，爲邏者所獲，以告提督吴勝兆，勝兆秘之。（後勝兆事發，密疏遂露，咸正故不免。）「猾虜」指清兵，按潘耒諱例，此二字刻本作□□。

〔乃有、因掉二句〕漢將指吳勝兆等。隙，間隙也。「三寸說」，謂以口舌說之。史記淮陰侯傳：「酈生掉三寸舌，下齊七十餘城。」由此二句，可知當時說吳勝兆反正者，不止戴之儁一人，楊廷樞、顧咸正、陳子龍及先生等皆預其事。

〔主帥、大事二句〕主帥指吳勝兆。勝兆目不知書，駐軍松江，反正之前，踪跡已露，詳見〔二四〕哭楊主事詩「松江再蹉跌」釋，故云「非其人」也。「大事」原鈔本作「大本」，意即大事之本，詞出荀子王制，此指抗清大業。

〔君來、問我二句〕茅屋，先生當時所居，地不詳。「駕所稅」，咸正問先生何處避難也。駕猶言車駕；稅音義同脫，解也。史記李斯傳：「物極則衰，吾未知所稅駕也。」

〔幸有、請鼓二句〕此係先生答語，意謂我將乘舟易裝而逃。原注：「通鑑：庾冰奔會稽，至浙江，蘇峻購之甚急。吳鈴下卒引冰入船，以蘧篨覆之，吟嘯鼓枻，泝流而去。」引文係記晉咸和三年（三二八）蘇峻叛晉，陷建康，庾冰（亮弟）乘舟潛逃事。魏晉時以鈴閣爲將帥治事之所，「鈴下」猶言鈴閣之下，爲當時警衛侍從之代稱。三國志張邈傳：「（呂布）遣鈴下請（紀）靈等。」枻音以，短槳也；「鼓枻」即搖槳。

〔二子各英姿以下四句〕此叙咸正二子天逵、天遴因匿陳子龍而雙雙被害事，其經過已見〔二五〕推官二子執後詩解題。蘭桂，喻佳子弟，駱賓王上齊州張司馬啓：「博望侯（張騫）之蘭薰桂馥。」據歸莊兩顧君傳，謂天逵工詩文，長于四六；天遴文才遜其兄，而湛深過之。兄弟年弱冠時，皆風流自喜，並行街市，道旁屬目，嘖嘖稱寧馨兒。「藏亡」，謂藏匿逃亡者，此指陳子龍。並命同併命，即同命、齊死意，庾信哀江南賦：「才子併命。」據錢肅潤南忠記生員顧公傳：「當事索子龍，因及天逵兄弟。天逵曰：吾一人罪，與弟無干。天遴曰：吾兩人同在此，安得獨罪吾兄？兄弟爭死不輟，俱殺于泖湖。」

〔巢卵理必連〕世說新語言語：「孔融被收，……謂使者曰：冀罪止于身，二兒可得全不？兒徐進曰：大人！豈見覆巢之下，復有完卵乎？尋亦收至。」兒語蓋出陸賈新語輔政：「秦以刑罰爲巢，故有覆巢破卵之患。」言巢覆則卵必全破，喻

滅門之禍，理必株連。

〔事乃在眉皆〕「事」謂禍事，「在眉皆」言迫在眼前。韓非子用人：「不去眉睫之禍，而慕賁育之死。」眉睫即眉皆。

〔一身更前却〕一身猶言一己。更，本字去聲，副詞，一而再也。前却謂進而復退，行而復止。吳子治兵：「進不可當，退不可追，前却有節，左右應麾。」

〔欲聽華亭唳〕此句下原鈔本有自注：「時猶未知二子之死。」按：世說新語尤悔：「陸平原……被誅，臨刑歎曰：欲聞華亭鶴唳，可復得乎？」平原即陸機，與弟雲入洛前常遊于華亭墅，兄弟同死于八王之亂。此句承上，言咸正行而復止，蓋欲確知二子逮後音耗。用二陸事，切人、切地、切事。

〔我時亦出亡〕應上「請鼓鈴下柮」句。

〔聞此輒投袂〕袂，音謎，去聲，通指衣袖；投袂謂振袖作奮發狀。左傳宣公十四年：「楚子聞之，投袂而起。」此訝其當行不行，當斷不斷。

〔扁舟來勸君二句〕「扁舟」應上「幸有江上舟」句。此蓋先生第二次勸行。

〔旦日追吏來二句〕「旦日」，明日也，意謂今日甫勸之，明日即被逮，以見時機之迫。據兩顧君傳，咸正被收在二子死後十餘日，故當不出本年六月。

〔檻車赴白門二句〕檻車指囚車。白門本建康之西門，西方爲金，金色白，南朝宋時稱之爲白門，後遂以「白門」代建康，即今南京。參見〔一〇六〕攝山詩原注。又，諸書俱載咸正責洪承疇事，如云：咸正執至金陵，總督洪承疇問：「汝知史可法在乎，不在乎？」咸正答：「汝知洪承疇死乎，不死乎？」（南疆逸史與小腆紀傳皆同）按：當年洪承疇松山敗耗傳至北京，崇禎帝聞其已殉節，命設壇自撰文祭之。既而知其叛降，遂撤壇毁稿。史可法揚州兵敗，時或傳其猶在，故承疇先有此問。然反脣譏之者，野史所載，不止咸正一人，亦不必坐實也。南忠記舉人顧公傳但云：「既至金陵，見洪

内院不跪，且痛責其罪。」先生詩亦止云「忠孝辭色厲」而已。

〔竟作戎首論〕「戎首」本指兵事主謀，如禮記檀弓下：「毋爲戎首，不亦善乎？」引申爲禍首、主犯，如文選鍾會檄蜀文：「叛主讎賊，還爲戎首。」「論」，定罪也。據南畧：吴勝兆、陳子龍事敗，録其黨姓名，首及咸正。

〔卒踐捐生誓〕捐生猶言捨命，潘岳寡婦賦：「感三良之殉秦兮，甘捐生而自引。」南忠記載咸正臨刑，同事數人共執于道，觀者如市，咸正告曰：「汝等平日讀小説曲部，知有忠臣，是紙上言耳。今吾等真忠臣也，汝請看！」觀者歎息。此句「踐誓」與哭楊主事「不食」意同，知二人與先生「同盟」、「相期」之日，即有身殉之諾矣。

〔倉皇石頭骨二句〕石頭指南京，見〔四〕京口即事釋。九原專指祖先墓地，蓋以晉國卿大夫多葬于九原也，地在今山西新絳縣北。據此二句，知先生作詩時，咸正遺骨尚未歸葬崑山。

〔父子、五人二句〕此指咸建、咸受、天逵、天遴、咸正相繼死事。咸建、咸受見本年贈顧推官詩「哀鶻啼」釋。

〔嗚呼三吴中二句〕「三吴」異説甚多，通指蘇、常、湖三州所轄地。顧氏自六朝以來，世爲三吴高門。

〔五歲孫〕咸正僅存一孫名晉穀（不知其父爲天逵，抑爲天遴），時年五歲，得免于難。

〔門人莫將夔〕原注：後漢書李固傳：「門生王成將夔乘江東下。」李固字子堅，南鄭人。冲帝時官太尉，素忤宦官外戚。質帝死，與杜喬擬立清河王蒜，梁冀竟立桓帝，因下固于獄，殺之，二子並死。夔，固幼子，時年十三。姊文姬以夔託父門生王成，成因將（携帶）夔入徐州界，變姓名爲酒家傭。十餘年，梁冀誅，夔始還鄉里，官至河南尹。此句用王成、李夔事，蓋歎咸正門人尚無携晉穀就養者。

〔羣情佇收京〕原鈔本「羣情」作「乘輿」，指天子。「收京」見〔三〕延平使至釋。「佇」，久立而待。自此以下四句，均從「佇」字生出，皆設想之辭。

〔歸喪琅邪冢〕原注：「（後漢書）伏隆傳：詔隆中弟咸收隆喪，太中大夫護送喪事，詔告琅邪作冢。」按：隆字伯文，東武

人。時張步欲自王，光武帝以隆爲光祿大夫，遣使步，步留之，不從，被殺。故詔告歸葬琅邪，以示褒卹。

〔中牢〕古以羊、豕二牲祭，曰中牢（亦稱少牢）。漢代于郡國之有行義者，如不幸死，則祠以中牢。

〔後死媿子源〕子源，漢臧洪字。洪會盟討董卓事已見〔七〕「登壇二句」原注。按：酸棗之盟後，袁紹以洪領青州刺史，徙東郡太守。洪與張超至交，曹操圍超于雍丘，甚急，洪徒跣號泣，從紹請兵，紹不許，超遂被族滅。洪由是怨紹，絶不與通。紹興兵圍洪，城陷被執，死之。論者以爲臧洪之盟酸棗，忠也；以死救張超，義也。先生欲救咸正而不果，故用「媿」字。

〔江裔〕江邊。裔，邊也。參見〔九〕表哀詩「江潯」釋。

〔著凡例〕杜預春秋經傳集解序：「其發凡以言例，皆經國之常制，周公之垂法，史書之舊章。仲尼從而修之，以成一經之通體。」故「凡例」實指修史之大旨及體例，即所謂春秋筆法。著，著明也，猶發明。

【箋】

明清鼎革，三吴士夫殉國者，多不勝計。然如顧咸正父子、兄弟五人矢忠謀國，駢死不辭，尤屬鮮見。明史有咸建傳，無咸正傳；南疆逸史與小腆紀傳以能補正史稱，惜皆後出，所叙咸正父子事（皆附咸建傳後）每多舛漏。如逸史妄謂咸正「選延安推官，未赴，需次于家」，而不載由上郡全髮南歸事。紀傳但知咸正因二子匿陳子龍事株連被逮，而不知先有與歸、顧同盟抗清事。先生「他日修史」之志既不克踐，所撰兩顧事狀復不傳，故今存較早資料可以稽考者，唯張岱石匱書、錢肅潤南忠記、歸莊玄恭集所載諸傳文而已。先生今年所作「顧氏三題」及「三哭」詩皆重抒情不重記事，貴隱括不貴翔審，然咸正出處大端，死生大節，要必以此爲依據，所謂詩以代史，以詩存人是也。

〔二八〕 哭陳太僕

陳君鼂賈才，文采華王國。早讀兵家流，千古在胸臆。初仕越州理，一矢下山賊。南渡侍省垣，上疏亦切直。告歸松江上，欻見牧馬逼。拜表至福京，願請三吳敕。詔使護諸將，加以太僕職。遂與章邯書，資其反正力。幾事一不中，反覆天地黑。嗚呼君盛年，海內半相識。魏齊亡命時，信陵有難色。事急始見求，棲身各荆棘。君來別浦南，我去荒山北。柴門日夜扃，有婦當機織。未知客何人，倉卒具糲食。一宿遂登舟，徘徊玉山側。有翼不高飛，終爲罻羅得。耻爲南冠囚，竟從彭咸則。尚媿虞卿心，負此一悽惻。復多季布柔，晦迹能自匿。酹酒作哀辭，悲來氣哽塞。

【釋】

〔解題〕原鈔本作哭陳太僕子龍。子龍（一六〇八——一六四七）字卧子，一字人中，松江華亭人。因曾受唐王官太僕寺卿，故詩題用官稱（魯王亦授子龍兵部尚書，題不用，所以尊唐王也）。子龍少時即以經術自任，兼喜縱横之術，與郡人創「幾社」，頗知名。爲文富麗，與艾南英並稱。崇禎十年登進士，授紹興推官；以招降功，薦授兵科給事中，不赴。福王立，上疏請親征，不報。南京失守，子龍與沈猶龍、黄蜚等受唐王詔，起兵松江；李成棟破松江，子龍逃匿。本年以策吳勝兆反正，事敗出亡，告急于嘉定侯岐曾，岐曾轉介至世僕劉馴家，稍遷至崑山顧天逵所，爲清兵所獲，鎖于舟中。子龍乘守者不備，躍入水死，時在五月二十四日。侯、劉、顧等亦因藏亡被逮死。參見〔二五〕推官二子執

後詩解題。

〔鼂賈〕鼂錯（前二〇〇——前一五四），西漢文帝、景帝時人。初以文學爲太常掌故，兼習刑名，時稱「智囊」。後以倡議削諸王封地，激七國反，景帝信讒，殺之。史記、漢書俱有傳。賈誼（前二〇〇——前一六八），詳見〔五〕京闕篇「文才後賈生」釋。

〔文采華王國〕文采謂文章華采，韓非子難言：「捷敏辯給，繁于文采。」「華國」謂光耀國家；華，使動詞。國語魯語：「仲孫它諫曰：子（指季文子）爲魯上卿，相二君矣。妾不衣帛，馬不食粟，人其以子爲愛，且不華國乎？」子龍工詩詞，古文取法魏晉，尤精駢體，有集傳世。

〔早讀兵家流二句〕漢書藝文志首叙九流，中有「兵家者流」，著録古兵書五十三家，如孫子、吴子、六韜、三畧等。胸臆猶言胸懷、心中。論衡佚文：「論發胸臆，文成乎中。」以上四句，一言子龍工文，一言子龍知兵，然全詩叙事，多在後者。

〔初仕越州理二句〕越州理即紹興推官。紹興有許都者，喜任俠，與子龍游。後許都與東陽令有違言，舉兵反。子龍單騎往諭，保以無罪，都即散衆就降。然事後都竟爲巡按左光先奏殺，子龍救之不得，心甚憾之。「一矢下山賊」句，蓋記子龍單騎諭許都事。都本東陽世家子，豪俠如季良。其怒撻邑令，聚山民，攻郡城，乃官兵逼之，非盗賊叛逆可比。先生以「山賊」名之，蓋用謝靈運游山，衆誤以爲山賊故事（見宋書謝靈運傳）。靈運非山賊，則知先生亦不以許都爲「山賊」也。

〔南渡侍省垣〕此指福王時，子龍以原官兵科給事中召用。給事中始設于秦，隋、唐、宋均屬門下省，明初屬通政司，後遂自爲一曹，分吏、户、禮、兵、刑、工六科，掌侍從、規諫、稽察六部百官之職。此云「侍省垣」，蓋仍唐宋中書、門下省之舊稱。

〔上疏亦切直〕指上疏請福王親征，禁采淑女，勿内批用人等。

〔告歸松江上〕子龍見疏不用，乙酉二月乃乞終養，歸松江。

〔欻見牧馬逼〕欻亦作欻，音術，入聲，「忽」本字。張衡西京賦：「神山崔巍，欻從背見。」牧馬，原鈔本作「胡馬」。此句指清兵直取江南。

〔拜表至福京以下四句〕福京即福州，唐王所都。三吳見〔三七〕哭顧推官「嗚呼三吳中」釋。太僕指太僕寺卿，古九卿之一，掌輿馬及畜牧之事。四句乃叙子龍上表唐王，自請參松江一帶軍事。唐王遂詔許以原官僉都御史，加太僕寺卿，監護諸軍。

〔遂與章邯書以下四句〕章邯本秦將，見疑于秦二世，陳餘因遺書誘其還軍，與諸侯爲縱，約共攻秦。事見史記項羽本紀。此處以章邯喻吳勝兆。勝兆與明將張名振有舊，子龍遂邀夏之旭（允彝弟）與張、吳通謀，約湖、海、陸同日起兵。「幾事」謂機密之事，「中」亦作「密」，易繫辭：「幾事不密則害成。」「反覆」猶翻覆，顛倒，班固西都賦：「草木塗地，山淵反覆。」勝兆反正之謀既泄（見〔三四〕哭楊主事「松江再蹉跌」釋），清軍獲其盟册，子龍家奴茅太亦賣主告變，大事遂不濟。

〔盛年〕壯盛之年，時限無定指，約當三十至四十之間。漢書張敞傳：「今天子（指昌邑王）以盛年初即位。」子龍今年甫四十。

〔魏齊、信陵二句〕魏齊本魏相，曾得罪于范雎。後雎主秦政，索魏齊，齊夜亡，往見趙相虞卿。虞卿度趙王終不可說，乃自解相印與魏齊亡。念諸侯莫可以急抵者，乃復走大梁，欲因信陵君以走楚。信陵君聞之，畏秦，猶豫未肯見，魏齊怒而自剄。事見史記范雎傳。時清捕子龍亟，二句乃泛言子龍望門投止之難，「信陵」不必有實指。

〔事急始見求二句〕左傳僖公三十年：「（鄭伯曰）吾不能早用子（指燭之武），今急而求子，是寡人之過也。」荆棘猶草莽，此處喻困境。上句言子龍求助于先生，下句言我二人均在難中。

〔君來、我去二句〕此承上「各」字，言二人各在荆棘，故一南一北，未曾交臂。「別浦」，本指江河入海之支流，此與「荒山」對言，恐係泛擬。

〔柴門日夜扃以下四句〕叙子龍直投先生家，不遇，王夫人倉促具飯留宿。「柴門」與〔二七〕哭顧推官「君來就茅屋」疑係一地。「倉卒」見〔一九〕義士行釋。「糲食」，粗米飯。梁書武帝紀：「膳無鮮腴，惟豆羹糲食而已。」

〔一宿、徘徊二句〕二句之間有省文。按：子龍一宿登舟之後，乃投侯岐曾，岐曾介至劉馴家，旋由顧氏兄弟轉之崑山，居之墓舍。越二日，始爲追吏所得。「玉山」即崑山，以出奇石似玉，故名。

〔罻羅〕捕鳥網，屈原九章惜誦：「矰弋機而在上兮，罻羅張而在下。」

〔恥爲南冠囚〕原鈔本作「恥汙東夷刀」，謂恥爲滿清所殺也。南冠囚見〔三四〕哭楊主事釋。

〔竟從彭咸則〕離騷：「願從彭咸之遺則。」遺則猶遺教。彭咸，殷大夫，諫其君不聽，投水死，故屈原以之自況。按：子龍被逮，鎖于舟中，泊跨塘橋下。子龍乘守者不備，躍入水死，諸書所載皆同。小腆紀傳繼曰：「猶戮屍，弟子王澐收而葬之。」

〔尚媿虞卿心〕接前「魏齊亡命時」句釋，另見史記虞卿傳：魏齊既死，虞卿困于梁魏，不得意，乃著書。太史公曰：「虞卿非窮愁亦不能著書以自見于後世云。」此句乃先生以虞卿自喻而又媿之。

〔負此一悽惻〕「負此」，謂有負魏齊也。悽惻猶悽愴（見〔三四〕哭楊主事「悽愴」釋），傷感也。陸機歎逝賦：「步寒林以悽惻。」

〔復多季布柔二句〕原注：「史記季布傳：諸公皆多季布能摧剛爲柔。」多，稱美之也。季布先爲項羽將，數窘辱劉邦。及羽滅，劉邦稱帝，購之千金，布乃髡鉗自賣于魯朱家，後朱家説滕公勸帝赦之。晦迹謂隱居匿迹，能避禍也。又，二句下有自注曰：「君出亡時，尚僕從三四人，服用如平日。」全祖望謂：「二句當在未知客何人二句之間。」蘧案亦云：「二句

確有誤，但全說亦未安。」二君蓋誤以季布喻子龍，誤以自注爲贊子龍，如此則詩句與自注于理必扞格也。民按：「尚媿」二句與「復多」二句皆先生自說，「尚媿」二句係以虞卿自責，「復多」二句則以季布自勉，自注十五字蓋深惜子龍于亡命時尚不能晦迹也。故知二句不誤。

〔酹酒作哀辭〕酹酒，以酒灑地而祭。哀辭，古文體之一，摯虞文章流別傳論：「哀辭者，誄之流也。」故知此篇如誄詩，哭祭時用。

〔哽塞〕因悲哭而氣結喉塞，義同「哽咽」。如劉琨扶風歌：「揮手長相謝，哽咽不能言。」北史魏任城王雲傳：「雲孫順哽塞，涕泗交流，久之而不能言。」

【箋】

吳勝兆一案，牽連明遺臣義士十餘人，楊廷樞、顧咸正、陳子龍乃其尤著者。晚明史書多能載諸人抗清大略，而于株連搜捕、出亡被逮，以至慷慨赴義經過，或傳聞異辭，或遠非詳審，或知果而不知因，或敍甲而不敍乙，獨先生生乎同時、起于同地，且又同隸一案，故詩中敍其人其事，不加藻飾，而知其可信。如云「我時亦出亡」(哭顧推官)，「我去荒山北」(哭陳太僕)，知先生當時去生死亦不容髮；所以幸免于難者，正所謂「晦迹能自匿」耳。然先生終以不克援手而煢煢耿耿，一則曰「後死媿子源」，一則曰「尚媿虞卿心」，先生上不忝君親，下不負友朋，于此可見。

又，先生自編詩集，均按各題時序排列，徵之史實，極少違誤。獨哭陳太僕一首似有可議處。楊廷樞死于五月朔，推官二子被逮死亦在五月(略後于陳子龍)，孫之獬與顧咸正均死于九月，先生葬母在十月，以上諸題記事皆有史籍可考，故知其按序排列不誤。子龍之死，諸書均赫然紀其時爲五月二十四日(惟小腆紀傳誤將「五」作「四」)，是哭陳太僕當置推官二子執後之前，置哭楊主事之後，乃原鈔本哭陳太僕反置哭顧推官之後，豈其聞耗遲而祭之晚耶？抑一時誤植耶？

〔二九〕 十月二十日奉先妣葬于先曾祖兵部侍郎公墓之左

先考葬祖墓左四十年，其左有池，形家或言兆有水，是歲將合葬我母，三族皆爲炎武難之。炎武念先妣之治命，不可以不合葬；而四十年之藏，又不可以遷；萬一有水，又不可以徑情而遂葬，遲回者久之。及啟壙，竟無水；訖事，無風雨。昔重光大荒落之歲，葬先王父，既祖奠，火作于門，里人救之，遂熄。念吾先人積德累仁，固不當有水火之菑、陰陽之咎，而不孝一人所遇之不幸如此，天之不遂棄之而曲全之又如此，是可以忘先人之志哉！

王季之墓見水齧，宣尼封防遭甚雨，我今何幸獨不然，或者蒼天照愁苦。昔我先臣葬于此，神宗皇帝賜之墓一區。六十年間事反覆，到今陵谷青模糊。止存松楸八百樹，夜夜宿鳥還相呼。行人指點侍郎冢，戍卒不敢來樵蘇。乃知天朝恩寵大，易世猶與凡人殊。天道回旋改寒燠，公侯子孫久必復。歲月日時共五行，前岡後舍分昭穆。皇天下鑒臣子心：環三百里無相侵。先皇弓劍橋山岑，山多虎豹江水深，欲去復止長哀吟。

【釋】

〔解題〕先生嗣母王碩人絶食殉國在乙酉七月三十日，其年十二月十九日藁葬于先曾祖兵部侍郎諱章志墓之東偏。本年十月距王碩人之卒已逾大祥（二十五月）之期，故于二十日合葬嗣父母于曾祖墓之左。

〔解序〕原鈔本題下有「有序」二字。（一）先考：指嗣父顧同吉，紹芾子，年十八，未娶而卒，見甲申（一六四四）編年。（二）

形家。即堪輿家，形指墓宅地形。（三）兆：墓地。孝經喪親章：「卜其宅兆而安厝之。」（四）三族：通指父族、母族、妻族，即三黨。（五）炎武：蔣山傭詩集全作「山傭」。按：古人于君父之前必稱名，原鈔本作「炎武」是也。（六）治命：左傳宣公十五年：「魏武子有嬖妾，無子。武子疾，命顆曰：必嫁是。疾病，則曰：必以爲殉。及卒，顆嫁之，曰：疾病則亂，吾從其治也。」又同書：「爾用先人之治命，余是以報。」後謂父母合理之遺囑曰治命。（七）四十年之藏：藏即墓，禮檀弓：「葬也者，藏也。」此處「藏」作名詞，音丈。（八）徑情而遂葬：謂任其意而就葬。「徑情」猶縱情、任性。鶡冠子著希：「故君子弗徑情而行也。」（九）遲回：遲疑不決。後漢書東海恭王彊傳：「數因左右及諸王陳其懇誠，願備蕃國。光武不忍，遲回者數歲乃許焉。」（十）壙：墓穴。（十一）重光大荒落：即崇禎十四年辛巳（一六四一）。（十二）先王父：指先生嗣祖顧紹芾，見甲申編年。紹芾，章志仲子。幼侍父之官，足迹半天下。爲諸生，數試不售。工文章，通曉典制，曾有夢庵詩草、庭門紀述行世。壽至七十九歲卒。先生學行得之于嗣祖最多，畧見鈔書自序（文集卷二）、三朝紀事闕文序（餘集）等。（十三）祖奠：喪車發引前一日之祭。（十四）菑：同災。（十五）曲全：委曲成全。老子上：「曲則全。」

〔王季之墓句〕王季歷乃周文王之父。見，被也。戰國策魏策：惠施曰：「昔王季歷葬于楚山之尾，欒水齧其墓。」按：王季墓在今陝西户縣西郊澇河畔。

〔宣尼封防句〕宣尼即孔子，漢平帝時追謚孔子爲褒成宣尼公。「封」謂封益其土。「防」，地名，此處專指防墓，即孔子合葬父母處，見〔九〕表哀詩釋。「甚雨」，暴雨也。禮檀弓上：「孔子既得合葬于防……于是封之，崇四尺。孔子先返，門人後。雨甚，至，孔子問焉，曰：爾來何遲也？曰：防墓崩。」

〔先臣〕古人對君而言及亡父、祖，皆稱「先臣」，此指先生曾祖章志。

〔神宗皇帝〕指朱翊鈞（一五七三——一六二〇），在位四十八年，年號萬曆。

〔賜之墓一區〕區，量詞，專指一塊地，漢書揚雄傳：「有宅一區。」據車守謙譜：神宗所賜墓地在崑山千墩浦右，計塋地三十八畝餘。參閱〔一四三〕寄弟紓「吾家有賜塋」數句。

〔事反覆〕謂世事多變也，詩小雅小明：「豈不懷歸，畏此反覆。」參閱〔二八〕哭陳太僕釋。

〔陵谷〕晉書杜預傳：「刻石爲二碑，紀其勳績，一沉萬山之下，一立峴山之上，曰：焉知此後不爲陵谷乎？」按：詩小雅十月之交：「高岸爲谷，深谷爲陵。」乃杜語之所本，意謂碑石沉者此後可以爲陵，立者可以爲谷。先生故借「陵谷」二字雙關碑石。

〔青模糊〕此狀碑石顏色。模糊亦作模糊，不分明貌。

〔松楸〕二種樹名，多植于墓地。謝朓齊敬皇后哀策文：「陳象設于園寢兮，映輿鍐于松楸。」

〔宿鳥〕宿巢之鳥，應上「松楸」而言。原鈔本作「啼鳥」，與「呼」字義重，不如「宿」字穩。

〔侍郎〕顧章志官終南京兵部侍郎。

〔戍卒〕屯戍之兵。應下「易世」句，當指清朝駐軍。

〔樵蘇〕樵，采薪；蘇，取草。史記淮陰侯傳：「樵蘇後爨，師不宿飽。」

〔乃知、易世二句〕天朝指明朝，「易世」乃明亡之諱詞。二句緊扣「賜塋」。

〔天道回旋改寒燠〕庾信哀江南賦：「天道回旋，生民預焉。」燠，暑熱也，「改寒燠」，猶言寒來暑往。全句俱應下句「復」字。

〔公侯子孫久必復〕左傳閔公元年：「公侯之子孫必復其始。」「復」謂復其先業。

〔歲月日時共五行〕句下有自注：「先公葬亦以歲丁亥、月辛亥、日丁亥、時辛亥。」元譜亦云：「少司馬（指章志）葬用歲月日時，貞孝（指王碩人）之葬悉同。」據此則知章志葬于萬曆十五年丁亥（一五八七）十月（辛亥）二十日（丁亥）亥時，

距今恰一甲子，與「六十年間事反覆」句相應。祖公與孫媳葬用相同之干支，事雖巧合，亦人擇也。「五行」水、火、木、金、土，蓋指墓兆東（甲乙木）、西（庚辛金）、南（丙丁火）、北（壬癸水）四方而言。

〔前岡後舍分昭穆〕封比干墓銅盤銘：「左林右泉，前岡後舍，萬世之靈，于焉是保。」又周禮春官冢人：「先王之葬居中，以昭穆爲左右。」按：古宗廟之制，始祖廟居中，以下皆父爲昭，子爲穆，孫爲昭，曾孫爲穆。昭居左，穆居右。非惟宗廟，墓葬亦然。據張穆譜謂紹芾墓在賜塋穆位，則先生嗣父母墓當在昭位（東邊）。

〔皇天下監、環三百里二句〕原注：「國語：越王命環會稽三百里以爲范蠡地，曰：後世子孫有敢侵蠡之地者，使無終沒于越國。皇天后土，四鄉地主正之！」「臣子心」實兼爲臣、爲子之心，見〔二〕奉先妣藁葬及〔三〕墟里釋。

〔先皇弓劍橋山岑〕相傳黃帝鑄鼎成，乘龍升天，其臣攀龍髯欲上，致墮帝弓（見史記封禪書）。又傳黃帝葬橋山，山崩，棺空，惟存劍、鞋（見列仙傳）。後遂以「弓劍」爲先皇遺物，寄託臣民哀思。「岑」，山之高處。此句「先皇」似隱指思陵或南北明陵。

〔山多虎豹二句〕「山」應橋山，「江」指婁江，分別關鎖「先皇弓劍」及「環三百里」二句，亦兼爲臣爲子之心而言。

【箋】

詩序詳叙葬事無水火之災，詩則引出感激哀吟之情，序之與詩分合若此。詩用歌行體，「皇天下監臣子心」句乃全詩抒情關鎖，故分「臣心」與「子心」言之。此句以上重言「子心」，然亦兼及「天朝恩寵」；此句以下點出「臣心」，以示不忘「先皇弓劍」。詩末二句隱寓皇陵、祖墓之不安，故以「長哀吟」作結。

〔三〇〕墓後結廬三楹作

偉元居城陽，簡之在丹徒，古人廬墓有至意，獨我未得心煩紆。東西南北亦人子，豈知天路還崎嶇。奮矛躍馬一到此，營地半畝先人隅。築室三楹户南向，前對日月開規模。舊栽松樹無觸鹿，惟有老柏銜悲枯。憶昔曾蒙至尊詔，共姜名字懸三吴。至今東平冢上木，枝枝西靡朝皇都。爾來天地春意絶，不見君父重嗚呼。一身去國無所泊，類此鴻雁三秋徂。陰風怒號白日孤，吁嗟此室千年俱！

【釋】

〔解題〕「結廬」猶結茅，本指構建簡陋房屋，如陶潛飲酒詩：「結廬在人境，而無車馬喧。」「墓後結廬」則指廬墓。漢以後葬而廬墓，以寄哀思，先生從之。「楹」本指堂前柱，後借作房屋量詞，「三楹」猶三間。先生葬母後，十二月移家常熟之語濂涇，已則廬居母墓，遵禮兼避禍也。

〔偉元居城陽〕晉王裒字偉元，城陽營陵人，見〔三二〕墟里釋。城陽，郡名，治在今山東莒縣。

〔簡之在丹徒〕原注：「晉書：殷仲堪爲桓玄所害，子簡之葬于丹徒，遂居墓側。後率私僮客隨義軍躡桓玄。玄死，簡之食其肉。」丹徒，晉縣名，在今江蘇鎮江市東南。

〔古人廬墓有至意二句〕「古人」，此指王裒、殷簡之。「至意」謂深意，偉元之意示不臣，簡之之意在復仇。「未得」謂未解其意，故爾「心煩紆」也。煩紆，憂愁鬱結貌，張衡四愁詩：「何爲懷憂心煩紆。」

〔東西南北亦人子二句〕「天路」本指上天之路，枚乘古詩：「美人在雲端，天路隔無期。」此處實指復仇報國之路。崎嶇，見〔二七〕哭顧推官釋。二句緊承「獨我未得」句，初以爲東西南北奔馳效命亦人子報母之本分（何必隱居廬墓），孰知天路如此之艱難乎？

〔奮矛、營地二句〕原注：「魏書：傅永嘗登北邙山，奮矟躍馬，回旋瞻望，有終焉之志。遂買左右地數頃，遺敕子叔偉曰：此吾之永宅也。」節文出魏書傅永傳。永，魏孝文時良將，拒齊有功，封清河男，終平東將軍。「永宅」，墓地也。「矛」，兵器，長丈八尺曰矟（同槊）二句承上一轉，意謂今我乃得古人廬墓之至意，故買地結廬于先人墓側。

〔築室、前對二句〕「户南向」，示不臣北也。「門對日月」，示不忘明也。開，開創；規模，名詞，此指氣象、格局。白居易題周皓大夫新亭子：「規模何日創，景致一時新。」又王勃尋道觀詩：「芝廛光分野，蓬闕盛規模。」大都以屋宇建築爲喻。

〔舊栽松樹無觸鹿〕「舊栽松樹」指神宗賜塋時所植，見〔二九〕奉先妣葬詩「止存松楸八百株」句。又原注：「晉書：許孜于墓所列植松柏，亘五六里。時有鹿犯其松栽，孜悲歎曰：鹿獨不念我乎？明日，忽見鹿爲猛獸所殺。舊唐書褚无量傳：丁憂，廬于墓側。其所植松柏，有鹿犯之，无量泣而言曰：山中衆草不少，何忍犯吾先塋樹哉！因通夕守護。俄有羣鹿馴狎，不復侵害。」觸鹿，觸犯松柏之鹿。

〔惟有老柏銜悲枯〕原注：「晉書：王裒常至墓所，攀柏悲號，涕淚著樹，樹爲之枯。」按：松存而柏枯雖屬賜塋實事，然以老柏引出共姜柏舟之節，亦猶穿針引線。

〔憶昔、共姜二句〕據先生所撰先妣王碩人行狀（載亭林餘集）：「又二年（一六三七），母年五十有一，而巡按御史王君一鶚奏旌其門曰貞孝。下禮部，禮部尚書姜公逢元奏如章。八月辛巳，上其事；甲申，制曰可。于是三吴之人，其耆舊隱德及能文奇偉之士，上與先王父交，下與炎武游者，莫不牽羊持酒，踵門稱賀，謂史策所紀，罕有此事。」文中「至尊」指天子，即崇禎皇帝。「三吴」，見〔二七〕哭顧推官釋。「共姜」，據詩鄘風柏舟序：「柏舟，共姜自誓也。衛世子共伯蚤死，其妻守義，父母欲奪而嫁之。誓而弗許，故作是詩以絶之。」

〔至今東平冢上木二句〕漢東平王劉蒼（光武帝第八子）于明帝、章帝時，倍受朝廷恩寵。後歸國，思京師，既薨，葬東平（在今山東）。相傳其冢上松柏，皆西靡（向西傾倒）。「皇都」即京師，時指洛陽，在東平之西。二句喻貞孝王碩人雖

殘猶忠于明朝。

〔爾來天地春意絶〕「爾來」，自彼以來也。諸葛亮出師表：「……受任于敗軍之際，奉命于危難之間，爾來二十有一年矣。」此句謂自喪母以來。以下四句俱叙此三年厄境。

〔一身、類此二句〕先生自甲申十二月由崑山遷居常熟語濂涇（即所云「去國」），屢因戰亂及從戎故，未嘗定居一地（即所云「無所泊」）。又自乙酉十二月藁葬母于崑山祖塋，至今已歷三年（即所云「三秋徂」），每年必歸崑山祖塋一省（即所云「類此鴻雁」）。泊，停留。徂，往也。

〔此室千年俱〕意謂此室（廬）當與母墓千年俱在。此句承上「陰風怒號」，兼有「風雨不動安如山」之意。

【箋】

秦以前人親喪則居廬，周禮天官宫正：「大喪則授廬舍。」廬乃陋室，荀子禮論：「齊衰、苴杖、居廬、食粥、席薪、枕塊，所以爲至痛飾也。」然秦以前未聞親已葬而廬墓者，有之，唯史記孔子世家載「孔子喪，弟子服心喪三年，畢，相訣而去。惟子貢廬于墓上，凡六年然後去」。事頗不經，先生且力闢之，曰：「漢以來乃有父母終而廬墓者。……愨者以此悖先王之禮，僞者以此博孝子之名。……且孝如曾子，未嘗廬墓；孔子封防既反，而弟子後至，古人豈有廬墓之事哉！」（見日知録）然則先生何爲而亦廬墓？曰：偉元居城陽，示不臣也；簡之在丹徒，欲復仇也。二人廬墓各有至意，與悖禮沽名者迥異，先生是故廬而效之，非如蘧案所云「早歲從愨」，「晚年定論」也。

〔三一〕精衛

萬事有不平，爾何空自苦？長將一寸心，銜木到終古。我願平東海，身沉心不改。大海無

平期，我心無絶時。嗚呼！君不見西山銜木衆鳥多，鵲來燕去自成窠。

【釋】

〔精衛〕鳥名。山海經北山經：「髮鳩之山，其上多柘木，有鳥焉，狀如烏，文首、白喙、赤足，名曰精衛，其鳴自詨（音嘯，呼叫也），是炎帝之少女，名曰女娃。女娃游于東海，溺而不反，故爲精衛。常銜西山之木石，以堙于東海。」又述異記謂炎帝女溺海化爲精衛，一名冤禽。博物志則謂精衛與海燕爲偶，生子，雄曰海燕，雌曰精衛，一名冤禽。

〔長將〕將，介詞，猶「以」、「憑」。

〔終古〕永世，無限久遠。楚辭九歌禮魂：「春蘭兮秋菊，長無絶兮終古。」參見〔一四〕海上釋。

〔西山〕即山海經所云銜木石之西山，對東海言，與夷齊「登彼西山」無涉。

【箋】

本年吴勝兆之獄，三吴義士盡受株連，或死、或遁、或隱，抗清義旗，遂不復舉。于時先生亦以廬墓自晦，精衛一詩，蓋自喻也。陶靖節讀山海經：「刑天舞干戚，猛志固常在。」刑天之喻，與先生同。徐嘉注竟附會唐王與曾妃事，極謬。結末燕鵲之喻，係推開一層，乃知同一銜木，所謀各異；同一隱遁，旨趣迥殊，先生詠物詩，當以此篇爲第一。

〔三二〕　吴興行贈歸高士祚明

北風十二月，遊子向吴興。榜人問何之，不言但沾膺。三年干戈暗鄉國，有兄不得歸塋域。高堂有母兒一人，負米百里傷哉貧。此來海虞兩月日，裁得白金可半鎰。歸來入門不暇餐，直走山下求兄棺。湖中雪滿七十峯，江山對君凝愁容。冬盡月向晦，慈親倚門待。果見兄

骨歸，心悲又以喜。如君節行真古人，一門内外唯孤身。出營甘旨入奉母，崎嶇州里良苦辛。君向余太息，此事不足言。遥望天壽山，猶在浮雲間。長歎未及往，塵沙没中原。神州已陸沉，菽水難爲計。豈無季孫粟，義不當人惠。世無漢高帝，餓殺韓王孫。寧受少年侮，不感漂母恩。時人未識男兒面，如君安得長貧賤。讀書萬卷佐帝王，傳檄一紙定四方。拜掃十八陵，還歸奉高堂。窮冬積陰天地閉，知君唯有袁安雪。

【釋】

〔解題〕歸莊（一六一三——一六七三）字玄恭，號恒軒，崑山人。明諸生。始冠，與先生以博雅篤行相期許，而俱不諧于俗，里中有「歸奇顧怪」之目。乙酉歲，同預蘇崑軍事，敗，亡命僧裝，自稱普明頭陀，隱居鄉僻，後乃廬于金潼里先墓側，教授自給。「祚明」係國變後所易名。吴興即浙江湖州。作詩時，適莊赴吴興覓兄骨歸。本篇爲行體，吴興行乃正題，「贈歸高士祚明」猶副題補注。

〔榜人〕榜，本字去聲，船槳也，可借指船。榜人即船夫、舟子。禮月令：「命榜人。」司馬相如子虛賦：「榜人歌，聲流喝。」

〔沾膺〕膺，胸也。沾膺猶沾襟，狀流淚。

〔三年干戈暗鄉國〕三年謂乙酉至丁亥，鄉國此指三吴之地。

〔有兄不得歸塋域〕莊次兄名繼登，字爾復，崇禎癸酉（一六三三）舉人，長興教諭，攝縣事。乾隆崑新志謂繼登「城破，不屈死」。莊撰歸氏二烈女傳則云「教諭爲長興亂民所殺」。死因雖有二説，死地必在長興。先生此題曰吴興行，又明謂「遊子向吴興」，疑繼登死在長興，瘞在吴興，蓋二地均接壤太湖也。塋域，此指歸氏祖墓所在。

〔高堂有母兒一人〕堂上爲父母所居，故稱父母爲高堂。陳子昂宿空舲峽青樹村浦詩：「委别高堂愛，窺覦明主恩。」莊

母秦氏凡生四男五女，今存者唯莊一人。

〔負米百里傷哉貧〕孔子家語致思：子路見孔子曰：「由也事二親之時，嘗食藜藿之實，爲親負米百里之外。」亦見説苑。又禮檀弓下：「子路曰：傷哉貧也！生無以爲養，死無以爲禮也。」

〔此來海虞兩月日〕海虞，晉武帝時所置縣，隋廢，即今常熟。兩月日猶言兩月有餘日。

〔裁得白金可半鎰〕裁通纔，僅也。白金，銀之異稱，爾雅釋器：「白金謂之銀。」鎰，秦以前重量單位，相當二十兩（一説二十四兩）。可半鎰，約十兩左右。「此來、裁得」二句似言莊由崑山來常熟籌借川資。

〔歸來、直走二句〕言返回崑山即奔赴吳興。「山下」當指吳興某山，有「棺」則知繼登死後已經草葬。

〔湖中七十峯〕長興、吳興俱濱太湖，太湖兩洞庭山，人言有七十二峯。

〔冬盡月向晦〕此記莊由吳興返崑山時間。「冬盡月」即十二月；「晦」，月尾。此言「向晦」，則猶不及晦也。故先生此詩得置本年之末。

〔慈親倚門待〕王孫賈母謂賈曰：「汝朝出而晚來，則吾倚門而望。……」見戰國策齊策。詳見〔九〕表哀詩「還閭望」釋。

〔如君節行真古人〕節行猶節操。按：此句以上全敍歸莊本年負兄骨歸里經過，以下四句係先生面評其事。

〔一門内外唯孤身〕歸莊之父名昌世，係有光（一五〇六——一五七一）孫，與李流芳、王志堅共稱「三才子」。甲申之變，行歌野哭，未幾發疾卒。昌世三生子，長名昭，字爾德，隸史可法幕，揚州破，死之。次則繼登，幼即莊也。難中二嫂亦死。此句可應以上「高堂有母兒一人」句。

〔甘旨〕本義爲美味。韓詩外傳五：「鼻欲嗅芳香，口欲嗜甘旨。」引申爲奉養父母之食物。任昉啟蕭太傅固辭奪禮：「飢寒無甘旨之資，限役廢晨昏之半。」

〔崎嶇〕見〔二七〕哭顧推官釋。

〔君向余太息二句〕太息，長歎。離騷：「長太息以掩涕兮。」「此事」專指負骨歸里事。自此句至「義不當人惠」句皆莊答先生語。

〔遥望天壽山二句〕天壽山在今北京昌平縣北，明十三陵在焉。詳見〔一四八〕恭謁天壽山十三陵釋。「浮雲」喻邪物，古詩有「浮雲蔽白日」句，李白遊鳳凰台詩：「總爲浮雲能蔽日，長安不見使人愁。」此謂先朝陵墓尚且不保，兄骨歸葬又何足言。

〔塵沙〕原鈔本作「胡塵」。

〔神州已陸沉〕神州見〔三〕感事釋。陸沉謂無水而自沉，原詞出莊子則陽，其義遞變，通作「淪亡」講。晉桓温將自江陵北伐，與僚屬登平乘樓北望，慨然曰：「遂使神州陸沉，百年丘墟，王夷甫諸人不得不任其咎。」見晉書桓温傳。

〔菽水〕菽，豆類總稱。禮檀弓下：「孔子曰：啜菽飲水盡其歡，斯之謂孝。」後沿用「菽水承歡」贊孝子家貧事親。

〔季孫粟〕季孫氏，魯國上卿，三桓之一。孔子家語：「季孫之賜我粟千鍾也，而交益親。」

〔義不當人惠〕義謂守義，當，受也。原注：「世説：王悦之少厲清操，爲吏部郎時，鄰省有會同者，遺之餅一甌，辭不受，曰：所費誠復小小，然少來不欲當人之惠。」

〔世無漢高帝以下四句〕此全用韓信故事。韓信窮時，釣于淮陰城下。諸母漂，有一母見信飢，飯信，竟漂數十日。信喜，謂漂母曰：「吾必有以重報母。」母怒曰：「大丈夫不能自食，吾哀王孫而進食，豈望報乎？」又，淮陰屠中少年有侮信者，曰：「若雖長大，好帶刀劍，中情怯耳。」衆辱之曰：「信能死，刺我；不能死，出我胯下。」于是信熟視之，俛出胯下蒲伏。一市人皆笑信怯。其後信爲項羽將，不見用；從漢王，拜大將，封齊王，徙楚王，都下邳。于是召所從食漂母，賜千金；並官辱己之少年者。見史記淮陰侯傳。四句乃先生發明歸莊「義不當人惠」之言，唯其不受人惠，故亦不必感人之恩。自此至篇末又皆先生贈語。

〔時人未識男兒面二句〕仍用韓信故事：蒯通說信曰：「相君之面，不過封侯，向君之背，貴不可言。」又史記陳丞相世家：「人固有美如陳平而長貧賤者乎？」

〔傳檄一紙定四方〕亦係韓信故事。史記淮陰侯傳：謂漢王曰：「今大王舉而東，三秦可傳檄而定也。」

〔拜掃十八陵二句〕此承莊「遥望天壽山」句。天壽山有明十三陵，北京西山有景帝陵，南京有孝陵及懿文太子陵，鳳、泗有二祖陵，共十八陵。「陵」與「高堂」對言，義兼忠孝。

〔窮冬積陰天地閉〕易坤文言：「天地閉，賢人隱。」全句雖狀歲末連陰、天地閉塞，然實兼狀時局，隱寓「賢人隱」之意。

〔袁安雪〕袁安字邵公，東漢和帝時人，官至司徒。未達時，洛陽大雪，人多出乞食，安獨僵卧不起。洛陽令自出按行，見人皆除雪出，至袁門，無有行路，謂已死。及入，見安僵卧，問何以不出，曰：「大雪，人皆餓，不宜干人。」令以爲賢，舉孝廉。後漢書有傳注。

【箋】歸玄恭與先生同里、同學、同庚、同志，國變之前，同參復社，國變之日，同舉義兵，可謂行同夷齊，誼同管鮑矣。先生詩集稱「處士」、「節士」、「隱君」者二十餘人，稱「高士」者亦四，玄恭其首見也。自司馬子長稱魯仲連爲「高士」(詞出戰國策然非史筆)，皇甫士安撰高士傳，得晉以前七十二人；清人續傳，尤多增益，然未必皆先生所謂高士者。夫魯連之所以爲高，以其義不帝秦；玄恭之所以爲高，以其志在天壽山、十八陵耳，先生特筆而出之，至于孝悌廉厲，乃節行之一端，非先生所謂高也。

編年（一六四八）

是年歲次戊子，明永曆二年，清順治五年。

正月，永曆帝在桂林。明叛將金聲桓據南昌反正，受命于永曆帝。

二月，明郝永忠軍作亂，永曆帝奔南寧，清兵乘勢取全州。金聲桓與王得仁南攻贛州，不克。

三月，明魯王御史馮京第如日本乞師，無功。清攝政王多爾衮革鄭親王濟爾哈朗爵，囚肅親王豪格，甚專擅。清兵攻桂林，爲何騰蛟、瞿式耜所敗。

四月，明叛將李成棟據廣東反正，受命于永曆帝。

五月，清兵進圍南昌，金聲桓自贛州還兵固守。何騰蛟取全州，清兵遂盡棄湘南，于是明降將多反正。

六月，永曆帝至潯州，以軍事小勝，李赤心、高必正等皆晉爵爲公。

七月，永曆帝由梧州回肇慶，從李成棟之請也。魯王在閩中曾復三府、一州、二十七縣，清兵來攻，復失，僅餘寧德、福安二城。明宗室朱容藩自去年據夔州，稱監國，至是爲吕大器討殺。

八月，鄭成功始通表于永曆帝，封威遠侯。永曆帝命李成棟北攻贛州，欲解南昌之圍，大敗。

九月，清遣濟爾哈朗攻湖廣李赤心等。清命修明史。

十月，李赤心等棄夔州，走湖南。堵錫胤命攻長沙，不克。李成棟退守梅關。明叛將劉澤清陰謀叛清，清英親王誅之。

十二月，明叛將姜瓖據大同反正。

是年先生三十六歲。常熟語濂涇家又爲仇人所劫（前甲申十月，崑山千墩家已被劫）。秋至湖上，冬抵京口。自此常流轉外地，前因避禍，今則避仇也。本年湖廣粵贛反正者日夥，先生緬懷祖國，詩多寓意。

〔三三〕 賦得越鳥巢南枝用枝字已下著雍困敦

微物生南國，深情繫一枝。寒風羣拉沓，落日羽差池。繞樹飛初急，尋柯宿轉遲。懸冰驚趾滑，集霰怯巢危。路入關河夜，思縈嶺嶠時。山川知夙性，天地識恩私。向日心常在，隨陽願未虧。寄言幽谷友，勿負上林期。

【釋】

〔解題〕「賦得」，詩體之一，見〔一六〕賦得老鶴萬里心解題。本題出自古詩十九首：「胡馬依北風，越鳥巢南枝。」著雍困敦即戊子歲。

〔微物生南國〕微物，卑細之物，此處指鳥，書傳：「雖微物皆順之。」王維相思詩：「紅豆生南國。」

〔繫一枝〕莊子逍遥遊：「鷦鷯巢于深林，不過一枝。」上二句破題已盡，以下是賦。

〔羣拉沓〕拉沓，聯綿詞，亦作拉答、拉搭，亦近拉颯（拉，似當讀入聲），散漫不整貌。宋書樂志思悲翁曲：「烏子五，梟母六，拉沓高飛莫安宿。」

〔羽差池〕差池猶參差，不齊貌。詩邶風燕燕：「燕燕于飛，差池其羽。」

〔繞樹〕曹操短歌行：「月明星稀，烏鵲南飛。繞樹三匝，無枝可依。」

〔懸冰〕庾信梅花詩：「樹動懸冰。」

〔集霰〕霰，雪前之粒雪。詩小雅頍弁：「如彼雨雪，先集維霰。」

〔思縈嶺嶠時〕嶺嶠，指五嶺，在湘粵交界處。南史陳武帝紀：「長驅嶺嶠，夢想京畿。」時永曆帝在肇慶。

〔夙性〕夙通素、宿，此處夙性指「巢南」而言。

〔恩私〕指皇帝對臣子恩寵，北齊書王晞傳：「人主恩私，何由可保。」

〔向日〕淮南子覽冥訓：「蟹之敗漆，葵之向日，雖有明智，弗能言也。」

〔隨陽〕見〔四〕海上「陽鳥」釋。

〔幽谷友〕詩小雅伐木：「伐木丁丁，鳥鳴嚶嚶。出自幽谷，遷于喬木。」又：「嚶其鳴矣，求其友聲。」

〔上林〕天子苑名，西漢苑在今西安之西，東漢苑在今洛陽之東。司馬相如有上林賦。以上二句託言衆鳥相邀，共集上林，雖未必同蘇武傳「天子上林射雁」故事，然其心向朝廷則與題意合。

【箋】

宋、明俱亡于北，其臣皆寄心于南，故文信國集名「指南」，鄭思肖易名「所南」，先生詩亦賦「巢南」，三賢寄慨，異代如一，況未酬隨陽之願，空餘繞樹之悲亦復同乎！此詩但詠鳥而未言何鳥，以爲鷓鴣、烏鵲、燕燕、鴻雁均无不可，然隨陽、向日、恩私、上林諸詞俱兼君臣之義，則所云「巢南」必非前人泛泛思鄉之作，時隆武已殂、魯王入海，論者皆謂先生寄意于永曆，其或信然。

〔三四〕　賦得江介多悲風用風字

素節乘雲夢，清秋下渚宫。哀音生地籟，激楚入天風。落雁過山急，寒蟬抱樹空。傷心千里目，愁絶百年中。郢路原依北，江關久向東。有人宗國淚，何地灑孤忠。

【釋】

〔解題〕「賦得」，釋見前。本題出曹植雜詩之五：「江介多悲風，淮泗馳急流。」介，界也；江介猶江岸。屈原哀郢：「哀州土之平樂兮，悲江介之遺風。」

〔素節〕實即秋節，對下句「清秋」而避重字也。素乃白色，秋于五行爲金，金色白，故有素秋、金秋、素節之稱。晋張協雜詩之三「金風扇素節，丹霞啟陰期」。

〔乘雲夢〕「乘」，登上，詩衛風氓：「乘彼垝垣，以望復關。」與下句「下」字相對。「雲夢」，古大澤名，所在多異説，約當今洞庭以北，武漢以西，江陵以東，安陸以南，爲子虚賦所稱楚有七澤之一。

〔渚宫〕春秋時楚成王所建别宫，在今湖北江陵城内。按：雲夢、渚宫俱臨跨大江，故起二句緊扣「江介」。

〔哀音、激楚二句〕哀音猶悲音。籟音賴，由孔竅所發之聲，莊子齊物論：「汝聞天籟而未聞地籟也。……地籟則衆竅是已。」激楚乃激越悽楚之聲，楚辭招魂：「宫庭震驚，發激楚些。」天風，高風，後漢書岑彭傳：「時天風狂急。」二句狀「多悲風」。以上四句破題。

〔落雁、寒蟬二句〕二句似以秋雁、秋蟬暗寓時事，急、空二字顯狀危境、敗境，觀以下「傷心」、「愁絶」二句可知。

〔郢路原依北〕原鈔本「原依北」作「元依白」，「白」字誤。郢，楚都，今江陵。郢路，通向楚國之路。屈原哀郢：「惟郢路

之修遠兮。」「原依北」謂原與北通（暗用戰國策魏策「北轅適楚」故事），此句寓意自楚北伐。

〔江關久向東〕原注：「華陽國志：巴楚相攻伐，故置江關、陽關。後漢書岑彭傳：公孫述遣將乘枋箄下江關。」按：江關即瞿塘關。漢設江關都尉，治魚復。出此關即可由巴蜀順流東下，晉之滅吴是也。作詩時，夔州、江陵尚歸明有，故此句寓意自楚東征。

〔有人宗國淚二句〕孟子滕文公上：「吾宗國魯先君莫之行。」宗國本指宗主或嫡長之國，此處實指明故國。「有人」之人可以自指，亦可他指。

【箋】

先生「賦得」詩不苟取題，取題必有所寓。前二篇詠老鶴、詠越鳥皆自喻，所寓甚明；此篇係詠事，所詠之事尚不易曉。然從字面看，「素節」、「清秋」、「落雁」、「寒蟬」，均表秋日；「雲夢」、「渚宫」、「郢路」、「江關」，均表楚地；「哀音」、「激楚」、「傷心」、「愁絶」以至「悲風」、「灑淚」，均兆不祥，故疑此篇或係泛詠今秋楚地戰局，爲哀何騰蛟、堵錫胤等經營湖廣，勞而無功作。何騰蛟（一五九二——一六四九）字雲從，貴州黎平人。崇禎末，巡撫湖廣；福王立，總督湖廣、四川、雲貴、廣西軍務。南都覆滅，奉隆武年號；桂王立，拜武英殿大學士。堵錫胤字仲緘，無錫人，崇禎進士。弘光末，何騰蛟令錫胤攝湖北巡撫，駐常德。先是李自成敗，騰蛟令錫胤受自成妻高氏（後封貞義夫人）、妻弟高一功（後改名必正）、從子李錦（後賜名赤心）等降，編爲忠貞營；騰蛟且參以舊軍，題授黄朝宣、張先璧（均係騰蛟副將）爲總兵官，與董英、曹志建（均騰蛟中軍）、李赤心、郝摇旗（均李自成舊部）、劉承胤、袁宗第、王進才、馬進忠、馬士秀、王允成、盧鼎（均左良玉舊部）等十三人並開鎮湖南、湖北，即所謂「十三鎮」，號稱百萬，共抗清兵。然諸人多貪殘跋扈，不受節制，唯李赤心駐荆州，稍聽號令。去年四月，劉承胤劫永曆帝居武岡，專朝政，命騰蛟駐衡州督師；加錫胤東閣大學士，賜尚方劍，駐長沙。時衡州、長沙俱失，何、堵擁虚號而已。今年二月，郝永忠（即摇旗）作亂，逼永曆帝去桂林，奔南寧，湖湘遂爲

明清拉鋸之地。幸金(聲桓)、李(成棟)二將先後反正，清兵受制贛粵，錫胤乃命忠貞營李赤心及馬進忠、王進才等部乘間取荆門、宜城、桃源、澧州，並復常德諸州縣，聲勢大振。清廷懼，九月，遣濟爾哈朗專攻李赤心。時錫胤惡馬進忠跋扈，不欲其駐常德，乃召李赤心自夔、施至，令進忠以常德讓之。進忠怒，焚常德一空，自走武岡，他城守將亦漸潰去。赤心至，見空城，亦棄而奔長沙、湘潭，于是兩湖新復州縣多失，楚事復不可爲。昔人論兵，每謂楚據江漢，北取襄樊可搗中原，東下武昌可控江左，先生平生足跡雖未至楚，然詩中往往及之，此篇其首見也。末聯雖借屈子抒感，然「有人」云云，謂之自指亦無不可。

〔三五〕擬唐人五言八韻六首

申包胥乞師

辰尾垂天謫，亡人甚寇兵。舟師通大别，獵火照方城。九縣長蛇據，三關鑿齒横。君王親草莽，微命託宗祊。彳亍終南近，閶闔繞靁平。張旝非聘客，蹻屩一書生。雀立庭柯瞑，猿啼夜柝驚。秦車今已出，誓死必存荆。

【釋】

〔解題〕題用「擬」字，明其爲擬古體，文選所載陸機、陶潛、鮑照諸「擬」作是也。唐代以詩賦取士，詩用今體排律，限五言八韻，相傳温庭筠每賦一詠(韻)，一吟而已，故號温八吟(此據唐摭言，北夢瑣言則謂八叉手而成)，即指此。又，本題共六首，各自標目，互不相屬，以同題擬古，故亦可視爲組詩。

〔申包胥乞師〕楚平王無道，殺伍奢、伍尚。奢次子員奔吴，佐吴王闔閭伐楚(見〔一五〕不去釋)，五戰而入郢。時平王已

死，子昭王奔隨。其臣申包胥如秦乞師，秦伯使辭焉，曰：「寡人聞命矣，子姑就館，將圖以告。」對曰：「寡君越在草莽，未獲所伏，下臣何敢卽安？」立，依于庭牆而哭，日夜不絶聲，勺飲不入口七日。秦哀公爲之賦無衣，九頓首而坐，秦師乃出。事見左傳定公四年。按：凡爲此題者，多贊包胥能借外兵以救國，非獨贊「乞師」也。不然，伍員與吳三桂皆乞師，詎可贊耶？張穆譜謂「乞師，悲往事也」。往事不知何指，蘧案引先生答原一公肅兩甥書「睢陽之斷指淋漓，最傷南八」句，以爲係崑山城守時事。又吳偉業鹿樵紀聞「日本乞師」條亦可參閲。

〔辰尾垂天謫〕左傳昭公三十一年：「（史墨）對曰：六年及此月也，吳其入郢乎？終亦弗克。入郢必以庚辰，日月在辰尾。庚午之日，日始有謫。火勝金，故弗克。」按：史墨預言六年之後（卽定公四年）冬十有一月庚午，吳與楚戰于柏舉，楚師敗績；庚辰果入郢。又左傳注：「辰尾，龍尾也。」此言龍尾垂天，天象示謫。徐注以傅説騎箕釋「辰尾」，段朝端以劉安升天事釋「天謫」，蘧案遂引傅鼎銓事謂備一説，三君割裂詞句，附會其事，與本題全不相干，豈未通讀左傳耶？

〔亡人惎寇兵〕「亡人」，出亡之人，此指伍員。左傳定公四年：「初，伍員與申包胥友，其亡也，謂申包胥曰：我必復（報復）楚國。」惎音忌，教唆也。寇兵謂敵寇之兵。此句言伍員唆使吳兵寇楚。按：先生鄙薄伍員借外兵復楚（參見文集卷六子胥鞭平王之尸辨），故此句以「亡人」稱之，「人」蓋貶義。

〔舟師通大別〕吳師、蔡師、唐師既敗楚師于柏舉（今湖北麻城縣境），復西進，楚令尹子常「乃濟漢而陳，自小別至于大別」。小別，山名，卽今漢川縣甑山。大別，山名，卽今漢陽龜山。

〔獵火照方城〕獵火本指打獵時焚山之火，後多借指戰火。方城，山名，在今河南葉縣南、方城北。時楚左司馬戍謂子常曰：「子沿漢而與之上下，我悉方城外以毁其舟。」以上「舟師、獵火」二句，俱記吳、楚漢水之戰，均見左傳定公四年。

〔九縣長蛇據〕九縣猶衆縣、諸縣，左傳宣公十二年：「（鄭伯曰：）使改事君，夷于九縣，君之惠也。」此處泛指楚境。長蛇與下句鑿齒對，皆指吳師，左傳定公四年：「申包胥如秦乞師，曰：吳爲封豕長蛇，以薦食上國。」

〔三關鑿齒横〕左傳定公四年：「還塞大隧、直轅、冥阸。」注：「三者，漢東之隘道。」江永春秋地理考實以爲三者卽「三關」，均在湖北、河南交界處。今按直轅卽信陽武勝關。山海經海外南經：「羿與鑿齒戰于春華之野，羿射殺之。」郭注以鑿齒爲人，高注以爲獸，然均謂其齒長三至五、六尺。此處與上句「長蛇」對言，宜指獸，皆喻吳師。

〔君王親草莽〕草莽猶言草野。左傳定公四年：「寡君（指楚昭王）失守社稷，越在草莽。」句言昭王出奔在野。另見解題。

〔微命託宗祊〕微命指一命之士，周代任官，自一命至九命。王勃滕王閣序：「勃三尺微命。」用作謙詞，此處指申包胥。宗祊卽宗廟，見〔五〕京闕篇釋。全句謂唯包胥可託宗廟。

〔彳亍終南近〕彳亍音義近躑躅，小步不前貌。潘岳射雉賦：「彳亍中輟。」終南，山名，屬秦嶺，在渭河南。

〔間關繞霤平〕間關見〔九〕表哀詩釋。繞霤，險道。原注：「漢書王莽傳：繞霤之固，南當荆楚。服虔曰：繞霤，隘險之道。師古曰：謂之繞霤者，言四面陖塞，其道屈曲，谿谷之水，回繞而霤也。其處卽今之商州界，七盤十二繞是也。」以上「彳亍」、「間關」二句，均狀包胥由楚入秦之艱苦。

〔張旜非聘客〕原注：「儀禮聘禮：及竟，張旜。」旜，音義同「旃」，赤色曲柄旗，用于交聘往來。周禮春官司常：「通帛爲旜。」此句謂乞師不同于交聘，以有求于人也。

〔躡屩〕屩同蹻，草或麻製鞋，遠行之具。躡，足踩。史記虞卿傳及范雎傳，均謂虞卿「躡屩（蹻）擔簦」。

〔雀立、猿啼二句〕原注：「戰國策：七日而薄秦王之朝，雀立不轉，晝吟宵哭。」「雀立」，竦身而立。按：左傳但言「立，依于庭牆而哭」，無雀字。庭柯猶庭樹，夜柝猶更鼓，二句蓋狀包胥立庭而哭，日夜不絕。

〔秦車今已出〕按：秦國救楚，在包胥乞師之明年。左傳定公五年：「（六月）申包胥以秦師至，秦子蒲、子虎帥車五百乘以救楚。」

〔誓死必存荆〕左傳定公四年：「申包胥曰：勉之！子（指伍員）能復之，我必能興之。」存荆謂保全楚國也。班固幽通

賦：「木偃息以藩魏兮，申重繭以存荆。」

高漸離擊筑

神州移水德，故鼎去山東。斷霓夫人劍，殘煙郭隗宮。身留烈士後，跡混市兒中。改服心彌苦，知音耳自通。沉淪餘技藝，慷慨本英雄。壯節悲遲晚，羈魂迫固窮。一吟遼海怨，再奏薊丘風。不復荆卿和，哀哉六國空。

【釋】

〔解題〕高漸離事見〔二〇〕秦皇行釋。按：史記刺客列傳記漸離凡三擊筑，一在易水上，一在宋子家，一在秦皇宮，此詩則專詠在宋子家擊筑事。

〔神州移水德〕神州見〔三〕感事釋。「移」 移向。秦以周爲火德，秦既代周，從所不勝（五行相剋），故爲水德。更名河爲德水，以爲水德之始。見史記秦始皇本紀。

〔故鼎去山東〕故鼎指禹所鑄九鼎，象九州。湯滅夏，遷鼎于商邑；武王滅殷，遷鼎于洛邑，以爲傳國重器。「去」，離去。「山東」，殽山之東。秦始皇滅東周，取洛鼎入關中。以上「移德、去鼎」二句言周亡秦興。

〔斷霓夫人劍〕先是燕太子丹豫求天下之利匕首，得趙人徐夫人匕首。其後荆軻拔匕首擲秦王，不中，入銅柱，火出。此言「斷霓」，謂刺秦事敗，匕首亦如斷霓。

〔殘煙郭隗宮〕燕昭王欲招賢士，郭隗曰：「請自隗始。」于是昭王爲隗改築宮而師事之。見史記燕世家。「斷霓、殘煙」二句專言燕亡，然後引出漸離。

〔身留烈士後以下十句〕係據史記刺客列傳隱括漸離在宋子家擊筑事。荆軻既死，高漸離變姓名爲人傭保，匿作于宋

子。久之作苦，聞其家堂上客擊筑，徬徨不能去。每出言曰：「彼有善有不善。」從者以告其主。曰：「彼傭乃知者，竊言是非。」家丈人召使前擊筑，一座稱善。而漸離念久隱畏約無窮時，乃退，出其裝匣中筑與其善衣，更容貌而前。舉座客皆驚，下與抗禮，以爲上客。使擊筑而歌，客無不流涕而去。「烈士」指荆軻等。「壯節」謂壯烈之節操，三國志魏志臧洪傳：「陳登、臧洪並有雄氣壯節。」「羈魂」，羈旅之魂，此指出亡之人。「固窮」猶言安貧，論語衛靈公：「君子固窮。」「遼海」指遼東渤海，史記燕世家載：秦兵渡易水，燕王喜與太子丹盡率其精兵東保于遼東。「薊丘」因丘以名邑，今河北薊縣，舊燕都所在。十句雖融貫古事，亦兼喻先生此時行跡。如「烈士」，似指顧咸正、楊廷樞、陳子龍諸人，〔三九〕寄薛寀詩「他日過吴門，爲招烈士魂。燕丹賓客盡，獨有漸離存」可證。又如「混跡市兒中」及「改服」句可與〔五五〕流轉詩對照。

〔不復、哀哉二句〕戰國策燕策：「既祖，取道，高漸離擊筑，荆軻和而歌，爲變徵之聲，士皆無淚涕泣。」荆卿即荆軻，「和」本字去聲。二句係想象之辭，以應「一吟」、「再奏」句，由燕亡而及于六國。全詩以東周之亡始，以六國之亡結，深得漸離擊筑之意。

班定遠投筆

少小平陵縣，蕭然一布衣。讀書傳父業，握管上皇畿。太乙藜初降，蘭臺露未晞。生涯憑筆札，甘旨爲慈闈。忽見天弧動，聊將電鋏揮。于闐迎轡靮，疏勒候旌旗。凍磧軍營轉，秋山捷奏飛。封侯來萬里，老見錦衣歸。

【釋】

〔解題〕班超（三二—一〇二）字仲升，扶風平陵人，彪之少子。內孝謹，涉獵書傳。明帝永元五年（六二），兄固被

召詣校書郎，超與母隨至洛陽。家貧，爲官傭書以供養。嘗輟業投筆，歎曰：「大丈夫無他志畧，猶當效傅介子、張騫立功異域，以取封侯，安能久事筆硯間乎？」後果封定遠侯。見後漢書本傳。按：凡爲此題者，多主棄文習武，投筆從戎，此外似無新意。此詩于鋪敘中，獨標「傳父業」、「爲慈闈」，頗類先生身世；「于闐」、「疏勒」明言異族，則與先生抗清意志合。故知選題時亦非無意。

〔平陵縣〕漢昭帝葬平陵，因置平陵縣，地在今陝西興平縣東北。

〔蕭然一布衣〕蕭然猶蕭條、蕭索，陶潛五柳先生傳：「環堵蕭然，不蔽風雨。」布衣，平民，庶人，與詩末「錦衣」、「封侯」相應。

〔父業〕班彪好著作，撰西漢史傳六十五篇。按：先生嗣祖亦好史、治史，見鈔書自序（文集卷二）、三朝紀事闕文序（餘集）。

〔握管上皇畿〕此指超與母隨至洛陽傭書。古筆彄、筆桿均稱管，後遂以管代筆。

〔太乙藜初降〕相傳漢劉向校書天禄閣，夜暗獨坐，有老人黄衣植青藜杖叩閣而入。吹杖端煙燃，與向説開闢以前，至曙而去。云：「我，太乙之精，天帝聞卯金之子有博學者，下（降）而觀焉。」見劉向別傳及三輔皇圖。「太乙」，星名。「卯金」即劉字。

〔蘭臺露未晞〕後漢書班超傳：明帝問固：「卿弟安在？」固對：「爲官寫書受值以養老母。」帝乃除超蘭臺令史。「蘭臺」乃漢時宫中藏書處，設令史使典校圖籍，治理文書。晞，乾也。詩秦風蒹葭：「蒹葭萋萋，白露未晞。」按：「太乙」、「蘭臺」二句，皆狀讀書治事之苦。

〔生涯憑筆札〕生涯猶生計（謀生之計）。庾信謝趙王賚絲布等啟：「非常之錫，乃溢生涯。」筆札，此處專指紙筆文具，猶言生活來源全靠紙筆也。

〔甘旨爲慈闈〕甘旨見〔三〕吴興行釋。慈闈，母之尊稱。宋梁蕭立皇后孟氏制：「明揚德閫之懿，簡在慈闈之公。」皇后乃天下母，故云。按：「生涯」、「甘旨」二句蓋敍傭書養母之孝。先生〔九〕表哀詩「生慚毛義檄，死痛子輿衾」與此相類。

〔天弧動〕天弧即弧矢，星名，共九星，位天狼星東南，因形似弓箭，故名。史記天官書正義：「弧九星，在狼東南，天之弓也。以伐叛懷遠，又主備賊盜之知姦邪者。」參見〔三五七〕詠史釋。後以「天弧動」喻戰亂。

〔電鋏〕鋏，劍鞘。陸機漢高祖功臣頌：「（黥布）名冠彊楚，鋏猶駭電。」

〔于闐、疏勒二句〕于闐、疏勒皆漢代西域國名，于闐在今新疆和田一帶，疏勒在今新疆喀什噶爾一帶。于闐既破莎車，遂雄張南道。超至，其王廣德信其巫讒，親匈奴而疏漢。超乃襲斬巫首以送廣德，廣德大惶恐，即攻殺匈奴使者而降超。超又兩撫疏勒。事均載後漢書班超傳。轡音祕，御馬索。靷，約于馬胸前之革帶。二句畧敍超平西域之功。

〔凍磧軍營轉〕「凍磧」即冰凍之沙漠。此言超在西域三十餘年，平定五十餘國，其軍營必年年轉徙于凍磧中也。

〔封侯來萬里〕原注：「本傳：嘗爲官傭書，行詣相者，曰：祭酒布衣諸生耳。而當封侯萬里之外。」按：超封定遠侯，邑千户。定遠故城在今陝西鎮巴縣。

〔老見錦衣歸〕南史劉遴之傳：遴之除南郡太守，（宋）武帝謂曰：「令卿衣錦還鄉。」按：武帝語係從項羽「富貴不歸故鄉，如衣繡（錦）夜行」一語翻出。班超留居西域三十一年，因老乞歸，和帝永元十四年八月還洛陽，拜射聲校尉，九月卒，年七十一。

諸葛丞相渡瀘

火山横日幕，銅澗亘天徼。亂樹雲南國，交繩僰外橋。枕戈穿偪仄，帶甲上岧嶤。地汁生

淫霧，流煙入斗杓。七擒依算略，一戰定蠻苗。信洽炎荒永，恩宣益部遥。深思危大業，隆眷切先朝。更有親賢表，宫廷告百僚。

【釋】

〔解題〕諸葛亮（一八一——二三四）字孔明，蜀漢丞相。三國志蜀志諸葛亮傳：「建興三年（二二五）五月渡瀘，深入不毛。」瀘水色黑，故以瀘名，即今雅礱江下游入金沙江後一段江流，地當滇、蜀分界。亮此次渡瀘，旨在平定南方，爲來日北伐解除後顧之憂。從來爲此題者，一以贊諸葛亮之忠，一以贊諸葛亮之信，先生即題論事，亦不外此。注家或謂「以不忘恢復望諸公」，或疑永曆「後丙申三月入雲南」，「先生已預見及此」，實則先生無時不望復中原，渡瀘之想，與作詩時情事似不相干。

〔火山横日暮〕神異經：「南荒外有火山焉。」日暮無出典，意謂日光籠罩。此句狀火山之高及南荒之熱，不必實有其地。

〔銅澗亘天徼〕原注：「漢書佞倖傳注：師古曰：東北謂之塞，西南謂之徼。」徼，通指邊界，應讀去聲，此處叶韻讀平。亘即亙，連接。銅澗，水名，在貴州銅仁。讀史方輿紀要謂銅仁府西有諸葛山，山有諸葛營故址。

〔雲南國〕「雲南」謂在雲嶺之南。秦時爲西夷滇國，蜀漢建興三年置雲南郡，郡與國同域而異稱，即今雲南昆明一帶。

〔交繩僰外橋〕僰音迫，入聲，我國西南少數民族。説文注：「僰，犍爲之蠻夷也。」居地在今四川犍爲、宜賓一帶，其人多以繩交織爲橋。

〔枕戈穿僞仄〕「枕戈」與下句「帶甲」對言，狀戰事頻煩。晉書赫連勃勃載記：「朕……自枕戈寢甲，十有二年，而四海

未同，遺寇尚熾。」「偪仄」本狀迫近密集，此處可引作縱橫小徑。杜甫偪仄行：「偪仄何偪仄，我居巷南子巷北。」

〔帶甲上岧嶤〕「帶甲」猶披甲，戰國策齊策：「齊地方二千里，帶甲數十萬。」「岧嶤」本狀山高，此處卽以喻高山，曹植九愁賦：「登岧嶤之高岑。」以上二句共言將士荷戈披甲行軍之苦。

〔地汁生淫霧〕原注：「五經通義：陰亂則爲霧，從地汁也。」地屬陰，地汁指地上水潦。又原注：「楚辭大招：霧雨淫淫，白皓膠只。」皓膠，凝凍貌。

〔流煙入斗杓〕流煙當卽瘴氣。斗杓卽斗柄，見〔五〕京闕篇「斗柄」釋，杓音標，柄也。以上二句共言瀘水瘴霧之盛。

〔七擒、一戰二句〕三國志諸葛亮傳注引漢晉春秋：亮在南中，聞孟獲爲夷漢所服，募生致之，乃七擒七縱。獲曰：「公天威也，南人不復反矣。」據華陽國志南中志：孟獲，建寧人。降漢後，仕爲御史中丞。「蠻、苗」，此處泛指當時南中諸少數民族。

〔信洽炎荒永〕炎荒泛指南方炎熱荒遠之地。藝文類聚引傅玄述夏賦：「朱鳥感于炎荒。」南方屬火，色赤，七宿爲朱雀（鳥），故云。「永」指時間，全句謂諸葛信義永洽于南中。

〔恩宣益部遥〕益部卽益州。西漢分全國爲十三部，其一曰益州部，約當今四川省地，係蜀漢所在。「遥」指空間，諸葛亮南征之後，拓地至益州外，改益州郡爲建寧郡，分原建寧、永昌郡爲雲南郡，又分原建寧、䍧柯郡爲興古郡，有今滇、黔二省大部。全句謂諸葛恩德遠布于益部之外。

〔深思、隆眷以下四句〕均係鎔鑄諸葛亮出師表意。表云：「此誠危急存亡之秋也。」「此臣所以報先帝而忠陛下之職分也。」「親賢臣，遠小人，此先漢之所以興隆也。」「隆眷」指天子盛眷。「百僚」見〔五〕京闕篇釋，此指蔣琬、費禕、董允、向寵等。

祖豫州聞雞

萬國秋聲静，三河夜色寒。星臨沙樹白，月下戍樓殘。擊柝行初轉，提戈夢未安。沈幾通物表，高響入雲端。豈足占時運，要須振羽翰。風塵懷撫劍，天地一征鞍。失旦何年補，先鳴意獨難。函關猶未出，千里路漫漫。

【釋】

〔解題〕祖逖（二六六——三二一）字士稚，范陽遒縣人。西晉末，與劉琨俱爲司州主簿，有聞雞起舞故事，見〔一七〕贈顧推官「便蹴劉司空」釋。南渡初，又有中流擊楫故事，見〔四〕京口即事釋。後官豫州刺史，盡復晉河南地。凡爲本題者，多贊青年日厲夕惕，關心國事，與枕戈、卧薪之意同。此詩即題敷衍，似無新意，惟末二聯横出題外，豈擬意所在乎？

〔三河〕漢以河内、河東、河南三郡爲「三河」。東漢在畿輔置司隷校尉，魏晉在畿内置司州，治皆設洛陽，洛陽地跨三河之中。祖逖年二十四，與劉琨同辟司州主簿，居洛陽，故用「三河」二字。

〔月下戍樓殘〕戍樓，戍卒守望之樓。月下謂月落，「下」與「臨」對，作動詞用。「殘」，謂月殘也。

〔擊柝〕柝，巡夜所敲之木梆，易繫辭下：「重門擊柝，以待暴客。」

〔提戈〕徐陵與王僧辯書：「提戈負劍，卧泣行號。」意謂勤于王事。戍樓、擊柝、提戈，均寓天下未安，亂機將作。以上六句寫司州之夜。

〔沈幾通物表〕沈幾謂沈伏之幾兆，後漢書光武紀：「沈幾先物，深略緯之。」物表即物外，晉書宗室傳論：「棲情塵外，希踪物表。」全句謂潛伏之亂機已表現于外物，即「風雨如晦，雞鳴不已」之意。

〔高轡入雲端〕列子湯問：「聲振林木，響遏行雲。」西京雜記：「後宮齊首高唱，聲入雲霄。」

〔占時運〕占，預卜也。時運指一時之運數，後漢書荀彧傳論：「方時運之屯邅，非雄才無以濟其溺。」

〔振羽翰〕翰，羽毛之長者。詩豳風七月：「六月莎雞振羽。」（按：莎雞非雞，絡緯也，此係諧借）又王昌齡代扶風主人答詩：「賢良刷羽翰。」以上四句寫聞雞。

〔風塵懷撫劍〕風塵，喻戰亂，漢書終軍傳：「邊境時有風塵之警，臣宜披堅執鋭，當矢石，啟前行。」參閲〔三五〕推官二子執後詩釋。撫劍猶按劍，孟子梁惠王下：「夫撫劍疾視曰：彼惡敢當我哉！——此匹夫之勇也。」

〔天地一征鞍〕征鞍猶戰馬，「一征鞍」即一上征鞍，與書武成「一戎衣，天下大定」之義同。按：以上「風塵」、「天地」二句係從杜甫重經昭陵詩「風塵三尺劍，社稷一戎衣」二句化出。晉書祖逖傳于聞雞起舞事，多據同時人孫盛所撰晉陽秋（見〔一七〕贈顧推官釋），其書又云：「每語世事，則中宵起坐，相語曰：若四海鼎沸，豪傑共起，吾與足下當相避中原耳。」先生此詩于「聞雞」後益此二句，蓋以意逆之也。

〔失旦何年補二句〕原注「吴志周瑜傳：使失旦之雞，復得一鳴。」又：「左傳襄公二十一年：州綽曰：臣不敏，平陰之役，先二子鳴。」「失旦」，指雞逢旦不鳴；「意獨難」謂應先鳴而不欲鳴。二句蓋反原注之意而用之。至此，詩意已溢出題外。

〔函關猶未出二句〕齊孟嘗君由秦逃歸，夜半至函谷關。關法，雞鳴而出客，孟嘗君恐追至，客之居下坐者，有能爲雞鳴，一鳴而雞盡鳴，遂發傳出。事見史記孟嘗君傳。二句承上失旦、不鳴句，謂函關尚不能出，則前途漫漫可知。

按：此意顯非本題所有，蓋借題生發，寓意當于〔四〇〕將遠行、〔五五〕流轉諸作中求之。

陶彭澤歸里

結駟非吾願，躬耕力尚堪。咄嗟聊綰綬，去矣便投簪。望積廬山雪，行深渡口嵐。芟松初

作徑，蔭柳乍成庵。甕盎連朝濁，壺觴永日酣。秋籬尋菊蕊，春箔理桑蠶。舊德陳先祖，遺書付五男。因多文義友，相與卜村南。

【釋】

〔解題〕陶潛（三六五——四二七）字元亮，一字淵明，東晉尋陽柴桑人。官彭澤令時，督郵至縣，吏白應束帶見，潛歎曰：「吾不能爲五斗米折腰向鄉里小兒！」乃解縣印，賦歸去來辭。晉亡不仕，宋元嘉四年卒。世稱靖節先生。晉書、宋書皆有傳。凡爲此題者，一贊淵明不以五斗米折腰，歸田園以自樂；二贊淵明恥屈身異代，雖屢徵而不起。此詩但贊其一而畧其二，似專爲棄官歸隱而發，豈張穆所謂「知事之不可爲而倦鳥思還」耶？抑當與本年〔三七〕偶來詩並讀耶？

〔結駟非吾願〕結駟謂四馬並轡共駕一車，狀顯宦。楚辭招魂：「青驪結駟兮齊千乘。」此句蓋由歸去來辭「富貴非吾願」句化出。

〔躬耕力尚堪〕躬耕指親自耕種。諸葛亮出師表：「臣本布衣，躬耕于南陽。」陶潛庚戌歲九月中于西田穫早稻詩：「躬耕非所歎。」

〔咄嗟聊綰綬〕咄嗟指出口呼吸之間，言短暫、頃刻也。左思詠史詩：「俛仰生榮華，咄嗟復彫枯。」綰，繫也。動詞；綬，絲帶，可作印綬。綰綬喻仕宦。孔稚圭北山移文：「紐金章，綰墨綬。」此句謂淵明聊且出仕，亦不過頃刻。

〔去矣便投簪〕簪，插髮長針，可以固冠。投簪與掛冠並喻棄官。左思招隱詩：「聊欲投吾簪。」孔稚圭北山移文：「昔聞投簪逸海岸。」此句謂淵明一萌去志，便立即棄官。

〔望積廬山雪〕陶潛家住柴桑，常往來廬山，可以望雪。徐注雪爲瀑布，不知瀑布不能用「積」字。

〔行深渡口嵐〕嵐，山霧。廬山渡口多霧。以上二句詞序交錯，意謂廬山之雪，愈久望則愈積；渡口之嵐，愈前行則愈深。時名僧慧遠（三三四——四一六）居廬山東林寺，結白蓮社，開淨土宗，相傳陶潛、陸靜修與爲方外交，有「虎溪三笑」故事（見宋陳舜俞廬山記）。其事不經，樓鑰又跋東坡三笑圖讚已駁之，先生博學，故不得以「虎溪」注此「渡口」也。

〔芟松初作徑〕芟，音義近刪，除草也。歸去來辭有「三徑就荒，松菊猶存」句。

〔陰柳乍成庵〕庵，圓形草屋。陶潛五柳先生傳：「先生不知何許人也，亦不詳其姓字，宅邊有五柳樹，因以爲號焉。」

〔甕盎、壺觴二句〕陶潛嗜酒，五柳先生傳：「性嗜酒，家貧不能常得。」所撰飲酒詩序：「每有名酒，無夕不飲。」甕盎，盛酒器；壺觴，斟酒器。歸去來辭：「引壺觴以自酌。」

〔秋籬、春箔二句〕陶潛愛菊，飲酒詩：「采菊東籬下。」又治蠶桑，其歸田園居詩：「但願桑麻成，蠶月得紡績。」箔，蠶簾。

〔舊德、遺書二句〕潛曾祖侃，晉大司馬，封長沙郡公。潛有五子，名儼、俟、份、佚、佟。所作命子詩，皆述祖德也。如：「悠悠我祖，爰自陶唐。」「桓桓長沙，伊勳伊德。」又責子詩：「雖有五男兒，總不好紙筆。」

〔因多、相與二句〕陶潛移居詩：「奇文共欣賞，疑義相與析。」文與義可以分合。爲「友」則從合。又：「昔欲居南村，非唯卜其宅。聞多素心人，樂與數晨夕。」村南，當指柴桑之南村。

【箋】

唐人五言八韻多用于制舉，故須以整飭凝煉勝。作者須于八韻中畢宣題意，其章法結構大致與「賦得體」同。然八韻已定，意短則韻有餘，筆冗則幅不足，故知此體宜狀物刻意，不宜鋪敘議論。先生所擬六題皆貴敘議，今各納入八韻，即題宣意，不支不絀，蓋由博學多識，用能驅遣舊文，自然成章，非如七子學唐，徒慕軀殼也。惟先生詩不苟作，向多寓意，今不曰「詠史」，而曰「擬唐」，何耶？張石洲斷言：乞師，悲往事也；擊筑、投筆，明素志也；渡瀘、聞雞，以不忘恢

復望諸公也；歸里，則知事之不可爲而倦鳥思還也。云「擬唐人」者，曾膺唐王之詔，受其冠帶也。民按：石洲謂「六詩皆非泛擬」，甚是。然六人六事，必須卽題敷衍，非如「賦得」諸作，可以自由寄意也。故石洲之說亦有未安。如先生屢用祖生事，今以「投筆」爲素志，「聞雞」獨非素志乎？先生平生嚴于責己，豈有以恢復望諸公，而已則倦鳥思還乎？總題既云「擬唐」，自不宜敍唐以後事，六詩蓋按序排列，亦非故以「乞師」始而以「歸里」終也。其他注家，似尤拘泥。要之，得其大意可，事事附會則不可。

〔三六〕常熟縣耿侯橘水利書

神廟之中年，天下方全盛。其時多賢侯，精心在農政。耿侯天才高，尤辨水土性。縣北枕大江，東下滄溟勁。水利久不修，累歲煩雩禜。疏鑿賴侯勤，指顧川原定。百室滿倉箱，子女時昏聘。洋洋河渠議，欲垂來者聽。三季饒凶荒，庶徵頻隔并。誰能念遺黎，百里嗟懸磬，況多鋒鏑驚，早夜常奔迸。上帝哀惸嫠，天行當反正。必有康食年，河雒待明聖。自非經界明，民業安得靜？願作勸農官，巡行比陳靖。畎澮徧中原，粒食詒百姓。

【釋】

〔解題〕耿橘字蘭錫，一字庭懷，直隸獻縣（一說宛平）人。萬曆舉人，三十二年（一六〇四）知常熟縣。講求水利，凡土田高低，宜蓄宜洩，尺寸不遺。其說主用湖而不用江，于常熟尤重疏通白茆港。所著水利全書，先生天下郡國利病書采之頗備。橘後講學虞山書院，官至監察御史。

〔神廟之中年二句〕朱翊鈞死後廟號「神宗」，參見〔二九〕奉先妣葬釋。神宗萬曆初至十年，張居正當政，已達全盛。居

正歿後十餘年，新政未改，餘蔭尚存；萬曆二十五年後，朝政不理，天下中衰。詩謂「全盛」，與後文「三季」比較而言耳。

〔賢侯〕指賢明知縣。龐統守耒陽令，魯肅謂「龐士元非百里才」（見三國志蜀志龐統傳），故俗稱知縣爲百里侯。

〔農政〕有關農事及其政令。潘岳楊荆州誄：「改授農政，于彼野王。倉盈庾億，國富兵强。」徐光啟農政全書取名亦本此。

〔縣北枕大江二句〕常熟縣北瀕長江入海口。「滄溟」指大海，梁簡文帝昭明太子集序：「嵩霍之峻，無以方其高；滄溟之深，不能比其大。」

〔雩禜〕雩音于，求雨之祭。禜音泳，祈禳災害之小祭。禮祭法：「雩禜，祭水旱也。」

〔疏鑿、指顧二句〕疏鑿猶開濬。據常昭合志及先生所引耿橘水利書，當時疏濬重點爲由常熟縣城至海濱共八十里之白茆港，白茆通則長洲、無錫東注之水咸有所洩，太湖亦底定。「指顧」謂一指一顧之間，見〔一七〕贈顧推官釋。

〔百室滿倉箱〕詩小雅甫田：「百室盈止。」又：「乃求千斯倉，乃求萬斯箱。」「室」，原鈔本作「穀」。

〔子女時昏聘〕昏同婚。「時」，依時，按時，副詞。

〔洋洋河渠議二句〕洋洋，盛大貌。莊子天地：「夫道，覆載萬物者也，洋洋乎大哉。」河渠泛指水道，史記首創河渠書，本句「河渠議」，專指耿橘所著水利全書。垂，留傳；垂聽，謂將傳此書供後世聽取，與表敬之「垂聽」異。

〔三季饒凶荒〕三季，通指夏、商、周三代末，國語晉語：「雖當三季之王，亦不可乎！」此句泛指末世，萬曆、天啟、崇禎庶幾近之。饒，多也。

〔庶徵頻隔并〕庶，衆也；徵，兆也。書洪範：「念用庶徵。」意謂爲君者當念此衆兆以自省。「庶徵」包括雨、暘、燠、寒、風等，皆水旱災類，「隔并」，原注：「後漢書陳忠傳：天心未得，隔并屢臻。注：隔并，謂水旱不節也。尚書曰：一極備凶，一極無凶。并，音必性反。郎顗傳：歲無隔并，太平可待。」按：「隔并」專謂水旱不調。元李治敬齋古今黈拾遺：「天

地之氣，陰陽相半。曰暘曰雨，各以其時，則謂之和平；一有所偏，則謂之隔并。隔并者，謂陰陽有所閉隔，則或枯或潦，有所兼并。」李文「隔并者」以下數句，以隔爲因，以并爲果，大誤。隔與並二字反義，其庶徵亦相反。隔卽隔斷，如久晴不雨則旱；并卽并行，如連月大雨則澇。

〔遺黎〕泛指災後倖存者。詩大雅雲漢：「周餘黎民，靡有孑遺。」意謂旱災饑饉，餓死無存。

〔懸罄〕罄亦作磬，器中空也。左傳僖公二十六年：「室如懸罄，野無青草，何恃而不恐？」「懸罄」有房屋中空之象，狀家貧一無所有。

〔況多鋒鏑驚〕鋒鏑指刀鋒箭鏑，皆兵器。賈誼過秦論：「銷鋒鏑，鑄以爲金人十二。」此處以鋒鏑喻戰禍。原鈔本此句作「況此胡寇深」，承前「三季」敍述至今。

〔奔迸〕奔走、逃散。三國志魏武帝紀：「海盜奔迸。」

〔上帝哀惸嫠〕上帝猶言上天、天帝。詩大雅蕩：「蕩蕩上帝，下民之辟。」惸音瓊，指煢獨之人；嫠音釐，指無夫之婦。張載七命：「惸嫠爲擗摽。」

〔天行當反正〕「天行」卽天道，易乾卦：「天行健，君子以自强不息。」「反正」謂由亂而治，由邪返正，公羊傳哀公十四年：「撥亂世，反諸正，莫近于春秋。」此句謂天道好還，暗示明朝可復。

〔康食年〕康食猶豐食，書康誥：「故天棄我，不有康食。」康食年卽康年，詩周頌臣工：「明昭上帝，迄用康年。」又淮南子天文：「故三歲而一饑，六歲而一衰，十二歲一康。」

〔河雒待明聖〕明聖，指明聖之君。史記封禪書：「三代之君，皆在河洛之間。」貨殖列傳：「唐人都河東，殷人都河內，周人都河南。夫三河在天下之中，若鼎足，王者所更居也。」此言中國必有王者興。

〔經界〕劃分田地疆界。孟子滕文公：「夫仁政必自經界始。經界不正，井地不均，穀祿不平，是故暴君汙吏必慢其經

界。」按:畫疆、均田、均税,先生恒列之于農政之首,日知録曰:「致弊之端,古今一轍。而經界之不正,井地之不均,賦税之不平,固三百年于此矣。」

〔民業安得静〕原注:「史記蔡澤傳:決裂阡陌,以静生民之業而一其俗。」静,明審而和樂也。

〔勸農官〕漢置「大農丞」十三人,各領一州,主管農事,是爲勸農官之始。唐宋沿之,皆設勸農使。

〔巡行比陳靖〕原注:「宋史食貨志:至道二年,太常博士直史館陳靖上言農田事,以靖爲京西勸農使,按行陳、許、蔡、潁、襄、鄧、唐、汝等州,勸民墾田。」按:陳靖字道卿,宋莆田人。平生多建畫,尤詳于農事,嘗取淳化、咸平以來所陳章表,目曰勸農奏議上之。真宗時,以祕書監致仕卒。「巡行」即按行,沿途巡查也。

〔畎澮〕上古田間水道。書益稷:「濬畎澮距川。」史記夏本紀:「濬畎澮致之川。」按:據周禮考工記匠人所載,自「一夫百畝」内之水道「畎」,逐次外擴爲夫間之「遂」、井間之「溝」、成間之「洫」、同間之「澮」,然後流入河川。故知水道最細者爲「畎」,最巨者爲「澮」。

〔粒食〕謂以穀物爲食。禮王制:「北方曰狄,衣羽毛,穴居,有不粒食者矣。」

〔詒〕通「貽」、「遺」,如「詒厥孫謀」(詩大雅文王有聲)、「詒爾多福」(詩小雅天保)。

【箋】

先生學在經世,不幸丁易代興亡之際,平生志業但託之著述。其詩于軍旅、財賦、農事以至有關國計民生諸端,無不三復致意。此篇本爲耿橘水利書而發,然自「欲垂來者聽」以下,哀念遺黎,指斥時弊,主張畫經界,興水利,使民安業,固不同于尋常讀書也。

〔三七〕偶來

偶來湖上已三秋，便可棲遲老一丘。赤米白鹽猶自足，青山緑野故無求。柴車向夕逢元亮，款段乘春遇少游。鳥獸同羣終不忍，轍環非是爲身謀。

【釋】

〔解題〕以起句「偶來」二字爲題，似同無題，然全首寓意盡在此二字中。說見箋。

〔湖上〕此「湖」當指太湖，又稱五湖、笠澤、震澤等。

〔三秋〕指本年季秋九月，莫作「三年」解。辨見箋。

〔棲遲老一丘〕棲遲，游息也。詩陳風衡門：「衡門之下，可以棲遲。」引申爲隱遯，後漢書敍傳：「棲遲于一丘，則天下不易其樂。」

〔赤米白鹽〕原注：「南齊書周顒傳：衛將軍王儉謂顒曰：卿山中何所食？顒曰：赤米白鹽，緑葵紫蓼。」按：赤米，俗稱紅霞米，早熟耐旱，山田種之。

〔青山緑野〕虞世南侍宴應詔詩：「緑野明斜日，青山澹晚煙。」

〔故〕通「固」，本來。

〔柴車向夕逢元亮〕柴車，以散材所製簡陋之車。韓詩外傳十：「駑馬柴車，可得而乘也。」江淹陶徵君潛田居：「日暮巾柴車，路闇光已夕。」二句乃「柴車向夕」四字所本。元亮，陶潛字。歸去來辭：「或命巾車，或棹孤舟。」巾車，車之有巾帷者。

〔款段乘春遇少游〕馬援引從弟少游之言曰：「士生一世，但取衣食裁足，乘下澤車，御款段馬，爲郡掾吏，守墳墓，鄉里稱善人，斯可矣。」見後漢書馬援傳。款段，馬行遲緩貌，借指駑馬。

〔鳥獸同羣終不忍〕論語微子：「夫子憮然曰：鳥獸不可與同羣，吾非斯人之徒與而誰與。」按：「與鳥獸同羣」猶言「與麋鹿遊」，謂隱居也。

〔轍環非是爲身謀〕轍，車轍；環，周游。韓愈進學解：「轍環天下，卒老於行。」唐于邵爲崔僕射陳情表：「不爲身謀，同獎王室。」按：以上二句均指孔子，亦先生自喻。

【箋】

此詩起句「偶來湖上已三秋」，蘧案以爲「云已三秋，則丙戌已至湖上」。因疑先生自藁葬嗣母後即「遷居洞庭山」，蓋釋此句「三秋」爲「三年」也。事關先生近年行踪，不可不辨。據元譜載：乙酉十二月藁葬嗣母；丙戌十月命家人趙和遷居（注云未詳遷居何地）；丁亥秋至海上，十月葬嗣母于曾祖墓左，十二月移家語濂涇，先生廬墓；戊子秋至湖上，冬抵京口，是年語濂涇家中又被劫。另據餘集常熟陳君墓誌銘，知藁葬嗣母前後，仍家常熟語濂涇，惟至丙戌十月之遷，始未詳所往。但此後半年，楊、陳、顧適先後罹難，先生哭陳太僕詩云：「君來別浦南，我去荒山北。柴門日夜扃，有婦當機織。未知客何人，倉卒具糲食。一宿遂登舟，徘徊玉山側。」又哭顧推官詩云：「君來就茅屋，問我駕所稅。幸有江上舟，請鼓鈴下栧。」據「一宿遂登舟」及「幸有江上舟」二句，則此時「柴門」、「茅屋」必在江畔而不在湖畔。又今年將遠行詩云：「去秋闚東溟，今年泛五湖。」可知去年曾至海上而未嘗至湖上，故此詩起句用「偶來」，意謂非「常來」也。王勃滕王閣序：「時維九月，序屬三秋。」三秋即季秋，秋之深也，故用「已」字。乃知首聯于「偶來」之後應以「便可」，實謂棲遲未必可也。腹二聯瀟灑作態，又似無不可矣，然末聯反手提出「終不忍」三字，顯見一波三折，欲擒故縱，益證棲遲必不可也。設起句作「常來湖上已三年」，則下句何必用「便可」，末聯何爲而「不忍」，即今冬將遠行詩亦可不作矣。

〔三八〕　浯溪碑歌

萬曆元年，先曾祖官廣西按察副使，道浯溪，得唐元次山中興頌石本以歸。爲顔魯公筆，字大徑六七寸。歷世三四，此碑獨傳之不肖。歲旃蒙作噩，命工裝潢爲册，工人不知碑自左方起，而以年月先之，遂倒盭不可讀。方謀重裝，而兵亂工死，不復問者三年。碑固在舊識楊生所，一旦爲余重裝以來，則文從字順，焕然一新。有感于先公之舊物不在他人，而特屬之嗣人之稍知大義者；又經兵火而不失，且待時而乃成，夫物固有不偶然者也。爲之作歌。

昔在唐天寶，禄山反范陽。天子狩蜀都，賊兵入西京。肅宗起靈武，國勢重恢張。二載收長安，鑾輿迎上皇。小臣有元結，作詩頌大唐。欲令一代典，風烈追宣光。真卿作大字，筆法名天下。磨厓勒斯文，神理遺來者。書過泗亭碑，文匹淮夷雅。留此繫人心，枝撐正中夏。先公循良吏，海内推名德。驅馬復悠悠，分符指南極。退眺道州祠，流覽浯溪側。如見古忠臣，精靈感行色。匪煩兼兩載，不用金玉裝。攜此一紙書，存之貯青箱。以示後世人，高山與景行。天運有平陂，名蹟更存亡。寶弓得隄下，大貝歸西房。舊物猶生憐，何況土與疆。却念蒸湘間，牧騎已如林。西南天地窄，零桂山水深。岣嶁大禹迹，萬木生秋陰。一峯號回雁，朔氣焉得侵。恐此浯厓文，苔蘚不可尋。藏之篋笥中，寶之過南金。此物何足貴，貴在臣子心。援筆爲長歌，以續中唐音。

【釋】

〔解題〕浯溪在今湖南祁陽縣西南，北入湘水。唐元結罷官後，愛其幽勝，遂家溪畔，名之曰「浯溪」（見元次山集浯溪

銘序〉。結又築臺曰「峿臺」，建亭曰「𢈔亭」（浯、峿二字見水經注，𢈔字乃結自造），言溪、臺、亭皆吾所有，即所謂「三吾」者也。「浯溪碑」俗稱「磨崖碑」，刻于浯溪崖壁，碑文即元結所撰大唐中興頌，清王昶金石萃編載其全文曰：「尚書水部員外郎兼殿中侍御史荆南節度使判官元結撰，金紫光禄大夫前行撫州刺史上柱國魯郡開國公顔真卿書。天寶十四載，安禄山陷洛陽，明年陷長安，天子幸蜀，太子即位于靈武，明年皇帝移軍鳳翔，其年復兩京，上皇還京師。於戲！前代帝王有盛德大業者，必見于歌頌，若今歌頌大業，刻之金石，非老于文學其誰宜？爲頌曰：噫嘻前朝，孽臣姦驕，爲惛爲妖。邊將騁兵，亂毒國經，羣生失寧。大駕南巡，百寮竄身，奉賊稱臣。天將昌唐，緊曉我皇，匹馬北方。獨立一呼，千麾萬旗，戎卒前驅。我師其東，嗣皇撫戎，蕩攘羣凶。復服指期，曾不逾時，有國無之。事有至難，宗廟再安，二聖重歡。地闢天開，蠲除祅災，瑞慶大來。凶徒逆儔，涵濡天休，死生堪羞。功勞位尊，忠烈名存，澤流子孫。盛德之興，山高日昇，萬福是膺。能令大君，聲容沄沄，不在斯文。湘江東西，中直浯溪，石崖天齊。可磨可鐫，刋此頌焉，何千萬年。上元二年秋八月撰，大曆六年夏六月刻。」磨崖石高一丈二尺五寸，廣一丈二尺七寸，二十一行，行二十字。字勢雄偉，人謂魯公書中第一。鈔本蔣山傭詩集本題逕作大唐中興頌歌。

〔解序〕原鈔本題下有「有序」二字。然其序文與鈔本蔣山傭詩集所載不盡相同，如「歷世三四」下有「家業已析，墓下之田已鬻之異姓，而」十四字。「作噩」下有「山傭之南京」五字。「裝潢爲册」下有「信工人之能，遂以付之，乃」十字。「不可讀」下有「歸而尤之，則曰請」七字（下文「方」字則衍）。「一旦」下有「楊」字等等。大抵鈔本序文不及原鈔本雅潔，但更近初稿之實。因此類多出之字皆無關忌諱，故不詳録。（一）萬曆元年（一五七三）。（二）先曾祖：指章志，釋見前。（三）道浯溪：取道浯溪。（四）元次山：即元結，字次山（七一九——七七二）唐河南魯山人。天寶十二載進士。安史亂起，佐荆南節度使。代宗朝，授道州刺史，進容管經畧使。詩文皆古拙，于唐人中別開蹊徑。新舊唐書俱有

傳。（五）中興頌：全稱大唐中興頌，元結撰于肅宗上元二年（七六一）秋，時安禄山、史思明均已被殺，大亂將平，故曰「中興」。（六）石本：由石上直接搨下之碑刻墨本。（七）顔魯公：即顔真卿（七〇九——七八五），字清臣，唐萬年人。博學工文，尤善正草書，與柳公權並稱顔柳。元結乞魯公書其所撰中興頌在大曆六年（七七一），距撰文已十年。另參閱〔一七〕贈顧推官「杲卿血」釋。（八）不肖：孟子萬章：「丹朱之不肖，舜之子亦不肖。」謂父賢而子不肖（似）父也。後沿用爲子女之謙詞。此處係先生自指。（九）歲旃蒙作噩：即乙酉歲（一六四五）。（十）裝潢：猶裝池，指裱背書畫。（十一）倒盩：猶顛倒。「盩」音吉，足蹠反戾也。（十二）兵亂工死：據鈔本蔣山傭詩集序文（見前釋），知此石本係先生乙酉在南京時命工所裝，故「兵亂工死」當指其年南京陷清時事。蘧案以崑山城破當之，是未審鈔本、孫毓修校本及丕績彙校之故。（十三）一旦爲余重裝：據鈔本序文，「一旦」之後有「楊」字，則重裝者係楊生。（十四）屬之嗣人之稍知大義者：亦先生自指。先生本支自高曾以下，族大衆多，從伯叔輩以爭産屢構家難，舊物多不復存，惟此碑竟歸先生所有，故此序及歌辭均隱約及之。

〔昔在唐天寶以下八句〕安禄山本奚族人，玄宗時擢平盧、范陽（郡名，治今薊縣）、河東三鎮節度使，大見寵幸。天寶十四載（七五五）冬竟舉兵反，陷洛陽、長安，玄宗奔蜀，禄山遂稱帝，國號「燕」。時肅宗即位于靈武，尊玄宗爲太上皇。乃命郭子儀、李光弼諸將謀規復。至德二載（七五七）正月，安禄山爲其子慶緒所殺；九月，唐兵復長安；十月，復洛陽；十二月，玄宗還長安。至此，「中興」在望。（一）賊兵：原鈔本作「胡兵」，即安禄山之兵。（二）西京：指長安。（三）靈武：在今寧夏靈武縣西北。（四）恢張：見〔五〕京闕篇釋。（五）鑾輿：天子車駕。此八句簡敍大唐危而復安，隱寓「中興」二字，是第一解。

〔風烈〕此指遺風餘烈。司馬相如子虛賦：「願聞大國之風烈，先生之餘論。」

〔宣光〕周有宣王，漢有光武，均號稱中興。杜甫北征詩：「周漢獲再興，宣光果明哲。」

〔磨厓勒斯文〕磨厓同摩崖，原指在山崖石壁刻字以記功德，如漢石門頌，唐舜廟碑等。自歐陽修集古録盛稱唐中興頌，于是「磨崖」遂爲此碑之專稱。然此句仍作動賓結構用。「勒」，刻也，刻而識之。「斯文」，專指大唐中興頌。

〔神理〕精神理致，與「氣質」有内斂外露之别。世説新語傷逝：「德音未遠，而拱木已積，冀神理緜緜，不與氣運同盡耳。」

〔書過泗亭碑〕書，魯公書法。泗水亭在今江蘇沛縣東，漢高祖曾任泗水亭長，漢時于其地建高祖廟，廟前有碑，桓帝延熹十年（一六七）立。

〔文匹淮夷雅〕文，次山撰文。匹，比也。唐元和十二年平淮蔡吴元濟，柳宗元撰平淮夷雅二篇獻之。「雅」，詩大雅也。

〔枝撑正中夏〕枝撑同支撑，杜甫自京赴奉先詠懷：「河梁幸未拆，枝撑聲窸窣。」中夏即中國，班固東都賦：「目中夏而布德，瞰四裔而抗稜。」自「小臣」句至此十二句，闡明元結、真卿撰文勒石之深意，是第二解。

〔先公循良吏〕先公指曾祖章志，時官廣西按察副使。循良吏即奉公守法官員，司馬遷爲之定義曰：「奉法循理之吏，不伐功矜能，百姓無稱，亦無過行。」史記特創循吏列傳。

〔名德〕指德高望重之人。晉書庾冰傳：「兄亮以名德流訓，冰以雅素垂風。」

〔驅馬復悠悠〕狀騎馬遠行。詩鄘風載馳：「驅馬悠悠，言至于漕。」

〔分符指南極〕符，古代封官、傳令之憑證，以竹木（或金玉）爲之。剖而爲二，各執其一，合則徵信。「分符」此指顧章志分任按察，參見〔一七〕贈顧推官「高景既分符」釋。南極泛指南方，此指廣西，劉向九歎：「濟湘流而南極。」

〔遐眺道州祠〕元結卒，道州人祀之于名宦祠。道州治在今湖南道縣，故用「遐眺」。

〔流覽浯溪側〕浯溪側乃元結居地，磨崖在焉，故用「流覽」。

〔精靈感行色〕精靈猶神靈，指元結、真卿之靈。晉夏侯湛東方朔畫讚：「墟墓徒存，精靈永戢。」行色謂旅行時狀貌，莊子盜跖：「車馬有行色，得微往見跖耶？」此應序文「道浯溪」句。

〔匪煩兼兩載〕匪煩，不勞也。原注：「後漢書吴祐傳：此書若成，則載之千兩。」「兩」卽車輛，「兼兩」猶言加倍之車輛。全句謂拓此石本一紙，固不勞車輛重載也。

〔金玉裝〕以金玉爲飾。杜甫蕃劍行：「致此自僻遠，又非珠玉裝。」

〔青箱〕貯書之箱。宋書王淮之傳：「自是家世相傳，並諳江左舊事，緘之青箱，世人謂之王氏青箱學。」

〔高山與景行〕詩小雅車舝：「高山仰止，景行行止。」景行，大路也。句承「以示後世人」，謂可供後人景仰。

〔天運有平陂〕天運，天道運行。史記天官書：「夫天運三十歲一小變，百年中變，五百載大變。」又易泰卦：「無平不陂。」陂，山阜，平與陂對言。此句謂國運有盛衰。

〔名蹟更存亡〕更，本字平聲，音根，經歷交替也。此謂石本亦屢經得失。

〔寶弓得隄下〕原注：「穀梁傳定九年：得寶玉大弓，惡得之？得之隄下。」按：魯定公八年，陽虎作亂，「虎説（脱）甲如公宫，取寶玉大弓以出」，故經曰：「盜竊寶玉大弓。」九年，陽虎敗，歸寶玉大弓，故經曰：「得寶玉大弓。」穀梁傳曰：「得寶玉大弓，其不地何也？寶玉大弓在家則羞不目羞也。惡得之？得之隄下。或曰，陽虎以解衆也。」原注引春秋經傳，不過謂舊物失而復得，「大貝」句亦同。

〔大貝歸西房〕大貝，寶器。周文王囚于羑里，四友獻紂四寶得免，大貝卽四寶之一。周滅紂，大貝仍歸周。書顧命：「大貝、鼖鼓，在西房。」

〔舊物、何況二句〕「舊物」承上可指寶弓、大貝；承題則指浯溪碑，蓋雙關也。「憐」，痛惜。自「先公循良吏」至此二十句，追敍自曾祖至己七十餘年貯存此碑之經過與用心，是第三解。

〔蒸湘間〕蒸與湘俱水名，蒸水自衡陽縣北與湘水合，周圍之地世稱「蒸湘」，包括湖南長沙、衡陽、零陵、桂陽等湘西南境。本年明何騰蛟、堵錫胤等率衆與清兵轉戰于此。

〔牧騎〕原鈔本作「胡騎」，指清兵。

〔西南、零桂二句〕原鈔本「零」作「臨」，誤。臨桂不過桂林府一縣名，不足以當文意。蓮案以「臨」爲「零」，謂指零陵，甚是；然以「桂」爲桂林則非。蓋本題所詠在浯溪碑，故涉及地名惟「燕湘」、「峋嶁」、「回雁」、「浯溪」、「道州」，皆湘西南地，而無一及廣西者，故「桂」當指桂陽。又據「零桂」以下五句盛讚衡州形勢，逆知「西南天地窄」句係危懼之辭，杜甫詠懷古迹詩：「支離東北風塵際，漂泊西南天地間。」時永曆帝已由桂林奔南寧、潯州、梧州、肇慶，豈非漂泊西南而天地益窄，翻不及零桂山水之深乎？

〔峋嶁大禹迹〕峋嶁，山名，在衡州北，相傳山有玉牒，禹得之，並據以治水。山有禹碑。

〔一峯號回雁二句〕回雁峯在衡州南，係衡嶽七十二峯之一。據云雁飛至此不過，遇春而回。朔氣，北方之氣，喻清兵。以上八句，言得燕湘則可保西南，守衡陽則可以屏障粵海。

〔恐此、苔蘚二句〕此恐磨崖石刻，經久而苔封蘚固，文字剥落，終不可尋。

〔南金〕「南」，荆、揚二州之南，其地出金，故名「南金」。詩魯頌泮水：「大賂南金。」

〔此物何足貴以下四句〕「此物」即上句「藏之」、「寶之」之物；「臣子心」則兼元結、顔真卿及先生之心。高仲武唐中興間氣序云：「以至德興復，風雅復振，故名。」又元楊士弘編唐音，以大曆至太和爲「中唐」；元結撰大唐中興頌時，正值中唐。先生受命于唐王，本年仍傳唐王未死，故所云「續中唐音」，語亦雙關。自「却念燕湘間」至此十六句，評議時事，寄望于湘西南戰局。末四句道出作歌目的所在，是第四解。

【箋】

此篇原題作大唐中興頌歌，與擬唐人五言八韻均寓「唐」字，此先生拳拳于唐王又一佐證。唐王于隆武二年丙戌八月兵敗被俘，距今已二年，然時人多傳其未死。或謂汀州代死者乃張致遠，王實爲僧于五指山，其後鄭成功屯兵

鼓浪嶼，王且遣使存問諸臣，云云。故本年金聲桓客黎士盧説聲桓反正，亦詭言隆武尚存，獨彼知隆武所在，且夜袖「鎮江侯」、「惟新伯」二印以畀金，云係隆武所賜，聲桓遂舉兵。先生癸巳作路舍人家見隆武四年曆詩，原序亦謂「隆武二年八月上出狩，未知所之」。時隔七年猶未信其死，則先生亟望于大唐中興，蓋無時不縈諸夢寐也。此詩「却念燕湘間」八句雖敍危局，然「朔氣焉得侵」等句，仍寓中興之意。

此亦五言古體。然先生五古以不換韻爲正，本篇六十四句凡五易韻，已屬罕見；且跨韻作解，亦非尋常結構，故直以「歌」名之。

〔三九〕寄薛開封寀。君與楊主事同隱鄧尉山，併被獲，或曰僧也，免之，遂歸常州

別君二載餘，無從問君處。蒼蒼大澤雲，漠漠西山路。神物定不辱，精英夜飛去。只有延陵心，尚掛姑蘇樹。他日過吴門，爲招烈士魂。燕丹賓客盡，獨有漸離存。

【釋】

〔解題〕薛寀字諧孟，武進（常州）人。崇禎辛未（一六三一）進士，曾知開封府。亂後歸釋，謂己已去官（冠），如「寀」字去「宀」；己已去髮，如「采」字去「ノ」，唯存「米」字，因改號「米堆山」（按：吴中有此山名）。楊主事即楊廷樞，見去年哭楊主事詩。鄧尉山在吴縣西南，前臨太湖，相傳漢時有鄧尉者隱此。按：本題只應有「寄薛開封寀」五字，其下二十三字當係先生自注，俾詩與注合。

〔大澤〕此指震澤，即太湖。

〔漠漠西山路〕漠漠，寂寞貌。陶潛命子詩：「紛紛戰國，漠漠衰周。」西山即鄧尉山。

〔神物、精英二句〕神物，此指寶劍。張華報雷焕書：「天生神物，終當合耳。」謂龍泉、太阿二劍。精英猶精華，亦指寶劍。原注：「張協七命：或馳名傾秦，或夜飛去吴。李善注引越絶書：闔廬無道，湛盧之劍去之入楚。」二句暗喻薛寀臨難不辱，終如寶劍飛去。

〔只有、尚掛二句〕此用延陵季子掛劍故事，見〔一五〕不去詩釋。語亦雙關，薛寀武進人，武進爲古延陵地；楊廷樞吴縣人，吴縣爲古姑蘇地。句意承上，言薛楊同時被獲，薛雖倖免，其心猶牽掛于楊也。

〔吴門〕本指吴縣城門，後沿指吴縣。

〔烈士〕剛强不屈之士。莊子秋水：「白刃交于前，視死若生者，烈士之勇也。」此喻楊廷樞。

〔燕丹賓客盡二句〕此用燕太子丹結客謀秦，其客田光、荆軻俱死，唯高漸離易服逃匿故事，見〔二〇〕秦皇行及〔三五〕高漸離擊筑釋。自「他日過吴門」以下四句，係先生寄語薛寀爲告于楊主事之靈云云，「漸離」蓋先生自喻。

【箋】

題爲寄薛開封寀，實則緬懷楊主事廷樞。其事隱密，詩不明言，特于小注見之。首四句由今時今地起叙，中四句追叙寀僧裝化去，或飛或掛，俱以劍喻。末四句係全詩寄意所在，故用「爲招」二字以告于烈士之魂。所告僅十字，已無限沉痛，若再取高漸離擊筑詩讀之，當益知「身留烈士後」等句决非尋常擬古、懷古之作。

〔四〇〕將遠行作

去秋闕東溟，今冬浮五湖。長歎天地間，人區日榛蕪。出門多蛇虎，局促守一隅。夢想在

中原，河山不崎嶇。朝馳瀍澗宅，夕宿殽函都。神明運四極，反以形骸拘。收身蓬艾中，所之若窮途。杖策當獨行，未敢憚羈孤。願登廣阿城，一覽輿地圖。回首八駿遥，悵然臨交衢。

【釋】

〔解題〕原鈔本題爲「將有遠行作時猶全越」，鈔本蔣山傭詩集亦作「將遠行時猶全越」，潘刻本始去末四字。按：以韻目代所諱字，本出先生自手，日知録論古文未正之隱條已云：「有待于後人之改正」，「定哀之間多微辭，況于易姓改物，制有華夏者乎？」然先生自諱與潘刻時諱改大不相同，蓋潘刻在問世，故多諱意；先生自録詩未嘗示人，故僅諱字而已。「全越」二字不辭，必係諱字。「越」字非韻目而在「月」部，故初録時，「全越」疑作「全月」。又據原鈔本翦髮詩〔即〔五五〕流轉〕及本篇「反以形骸拘」等句，「全月」必係「全髮」之諱。莊子逍遥遊：「宋人資章甫而適諸越，越人斷髮文身，無所用之。」夫越人斷髮，今猶全之，故以「全越」爲「全髮」，是亦諱之曲者。

〔去秋闚東溟〕李白古風「黄河走東溟」，東溟即東海，原鈔本逕作「大海」。闚同窺，暗中窺看。元譜：丁亥「秋至海上」。疑先生去秋曾潛至海上而未下海。參閲去年海上行及精衛諸作。

〔今冬浮五湖〕「五湖」即太湖、震澤，先生詩常互用而不分。然「五湖」之名早見于國語、周禮、史記，「五」係數詞，必非虚下。虞翻以爲並指滆湖、洮湖、射湖、貴湖、太湖，其中太湖小支最多，故太湖兼有「五湖」之名（説見後漢書馮衍傳注引）。其説近是。先生今秋偶來詩已云「偶來湖上」，則自秋至冬似未他往。

〔人區日榛蕪〕「人區」猶言人世間，後漢書西域傳論：「神迹詭怪，則理絶人區。」「榛蕪」猶荒蕪，又荀彧傳：「今鑾輿旋軫，東京榛蕪。」杜甫哭台州鄭司户蘇少監詩：「天地日榛蕪。」

〔局促守一隅〕局促同「偪促」、「局趣」。史記灌夫傳：「今日廷論，局趣效轅下駒。」又後漢書仲長統傳：「六合之內，恣心所欲；人事可遺，何爲局促？」均有拘束、狹窄之義。「一隅」猶「一角」、「一側」。此應起二句，言連年足迹所至，不過東溟、五湖一隅之地，以引發「夢想中原」句。

〔夢想、河山二句〕題爲「將遠行」，故用「夢想」二字。崎嶇，見〔二七〕哭顧推官釋。其時明、清戰局已不在中原，故云「不崎嶇」。

〔朝馳、夕宿二句〕極狀夢想。「瀍澗宅」，見〔五〕京闕篇「瀍水卜」釋，此處借指洛陽。「殽函都」：殽即殽山，函即函谷，賈誼過秦論：「秦孝公據殽函之固，擁雍州之地。」詞綴「都」字，則係借指咸陽。

〔神明運四極〕「四極」謂四方極遠之地，爾雅釋地：「東至于泰運，西至于邠國，南至于濮鈆，北至于祝栗，謂之四極。」「神明」指人之精神，莊子齊物論：「勞神明爲一，而不知其同也。」此句言人之精神本可無往而不至，離騷所云「覽相觀于四極兮，周流乎天余乃下。」其想象與此句近。

〔反以形骸拘〕「形骸」指肉體，與「神明」對言。莊子德充符：「今子與我遊于形骸之內（德充于內），而子索我于形骸之外（形符于外），不亦過乎？」此句承上「神明」句，謂不應使神明受拘于形骸，致不能自由運行也。按：此處「形骸」實暗指薙髮事。時清朝嚴令漢人薙髮，不薙者死，先生「時猶全髮」，故不能遠行。

〔收身蓬艾中二句〕「收身」即藏身，「蓬艾」猶言草莽，原注：「莊子：夫三子者，猶存乎蓬艾之間。」「所之」即所往。「窮途」謂路盡處，世説新語棲逸「阮步兵嘯」注：「阮籍常率意獨駕，不由徑路，車迹所窮，輒慟哭而返。」此「窮途」一詞之所本。庾信詠懷詩：「唯彼窮途哭，知余行路難。」按：先生頻年居無定所，其「闞東溟」、「浮五湖」，實如收身蓬艾，無路可走，皆因未薙髮故。

〔杖策當獨行二句〕「策」，馬鞭；「杖策」即（驅馬）執鞭。此用東漢鄧禹事，後漢書本傳：「及聞光武安集河北，即杖策北渡，

追及于鄴。」「羈孤」謂羈旅孤身。此二句承上四句急轉，謂終當獨奔中原，如鄧禹之從光武。

〔願登廣阿城二句〕原注：「後漢書鄧禹傳：從至廣阿，光武舍城樓上，披輿地圖，指示禹曰：『天下郡國如是，今始乃得其一。』」廣阿，漢置縣名，屬鉅鹿郡，故城在今河北省隆堯縣東。「輿地圖」即地圖，易説卦：「坤爲地，……爲大輿。」意謂地猶輿（載車）也。

〔回首八駿遥二句〕八駿，相傳係周穆王八匹駿馬，其名分見穆天子傳、列子及拾遺記，然所取各異。李商隱詩：「八駿日行三萬里，穆王何事不重來。」今曰「八駿遥」，蓋惜周天子之不復也。衢，四達之道；「交衢」猶通衢，臨交衢而悵然，蓋襲「楊朱哭衢途」（荀子王霸篇）及「墨子見衢路而哭之」（賈子新書）之義，言徬徨不知所之也。

【箋】

南都陷清，蘇浙淪喪，至今倏忽四年。先生轉戰鄉邑，流亡山澤，足迹終不出蘇崑松嘉之間，然則何爲而不遠行乎？遠行將何之乎？本題曰「將遠行」，正欲道破此中消息。全詩僅二十句而凡五轉折：前三折意初動而夢已行，夢已行而形不可；後二折志已決矣，行欲果矣，猶復臨歧踟蹰，悵然無主，是真「將行」而未能「成行」也。曩時先從潘刻本讀得此詩，嘗怪先生志行堅一，何獨于遠行遲疑若此？及獲原鈔本，始知題下尚綴「時猶全越」四字。兩年後又有「翦髮」詩（卽〔五五〕流轉），句曰：「卻念五年來，守此良辛苦。」「丈夫志四方，一節亦奚取？」然後知此詩「神明」、「形骸」二句非復莊子原意，而「時猶全越」四字必係作翦髮詩時所追補。清令薙髮，用夷變夏，凡在漢人，無不疾首，卽不爲明朝之遺臣，亦當爲民族之烈士，是故因護髮而駢死者，無慮千萬。其他或爲僧、道，或居巖穴，終能全髮全身者蓋寥寥焉。先生常熟陳君墓誌銘記陳梅之言曰：「吾年六十六矣，不幸遭此大變，不能效徐生絶脰之節，將從衆翦髮，念餘年無幾，當實之于棺，與我俱葬耳。」言殊可哀。而啟禎集黄御史傳僅因「家居二年握髮以終」一句，揭告者便欲據此而陷其子坦（見佚文輯補與人書），則淫刑以逞何其酷耶！去年先生所作〔三六〕淄川行，于孫之獬之「巧爲奏」（奏請清朝下令薙髮）

深惡痛絶，其故當在是。夫薙髮之令嚴若此，先生護髮之堅亦若此，今將遠行而猶全髮，其不果行也必矣。追補四字，蓋欲暗示詩成而不果行之故，至于中原之夢則未嘗斷也。

〔四一〕京口二首

異時京口國東門，地接留都左輔尊。囊括蘇松儲陸海，襟提閩浙壯屏藩。漕穿水道秦隋跡，壘壓江干晉宋屯。一上金山覽形勝，南方亦是小中原。

【釋】

〔京口〕見〔四〕京口即事解題。

〔異時京口國東門〕「異時」可作昔時（往日）與他時（來日）兩解，此從前者。「國」本指國家，此專指國都南京，京口在南京之東，猶東門焉。

〔地接留都左輔尊〕明成祖遷都北京後，原都南京仍設官留守，故稱留都。「三輔」已見〔四〕京口即事釋，「左輔」即左馮翊。南京既爲舊京兆，京口在其左，故云。

〔囊括、襟提二句〕囊括本義爲袋裝，引申同包羅、包括。陸海謂陸地富饒如海，漢書東方朔傳「所謂天下陸海之地」，注云：「關中物産饒富，是以謂之陸海也。」此處以蘇松喻關中之富。明洪武中，南京就近取糧，每歲所徵，蘇松二府佔天下十分之一。襟提猶言襟帶相連，王勃滕王閣序：「襟三江而帶五湖。」屏藩猶言屏障藩衛，詩大雅板：「介人維藩，大師維垣，大邦爲屏，大宗維翰。」此處謂閩浙與京口如連襟，亦足以屏藩南京。鈔本蔣山傭詩集，二句作「囊括蘇松千里郡，襟提浙福二名藩」，與原鈔本雖有異同，然並無眞僞之别。亭林餘集載先生又與潘次耕札云：「寄去文

集一本，僅十之三耳，然與向日抄本不同也。」可知先生詩文曾經手改多次。

〔漕穿水道秦隋跡〕運河供漕運，故又稱漕河。春秋時，吳始開邗溝自今揚州通江淮；隋煬帝又開江南河自京口至餘杭，于是長江水道南北穿通。句中「秦」字疑當作「吳」。

〔壘壓江干晉宋屯〕此言京口臨江，古爲晉宋屯軍之堡壘。按：東晉初，都鑒于丹徒（京口東南）立三壘；桓玄作亂，劉裕起兵京口；裕既篡晉稱宋，遂以京口爲屯軍要地。

〔金山〕在京口西北大江中，與焦山相對。原名獲符山或浮玉山，自唐代裴頭陀于江際獲生金數鎰，遂奏易名金山。其地居高臨下，控制南北。宋建炎四年（一一三〇），金兵回師京口，韓世忠扼之于江，梁夫人（紅玉）擊鼓助戰在此。

〔形勝〕指形勢優勝之地。漢書高帝紀六年：「秦，形勝之國也。」注曰：「得形勢之勝便也。」此處係併金山、京口及江南總形勢而言。

〔南方亦是小中原〕此謂京口乃形勝之地，自古賴以輔翼建康；六朝、南宋建都于此，雖不得中原，亦足以偏安。按：此係就題論事，先生非主張偏安者。

東吳北翟戰爭還，天府神州百二關。末代棄江因靖鹵，當年開土是中山。雲浮鸛鶴春空遠，水擁蛟龍夜月閒。相對新亭無限淚，幾時重得破愁顔。

【釋】

〔東吳北翟戰爭還〕孫權先自吳徙丹徒，號爲京城。遷都建業後，于此地置京口縣，以在京師之口也。自此連年與曹操交戰，南北對峙。「翟」通狄，此指北魏太武帝拓跋燾。宋文帝元嘉二十七年（四五〇）拓跋燾攻宋，觀兵瓜步而還。原鈔本「東吳」作「東胡」，蘧案以金兀朮受困金山事（見前首「金山」釋）當之，甚是。「胡」、「狄」均指異族，其事尤切京口。潘刻本諱「胡」，本應以韻目「虞」代，然「東吳」事亦近似，遂取爲魚目，留待後人之改正。

〔天府神州百二關〕「天府」通指肥沃富饒之地，戰國策秦策：「大王之國，……田肥美，民殷富，……此謂天府，天下雄國也。」「神州」見〔三〕感事釋。「百二」見〔一八〕大漢行釋。全句用詞重疊。仍從京口形勢立論。

〔末代棄江因靖鹵〕「末代」指明福王弘光末年。「因」，原鈔本作「嗟」。「靖鹵」下有自注「靖鹵伯鄭鴻逵」。按：鄭鴻逵封靖虜伯，故知「鹵」字乃諱改。乙酉四月，鴻逵以總兵官掛鎮海將軍印奉命與姪鄭彩守江口，自駐鎮江，大宴軍中，不爲設備。清兵初八夜乘霧自北渡江，鴻逵兵潰，遂棄江南奔，擁唐王入閩。

〔當年開土是中山〕元至正十六年（一三五六），徐達率軍攻鎮江，下之，應天府（南京）形勢遂固。達本濠人，從明太祖起兵，爲開國武臣第一，官至中書右丞相，卒，追封中山王。

〔雲浮、水擁二句〕此似卽景，實係虛寫，爲下句「風景不殊」作襯。

〔相對新亭無限淚〕新亭卽勞勞亭，在今江寧縣南。晉書王導傳：過江人士暇日相要出新亭飲宴。周顗中坐而歎曰：「風景不殊，舉目有山河之異。」衆皆相視流涕（亦見世說新語言語）。

〔破愁顏〕謂破涕爲笑。杜甫諸將詩：「多少材官守涇渭，將軍且莫破愁顏。」

【箋】

乙酉初春，先生由常熟道京口，赴南京兵部司務任，作京口卽事詩二首，因係「卽事體」，故不必切其地形勢。今此二首直以「京口」爲題，故前首概述其地形勝，謂京口若守，則南方亦可偏安；後首證以歷史興亡，謂京口不守，則新亭之淚何益？故可抵得一篇京口論。先生詩以地名爲題者，大多以詩代論若此。

編年（一六四九）

是年歲次己丑，明永曆三年，清順治六年。

正月，永曆帝在肇慶已半載。清兵圍南昌亦已七月，至是城破，金聲桓、姜曰廣等死之。清兵進破湘潭，明武英殿大學士督師何騰蛟死之。

二月，清兵連取江西撫州、建昌，李成棟兵潰，溺死。多爾袞率師親征大同姜瓖。

三月，清兵進蕩湘中，忠貞營李赤心等敗退廣西。

四月，張獻忠舊部孫可望入雲南已二載，自稱雲南國主，遣使永曆帝請封爲王，朝臣以祖訓「異姓不王」爲例，不許，僅封景國公。可望怒。

五月，清已封漢奸吴三桂爲平西王，至是封孔有德爲定南王，駐廣西；尚可喜爲平南王，耿仲明爲靖南王，駐廣東。

七月，永曆帝封鄭成功爲廣平公。魯王閔地盡失，下海駐健跳（今浙江寧海縣南），羣臣朝于水殿。

八月，多爾袞攻大同，姜瓖爲部下所殺。濟爾哈朗盡平湖南，遂班師。

十月，張名振等誅黄斌卿，迎魯王居舟山，明遺臣多奔赴。旋遣馮京第乞師日本，不成。

十一月，忠貞營次横州，李赤心病死，高必正統其衆，仍奉桂王。清耿仲明自殺，子繼茂嗣。

是年先生三十七歲。居常熟語濂涇。亦間出遊，春日登吳縣石射堋山；秋至吳江，過八尺。先生元配王夫人無子，是年納妾韓氏。

〔四二〕　元日已下屠維赤奮若

一身不自拔，竟爾墮胡塵。旦起肅衣冠，如見天顏親。天顏不可見，臣意無由申。伏念五年來，王塗正崩淪。東夷擾天紀，反以晦爲元。我今一正之，乃見天王春。正朔雖未同，變夷有一人。歲盡積陰閉，玄雲結重垠。是日始開朗，日出如車輪。天造不假夷，夷行亂三辰。人時不授夷，夷德違兆民。留此三始朝，歸我中華君。願言御六師，一掃開青旻。南郊答天意，九廟恭明禋。大雅歌文王，舊邦命已新。小臣亦何思，思我皇祖仁。卜年尚未逾，眷言待曾孫。

【釋】

〔解題〕「元日」本義爲吉日，如禮王制：「元日習射。」故每月均有元日。又書舜典：「月正元日。」張衡東京賦亦曰：「孟春元日，羣后旁戾。」自後「元日」專屬正月初一日。先生以「元日」命題凡五首，此首蓋指明大統曆己丑年（屠維赤奮若）正月辛酉朔也。此詩潘耒不敢刻，據原鈔本補。又，原鈔本卷二自此首起，中華書局本卷二據潘刻本均下移至庚寅歲。

〔竟爾墮胡塵〕「竟爾」猶竟然、終于，表意外。爾，助詞。「墮」與上句「拔」對。杜甫北征詩：「況我墮胡塵。」

〔天顏〕見〔一三〕延平使至釋。此泛指明朝列祖列宗，不必限于永曆帝。

〔王塗正崩淪〕塗通途，「王塗」猶王道。「崩淪」，崩壞也，後漢書五行志四：「女主盛，臣制命，則地動坼，畔震起，山崩淪。」

〔東夷擾天紀〕東夷指滿清。禮王制：「東方曰夷。」「擾天紀」謂擾亂天時日曆，書胤征「俶擾天紀」，傳曰：「紀謂時日。」陶潛桃花源詩：「嬴氏亂天紀。」

〔反以晦爲元〕「晦」本指月尾，此處實指清順治六年正月庚申朔。明季猶用舊大統曆，清順治二年改用欽天監監正德國傳教士湯若望（一五九一——一六六六）所定時憲曆。先生辛丑歲〔一六六一〕元日詩自注「夷曆元日先大統一日」，即以去年十二月晦爲本年正月朔。

〔天王春〕春秋經隱公元年：「元年春，王正月。」注謂隱公之始年即周王之正月，凡人君即位，體元以居正。公羊傳：「春者何？歲之始也。王者孰謂？謂文王也。」先生日知録天王條謂尚書但稱「王」，春秋則稱「天王」，以別當時楚、吳、徐、越之僭王。故「天王春」三字連用，即申明正朔之義。

〔正朔雖未同〕正朔本指正月初一。古代帝王易姓，每改正朔，俾天下共遵，謂之「奉正朔」。清用時憲曆，較明大統曆早一日，亦有改正朔之意。此言「雖未同」，非謂明清二朔不同（先生本不承認東夷可以頒朔），乃惜明之正朔尚未復行于天下。

〔變夷有一人〕孟子滕文公：「吾聞用夏變夷者，未聞變于夷者也。」此句「一人」係先生自指，與「我今一正之」句呼應。

〔歲盡積陰閉以下十句〕順治六年正月初一（實即明大統曆戊子除日），蘇南地區黑雲滿天，陰晦連日。初二（大統曆己丑元日）始轉晴朗，赤日如輪。此雖天氣偶合，先生則以證夷亂三辰，明得三始。（一）玄雲：黑雲。（二）重垠：厚邊。（三）天造：猶造化。易屯卦：「天造草昧。」庾信小園賦：「諒天造之昧昧。」均作天道自然解。（四）假，給予。天假猶

天授。（五）三辰：指日、月、星。左傳桓公二年：「三辰旂旂，昭其明也。」（六）三始朝：指元旦。漢書鮑宣傳「三始」注：「正月一日爲歲之朝、月之朝、日之朝。朝猶始也。」

〔願言御六師〕「願」，思念，詩衛風伯兮：「願言思伯，甘心疾首。」又邶風二子乘舟：「願言思子。」言，語尾助詞，無義，下「眷言」之言同。「六師」即六軍，詩大雅常武：「整我六師，以修我戎。」御，君御也，此承上句「中華君」而來。

〔青旻〕青天也。旻音明。

〔南郊〕祭禮名。古帝王郊祀之禮有二：冬至日祭天于圜丘，地在京師之南郊，又稱郊天或南郊大祀。（夏至日祭地于方澤，地在京師之北郊，又稱北郊大祀。）

〔九廟〕周制，天子七廟，太祖以下，三昭三穆。至王莽始建九廟（上增黄帝與帝虞），唐宋以後各朝因之。

〔恭明禋〕謂恭獻明禋之祭。禋音因，泛指祭祀，詩大雅先民：「克禋克祀，以弗天子。」「明禋」言禋祀之明潔。

〔大雅、舊邦二句〕詩大雅文王：「周雖舊邦，其命維新。」

〔小臣〕見〔一〕大行哀詩釋，此先生自謂。

〔皇祖〕指明太祖，與上句「文王」應。

〔卜年尚未逾〕左傳宣公三年：「成王定鼎于郟鄏，卜世三十，卜年七百，天所命也。周德雖衰，天命未改，鼎之輕重，未可問也。」按：此王孫滿對楚莊王語，先生取之，蓋謂明朝天命未終，必有復興之日。

〔眷言待曾孫〕眷同睠，音勸，懷戀。「曾孫」乃孫以下之共稱，不限于孫之子。詩小雅信南山：「畇畇原隰，曾孫田之。」

【箋】

勝國遺臣不用新朝年號，漢晉以來，歷代多有，然鮮有表見力行如先生者。先生自編詩集，俱以太歲紀年，人皆知之。其爲文及與人書未嘗用順康年號，而代以干支，歷三十餘年而不易，尤其難者（中華書局本佚文輯補與人書有

「康熙七年」字樣另有原因，見拙文有關顧炎武的兩點辨誤的商榷，載中華書局書品一九八七年四期）。今讀此詩，及辛丑元日詩（二詩潘刻本均不録），乃知先生不獨不用清帝年號，並終生不與新朝同「元日」，此真所謂毋忘漢臘者也。夫明大統曆自成化以後，于交食漸不驗，有識之士紛求改制，卽如清時憲曆亦不過襲取徐（光啟）、李（之藻）之西譯成果。先生稱王錫闡「學究天人」，以爲可師（見廣師篇），王氏固精于西曆者，然則先生豈不知「夷曆」優于大統？顧改曆者非本朝，故不可奉其正朔耳。先生行事看似迂闊，然不因夷變乃民族氣節之大端，要不可以尋常迂闊論。

又，先生古體詩多用古韻，且不避通韻，此篇尤然。

〔四三〕石射堋山

寒日欲墮石射堋，環湖歷歷來漁燈。山下蘄王宋時墓，屹然穹碑鎮山路。太白天弧見角芒，金山京口又沙場。爾來牧騎方深入，帝在明州正待王。

【釋】

〔解題〕原注：「吴郡志：靈巖山在城西三十里，一名石射堋山。」按：靈巖山在吴縣西，濱太湖。山多石，故有硯石山、石城山、石頭山諸名。石有如馬者、如鼓者、如射堋者，故亦名石射堋山。堋音朋；懸掛箭靶之短牆。「射堋」卽射的、射垛、射埒。本題不用「靈巖山」而曰「石射堋山」，蓋以戰喻。題下潘刻本有「已下屠維赤奮若」七字，因其删去元日詩，則此題當爲本年冠首。

〔歷歷〕疏疏落落，分明可數貌。古詩十九首：「玉衡指孟冬，衆星何歷歷。」

〔山下蘄王宋時墓二句〕韓世忠（一〇八九——一一五一）宋延安人，南渡抗金名將。建炎三年金兀朮統兵十萬南犯，

明年三月還至鎮江，世忠以八千人大敗之于黄天蕩。時稱中興功臣第一，卒謚忠武。孝宗時追封蘄王，葬之于靈巖山西麓，御題神道碑云「中興佐命定國元勳之碑」，趙雄爲文，碑高十餘丈。穹音窮；「穹碑」此處作巨碑解。屹音乙；「屹然」，高聳貌。鎮乃鎮守之鎮，山路指石射堋山路（蘧案以「鎮山」二字爲地名，誤）。

〔太白天弧見角芒〕「太白」即金星，又名長庚星、啟明星，主戰伐。「天弧」即弧矢星，見〔三五〕班定遠投筆釋。「見」通「現」。「角芒」狀星之光芒有角，蘇軾夜泛西湖詩：「東方芒角升長庚。」此句言天象示警，戰伐將作。

〔金山京口又沙場〕金山、京口詳見〔四二〕京口釋。「沙場」本指平沙曠野，後多指戰場，唐張説巡邊河北作詩：「沙場磧路何爲爾，重氣輕身知許國。」時湖廣、江西清兵反攻，軍情緊急，此詩借韓蘄王抗金爲喻，故連及金山、京口。

〔爾來、帝在二句〕「爾」通邇，近也。「爾來」猶近來，與〔三〇〕墓後結廬三楹作署異。「牧騎」原鈔本直作「兀朮」。「帝」指宋高宗。建炎三年（一一二九）十月，金兀朮大舉南侵，一枝趨江西，一枝趨兩浙。宋高宗趙構由江寧奔臨安，又趨越州。十二月，金兵破臨安、越州，高宗奔明州（今寧波）。四年正月，金兵破明州，高宗入海奔温州。二月，金兵焚明州、杭州，大掠而還。三月欲渡江，遂有金山、京口之戰。「待王」，待蘄王也。

【箋】

此詩前四句懷古，後四句喻今，雖俱叙宋建炎四年事，然一個「又」字，一個「方」字，一個「正」字，顯見言在彼而意在此。在彼者，如高宗、如蘄王、如明州、如京口，皆歷史之已然，無待詮釋；在今者，則帝爲誰？王爲誰？明州何在？京口何指？夫歷史有近似而無全似，故凡釋此類詩，萬不可附會拘泥。「帝在明州正待王」一句，徐注以魯王當「帝」，蓋據南疆逸史，以舟山屬寧波府，寧波即明州也。殊不知魯王重駐舟山在本年十月，而此詩乃作于今年初春；且魯王至今尚稱「監國」，安得以「帝」畀之？蘧案以「帝」畀永曆，謂永曆「越在肇慶，清寇日深，故以宋高宗在明州爲況」。語頗通達。然以「王」爲魯監國，謂「望其協輔」，「故曰正待王也」。不知魯王此時尚漂泊閩海，無尺寸地；且其時海上二朔

〔鄭成功尚奉隆武朔，魯王自有監國朔〕，陸上一朔〔桂王有永曆朔〕，互不臣屬，桂王何德而望魯王協輔耶？味先生詩不過追念靳王功績，因風塵而益思良將耳！所云「待王」，待靳王也。是故「帝」可以測知，「靳王」則不可實指。

〔四四〕春半

春半雨不絕，北風吹荒山。江南花不開，白日愁生寒。登高望千里，苦霧何漫漫。洪州七月圍，糧盡力亦殫。營頭墮軍中，旗纛沈江干。漢道昔中微，白水應圖記。晚世得先主，亦作三分事。干戈方日尋，天時自當至。一身客荊州，毫不以措意。流離志不挫，終然正神器。一朝得孔明，可以託後嗣。撫掌長太息，且作南山歌。開篋出兵書，日夜窮揣摩。中原有大勢，攻戰不在多。願爲諸將言，不省其奈何！

【釋】

〔解題〕以首句「春半」二字爲題，疑若無題，然金聲桓敗訊傳至江南，適當春半，故可比春秋紀事先時筆法。

〔苦霧〕梁昭明太子十二月啟：「苦霧添寒。」此應上四句「雨」、「風」、「生寒」諸字，蓋本年正月，南昌大雨連旬，江南亦春雨不絕。

〔洪州七月圍〕洪州即江西南昌，「七月圍」指清軍圍南昌七月，至今年正月城破事。金聲桓本左良玉部將，良玉死，清兵南下，聲桓迎降，助清平定江西，自據南昌。旋以功大不侯，于去年正、二月間與旗牌官王得仁等反正，且迎明在籍大學士姜曰廣入城，以資號召。後兼受唐王〔時誤傳唐王未死〕、桂王封爵，與李成棟南北相應。清兵于去年五、六月間始圍南昌，久攻不下。至今年正月，城中矢盡糧絕，遂破。金聲桓投水死，姜曰廣自沈，王得仁等俱戰死。計

金聲桓反正一年，被圍七月，志雖不純，然與洪、吴、孔、尚、耿諸奸畢竟有異，南疆逸史與小腆紀傳諸書仍列之于「逆臣」，遠非公允。

〔糧盡力亦殫〕南昌城破在本年正月壬午(二十三日)，其前兩月南昌已絶糧，城中斗米八十金，乃殺人而食。及城破，軍民死者又數十萬。

〔營頭墮軍中〕原注：「後漢書天文志：晝有雲氣如壞山墮軍上，軍人皆厭，所謂營頭之星也。占曰：營頭之所墮，其下覆軍，流血三十里。」「營頭」即營首，星名，主凶。晉書天文志亦云：「營首所在，下有大兵，流血。」

〔旗纛沈江干〕纛音到，軍中大旗。「江干」，此指贛江邊。以上四句極狀南昌守城之艱，城破之慘，與起六句墊襯相應。

〔漢道、白水二句〕「漢道」猶漢運，「中微」即中衰。史記楚世家：「季連生附沮，附沮生穴熊，其後中微……弗能紀其世。」又王延壽魯靈光殿賦：「遭漢中微，盜賊奔突。」「白水」有二説：一云王莽篡漢，忌惡劉氏，以錢文有金刀，故改稱錢爲「貨泉」，讖以貨泉字文爲「白水真人」(見後漢書光武紀論)。一云漢光武帝生于南陽白水鄉，故張衡東京賦有「龍飛白水，鳳翔參墟」之句。二説均據圖讖(見〔二〕大行哀詩釋)預言劉秀當爲天子。「圖記」即圖讖，皆光武時僞造天子受命徵驗之書。

〔晚世得先主二句〕先主指蜀漢昭烈帝劉備，備乃西漢中山靖王之後。漢末天下大亂，備能抗曹，取荆、益，遂與魏、吴成鼎足三分之勢。按：前二句謂漢中微時，賴光武以致中興；此二句言漢之晚世，得先主亦可成三分之局。以下全論先主事，因當時形勢尤切先主時事也。

〔干戈方日尋二句〕原注：「三國志注引漢晉春秋曰：曹公自柳城還，表謂備曰：不用君言，故爲失此大會。備曰：今天下分裂，日尋干戈，事會之來，豈有終極乎？若能應之于後者，則此亦未足爲恨也。」尋，相繼不斷。梁書劉孝綽傳：「殿下降情白屋，存問相尋。」「日尋」，日益相繼。按：劉備慰劉表之言，蓋謂勝敗乃軍家之常，若能把握時機，來日必可

彌補此恨。二句暗示洪州之敗尚不足憂。

〔一身客荆州二句〕劉備于建安五年（二〇〇）爲袁紹南結劉表，從此客居荆州，依表九年，至建安十三年（二〇八）表卒，曹操攻荆州，始去。「措意」猶在意、置意，戰國策秦策：「（秦王謂唐雎曰）以君（指安陵君）爲長者，故不措意耳。」按：備依表時，荆州豪傑多歸心，表疑之，使屯新野、博望，禦曹兵，而陰備之。備處之坦然，不以爲意。

〔流離志不挫二句〕「流離」，流散分離。漢書蒯通傳：「今劉項分爭，使人肝腦塗地，流離中野。」神器，見〔一〕大行哀詩釋；「正神器」意謂正帝位。先是曹丕篡漢，廢獻帝爲山陽公，翌年（二二一）四月，劉備乃卽皇帝位于成都，繼漢改元章武。

〔一朝得孔明二句〕孔明，諸葛亮字。「後嗣」指後主劉禪。備臨崩時，託其子禪于孔明，孔明勤事後主，力圖恢復，鞠躬盡瘁，死而後已。以上十句叙先主于艱危中勉承漢業及其君臣相契事，似爲永曆君臣而發。

〔撫掌長太息〕「長太息」見〔三〕吴興行釋。「撫」同拊，「撫掌」卽拍手，可以表憂，可以表樂，此句表憂。古詩爲焦仲卿妻作：「阿母大拊掌，不圖子自歸。」此句承上十句一轉，蓋歎息先主君臣興亡創業事跡不復見于今日。以下全從慨歎中見意。

〔南山歌〕古無專名南山歌者。詩小雅節南山：「節彼南山，維石巖巖。」召南草蟲：「陟彼南山，言采其蕨。」「陟彼南山，言采其薇。」王逸注離騷，引載寧戚飯牛歌，亦有「南山」字樣，均可視爲南山歌。寧戚飯牛歌首章曰：「南山矸，白石爛，生不逢堯與舜禪。短布單衣適至骭，從昏飯牛薄夜半，長夜漫漫何時旦！」味先生詩意，似以寧戚自喻，蓋傷生不逢時，長夜漫漫也。

〔開篋出兵書二句〕戰國策秦策：「（蘇秦）乃夜發書，陳篋數十，得太公陰符之謀，伏而誦之，簡練以爲揣摩。」揣摩，此處作仔細體會、研究解。

〔中原有大勢二句〕先生以爲中原乃大勢所在，爭天下者必先據中原，欲據中原者，必先據天下之上游。形勢論（文集卷六）謂「荆襄者，天下之吭；蜀者，天下之領。……蜀據天下之上流」。立國于南者，當遥控巴蜀，堅守荆襄，勿棄兩淮，而後北掠中原，所謂「攻戰不在多」是也。金聲桓反正一年，被圍七月，而不知北進中原，擁兵待斃，觀此二句，先生似爲之惜。

〔顧爲諸將言二句〕原注：「史記留侯世家：良爲他人言，皆不省。」「不省」猶不悟、不解。按：此句「諸將」當泛指同時抗清諸將，非專爲金聲桓、李成棟輩而發。

【箋】

「春半」紀其時，「洪州」志其地，「七月圍」述其事，此詩因金聲桓敗死而作，甚明。全篇三十句頗具層次：首六句由近及遠，借春半無春以引出時事。「洪州」四句點出七月之敗，褒耶，貶耶？盡在「糧盡力亦殫」五字之中。「漢道昔中微」以下十二句，舉出中興之光武，三分之先主，以見事會之來，並無終極，意在爲七月之敗作一轉語。「撫掌」以下爲諸將發，教以進取中原，勿以一時攻戰得失而挫志。結句「不省」有人醉我醒之意。

〔四五〕懷人

秋風下南國，江上來飛鳶。江頭估客幾千輩，其中別有東吴船。吴兒解作吴中曲，扣舷一唱悲歌續。乍廻別鶴下重雲，一叫哀猿墜深木。曲中山水不分明，似是衡山與洞庭。日出長風送舟去，祇留江樹青冥冥。湘山削立天之角，五嶺盤紆同一握。嶔崟七十有二峯，紫蓋獨不朝衡嶽。萬里江天木葉稀，行人相見各沾衣。寄言此日南征雁，一到春來早北歸。

【釋】

〔解題〕詩周南卷耳：「嗟我懷人，寘彼周行。」此乃「懷人」一詞之所本，後多用作詩題。此詩所懷，全未明說，但据今年時事推之，當與何騰蛟正、二月湘中之敗有關。先生不識騰蛟，謂之「懷」，懷其事也。

〔秋風下南國二句〕「南國」，本指江漢之國，詩小雅四月：「滔滔江漢，南國之紀。」引申爲江南地，如王維詩「紅豆生南國」是也。「飛鳶」隱寓戰事，後漢書馬援傳：「當吾在浪泊西里間，虜未滅之時，下潦上霧，毒氣重蒸，仰視飛鳶跕跕墮水中。」按：起句用「秋風」字，明作詩時在秋日，所「懷」人事則不必在秋日也。

〔估客〕估音古，通「賈」；估客即商賈，南朝時俗稱。世說新語文學：「謝鎮西（玄）經船行，……聞江渚間估客船上，有詠詩聲。」齊武帝作估客樂，梁改名商旅行。

〔東吴船〕杜甫在成都作絶句，曰「門泊東吴萬里船」，本題用「東吴船」，蓋謂此船自蜀東下，必經洞庭也。南國消息，必由此來。

〔吴兒解作吴中曲二句〕夏統，字仲御，會稽永興人。不仕。母病篤，詣洛市藥，值上巳節，太尉賈充招與語，曰：「卿頗能作卿土地間曲乎？」統因以足叩船，爲歌小海唱（吴人痛伍子胥忠烈而死作）。一時大風應至，雲雨響集，王公以下皆恐，止之乃已。充耀以文武鹵簿，令妓女盛服，繞船三匝，統皆危坐如故。充曰：「此吴兒是木人石心也。」見晉書夏統傳。二句用夏統歌小海唱，蓋借伍子胥之忠以喻騰蛟。

〔乍廻、一叫二句〕此承上「悲歌續」句，極狀小海唱之激越哀怨。「別鶴」指古琴曲別鶴操，云係商陵牧子作。牧子娶妻五年無子，父兄將爲改娶，乃援琴歌此，中有「山川悠遠路漫漫」句。

〔曲中山水不分明二句〕「曲中」承上，指吴中曲，即小海唱也。小海唱中本係吴中山水，今謂「不分明」，蓋欲引出衡山、洞庭山水，暗示本題寄意所在。

〔日出長風送舟去二句〕此從謝朓「天際識歸舟，雲中辨江樹」（見之宣城出新林浦向版橋詩）二句化出。此「舟」仍指前「東吳船」，言其自來自去，所言消息如此。

〔湘山削立天之角〕湘山通指洞庭之君山，又湘潭北之黄陵山亦名湘山，此處當指君山。削，峭削也。崔顥行經華陰詩：「岧嶢太華俯咸京，天外三峯削不成。」李白詩：「廬山東南五老峯，青天削出金芙蓉。」天角即天之一角，庾信和張侍中述懷詩：「坼柱傾天角。」

〔五嶺盤紆同一握〕五嶺乃湘贛與兩廣間之界嶺，其數有五，説法不一，通指大庾、騎田、都龐、萌渚、越城五嶺。盤紆謂盤旋紆曲，可以狀水，如宋玉高唐賦：「水澹澹而盤紆兮。」可以狀山，如司馬相如子虚賦：「其山則盤紆岪鬱。」四寸曰「握」，三秦記民謡：「孤雲兩角，去天一握。」

〔嶔崟七十有二峯〕嶔崟讀如斤引，山高峻貌。張衡思玄賦：「嘉曾氏之歸耕兮，慕歷阪之嶔崟。」衡山有七十二峯。

〔紫蓋獨不朝衡嶽〕原注：「杜子美望南嶽詩：紫蓋獨不朝，爭長嶫相望。」紫蓋乃南嶽三主峯（紫蓋、天柱、祝融）之一。杜甫謂其相望而不朝，蓋爭長也。遴案以爲「嶔崟、紫蓋二句」似追叙劉承胤跋扈事，恐係臆測。

〔萬里江天木葉稀二句〕楚辭九歌湘夫人：「嫋嫋兮秋風，洞庭波兮木葉下。」「萬里江天」當指洞庭至江東一段，以與本題首二句呼應。

〔寄言此日南征雁二句〕原注：「蔡琰胡笳十八拍：雁南征兮欲寄邊聲，雁北歸兮爲得漢音。」

【箋】

此詩似佇立江頭，西望洞庭有感而作，時在秋令，事發則在今年春初，「衡山」、「洞庭」之句指地甚明，其爲悲何騰蛟而作殆無疑也。去年十月，馬進忠焚常德，走武岡；李赤心亦棄常德，奔長沙，兩湖新復州縣俱失（見〔三四〕江介多悲風箋）。時何騰蛟駐衡州，聞之大駭，立檄進忠來會，並邀忠貞營入衡。騰蛟則先奔長沙，至則赤心已去。今年正月，

乃尾之至湘潭，赤心復去。時湘潭亦空城，騰蛟乃率吏卒三十人入居之，痛哭曰：「督師五年，所就若此，天耶，人耶？」俄而清兵大至，騰蛟緋衣冠帶坐堂上，清遣降將徐勇涕泣勸降，蛟怒叱之。遂擁至長沙，絶粒七日，不死，乃見殺。永曆帝聞之，痛悼，追贈中湘王，謚忠烈。詩以吴中曲小海唱爲暗喻，「曲中、似是」二句故作隱諱之辭，然以下「湘山」、「五嶺」、「紫蓋」、「衡嶽」已近直説。雖痛湘中之敗，深惜天不佑明，然結末二句，仍似勉勵西南諸臣待機北進，全篇寓意，似與〔四四〕春半詩近同。

〔四六〕 賦得秋鷹

青骹初下赤霄空，千里江山一擊中。忽見晴臯鋪白草，頓令涼野動秋風。當時遂得荆文寵，佐運終成尚父功。試向平蕪看獵火，六雙還在上林東。

【釋】

〔解題〕杜甫醉歌行，贈公安顔十少府：「天馬長鳴待駕馭，秋鷹整翮當雲霄。」

〔青骹〕原注：「陳思王孟冬篇：獵以青骹，掩以修竿。」骹音交或敲，足脛也。鷹之脛青，故名。

〔赤霄〕淮南子人間訓：「背負青天，膺摩赤霄。」霄，雲氣也。赤霄、碧霄、九霄，均指高空。

〔一擊〕李白獨漉篇：「爲君一擊，鵬摶九天。」

〔晴臯〕晴，乾也。臯，澤邊地。

〔白草〕草名，沙磧中産，性耐旱。李白行行且游獵篇：「胡馬秋肥宜白草。」又岑參白雪歌：「北風捲地白草折。」按：白草乃胡草，疑喻清兵。

〔動秋風〕杜甫秋興八首:「石鯨鱗甲動秋風。」

〔荆文寵〕荆楚文王好獵,有獻鷹者,獵于雲夢。它鷹爭搏,此鷹獨瞪目雲際,若無搏噬之意。俄而雲際有物翱翔飄飄,不辨其形,鷹便縱翩而升,須臾毛墮若雪,血下如雨。有大鳥墜地,其兩翅廣數十里,喙邊有黄,人莫能識。有博物君子曰:「此大鵬雛也。」乃厚賞之。見幽明録。

〔佐運〕猶佐命,謂輔佐天命也。陳琳武庫賦:「當天符之佐運。」

〔尚父功〕詩大雅大明:「維師尚父,時維鷹揚。」尚父即姜太公子牙,言太公威武如鷹之飛揚。

〔六雙〕本指歸雁,見〔四〕京口即事釋,此處喻清兵。

〔上林〕秦漢時天子獵苑名,歷朝多有。温庭筠車駕西遊詩:「上林狐兔待秋鷹。」

【箋】

先生「賦得」詩皆有所寓,此篇詠秋鷹,扣「秋」字、「鷹」字甚切。味詩意,當係寄中興之望于鵬搏鷹揚之人,其人姓名雖不可必,然今年七月,永曆帝已晉封鄭成功爲廣平公,倚畀寄望日重,先生賦詩,其或有意乎?按:鄭成功(一六二四——一六六二)本名森,字大木,福建南安人。父芝龍,擁立唐王而又跋扈不臣。唐王愛森,賜國姓,名成功,官總統使、招討大將軍,儀同駙馬,協理宗人府事,時年僅二十二。芝龍既降清,成功諫不聽,乃揚帆海上,進取閩粤。桂王立逾年,成功始通表,遥奉正朔。去年十月封威遠侯,今年七月,進封廣平公,後遂與南明相終始。詩云:「當時遂得荆文寵」,謂唐王也;「佐運終成尚父功」,謂桂王也。以「獵火」、「上林」二句作結,益證其有望于成功匡扶王室。

〔四七〕八尺

八尺孤帆一葉舟，相將風水到今秋。曾來白帝尋先主，復走江東問仲謀。海上魚龍應有恨，山中草木自生愁。憑君莫話興亡事，舊日長年已白頭。

【釋】

〔解題〕以起句首二字「八尺」爲題，不論「八尺」爲地名（見後箋）或雙關，均近無題，無題必有所寓。

〔相將〕相隨也。王符潛夫論救邊：「相將詣闕，諧辭禮謝。」

〔到今秋〕元譜：「秋，至吴江，過八尺。」

〔曾來白帝尋先主〕白帝即白帝城，在今四川奉節縣東，公孫述築，參見〔一八〕大漢行釋。劉備伐吴，大敗于猇亭，回軍白帝，殂于此。「先主」，對後主劉禪而言。按：先生足迹未嘗達楚蜀，知此句必係借託。

〔復走江東問仲謀〕仲謀，孫權字。先生時居江東，知「仲謀」或有實指。

〔長年〕指梢公、船夫。杜甫撥悶詩：「長年三老遥憐汝，棙柂開頭捷有神。」陸游入蜀記：「長年、三老，梢工是也。」按：末句「長年」與起句應。

【箋】

張穆謂「八尺二字，似非地名」，蓋就詩論；蘧案以爲「八尺自是地名」，蓋就事論。詩之起句，「八尺」與「一葉」相對，一言帆，一言舟，若作地名，全詩俱死。施世傑西戌雜記孫烈士傳記清貝勒博洛「振旅還京，行至八尺，兆奎等以神鎗來擊，頗多傷者」。小腆紀傳孫兆奎傳亦云：「嘗敗王師于白龍橋，又敗之于八斥。」（尺亦作斥）徐注引先生天下郡國利病書曰：「蘇州水利，其横塘（對直塘而言，自蘇城西南分流東出）在崑山則爲八尺涇。」元譜云：「秋，至吴江，過八尺。」可知其地其事爲信有。兆奎本吴江舉人，與吴暘聚義于太湖、三泖間，先生與暘善（見〔一三〕上吴侍郎暘），其事必

與聞焉。今由崑山赴吴江，舟行過八尺，感而賦此，既借地名造句，復借句首爲題，妙語關合，詩意亦然。蓋一以憶舊，一以抒今，止以「八尺」起興，而不專爲兆奎事發也。先生自吴勝兆事敗，連年晦迹自匿，欲去不能，欲留不可，其行藏俱見明年流轉詩（味此首起聯「到今秋」三字已有連年「流轉」意）。頷聯「先主」似喻已逝之唐王，「仲謀」似喻昔日之賓朋，均憶舊也。頸聯「海上魚龍」應魯王君臣，「山中草木」擬江湖志士，皆抒今也。結句「長年」蓋自喻，與「吴、孫善用舟師」無關，否則，兆奎事僅隔三年，舊日長年未必便白頭也。

［四八］　歲九月，虜令伐我墓柏二株

老柏生崇岡，本是蒼虬種。何年徙靈根，幸託先臣壟。長持後凋節，久荷君王寵。歲月駸駸不相待，漢畤秦宫一朝改。刳中流柹要名材，乍擬相將赴東海。發丘中郎來，符牒百道聲如雷。斫白書其處，須臾工匠來斤鋸。持鋸截此柏，柏樹東西摧。却顧别丘壟，辛苦行不辭。君不見，泰山之廟柏如鐵，赤眉斫之嘗出血。我今此去去爲船，海風四面吹青天。秉性長端正，不敢作怪妖。東流到扶桑，日月相遊遨。去爲天上榆，留作丘中櫝。傳語松楸莫歎傷，漢家雨露彌天下。

【釋】

〔解題〕此詩潘刻本無，據原鈔本補。「虜令」指清崑山縣令。「墓柏」，先生祖塋墓柏，參見〔三〇〕墓後結廬三楹作。遽案引葉紹袁啟禎記聞録：「己丑，議征剿舟山，造水船于吴淞。其船高大異常，須十數圍大木，凡木料人夫，皆責取于縣。令親下鄉村封木，僧寺及民家之樹，多被斬伐。……自夏至冬底未已，人深苦之也。」按：紹袁字仲韶，吴江人，

天啟進士。乙酉之變，棄家爲僧，久居蘇州，著有湖隱外史、甲行日注，啟禎記聞録等。妻沈宜修，字宛君；女小鸞，俱以詩名。紹袁以時人記時事，與先生詩合，宜可信。

〔起句〕仿杜甫病柏詩：「有柏生崇岡。」

〔蒼虬〕虬亦作虯，相傳龍子有二角者，其形屈曲如蒼龍之蟠。此處借狀柏樹盤屈蒼勁。

〔靈根〕陸機歎逝賦：「痛靈根之夙隕。」文選良注：「靈根，靈木之根。」

〔先臣壟〕先臣，對先皇言，此指先生曾祖章志墓地。參見〔三九〕奉先妣葬詩。

〔後凋〕論語子罕：「歲寒，然後知松柏之後凋也。」

〔久荷君王寵〕荷，本字上聲，表謙詞，承蒙也。君王指明神宗，亦見〔三九〕奉先妣葬詩。

〔歲月駸駸〕駸駸，馬行疾貌，詩小雅四牡：「載驟駸駸。」梁簡文帝納涼詩：「斜日晚駸駸。」

〔漢時秦宮一朝改〕時，古帝王祭天地五帝之所。秦有四時，即密時、畦時、上時、下時；漢有一時，即北時。見史記封禪書。「秦宮」當指阿房宮。此處以漢時秦宮喻明朝社稷。明亡清代，故曰「一朝改」也。

〔刳中流柹要名材〕刳音枯，剖其中而空之，易繫辭：「刳木爲舟。」「柹」同杮、同柿，音費，削下之木片。「流柹」謂水流之柹。晉書王濬傳：「濬造船〔于蜀〕，其木柹蔽江而下。」此句以「刳中流柹」四字喻造船，故需「名材」而用。

〔乍擬相將赴東海〕相將猶相隨、相攜〔見〔四七〕八尺釋〕。東海隱指舟山羣島。先是舟山爲明總兵黄斌卿所據，前年曾助張名振援吴勝兆，事敗，故本年清軍謀以舟師攻之。按：張名振、阮進等已于九月攻殺黄斌卿，十月迎魯王駐舟山。清軍早于今夏造船，其不爲攻魯王甚明。

〔發丘中郎〕丘，墓也；發丘即掘墓。中郎，官名，此指中郎將。陳琳爲袁紹檄豫州文：「操又特置發丘中郎將，摸金校尉，所過隳突，無骸不露。」句以發丘中郎喻虜令。

〔符牒百道〕符牒，官符與文牒，泛指催督文書。百道猶百封，言其多也。

〔斫白書其處〕謂削去樹皮，露白而書之。史記孫子吳起列傳：「馬陵道狹，而旁多阻隘，可伏兵。乃斫大樹白而書之曰：龐涓死于此樹之下。」

〔須臾〕片刻之間，禮中庸：「道也者，不可須臾離也。」

〔斤鋸〕斧斤刀鋸，伐木器具。墨子備穴：「爲斤斧鋸鑿钁。」

〔持鋸截此柏二句〕此仿樂府豔歌行：「斧鋸截是松，松樹東西摧。」

〔却顧別丘壟二句〕此言墓柏回顧以與丘壟告別也，蓋襲李賀金銅仙人辭漢歌之意。

〔君不見以下二句〕相傳泰山廟中柏皆三十餘圍，赤眉軍嘗斫一樹，見血而止。此以赤眉喻清，亦貶義。

〔我今此去去爲船二句〕此應「刳中流柹要名材二句」，以下皆借墓柏自述，故用「我」字。

〔秉性長端正二句〕莊子德充符：「受命于地，唯松柏獨也正。」「不敢作怪妖」，言柏雖爲船，亦不敢助清爲虐。

〔東流到扶桑二句〕「扶桑」本神木名，相傳日出其下。淮南子天文訓：「日出于暘谷，浴于咸池，拂于扶桑，是謂晨明。」又梁書扶桑國傳：「扶桑在大漢國之東二萬餘里，地在中國之東，其土多扶桑木，故以爲名。」後多指日本。

〔去爲天上榆〕樂府隴西行：「天上何所有？歷歷種白榆。」白榆本樹名，天上所種則以爲星名。此句言被伐之墓柏，將歸天上化爲白榆。

〔留作丘中檟〕檟音賈，墓前木。左傳哀公十一年：「（子胥）將死，曰：樹吾墓檟。檟可材也，吳其亡乎！」此句言未伐之墓柏，將預見清之必亡。

〔傳語松楸二句〕此蓋墓柏慰安松楸之言。「松楸」見〔二九〕奉先妣葬「止存松楸八百樹」句。

【箋】

清帥欲興海師，造海艦而伐及墓柏，先生憤之極矣，況此墓、此柏乃先皇所賜乎？昔魏明帝拆取漢武金銅仙人，仙人臨載而潸然淚下。此詩自「我今此去去爲船」以下，皆借墓柏自述，以見柏雖作舟，去之東海，然必不爲清用，且咒清之必亡，漢之將復，較長吉狀銅仙衰颯悲苦，實異其趣。

詩用歌行體，五、七言交錯而行，且用韻疏密相間，于無法中畧見章法。墓柏自述之言，皆造象造意，是所謂有浪漫色彩者。

〔四九〕 桃花溪歌贈陳處士梅

陶君有五柳，更想桃花源。山迴路轉不知處，到今高士留空言。太邱之後多君子，門前正對桃花水。嘉蔬名木本先疇，海志山經成外史。曾作諸生三十年，老來自種溪前田。四百甲子顔猶少，有與疑年但一笑。有時提壺過比鄰，笑談爛熳皆天真。酒酣却説神光始，感慨氿瀾不可止。老人尚記爲兒時，煙火萬里連江畿。斗米三十穀如土，春花秋月同遊嬉。定陵龍馭歸蒼昊，國事人情亦草草。桑田滄海幾回更，只今尚有遺民老。語罷長謡更浮白，七十年來似疇昔。與君同是避秦人，不醉春光良可惜。春非我春，秋非我秋，惟有桃花年年開，溪水年年流，爲君酌酒長無愁。

【釋】

〔解題〕桃花溪即常熟語濂溪。陳處士梅（一五八〇——一六五〇）字鼎和，常熟唐市人。明諸生。通經史、醫藥、卜

筮、種樹之書，不求名利，未老而休。亭林先生甲申冬移家語濂涇，與鼎和隔垣而居。乙酉，顧年三十三，陳六十六。今年值陳七十，先生作此歌爲壽。明年，陳病卒，年七十一。又二十年，歸莊爲作陳君墓表；又五年，先生允其孫芳績之請，爲作常熟陳君墓誌銘（載餘集）。陳君生平俱見此一表一銘。

〔陶君有五柳以下四句〕陶潛自號五柳先生，人亦稱爲陶徵君。見〔三五〕陶彭澤歸里釋。又陶撰桃花源詩序載武陵漁人誤入桃花源故事，篇末云：「南陽劉子驥，高尚士也，聞之，欣然規往。未果，尋病終，後遂無問津者。」高士即指劉子驥。又，岑參白雪歌：「山迴路轉不見君。」

〔太邱之後多君子〕陳寔（一〇四——一八七）字仲弓，東漢潁川人。桓帝時，除太邱長。居鄉里時，平心率物，人有爭訟，輒求判正。卒時，海內會葬者三萬餘人。子元方、季方，齊德同行，人稱難兄難弟。後漢書有傳。陳君墓誌銘云：「里中凡有繇役爭訟之事，君未嘗不爲之調劑，或片言立解。」「至今民間有不平之事，輒相向太息，以爲陳君在，當不令我至此也。」「君孝友睦婣，內行備至，與人和厚，能忍詬不爭，題其居曰守拙之門。」此句引陳太邱事以切鼎和之姓，亦切鼎和爲人。

〔桃花水〕即桃花溪。

〔嘉蔬名木本先疇〕禮曲禮下：「凡祭宗廟之禮，……稻曰嘉蔬。」又杜甫李十四員外布十二韻：「悶能過小徑，自爲摘嘉蔬。」按：鄭注曲禮，以「稻」爲菰蔬之屬，非五穀類，則杜詩用「摘」字是。「名木」，有名之木，元結庴亭銘：「名木夾戶，疏竹傍簷。」「先疇」指祖遺田地，班固兩都賦：「士食舊德之名氏，農服先疇之畎畝。」全句意謂衣食所出皆賴祖業。

〔海志山經成外史〕後漢書西南夷傳：「論著自山經海志亦略及焉。」范書傳四夷，故本山海經而云「海志山經」，實泛指地理志怪之書。「外史」對「內史」而言，周禮春官之屬，掌四方志地之書，後亦兼指稗史爲外史。陳君墓誌銘首言鼎和于「田賦水利一切民生利病無不通曉」，繼云「少以通經著聞，中年旁及諸子及醫藥卜筮種樹之書」。知此句不過讚

鼎和博涉，非謂其專攻海志山經也。

〔曾作諸生三十年〕據歸莊陳君墓表：「弱冠補學官弟子……遂以諸生老。」則鼎和作諸生不止三十年也。

〔老來自種溪前田〕陳君墓誌銘：「課其家人耕舍旁地數十畝，以餬其口。」又引鼎和之言曰：「士不幸而際此，當長爲農夫以没世。」

〔四百甲子、有與疑年二句〕原注：「左傳襄公三十年：絳縣人或年長矣，無子，而往與于食。有與疑年，使之年，曰：臣，小人也，不知紀年。臣生之歲，正月甲子朔，四百有四十五甲子矣。」「疑年」，疑其年齡；「使之年」，使其自言真年。按：絳人不知紀年，但知以甲子紀月，四百四十五甲子，約當七十餘歲，與陳君畧合。

〔提壺過比鄰〕陶潛雜詩：「得歡當作樂，斗酒聚比鄰。」又癸卯歲始春懷古田舍：「日入相與歸，壺漿勞近鄰。」此處「比鄰」係先生自謂。

〔爛熳〕「爛」亦作爛、爤、瀾，「熳」亦作縵、漫。多義詞，此處作興會淋漓貌，嵇康琴賦：「留連瀾漫，嗢噱終日。」

〔天真〕莊子漁父：「真者，所以受于天也。」王維偶然作：「陶潛任天真，其性頗躭酒。」爛熳與天真同用，意謂性情率真，順乎自然。

〔却説神光始〕「神」指明神宗萬曆年間（一五七三——一六二〇），「光」指光宗泰昌時（在位僅一月）。今共曰「始」，則兼指神、光兩朝始年。「却説」，回頭重説也。

〔汍瀾〕流涕貌。後漢書馮衍傳：「淚汍瀾而雨集兮，氣滂浡而雲披。」

〔老人尚記爲兒時〕鼎和生于萬曆八年（一五八〇），「爲兒時」尚在張居正殁後不久，正值萬曆全盛期。原注：「史記封禪書：老人爲兒時，從其大父識其處。」

〔煙火萬里連江繖以下三句〕全用史記叙文景盛時語。律書：「文帝時，人民樂業，自年六七十翁，亦未嘗至市井，遊遨

嬉戲如小兒狀。」又：「天下殷富，斗粟至十數錢，鳴雞吠狗，煙火萬里。」煙火謂人煙。「連江畿」指明朝南京沿江一帶，包括常熟。

〔定陵龍馭歸蒼昊〕定陵即明神宗陵。龍馭，天子車駕，白居易長恨歌：「天旋日轉回龍馭。」蒼昊猶蒼天，北齊書顔之推傳：「招歸魂于蒼昊。」全句言（自）神宗駕崩（之後）。

〔國事人情亦草草〕原注：「詩：勞人草草。毛傳：草草，勞心也。」引詩出小雅巷伯。「勞人」指憂勞之人。全句言神宗死後，天下事莫不令人憂傷。按：神宗既死，光宗嗣位僅一月亦死，熹宗年幼繼立，一年三君，舉朝不安。時三案（梃擊、紅丸、移宫）並作，黨爭益熾，不兩朝（天啟、崇禎）而明亡。

〔桑田滄海幾回更〕「更」，本字陰平，動詞，變更、更换。神仙傳王遠：「麻姑自説云：接侍以來，已見東海三爲桑田。」言世事變化之速。儲光羲獻八舅東歸詩：「獨往不可羣，滄海成桑田。」此句蒙下，知隱喻明亡。

〔遺民老〕陳君梅自指。左傳閔公二年：「衛之遺民男女七百有三十人。」其後沿指前朝所遺不仕異代之人。

〔語罷長謡更浮白〕「語罷」應前「酒酣却説」。長謡，長歌也。晉吕安與嵇茂齊書：「登嶽長謡。」白，酒杯；大白，大酒杯。説苑善説：「魏文侯與大夫飲酒，使公乘不仁爲觴政，曰：「飲不（盡）釂者，浮以大白。」按：「浮白」本指罰酒，後通稱滿飲。「更浮白」以下，似是亭林先生祝詞。

〔七十年來似疇昔〕疇，助詞，無義。疇昔猶往日。禮檀弓上：「予疇昔之夜，夢坐奠于兩楹之間。」「似疇昔」者，意謂年雖邁而志不衰也。

〔與君同是避秦人〕陶潛桃花源詩序：「自言先世避秦時亂。」陳君墓誌銘云：「崇禎十七年，余在吳門，聞京師之報……乃奉母避之常熟之語濂涇，依水爲固，與陳君鼎和隔垣而居。……未一歲而戎馬馳突，吳中諸縣並起義兵自守，與之抗衡。而余以母在，獨屏居水鄉不出。……無何，城破，余母不食以卒，余始出入戎行，猶從君寓居水濱。」此句切

桃花溪，墓誌所記亦切避秦之實。

〔春非我春以下五句〕原注：「漢書郊祀歌日出入篇：故春非我春，夏非我夏，秋非我秋，冬非我冬。」五句意謂國家殘破，春、秋已非我所有，惟桃花與溪水年年如舊，亦足以酌酒銷愁也。

【箋】

本題曰桃花溪歌，作歌爲壽陳處士，故必須切題、切體、切人、切事。全詩雖多借陶徵君語及桃花源事，然所叙陳處士身世、人品、志節，則與墓誌銘同，由此見先生詩文之不苟作也。墓誌銘載陳君之言曰：「吾年六十有六矣，不幸遭此大變，不能效徐生絕脰之節，將從衆薙髮。念餘年無幾，當實之于棺，與我俱葬耳。」其言質，其行哀，觀其從容述志：戒子勿仕，自題其居曰「守拙之門」，是宜不害爲窮老之遺民。先生詩集稱「處士」者十六人，陳君其無忝焉。

〔五〇〕瞿公子玄錥將往桂林，不得達而歸，贈之以詩

不成南去又東還，行盡吳山與越山。萬里一身天地外，五年方寸虎豺間。厓門浪拍行人舸，桂嶺雲遮驛使關。我望長安猶不見，愁君何處訪慈顏。

【釋】

〔解題〕瞿式耜（一五九〇——一六五〇）字起田，號稼軒，常熟人。萬曆丙辰（一六一六）進士。崇禎末，以右僉都御史巡撫廣西。丙戌八月，唐王殉國，式耜與丁魁楚等擁立桂王，官大學士，與何騰蛟分守湘桂。騰蛟卒，式耜獨支危局。庚寅十一月，清將孔有德陷桂林，式耜與張同敞（居正孫）死之。謚文忠。幼子玄錥字生甫，曾兩次南行省父。首次在本年秋，時湘中失守，水陸俱不得達，及冬乃還，先生作此詩贈之。明年五月又航海往，十月抵廣西永安（今

蒙山),遇兵失路,不及見其父殁,而已亦中道卒(或傳入滇,不知所終)。式耜有長孫昌文,字壽明,年十七,先玄錞往,得見其祖。祖殁,裹骨歸葬。桂林二字,原鈔本作「桂京」,與先生稱福州爲「福京」同。

〔行盡吳山與越山〕越山或作粵山,誤。粵山在兩廣,玄錞此行未嘗抵粵,故與「行盡」二字不合。越山對吳山而言,當係泛指浙省諸山。由浙入贛,下海均無不可,惟因水陸俱阻,故不達耳。

〔萬里、五年二句〕均就玄錞去留而言。「萬里」句言玄錞孤身南行,「五年」句狀玄錞居鄉憂危。「五年」謂自乙酉至今。「方寸」,心也,三國志諸葛亮傳:「徐庶曰:本欲與將軍(指劉備)共圖王霸之業者,以此方寸之地也。今已失老母,方寸亂矣。」「虎豺」指清朝地方勢力。杜甫夏日歎:「至今大河北,化作虎與豺。」據吳偉業梅村詩話,言稼軒倡義粵西,其子伯升(名嵩錫),門户是懼,故山別墅,皆荒蕪斥賣。伯升係式耜長子,其諸弟如元鏡(字端叔)、元錞(即玄錞)所遭必同。

〔厓門、桂嶺二句〕均設想西南戰亂,行旅受阻情狀。「厓門」即廣東厓山,宋張世傑覆舟殉國處。「桂嶺」,山名,所在多異説,通指廣西賀縣東北之桂嶺,古稱臨賀嶺,在隋設桂嶺縣境。「驛使關」,驛使必經之關口。

〔我望長安猶不見〕「長安」,國都之代稱,此指桂林。李白登金陵鳳凰臺詩:「長安不見使人愁。」此句就先生言,忠也。

〔愁君何處訪慈顔〕「慈顔」本以代母,潘岳閑居賦:「壽觴舉,慈顔和。」後亦兼代雙親。此句從玄錞言,孝也。

【箋】

桂林當陷,式耜衣冠坐署中不去,曰:「封疆之臣,知有封疆耳。」張同敞至,曰:「君恩師義,同敞當共之!」遂對飲以待清兵至。天明被執,孔有德欲生之,式耜以死自誓,不復言;同敞輒大罵。二人同幽于别所,爲詩歌唱和,題牆壁俱滿。閏十一月十七日,將刑,行至獨秀山,式耜平生愛佳石,見一石,命行刑者曰:「吾死于此。」從之。余曩遊獨秀山,見二公殉節處,直不知涕泗之何從也。式耜雖出錢謙益之門,謙益降清,且欲借式耜以自湔,然薰蕕異器,貳臣烏

足以污忠烈也！是故歸莊與亭林皆薄謙益而尊式耜。玄錞之行，莊有詩送之（見歸玄恭集送瞿公子玄錞入廣西）；其歸也，亭林作此詩贈之。詩頗含蓄，似無關于國事，然以桂林爲「桂京」，以桂京爲「長安」，知先生雖未受桂王官，而心實向往之。

顧亭林詩箋釋卷二

起清順治七年庚寅（一六五〇）
終清順治十三年丙申（一六五六）

編年（一六五〇）

是年歲次庚寅，明永曆四年，清順治七年。

正月，清兵破韶州，進圍廣州。永曆帝自肇慶奔梧州。

二月，清將尚可喜等圍廣州急，明遣忠貞營高必正、李來亨等援之。

四月，明考選朝官。

五月，明衆將奉命援廣州。清兵懼，方擬退，以衆將互鬨而回，乃復圍攻不已。

六月，鄭成功圍潮州，逾月退。

八月，鄭成功取金門、厦門，欲牽制清圍廣州之師。

九月，孫可望求永曆帝封「秦王」，羣臣議不許。可望怒，由滇入黔攻川，連取遵義、黎、雅諸州，進據嘉定。永曆帝原駐湖湘諸將多投可望。

十月，清將尚可喜等陷廣州。

十一月，清將孔有德陷桂林，明督師大學士瞿式耜、總督兵部侍郎張同敞死之。永曆帝奔南寧。

十二月，清攝政王多爾衮死。明永曆帝被迫封孫可望爲「冀王」，可望猶不受。

是年先生三十八歲。自乙、丙之際參與蘇松震澤義師至今，已歷五載，凡諸摯友，死義殆盡。前年曾擬避禍遠行，因留髮未果。今年以怨家又欲搆陷，不得不鬋髮改容，僞爲商賈，流轉于吳會之間。先過金壇遊顧龍山，訪邑人于元勩；旋赴京口，登北固樓；已而折返秀州。是年妾韓氏生子，命名貽穀。

［五一］金壇縣南五里顧龍山上有高皇帝御題詞一闋已下上章攝提格

突兀孤亭上碧空，高皇于此下江東。即今御筆留題處，想見神州一望中。黄屋非心天下計，青山如舊帝王宫。丹陽父老多遺恨，尚與兒童誦大風。

【釋】

〔解題〕金壇縣在今江蘇丹陽縣南，顧龍山又在金壇縣南五里。此山俗呼「土山」，前望白龍蕩，因名顧龍山。「高皇帝」上，原鈔本有「太祖」二字，指明太祖朱元璋。元至正十七年丁酉（一三五七）十一月，吳國公朱元璋自應天府（南京）東征，至鎮江，駐軍顧龍山，將還，題壁云：「望東南隱隱神壇，獨跨征鞍，信步登山。煙寺迂迂，雲林鬱鬱，風竹珊珊。塵不染浮生九寰。客中有僧舍三間。他日偷閒，花鳥娱情，山水相關。」上章攝提格即庚寅歲。

〔突兀孤亭〕突兀本義乃高出貌，晉曹毗涉江賦（藝文類聚八）：「狂飇薾瑟以洞駭，洪濤突兀而横峙。」杜甫茅屋爲秋風所破歌：「何時眼前突兀見此屋。」均用本義，與引申義「突然」不同。「孤亭」即御詞碑亭。

〔高皇于此下江東〕先是元至正十六年丙申（一三五六）朱元璋既定集慶（南京），卽命徐達取鎮江，下之。（參見〔四一〕京口詩「當年開土是中山」釋）遂分兵下丹陽、金壇。

〔卽今、想見二句〕「神州」見〔三〕感事釋。二句流水，言元璋題詞時，卽有統一中國之志。

〔黃屋非心天下計〕句下有自注：「詞有『他日偷閒，花鳥娛情，山水相關』之句。」原注云：「范曄樂遊苑應詔詩：黃屋非堯心。宋濂大明日曆序：元季驛騷，奮起于民間，以圖自全，初無黃屋左纛之念。」黃屋，天子所乘車，史記高祖本紀：「車服黃屋左纛。」皆借指帝位。此句蓋謂元璋初無稱帝之意，不過爲拯救天下蒼生計耳。故引「他日偷閒」等句爲證。

〔青山如舊帝王宮〕「帝王宮」應元璋詞「客中有僧舍三間」句，恐係駐蹕時宿處。

〔丹陽父老多遺恨二句〕漢高祖劉邦既破項羽，還歸過沛，留，置酒沛宮，悉召故人父老子弟縱酒，自爲歌詩曰：「大風起兮雲飛揚，威加海內兮歸故鄉，安得猛士兮守四方。」令沛中兒皆和習之。見史記高祖本紀。明清時金壇均屬鎮江府，唐時鎮江爲丹陽郡，此句不稱「金壇父老」而曰「丹陽父老」，蓋以舊郡統縣也。

【箋】

此詩以漢高比明太，以沛郡比丹陽，以大風歌比御題詞，可謂善喻善頌。然朱元璋家業所就，正與劉季同，二人何曾一日爲天下計哉！先生身爲明臣，亡國之餘，緬懷高帝，乃封建臣道之常，然決不可認作史實也。

〔五二〕 贈于副將元凱

嘗笑蘇季子，未足稱英俊。雒陽二頃田，不佩六國印。當世多賢豪，斯言豈足信。于君太

學髦，文才冠諸生。悵然感時危，遂被曼胡纓。乍領射聲兵，南都已淪傾。芒鞵走浙東，千山萬山裏。飢從猛虎食，暮向鳶巢止。召對越王宮，胡沙四面起。間道復西來，潛身入吳市。崎嶇赭山渡，迫阨三江壘。七月出雲間，蒼茫東海灣。孤帆依北斗，幾日到舟山。海水鹹如汁，海濤觸舟急。日夜白浪翻，蛟龍爲君泣。瀕死達閩中，閩中事不同。平虜奉降表，胡兵入行宮。途窮復下海，兩月愁艨艟。七閩盡左衽，一身安所容。攀崖更北走，滿地皆山戎。歸家二載餘，闊絶無音書。故人久相念，命駕問何如。君家本華胄，高門徧朱紫。困倉禾百廛，趨走僮千指。侍妾裁羅紈，中廚膾魴鯉。更有龍山園，池亭風景繁。水聲穿北固，花色蔭南軒。有琴復有書，足以安邱壑。身有處士名，不失素封樂。何用輕此生，久試風波惡。不辭風波惡，不避干戈患。敝屣棄田園，孤遊淩汗漫。乃知鴻鵠懷，燕雀安能伴。君看張子房，不愛萬金家。身爲王者師，名與天壤俱。所貴烈士心，曠然自超卓。是道何足臧，願君大其學。異日封侯貴，黄金爲帶時。知君心不異，無使魯連疑。

【釋】

〔解題〕于元凱(原鈔本作「凱」)，金壇人，生平不詳。據此詩所叙，知其本貴家子。崇禎中，國子監生。後棄文修武，習騎射，授京營副總兵。南都既陷，奔魯王于紹興。乙、丙之歲，舉義于蘇松嘉之間，事敗出海，道舟山，奔閩中。會唐王殉國，鄭芝龍降清，魯王寄海上，不得已，復輾轉北歸。先生遊金壇時，元凱歸家已近三載，追維疇昔，作此贈之。

此詩潘刻本無，據原鈔本補。

〔嘗笑蘇季子以下六句〕蘇秦字季子，戰國時洛陽人。西遊説秦王，不見用。金盡裘敝，去秦而歸，妻不下紝，嫂不爲炊，父母不與言。于是發憤刺股讀書 往説趙、齊、楚、燕、韓、魏六國，使合從以抗秦，得佩六國相印，爲從約長。路過洛陽，父母郊迎，妻側目而視，嫂匍匐跪拜。秦歎曰：「使秦有洛陽負郭田二頃，豈能佩六國相印乎？」見戰國策秦策及史記蘇秦列傳。「嘗笑」四句着意貶蘇秦，「當世」二句爲元凱預留地步。

〔太學髦〕明代南京、北京均設國子監，即古太學也。「髦」，毛中長毫。爾雅釋言：「髦，俊也。」郭注曰：「士中之俊，如毛中之髦。」

〔諸生〕明清稱府縣生員（秀才）爲「諸生」，本無單、複數之別，要在據文辨義。〔四九〕桃花溪歌「曾作諸生三十年」，專指陳梅，係單數。此處「冠諸生」，對衆監生而言，故係複數。如韓愈進學解：「晨入太學，招諸生立館下。」即指太學中之衆弟子。

〔遂被曼胡纓〕「被」音義同披，「曼」亦作縵、鬘。曼胡纓乃結冠用之粗帶，武士繫之。莊子説劍：「然吾王所見劍士，皆蓬頭、突鬢、垂冠，曼胡之纓，短後之衣。」張協雜詩：「舍我衡門衣，更被縵胡纓。」以上四句，敘于君因感時危而棄文就武。

〔乍領射聲兵二句〕漢武帝設八校尉，「射聲」即其一（見漢書百官公卿表上）。射聲謂善射者聞聲即能射中也。明代無此官職。蘧案引光緒金壇縣志選舉志：「崇禎中，于元凱禮部積分貢士；授京營副總兵。」明代總兵、副總兵（又稱副將）無常員，亦不常設，因其領京營，故以校尉擬之。二句一用「乍」字，一用「已」字，疑元凱受任在乙酉五月以後。

〔芒鞵走浙東二句〕「鞵」同鞋，芒鞵猶草履。「浙東」，浙江之東，對浙西而言。據下文係指當時魯王居地紹興、寧波一帶。

〔飢從、暮向二句〕猛虎所食爲生肉，鳶巢所在多高樹，二句言山行途中，飢則獵食，夜則巢宿。

〔召對越王宫〕乙酉六月，明潞王于杭州迎降；閏六月，兵部尚書張國維等迎魯王至紹興監國。紹興即古會稽，越王勾踐曾棲于此。此句叙魯王召見元凱。

〔胡沙四面起〕幕北地平，少草木，多大沙。故稱胡沙。李白永王東巡歌：「爲君談笑静胡沙。」此指清兵。「四面起」，指魯王明年丙戌六月浙東兵潰之前蘇浙軍事形勢，參見乙酉、丙戌編年。

〔間道復西來以下四句〕「間道」本指僻徑、小道，史記楚世家：「楚懷王亡逃歸，秦覺之，遮他道。懷王恐，乃從間道走趙以求歸。」「吴市」，今蘇州。史記范雎傳：「伍子胥鼓腹吹篪，乞食于吴市（春秋時吴國國都）。」「崎嶇」見〔二七〕哭顧推官釋。「赭（音者）山」，在浙江海寧縣西南，以土石皆赤，故名，今屬蕭山縣境。「迫阨」猶困厄。「三江」，異説甚多，此指松江、婁江、東江，即蘇、松、嘉一帶。按：四句所叙情事不明，疑係受命魯王重回浙西，聯絡義軍與浙東呼應。據詩中地名，似元凱亦參蘇松嘉抗清諸役，以事不成，故再奔魯王耳。

〔七月出雲間以下四句〕「七月」應係丙戌年七月。「雲間」，華亭之古稱，明時與上海、青浦俱屬松江府。「東海灣」，此處泛指杭州灣外海域。「依北斗」，謂據北斗以指航向。杜甫秋興八首之二：「每依北斗望京華。」「舟山」即舟山島，時爲黄斌卿所據，魯王六月兵敗，投之，不納，魯王遂飄泊海上。

〔海水鹹如汁以下四句〕此暗叙元凱到舟山後，黄斌卿亦不納，及繼續孤帆南奔途中險狀。

〔瀕死達閩中以下四句〕「閩中」本指福建省中部，此專指福州。「平虜」指鄭芝龍，唐王時晉封平虜侯。「胡兵」即清兵。「行宫」指福州唐王行宫。丙戌八月，唐王于汀州被俘，旋被害。九月，清博洛兵入福州。鄭芝龍先已約降，十一月，清兵載之北去。元凱此時冒死抵閩中，所見如此，故曰「事不同」也。

〔途窮復下海以下六句〕「艨艟」，戰船。「七閩」本係族名，此專作地名，約當浙江南部及福建全省。周禮夏官職方氏：「掌四夷、八蠻、七閩、五戎、六狄之人民。」疏謂「閩」乃「蠻」之别族。「左衽」謂衣襟向左開。古代中夏皆右衽，夷狄

皆左衽，故孔子曰：「微管仲，吾其被髮左衽矣。」（見論語憲問）「山戎」，唐虞以上稱匈奴爲山戎（見史記五帝本紀），此處亦借指清兵。丙戌十月，鄭彩奉魯王海行入閩，十一月至厦門（中左所），鄭芝龍密令彩執魯王降清，彩不從，改奉魯王居長垣。芝龍既降，子成功、弟鴻逵不從，皆率所部入海。味詩意，似元剴亦曾從諸鄭下海兩月，因見事不可爲，乃登陸攀厓間關北歸。

（歸家二載餘以下四句）「闊絶」，久別也。「故人」，先生自指。「命駕」，命御者駕車而行，左傳哀公十一年：「命駕而行。」自「于君太學髦」至此，全叙元剴往事。自「問何如」以下，轉從元剴身世、家世出發，推開一層，掀起議論，以與篇首六句黏合。

（君家本華胄二句）「華胄」專指貴族後裔（胄，後也），晉書桓玄傳：「（楊）佺期爲人驕悍，嘗自謂承藉華胄，江表莫比。」「高門」猶言貴家，沈約恩倖傳論：「劉毅所云：下品無高門，上品無賤族者也。」「朱紫」，貴官服色，如魏晉南朝以朱衣紫綬爲貴，唐三品以上服紫，四、五品用朱，六品以下則服緑。按：于氏本金壇巨族，如于湛、于文熙、于孔兼（字元時）、于仕廉（字元貞）、于玉立（字中甫）俱知名于神、光、熹三朝。疑元剴即其同族之後。

（囷倉禾百廛）囷，圓倉。廛，通纏，一巨束。詩魏風伐檀：「胡取禾三百囷兮。」「胡取禾三百廛兮。」此句言租穀之多。

（趨走僮千指）趨走謂供奔走驅使。僮，僕役。指卽食指，史記貨殖列傳：「僮手指千」；古亦以稱人口，如云「食指甚繁」，「千指」猶百口。此句言奴僕之衆。

（侍妾裁羅紈）羅、紈，皆絲織品，貴族服之。戰國策齊策：「下宫糅羅紈，曳綺縠，而士不得以爲緣。」此句言侍妾衣著之美。

（中厨膾魴鯉）中厨指内厨。肉類細切爲膾，此作動詞。魴（鯿魚）、鯉皆魚之美者，詩陳風衡門：「豈其食魚，必河之魴？」「豈其食魚，必河之鯉？」此句言家人膳食之奢。

〔更有龍山園以下四句〕金壇有顧龍山（見〔五二〕金壇縣南顧龍山詩解題），于氏園或以此名。「北固」，蔣山傭詩集作「北户」，與「南軒」對，宜從。

〔有琴復有書二句〕陶潛答龐參軍詩：「衡門之下，有琴有書。」

〔丘壑〕泛指隱者所居。太平御覽七九苻子：「（黄帝）謂容成子曰：吾將釣于一壑，栖于一丘。」謝靈運齋中讀書詩：「昔余遊京華，未嘗廢丘壑。」

〔處士〕指有學行而不仕之隱者。荀子非十二子：「古之所謂處士者，德盛者也，能静者也，修正者也，知命者也，箸是者也。」史記首載處士爲博徒毛公、賣漿薛公。見信陵君列傳。然先生所稱處士則必兼具政治氣節，如朱彝尊、李因篤二處士，既應鴻博，又受清官，後遂削此稱號。

〔素封樂〕古受封爵之貴族曰「封君」，無官爵封邑之富人則稱「素封」。史記貨殖列傳：「今有無秩禄之奉，爵邑之入，而樂與之比者，命曰素封。」

〔何用、久試二句〕「輕生」謂冒死亡之險。「風波」兼二義，一指風浪，一喻政情，如杜甫懷李白「江湖多風波，無使蛟龍得」是也。自「君家本華胄」以下，極言元剴家資富有，既可不仕新朝，而全「處士」之名；又可琴書自娱，安享「素封」之樂，然後逼出「何用、久試」兩句，爲以下設問自答鋪墊蓄勢。

〔不辭、不避〕辭、避二字，原鈔本均作「辟」，按：辟、避係通假字。

〔敝屣棄田園〕敝屣即破鞋，泛指賤物。孟子盡心：「舜視棄天下猶棄敝屣也。」此句言元剴棄田園如棄敝屣，毫不可惜。

〔孤遊淩汗漫〕「孤遊」即獨游，陶潛扇上畫贊：「緬懷千載，託契孤游。」「汗漫」，浩瀚不可知之境，淮南子俶真：「甘瞑于溷淵之域，而徙倚于汗漫之宇。」蘇軾寄王庠詩：「聞道騎鯨遊汗漫。」淩，越也。

〔乃知鴻鵠懷二句〕史記陳涉世家：「涉太息曰：嗟乎！燕雀安知鴻鵠之志哉！」

〔君看張子房以下四句〕張良字子房，其先五世相韓。韓亡，良家僮三百人，弟死不葬，悉以家資求客刺秦王。募力士錐擊始皇于博浪沙，不中，亡走下邳，于圯上遇一老父，出一編書，曰：「讀此則爲王者師矣。」後助漢高祖成帝業，封留侯。事見史記留侯世家。「天壤」猶天地。「俱」，共也。張協詠史詩：「清風激萬代，名與天壤俱。」

〔所貴烈士心以下四句〕「烈士」見〔一四〕海上及〔三九〕寄薛開封采釋。「是道」即此道，指上述「洛陽之田」、「素封之樂」等。「臧」，善也，詩邶風雄雉：「不忮不求，何用不臧。」四句意謂烈士之志，在于曠達高超，蘇秦富而怠志，不足稱也；張良富不怠志，可學矣，而顧大之。

〔異日封侯貴以下四句〕此承「大其學」句，勉元凱富不怠志，貴不易節，全用田單與魯仲連事，參見〔一五〕不去及〔三三〕吳興行箋釋。田單既復齊，襄王封爲安平君。將攻狄，往見魯仲連，連曰：「將軍攻狄不能下也。」田單果攻狄不克，乃懼，問魯連，連曰：「將軍之在即墨，坐而織蕢，立則丈插，爲士卒倡。當此之時，將軍有死之心，而士卒無生之氣，此所以破燕也。當今將軍東有夜邑之奉，西有菑上之虞（娛），黃金爲帶，而馳乎淄、澠之間，有生之樂，無死之心，所以不勝者也。」見史記田單列傳及戰國策齊策。

【箋】

于元凱高門華胄，囷廛累百，趨走盈千，本非蘇季子渴望洛陽二頃田可比。而況棄文修武，勇赴國難，瀕死不顧，是其初志固不讓毀家報韓之張子房也。惜乎一擊不中，歸隱丘壑，甘爲處士，樂享素封，故全詩後半以「故人久相念，命駕問何如」另起新意。新意轉折吞吐，或然或疑，既勗以鴻鵠高舉之志，又期以烈士超卓之心；結韻四句，已嘉其富不怠志，復望其貴不易節，最切元凱家世身份。文章、議論，實兩得之。

［五三］重至京口

雲陽至京口，水似巴川縈。逶迤見北山，乃是潤州城。城北江南舊軍壘，當年戍卒曾屯此。西上青天是帝京，天邊淚作長江水。江水遶城回，山雲傍驛開。遥看白羽扇，知是顧生來。

【釋】

〔解題〕自乙酉春、戊子冬至今年，先生已三次前赴京口，謂之「重至」，蓋三重而非再重也。

〔雲陽〕本戰國時楚之雲陽邑，即三國時吳之雲陽縣，唐天寶後始改稱丹陽縣，在金壇北。先生訪于元凱後，北行過此以達京口。

〔水似巴川縈〕「巴川」即巴江，歷來指水不一，但皆在今四川東部。此句强調巴川之「縈」（繞折），則當指今嘉陵江，太平寰宇記渝州引譙周三巴記謂閬、白二水東南流曲折三回如「巴」字。此句「水」字當指丹陽至京口之南運河及練河諸水。

〔逶迤見北山〕「逶迤」亦作逶蛇、逶移、委佗等，聯緜詞，長而曲折貌。王粲登樓賦：「路逶迤而修迥兮。」「北山」當指北固山，在鎮江城北，以險固名。

〔潤州城〕隋開皇十五年（五九五）置潤州，取州東潤浦爲名，治京口，即今鎮江。

〔城北江南舊軍壘二句〕弘光元年乙酉四月，兵備副使楊文驄駐鎮江，監大將鄭鴻逵、鄭彩軍。後文驄移駐金山，扼江而守，鴻逵等軍亦並列南岸，築長垣以蔽礮石。五月初九，大霧瀰江，清兵乘霧自七里江夜渡，舟已泊岸，明軍相顧驚駭，棄戈而降。文驄率所部南逃，鴻逵等以水師奔福建，清兵遂陷鎮江。

〔西上青天是帝京二句〕「帝京」指南京。參見〔四二〕京口「異時京口國東門」句。清兵既陷鎮江，十一日福王自南京奔蕪湖；十三日，留都諸臣王鐸、錢謙益、趙之龍等送款迎降；又三日，清豫王多鐸不血刃入南京，明亡。故曰：「天邊淚作長江水」是也。蘧案以二句「謂永曆」，以「帝京」指梧州，並引劉湘客行在陽秋庚寅二月紀事爲證。夫京口與梧州相去數千里，中道梗阻，不知先生作詩時如何曉得？

〔江水、山雲二句〕城指潤州城，驛指北固驛。雲開水回，係對上四句悲昔日作一轉語，爲下二句憧憬作襯。

〔遥看白羽扇二句〕顧榮（？——三一二）字彦先，吴郡人，雍孫。吴亡仕晉，後還吴。永興間（三〇五——三〇七），廣陵相陳敏反，自稱人司馬楚公，假榮丹陽内史。榮陽爲恭遜，而潛與周玘、甘卓、紀瞻等謀起兵攻敏，斂舟南岸。敏衆萬餘出，不就濟，榮麾以羽扇，其衆遂潰。後人因名其地曰「麾扇渡」。見晉書顧榮傳。按：顧氏于六朝時世爲江南巨族，先生頌及遠祖，必稱「丞相」（指顧雍）、兩「黄門」（顧榮與顧野王均官黄門侍郎），用榮事尤多，「白羽扇」另見〔四〕京口即事「白羽」釋。此謂「顧生來」者，蓋泛擬書生却敵，雙關語也。蘧案以爲「顧生」指瞿式耜，尤近猜謎。

【箋】

先生三赴京口，均有詩，五律、七律、雜古各一。此首前後各四句，皆五言；中四句則作七言，正係全詩寄意所在，他皆陪襯。先生詩除詠物外，不作晦語；有時寓事，亦必班班可考，不勞後人附會。徐注之誤，往往在此，然注此首則不誤，蓋明知無可附會也。

〔五四〕榜人曲 二首

儂家住在江洲，兩槳如飛自谿。金兵一到北岸，踏車金山三周。

【釋】

〔解題〕榜人，見〔三二〕吳興行釋。謂之「曲」，則猶榜人歌也。

〔儂家〕「儂」，古代吳地人稱代詞，可用于自稱（我）、對稱（你）、他稱（他），「儂家」則專用于自稱，猶「咱家」。

〔江洲〕江上沙洲。

〔自繇〕繇通由，「自由」即行動由己之意。禮少儀「請見不請退」，鄭注曰：「去止不敢自由。」古詩爲焦仲卿妻作：「吾意久懷忿，汝豈得自由？」

〔金兵、踏車二句〕原注：「宋史虞允文傳：臨江按試，命戰士踏車船，中流上下，三周金山，回轉如飛。」按：引文所記乃虞允文于紹興三十一年十一月大敗金主完顏亮于采石磯事。「北岸」指采石磯。「踏車」謂足踏船輪而行。此指宋時車船，大者長三十六丈，係戰艦，小者可作湖舫，皆不用人撑（帆）駕（槳），但脚踏船輪而行。此首四句敍榜人運槳如飛時，聯想當年軍士踏船之速。

真州城子自堅，京口長江無恙。艤舟夜近江南，恐有南朝丞相。

【釋】

〔真州、京口二句〕真州，宋置，即今江蘇儀徵縣。二句敍榜人目中所見，意謂今日真州之城、京口之江一如宋時。按：句中隱寓文天祥被扣北行，途中脱京口，奔真州故事。指南録後序云：「至京口，得間奔真州，即具以北虚實告東西二閫（李庭芝與夏貴），約以連兵大舉，中興機會，庶幾在此。」天祥既抵真州，安撫使苗再成先則納之，後二日，淮東制置使李庭芝疑天祥爲元人説降，命再成殺之。再成不忍，誘天祥出城，然後閉之于城門外。故後序又云：「留二日，維揚帥下逐客之令。」繼又云：「真州逐之城門外，幾徬徨死。」

〔艤舟夜近江南二句〕「艤舟」謂整舟向岸。左思蜀都賦：「試水客，艤輕舟。」注：「艤，使舟正也。」原注：「文信國指南録：

敵船滿江，百姓無一舟可問，與人爲謀，皆以無船長歎而止。余元慶遇其故舊爲敵管船，遂密叩之，許以承宣使，銀千兩。其人曰：吾爲宋朝救得一丞相回，建大功業，何以錢爲？但求批帖，爲他日趨承之證。因授以批帖，仍强委之白金。義人哉！使吾無此一遭遇，已矣！」引文係文天祥自叙脱京口，由江南奔江北經過。指南録後序亦云：「去京口，挾匕首以備不測，幾自剄死。經北艦十餘里，爲巡船所物色，幾從魚腹死。」二句叙榜人方擬艤舟南岸，忽而聯想「得毋尚有南朝丞相待渡乎？」

【箋】

先生不喜用唐以後事典。苟用宋事，多與宋金相爭有關，蓋「金」與「清」皆出自女真也。此詩雖不以「京口」爲題，然借榜人聯想宋事，均不離京口，故可視爲重至京口之續章。詩云「恐有南朝丞相」，顯因史閣部而發。乙酉揚州之破，時人多信史可法未死，揚州梅花嶺所葬，蓋袍笏耳。其後數年，四方起義者多假其名號。生乎？死乎？先生亦未敢斷也。「恐有」二字亦然疑之詞，然敬其生前而冀其不死，則詩集前後如一，孰謂其恝然置之耶？

〔五五〕 流轉

流轉吴會間，何地爲吾土？登高望九州，極目皆榛莽。寒潮盪落日，雜遝魚鰕舞。飢烏晚未棲，弦月陰猶吐。晨上北固樓，慨然涕如雨。稍稍去鬓毛，改容作商賈。却念五年來，守此良辛苦。畏途窮水陸，仇讐在門户。故鄉不可宿，飄然去其宇。往往歷關梁，又不避城府。丈夫志四方，一節亦奚取？毋爲小人資，委肉投餓虎。浩然思中原，誓言向江滸。功名會

有時，杖策追光武。

【釋】

〔解題〕原鈔本題作「翦髮」，以其義太顯，潘刻本即以首句「流轉」二字爲題。然此詩本爲翦髮而作，題易則旨泛矣。

〔流轉〕流離轉徙之意。後漢書張儉傳：「儉得亡命，困迫遁走，……後流轉東萊，止李篤家。」可知「流轉」二字兼有「亡命」之意。

〔吴會間〕「吴會」二字連用，則義同「吴都」，先生日知録曾力證此説。二字分言，則「吴」指吴郡，「會」即會稽郡，三國時已分爲二矣。據先生五年來行踪，當指蘇南、浙西一帶，即史記、漢書所稱吴郡與會稽二郡之地，不當限于蘇州吴都一地，此由所綴「間」字可證。

〔吾土〕「土」，一指樂土，詩魏風碩鼠：「逝將去女，適彼樂土。」一指鄉土，王粲登樓賦：「雖信美而非吾土兮。」一指國土，宋遺民鄭思肖畫蘭不畫土，云：「土爲番人奪去。」三義何取？味「登高望九州」句，當從第三義。

〔九州〕見〔三〕感事「神州」釋。

〔極目皆榛莽〕極目謂窮極目力而遠望，王粲登樓賦：「平原遠而極目兮，蔽荆山之高岑。」榛莽指雜亂叢生之草木，狀荒蕪。高適同羣公出獵海上詩：「豺狼竄榛莽。」按：原鈔本此句作「憑陵盡戎虜」，其義太顯。戎虜指滿清兵。憑陵，凌逼也。左傳襄公二十五年：「今陳忘周之大德，……介恃楚衆以憑陵我敝邑。」

〔雜遝魚鰕舞〕遝音踏，雜遝，衆多貌，貶義。曹植洛神賦：「衆靈雜遝，命儔嘯侣。」鰕，今通作「蝦」。

〔弦月陰猶吐〕「弦月」指成弦狀之半圓月。弦朝上時，約在農曆每月初七、八；弦朝下時，約在每月二十三、四。「陰猶吐」謂雖值陰雲，月猶吐影而出。

〔北固樓〕在京口北固山上，又名北固亭，始建于晉蔡謨，梁武帝改「固」爲「顧」。辛棄疾永遇樂詞有「贏得倉皇北顧」

句，蓋哀宋元嘉之敗也。下句「慨然淚如雨」亦兼此意。

〔稍稍去鬢毛〕清初下令漢人薙髮，必剃去額、鬢四周之毛，頂留髮辮。「薙」音義同剃，周禮秋官薙氏序注：「鄭玄謂薙讀如鬀小兒頭之鬀。」鬀今作剃。本題曰「翦髮」，則與刀剃略異，蓋「稍稍去鬢毛」，示同滿人髮型耳。

〔改容作商賈〕據張譜：「時怨家有欲傾陷之者，乃變衣冠僞作商賈遊金壇……」而不言翦髮，是不明此詩也。按：〔四〇〕將遠行作原鈔本題下補注曰：「時猶全越」，知兩年前猶未翦髮，然詩中已有「神明運四極，反以形骸拘」句，是當時已爲全髮所困。以下先叙全髮之難，次釋翦髮決心。

〔却念、守此二句〕先生與潘次耕札（見餘集）：「昔有陳亮工者，與吾同居荒村，堅守毛髮，歷四五年。」此札作于康熙戊午（一六七八），係追叙與陳處士梅祖孫同居桃花溪時事（見〔四九〕桃花溪歌及常熟陳君墓誌銘），恰是此二句注脚。札止云「歷四五年」，則五年後，未嘗堅守可知。以下六句叙「守此」之苦。

〔畏途窮水陸〕畏途亦作「畏塗」，莊子達生：「夫畏塗者，十殺一人，則父子兄弟相戒也，必盛卒徒而敢出焉。」「窮水陸」言水陸均不可行。此指當時官府緝捕，明先生不能公然遠行，然此國仇，非下句私仇也。

〔仇讎在門户〕「門户」猶言門庭、家族。三國志蜀志張裔傳：「（楊）恭子息長大，爲之娶婦買田宅，使立門户。」世説新語賢媛：「我所以屈節爲汝家作妾，門户計耳。」故知此句「仇讎」乃指家賊。吴譜辛巳年（一六四一）：「先生從叔季臯（葉墅）與先生（再）從兄中隅（維）搆家難。」則仇讎之成早在國變前，至今年則愈演愈烈。蔣山傭殘稿卷一有答再從兄書，可以測知維之父葉墅、子洪徵三代與先生「分屬同曾」（維與先生俱章志之裔），徒以爭祖產而搆難，以致四載訟庭，互尋仇隙，霸占田產，强賣祖居，甚至焚燒搶劫，旅途追殺，幾禽獸之弗如。佚文輯補載與歸莊手札之七（即望雲樓帖先生與歸玄恭手札）所云「逆獸」、「縱火」可爲旁證。又先生詩文亦微露其事，惟不顯言耳（如〔三八〕浯溪碑歌序及與三徐書等）。元譜出衍生手，諒係秉父遺志，故亦隱約其事。它如全表、張譜、吴譜所云「寃家」、「怨家」，雖疑

之而莫能詳；至于以「仇讐」爲指陸恩、葉方恆等，尤誤。

〔故鄉不可宿二句〕先生世居崑山千墩浦，嗣祖辭世後，四世祖居，爲再從兄維「日謀侵占，竟歸異姓」，以致「一廛不守，寸晦無遺」（見前引答再從兄書）。甲申冬，不得不避仇遷居常熟語濂涇至今。故此處「故鄉」係指崑山千墩浦，「宇」指千墩祖居。二句所叙乃「五年來」事，意謂爲避緝捕，故不敢公然遠行；爲避家賊，又不宜鄉居不出，權衡利害，仍以飄然去之爲愈。

〔往往歷關梁二句〕此言「翦髮改容」之難。「關梁」乃關津所在，必有稽查；「城府」則人煙稠密，必有識者，今既翦髮改容，則可「歷」而「不避」矣。

〔丈夫志四方二句〕杜甫前出塞：「丈夫四方志。」「一節」本指事物之一端，淮南子説林：「見象牙乃知其大于牛，見虎尾乃知其大于狸，一節見而百節知也。」然丈夫處世，當識其大端，不拘一節。後漢書馮衍傳：「夫豈守一節哉！」此處「一節」指堅守毛髮。

〔毋爲小人資二句〕言勿因不翦髮而供小人搆陷之借口。「委」，放置。戰國策燕策：「是以委肉當餓虎之蹊，禍必不振矣。」又史記陳餘傳：「今必俱死，如以肉委餓虎，何益？」以上四句，釋翦髮決心。

〔浩然、誓言二句〕「誓」謂立誓，「言」，助詞，無義。「思中原」與〔四〕將遠行作「夢想在中原」同，然均限于「思」、于「想」。至于江淛，則用「向」字，故明年即赴南京、淮東，然五六年内，足迹仍不出江淮間。

〔功名、杖策二句〕詩意與〔四〕將遠行作「杖策」以下四句全同，惟用語益明（追光武），信心愈堅（功名會有時）耳。乃知全髮與翦髮影響先生之行踪若此。

【箋】

明亡至今，已逾五年；黔桂餘燄，奄然欲熄，蘇浙遺民緬懷故國者，惟不翦髮、不易服、不出仕、不奉正朔而已。然

此但蟄居伏處者苟行于一時一地，非有志四方者所能堅守也。先生外迫于偵騎，内阨于仇讐，不得已而薙髮易服，蓋執其大端，不拘一節，爲踐遠行之志耳。至其志趣所趨，仍在中興，詩末「杖策」句可與將遠行作並讀。

〔五六〕 秀州

秀州城下水，日夜生春雲。雲含秀州塔，鳥下吴江濆。我願乘此鳥，一見倉海君。異人不可遇，力士難再得。海内不乏賢，何以酬六國？將從馬伏波，田牧邊郡北。復念少游言，憑高一悽惻。

【釋】

〔秀州城下水〕秀州，五代吴越國所置州名，地處春秋吴越分界，包有今浙江嘉興、江蘇松江之地。南宋慶州改縣。明宣德五年析嘉興縣地置秀水縣，皆以地瀕秀水（亦稱繡水）而得名。詩題「秀州」，實指今浙江嘉興市，南運河流經其西。

〔秀州塔〕秀州有真如寺，唐至德二年（七五七）造；宋嘉祐七年（一〇六二）又于寺内建仁王護國塔，後爲方臘所毁；南宋重建，明正德間重修，當即先生所見。

〔鳥下吴江濆〕許渾咸陽城東樓：「鳥下緑蕪秦苑夕。」吴江，縣名，五代吴越國所置，在吴縣南，秀州運河與之相通。濆音墳，沿河高地。

〔倉海君〕見〔二〇〕秦皇行「倉海神人」原注。

〔異人不可遇以下四句〕「異人」承上，指倉海君。「力士」見〔二〇〕秦皇行「博浪沙句」釋。此四句全用張良爲韓報仇事，

意謂今海内亦不乏賢豪，將何以報效先朝。

〔將從馬伏波二句〕馬援（前一四——四九）字文淵，東漢扶風茂陵人。曾以「伏波將軍」南征，平交趾，故又號馬伏波。少有大志，爲郡督郵，以縱囚罪亡命北地牧畜，牛羊肥盛。見後漢書本傳。全祖望亭林先生神道表云：「先生之居東也，以其地濕，不欲久留，每言馬伏波田疇皆從塞上立業，欲居代北。」按：先生于康熙丙午（一六六六）始與李因篤等二十餘人鳩貲墾荒于雁北，然其起意竟在今年，十六年後始踐其志，可謂言必信，行必果矣。

〔復念少游言二句〕此緊承上二句急轉。援傳載援之言曰：「吾從弟少游常哀我多大志，曰：『士生一世，但求衣食裁足，乘下澤車，御款段馬，爲郡掾吏，守墳墓，鄉里稱善人足矣。』當吾在浪泊西里間，虜未滅之時，下潦上霧，毒氣薰蒸，仰視飛鳶跕跕墮水中，卧念少游平生時語，何可得也！」「憑高」，似指登塔時。「悽惻」見〔二八〕哭陳太僕釋。

【箋】

題曰「秀州」，實登秀州塔詩也。今年北遊京口，南至秀州，益見前篇「流轉吴會間」之語不虛。惟此篇詞旨轉折，終致消沉，與前「杖策」句頗不類。「願乘此鳥」，「見倉海君」，雖有杖策追魯王之意，惜乎望異人而不見，求力士而難得，縱有賢才，亦徒喚奈何而已。此時欲從馬伏波田牧邊郡，立業塞上，自屬人情之常，然與先生素志則相去遠矣。少游之言，〔三七〕偶來詩亦曾用之，惟結句云：「鳥獸同羣終不忍，轍環非是爲身謀。」是于消沉中猶一反手；而此篇僅以「一悽惻」了之，意者今年薙髮易服之痛猶介然于胸乎？

編年（一六五一）

是年歲次辛卯，明永曆五年，清順治八年。

正月，清順治帝始親政。

二月，清順治帝追貶其叔前攝政王「皇父」多爾衮，政歸鄭親王濟爾哈朗。詔停圈地，還地于民。清兵取肇慶。孫可望遣將至南寧，殺諫阻王封之大學士嚴起恆等，永曆帝不得已遂真封可望爲「秦王」。可望復召大學士楊畏之至黔殺之。

四月，清兵攻厦門，鄭成功部將施琅叛降于清。

七月，清以明降臣陳名夏、寧完我、陳之遴等爲内院大學士。

九月，清兵破舟山，明魯王奔閩海。

十月，清兵入潯州（桂平）、永曆帝自南寧出奔。鄭成功取漳浦，使人通好日本。

十二月，清兵取南寧，孫可望疏請永曆帝移蹕安隆所。

是年先生三十九歲。春至南京，仍居朝天宫。初謁孝陵。八月渡江北上赴淮安，初交王畧；抵清江浦，交萬壽祺。是爲先生試作北遊之始。

〔五七〕恭謁孝陵已下重光單閼

閏位窮元季，真符啟聖人。九州殊夏裔，萬古肇君臣。武德三王後，文思二帝鄰。卜年乘王氣，定鼎屬休辰。江水縈丹闕，鍾山擁紫宸。衣冠天象遠，法駕月遊新。正寢朝羣后，空城走百神。九嵕超嵽嵲，原廟逼嶙峋。寶祚方中缺，炎精且下淪。郊坰來獵火，苑蘗動車塵。繫馬神宮樹，樵蘇御道薪。巋然唯殿宇，一望獨荊榛。流落先朝士，間關絕域身。干戈逾六載，雨露接三春。患難形容改，艱危膽氣真。天顏杳靄接，地勢鬱紆親。尚想初陵制，仍詢徙邑民。因山皆土石，用器不金銀。紫氣浮天宇，蒼龍捧日輪。願言從鄧禹，修謁待西巡。

【釋】

〔解題〕孝陵即明太祖（朱元璋）陵，在今南京市東北，鍾山之陽。元璋正后馬氏合葬，長子標（懿文太子，惠帝父）祔葬居左。先生國變後初謁孝陵在今年二月乙巳。重光單閼即辛卯歲。

〔閏位窮元季〕原注：「漢書王莽傳贊：餘分閏位。」按：師古注引服虔曰：「言莽不得正王之命，如歲月之餘分爲閏也。」此句謂元朝本非正統，故其閏位至末年而盡。「季」，末也。「閏位」原鈔本作「閏曆」，原注竟作「閏位」，潘鈔與潘注、潘刻互異，當以何者爲正？吴丕績彙校以爲「潘刻本曆作位乃避清高宗諱」，非也。潘刻在康熙時，何以預知高宗諱？且鈔本他處「曆」字亦未嘗諱（如〔一六六〕元日詩自注「夷曆」二字）也。故知先生本用「曆」字，潘刻時自改自注。「閏曆」二字無出典，潘改是。

〔真符啟聖人〕「符」即天子之符，見〔一〕大行哀詩「靈符」釋。舊唐書禮儀志：「納真符于蒼水。」「聖人」此指明太祖。太祖滅元始建明朝，故曰「啟」。

〔九州殊夏裔〕「九州」蒙「夏」字，乃指冀、兗、青、徐、揚、荆、豫、梁、雍九州，見書禹貢。另見〔三〕感事「神州」釋。「殊」，動詞，區分也。「裔」，遠族，与「夏」對言。殊夏裔謂夷夏有別，左傳定公十年：「裔不謀夏，夷不亂華。」此句贊太祖驅逐蒙元、重振華族之功。

〔萬古肇君臣〕原注：「班固東都賦：建武之元，天地革命。四海之内，更造夫婦，肇有父子，君臣初建，人倫實始。」此句贊太祖驅逐蒙元，恢復人倫之治。

〔武德三王後〕「武德」本漢舞名。後漢書明帝紀：「初奏文始、五行、武德之舞。」注：「武德者，高祖四年作，言行武以除亂也。」「三王」指夏禹、商湯、周武。此句贊太祖武德可繼三王之後。

〔文思二帝鄰〕書堯典：「欽明文思安安。」釋文引馬云：「經緯天地謂之文，道德純備謂之思。」「二帝」指唐堯、虞舜。此句贊太祖文思可以媲美堯舜。

〔卜年乘王氣〕「卜年」見〔四三〕元日詩「卜年尚未逾」釋。「王氣」見〔五〕京闕篇釋。「王」本字去聲。

〔定鼎屬休辰〕「定鼎」同上「卜年」釋。「屬」，恰值也。「休」，吉慶；「休辰」猶言良時吉日。

〔江水、鍾山二句〕江水指長江。丹闕，通指紅色宫門，李白邯鄲才人嫁爲厮養卒婦詩：「妾本叢臺女，揚蛾入丹闕。」鍾山在今南京市東郊，孝陵所在。紫宸，唐時内朝正殿，在大明宫内，見唐六典、唐會要。二句概狀南京及孝陵地理形勢，以下六句則專言孝陵。

〔衣冠、法駕二句〕史記叔孫通傳：「願陛下爲原廟渭北，衣冠月出遊之。」「法駕」指天子乘輿。「天象」指帝王衣冠上所象之日月星辰。應劭曰：「月出高帝衣冠，備法駕，名曰游衣冠。」按：古天子陵，前有廟，後有寢，衣冠藏寢宫，每月取

衣冠出遊，此係漢初制，明代未聞，二句殆借漢制設想之詞。

〔正寢、空城二句〕「正寢」即陵寢之正殿，係歷代嗣君（所謂「羣后」）朝謁處。「空城」即陵周之寶城，爲百神趨走護衛之所。

〔九嵕、原廟二句〕「九嵕」（嵕音宗），山名，在今陝西醴泉縣東北，爲西漢陵墓所在，此處喻鍾山。「嵽嵲」（音迭臬），山高貌，杜甫自京赴奉先詠懷：「凌晨過驪山，御榻在嵽嵲。」「原廟」見前注。按：原廟本漢制，且所立非一，高祖有渭北原廟，另有惠帝時沛宮原廟（亦見史記高帝紀），後世除正廟外，皆不另立。此處原廟，蓋指孝陵太祖廟。逼，近也。「嶙峋」，層疊高聳貌，楊雄甘泉賦：「岭巆嶙峋，洞亡涯兮。」

〔寶祚、炎精二句〕「寶祚」猶言皇位，隋書音樂志：「延寶祚，渺無疆。」「中缺」意謂中斷，班固東都賦：「往者王莽作逆，漢祚中缺。」「炎精」喻漢朝，王延壽魯靈光殿賦：「殷五代之純熙，紹伊唐之炎精。」注謂「（漢）紹帝堯火德之運」。「下淪」意謂衰絶，袁宏漢紀載獻帝詔曰：「炎精之數既終，行運在乎曹氏。」二句「寶祚」、「炎精」均借指明朝，自此以下六句皆狀國變後孝陵實況。

〔郊坰、苑蘌二句〕郊坰（坰音扃）猶郊野，沈約郊居賦：「頫跨郊坰。」獵火，見〔三五〕申包胥乞師釋。苑蘌指帝王豢養禽獸之園囿，苑以養牛馬林木，蘌以飼禽鳥。車塵本指車行時揚起之塵土，如温庭筠秋日詩「車塵倦都邑」，此處與「獵火」對言，則喻清兵。

〔繫馬、樵蘇二句〕「神宫」專指孝陵宫殿，「樵蘇」見〔二九〕奉先妣葬詩。「御道」專指孝陵神道。二句記清兵破壞孝陵樹木慘狀。蘧案引吴偉業遇南廂園叟感賦，有「鍾陵十萬松」，「同日遭斧創」句。又蘆洲行有「樵蘇猶向山中去，軍中日日燒陵樹」句。

〔巋然、一望二句〕巋然，屹立貌。荆榛，猶荆棘、榛莽，俱叢生灌木，狀荒蕪。魯靈光殿賦：「遭漢中微，盗賊奔突。自西

京未央、建章之殿，皆見隳壞，而靈光巋然獨存。意者豈非神明依憑支持，以保漢室者也！」二句意謂殿宇獨存，則明室猶有復興之望。

〔流落、閶闔二句〕「先朝士」，先生自謂，參見〔五〕京闕篇「念昔、三陪二句」釋。「閶闔」見〔九〕表哀詩釋。「絶域」即絶塞，見〔三〕延平使至釋。二句以上全敘太祖功德及孝陵今昔，二句以下始自抒謁陵心情。

〔雨露接三春〕「三春」即孟春、仲春、季春，實指春季。「雨露」可指物，兼喻帝王恩澤。高適送李少府貶峽中王少府貶長沙詩：「聖代即今多雨露，暫時分手莫躊躇。」此句暗寓謁陵在二月，又值春雨。

〔患難形容改〕暗示已被迫翦髮易服。

〔天顏杳靄接〕「天顏」見〔三〕延平使至釋。「杳靄」，深遠朦朧貌。阮籍清思賦：「載雲輿之杳靄。」亦作「杳藹」。張衡南都賦：「杳藹蓊鬱于谷底。」此句切雨景，亦寓稽首門外，可望而不可接之意。

〔地勢鬱紆親〕狀孝陵山路迂曲貌。曹植贈白馬王彪詩：「鬱紆將難進，親愛在離居。」

〔初陵〕指帝王生壙。易林：「新作初陵。」按：明孝陵殿成于洪武十六年，當時已命皇太子致祭。

〔徙邑民〕漢帝陵墓均徙民成邑以守之，如長陵、霸陵、茂陵、杜陵均是。至元帝時，欲詔免之，云：「頃者有司奏徙郡國民以奉園陵，令百姓遠棄先祖墳墓。……今所爲初陵者，勿置縣邑，使天下咸安土樂業。」（漢書元帝紀）明代不聞徙民成邑，如孝陵但設孝陵衛，置園户及祠祭太監。

〔因山皆土石〕謂孝陵因（鍾）山取材，故園陵皆土石爲之。明史太祖紀載遺詔：「孝陵山川因其故，毋改作。」

〔用器不金銀〕原注：「史記孝文本紀：治霸陵皆以瓦器，不得以金銀銅錫爲飾。」「太祖實録：遺命喪葬儀物，一以儉素，不用金玉。」此句下有自注：「時有倡開煤之説。」按：因山、用器二句與〔一〕大行哀詩「采堊昭王儉」句命意同。

〔紫氣浮天宇〕「紫氣」此指天子之氣。隋書薛道衡傳：「粤若高祖文皇帝，韜神晦迹，則紫氣騰天。」

〔蒼龍捧日輪〕「蒼龍」指東方七宿（角、亢、氐、房、心、尾、箕），均在天球黄道附近，黄道古稱太陽道，此從日出東方言。

庾信鏡賦：「天河漸沒，日輪將起。」

〔願言從鄧禹二句〕原注：「後漢書鄧禹傳：南至長安，率諸將齋戒，擇吉日修禮謁祠高廟，因循行園陵，爲置吏士奉守焉。」「願言」見〔四三〕元日詩釋。「西巡」言迎光武由洛陽赴長安謁陵。鄧禹（二——五八）字仲華，新野人。遊學長安時，與劉秀親善。秀安集河北，禹杖策相從，拜前將軍，助成帝業，封酇侯，時僅二十四。天下大定，論功第一，更封高密侯。明帝時，于南宫雲臺繪二十八將像，以禹居首，人比之爲高祖之有張良。後漢書有傳。先生喜用光武中興事，故往往及禹。

【箋】

國變之後，先生凡七謁孝陵，每謁必有詩紀其事，此其始也。然據先生〔七九〕孝陵圖詩序：「重光單閼二月己巳來謁孝陵，值大雨，稽首門外而去。」則此次實未進入陵園，故全首均係泛叙，尚未觸及陵園本身，似已爲來日寫孝陵圖預留地步。然七謁之初，泛叙亦不可少，如首八句綜述太祖開國功德；自「江水」至「嶙峋」八句概括陵園内外形勢；自「寶祚」至「荆榛」八句痛惜國變後陵園遭劫之慘；自「流落」至「鬱紆親」八句自叙來謁因由；末八句撫今憶昔，預爲中興修謁祝禱。全首分章均匀，鋪叙有法，頗近詩中之雅，真謁陵詩之正體也。

〔五八〕拜先曾王考木主于朝天宫後祠中

晉室丹楊尹，猶看古柳存。山河今異域，瞻拜獨曾孫。雨静鍾山閉，雲深建業昏。自憐襤褸客，抆淚到都門。

【釋】

〔解題〕「王考」，禮祭法疏釋王考爲祖考，後亦稱先父爲王考，此處「曾王考」指曾祖考，章志公是也。章志公祠堂在南京朝天宮後。乙酉春，先生偕從叔穆庵公赴京，曾居朝天宮，見〔六〕金陵雜詩第五首釋。「木主」，栗木所製神主，史記周本紀：「（武王）東觀兵至于盟津，爲文王木主，載以車，中軍。」

〔晉室丹楊尹二句〕原注：「南史劉瓛傳：瓛六世祖惔，晉時爲丹楊尹。袁粲曾于後堂請瓛，指聽事前古柳樹謂瓛曰：人言此是劉尹時樹，每想高風；今復見卿，清德可謂不衰矣。」相傳丹楊山多赤柳，故其地亦曰「丹楊」，晉宋以後作「丹陽」，其地見〔五二〕金壇縣南顧龍山釋。劉惔字真長，相人。東晉時官丹楊尹，爲政清静，門無雜賓。孫綽誄之云：「居官无官官之事，處事無事事之心。」此處喻章志公。劉瓛字子珪，惔六世孫，博通五經，聚徒教授，丹楊尹袁粲薦爲祕書郎，不見用。南齊時，拜彭城郡丞以養母。後還會稽，當世推爲大儒。此處乃先生以瓛自比。二句下有自注：「先公嘗爲應天府尹。」按：應天府治在南京，章志祠堂可視爲甘棠遺愛。

〔異域〕猶絶域、絶塞，見〔一三〕延平使至及〔五七〕恭謁孝陵釋。

〔曾孫〕見〔四二〕元日詩釋，此處先生自指。「異域」句言國事，「曾孫」句叙家事，用「獨」字，隱言見在裔孫多不肖。

〔鍾山〕見〔五七〕恭謁孝陵釋。

〔建業〕原係漢秣陵縣，三國吴改名建業，西晉初仍稱秣陵。太康三年分秣陵水北之地仍爲建業，並改「業」爲「鄴」。晉愍帝（名鄴）即位，以避諱改「建鄴」爲「建康」，西晉與南朝均建都于此，沿稱建康不變，地即明南京。

〔襤褸客〕原注：「南史劉瓛傳：瓛與張融、王思遠書，自謂貧困繿縷，衣裳容髮有足駭者。」襤褸亦作繿縷，短褐敝衣。先生是時已翦髮易服，故承上仍以劉瓛自喻。

〔都門〕本指京城城門，如白居易長恨歌：「翠華摇摇行復止，西出都門百餘里。」後通指國都。

【箋】全詩借劉惔、劉瓛祖孫爲喻，然又不專主一家一姓，蓋以憂心國事爲重。末聯「襤褸」、「拭淚」句，若不知先生已薙髮毀容易服，則易輕輕讀過。

〔五九〕贈萬舉人壽祺 徐州人

白龍化爲魚，一入豫且網。愕眙不敢殺，縱之遂長往。萬子當代才，深情特高爽。時危見縶維，忠義性無枉。翻然一辭去，割髮變容像。卜築清江西，賦詩有遐想。楚州南北中，日夜馳輪鞅。何人詗北方，處士才無兩。回首見彭城，古是霸王壤。更有雲氣無？山川但坱莽。一來登金陵，九州大如掌。還車息淮東，浩歌閉書幌。尚念吴市卒，空中弔魍魎。南方不可託，吾亦久飄蕩。崎嶇千里間，曠然得心賞。會待淮水平，清秋發吴榜。

【釋】

〔解題〕萬壽祺（一六〇三——一六五二）字年少，祖籍南昌，曾祖以醫游徐州，遂爲徐州人。崇禎庚午（一六三〇）舉人，風流倜儻，傾動一時。乙酉八年，參太湖抗清軍事，兵潰，被執得脫，歸淮上。戊子仲冬，還家清江浦西，築隰西草堂率家人居之。故其遺著即稱隰西草堂集，計詩集五卷，文集三卷，另遯渚唱和集一卷。壽祺多才藝，書畫、雕刻、以至刺繡，無一不精。詩學唐，人謂近大曆十子。自丙戌春祝髮，僧冠僧服，自名「沙門慧壽」，世稱萬道人，嘗往來江淮間，飲酒食肉如故。元譜謂「辛卯八月十四日，至淮安，與萬年少壽祺訂交」。是二人雖同參乙酉太湖抗清軍事，八月之敗亦同，然當時似不相識。觀此詩「一來登金陵」及「會待淮水平」等句，則贈詩時尚在南京，至八月赴淮始訂

交，故編置淮東詩之前。

〔白龍化爲魚以下四句〕説苑正諫載：昔白龍下清冷之淵，化爲魚，漁者豫且射中其目，白龍上訴天帝，天帝曰：「當是之時，若安置而形？」白龍對曰：「我下清冷之淵，化爲魚。」天帝曰：「魚固人之所射也。若是，豫且何罪夫！」故張衡東京賦云：「白龍魚服，見困豫且。」（「豫且」，莊子外物作「余且」，白龍亦作神龜。）「愕眙」，驚愕貌，原注：「西都賦：猶愕眙而不能階。眙，丑吏反，驚貌。」按：四句暗叙壽祺乙酉起事，被執得脱事。隰西草堂集自志篇云：「乙酉五月，江以南郡縣皆陷，炳（沈自炳）、儁（戴之儁）、芑（錢邦芑）起陳湖，瑞（黄家瑞）、龍（陳子龍）起泖，昜（吴昜）起笠澤，皆來會。八月潰，被執不屈，將加害，有陰救之者，因繫兩月餘，得脱，還江北。」因作泛湖圖第四。

〔時危見縶維二句〕此贊壽祺「被縶不屈」事。「見」猶「被」。「縶維」本謂縛馬足、拴馬韁，詩小雅白駒：「皎皎白駒，食我場苗，縶之維之，以永今朝。」「無枉」猶「不屈」。

〔翻然、割髮二句〕「翻然」句緊應「縱之」句，以見割髮在得脱不久。自志篇云：「家既近寺，丙戌春，禮三寶，祝髮從浮屠氏學。」按：壽祺被執在乙酉八月，「因繫兩月餘，得脱還江北」，已訖十一月。詩集一鬼鴟篇自注：「丙戌二月，江南長老以書至……」詩有「我歸楚州已三月，日夕罷釣登嘯臺」句，自志云「丙戌春」祝髮，則歸家尚不足二月也。

〔卜築清江西〕「卜築」謂擇地建屋，梁書劉訏傳：「與族兄劉歊……共卜築宋熙寺東澗，有終焉之志。」清江即清江浦，本名「沙河」，當淮河與運河會合處。明永樂中建鎮，始易名「清江浦」，爲南北水運要道。其南爲淮安，北爲淮陰，今設清江市。據自志：「既脱難，攜妻子渡江北，隱于山陽之浦西，築廬治圃，號曰隰西草堂。」按：脱難渡江北，隱于山陽，係丙戌之初（即祝髮時）；至「卜築清江西」則在兩年之後。隰西草堂詩自序云：「戊子仲冬，徙宅于浦西……築其原爲隰西草堂，載老幼，攜瓶罍，鹿車一乘，往居之。」

〔賦詩有遐想〕徐注引内景堂詩序以證，非也。内景堂詩刻于崇禎癸未，時居京口，非先生此詩所指時間也，當取國變後

隰西草堂詩證之。如鬼鵙詩追憶乙酉八月敗後慘境云：「吴江十里飛塵埃，堤長日短營門開。殺人如麻二百日，骸骨纍纍高崔嵬。四面大湖盡葭菼，西風瑟瑟吹徘徊。沈櫓破艫鬼聚哭，往往白晝生陰霾。……百年丈人測往事，羽蟲沴慝金爲災。去秋坑卒東蓟址，今歲屠城西湖隈。欃槍竟天不肯去，何時日月光昭回。」(作于丙戌三月)集中此類詩不鮮，惟「遐想」二字恐另有所指，當于以下八句求之。

(楚州)隋唐以山陽爲東楚州，與原西楚州(今安徽鳳陽)相對。後專稱山陽之地爲楚州，即今江蘇淮安。

(輪鞅)輪，車輪；鞅，繫馬頸腹之革帶，駕車用。輪、鞅二字合言，猶云車輛。陶潛歸田園居詩：「窮巷寡輪鞅。」

(何人詗北方二句)原注：「唐書：權皋爲驛亭保，以詗北方。」「詗」音扃或偵，即偵察。「保」，傭保也。按：權皋字士繇，丹徒人。擢進士第，在安禄山幕府。度禄山且叛，欲行，慮禍及親，遂僞死，得逸去，爲驛亭保以詗北方。既渡江而禄山果反。天下聞皋名，爭取以爲屬，並不就。唐書有傳。「無兩」謂獨一無二，漢書周勃傳：「許負相亞夫曰：于人臣無兩。」二句承上，蓋以權皋喻壽祺，言居楚州南北中往來之地，正可偵察北方虚實也。

(回首見彭城二句)古彭城即徐州，西楚霸王項羽曾都此。壽祺本徐州人，國變後南遷淮安，故用「回首」二字。

(更有雲氣無二句)徐州西北爲舊豐、沛之地，漢高祖斬蛇起義處。史記高帝紀：「季所居上常有雲氣。」坱音央，塵埃；莽，叢木；「坱莽」乃霧昧無邊貌，杜甫八哀詩鄭虔：「胡塵昏坱莽。」以上六句，均言北方，既偵清室，又訪豪傑。

(一來登金陵二句)「金陵」，此指山名，即鍾山、紫金山，故用「登」字，其實指南京。南京本明都，俯視九州，曰「大如掌」，小之也。二句言南方。

(還車息淮東二句)淮東即淮安。「浩歌」猶放歌，楚辭九歌少司命：「望美人兮未來，臨風怳兮浩歌。」幌，帷幔；書幌，即書卷包皮；閉書幌猶言掩卷，有「遐想」意。淮東乃壽祺居地。故用「息」字，其地居彭城與金陵之中，與前「楚州南北中」句相應，而「卜築、賦詩二句」至此已不難解。

〔尚念吴市卒〕原注：「漢書梅福傳：變姓名爲吴市門卒。」吴市卽蘇州，門卒謂城門守卒。梅福字子真，壽春人。漢末王莽專政，福棄妻子去九江，傳以爲仙。後有見福于會稽者，變姓名爲吴市門卒云。此句「吴市卒」，疑指乙丙義師幸免于難者。

〔空中對魍魎〕「空中」原鈔本作「空山」，是也。孔子家語辨物：「木石之怪夔魍魎。」此言逃匿山居之人唯與魍魎相對。

〔南方不可託〕此彷楚辭招魂句：「南方不可以止些」，「東方不可以託些」。隱寓北遊之意。

〔吾亦久飄蕩〕飄蕩猶流轉，見〔五三〕流轉詩解題。此句用「亦」字，見「吾」與吴市卒同，蓋同參乙丙軍事，同歸于敗，同在逋逃藪也。以下至詩末，均先生自述。

〔崎嶇千里間〕見〔二七〕哭顧推官「崎嶇鞭弭間」釋。

〔心賞〕意謂欣然自得于心，謝朓京路夜發詩：「文奏方盈前，懷人去心賞。」

〔會待淮水平二句〕清江浦當淮河與運河會合處，亦黄、淮穿運東泛入海處。其地夏初水漲，秋後水退，九月開牐，運河南北舟楫俱便。「吴榜」通指船棹，吴卽艑，船也。楚辭九章涉江：「齊吴榜以擊汰。」先生吴人，「吴榜」當係原字借用，言一待秋日淮平，卽當自吴地乘舟出發，直達淮東也。

【箋】

清詩紀事初編顧炎武傳有云：「時隆武新立于福州，大學士路振飛薦炎武爲兵部職方司主事。是後四、五年間，嘗東至海上，北至王家營，僕僕往來，蓋受振飛命糾合淮徐豪傑。……炎武實倚萬壽祺爲東道主人，故贈詩曰：何人詗北方，處士才無兩。又送歸高士之淮上，……主壽祺家，以訓蒙爲名，實代炎武當連絡之任。炎武每從淮上歸，必詣洞庭告振飛之子澤溥，或走海上，謀通消息。」又同書萬壽祺傳云：「顧炎武于順治八年訪之淮上，……贈以詩云：何人詗北方，處士才無兩。知炎武區畫山東，欲邀壽祺共事，其謀當甚密。」又同書歸莊傳亦云：「炎武至淮上招納豪

傑，莊亦屢詣之。又訓蒙萬壽祺家，實覘北來消息。」又同書魏禧傳云：「魏自庚子後數往揚州，屢訪友山陽不遇……蓋志在經營山左。……顧炎武北行之先，嘗數至山陽，皆密有所圖。」……上引清詩紀事顧、萬、歸、魏四傳，俱言亭林先生因受路振飛之命，糾合淮徐豪傑，故屢至淮上，以萬爲東道主，以歸爲連絡，密有所謀；乃至魏禧亦欲借山陽以經營山左，云云。今四君詩文遺著俱在，平生踪迹亦歷歷可考，竟全不著此等「密謀」痕迹；而清初及南明史料亦不載此等「密謀」有任何影響，其事之鑿空烏有至爲明白。頗怪之誠先生博學多識，何獨于此毫無實證之事，徧載諸傳，一若親覩其謀，親與其會者，殆以爲非如此則不足以見諸君抗清復國之苦心乎？則與南社諸人僞造太平天國詩文及史實何殊？今僅據年月考之，其事之虛構牴牾實較南社諸人僞拙尤甚。

（一）路振飛至遲已于順治己丑（一六四九）道死于粤；亭林首次赴淮則在辛卯（一六五一）之秋，正不知亭林何時並如何能在千里「絕域」受路之命？既受命，又何故須四、五年後始踐？

（二）亭林辛卯始識萬壽祺，八月至淮上，旋返；明年壬辰（一六五二）五月萬卒，計訂交不足一載，不知如何竟「倚萬壽祺爲東道主人」？

（三）歸莊壬辰春抵淮上，萬壽祺五月卒，二人相聚僅月餘，不知歸如何「主壽祺家，以訓蒙爲名，實代炎武當連絡之任」？

（四）路澤溥自粤歸吴，不早于辛卯，而亭林癸巳（一六五三）以後，北遊（一六五七）之前，已不聞有淮上山陽之行，不知亭林如何能「每從淮上歸，必詣洞庭告振飛之子澤溥」？（謹按：亭林往返洞庭山事，除徐松譜屢載外，他譜皆不載，疑向壁造端者乃徐氏。）

（五）魏禧訪友山陽在庚子（一六六〇）以後，其時亭林北遊已四載，顧、魏亦無直接交往，不知二人如何「皆密有所圖」？

先生詩集皆先生自編，鈔存二本，付潘耒、李因篤各一，未嘗擬刻，蓋欲存其真也。集中詩直斥清虜，不稍寬假，苟有所謂「密謀」，則何處不可流露，而須三百年後人高尻射覆耶？

〔六〇〕 淮東

淮東三連城，其北舊侯府。昔時王室壞，南京立新主。河上賊帥來，東南費撐拄。詔封四將軍，分割河淮土。侯時擁兵居，千里塹安堵。促觴進竽瑟，堂上坎坎鼓。美人拜帳中，請作便旋舞。爲歡尚未畢，羽檄來旁午。揚舲出廟灣，欲去天威怒。舉族竟生降，一旦爲俘虜。傳車詣幽燕，猶佩通侯組。長安九門中，出入黃金塢。故侯多猜嫌，黃金爲禍胎。白日不爾待，長夜來相催。徬徨闕門前，一時下霆雷。法吏逢上意，羅織及嬰孩。具獄阿房宮，腰斬咸陽市。踟躕念黃犬，太息諗諸子。父子一相哭，同日歸蒿里。有金高北邙，不得救身死。地下逢黃侯，舉手相揶揄。我爲天朝將，爾作燕山俘。俱推凶門轂，各剖河山符。嗟公何不死，死在淮東郛。一死留芳名，一死骨已枯。寄語後世人，觀此兩丈夫。

【釋】

〔解題〕全詩以起句首二字「淮東」爲題，淮東即淮安，原係明叛將劉澤清駐地，然全詩非詠地而實詠人，故看似無題而實有題也。澤清字鶴洲，山東曹州人。少無賴，充本州捕盜弓手。甲申前，以剿捕農民軍功，積官至總兵，加左都督，鎮山東。福王立，建江北四鎮（見卷一甲申編年），命澤清轄淮海十一州縣，駐淮安，晉封東平侯。與劉良佐勾結

馬、阮，干預朝政，跋扈不臣。乙酉四月，揚州陷，清兵回師攻淮安，澤清潰逃。七月，率所部乞降。俘至京，予子爵，賜第京師。復不自斂束，戊子秋，陰與曹縣降人謀復叛。清廷惡其翻覆，十月，族誅之。清史入逆臣傳。

〔淮東三連城〕明淮安府有南、北、中三城，南曰舊城，北一里曰新城，中曰聯城，嘉靖時增築中城，遂連貫三城爲一。

〔其北舊侯府〕「侯」指劉澤清。四鎮初建，唯黄得功封侯爵，澤清、劉良佐、高傑並封伯。澤清自云先帝時已封東平伯，賂馬士英，後亦晉爵爲侯。初，澤清居新城閤世選宅，而大興土木，別治侯府于大河衛故址而更創之。

〔昔時王室壞二句〕上句言北京淪喪，下句言福王繼位。

〔河上賊帥來〕方福王初立，四鎮未建之際，山東、河南、安徽、蘇北等地，尚爲農民軍所駐。「賊帥」指李自成部將。時自成已被清兵追敗于望都、真定，正擬渡河由豫回陝，其部將及所委官吏亦欲分駐河淮，以阻清軍。徐注引淮撫路振飛擒殺自成部屬當之。是以小注大，不足以概詩旨。

〔東南費撑拄〕「東南」指福王新建之小朝廷，「撑拄」猶支撑、支拄。陳琳飲馬長城窟行：「君獨不見長城下，死人骸骨相撑拄。」

〔詔封四將軍二句〕指甲申五月詔建江北四鎮（見甲申編年）。由以上四句，可知當初四鎮之建，本爲防李，而非防清。

〔侯時擁兵居二句〕「擁兵居」謂擁兵不動也。「蹔」同暫；「安堵」同按堵，意卽安居。漢書高帝紀：「吏民皆按堵如故。」注引應劭曰：「按，按次第；堵，牆堵也。」師古曰：「言不遷移也。」史記田單傳，則作「令安堵」。按：自成西歸，其魯、豫、皖部亦紛紛瓦解，不能爲明害。甲申冬，清始命豫親王多鐸略江南，又爲魯、豫義軍所阻，故澤清駐淮，得苟安于一時。

〔促觴進竽瑟二句〕促觴猶促酒，謂催飲也。古有促飲之曲，曰促曲。唐李匡乂資暇集下三臺：「今之催酒三十拍促曲，名三臺何？」竽瑟，二樂器，史記蘇秦傳：「吹竽鼓瑟。」坎坎，擊鼓聲，詩小雅伐木：「坎坎鼓我，蹲蹲舞我。」二句諷澤清酗酒好樂。

〔美人拜帳中二句〕帳，此指軍帳。「便旋舞」原鈔本作胡旋舞。胡旋本西域舞名，唐書安禄山傳：「作胡旋舞于帝前，疾如風。」潘耒諱「胡」，故改。便旋非舞名（便，本字平聲）可狀舞姿，謂迴旋徘徊也。二句諷澤清貪色喜舞。小腆紀傳劉澤清傳：澤清白面朱脣，甚美。將畧無所長，惟聲色貨利是好。費千金構水閣，大治淮第，極宫室之盛，以鐘鼓美人充之。

〔爲歡〕猶言作樂。李白春夜宴從弟桃李園序：「而浮生若夢，爲歡幾何！」

〔羽檄來旁午〕「羽檄」指緊急文書。古以鳥羽插檄書上，取其急速，多用于軍事。史記韓信盧綰傳附陳豨：「吾以羽檄徵天下兵，未有至者。」「旁午」，縱横紛錯貌，漢書霍光傳：「使者旁午。」按：甲申十二月，清兵已下河南府；乙酉三月，取歸德，下徐泗，軍書告急，紛至沓來。

〔揚舲出廟灣以下四句〕舲，有窗小舟；「揚舲」引申爲揚帆，盧思道爲隋檄陳文：「揚舲振楫，兔走鳧飛。」廟灣在江蘇阜寧縣東南，射陽湖水經此入海，呈小灣狀。「天威」此指南京福王，參見〔一〕大行哀詩釋。舉族猶合族、全族。「生降」見〔三〕塞下曲釋。先是乙酉四月，揚州告急，詔澤清南援，澤清已與劉良佐預謀降清，遂與淮撫田仰掠舟東浮，至廟灣觀望。揚州既破，清兵回師下淮安。澤清欲浮海，懼朝廷責，所領兵亦潰散，遂率總兵馬化豹等五十餘人，兵二千，船三十，復至淮安投降。

〔傳車詣幽燕〕傳，本字去聲，卽驛站。「傳車」猶驛車，史記游俠傳：「條侯爲太尉，乘傳車，將至河南，得劇孟。」文天祥正氣歌：「傳車送窮北。」幽燕，此指北京。乙酉七月，清都統準塔受澤清降，命以兵護送至京。身爲俘虜而乘傳車，與他日鄭芝龍、孫可望同。

〔猶佩通侯組〕漢避武帝諱，改「徹侯」爲通侯，卽列侯也。組，印綬。九月，澤清至京，清爲懷柔計，賜居宅衣服，仍授三等子爵。

〔長安九門〕古天子九門，即路、應、雉、庫、皋、城、近郊、遠郊、關門等，見禮月令注。此以長安喻北京。明代北京共有十四門，皇城之外爲京城，京城九門通指正陽、崇文、宣武、朝陽、東直、西直、阜成、安定、德勝等。

〔出入黄金塢〕塢同隝，本指四面如屏之小型建築，如董卓築郿隝，乃藏金、藏嬌之所。此句「黄金塢」，借指歌樓妓館之類。

〔故侯多嫌猜〕「故侯」通指前朝之侯，史記蕭相國世家：「召平者，故秦東陵侯。」前朝之侯每爲新朝所猜忌，理當深居檢束，如召平：「秦破，爲布衣，貧，種瓜于長安城東。」

〔黄金爲禍胎〕禍胎猶禍根，漢書枚乘傳：「福生有基，禍生有胎。」澤清爲東平侯時，貪財好貨，所至劫掠。在淮安時，立榷關，收船税；立團牌，起柴抽；丈海蕩，行小鹽。更張變置，漁利不已。賦入不以上供，故富擬王公。既降，猶不自斂。以上四句，實爲澤清致禍之源，知先生固不信清廷誣其復叛也。

〔白日、長夜二句〕喻旦夕之間，死期已至。南史王規傳：「一爾過隙，永歸長夜。」

〔徬徨闕門前以下四句〕「霆雷」，狀天子震怒。「逢上意」謂迎合天子密意。「羅織」猶株連。史載順治五年，澤清陰與曹縣叛將李洪基、李化鯨等謀作亂，攻陷曹縣。十月清英親王迅速討平之。鞫其由，云謀出澤清，乃命内院會同兵部鞫實，遂磔于市，親屬流徙。

〔具獄阿房宫以下六句〕「具獄」猶定讞、定案。「阿房」，秦宫名。「踟躕」，徘徊也。「太息」，長歎。「謼」同呼。「蒿里」，死人所歸之里。六句全以李斯父子被殺喻劉澤清闔族受誅。史記李斯傳載：趙高欲專朝政，于二世前誣李斯謀反。具斯五刑，論腰斬咸陽市。斯出獄，顧其中子曰：「吾欲與若（汝）復牽黄犬，出上蔡（斯上蔡人）東門逐狡兔（此言打獵），豈可得乎？」遂父子相哭，而夷三族。

〔有金高北邙二句〕北邙，山名，在洛陽北，東漢諸陵及貴臣多葬此。二句仍以黄金爲禍作結。

〔地下逢黄侯二句〕黄侯指黄得功，四鎮之首。得功字虎（亦作滸）山，開原衞人。崇禎末以軍功封靖南伯；福王立，進爵爲侯。四鎮建，駐廬州（合肥），轄滁、和等十一州縣。史稱其爲人粗猛，不識文義，然忠義出天性，故能恕高傑土橋之變，破左夢庚銅陵之師。乙酉，清兵取鎮江，福王奔蕪湖，得功驚泣曰：「陛下死守京城，臣等猶可盡力，奈何倉促至此！無已，願效死。」將奉福王幸浙，未行而追兵至。得功時已中箭傷臂，猶以帛絡臂，佩刀坐小舟督戰。忽聞劉良佐于岸上招降，得功怒裂眦，駡曰：「汝已降乎？」語未竟，良佐部將射得功中喉，得功知不可爲，呼良佐曰：「花馬兒（良佐綽號「花馬劉」），黄將軍男子，豈爲不義屈？不濟，命也！」遂擲刀，拾所拔箭，刺喉死。妻亦沈軍資于江，自刎死。麾下總兵翁之琪等均投江死。明史有傳。「揶揄」讀如耶由，舉手嘲弄也。晉陽秋：（羅友）曰：「民首旦出門，于途中逢一鬼，大見揶揄。」「揶」亦作擨，東觀漢記十王霸：「上令霸至市口募人，將以擊（王）郎，市人皆大笑，舉手揶揄之。」

〔我爲天朝將以下六句〕均轉述黄侯揶揄澤清之辭。「俱推凶門轂」句追述黄與劉當年皆受命爲將。「轂」本指車軸，即以代車。古將軍出征，天子必授之鉞，親推其車以示尊禮。淮南子兵畧：「將已受斧鉞，辭而行，乃翦指爪，設明衣（喪服），鑿凶門（北門）而出。」亦必死也。「各剖河山符」句追述當年二人俱受封侯爵。漢代天子剖符封爵，各執其半，誓曰：「使河如帶，泰山爲礪，國以永寧，爰及苗裔。」（見史記高祖功臣侯者年表序）「死在淮東郛」句，意謂澤清當戰死于淮安也。郛，城外。以上六句，原鈔本僅作四句，即「昔在天朝時，共剖河山符。何圖貳師貴，卒受匈奴屠」。按：貳師即李廣利，漢武帝李夫人之兄，官貳師將軍。擊匈奴，兵敗而降，單于以女妻之。尊寵在衞律上。後爲衞律所譖，單于遂屠貳師以祠兵。漢書有李廣利傳。此以貳師比劉澤清，以匈奴單于喻清帝。「匈奴」一詞犯諱太顯，故以六易四，前後銜接，不著痕跡，甚妙。

【箋】黃、高、二劉，並列四鎮。得功忠勇，一時無兩；傑雖粗横，尚無異心；至于二劉，犬彘兼豺狼耳。先生初抵淮東而賦此，非唯斥叛將，嚴褒貶，亦追歎當時四鎮並列，忠奸不辨，南都速亡，遂不免焉。

［六一］贈人 二首

楊朱見路岐，泫然涕沾臆。路旁多行人，一南一以北。南北遂分手，去去焉所極？南指越裳山，北適氈裘國。同在天地間，合并安可得？此去道路長，哀哉各努力。

【釋】〔楊朱見路岐四句〕此用淮南子説林：「楊子見逵路而哭之，爲其可以南，可以北。」楊子即楊朱，戰國魏人，屬道家者流。岐，俗作歧。臆，胸也。「逵路」謂九達之路（見爾雅釋宫），岐之甚者。

〔去去焉所極〕言行行不知其所止，南者愈南，北者愈北也。

〔越裳山〕越裳，古南蠻國，在交趾之南，相傳周公居攝，越裳氏重譯來朝。詩用「越裳山」，疑指永曆居地。

〔氈裘國〕氈亦作旃，「氈裘」乃匈奴所服。史記匈奴傳：「自君王以下，咸食肉，衣其皮革，被氈裘。」此指滿清甚明。

〔合并〕此指同行或相逢。

步上太行山，盤石鬱相抱。行人共太息，此是摧輈道。前路無康莊，回車苦不早。聞君將有適，念此令人老。山下有丈夫，窮年折芝草。不出巖谷間，長得顏色好。

【釋】

〔太行山〕綿延晉、冀、豫之縱向山脉，簡稱「太行」。「行」，古讀形，今讀杭。

〔盤石鬱相抱〕「盤石」謂穩固之巨石。荀子富國：「爲名者否，爲利者否，爲忿者否，則國安于盤石。」「鬱」，積結也。此句言盤石重疊互抱，狀其多也。

〔摧輈〕「輈」，小車之轅；「摧輈」猶折轅。徐注引孟郊詩：「道險不在山，平地有摧輈。」

〔康莊〕大道也。爾雅釋宮：「五達謂之康，六達謂之莊。」

〔回車〕「太行關」即天井關，天下郡國利病書云：天井關在澤州南四十五里，太行山絶頂，即孔子回車處。

〔山下有丈夫以下四句〕此用曹植飛龍篇意：「忽逢二童，顔色鮮好。乘彼白鹿，手翳芝草。」「長得」猶「永保」，長，本字陽平。

【箋】

題爲贈人，所贈何人蓋不可考，味詩意亦未必真有其人也。然此題主旨，第一首極言南北道路之岐，第二首極言太行道路之險，岐則亡羊，險則摧輈，與其努力道路，不如不出巖谷，故兩首可作一首讀。先生本年逗留淮東，淮東乃黄、淮、運三河之交，地當南北通途，北行則旃裘，南行達越裳，據「越裳」二字，或疑第一首係譏明臣欲仕北者，果爾，則第二首當亦同。然細味詩意及先生以後行踪，亦殊不似。先生居北二十餘年以至于死，其間蹀躞京華，湼而不緇，何嘗一日誤入岐路？詩末「哀哉各努力」句，正告以此意，否則，永曆從龍之臣豈皆夷齊乎？

編年(一六五二)

是年歲次壬辰,明永曆六年,清順治九年。

正月,鄭成功收復海澄。明魯王依鄭成功于廈門(中左所)。

二月,永曆帝抵安隆所,改稱安龍府(今貴州安隆自治縣),以爲行都。孫可望歲以銀八千兩、米六百石上供。衆官賴此以生。

三月,清軍吴三桂由漢中入川,命孔有德由桂林攻黔。孫可望亦疏請遣李定國、馮雙禮拒孔有德,由武岡出全州以攻桂林;遣劉文秀拒吴三桂,出叙州攻重慶以取成都。

六月,李定國連克沅州、靖州,清兵退守湘潭。于是清遣敬謹親王尼堪率兵援之。

七月,李定國復寶慶、永州、全州,清定南王孔有德敗走桂林,定國、雙禮攻拔之,孔有德自縊死。遂執叛將陳邦傅父子誅之,進復柳州。同月,劉文秀取叙州,拔重慶,吴三桂敗走緜州。于是永曆帝封李定國爲西寧王,劉文秀爲南康王,馮雙禮爲興國侯。

九月,永曆帝因受逼于孫可望,遂與大學士吴貞毓等謀召李定國入衛,密遣兵部員外郎林青陽私出安龍邀之。時李定國復衡州,湘東一帶望風而降。

十月,清兵自成都退守保寧(閬中),劉文秀攻之,大敗,奔回雲南,孫可望罷之。

十一月,清敬謹親王尼堪兵抵湘潭,攻衡州,李定國敗走。尼堪追之,陣亡。李定國亦退守武岡。

是年，凡明宗藩之在貴州者，孫可望漸殺之。鄭成功連克福建沿海州縣，終亦兵敗，仍退保海澄。清使人招降，不聽。

是年先生四十歲。五月以前，由江北返蘇州，奠長洲陳仁錫（字明卿）祠，仁錫子陳濟生，先生姊夫也。旋至吳縣謁顧野王墓，遇路澤溥于虎丘。五月以後，由常熟之唐市，返崑山之千墩。旋北上至清江浦，奔萬壽祺之喪。渡淮抵王家營。八月離淮安，歲杪還吳。

是歲，先生胞弟紓得子洪慎，從叔蘭服得子巖。世僕陸恩叛投邑豪葉方恒。

〔六二〕 同族兄存愉拜黃門公墓 已下玄黓執徐

公姓顧氏，諱野王，字希馮。以梁臨賀王記室參軍起兵討侯景，入陳，官至黃門侍郎。墓在今蘇州府吳縣橫山東五里越來溪上。盧襄石湖志曰：「墓上有一巨石橫卧，可二丈許。石上古松一枝，似蓋，湖上望見之，即知爲野王墳。」今樹與石無恙。天啟中，有勢家欲奪其地而葬，竁已穿矣。族兄存愉發憤，訟于官，得止。其勢家所築周垣及樹木，皆歸顧氏。

古墓橫山下，遺文郡志中。才名留史傳，譜系出先公。歲月千年邈，郊坰百戰空。立松標舊竁，偃石護幽宮。地自豪家奪，碑因貴客礱。賢兄能發憤，陳迹遂昭融。念昔遭離亂，于今事畧同。登車悲出走，雪涕問臨戎。記述名山業，提戈國士風。荒祠亡血食，汗簡續孤忠。

山勢仍吴鎮，溪流與越通。眷言懷往烈，感慨意無窮。

【釋】

〔解題〕顧存愉，長洲人，事迹不詳。「黄門公」即顧野王，官終南朝陳黄門侍郎。玄黓執徐即壬辰歲。

〔解序〕(一)顧野王(五一九——五八一)字希馮，吴縣人。七歲讀五經，畧知大義；九歲能屬文；長而遍觀經史，精記默識；兼通天文、地理、蓍龜、占候、蟲篆、奇字。又善丹青，與王褒同爲梁宣城王賓客，王于東府起齋，命野王畫古聖賢像，而令褒作贊，時稱二絶。初仕梁，除太學博士，遷中領軍，丁父憂歸。會侯景作亂，乃召募鄉黨，進援京邑。事平，出監海鹽縣。入陳，歷國子博士，領大著作，掌國史，累遷光禄卿，仕終黄門侍郎。(二)侯景(？——五五二)字萬景，梁懷朔鎮人。初爲北魏爾朱榮將，後歸高歡。歡死投梁，梁封爲河南王。不久叛梁，破建康，梁武帝蕭衍餓死臺城。景廢梁諸王自立，稱漢帝，史稱「侯景之亂」。後爲梁將陳霸先、王僧辯擊敗，逃亡時爲部衆所殺。梁書有傳，南史入賊臣傳。(三)梁臨賀王即蕭正德，武帝姪。武帝初無嗣，養之爲子，及得昭明，改封爲侯，進臨賀王。正德怨望，侯景圍建康，正德附之。建康破，侯景擁正德爲帝，不久殺之。(四)記室參軍：官名。東漢以下，諸王、三公、大將軍皆設記室，掌章奏文書。其參與軍事者，亦稱記室參軍。元以後皆廢。(五)盧襄石湖志：盧襄字師陳，吴縣人。明嘉靖進士。累官兵部郎中，以争大禮下詔獄；事白，陞陝西右參議。自號五塢山人，著五塢草堂集。以世居石湖，又著石湖文畧。按：石湖在蘇州吴縣西南，以范成大曾居而顯名。襄述其山川古蹟，著石湖志畧一卷。(六)古松一枝：「枝」，原鈔本作「株」。

〔古墓横山下〕見詩序及石湖志。横山在吴縣西南三十五里，有七墩，異名甚多，如七子山、踞湖山、薦福山、楞伽山等，野王墓在山麓之東五里，近越來溪。

〔遺文郡志中〕「郡志」當包括吴郡志、吴郡圖經、蘇州府志等。此似言野王遺著已分載郡志，然野王遺著早見于國史(陳

書顧野王傳》，何待郡志之載而後明？意者此句「遺文」係對「古墓」而言，蓋謂郡志所載述墓之文也。徐注引陳書，非。

〔才名留史傳〕「史傳」指正史傳記，野王傳分見陳書與南史。野王在梁時，與王褒齊名；入陳，與江總、姚察齊名。自幼及老，俱以才稱。

〔譜系出先公〕據先生顧氏譜系考（四庫史部傳記類存目）。「顧氏相傳有二支：一爲己姓，一爲姒姓。己姓之顧，周秦以後無傳人。姒姓之顧，出自越王句踐之後，漢封其七代孫閩君搖于東甌，搖别封其子爲顧余侯，即江南會稽之顧之所始也。先生並引太史公贊越王句踐以爲有禹之遺烈，而禹姓姒，墓在會稽，故曰：「吾顧氏之蟬聯于吴，固亦禹之明德也。」按：先生上追吴地顧姓一至于禹，則野王譜系必與顧氏先公同出。先生與盧某書（文集卷六）稱黄門公爲「寒宗始祖」，蓋有所本。

〔郊坰〕見〔五七〕恭謁孝陵釋。

〔立松、偃石二句〕「立松」即「石上古松一枝」。「標」，誌也。「竁」音脆，穿地之壙穴。「偃石」即「巨石横卧」者。偃，卧倒也。伏倒爲仆，仰倒爲偃。「幽宫」猶言幽宅、陰宅。二句可與詩序「今樹與石無恙」句印證。

〔豪家〕即詩序「勢家」。

〔碑因貴客礱〕「碑」指墓碑。「礱」音龍，磨鐫。范成大吴郡志謂紹興間，野王墓「碑石雖皴剥斷裂，尚巍然植立。後爲醉人推仆，石碎于地，今尚有存者。」按：范著止于紹興三年，紹興三年（一一三三）以後事，乃紹定間（一二二八——一二三三）吴郡太守李壽朋等所補，故知所謂「今」者，係指紹定間。然據此句，似以後已有人另鐫新碑，惜「貴客」二字無自注。

〔賢兄〕指顧存愉。

〔陳迹遂昭融〕「陳迹」猶言古蹟，此指野王墓原來規制，與王羲之蘭亭集序所云「俯仰之間已爲陳迹」之義畧異。「昭融」，光明而長遠也。詩大雅既醉「昭明有融」，傳曰：「融，長也。」

〔念昔、于今二句〕言野王昔遭侯景之亂，與先生今逢覆國之痛相似，係本題絃外音。

〔登車悲出走〕後漢書范滂傳：「登車攬轡，慨然有澄清天下之志。」「出走」猶出奔，史記孔子世家：「彼婦之口，可以出走。」按：野王聞侯景亂，方丁父憂，乃招募鄉黨數百人，隨義軍援京邑。京城陷，野王逃會稽。此句言登車本爲澄清天下，今則出奔，故可悲。

〔雪涕問臨戎〕「雪涕」猶拭淚，列子力命：「晏子獨笑于旁，公雪涕而顧晏子。」「臨戎」即親臨軍伍，三國志魏高貴鄉公紀：「今宜太后與朕暫共臨戎，速定醜虜，時寧東夏。」按：野王至會稽，乃往東陽與劉歸義合軍，據城拒賊。「問」謂問事也。

〔記述名山業〕史記太史公自序：「藏之名山，副在京師。」自序本指所著史記，後則沿稱著述爲「名山事業」。野王著述之富爲時人之冠，今傳玉篇三十卷及輿地志、續洞冥記、顧氏譜傳、文集等。

〔提戈國士風〕「提戈」見〔三五〕祖豫州聞雞釋。「國士」見〔三〕感事釋。

〔荒祠亡血食〕先生與盧某書：「閶門外義學一所，中奉先師孔子，旁以寒宗始祖黄門公配食。黄門，吴人，而此地爲其讀書處，是以歷代相承，未之有改。嘗爲利濟寺僧所奪，寒宗子姓訟而復之。」云云，詩序未言墓區有祠，此句「荒祠」殆指閶門外之顧氏義學。與盧某書寫于國變前，當時未言荒廢，今曰「亡血食」，顯指國變後。「亡」通無。「血食」指鬼神受血牲之祭，史記封禪書：「立后稷之祠，至今血食天下。」

〔汗簡續孤忠〕「汗簡」猶汗青，借指史傳。「孤忠」參見〔三五〕江介多悲風結句。此用「續」字，言野王孤忠必有後繼，隱然有自許意。

〔山勢、溪流二句〕山指橫山，謂不失吳縣之鎮；溪指越來溪，謂與越來之水相通。二句以「吳」、「越」二字爲眼，仍從顧氏譜系源流出發，以啟結韻眷懷之意。

〔眷言懷往烈〕「眷」同睠，「言」，語助詞。詩小雅小明：「睠睠懷顧。」「往烈」猶先烈，沈約南郊恩詔：「仰尋往烈。」

【箋】

先生詩無不涉及時事，此詩雖因拜墓而作，然「念昔」、「于今」六句，述野王亦所以自述。末云「眷懷往烈，感慨無窮」，益見寄意所在。

〔六三〕　贈路舍人澤溥

秋雁違朔風，來集三江裔。未得遂安棲，徘徊望雲際。嗚呼先大父，早識天子氣。謁帝福州宮，柄用恩禮備。汀江失警蹕，一死魂猶視。君從粵中來，千里方鼎沸。絕跡遠浮名，林皋託孤詣。東山峙大湖，昔日軍所次。奉母居其中，以待天下事。相逢金閶西，坐語一長喟。復叙國變初，山東並賊吏。長淮限南北，支撐賴文帥。擒魁獻行朝，逆黨皆戰悸。江外甫晏然，卒墮權臣忌。鑠金口未白，牧馬彎弓至。天子呼恩官，干戈對王使。感激千載逢，一下君臣淚。嶺表多炎風，孤棺託蕭寺。怒聲瀧水急，遺策空山閟。君才賈董流，矧乃忠孝嗣。國步方艱危，簡在卿昆季。經營天造始，建立須大器。敢不竭微誠，用卒先臣志。明夷猶未融，善保艱貞利。

【釋】

〔解題〕路澤溥，字蘇生，廣平曲周人，振飛長子。曾受命隆武帝，官中書舍人。亂後奉母王氏居太湖洞庭東山三十餘年。先生謁顧野王墓後，過之于虎丘，因話舊焉。

〔秋雁違朔風以下四句〕「違」，避也。「三江裔」：三江見〔五三〕贈于副將釋。裔，邊也，見〔二七〕哭顧推官「江裔」釋。「望雲」，謂思念父母，舊唐書狄仁傑傳：「登太行山，南望見白雲孤飛，謂左右曰：吾親所居，在此雲下。瞻望佇立久之。」四句以秋雁喻路舍人，謂舍人全家本居北方，今避朔風而來吴下，所居未安，蓋望雲思親也。以此引出「嗚呼先大夫」句。

〔先大父〕「父」，當作「夫」，中華本亭林詩集第一、二版均誤刻。禮檀弓下：「是全要領以從先大夫于九京也。」疏：「先大夫，謂文子父祖，以其世爲大夫，故稱父祖爲先大夫也。」此託澤溥稱其亡父振飛。路振飛，字見白，號皓月，曲周人。天啟五年進士，知涇陽縣，不附魏閹。崇禎初，官御史，兩劾首輔周延儒及温體仁，謫河南按察司檢校。稍遷至漕運總督、淮揚巡撫，有綏靖功。福王時，馬、阮用事，遂丁母憂移居太湖。唐王立，以舊恩召赴閩，拜吏部尚書兼文淵閣大學士。丙戌八月，汀州破，王無確息，走依鄭成功。逾二年，赴永曆帝召，奔粵，卒于途。賜謚文貞。歸莊有路文貞公行狀，明史、南疆逸史、小腆紀傳均有傳。

〔早識天子氣〕「天子氣」見〔五〕京闕篇「望雲成五采」釋。振飛官漕督時，謁鳳陽皇陵。時唐王聿鍵方以罪錮高牆，守陵中官虐之，不勝其苦。有望氣者，言高牆中有天子氣，振飛入見王，心獨異之。乃贍以私錢，謫其吏之無狀者。上疏請加恩罪宗，竟得請。

〔謁帝福州宫二句〕「柄用」，謂掌權用事，漢書谷永傳：「永知王鳳方見柄用，陰欲自託。」上對下施恩施禮曰「恩禮」，後漢書桓榮傳：「〔上〕悉以大官供具賜太常家，其恩禮若此。」唐王稱帝福州，手詔召之。振飛率幼子澤濃自太湖間關至

閩，拜太子太保，吏、兵二部尚書，兼文淵閣大學士。賜宴，至夜分，撤燭送歸，解玉帶及「鹽梅弘濟」銀章賜之。官一子職方員外郎。

〔汀江失警蹕二句〕「汀江」原鈔本作汀州。「警蹕」，警戒蹕止也，見〔三〕感事「清蹕」釋。隆武帝鋭志恢復，將入贛爭湘，丙戌三月遂去福京。鄭芝龍故沮之，帝不得已暫駐延平，振飛從。八月清兵將破仙霞，帝決意幸贛，乃棄延平奔汀州，振飛不及扈從，故曰「失警蹕」。左傳襄公十九年：晉荀偃從悼公伐齊，禱于河，沈玉而濟，齊師遁。偃歸，卒，而視不可含（死不瞑目）。欒懷子曰：「其爲未卒事于齊故也乎？」乃撫之曰：「主苟終，所不嗣事于齊者，有如河！」乃瞑受含。二句謂振飛未能扈從隆武，雖死亦不能瞑目也。

〔君從粵中來以下八句〕「粵中」當指廣東肇慶、韶關一帶。歸莊路文貞公行狀云：「方公之在閩也，澤溥奉王夫人避亂洞庭，已而數千里省公于廈門，不值。」行狀未明繫年月，然既云「不值」，自當前行赴粵，否則何以知「孤棺託蕭寺」乎？至澤溥何時自粵中歸，詩亦未明言，計或不遲于去歲今春，蓋先生與澤浦非初交，未有歸久而不相聞者。「鼎沸」，喻戰亂如鼎水沸騰，後漢書王允傳：「義兵鼎沸，在于董卓。」「孤詣」猶孤懷、孤往。按：振飛未赴閩前，已移居太湖之東山。清軍取蘇、松，振飛率家丁及鄉兵據湖山以自保。故澤溥今日奉母所居之地，即昔日義軍所駐之地也。八句言澤溥自粵中歸，奉母隱居，靜觀時變，爲全詩末二句預作伏筆。

〔相逢、坐語二句〕「金閶西」謂蘇州吴縣西北金閶門外。元譜壬辰：「遇路舍人澤溥于虎丘。」不曰虎丘，而曰金閶西，其實一也。「長喟」即長歎，有久別重逢，不勝今昔之感。

〔復叙國變初以下六句〕「國變初」，據詩意，專指北京淪喪，南都初立之際。「支撐」猶撐拄，見〔六〇〕淮東「東南費撐拄」釋。「文帥」指文臣而兼帥職，時振飛官淮揚巡撫。「賊吏」、「（擒）魁」、「逆黨」皆受李自成委任之明朝降官降將。「行朝」即行在，此指南京福王。六句追叙路振飛任淮撫之功績。據明史路振飛傳：國變之初，魯豫騷動。明河南副

使呂弼周已降李自成，李自成命以節度使來代振飛爲淮撫；明進士武愫亦降李自成，李自成命以防禦使招撫徐沛。振飛生擒弼周，繫于竿，置法場，命軍士人射三矢，乃磔之。縛愫徇諸市，鞭八十，檻車送于朝。

〔江外甫晏然以下四句〕「江外」此指江北兩淮間。「晏然」猶安然。據南疆逸史路振飛傳：振飛撫淮時，自徐、泗、宿遷至安東、沭陽，壁壘相望，遍設團練，兩淮晏然，振飛之力也。然振飛爲人剛直不阿，福王與馬士英、楊維垣過淮，振飛整兵勒將，均未加禮。保國公朱國弼嘗與振飛同督漕，以竊金潛逃，懼振飛揭發，至是乃依附馬、阮，劾振飛私語鳳陽王氣，心懷異圖。會振飛丁母憂，士英乃命所親田仰來代，振飛遂返蘇州。無何，清兵大至，南都遂亡。「鑠」音爍，銷熔也，國語周語：「衆志成城，衆口鑠金。」「牧馬彎弓至」，牧，原鈔本作「胡」，指清兵。賈誼過秦論：「胡人不敢南下而牧馬，士不敢彎弓而報怨。」

〔天子呼恩官以下四句〕自注：「詔書曰：朕有守困恩官路振飛。」唐王以守困時受恩于振飛，甫即位，遥進振飛左都御史。時閩中與蘇松音耗隔絶，詔亟言振飛之恩，謂不僅豆粥麥飯一時之感；募有能訪知所在者，官五品，金三千。松江人孫可久（一作孫久中）因言振飛流寓洞庭，帝即發手敕召之。時振飛方集鄉軍保東山，故曰「干戈對王使」。「千載逢」專指君臣際遇，王褒聖主得賢臣頌：「上下俱欲，驩然交欣。千載一會，論説無疑。」按：此四句與前「謁帝、柄用」二句旨近。

〔嶺表多炎風以下四句〕「嶺表」即嶺外，此指廣東。「蕭寺」，通指佛寺。據杜陽雜編：梁武帝好佛，造浮屠，命蕭子雲飛白大書曰「蕭寺」，則其本義取蕭姓而非蕭瑟。「瀧水」即武水，源出湖南臨武縣，流經宜章入廣東境，再經樂昌、乳源至曲江，會湞水入北江。瀧音雙，不音龍；音雙爲水名，音龍作水聲。「遺策」疑指振飛欲上永曆之策，今已不可知，故曰「閟」。閟音祕，幽閉不可知也。按：振飛之死，向多異説：一謂追隆武不及，自縊于福建邵武山寺；二謂永曆二年（一六四八）召赴肇慶，卒于途；三謂辛卯（一六五一）二月，鄭成功舟師入浙，清兵破厦門，振飛與曾櫻皆縊死。今

據歸莊所撰行狀，當從第二說。行狀云：「迨聞靈武（寓永曆）正位，南粵歸誠（李成棟據廣東反正），道路漸通，敕書屢至，公乃奔赴行在（肇慶），願效馳驅，而病已革，遂卒于中途。」行狀明謂「以己丑四月二十二日卒于廣州之順德」。時李成棟已敗死，永曆帝尚駐肇慶，振飛泛海應召，卒于順德，宜或可信；惟「炎風」、「瀧水」、「空山」則與順德景物不類。先生文林郎貴州道監察御史王君（國翰）墓誌銘（載餘集）謂「路太平奉命徵兵至樂昌，乃往依之」。路振飛乃國翰姊夫，太平（即澤濃）乃振飛季子，以舅依甥，地在樂昌。故疑振飛雖卒于順德，其柩已由路氏兄弟北運，暫厝于此。

〔君才賈董流二句〕賈即賈誼，見〔五〕京闕篇釋。董指董仲舒（前一八〇——前一一五），廣川人。漢武帝時大儒，以賢良對天人三策，爲江都相，終膠西王相，以病免。少治春秋，著有春秋繁露。漢書有賈、董傳，皆贊其有伊（尹）、管（仲）之才。二句以下均勉澤溥之言。

〔國步方艱危〕「國步」猶國運，詩大雅桑柔：「於乎有哀，國步斯頻。」又宋謝莊孝武帝哀册文：「王室多故，國步方蹇。」

〔藝文類聚十三〕原鈔本此句作「恭維上中興」，「上」指隆武帝。

〔簡在卿昆季〕「簡」，皇帝選拔。論語堯曰：「簡在帝心。」振飛三子：長澤溥，仲澤淳（字聞符），季澤濃，俱受唐王官。溥、濃均見亭林詩集，惟淳無聞。「昆季」猶言兄弟，長者爲昆，幼者爲季。

〔經營天造始〕謂匡扶帝業之始。「經營」見〔三五〕推官二子執後釋。易屯卦「天造草昧」正義：「天造萬物于草創之始，如在冥昧之時也。」參閱〔四三〕元日「天造不假夷」釋。

〔大器〕大材，管子小匡：「管仲者，天下之賢人也，大器也。」此處喻路氏兄弟。

〔敢不竭微誠二句〕「微誠」，猶言微薄之誠心，謙詞，陸機試平原内史表：「臣之微誠，不負天地。」「先臣」指路振飛，子在君前稱先父祖曰先臣，參見〔二九〕奉先妣葬釋。「卒」，盡也，畢也。二句託路氏兄弟誓言，謂當竭其誠心，完成先人

遺志。

〔明夷猶未融二句〕原注：「左傳昭五年：明夷之謙，明而未融，其當旦乎！」按：「明夷」，卦名。此卦離在下，坤在上，猶日入地中，故曰「明夷」。夷，傷也；融，大明也。明已夷而未大明，是爲黎明；黎明者，將旦也。又易明夷：「利艱貞，晦其明也。」宋書龔穎傳：「臣聞運纏明夷，則艱貞之節顯。」二句謂當此明而未融之際，善保其艱貞則有利也。是勉以遵時養晦，静觀其變，與前「奉母居其中，以待天下事」遥應。

【箋】

先生五言古體以一韻到底爲正，此篇乃正體，惟結構組材大不整齊。除首四句以「秋雁」起興外，以下叙事，忽言父，忽言子；或述昔，或述今，前後首尾，賓主錯出，而轉折開合，游刃有餘。此體似不易學，然亦有章法可尋。蓋全篇係以「相逢金閶西，坐語一長喟」爲上下關鎖，上起「嗚呼」，表久别重逢，不勝今昔之感；下起「復叙」，補文貞盡瘁王室之忠。「君才」以下十句，用呼告格融君臣父子、恩禮忠孝爲一體，始與「題贈」合，否則，全詩幾近「哭路文貞公」矣。

〔六四〕清江浦

此地接邳徐，平江故蹟餘。開天成祖代，轉漕北京初。牐下三春盡，湖存數尺瀦。舳艫通國命，倉廩峙軍儲。陵谷天行變，山川物態疎。黄流侵内地，清口失新渠。米麥江淮貴，金錢帑藏虚。蒼生稀土著，赤地少耰鋤。廟食思封券，河防重璽書。路旁看父老，指點問舟車。

【釋】

〔解題〕清江浦，見〔五九〕贈萬舉人壽祺「卜築清江西」釋。又據永樂實録、明史河渠志及先生天下郡國利病書，知沙河更

名清江浦，實在陳瑄濬河置閘之後。按：先生去年秋已遊清江浦；今夏復至，蓋奔萬壽祺之喪也。銅山孫運錦作萬先生傳，明言「壬辰五月初三日，卒于淮陰，年五十」。運錦與壽祺同郡，所言當不誤。羅振玉萬年少年譜另據白耷山人集、居易堂集等，亦定壽祺卒于康熙壬辰。歸莊手寫自撰劬齋詩于玄黓執徐（壬辰）載有哭萬年少五首、萬年少藁葬南村挽辭一首，俱可證壽祺卒于本年。蘧案先引歸莊與王于一書云：「敝邑顧寧人，德甫先生之孫也。兄間者爲我言：方杖苴時，德甫先生不遠二千里遣使致生芻，有古君子之風。今寧人亦素車白馬，走九百里，哭萬年少。家風古誼，不墜益敦」云云，則先生此行即赴淮浦哭萬壽祺之喪甚明，惜稍後復引歸莊劬齋癸巳誤編詩及誤釋先生明年送歸高士之淮上詩，致當斷不斷，自生然疑。今仍取蘧案前說。

〔此地接邳徐〕「此地」指清江浦。詩以地名爲題，當以詠此地爲正，故起句不用名詞「清浦」，而直曰「此地」。與〔六〇〕淮東詩借地名而實詠人事異。「邳」，邳州（今江蘇邳縣）；徐即徐州，俱與淮安府屬相接。

〔平江〕指陳瑄。瑄字彥純，合肥人。亢爽英毅，喜閱載籍，才兼文武。以征南番諸蠻累立戰功，永樂初，封平江伯，卒贈平江侯。明史有傳。

〔故蹟餘〕瑄後充總兵官，總督漕運。身理漕河三十餘年，算無遺策，曾築管家湖、高郵湖堤，開白塔河通大江，自淮安至臨清建閘四十七所，舟楫漕運俱利之。「故蹟餘」則專指清江浦所殘留之陳瑄治漕遺蹟。

〔開天、轉漕二句〕謂清江浦自成祖時開闢，自後南北交通始賴漕運。按自永樂四年成祖命陳瑄鑿浦，至十三年功成，凡十年（一四〇六——一四一五）。時淮上、徐州、濟寧、臨清、德州皆建倉儲糧轉輸，漕運直達通州，歲可運京糧五百萬石，于是海運、陸運盡廢。參見明史河渠志三運河上。

〔牐下三春盡〕牐即閘。自注云：「淮安城西有五牐，每歲糧船以春月北上，夏初閉牐，以防黃水灌入裏河。」按：明史河渠志但言陳瑄于淮口置四閘，曰移風、清江、福興、新莊，故易名爲「清江浦」。自注云有五牐，或係日後所益。此句

但言南方糧船于春末夏初載糧北上，過此則下牐停運。

〔湖存數尺瀦〕瀦音豬，水聚處。自注云：「俟秋水退，九月開牐囘空。牐内所瀦，皆高郵、寶應諸湖南來之水。」此句但言秋後開牐蓄水，以備明春調劑漕運。

〔舳艫通國命〕舳指船尾，艫指船頭。漢書武帝紀「舳艫千里」，言衆舟首尾相接，狀其多也。「國命」謂國家命脈，論語季氏：「陪臣執國命。」此句言國以民爲本，民以食爲天，故漕運乃國命所繫。

〔倉廩峙軍儲〕倉廩通指糧倉。荀子富國：「垣窌倉廩，財之末也。」注：「穀藏曰倉，米藏曰廩。」峙卽峙，亦通庤，儲備也。史記魯周公世家：「魯人三郊三隧，峙爾芻茭，糗糧……」按：明永樂時，令各地漕糧就近收倉，由運糧官兵支此倉之糧運至彼倉，沿途節節支運，遞至京師，謂之「支運法」。至宣德時，又爲「兑運法」所代，故置常盈倉于清江浦，積糧以備轉兑。

〔陵谷天行變〕「陵谷」一詞本喻高下易位，世事變遷，詞出詩小雅十月之交「高岸爲谷，深谷爲陵」二句。參見〔二九〕奉先妣葬釋，然與此句義異，「天行」猶天道，見〔三六〕常熟縣耿橘水利書釋。按：此句以下皆叙明代中晚期漕運失修事，與明清易代無關。

〔山川物態疏〕「疏」，原鈔本作「殊」，殊，異也。「黄流」以下六句皆從「殊」字着力，刊本作「疏」字，義不符矣。

〔黄流、清口二句〕「黄流」指黄河潰決後之洪水，「清口」卽清江浦之口。黄淮水患，自陳瑄疏治後稍息。嘉隆之際，小有浸削，亦無大礙。萬曆初，張居正復任潘季馴治河，命凌雲翼于清江浦更置三閘，于是漕運復暢，淮揚無水患二、三十年。萬曆末歲，朝綱廢弛，黄河屢決，人多利其災賑，侵尅金錢；自總河至于閘官，雖闕額而不速補。于是天啟六年（一六二六）河決淮安，北入駱馬湖，灌邳、宿，居民盡沒。又如崇禎二年（一六二九）淮安蘇家嘴、新溝大壩並決，南沒山、鹽、高、泰民田無數（均見明史河渠志）。至于順治初年，戰亂未息，百廢不舉，治漕防河，兩俱失之。此

所謂「山川殊」也。

〔帑藏虛〕即國庫空虛。「帑」音倘，金幣；「藏」音仗，府庫。漢書王莽傳：「諸寶物名、帑藏、錢穀官，皆宦者領之。」

〔蒼生稀土著〕「蒼生」見〔六〕金陵雜詩釋。「著」音着，附也。「土著」，指世代定居一地之人。史記西南夷傳：「其俗或土著，或遷徙。」此句謂清浦百姓因困水患而流亡，甚少世居者。

〔赤地少耰鋤〕赤，空也。「赤地」謂地旱不生草木，史記樂書：「晉國大旱，赤地三年。」耰音優，佈種後平土覆蓋之；鋤同鉏。賈誼陳政事疏：「借父耰鉏，慮有德色。」以上四句，所謂「物態殊」也。

〔廟食思封券〕「廟食」謂立廟以饗食，史記優孟傳：「廟食與太牢，奉以萬户之邑。」「封券」謂封以鐵券，漢書高帝紀：「功臣剖符作誓，丹書鐵券。」按：陳瑄以理漕功，明仁宗時降敕獎諭，賜鐵券，世襲平江伯。宣德八年（一四三三）卒于官，年六十九。追封平江侯，謚恭襄。民以瑄濬河之德，立祠清河縣；正統中，命有司春秋致祭。

〔河防重璽書〕「河防」古專指防治黃河，如潘季馴撰河防一覽，與歷代河渠志異。「璽書」指蓋有御璽之詔敕，如史記秦始皇紀：「爲璽書賜公子扶蘇。」此句謂歷代河防工作均由朝廷統籌，明代尤然，不獨陳瑄時也。

〔路旁、指點二句〕此借父老之口，問河漕何時可通也。杜甫雲川觀水漲詩：「何時通舟車。」

【箋】

此詩似專爲表彰陳瑄而發，然自「陵谷」、「山川」二句以下，前後對比，顯見每下愈況。結韻諷時之意亦甚明，蓋本年河決邳州，清廷但憂戰亂，而未慮及河防也。

又，常庸張穆顧譜斠識謂清江浦本二首，今止存一首。意此首已畢宣題旨，另首不知所詠爲何，得毋與萬壽祺之喪有關耶？

〔六五〕 丈夫

丈夫志四方，有事先懸弧。焉能釣三江，終年守菰蒲。如何駟隙間，流光日已徂。矯首望太行，努力驅鹽車。風吹河北雁，颯沓雲中呼。豈無懷土心，所羨千里途。

【釋】

〔解題〕「丈夫」二字與起句首二字同，然與它篇借首句命題畧異，蓋細味全詩，不得謂非詠「丈夫」也。

〔丈夫志四方〕見〔五三〕流轉詩同句釋。

〔有事先懸弧〕原鈔本「事」作「志」，非唯二字重出，兼與「懸弧」注不協，當從刻本。禮內則：「子生，男子設弧于門左。」注謂弧者，示有事于武也。同書：「國君世子生，……射人以桑弧（以桑爲弓）、蓬矢（以蓬爲矢）六，射天地四方。」注謂期男子有事于遠大也。故孔子家語觀鄉射「懸弧之義」注亦謂男子生則懸弧于其門，明必有射事也。

〔焉能釣三江二句〕意謂不甘久困江東，坐守田園。「三江」見〔五三〕贈于副將釋。菰與蒲均江南水生植物，如鮑照野鵝賦：「立菰蒲之寒渚。」

〔如何駟隙間二句〕共喻時光之速逝。禮三年問：「三年之喪，二十五月而畢，若駟（駿馬）之過隙（空隙）。」又，莊子知北遊「白駒過郤」，義同。「流光」指流逝之時光，李白古風：「逝川與流光，飄忽不相待。」「徂」，往也。

〔矯首望太行二句〕「矯首」猶擧頭，張衡思玄賦：「仰矯首以遥望兮。」「太行」，山名，見〔六一〕贈人釋。戰國策楚策：「夫驥之齒至矣，服鹽車而上太行。……中阪遷延，負轅不能上。伯樂遭之，下車攀而哭之。」按：今年先生已滿四十，二句似有自傷良才老大之意。

〔颯沓〕鮑照舞鶴賦：「颯沓矜顧，遷延遲暮。」文選注：颯沓，羣飛貌。

〔豈無懷土心二句〕論語里仁：「小人懷土。」本謂安于所處，引申爲懷鄉，曹操步出夏門行：「老驥伏櫪，志在千里。」二句與上驥、雁同義相應。

【箋】

此詩編在清江浦與王家營之間，當係客居淮上北望有感而作。憶戊子作將遠行，庚寅作流轉，今年復至淮上可南可北之地（參見〔六二〕贈人「路旁多行人，一南一以北」句）而有斯作，乃知先生北遊之志不待丙申出松江獄而後決也。

〔六六〕 王家營

荒垧據淮津，彌望偏秋草。行人日夜馳，此是長安道。雞鳴客車出，四野星光早。征馬乏青芻，山川色枯槁。燕中舊日都，風景猶自好。衣殘茗上繒，米爛東吴稻。公卿不難致，所患無金寶。還顧旅舍中，空囊故相惱。回頭問行人，路十如何老？

【釋】

〔王家營〕鎮名，在當時清河縣（後改淮陰縣，屬淮安府）城北七里處，係由運河北上入京要道。

〔荒垧據淮津〕「垧」音扃，爾雅釋地：「野外謂之林，林外謂之垧。」荒垧指王家營。淮津謂淮河渡口。先生此來正值深秋，王家營自不免秋氣。

〔彌望〕彌，滿也；望指望眼。「彌望」猶滿眼、滿目。潘岳西征賦：「黄壤千里，沃野彌望。」

〔長安道〕喻赴京（此指北京）之途。

〔乏青芻〕與上「偏秋草」相應。芻同蒭，飼馬草也。杜甫甘林詩：「青芻適馬性。」

〔燕中舊日都二句〕此謂北京爲舊日明都（即不以爲今日清都），故曰「風景猶自好」，含「風景不殊，舉目有山河之異」之意，參見〔四二〕京口「新亭淚」釋。

〔衣殘苕上繒二句〕「苕」指苕溪，在今浙江省。東西二苕俱發源于天目山，分流至吴興匯入太湖，沿境自古爲我國盛産絲繒之地。「東吴」泛指今蘇南一帶，自古以盛産稻米著稱，杜甫後出塞詩：「秔稻來東吴。」二句俱指當時言，蓋諷清廷竭東南財賦以養京師。

〔公卿不難致二句〕此「公卿」指當時清朝達官，二句蓋諷清官皆以賄得。

〔還顧旅舍中二句〕此託漢人欲仕清者言。「空囊」與「無金寶」相應。

〔回頭問行人〕此亦假託欲仕清者之問，蓋以自堅其鑽營之志。

〔路十如何老〕原注：「通鑑：路巖佐崔鉉于淮南爲支使，鉉知其必貴，嘗曰：路十終須作彼一官（按指宰相）。既而（巖）入爲監察御史，不出長安城，十年至宰相。其自監察入翰林日，鉉猶在淮南，聞之曰：路十今已入翰林，如何得老？後皆如鉉言。」按：路巖字魯瞻，冠氏人。第進士。唐懿宗咸通間（八六〇——八七三）以兵部侍郎同平章事，年僅三十六。在相位八年，頗通賂遺，奢肆不法，罷爲劍南西川節度使。久之，坐縱容親吏，流儋州，賜死。崔鉉字臺碩，博州人。第進士。武宗時，拜中書侍郎同中書門下平章事。以與李德裕不協，罷。宣宗初，出爲淮南節度使，居九年，民賴以安。咸通初，徙山南東道、荆南二鎮，卒于官。通鑑所記，正崔鉉居淮南時事。路巖行十，故稱「路十」。「如何得老」，言路十拜相，不必待老也。巖雖早貴，終以賄敗，先生引其事，蓋兼寓昭鑒也。

【箋】

此篇與去年〔六二〕贈人二首酷似魏晉古詩，前八句狀王家營之蕪亂，中八句諷燕都官場之侈賄，末韻以冷語作結，直刺而不曲，與贈人詩手法畧異。或謂此篇亦譏明遺民之欲仕清者，然「路十如何老」句，似指少年新貴，與遺民頗不

類。時南明餘焰遠在西南，清朝勢力已趨鞏固，漢族少壯士人如葉氏（方恆、方藹）、三徐（乾學、秉義、元文）等莫不蠢然望仕，大勢若此，已非勸居巖谷所能。「公卿不難致」以下四句，何異批頰醜詆？此類直筆固當爲若輩設。

〔六七〕 傳聞 二首

傳聞西極馬，新已下湘東。五嶺遮天霧，三苗落木風。間關行幸日，瘴癘百蠻中。不有三王禮，誰收一戰功？

【釋】

〔解題〕杜甫聞官軍收河南河北詩，起句用「忽傳」二字，蓋志喜也。本題亦用起句「傳聞」二字，其爲志喜可知。

〔傳聞西極馬二句〕漢武帝初得烏孫馬好，名之曰「天馬」。及得大宛汗血馬，益壯，遂更烏孫馬曰「西極」，而以大宛馬爲天馬。見史記大宛傳。此詩蓋以「西極」喻黔桂，以「西極馬」喻李定國。定國（一六二一——一六六二）字鴻遠，延安人。與孫可望、劉文秀、艾能奇同爲張獻忠義子。獻忠死，衆推可望爲首。及遣白文選、馮雙禮等由川黔入滇討平沙定洲之亂，遂共據滇黔，可望自稱國主。本年清廷命吳三桂入川，命孔有德取黔；孫可望亦遣劉文秀回川拒吳三桂，遣李定國、馮雙禮由湘拒孔有德。七月，李定國、馮雙禮復永州、寶慶，進逼全州，孔有德敗奔桂林。定國、雙禮跟蹤拔其城，孔有德被迫自殺。八月，定國復衡州。十一月，定國親與清敬謹親王尼堪再爭衡州，敗，尼堪追之，歿于陣。定國本年兩蹶名王，南明餘焰復熾。此題二首，但言「下湘東」及誅孔有德，似僅傳聞八月以前事。然據常庸張譜斠識，此題原有三首，不知另首是否言及尼堪之死。

〔五嶺〕見〔四五〕懷人釋。

〔三苗落木風〕「三苗」本族名、國名，史記五帝紀以爲「三苗在江淮、荆州」，正義引吳起云：「三苗之國，左洞庭而右彭蠡。」名義考則謂其建國在洞庭長沙，故此句以「落木風」實之。楚辭九歌湘夫人：「嫋嫋兮秋風，洞庭波兮木葉下。」

〔間關行幸日二句〕「間關」見〔九〕表哀詩釋。「行幸」（一作「傷晦」）指天子出行。「瘴癘」乃山林中濕熱蒸鬱而成之毒霧，古以爲滇黔粵桂蠻族居地皆有之。二句蓋哀永曆帝。帝自丙戌即位肇慶，前二年奔波粵桂湘，暫居武岡；戊子再回肇慶；庚寅奔南寧；今年二月始居安隆。安隆最爲蠻荒瘴癘之地，實非天子所宜居，故深致痛惜。

〔不有三王禮二句〕原鈔本「三」作「真」，是也。二句蓋爲孫可望而發。可望（？——一六六〇）原名可旺，米脂人。始從張獻忠爲義子，李定國以下皆呼爲大哥。獻忠死，衆皆奉之。既爲滇國主，慮同輩李定國等不相下，因託鄉人楊畏之説永曆帝求封王，朝議但封景國公。堵胤錫知可望將不受，乃易敕封平遼王；陳邦傅復矯詔封「秦王」。事發，可望大怒，遣使求真封秦王，且謂不予真封，即提兵殺出。會鄖國公高必正入朝，召可望使者責之曰：「本朝無異姓封王例。我破京師，蒙恩赦宥，亦止公爵，爾張氏（指獻忠）竊據一隅，封「上公」足矣，安冀王爵？自今當與我同心報國，洗去賊名，毋欺朝廷孱弱，我兩家士馬足相當也！」又致可望書，詞嚴義正，使者唯唯退，議遂寢。然可望自稱「秦王」如故。庚寅歲杪，朝廷不得已，改封「冀王」；辛卯春，可望遣人殺諫阻封王之大學士嚴起恆等，帝不得已，遂真封可望爲秦王。本年，可望乃迎帝駐蹕安隆。然可望實存逼宮不臣之心，與當年鄭芝龍同。先生遠居江東，徒據傳聞，以爲定國之功必出于可望發蹤指示，故亦深主「真封」之説。潘耒改原鈔本「真」爲「三」，係據本年七月永曆帝加封李定國爲「西寧王」，封劉文秀爲「南康王」，並可望「秦王」，乃共得「三」。一字之異，所褒遂異，然此特潘耒之補正，非先生傳聞時之本意也。

廿載河橋賊，于今伏斧碪。國威方一震，兵勢已遥臨。張楚三軍令，尊周四海心。書生籌往畧，不覺淚痕深。

【釋】

〔卄載河橋賊二句〕「河橋」原鈔本作「吴橋」，蓋指孔有德二十年前叛明投清事。有德世居遼東，努爾哈赤陷遼東，有德奔皮島投毛文龍；文龍被殺，有德投明登州巡撫，官參將。崇禎四年（一六三一）冬，奉命率兵援遼，行至吴橋（今德州北），發動兵變，還軍登州，與耿仲明同叛，有德自稱都元帥。明軍于登萊圍剿二賊逾年，賊兵敗。崇禎六年（一六三三）有德遂挈家口渡海投降後金（清）；同年，明廣鹿島副將尚可喜亦約降于後金。此孔、耿、尚三賊叛明始末，而孔實爲禍首。順治初，三賊隨清兵入關，有德率師平湖南，進佔桂林，清封之爲定南王，鎮廣西，駐桂林。本年奉命攻黔，李定國、馮雙禮自武岡先取永州、寶慶、全州以躡其後，有德敗回桂林，定國進圍之。有德知事不可爲，乃縱火焚府自刎（或云自縊）死；家口一百二十人，皆被誅。「斧碪」（碪同砧、鍖）同「斧鑕」，古刑人之具；「伏」，匍匐就死也。漢書項籍傳：「孰與身伏斧鑕、妻子爲戮乎？」潘耒刻本諱「吴橋」爲「河橋」，雖不得已，然亦隱寓爾朱榮逼魏事。徐嘉雖未見原鈔本，然已知爲孔有德吴橋兵變諱，故直引明史莊烈帝紀爲之注；惜所引北史爾朱榮傳，僅云「内外百官皆向河橋迎駕」，則「河橋」之義翻不明矣。

〔國威、兵勢二句〕「國威」，明之國威也；「兵勢」，明兵之勢也；「遥臨」，謂將遥加于清也。二句蓋喜悦祝頌之辭，黄節選注竟謂二句「蓋痛之之辭也」，且曰「兵字當爲虜字之譌」（俱見顧亭林詩集彙注），是不僅有改字作注之病，兼不明本題「傳聞」之義，蘧案駁之是也。

〔張楚〕史記陳涉世家：「陳涉乃自立爲王，號爲張楚。」索隱曰：「欲張大楚國，故稱張楚。」按：沅州、靖州、永州、衡州均楚地，李定國今年收復諸州，亦可謂「張楚」。

〔尊周〕春秋時，周室雖衰，猶爲天下共主，故尊周者霸。李定國盡忠明室，先生或已有所聞。又，此句對上句「張楚」言，當專指定國，不必連及孫可望。且可望方迎永曆帝居安隆，叛迹未露，先生未必以孫、李對比也。

〔書生籌往畧二句〕「書生」，先生自指；「籌」，計議；「往畧」，猶往事，應起句。「淚痕深」，應第二句，蓋喜極而悲也，與杜詩「初聞涕淚滿衣裳」句同。

【箋】

先生忠于明室，忠于漢族，自少至老，沒齒不變。故凡率兵反明及叛明降清者，詩中必斥之爲「賊」。如〔六三〕贈路舍人澤溥詩「山東並賊吏」，指農民軍李自成部；本篇「廿載吴橋賊」，指明叛將孔有德。然一旦其人幡然抗清復明，則又悉恕其既往，且從而褒之。孫可望、李定國本張獻忠舊部，亦先生向所斥之「賊」也，今竟褒之若此，則〔四四〕春半詩之惜金聲桓，〔一〇五〕王徵君潢具舟城西詩之讚高必正，俱不足異矣。

編年（一六五三）

是年歲次癸巳，明永曆七年，清順治十年。

二月，清兵復取永州，李定國敗走龍虎關。明魯王移居金門，依鄭成功。

三月，孫可望謀襲李定國，遂自沅州潛躡其後，行至寶慶，反爲清兵所敗，遂奔回貴州。李定國亦退走廣西，于是去歲所復湖湘府縣多失。明魯王自去「監國」之號，其將張名振以鄭成功之師並偕成功部將陳輝攻入長江，旋退駐崇明。

四月，清册封達賴喇嘛爲西天大善自在佛，領天下釋教，是爲清廷以宗教籠絡蒙藏民族之始。

五月，清復命洪承疇經略湖廣、粤、桂、滇、黔六省軍務。

六月，永曆帝與大學士吴貞毓等再召李定國入衛，遣翰林孔目周官往邀。清裁内務府，設十三衙門，嚴禁宦官干政。

七月，李定國圖復肇慶、桂林，均不克，退駐柳州。孫可望再襲李定國，遇伏而敗。

十一月，清再招鄭成功，賜「海澄公」印，成功置不理。

十二月，明魯王餘部張名振、張煌言大敗清兵于崇明，舟師擬入長江。

是年先生四十一歲。正月至湖上，住路澤溥家。二月回南京，再謁孝陵，然後過京口還吴訪舊。

十月，三謁孝陵，且繪圖焉。

本年子貽穀三歲殤，更納妾戴氏，暫居南京城内。

［六八］路舍人家見東武四先曆 已下昭陽大荒落

夏后昔中微，國絶四十載。但有少康生，即是天心在。曆數歸君王，百揆領冢宰。路公識古今，危難心不怠。屬車乍蒙塵，七閩盡戎壘。粤西已踰年，其歲值丁亥。侵尋各自擁，迫蹙限厓海。厦門絶島中，大澤一空壘。新曆尚未頒，國疑更誰待？遂命疇人流，三辰候光彩。印用文淵閣，丹泥勝珠琲。龍馭杳安之，臺星隕衡鼐。猶看正朔存，未信江山改。在昔順水軍，光武戰幾殆。子顔獨奮然，終竟齊元凱。叔世乏純臣，公卿雜鄙猥。持此一册書，千秋戒僚采。

【箋釋】

〔解題〕原鈔本題曰：「隆武二年八月上出狩，未知所之。其先桂王即位于肇慶府，改元永曆。時太子太師、吏部尚書、武英殿大學士臣路振飛在厦門造隆武四年大統曆，用文淵閣印頒行之。九年正月臣顧炎武從振飛子中書舍人臣路澤溥見此，有作。」共八十九字，潘耒刻本縮成十字，且諱「隆武」爲「東武」，易「四年」爲「四先」，蓋借「隆、東」及「年、先」同韻也。「路舍人」見〔六三〕贈路舍人澤溥解題。昭陽大荒落即癸巳歲。

〔夏后昔中微以下四句〕禹受舜禪，國號「夏」，亦稱「夏后氏」。傳至曾孫相，爲過澆所滅，夏祀中絶四十年。相之子少

康立，滅有窮氏而復夏國（事載左傳襄公四年）。參閱〔一〕大行哀詩「羣心望有仍」及〔三〕感事「二斟」釋。「中微」見〔四〕春半釋。「天心」，天帝之心也，書咸有一德：「克享天心，受天明命。」此四句暗示明雖中絕，終將復興。

〔曆數歸君王〕「曆數」猶曆運、天數。書大禹謨：「天之歷數在汝躬，汝終陟元后。」歷通曆。「君王」，此指隆武帝。

〔百揆領冢宰〕「百揆」，上古官名，總領國政。書舜典：「納于百揆。」後漢書百官志一「太尉公一人」注引古史考曰：「舜居百揆，總領百事，說者以『百揆』堯初別置，于周更名『冢宰』。」「冢宰」，此指路振飛。

〔路公〕下有自注「文貞公」三字，明指路振飛，詳見〔六三〕贈路舍人澤溥「先大夫」釋。

〔屬車乍蒙塵〕「屬車」，天子侍從之車，亦稱副車、貳車。漢書司馬相如傳諫獵疏云：「犯屬車之清塵。」音義曰：「大駕屬車八十一乘。」「蒙塵」謂天子蒙難出奔，左傳僖公二十四年：「天子蒙塵于外。」此句乃追述丙戌八月隆武帝及從臣汀州蒙難事，詳見〔六三〕贈路舍人澤溥「汀江失警蹕」釋。

〔七閩盡戎壘〕「七閩」見〔五二〕贈于副將釋。「戎壘」即軍壘。

〔粵西已踰年〕「踰年」原鈔本作「建元」，其意謂粵西桂王雖已于丙戌十一月十八日即位肇慶，仍稱隆武二年，但已預建來歲丁亥爲永曆元年。若改作「踰年」，則直謂桂王即位之次年，即丁亥也。

〔其歲直丁亥〕「其」，原鈔本作「來」。「直」同值。潘耒諱「建元」二字，故上下句共易三字，于事理乃通。

〔侵尋各自擁二句〕「侵尋」亦作浸尋、寖尋、浸淫等，有逐漸、漸進之意。「各自擁」，原鈔本作「一年半」，其意謂自桂王即位至丁亥末已一年有半，乃因迫蹙（局促）厓海（指桂王所駐肇慶在厓山海濱），雖已建元而未頒新曆。潘改句則不計斷曆時間，而責桂王、魯王及唐王聿鐭各自擁立，以致新曆難頒。

〔廈門、大澤二句〕原注：「莊子秋水篇：計四海之在天地間也，不似礨空之在大澤乎？」礨音累，「空礨」亦作礨空，指小洞、蟻穴之類。莊文以礨空喻四海，此處以空礨喻廈門，俱狀其小。時路振飛依鄭成功居廈門。

〔新曆、國疑二句〕史記吴起列傳：「主少國疑，大臣未附，百姓不信。」二句蓋謂頒曆所以明正朔，亦以明正統，不速頒則人心疑懼。然將賴誰而頒乎？

〔遂命疇人流二句〕「疇人」，古之司曆數者。史記曆書：「幽厲之後……史不記時，君不告朔，故疇人子弟分散。」「三辰」見〔四三〕元日詩釋。「候」，窺伺、守望之意，後漢書鍾離意傳：「闚候風雲。」二句謂振飛遂命疇人制曆，日月星皆可望重放光彩。

〔印用文淵閣〕據南疆逸史曾櫻傳：「丁亥，仍稱隆武年號。十月，頒隆武四年曆，用文淵閣印印之，則櫻與振飛之議也。」又小腆紀傳朱成功傳：「是時監國魯王頒曆海上，成功以唐魯舊嫌，不欲奉之；又未聞粵中（桂王）即位之詔，乃于丁亥十月頒隆武四年戊子大統曆，從前大學士路振飛、曾櫻之謀也。」其它南明史料所記均畧同。故知隆武四年歲次戊子，其曆仍據明季大統曆制定，與先生所奉正朔同（參見〔四三〕元日詩）。路振飛曾兼文淵閣大學士，故用文淵閣印。然魯王已先頒監國三年戊子大統曆，故其時海上有二朔，事見小腆紀年永曆紀。

〔丹泥勝珠琲〕原注：「左思吴都賦：珠琲闌干。」琲音徘，上聲；注謂「琲，貫也。珠十貫爲一琲」。此言丹色印泥字迹勝似貫珠。

〔龍馭杳安之〕「龍馭」見〔四九〕桃花溪歌「定陵龍馭」釋。「杳安之」謂渺然不知何往，與原題「上出狩，未知所之」相應，皆指隆武帝不知所終事。隆武奔汀州，已見〔六三〕贈路舍人澤溥「汀江失警蹕」釋。按：隆武方抵汀州，清兵已追及之，時傳隆武下落可得三説：一謂清兵猝至，被俘，見害于汀州都司署；一謂汀州被俘代死者乃太監張致遠（或云唐王弟聿釗），帝實未死，不知所往；一謂帝後爲僧于五指山，鄭成功屯兵鼓浪嶼時，帝曾遣使存問諸臣云云。先生作此詩時尚有疑辭，他可知也。

〔臺星隕衡鼎〕「臺星」即三臺星，古以比「三公」、宰相。「隕」，墜落。「衡」，玉衡，指北斗杓三星，因近紫微星帝座，故亦

以比宰相。「鼒」，鼎之絕大者。古稱宰相爲「臺鼎」、「鼎鼒」、「臺衡」、「阿衡」，大抵出此。本句寓路振飛之死。

〔正朔〕見〔四三〕元日詩釋。

〔在昔順水軍以下四句〕原注：「後漢書光武紀：光武北擊尤來、大槍、五幡于順水北，乘勝輕進，反爲所敗。軍中不見光武，或云已歿，諸將不知所爲。吴漢曰：卿曹努力！王兄子在南陽，何憂無主？衆恐懼，數日乃定。吴漢傳：吴漢字子顏。」「元凱」亦作「元愷」。相傳高辛氏有才子八人，稱爲「八元」，高陽氏有才子八人，稱爲「八愷」，後皆引申爲輔佐賢臣。「齊元凱」，謂可比元凱也。

〔叔世乏純臣二句〕左傳僖公二十四年「二叔」疏：「伯仲叔季，長幼之次也。故通謂國衰爲叔世，將亡爲季世。」「純臣」指忠心不貳之臣，左傳隱公四年：「石碏，純臣也。」按：南明自福王時有馬士英、阮大鋮，唐王時又有鄭芝龍輩，其庸鄙猥劣尤過于崇禎時之周延儒、温體仁等，此皆亡國之臣，故先生有此浩歎。

〔一册書〕指所見隆武四年戊子大統曆。

〔僚采〕采同寀，僚同寮，泛指同官同事者。晉書王戎傳：「尋拜司徒，雖位總鼎司，而委事僚寀。」

【箋】

本年即原鈔本題序所云「(隆武)九年」也。後此十年癸卯(一六六三)先生作十九年元旦詩，仍曰「十九年來一寸丹」，況本年上距隆武殉國僅七年，先生重覩戊子新曆，緬懷昔時君相，其感慨爲何如？讀「猶看正朔存，未信江山改」之句，則先生欲爲「純臣」之志可知。

〔六九〕再謁孝陵

再陟神垌下，還經禁嶺隈。精靈終浩蕩，王氣自崔嵬。突兀明樓峙，呀庨御殿開。彤雲浮

苑起,碧巘到宮廻。鼎叶周家卜,符占漢代災。蒼松長化石,黑土乍成灰。城闕春生草,江山夜起雷。興王龍虎地,命世鄂申才。瞻拜魂猶惕,低徊思轉哀。上陵餘舊曲,何日許追陪?

【釋】

〔解題〕「孝陵」見〔五七〕恭謁孝陵解題。據〔七九〕孝陵圖序,知初謁在辛卯年二月己巳,再謁在本年二月辛丑(初四日)。

〔再陟、還經二句〕陟,升也,詩周南卷耳:「陟彼崔嵬。」「神坰」本指郊祠,此則統指孝陵所在之鍾山。沈約鍾山詩應西陽王教:「翠鳳翔淮海,襟帶繞神坰。」「禁嶺」專指孝陵之前嶺。隈,山曲處,管子形勢:「大山之隈。」二句以「再」、「還」二字勾連。

〔精靈終浩蕩〕「精靈」猶靈脩或神明,對鍾山而言。「浩蕩」,波瀾壯闊貌。按:先生此句雖仿離騷「怨靈脩之浩蕩兮」,然離騷之靈脩實指君王,其浩蕩乃狀茫然無主,貶義,與此句取意不同。

〔王氣自崔嵬〕「王氣」見〔五〕京闕篇釋。「崔嵬」見〔三〕海上行釋。此句「自」字與上句「終」字均有「仍」義。

〔突兀〕高貌,見〔四二〕金壇顧龍山高皇帝御題詞釋。此處與「峙」字應。

〔明樓〕形如露臺,四周有雉堞,但不蓋頂覆瓦,可供守望之用,北方鄉居多有。明代諸陵前均建「明樓」,與墓穴稱「幽宮」相對。明史禮志十四凡山陵規制有「寶城」,正前爲「明樓」,樓中立帝后謚石碑,樓前有石几筵。由今觀之,明樓實設神主處,供子孫于樓前祭拜也。

〔呀庨御殿開〕原注:「柳子厚遊朝陽巖詩:反宇臨呀庨。」「呀庨」,深遠空曠貌,與「開」字應。「御殿」指孝陵正殿,〔七九〕孝陵圖詩「正殿門有五」,句指殿門言。

〔彤雲、碧巘二句〕「彤雲」，赤色雲也，陸機漢高祖功臣頌：「彤雲晝聚，素靈夜哭。」「碧巘」，碧色山峯。二句「苑」、「宫」，承上明樓、御殿句，當指孝陵宫苑。與紫禁城内宫苑無涉。

〔鼎叶周家卜〕見〔四二〕元日詩「卜年尚未逾」釋。「叶」音義同「協」，符合也。

〔符占漢代災〕見〔三〕感事「漢災當百六」釋。「符」指天子受命之符；「占」猶卜，動詞。句謂明亦如漢，有中衰之象。

〔蒼松長化石〕原注：「唐人小説：馬湘至永康縣東天寶觀，有大枯松，湘曰：此松後三十餘年即化爲石。自後松果化爲石。」

〔黑土年成灰〕高僧傳竺法蘭：「昔漢武穿昆明池底，得黑灰，以問東方朔。朔云：不委，可問西域人。後法蘭既至，衆人追以問之，蘭云：世界終盡，劫火洞燒，此灰是也。」按：「蒼松」、「黑土」二句均承上聯「災」字。

〔興王龍虎地〕六朝事蹟：「諸葛亮論金陵地形云：鍾阜龍蟠，石城虎踞，真帝王之宅。」

〔命世鄂申才〕「命世」謂治世也。三國志魏武帝紀：「天下將亂，非命世之才不能濟也。」「鄂」指唐尉遲敬德，封鄂國公；「申」指唐高士廉，封申國公，均係唐開國功臣。此以喻徐達、常遇春等，常墓正在鍾山孝陵後。

〔上陵餘舊曲二句〕「上陵」，祭陵曲名。樂府詩集引古今樂録曰：「漢章帝元和中有宗廟食舉六曲，加重來、上陵二曲爲上陵食舉。」又後漢書禮儀志曰：「太官上食，太常樂奏食舉。」似上陵舊曲本係祭陵獻食之曲。又據明史禮志十四載嘉靖二十一年，工部尚書顧璘請以帝所上顯陵聖制歌詩定爲樂章，享獻陵廟。是亦上陵舊曲之遺也。璘字華玉，籍蘇州而寓居上元。弘治進士，仕至南京刑部尚書。先生與璘同宗，詩末所云「追陪」，殆寓意于此。

【箋】

辛卯初謁，值雨未入陵園；今春再謁，入園矣，似未登殿。故此篇長排十韻，仍多泛語。

〔七〇〕恭謁高皇帝御容于靈谷寺

肅步投禪寺，焚香展御容。人間垂法象，天宇出真龍。隆準符高帝，虬鬚軼太宗。掃除開八表，盪滌翦羣兇。大化乘陶冶，元功賴發蹤。本支書祚德，臣辟記勳庸。遺像荒山守，塵函古刹供。神靈千載後，運會百年重。痛迫西周戚，愁深朔漠烽。萬方多蹙蹙，薄海日喁喁。臣籍東吴産，皇恩累葉封。天顔仍左顧，國難一趨從。飄泊心情苦，來瞻拜跪恭。異時司隸在，可許下臣逢？

【釋】

〔解題〕原鈔本「高皇帝」上有「太祖」二字。靈谷寺在今鍾山東南獨龍崗，原址即今明孝陵所在。先是梁武帝天監十三年(五一四)爲高僧寶誌建塔(墓)于鍾山玩珠峯前，其後爲開善寺，唐稱寶公院，宋爲太平興國寺，明初爲蔣山寺。及朱元璋欲營孝陵，遂將誌公塔、原開善寺等全遷至今址，更寺名爲靈谷，且御書匾額爲「第一禪林」，御撰大靈谷寺記，立碑以記其事。「御容」專指皇帝像。按：明太祖畫像原藏孝陵，後鍾山諸寺每有摹本，先生所見在兵亂之餘，不知究係何本。

〔肅步、焚香二句〕「禪寺」即靈谷寺。明代靈谷寺規模宏大，藏御容恐在梵王殿(無量殿即今無梁殿)。句用「展」字，當係畫卷。

〔法象〕本指宇宙間種種形象或現象，易繫辭上：「是故法象莫大乎天地，變通莫大乎四時。」佛經譯爲「法相」，義同。此處借「象」以與「龍」對。

〔天宇〕猶言天空、天上，陶潛赴假還江陵夜行途中詩：「昭昭天宇闊。」

〔真龍〕龍爲君象，見廣雅釋詁。又易乾卦：「飛龍在天。」注謂猶聖人之在王位。

〔隆準符高帝〕史記高祖紀：「高祖爲人，隆準而龍顏。」隆，高也；準，鼻也。句謂明祖高鼻與漢祖同。

〔虬鬚軼太宗〕軼，過也。杜甫八哀詩汝陽王璡：「虬鬚似太宗。」句謂明祖鬚髯蜷曲，超過唐太宗。據隆準、虬鬚二句，先生所見太祖御容，或係今傳世真蹟。

〔掃除開八表〕「掃除」引申爲廓清。國語齊語：「恐宗廟之不掃除，社稷之不血食。」陳蕃謂「大丈夫當掃除天下」，義亦出此。「八表」指八方之外，喻極遠之地。魏明帝苦寒行：「遺化布四海，八表以肅清。」

〔盪滌翦羣兇〕「盪滌」猶清除，漢書食貨志：「後二年，世祖受命，盪滌煩苛。」「翦」俗作「剪」。「羣兇」泛指元末羣雄，如陳友諒、張士誠、方國珍、陳友定、李思齊、明昇等。

〔大化乘陶冶〕「大化」謂廣大教化，書大誥：「肆予大化，誘我友邦君。」陶指製瓦，冶指煉金，「陶冶」猶言鍛煉或陶鑄。淮南子原道：「包裹天地，陶冶萬物。」「乘」，因也，趁也。

〔元功賴發蹤〕「元功」猶首功，漢書景武昭宣元成哀功臣表「輯而序之，續元功次云」注曰：「元功謂佐興其帝業者也。」此處專指開國之功。「發蹤」謂發現獸蹤，史記蕭相國世家：「夫獵，追殺獸兔者狗也，而發蹤指示獸處者人也。」故功有「人功」、「狗功」之别。此句言諸臣立功皆賴太祖指示。

〔本支書胙德〕詩大雅文王：「文王孫子，本支百世。」傳曰：「本，本宗也；支，支子也。」本支蓋兼嫡庶（大宗、小宗）子孫而言。「胙」同祚，「胙德」猶福或賜福，左傳宣公三年：「天祚明德，有所底止。」此句謂朱氏子孫無論本支皆大書太祖之德。

〔臣辟記勳庸〕「臣辟」猶臣工，泛指諸侯百官。「庸」，功也。上句言同姓子孫，此句言異姓臣僚，莫不記念太祖之功。

〔遺像、塵函二句〕「函」猶櫃、匣，當即貯遺像者。「供」謂供奉。句中「荒」字、「塵」字，俱狀國變後景象。

〔神靈、運會二句〕「神靈」指太祖之威靈。「運會」猶言時運、際會，晉羊祜讓開府表：「今臣身託外戚，事遭運會。」「重」謂重逢也。此句蒙下，似指厄運必有往還。

〔西周威〕「威」，音義同滅。詩小雅正月：「赫赫宗周，褒姒威之。」此以甲申之難比西周之威，猶冀平王中興。

〔朔漠烽〕「漠」，原鈔本作「虜」。「朔漠」指漠北，亦可隱喻滿清。烽，燃烽火也，動詞。

〔萬方多蹙蹙〕「萬方」猶天下萬國，書湯誥：「誕告萬方。」「蹙蹙」，行步縮小貌，詩小雅節南山：「蹙蹙靡所騁。」句謂天下均裹足不前。

〔薄海日喁喁〕「薄海」謂四海之內，書益稷：「外薄（迫近）四海。」「喁」音顒，「喁喁」狀魚口向上慕人貌。史記司馬相如傳喻巴蜀檄：「延頸舉踵，喁喁然皆爭歸義。」句謂四海人心愈思明。

〔臣籍東吴產〕先生自云祖籍本出東吴顧氏，每以顧雍爲遠祖。

〔皇恩累葉封〕「累葉」猶累代、累世，後漢書耿弇傳論：「三世爲將，道家所忌，而耿氏累葉以功名自終。」按：自先生五世祖顧鑑（封刑科給事中）徙居崑山城南之千墩鎮，六世高祖濟（亦刑科給事中）、曾祖章志（兵部侍郎）、本生祖紹芳（左春坊左贊善）以下皆受明朝封蔭。

〔天顏、國難二句〕「天顏」見〔三〕延平使至釋，此處指太祖像。「左顧」有枉顧、眷顧之意，漢書淮陽憲王欽傳：「報（張）博書曰：『子高乃幸左顧存恤。』」按：太祖傳世像亦作左顧狀，故句意雙關。「一」，皆也，國難中，先生舉家赴難不稍屈，畧見乙酉編年。

〔異時司隸在二句〕「司隸」指漢光武帝，見〔五〕京闕篇「再見東都禮」釋。二句寄望于明室中興。

【箋】

謁像詩與謁陵詩當各有側重，故此篇可分四解：起六句即畧狀御容神態；「掃除」以下六句則概述太祖功業，然後仍由「遺像」引出八句，痛叙國變後神像與國家之厄運；自「臣籍」至尾八句始因謁像自抒身世及心情。前三解自是一般叙法，唯末解已近它日謁欑宮文構架，可取以並讀。

〔七一〕 贈朱監紀四輔 寶應人

十載江南事已非，與君辛苦各生歸。愁看京口三軍潰，痛説揚州七日圍。碧血未消今戰壘，白頭相見舊征衣。東京朱祜年猶少，莫向尊前歎式微。

【釋】

〔解題〕朱四輔字監紀，江蘇寶應人，明諸生。少負異才，于書多涉獵，尤諳經濟，有用世之志。鼎革後，棄諸生，遊四方，所交多海内悲歌慷慨之士。又據康熙寶應縣志，謂平南王尚可喜聞其名，延致幕下。久之，知尚可信必叛，辭歸，人服其智。縣志所記當係四輔晚年事，然則其人亦足稱老壽。先生由南京還吴，取道京口，相逢贈詩當在此時。

〔十載句〕自甲申（一六四四）至本年癸巳（一六五三）首尾十載，國事俱變，不獨江南也。稱「江南」者，蓋就二人經歷言。

〔與君句〕「生歸」猶生還。據下首監紀示遊粤詩，疑四輔曾參嶺南軍事。

〔愁看京口三軍潰〕京口軍潰事並見〔四二〕京口詩「末代棄江因靖鹵」及〔五三〕重至京口詩「江北江南舊軍壘」句釋。

〔痛説揚州七日圍〕清兵于乙酉四月辛未（十九日）合圍揚州，同月丁丑（二十五日）破之，共圍七日，屠城十日。王秀楚揚州十日記多記屠城事，兼及圍城始末，可參閲。

〔碧血未消今戰壘〕莊子外物：「萇弘死于蜀，藏其血，三年化而爲碧。」碧，本指綠色玉石，名詞；後多謂忠臣烈士之血爲「碧血」，碧又可作形容詞。「今」亦作「新」，義同，蓋對「舊戰壘」而言，參見〔四一〕京口詩「壘壓江干晉宋屯」句釋。

〔白頭相見舊征衣〕「白頭」一詞于實未安。謂「白頭」指先生，則先生今年甫四十，未足言白頭也；謂白頭指四輔，則下句「朱祜年少」尤牴牾矣。據詩與實，先生與四輔年必相若，似不應自居白頭；據「相見」二字，尤不應二人俱白頭，而一人又年少也。故「白頭」一詞當係虛擬來日，不必拘泥。

〔東京朱祜年猶少〕朱祜字仲先，南陽宛人。爲人質重尚儒學，從光武征河北，累立奇功，興復漢室，封鬲侯，後漢書有傳。「東京」本指洛陽，此處代東漢。句用朱祜事，蓋切四輔姓氏。

〔莫向尊前歎式微〕尊同樽，「尊前」卽樽酒之前。「式」，發語詞，無義；「微」，衰微也。詩邶風有式微篇，起句云：「式微，式微，胡不歸！」黎侯失國寓居于衛，其臣勸之歸，言亡國之君賤，至微也。

【箋】

朱四輔平生事蹟不詳，諒係自家隱去。此詩起句追述十年來事，而以「各生歸」足之，推知四輔與先生必係同道中人。「京口」句用「看」字，看者當卽先生，蓋京口軍潰前，先生均往返經過也。「揚州」句用「說」字，說者疑指四輔，蓋四輔本寶應人，清兵圍城時，四輔或正在城中也。「碧血」句由昔日說到今時，「白頭」句由今時想到來日。結聯「莫歎」句如聞王夷甫「當共戮力王室」之言，雖無限沉鬱幽咽，仍不乏慷慨振作之意。先生詩衰而不頹，悲而復壯，大抵類此。

〔七二〕監紀示遊粵詩

知君前自廣州來，瀧水孤雲萬壑哀。兩路攻虔皆不下，一軍守嶺竟空回。同時金李多驍

將，遺事江山只戰臺。獨有臨風憔悴客，新詩吟罷更徘徊。

【釋】

〔解題〕此篇與前贈監紀詩當係同時作。「監紀遊粵詩」今不可見，據先生此篇推知必多記事之作。然徐嘉引朱彬白田風雅僅載四輔韶州道中七律一首：「好山無數逐人來，紫翠千重面面開。樹下有蹊皆鹿迹，巖間不雨自莓苔。蘿生斷壁垂還上，水作驚湍去復回。獨惜征帆容易過，無由繫纜一徘徊。」謂卽遊粵詩之一，然此律純屬紀遊狀景，與先生所云「新詩」大不相侔，其自行毀棄或爲朱彬所不敢録歟？

〔瀧水孤雲萬壑哀〕「瀧水」卽武水，見〔六三〕贈路舍人澤溥「嶺表多炎風以下四句」釋。四輔有韶州道中詩，則其路經瀧水可知。「孤雲」與「萬壑」並列，不當與「瀧水」並列，蘧案有可議處。

〔兩路攻虔皆不下〕「虔」卽虔州，隋唐置，宋以後改贛州，治今江西贛縣。「兩路」謂南北兩路也。金聲桓戊子正月據南昌反正（聲桓事見〔四四〕春半「洪州七月圍」釋），于是北取九江，南圍贛州，與清贛州守將高進庫相持七十日不下。旋清軍譚泰等用伐魏救韓之策，五月復九江，圍南昌，聲桓遽撤贛州師回救，高進庫遂乘機突出，聲桓喪師數千人，此北路攻虔不下也。又，李成棟既反正，遂率衆二十萬出庾嶺，助金取贛。十月丁巳薄暮，抵贛州城外。成棟氣驕而將士飢疲，五更，高進庫開城突出，成棟策馬先奔，兵士俱驚竄，軍資器械全失，此南路攻虔不下也。

〔一軍守嶺竟空回〕李成棟本高傑部將，降清後，助平蘇、浙、閩、粵，官兩廣總督。戊子春據廣州反正，迎永曆帝居肇慶，自請攻贛州以救南昌，曰：「南雄以下事，諸臣任之；庾關以外事，臣自任之。」迨攻贛兵敗，乃退駐信豐，守梅嶺（卽大庾嶺）。己丑正月，清兵既破南昌，滅金聲桓，乃鼓行南攻梅嶺。諸將懼，欲拔營南撤，成棟不可。二月，清兵大至，時天久雨，成棟發炮不燃。因慷慨欷歔，呼巨觥痛飲，誓死城上，左右挽之上馬渡河，溺死。于是粵東復陷。

〔同時金李多驍將〕「驍將」，勇將也。如金聲桓部將王得仁，驍勇善戰。南昌城陷，尚突騎三出三入，殺傷過當，被俘不

屈死。李成棟義子李元胤，治軍得成棟法。成棟死，元胤護永曆帝入海，爲清帥耿繼茂所獲，不屈死。成棟另一義子李建捷，深沉有大略，善騎射，後死難與元胤同。

〔憔悴客〕指朱四輔。

【箋】

朱彬亦出寶應朱氏，所撰白田風雅謂四輔「少稟異志，讀書五行俱下」，「詩文不自愛惜，隨手散佚」。故風雅僅載四輔詩四首。彬係乾隆時舉人，去四輔之歿未遠，應知四輔曾兩度遊粤事，而所録遊粤詩僅韶州道中一首，又無關時事，可知四輔所作必多干礙。時當文字獄接踵之際，彬棄而不録固宜。先生未嘗親蒞粤贛，而此詩所詠事皆與今存南明史料相符，要必得之于四輔之「痛説」（見前贈詩）及遊粤詩所載，故與尋常耳食不同。

〔七三〕贈鄔處士繼思

市中問韓康，藥肆在何許？牀頭本草書，門外長桑侶。每吟詩一篇，泠然在雲天。筇穿北固雪，艇迷京口煙。六代江山好，愁來恣搜討。蘭蓀本獨芳，薑桂從今老。去去復棲棲，河東王伯齊。年年尋杜甫，一過浣花溪。

【釋】

〔解題〕萬壽祺隰西草堂集（見〔五九〕贈萬舉人解題）有再過京口鄔繼思宅詩及將去京口移寓雲間留别鄔大詩等，疑鄔亦明末志士，流寓京口者。

〔市中問韓康〕「市」本指長安市，此處借指京口。韓康字伯休，東漢霸陵人。賣藥三十餘年，口無二價。後隱遁霸陵山

中，連徵不出。後漢書有傳。

〔藥肆〕猶藥店、藥鋪，「肆」，市集交易之所。

〔本草書〕指本草經，古代藥書。源起甚早，自神農本草經始，歷代迭有增輯，至明代李時珍撰本草綱目，遂集其大成。此處所稱之本草書，係泛指藥書。

〔長桑侶〕長桑君，古之良醫，秦越人之師，曾以禁方及藥傳越人，于是越人以精醫名天下，號稱「扁鵲」。事見史記扁鵲倉公傳。「侶」，徒侶、朋輩。以上四句，知處士以行醫賣藥爲業。

〔每吟詩一篇二句〕「泠」，音零，平聲，輕泠貌，莊子逍遥遊：「夫列子御風而行，泠然善也。」二句謂處士能詩，風格輕泠飄逸。按：鄔處士詩無考，據隰西草堂集詩題秋柳和錢大邦芑鄔大繼思及乙酉二月十有一日夜同鄔大集錢氏兄弟之廬各爲七律近體一首，可知處士能詩；此句曰「每吟」，推知處士詩不在少；據「泠然」句亦可畧知處士詩格。

〔筇穿、艇迷二句〕「筇」音蛩，竹名，可爲杖，故杖亦稱「筇」。「艇」，小舟。「北固」、「京口」即處士流寓所在。

〔六代〕即「六朝」，見〔六〕金陵雜詩釋。

〔搜討〕猶言搜索，探討。魏書李琰之傳：「吾所以好讀書，不求身後之名，但異見異聞，心之所願。是以孜孜搜討，欲罷不能。」

〔蘭蓀〕蘭與蓀均香草名。「蓀」即「荃」（九章抽思作「蓀」，離騷作「荃」），古音義皆同。又「蘭蓀」即白菖，亦具香氣，係一物。此處「蘭蓀」與「薑桂」對言，仍宜視爲二物。

〔薑桂從今老〕宋晏敦復（殊曾孫）紹興中除給事中，與秦檜爭和議甚力。檜使人諭其曲從，敦復曰：「吾薑桂之性，到老愈辣。」見宋史本傳。

〔去去復棲棲〕謂行行不止也。棲同栖，「栖栖」，忙碌不安貌，論語憲問：「丘何爲是栖栖者歟？」

〔河東王伯齊〕原注：「後漢書第五倫傳：客河東，變姓名，自稱王伯齊，載鹽往來太原、上黨，所過輒爲糞除而去。陌上號爲道士，親友故舊莫知其處。」王伯齊，先生自比。

〔年年尋杜甫二句〕「浣花溪」在四川成都，杜甫流寓時曾建草堂于此。此處「杜甫」，喻鄖處士，亦與「每吟詩一篇」句應。

【箋】

明末志士不乏隱于醫者，先生友人見于詩集者如傅山、鄖繼思、郝太極、錢肅潤之父等皆可指數。常熟陳君墓誌銘（載亭林餘集）記陳梅之言曰：「士不幸而際此，當長爲農夫以没世。一經之外，或習醫卜，慎無仕宦。」先生自云：「出遊四方，嘗本其説（指陳梅之言）以告今之人。謂生子不能讀書，寧爲商賈、百工、技藝食力之流，而不可求仕。」其主旨皆在戒人勿仕。仕者食滿清之禄，勿仕則自食其力。醫卜、商賈均食力之流，先生故樂道而力行之。

〔七四〕　昔有二首

昔有楚項羽，宰割封侯王。徙帝都上游，殺之于南方。大權既分裂，海内爭雄彊。何況咫尺間，嬴秦尚未亡。時會互反覆，壯盛豈有常？感事再三歎，令我一徬徨。

【釋】

〔解題〕二詩同題「昔有」，實近無題，意謂所詠史實，不但昔有，今亦有之，故與尋常詠史不同。讀此等詩，當先知昔，而後證今，既不可囫圇，亦不宜妄揣。

〔昔有楚項羽以下六句〕此叙項羽滅秦，宰割天下，于是大封侯王，陰弑義帝諸事。按：秦二世二年（前二〇八），范增説

項梁立故楚懷王之孫名心者仍爲「楚懷王」，羽及劉邦俱北面事之，因得號召天下。秦亡，羽尊懷王爲「義帝」，曰：「古之帝者必居上游。」乃徙義帝于長沙郴縣，然後「分裂天下，而封侯王」。羽自立爲西楚霸王，封劉邦爲漢王，封共敖爲臨江王等。漢王二年（前二〇五），羽陰令衡山臨江王擊殺義帝于江中，于是天下復分裂，各爭雄長。見史記項羽本紀。

〔何況咫尺間以下六句〕秦亡于漢王元年（前二〇六）十月，義帝被殺于漢王二年十月，今乃謂「何況咫尺間，嬴秦尚未亡」，顯係故違史實以比附時事。所指何事，論者或以誤傳鄭成功沉魯王于海當之，其實大誤。姑不論成功實奉魯王終其身，即有誤傳，亦係明年甲午以後魯王移居南澳時事，先生今年何能預知？況先生前奉隆武，後尊永曆，從未以帝號畀魯王，魯王亦從未建號稱帝，「義帝」之喻，顯屬不倫。成功乃隆武所愛（見〔四六〕賦得秋鷹「當時遂得荆文寵」句），先生曾冀其爲「佐運」，又安肯輕信傳聞而以項羽擬之？義帝君也，項羽臣也，成功僅視魯王爲宗藩，向無君臣名分；有君臣名分而又有悖逆之迹者，當時唯孫可望之于永曆帝耳。可望自去歲遷永曆帝至安隆，事帝無人臣禮，自設内閣六部官；立太廟，以明太祖主居中，張獻忠主居左，己之祖父主居右；擬國號曰「後明」；馬吉翔、龐天壽等武臣亦謀逼帝禪位可望，篡弑之迹，必有傳聞，六句所歎或指此。前云「徙帝」、「殺之」，不過借古事以作危言，不必今有其事也。「嬴秦」當指滿清。「時會」、「壯盛」二句係與去年〔六七〕傳聞相較，班彪北征賦：「故時會之變化兮，非天命之靡常。」

魏政昔濁亂，兵甲與爾朱。唐臣多險浮，全忠肆誅屠。貪夫分自當，不用重哀吁。河陰與白馬，千載同一途。奈此國命何，大勢常與俱。天意未可窺，或爲真人驅。

【釋】

〔魏政昔濁亂二句〕此叙爾朱榮殺胡太后及幼帝，並在河陰殺百官二千餘人。按：北魏宣武帝死（五一五），子孝明帝元詡六歲嗣位，母胡太后臨朝，荒淫亂政，逼幸清河王懌。領軍元乂殺懌，幽太后。孝昌（五二五——五二七）初，太后復臨朝，自是朝政疏緩，恩威不立，文武解體，天下大亂。武泰元年（五二八）二月，太后弒明帝，立幼帝元釗。四月，爾朱榮稱兵，渡河入洛，拘送太后及幼帝于河陰，並沉于河。參見北史及魏書孝宣武靈皇后胡氏傳。又，爾朱榮字天寶，孝明帝時都督并、汾六州諸軍事。聞孝明帝被胡太后所害，乃立孝莊帝元攸，稱兵渡河，内外百官皆向河橋迎駕，榮乃譎之共爲盟誓，驅至河陰西北三里，悉命下馬西渡，即遣胡騎四面圍之，妄言丞相高陽王欲反，遂殺公卿百官二千餘人。參見北史及魏書爾朱榮傳。

〔唐臣多險浮二句〕此叙朱温弒昭宗，並大殺朝士于白馬驛。按：唐昭宗天復三年（九〇三），朱温擁帝自鳳翔回長安，與崔胤謀大誅宦官。明年復殺崔胤，脇帝遷洛陽，弒之，立哀帝。天祐二年（九〇五）五月有星變，朱温謀士李振請誅朝士裴樞等三十餘人于白馬驛以塞災異，且曰：「此輩自謂清流，宜投黄河使爲濁流。」朱温笑而從之。見五代史後梁紀。

〔貪夫分自當二句〕崔胤、裴樞、李振等原係勾結朱温以自利者，險浮而貪，理應自食其果，不必爲之惜。

〔河陰與白馬二句〕意謂爾朱榮與朱温俱殺朝士，千載同出一轍，不但「昔有」，今亦有之。按：孫可望曾兩次大殺永曆朝士，一次因嚴起恒等議阻「秦王」之封，一次因吴貞毓等謀召李定國入衛。起恒等被殺在辛卯（一六五一），貞毓等被殺在甲午（一六五四），徐嘉引二事爲注，誤，蓋明年之事，先生不能預知也。嚴起恒字震生，浙江山陰人。崇禎進士。隆武時，官户侍。永曆立，仍舊官，兼督軍餉；丁亥，拜東閣大學士。兹後朝臣各樹黨，起恒爲「五虎」所攻，追五虎得罪，起恒翻力救之，故錢秉鐙目爲「長者」。洎孫可望請王封，起恒爲首輔，屢以本朝異姓不王沮之。可望怒，辛

卯春，聞永曆帝在南寧，遂遣其將賀九儀等率兵五千，名爲「迎扈」，竟直上起恆舟，怒目攘臂，問：「王封是秦，非秦？」起恆曰：「君遠迎主上，功甚偉，朝廷當有隆恩。若專問此事，是挾封，非迎主上也。」九儀怒，拳毆之，起恆急赴水死。可望並殺沮王封之兵尚楊鼎和、給事中劉堯珍、吳霖、張載述等。又，楊畏知，字介夫，陳倉人。崇禎陝西鄉試第一，累官雲南副使。隆武時，陞巡撫。孫可望入滇，以畏知爲陝西同鄉，甚敬之。畏知亦以三事相約：一不得用僞西年號，二不得殺人，三不得焚廬舍、淫婦女，可望皆許諾。雲南得免屠戮，畏知力也。永曆帝在肇慶，可望遣畏知求王封，朝議不決。畏知曰：「可望欲權出劉（文秀）、李（定國）上，今晉之上公，而卑劉、李爲侯可也。」乃議封景國公（見〔六七〕傳聞釋）。及起恆等被殺，朝廷不得已真封可望「秦王」。畏知入朝，見九儀兇悖，痛哭自劾，極言可望擅殺大臣罪，帝遂留爲東閣大學士，與吳貞毓同輔政。可望聞之大怒，使人召之。帝欲因其使，畏知曰：「臣聞猛獸當人則止，若得臣而止其逆，臣焉避之？」遂至貴陽見可望，可望下之獄。時可望方擬自立，畏知憤甚，抵掌謾罵，可望令杖之，畏知除頭上冠撞之，曰：「誰敢辱大臣，有死而已！」遂被殺。

〔奈此國命何以下四句〕「國命」謂國家命運，參見〔六四〕清江浦「舳艫通國命」釋。「真人」此指真命帝王，史記秦始皇紀：「吾慕真人，自謂真人，不稱朕。」又王莽之際，圖讖以「白水真人」喻光武帝（見〔四四〕春半「白水應圖記」釋）。「爲之驅」者，謂代其驅除危難也。史記秦楚之際月表序：「向秦之禁，適足以資賢者爲驅除難耳。」此係懸念希冀之詞，故「真人」不必有實指。

【箋】

同題二首，所斥爲一人，所敘則二事，蓋均爲孫可望發也。去歲先生喜作傳聞詩，曰：「不有真王禮，誰收一戰功。」于時傳聞不實，故爲誤贊。今年可望屢襲定國，自啟內鬨；陰改國號，逼帝禪位，不義不忠，惡迹益顯，故感而作此，即所以糾前詩之誤乎？第一首斥可望遷帝安隆而後逼宮，比之爲項羽，是也。第二首斥可望威福自專，擅殺大臣，比之

爲爾朱榮及朱温，亦是也。然所論嚴起恆、楊畏知之死難，竟曰：「貪夫分自當，不用重哀吁。」是視諸臣之忠蓋如唐臣之險浮，豈公道哉！永曆諸臣分門集黨，誠類明季；然嚴、楊之異于五虎，亦猶東林不同于閹黨，決不可斷爲一丘之貉。山川路阻，忠奸難分，故一題「傳聞」，一題「昔有」，似先生亦未敢自居史筆也。

〔七五〕楊明府永言昔在崑山起義不克，爲僧于華亭；及吴帥舉事，去而之蘭溪；今復來吴下，感舊有贈

絶跡雲間日，分飛海上秋。超然危亂外，不與少年儔。閱歲空山久，尋禪古寺幽。干戈纏粤徼，妻子隔寧州。乍解桐江纜，仍回谷水舟。刀寒餘斗色，血碧帶江流。舊卒蒼頭散，新交白眼休。同年張翰在，賓客顧榮留。海日初浮嶼，吴霜早覆洲。與君遵晦意，不負一匡謀。

【釋】

〔解題〕楊永言字岑立，昆明人（原鈔本自注「雲南人」）。崇禎癸未進士，官崑山知縣（唐以後別稱知縣爲「明府」）。嘗應南都詔，薦先生于朝（見甲申編年）。乙酉，清兵南下，永言先棄官逃；旋與參將陳弘勳、諸生歸莊、吴其沆等起兵拒守，事敗，爲僧于華亭。吴志葵舉事，往黄浦依之。志葵敗，永言遂去居浙江之蘭谿（即蘭溪），後復往來吴下，即先生作詩時也。永言起義崑山及往依吴帥事，諸書所記畧同，證以本題亦見輪廓，惟終老時地，則多異説：有謂已殉乙酉之難，追謚「忠節」；有謂國變後，終老于吴；有謂祝髮于吴，終老于滇。據情推之，以終老于滇爲得。又鈔本蔣

山傭詩集「今」字下有「年」字，「感舊」下無「有贈」二字，而繼以「悲歌，不能已于言也」八字。永言係崑山令，又係先生薦主，又曾同參義軍，交誼之深，諒非「有贈」二字可盡，故知鈔本蔣山傭詩集較潘耒原鈔本尤近先生初稿。

〔絶跡、分飛二句〕乙酉六月，永言等約先生同參崑山守城事，先生以奉母故，不克與焉（見餘集常熟陳君墓誌銘）。七月事敗，永言避禍爲僧于華亭，此所謂「絶跡雲間日」也。「雲間」係華亭别稱，借對「海上」，甚妙。既而依吳志葵于黄浦，吳敗，即由黄浦海上去而之蘭谿，此所謂「分飛海上秋」也。

〔閱歲、尋禪二句〕「閱」，歷也，動詞。由丁亥至今年，已閱六歲，故用「久」字。借「閱」字對下句「尋」字，極活。

〔干戈纏粤徼〕此指兩粤連年鏖戰。「徼」音叫，塞也，本指華夷交界處。「粤徼」謂兩廣。

〔妻子隔寧州〕此句承上，謂永言因粤戰阻隔不能歸也。「寧州」即雲南，治昆明，永言原籍。

〔乍解桐江纜〕言自蘭谿乘舟出發。「桐江」本指富春江自建德至桐廬一段，爲永言由蘭谿乘舟必經之水，故係泛擬。「纜」，繫船索；「解纜」猶放舟、啟船，謝靈運鄰里相送方山詩：「解纜及流潮。」

〔仍回谷水舟〕言仍舊乘舟回到松江。「谷水」、「雲間」皆松江别名。

〔刀寒餘斗色〕「斗」即刁斗、金柝，軍用銅器，三足一柄，可受一斗，晝以炊食，夜以擊更。高適燕歌行：「殺氣三時作陣雲，寒聲一夜傳刁斗。」又，木蘭詩：「朔氣傳金柝，寒光照鐵衣。」此句蒙下「血碧」、「蒼頭」均暗扣當年舉義事。徐注引張華傳，以「斗」爲「斗牛」之斗，不切。

〔血碧〕猶碧血，見〔七〕贈朱監紀四輔釋。

〔蒼頭〕指青布裹頭之兵卒。戰國策魏策：「聞大王之卒，武力二十餘萬，蒼頭二十餘萬。」

〔新交白眼休〕「新交」應上「少年」。「白眼」謂眼睛翻白，鄙視貌。晉阮籍能爲青、白眼，見凡俗之士，以白眼對之（見晉書本傳及世説新語簡傲注）。此句暗示變節者多，雖有新交，均遭白眼而示絶，預爲下聯張、顧留地步。

〔同年張翰在〕句下有自注「張行人朌之」五字。張朌之字企岩，與永言係癸未進士同年，官行人。起義事敗，二人同祝髮于珠涇萬壽庵。此引張翰以切朌之姓。翰字季鷹，晉吴郡人，仕齊王冏爲大司馬東曹掾，與同郡顧榮友善，曾執手相約引退，見晉書本傳。

〔賓客顧榮留〕「賓客」，先生自謂。「顧榮」見〔五三〕重至京口「白羽扇」釋。

〔遵晦〕詩周頌酌：「遵養時晦。」四字自毛、鄭至朱熹釋義不一，大抵可釋「遵」爲循、順；釋「晦」爲闇、昧，戒人處逆境，當退隱以待時，與詩本義漸異。舊五代史唐李琪傳：「琪雖博學多才，拙于遵養時晦，知時不可爲，然猶多歧取進，動而見排，由己不能鎮静也。」

〔一匡謀〕指撥亂反正之謀，「匡」，正也。論語憲問：「管仲相桓公，霸諸侯，一匡天下。」

【箋】

明末遺民隱于僧者特多，先生友人見于詩集者，如楊永言、薛寀、萬壽祺、屈大均、熊開元、錢秉鐙、歸莊、髡殘、元璞等比比皆是。彼等或祝髮終身，或中途反服，或僧裝而俗行，要皆託身方外，以示不臣，與信奉宗教者大異。是故先生或仍其官稱（如「明府」、「行人」），或尊爲高士、處士，蓋「尋禪古寺」與「改容作商」，面目雖殊，而遵晦之意則一也。

〔七六〕送歸高士之淮上

送君孤棹上長淮，千里談經意不乖。卜宅已安王考兆，攜書還就故人齋。簷前映雪吟偏苦，窗下聽雞舞亦佳。此日邴原能斷酒，不煩良友數縈懷。

【釋】

〔解題〕「歸高士」即歸莊，見〔三〕吳興行解題。「淮上」此處指清江浦，見〔五九〕贈萬舉人壽祺「清江」釋。先生辛卯識萬壽祺，同年秋往淮東訪之；壬辰初夏，先生介歸莊赴淮教壽祺子，壽祺親來崑山相迎。莊抵淮不一月，壽祺即逝世，先生且千里奔其喪。今年癸巳先生還吳，適逢歸莊再次赴淮就館，因作此詩送之。趙經達歸玄恭年譜云：「永曆七年癸巳五月，萬年少壽祺來崑山，聘先生往淮陰教其子，挈琨兒偕年少北渡。」所據乃歸莊勃齋詩稿誤將壬辰年詩竄入癸巳一首詩題，遂使壽祺卒年錯謬，先生與莊行蹤並詩意俱不可解。辨見〔六四〕清江浦解題。

〔送君孤棹上長淮〕本題前首贈楊永言，後首贈劉永錫，二人俱居吳下，因知先生送歸莊時亦必居吳。句用「孤棹」，則此次赴淮僅莊一人。歸莊與蔣路然書云：「初夏，偕萬年少北渡，千里授經，豪士短氣，……」趙譜且云：「癸巳五月，萬年少壽祺來崑山，聘先生往淮陰教其子，挈琨兒偕年少北渡。」若係今年初聘，則同行者尚有萬壽祺及莊子琨，不當用「孤棹」二字。且全詩未嘗涉壽祺同行，壽祺卒于五月初三，此行亦決不在五月。故知歸莊初次赴淮就館，必係去年事。

〔千里談經意不乖〕此謂壽祺雖逝，其隰西草堂及妻子猶在。士不以存亡易節，歸莊受託教其子習經，其願未嘗乖也。

〔卜宅已安王考兆〕「卜宅」本指選擇居所，可引申爲死者選擇墓地，「兆」即墓地。孝經：「卜其宅兆而安厝之。」「王考」，通指祖考。莊之祖名子駿，字叔永，有光子，太學生，崇禎五年卒。歸玄恭年譜：「永曆七年癸巳三月七日，葬三世七人于新阡。」三世七人即莊之祖父母、父母、長兄嫂、仲嫂。新阡在崑山沙村，先世故居也。

〔攜書還就故人齋〕此承上句，言一門墓葬既畢，便當攜書赴淮就館。「故人齋」指壽祺隰西草堂，「還」，再也，復也，與上句「已」皆副詞，益證此行乃再次赴淮。

〔映雪〕梁任昉爲蕭揚州薦士表：「乃至集螢映雪，編蒲緝柳，……」文選李善注引孫氏世録云：「孫康家貧，常映雪讀書。」按：康，晉京兆人，少清介，交遊不苟，仕至御史大夫。

〔窗下聽雞舞亦佳〕晉兗州刺史宋處宗得長鳴雞，籠著窗前。雞作人語，與處宗談論終日，處宗玄學乃大進。事見白帖及幽明録。「聞雞起舞」用祖逖故事，見〔一七〕贈顧推官「便蹴劉司空」釋及〔三五〕祖豫州聞鷄詩。「映雪」、「聽雞」二句緊承上「攜書還就故人齋」句，係想象抵淮坐館以後事。

〔此日、不煩二句〕原注：「三國志邴原傳注：原舊能飲酒，自遊學八九年，酒不向口。及臨別，師友以原不飲酒，會米肉送原。原曰：本能飲酒，但以荒思廢業，故斷之耳。今當遠別，因見貺餞，可一飲燕。于是共坐飲酒，終日不醉。」按：邴原字根矩，（山東）朱虛人。少與管寧俱以操尚稱。黄巾起，避亂遼東，一年中往歸原居者數百家。後歸曹操，累遷五官將長史。二句以邴原比莊，而以「良友」自喻，蓋勉之也。「數」音朔，屢次。縈，纏繞。

【箋】

先生與歸莊同庚、同里、同學、同志……所同者多矣，不止「歸奇顧怪」也。此詩末聯所云「斷酒」，其實亦有同焉。據佚文輯補所録與歸莊手札，知先生與莊早歲俱沉湎于酒。札云：「別兄歸至西齋，飲酒一壺，……壺中竭，又飲一壺。夜已二更，一醉遂不能起。」又云：「月之二日，將往千墩，面兄之期當在初七八，居期更以酒三爵、榼一架，奉訪于西郊。」此先生自云嗜酒也。「弟終日碌碌運甓，而兄終日酣飲甕中物，此殆天乎！」「醉德無何，忽云改歲，兄今其脱然愈乎？」此明言歸莊嗜酒也。二人少時如此，中年可知。而此詩竟誓言「斷酒」，則應斷酒者誰乎？故知「邴原」、「良友」，易地則皆然。且全詩主旨，頗以力學相勉（如「千里談經」、「攜書還就」、「簷前映雪」、「窗下聽雞」）。力學必戒酒，當以邴原爲法。原之言曰：「本能飲酒，但以荒思廢業，故斷之耳。」國變至今，先生與莊廢業多矣，今年逾不惑，往者不諫，來者可追，讀此詩當察其志于詩外。

〔七七〕贈劉教諭永錫大名人

棲遲十載五湖湄，久識元城劉器之。百口凋零餘僕從，一身辛苦别妻兒。心悲漳水春犂日，目斷長洲夕雁時。獨我周旋同宿昔，看君卧起節頻持。

【釋】

〔解題〕劉永錫字欽爾，號臏庵，魏縣（屬大名府）舉人，崇禎十六年癸未選長洲儒學教諭。嘗署崇明縣事，吏治精敏，庭無留獄，居三月，仍還長洲。亂後不復北歸，隱居蘇州府城東北五十里之相城。清大吏強之仕，則袒裼疾視曰：「我中原男子，年二十渡漳河，登大伾（山名，在今河南浚縣），躍馬鳴鞘，兩河豪傑誰不知我，奈何欲見辱耶？」取劍欲自刭，門下士抱持之，得解。既而妻子相繼餓死，永錫亦旋殁。弟子徐晟、陳三島等經紀其喪，葬之虎丘山塘，以妻女祔。國朝先正事略、南疆逸史及清史稿（遺逸）諸書皆有傳；朱彝尊静志居詩話另著其洹水遺詩。

〔棲遲十載五湖湄〕「棲遲」見〔三七〕偶來釋。自癸未選長洲教諭至今年癸巳已閲十載。「五湖」即太湖。「湄」，水草交接處，通指水邊，詩秦風蒹葭：「所謂伊人，在水之湄。」

〔久識元城劉器之〕「久識」承上句「十載」。劉器之（一〇四八——一一二八）名安世，宋元城（屬大名府）人，官諫議大夫，係著名理學家，有元城語録傳世。宋史有傳。元城縣、魏縣、大名縣雖有沿革，但均屬大名府。永錫與安世實同籍同宗，故以取譬。

〔百口、一身二句〕「百口」猶言全家、合族：「百」，言其多也。如孫嵩欲救趙岐，密謂岐曰：「我北海孫賓石，闔門百口，埶能相濟。」（見後漢書趙岐傳）又如王導欲求助于周顗，呼曰：「伯仁，以百口累卿。」（見晉書周顗傳）「從」，此處音衆，去聲，名詞，侍從。永錫初偕妻栗氏及僮僕合家二十餘人隱居相城。有女許字未嫁，恐貽父母憂，絶粒以死。妻哭之成疾，亦死。後大水乏食，僮僕相繼死。埋骨道旁，過者酸鼻。永錫妻女既死，有子臨，乃曰：「祖宗丘墓不可無人祭掃。」遂遣子臨及婦歸魏。臨既歸，思父不置，假貸得百金，欲馳以獻父。星夜南下，馬驚墮地，被傷死。

〔心悲漳水春犂日〕「漳水」即漳河，發源晉東，初分清漳、濁漳二支，東南流至冀豫界合稱漳河，又東流至大名（魏縣）入衛河。永錫魏人，漳河即其故鄉水也。句用「春犂」二字，疑當日遣子北歸務農，故悲念之。

〔目斷長洲夕雁時〕「長洲」，舊縣名，今屬江蘇吳縣，明清時與吳縣同爲蘇州府治。其地古有長洲苑，因以得名。句用「夕雁」二字，冀其傳書也。永錫曾官長洲教諭，故云。

〔獨我周旋同宿昔〕「周旋」，此指朋友往來應酬，禮內則：「進退周旋慎齊。」「宿昔」猶夙昔、往日，漢書蘇武傳：「此陵宿昔之所不忘也。」句用「獨我」二字，言知君者鮮也。

〔看君卧起節頻持〕原鈔本此句下有自注：「劉君時未薙髮。」蘇武持節見〔一七〕贈顧推官「君持蘇生節」釋。

【箋】

劉教諭永錫以苦節稱，身雖北人而誓不北歸，終以孑然之身，戴髮窮死南方。夫教諭，微官也，而堅貞若此，亦異矣！先生此詩足以證史，另録永錫遺事三則：（一）……清大吏逼仕不得，既去，永錫謂其妻曰：「彼再至，吾與汝立自決矣！」皆裂尺帛握之。會海上兵起，乃罷。（二）錢牧齋（謙益）念其窮，招之往，永錫曰：「彼爲黨魁，受主眷，枚卜時，天子以伊傳期待，今豈忘之耶？」卒不往。（三）初，永錫長八九尺，容貌甚偉，至是毁形骨立，見者哀之。久之成疾，漸劇，一夕，大呼「烈皇帝」三，遂卒，時甲午秋也。亭林先生與永錫相交十載，此詩作于永錫死之前歲，時尚未薙髮，則其「守此」，豈不「良辛苦」哉（見〔五五〕流轉詩）！故六字小注潘刻時必須删去，否則，按例當剖棺戮尸矣。

〔七八〕郝將軍太極，滇人也。天啟中守霑益，余于叙功疏識其姓名。今爲醫，客于吳之上津橋，言及舊事，感而有贈

曾提一旅制黔中，水藺諸酋指顧空。入楚廉頗猶未老，過秦扁鵲更能工。風高劍氣蛉川外，水沸茶聲鶴澗東。橋畔相逢不相識，漫將方技試英雄。

【釋】

〔解題〕郝太極，生平無考。「天啟」，明熹宗年號（一六二一——一六二七）。「霑益」，州名，在今雲南曲靖北，明設州，屬曲靖府。「敍功疏」，當指水藺亂平後，主軍大臣所上敍功奏疏。「上津橋」，在當時吳縣、長洲二縣界，橋跨運河。

〔曾提一旅制黔中〕左傳哀公元年：「（夏少康）有田一成，有衆一旅。」注云：「五百人爲旅。」此處「提一旅」，猶言率一軍。「制」，制服，征服。「黔中」，歷代轄區不一，據詩意當指今貴州西南及雲南東北一帶。此句專就郝太極守霑益而言。

〔水藺諸酋指顧空〕「水」指今貴州水城及雲南宣威一帶，「藺」包括今四川古藺、敍永一帶。「酋」，古專指少數民族首領，與「渠」義近，左思吳都賦：「儋耳黑齒之酋，金鄰象郡之渠。」「指顧」，見〔一七〕贈顧推官釋。天啟元年，明永寧衛土司奢崇明（明史謂係猓玀種）叛，據重慶，破瀘州、遵義。二年，水西土同知安邦彥起應奢崇明，陷畢節，圍貴陽。三年，奢崇明爲秦良玉所破，敗奔安邦彥。茲後官軍屢剿屢不勝，戰亂延綿七、八年。至崇禎元年（一六二八）六月，朝廷命朱燮元總督川廣雲貴兵攻安邦彥，明年八月破水西，安邦彥、奢崇明皆敗死，亂平。事見明史朱燮元傳及熹宗本紀。

〔入楚廉頗句〕先是趙悼襄王信讒以樂乘代廉頗爲將，頗怒攻走乘，亡至魏。後趙數困于秦，趙王欲再用頗，遣使召之。佞臣郭開使使者歸言廉頗一飯三遺矢（屎），以證其老，于是趙王不復用頗。楚聞廉頗在魏，陰使人迎之，頗遂爲楚將。事見史記廉頗列傳。此句言郝將軍由滇至吳時，年尚未老。

〔過秦扁鵲句〕秦越人，本渤海鄚人；家于盧，又號盧醫。師長桑君，名益著，人稱「扁鵲」。見〔七三〕贈鄔繼思「長桑君」

釋。其後，扁鵲奉召入秦，秦太醫令李醯自知技不如扁鵲，使人刺殺之。此句言郝將軍行醫于吴，技藝益精。

〔蛉川〕原注：「隋書史萬歲傳：入自蜻蛉川。」按：「蜻蛉」亦作青蛉，水名，在今雲南姚安大姚境，疑即郝祖籍所在。

〔鶴澗〕虎丘有清遠道士養鶴澗，傍渡僧橋及上津橋，此指郝將軍醫肆所在。

〔橋畔相逢不相識二句〕「橋」即上津橋。「方技」此專指醫術，史記扁鵲倉公列傳：「（淳于）意家居，詔問故太倉長臣意方技所長。」（淳于意係漢文帝時名醫）疑二句實有其事，蓋二人本不相識，先生或因問病而訂交也。

【箋】

先生閱叙功疏時，計年方入邑庠耳。二十餘年聞名而不相識，況又經國變乎？「言及舊事，感而有贈。」當知太極必非尋常武夫或庸醫之流。詩題與前三聯相應，已道盡太極一生大事，詩以存人，信乎不謬。

〔七九〕孝陵圖有序

重光單閼二月己巳來謁孝陵，值大雨，稽首門外而去。又二載昭陽大荒落二月辛丑，再謁。十月戊子，又謁，乃得趨入殿門，徘徊瞻視，鞠躬而登殿上。中官奉帝后神牌二；其後蓋小屋數楹，皆黄瓦，非昔制矣。升甬道，恭視明樓寶城；出門，周覽故齋宫祠署遺址。牧騎充斥，不便攜筆硯，同行者，故陵衛百户束帶玉稍爲指示，退而作圖。念山陵一代典故，以革除之事，實録、會典並無紀述；當先朝時，又爲禁地，非陵官不得入焉；其官于陵者，非中貴即武弁，又不能通諳國制，以故其傳鮮矣。今既不盡知，知亦不能盡圖，而其録于圖者且不盡有。恐天下之人同此心而不獲至者多也，故寫而傳之。

鍾山白草枯，冬月蒸宿霧。十里無立櫊，岡阜但回互。寶城獨青青，日色上霜露。殿門達明樓，周遭尚完固。其外有穹碑，巍然當御路。文自成祖爲，千年繫明祚。侍衛八石人，祗肅候靈輅。下列石獸六，森然象鹵簿。自馬至獅子，兩兩相比附。中間特崒嵂，有二擎天柱。排立榛莽中，凡此皆尚具。又有神烈山，世宗所封樹。卧碑自崇禎，禁約煩聖諭。石大故不毁，文字猶可句。至于土木工，俱已亡其素。東陵在殿左，先時懿文祔。云有殿二層，去門可百步。正殿門有五，天子升自阼。門内廡三十，左右以次布。門外設兩廚，右殿上所駐。祠署并宫監，羊房暨酒庫，以至各廨宇，並及諸宅務。東西二紅門，四十五巡鋪。一一費搜尋，涉目仍迷瞀。山後更蕭條，兵牧所屯聚。洞然見銘石，崩出常王墓。何代無厄菑，神聖莫能度。幸兹寢園存，皇天永呵護。奄人宿其中，無乃致褻汙。陵衛多官軍，殘毁法不捕。伐木復撤亭，上觸天地怒。雷震樵夫死，梁壓陵賊仆。乃信高廟靈，卻立生畏怖。若夫本衛官，衣食久遺蠹。及今盡流亢，存兩千百户。下國有蟣臣，一年再奔赴。低徊持寸管，能作西京賦。尚慮耳目徧，流傳有錯誤。相逢虞子大，獨記陵木數。未得對東巡，空山論掌故。

【釋】

〔解題〕此先生三謁孝陵也。然本題不曰「三謁孝陵」，而曰「孝陵圖」，蓋詩本爲圖而作也。先生所繪孝陵圖，當時已流傳同志之間，如戴笠贈顧寧人詩云：「涕淚獨陳天寶事，神靈長護孝陵圖。」陳濟生送顧寧人還鍾山詩亦云：「幸有詩

篇同悱惻，獨留圖畫見崢嶸。」今其圖已不存，獨此詩與序幸附詩集以傳。

〔解序〕全序可分三層：自起句至「鞠躬而登殿上」，簡叙三次謁陵由望門而入園、而登殿之經過。自「中官」句至「退而作圖」，勾畫孝陵總貌，以明作圖所本。自「念山陵一代典故」至序末，畧言作圖之難及作圖深意。「故寫而傳之」下，原鈔本尚有「臣顧炎武稽首頓首謹書」十字。（一）重光單閼即前年辛卯歲，昭陽大荒落即本年癸巳歲。（二）稽首：行跪拜禮時叩頭至地，係表敬之極。書舜典：「禹拜稽首，讓于稷契暨皋陶。」（三）鞠躬：有二訓，一曰：「鞠，曲斂；躬，身也。」意即彎腰。二曰謹敬貌，或敬慎之至。今僅用第一訓，古則二義兼用，如論語鄉黨：「入公門，鞠躬如也，如不容。」此處用同古義。（四）中官：與下文「中貴」均指（守陵）太監。（五）帝后神牌：此指明太祖及馬皇后木主或靈位。（六）甬道：本指兩側築有短牆之通道，此指攀登明樓、寶城之梯道。（七）寶城：明制，皇陵土埠周垣有雉堞如城牆，謂之寶城。（八）明樓：見〔六九〕再謁孝陵釋。明代山陵規制，寶城正前必建明樓。（九）牧騎充斥：「牧」，原鈔本作「胡」，胡騎指清朝所置駐陵兵，約四十名。充斥猶充塞，貶義，左傳襄公三十一年：「敝邑以政刑之不修，寇盜充斥。」（十）束帶玉：人名。孝陵原置孝陵衞，衞卒五千人，設「千户」、「百户」（率百人，正六品）等武官統領之。清已撤陵衞，束帶玉恐係相逢同行之人，見詩末「虞子大」釋。（十一）山陵即皇陵，見〔五〕京闕篇釋。（十二）典故：此處專指朝廷典制、故事，後漢書東平王蒼傳：「每賜讌見，輒興席改容，中宮親拜，事過典故。」與詩文引用事典異義。（十三）革除之事：明惠帝于建文四年（一四〇二）六月十三日南京城破後，不知所終。燕王棣于十七日即位，是爲明成祖，以明年爲永樂元年（一四〇三）。因詔本年六月以後，革除「建文」年號，仍稱（太祖）洪武三十五年（亭林文集卷一有革除辨）。孝陵本建文時所修，惠帝既廢，年號亦革，故明代無「惠帝實録」，明會典亦不載修建孝陵事。（十四）武弁：武官服皮弁（冠），因稱武弁，多用于貶義，如「兵弁」、「馬弁」。

〔鍾山〕孝陵所在，見〔五七〕恭謁孝陵釋。

〔白草〕參見〔四六〕賦得秋鷹釋，此處泛指宿草。

〔冬月〕十月爲孟冬，謁陵時也。

〔蒸宿霧〕氣上出曰「蒸」。「宿霧」，積夜之霧也，陶潛詠貧士詩：「朝霞開宿霧。」

〔十里無立椔〕椔，音義同甾，爾雅釋木：「木自獘，柛；立死，椔。」故「立椔」實指直立之枯木。此句謂鍾山樹木已砍伐殆盡。據屈大均孝陵恭謁記云：「金陵山舊有松數十萬株，皆六朝古物，今無一存矣。」

〔回互〕回環交錯，木華海賦：「乖蠻隔夷，回互萬里。」

〔寶城獨青青〕此句「獨」字全從上四句逼出，言孝陵松柏尚未翦伐也。

〔周遭〕猶周匝，通指四周垣牆。劉禹錫石頭城詩：「山圍故國周遭在，潮打空城寂寞回。」

〔穹碑〕見〔四三〕石射堋山釋。

〔文自成祖爲〕江寧府志古蹟謂孝陵有成祖御製碑，即神功聖德碑也。

〔繫明祚〕即維繫明朝皇統，參閱〔五七〕恭謁孝陵「寶祚方中缺」釋。

〔侍衛八石人二句〕八石人即翁仲，然與尋常翁仲異，蓋兩兩相對，爲四文人，皆朝冠秉笏；四將軍，皆介冑執金吾，各高四五丈，作侍立迎候狀。「祗」猶肅，魏書劉休賓傳：「聞王臨境，故來祗候。」「靈輅」，天子靈車。「輅」音路，車也。

〔下列石獸六以下四句〕六種石獸即獅子、獬豸、橐駝、象、麒麟、馬，每種各四，皆兩立兩蹲，兩兩相對，東西並列，所謂「比附」是也。「鹵簿」即天子儀仗，蔡邕獨斷：「天子出，車駕次第謂之鹵簿。」然石獸本非鹵簿，「象」（比擬）之而已。

〔中間特崒嵂二句〕「崒嵂」音翠律，亦作「嵂崒」，山高聳貌，司馬相如子虛賦：「其山則盤紆岪鬱，隆崇嵂崒。」此處崒嵂狀擎天柱之高。「中間」謂在石人、石獸之間。柱左右各一，色白如玉，鏤有雲龍之紋。

〔排列榛莽中二句〕謂以上所敘石人、石獸、石柱諸物，至今仍在，與下句「俱已亡其素」對言。「榛莽」，見〔五五〕流轉「極

目皆榛莽」釋。

〔又有神烈山二句〕明史禮志：嘉靖十年（一五三一），封孝陵爲「神烈山」。「世宗」即朱厚熜，年號嘉靖，謚肅。「封」謂封山，「樹」指樹碑。屈大均孝陵恭謁記云：「自朝陽門入，東行至下馬坊，有碑曰神烈山，肅皇帝所封樹。」

〔卧碑自崇禎以下四句〕「卧碑」，横立之碑，係崇禎十四年奉帝諭立。徐注引孫承澤春明夢餘録：崇禎辛巳四月，上召諸勳戚及禮部侍郎入内，諭之曰：「孝陵爲高皇帝弓劍之所，關係重大。會典所載，近陵不許開窨取石，斫伐樹木，其例甚嚴。近來法久人玩，須遣重臣親勘。」云云。知卧碑所書乃禁約也。「可句」，謂可以句讀。

〔至于土木工二句〕承上謂孝陵磚石之物，如今尚存，而土木之工，則因其易朽，均已失其原貌。「素」，本始、舊時。

〔東陵在殿左以下四句〕明太祖長子朱標，洪武初立爲太子，二十五年薨，謚懿文。子即惠帝，追尊爲「孝康皇帝」，廟號興宗。其墓先祔葬孝陵東側昭位，稱「東陵」。成祖既廢惠帝，並廢「孝康」帝號，復稱懿文太子，改陵爲墓。詩用「云有」，似先生未曾親見。

〔正殿天子二句〕「阼」即東階，又稱主階（見説文段注），天子登殿自阼而升。此處「天子」乃指後世主祭之嗣皇帝。

〔門内左右二句〕據屈記：「大殿中門左右方門亦五，門内神帛罏二，左右廡三十。」廡音午，殿堂下周圍廊屋。

〔門外右殿二句〕屈記：「門外御廚亦二，其左爲宰牲亭，右曰具服殿，皇帝駐以具服者也。」「上」指皇上。

〔祠署并宫監以下四句〕此概述陵内執事屋舍。「祠署」司祭典，「宫監」司庶務，「宅務」司墓地，「廨宇」泛指一般辦事處所。

〔紅門〕明史禮志所稱「紅券門」，臣下代祭由此以入。北京諸陵以居中或南爲紅門，門止一，不聞有二，此云「東西二紅門」，恐係孝陵特制，供太監執事出入者。

〔巡鋪〕衛卒居住及巡警之所。

〔一一費搜尋二句〕據詩序「出門，周覽故齋宫祠署遺址」，既云「遺址」，則實物恐已不存，故屈記于祠署、宫監、紅門、巡鋪等具不載，先生但憑束帶玉「稍爲指示」，雖極力搜尋，亦不自信其真確也。「瞀」音務，視不明貌，意謂于以上殿宇屋舍仍觸目不清。

〔山後更蕭條以下四句〕「兵」指清兵，「牧」指牧人。「常王」指常遇春。遇春（一三三〇——一三六九）懷遠人，明朝開國大將。助太祖取天下，與徐達齊名，官至右丞相，封鄂國公，卒謚忠武，追封開平王。墓葬鍾山北，其神道碑銘乃宋濂所撰。此云常墓崩裂，銘石洞然可見。

〔厄菑〕「菑」音義同「災」。

〔神聖莫能度〕「度」，越也。古詩十九首：「萬歲更相送，賢聖莫能度。」此句承上，謂神聖（如太祖、常王）均不能免此災厄。

〔寢園〕即陵園。帝王陵皆有寢殿，故亦稱「寢園」。

〔呵護〕「呵」通訶，大聲喝斥；「呵護」專指神靈呵禁守護。李商隱驪山有感詩：「驪岫飛泉泛暖香，九龍呵護玉蓮房。」

〔奄人宿其中二句〕「奄人」同「閹人」，即太監。「褻汙」同「褻瀆」，汙慢之極也。此謂明亡後，清續設守陵太監竊居寢殿。

〔陵衛多官軍以下八句〕「官軍」即清兵，「殘毀」謂破壞陵園。「陵賊」當指撤亭之賊。「卻立」，退後而立，狀畏怖。「高廟」，劉邦與朱元璋均尊謚爲「太祖高皇帝」，廟號亦同。按：八句恐多紀實，如伐木、撤亭、雷震、梁壓等，大約均出自守陵人口（參見〔二七〕陵下人言詩），無須詳覈。

〔若夫本衛官以下四句〕「本衛」專指孝陵衛。「蠹」，蛀蟲，以喻不耕而食者。左傳襄公二十七年：「兵，民之殘也，財用之蠹。」梁陸倕新漏刻銘：「建武遺蠹，咸和餘舛。」「流冗」謂流離失所。原注：「後漢書光武紀：流冗道路。」（按：當引

漢書成帝紀：「水旱爲災，關東流冗者衆。」）四句蓋歎明朝所設孝陵衛官，久已成爲殘民之蠹。國變之後俱流離失所，僅存千户百户各一而已。

〔下國有幾臣〕「下國」，古吳國稱中原諸國爲「上國」，自稱爲「下國」。參見〔三六〕酬李子德二十四韻「上國嘗環轍」釋。「幾臣」猶蟣臣，原注：「盧仝月蝕詩：地上蟣蝨臣仝，告訴帝天皇。」此句乃先生對君自謙之辭。

〔一年再奔赴〕指本年二月辛丑、十月戊子兩次來謁。

〔西京賦〕東漢張衡作二京賦，西京指長安，東京指洛陽。明初都南京，後遷北京，故南京猶漢之西京。參見〔五〕京闕篇「幾欲擬張衡」釋。

〔褊〕音扁，本義爲衣小，引申爲狹小。

〔相逢虞子大二句〕原注：「後漢書虞延傳：光武東巡，路過小黄，高帝母昭靈后園陵在焉。時延爲部督郵，詔呼引見，問園陵之事。延進止從容，占拜可觀。其陵樹株蘖，皆諳其數；俎豆犧牲，頗曉其禮。帝善之。」按：虞延字子大，東昏（在今河南蘭考東北）人。少爲户牖亭長，光武時官洛陽令，外戚不敢干法。累遷至司徒。詩以虞延喻東帶玉。

〔未得對東巡二句〕原注釋「掌故」云：「史記司馬相如傳：宜命掌故，悉奏其義而覽焉。漢書音義曰：掌故，大師官屬主故事者。」按：「掌故」本係古官名，專掌國家舊制舊事。二句蓋歎未能如虞延接對光武之東巡，僅許在此空山（鍾山）討論山陵掌故而已。

【箋】

先生精嗜地學，所著大至地理（如肇域志、天下郡國利病書）、方志（如北平古今記、建康古今記），小至陵墓考古（如十九陵圖志、萬歲山考證），無慮十餘種。而所寫孝陵圖及詩尤有深意。蓋「山陵一代典故」，前以諸因其傳也鮮；今值厄災，尤懼其殘毁，故退而作圖，寫而傳之，期存其掌故，不徒寄蟣臣黍離之思也。惜原圖早失，同時畫僧石濤摹

本亦不復存，他日欲畧復孝陵之舊，先生此詩與屈氏之記或能髣髴其一二耳。

〔八〇〕十廟雞鳴山下有帝王功臣十廟，後人但謂之「十廟」

我來雞籠下，十廟何蒼涼。周垣半傾覆，楝宇皆頹荒。樹木已無有，寂寞餘山岡。功臣及卞劉，並作瓦礫場。衛國有遺主，尚寓五顯堂。武惠僅一間，廟貌猶未亡。蔣廟頗完具，欹側惟兩廊。帝王殿已撤，主在門中央。或聞道路言，欲改祀三皇。真武並祠山，香火仍相當。其南特焕然，漢末武安王。云是督府修，中絶以堵牆。陪京板蕩餘，百司已更張。神人悉異名，不改都城隍。朔望及雩祈，頓首誠恐惶。神奉太祖勅，得以威遐荒。留此金字題，昭示同三光。追惟定鼎初，遣祀明倫將。二百七十年，吉蠲存太常。三靈俄乏主，一代淪彝章。圜丘尚無依，百神焉得康。騎士處高廟，陵闕來牛羊。何當挽天河，滌去諸不祥。無文秩新邑，人鬼咸迪嘗。復見十廟中，冠佩齊趨蹌。此詩神聽之，終古其毋忘。

【釋】

〔解題〕十廟之「十」，舉成數也，均在南京雞鳴山下。大概分之，可得三類：一爲帝王廟，祀歷代著名帝王；二爲功臣廟，包括明朝功臣及歷代（與南京有關）功臣；三爲神廟，包括傳聞之神及人而神者。據明史禮志載：（一）帝王廟仿太廟同堂異室之制，爲正殿五室：中一室三皇；東一室五帝，西一室夏禹、商湯、周文王；又東一室周武王、漢光武、唐太宗，又西一室漢高祖、唐高祖、宋太祖、元世祖。另據萬曆野獲編卷一列朝門：「太祖洪武六年建帝王廟于金陵，七年

始建塑像，又建于鷄鳴山之陽。」至二十一年，以歷代名臣自風后、皐陶至元伯顔等三十七人從祀。（二）功臣廟以祀明朝功臣爲主：正殿徐達、常遇春、李文忠、鄧愈、湯和、沐英；西序胡大海、趙德勝、華高、俞通海、吴良、曹良臣、吴復、孫興祖；東序馮國用、耿再成、丁德興、張德勝、吴楨、康茂才、茅成等共二十一人。歷代功臣（從祀帝王廟諸臣不屬）廟各自獨立，有漢蔣子文、晉卞壼、宋曹彬、南唐劉仁贍、元福壽等，由應天府祭。（三）神廟亦各自獨立，祭北極真武帝、祠山王張㶿、武安王關羽、寶誌禪師以及都城隍、五顯靈官等，由太常官按時分祭。先生遊雞鳴山時，諸廟已多荒廢，故詩中所述，僅有歷代功臣廟與神廟，它鮮及焉。

〔雞籠〕指雞鳴山，以其山狀雞籠，故名。山在鍾山西南麓，下有玄武湖，宋時俗傳有黑龍見于湖，嘗改名龍山；明洪武十三年始稱雞鳴山。後築觀象台于山巔，故又號欽天山。十廟散建于山下。

〔十廟何蒼涼以下五句〕「蒼」表色，「涼」表氣，合言則有蒼白寒涼之義，可狀景兼象意，係常用詞，此處當以下句「傾覆」、「頹荒」、「寂寞」諸詞爲其註脚，係全詩寄慨所在。

〔功臣及卞劉二句〕「功臣」卽本朝功臣廟之省稱。「卞」指卞壼。壼字望之，東晉冤句人。成帝時與庾亮同輔政。蘇峻反，壼以尚書令兼領軍將軍，督師拒之。峻軍至蔣陵覆舟山（在雞籠山東北），壼與戰，敗績。峻攻青溪栅，壼及二子眕、盱苦戰，皆見害。晉書有傳。「劉」指劉仁贍。仁贍字守惠，南唐彭城人。官清淮節度使，鎮壽州（今安徽壽縣）。周世宗侵淮，唐中主李景兵敗，奉表稱臣，仁贍獨堅守。子崇諫謀出降，立斬之。旋病甚，副使孫羽以城降，仁贍卽于是日卒。史稱卒時晝晦，雨沙如霧。五代史有傳。二句言本朝功臣廟及卞、劉二廟俱成瓦礫。

〔衛國有遺主二句〕「衛國」指福壽，元末唐兀人，官江南行台御史。順帝至正十六年（一三五六）朱元璋圍集慶（今南京），福壽拒戰于蔣山，敗績。城破，百司皆奔潰，福壽獨留不去，遂被殺。明賜謚忠肅，贈衛國公。元史有傳。「遺主」卽所遺木主（靈牌位）。「五顯」本指五聖、五通神，或謂明太祖定天下，封功臣時，夢陣亡兵卒千萬請卹，太祖許

以五人爲伍，處處血食，且命江南家立尺五小廟，俗稱「五顯堂」。然據史考之，五聖、五顯、五通神名，宋元以來卽有之，蓋江南民間流行之邪神也。二句謂福壽唯木主尚在，已寄放在五顯堂內。

〔武惠僅一間二句〕「武惠」指曹彬。彬字國華，北宋靈壽人。初仕漢、周，後歸宋。爲將戒殺，下江南時，不妄殺一人，士衆畏服，無輕肆者。爲宋初良將第一，封魯國公，卒謚武惠。宋史有傳。「廟貌」，廟之外形輪廓。二句言曹彬廟形尚在，唯剩一間耳。

〔蔣廟頗完具二句〕「蔣廟」，蔣子文廟。子文，東漢末人。官秣陵（今南京）尉。逐賊至鍾山，傷額而死。嘗自謂骨貴，死當爲神。及孫權都建業，子文常乘白馬，執白羽扇而出。其故吏遇之于途，子文曰：「我當爲此土地神。」權乃爲立廟鍾山，封蔣侯。後沿稱鍾山爲蔣山。見初學記及白帖。欹音欺，通攲；欹側，傾斜也。杜甫遣懷奉呈嚴公詩：「平地專欹側。」二句言蔣廟尚完備，僅兩廊傾斜耳。至此以上八句，簡叙功臣廟。

〔帝王殿已撤以下四句〕「主」指歷代帝王木主。清初，撤廢歷代帝王廟，專祀伏羲、神農、黄帝，于其地建「三皇祠」，以爲醫師之祖（見江寧府志）。按：原明代所建帝王廟中室亦祀「三皇」，然三皇頗多異説，明、清所祀未必相同；卽令相同，要在清代不以伏羲、神農、黄帝爲帝王，而以爲醫師之祖。先生詩「或聞、欲改」二句，證當時先生所見乃已撤未改之際，故所有木主暫集于中室門内。此四句只將帝王廟輕輕帶過。

〔真武並祠山二句〕「真武」卽玄武，本指北方七宿（斗牛女虚危室壁），後爲道教所奉北方之神。清時避聖祖諱，改玄爲真，遂稱「真武帝」，其神乃龜蛇合體。鍾山又名北山，故祀玄武；其旁有湖，亦名玄武湖。「祠山」指廣德祠，祀山神張⿰火勃。⿰火勃（亦作勃），烏程人，欲自長興疏聖瀆以通廣德津，化身爲豨（豬），縱使陰兵，爲夫人李氏所覘，工遂輟。後以爲山神祀之。二句言真武、廣德二神祠，香火仍不減往昔。

〔其南特焕然以下四句〕「武安王」指關羽。羽字雲長，三國時蜀漢大將，宋徽宗時封武安王，明清時尊封大帝。四句言

真武祠南之關帝廟尤煥然一新，云係（滿清）督府所修，中間僅以一堵牆與真武、祠山南北相隔。以上六句均叙神廟。

〔陪京板蕩餘以下十句〕專叙都城隍廟香火之盛。「陪京板蕩餘」原鈔本作「金陵自入湖」。「陪京」指南京，明代對北京而言。「板蕩」見〔三〕墟里釋。「百司」猶百官。「更張」謂百官均另行設置，漢書禮樂志：「譬之琴瑟不調，甚者必解（改）而更張之，乃可鼓也。」「城隍」本神名，據云即禮郊特牲所云天子蠟祭八神之一「水庸」，司地方水旱禍福之事，自南北朝起即有祭城隍記載。宋以後，城隍或因地、或因神而異其名，獨有「都城隍」之名不改。「都」者總也，都城隍意謂都督、都察，總管天下各地城隍，必設于京都，故南京城隍必冠「都」字。按「不改都城隍」句下，原鈔本尚有「乃信夷奴心，亦知畏菑殃」兩句，潘刻時删。「朔望」分指每月初一、十五。「雩」，求雨；「祈」，祈穀，乃二種祭名。「得以威遐荒」意謂威及遠方，然原鈔本作「得治諸東羌」，東羌蓋指滿清，潘刻時改。「金字題」指明太祖御書「都城隍」扁額，與上「奉勅」、下「昭示」應接。「昭示同三光」，言太祖詔告如日月星之明也。

〔追惟定鼎初〕「追惟」猶追念。「定鼎初」指明開國之初，參見〔四三〕元日詩「卜年尚未逾」釋。原鈔本于「昭示同三光」句下，有「上天厭夷德，神祇顧馨香？上追洪武中」二句，而無「追惟定鼎初」句，皆潘刻時删改。

〔遣祀明綸將〕「明綸」指天子聖諭，禮緇衣：「王言如絲，其出如綸。」「將」猶奉行、秉承，詩大雅烝民：「肅肅王命，仲山甫將之。」此句結構交錯，大意謂天子遣人奉旨祭祀。

〔二百七十年〕明朝共二百七十七年（一三六八——一六四四），此舉成數。

〔吉蠲存太常〕吉，善也；蠲音涓，絜（同潔）也。詩小雅天保：「吉蠲爲饎（酒食），是用孝享。」「太常」指太常寺，九卿之一，掌宗廟祭祀禮儀。句謂嘉潔之祭皆由太常掌之。

〔三靈、一代二句〕「三靈」通指天、地、人。「乏主」，無主也。庾信哀江南賦：「始中原之乏主。」此言國變。「彝章」即常

典，任昉爲范尚書讓吏部封侯第一表：「矜臣所乞，特迴寵命，則彝章載穆，微物知免。」二句歎國變以來，制度淪喪。

〔圜丘尚無依〕「圜」通圓，圜丘指祭天之圓形高壇，後世俗稱「天壇」。周禮春官大司樂：「凡樂，……冬至日于地上之圜丘奏之。」按：明初建圜丘于南京正陽門外，鍾山之陽。乙酉之後，南京不復行祭天之禮。

〔百神焉得康〕「康」，安樂也。此句緊承上句，謂皇天尚不得祭，十廟百神又焉能安？

〔騎士、陵闕二句〕此由十廟而回顧孝陵。「騎士」指清兵，「牛羊」指樵牧。孝陵圖詩已云「胡騎充斥」、「兵牧屯聚」，故知當時鍾山無論孝陵或十廟，所到之處，非兵則牧。「來牛羊」兼用詩「日之夕矣，牛羊下來」語意。又「騎士」句下有原注：「漢書王莽傳：莽感高廟神靈，遣虎賁武士入高廟，拔劍四面提擊，斧壞户牖，桃湯赭鞭，鞭洒屋壁，令輕車校尉居其中，又令北軍中壘居高寢。」

〔何當挽天河二句〕意謂當挽天河之水，以滌去上述不祥之物（如騎士、牛羊之類），用杜甫洗兵馬詩「安得壯士挽天河」句意。原鈔本二句作「何當洗妖氛，逐去諸不祥」。潘諱「妖氛」，故改。

〔無文秩新邑〕原注：「書洛誥：咸秩無文。」「新邑」即新都，洛誥指洛邑，此處指南京。故原注引文「咸秩」前應增引「祀于新邑」一句。蓋二句相連，始謂新都之祭，于無文字記載之神鬼，亦當按序而祭之。

〔人鬼咸迪嘗〕原注：「漢書郊祀歌：登成甫田，百鬼迪嘗。」「人鬼」即神。「迪」，進也。「嘗」猶饗（享）。句謂百神均可來享。

〔冠佩齊趨蹌〕冠，戴帽；佩，佩玉，故佩亦作珮。江淹雜體魏文帝遊宴詩：「日出照園中，冠珮相追隨。」「趨蹌」，趨走美妙貌，詩齊風猗嗟：「巧趨蹌兮，射則臧兮。」又沈約脚下履詩：「丹墀上颯沓，玉殿下趨蹌。」自「何當挽天河」至此六句，皆先生設想希冀之辭。

〔此詩神聽之二句〕「終古」見〔三〕精衛釋。二句乃指詩對神立誓之辭，「毋忘」謂己不忘也。

【箋】

此詩當係先生三謁孝陵後，繼遊十廟時作，其詩中「騎士處高廟，陵闕來牛羊」二句聯想可知。然孝陵圖詩本爲保存「一代典故」而作，故其詩多叙少議，蓋寢園刼後幸存，不勞多譴也。至十廟則一片蒼涼，歷代帝王廟已全撤，此滿清對漢統之否定也；明朝功臣廟悉成瓦礫，此滿清對明統之否定也。其幸存者僅少數荒誕不經之神廟，多屬民間香火，無關滿漢。夫十廟既非一代典故，而先生竟專題詠之，豈真有愛于鬼神哉？要其「滿漢不兩立」之心有以自見也。觀此詩原鈔本「金陵自入胡」以下，斥「夷奴」、「治東羌」、「厭夷德」、「洗妖氛」，誅伐之詞，嚴于斧鉞。潘刻時雖不得不或删或改，然結韻立誓，鋒芒終不可掩。明年，先生竟僑居神烈山下，隱姓名曰「蔣山傭」，其或以此自勵歟？

編年（一六五四）

是年歲次甲午，明永曆八年，清順治十一年。

正月，明魯王自金門移居南澳，自後遂誤傳鄭成功沉王于海。魯王餘部張名振、張煌言等率師至瓜洲、儀徵，薄燕子磯，登京口金山，望祭孝陵。因上游内應約期未至，乃退。

二月，明永曆帝仍在安龍（隆）府，開科取士四十人。清前封鄭成功爲海澄公，成功不理；至是復使其父芝龍以書諭之，仍不受。

三月，清絞死其大學士漢奸陳名夏，上層滿、漢界限漸分。孫可望得知永曆帝欲召李定國入衛，怒，遣人至安龍殺大學士吴貞毓等十八人。

四月，李定國懼孫可望襲之，不敢入朝，仍轉戰于兩粤，前後復高州、雷州、廉州，攻梧州。張名振再佔京口，焚小閘，至儀徵索鹽商助餉，不得，焚清舟六百艘而去。尋以海舟六十經山東登萊，抵高麗折返。

七月，清再招鄭氏，許以福、興、漳、泉四府爲兵餉地。鄭芝豹遂降，北上；成功仍不理。清廷怒，圈禁鄭芝龍于高牆。

十月，李定國復高明，攻新會，圍廣州。清尚可喜飛章清廷告急。

十一月，鄭成功奉表永曆帝，且遣兵援李定國。

十二月，鄭成功復漳州。尚可喜、耿繼茂共援廣州、新會。李定國敗退，攻肇慶，并不克。

是年先生四十二歲。移居神烈山下，自是又號「蔣山傭」。春遊金山，于烽火後渡江至真州，泝太平，抵蕪湖。自秋涉冬，居燕子磯僧院。然後再返蘇州，歲杪歸南京。本年先生第三甥徐元文（字公肅）領鄉薦。

［八一］　金山　已下闕逢敦牂

東風吹江水，一夕向西流。金山忽動摇，塔鈴語不休。水軍一十萬，虎嘯臨皇州。巨艦作大營，飛艣爲前茅。黄旗亙長江，戰鼓出中洲。舉火蒜山旁，鳴角東龍湫。故侯張子房，手運丈八矛。登高矚山陵，賦詩令人愁。沈吟十年餘，不見旌旆浮。忽聞王旅來，先聲動燕幽。闔閭用子胥，鄢郢不足收。祖生奮擊楫，肯效南冠囚？願言告同袍，乘時莫淹留。

【釋】

〔解題〕先生屢遊京口，詩亦屢及金山，獨此篇以「金山」爲題，其實非詠金山也，蓋爲張名振舟師入長江、佔京口、望祭孝陵而發。張名振（？——一六五五）字侯服，江寧人。少伉爽有大略，與復社諸人通聲氣。崇禎癸未（一六四三）官台州石浦游擊。南京陷，擁魯王監國，加富平將軍，與舟山黄斌卿相犄角。丁亥（一六四七）松江提督吴勝兆反正，名振親率海師赴約，途遇颶風，全軍盡覆。不得已依斌卿于舟山，旋脱歸閩海，扈魯王駐健跳所。己丑（一六四

九）九月誅斌卿，迎魯王回駐舟山，封定西侯，官太師，與大學士張肯堂同輔政。辛卯（一六五一）九月，清兵破舟山，名振與張煌言扈魯王往依鄭成功，駐中左所（廈門），旋移金門。壬辰（一六五二）春，借鄭成功兵將自崇明攻入長江，破京口而退。癸巳（一六五三）三月，魯王自去「監國」號，名振、煌言仍奉王如故。年終，與煌言敗清兵于崇明，進窺京口，今年正月，因上游有蠟書願爲内應，于是偕煌言再入京口，掠儀徵。泊金山時，設醮三日，遥祭孝陵，泣下沾巾。後以内應不至，始掠輜重東下。先生金山詩則專詠今年正月事也。四月，名振復還京口，焚小閘，至儀徵索鹽商餉，不得，焚舟而去，先生真州詩則詠其事也。明年乙未，名振再入長江，復取舟山。十一月寢疾，臨危，起坐擊牀，連呼「先帝」數聲而逝。遺言以所部歸張煌言，論者謂陶謙之讓徐州，不是過也。名振終事魯王，凡七入長江，兩克舟山，瀕死不餒志。南明孤忠，名振、煌言稱雙璧焉。閼逢敦牂即甲午歲。

〔金山〕見〔四二〕京口釋。

〔東風吹江水以下四句〕此狀義師由崇明入江聲勢，謂江水西流、金山動摇、鈴語不休，皆誇張之辭。原注「塔鈴語」曰：「晉書佛圖澄傳：段末波攻石勒，衆甚盛，勒懼，問澄，澄曰：『昨日寺鈴鳴，云明旦食時，當擒段末波。』劉曜攻雒陽，勒將救之，以訪澄，澄曰：相輪鈴音，云『秀支替戾岡，僕谷劬秃當』。此言軍出捉得曜也。」按：佛圖澄本天竺僧，晉永嘉（三〇七——三一三）中適洛陽，從石勒，言勝負吉凶輒中，號「大和尚」。金山有塔在定蟒洞側，唐雲坦禪師建。此借塔鈴語暗寓張名振必勝。

〔水軍〕原鈔本作「海師」，謂海上王師也。

〔皇州〕指帝都。鮑照代結客少年場行：「昇高臨四關，表裏望皇州。」此指南京。

〔巨艦、飛艣二句〕應「水軍」句。「大營」，主帥所在。「艣」同櫓。「前茅」，此處猶言前鋒。古代行軍以茅爲旌前導，左傳宣公十二年：「前茅慮無，中權後勁。」

〔亙〕音更，去聲，同「亘」，橫貫也。

〔中洲〕河海中可居之地。

〔蒜山〕在京口西三里江岸旁，山多澤蒜，故名。

〔鳴角〕吹號角。

〔東龍湫〕「湫」，大穴深潭。「東龍湫」在京口筆架山之右，又名龍渦，水深二百丈，相傳龍宮在其下。見金山志。

〔故侯張子房以下四句〕原鈔本「張子房」下有自注「定西侯張名振」六字。「故侯」見〔六〇〕淮東詩釋。按：張子房即前漢留侯張良，「手運丈八矛」指蜀漢桓侯張飛，二人均切名振姓。「矚」，音燭，入聲，眺望。「山陵」見〔五〕京闕篇釋。四句叙張名振于正月十三日泊金山，二十一日登山遥祭孝陵事。名振祭陵詩曰：「十年橫海一孤臣，佳氣鍾山望裏真。鶉首義旗方出楚，燕雲羽檄已通閩。王師桴鼓心肝噎，父老壺漿涕淚親。南望孝陵兵縞素，會看大纛禡龍津。」「禡」，謂行軍止處祭神。「龍津」喻孝陵。

〔沈吟十年餘〕「沈吟」，深思有所待也。曹操短歌行：「但爲君故，沈吟至今。」此句以下皆先生自抒語。

〔旌旆〕「旆」亦作旆，音派，去聲。「旌旆」同旆旌，旗之通稱。詩小雅車攻：「蕭蕭馬鳴，悠悠旆旌。」

〔忽聞王旅來〕「王旅」猶王師，詩大雅常武：「王旅嘽嘽，如飛如翰，如江如漢。」據此句及上下文，疑先生此時亦在京口。元譜載去年十月三日，謁孝陵；今年春至南京，卜居神烈山下。吴譜則謂今年春，遊金山，似去冬今春先生必有京口之行。且詩中所叙行軍、賦詩情景，若非親見，亦似近聞。

〔先聲動燕幽〕未戰之前，先懾敵以聲勢，謂之先聲奪人。史記淮陰侯傳：「兵固有先聲而後實者。」「燕」本指古燕國，「幽」乃古十二州之一，爾雅釋地：「燕曰幽州。」其地約當今河北省北部及東北部，此處暗指清廷所在。

〔闔閭用子胥二句〕此用春秋伍子胥助吴王闔閭破楚故事，分見〔一五〕不去詩「伍員」釋及〔三五〕申包胥乞師解題。「鄢郢」

見〔八〕秋山詩「鄢郢、城南二句」原注。「鄢」今湖北宜城，「郢」，今湖北江陵，均楚地楚都，此處以比燕幽。

〔祖生奮擊楫二句〕「祖生擊楫」見〔四〕京口即事「祖生、擊楫二句」釋。「南冠囚」見〔三四〕哭楊主事釋。原鈔本此二句作「況茲蠢逆胡，已是天亡秋」。「天亡秋」三字與末句「乘時」正相應，不獨誅伐過顯也。潘耒改句蓋以祖逖與周顗等「楚囚對泣」比（「南冠囚」即楚囚，參見〔一〇五〕王徵君潢具舟城西詩「我來新亭宴以下六句」釋），不獨曲晦而力弱，與末句亦不甚相屬，然而用心亦苦矣。

〔願言告同袍二句〕「言」，語尾助詞，無義。「袍」，長衣，軍人夜以當被。「同袍」，狀軍人之親密。詩秦風無衣：「豈曰無衣，與子同袍。」「淹」與「留」義同，合言則有遲延久留之義，離騷：「時繽紛其變易兮，又何可以淹留。」

【箋】

張名振、張煌言、鄭成功相繼率海師攻入長江，前後共十餘次，其聲勢規模最大者爲今年之遥祭孝陵與己亥歲（一六五九）之圍攻南京，先生均有詩紀其事。此篇自「沈吟十年餘」句分爲前後兩解：前解極狀義師聲勢，後解轉爲作者自抒。然全詩旨在頌揚定西侯張名振，比其人爲留侯、桓侯，譽其事爲伍員覆楚，蓋名振曾親援吴勝兆反正（見〔三三〕海上行箋），其孤忠，先生知之深也。明年，名振病卒，功雖不成，讀其祭陵詩及先生金山詩，猶凜凜然有生氣。

〔八二〕 僑居神烈山下

典得山南半畝居，偶因行藥到郊墟。依稀玉座浮雲裏，落莫金莖淡日初。塔葬屬支城外土，營屯塞馬殿中廬。猶餘伯玉當年事，每過陵宫一下車。

【釋】

〔解題〕寄居異地曰「僑」。「神烈山」即明孝陵（見〔七九〕孝陵圖詩釋），先生僑居其南麓約五年。

〔典得山南半畝居〕「典」，以物抵押也，有典入亦有典出，此處作典入。「山南」即神烈山之南。據彙注本引鐵琴銅劍樓藏蔣山傭集，本題前四句作「典得山南宅一區，出門時復到山隅。參差碧瓦仍高下，約畧金莖近有無」。知「半畝居」乃指半畝之宅。

〔行藥〕晉及南北朝人好服「五石散」，服後發熱，須行步宣洩，謂之「行散」或「行藥」。鮑照有行藥至城東橋五言詩一首（通首未言行藥事），北史邢巒傳載「孝文因行藥至司空府南，見巒宅」。是真行藥也。隋唐以後已不服其藥，仍沿用「行藥」爲散步之代詞，如陸龜蒙詩：「偶因行藥到村前。」先生此詩亦然。

〔玉座〕皇帝寶座、御座，謝朓同謝諮議銅雀台詩：「玉座猶寂寞，況乃妾身輕。」此處指想象中南京玉座。

〔落莫〕同落寞，謂寂寞冷落也。

〔金莖〕見〔五〕京闕篇釋。按：「玉座」、「金莖」二句虛寫帝都蒼涼景象。

〔塔葬屬支句〕「屬支」即屬夷，韻目代字也，此指中國之屬夷。梁武帝曾于建康大長干造阿育王塔，在聚寶門外（今南京雨花台側）。阿育王，古印度摩揭陀國孔雀王朝國王。

〔營屯塞馬句〕漢書金日磾傳：「日磾小疾卧廬。」注：「殿中所止曰廬。」按：日磾本匈奴休屠王太子，武帝時歸漢，賜姓金。善養馬，官馬監。以上「塔葬」、「營屯」二句借古事以喻清官兵充斥京城内外。

〔猶餘伯玉當年事二句〕原注：「列女傳：衛靈公與夫人夜坐，聞車聲轔轔，至闕而止，過闕復有聲。以問夫人曰：知此爲誰？夫人曰：此蘧伯玉也。其人不以闇昧廢禮，是以知之。公使人視之，果伯玉也。」蘧伯玉名瑗，春秋衛國大夫，先生自比。陵宮指孝陵。「猶餘」對「塔葬」、「營屯」二事言，意謂世事雖變，猶有蘧伯玉在焉。

【箋】

先生自本年僑居神烈山下，由是改號「蔣山傭」。古人如高漸離、季布、梁鴻、杜根等皆不得已而隱于傭，先生號傭而未嘗爲傭；未爲傭而號傭，亦必有其不得已者，況又傭而在蔣山乎？大凡先生詩文署名「蔣山傭」者，要皆始于此時，其後北遊，不復居蔣山，而傭名、集名（如後稱之蔣山傭詩集、蔣山傭殘稿）仍不變，推其志無他，誠以蔣山卽神烈山，神烈山卽明孝陵耳。

〔八三〕　古隱士 二首

幼安遭漢季，一身客遼東。世亂多傾危，築室深山中。自非學者流，名字罕得通。研心易六爻，不用希潛龍。根矩好清評，行止乃未同。

【釋】

〔解題〕楚辭有招隱士篇，「隱」，潛藏也。易坤卦：「天地閉，賢人隱。」是故隱者必賢。先生稱人清不仕者，多曰「處士」或「高士」，惟于張元明稱「隱君」（見〔一三九〕張隱君元明園中仙隱祠詩），而無稱「隱士」者。此題「古隱士」，蓋先生僑居神烈山時自況。

〔幼安遭漢季以下六句〕「漢季」卽漢之末世。「幼安」，管寧字。管寧（一五八——二四一）漢末朱虛（今山東臨朐東）人。嗜學，不慕富貴。黃巾起，至遼東依太守公孫度，惟語經典，不及世事。因山爲廬，鑿坏爲室，越海避難者皆來就之，旬日而成邑。遂講詩書，明禮儀，非學者無由見。度安其賢，民化其德，居遼東三十七年乃歸。魏文帝、明帝兩世徵之，皆不至。卒年八十四。三國志魏志有傳。

〔研心易六爻〕「研心」猶究心，意即研究。易卦畫曰「爻」，二卦相重有「六爻」，陰陽亦各六爻。據爻象以斷吉凶，其文曰「爻辭」，相傳係周文王或孔子所作。此句但言研易，並非易之外另研六爻。按：管寧研易，史無具文，此蓋先生自叙。先生精易學，觀庚戌（一六七〇）在德州講易可知。所著易解不傳，今僅存易音三卷（音學五書之一）。

〔不用希潛龍〕「不用」即「勿用」。易乾卦：「潛龍勿用。」程傳曰：「若龍之潛隱，未可自用，當晦養以俟時。」此句先生自比潛龍，不求用世。

〔根矩好清評二句〕「根矩」，邴原字，見〔七六〕送歸高士之淮上釋。原與管寧同里，同避亂遼東，然原性剛直，以勇畧雄氣聞。寧嘗謂原曰：「潛龍以不見成德，言非其時，皆招禍之道也。」遂密遣原西還。原後仕魏，官五官將長史，從曹操征吳，卒。「清評」猶清議，「行止」指出處動靜。此二句言邴原與管寧之所由分。疑其時先生友朋中有好清議如根矩者。

嘗聞龐德公，自守甘窮餓。且率妻子耕，不知州牧過。關中傕汜攻，河上袁呂破。默默似無聞，但理芸鋤課。獨識諸葛君，一言定王佐。

【釋】

〔嘗聞龐德公以下四句〕龐德公，漢末襄陽人。居峴山南，未嘗入城市。劉表牧荆州，數延請，不能屈致，乃就候之。德公耕隴上，妻子耘于前後，表問曰：「先生不肯受官禄，將何以遺子孫乎？」德公曰：「人皆遺之以危，我獨遺之以安。」後攜妻子隱鹿門山，因采藥不返。後漢書逸民傳作「龐公」，襄陽耆舊傳作「龐德公」，名異而事同，當係一人。或曰，德公年長，人尊之，故直稱龐公。另襄陽記所云德公字山民，娶諸葛孔明小姊，官魏黄門吏部郎，早卒，則係另一人。「州牧」乃一州之長，書周官：「内有百揆四岳，外有州牧侯伯。」荆州牧即劉表。

〔關中傕汜攻〕「傕」音覺，指李傕；「汜」音泛（從㔾不從巳），指郭汜，二人均爲董卓校尉。初平三年（一九二），卓爲王允

所誅，傕、汜遂合兵圍長安，殺王允于市，共專朝政。傕官車騎將軍，池陽侯，自領司隸校尉；汜官後將軍，美陽侯，二人放兵劫掠，人民殆盡。後復相疑，戰鬥長安中，傕質獻帝于營，汜質百官。獻帝伺間逃至新豐、霸陵，汜兵來追，爲楊奉所破，汜爲部下所殺。傕于建安初，亦爲曹操族誅。「關中」通指今陝西境内；陝西之東有函谷關，南有武關，西有散關，北有蕭關，地居四關之中，故名。此詩所述，僅指長安周圍。

〔河上袁吕破〕「袁」指袁紹。建安五年（二〇〇），曹操與紹大戰于官渡（今河南中牟東北），破之。「吕」指吕布。建安三年（一九八），曹操擊吕布于下邳（今江蘇宿遷），布降，殺之。「河」指黄河。以上二句，極言世亂當隱。

〔默默似無聞二句〕「似無聞」，謂似不聞世亂也。「芸」同耘，「芸耡課」，泛指農事。

〔獨識諸葛君二句〕三國志諸葛亮傳謂亮每至德公家，獨拜牀下，德公初不令止。又據襄陽耆舊傳，「卧龍」、「鳳雛」（指龐統）之號，均出自德公評語（或謂出自司馬德操，然德操、孔明、徐元直等均尊事德公，德操或係轉述龐公語也），故曰「一言定王佐」。「王佐」謂能輔佐帝王，漢書董仲舒傳贊：「劉向稱董仲舒有王佐之材。」龐公稱諸葛亮亦如是。

【箋】

本題曰「古隱士」，何異一篇管寧頌或龐公詠？頌管寧，重其講學與明哲；詠龐公，嘉其躬耕與知人。二君皆辟世之士，所同正在一「隱」字。夫以中材而涉亂世之末流，全身之道莫過于隱。然先生乃辟人之士而非辟世之士，前云：「鳥獸同羣終不忍，轍環非是爲身謀。」（見〔三七〕偶來詩）故知本題不過一時託意，而非先生之夙志。

〔八四〕　真州

擊楫來江外，揚帆上舊京。鼓聲殷地起，獵火照山明。楚尹頻奔命，宛渠尚守城。真州非赤壁，風便一臨兵。

【釋】

〔解題〕真州，宋真宗時置，見〔五四〕榜人曲釋。明廢州爲儀真縣，清始改名儀徵，即今江蘇儀徵縣。本年四月，張名振復率海師千艘上鎮江，焚小閘(牐)，至儀徵，索鹽商助餉銀，不得，焚其舟六百艘而去。先生此詩當作于四月以後。

〔擊楫〕猶摇槳，見京口即事「祖生、擊楫二句」釋。

〔舊京〕見〔五〕京闕篇「山河拱舊京」釋。

〔殷地起〕「殷」音隱，上聲，象雷聲，見詩召南殷其靁篇。「殷地起」猶言震地而起，司馬相如上林賦：「車騎雷起，殷天動地。」

〔獵火〕參閱〔三三〕申包胥乞師釋。自此以上四句，總狀今年正月及四月張名振兩度入江聲勢。

〔楚尹頻奔命〕楚巫臣盜夏姬奔晉，楚令尹子反滅其族。巫臣怒，乃教吴乘車用兵以疲楚。左傳成公七年：巫臣自晉遺二子(楚子反、子重)書曰：「爾以讒慝貪惏事君而多殺不辜，余必使爾罷(疲)于奔命以死。」……子重、子反于是乎一歲七奔命。此言張名振頻年入長江，使清督奔走應付不暇。

〔宛渠尚守城〕「宛」指大宛，漢代西域諸國之一；「渠」，帥也。漢書張騫傳載：騫攻大宛，宛兵迎擊漢兵，漢兵射殺之，宛兵走入保其城。此言清南京帥尚困守不敢出。

〔真州非赤壁二句〕原鈔本句下有自注：「真州牐外焚船數百艘。」蓋指張名振儀徵焚舟事(見本年「編年」)。按：赤壁之戰，周瑜因風縱火，盡焚曹軍戰船，曹軍敗績。杜牧赤壁詩：「東風不與周郎便，銅雀春深鎖二喬。」此言真州不比赤壁重要，名振不過因風乘便，偶一加兵縱火耳。

【箋】

此篇當與本年金山詩同讀。「頻奔命」句贊名振揚帆屢入，「尚守城」句惜其舍南京不攻；起聯頗狀聲勢，末聯解嘲

而已。「真州非赤壁」句意在言外。

〔八五〕 太平

天門采石尚嶙峋，一代興亡此地親。雲擁白龍來戍壘，日隨青蓋落江津。常王戈甲先登陣，花將鬢眉罵賊身。猶是南京股肱郡，憑高懷往獨傷神。

【釋】

〔太平〕宋太平興國二年（九七七）所置州名，轄當塗、蕪湖、繁昌三縣，元稱「路」，明改府，治今安徽當塗縣。題作「太平」，所詠卽當塗。

〔天門〕卽東、西梁山。長江至蕪湖界由東折而北流，東梁山（亦名博望山）在當塗西南，西梁山在當塗對岸和縣北。二山東西相對如立闕，故合稱天門，距南京約一百二三十里。李白詩云「天門中斷楚江開」，卽指此。

〔采石〕卽采石磯，在當塗西北，乃牛渚山之北端，突出江中，形勢險要，向爲兵家必爭之地。晉温嶠燃犀，唐李白捉月，宋虞允文大破金亮，均在此。

〔嶙峋〕本義爲層疊高聳，揚雄甘泉賦：「增宫嵾差，駢嵯峨兮；岭嶒嶙峋，洞亡厓兮。」後專以狀山，韓愈送惠師詩：「遂登天台望，衆壑皆嶙峋。」

〔一代興亡此地親〕「一代」專指明代。「親」謂親自，如親見、親受、親聞，均指太平此地。「興」、「亡」二字引出腹二聯，爲全篇關鎖。

〔雲擁白龍句〕「白龍」見〔五九〕贈萬舉人壽祺釋，此處代福王。「戍壘」猶軍壘，指當塗城。弘光元年五月初，清兵渡江取

京口直逼南京。初十日，福王尚集梨園子弟雜坐酣飲，漏二鼓，始偕内官數十人跨馬逃出通濟門，文武百官無知之者。十二日抵當塗，當塗民閉城不納，乃退駐城外二十里。

〔日隨青蓋句〕「青蓋」，降天子所乘車蓋。原注：「吴志孫皓傳注引干寶晉紀：庚子歲，青蓋當入洛陽。」按：晉紀指孫皓乘青蓋降晉，此句指福王。「江津」指蕪湖。（續上）十三日，福王奔蕪湖，匿黄得功中軍翁元琪舟，往就得功營，將奔杭州，未發而叛將劉良佐追兵至，得功戰死，叛將田雄負福王降清（參見〔六〇〕淮東「地下逢黄侯」釋）。以上二句扣明亡。龍與雲應，日與落應。

〔常王戈甲句〕原注：「太祖實録：上渡江抵采石磯，常遇春舍舟奮戈先登，衆皆披靡，遂拔采石。」按：此乃元至正十五年（一三五五）六月朱元璋由滁、和渡江取太平事。「常王」即常遇春，見〔七九〕孝陵圖詩「常王墓」釋。

〔花將鬚眉句〕原注：「陳友諒陷太平，守將樞密院判花雲大罵而死。」按：此乃元至正二十年（一三六〇）閏五月，陳友諒與朱元璋交鋒之始。「花將」即花雲，懷遠人。貌偉而黑，驍勇絶倫，奉朱元璋命率師略地，屢建奇功。升行樞密院判，守太平。陳友諒來攻，雲被執，奮身大呼，縛盡裂，奪守者刀，殺五、六人。友諒怒，碎其首死。明史有傳。以上二句扣明興。

〔猶是南京股肱郡〕脛上曰「股」，臂上曰「肱」，爲全身得力之輔佐。史記季布傳：「上默然慚，良久曰：河東吾股肱郡，故特召君耳。」此題作「太平」，太平係府名，府與郡等，故合當塗、蕪湖、繁昌三地而言，益證其繫明代之興亡。

【箋】

此題真詩史也。首聯拈出「興」、「亡」二字，頷聯扣「亡」，頸聯扣「興」，尾聯「猶是」二字實痛此地已爲清有，其傷神可知。八句大開大合，自然得法。惜「先登陣」與「駡賊身」失對，如將「先登」乙作「登先」，差勝。

〔八六〕 蟂磯

下接金山上小孤，一磯中立鎮蕪湖。千年形勢分南極，萬里梯航達帝都。嶺色遠浮黃屋纛，江風寒拂白頭烏。高皇事業山河在，留得奎章墨未枯。

【釋】

〔蟂磯〕「蟂」音梟，似蛇而四足，或曰蟂即蛟也。「磯」，水中沙洲帶石者，陸游入蜀記則以爲「凡山臨江皆曰磯」。大約磯必臨江，必帶石，如燕子磯、采石磯、黃鵠磯等皆然。先生日知録蟂磯條：「蕪湖縣西南七里大江中蟂磯，相傳昭烈孫夫人自沈于此，有廟在焉。」又方輿紀要謂「大江中有蟂磯山，磯南有石穴，廣一尺，深不可測，係老蟂所居」。按：孫夫人祭江事，正史無徵；老蟂巢穴，尤見附會，故此詩但論磯之形勢，它不及焉。

〔金山〕見〔四二〕京口詩釋。

〔小孤〕即小孤山，在今江西彭澤縣北、安徽宿松縣東之江中。以其屹立不倚，故曰「孤」；以其小于鄱陽湖中之孤山，故又稱「小孤」。「孤」，俗亦訛作「姑」。

〔一磯中立鎮蕪湖〕「蕪湖」，明清縣名，以境内有蕪湖得名，屬太平府，在當塗西南，瀕長江東岸。蟂磯則在蕪湖縣西江中，高十丈，周九畝有奇。

〔千年形勢分南極〕「南極」指中國極南之地，晉書周嵩傳：「割據江東，奄有南極。」此句意謂蟂磯形勢險要，千年以來，中分南北。

〔萬里梯航達帝都〕「帝都」，此指南京。「梯」與「航」（船）本係跋山涉水工具，係名詞，但亦可作動詞，有長途跋涉意。唐

令狐楚賀赦表：「百蠻梯航以內面，萬國歌舞而宅心。」此意謂蕪湖交通便利，足以聯貫東西。

〔嶺色遠浮黃屋纛〕「嶺」，指五嶺，見〔四五〕懷人釋。「黃屋」見〔五二〕金壇縣南顧龍山有高皇帝御題詞「黃屋非心句」釋。又「纛」音道，插于天子乘輿左方之飾物。此句與「分南極」應，似隱寓天子在嶺外，有遥尊永曆意。

〔江風寒拂白頭烏〕原注：「三國典畧：侯景篡位，令飾朱雀門，其日有白頭烏萬許集于門樓。童謡曰：白頭烏，拂朱雀，還與吴。」朱雀門即當時建康城南門。此句與「達帝都」應，引童謡蓋謂南京當「還與明」也。

〔高皇、留得二句〕下有自注：「廟中有高皇帝御製詩金字牌一扇。」「奎」即奎宿，「章」乃文章。古謂奎主文章，故尊稱天子文翰爲「奎章」。岳珂桯史王義豐詩：「山南有萬杉寺，本仁皇所建，奎章在焉。」自注「廟中」當指蟂磯舊有之靈澤夫人祠，夫人即前引日知録所云昭烈孫夫人也。明太祖御製詩已無考。

【箋】

蟂磯彈丸之地，本不足詠，要必從遠處、大處着筆，始開生面。全詩首聯先點出蟂磯地理位置，腹二聯乃得馳騁遐邇，縱貫古今，直逼出末聯「高皇事業山河在」一句，才是寄慨所在。「嶺色」、「江風」二句詞旨涉晦，然較直陳顯斥反耐尋味。

〔八七〕江上二首

清霜覆蘆花，秋向江岸白。青山矗江天，飛鳥去無跡。行行獨愁思，今爲遠行客。晨樵水上峯，夜釣磯邊石。酌水復烹魚，可以供日夕。且此恣盤桓，安能守阡陌？

【釋】

〔解題〕先生今年春遊金山，夏抵真州，然後溯太平（當塗）至蕪湖，登蟂磯，折返采石磯、燕子磯，往來江上，溷跡商賈，故有斯作。

〔青山〕徐嘉注以大青山、青龍山等「青山」當之，蘧案以爲非是，疑係泛指，蘧案是也。此詩起二句以清霜、蘆花合成白色，故以青色承之；青山主靜，飛鳥主動，以飛鳥之動引出下句「行行」，連鎖構思，做詩常法，一旦鑿實，便少生趣。

〔行行獨愁思二句〕古詩：「行行重行行，與君生別離。」又：「人生天地間，忽如遠行客。」先生前有〔四〕將遠行詩。按：此詩題曰「江上」，應非一時一地所作，與下題久留燕子磯院中有感作于一地異。

〔夜釣磯邊石〕徐嘉注引十國春秋南唐三：「池州人樊若水，舉進士不第。嘗夜釣采石，以絲繩量江之廣狹（其後宋師伐江南，遂據之以渡）。按：徐注每喜附會。綜觀全首，「夜釣」、「晨樵」、「酌水」、「烹魚」，僅爲「供日夕」作勢，未必有其它意念。且此句「磯」字，亦未必專指采石磯，前之蟂磯，後之燕子磯，均在江上。

〔恣盤桓〕「恣」，任意。「盤桓」，留連不進貌。易屯卦：「初九，盤桓。」班固幽通賦：「承靈訓其虛徐兮，竚盤桓而且俟。」

〔守阡陌〕猶守田園。此云「安能」，蓋與「改容作商賈」對照。

江風吹回波，垂釣魚不上。歲旱耕山田，抱甕禾不長。閒來走磯下，輕舟駕兩槳。何處是新洲？日入秋砧響。聞有伐荻人，欣然願偕往。恐復非英流，空結千齡想。

【釋】

〔垂釣〕「釣」，原鈔本、潘刻本均作「鉤」字，中華本誤。

〔抱甕〕莊子天地：「（子貢）過漢陰，見一丈人方將爲圃畦，鑿隧而入井，抱甕而出灌，搰搰然，用力多而見功寡。」後多以「抱甕」爲抱殘守拙。以上四句蓋狀身處逆境，不必親與其事。

〔何處是新洲以下六句〕原注：「南史：宋武帝嘗伐荻新洲。」新洲疑在京口與建康間大江中，東吳孫琳襲執朱據，晉末孫

恩起事駐軍，宋劉裕微時伐荻，均在此。劉裕小字寄奴，彭城人，徙居京口。出身寒族，少貧賤，每伐荻取薪于洲上。南史宋武帝紀載裕見大蛇長數丈，射之傷目。明日復至洲，聞有杵臼聲，往視之，見童子數人皆青衣搗藥，問其故，答曰：「我王爲劉寄奴所射，合散傅之。」裕曰：「王神，何不殺之？」答曰：「寄奴王者不死，不可殺。」裕後仕晉，平孫恩，討桓玄，滅南燕、後燕，滅蜀，滅後秦，以功封宋王，遂篡晉，自建宋朝，卒謚「武」，廟號高祖。按：裕伐荻射殺蛇王事，與劉邦斬白蛇事酷似，皆係僞造。然裕以寒族北伐立功稱帝，不愧「英流」（英雄之流），辛棄疾贊其「金戈鐵馬，氣吞萬里如虎」（永遇樂詞）。先生亦「欣然願偕往」，史識畧同。「千齡想」，意謂千載以下猶有同心；「恐復非」，蓋深惜今無其人也。

【箋】

先生以「江上」命題詩共二起，五年後己亥（一六五九）之作，係詠鄭、張進圍南京事，詞旨顯露，刻本未收。今年此作正值張名振兩次入江，畧無所獲之後。先生行行獨愁，徘徊江上，其志其行，一猶澤畔行吟之屈子。所畧異者，乃在第二首「聞有伐荻人」數句，似駕槳乘桴之餘，猶有交結豪士之想。然必謂先生此際仍在窺察形勢，有所後圖，則于實無徵，未便妄揣。

〔八八〕久留燕子磯院中有感而作

寄食清江院，從秋又涉冬。水侵慈姥竹，風落孝陵松。野宿從晨釣，山居傍夕烽。相逢徐孺子，多謝郭林宗。

【釋】

〔解題〕燕子磯在南京東北觀音山上，磯頭俯瞰大江，三面臨水，形如飛燕，故名。「院」指僧院。題謂「久留」，詩謂「從秋又涉冬」，均對燕子磯而言，與前題江上所云「夜釣磯邊石」及「閒來走磯下」，未必同是一磯。

〔清江院〕燕子磯側舊有宏濟寺、觀音閣諸僧院，無專名「清江院」者，當係泛指。

〔慈姥竹〕原注：「輿地志：慈姥山積石臨江，岸壁峻絶。出竹，堪爲簫管。宋梅聖俞有慈姥山石崖上竹鞭記。」按：慈姥山（姥又作姆）在今安徽當塗縣北，江蘇江寧縣西南。山有慈姥廟，其竹可爲簫管，故又名鼓吹山。

〔孝陵松〕孝陵東南靈谷寺以植五里松著名。按：竹被水侵，松因風落，暗傷忠孝兩虧。

〔夕烽〕「烽」，中華本據潘刻本俱作「峯」，誤。「夕烽」指鎮戍夜間所擧煙火，有報警者，如〔一三六〕衡王府詩「牛山見夕烽」、〔一五五〕江上詩「江上傳夕烽」，有報平安者，如杜甫夕烽詩：「夕烽來不近，每日報平安。」本題「夕烽」疑有報警意，蓋承張名振兩入長江之後也。

〔相逢、多謝二句〕原注：「後漢書徐穉傳：謂茅容曰：爲我謝郭林宗，大樹將顛，非一繩所維，何爲棲棲不遑寧處？」徐穉（九七——一六八）字孺子，南昌人。躬耕而食，不應徵辟，時稱南州高士。郭林宗母喪，穉往弔之，致生芻一束于廬而去。林宗曰：「必徐孺子也。詩云：生芻一束，其人如玉。吾無德以堪之。」郭泰（一二八——一六九）字林宗，介休人。博通墳典，居家教授，弟子至數千人。嘗擧有道（選擧名）不就。善品題海內人士，然不爲危言覈論，故黨錮禍起而泰獨免。茅容字季偉，陳留人。年四十餘尚耕于野，郭泰見而異之。因勸令學，卒以成德。三人後漢書均有傳。「謝」，告也。「多謝」猶殷勤囑告。古詩爲焦仲卿妻作：「多謝後世人，戒之愼勿忘。」

【箋】

凡詩皆有感而作，然先生鮮以「有感」二字入題，獨本題綴之，宜有深意。八句均叙事（前六句叙眼前事，末二句叙古事），叙事而曰「有感」，則感必在叙中。首聯叙久留之時、之地，以見「有感」所由起。頷聯松、竹二句，君父、家國之

仇寓焉。頸聯從釣、傍烽二句，知野宿、山居應非得已。尾聯叙古卽諷今，惜相逢多明哲之士，而乏矢志恢復之人，與〔八七〕江上詩「恐復、空結」二句之意同。綜觀本年僑居神烈山下、古隱士、江上及本篇，或正説，或反説，或直説，或曲説，要皆抒其鬱悒憤懣、無可奈何之情，曰「隱」、欲「隱」、似「隱」，俱不成其爲「隱」也。

〔八九〕范文正公祠

先朝亦復愁元昊，臣子何人似范公？已見干戈纏海内，尚留冠佩託江東。含霜晚穗遺田裏，噪日寒禽古廟中。吾欲與公籌大事，到今憂樂恐無窮。

【釋】

〔解題〕范仲淹（九八九——一〇五二）字希文，北宋吴縣人。生二歲而孤，母更適（山東）長山朱氏，從其姓，名「説」。既舉進士，始復姓更名。仁宗時，趙元昊反，仲淹以龍圖閣直學士副夏竦經畧陝西。守邊數年，號令嚴明，愛撫士卒，夏人不敢犯其境，曰：「小范老子胸中有數萬甲兵。」進參知政事，主持慶曆新政，因讒罷。卒謚文正。宋史有傳。平生樂善好施與，重鄉黨宗族，有義田、義倉、義學之設。其祠堂在蘇州義學之東。

〔先朝亦復愁元昊〕趙元昊（一〇〇三——一〇四八）本党項族，其先受唐封爲夏國公，賜姓李。北宋初已據有河套以南五州之地，降宋後，賜姓趙。于是李繼遷改稱趙保吉，保吉子趙德明，德明子趙元昊，祖父孫三代時降時叛，依違于宋、遼之間，至元昊時正式建夏國，稱皇帝，與宋、遼遂鼎足而三。宋怒討之，三戰三敗。仁宗乃令范仲淹、韓琦專主其事，二人整軍堅壁，斷絶貿易以困之。于是元昊請和，去帝號，尊宋帝爲父，自稱男，宋封之爲夏國主，年賜銀七萬兩，絹十五萬疋。「先朝」兼指前此之明朝（參見〔七九〕孝陵圖序「當先朝時」句），「亦復」對宋朝而言，此謂宋朝所愁在

元昊，明朝所愁在女真，俱外族也。

〔已見句〕兼指宋時與今時。

〔冠佩〕猶冠帶，參見〔八○〕十廟「冠佩齊趨蹌」句，此指蘇州祠中范公塑像。

〔遺田〕指范公所遺義田。宋錢公輔義田記：「（公）方顯貴時，于其里中買負郭常稔之田千畝，號曰義田，以養濟羣族之人。」

〔古廟〕即范公祠。

〔籌大事〕指抗清復明大業。

〔憂樂無窮〕范仲淹岳陽樓記：「不以物喜，不以己悲。居廟堂之高則憂其民，處江湖之遠則憂其君，是進亦憂，退亦憂，然則何時而樂耶？其必曰：先天下之憂而憂，後天下之樂而樂歟！」

【箋】

范文正公一生事業甚多，先生首重其抗擊西夏。起聯呵問古今，立意已奇；末聯「與籌大事」，詞旨尤顯。故知取人而側重一端，則取者與被取者必同此一端也。

〔九○〕 錢生肅潤之父出示所輯方書

和扁日以遥，治術多瞀亂。方書浩無涯，其言比河漢。彭鏗有後賢，物理恣探玩。耻爲俗人學，特發仁者歎。五勞與七傷，大抵同所患。循方以治之，于事亦得半。條列三十餘，有目皆可看。畧知病所起，可以方理斷。哀哉末世醫，誤人已無算。頗似郭舍人，射覆徒夸誕。

信口道熱寒，師心作湯散。未達敢嘗之，不死乃如綫。豈如讀古方，猶得依畔岸。在漢有孝文，仁心周里閈。下詔問淳于，一篇著醫案。如君静者流，嗣子況才彦。何時遇英明，大化同參贊。

【釋】

〔解題〕錢肅潤字季霖，號礎日，別號十峯主人，無錫人。本明諸生，甲申後棄去，隱居教授。縣令以其衣冠有異，夾其足脛至折，肅潤仍笑曰：「夔一足，庸何傷？」遂自稱跛足生。家居孝友，學博行方，嚴取予，重然諾，亦「驚隱詩社」中人（見〔九五〕永夜箋）所與遊皆知名士。然宋德宜（長洲人，康熙時，官至文華殿大學士）薦舉鴻博則不就。雅好著作，有南忠録、尚書體要、十峯草堂集等。卒年八十八。其父先生不著其名諱，當係老壽之醫。「方書」即醫師處方之書，史記倉公傳：「盡去而方書，非是也。」

〔和扁〕指醫和與扁鵲，均古代名醫。「扁鵲」見〔七八〕贈郝將軍太極「過秦扁鵲」釋。「醫和」乃春秋時秦國良醫。晉平公有疾，秦景公使醫和視之，曰：「疾不可爲也。是爲近女室，疾如蠱。……」趙孟曰：「良醫也。」厚禮而歸之。見左傳昭公元年。

〔治術〕本謂治國之術，論衡書解：「韓非著治術，身下秦獄。身且不全，安能輔國？」引申爲治人、治病之術。

〔瞀亂〕昏亂、紛亂。宋玉九辯：「慷慨絶兮不得，中瞀亂兮迷惑。」

〔其言比河漢〕喻言談迂闊，不著邊際。莊子逍遥遊：「吾聞言于接輿，大而無當，往而不返，吾驚怖其言猶河漢而無極也。」

〔彭鏗有後賢〕相傳彭鏗乃顓頊之孫，陸終氏第三子，自堯時舉用，歷夏至殷末，年八百餘歲。常食桂芝，善導引行氣。

封于彭城，故又稱彭祖（見莊子逍遥遊）、老彭（見論語述而）、彭鏗（見楚辭天問）或籛鏗（見世本）。又神仙傳謂其裔孫爲周之錢府上士，因官命氏，後世遂以「錢」、「彭」二姓同源。先生用「彭鏗」名，蓋謂錢肅潤之父乃彭鏗後裔，故能如彭鏗老壽而通治術。

〔物理〕指事物之常理，鶡冠子度萬：「願聞其人情物理。」

〔俗人學〕即俗學，用于貶義，莊子繕性：「繕性于俗，俗學以求復其初。」

〔仁者歎〕孟子梁惠王上：「無傷也，是乃仁術也。」後通指醫術爲仁術，謂仁者愛人也。

〔五勞〕指五臟（心肝脾肺腎）勞損，或五種勞傷（久視傷血、久卧傷氣、久坐傷肉、久立傷骨、久行傷筋），見素問宣明五氣篇。

〔七傷〕指七情傷五臟之神志：心怵惕思慮則傷神，肝悲哀動中則傷魂，肺喜樂無極則傷魄，腎盛怒不止則傷志，脾恐懼不解則傷筋。見靈樞本神篇。

〔循方以治之以下六句〕「循方」謂遵循古方，「三十餘」謂三十餘古方，「方理」謂古方之理，皆就肅潤之父輯方、用方而言。

〔頗似郭舍人二句〕漢書東方朔傳：（郭舍人曰：）「臣願令朔覆射，中之，臣搒百；不中，臣賜帛。」乃覆樹上寄生（按指樹上寄生物如女蘿之類），（朔）曰：「寠藪也。」（按寠藪即頭戴瓮盎等物時所用之承藉，可用寄生爲之）上令搒舍人。按：「射覆」係易數家據易卜之理所爲遊戲。郭舍人所云「覆射」乃覆物于器令暗射之，則純出亂猜，故曰「夸誕」。詩二句謂庸醫治病不據醫理，亦猶郭舍人射覆。

〔信口道熱寒〕「寒熱」乃中醫辨證之依據：以陰陽、表裏、寒熱、虚實爲八綱，以深淺辨表裏，以寒熱辨屬性，以邪正盛衰辨虚實，以裏、寒、虚屬陰，以表、熱、實屬陽，故醫者治病，必辨寒熱。「信口」猶隨口（詞出元曲俗語「信口開合」）。

此句斥庸醫隨口斷症。

〔師心作湯散〕「湯散」乃中藥製成之基本形態。以水煎者曰「湯」。三國志魏志華佗傳：「又精方藥，其療疾，合湯不過數種。」呈屑狀者曰「散」，同上華佗傳：「若病結積在內，針、藥所不能及，當須刳割者，便飲其麻沸散。」「師心」謂以己心爲師，猶言主觀自用，莊子人間世：「夫胡可以及化，猶師心者也。」此句斥庸醫盲目下藥。

〔未達敢嘗之〕「達」，通曉；「嘗」，嘗試。論語鄉黨：「丘未達，不敢嘗。」

〔不死乃如綫〕言其險也。公羊傳僖公四年：「中國不絕若綫。」

〔畔岸〕猶邊際。詩衞風氓：「淇則有岸，隰則有泮（同畔）。」韓愈至鄧州北寄上襄陽于相公書：「渾然天成，無有畔岸。」

〔在漢有孝文以下四句〕漢太倉長淳于意少喜方術，人稱倉公。家居，文帝詔問：「所爲治病死生驗者幾何人？主名爲誰？方伎所長及所能治病者？有其書無有？皆安受學？」意答云：「臣意所診者皆有診籍。」見史記倉公傳。「閈」，里門；「周里閈」，猶言徧及鄉里。「診籍」，類今醫案。

〔如君靜者流〕「君」指肅潤之父。「靜者」，靜默明審之人。謝靈運過始寧墅詩：「還得靜者便。」杜甫送孔巢父謝病歸江東詩：「蔡侯靜者意自如。」

〔嗣子況才彥〕「嗣子」指錢肅潤。「才彥」，才美之士。本篇自「彭鏗」句至此，皆叙父翁並及醫理，以下父子合說，更進一層。

〔英明〕指英明之君，杜牧昔事文皇帝詩：「間世英明主，中興道德尊。」

〔大化同參贊〕「大化」，廣大之王化。書大誥：「肆予大化，誘我友邦君。」「參贊」，參謀贊助。南史王儉傳：「齊高帝爲相，欲引時賢參贊大業。」此句承上，意謂如君父子，一旦得遇明君，必能同參大政。

【箋】

醫術猶治術，循古方以治，猶勝于師心射覆。然先生此論止爲庸醫而發，至于「静者」及「才彦」之士，進則醫國，退則醫人，惟在「英明」用之而已。此篇卒章顯志，依舊先生本色。

編年（一六五五）

是年歲次乙未，明永曆九年，清順治十二年。

正月，鄭成功絶清，改中左所（廈門）爲思明州，自置延平公官屬。旋復仙游。時已穩佔廈門、漳州、海澄、金門等沿海閩地。

二月，明李定國自高州敗走南寧，前所復地皆失。

三月，江南大地震。（六月又震）

五月，孫可望遣劉文秀攻常德，大敗。張名振再復舟山。清鄭親王濟爾哈朗死。

六月，鄭成功復揭陽、普寧。清以顯親王姊和碩格格下嫁靖南王耿精忠。

十一月，明魯太師定西侯張名振病卒于舟山，張煌言繼領其軍。

是歲永曆帝仍居安龍，倍受孫可望守將凌逼；李定國困居南寧，亦無法入衛。

是年先生四十三歲。元旦四謁孝陵。春後歸崑山。五月十三日率親友擒叛奴陸恩，沈諸水。其壻投邑豪葉方恆，訟之蘇州府，賂推官繫囚先生于豪奴之家。歸莊代乞救于錢謙益，無功；路澤溥等愬于兵備使者，得移獄于松江府。居獄三月，秋後出獄，遂逗留松江越歲。

〔九一〕元旦陵下作二首　已下旃蒙協洽

十載逢元日，朝陵有一臣。山川通御氣，節物到王春。闕下樵蘇盡，江東戰伐新。相看園殿切，鵠立幾縈神。

【釋】

〔解題〕此先生四謁孝陵之作也。亭林詩集載謁孝陵詩凡七次，但不皆以「謁陵」爲題，揣詩意可知也（如此詩有「朝陵」二字）。全祖望亭林先生神道表繫四謁于丁酉，是併乙未、丙申俱不論，豈未細讀先生詩乎？旃蒙協洽即乙未歲。原鈔本卷三從本年起，潘刻本、中華本均下移至丁酉歲。

〔十載〕乙酉歲，先生曾赴京任，時孝陵猶巋然無闕。此云「十載」，當自彼起算；若上溯甲申，則十一載矣。

〔元日〕先生「元日」作詩共五首（己丑、乙未、丁酉、辛丑、癸卯），均用大統正朔，示不忘明也，見〔四三〕元日詩釋。

〔通御氣〕「御氣」蓋指帝王宮苑之風光氣象。杜甫秋興八首：「花萼夾城通御氣，芙蓉小苑入邊愁。」

〔節物〕順應時節之景物。陸機擬明月何皎皎詩：「踟躕感節物，我行永已久。」

〔王春〕見〔四三〕元日詩「天王春」釋。

〔樵蘇〕見〔三九〕十月二十日奉先妣葬釋。

〔江東戰伐新〕「戰伐」，戰爭攻伐。三國志魏志辛毗傳：「連年戰伐，而介冑生蟣蝨。」此句似指去春張名振、張煌言海師入江事。

〔切〕近也。

〔鵠立幾縈神〕「鵠立」謂延頸跂望如鵠之立，後漢書袁譚傳：「今整勒士馬，瞻望鵠立。」「幾縈神」，參閱〔七六〕送歸高士「不煩良友」句釋。

是日稱三始，何時見國初。風雲終日有，兵火十年餘。甲子軒庭曆，春秋孔壁書。幸來京兆里，得近帝王居。

【釋】

〔是日稱三始〕見〔四三〕元日詩「三始朝」釋。

〔國初〕開國之初，此指明初。按：朱元璋于元至正二十八年（一三六八）元旦即皇帝位于南京，建國號明，建元洪武。劉基進大統曆以代元授時曆，明初已始行之。

〔風雲終日有〕原注：「史記天官書：正旦欲終日有雲、有風、有日。」按：此句「風雲」與下句「兵火」係對言，兵火喻戰伐，知風雲亦然。杜甫秋興八首：「江間波浪兼天湧，塞上風雲接地陰。」均喻時局語。

〔甲子軒庭曆〕相傳黃帝軒轅氏令史官大撓作甲子，始以干、支相配紀日，後亦用于紀歲時。世本：「容成作曆，大撓作甲子。」漢宋衷注：「（二人）皆黃帝史官。」此句着重「軒庭」二字，意謂明大統曆繼承黃帝曆，非如夷曆「反以晦爲元」也，參閱〔四三〕元日詩釋。

〔春秋孔壁書〕漢武帝時，魯恭王拆孔子舊宅，于夾壁（沿稱孔壁或魯壁）中取出古文經傳多種，春秋其一也（見後漢書魯恭王劉餘傳）。此句「書」字不指尚書，專指春秋，蓋「春王正月」始見于春秋，云係孔子所書，所以明正統也。

〔京兆〕京，大也；兆，衆也。漢以大衆所在爲「京兆」，天子居之。後沿稱國都，此指南京。

【箋】

不曰「元旦謁陵」，而曰「元旦陵下作」，見今年仍僑居神烈山下。「幸來」、「得近」二句蓋應題切事。

〔九二〕常熟歸生晟、陳生芳績書來，以詩答之

十載江村二子偕，相逢每詠步兵懷。猶看老驥心偏壯，豈惜飛龍羽乍乖。海上戈船連滬瀆，石頭烽火照秦淮。先朝舊事君休問，鼓角淒其滿御街。

【釋】

〔解題〕陳芳績，字亮工，常熟人，陳梅之孫（梅見〔四九〕桃花溪歌解題）。先生所撰常熟陳君墓誌銘（見餘集）云：「有孫七人，而芳績居長，以訓蒙自給。」又與潘次耕札（亦見餘集）云：「昔有陳亮工者，與吾同居荒邨，堅守毛髮，歷四、五年，莫不憐其志節。及玉峯坐館連年，遂忘其先人之訓，作書來薊，干祿之願，幾于熱中。」知芳績曾侍其祖與先生同住語濂涇有年。先生詩集與芳績酬答凡三題，殘稿載答陳亮工一札，同志贈言録芳績秋日懷涂中先生絶句四首。按：陳芳績康熙六年編歷代地理沿革表四十七卷，未刊行。後爲張大鏞所得，經同邑黄廷鑑勘補，于道光十三年刊行，後收入一九三五年商務印書館叢書集成初編。歸晟（晟亦作恆）字成伯，諸生，與芳績爲友，勤學敦品，亦工詩文。

〔十載江村句〕先生自甲申年終侍母遷居常熟語濂涇，至去年移居南京神烈山下，屈指十載。「二子」謂歸、陳二生。

〔步兵〕指阮籍。籍（二一〇——二六三）字嗣宗，尉氏人。仕魏至步兵校尉。時司馬氏專魏政，籍每借酣醉遠禍。作詠懷詩八十餘篇，中寓深意，爲世所重。晉書有傳。

〔猶看老驥句〕曹操步出夏門行：「老驥伏櫪，志在千里；烈士暮年，壯心不已。」

〔豈惜飛龍句〕張衡西京賦「聯飛龍」注曰：「飛龍，鳥名也。」蘇武詩：「何況雙飛龍，羽翼臨當乖。」老驥伏櫪，飛龍折羽，均先生自喻。

〔海上戈船連滬瀆〕「戈船」乃戰船，上建戈矛，或下安戈戟。越絶書外傳記地：「勾踐伐吴，霸關東，……死士八千人，戈船三百艘。」「滬瀆」，水名，滬亦作扈，其地在上海縣東北。晉書孫恩傳載吴國内史袁山松築扈瀆壘以備孫恩，即此。此句似追敍癸巳冬張名振與張煌言率海師大敗清兵于崇明（見編年）。

〔石頭烽火照秦淮〕原注：「金陵志：烽火樓在石頭城西南最高處，吴時舉烽火于此。」石頭見〔四〕京口即事釋。烽火見〔三〕千官「傳烽」釋。「秦淮」，水名，上游二源于方山西流經南京城北入長江，南宋以來已大部淤塞。此句似追記去年春名振、煌言等舟師兩入長江，直逼南京事。

〔先朝舊事君休問〕「先朝舊事」當指福王時南都諸事。先生移居南京，二生故有所問。

〔鼓角淒其滿御街〕鼓，軍鼓；角，號角，古代軍中撾鼓角以報時。淒。淒涼；其，詞尾，詩邶風緑衣：「絺兮綌兮，淒其以風。」御街，專指京師街道，亦稱天街，以天子巡行也，此句指南京。晉書苻堅載記：「苻郎！此官之御街，小兒敢戲于此，不畏司隸縛耶？」

【箋】

題云「書來以詩答之」，故全詩必多答問，不獨爲先朝舊事發也。首聯話舊，頷聯抒懷，蓋以自勵；頸聯敍時事極有聲勢，知先生仍未忘情恢復；然尾聯一及弘光朝事，則淒其之意，溢于言表。

〔九三〕贈路光禄太平

已下數首皆余蒙難之作。先是有僕陸恩，服事余家三世矣。見門祚日微，叛而投里豪。余持之急，乃欲陷余重案，余聞亟擒之，數其罪，沈諸水。其壻復投豪，訟之郡，行千金求殺余。余既待訊，法當囚繫，乃不之獄曹而執諸豪奴之家。同人不平，爲代愬之。兵備使者移獄松江府，以殺奴論。豪計不行，而余有戒心，乃浩然有山東之行矣。

弱冠追三古，中年賦二京。一門更喪亂，七尺尚崢嶸。江海存微息，山陵鑿本誠。落其裁

十畝，覆草只三楹。變故興奴隸，莽蜂出里閭。彌天成夏網，畫地類秦坑。獄卒逢田甲，刑官屬甯成。文深從鍛鍊，事急費經營。節俠多燕趙，交親即弟兄。周旋如一日，慷慨見平生。疾苦頻存問，阽危得拄撐。不侵貞士諾，逾篤故人情。木向猿聲老，江隨虎跡清。更承身世畫，不覺涕霑纓。

【釋】

〔解題〕路光禄太平即振飛季子澤濃（濃後改農），字吾徵，亦字安卿，「太平」之名乃唐王所易。小腆紀傳卷二十四路振飛傳于敍畢澤溥後，繼曰：「弟太平，從振飛至閩，官光禄寺卿。閩敗，奉永曆帝命徵兵于外。晚隱于吳門。」先生廣師篇云：「險阻備嘗，與時屈伸，吾不如路安卿。」均指澤濃也。其父子兄弟事已畧見〔六三〕贈路舍人澤溥各釋。先生與路氏兄弟均摯交，每遊太湖（澤溥隱地）、吳門（澤濃居地），過曲周（路氏故里），多主其家；詩文集酬贈之作必分書其兄弟官職名號，萬無可以混淆之理。然徐注及其它史料竟時時張冠李戴，兄弟顛倒，殊足異也。

〔解序〕首云「已下數首（原鈔本無「數首」二字）皆余蒙難時作」，則此序不獨序本題，亦「皆」爲以下六首所共有。云「蒙難時」而不曰「繫獄時」或「蒙難後」，則知六首必作于出獄逗留松江之際，編入本年是也。然鈔本序亦不載人名，記事又極簡，且兼及明年遇刺事，可知作詩在前，補序在後。蓋時易境遷，至編集時，往事有不必言或不可言者。潘耒刊集時，關鍵處又有所删易，故其事益不明。如「乃欲陷余重案」，原鈔本作「乃欲告余通閩中事」，可知「重案」之重及惡奴陷主之甚。又如「訟之郡，行千金求殺余」，原鈔本爲「訟之官，以二千金賂府推官」，則知後詩中「刑官屬甯成」，「生涯從吏議，獄吏實求須」，與夫「疾吏情深一上書」等實有其事。而「豪計不行」以下，原鈔本作「遂遣刺客伺余，而余乃浩然有山東之行矣」。乃知里豪必欲置先生于死，而先生前時被迫「流轉」及移居南京，後出獄被刺，終于

不得不棄家北遊，皆以此爲契機也。

〔弱冠追三古〕古人二十歲行冠禮（見禮曲禮），體猶未壯，故稱「弱冠」。漢書藝文志「世歷三古」，注謂伏羲上古，文王中古，孔子下古。此句先生自言弱冠即欲追慕前代，致君堯舜。

〔中年賦二京〕此借張衡作二京賦以喻甲申、乙酉北京、南京相繼淪喪。時先生已三十二、三歲，亦可謂「中年」。按：古人于「中年」並無定限，如論衡論死：「若中年夭亡，以億萬數。」晉書王羲之傳載謝安謂羲之曰：「中年以來，傷于哀樂。」俱無確指。

〔一門更喪亂〕「更」音庚，陰平，動詞，經歷也。史記大宛傳：「因欲通使，道必更匈奴中。」按：乙酉，南京陷，清兵掠蘇崑，先生四弟纘（子叟）、五弟繩（子武）被殺；生母何氏被游騎斫折右臂；纘妻朱氏引刀刺喉，僵仆瓦礫中始免；嗣母王氏則絕粒殉國。「喪亂」與序言「門祚日微」畧異，後者指宗族式微言，歸莊送顧寧人北游序云：「寧人故世家，崇禎之末，祖父蠡源先生暨兄孝廉（緗）捐館，一時喪荒，賦繇蝟集，顧氏勢衰。」可以釋此。另參見甲申編年從叔葉墅、再從兄維搆家難諸事。

〔七尺尚崢嶸〕「七尺」表男子身長，因以稱男子。荀子勸學：「曷足以美七尺之軀哉！」「崢嶸」，狀高峻、超越，見〔五〕京闕篇釋。「尚」，猶也，副詞代動。此承上句，言雖經喪亂而壯志猶存。

〔江海、山陵二句〕隱括近年流轉江海，僑寓鍾山之心情。「山陵」指天子陵墓，見〔五〕京闕篇釋，此處指孝陵。

〔落其、覆草二句〕承上「山陵」句，極狀僑寓時田宅之儉樸。〔六三〕僑居神烈山下有「典得山南半畝居」句。「裁」通纔，僅也。楊惲報孫會宗書：「種一頃豆，落而爲萁。」「覆草」謂以草覆屋也。

〔變故與奴隸〕言禍起于世僕陸恩。元譜載順治十二年乙未五月十三日，「擒叛奴陸恩，數其罪，沉諸水」。與詩序合。然譜與序俱未詳言殺奴之故，惟張穆引陸清獻（隴其）日記云：「寧人鼎革初，嘗通書于海上，黏在金剛經後，使一僧挾

之以往。其僕知之，以金與僧，買而藏之。後其僕轉靠葉方恆，葉重託之。寧人有所冀于此僕，僕曰：『金剛經上何物也？乃欲詐我乎？』寧人懼，夜使力士入其家殺之，取其所有，並葉所託者亦盡焉。」隴其（一六三〇——一六九二）與先生同時而行輩略晚，所記未必無據，惟不知陸恩之名及誤記死法耳。

〔荓蜂出里閎〕言同其惡者出自鄰里。「荓」音拚，「荓蜂」亦作甹夆。詩周頌小毖「莫予荓蜂」，孫炎注謂相掣曳入于惡也，意即朋比爲姦，同惡共濟。「閎」乃巷門，「里閎」猶里巷，言同居之近。故序稱「里豪」；原鈔本「荓蜂」直作「奸豪」，俱指崑山葉方恆。方恆字嵋初，號學亭，太常卿重華第三子，明崇禎壬午（一六四二）舉人，清順治戊戌（一六五八）進士，官至濟寧河道。弟方藹，字子吉，號訒菴，亦順治進士，康熙間備講筵，官至刑部右侍郎。弟方蔚，字敷文，舉康熙鴻博未遇，以明經終。從弟奕苞，工詩文書畫，亦知名于時。葉氏本崑山巨族，一門鼎盛，清初唯同邑後起之「三徐」可與相抗。先是陸恩于壬辰叛投葉氏，方恆遂挾恩以逼先生，欲奪顧氏遺田。先生既沉惡僕，方恆乃挺身出與先生訟。詳見歸莊送顧寧人北遊序。

〔彌天成夏網〕原注：「呂氏春秋：湯見祝網者置四面，其祝曰：從天墜者，從地出者，從四方來者，皆罹吾網。湯曰：嘻，盡之矣！非桀其孰爲此？晉傅玄詩：夏桀爲無道，密網施山阿。」「元」本作玄，傅玄詩見晉書傅玄傳。「彌」，滿也。引「夏網」故事，喻葉氏設謀之密。

〔晝地類秦坑〕司馬遷報任安書：「故士有畫地爲牢勢不入，削木爲吏議不對，定計于鮮也。」「秦坑」指秦始皇坑儒之坑（坑同阬）。按：方恆遂以殺人罪唆陸恩之壻訟之蘇州府（崑山縣屬蘇州府），且私執先生囚于豪奴之家，逼令自裁。此言畫地爲牢本非牢，然其殺人則與秦坑等。

〔獄卒逢田甲〕漢韓安國字長孺，坐法抵罪。獄吏田甲辱安國，安國曰：「死灰獨不復燃乎？」甲曰：「燃即溺之。」（見漢書韓安國傳）按：事既急，幸路澤溥與蘇松兵備副使（即歸序所云「憲副」）有舊，爲言之，遂行提至府獄。時獄卒亦爲

葉氏所買，故辱先生。以下〔九七〕贈路舍人起句「自分寒灰卽溺餘」亦指此。又康熙戊午(一六七八)先生答原一公肅兩甥書(文集卷三)追憶曩遊，復云：「已而奴隸鴟張，親朋瀾倒，或有聞死灰之語，流涕而省韓安……」可知田甲必有其人。

〔刑官屬甯成〕「甯」亦作寧，去聲。甯成，穰人，漢景帝時任中尉，武帝時官內史。猾賊任威，人皆惴懼。其治效郅都，其廉不及。嘗曰：「仕不至二千石，賈不至千萬，安可比人乎？」貰貣(音忒，勒索也)陂田千餘頃，假貧民役使數千家，致産數百萬。史記、漢書俱有傳。按：原鈔本謂「(豪)以二千金賂府推官求殺余」，推官卽刑官，司一府刑獄，其人亦如甯成殘而且貪，故以爲喻。

〔文深從鍛鍊〕漢書張湯傳：「湯與趙禹共定諸律令，務在深文。」謂用法務在深刻。又路温舒傳：「上奏畏卻，則鍛鍊而周內之。」謂如冶金使之精熟，務致于法。按：蘇州府推官既受賂，遂斷先生以「殺無罪奴」罪，例判徒刑。

〔事急費經營〕「經營」見〔三五〕推官二子執後欲爲之經營而未得詩釋。蘇獄既判，同人不服，又復代愬。兵備副使雖與葉方恆爲年家，然心知先生之冤，又以蘇府官吏無非葉氏之黨，乃移獄至松江府覆讞。

〔節俠多燕趙〕「節俠」謂氣節豪俠之士，史記刺客列傳：「夫爲行而使人疑之，非節俠也。」又韓愈送董邵南之河北序：「燕趙古稱多慷慨悲歌之士。」按：蘇松之獄爲先生奔走呼救者，以路氏兄弟及歸莊最力。此篇專贈路澤濃，故首云「節俠多燕趙」，蓋路氏兄弟乃河北曲周人，曲周古爲燕趙之地也。自此句以下，均因事致感之詞。

〔交親〕相交而親近也。荀子不苟：「交親而不比。」

〔周旋〕見〔七七〕贈劉教諭釋。

〔存問〕猶慰問。史記孟嘗君列傳：「客去，孟嘗君已使使存問，獻遺其親戚。」

〔阽危〕阽音顛，平聲或去聲，「阽危」，危而欲墜也。漢書食貨志：「安有爲天下阽危者若是而上不驚者？」

〔拄撑〕同撑拄，見〔六〇〕淮東釋。

〔不侵貞士諾〕「不侵」猶不違。「貞士」即正士，韓非子守道：「託天下于堯之法，則貞士不失分，姦人不儌幸。」「諾」即允諾、然諾，史記張耳陳餘傳：「（泄公論貫高曰）此固趙國立名義不侵爲然諾者也。」

〔逾篤〕猶言「更重」、「尤厚于」。

〔木向、江隨二句〕上句切秋令，下句切地理（松江、虎丘），隱喻冤獄已解。按：移獄松江後，改判爲「殺有罪奴」，受杖而已。

〔更承身世畫二句〕此指路澤濃爲先生規畫北遊事，與詩序末句「余乃浩然有山東之行矣」相應。

【箋】

先生國變後兩次入獄：乙未（一六五五）入蘇松獄，戊申（一六六八）入濟南獄，兩案均與抗清有關，均賴同志救援得脱。然濟南獄起自牽連，蘇松獄則出自積怨；濟南獄一了百了，無復蜂蠆餘毒；蘇松獄則結而未結，仍遺後顧之憂。先生以南人遊北，以遊爲隱，實肇端于蘇松之獄。然其事始末，僅見于文集（卷三）答原一公肅兩甥書，云「已而奴隸鴟張，親朋瀾倒，或有聞死灰之語，流涕而省韓安；覽窮鳥之文，撫心而明趙壹。終憑公論，得脱危機」。又見于餘集從叔父穆菴府君行狀，曰：「叛奴事起，余幾不自脱，遂杖馬箠跳之山東、河北，……余既爲宵人所持，不敢遽歸；而叔父年老，望之彌切。」雖畧涉其事，俱語焉不詳。因知詩集所存「已下數首」既係出獄後逗留松江時作，則彌足珍貴。兹再節録三文，至論證其事之原委經過于下：

一、全祖望亭林先生神道表

顧氏有三世僕曰陸恩，見先生日出遊，家中落，叛投里豪。丁酉（應作乙未）先生四謁孝陵歸，持之急，乃欲告先生通海（按即通閩），先生亟往禽之，數其罪，湛之水。僕壻復投里豪，以千金賄太守（當作府推官）求殺先生，不繫訟曹而

即繫之奴之家。危甚，獄日急，有爲先生求救于□□（按即錢謙益）者，□□欲先生稱「門下」而後許之。其人（當即歸莊）知先生必不可，而懼失□□之援，乃私自書一刺以與之。先生聞之，急索刺還；不得，則列揭于通衢以自白。□□亦笑曰：「寧人之卞也！」曲周路舍人澤溥者，故相文貞公振飛子也，僑居洞庭之東山，識兵備使者，乃爲愬之，始得移訊松江而得解。于是先生浩然有去志。

按：全氏係受徐涵（乾學孫）之託而撰表，時在乾隆初葉，于崑山葉氏、常熟錢氏不能無諱，故畧敍其事而俱隱其名。至徐鼒撰小腆紀傳已在咸、同之際，歷年益遠，始得直書其事而無所諱。其傳先生曰：「有三世僕曰陸恩，見其日出遊，家中落，叛投里豪葉方恆，且欲告其通海狀，炎武禽之，數其罪而沈諸河。葉訟之，獄急，歸莊私爲『門生』刺，爲求救于故尚書錢謙益。炎武知之，索刺還；不得，乃列揭通衢以自白。會故相路振飛之子澤溥言諸兵備道，事得解。炎武既不爲鄉里所善，乃復浩然出遊。」（紀傳卷五十三儒林）徐鼒之傳雖無所諱，然僅據全表書事亦無增益，于里豪謀害之因及先生受害之果尤闕而不考。

二、歸莊送顧寧人北遊序

寧人故世家，崇禎之末，祖父蠡源先生（按即先生嗣祖紹芾）及兄孝廉（即先生同父兄緗）捐館，一時喪荒賦繇蝟集，以遺田八百畝典葉公子（按即方恆），券價僅當田之半，仍靳不與。閱二載，寧人請求無慮百次，乃少畀之，至十之六而逢國變。公子者，素倚其父與伯父之勢，凌奪里中。其産偪鄰寧人，見顧氏勢衰，本蓄意吞之。而寧人自母亡後，絶跡居山中（山似指神烈山）不出。同人不平，代爲之請，公子意弗善也。適寧人之僕陸恩得罪于主，公子鉤致之，令誣寧人不軌，將興大獄，以除顧氏。謀泄，寧人率親友掩其僕，執而箠之死。其同謀者懼，奔告公子，公子挺身出與寧人訟，執寧人囚諸奴家，脅令自裁，同人走叩憲副（即兵備副使）行提，始出寧人。比刑官（即蘇州府推官）以獄上，寧人殺無罪奴，擬城旦。憲副與公子年家，然心知是獄冤，又知郡（指蘇州府）之官吏上下大小無非公子人者，乃移獄雲間守（即松江知

府)，坐寧人殺有罪奴，擬杖而已。公子忿怒，遣刺客戕寧人，寧人走金陵，刺客及之太平門外，擊之，傷首，墜驢，會救得免。而叛奴之黨受公子指，糾數十人乘間劫寧人家，盡其累世之傳而去(以上行刺、行劫二事俱在明年丙申)。寧人度與公子訟，力不勝，則浩然有遠行。

按：歸序乃丁酉同人送別時作，故詳敍葉公子霸産、構陷及行刺、行劫經過，以見先生北遊避禍，誠非得已。文係直筆，並無溢惡之詞，而漢奸、惡霸、貪官、豪紳之嘴臉，已躍然紙上。

三、歸莊與葉方恆書

弟到郡時，知寧人兄窘于事勢，將有不測；輿論亦多以兄爲已甚，故弟語稍激切。然論其究竟，愛寧人亦所以愛兄也。已而崑老輩委曲相勸，兄亦動惻隱之心，要于兄之自爲計亦大便。……陸恩，人奴也，尚不可殺，而追其主以取償；寧人非尋常無聞之人，又無死法，而一旦迫之至死(按卽前送行序所云「脅令自裁」)，于兄便乎？不便乎……寧人無親子弟，料死後必無與伸冤者；卽有，兄自當有以待之。固知殺寧人萬萬無害，獨不畏清議乎？寧人腹笥之富，文筆之妙，非弟一人私言，卽灌老(李模)諸公皆擊節稱賞；四方之士見其詩古文者，往往咨嗟愛慕，兄能殺寧人之身，能並其生平之著述而滅之乎？使天下後世讀其詩古文者，以爲如此文人，而殺之者乃葉嵋初也！

按：歸、顧、葉皆明季崑山世族，國變前歸莊爲秀才時已與亭林先生及葉奕荃(字元暉，與奕苞、方靄、方恆均從兄弟行，師劉宗周，乙酉死于亂)等重新崑山文廟兩廡木主而正之(見吳譜引顧錫疇重修學宮碑記)。故國變後，葉氏雖以趨附新朝而益顯，歸、顧以抗節守志而日微，然先生受偪葉氏時，歸莊仍得以世誼奔走其間。此書正以中間人作調停語，首云「愛寧人亦所以愛兄」，然後誘之以利便，怵之以清議，申之以天下後世之公論，惜其言雖辯，亦未見稍消葉氏殺人之心。直至路澤溥一愬憲副行提，再愬憲副移獄，獄解而葉氏益怒，先之以行刺，繼之以劫掠，必欲置先生于死而後快，狼子之心不爲已甚乎？

然蔣山傭殘稿載答葉嵋初二書（約作于康熙五年丙午），頌其仁風，謝其紬葛，託其購書，雖言不及往，而「年翁」、「年兄」之稱，亦足以敍鄉情，消宿怨。蓋其時方恆適官濟寧河道，先生方名重山東，三甥徐元文已掌翰林，長甥徐乾學亦領京兆薦，人事推移，畧異疇昔，況時逾十載，皤皤俱老，怨毒之于人其有終乎！然史載方恆（清史稿有傳）在濟寧四年有惠于民，而口不言功，百姓多隱受其惠。所著山東全河備考于海防利害、運道通塞，多所論説，亦足資佐鑒。則其人殆始惡終善之流，犯而不較，于先生何傷焉。

〔九四〕酬王生仍

故國羈人怨誹深，感君來往數相尋。都將文字銷餘日，難把幽憂損壯心。演易已成殷牖牘，援琴猶學楚囚音。鬒顏白髮非前似，只有新詩尚苦吟。

【釋】

〔解題〕王仍（仍亦作礽）字雲祇（祇一作頡），長洲人。亦列名驚隱詩社（見〔九五〕永夜箋），同志贈言録其同力田過寧人寓詩及其韭溪草堂聯句。此詩與已下數首應係出獄後逗留松江、吳縣時作。

〔羈人〕寄居曰「羈」。謝惠連代悲哉行：「羈人感淑節。」此先生自指。

〔怨誹〕因怨而誹謗。史記屈原傳：「小雅怨誹而不亂。」

〔銷日〕銷通消。「銷日」謂銷磨時光也。沈約郊居賦：「時復託情魚鳥，歸閑蓬蓽，旁闕吳娃，前無趙瑟，以斯終老，於焉消日。」

〔幽憂〕深憂。莊子讓王：「堯以天下讓于子州支父，子州支父曰：『以我爲天子，猶之可也。雖然，我適有幽憂之病，方且

治之，未暇治天下也。」

〔演易已成殷牖賾〕原注：「梁庾肩吾詩：殷牖爻雖賾。」牖音酉，通「羑」。「殷牖」指殷之羑里（地在今河南湯陰北）。相傳殷紂王囚周文王于羑里，文王于是演易，益八卦爲六十四卦，見史記殷本紀。賾音責，易繫辭：「聖人有以見天下之賾。」疏謂「賾，幽深難見」。此句「演易」喻入獄；「已成」則暗示獄解。

〔援琴猶學楚囚音〕「楚囚」，見〔三四〕哭楊主事「南冠囚」釋。又左傳成公九年：「（晉侯繼問楚囚曰）『能樂乎？』曰：『先父之職官也。』」與之琴，操南音。」此句引楚囚援琴事，暗示雖已出獄，猶有餘悸。

〔黧顏〕黧音黎，黑色。楚辭九嘆：「顏黴黧以沮敗兮。」

【箋】

黄節（選注本）謂贈路光禄太平以下數首，除酬王生仍「演易」「援琴」二句是獄中語外，它首皆無獄中之言，故諸譜不得强列在獄之（乙未）年。按：黄説多誤。（一）今傳原鈔本亭林詩集皆先生自編，非諸譜自爲先後也。（二）六首皆出獄後作，故無一首有「獄中語」，酬王生仍亦非例外。（三）序是乙未以後補作，六首則皆作于本年。緣先生移獄松江，秋後即出，所以逗留松江，蓋案結須至丙申也。蘧案以爲「獄急時猶未在獄」，似六首皆作于獄急時，果爾，諸詩俱多獄解後語，豈皆虚擬耶？

〔九五〕 永夜

永夜刀鳴動箭中，起看征雁各西東。山憐虎阜從波湧，路識閶門與帝通。待客荆卿愁日晚，艤舟漁父畏天風。當時多少金蘭友，此際心期未許同。

【釋】

〔解題〕「永夜」猶長夜，謝靈運羅浮山賦：「發潛蘿于永夜。」本題雖取首二字，亦可視爲「永夜遣懷」。

〔刀鳴動箾〕「箾」音肖，去聲，通「鞘」，刀劍套也。相傳寶劍（如干將、莫邪）、寶刀（如楊妃父之警惡刀）均能預鳴以示兆。

〔山憐虎阜從波湧〕虎阜卽蘇州虎丘。從，任從也。原注：「晉王珣虎邱山銘：虎邱山先名海涌山。」此句似借虎從波湧喻蘇州獄形勢險惡。

〔路識閶門與帝通〕原注：「孫權紀注曰：吴西郭門曰閶門，夫差作。以天門通閶闔，故名之。」按：閶門卽金閶門，見〔六三〕贈路舍人澤溥「相逢金閶西」釋。「閶」蓋取義于閶闔，離騷：「吾令帝閽開關兮，倚閶闔而望余。」王逸注：「閶闔，天門也。」此句似借屈子叩閽喻同人上愬。

〔待客荆卿愁日晚〕燕太子丹欲荆軻行，曰：「日晚矣。」軻曰：「僕所以留者，待吾客與俱，今太子遲之，請辭決矣。」遂發。見史記刺客列傳。此句似借荆軻事喻求助而不得。

〔艤舟漁父畏天風〕「艤舟」見〔五四〕榜人曲釋。「天風」，不測之風，杜甫客亭詩：「秋窗猶曙色，落木更天風。」又，伍子胥出亡，追者在後。至江，有一漁父乘船，知伍胥之急，乃渡之。此句似反用伍胥故事，喻雖有助者，亦畏里豪而不敢。

〔金蘭友〕喻友情之堅如金、香如蘭者。易繫辭：「二人同心，其利斷金；同心之言，其臭如蘭。」又劉毅廣絶交論：「自昔把臂之英，金蘭之友。」

〔心期〕謂兩心相期許也。南史向柳傳：「柳曰：我與士遜（顏峻）心期久矣，豈可一旦以勢利處之？」

【箋】

此詩蓋嘆交友也。據蘇州府志及震澤志載，清初高潔能文之士，每相率聚集爲詩，因結「驚隱詩社」（一名「逃社」）于吴江唐湖北渚之古風莊。與其會者有先生及歸莊、戴笠、潘檉章、吴炎、王仍、錢肅潤、陳濟生、王錫闡、施諲等三十

餘人，長年往來五湖三泖間，唱酬爲樂。先生北游之前，詩古文已享譽江南，謗亦由此。其後潘、吳二子以史獄罹難，社集遂廢。今觀此詩，似先生陷獄之際，朋儕與社友中已有懼禍避嫌而不敢引手救者。故陳芳績秋日懷涂中先生詩云：「莫漫將心託朋友，近時豪俠未全真。」先生酬陳生芳績亦有「絶交已廣朱生論」之句，恐皆非無因而發。此詩本係「遺懷」體，所遣之懷當從作詩時情境求之。起聯「刀鳴動箭」已喻被禍之兆；「征雁西東」顯係友朋中有因此驚散者。腹二聯已見前釋，結聯「當時」與「此際」今昔對照，詩旨益明。

〔九六〕 酬陳生芳績

百里相思路阻紆，每承遺札訊何如。絶交已廣朱生論，發憤終成太史書。笠澤水清連底日，虞山葉落到根初。從今世事無煩問，但掩衡門學種蔬。

【釋】

〔解題〕陳芳績，詳見〔九二〕常熟歸生晟陳生芳績書來解題。

〔百里相思〕時先生已出獄，逗留松江；芳績仍在常熟，故云。

〔遺札〕留書、寄信。古詩十九首：「客從遠方來，遺我一書札。」

〔絶交已廣朱生論〕朱穆字公叔，東漢南陽人。官侍御史時，感時俗澆薄，作崇厚論；後與劉伯宗絶交，著絶交論。後漢書有穆傳，其論已佚。劉峻字孝標，平原人。梁天監時典校秘書；以注世説新語而得名。嘗感任昉諸子流離，莫有收卹，因廣朱公叔絶交論。廣絶交論今存，載見文選。此句寓意見〔九五〕永夜箋。

〔發憤終成太史書〕史記太史公自序：「詩三百篇，大抵聖賢發憤之所爲作也。」「太史公」乃司馬遷自指，遷所著史記初

名太史公書，亦係下蠶室後發憤之作。此句見先生已決心從事史著。

〔笠澤、虞山二句〕「笠澤」，松江别名；「虞山」，卽常熟。二句雖關鎖二人當前居地，但亦兼寓獄解水清，歸老語濂之意。

〔從今世事無煩問二句〕謂世事不勞己問也。「衡門」，橫木爲門，喻居處之陋，參見〔三七〕偶來詩「棲遲」釋。「學種蔬」，喻晦跡自隱，三國志蜀先主傳注：備時閉門將人種蕪菁，謂關、張曰：「吾豈種菜者乎？曹公必有疑意，不可復留。」

【箋】

陳芳績祖、父兩世俱以明遺民没世，芳績亦曾苦節三十餘年，雖守節不終，然較之朱彝尊、潘耒輩亦未必多愧。況先生爲其祖梅撰墓誌銘時（一六七九），猶稱其「訓蒙自給」，是則所謂「作書來薊，干禄之願，幾于熱中」（餘集與潘次耕札），恐不過一相情願，未必有所得也。芳績年輩畧晚于先生，于朱明本無瓜葛，先生厚責其「忘先人之訓」，蓋預誡潘耒勿赴鴻博，未足爲芳績定論。

〔九七〕贈路舍人

自分寒灰卽溺餘，非君那得更吹噓。窮交義重千金許，疾吏情深一上書。大麓陽飈回宿草，岷江春水下枯魚。丁寧未忍津頭别，此去防身計莫疏。

【釋】

〔路舍人〕卽澤溥，見〔六三〕贈路舍人澤溥解題。

〔自分〕「分」音奮，去聲，甘願也。曹植上責躬應詔詩表：「自分黄耇，永無執珪之望。」

〔寒灰卽溺餘〕見〔九三〕贈路光禄太平「獄卒逢田甲」釋。

〔吹嘘〕救助或借助。後漢書鄭太傳：「孔公緒清談高論，嘘枯吹生。」言其脣舌之間，可使枯者復生也。劉峻與諸弟書云：「任（昉）既假以吹嘘，各登清貫。」則義近「游揚」。詩句可兼二義。

〔窮交義重千金許〕「窮交」通指患難或貧賤之交。漢書游俠傳序：「趙相虞卿棄國捐君，以周窮交魏齊之厄。」劉峻廣絶交論：「是以伍員濯溉于宰嚭，張王撫翼于陳相，是曰窮交。」均兼患難意。「許」，名詞，諾也。「千金許」猶言千金之諾。史記季布傳：「得黄金百斤，不如得季布一諾。」李白敍舊贈陸調詩：「一諾許他人，千金雙錯刀。」

〔疾吏情深一上書〕原注：「漢書路温舒傳：疾吏之風，悲痛之辭。」「疾」，惡之也。路温舒字長君，漢鉅鹿人。少習律令，昭帝時，守廷尉史。宣帝時，上書建言「尚德緩刑」。漢書有傳。温舒本路氏遠祖，此句借謂澤溥疾蘇州官吏之貪酷，代先生上愬于兵備使者，事見〔九三〕贈路光禄太平箋。

〔大麓陽飈回宿草〕「大麓」，大山之麓，書舜典：「納于大麓，烈風雷雨弗迷。」「陽飈」，陽和之風（異于烈風）。「宿草」，隔歲之草，禮檀弓上：「朋友之墓，有宿草而不哭焉。」「回宿草」，謂使宿草復活也。

〔岷江春水下枯魚〕莊子外物：周顧視車轍中有鮒魚焉，曰：「我東海之波臣也，君豈有升斗之水而活我哉？」周曰：「諾。我且南游吴越之王，激西江之水而迎子，可乎？」鮒忿然曰：「吾得升斗之水然活耳。君乃言此，曾不如早索我于枯魚之肆。」按：西江本指西來之大江，古以岷江爲大江之源，故「岷江」卽西江。「下枯魚」，謂枯魚復活，隨江水而東下也。「大麓、岷江」二句皆靈活用事及感激救助之詞。

〔津頭〕卽渡頭、渡口，杜甫春水生：「南市津頭有船賣，無錢卽買繫籬旁。」此承上句「岷江春水」而來。

【箋】

〔九三〕贈路光禄詩前半皆自敍身世及入獄緣起；自「節俠多燕趙」以下，始于述事中申感激之情。此篇贈路舍人則略去自敍，以「非君那得更吹嘘」句引出腹二聯，曲折用事，不嫌繁複，蓋「寒灰」、「窮交」、「宿草」、「枯魚」莫不賴「吹嘘」

而後活，真所謂生死肉骨也。末聯記臨別丁寧，特重「防身」一語，正見舍人知之深、愛之切，與光禄之代畫身世同。

〔九八〕贈錢行人邦寅丹徒人

李白真狂客，江淹本恨人。生涯從吏議，直道託羣倫。之子才名重，相知管鮑親。起風還鷁羽，決海動龍鱗。孤憤心猶烈，窮愁氣未申。彫年黄浦雪，殘臘玉山春。貫日精誠久，回天事業新。南徐游歷地，儻有和歌辰。

【釋】

〔解題〕錢邦寅，字馭少，丹徒人，明季諸生。國變後，日以著述自娱，有明詩鈔、楚遊草、若華堂詩草、稽古稗鈔，皆不傳。唯歷代輿地徵信編殘本六卷，收入四庫全書史部地理類存目，提要謂其「考證議論頗博辯」，今亦不見。丹徒縣志儒林有其簡傳，謂其常出游，每登高望遠，輒思其兄哭泣，年七十卒。其兄名邦芑，字開少。明亡，走閩粤，迭事唐王、桂王，官至都御史。桂王入緬，邦芑以僧終，號大錯，著有他日字學。小腆紀傳載傳甚詳。先生稱邦寅爲「行人」，疑所受亦唐王官，味詩意亦然。

〔李白真狂客〕李白至長安，往見賀知章，知章讀其文，嘆曰：「子，謫仙人也。」(見唐書李白傳)知章自號「四明狂客」，故杜甫寄李十二白二十韻曰：「昔年有狂客，號爾謫仙人。」狂客本非李白，故句加「真」字。

〔江淹本恨人〕原注：「江淹恨賦：僕本恨人。」謂失意抱憾之人也。淹(四四四——五〇五)字文通，濟陽考城人。歷仕宋、齊、梁三朝，以詩賦知名。晚年才思畧退，人謂「江郎才盡」。所撰恨賦，多言士不遇，蓋淹孤賤而多才，至强仕而稍顯，故有是作。起二句雖以李白、江淹自喻，然所借只在「狂」、「恨」二字。

〔生涯從吏議〕「生涯」泛指生活前途，杜甫杜位宅守歲詩：「誰能更拘束，爛醉是生涯。」「吏議」謂法吏所議，史記太史公自序：「因爲誣上，卒從吏議。」此句指蘇松之獄，謂生活前途俱從刑官判斷。

〔直道託羣倫〕「直道」猶公道，論語衛靈公：「斯民也，三代之所以直道而行也。」「羣倫」猶朋儕，揚雄法言：「斷天測靈，冠乎羣倫。」此句言松江獄解，皆賴朋儕主持公道。與答原一公肅兩甥書（文集卷三）所云「終憑公論，得脱危機」意同。

〔之子才名重〕「之」，此也，指代詞。「之子」猶言此君，指邦寅。詩周南桃夭：「之子于歸。」「才名」兼言才華與名譽，三國志魏志賈詡傳：「臨淄侯植，才名方盛。」

〔相知管鮑親〕齊鮑叔牙薦管仲，相桓公，霸諸侯。管仲曰：「生我者父母，知我者鮑子。」見史記管晏列傳。故相知相親之友沿稱「管鮑」。

〔起風還鷁羽〕鷁，鳥名。還，退還，使動詞。左傳僖公十六年：「六鷁退飛，過宋都，風也。」此句與下句「決海動龍鱗」，似隱寓唐王閩海之敗。

〔孤憤心猶烈〕「猶」，原鈔本作「尤」。「孤憤」本韓非子篇名，憤孤直不容于時也。司馬遷報任安書：「韓非囚秦，説難、孤憤。」

〔窮愁〕困窮而憂愁。史記虞卿傳：「然虞卿非窮愁，亦不能著書以自見于後世云。」按：「孤憤、窮愁」二句用韓非、虞卿故事，見先生與邦寅均因此而發憤著書。

〔彫年〕即殘年。原注：「鮑照舞鶴賦：急景彫年。」按：鮑賦全句爲「窮陰殺節，急景彫年」。彫同凋，與「殺」對，謂凋殘也。此處「彫年」與下句「殘臘」可見作詩時間。

〔黄浦〕水名。源出今浙江嘉興，經松江、金山至上海吴淞口入海。相傳爲楚國春申君黄歇所濬，故又稱歇浦。此處借指松江。

〔玉山〕在崑山縣境，見〔六〕哭陳太僕「柴門日夜扃」釋。因「黄浦」而及「玉山」，正見先生有歲暮懷鄉之感，故明春獄解案結，即歸千墩，侍生母何氏卒。

〔貫日〕古人以爲白虹貫日乃精誠感天之象，如聶政刺韓傀（戰國策魏策），荆軻慕燕丹之義（文選鄒陽獄中上書自明），皆有其象。此處「貫日」喻忠于明室。

〔回天事業新〕「回天」謂挽回天命。唐太宗欲修洛陽乾元殿，張玄素諫止之，魏徵嘆曰：「張公遂有回天之力。」見唐書張玄素傳。此處暗喻抗清復明。「事業新」三字疑與二張近年數入長江有關。

〔南徐游歷地〕東晉僑置徐州于京口，時稱南徐，與丹徒距近，係先生與邦寅舊遊之地。

〔儻有和歌辰〕「儻」俗作倘，此處作疑問副詞，猶言「或許」。「和」，本字去聲，應和也，易中孚：「鳴鶴在陰，其子和之。」史記刺客列傳載：荆軻日與屠狗及高漸離飲于燕市。酒酣以往，高漸離擊筑，荆軻和而歌。

【箋】

起四句自述；「之子」、「管鮑」二句以下全係合説，其激昂嗚咽之情，俱在「貫日」、「回天」十字中。今年六首蒙難之作，均不免悲凉，唯此首猶見先生夙志。

編年（一六五六）

是年歲次丙申，明永曆十年，清順治十三年。

正月，孫可望遣兵攻李定國，定國敗之，因自南寧疾赴安龍，與白文選共奉永曆帝奔雲南。

三月，永曆帝抵雲南（昆明），劉文秀、沐天波等共迎之。遂居原孫可望第，改昆明爲滇都，封定國爲晉王、文秀爲蜀王，文選爲鞏國公，加黔國公沐天波爲柱國少師。馬吉祥仍入閣。時可望妻子仍在滇，故未敢即叛。

四月，清兵連攻鄭成功于金門、厦門，不勝。

六月，鄭成功部將黄梧繼施琅後叛降于清。

七月，鄭成功復閩安，欲取福州，無功。

八月，清兵再破舟山。

十月，清嚴禁白蓮、聞香諸教。

十二月，鄭成功連破羅源、寧德等地，清不得已，再招之，不理。

是年先生四十四歲。春，獄解，自松江回崑山千墩舊居。三月，本生母何碩人卒。五月回南京鍾山之僑宅，在太平門外被葉氏刺客擊傷首，遇救得免。葉氏復唆使叛奴之黨刦先生崑山舊家，盡其累世之藏而去。閏五月十日同王潢五謁孝陵。夏秋之際出遊，曾赴湖州。冬，仍在鍾山度歲。

〔九九〕松江别張處士慤、王處士煒暨諸友人 已下柔兆涒灘

十載違鄉縣，三年旅舊都。風期嘗磊落，節行特崎嶇。坐識人倫傑，行知國器殊。論兵皁起翦，畫計小陰符。世事陵夷極，生涯閲歷枯。人情來轥藉，鬼語得揶揄。郭解多從客，田儋自縛奴。事危先與手，法定必行誅。義洩神人憤，歡騰里閈呼。匣餘劓兒劍，橐解射狼弧。卦值明夷晦，時逢聽訟孚。邑豪方齮齕，獄吏實求須。裳帛經時裂，南冠累月拘。橐饘誰問遺，衣食但支吾。薄俗吳趨最，危巇蜀道俱。每煩疑載鬼，動是泣岐途。畜是樊中雉，巢鄰幕上烏。霜因鄒衍下，日爲魯陽驅。抱直來東土，含愁到海隅。春生三泖壯，雪盡九峰紆。異郡情猶徹，同人道不孤。未窮憐舌在，垂死覺心蘇。大義摧牙角，深懷疐尾狐。奸雄頻斂手，國士一張鬚。知己憐三釁，名流重八厨。欲將方寸報，惟有漢東珠。

【釋】

〔解題〕先生去歲自蘇州移獄松江，至今春案結，始歸崑山省親，此告别松江友人之作。柔兆涒灘即丙申歲。張慤（後改名彥之）字洮侯，松江華亭人，之象（嘉靖時詩人）玄孫。幼與弟漢度、九旬有「華亭三張」之目，讀書細林山中。後盡斥田宅，即細林别業亦讓其弟，隱居窮巷，取遺書讀之，託酒狂以自廢。著有浴日樓詩稿，其贈蔣山傭詩起結兩聯云：「逆奴叛主終無賴，何況人間馮子都。」「不道豪强能殺士，更無奇俠寄鋸鋙。」潘檉章有和句曰：「寄我新詩如看檄，紛紛逆黨見應羞。」知慤之爲人果不愧「酒狂」也。又爲顧寧人徵天下書籍啟（載同志贈言）亦列慤名，是亦深愛先生

者。王煒字雄右，號不菴，歙縣人。其贈寧人詩云：「我已無家不可論。」諒此時流寓松江。又松江府志封輿載：煒以子陞貴，贈太僕寺少卿。疑其後已寄籍焉。著有鴻逸堂集，全祖望亭林先生神道表引其論先生曰：「寧人身負沉痛，思大揭其親之志于天下。奔走流離，老而無子，其幽隱莫發數十年靡訴之衷，曾不得快然一吐，而使後起少年推以多聞博學，其辱已甚，安得不掉首故鄉，甘于客死，噫！可痛也。」是真深知先生者。

〔十載、三年二句〕先生自甲申由崑山始遷常熟，至今已逾十載，此舉成數。自癸巳三謁孝陵，而後僑居神烈山下，至今已達三年。

〔風期嘗磊落〕「風期」兼風神、襟期二義，習鑿齒與桓祕書曰：「彼一時也，此一時也，焉知今日之才不如疇辰，百年之後吾與足下不並爲景升乎？」晉書本傳論曰：「其風期俊邁如此。」「嘗」通常。「磊落」，狀容儀俊偉，胸襟坦蕩，庾信哀孫儉碑：「風神磊落。」

〔節行特崎嶇〕「節行」兼節操、品行二義。「崎嶇」本以狀道路險阻不平（見〔三七〕哭顧推官釋），引喻行爲之艱難不偶。「特」，尤也，與「嘗」字對。此句見先生尤重節行。

〔坐識人倫傑〕「人倫」猶人羣，見〔三四〕哭楊主事釋。

〔行知國器殊〕「國器」，指有治國才器者。荀子大略：「口不能言，心能行之，國器也。」以上一云「坐識」，一云「行知」，蓋有動静之異。

〔論兵卑起翦〕「卑」，卑視，意動詞。「起」，白起；「翦」，王翦，皆秦國兵家，史記有傳。

〔畫計小陰符〕「畫計」猶畫策。「小」，輕視，意動詞。「陰符」即陰符經，道家書，舊題黄帝撰。孫毓修校補蔣山傭詩集「起翦」作「左氏」，蓋以書名相對也。以上六句，均先生自許。

〔陵夷〕衰微、衰頹，漢書成帝紀：「帝王之道，日以陵夷。」注言其頹替若丘陵之漸平也。後沿指世事與國事。

〔生涯〕見〔九八〕贈錢行人邦寅釋。

〔閱歷〕閱，更歷也。「閱」、「歷」同義，猶言經歷，此作動詞。

〔轥藉〕踐踏、蹂躪，唐書武后傳：「恐百世後，爲唐宗室躪藉。」轥、躪互通。

〔鬼語得揶揄〕見〔六〇〕淮東詩「地下逢黄侯」釋。

〔郭解多從客〕漢郭解字翁伯，軹（今河南濟源南）人。自幼任俠，遠近爭附，從客益多。有詆解者，客爲殺之而解不知也。見史記游俠列傳。按：歸莊送顧寧人北遊序云「率親友掩僕」（見後箋），可知助先生逮陸恩者皆親友。

〔田儋自縛奴〕原注：「史記田儋傳：田儋佯爲縛其奴，從少年之廷。」以上郭解、田儋均先生自比。

〔事危先與手〕原注：「宋書薛安都傳：小子無宜適，卿往與手，甚快。通鑑：宇文化及揚言曰：何用持此物出？亟還與手！胡三省注：與手，魏齊間人率有是言，言與之毒手而殺之也。」按：資治通鑑唐武德元年載「宇文化及揚言」云云，胡三省即引薛安都欲殺秣陵令薛淑之，柳元景給之云云爲證。故知「與手」二字即「下毒手」或「下殺手」之意。其事可參閲〔九三〕贈路光禄太平詩序「乃欲陷余重案，余聞亟禽之，數其罪，沈諸水」。

〔神人憤〕舊唐書于頔傳：「神人共憤。」

〔里閈〕見〔九〇〕錢肅潤之父出示方書釋。

〔匣餘剸兕劍〕「餘」，尚存。「剸」，音團，刺割也。「兕」，音姊，獸名，犀牛類。淮南子修務：「雖水斷龍舟，陸剸兕甲，莫之服帶。」

〔櫜解射狼弧〕「櫜」音高，弓箭袋。「射狼弧」見〔三五〕班定遠投筆「天弧」釋。以上十二句自叙縛奴因由及經過。

〔卦值明夷晦〕見〔六三〕贈路舍人澤溥「明夷猶未融」釋。

〔時逢聽訟孚〕「聽訟」謂受理獄訟，論語顏淵：「聽訟吾猶人也，必也使無訟乎！」「孚」，誠信也，書呂刑：「獄成而孚，輸

而孚。」此句蓋謂獄輸于上，則君信而民不信也。

〔邑豪方齮齕〕「邑豪」卽里豪，指葉方恆。「齮齕」音豈紇，口齧也，引申爲毁傷。史記田儋傳：「且秦復得志于天下，則齮齕用事者墳墓矣。」索隱謂「齮齕，側齒咬也」。

〔獄吏實求須〕「須」通需：「求須」猶需索，貶義。此言獄吏索賄，可與〔九三〕贈路光禄太平「獄卒逢田甲」印證。

〔裳帛經時裂〕原注：「左傳昭公元年：叔孫召使者裂裳帛而與之，曰：帶其褊矣。」按：魯季武子伐莒，取鄆，莒人告于會。楚告于晉曰：「尋盟未退，而魯伐莒，瀆齊盟，請戮其使。」（與會魯使乃叔孫豹）晉樂桓子相趙文子，欲求貨（卽賄賂）于叔孫（豹）而爲之請，使請帶焉，（叔孫豹）弗與。（梁其踁諫叔孫，叔孫乃曰：）「然，鮒（樂桓子名）也賄（貪財），弗與，不已。」召使者裂裳帛而與之，曰：「帶其褊（小）矣。」此句引叔孫豹被迫裂裳帛獻帶納賄事，喻蘇州官吏索賄，先生罄家而供。

〔南冠累月拘〕「南冠」見〔二四〕哭楊主事「南冠囚」釋。此指先生在蘇州獄拘囚累月。

〔橐饘誰問遺〕「橐」音託，本指盛衣袋；「饘」音旃，飯粥，二字連用，泛指粗惡衣食。左傳僖公二十八年：「（晉）執衛侯，歸之于京師，寘諸深室，甯子職納橐饘焉。」「遺」音饋，義同，贈也。「問遺」意謂以饋贈相慰問。漢書酷吏傳：「問遺無所受。」此句謂入蘇州獄後，無人送囚飯。

〔衣食但支吾〕「支吾」同枝梧，謂勉强支撐，俗語。陸游村居書事（劍南詩稿卷五十）：「藥物枝梧病漸蘇。」此言因獄訟而生活困難。

〔吴趨〕魏晉時，吴地民歌有吴趨曲或吴趨行，因以「吴趨」代吴地。

〔危巇蜀道俱〕「巇」音西，險峻。「俱」，同也。李白蜀道難：「噫吁巇，危乎高哉！蜀道之難難于上青天。」

〔每煩疑載鬼〕「煩」，煩亂、煩懣。易睽卦：「上九，睽孤，見豕負塗，載鬼一車。」此言每因煩懣如遭鬼蜮。

〔動是泣岐途〕見〔六二〕贈人詩「楊朱見路岐」釋。又「動」，屢也，常也，副詞，與上句「每」字對。諸葛亮後出師表：「論安言計，動引聖人。」按：此句「動是」與下句「畜是」，「是」字重見，疑傳鈔有誤。

〔畜是樊中雉〕「樊」，籠也。莊子養生主：「澤雉十步一啄，百步一飲，不期（蘄）畜于（乎）樊中。」後沿以「樊中雉」喻失去自由之鳥。

〔巢鄰幕上烏〕左傳莊公二十八年：「楚師夜遁，鄭人將奔桐丘，諜告曰：楚幕有烏，乃止。」幕有烏，原意幕中無人（楚師已遁），此謂烏在幕上，喻處境危險。

〔霜因鄒衍下〕鄒衍事燕惠王盡忠，左右譖之，王繫之獄。衍仰天哭，夏月，天爲之下霜。見初學記。

〔日爲魯陽驅〕魯陽公與韓搆難，戰酣，日暮，援戈而撝（揮）之，日爲之反三舍。見淮南子覽冥訓。自「卦值明夷晦」至此十六句，先叙陷蘇州獄事。魯陽揮戈返日已寓人力回天之意，故以下即轉叙移獄松江事。

〔抱直來東土二句〕「抱直」，懷抱直道。「東土」，松江在蘇州吴縣東。「海隅」，松江近海。二句意同。

〔春生、雪盡二句〕「三泖」，湖名。在松江西，分上、中、下三段：北曰上泖（圓泖），中曰大泖，南曰下泖（長泖）。「九峰」，山名。均在松江府：一鳳凰，二陸寶，三佘，四細林，五薛，六機，七横雲，八千，九昆。「春生」、「雪盡」非紀時而係寓意。

〔異郡〕先生崑山人，崑山屬蘇州府，與松江不同郡。

〔同人道不孤〕「同人」原係卦名（離下乾上），謂和同于人也，見易同人疏。後引申爲同事、同志，亦作「同仁」。論語里仁：「德不孤，必有鄰。」

〔未窮憐舌在〕（儀）謂其妻曰：「視吾舌在否？」妻笑曰：「舌在也。」曰：「足矣！」見史記張儀傳。此謂移獄松江後，已能自辯。

〔垂死覺心蘇〕幸將死而心復蘇（活）也。杜甫喜達行在詩：「心蘇七校前。」

〔大義摧牙角〕詩召南行露：「誰謂鼠無牙？何以穿我墉。」「誰謂雀無角？何以穿我屋。」皆寓召伯聽訟。此謂同人之大義已摧折鼠雀之牙角。

〔深懷疐尾胡〕「疐」通躓，動詞，絆倒、踩倒。「胡」，獸頸下垂肉。詩豳風狼跋：「狼跋（踐）其胡，載疐其尾。」本意狀老狼自跋自疐，進退兩難，此處謂同人之深慮已使狼之尾胡俱躓。

〔奸雄頻斂手〕「奸雄」指邑豪。「斂手」謂縮手（不敢妄爲）。東觀漢記鮑永：「貴戚且當斂手，以避二鮑。」

〔國士一張鬚〕「國士」見〔三〕感事釋，先生自喻（或謂指潘檉章，未必）。「張鬚」有怒叱意，韓愈張中丞傳後序：「巡怒，鬚髯輒張。」

〔知己憐三釁〕「釁」同舋，薰也。齊桓公迎管仲于魯，脱其囚，用爲相。據國語齊語：「比至，三舋三浴之。」韋昭注：「以香塗身曰舋，亦或爲薰。」後沿用「三釁三浴」爲優禮之詞。

〔名流重八厨〕後漢書黨錮傳序：「度尚、張邈、王考、劉儒、胡毋班、秦周、蕃嚮、王章爲八厨。」厨者，謂能散財救人危急也。據上二句，知松江友人既脱先生之難，復能遇之以禮，濟之以財。

〔欲將方寸報〕三國志諸葛亮傳：曹操既獲徐庶母，庶辭先主而指其心曰：「本欲與將軍共圖王霸之業者，以此方寸之地也。今已失老母，方寸亂矣。」後沿以「方寸」喻心。此句謂欲傾心相報。

〔漢東珠〕即隨珠。左傳桓公六年：「漢東之國，隨爲大。」淮南子覽冥訓：「譬如隋（同隨）侯之珠，和氏之璧，得之者富，失之者貧。」高誘注：「隋侯見大蛇傷斷，以藥傅之。後蛇于江中銜大珠以報之。」

【箋】

全篇二十六韻，皆用賦體，其鋪叙結構，幾與贈路光禄太平全同。前四韻，簡括十年心跡；中間二十韻，歷叙蒙難

之因由（枯、榆二韻）與經過（「抱直」句以上，痛蘇獄之冤；「春生」句以下，喜松獄之解）；末二韻，專致知己感激之情。先生蒙難詩並此共七首，贈路光禄詩所以謝移獄，贈慭煒詩所以謝解獄，故七首可作一組詩讀。

〔一〇〇〕　贈潘節士檉章

北京一崩淪，國史遂中絶。二十有四年，記注亦殘缺。中更夷與賊，出入互轇轕。亡城與破軍，紛錯難具説。三案多是非，反覆同一轍。始終爲門户，竟與國俱滅。我欲問計吏，朝會非王都。我欲登蘭臺，祕書入東虞。文武道未亡，臣子不敢誣。竄身雲夢中，幸與國典俱。有志述三朝，並及海宇圖。一書未及成，觸此憂患途。同方有潘子，自小耽文史。犖然持巨筆，直遡明興始。謂惟司馬遷，作書有條理。自餘數十家，充棟徒爲爾。上下三百年，粲然得綱紀。索居患無朋，何意來金陵。家在鍾山旁，雲端接觚稜。親見高帝時，日月東方升。山川發秀麗，人物流名稱。到今王氣存，疑有龍虎興。把酒爲君道，千秋事難討。一代多文章，相隨沒幽草。城無絃誦生，柱殞藏書老。同文化支字，劫火燒豐鎬。自非尼父生，六經亦焉保。夏亡傳禹貢，周衰垂六官。後王有所憑，蒼生蒙治安。皇祖昔賓天，天地千年寒。聞知有小臣，復見文物完。此人待聘珍，此書藏名山。顧我雖逢掖，猶然抱遺册。定哀三世間，所歷如旦夕。頗聞董生語，曾對西都客。期君共編摩，不墜文獻迹。便當挈殘書，過爾溪上宅。

【釋】

〔解題〕「節士」，節烈之士。韓詩外傳：「吾聞之，節士不以辱生。」故知「節」與「烈」往往相踵。先生于友朋特加冠稱者，「處士」最多，「高士」次之（歸莊、楊瑀、王錫闡），稱「節士」唯吴、潘二子，蓋痛其死難也。然作此詩時，尚在吴、潘死難前八年，故疑「節士」之稱，乃定稿時所易。潘檉章（一六二六——一六六三）字聖木，一字力田，吴江人。幼有異稟，九歲從父凱受文，纔過目，燼于燈，責令覆寫，不訛一字。十五歲，補桐鄉生員。國變後，隱居韭溪，肆力于學，綜貫百家，尤精于史。與吴炎共撰明史記，已成十之六七，不幸同遭癸卯莊廷鑨明史之獄，同時被害。其書全失，僅存國史考異殘本六卷（有潘耒撰序）。先生與檉章乃學問道義之交，撰有書吴潘二子事（載文集卷五）；又戴笠有潘力田傳，皆爲諸家作傳之所本。據本篇「何意來金陵」、「把酒爲君道」諸句，似今春先生自松江返鍾山後，檉章即遠道來訪，因作此贈之。

〔北京、國史二句〕「崩淪」本指山岳崩頹，此處喻亡國。後漢書五行志四：「女主盛，臣制命，則地動坼，畔震起，山崩淪。」「國史」指明史，「中絶」猶中斷。按：明代翰林院、實録館、記注官分掌國史，甲申之變，崇禎無實録，故曰中絶。

〔二十有四年二句〕自明光宗泰昌元年（即萬曆四十八年七月以後）至思宗崇禎十七年，共二十四年（一六二〇——一六四四）。「記」指朝廷日記，「注」指翰林院起居注，均爲編纂國史實録之基礎資料。先生三朝紀事闕文序：「伏念國史未成，記注不存，爲海内臣子所痛心。」

〔中更夷與賊〕「更」，本字陰平，動詞，經歷也。「夷」，潘刻本作「寇」，蓋諱之也。中華本既以刻本爲底本，而于此字又據原鈔本，不免牴牾。「夷」，先生慣稱後金與滿清，「寇」與「賊」則並稱張、李農民軍。按：努爾哈赤于萬曆四十四年（一六一六）稱帝，國號「金」；張、李自崇禎初起義，前後俱在此二十四年中。

〔出入互轇轕〕「轇轕」亦作謬葛、糾葛，雜亂交加也。張衡東京賦：「闔戟轇轕。」此句謂夷與「賊」一出一入，交錯不解。

〔三案多是非以下四句〕「三案」即神、光、熹三朝「梃擊」、「紅丸」、「移宫」三案，可參閲先生熹廟諒陰記事，其跋曰：「此卷爲熹宗初政三案之發端，具焉復不可泯，因録存之。」「是非」，此處指糾紛或爭執，莊子盜跖：「摇脣鼓舌，擅生是非。」「反覆」謂變化無常，詩小雅小明：「豈不懷歸，畏此反覆。」「同一轍」言前後車同一軌跡，盧諶贈劉琨詩：「惟同大觀，萬塗一轍。」「門户」指各樹朋黨，各是其是之集團，唐書韋雲起傳：「大業初，改謁者，建言今朝廷多山東人，自作門户，附下罔上，爲朋黨。」按：三案發生時，朝臣已分門户，各有是非。客、魏擅政，妄定三朝要典，思宗誅客、魏，另定「逆案」；及福王初立，馬、阮當政，重刊三朝要典，擬翻「逆案」，未辦而南都覆滅。

〔我欲問計吏二句〕「計吏」即郡國上計之吏，每年上地方會計、文書、功狀（皆國史資料）于朝廷，由太史公及丞相掌之。此係漢制；清朝計不入京，故曰「朝會非王都」。

〔我欲登蘭臺二句〕「蘭臺」乃漢代宫中藏書及修史之所，見〔三五〕班定遠投筆釋。此係借用。「虜」，原鈔本作「胡」，指滿清。句謂明亡，祕書（指宫禁所藏機要文書）及史料已歸清朝所有。

〔文武道未亡二句〕文王、武王本係周朝開國之君，此借喻明祖。論語子張：「文武之道，未墜于地。」先生論其三朝紀事闕文亦曰：「非敢比于成書，以備遺亡而已。……其文武之道實賴之。」「不敢誣」，謂雖史料有闕，然不敢草率以誣史也。

〔竄身雲夢中二句〕原注：「戰國策：吴與楚戰于柏舉，三戰入郢，君王身出，大夫悉屬，百姓離散。蒙穀結鬭于宫唐之上，舍鬭奔郢，遂入大宫，負雞次之典以浮于江，逃于雲夢之中。昭王返郢，五官失法，百姓昏亂，蒙穀獻典，五官得法而百姓大治。蒙穀之功與存國相若。」按：引文出楚策。雲夢，楚之大澤。雞次或作離次，楚國法典名。蒙穀，楚大夫。二句自言國變後，「兩京淪覆，一身奔亡」（見三朝紀事闕文序）。然常攜祖父所録三朝邸報以行。

〔有志述三朝〕「三朝」當指光宗、熹宗、思宗三朝。蓮案以爲「泰昌帝在位僅一月，故不列」，而以萬曆易之。恐未必然。

按：「三朝」之稱，出自先生所纂三朝紀事闕文，今其書已佚，然據自序知「三朝」必無萬曆：（一）先生祖父手抄邸報始自萬曆四十八年七月（是月神宗死，八月光宗立），共「二十年抄録之勤」（先生祖父卒于崇禎十四年）。先生又「采而補之」至崇禎十七年，故前云「二十有四年」，以此。若易作萬曆，則已七十餘年矣。（二）古之稱「朝」以廟號而不以年號，視正位繼統而不視享國修短，故漢有冲質，唐有順宗。先生人臣，安有廢光宗而「不列」乎？（三）神宗在位四十八年，實録詳備，非如此詩所云「記注亦殘闕」也，亦非如此詩所云「定哀三世間」也。惟光、熹、思三朝史料既闕，是非尤難定，故先生有志述之。

〔並及海宇圖〕謂亦有志編纂地理圖書。先生于崇禎己卯（一六三九）已同時着手編纂天下郡國利病書（所謂「利病之書」）及肇域志（所謂「輿地之記」），然作此詩時，二書仍係初稿，「未遑删訂」。參見兩書序（俱載文集卷六）。

〔一書未及成〕「一書」指上述三朝紀事闕文、天下郡國利病書及肇域志三書中任何一書。按：三書均有先生自序，于闕文，先生雖謙言「非敢比于成書」，然實已成而復失；于利病書則謙言「不能一一刊正」；于肇域志亦云「未遑删訂」，實則均可視爲成書，唯均不在作此詩時耳。

〔觸此憂患途〕此指今春甫結之蘇松獄。

〔同方〕猶同志、同道。禮儒行：「儒有合志同方，營道同術。」「方」指道、術。

〔耽文史〕「耽」，嗜好。書無逸：「惟耽樂之從。」傳曰：「過樂謂之耽。」「文史」此處專指文書記事，司馬遷報任安書：「文史星曆近乎卜祝之間。」義同此。惟遷意在貶，先生則否。

〔犖然〕犖音洛，卓然超絶也。

〔直遡明興始〕「遡」同溯，謂檉章所撰明史記記事始于明初。

〔謂惟司馬遷以下四句〕「謂」字以下皆檉章之言。戴笠潘力田傳：「專精史事，……謂諸史唯馬遷書最有條理，後人多

失其意。」先生書吴潘二子事：「既而曰：此不足傳也，當成一代史書，以繼遷、固之後。」「自餘數十家」泛指遷、固以外諸家史著。「充棟」言多而無用，柳宗元陸文通墓表：「其爲書，處則充棟宇，出則汗牛馬。」「爾」謂如此而已。

〔上下三百年二句〕明自太祖洪武元年（一三六八）至思宗崇禎十七年（一六四四）共二百七十七年，此舉成數。「粲然」，明白貌，荀子非相：「欲觀聖王之跡，則于其粲然者矣。」「綱紀」猶綱領、綱要，荀子勸學：「禮者，法之大分，類之綱紀也。」據戴笠潘力田傳「欲仿馬遷作明史記，而友人吴炎所見畧同，遂與同事」，故知吴潘二子所撰乃全明三百年史。又仿宋祁、歐陽修分撰唐書之例，吴炎任世家、列傳，檉章任本紀及諸志，皆以實録爲綱，復旁搜人家所藏文集奏疏，懷紙吮筆，早夜矻矻。先生贈詩時，書雖未成，然知其綱紀已粲然大備。

〔索居患無朋〕「索居」，獨居也，禮檀弓上：「吾離羣而索居亦已久矣。」此先生自謂。

〔何意來金陵〕謂不意檉章竟惠然來京見訪。書吴潘二子事：「及數年而有聞，予乃亟與之交。二子皆居江村，潘稍近，每出入，未嘗不相過。」知先生在此之前，已與檉章過從甚密。

〔家在鍾山旁以下八句〕自叙僑居神烈山時所見所感。「觚稜」，宮闕上轉角處之瓦脊，班固西都賦：「設璧門之鳳闕，上觚稜（同稜）而棲金爵。」後沿以觚稜代宮闕。「王氣」見〔五〕京闕篇釋。「龍虎興」見〔六九〕再謁孝陵「興王龍虎地」釋。

〔把酒爲君道以下十句〕爲述南京陷後，文獻殘毁之極。（一）一代多文章：指有明一代南京人文著作。（二）城無絃誦生：論語陽貨：「子之武城，聞絃歌之聲。」絃歌即絃誦。此言國變後，南京已無詩書之教。（三）柱殁藏書老：「殁」音義同歿、沒。周秦史官常侍立于殿柱之下，故稱柱下史。老子曾官周柱下史，藏書于柱下（見史記老子列傳）。此言國變後，南京已無舊明史官。（四）同文化支字：意謂漢文字變爲滿文字。「同文」指漢文，禮中庸：「車同軌，書同文。」「支字」指滿文（原鈔本「支」作「夷」），故有以夷變夏之意。按：潘耒依韻改「夷」作「支」，于義兼通。據金史完顏希尹傳：金人初無文字，太祖命希尹仿漢楷因契丹字制度合本國語，制女直字（避契丹興宗宗真諱，改真爲直）。其

後熙宗亦制女直字，二體同行于時。因名希尹所制爲「女直大字」，名熙宗所制爲「女直支字」（卽小字）。是「支字」一詞，並非杜撰。（五）劫火燒豐鎬：「劫火」，佛教所云世界遇劫時之大火，新譯仁王經：「劫火洞然，大千俱壞。」「豐」與「鎬」乃西周二都，西周末，犬戎殺幽王，焚豐鎬。此謂南京文物俱遭滿清破壞。（六）自非尼父生二句：「尼父」卽孔子。二句承上，謂文字既亂，文物不存，則六經亦不得保其原義矣。

〔夏亡傳禹貢〕禹貢，尚書篇名，本係周秦之際僞託夏朝地理之書，此句重言夏雖亡而其貢法仍在。

〔周衰垂六官〕「垂」亦傳也。六官卽周官，後稱周禮，爲「三禮」之一，與尚書周官篇異，共分天地春夏秋冬六官，後缺冬官，以考工記補之。此書所記，古文家信是周制，今文家疑係僞作。先生主古文，故謂周雖衰而其官制仍在。

〔後王、蒼生二句〕「蒼生」見〔六〕金陵雜詩釋。「治安」猶言太平，如賈誼曾上治安策。二句承上，意謂先王之法制在，後王憑之，則天下蒼生可享太平之福。

〔皇祖昔賓天〕「皇祖」指明太祖。「賓天」同「上賓」，均指帝王之死。周密齊東野語十七：「明年秋，度宗賓天。」

〔天地千年寒〕宋劉敬叔異苑：「晉太康二年冬，南州人見二白鶴語于橋下曰：今茲寒，不減堯崩年。」此句借堯崩喻皇祖之死。

〔聞之有小臣二句〕「小臣」對皇祖而言，此指潘節士。「文物」，舊指典章制度，與今義異。左傳桓公二年：「文物以紀之，聲明以發之。」二句借皇祖語：今聞臣潘某著明史，將喜見皇明典制得以保全也。

〔此人待聘珍〕「此人」指潘節士。「聘珍」見禮儒行：「儒爲席上之珍以待聘。」

〔此書藏名山〕史記太史公自序謂擬將所著書「藏之名山，副在京師，俟後世聖人君子」。示珍重也。「此書」指吳、潘合編之明史記，蘧案以國史考異當之，未必然。蓋先生所重者在「國史」，而不在「考異」，故書吳潘二子事全係合說二人著國史：「蘇之吳江有吳炎、潘檉章，二子皆高才，當國變後，年皆二十以上，並棄其諸生，以詩文自豪。既而曰：此

不足傳也，當成一代史書，以繼遷、固之後。于是購得實録，復旁搜人家所藏文集奏疏，懷紙吮筆，早夜矻矻。其所手書，盈牀滿篋，而其才足以發之。及數年而有聞，予乃亟與之交。」「二子少余十餘歲，而予視爲畏友，以此也。」「二子所著書若干卷，未脱藁，……予不忍二子之好學篤行而不傳于後也，故書之。」此詩係獨贈檉章，故不及吴炎，然全篇亦俱從全明國史發，「考異」不足當之也。潘耒國史考異序及四庫簡明目録（入史評類）均謂其書係考正史事，與通鑑考異之類同，與紀傳、編年史異，故檉章刻國史考異三卷寄先生于淮上時（一六六〇），先生亦僅曰「予服其精審」而已。

〔顧我雖逢掖二句〕「顧」，副詞，僅，祇是。「逢」，大也；「掖」同腋。「逢掖」即大腋之衣，常人之服，禮儒行：「丘少居魯，衣逢掖之衣。」後沿以「逢掖」稱布衣之士。「遺册」指亡國之國典。此句呼應「竄身雲夢中，幸與國典俱」。

〔定哀二世間二句〕公羊學者釋春秋（見公羊傳隱公元年），按年代距孔子遠近分爲「三世」，即所見世、所聞世、所傳聞世。定公、哀公距孔子時代最近，乃所見世；亦猶光、熹、思三朝距先生時代最近，僅二十四年，如在旦夕之間，此所以「有志述三朝」也。

〔頗聞董生語〕史記太史公自序：「吾聞董生（仲舒）曰：周道衰微，孔子爲魯司寇，諸侯害之，大夫壅之。孔子知言之不用，道之不行也，是非二百四十二年之中，以爲天下儀表，貶天子，退諸侯，封大夫，以達王事而已矣。」此太史公答「孔子何爲而作春秋」語，先生意謂己亦當效孔子作春秋以續明三朝史。

〔曾對西都客〕班固西都賦以「有西都賓問于東都主人」發端，此句先生蓋以東都主人自居。迨西都賓「矜誇館室」已畢，而後東都賦以「東都主人喟然而歎」發端，其始對曰：「夫大漢之開元也，奮布衣以登皇位，由數期而創萬代，蓋六籍所不能談，前聖靡得言焉。……」先生所取之「對」，殆以此。至其後語以建武之治，永平之事，則與明事不合，未可類比。

〔便當挈殘書二句〕「殘書」指所藏明史料；「溪上宅」指檉章吳江韭溪舊居。先生鈔書自序（文集卷二）謂己所蓄書「自罹變故，轉徙無常，而散亡者什之六七」。至于史書，與次耕書（文集卷四）云：「吾昔年所蓄史事之書，並爲令兄取去。令兄亡後，書既無存，吾亦不談此事（指修史事）。」又答徐甥公肅書（文集卷六）云：「所藏史録、奏狀一二千本，悉爲亡友借觀，中郎被收，琴書俱盡。」而書吳潘二子事亦曰：「又假予所蓄書千餘卷盡亡。」可知贈此詩後，先生果踐「挈書過宅」之言，不幸其書竟因潘子蒙難而盡失。

【箋】

全詩三十七聯，三百七十字，凡七易韻，平仄相間，因韻可得五解。第一解即第一韻（絶——滅）：痛國史之中絶。第二解即第二韻（都——途）：自云「有志述三朝」。第三解即第三韻（子——紀）：喜聞潘子欲撰全明史。第四解包括四、五、六韻（朋興——道保——官山）：總論國亡而史不可亡。第五解即第七韻（掖——宅）：自願助成潘史。通篇從敘述中見議論，堪稱以詩論學之作。前人多謂清代浙東重史學，浙西重經學，然顧、黄在日尚無此分野。即以亭林遺著論，五六百卷中，「史」佔六七，「經」、「子」僅得二三。可怪者，先生史著雖多，而所謂「有志述三朝」竟少見，何耶？意者清代文字之獄多集中于「文」，清初則集中于「史」，——尤集中于明末三朝史。吳、潘既因莊廷鑨明史之獄致死（一六六三），先生亦險遭陳濟生啟禎集牽連之禍（一六六八），其事皆先生作此詩時所不及料者。後既知之，故辛亥歲（一六七一）力辭熊賜履與修明史之薦；己未歲（一六七九）再辭葉方藹邀入史局。先生自處可謂明哲矣，然其早歲鈔纂之熹廟諒陰記事，至乾隆時仍不免列爲「應燬書目」；其它史著除地理、目録之類外，四庫俱不敢收，此又先生所不及逆料者也。是知此詩不獨反映先生當時之思想經歷，亦可窺知先生晚年學術異向之由，洵非尋常酬贈可比。

〔一〇一〕閏五月十日恭詣孝陵

忌日仍逢閏，星躔近一周。空山傳御幄，茀路想行騶。寢殿神衣出，祠官玉斝收。烝嘗憑絶隝，鞉磬託荒陬。薄海哀思結，遺臣涕淚稠。禮應求草野，心可對玄幽。寥落存王事，依稀奉月游。尚餘歌頌在，長此侑春秋。

【釋】

【解題】此先生五謁孝陵也，同行者有王徵君潢（見〔二六五〕閏五月十日自注）。原鈔本「詣」作「謁」，吳丕績彙校以爲作「詣」誤。然先生〔二六五〕自注亦作「王徵君潢，昔日同詣孝陵行香」，見詣、謁二字原可通用，如漢書朱買臣傳「詣闕上書」是也。

【忌日仍逢閏】「忌日」本指父母死亡之日，禮祭義：「君子有終身之喪，忌日之謂也。」其日子女當禁酒廢樂。後亦指帝后之喪。明太祖死于洪武三十一年（一三九八）閏五月初十，今年亦閏五月，故云。

【星躔近一周】「躔」音廛，踐也。「星躔」指星宿位置及序次，漢書律曆志：「日月初躔，星之紀也。」注曰：「起于星紀而又周之。」此句喻重閏。

【空山、茀路二句】「空山」指神烈山，孝陵所在。「御幄」，天子出巡時所乘之車帳。「茀」，草多也，原注：「國語：道茀不可行也。」引文出周語，注曰：「草穢塞路爲茀。」「行騶」，指侍從天子之騎卒。二句狀「法駕月游」（見〔五七〕恭謁孝陵釋），皆想象之辭。

【寢殿神衣出】原注：「漢書孝平紀：元始元年二月乙未，義陵寢神衣在柙中，丙申旦，衣在外牀上。寢令以急變聞，用太

牢祠。王莽傳：地皇元年七月，杜陵便殿乘輿虎文衣廢藏在室匣中者，出，自樹立外堂上，良久乃委地。更卒見者以聞，莽惡之。」「寢殿」，帝王陵墓之正殿，置放帝王生前衣物。「神衣」，帝王生前衣服之尊稱。此句借漢二陵神衣自出之異，喻明太祖威靈顯應。

〔祠官玉斝收〕斝音稼，本係商代銅製酒器，三足似周爵而大，後世亦用玉製，此處作祭器。漢武故事載：鄠縣有人貨玉杯，吏疑而捕之。其人忽不見，察其器，乃漢武茂陵中物也。此句暗用茂陵玉杯被盜事，謂孝陵祠官必能珍藏玉斝而勿失。

〔蒸嘗憑絶隖〕蒸同烝，「烝嘗」見〔六〕金陵雜詩「灑掃及冬烝」釋。「絶隖」猶絶壁、絶障。

〔鞉罄託荒陬〕鞉音桃，同鼗，小鼓；罄通磬，均祭用樂器。陬音鄒，邊側之地。以上「蒸嘗」、「鞉罄」二句，並狀祭地荒涼。黄節注及蘧案均謂「絶隖」、「荒陬」隱指永曆帝所在，然全詩多即情即景（如空山、茀路），不應此二句忽逸出天外。

〔薄海〕見〔七〇〕恭謁高皇帝玉容詩釋。

〔遺臣〕先生與王潢自指。

〔禮應求草野〕漢書藝文志：「仲尼有言：禮失而求諸野。」此句應「薄海」，言朝祭之禮雖失，民間必有祭祀者。

〔心可對玄幽〕「玄幽」，玄妙幽微所在。此句應「遺臣」，意謂臣心可以質之鬼神。

〔存王事〕「王事」，爲王宣勞之事。詩小雅北山：「或王事鞅掌。」又公羊傳哀公三年：「不以家事辭王事，以王事辭家事，是上之行乎下也。」「辭」猶推辭；「存」，不推辭。

〔奉月游〕見〔五七〕恭謁孝陵釋。

〔尚餘、長此二句〕「歌頌」，參見〔六九〕再謁孝陵「上陵餘舊曲」釋。「侑」，助也、勸也，謂助祭、勸酒。「春秋」，指春秋二

祭。此承上句，謂將以歌頌助春秋之祭。

【箋】

先生謁孝陵詩共七首，此首最多鬱悒哀痛之詞，蓋去秋入獄，上月遇刺，謁陵時即景即情，王事與身事交感而然。

［一〇二］王處士自松江來拜陵，畢，遂往蕪湖

宵來騎白馬，躡電向鍾山。忽遇窮途伴，相將一哭還。君來猶五月，不逐秦淮節。攜手宿荒郊，行吟對宫闕。此去到蕪湖，山光似舊無？若經巡幸地，爲我少踟躕！

【釋】

〔解題〕「王處士」指流寓松江之王煒，其人見〔九四〕松江別張處士慤王處士煒解題。「拜陵」，拜南京孝陵也。徐注引張譜謂王處士即同游栅洪橋之王潢，遂案竟失辨。按：二王一係上元人，一係原籍歙縣而流寓松江。先生詩集中于潢稱「徵君」，于煒稱「處士」，本極易分，所以致誤，蓋未深解先生〔二六五〕乙卯年五月十日詩自注。自注明言「閏五月十日」，明言「同王徵君潢」，明言「詣孝陵行香」，此詩既未標月日，且明言王處士自松江來，據詩顯指王煒。

〔宵來、躡電二句〕狀王處士飄忽而來。「躡」，接踵追及；「躡電」猶逐電、追電，極狀快速。秦始皇有七馬，一曰「追電」（見崔豹古今注），此以馬名喻馬速。「騎白馬」，暗用漢范式素車白馬奔張劭喪事（見漢書范式傳），此處借喻忌日祭陵。

〔忽遇、相將二句〕「窮途伴」，先生自指。「相將」，相攜、相隨也。此言王煒路遇先生，遂與先生哭陵而還。以上四句，係從王煒說。

〔君來、不逐二句〕「猶五月」，言閏五月亦猶五月也。「秦淮」見〔九二〕常熟歸生晟陳生芳績書來釋。「秦淮節」指五月端陽節。二句言王處士係專趁閏五月太祖忌日而來，不爲秦淮端陽節而來。以下八句均從先生說。

〔攜手、行吟二句〕「荒郊」，先生謙稱僑居處。「宮闕」指孝陵。見先生曾留王處士一宿。

〔此去到蕪湖以下四句〕「巡幸地」，指當塗、蕪湖，乙酉五月福王由南京逃奔至此，見〔八五〕太平「雲擁」、「日隨」二句釋。「少踟躕」，稍事逗留也，三字極有言外意。

【箋】

王煒贈寧人詩云：「我已無家不可論。」故雖流寓松江，似未嘗廢遊。此詩起曰「騎馬」、「躡電」，結云「爲我少踟躕」，顯見處士此行一發松江，畧停鍾山，便到蕪湖，與先生僅窮途偶遇，未嘗相約謁陵也。且其人係忠義豪俠之流，與王潢家居遵養大異，不知張穆、徐嘉二君何以不辨至此。

此詩凡三易韻而成三絕句，蟬聯跳盪，俱從五月生發。五月本係秦淮佳節，又逢太祖忌辰，更兼福王失國之期，其間興亡哀樂，盡在「相將一哭」、「爲我踟躕」兩句。

〔一〇三〕 桃葉歌

桃葉歌，歌宛轉，舊日秦淮水清淺，此曲之興自早晚。青溪橋邊日欲斜，白土岡下驅虞車，趙州女子顏如花，中官采取來天家，可憐馬上彈琵琶。三月桃花四月葉，已報北兵屯六合。宮車塞上行，塞馬江東獵。桃葉復桃根，殘英委白門。相逢冶城下，猶有六朝魂。

【釋】

〔解題〕王獻之（三四四——三八八）字子敬，東晉會稽人。與父羲之俱精書法，並稱「二王」，晉書有傳。獻之性高邁不羈，風流冠時。有妾名桃葉。獻之嘗臨渡作歌贈之，桃葉亦作團扇歌以答。獻之桃葉歌今存，樂府詩集入清商曲辭吴聲曲辭。

〔桃葉歌以下三句〕原注：「隋書五行志：陳時，江南盛歌王獻之桃葉詞，詞云：『桃葉復桃葉，渡江不用檝。但渡無所苦，我自迎接汝。』及隋晉王廣伐陳，置營桃葉山下；及韓擒虎渡江，（陳）大將任蠻奴至新林以導北軍，此其應也。」按：王獻之作歌送桃葉，地在南京秦淮河與青溪合流處，沿稱「桃葉渡」。隋滅陳，置營桃葉山，地在六合，與桃葉渡同名而異處。陳亡（五八九）距獻之時已二百年，復盛歌此曲，似預言北軍「但渡」，自有人「迎接」，其後果有陳將任蠻奴迎降事，故隋書五行志引爲陳亡之兆。「秦淮」見〔九三〕常熟歸生晟陳生芳績書來釋。又林逋山園小梅詩：「疏影横斜水清淺。」

〔此曲之興自早晚〕原注：「隋書藝術傳：樂人王令言妙達音律。大業末，煬帝將幸江都，令言之子嘗從，于户外彈胡琵琶，作翻調安公子曲，令言時卧室中，聞之大驚，蹶然而起曰：變！變！急呼其子，曰：此曲興自早晚？」「此曲」，據王令言原意，本指翻調安公子；先生詩句則承上文，借指桃葉歌。「早晚」猶旦夕，意謂近時。按：安公子係隋宫中原有樂曲（見唐段安節樂府雜録），突作「翻調」，故令言驚其驟變，蓋曲變則時局將變，亦隋亡之徵也。

〔青溪橋〕「青溪」亦作「清溪」，在南京東北，發源鍾山。沿溪多橋，最著者乃與秦淮合流處之淮清橋，相傳張麗華斬于青溪。

〔白土岡〕在南京蔣山。隋賀若弼受命平陳，率大軍渡江，先襲陳之南徐州（鎮江），拔之。旋進屯蔣山之白土岡以取建康。見北史賀若弼傳。

〔驅虞車〕「虞」原鈔本作「胡」，指滿清。「驅」，謂胡騎馳驅也。弘光元年五月九日清兵渡江，先取鎮江。十四日前隊至南京城北，營于蔣山，與賀若弼滅陳同。按：「青溪」、「白土」二句叙古證今，何以知其然？全在一「胡」字。

〔越州女子顔如花以下三句〕「越州」指會稽郡；「女子」原指西施，此泛指美女。「中官」即宦官。「天家」猶言皇家，蔡邕獨斷：「天子無外，以天下爲家，故稱天家。」「馬上彈琵琶」，暗用昭君和番、文姬辭漢等故事。按：福王昏庸好色，尤好幼女雛妓，故不立中宮，不認故妃（童氏）。在位一年，三選淑女：甲申八月，命于京師選淑女；十月，遣中官赴杭州選淑女；乙酉二月，于嘉興、紹興二府選淑女。乙酉四月十五日命淑女集于元輝殿，京師選阮姓一人，浙江選陳、李、王三人，時距清兵渡江僅十餘日。五月初十夜，福王離京潛逃，宮娥、女伶皆自宮中逸出，雜沓于西華門外。清兵至，皆被俘北去。

〔三月桃花四月葉〕此回顧淑女集京時間，以與下句北兵來時對照。

〔已報北兵屯六合〕「北兵」雙關隋兵、清兵。隋書文帝紀：開皇八年（五八八）十一月，命晉王廣爲元帥伐陳。九年正月屯軍于六合。按：六合在南京北岸，隋兵屯桃葉山，清兵無屯兵六合事，可以破揚州當之：乙酉四月十四日清兵渡淮，十九日圍揚州，二十五日破之，屠城十日。此承上句，諷淑女與清兵同時而來也。高適燕歌行：「壯士軍前半死生，美人帳下猶歌舞。」白居易長恨歌：「漁陽鼙鼓動地來，驚破霓裳羽衣曲。」其或先生所本。

〔宮車塞上行〕「宮車」原鈔本作「兩宮」，意指福王及太后。「塞上」指北方。按：開皇九年正月，隋師入建康，陳後主降，獻俘長安，隋封爲長城公。弘光元年五月二十五日，福王被俘見清豫王多鐸，叩頭，豫王命宴，坐北來太子下。終席，拘于江寧縣。九月，與太后及北來太子俱北行，太后中途投水死。明年五月，二王俱殺于北京。

〔塞馬江東獵〕「塞馬」猶言胡騎，此指清兵。原鈔本「塞馬」作「日逐」，漢時匈奴有日逐王，喻清豫王多鐸。句言福王雖被俘北去，清兵仍向江東挺進。

〔桃葉復桃根二句〕桃葉有妹名桃根，見古今樂録。「白門」本指建康西門，亦可代南京，參見〔二七〕哭顧推官釋。二句喻淑女及民女被踐踏狀，參見〔八〕秋山「北去三百舸」等句釋。

〔相逢冶城下二句〕「冶城」故址在南京朝天宫附近，相傳爲吴王夫差及孫權冶鐵之地。「六朝魂」，此處以張麗華代陳時宫女。麗華係陳後主寵妃。建康破，後主挈之投井，隋軍出之，斬于青溪。相傳大業末，煬帝在江都，嘗遊吴公臺（陳朝吴明徹築），恍惚遇陳後主。後主使美人歌舞，帝忘其死，問所歌何曲，曰：「玉樹後庭花也。」又問美人，曰：「張麗華也。」故李商隱隋宫詩云：「地下若逢陳後主，豈宜重問後庭花？」此處「相逢」兼指福王與陳後主、白門殘英與六朝芳魂，謂彼等皆將于地下相逢也。

【箋】

此篇借題用事，籠照古今，句句説陳朝，亦句句説南明；句句有陳叔寶，亦句句有朱由崧。歌彼桃葉，憫此淑女，生生死死，自然闗合，末二句巧極亦冷極。

〔一〇四〕黄侍中祠在南京三山門外栅洪橋

侍中名觀，洪武二十四年殿試第一。建文末，奉詔募兵安慶，聞南京不守，自沈于江。其妻翁氏及二女爲官所簿録，將給配象奴，亦赴水死。後人即其葬地爲侍中立祠。

侍中祠下水奔渾，有客悲歌叩郭門。古木夜交貞女冢，光風春返大夫魂。先朝侍從多忠節，當代科名一狀元。莫道河山今便改，國于天地鎮長存。

【釋】

〔解題〕「侍中」，秦始置官名，本係皇帝侍從，魏晉至隋唐漸與宰相等，南宋以後廢。明初不設，建文時復之，位同侍郎，副尚書，旋亦廢。「三山」見〔六〕金陵雜詩釋。栅洪橋即賽虹橋，在南京市西南秦淮河畔。

〔解序〕黃觀字伯瀾，一字尚賓，貴池人。洪武中貢入太學，二十四年會試、廷試皆第一，授修撰，累遷禮部右侍郎。建文初遷侍中，與方孝孺等並親用。成祖「靖難」，觀草制詆之。四年奉詔募兵，至安慶聞南京陷，朝服東拜，投急湍死。成祖暴左班文職「姦臣」罪，觀名列第六。福王時，追謚文貞。明史有傳，記其夫婦忠節甚詳。「翁氏」亦作「雍氏」。「簿録」，登記没收。「象奴」，明宮廷豢象之賤役。「葬地」指翁氏母女葬處，即栅洪橋畔。

〔奔渾〕水急濁貌，元稹春蟬詩：「安得天上雨，奔渾河海傾。」

〔有客〕「客」，先生自指。

〔郭門〕外城門也，此指南京三山門。

〔古木夜交貞女冢〕「貞女」，此指翁氏母女。「交」，接合也。搜神記十一：「韓憑妻爲宋康王所奪，夫婦相繼自殺。王怒，埋之，使二塚相望。一夕，有文梓木生于二塚之端，旬日合抱，枝接于上，根交于下。」此以韓憑夫婦之墓喻翁氏母女之墓。

〔光風春返大夫魂〕「大夫」，指黃侍中。「光風」猶和風，楚辭招魂：「光風轉蕙，汎崇蘭些。」王逸注：「光風謂雨已日出而風，草木皆有光也。」逸又謂招魂乃宋玉爲招三閭大夫屈原之魂而作。黃侍中沈江與屈大夫同，故取爲喻。

〔先朝侍從多忠節〕「從」音衆，去聲，義同隨從；「侍從」，此指皇帝親近侍臣。建文殉難諸臣如齊泰、黃子澄、練子寧、方孝孺、黃觀等皆出身侍從。

〔當代科名一狀元〕明代科舉各有名目，合稱「科名」，以此入仕者，視爲正途，係對吏職捐納出身而言。由舉人試進士者，先由禮部會試，第一名稱「會元」；繼之殿試（亦稱廷試），第一名稱「狀元」。黃觀會試、殿試皆第一，故云。

〔國于天地鎮長存〕原注：「左傳昭公元年：秦后子曰：國于天地，有與立焉。」「鎮」，久也，副詞，六朝及唐詩人多用之，如褚亮燭花詩：「莫言春稍晚，自有鎮開花。」（見唐詩紀事）「鎮長」有時間久長之意。此句承上，言河山雖改，忠節長存。

【箋】明代無異姓之叛，而多皇族之亂，此太祖悉誅功臣，大封宗室，以天下爲家使然。「靖難」、「奪門」之變，惠帝、景帝之死，俱不足問；可惜者，方正學、于忠肅諸公耳。先生素不直成祖所爲，其革除辨（文集卷一）欲存「建文」年號，而又不敢顯斥成祖所爲，遂不得不歸責史臣，亦曲筆也。觀此詩之頌黄侍中觀，至有「國于天地」之比，則其褒貶之微可知。

〔一〇五〕　王徵君潢具舟城西，同楚二沙門小坐栅洪橋下

大江從西來，東抵長干岡。至今號栅洪，對城横石梁。落日照金陵，火旻生秋涼。都城久塵坌，出郊且相羊。客有五六人，鼓枻歌滄浪。盤中設瓜果，几案羅酒漿。上坐老沙門，舊日名省郎。曾折帝廷檻，幾死丹陛旁。天子自明聖，畢竟誅安昌。南走侍密勿，一身再奔亡。復有一少者，沈毅尤非常。不肯道姓名，世莫知行藏。其餘數君子，鬚眉各軒昂。爲我操南音，未言神已傷。流賊自中州，楚實當其吭。出入十五郡，南國無安疆。血成江漢流，骨與瀟廬望。赫怒我先帝，親遣元臣行。北落開和門，三台動光芒。一旦霣大命，灌后殘荆襄。遂令三楚間，哀哉久戰場。寧南佩侯印，忽焉竟披猖。稱兵據上流，以國資東陽。

豈無材略士，忍死奔遐荒。落雁衡北回，窮烏樹南翔。可憐洞庭水，遺烈存中湘。連營十三鎮，恣肆無朝綱。夜半相誅屠，三宮離武岡。黔中亦楚地，君長皆印章。國家有驅除，往往用土狼。積雨閉摩泥，毒流漲昆明。蠻陬地斗絶，極目天茫茫。頃者西方兵，連歲爭辰陽。心悼黄屋遠，眼倦烽火忙。楚雖三户存，其人故倔彊。崎嶇二君子，志意不可量。鄖公抗忠貞，左徒吐潔芳。舉頭是青天，不見二曜光。何意多同心，合沓來諸方。僕本吴趨士，雅志陵秋霜。適來新亭宴，得共賓主觴。戮力事神州，斯言固難忘。我寧爲楚囚，流涕空霑裳。

【釋】

〔解題〕王潢（一五九九——一六七五以後）字元倬，上元人。父之藩，以慷慨好義聞。潢崇禎九年丙子（一六三六）舉于鄉，户部郎中倪嘉慶薦于朝，以賢良徵，潢念世亂親老，不就；賦南陔詩以見志。與上元紀映鍾、江寧顧與治俱以詩名，先生稱其詩深婉和摯，不失三百篇温柔敦厚之旨，著有南陔集。「徵君」通稱朝廷徵聘而不就者，始稱「徵君」爲漢代黄憲，見後漢書本傳。先生詩集稱「徵君」唯王潢與孫奇逢二人。「城西」，南京城西，此指舊三山門外秦淮河畔。「沙門」或「桑門」皆梵語音譯，意謂勤修佛法者，故後沿稱僧徒爲「沙門」，與「沙彌」音義不同，後者專指初受十戒之出家男子。

〔長干岡〕舊謂山隴之間爲「干」；「長干」本係古建康里巷名，在今南京之南，原有大、小之分。其地乃山岡，故又稱長干岡。

〔至今號栅洪二句〕自注：「此橋蓋古時立栅處，本當名『栅江』，後訛爲洪耳，猶射江之爲射洪也。」「對城」謂橋對三山門

城牆。「石梁」猶石橋，可知柵洪橋乃石築。按：先生注文蓋據古音「江」、「洪」同韻，遂謂「射江」音訛爲「射洪」，推知「柵洪」本當名「柵江」，其實恐未必然。即以「射洪」得名言，西魏初置射江縣，北周改爲射洪縣（在今四川省）。然元和郡縣志射洪縣謂「縣有梓潼水與涪江合流，急如箭，奔射涪江口。蜀人謂水口曰『洪』，因名射洪。」似「射洪」取義有本，非關音訛。且今南京賽虹橋（即柵洪橋，見〔一〇四〕黄侍中祠釋）距江尚遠，不見爲柵江設也。

〔金陵〕即南京，見〔六〕金陵雜詩釋。

〔火旻〕「火」，心宿，詩豳風七月：「七月流火。」「旻」音民，秋空。故「火旻」實即秋天。謝靈運永初三年七月十六日之郡初發都詩：「秋岸澄夕陰，火旻團朝露。」

〔塵坌〕塵俗污染也。蘇舜卿和鄰幾登緐臺塔詩：「迥然塵坌隔，頓覺襟抱舒。」「坌」古作坋，儀禮聘禮「宰夫內拂几三」注：「內拂几，不欲塵坋尊者。」

〔相羊〕同相佯、倘佯、倘徉，連綿詞，義近徘徊、逍遥。離騷：「聊逍遥以相羊。」

〔鼓枻歌滄浪〕「枻」音曳，楫也。「鼓枻」猶擊楫。楚辭漁父：「漁父莞爾而笑，鼓枻而去。遂歌曰：滄浪之水清兮，可以濯我纓；滄浪之水濁兮，可以濯我足。」按：滄浪即漢水，滄浪歌亦見孟子離婁。此句暗示客皆楚人。

〔舊日名省郎〕自注：「熊君開元。」熊開元字玄年，一字魚山，嘉魚（在今湖北省）人。天啟進士，曾授吏科給事中。崇禎十三年，以行人司副劾首輔周延儒，與給事中姜埰同受杖下獄幾死，所謂熊姜之獄也。卒遣戍杭州。福王時，復起吏科給事中，丁内外艱不赴。閩中建國，以工科給事中召，疏請終喪，詔促之，遂入對。以僉都御史特授御營從征東閣大學士，權都察院事，以不令錢邦芑入院，爲諸御史劾罷。以是隆武出走，皆不及扈從。汀州敗，遂棄家爲僧于蘇州之靈巖，以南嶽和尚（即李洪緒，號退翁）爲師。開元素精内典，遂嗣其法。後居休寧仰山，自號蘖菴，年七十餘卒，葬徽州之丞相原。開元曾三爲給事中，秩同晉宋省郎，又以劾奸相得名，故云「舊日名省郎」。

〔曾折帝廷檻以下四句〕此追述開元劾周延儒事。漢成帝時，槐里令朱雲請斬安昌侯張禹，帝怒欲誅雲，雲攀殿檻，檻折。後遂以犯顏直諫爲「折檻」。漢書有朱雲傳。「幾」音几，幾乎。「丹陛」猶丹墀，宮庭以丹漆塗飾之階也。岑參寄左省杜拾遺詩：「聯步趨丹陛。」「誅安昌」，此僅取譬。張禹本成帝師，爲相，封安昌侯。時外戚王氏擅權，禹不敢問，亦不肯直言，故朱雲目爲佞臣。此以張禹比周延儒。然延儒終以冒濫欺君賜死，張禹則以富貴壽考終，成帝固未嘗「誅安昌」也。

〔南走侍密勿二句〕「密勿」本義猶「黽勉」，引申爲「機密」。三國志魏志杜恕傳：「與聞政事密勿大臣，寧有懇懇憂此者乎？」二句蓋指開元應詔赴闕，官東閣大學士；汀州敗，再奔亡諸事。

〔復有一少者二句〕自注：「釋名髡殘。」按：佛教始祖爲釋迦牟尼，故僧徒棄俗姓而以「釋」爲氏，名亦稱「釋名」。髡殘俗姓劉，號石溪，武陵（今湖南常德）人。幼在南京拜雲棲右師遺像爲師。返楚，居桃源某菴。久之，再往南京，寓燕子磯禪院，晚居牛首山。所交遊皆前朝遺逸。疾革，遺言當焚骨投江流中。歿後十餘年，有瞽僧至燕子磯，募工升絕壁刻「石溪禪師沈骨處」。小腆紀傳方外有傳。髡殘係自幼出家，與熊開元異。史稱髡殘「與顧炎武遊」，疑先生前年「久留燕子磯院中」（見〔二八〕題），或與髡殘俱也。「沈毅」謂深沈而堅毅，後漢書祭肜傳：「肜性沈毅內重。」

〔不肯道姓名二句〕杜甫哀王孫：「問之不肯道姓名。」按：先生既已注其「釋名」，則「不肯道」者恐係俗家姓名。「行藏」指行爲出處，論語述而：「用之則行，舍之則藏。」

〔其餘數君子以下四句〕前云「客有五六人」（王潢與先生不計），則除「楚二沙門」外，尚有三四人。既俱「操南音」（「南音」見〔九四〕酬王生仍「援琴猶學楚囚音」釋），則知其餘亦係楚人，故以下全叙楚事。

〔流賊自中州以下六句〕「中州」指今河南一帶。「吭」，咽喉。「十五郡」指當時湖北、湖南十五州府。「南國」泛指今長江、漢水流域，參見〔四五〕懷人釋。「灊廬」，二山名，「灊」即安徽霍山（古稱南嶽），「廬」即江西廬山，此對「江漢」二水

言，意謂積骨可與二山比高也。六句先叙崇禎九年至十二年農民軍張獻忠、羅汝才部轉戰湖廣概況。其時李自成出没川陝，張、羅則馳突湖廣、皖、豫。崇禎九年十月，獻忠破襄陽。十年春，攻安慶、桐城、潛江，爲史可法所阻；閏四月，折入湖廣。十一年三月，左良玉大敗獻忠于南陽，于是張、羅先後降于熊文燦。十二年五月，張、羅復起，破房縣、保康，大敗左良玉于羅睺山。

〔赫怒我先帝以下八句〕「赫怒」，天子發怒，詩大雅皇矣：「王赫斯怒。」「先帝」指崇禎帝。「元臣」指楊嗣昌。嗣昌（一五八八——一六四一）字文弱，武陵人。嘗建十面張網之計以困農民軍，旋受命以兵部尚書督師。以遥制坐失機宜，致襄、福二王相繼爲張李所殺，因懼罪絶食死。明史有傳。「北落」，原注：「宋史天文志：北落師門一星，在羽林軍南。北者，宿在北方；落者，天軍之藩落也。師門猶軍門。」「和門」即軍門，周禮大司馬注：「軍門曰和。」曹操注孫子軍爭以兩軍相對爲交和。「三台」亦星名，晉書天文志謂在人曰「三公」，在天曰「三台」，以比楊嗣昌。以上北落、和門、三台均以天文喻人事，言楊嗣昌受任之盛之重。「霣」同隕，墜也。「大命」，天子之命。左傳宣公十五年：「受命以出，有死無霣。」「霣大命」言楊嗣昌喪師戕身，有負天子重任。「藩后」即藩王，此指襄王朱翊銘。「三楚」即西楚、東楚、南楚，所在地域多異説，大約有今兩湖並東及蘇、皖、贛各一部。八句繼叙崇禎十二年至十六年，張、李農民軍轉戰荆襄湖廣及楊嗣昌等致敗概況。崇禎十二年九月，帝以熊文燦主撫喪師，下之于獄，命楊嗣昌督師，賜上方劍，召宴賜酒贈詩以行。十三年二月，左良玉再敗張獻忠于瑪瑙山；六月，秦良玉敗羅汝才于馬家寨，于是楊嗣昌擬盡驅農民軍入川，不果。同年九月，李自成走河南，李信、牛金星來投，聲勢大振。十四年正月，自成破洛陽，殺福王朱常洵（由崧父）；二月，張獻忠破襄陽，殺襄王朱翊銘；三月，楊嗣昌畏罪于常德自殺；十一月，李自成破南陽，殺唐王朱聿鏌（聿鍵兄）。十五年九月，李自成決黄河，灌開封，破其城；十月，李自成大破孫傳庭于郟縣。十六年正月，李自成破承天（鍾祥），改襄陽曰「襄京」，謀以荆襄爲根本，亦未果。三月，張獻忠破蘄黄；五月，破武昌，沈楚王朱華奎

于江，遂自稱「西王」。

〔寧南佩侯印以下四句〕「披猖」，飛揚跋扈也，韓愈此日足可惜詩：「詭怪相披猖。」二字下有自注：「寧南侯左良玉。」「稱兵」即舉兵。「上流」，原鈔本作「上游」，義同，武昌在南京之西。「東陽」，原鈔本作「戎羌」，指滿清，潘耒蓋以韻目代字。四句謂左良玉兩次兵變係南都覆滅之因。左良玉（一五九九——一六四五）字崑山，臨清人。崇禎時由都司累遷總兵。以鎮壓農民軍有功，封平賊將軍。十六年三月發動兵變，首次自武昌東下九江，去蕪湖四十里而泊，于是張獻忠得以于五月破武昌，沈楚王。福王立，良玉進爵南寧侯。弘光元年三月，復以討馬士英爲名，再次離武昌東下，至九江病死。于是李自成乘機入武昌，閏六月，清兵逼之，走死通城。清兵遂盡據楚地，南明遂不濟。

〔豈無材略士以下六句〕「遺烈存中湘」句下有自注：「何騰蛟追封中湘王。」騰蛟生平詳見〔三四〕賦得江介多悲風箋及〔四五〕懷人箋。「材略士」泛指當時南撤抗清之士，如堵錫胤及李赤心、高必正等，詩不能盡舉，舉其「遺烈」。

〔連營十三鎮以下四句〕其事亦詳見〔三四〕賦得江介多悲風箋。

〔黔中亦楚地以下四句〕此承上「三宮離武岡」句，概叙永曆帝暫逃湘黔邊境，往依土司。「黔中」指今湘西沅陵、辰溪、黔陽一帶，戰國時皆楚地，與〔七八〕贈郝太極詩「黔中」指貴州異。明代黔中「蠻族」君長（即土司）皆受明朝印章，土司之兵曰「土兵」，黔桂歸順之兵曰「狼兵」，國家有事，皆供驅遣。

〔積雨閉摩泥以下四句〕此叙永曆帝西南逃滇黔蠻荒之地。「摩泥」在今遵義西，朱燮元平水藺諸酋時（見〔七八〕贈郝太極詩）曾駐此。「昆明」即「雲南」，今年春，永曆帝已抵此，並建「滇都」（見編年）。「蠻陬」指蠻夷居處；陬音鄒，聚落也，左思魏都賦：「蠻陬夷落。」「斗絶」言極端險峭，後漢書西南夷傳：「仇池方百頃，四面斗絶。」

〔頃者西方兵以下四句〕此叙永曆帝雖已入滇，然楚地抗爭尚未消歇。「辰陽」在今湖南辰溪縣西，亦戰國時楚地，屈原涉江：「朝發枉陼兮，夕宿辰陽。」句謂「連歲爭」，當指明清之爭，兼指孫李之爭，如壬辰三月，李定國取沅州，十一月

白文選復辰州，明年，孫可望攻李定國，諸地又歸清有。「黄屋」見〔五一〕金壇縣南顧龍山釋，此指永曆帝乘輿所在。按自「三宫離武岡」以下，既述楚地戰局，又叙永曆西奔，烽火雖忙，而天子去楚益遠矣。

〔楚雖三户存二句〕此贊楚人抗清意志。史記項羽本紀：楚南公曰：「楚雖三户，亡秦必楚。」其後劉邦、項羽聯合滅秦，果皆楚人。「倔彊」，彊同强，剛傲不屈也。鹽鐵論論功：「倔强倨傲，自稱老夫。」

〔崎嶇二君子以下四句〕此承「楚雖三户」句，以「二君子」爲例。「崎嶇」，意謂歷盡艱險，參見〔二七〕哭顧推官釋。「鄖公」指高必正。必正初名一功，米脂人，係李自成妻弟。自成死，與高夫人、李過（赤心）等受何騰蛟編，唐王賜名必正，命總統「忠貞營」，矢志抗清。且能自戢其軍，與他鎮異。其事參見〔三四〕江介多悲風箋及〔六七〕傳聞「不有三王禮」釋。春秋時楚地實有「鄖國」（在今湖北安陸），爲楚所滅。永曆時，封必正爲「鄖國公」，此借「鄖」字隱射鄖國公，借「忠貞」二字隱指忠貞營。「左徒」指李定國。定國事見〔六七〕傳聞釋。楚屈原曾官「左徒」，常在王之左右，太史公稱「其行潔，其志芳」。「左徒」係楚官名，位次令尹。本年李定國迎永曆帝至滇，受封晉王，位僅次孫可望，以其親貴，故以「左徒」比之。

〔舉頭是青天以下四句〕「二曜」，日月也，原鈔本作「日月」，然日月爲「明」，當諱故改。「同心」，猶同志，指「二沙門」及「其餘數君子」。「合沓」，重疊貌，謝脁敬亭山詩：「兹山亘百里，合沓與雲齊。」「諸方」猶諸地，言座客皆來自楚各地也。

〔僕本吴趨士至篇末八句〕全用新亭宴故事，意謂我雖吴人，當與君等戮力王室，克復神州，豈肯爲楚囚之泣。「吴趨」指吴地，見〔九九〕松江别張處士慤王處士煒釋。「雅志」，素志。「新亭宴」：東晉元帝渡江之初，丞相王導與客宴新亭，周顗中座而歎曰：「風景不殊，舉目有山河之異。」諸人皆相視流涕（以上見〔四二〕京口詩「新亭淚」釋）。唯導愀然變色曰：「當共戮力王室，克復神州，何至作楚囚對泣耶？」（俱見世説新語言語）「斯言」指王導「戮力復神州」之言。

「我寧爲楚囚」二句，係反詰語。「寧」猶今「難道」、「豈能」，史記陸賈傳：「居馬上得之，寧可以馬上治之乎？」

【箋】

此詩自「爲我操南音，未言神已傷」以下，皆借楚人談楚事，可資考史，亦可作史論看。觀其痛詆「流賊」，歸咎南寧，責難十三鎮，不直孫可望，而盛贊高必正與李定國，可以畧窺先生論人論事之標準。然先生畢生未嘗踐楚地，國變後，于湖湘黔滇抗清事，多得之傳聞，蓋畧知大端，末節恐未能詳也。徐注于此詩每繁證其事，蘧案且欲坐實其人，至以「鄖公」爲鄞人高斗樞，以「左徒」爲粵人屈大均，謂皆在「客有五六人」中。姑不論高、屈皆非能操南音之楚人，即如高斗樞，江上之役後數年已卒（據小腆紀傳遺臣），屈大均本年僅二十七，先生與之交尚在十年以後，何至今日推崇若是？且使二人果在座中，先生亦必如老少二沙門注而出之，蓋必正、定國當諱，斗樞、大均殊不必諱也。

〔一〇六〕攝山

徵君舊宅此山中，山館孱顏往蹟空。藥徑春添千嶂雨，松厓夜起六朝風。忘情魚鳥天機合，適意川巖物象同。一入籬門人世別，幾人能不拜蕭公？

【釋】

〔解題〕攝山距今南京市區東北約四十里，或謂山多藥草，可以攝生，故名「攝山」。其麓有棲霞寺，云係南唐隱士棲霞修道之所，故又名「棲霞山」。此詩以山名爲題，實因遊山而作。

〔徵君舊宅〕「徵君」〔一〕〔一〇五〕王徵君潰具舟城西詩解題，此指南朝明僧紹。僧紹字承烈，平原人，與兄僧胤、弟僧暠俱有聲于南朝宋、齊間。僧紹于宋元嘉中舉秀才、明經，有儒術，屢辟不就。初隱勞山，後淮北没于魏，乃渡江居攝山。

齊高帝蕭道成亦屢徵之，仍不就，乃遺以竹根如意、筍籜冠。紹嘗往候定林寺沙門僧遠，高帝欲乘便見之，僧遠且爲之言，卒不肯見。武帝永明初，復以國子博士徵，仍不就，卒。南齊書有傳。僧紹係居士，其攝山舊宅已于永明七年捨爲寺，或云即棲霞寺，或云乃白雲菴，未知孰是。

〔山館孱顔〕「山館」指僧紹舊宅。原注：「漢書司馬相如傳：放散畔岸，驤以孱顔。顔師古曰：孱顔，不齊也。」按：引文出大人賦。孱顔同「巉巖」，高峻貌。唐李華含元殿賦：「崢嶸孱顔，下視南山。」

〔藥徑〕採藥小徑。

〔松厓夜起六朝風〕「厓」通崖或涯，山水之邊。「六朝」即六代，見〔六〕金陵雜詩釋。攝山南有萬松山，山多松，相傳爲六朝所植，故稱六朝松。此句應上，意謂往蹟雖空，松風仍在。

〔忘情、適意二句〕攝山背倚大江，此切「魚鳥」；徵君舊宅在天開巖，此切「川巖」。二句蓋借隱居幽境代徵君抒情。「忘情」猶不動情，王衍（見晉書本傳）與王戎（見世説新語傷逝）均謂「聖人忘情」，道家尤主「太上忘情」，有如魚之在淵，鳥之在天，彼此相忘，則天機自合。「物象」，萬物自然之象，孟郊同年春燕詩：「視聽改舊趣，物象含新姿。」言隱者但求適意，故能物我同在。

〔一入籬門人世別二句〕原注：「宮苑記：舊京南北兩岸，籬門五十六所，蓋京邑之郊門也。江左初立，並用籬爲之，故曰籬門。南齊書王儉傳：宋世，外六門設六籬。建元初，有發白虎樽者，言白門三重門，竹籬穿不完。上感其言，改立都牆。」「建元」（四七九——四八二），齊高帝蕭道成年號。「白虎樽」，蓋上繪有白虎之酒杯。宋、齊元旦，設此樽于殿前，凡能獻直言者，則可發（揭）此樽飲酒。其時發樽建言者意謂籬門不便而無益，高帝乃易籬爲牆。「白門」見〔三七〕哭顧推官釋。「蕭公」指齊高帝蕭道成。二句以「籬門」喻京華，以「蕭公」喻冠冕，言一入京華，便爲冠冕所縛，幾人能如徵君避世高蹈，不爲蕭公所屈哉！

【箋】

先生自前年僑居神烈山下，便有古隱士之作，此篇不以詠隱士爲題，然不入籬門，不拜蕭公，徵而不就，與管幼安、龐德公何殊？遊攝山而專詠明僧紹舊宅，知先生寄意全在末聯。

〔一〇七〕賈倉部必選説易

昔年清望動公車，此日耆英有幾家？古注已聞傳孟喜，遺文仍許授侯芭。竹牀排硯頻添墨，石屋支鐺旋煮茶。更説都城防寇事，至今流涕賈長沙。

【釋】

〔解題〕賈必選字徙南，一字直生，上元人。萬曆己酉（一六〇九）舉人，官户部主事，管西新倉（故詩稱「倉部」）。時魏忠賢總理兩部，必選除陋規，無所染，魏黨爲之斂跡。同官倪嘉慶以囤豆下獄，必選爲其辨冤，謫九江幕。起桂林推官，旋遷南京工部郎中。後丁父艱歸，即杜門不再出，以講易著書爲事，卒年八十七。所著松蔭堂學易，皆發明宋人邵雍象數之説。

〔清望〕清白之名望。南史張緒傳：「帝欲用張緒爲右僕射，以問王儉，儉曰：緒少有清望，誠美選也。」

〔公車〕本係漢代官署名，備有公車接送地方應舉之士，明清遂以「公車」爲舉人入京應試之稱。賈必選出身舉人，故云。

〔耆英〕指高年傑出之士。唐司空圖太尉瑯琊王公河中生祠碑：「賓筵備禮，耆英盡綴于詞林。」宋文彦博留守西京（洛陽），集高年十二人于富弼第置酒相樂，名「耆英會」（見宋史文彦博傳）。明萬曆中，大學士申時行年八十歸吳，與王

穉登等六人時爲文酒之會，邑人沈自徵爲撰耆英會劇曲。賈倉部年事已高，堪稱吳地耆英。

〔古注已聞傳孟喜〕原注：「漢書儒林傳：蜀人趙賓好小數書，後爲易，持論巧慧，易家不能難。云受孟喜，喜爲名之。」孟喜，漢蘭陵人，與施讎、梁丘賀共傳易學，並列學官。唐李鼎祚作易集解，即博采子夏、孟喜等三十五家之說。然漢易重卜筮、象數，與魏王弼注及宋程氏易傳黜數崇理不同。賈必選說易而發明邵康節，故云傳自孟喜，想必係象數派。

〔遺文仍許授侯芭〕侯芭，漢鉅鹿人，揚雄弟子，從雄受太玄。雄卒，芭爲起墳，心喪三年。此句謂揚雄仿周易而作太玄，賈必選亦學邵子而著松蔭堂學易，其遺文亦將如揚雄授與侯芭。

〔竹牀、石屋二句〕此記賈倉部晚年居家著述生活。「竹牀」，竹几也。「石屋」，石質嵌空爐架。「鐺」，三脚釜。

〔更說都城防寇事〕「寇」，原鈔本作「虜」，本指清兵。徐嘉未見原鈔本，遂誤據潘耒諱改，以爲指南都撤兵防左良玉。不知先生向以「寇」稱張、李，至于左良玉，但言「寧南佩侯印，忽焉竟披猖。稱兵據上游，以國資戎羌」耳（見〔一〇五〕王徵君潢具舟城西釋）。按：左良玉舉兵東下，欲清君側（馬、阮），朝廷急命史可法督諸軍入援，清兵遂乘機取淮、揚。時論皆咎士英，士英怒曰：「我君臣寧死于清，不可死良玉手。」南都于是終亡于清。彙注不取徐注而增録清兵取泗渡淮，克揚州，陷鎮江諸事，所據即原鈔本也。必選乃上元人，于當年「都城防虜事」知之必稔，「更說」之「說」係承本題「說易」之「說」，蓋謂反復「說」之也。

〔至今流涕賈長沙〕賈誼謫爲長沙王太傅，故沿稱「賈長沙」（見〔五〕京闕篇「文才後賈生」釋）。誼曾上治安策，舉當時可爲痛哭流涕長太息者若干事，必選與賈誼同姓，至今說及南都致亡之由，當亦如誼之痛哭流涕也。

【箋】

先生亦精于易，其與友人論易書（文集卷三）曰：「昔之說易者無慮數千百家，如僕之孤陋，而所見及寫録唐宋人之

書亦有數十家，有明之人之書不與焉。然未見有過于程傳者。」故知先生說易不主象數，亦無取于明人。此詩題云「賈倉部說易」，而倉部說易僅見于頷聯，且以「更說」一聯轉脚，正見先生治學不肯苟同處。

〔一〇八〕出郭二首

出郭初投飯店，入城復到茶菴。秦客王稽至此，待我三亭之南。

【釋】

〔解題〕此題二首，潘刻本、徐注本皆無，孫毓修蔣山傭詩集鈔本校補、朱記榮刻亭林逸詩皆有，然均題作六言，故知詩義與「出郭」二字無關。蘧案以博異志載馬燧「出郭而逃」事當之，未免考索太過。然先生詩集六言體共有二題（另題爲〔五四〕榜人曲），若皆卽體爲題，則何以示別？故此詩仍以取首二字「出郭」爲題是。

〔出郭、入城二句〕據「復到」二字，知所出之「郭」與所入之「城」必係一地，故下句「至此」之「此」，當指城中茶庵。二句疑係紀實，蓋與客相約，偶有變易也。

〔秦客、待我二句〕此用王稽陰載范雎入秦故事。范雎本魏人，得罪魏相魏齊，魏人鄭安平乃匿雎，更其姓名曰「張禄」。時秦昭王遣謁者王稽使魏，安平因介張禄于稽，且曰：「其人賢者，有仇，不敢晝見。」稽曰：「夜與俱來。」既見，知爲賢者，約曰：「先生待我于三亭之南。」王稽辭魏去，遂過載范雎入秦（見史記范雎列傳）。「三亭」卽三亭岡，在今河南省尉氏縣境。時魏都大梁（今開封），尉氏乃春秋鄭大夫尉氏封邑，後併于魏，在大梁西南。

相逢問我名姓，貲中故王大夫。此時不用便了，只須自出提酤。

【釋】

〔相逢、資中二句〕「王大夫」指王褒。褒字子淵，西漢蜀郡資中（在今四川省）人。宣帝時，徵爲待詔，擢諫議大夫。工詩賦，所撰洞簫賦、聖主得賢臣頌以及僮約，皆有名于世。漢書有傳。此二句一問一答，引出下二句僮約故事。

〔此時、只須二句〕王褒僮約謂褒因事到湔（本指古湔江，發源灌縣，流經廣漢、成都，文中以江代地，實指成都），止寡婦楊惠家。惠有夫時奴，名「便了」，褒使之行酤（打酒），便了只顧守家，不欲爲他人男子酤酒。褒大怒，乃立券從楊惠決（斷）買此奴。奴復曰：「欲使（役使）皆上券，不上券，便了不能爲也。」褒遂書券（立買奴契，即僮約），備載便了應役之事累百，其一爲「舍中有客，提壺行酤」。券末云：「奴當從百役使，不得有二言。……奴不聽教，當笞一百。」便了聽券訖，叩頭落淚，曰：「審如王大夫言，不如早歸黃土陌。……願爲大夫酤酒，真不敢作惡。」按：王褒僮約乃奴隸主對奴隸之惡作劇，先生但借便了以喻惡僕陸恩，見後箋。

【箋】

兩首各用一古事，所寓雖不易曉，然既各著一「我」字，則必係先生自記行踪。先生前以「通閩中事」爲惡奴所脅（見原鈔本〔九三〕贈路光祿太平序），潘耒刻集已隱約其辭；今又削此二首不載；元譜于先生本年行踪尤多缺漏，意詩中記事必有不宜宣言者。茲據先生近年行踪並參以可見資料，臆測其事于下：

元譜本年記事僅云：春，獄解，自松江回崑山。三月，本生母卒。閏五月至鍾山舊居。（刺客追及南京太平門外，擊先生傷首，遇救得免。）初十日詣孝陵。冬，在鍾山度歲。然據詩文集，知有三事爲元譜所不載：（一）〔一〇〇〕贈潘節士檉章云：「索居患無朋，何意來金陵。家在鍾山旁……把酒爲君道。」顯見檉章曾來鍾山見訪。其詩編在謁陵詩前，故知潘來金陵不遲于閏五月初十，不早于先生回鍾山之前。（二）贈潘詩末云：「便當挈殘書，過爾溪上宅。」據它文知「殘書」已挈贈，然何時過宅，譜亦不載。（三）書吳潘二子事（文集卷五）云：「方莊生作書時，屬客延予一至其家，予薄其人

不學，竟去。」先生何時至莊廷鑨家，譜亦不載。此三事皆涉湖州史獄，元譜諱之，宜也。

同志贈言載王潢送顧寧人之吳興詩（題下自注「湖州府，又號霅川」）云：「良史才名不可删，皇天命爾試諸艱。休言六代輳顔謝，直取三長駕馬班。燦燦春華榮槁木，煌煌夏鼎燭神姦。書成自誓苕溪水，一片丹心告蔣山。」據「吳興」、「湖州」、「霅川」、「苕溪」諸詞，可證先生確有湖州莊家之行；據「良史」、「馬班」、「書成」等句，知此行原擬助莊生編輯明書；據「告蔣山」句，知先生此時仍居金陵，且自鍾（蔣）山出發也。惟此詩未著赴湖年月，當另取先生本年〔二〇〕酬王處士九日見懷之作及王煒秋日懷寧人道長先生詩爲證。王煒原詩曰：「孤窮迢遞八荒遊，肯逐輕肥與世謀？霅水菰蘆誰弔影，蔣山風雨自深秋。已從敝笈留千古，欲向空原助一坏。滿眼黄花無限酒，不知元亮可銷憂。」據此可知先生赴湖確在本年。煒詩作于「九日」，時先生已歸；王潢具舟城西時，不早于夏末（見「火旻生秋涼」句），故先生赴湖出遊，首尾不出今年七、八月間。蘧案（見彙注酬王處士九日見懷之作解題）以爲「（潢）詩有燦燦春華榮槁木句，則此行當在本年春日」。不知「春華」與「夏鼎」借對，本無關于時令；且今年閏五月前，先生尚未返鍾山也。

今年七、八月間，先生有湖州之行，似無疑矣，然出郭、旅中二題，實與赴湖無涉，蓋此時史獄未作，無論挈書訪潘，或偕潘赴湖，俱毋須出郭之詭密、旅中之困頓也。意者離湖之後，復受「秦客」之邀乎？王煒另有得寧人書知在金陵奉寄詩，曰：「宇宙大如許，不能容顧生。胸懷藴王畧，徒爲孤鳳鳴。鍾山舊草廬，九鼎此中寄。白日照鬚眉，青管誅魑魅。傷心成逐客，一去無留迹。垂死脱仇鋒，天爲斯人惜。江水去悠悠，憑高往事愁。塞洪橋上客，清淚幾時收？」此詩似先生出遊歸來後，作書寄煒，煒始知先生已返金陵；詩末「塞洪橋上客」二句，最堪玩味。按今年塞洪橋（即栅洪橋）之集在夏末，其客皆楚人，先生其或與楚客相約于赴湖之後，即將有所往乎？據此臆測，出郭二首依稀可解：

第一首蓋暗示所往之地。上聯「出郭」、「入城」，看似重疊，實狀輾轉相尋，意有所待。下聯以「秦客」喻楚客，而云「待我三亭之南」，正見此行已易服改名，如范雎之去魏。王煒得寧人書知在金陵詩，起韻「宇宙大如許，不能容顧生」，

結韻「塞洪橋上客，清淚幾時收」，蓋歎此行雖有楚客之邀，然欲往之地，終未能達。第二首暗示此行乃隻身獨往。上聯以「王大夫」自居，或疑先生已易名「王某」(見下旅中詩「甘心變姓名」釋)；下聯「不用便了」，蓋以便了喻陸恩(陸恩之惡尤甚于便了，見〔九三〕贈路光禄太平「變故興奴隸」釋)。二詩實此行「首途」時作，尚未涉「旅中」事，然「秦客王稽至此」二句最易遭清廷誅求，潘刻本並删不録，亦宜也。

〔一〇九〕 旅中

久客仍流轉，愁人獨遠征。釜遭行路奪，席與舍兒爭。混跡同傭販，甘心變姓名。寒依車下草，饑糝鏖中羹。浦雁先秋到，關雞候旦鳴。蹠穿山更險，船破浪猶横。疾病年來有，衣裝日漸輕。榮枯心易感，得喪理難平。默坐悲先代，勞歌念一生。買臣將五十，何處謁承明？

【釋】

〔解題〕「旅中」，謂在旅途中也。前題出郭係「首途」，此篇則專叙旅途中事，故當爲同時之作。蘧案既謂「此行當在夏令」，「其歸當在七、八月之交」，且引王燁詩「孤窮迢遞」句爲證，而案下首，則引王濆詩「燦燦春華榮槁木」句，反以「此行當在本年春日」，並謂與旅中非一事，其引據牴牾不辨自明，蓋二王詩本指一事，既各引之，而又云「非一事」，殊不可解。

〔流轉〕見〔五五〕流轉釋。

〔遠征〕遠行也，古詩：「良人獨遠征。」

〔釜遺行路奪〕「釜」，烹飪之器，無足，與鼎異。「行路」，行路之人。蔡澤，戰國時燕人。善辯多智，遊説諸侯，見逐于趙而入韓魏，遇奪釜鬵（甑）于途。乃西入秦，説昭王，代范雎爲相。見戰國策秦策及史記蔡澤傳。

〔席與舍兒爭〕「舍兒」即舍者，指旅店主人。莊子寓言：「其往也，舍者迎將其家，公執席，妻執巾櫛，舍者避席（讓座次），煬者避竈。其反也，舍者與之爭席（爭座次）矣。」此句言店主人待之無禮。

〔混跡同傭販〕傭謂傭僕，先生已自號蔣山傭，販指商販，見〔五五〕流轉「改容作商賈」釋。

〔廿心變姓名〕先生國變後曾用多名，如「炎武」（亦作「炎午」）、「寧人」、「亭林」、「涂中」、「圭年」、「蔣山傭」等皆是，唯無改姓確據。〔七三〕贈鄒處士繼思詩：「去去復棲棲，河東王伯齊。」〔一〇八〕出郭詩：「相逢問我名姓，資中故王大夫。」以其迭用「王」字，故或疑先生「變名爲王姓」，然揆詩意不過使事，恐未必真易姓也。日知録卷二十三變姓名條：「古人變姓名多是血仇，然亦有無所爲而變者：范蠡適齊爲鴟夷子皮，之陶爲朱公；第五倫客河東，自稱王伯齊；梁鴻適齊，姓運期，名燿。」殘稿與李紫瀾：「第五倫變姓名自稱王伯齊，往來河東，……心竊慕之。」然則第五倫之變姓名，有所爲抑無所爲乎？大抵先生爲避仇匿跡，呼牛呼馬，偶一變通則有之，至于易姓（王）借名（伯齊），公然自稱，則翻失避匿之義矣。

〔饑糝鑩中羹〕「糝」音慘，上聲，以米屑和羹也，此作動詞。「鑩」音歷，同鎘，鼎屬。意謂飢則以米屑調羹而食也。

〔浦雁先秋到〕「浦雁」，衡浦之雁。王勃滕王閣餞別序：「雁陣驚寒，聲斷衡陽之浦。」此句已暗示此行時令。

〔關雞候旦鳴〕見〔三五〕祖豫州聞雞「函關猶未出」釋。

〔蹠穿、船破二句〕蹠音只，同跖，脚掌也。戰國策楚策：「上崢山，踰深谿，蹠穿膝暴。」細味二句，似此行曾踰山入海，與尋常旅途異。

〔勞歌〕勞苦憂傷而歌，亦作勞者之歌。晉書禮志中：「漢武帝役人之勞歌，聲哀切。」駱賓王送吳七遊蜀：「勞歌徒欲奏，

贈別競無言。」

〔買臣將五十二句〕朱買臣（？——前一一五）字翁子，吳人。家貧，好讀書，不治産業，常刈薪賣樵以自給。妻羞之，求去，買臣笑曰：「我年五十當貴，今已四十餘矣。」後數年，詣闕上書，以嚴助薦，武帝拜爲中大夫。見漢書本傳。「承明」見〔三四〕哭楊主事「侍承明」釋。按：先生今年四十有四，而曰「將五十」，乃承上句「念一生」而來，係歎流光之速。此句已暗示此行目的。

【箋】

此篇不獨與出郭爲同時先後之作，兼與〔五五〕流轉詩先後相映。觀其細陳奔波之苦，食宿之苦，疾病之苦，心靈之苦，幾與流轉篇同。流轉初因避仇，故所行不出吳會，然「中原」、「江滸」之思已油然而生。此篇則不祇因避仇，兼受楚客之邀，故易北而南，易江而海，蘧案以欲謁明桂王當之，未必不然。

〔一一〇〕酬王處士九日見懷之作

是日驚秋老，相望各一涯。離懷銷濁酒，愁眼見黄花。天地存肝膽，江山閱鬢華。多蒙千里訊，逐客已無家。

【釋】

〔解題〕王處士指王煒，見〔九九〕松江別張處士慤王處士煒解題。「九日」，農曆九月初九簡稱，卽重陽節。王煒原作見〔一〇八〕出郭詩箋。

〔是日〕九月九日。

〔相望各一涯〕古詩十九首：「相去萬餘里，各在天一涯。」

〔濁酒、黄花〕王處士詩末聯「滿眼黄花無限酒，不知元亮可銷憂」。用陶潛九日飲酒對菊故事，先生即以此酬答。

〔天地存肝膽〕肝與膽相連，喻關係密切。文心雕龍比興贊：「物雖胡越，合則肝膽。」此句與「海内存知己」意同。

〔江山閲鬢華〕「鬢華」，鬢邊華髮也。高適重陽詩：「節物驚心兩鬢華。」此句「江山」與「鬢華」對言，蓋歎江山未老，兩鬢先華也。

〔逐客〕詞出李斯諫逐客書，後引申爲被謫被逐之人。王煒得寧人書知在金陵奉寄詩：「傷心成逐客，一去無留迹。」先生即以此自喻。

【箋】

前人唱酬不在步韻，而在酬意。王煒原作起云「孤窮迢遞八荒遊」，句用「八荒」，疑指先生「出郭」、「旅中」之行，以事涉時忌，故一句帶過。腹聯四句交錯對應：「霅水」、「敝笈」但言先生苕霅訪史；「蔣山」、「空原」（指孝陵）暗示先生鍾山謁陵。尾聯關合，畧見存問之意。先生酬章雖多合説，然詞旨頹唐，不著實處，其有難言之隱乎？

〔一一二〕送張山人應鼎還江陰

舊京秋色轉霏微，目送毗陵一雁飛。笑我畏人能久客，嗟君懷土便思歸。風高海氣龍王廟，水落江聲燕子磯。卉布家鄉多已作，此行須換芰荷衣。

【釋】

〔解題〕「山人」，隱士山居者，庾信幽居值春詩：「山人久陸沈，幽徑忽春臨。」張應鼎生平無考，當係江陰人。張穆顧譜

謂道光新修江陰縣志藝文采録先生此詩，亦不載應鼎事迹，故知其人若非真隱，諒不過一尋常山翁耳。題用「還」字，當係送山人由南京還鄉之作。

〔舊京〕見〔五〕京闕篇「山河拱舊京」釋。

〔霏微〕雲霧朦朧貌，梁王僧孺侍宴詩（王左丞集）：「散漫輕煙轉，霏微商雲散。」

〔毗陵一雁〕喻張山人。「毗陵」，晉置郡名，治武進縣；明改常州府，治不變，江陰屬之。

〔笑我畏人能久客〕曹丕雜詩：「吳會非我鄉，安得久留滯。棄置勿復陳，客子常畏人。」「畏人」，畏生人也，然先生以避仇而久客，所畏在熟人，故用「笑」字。

〔嗟君懷土便思歸〕「嗟君」猶羨君，言外謂我雖懷土而仍不能歸也。

〔龍王廟〕此指鎮江金山之龍王廟，係應鼎舟行所經之地。窺先生詩意，或暗寓宋高宗建炎四年（一一三〇）三月韓世忠在此伏擊金兀朮事，亦或隱指前年張名振泊舟金山，遥祭孝陵事。

〔燕子磯〕見〔八〕久留燕子磯院中作釋。疑張山人亦曾住此，或送別在此。

〔卉布家鄉句〕明清時常州土産棉布。

〔芰荷衣〕「芰」音紙。離騷：「製芰荷以爲衣兮，集芙蓉以爲裳。」芰荷即荷葉，後沿指隱者服，此切「山人」身份。

【箋】

此係尋常送人還鄉詩。由燕子磯經龍王廟，由舊京到家鄉，一路説去，正所云「目送毗陵一雁飛」也。先生久客而不能歸，知寄意全在頷聯，餘均陪襯。

〔一一二〕 陳生芳績兩尊人先後即世，適皆以三月十九日，追痛之作，詞旨哀惻，依韻奉和 三首

一生愁恨集今辰，尚有微軀繫五倫。淚盡宛詩言我日，悲深魯史筆王春。山頭馬鬣封孤子，天上龍髯從二親。留此一絲忠孝在，三綱終古不曾淪。

【釋】

〔解題〕陳芳績，見〔九三〕常熟歸生晟陳生芳績書來解題。「尊人」，晉時稱父或母爲尊大人，至明省稱尊人，人我均可用，此指芳績父母。「即世」猶逝世，左傳成公十三年：「無祿，獻公即世。」「三月十九日」乃明思宗帝后自縊忌辰。「追痛之作」指陳芳績悼念其父母原詩。按：潘耒衹刻本題前二首，第三首未收；徐注本省題爲和陳生芳績追痛之作，皆有所諱也。

〔集今辰〕「今辰」猶言今時、今日，專指三月十九日。「集」，原鈔本作「積」，義近。

〔尚有微軀繫五倫〕「倫」，常道或通理；「五倫」古指人際五種關係，孟子滕文公上：「使契爲司徒，教以人倫：父子有親，君臣有義，夫婦有別，長幼有序，朋友有信。」「微軀」，微賤之軀，謙詞，指芳績。此句承上，謂尚有芳績能維繫五倫，亦啓下，于五倫中尤重父子、君臣，重言忠孝。

〔淚盡宛詩言我日〕「宛詩」指詩小雅小宛， 凡六章， 章六句， 其義向多歧說， 然中多懷念父母之辭。先生用第四章：「題彼脊令，載飛載鳴。我日斯邁，而(汝)月斯征。夙興夜寐，毋忝爾所生。」徐注但引「我日」、「而月」兩句，蓋以「王春」須與「我日」相對也。蘧案以徐注非，而引第一章：「我心憂傷，念昔先人。明發不寐，有懷二人。」雖切父母二尊

人，然「我日」二字無着。此句切五倫「父子」，寓「孝」字。

〔悲深魯史筆王春〕「魯史」指春秋。「筆」，動詞，書寫也。「王春」見〔四三〕元日詩「天王春」釋。此句切五倫「君臣」，寓「忠」字。

〔山頭馬鬣封孤子〕「馬鬣」，墓形也。「封」謂封益墓土。禮檀弓上：「吾見封之……若斧者矣，從若斧者焉。馬鬣，封之謂也。」此句言山頭呈馬鬣狀之墓乃孤子芳績所封。按：芳績葬其兩世六喪于故居吳塘里，時在康熙十四年（一六七五）；今年當係藁葬。又，此句與上「淚盡」句對應，亦寓「孝」字。

〔天上龍髯從二親〕相傳黃帝鑄鼎成，有龍垂胡髯下迎，黃帝上騎，羣臣後宮從上者七十餘人。餘小臣不得上，乃悉攀龍髯，龍髯拔墮。見史記封禪書。「從」音衆，隨從也。此句與上「悲深」句對應，謂芳績父母已同日攀從龍髯升天而去，亦寓「忠」字。

〔留此一絲忠孝在二句〕白虎通三綱六紀：「三綱者，何謂也？謂君臣、父子、夫婦也。」故知「三綱」即「五倫」中之前三倫。（宋儒力主「君爲臣綱，父爲子綱，夫爲妻綱」係據禮樂記正義引禮緯含文嘉，不可信。）二句總束前六句，謂留得芳績之孝與二親之忠，可以一絲之輕繫三綱之重，當使其千古而不墜。

帝后登遐一忌辰，天讎國恥世無倫。那知考妣還同日，從此河山遂不春。弘演納肝猶報主，王裒泣血倍思親。人寰尚有遺民在，大節難隨九鼎淪。

【釋】

〔帝后登遐一忌辰〕「帝」，思宗；「后」，周后。「遐」亦作假；「登遐」指天子喪，禮曲禮下：「告喪曰：『天王登假。』」「一」，同一，謂帝后登遐同在三月十九日。

〔天讎國恥世無倫〕潘刻本「讎」、「國恥」三字均作□（原注讎字亦作□），蓋無字可以代諱也，其它類似字亦同，中華本

已予補正。原注：「梁書邵陵王綸傳：『大敵猶強，天讎未雪。』」按：禮曲禮上：「父之讎，非與共戴天。」故知梁書所云「天讎」，乃「非與共戴天」之仇，卽君父之仇也。「國恥」見〔三〕感事詩釋。「無倫」，無與倫比。

〔那知、從此二句〕爾雅釋親：「父爲考，母爲妣。」考妣本係父母生前之通稱，後則生稱父母，死稱考妣，見禮曲禮下。考妣同日，言與帝后登遐同日也。河山不春，喻明朝亡國。二句近流水。

〔弘演納肝猶報主〕弘演，春秋時衛臣。奉命遠使未還，狄人攻衛，追懿公于榮澤，殺之，盡食其肉，獨舍其肝。弘演還，報使于肝（謂向懿公之肝回報使命），畢，呼天而號，曰：「臣請爲表。」（呂氏春秋忠廉表作襮。襮，外上衣）因盡刳己腹，納懿公肝而死。見韓詩外傳、新序節士。此句言忠。

〔王裒泣血倍思親〕王裒，見〔三二〕墟里「西向」及〔三〇〕墓後結廬三楹「偉元」釋。此處指裒隱居教授時，每讀詩至小雅蓼莪「哀哀父母，生我劬勞」，未嘗不三復流涕，門人爲廢蓼莪篇。此句言孝。

〔人寰尚有遺民在〕「人寰」猶人間。鮑照舞鶴賦：「去帝鄉之岑寂，歸人寰之喧卑。」「遺民」見〔四九〕桃花溪歌釋，隱指芳績。原鈔本此句作「人間若不生之子」，「之子」猶此子，顯指芳績。

〔大節難隨九鼎淪〕忠孝，大節也。「九鼎淪」，象國家滅亡。相傳禹鑄九鼎以象九州，故成湯滅夏，遷鼎于商；周武王滅商，遷鼎于洛邑，三代俱視九鼎爲傳國寶器。周顯王時，宋大丘社亡而鼎没于泗水彭城下。原鈔本此句作「五嶽崩頽九鼎淪」。

昔年盟誓告三辰，欲爲生人植大倫。祭禰不從王氏臘，朝正猶用漢家春。阡原處處關心苦，几杖年年入夢親。一上鍾山東極目，南湖烟水自清淪。

【釋】

〔昔年盟誓告三辰二句〕「昔年」蓋指乙酉之後，先生與芳績祖梅鄰居語濉涇時事。「盟誓」謂結盟而誓之，左傳昭公十六年：「世有盟誓，以相信也。」「三辰」即日、月、星。「生人」猶生民。「大倫」，五倫之大者，孟子公孫楚下：「内則父子，外則君臣，人之大倫也。」先生常熟陳君墓誌銘（見餘集）已載陳梅告其孫芳績語：「士不幸而際此，當長爲農夫以没世。一經之外，或習醫卜，慎無仕宦。」此但戒子孫勿仕，尚不足稱「植大倫」也。據先生七律作法，二句蓋引起，而所謂「盟誓」者，當在頷聯「祭禰」、「朝正」二句。

〔祭禰不從王氏臘二句〕「禰」，本指父廟，公羊傳隱公元年「惠公者何？隱之考也」何休注：「生稱父，死稱考，入廟稱禰」。然考廟之外，木主亦稱禰，故「祭禰」猶俗稱祭祖。漢陳咸于成哀間以律令爲尚書，平帝時王莽輔政，多改漢制，咸心非之，即乞骸骨去。及莽篡漢，咸悉令三子解官歸里，閉門不出入，猶用漢家祖臘。人問其故，咸曰：「我先人豈知王氏臘乎？」見後漢書陳寵傳附。按：「祖」與「臘」均祭名，祖，祭道神，漢以午日；臘，年終大祭，漢以冬至後第一戌日，常在臘月。王莽從周曆，名曰「大蜡」。

〔朝正猶用漢家春〕「正」音征，平聲。古諸侯于歲首正月朝見天子曰「朝正」。左傳文公四年：「昔諸侯朝正于王。」又，諸侯歲首祭享宗廟亦曰「朝正」。惟各朝曆法不同，歲首正月亦各異，如夏以孟春月（一月）爲正，殷以季冬月（十二月）爲正，周以仲冬月（十一月）爲正。漢自太初元年（前一〇四）用夏曆。「春」謂春王正月也，見〔四三〕元日詩「天王春」釋。以上「祭禰」、「朝正」二句言陳梅訓示子孫誓奉明朝正朔。

〔阡原處處關心苦〕「阡原」，此指鄉里。「關心」猶關懷，王維酬張少府：「晚年唯好静，萬事不關心。」句贊陳梅隨處關心鄉里疾苦。據墓誌銘：里中凡有繇役爭訟之事，梅未嘗不爲之調劑，或片言立解。縣之豪宦縱其僕幹魚肉鄉民，而獨于梅之居里無所及。

〔几杖年年入夢親〕「几」與「杖」俱是長者用物，禮曲禮上：「謀于長者，必操几杖以從之。」按：陳梅長先生三十三歲，其歿也，距今已六年，故用「入夢」二字。

〔一上、南湖二句〕「南湖」，蘧案以爲常熟無南湖，疑係「尚湖」形近而誤，其說近是。惟尚湖不在語濂涇；涇旁亦多湖，由鍾山望常熟，泛稱「南湖」于義亦通。「清淪」，水清而有微波，詩魏風伐檀：「河水清且淪猗。」

【箋】

同一詩而「依韻奉和」至三，集中唯此一題。先生與陳氏祖孫乃三世之交，芳績父母又皆以三月十九日卽世，時巧事奇，本非一疊所能盡。惟前二首俱從「忠」、「孝」二字立說，一則稱「龍髯、帝后」，一則歎「考妣、二親」，一則贊「孤子、之子」，融君臣、父子、三綱、五倫爲一，名雖二首，主旨則同。其褒譽芳績，至謂「人間若不生之子，五嶽崩頽九鼎淪」。似嫌太過。然二十年後爲其祖所撰墓銘，猶曰：「維厥孫之窮約兮，猶足以無負于九原。」始信芳績節行必有足稱者。不意又三年，竟責其「坐館連年，遂忘其先人之訓」（參見〔九六〕酬陳生芳績箋）。其然乎？其不然乎？

第三首蓋贊陳梅，似與奉和追痛之作無甚干涉。且「祭禰」、「朝正」二句詞不可改，義不當諱，潘耒刪而不録，有以也。

顧亭林詩箋釋卷三 起順治十四年丁酉（一六五七）終康熙元年壬寅（一六六二）

編年（一六五七）

是年歲次丁酉，明永曆十一年，清順治十四年。

正月，永曆帝在滇都（昆明）。鄭成功再攻温州。

二月，清定孔子木主爲「至聖先師孔子神位」，去「大成至聖文宣王」等字號。

四月，清以鄭成功拒召，怒，流鄭芝龍及其家口于寧古塔。

五月，永曆帝命歸孫可望妻孥至貴陽，以安可望之心；又命白文選赴貴陽議和，可望拘留之。

七月，鄭成功攻興化，下台州；清兵復取閩安，成功退厦門。

八月，孫可望叛明，命白文選、馮雙禮、馬進忠、馬寶等率十萬兵攻曲靖，李定國、劉文秀迎戰，白文選等俱反正，可望大敗，逃回貴陽。

九月，孫可望別遣兵繞道犯滇都，李定國還師與沐天波等合力全殲之。

十月，孫可望奔長沙降清，明年入京，清封爲「義王」。永曆帝遣使赴海，封鄭成功爲延平郡王。清頒賦役全書，行夏秋一條鞭法，照明萬曆錢糧則例起征。

十一月，永曆帝始追贈安隆死難吴貞毓等十八人。

十二月，李定國復南寧。清始命平西王吴三桂等攻雲南。

是年先生四十五歲。元旦，六謁孝陵。春，自南京返崑山。遂定議北遊，歸莊及諸同人爲之餞别，然後北上逾淮赴齊東。先抵萊州（掖縣），交邑人趙士完（明舉人）、任唐臣（明貢生）、錢大受（明歲貢）等。從唐臣假宋吴棫韻補讀而注之；爲大受之父祚徵撰行狀。旋至即墨，遊安平君祠及康成書院舊址。南下，登勞山，訪張允掄，爲黄朗生勞山圖志作序。秋後抵濟南，訪新城徐夜（元善）。另據元譜，初交濟陽張爾岐亦在本年。

〔一一三〕元日 已下彊圉作噩

晨興自江上，踰嶺走鍾山。肅然至殿門，雙扉護重關。初日照宫闕，隱映城郭間。空山寂無人，獨來拜榛菅。流轉雖不居，咫尺猶天顔。喜會牧馬收，岡巒乍清閒。歲序一更新，陽風動人寰。佇期龍虎氣，得與春光還。復想在宥初，蒼生願重攀。

【釋】

〔解題〕先生詩集中元日五題，此其三，亦即第六次謁陵之作。彊圉作噩即丁酉歲。

〔晨興、踰嶺二句〕「晨興」，早起。「嶺」指禁嶺，即孝陵後嶺，見〔六九〕再謁孝陵釋。按：元日自江上來，疑先生在燕子磯度歲。

〔榛菅〕「榛」音臻，叢木；「菅」音奸，賤草。韓愈雪後寄崔二十六丞公詩：「豈念幽桂遺榛菅。」

〔流轉雖不居〕「流轉」見〔五五〕流轉釋。「不居」，不停、不止，易繫辭下：「變動不居，周流六虛。」

〔咫尺猶天顔〕「天顔」見〔一三〕延平使至釋。八寸曰咫，「咫尺」喻距離之近。左傳僖公九年：「（齊桓公曰：）天威不違顔咫尺，……敢不下拜。」此句承上，謂己身雖流轉在外，然天顔（指明太祖）猶近在咫尺。

〔喜會牧馬收〕「會」，逢也。「牧」，原鈔本作「胡」，蓋指清兵。元日，值孝陵清兵均撤，所以喜也。

〔陽風動人寰〕「陽風」猶和風，詩豳風七月：「春日載陽。」毛傳、朱傳均釋「陽」如温和。「人寰」猶人間，見〔一一三〕陳生芳績兩尊人先後即世詩釋。

〔龍虎氣〕「氣」，此謂地氣，見〔六九〕再謁孝陵「興王龍虎地」釋。

〔在宥初〕「初」，指明初。莊子在宥：「聞在宥天下，不聞治天下也。」按：「宥」有寬容之義，「在宥天下」有無爲而治意，與人治、法治皆異。

〔蒼生願重攀〕「蒼生」見〔六〕金陵雜詩釋。原注：「杜子美詩：武德開元際，蒼生豈重攀。」按：原鈔本作「杜甫有感詩」。此句承上「復想」，謂太祖開國初政，黎民均望重見也。

【箋】

自辛卯（一六五一）初謁孝陵，迄今六年而六謁。今年將有遠行，歸期難卜，故謁陵即辭陵，不可無詩。

〔一一四〕 萊州

海石稱名郡，齊東亦大都。山形當斗入，人質並魁梧。月主秦祠廢，沙壇漢蹟枯。已無巡

狩躧，尚有戍軍郛。漉海鹽千斛，栽岡棗萬株。鼉梁通日際，蜃市接神區。轉漕新河格，分營絕島迂。三方從廟算，二撫各兵符。礮甲初傳造，戈鋋已擊屠。中丞愁餌賊，太守痛捐軀。郊壘青燐出，城陴白骨枯。危情隨事往，深慮逐年徂。計士悲疵國，遺民想霸圖。登臨多感慨，莫笑一窮儒。

【釋】

〔解題〕「萊州」，在今山東，明初所置府，領掖、濰、高密、昌邑、即墨五縣及平度與膠二州，轄區南北皆大海，府治在掖縣。先生往年由南京北行不過淮東，今年始北遊齊魯，詩集紀行詩亦始于此。

〔海右、齊東二句〕「海右」指大海之西，可泛稱古齊國，如杜甫陪李北海宴歷下亭詩「海右此亭古」，竟及濟南。「名郡」此指漢時東萊郡，轄境兼明清登、萊二州，故此詩題曰「萊州」，而及登州之成山，蓋就漢郡而言，以其郡治亦在掖縣也。「大都」則專指掖縣，用「亦」字（原鈔本作「一」，義可通）係對齊都臨淄而言。

〔山形當斗入〕原注：「史記封禪書：成山斗入海。」「斗」通陡，索隱：「斗入海，謂斗絕曲入海也。」「成山」即今山東榮成山，地當山東半島東端，突入海中呈角形，俗稱「成山角」。

〔人質並魁梧〕「人質」謂人之體質。「魁梧」，壯大貌，史記留侯世家：「予以爲其人計魁梧奇偉。」按：「魁」與「斗」俱星名，如此借對甚妙。

〔月主秦祠廢〕原注：「史記封禪書：八神六曰月主，祠之萊山。」按：秦時祭祀名山大川及八神，八神爲天主、地主、兵主、陰主、陽主、月主、日主、四時主。「月主」即月神，祀之東萊山，後廢。

〔沙壇漢蹟孤〕原注：「史記封禪書：天子乃禱萬里沙。應劭曰：萬里沙，神祠也，在東萊曲成。」萬里沙本地名，所建神壇

即以地名名之，漢武帝元封元年，旱，禱于此。其地在掖縣東北。

〔已無巡狩蹕〕孟子梁惠王下：「天子適諸侯曰巡狩，巡狩者，巡所守也。」「蹕」見〔三〕感事「清蹕」釋。漢武帝時，齊人公孫卿言見神人東萊山，云願見天子。武帝于是幸緱氏城，拜卿爲中大夫，遂至東萊，宿，留之數日，無所見，見大人跡（亦見史記封禪書）。句謂今已無漢天子巡狩時之警蹕。

〔尚有戍軍郛〕「戍軍」猶駐軍。「郛」，城外之郭，有保障禦敵之用。明初萊州境設有五守禦千户所。句謂今尚存明代戍軍所築之城郭。

〔漉海、栽岡二句〕「漉」，濾之使乾。明代于萊州濱海設有鹽場。「岡」，山岡或阪田。山東于岡阪種棗，可以易米代租，萊州尤盛產。二句記萊州食貨。

〔鼉梁、蜃市二句〕「鼉梁」喻虹橋，「蜃市」即海市蜃樓，二句記萊州海空奇景。

〔轉漕新河格〕「漕」，本字去聲，指漕運。「新河」指膠萊新開之運河。「格」，格阻不行也。明初漕運，河海並開。嘉靖間，倭寇侵掠，海運受阻；隆慶後，倭患平，議者多欲開膠萊新河以利海運，因水多砂磧而止。按膠萊河舊道係元至元十八年所濬，東南流者曰膠萊南河，由膠縣麻灣口入黄海；西北流者曰膠萊北河，由掖縣海倉口入渤海。歲久淤壅，不便海運。明代議開新河自正統至崇禎其説多起，大抵仍循舊道，唯南北入海口畧異而已，詳見明史河渠志五。

〔分營絶島迂〕「營」，經營。「絶島」指成山角；「迂」，迂回也。萬曆之初，張居正當政，河運、海運得分別經營，漕運之利漸復。然所濬膠萊新河不足百里，未能通運，海漕仍須迂道大洋，繞成山角而行。此句承上，蓋論萊州漕運之利弊。

〔三方、二撫二句〕自注：「天啟初，議三方布置，始設登萊巡撫。」「廟算」乃廟堂之成算，亦即事前之預算，孫子計篇：「夫未戰而廟算勝者，得算多也。」「兵符」乃治軍之信物。按：熹宗天啟時，後金已據遼東，熊廷弼建「三方佈置」之策，即廣寧用馬步兵，天津及登、萊用舟師，于是增設登萊巡撫如天津。以廷弼兵部尚書兼右副都御史，駐山海關，節制三

方，經畧遼東軍務。迨崇禎四年(一六三一)孔有德反，明年，朝廷命山東巡撫徐從治與登萊巡撫謝璉並駐萊州，各掌兵符以擊有德。二句言萊州乃防金剿叛之要地。

〔礮甲、戈鋋二句〕有孫元化者，嘉定人。本天啟舉人，曾從徐光啟傳造西洋礮法，得贊畫軍前。崇禎三年，累遷右僉都御史巡撫東萊。四年冬，登州遊擊孔有德兵變吴橋；次年春回師，耿仲明獻登州，俘元化，並縱之，使遊説朝廷緩軍。元化乃爲賊移書求撫，曰：「畀以登州一郡則解。」不得，則以所製西洋礮助賊攻萊州。「礮甲」句諷孫元化造礮自殘，「戈鋋」(小矛短兵)句喻孔有德等小醜跳梁。

〔中丞、太守二句〕孫元化既助賊攻萊州，山東巡撫徐從治登陴拒之，中礮死。同守之登萊巡撫謝璉受孔有德僞降計，與萊州知府朱萬年出城受降，皆被執。有德令萬年至城下呼降，萬年反疾呼城上發礮擊己及賊，賊怒殺之。有德囚璉于登州，及朱大典解萊州圍，有德敗還登州，殺璉。「中丞」指謝璉，明代以僉或副都御史任巡撫，位同漢御史中丞。「餌賊」，謂受賊僞降之餌也。「太守」指朱萬年。明史從治與璉同傳，萬年入忠義傳。以上六句均追叙啟禎間萊州剿叛經過，參見〔六七〕傳聞「廿載河橋賊二句」釋。

〔郊壘青燐出以下四句〕「郊壘」指城郊軍壘，禮曲禮：「四郊多壘。」「城陴」即城牆；陴，女牆也。「青燐」，青色燐火，出自枯骨，古人視爲鬼火。此狀戰亂後慘象。按：崇禎五年萊州之圍，死三巡撫(徐從治、謝璉殉國，孫元化被逮棄市)、一知府(朱萬年)及將士萬餘。「隨事往」、「逐年徂」，蓋歎朝臣居安忘危，不思鑒往也。

〔計士、遺民二句〕「計士」猶謀士，有識之士。原注：「書大誥，天降威，知我國有疵。」按：馬注曰：「疵，瑕也。」鄭注曰：「知我國有疵病之瑕。」「遺民」見〔四九〕桃花溪歌釋。萊州屬春秋齊國，桓公爲五霸之首，故曰「想霸圖」。二句承上「危情隨事往」二句，謂惟計士悲國家之多難，惟遺民盼亡國之復興。

〔登臨〕謂登山臨水，有遍遊縱覽之意。晉書阮籍傳：「或登臨山水，經日忘歸。」

【箋】綜覽先生詩，凡以地名爲題者，大都狀其形勢，考其沿革，述其歷史，記其利病，俾趨吉而避害，鑒往而知來。故雖周遊南北，偏歷山川，而無賞心悦目，流連風景之辭，此亦古今旅游詩鮮覯者也。

〔一一五〕安平君祠 在即墨縣，今廢

太息全齊霸業遺，如君真是一男兒。功成棧道迎王日，志決危城仗鍤時。飢鳥尚銜庭下粒，老牛猶飲穴邊池。可憐王建降秦後，千古無人解出奇。

【釋】

〔解題〕田單，戰國齊臨淄人，與齊王同宗，初爲臨淄市掾。燕昭王使樂毅伐齊（前二八四），下齊七十餘城，惟莒與即墨未下。即墨人推田單爲將軍拒燕。五年後（前二七九），燕昭王卒，子惠王立，與樂毅有隙，田單乃行反間于燕，惠王竟使騎劫代樂毅。單趁燕軍懈，夜用火牛攻之，燕軍大敗，殺騎劫，盡復齊七十餘城，迎齊襄王于莒而立之。單受封安平君（安平，齊邑名，在臨淄東）。史記有傳。後人立田單祠于即墨，即墨在今青島市東北。

〔太息〕長歎，離騷：「長太息以掩涕兮。」

〔全齊霸業遺〕「全齊」謂保全齊國也。又樂毅報燕惠王書：「夫齊，霸國之餘烈，而最勝之遺事也。」此句贊田單保全齊國，堪稱齊國霸業之續。

〔棧道迎王〕先是齊襄王匿莒。洎田單破燕，乃爲棧道木閣，以迎王及后于莒之城陽山，王乃得返。見戰國策齊策。

〔危城仗鍤〕田單既爲即墨人所推，知士卒可用，乃身操版鍤（築城工具）與士卒分工，妻妾編于行伍之間，盡散飲食以

饗上。事見史記田單傳。「仗鍤」，齊策作「丈鍤」，義同。

〔飢鳥尚銜庭下粒〕田單欲愚弄燕兵，乃令卽墨城中人每食必祭其先祖于庭，飛鳥悉翔舞城中下食。燕人怪之。

〔老牛猶飲穴邊池〕田單將開城出擊，乃收城中牛千餘，被以采衣，角繫利器，灌脂束葦于尾。又鑿城數十穴，夜燃牛尾脂葦，牛驚怒出穴狂衝燕軍，壯士五千人隨其後。牛所觸敵盡死傷，燕軍大潰。上二句事俱見史記田單傳。「尚」、「猶」二字均想象之辭。

〔王建降秦〕齊襄王卒，子建立，在位四十四年（前二六四——前二二一）。前期國事皆決于母后太史氏，後期則聽任姦相及賓客。秦攻齊，圍臨淄，建不戰而降。秦遂統一六國，滅齊爲郡，遷建于共（今河南輝縣）。

〔千古無人解出奇〕孫子勢篇：「凡戰者以正合，以奇勝。故善出奇者，無窮如天地，不竭如江河。」又史記田單傳贊：「兵以正合，以奇勝，善之者出奇無窮，奇正還相生。」此句亟贊田單之用兵。

【箋】

潘檉章有和寧人過安平君祠詩：「驅馬膠東落日横，依然祠廟有安平。却燕實荷三千鍤，脱兔全收七十城。修劍大冠慚辯士，火攻車戰奈書生。只今豈少臨淄掾，碌碌無人識姓名。」二詩于田單均用褒筆，相同處俱贊其用兵，畧異處，先生明言其「全齊」、「迎王」，檉章則僅及其「却燕」、「收城」而已。

〔一一六〕不其山 漢不其縣有康成書院，今廢

荒山書院有人耕，不記山名與縣名。爲問黄巾滿天下，可能容得鄭康成？

【釋】

〔解題〕「不其山」亦作不期山。原鈔本「漢」字前有「在即墨縣」四字。意謂不其山在今即墨縣，今即墨縣即「漢不其縣」〔斷句〕。四字既省，則一若漢時不其縣已有康成書院矣，大誤。不其山與不其城俱在即墨東南三四十里，漢時不其縣因山得名。相傳鄭玄曾在城南山下教授，明正德中始在山下建康成書院，至先生時已廢。

〔黃巾〕東漢靈帝光和七年（一八四），鉅鹿張角、張寶、張梁等三十萬農民大起義，皆著黃巾以爲標識，時謂之黃巾軍。後爲盧植、皇甫嵩、朱儁等所平，然天下已亂，以迄漢亡。

〔鄭康成〕鄭玄（一二七——二〇〇）字康成，漢末高密人。少爲鄉嗇夫，後從扶風馬融學，博通諸經，乃辭歸，客耕東萊，徵辟不就，門徒千數百人。孔融爲北海相，深敬之，告高密縣特立一鄉，曰「鄭公鄉」；廣開門衢，曰「通德門」。時黃巾勢盛，至相約不入縣境。原注特引「後漢書鄭玄傳：自徐州還高密，道遇黃巾數萬人，見玄皆拜，相約不敢入縣境。」康成所注經傳及撰述凡百餘萬言，史稱一代純儒，唐貞觀中，從祀孔廟。先生〔二三〕述古詩之二即以訓詁探賾稱之。

【箋】

此詩末聯寄慨甚深，不徒爲鄭康成發也。先生與人書二十一（文集卷四）曰：「鄭康成以七十有四之年，爲袁本初强之到元城，卒于軍中。而曹孟德遂有『鄭康成行酒，伏地氣絶』之語，以爲本初罪狀。後之爲處士者，幸無若康成；其待處士者，幸無若本初。」書蓋謂康成「招門徒，立名譽，以光顯于世」，故不免爲身累；然袁紹以威勢待處士，至强之耆年出山，由先生觀之，紹直黃巾之不若矣。按：與人書蓋爲薦舉鴻博發。

〔一一七〕　勞山歌

勞山拔地九千丈，崔嵬勢壓齊之東。下視大海出日月，上接元氣包鴻濛。幽巖祕洞難具狀，

煙霧合沓來千峯。華樓獨收衆山景，一一環立生姿容。上有巨峯最巉岈，數載榛莽無人蹤。重崖複嶺行未極，澗壑窈窕來相通。天高日入不聞語，悄然衆籟如秋冬。奇花名藥絶凡境，世人不識疑天工。云是老子曾過此，後有濟北黄石公。至今號作神人宅，憑高結構留仙宫。吾聞東嶽泰山爲最大，虞帝柴望秦皇封。其東直走千餘里，山形不絶連虚空。自此一山奠海右，截然世界稱域中。以外島嶼不可計，紛紜出沒多魚龍。八神祠宇在其内，往往棊置生金銅。古言齊國之富臨淄次即墨，何以滿目皆蒿蓬？捕魚山之旁，伐木山之中。猶見山樵與村童，春日會鼓聲逢逢。此山之高過岱宗，或者其讓雲雨功。宣氣生物理則同，旁薄萬古無終窮。何時結屋依長松，嘯歌山椒一老翁。

【釋】

〔解題〕先生是年過即墨，遊勞山，識黄朗生。朗生繼其父御史宗昌作勞山圖志，成，屬先生爲之序(序載文集卷二)。首云：「勞山在今即墨縣東南海上，距城四五十里，或八九十里。有大勞、小勞，其峯數十，總名曰勞。」然後推其立名之旨曰：「夫勞山皆亂石巉巖，下臨大海，偪仄難度，其險處土人猶罕至焉。秦皇登之，是必萬人除道，百官扈從，千人擁輓而後上也。五穀不生，環山以外，土皆疎脊，海濱斥鹵，僅有魚蛤，亦須其時。秦皇登之，必一郡供張，數縣儲偫，四民廢業，千里驛騷而後上也。于是齊人苦之，而名曰勞山也。」此序立論奇古，具見先生反暴愛民之心。日知録勞山條(卷三十一)雖力反此説，至以爲「鄙淺可笑」，然此序與詩終不廢。

〔崔嵬〕山高貌，見[三]海上行釋。

〔下視大海出日月〕曹操觀滄海詩：「日月之行，若出其中。」按：曹操所觀係今渤海，勞山下臨黄海，俱在中國之東，皆日

月出處。
〔上接元氣包鴻濛〕「元氣」，古指天地未分前混一之氣，漢書律曆志上：「太極元氣，函三爲一。」「鴻濛」指海氣，漢書揚雄傳：「正南極海，鴻濛沆茫。」或指曙光，淮南子道應：「東開鴻濛之光。」此句兼指。
〔合沓〕重疊貌，見〔一〇五〕王徵君潢具舟城西「合沓來諸方」釋。
〔華樓〕亦峯名。勞山自麓至頂十餘里，有石似樓台，人稱華樓峒（峒亦書作崮，齊人本謂堡壘爲「崮」，加「山」作峒），峯即以此名。人謂勞山之奇盡華樓，諸峯環立，風景獨收，故亦爲峯之總名。
〔上有巨峯最崱屴二句〕「崱屴」音極力，高峻貌，王延壽魯靈光殿賦：「崱屴嵫釐，岑崟崰嶷。」「榛莽」見〔五五〕流轉釋。二句專狀華表峯，謂其險峻荒蕪，人跡鮮至。
〔澗壑窈窕來相通〕「窈窕」，深邃貌。陶潛歸去來辭：「既窈窕以尋壑，亦崎嶇而經丘。」
〔悄然衆籟如秋冬〕「籟」，空穴所發之聲，有天籟、地籟、人籟之分。此句承上「澗壑窈窕」句，當指地籟。莊子齊物論：「地籟則衆竅是也。……其殺如秋冬。」
〔奇花名藥〕勞山圖志序：「惟山深多生藥草，而地暖能發南花。」
〔天工〕對「人工」而言，書皋陶謨：「無曠庶官，天工人其代之。」
〔云是老子曾過此以下四句〕勞山圖志序：「余遊其地，觀老君、黄石、王喬諸蹟，類皆後人之所託名。」「老君」即老子，春秋或戰國時人；「黄石」即黄石公，漢初人（見〔五〕京闕篇「黄石傳三畧」釋），其人其事多屬傳説，然勞山向有老君洞、黄石宫諸勝。「結構」指屋宇構形，王延壽魯靈光殿賦：「于是詳察其棟宇，觀其結構。」此對上句「神人宅」而言。
〔吾聞東嶽泰山爲最大以下六句〕書舜典：「東巡狩至于岱宗（泰山），柴望秩于山川。」「柴」指燔柴祭天，「望」謂望祭山川，此言虞舜之祭泰山。「封」，封土爲壇，增泰山之高以報天。秦始皇二十八年（前二一九），東巡封泰山，禪梁父。

見史記封禪書。「海右」見〔一二四〕萊州釋。「域中」，宇内也，老子：「域中有四大，而王居其一焉。」六句實言勞山乃泰山之餘脈，東走千餘里而不斷，至勞山截然而止，于是中國乃成爲世界之中。

〔八神祠宇〕見〔一二四〕萊州「月主秦祠廢」釋。勞山圖志序：「而秦皇漢武謂真有此人在窮山巨海之中，于是八神之祠徧于海上。」

〔往往碁置生金銅〕「碁」同棋、棊。史記貨殖列傳：「銅鐵則千里往往山出，碁置。」意謂銅鐵乃山所自出，如置棋子，往往有之。按：齊地自古多鹽鐵之利，以引起下句「齊國之富」。

〔臨淄次即墨〕齊都臨淄最富，齊東即墨次之，蓋泰山、勞山所在也。

〔滿目皆蒿蓬〕「蒿蓬」猶蒿萊、蓬蒿。蓬、蒿、萊俱野草名，國語吴語：「譬如農夫作耦，以刈殺四方之蓬蒿。」此處狀荒蕪。句承上「即墨」，則「滿目」所及當不止勞山。徐注引郡國利病書及錢糧論，皆先生國變前作，非今日致病之因也。

〔春日會鼓聲逢逢〕「會鼓」即社鼓，此指春社之鼓。「逢逢」音朋，鼓聲，詩大雅靈臺：「鼉鼓逢逢。」參見〔二六〕淄川行。

〔此山之高過岱宗〕泰山別稱「岱」，爲四岳所宗，故名「岱宗」。句謂勞山高過泰山，誤。篇首云「勞山拔地九千丈」，「九千」、「八千」，誇飾之詞不必論；二山實較，則泰山海拔爲一五二四公尺，勞山爲一一三三公尺。

〔或者其讓雲雨功〕「或者」猶今「也許」，不定詞。「其」，推定助詞。公羊傳僖公三十一年：「觸石而出，膚寸而合，不崇朝而徧雨天下者，惟泰山爾。」此句承上，謂勞山高過泰山，惟興雲雨則不及耳。

〔宣氣生物理則同〕原注：「説文：山，宣也。宣氣散，生萬物。」此用音訓（山、宣二字古音同），謂宣者，宣洩、疏散。左傳昭公元年：「于是乎節宣其氣。」「理則同」謂宣氣生物之理，泰山與勞山則相同也。

〔旁薄〕同磅礴，本義爲廣博宏偉，引申爲廣被普及。莊子逍遥遊：「之人也、之德也，將旁薄萬物，以爲一時蘄乎亂。」

〔何時、嘯歌二句〕此先生自期之辭。「結屋」猶結廬、結茅、構屋。「嘯歌」，嘯而且歌，詩小雅白華：「嘯歌傷懷，念彼碩

人。」「山椒」，山頂也，漢書孝武李夫人傳載武帝誄：「釋輿馬于山椒兮，奄修夜之不陽。」

【箋】

余初讀此歌，但愛其辭之恣肆，訝其山之叵測，而于山之得名未嘗措意。及讀勞山圖志序，乃謂齊俗誇誕，好爲神仙之説，而人情以罕爲貴，又從而張皇之。于是窮山巨海，時邀萬乘之駕；而供張除道，盡廢四民之業，齊人苦之，始有勞山之名。夫「勞」，亦作「嶗」、「牢」，先生獨釋「勞」爲勞民之「勞」，蓋取義深而示誠遠，而不論其然與不然也。

〔一一八〕　張饒州允掄山中彈琴

趙公化去時，一琴遺使君。五年作太守，却反東皋耘。有時意不愜，來躡勞山雲。臨風發宮商，二氣相絪緼。可憐成連意，空山無人聞。我欲從君棲，山崖與海濆。

【釋】

〔解題〕張允掄，字慈叔，登州萊陽人。崇禎七年（一六三四）進士，十年官户部郎中，十一年升饒州知府。國變後，歸隱。山指勞山。

〔趙公、一琴二句〕趙抃（一〇〇八——一〇八四）字閲道，北宋衢州西安人。仁宗時知成都，爲政清廉，以一琴一鶴自隨。神宗時參知政事，以與王安石不合，再知成都。卒謚忠獻。「化去」猶仙去，死之諱詞。「使君」，州郡長官之代稱，此處指張允掄。允掄清廉而喜琴，與趙抃同，故云趙公所遺。按：先生用事貼切，且多雙關，故疑張允掄受琴或自趙姓。

〔却反東皋耘〕「反」同返。「東皋」，田野高地。「耘」，除草。陶潛歸去來辭：「登東皋以舒嘯」，「或植杖而耘耔」。

〔發宮商〕猶言奏樂。古樂分宮、商、角、徵、羽五音，此以宮、商二音代樂。另見〔三〕海上行「聲如宮商」釋。

〔二氣相絪緼〕「二氣」指天地或陰陽二氣，易咸卦：「二氣感應以相與。」「絪緼」同氤氲，二氣相與感應之狀，易繫辭：「天地絪緼，萬物化醇。」

〔成連意〕相傳伯牙學鼓琴于成連先生，三年而成；至于精神寂寞，情志專一，尚未能也。成連曰：「吾師方子春在海中，能移人情。」乃與伯牙齎糧從之。至蓬萊山，留伯牙曰：「吾將迎吾師。」遂刺船而去，旬時不返。後伯牙獨聞海水激蕩、林鳥悲鳴之聲，遂愴然而歎，曰：「先生將移我情。」見吴兢樂府古題要解下水仙操。

〔山崖與海濆〕山之厓，海之濆。「厓」，山邊；「濆」，水邊。

【箋】

全首扣題甚緊；末聯應酬，非先生真意也。

〔一一九〕淮北大雨

秋水横流下者巢，踰淮百里即荒郊。已知舉世皆行潦，且復因人賦苦匏。極浦雲垂翔濕雁，深山雷動起潛蛟。人生只是居家慣，江海曾如水一坳。

【釋】

〔秋水横流句〕孟子滕文公上：「當堯之時，天下猶未平，洪水横流，氾濫于天下。」又滕文公下：「當堯之時，水逆行，氾濫于中國，蛇龍居之。民無所定，下者爲巢，上者爲營窟。」言洪水横流，下位之民惟巢居耳。

〔踰淮百里句〕踰同逾，越也。「踰淮」即淮北，周禮考工記序目：「橘踰淮而化爲枳。」此句謂大雨之後，淮北百里之内皆

成澤國。

〔已知舉世皆行潦〕雨水所積，流行道路者曰「行潦」或「流潦」。孟子公孫丑上：「泰山之于丘垤，河海之于行潦，類也。」此句「行潦」而云「舉世」，蓋言舉世皆濁。

〔且復因人賦苦匏〕原注：「國語：匏苦不材于人，共濟而已。」按：注文出國語魯語，原句作「苦匏」，不作「匏苦」。韋注曰：「材讀若裁。不材于人，言不可食也，共濟而已，佩匏可以渡水也。」然詩句既用「賦」字，疑其用詩邶風匏有苦葉：「匏有苦葉，濟有深涉，深則厲，淺則揭。」此句「賦匏」而云「因人」，蓋有同流合污意。以上領聯極寓諷刺。

〔極浦〕謂遠浦。楚辭九歌湘君：「望涔陽兮極浦。」注：「極，遠也；浦，水涯也。」

〔濕雁〕經雨之雁。庾信喜雨詩：「濕雁斷行來。」濕同溼。

〔起潛蛟〕蘇軾前赤壁賦：「舞幽壑之潛蛟。」

〔江海曾如水一坳〕「坳」，凹地。一坳水，言其淺小。莊子逍遥遊：「覆杯水于坳堂之上，則芥爲之舟。」此句承上，意謂江海尚如一坳水，彼橫流之秋水何足以阻行程。

【箋】

先生答人書（殘稿卷二）：「丁酉之秋，啟塗淮北，正值淫雨沂沭，下流並爲巨浸。跣行二百七十里，始得乾土，兩足爲腫。」所叙應卽本年事。然此詩編在齊東登萊卽遊之後，西行濟南之前，則顯非「啟塗淮北」時作。設將此詩移在徧遊齊東之前，則書已明言「丁酉之秋」，詩亦曰「秋水橫流」，似秋後數月，亦不易徧遊齊之東西。況勞山歌已云「猶見山樵與村童，春日會鼓聲逢逢」。移前之說尤有未安。殘稿晚出，爲張穆、吴映奎、徐嘉諸人所不及見，故所撰年譜、詩譜俱據元譜，于「自金陵返崑山，將北游，同人餞之」之後，卽云「往山東，至萊州……」而不書「啟塗」時日。讀此詩，但知詠淮北秋雨，亦未嘗視爲「啟塗」。獨彙注所附詩譜據答人書定本年「秋，啟塗淮北」，然後叙「至萊州」、「至濟南」諸事，

是主此詩移前之説，而以先生自編詩爲有誤矣。蘧案向謂先生自編不誤，此則反乎是，且置其它疑竇于不顧，恐亦未見其然也。民按：答人書共記十二年行程，歷歷可信；詩集自編亦不容置疑，惟元譜間有諱漏。因疑遊勞山既在春日，自彼至秋，中間無詩，事亦失載，先生得毋復歸淮東，至秋復「啟塗」北上乎？因無確證，聊備一説。

〔一二〇〕濟南二首

落日天邊見二峯，平臨湖上出芙蓉。西來水竇緣王屋，南去山根接岱宗。積氣蒼茫含斗宿，餘波瀺灂吐魚龍。還思北海亭中客，勝會良時不可逢。

【釋】

〔濟南〕明清府名，曾轄歷城、章丘、鄒平、淄川、長山、新城、齊河、齊東、濟陽、德平、禹城、臨邑、平原、陵縣、長清諸縣及德州等，係山東首府，治歷城（亦兼省治）。故此詩所詠，實即歷城。

〔落日、平臨二句〕歷城東北有華不注山，「華」同花，「不」同跗（即花蒂，與詩小雅常棣「鄂不韡韡」之「不」同），「注」同著，言此山孤峯特立，猶花跗之著于水也。「芙蓉」喻山峯，如李白詩「廬山東南五老峯，青天削出金芙蓉」是也。歷城西北有大明湖，明一統志謂湖佔府城三分之一，舊時瀰漫無際，遥望華不注峯如在水中。先生即據此實景，造此二句，意謂落日西照，華不注峯倒映湖中，平視水天相接處，若見二芙蓉（峯）焉。徐注與蘧案俱以歷山、華不注山當「二峯」，姑無論歷山無峯，即有，二山遠隔，何能同時「平臨湖上」？且不必落日時始見也。

〔西來水竇緣王屋〕此句溯濟水之源。「水竇」指水下穴道，蓋伏流也。水經注謂「濟水出河東垣縣（今垣曲）王屋山下，流東北入海」。按：河、濟各爲古「四瀆」之一，各獨流入海。今濟水上游發源處尚存，而下游已被黄河及大、小清河所

奪，人皆不復知有濟水矣。然「濟源」、「濟南」、「濟陽」之名尚未改，詩故溯之。

〔南去山根接岱宗〕此句追歷山之脈。「山根」卽山脚，焦延壽易林賁之明夷：「作室山根，人以爲安。」「岱宗」卽泰山，見〔一七〕勞山歌釋。句謂歷城南之歷山（千佛山）係由泰山發脈而來。

〔積氣蒼茫含斗宿〕「積氣」指天，列子天瑞：「天，積氣耳。」「蒼茫」，浩浩無際貌，潘岳哀永逝文：「視天日兮蒼茫。」「斗宿」卽南斗六星。此句狀岱宗之崇高。

〔餘波瀺灂吐魚龍〕宋玉高唐賦：「巨石溺溺之瀺灂兮，沫潼潼而高厲。」文選注曰：「瀺灂，水流聲貌。」此句狀濟水之流遠。按：此詩腹聯四句交錯相應，甚妙。

〔還思北海亭中客二句〕李邕（六七六——七四六）字泰和，江都人。唐玄宗時，官北海太守，也稱李北海，唐書有傳。邕曾在大明湖歷下亭及新亭宴客，詩人杜甫等預焉。甫有陪李北海宴歷下亭及同李太守登歷下古城員外新亭二詩。參見〔一三〕濟南釋。「勝會」猶盛會，唐張又新三月五日陪裴大夫泛長沙東湖詩：「從今留勝會，誰看畫蘭亭。」

水翳牆崩竹樹疏，卄年重説陷城初。荒涼王府餘山沼，寥落軍營識舊墟。百戰祇今愁海岱，一麾猶足定青徐。經生老卻成何事，坐擁三冬萬卷書。

【釋】

〔水翳、卄年二句〕崇禎十一年（一六三八）清皇太極遣兵攻明，九月分道入塞，十月會于通州，十一月破高陽，孫承宗死之，十二月犯鉅鹿，盧象升戰死。然後下山東，明年正月破濟南，德王由樞被執後降，左布政使張秉文、巡按御史宋學朱以下官民死者無數。其事分見明史莊烈帝紀、諸王傳、張秉文傳。原鈔本二句末有自注：「濟南以崇禎十二年元旦陷。」（明史莊烈帝紀作清兵二日庚申入濟南）按：此次攻明之役，清兵凡破城六十餘，俘丁口四十餘萬，掠金四千餘兩，銀九十餘萬兩，尤以濟南受禍最烈。「翳」，蔽也。翳與崩、疏三字均狀王府現狀，以引接下句「荒涼」。

〔王府〕指德王府。英宗第二子見潾始封德王，初國德州，後改濟南，成化三年(一四六七)就藩，傳五世，至由樞國亡。王府建于英宗天順元年(一四五七)，至是燬。

〔山沼〕假山、池沼。

〔百戰祇今愁海岱〕「海」，北海；「岱」，泰山。此歎山東本有海岱之險，雖百戰難攻，奈何一旦失之。

〔一麾猶足定青徐〕「青」與「徐」俱禹貢九州名。青州約當明清時山東濟南、青州、登州、萊州諸府及遼東地。徐州約當山東南部鄒、滕諸縣及今江蘇西北銅山、豐、沛，安徽東北宿、泗諸縣地。「一麾」即「麾扇」之麾(見〔五三〕重至京口釋)，徐注引五君詠「一麾乃出守」，欠當。此句言書生有謀，亦指揮若定。

〔經生老卻〕「生」，讀書人之尊稱，次于「子」。史記儒林傳：「言禮自魯高堂生。」索隱謂「自漢以來，儒者皆號生，亦『先生』省字呼之耳。」「經生」則專指治經之儒生。「老卻」猶老去。此句承上「一麾」，蓋歎書生老矣。

〔坐擁三冬萬卷書〕漢書東方朔傳：「年十三學書，三冬文史足用。」「三冬」可作三年或冬季解。又魏書李謐傳：「每曰：丈夫擁書萬卷，何假南面百城？」此句答上「成何事」，謂經生已老，能成何事？惟有可供三冬苦讀之萬卷圖書耳。

【箋】

第一首但記濟南形勝，第二首則叙濟南舊事，先生紀遊詩往往有此内容。兩首結聯均蒼涼寄慨，亦與它紀遊詩同。惟第二首「經生」似非自指，蓋旅途中決無坐擁萬卷之理。意本年秋，先生初抵濟南結識張爾岐，稍後且爲爾岐序儀禮鄭注句讀。爾岐「獨精三禮，卓然經師」(廣師篇語)。此聯實指，于理或然。且首聯「廿年重説」，恐亦非先生獨説也。

爾岐生平詳見〔三六六〕過張貢士爾岐解題及箋。

〔一二一〕賦得秋柳

昔日金枝間白花，只今摇落向天涯。條空不繫長征馬，葉少難藏覓宿鴉。老去桓公重出塞，罷官陶令乍歸家。先皇玉座靈和殿，淚灑西風夕日斜。

【釋】

〔解題〕「賦得」見〔一六〕賦得老鶴萬里心解題。先是新城王士禛（一六三四——一七一一）本年秋客濟南，與諸名士會飲大明湖水面亭，因傷亭下楊柳有摇落之態，遂賦秋柳七律四首，同時和者如王士禄（士禛仲兄）、徐元善（士禛從表兄）等，稍後和者如朱彝尊、曹溶等共數十人。有僅和一首者，有四首俱和者，有步韻或不步韻者。諸人詩雖多不存，然就其存者揣之，大約皆不出西崑詠物窠臼，唯作者寄託各異耳。士禛原唱人謂係哀明福王故伎鄭妥娘，疑若可信。先生本年秋適遊濟南，兼與徐元善、王士禄交善，似此篇亦近繼作。其不以「和」字冠題，且削去其事，要必有故。或謂士禛後日顯貴，先生不欲以其名氏見詩集中，題爲「賦得」，疑後改，則未必然。士禛明年始成進士，官終刑部尚書，然先生在世時，士禛尚徘徊翰林，較徐乾學、朱彝尊乃至李因篤、潘耒等未爲遠過，何詩集中獨削士禛之名？又或謂漁洋詩話舉秋柳和詩王西樵（士禄）、徐東癡（元善）外，未舉亭林；其詩話全部，亦未嘗及亭林之詩，因疑先生詩語多忌諱，故反削先生之名，是亦深文太過。和王詩者甚多，漁洋詩話豈能遍舉？池北偶談談藝全引先生〔一五〕不去詩第二首（落日江津送伍員），寧不畏忌諱乎？蓋先生此詩本係繼士禛之後而作，時在濟南，丁秋令，賦詠秋柳，亦詩人之常。士禛首唱，自有其寄託，時人或僅同題，或兼和意，固不必强同也。先生與徐元善同輩（元善少先生二歲），于士禛則頗懸隔（先生長士禛二十一歲），先生未嘗和其兄贈作（同志贈言載王士禄贈寧人先生詩），故疑此篇縱有繼作之實，亦不必標和詩之名，卿自用卿法，我自用我法，當時已然，不煩後改也。

〔昔日、只今二句〕金枝、白花猶言金枝玉葉，白孔六帖：「金枝玉葉，帝王之子孫也。」蓋喻永曆帝。「間」，本字去聲，動詞，間雜。「摇落」，此指花木凋謝，宋玉九辯：「悲哉！秋之爲氣也。蕭瑟兮，草木摇落而變衰。」「向天涯」，暗寓永曆

帝播遷雲南。

〔條空、葉少二句〕李商隱謔柳詩：「長時須拂馬，密處少藏鴉。」「不繫」、「難藏」喻永曆文武臣民已無庇蔭。二句素描，尤爲切實。

〔老去桓公重出塞〕「桓公」指東晉桓温（三一二——三七三）。據晉書本傳：温北伐，經金城（在金陵），見少爲瑯琊時所種柳皆已十圍，慨然曰：「木猶如此，人何以堪！」攀枝執條，泫然流涕。按：温北伐燕秦，並未「出塞」，此蓋懸望永曆武臣猶能北上伐清。

〔罷官陶令乍歸家〕「陶令」指東晉彭澤令陶潛，參見〔三五〕陶彭澤歸里。潛既歸里，門前植五柳樹，自號五柳先生。此歎永曆文臣多棄官星散。

〔先皇、淚灑二句〕原注：「南史：宋武帝植蜀柳數株于靈和殿前。唐李商隱詩：腸斷靈和殿，先皇玉座空。」「玉座」另見〔八三〕僑居神烈山下釋。「先皇」實指明思宗，本極忌諱，然一經注出，始知借句，先生用事之妙可見。

【箋】

王士禛本新城世族，早歲知名，迴翔仕路，故其詩頗多刻畫而少寄慨。賦秋柳時，年僅二十四。詩雖婉轉哀怨，亦不過西崑獺祭之餘，少年自炫之作。或謂其有感于明福王故伎鄭妥娘流落事；如此寄慨，衡之燕子箋、圓圓曲，俱不過爲才子佳人一灑傷心之淚而已，家國之感，未嘗或見。先生此作，前半素描，後半用事，雖句句扣題，却不着「秋柳」一字，確係西崑高手。然其高于士禛處，尚不在此。細味全詩，皆借題寓意，名曰「賦得」，實哀永曆、崇禎。首聯「金枝」、「白花」，已提出其人身份；「搖落天涯」，則暗示其踪跡所在；「昔日」、「只今」直説其今不如昔。頷聯「條空」句期武臣，「葉少」句閔文臣。頸聯「桓公出塞」是幻，「陶令歸家」是真。尾聯突出「先皇」二字，命意尤顯。昔人謂從詩歌看人品，實卽「詩言志」之詮釋。士禛四世仕明，俱邀顯宦，明末罹難者，舉族計三十餘人，而其詩竟能超脱現實，沈浸于鏡花水

月之中，縱不責其「毫無心肝」，其人品則可知矣。徐元善與士禛誼同姻婭，其和詩：「爲計使人西去日，不堪流涕北征年。」「美人遲暮嗟何及，異代蕭條有怨思。」同一詠柳，寄意相去甚遠，此先生有酬徐處士元善之作，而不書「和王貽上秋柳」歟！

摘附王士禛秋柳詩序

順治丁酉秋，予客濟南，時正秋賦，諸名士雲集明湖。一日，會飲水面亭，亭下楊柳千餘株，披拂水際，綽約近人。葉始微黃，乍染秋色，若有搖落之態。予悵然有感，賦詩四章，一時和者數十人。又三年，予至廣陵，則四詩流傳已久，大江南北和者益衆，于是秋柳社詩爲藝苑口實矣。（帶經堂集卷七十四菜根堂詩集）

附王士禛秋柳詩四首

秋來何處最銷魂？殘照西風白下門。他日差池春燕影，只今憔悴晚煙痕。愁生陌上黃驄曲，夢遠江南烏夜村。莫聽臨風三弄笛，玉關哀怨總難論。

娟娟涼露欲爲霜，萬縷千條拂玉塘。浦里青荷中婦鏡，江干黃竹女兒箱。空憐板渚隋隄水，不見瑯琊大道王。若過洛陽風景地，含情重問永豐坊。

東風作絮糝春衣，太息蕭條景物非。扶荔宮中花事盡，靈和殿裏昔人稀。相逢南雁皆愁侶，好語西烏莫夜飛。往日風流問枚叔，梁園回首素心違。

桃根桃葉鎮相憐，眺盡平蕪欲化煙。秋色向人猶旖旎，春閨曾與致纏綿。新愁帝子悲今日，舊事公孫憶往年。記否青門珠絡鼓，松枝相映夕陽邊。

〔一一三〕酬徐處士元善。昔年新城之陷，其母死焉，故有此作

桓臺風木正蕭辰，傾蓋知心誼獨親。季子已無觀樂地，偉元終是泣詩人。愁看落日燕山夜，畏見荒江郢樹春。踏遍天涯更回轡，欲從吾友卜東鄰。

【釋】

〔解題〕徐元善（一六一五——一六八三）字長公，濟南府新城縣人。明諸生。束髮能詩。年二十九，清兵陷新城，母遭亂死。遂棄諸生南游江浙，西游宛鄧，歸遂隱居系水之東，掘門土穴，絕迹城市。慕嵇叔夜（康）之爲人，更名「夜」，字東癡，號嵇庵，亭林先生與其相識時，恐尚未更名字也。康熙中，舉鴻博，以老病辭。文章原本經史，詩格清峭，同邑王士禛索其稿，但遜謝而已。後往江西，渡潯陽，稿盡没于水。士禛摭拾其餘，得百餘首，編爲東癡詩鈔，作徐夜傳。本題用「酬」字，知元善先有來作，録見後。

〔桓臺〕原注：「山東名勝志：新城縣東有戲馬臺，相傳齊桓公歇馬于此。」今山東省桓臺縣即明清時新城縣改名，可知「桓臺」相傳甚久。

〔風木〕韓詩外傳九載：孔子行，聞哭聲甚悲，問之則臯魚也。臯魚親亡而哭曰：「樹欲静而風不止，子欲養而親不待也，往而不可見者親也。」因立槁而死。「樹」亦作木，後遂以「風木之悲」或「臯魚之泣」喻親死不得養。此應題「新城之陷其母死」。漁洋詩話謂東癡爲其叔祖季木公外孫，則元善之母出王氏。

〔蕭辰〕「辰」，時也；「蕭辰」謂秋風蕭瑟之時，與「蕭晨」義異。徐鉉奉和御製茱萸詩：「臺畔西風御果新，芳香精彩麗蕭辰。」

〔傾蓋知心誼獨親〕「傾蓋」兩車相遇于途，車蓋相接而語，此指初交。後漢書朱穆傳注引孔叢子曰：「孔子與程子相遇于途，傾蓋而語。」爲二字所本。鄒陽獄中上梁王書引諺曰：「有白頭如新，傾蓋如故，何則？知與不知也。」以上二句追叙當年二人初識時事。先生之母亦死于國難，故曰「知心」而「誼獨親」也。

〔季子已無觀樂地〕「季子」即吴季札，見〔一五〕不去「徐君」釋。左傳襄公二十九年載吴公子季札來聘（魯），請觀于周樂，季札于是「論樂」云云。今言「已無觀樂地」，蓋謂魯地已亡于清，先生吴人，故爲反喻。

〔偉元終是泣詩人〕見〔一三〕陳芳績兩尊人先後即世「王裒泣血倍思親」釋。此句指元善。按：元善工詩，初學阮、陶，後漸分野，淡雅處近韋應物，巉刻處似孟東野，此句言「泣詩」，語意似雙關。

〔愁看、畏見二句〕自注：「來書勸爲昌平、承天之行。」「燕山」指北京一帶，其近縣昌平乃明十三陵所在。「郢」原指湖北江陵，唐置郢州于安陸（今之鍾祥），明升安陸爲「承天府」，世宗生父興獻王陵在焉。杜甫元日寄韋氏妹詩「郢樹發南枝」，郢指江陵，此處借用。元善先曾西遊宛鄧而未至承天，籍隸齊魯而未至昌平，今勸先生爲昌平、承天之行，蓋謁陵也。先生謁昌平陵之念或肇于此。

〔踏遍、欲從二句〕「回轡」猶回車。「卜鄰」即擇鄰，左傳昭公三年：「且諺曰：非宅是卜，惟鄰是卜。二三子先卜鄰矣。」二句係預諾，與起二句追叙相反。按：先生乙巳歲（一六六五）四謁十三陵後回轡山東，置田産于章丘大桑家莊，距新城甚邇，終踐「卜鄰」之約。

【箋】

諸譜多據元譜繫先生與徐元善、張爾岐訂交同在本年。人或疑元譜于張爾岐有誤，而不疑于徐元善之誤，以此詩有「傾蓋知心」句也。然東癡詩鈔九日得顧寧人約遊黄山云：「故國千年恨，他鄉九日新。山陵餘涕淚，風雨罷登臨。異縣傳書遠，經時怨別深。陶潛籬下意，誰復繼高吟。」顯係元善首次南游江浙，先生尚僑居孝陵時作。況此詩自注「來

書勸爲昌平、承天之行」，是先生未抵濟南前，元善已有書先報。由此斷知，二人訂交必不始于今年。古人酬贈詩題本極簡短，題下如有綴語，必係該詩關節。集中如〔三九〕寄薛開封寀（下綴「君與楊主事同隱鄧尉山，併被獲，或曰僧也，免之，遂歸常州」）、〔三二〕重過代州贈李處士因篤（下綴「在陳君上年署中」）、〔三八〕贈李貢士嘉（下綴「時年八十」）、〔三六〕寄張文學弨（下綴「時淮上有築堤之役」）、〔二八七〕寄李生雲霑（下綴「時寓曲周僧舍課子衍生」）、〔二九七〕寄次耕（下綴「時被薦在燕中」），皆是。此詩本題僅「酬徐處士元善」六字，下綴「昔年新城之陷，其母死焉，故有此作」，正係此詩前半注脚。前半重在追叙，言君我本同風木之悲，故昔年傾蓋，一見知心。味「已無」、「終是」二句，亦係追叙自彼至今之辭。詩後半始酬原作（以答末聯「歷覽國風幾萬里」二句爲主），兼及來書。若徒據「傾蓋」一詞而定二人初交于本年，則全詩與實事俱扞格矣。

附徐元善濟南贈顧寧人先生詩

窮秋摇落此相尋，吴下才名衆所欽。一自驅車來北道，即今遺瑟操南音。浯溪頌具元顔筆，楚澤悲同屈宋吟。歷覽國風幾萬里，就中何處最傷心？

編年（一六五八）

是年歲次戊戌，明永曆十二年，清順治十五年。

正月，清帝覆試去年丁酉科順天舉人，于是「科場案」作。鄭成功受明封爲延平郡王、招討大將軍，賜上方劍，便宜行事。

二月，清命貝子洛託自楚，都督卓布泰自粤，洪承疇、吴三桂自蜀，三路出兵取雲貴。

三月，清吴三桂取合州、重慶。

四月，清洛託取貴陽。明將劉文秀病死。

六月，清卓布泰取獨山。吴三桂取遵義，明將馬進忠棄城走。

七月，明張煌言、鄭成功爲牽制清兵計，會師擬入長江；先下浙東數城，遭風，退屯舟山。永曆帝以李定國爲招討大將軍，賜黄鉞，以禦清兵。清廢内三院，改設殿閣大學士及翰林院。

九月，鄭成功復象山。

十月，清命信郡王鐸尼出武陵，由貴州平越（貴陽東）之楊老堡會三路兵攻雲南。

十二月，清兵取安隆、曲靖。李定國三路俱潰，奔回雲南滇都。永曆帝從沐天波議，出走永昌（保山）。

是年先生四十六歲。春，由濟南南行至泰安，登泰山。旋赴曲阜謁孔子廟及周公廟；往鄒縣謁孟

子廟。北返至鄒平，遊張氏萬斛園；與馬驌訪碑郊外。抵章邱，訪張光啟。至長山，住劉孔懷家。夏返濟南，再訪徐元善。東行至濰縣、益都（青州）。秋初北上，經固安（督亢）抵北京，交王麗正、孫寶侗。秋末經薊州，歷遵化，過玉田，至永平（盧龍），謁夷齊廟。在盧龍度歲，纂營平二州史事。是歲先生從子熊登武進士。

〔一二三〕　登岱已下著雍閹茂

尼父道不行，喟然念泰山。空垂六經文，不覩西周年。七十二君代，乃有封禪壇。書傳多荒忽，誰能信其然？既嘗小天下，復觀邃古前。羲黃與堯舜，蕩滅同雲煙。社首卑附地，徂徠高摩天。下視大海旁，神州自相連。天地有變虧，何人得昇仙？遺弓名烏號，橋山葬衣冠。末世久澆訛，孰探幽明原。三萬六千年，山崩黃河乾。立石既已刓，封松既已殘，太陽不東昇，長夜何漫漫。哀哉一顏淵，獨立瞻吳門。疲精不肯休，計晝無崖垠。復有孟子輿，眷眷明堂言。庶幾大道還，民質如初元。上采黃金成，下塞宣房湍。何時一見之，太息徒潺湲。

【釋】

〔解題〕「岱」即泰山，又稱泰岱、岱宗、岱嶽。著雍閹茂即戊戌歲。

〔尼父道不行〕「尼父」，孔子尊稱。孔子名丘字仲尼；「父」同「甫」，男子之美稱。其詞首見于禮檀弓上：「魯哀公誄孔子

曰：「嗚呼哀哉，尼父！」又論語公冶長：「子曰：道不行，乘桴浮于海。」按：「道不行」係此詩寄慨關鍵。

〔喟然念泰山〕孔叢子：孔子作丘陵之歌曰：「喟然四顧，題彼泰山。」又禮檀弓上：孔子蚤作，負手曳杖，消摇于門，歌曰：「泰山其頹乎！……」「泰山」，原鈔本作「東山」，誤。

〔空垂六經文〕「垂」，留傳。「六經」通指易、書、詩、禮、樂、春秋，據云均係先秦古籍，經孔子删定而留傳。

〔不覩西周年〕孔子習周禮，從周制，尊周公，皆指西周。嘗曰：「甚矣吾衰也久矣！吾不復夢見周公。」（論語述而）

〔七十二君代二句〕史記封禪書引管仲曰：「古者封泰山、禪梁父者七十二家。」又同書引齊人公孫卿曰：「封禪七十二王，惟黄帝得上泰山封。」「君代」謂七十二君更替代謝也。在泰山上築壇祭天謂之「封」，在泰山下梁父山闢土祭地謂之「禪」。古以爲帝王祭告天地之禮莫大于封禪。

〔書傳多荒忽二句〕「荒忽」亦作慌惚、恍惚，不分明貌。楚辭九歌湘夫人：「荒忽兮遠望。」「書傳」，此指後人記載。二句意謂史記所引管仲、公孫卿之言均荒誕無稽。蓋六經不載封禪之文，秦以前亦無封禅之事，始皇二十八年東巡，封泰山，禪梁父，始作其俑，誰能信之？

〔小天下〕「小」，以爲小也，意動詞。孟子盡心上：「孔子登東山而小魯，登太（泰）山而小天下。」

〔邃古〕遠古。後漢書班固傳：「伊考自邃古，乃降戾爰兹。」按：觀邃古、小天下，俱從時、空立論。

〔羲黄、蕩滅二句〕此承「觀邃古」句，言伏羲、黄帝、唐堯、虞舜封禪之事俱蕩滅不可考，何有于七十二君代。

〔社首卑附地〕「社首」，小山名，在泰安西南。先生山東考古録云：「今高里山之左有小山，其高可四、五丈。志云即社首山，在嶽旁，諸山中最卑小。」原注：「易：山附于地。」「附地」亦狀其卑小。按：據傳古帝王皆封泰山，禪梁父，唯史記封禪書另載「周成王封泰山，禪社首」（漢書郊祀志亦承其説）。後世唐高宗、玄宗，宋真宗亦禪于此，比之梁父。乃知「封」必泰山，「禪」不必梁父，蓋小山多而難定也。

〔徂徠高摩天〕「徂徠」,山名,在泰安東南,亦以山高多松見稱,古以爲泰嶽之案山,言如柴望岱宗之几案也。

〔下視、神州二句〕「下視」,由泰山下視。二句意謂遂古以來,大海與神州本自相連,益信封與禪之無謂。

〔天地、何人二句〕意謂天地亦有變虧,人何能不死?此亦承上封禪無謂之意,諷秦皇、漢武封禪求仙之荒謬。下同。

〔遺弓名烏號〕相傳黄帝乘龍上天時,小臣悉持龍髯,髯斷,墮黄帝之弓。于是諸臣抱弓而號,因名其弓爲「烏號」之弓。「烏」同於,「號」猶呼,故烏號之義實同「鳴呼」,喻死也。參見〔三九〕十月二十日奉先妣葬「先皇弓劍」句釋。

〔橋山葬衣冠〕見〔一〕大行哀詩「橋陵」釋。以上「遺弓」、「橋山」二句亦謂世無不死之人,與前「羲黄」、「蕩滅」二句呼應。

〔末世久澆訛〕後漢書黨錮傳:「叔末澆訛。」「末世」即叔末衰微之世,其俗澆薄而傳訛。

〔孰探幽明原〕易繫辭上:「仰以觀于天文,俯以察于地理,是故知幽明之故;原始反終,故知死生之説。」此處「幽明」據前後文實兼指天地、陰陽、死生、日夜等正反兩面而言。意謂有生則有死,有日必有夜,此乃自然規律,若探知其原理,則將不復有封禪求仙之事。

〔三萬六千年〕僅喻時間之久,用成數。先生不喜佛、道、術數,故不用百六、陽九、歷劫諸詞,然五字實寓災期之意,故以下「山崩」、「石刓」、「松殘」、「長夜」,俱言「幽」而不言「明」,以見今日之世實爲「末世」。

〔山崩黄河乾〕徐注引史以證泰山曾崩墜三里,黄河曾絶于扈,其實非也。此句係承上句「三萬六千年」而來,意謂泰山、黄河終有崩枯之時。

〔立石既已刓〕史記秦始皇本紀:「乃遂上泰山,立石,封,祠祀。」「禪梁父,刻所立石。」按:此石通稱「泰山刻石」,係始皇二十八年登山時刻以紀功,爲李斯篆書。宋人劉跂摹拓得二百二十三字,明嘉靖時尚存二十九字,清嘉慶時僅存四行十字(現存斷石在泰安岱廟道院壁間)。參見先生金石文字記「泰山石刻條。「刓」音完,削也。

〔封松既已殘〕史記秦始皇紀：「下，風雨暴至，休于樹下，因封其樹爲五大夫。」紀但言「樹」，應劭漢官儀則坐實爲松，故此句亦用「封松」二字。又「五大夫」係秦爵名，後人誤爲五株松。相傳秦松在黄峴嶺，已非秦時舊物，且已殘缺。

〔太陽不東昇二句〕此亦承「三萬六千年」而來。「石刓」、「松殘」係已驗之事，「太陽不東昇」則係登日觀志慨。或謂隱喻明亡不可復，雖未嘗不可，然全篇主旨在悲吾道不行，大道不復，若徒志慨于明亡，則全篇疑封禪，譏神仙，哀顔淵，歎孟子，便無着落。

〔哀哉一顔淵以下四句〕顔淵（前五二一——前四九〇）名回，孔子高弟，魯人。四科「德行」第一，早死，世稱「復聖」。「吴門」本指吴之閶門。「崖垠」，猶云邊際。韓詩外傳首載「顔回從孔子登日觀，望吴門焉」。王充論衡書虚篇叙其事曰：顔淵與孔子俱上魯泰山，孔子東南望吴閶外有繫白馬，引顔淵指以示之，曰：「若見吴閶門乎？」顔淵曰：「見之。」曰：「門外何有？」曰：「有如繫練之狀。」孔子撫其目而止之，因與俱下。下而顔淵髮白齒落，遂以病死。按：泰山距吴門千餘里，爲常人目力所不可及，其事荒誕不經，故王充拾爲「書虚」之證。先生譎觚夷考地理，曰：「或云曲阜城有吴門。」然不論吴門在吴在魯，俱非登日觀可見；今顔淵「疲精」而見之，直所謂「百憂感其心，萬事勞其形，有動乎中，必摇其精」矣。或謂此先生自道，若然，亦不必切抗清事，否則，下句「明堂」、「大道」便不可解。

〔復有孟子輿〕孟軻字子輿。「眷眷」，依戀向往貌。「明堂」，古帝王宣明政教之所，本係專設，後宫室大備，明堂之職漸爲太廟、清廟、太學、辟雍所代，不再設立。惟漢武帝元封二年于泰安東作明堂，時在封禪之後，蓋誇功粉飾也。孟子梁惠王下：「齊宣王問曰：人皆謂我毁明堂，毁諸？已乎？孟子對曰：夫明堂者，王者之堂也。王欲行王政，則勿毁之矣。」按：戰國時，王政已不可復，而孟子尚眷眷不欲毁明堂，是亦「思其力之所不及，憂其智之所不能」也，其「疲精」與顔淵同。

〔庶幾大道還二句〕「庶幾」，希冀推測之詞。「大道」猶王道、王政。「民質」，民之秉質。「初元」，此指人類之初始（説

文：元，始也）。二句與前「末世」、「長夜」對應，意謂大道既復，則民歸真返樸。

〔上采、下塞二句〕原注：「史記封禪書：（方士）欒大言：臣之師曰：黄金可成，而河決可塞，不死之藥可得，仙人可致也。」按：欒大所言采金、塞河、得藥、求仙四事，俱漢武帝所渴慕者。後二者極虚妄，先生但舉前二者，然亦不易得見。如元封二年塞黄河瓠子決口（在今濮陽西南），築宫其上以鎮之，宫名「宣房」。其後復決。見史記河渠書及漢書溝洫志。二句亦承「庶幾」二字，皆希冀假設之詞。

〔何時一見之二句〕「太息」，見〔一一五〕安平君祠釋。「潺湲」，流淚不止貌，楚辭九歌湘君：「横流涕兮潺湲。」二句益證大道之不可復。

【箋】

全詩由孔子贊泰山，後世創封禪、求神仙兩點生發，力攻秦皇、漢武之誣，而興大道不行之歎。可分四解：起八句斷言孔子雖贊泰山，而六經不載封禪之事。繼八句闢封禪，又十二句闢求仙，末十二句以顔、孟自喻，益歎大道之不復。詩句錯落跳躍，詩意隱晦曲折，似較它篇難讀。注家每指某句寓抗清，某句傷亡國，不免割裂牽合，失其大體。蓋先生所治皆儒家經世之學，其所謂「道」，亦儒家治國之道，故全篇以「尼父道不行」起，以「庶幾大道還」結，中間闢封禪、闢求仙，不過借「登岱」以諷秦皇、漢武不以道治，益增末世澆訛而已。明清易代之際，亦末世也，其言忽正忽反，忽虚忽實，極易與時局牽合，然牽合過多，必致割裂，既不得魚，兼失其筌矣。

〔一二四〕　謁夫子廟

道統三王大，功超二帝優。斯文垂彖繫，吾志在春秋。車服先公制，威儀弟子修。宅聞絲竹

響，壁有簡編留。俎豆傳千葉，章逢被九州。獨全兵火代，不藉廟堂謀。老檜當庭發，清洙繞墓流。一來瞻闕里，如得與從游。

【釋】

〔夫子廟〕即孔廟，在山東曲阜。原係孔子故宅，漢魏以來，歷代增修，規制宏偉。

〔道統、功超二句〕「統」即統率或包舉，此處作動詞，以與下句「超」字對。注家以「道統」二字連屬，作名詞，誤。「三王」，通指夏禹、商湯、周文；「二帝」，此指唐堯、虞舜。二句本義爲「功優超二帝，道大統三王」，因叶「優」字韻，故顛倒結構。

〔斯文垂彖繫〕原注：「杜子美宿鑿石浦詩：斯文憂患餘，聖哲垂彖繫。」「斯」代詞，此也。「文」，此指禮樂制度。論語子罕：「天之將喪斯文也，後死者不得與于斯文也。」「彖」即易彖傳，「繫」即易繫辭，均屬「十翼」，相傳皆孔子作。

〔吾志在春秋〕孔子曰「吾志在春秋」（五字出孝經緯鉤命決），其意蓋謂借史筆，寓褒貶，代行天子之事。故孟子曰：「孔子作春秋而亂臣賊子懼。」

〔車服、威儀二句〕「先公」指周公。「威儀」指禮儀細節，禮中庸：「禮儀三百，威儀三千。」史記孔子世家贊：「適魯，觀仲尼廟堂車服禮器，諸生以時習禮其家。」

〔宅聞、壁有二句〕魯恭王劉餘好廣宮室，壞孔子舊宅以廣其宮。升堂聞鐘鼓琴瑟之聲，遂不敢復壞。于其壁（夾牆）得古文經傳（見漢書景十三王傳）。「簡編」，古文竹書也。

〔俎豆傳千葉〕「俎豆」本祭器，引申爲祭享，見〔六〕金陵雜詩釋。「千葉」猶言子孫萬世。按：孔子既歿，其子孫均稱「聖裔」，歷朝多許其宗子相承爲「奉祀官」。然名號屢易，在漢曰褒成侯，魏曰宗聖，晉宋曰奉聖，後魏曰崇聖，北齊曰恭聖，北周及隋均封鄒國公，唐初曰褒聖侯，開元中因追謚孔子爲文宣王，乃以其裔爲文宣公。宋仁宗時以祖謚不宜

加諸後嗣，始改封爲衍聖公，至明清不改。

〔章逢被九州〕禮儒行：「丘少居魯，衣逢掖之衣；長居宋，冠章甫之冠。」「章」與「逢」本二物，章甫即殷冠，逢掖猶大腋（見〔一〇〇〕贈潘節士檉章釋），皆尋常平人衣冠，自孔子取服，遂沿稱儒冠儒服。云「被九州」者，借言孔子聲教已徧行中國。

〔獨全、不藉二句〕言孔廟雖屢經兵火而獨全，本不藉廟堂之謀護。按：二句有言外意。清兵入關前，已于盛京建孔廟；入關後，繼封衍聖公奉廟祀，其崇儒尊孔，與前代同，然先生外夷內夏，不以爲功也。

〔老檜當庭發〕相傳孔廟有三檜樹，兩株在贊德殿前，一株在杏壇東南，均孔子手植，各高五六丈，矯如龍形。

〔清洙繞墓流〕曲阜古有洙、泗二水，洙水在北，泗水在南，相傳孔子晚年授徒于洙、泗之間，歿後，墓亦在焉。闕里志謂孔林背泗面洙，繞以周垣，園徑數里，墓在中央。

〔闕里〕即孔子授徒處，亦云孔子故里。魯哀公十七年，已于孔子舊宅建廟，其時尚無闕里之名，漢以後始盛稱之。

【箋】

先生主導思想出自儒經，其尊孔崇儒乃必然。此詩皆儒生頌聖之語，雖排比典雅，惜少新意。

〔一二五〕　七十二弟子

亂國誰知爾，孤生且辟人。危情嘗過宋，困志亦從陳。籥舞虞庠日，弦歌闕里春。門人惟季次，未肯作家臣。

【釋】

〔解題〕據史記孔子世家：孔子有弟子三千人，身通六藝者七十二人（它書或作七十，或作七十七），後通謂「七十二賢」。史記另有仲尼弟子列傳。按：七十二弟子均配饗孔廟。廟中孔子南向，左右有「四配」，卽顏子（復聖）、曾子（宗聖）、子思（述聖）、孟子（亞聖）。以下有「十哲」，卽閔損、冉雍、端木賜、仲由、卜商、冉耕、宰予、冉求、言偃、顓孫師，皆東西向。兩廡從祀稱「先賢」，如澹臺滅明、宓不齊、原憲、公治長等六十餘人。

〔亂國誰知爾〕論語先進：（孔子謂子路等曰）「居則曰：不吾知也。如或知爾，則何以哉？」「爾」，此句指仲尼弟子。「亂國」卽亂邦，論語泰伯：「危邦不入，亂邦不居。」亂對治而言。此句用「亂」字，既指孔子時，亦指先生時。

〔孤生且辟人〕「孤生」本指獨生，古詩：「冉冉孤生竹。」引申爲離羣索居，柳宗元南澗中題：「孤生易爲感，失路少所宜。」「辟」同避，「辟人」謂避不道之君或不德之人。論語微子：「且而（爾）與其從辟人之士（指孔子）也，豈若從辟世之士哉！」按：儒家以治國平天下自任，故不欲隱居避世，然又主「亂邦不居」，此則避人也。

〔危情嘗過宋〕「危情」，危懼之情。孟子萬章上：「孔子不悅于魯衞，遭宋桓司馬（魋），將要而殺之，微服（服平民衣）而過宋。」又史記孔子世家：「孔子去曹適宋，與弟子習禮大樹下。」

〔困志亦從陳〕論語衞靈公：「（孔子）在陳絶糧，從者病，莫能興。子路慍見曰：君子亦有窮乎？子曰：君子固窮，小人窮斯濫矣。」窮卽困也，故云「困志」。按：「過宋」、「從陳」兩句均承上句「辟人」而來，見仲尼弟子不負師教。

〔籥舞虞庠夕〕「籥」音藥，樂器，如笛僅三孔。「籥舞」謂吹籥以節舞。周禮春官籥師職注：「文舞有持羽吹籥者，所謂籥舞也。」「虞庠」，學校名，禮王制：「周人養國老于東膠，養庶老于虞庠，虞庠在國之西郊。」

〔弦歌闕里春〕「弦」與絃通。「弦歌」謂以弦樂伴歌，史記孔子世家：「孔子講誦，絃歌不衰。」「闕里」見〔一二四〕謁夫子廟釋。「虞庠」、「闕里」兩句見仲尼弟子所承師教。

〔門人惟季次二句〕自注：「一時同人多入官長幕。」又原注：「史記仲尼弟子傳：公晳哀，字季次。孔子曰：天下無道，多

爲家臣仕于都，唯季次未嘗仕。」按：公晳哀，字季沈，亦作季次，魯人，以「先賢」從祀孔廟。「家臣」，春秋時魯國卿大夫之臣屬，故以「入幕」喻。先生亦自居仲尼弟子之列，二句蓋自道。

【箋】

歷代儒者不乏頌聖尊孔之作，惟詠仲尼弟子則少見。先生此篇亦不專爲七十二弟子作，觀其着力于「辟人」二字可知。孔子「三日無君則弔」，足證求仕之切；然求仕亦當有所擇，「亂邦不居」是謂「辟人」。危情過宋、困志從陳，是辟人矣；籥舞虞庠、弦歌闕里，亦辟人也。仲尼弟子，或出或處，大都類此。詩末獨舉季次，蓋有所感而發，故自加小注，非對前六句之否定。夫「家臣不敢知國」（即不問朝政，見左傳昭公二十五年叔孫氏之司馬鬷戾語），孔子猶以爲「仕于都」，今之入長官幕者與家臣何殊？寧不謂之仕乎？先生但云「一時同人」而未舉其名，然他日朱彝尊、李因篤俱以入齊晉之幕而不免應薦鴻博，則先生今日之言豈非先見？

〔一二六〕謁周公廟

道化千年後，明禋一國中。禮猶先世守，制比百王崇。配食唯元子，烝嘗徧列公。祠田還割魯，氏系獨傳東。舊史書茅闕，新詩采閟宮。巋然遺殿在，不與漢侯同。

【釋】

〔周公廟〕在曲阜東北三里，據云係故魯太廟舊址，北宋重建，後世因之。周公姬旦，文王子，武王弟，成王叔。旦輔武王建立周朝，封于魯，不之國，留佐武王。武王崩，成王年少，繼輔成王，攝天子事。後還政，復就臣位，卒，葬于畢（今咸陽境）。子伯禽始爲魯公。周公德業詳見史記魯周公世家。

〔明禋一國〕「明」，神明。「禋」音因，動詞，升煙以祭天也，泛指祭祀。「明禋」二字合義，諸家所釋各異，此句對上句「道化」二字（「化」即教化、感化，亦係動詞），故當作「神明受祭享」解。「一國」專指魯國。

〔禮猶先世守〕相傳「周禮」皆周公所定，故成王賜伯禽以天子禮樂。史記魯世家：「魯有天子禮樂者，以褒周公之德也。」

〔制比百王崇〕「制」專指廟制。漢魏以下，周、孔並稱，唐封孔子爲文宣王，宋封周公爲文憲王，周稱先聖，孔稱先師，周孔廟制逾于百王。

〔配食唯元子〕「元子」，嫡子也。詩魯頌閟宮：「王曰叔父，建爾元子，俾侯于魯，大啟爾宇，爲周室輔。」故配饗周公唯有嫡子如伯禽。

〔烝嘗偏列公〕「烝嘗」見〔六〕金陵雜詩「灑掃及冬烝」釋。「列公」指魯國歷代嗣君，魯世家載魯自周公至頃公凡三十四世，周公以下是爲「世室」，皆受祭享。

〔祠田還割魯〕「割」，分割也，謂分割魯地以爲周公之祠田。左傳隱公八年：「鄭伯請釋泰山之祀而祀周公，以泰山之祊（今費縣）易許田。」杜注謂成王營王城，有遷都之意，故賜周公許田以爲魯國朝宿之邑，後世因而立周公別廟焉。按：詩魯頌閟宮：「居常與許，復周公之宇。」「常」在今山東滕縣東南，「許」在今山東臨沂西北。「許」即許田，周公之故居，成王封伯禽之采邑，亦即周公之祠田也。

〔氏系獨傳東〕句下有小注：「有祭田碑，言周公之後東野氏，今爲東姓。」按：伯禽之少子名魚，食采于東野，因以爲氏。其後魯季平子邑東野，亦以爲氏。故東野氏出自周公應無疑。康熙二十三年以周公後裔東野沛然爲五經博士，可證。小注引祭田碑謂東野氏今爲東姓，詩句亦然，其實非也。蓋東姓相傳出自伏羲，東野本邑名，故周公之後不當去「野」留「東」，亦猶太史公之後不當去「司」留「馬」，自亂姓氏也。

〔舊史書茅闕〕「舊史」此指史記，史記魯世家：「煬公築茅闕門。」魯太廟在闕門下。

〔新詩采閟宫〕閟宫乃詩魯頌篇名，序謂「頌僖公能復周公之宇也。」按：「閟宫」本指深閉之廟，魯僖公葺而新之，故詩人作詩以美之。

〔巋然遺殿在二句〕王延壽魯靈光殿賦序：「魯靈光殿者，蓋景帝程姬之子恭王餘之所立也。……自西京未央、建章之殿皆見隳壞，而靈光巋然獨存。」又云：「恭王始都下國（魯），好治宫室，遂因魯僖基兆而營焉。」由此可知，漢之靈光殿實基于魯僖所葺之閟宫，魯僖所葺之閟宫實卽周公之舊廟，故靈光殿雖營治于漢，而與漢諸侯王所營之别廟迥異。

【箋】

此詩結韻不獨抬高周公廟，亦兼諷清寓意，所謂「卒章顯志」，與前詠七十二弟子正同。

〔一二七〕謁孟子廟

古殿依邾邑，高山近孔林。游從齊魏老，功續禹周深。孝弟先王業，耕桑海内心。期應過七百，運豈厄當今。辯説千秋奉，精靈故國歆。四基岡上柏，凝望轉蕭森。

【釋】

〔孟子廟〕在山東鄒縣南門外，從舊鄒也。

〔邾邑〕「邾」原係國名，周武王封古顓頊之裔曹挾于此。初爲魯國附庸，春秋時進爵爲子，亦稱「邾婁」。戰國時，魯穆公改號爲「騶」（邾婁二字合聲），後爲楚宣王所滅。其地原在今山東鄒縣東南（南北朝時始遷今地），孟子在世時（前三七二——前二八九）已改名騶，故史記孟荀列傳以孟子爲騶人，晉以後始稱鄒縣。

〔高山近孔林〕「高山」指四基山（見下釋）係孟子墓地，亦兼「高山仰止」之意。「孔林」係孔子墓地。鄒與曲阜本相接，故孔孟二墓亦相近。

〔游從齊魏老〕孟子見魏（梁）惠王在周慎靚王二年（前三一九），是年惠王死，孟子適齊，見齊宣王；周赧王三年（前三一二）去齊歸里，年已六十。自後似未復出，故曰「游從齊魏老」。

〔功續禹周深〕「禹」指夏禹，「周」指周公。禹有抑洪水、驅猛獸之功，故韓愈與孟尚書書，以爲孟子闢楊墨、宗孔氏，功不在禹下。周公有制禮樂、兼夷狄之功，韓愈原道以爲堯舜禹湯文武周公孔子之道，自孟子而無傳焉。

〔孝弟先王業〕此言孟子德教之本，首重孝弟（弟通悌）。如言：「謹庠序之教，申之以孝悌之義，頒白者不負戴于道路矣。」又：「修其孝悌忠信，入以事其父兄，出以事其長上。」又：「入則孝，出則悌，守先王之道。」……

〔耕桑海內心〕此言孟子仁政之本，首重耕桑。如言：「五畝之宅，樹之以桑。」「百畝之田，勿奪其時。」……

〔期應過七百〕孟子以爲興王有期，曰：「五百年必有王者興，其間必有名世者。由周而來，七百有餘歲矣，以其數則過矣。」

〔運豈厄當今〕孟子每以興王自任，曰：「夫天未欲平治天下也；如欲平治天下，當今之世，舍我其誰也！」

〔辯說千秋奉〕孟子以爲：「聖王不作，諸侯放恣，處士橫議，楊朱、墨翟之言盈天下。天下言不歸楊，則歸墨。楊氏爲我，是無君也；墨氏兼愛，是無父也。無父無君，是禽獸也。」「能言距楊墨者，聖人之徒也。」「我亦欲正人心，息邪說，距詖行，放淫辭，以承三聖（禹、周、孔）者。」于是人皆謂孟子好辯，孟子曰：「予豈好辯哉！予不得已也。」

〔精靈故國歆〕「精靈」猶神靈、神明，夏侯湛東方朔書讚：「墟墓徒存，精靈永戢。」另參見〔六九〕再謁孝陵「精靈終浩蕩」釋。「故國」指騶邑，孟子騶人。「歆」，享也。

〔四基岡上柏二句〕原注：「大明一統志：四基山在鄒縣東北三十里，山頂四石，狀類臺基。其西麓即孟子墓。」「臺」，原

鈔本作「堂」。「蕭森」，陰晦蒼鬱貌，多狀秋木，此句須切「柏」字，係用杜甫蜀相詩：「丞相祠堂何處尋，錦官城外柏森森。」「凝望」，謂由廟望墓也。

【箋】

首二句，一言廟，一言墓，「高山近孔林」五字，先已抬出「亞聖」身份；中八句全據孟子行事及孟子一書，以贊孟子功業；末聯由廟望墓，首尾相應。以上四詩，均先生遊鄒魯謁廟之作，孔、孟、周公儒家向有定評，不易生發；唯仲尼弟子則人人可以自比，其褒貶取舍，亦可另出新意。故孔廟、周廟、孟廟三首典雅平實，近應制體；而仲尼弟子一首則有所側重，義兼諷諭，不同凡響。

〔一一二八〕鄒平張公子萬斛園上小集，各賦一物，得桔槹

鑿木前人制，收泉易卦稱。天機無害道，人巧合成能。壤脈涓涓出，川流搰搰升。入晴常作雨，當暑欲生冰。菜甲青疇地，花容赤繞塍。彌令幽興劇，頓使化工增。坐愛平畦廣，行憐曲水澄。灌園今莫笑，此地近於陵。

【釋】

〔解題〕鄒平，山東縣名，在章丘東北。張公子當係延登子。延登號華東，鄒平人。崇禎五年工部尚書，改左都御史，元譜謂萬斛園爲「故明兵部尚書張延登所居」（「兵」當作「工」），蓋家園也。「賦物」始見于荀子賦篇，所賦爲禮、智、雲、蠶、鍼，各賦其情狀，不露其物名，如射覆、猜謎然。去年王士禛賦秋柳近之。「桔槹」亦作桔皋，井上汲水工具。莊子天運：「且子獨不見桔槹者乎？引之則俯，舍之則仰。」又淮南子氾論：「斧柯而樵，桔皋而汲。」

〔鑿木前人制〕「制」，製作。原注：「莊子：鑿木爲機，後重前輕，挈水若抽，數如泆湯，其名爲槔。」按：引文出莊子天地篇。「泆」通溢，水滿而氾也。

〔收泉易卦稱〕原注：「易：井收勿幕。」按：引文出易井卦（其卦巽下坎上）。「幕」，動詞，覆也，意謂井聚泉養人，勿使覆蓋。

〔天機無害道〕「天機」，此處指自然規律或天生機智，莊子大宗師：「其嗜欲深者，其天機淺。」（參見〔一〇六〕攝山「忘情魚鳥天機合」句）又天地篇述抱甕丈人之言曰：「有機械者必有機事，有機事者必有機心，機心存于胸中則純白不備。」蓋機心與天機異，機心害道，天機則無害于道也。

〔人巧合成能〕「人巧」對「天工」而言。「能」，才能。書大禹謨：「汝惟不矜，天下莫與汝爭能。」此句謂人工之巧可以合而爲能，與抱甕丈人主張無所事事之意異。

〔壤脈、川流二句〕「壤脈」即地脈，指地下泉水。「川流」指流入川澮溝渠之水。「涓涓」，水緩流貌，潘岳射雉賦：「泉涓涓而吐溜。」「搰搰」，用力貌，莊子天地：「鑿隧而入井，抱甕而出灌，搰搰然用力甚多而見功寡。」上句狀井泉自地溢出，下句狀桔槔引水上升。

〔入晴、當暑二句〕前句言汲井水以抗旱，後句言飲井水以解暑。

〔菜甲青旉地〕「菜甲」指菜初出之嫩葉，杜甫有客詩：「自鋤稀菜甲，小摘爲情親。」「旉」音義同敷，鋪也。原注：「易：震爲旉。」注文引自易説卦，疏曰：「爲旉，取其春時氣至，草木皆吐，旉布而生也。」

〔塍〕音繩，稻田畦，俗稱田埂。

〔彌令、頓使二句〕「令」，本字平聲，動詞，使也。「彌令」猶愈使、益使。「化工」謂造化之工，李商隱今月二日……輒復五言四十韻：「固是符真宰，徒勞讓化工。」

（曲水）原指三月上巳之流觴曲水，此對上句「平畦」，泛稱曲折之水。以上自「入晴」句至此，皆言桔槔汲水之功用。

（灌園今莫笑二句）戰國齊人陳仲子居於陵，號於陵子或於陵子仲。窮不苟求，不義之食不食，却楚王聘，爲人灌園。見高士傳。孟子滕文公下亦載「陳仲子……避兄離母，處于於陵」。「於」音魚，「於陵」，齊邑名，在舊長山縣，今鄒平境。

【箋】

此係分題賦物詩，拙者不免獺祭湊韻，高手則託意寄興。如賦桔槔者，無不向莊子找出處，天地、天運兩篇尤常見。然道家主無爲，尚返樸，視桔槔爲機械之始，從而貶之。此詩「天機」、「人巧」兩句重人事而不違自然，正先生贊天工開物，實事求是處。末聯尤妙手天成，善于託意。蓋「灌園」二字既切桔槔，又切萬斛園，切陳仲子；而「此地」二字既指今鄒平、古於陵，又預兆來日之章邱，與〔二三〕酬徐元善詩「卜鄰」句竟不期而合。昔人有「詩讖」之説，其然乎？

〔一一九〕張隱君元明于園中寘一小石龕，曰仙隱祠，徵詩記之二首

白日浮雲隔幾重，三山五嶽漫相逢。朅來未得從黄石，老至先思伴赤松。哲士有懷多述酒，英流無事且明農。猶憐末俗愚難寤，故作幽龕小座供。

【釋】

（解題）張光啟，字元明，章丘人，世居白雲湖上。少爲諸生有名，爲梅長公（之煥）、朱未孩所知。崇禎庚午（一六三〇）年四十，即棄諸生，闢一圃曰「省園」，以種樹藝花自樂。亂後足不履城市，年八十餘卒。見王士禛居易録，士禛且删存其詩百餘首以傳。「隱君」即隱君子之省，史記老子傳：「老子，隱君子也。」「寘」同置。「龕」音堪，本指塔下小室或

供神小櫃，有木質、石質，據詩當係較大之石龕，故名曰「祠」。先生本年初至章丘，識隱君；隱君徵詩，因作此，疑爲七年後置産章丘之契機。

〔白日浮雲句〕古詩十九首：「浮雲蔽白日，遊子不顧返。」此先生以遊子自比。

〔三山五嶽句〕李白善哉行：「海陵三山，陸憩五嶽。」「三山」乃指蓬萊、方丈、瀛洲。此句「相逢」蓋與隱君合言。

〔朅來未得從黄石〕「朅」音劫，入聲。「朅來」，此處與「老至」借對，猶言「爾來」、「自彼以來」，柳宗元韋安道詩：「朅來事儒術，十載所能逞。」「從黄石」見〔一五〕不去釋。

〔老至先思伴赤松〕赤松子，古仙人。漢書張良傳：「願棄人間事，欲從赤松子游耳。」以上二句提出「黄石」、「赤松」，係暗扣祠名「仙」字。

〔哲士有懷多述酒〕「哲士」謂明哲之士。晉陶潛有述酒詩。或注述酒詩，以爲係因劉裕酖晉恭而作，已未必然；而注先生詩者，復引此而謂「多述酒」似陰喻南明弘光、隆武諸帝被害于清，果爾，則下句「且明農」將何所附會耶？

〔英流無事且明農〕「英流」見〔八七〕江上「伐荻人」原注，即宋武帝劉裕。「明農」，明習農事。書洛誥：「茲予其明農哉。」以上二句借「述酒」、「明農」，暗扣祠名「隱」字。

〔猶憐、故作二句〕「末俗」，末世之陋俗。董仲舒士不遇賦：「生不丁三代之盛隆兮，而丁三季之末俗。」「寤」通悟，醒悟也。淮南子要畧：「欲一言而寤，則尊天而保真。」二句諷今世之人不悟「仙隱」之義，故供此「祠」以明之。

百尺松陰十畝園，此中人物似桃源。衣冠俎豆猶三代，雞犬桑麻自一村。垣外白榆隨宿列，樹頭青鳥候風翻。坐來髣髴疑仙境，試問先生笑不言。

【釋】

〔桃源〕即桃花源。陶潛曾作桃花源詩，並有序（即俗稱「桃花源記」）以記武陵漁人誤入「世外桃源」事。

(衣冠俎豆、雞犬桑麻二句)皆承上「似桃源」句，全用桃花源詩詞語。二句扣「隱」字。

(垣外白榆隨宿列)「垣外」，園牆之外。「白榆」，樹名，亦天上星名。「宿」音畜，去聲，星宿也。樂府詩集隴西行：「天上何所有？歷歷種白榆。」此句「白榆」兼用樹、星二義，言牆外榆樹似隨星宿位置而排列。

(樹頭青鳥候風翻)「青鳥」本係鳥名，亦兼喻信使。漢武故事：「七月七日，上于承華殿齋。日正中，忽見有青鳥從西來。上問東方朔，朔對曰：西王母暮必降尊像。……有頃，王母至。……有二青鳥如鸞，夾侍王母旁。」「候風」，等候風信。此言樹頭青鳥將隨風翩翻而下。上二句扣「仙」字。

(坐來、試問二句)「髣髴」即彷彿、仿佛，聯綿詞，本義爲所見不清，用于疑似之間。「試問」承上「疑」字，意謂「其仙乎？其隱乎？」「先生」則笑而不答也。

【箋】

仙人不必隱，隱者未必仙，今祠名「仙隱」，則是仙而隱，隱而仙矣。故兩首腹聯均扣「仙」字、「隱」字。看似尋常應酬取巧之作，然末聯一著「愚難寤」，一著「髣髴疑」，而以「先生笑不言」煞尾，已爲「再賦」留下餘地。

[一三〇] 前詩意有未盡，再賦四章

濩落人間七十年，年來三見海成田。生當虞夏神農後，夢在壺丘列子前。性定自能潛福地，機忘真已入寥天。因思千古同昏旦，几席羹牆尚宛然。

【釋】

(解題)「前詩」指[一二九]張隱君元明于園中寘仙隱祠二首。「再賦四章」潘刻本、徐注本均無，此據原鈔本補。

〔濩落〕同瓠落、廓落，聯綿詞，本義係平淺零落貌。莊子逍遥遊：「魏王貽我大瓠之種，我樹之成而實五石。……剖之以爲瓢，則瓠落無所容。」引申于人事，則謂大而無用，與世俗忤。韋應物郡齋贈王卿詩：「濩落人皆笑，幽獨歲逾賒。」杜甫自京赴奉先詠懷：「居然成濩落。」

〔七十年〕指張隱君年壽。王士禛居易録謂光啟崇禎庚午（一六三〇）年四十，則今年六十九歲，此舉成數。

〔三見海成田〕參見〔四九〕桃花溪歌「桑田滄海」釋。此言隱君所見世變之亟。

〔生當虞夏神農後〕史記伯夷列傳：「（伯夷歌曰：）神農虞夏忽焉没兮，我安適歸矣！」此謂隱君生于萬曆盛世，其時已不可復。

〔夢在壺丘列子前〕列子卽列禦寇，鄭人（或云古仙人）。舊題列子一書，多道家神仙之言。壺丘卽壺丘子林，相傳乃列子師，見高士傳及列子仲尼篇。又列子周穆王篇謂：「夢有六候，……神所交也。」「神遇爲夢，形接爲事，故晝想夜夢，神形所遇。」此言神農虞夏之世既不可復，惟有神遇而已。

〔性定、機忘二句〕易潛卦「潛龍勿用」，疏：「潛者隱伏之名。」「福地」指神仙所居，道家有三十六洞天，七十二福地之說。「寥天」謂寂寥之天，或太虛之境，莊子大宗師：「安排而取化，乃入于寥天一。」意謂太虛之境，任其自然，入于寂寥，故與天合一也。二句言仙而隱者惟能性定、機忘，故能潛入天地。

〔因思千古同昏旦〕「昏旦」猶朝夕。句承上，謂神農虞夏至今不過朝夕間事。

〔几席羹牆尚宛然〕「几席」義同几杖，几可凭，席可坐，俱係長者用物，參見〔一二三〕陳生芳績兩尊人先後卽世詩。「羹牆」乃追慕君父之詞，後漢書李固傳：「昔堯殂之後，舜仰慕三年，坐則見堯于牆，食則覩堯于羹，斯所謂聿追來孝，不失臣子之節者。」「宛然」，彷彿如此也，詩秦風蒹葭：「遡游從之，宛在水中央。」按：此句用事與前三聯頗不屬，寓意突然變化不明，及讀下首始解。

順時諏日卜靈氛，寶炬名香手自焚。斟雉未能觴帝后，薧魚聊可事山君。尋常伏臘人間共，曠代宗祧上界分。遂有精誠通要眇，儼如飛舄下青雲。

【釋】

〔順時諏日卜靈氛二句〕「諏」音鄒，問也。「諏日」（或諏吉）猶擇日。「靈氛」，古之善卜者，離騷：「命靈氛爲予占（卜）之。」「寶炬」，蠟燭之雅稱。二句明言張隱君按時祭祀仙隱祠主。味上首「几席羹牆」句，意祠中所供必係君父靈位。

〔斟雉未能觴帝后〕「斟」，方言曰：「協汁也。」故「斟雉」即調治野雞湯。楚辭天問：「彭鏗斟雉帝何饗？」注：「彭鏗，彭祖也。好和滋味，善斟雉羹，能事帝堯。」「觴」，進酒勸飲。原鈔本「觴」作「鬺」。按：「鬺」，烹牲以祭也，史記武帝紀（元狩四年）：「禹……鑄九鼎，皆嘗鬺亨上帝鬼神。」此句「斟雉」猶烹牲，故宜作「鬺」。「帝后」，當指崇禎帝后。

〔薧魚聊可事山君〕「薧」音考，通「槁」，本指乾枯之食物。「薧魚」即乾魚。周禮天官𩿁人：「辨魚物爲鱻（鮮）薧（枯），以共（供）王膳羞。」「山君」，山神也。「聊可」表謙詞，此句陪襯。

〔尋常伏臘人間共〕「伏臘」指夏之伏日，冬之臘日。楊惲報孫會宗書：「田家作苦，歲時伏臘，烹羊炰羔，斗酒自勞。」此句明言尋常伏臘之祭與清朝相同。

〔曠代宗祧上界分〕曠代猶隔代，異代。宗祧指祖廟之祭。左傳襄公二十三年：「紇不佞，失守宗祧。」上界猶言天界，對上句「人間」言。此句暗示宗廟之祭則遵明朝制度。

〔遂有、儼如二句〕「要眇」，精微也，楚辭遠遊：「神要眇以淫放。」又班彪王命論：「精誠通于神明。」「舄」，履也。後漢書方術王喬傳：「（喬）明帝時爲葉令，有神術，每月朔望，常自縣詣臺朝帝。帝怪其來數，而不見其車騎，令太史伺望之，言其臨至，輒有雙鳧自東南飛來。于是候鳧至，舉羅張之，但得一隻舄焉，則尚書官屬所賜履也。」二句謂一旦精誠通于神明，諸神將如王喬乘飛舄而來朝。

九尺身長鬢正蒼，兒孫森立已成行。纔過冰泮烹魚饌，未得秋深摘果嘗。繞院竹光浮茗椀，透簾花氣入書牀。祇應潔疾猶難化，莫學當時費長房。

【釋】

〔九尺身長句〕杜甫洗兵馬詩：「張公一生江海客，身長九尺鬚眉蒼。」此句切張隱君姓。

〔兒孫森立句〕「森立」猶森列，謂兒孫如樹木繁衍，植立成行。

〔纔過、未得二句〕「泮」，溶解；「冰泮」即冰融。荀子大略：「霜降逆女，冰泮殺止。」大戴禮記誥志篇：「孟春，冰泮發蟄。」此句「冰泮」表時令。「饌」，食用，動詞，與下句「嘗」字對。「未得」，原鈔本作「未到」。二句共言園中魚果取食之早。

〔茗椀〕即茶杯。「椀」同碗、盌。

〔書牀〕即書架。「牀」同床，几架之類。

〔祇應、莫學二句〕「潔疾」謂好潔成癖。米芾（一〇五一——一一〇七）字元章，襄陽人。著名書畫家，宋史文苑有傳，傳謂其「好潔成癖，至不與人同巾器」。宋人筆記亦多載其事。「難化」猶言難變、難改。費長房，後漢汝南人。初爲市掾，從壺公入山修道，能不恐不懼，唯不肯食糞。壺公歎曰：「子幾得道，恨于此不成，如何！」長房遂辭歸。後漢書方術有傳。按：費長房學道事迹甚多，此謂「莫學」，係承「潔疾難化」而來，似誡隱君勿持潔太過，致妨學道。言外似勸隱君降己同俗，明哲保身。

門前有客跨青牛，倒屣相迎入便留。不覺人間非甲子，已知天外是神州。宣尼願在終浮海，屈子文成合遠遊。笑指八仙皆上座，從君今日老糟丘。

【釋】

〔門前有客跨青牛〕相傳老子將過函谷關，關令尹喜先敕門吏曰：「若有老翁從東來，乘青牛薄板車者，勿聽過關。」其日果見老翁乘青牛車求度關，關吏入白，喜曰：「諾，道今來矣，我見聖人矣。」即帶印綬出迎，設弟子之禮。見關令傳。按：先生喜用老子騎青牛事，如〔二〇〇〕樓觀詩「青牛秋草没」；〔二八二〕霍北道中詩「計日盼青牛」。它如〔三九四〕關中雜詩「請從關尹住，不必向流沙」，〔一九四〕蒲州西門外鐵牛「無窮懷古意，舍爾適西秦」等。故知此句「有客」係借喻，與封君達、正方、洪志僅以「青牛」爲號了不相涉。蘧案嫌辭費。

〔倒屣相迎入便留〕「屣」，原鈔本作「屐」，誤。「倒屣」謂倒穿鞋履，狀熱忱迎客，三國志魏志王粲傳：「（蔡邕）聞粲在門，倒屣迎之。」以上「有客」二句，與末聯「八仙」呼應，亦扣祠名「仙隱」。按：前題謂張隱君爲仙隱祠「徵詩」，故知「有客」不過泛指來訪之客（先生亦在應邀之列），並無其它寓意。

〔不覺、已知二句〕「甲子」見〔一六〕賦得老鶴萬里心釋。「神州」見〔三〕感事釋。按：「甲子」本以紀年，此謂國變後，人間已非明朝歲月。「神州」應在宇內，國變後，神州如在天外。按：二句用詞可扣「仙」字。

〔宣尼願在終浮海〕「宣尼」即孔子，西漢元始元年追謚孔子爲褒成宣尼公。「願」，志願，此作名詞。論語公冶長：「子曰：道不行，乘桴浮于海。」

〔屈子文成合遠遊〕「屈子文」指楚辭遠遊篇。王逸遠遊序：「遠遊者，屈原之所作也。屈原履方直之行，不容于世。……遂叙妙思，託配仙人，與俱遊戲，周歷天地，無所不到焉。」二句用詞可扣「隱」字，亦先生自喻。

〔笑指八仙皆上座〕「八仙」指杜甫飲中八仙歌之八人，即李白、賀知章、李適之、汝陽王璡、崔宗之、蘇晉、張旭及焦遂。「座」通坐，史記高祖紀：「高祖因狎侮諸客，遂坐上坐。」此句似紀實。

〔從君今日老糟丘〕「老」，終老也，動詞。「糟丘」謂聚糟成丘，狀酒多也。論衡語增：「紂爲長夜之飲，糟丘、酒池，沈湎

于酒，不舍晝夜。」又南史陳暄傳：「暄嗜酒，……與（從子）秀書曰：速營糟丘，我將老焉。」「從君」本指從陳暄，此借指張隱君。

【箋】

祠名「仙隱」，甚怪。子不語怪力亂神，光啟儒生，何爲設此幽供？先生不好神佛，何爲一賦再賦？潘耒既刻前題，何爲削此續章？意者所供之神，必有不可明言者。昔傳後蜀花蕊夫人没入宋宮，嘗取孟昶張弓挾彈圖，託名「張仙」以供（見郎瑛七修類稿二六），光啟之祠，殆類是乎？再賦四章，第一、二章詞旨甚顯，「羹牆」、「帝后」義無可諱；第三、四章狀隱君之潔及遺民之思，亦不似前賦二章隱約其辭，潘刻時一併不録，是也。先生七年後（一六六五）置産章丘，與隱君結鄰；又三年，遭黄培詩獄，隱君尚在；兹後清朝對明室遺臣防範愈嚴，所謂「仙隱」恐不復祠。題曰「徵詩」，意其時所徵必不止先生數首，今俱不見山左諸賢詩集，亦不足異。

〔一三一〕濟南

湖上荷花歲歲新，客中時序自傷神。名泉出地環巖郭，急雨連山淨火旻。絶代詩題傳子美，近朝文士數于鱗。愁來獨憶辛忠敏，老淚無端痛古人。

【釋】

〔湖上、客中二句〕「湖上」，大明湖上。「時序」謂時令之次序，史記蘇秦傳論：「吾故列其行事，次其時序，毋令獨蒙惡聲焉。」先生去歲初秋至濟南，得見湖上荷花（見〔一三〇〕濟南）；今歲再至，復見，蓋時序然也。

〔名泉出地環巖郭〕「名泉」指趵突泉（趵音豹，跳躍也）。其泉位歷城縣西，亦名瀑流，爲濟南七十二泉之最。清一統志

引曾鞏齊州二堂記云：「泰山之北與齊之東南諸谷之水，西北滙于黑水之灣，又西北滙于柏崖之灣，而至于渴馬之崖，則汩然而止。自崖以北至于歷城之西，而有泉涌出，高或至數尺，其旁之人名之曰趵突之泉。齊人皆謂嘗有棄糠于黑水之灣，而復見之于此。蓋泉自渴馬崖潛流地中，至此而復出也。」按：趵突泉係濟水伏流復出，參見〔二三〇〕濟南「西來水竇緣王屋」釋。

〔急雨逋山淨火旻〕「火旻」，秋天也，見〔一〇五〕王徵君潢具舟城西釋。此句仿杜甫絕句「急雨捎溪足火旻」。

〔絕代詩題傳子美〕杜甫(七一二——七七〇)字子美，曾預李邕歷下亭之會，詳見〔二三〇〕濟南「北海亭中客」釋。其陪李北海宴歷下亭詩有句「東藩駐皁蓋，北渚淩青荷。海右此亭古，濟南名士多」。

〔近朝文士數于鱗〕李攀龍(一五一四——一五七〇)字于鱗，號滄溟，山東歷城人。嘉靖二十三年進士，歷陝西提學副使，思母謝病歸。家居十年復出，累遷河南按察使。母喪，以毀卒。攀龍九歲而孤，家貧，喜讀古書；稍長，嗜詩，宗盛唐，重聲調，摹擬剽竊，集中多有。與王世貞齊名，共謝榛、梁有譽、宗臣、徐中行、吳國倫，合稱「後七子」。著有滄溟集。明史文苑有傳。先生恥爲文人，此稱于鱗爲「文士」，實非褒義。清包世臣(一七七五——一八五五)謂亭林詩導源歷下(見安吳四種藝舟雙楫)，自是瞽說。蓋先生詩不宗一家，雖李、杜亦不追，何有于于鱗？

〔辛忠敏〕辛棄疾(一一四〇——一二〇七)字幼安，號稼軒，祖籍山東歷城。紹興末，金主完顏亮南侵，棄疾乘時歸宋。後歷官江西、湖北、湖南、福建安撫使；晚歲知紹興、鎮江諸府。開禧北伐時，疾作，歸鉛山家中，卒，追謚忠敏。宋史有傳。棄疾慷慨有大略，具文武才，屢建言伐金，竟不果行，齎志以歿。工詞，與蘇軾齊名，以豪放稱，有稼軒集傳世。先生稱其謚，憶而痛之，蓋褒其能抗金也。

【箋】

先生去歲已賦濟南七律二首，今年同題同體再賦，似皆即景懷古，然細味此首，起「傷」結「痛」，頗帶客中愁緒，似

不獨爲辛忠敏發也。讀下首自笑可知。

〔一三二〕自笑

自笑今年未得歸，酒樽詩卷欲何依？呼僮向曉牽長轡，覓嫗先冬綻故衣。黄耳不來江表信，白頭終念故山薇。無因化作隨陽雁，一逐西風笠澤飛。

【釋】

〔解題〕雖取句首二字爲題，然「自笑」之義亦可概括全首，自笑猶「自嘲」也。

〔牽長轡〕轡音必，馬韁繩。此以「牽長轡」喻牽馬，狀早行生活。

〔綻故衣〕綻音贊，動詞，縫補。古樂府艷歌行：「故衣誰當補？新衣誰當綻？」覓嫗補衣，記客中獨居。

〔黄耳不來江表信〕黄耳，犬名。江表即江外，泛指江南。陸機（二六一——三〇三）字士衡，吴郡人。祖遜、父抗世仕吴；吴亡，機與弟雲俱入洛。久無家問，有駿犬名黄耳，甚愛之。笑語犬曰：「汝能齎書取消息否？」犬摇尾作聲，機乃爲書以竹桶盛之，而繫其頸。犬尋路南走，至其家，得報還洛。見晉書本傳。

〔白頭終念故山薇〕薇，一名大巢菜，生于山野，葉可采食，詩小雅有采薇篇。然此句係兼用夷齊故事。史記伯夷傳：周武王滅商，天下已定，而伯夷、叔齊恥之，義不食周粟，隱于首陽山，采薇而食。「故山」借指故土崑山。徐注本「故山」直作「首山」，可與上句「江表」實對，兼避二「故」字，然全詩義在憶家，似「故」字尤妥。

〔隨陽雁〕見〔一四〕海上「陽鳥」釋。

〔一逐西風笠澤飛〕「一」，副詞，義近俱、皆、盡。「逐」，緊隨也。「笠澤」，太湖別稱，見〔九六〕酬陳生芳續詩。

【箋】

先生七律之佳者，往往四聯璧合如滾珠，圓轉自如，一瀉直下。此詩全因思家作，「黄耳」、「白頭」一聯尤真切動人。題曰「自笑」，當係苦笑。

〔一三三〕爲丁貢士亡考衢州君生日作

記曰：「君子有終身之喪，忌日之謂也。」世俗乃又以父母之生日設祭，而謂之「生忌」，禮乎？考之自梁以後，始有生日宴樂之事，而父母之存，固已嘗爲之矣。則于其既亡而事之如存，禮雖先王之未有，可以義起也。丁君雄飛乃追溯其考之年及其生日，而曰：「吾父存，今八十矣。」乃陳其酒脯，設其裳衣，如其存之事，而求詩于友人，其亦孝思之所推歟？爲賦近體四韻。

傷今已抱終天恨，追往猶爲愛日歡。愾若户前聞歎息，儼如堂上坐衣冠。馴烏止樹生多子，慈竹緣池長百竿。欲向舊京傳孝友，當時誰得似丁蘭？

【釋】

〔解題〕此詩潘刻本及原鈔本俱無，據朱記榮刻亭林軼詩及鈔本蔣山傭詩集補（彙注本補在濟南與自笑二首之間）。丁貢士雄飛事蹟無考。爲顧寧人徵天下書籍啟（見同志贈言）列名二十一人，雄飛與焉。然未署籍，據此詩序，知爲上元人。又先生壬寅歲（一六六二）書楊萬等爲顧寧人徵書啟後（見佚文輯補）云「右十年前友人所贈」，則知至遲癸巳歲（一六五三）以前，先生已與雄飛訂交。然雄飛爲其父八十冥壽而「求詩于友人」，應係先生北遊以後事，故疑此詩與下篇酬歸戴王潘韭溪聯句見懷均係遥寄。「衢州君」名諱事迹亦無考。「貢士」即貢生，諸生類名之一，與

會試中試之貢士異。

〔解序〕「君子有終身之喪，忌日之謂也。」引自禮記祭義，此指父母死忌。死日曰「忌」，宜也；生日曰「忌」，禮所不載，然禮記禮運已云：「禮也者，義之實也。協諸義而協，則禮雖先王未之有，可以義起也。」先生據此考知「生忌」始于齊梁之間（見日知録），以爲是亦「可以義起」者，故樂爲之賦。

〔傷今已抱終天恨〕「傷今」謂父今已逝，故可傷。「終天恨」謂父母之喪如天之長久，永遠遺恨。潘岳哀永逝文：「今奈何兮一舉，邈終天之不返。」

〔追往猶爲愛日歡〕「追往」謂追念父母存時。「愛日」之「日」，專指父母生存之時日。法言孝至：「不可得而久者，事親之謂也。孝子愛日。」此句指序中所云「乃陳其酒脯，設其裳衣，如其存之事」。以下頷聯即由此出。

〔愾若户前聞歎息〕愾音概，歎息聲。詩曹風下泉：「愾我寤歎。」又禮祭義：「出户而聽，愾然必有聞其歎息之聲。」

〔儼如堂上坐衣冠〕儀禮士虞禮「祝迎尸」句，鄭注曰：「尸，主也。孝子之祭，不見親之形象，心無所繫，立尸而主意焉。」按：以尸代親，必服親之衣冠，或立（夏立尸），或坐（殷坐尸）。今雄飛設父裳衣如其存之事，乃襲虞禮（既葬而祭）之遺意。「愾若」、「儼如」二句均係想象之辭，所謂「祭如在，祭神如神在」也。

〔馴烏止樹生多子〕止，棲息也。樂府相和歌辭烏生八九子：「烏生八九子，端坐秦氏桂樹間。」

〔慈竹緣池長百竿〕緣，繞也。慈竹又名子母竹、慈孝竹，叢生，一叢多至百竿。自注：「所居石城門内，有池有竹。」石城即石頭城，雄飛居石城，故知爲上元人。上元乃應天府治，即南京也。以上「馴烏多子」與「慈竹百竿」喻丁氏一門之盛。

〔舊京〕此指南京，見〔五〕京闕篇釋。

〔傳孝友〕意爲孝友之人立傳。「孝」，孝順父母；「友」，友愛兄弟。詩小雅六月：「侯誰在矣，張仲孝友。」晉書始立孝友

傳，列李密、王褒等十四人，後世因之。

〔丁蘭〕漢河内人。少喪母，刻木爲像，事之如生。宋書樂志引曹植靈芝篇：「丁蘭少失母，自傷早孤煢。刻木當嚴親，朝夕致三牲。」丁蘭刻木事親又見初學記引孫盛逸人傳。此切雄飛姓，亦切其事。

【箋】

先生重禮，嘗謂「周公之所以爲治，孔子之所以爲教，舍禮其何以焉」（文集卷二儀禮鄭注句讀序）。尤重事親之禮，文集中與友人論服制書、與友人論父在爲母齊衰期書、與王仲復書、答門人毛景岩等，雖細碎覼縷，看似迂闊，然皆意在重禮而不故爲矯情。即如丁貢士陳酒脯，設衣冠，爲亡考生日設祭，本古禮之所無，而先生以爲事亡如事存，亦「孝思之所推」，故以「義起」許之。日知録生日條（卷十三）蓋同此。該條先云：「生日之禮，古人所無。」然繼引顔氏家訓「試兒」與「二親若在」兩例，仍嘉其有「反本樂生」之意，與「義起」之意合。蓋先生所惡者乃「無教之徒，雖已孤露，其日皆爲供頓，酣暢聲樂，不知有所感傷」耳。此詩前二聯正爲此輩針砭，非真欲廢世俗「生忌」之禮也。故知此詩乃一時鈔失，決非因「生忌」之説與日知録相左。不然，勞山條（卷三十一）已斥齊乘「登之者勞」之説爲鄙淺可笑，何勞山圖志序不見删耶？

〔一三四〕 酬歸祚明、戴笠、王仍、潘檉章四子韭溪草堂聯句見懷二十韻

異地逢冬節，同人會韭溪。蒼涼悲一别，廓落想孤棲。刻燭初分韻，抽毫亦共題。雪裝吳苑白，雲幕越山低。清酳傳杯緩，哀弦入坐凄。詞堪爭日月，氣欲吐虹霓。寫恨工蘇李，攄幽劇呂嵇。風流知不墜，肝膽幸無睽。掛帙安牛角，擔囊逐馬蹄。飄飄過東楚，浩蕩適三

齊。息足雩門下，停車汶水西。岱宗臨日觀，梁父躡雲梯。洞壑來仍異，關河去更迷。人看秋逝雁，客喚早行雞。卧冷王章被，窮餘范叔綈。夢猶經冢宅，愁不到中閨。問字誰供酒，繙書獨照藜。雅言開竹徑，佳訊發蘭畦。遺鯉情偏切，班荆意各悽。式微君莫賦，春雨正塗泥。

【釋】

〔解題〕先生所酬乃歸、戴、王、潘四人合作之丁酉臘月八日在韭溪草堂懷寧人道兄聯句三十二韻（載同志贈言）。歸祚明即歸莊，見〔三〕吳興行解題，王仍見〔九四〕酬王生仍解題，潘檉章見〔一〇〇〕贈潘節士檉章解題。戴笠字耘野，吳江人，明諸生。國變後入秀峯山爲僧，旋返初服，隱居朱家港授生徒。土屋三間，炊煙時絶，而著述不輟。先生與戴耘野書（文集卷六）謂其流寇編年、殉國彙編已脱藁；另著有永陵傳信録、行在陽秋及香骨集等，皆記當時事。潘耒幼從其學，徵書啟列其名，同志贈言録其贈顧寧人詩一首。韭溪在吳江，傍太湖，潘檉章草堂在焉。四人聯句原作見後箋。

〔異地逢冬節〕「異地」意謂先生北遊後，（去年丁酉）與諸人分居異地也。「冬節」本泛指冬令或冬至日，此則專指臘月八日，相傳爲佛祖生日，亦稱浴佛節或臘八節，宋以後盛行，與四月八日浴佛異。

〔同人〕原係易卦名，離下乾上，有與人和同之意，引申爲「同志」、「同道」。此指歸、戴、王、潘四人。

〔廓落〕空曠、寂寞。宋玉九辯：「廓落兮羈旅而無友生。」以上四句，以「會」、「別」二字爲眼，總括南北離合之情；以下六聯，遥想同人韭溪聯句之會。

〔刻燭分韻〕南齊竟陵王蕭子良嘗夜集學士刻燭爲詩，四韻者則刻一寸，以此爲率。見南史王僧孺傳。

（抽毫共題）寫字前抽筆出套，謂之抽毫。白居易紫毫筆詩：「搦管趨入黃金闕，抽毫立在白玉除。」「共題」指合作、聯句，與分題、拈韻異。

（吳苑）見〔三〕上吳侍郎暘釋，此泛指吳縣、吳江等地。

（雲幕越山低）「幕」，此作動詞，覆蓋也，對上句動詞「裝」字。莊子則陽：「（柏矩）至齊，見辜人焉，推而强之，解朝服而幕之。」另參見〔三六〕鄒平張公子萬斛園小集賦桔槔「收泉易卦稱」釋。「越山」本指紹興之越王山，此泛指浙西羣山。

（清醑）醑同湑，酒之去滓者，即清酒。庾信燈賦：「上蘭深夜，中山醑清。」

（詞堪爭日月）史記屈原傳：「推此志也，雖與日月爭光可也。」

（氣欲吐虹霓）曹植七啟：「慷慨則氣成虹霓。」

（寫恨工蘇李）舊題蘇武、李陵贈答詩，如「攜手上河梁，遊子暮何之？」爲贈别名句。此言聯句寫别恨較蘇、李尤工。

（攄幽劇呂嵇）「攄」，抒發；「劇」，甚也，過也。晉向秀與嵇康、呂安交好，後呂、嵇爲司馬昭所殺，秀道過山陽聞笛，因作思舊賦以哀之。此言聯句所抒幽憤較呂、嵇之幽憤尤烈。

（風流知不墜）「風流」本多義詞，此處似指前朝遺風。漢書趙充國傳贊：「其風聲氣俗，自古而然。今之歌謡慷慨，風流猶存耳。」

（肝膽幸無睽）「肝膽」喻切近。「睽」，音葵，通「暌」，分隔也。莊子德充符：「自其異者視之，肝膽吳越也。」此言「無睽」，意謂肝膽相照。以下九聯轉叙北遊經歷。

（掛帙、擔囊二句）李密（五八二——六一八）字玄邃，隋遼東襄平人。少時倜儻好讀書，嘗遊緱山，以蒲韉乘牛，掛漢書一帙，行且讀，楊素見而奇之。見唐書本傳。又全祖望亭林先生神道表：「凡先生之遊，以二馬二騾載書自隨。所至

阨塞，即呼老兵退卒詢其曲折，或與平日所聞不合，則即坊肆中發書而對勘之。或經行平原大野，無足留意，則于鞍上默誦諸經注疏，偶有遺忘，則即坊肆中發書而熟復之。」然則「掛帙」、「擔囊」二句乃先生自紀實也。

〔飄飄過東楚〕「飄飄」同飄遥、飄摇，遠舉貌。戰國策楚策四：「（黄鵠）飄摇乎高翔。」「東楚」約當今蘇北、淮河下游之地，史記貨殖列傳：「彭城以東，東海、吳、廣陵，此東楚也。」此句用「過」字，蓋首叙去歲踰淮北上事。

〔浩蕩適三齊〕「浩蕩」，心無所主貌。楚辭九歌河伯：「登崑崙兮四望，心飛揚兮浩蕩。」「三齊」約當今山東東部，參見〔一五〕不去釋。

〔雩門〕雩音于，求雨之祭名。論語先進：「浴乎沂，風乎舞雩。」鄭注謂「沂水出沂山，雩壇在其上」。按：雩壇在曲阜東南，故曲阜南門又稱「雩門」。

〔汶水〕即南北運河之源。大小汶水會于泰安後，西流經東平會大小清河，又西經汶上，然後西南流入運河。

〔岱宗臨日觀〕此言登泰山而臨日觀峯。水經注汶水引漢官儀曰：「泰山東南山頂名曰日觀。日觀者，雞一鳴時，見日始欲出，長三丈許，故以名焉。」

〔梁父躡雲梯〕此言由梁父石梯登泰山。「雲梯」本係古攻城具，「雲」，狀其高也。「岱宗」、「梁父」均見〔一三〕登岱釋。按：先生本年春先至泰安，登泰山，旋赴曲阜謁孔林，以上四句疑因叶韻而顛倒其序。

〔卧冷王章被〕漢書王章傳：「初，章爲諸生學長安，獨與妻居。章疾病，無被，卧牛衣中，與妻決，涕泣。……」「牛衣」，以蔴或草編成如蓑衣狀，供牛禦寒。此句特對妻言。

〔窮餘范叔綈〕「綈」，厚繒之粗滑者。范雎微時，曾事魏須賈，爲賈所辱。後更名張禄，仕秦爲相。須賈奉使入秦，雎故著敝衣往見，須賈意哀之，留與坐，飲食，曰：「范叔寒至此哉！」乃取一綈袍贈之。賈竟以此減罪。事見史記范雎列傳。此句兼及朋友。

〔夢猶經冢宅〕「冢」又作塚，「冢宅」即塚廬，子孫守喪所居。此指崑山千墩先生祖墓之廬，見〔三〇〕墓後結廬三楹解題。

〔愁不到中閨〕下有自注曰：「來詩有親朋愁帶甲，家舍祝添丁之句。」「中閨」即內寢，引申爲女子居室，此指先生夫人王氏所居。時先生尚無子嗣，故歸莊聯句有「家室祝添丁」之語；先生酬句則謂離家之人，尚未慮及此事也。

〔問字誰供酒〕揚雄多識古文奇字，劉棻嘗從之問字。又家素貧，嗜酒，時有好事者，輒載酒肴從游學。均見漢書揚雄傳。黄庭堅謝送碾壑源揀芽詩：「已戒應門老馬走，客來問字莫載酒。」

〔繙書獨照藜〕「繙」通翻。三輔黄圖六及漢書劉向傳均載劉向夜校書，有老人杖藜吹火與論古今事，詳見〔三五〕班定遠投筆「太乙藜初降」釋。

〔雅言開竹徑〕「雅言」，正言也。論語述而：「子所雅言，詩書執禮，皆雅言也。」此指四子所聯詩句。自此以下六句，明酬詩函，婉致謝意。

〔佳訊發蘭畦〕南史謝弘微傳載謝混詩：「通遠(謝瞻字)懷清悟，采采摽蘭訊。」「蘭訊」，對他人來書之美稱。先生此句係拆用「蘭訊」一詞，以與上句「竹徑」對。

〔遺鯉〕喻寄書。舊題蔡邕飲馬長城窟行：「客從遠方來，遺我雙鯉魚。呼兒烹鯉魚，中有尺素書。」此指「雅言」、「佳訊」而言。

〔班荆〕班，布也，動詞；「班荆」意謂鋪荆于地(而坐)。左傳襄公二十六年：「伍舉奔鄭，將遂奔晉。聲子將如晉，遇之于鄭郊，班荆相與食而言復故。」後沿指老友道途相遇，坐地叙舊。

〔式微、春雨二句〕式，發語詞，無義；微，衰微。「式微」見〔七一〕贈朱監紀四輔釋，引申爲日將暮。「塗泥」，濕爛之泥土，書禹貢：「厥土惟塗泥。」二句意謂君等且莫賦式微，此際春雨泥濘(兼喻時局)，我雖欲歸而未能也。

【箋】

歸、戴、王、潘丁酉臘月八日在韭溪草堂奉懷寧人道兄聯句云：十年遭喪亂，朋好歎飄零。（歸）作客頭將白，逢人眼未青。（戴）年華嗟已晚，風雨不堪聽。（王）坐對崑山玉，難呼鍾嶽靈。（潘）彥先標譽望，元歎肅儀型。（歸）攬轡心千里，空囊腹五經。（戴）野王收地志，士稚誓江汀。（王）肝膽惟餘劍，行藏總類萍。（潘）蒼茫南斗氣，隱見少微星。（歸）霧豹文仍耀，雲鴻影自冥。（戴）有心嘗險阻，無路拔羶腥。（王）殊俗驚鳴鏑，皇圖覽建瓴。（潘）志堅追日渴，氣邁遇風泠。（歸）荆楚淹王粲，遼東重管甯。（戴）馬蹄輕越國，鵬翼任圖溟。（王）羨爾遊何壯，憐余户獨扃。（潘）書留公路浦，跡絶子雲亭。（歸）（句下有歸注：余自今年夏在淮浦寄書）一別稀烹鯉，相思幾落蓂。（戴）話言猶歷歷，燈火故熒熒。（王）論史追當日，高談挾震霆。（潘）孰知胸有庫，不取說爲鈐。（歸）梁甫還成詠，燕然未勒銘。（戴）瓜期愆鞅掌，蘭阤少娉婷。（王）翹首天邊雁，傷心原上鴒。（潘）親朋愁帶甲，家室祝添丁。（歸）于役知良苦，言歸莫暫停。（戴）石城新卜築，吴苑舊林坰。（王）有待瞻陵闕，重來葺户庭。（潘）梅花春繞屋，竹葉酒盈缾。（歸）此日乘河漢，思君異影形。（戴）徒然望雲樹，聊復折芳馨。（王）各有天涯思，相期共醉醒。（潘）

以上三十二韻，各拈其八，先懷後召，全用賦體。其間明素志，悲于役，歎家室，抒友情，韻流氣暢，如出一手。歸莊送顧寧人北遊序云：「余與寧人交已二十五年矣，其他同學相與或二十年，或十餘年……」故知歸、戴、王、潘四子與先生俱非一日之契。去春「送寧人北遊」，及臘又「奉懷寧人聯句」，一文一詩，情真語摯，自不同于尋常應酬。先生所酬二十韻，首叙韭溪聯句，可以「蒼涼悲一別」、「肝膽幸無睽」二句盡之。次叙遊踪及行役之苦，皆自身感受，較同人推想自然真切。末則因來詩以「言歸莫暫停」相召，不得已而以「春雨正塗泥」作答，然先生三年後再次南歸，未始非同人奉懷見召所致也。

〔一三五〕濰縣二首

人臣遇變時，亡或愈于死。夏祚方中微，靡奔一人爾。二斟有遺迹，當日兵所起。世人不達權，但拜孤山祀。

【釋】

〔濰縣〕本爲春秋齊地，後爲漢北海郡治。隋初始置濰州（境内有濰水），宋初置北海軍，後又升稱濰州。明洪武十年降州爲縣，屬萊州府，清沿之。

〔亡或愈于死〕原注：「左傳昭二十年：亡愈于死，先諸？」句承上，意謂人臣遭國難，出亡（以圖恢復）或較死難爲優也。注意「或」字。

〔夏祚方中微以下四句〕夏后相失國，依斟鄩（濰縣）、斟灌（壽光縣），事見〔三〕感事「二斟」釋。其時夏臣靡奔有鬲氏（今德州市北），收集二斟遺民，滅寒浞，立少康，夏以中興。事見左傳襄公四年。

〔達權〕通達權變。崔寔政論：「夫豈不美文武之道哉，誠達權救弊之道也。」

〔孤山祀〕自注：「孤山在昌樂縣東十里，有伯夷廟。」按：孟子謂「伯夷辟紂，居北海之濱」，後人遂有昌樂孤山之祀」。

我行適東方，將尋孔北海。此地有遺風，其人已千載。英名動劉備，一爲却管亥。後此復何人，崎嶇但荒壘。

【釋】

〔我行適東方〕先生今夏由章邱、長山返濟南，再訪徐元善。此行係由濟南東向，先至濰縣，作詩二首。

〔孔北海〕孔融（一五三——二〇八）字文舉，漢末魯國人，孔子後裔。時黃巾起義山東，北海郡最稱難治，董卓乃諷三府同舉孔融爲北海相。融到郡，收合士民，起兵講武，立學校，表儒術，四境以寧，人稱孔北海。後漢書有傳。

〔英名動劉備二句〕融在北海，爲黃巾帥管亥所圍，乃遣人求救于平原相劉備。備驚曰：「孔北海乃復知天下有劉備耶？」即遣三千兵救之，亥等乃走散。事亦見後漢書孔融傳。

〔後此復何人二句〕「崎嶇」，狀山路曲仄，用本義，與〔三七〕哭顧推官義異。「荒壘」，此指荒涼之戰壘。二句承上劉備救孔融事，然所贊在融不在備。

【箋】

掖、濰二縣均屬萊州。去歲先生首抵掖縣，作萊州詩，掖縣雖府治，然所詠則全州也。今年復東行至濰縣，濰于夏跨「二斟」地，于漢爲北海郡治，雖爲今縣，然所詠則在古而不在今也。第一首憫夏祚之中微，喜少康之復國，褒臣靡之達權，皆就一時一事而言，非謂「亡必愈于死」（觀其只用「或」字可知），亦非謂「不拜孤山祀」（觀其只用「但」字可知），命意甚顯，無隙可蹈。而黃節竟謂先生「以達權二字爲偷生者勸，而于死節之士譏及孤山」。「一時奇論」，「有傷于義」，是明知詩意而故啟論辯之辭，不足駁也。第二首蓋褒孔融以儒生處亂世，而能收合士民，保全一郡。此題二首皆因地志慨，與先生它作同。徐注獨于第二首引明史忠義傳，以濰縣知縣邢國璽當孔融，似謂先生憫其無援而死，蘧案駁其附會，是矣。且先生詩凡涉題外人事兼有實指者，輒附「自注」，是亦不欲「供人改竄」之意（見亭林餘集與潘次耕札）。今二首俱無自注，自不煩費心猜測，不然，邢國璽可以當孔融，彼臣靡又誰可當耶？

〔一三六〕衡王府

賜履因齊國，分枝自憲宗。能言皆詔予，廣斥盡疏封。地號東秦古，王稱叔父恭。穿池通

海氣，起榭出林容。嶽里生秋草，牛山見夕烽。蛇遊宫内道，鳥啄殿前松。失國非奔莒，亡王不住共。雍門今有歎，流涕一相逢。

【釋】

〔解題〕明憲宗朱見深第七子祐楎封衡王，國青州（即益都）。成化二十三年（一四八七）建府，弘治十二年（一四九九）之藩，嘉靖十七年（一五三八）死。共傳六世，至順治元年（一六四四）清兵掠青州，裔孫由檄與德王由弼先後降，國亡。見明史諸王傳。

〔賜履因齊國〕言憲宗封衡王祐楎于青州，猶周武王封姜太公于齊國。「履」指踐履所達之疆界，實指封地。昔齊桓公率諸侯伐楚，管仲對楚使曰：「……賜我先君履，東至于海，西至于河，南至于穆陵，北至于無棣。」（見左傳僖公四年）

〔分枝自憲宗〕枝指「天枝」，見〔三〕感事釋。憲宗以第三子祐樘爲太子，是爲孝宗，稱本枝；餘子俱封王，稱分枝，衡王其一也。

〔能言皆詔予〕原注：「史記齊悼惠王世家：諸子能齊言者，皆予齊王。」予音雨，賜予也。此以漢齊王肥（高祖第二子）子孫普受王爵，以諷憲宗諸子濫受寵渥。

〔廣斥盡疏封〕「斥」，地鹹也。書禹貢：「海濱廣斥。」疏曰：「海畔迥闊，地皆斥鹵，故云廣斥。」「疏封」，言諸王上疏請封也。按：明代諸王佔田極廣，明史食貨志一謂諸王當日奏獻不絶，乞請亦愈繁，徽、興、岐、衡四王田多至七千餘頃。

〔地號東秦古〕戰國時秦昭王稱西帝，齊湣王稱東帝，齊在秦之東，後亦稱齊地爲「東秦」。晉書慕容德載記：「青齊沃壤，號曰東秦。」

〔王稱叔父恭〕詩魯頌閟宫「王曰叔父」，此謂成王稱周公爲叔父。明衡王祐楎薨，世宗賜謚曰「恭」，世宗爲姪，故云。

〔穿池、起榭二句〕俱諷衡王之奢侈。「榭」，臺上起屋；「林容」，林下之容。楚辭招魂：「層臺累榭，臨高山些。」故知起榭

則林容出。

〔嶽里生秋草〕「嶽里」，齊國臨淄地名。左傳襄公二十八年：「（齊）慶封反，陳（陣）于嶽。」注：「嶽，里名。」此句以下，轉叙王府今日之蕭條及衡王後裔亡國之慘痛。

〔牛山見夕烽〕「牛山」在齊國臨淄之南（今淄博市東），淄水之上。晏子春秋諫上：「景公遊于牛山。」孟子告子篇：「牛山之木嘗美矣。」均指此。「夕烽」見〔八〕久留燕子磯院中作釋。

〔蛇遊宮内道〕原注：「晉書五行志：臨淄有大蛇，長十餘丈，負二小蛇，入城北門，逕從市入漢城陽景王祠中，已而齊王冏敗。」按：晉永寧元年（三〇一）齊王冏討趙王倫，因而殺之。明年長沙王乂又殺冏。晉書五行志載齊臨淄蛇入王祠事，以爲齊王冏敗前之兆。明衡王國滅時未必有此兆，詩借古喻亡兼狀今時衡府之荒凉。

〔失國非奔莒〕戰國時，樂毅破齊，入臨淄，齊湣王奔莒，爲其相淖齒所殺。此言清兵破青州，嗣衡王由檄奉表降，並非因奔莒而失國。

〔亡王不住共〕「共」音恭，地名，在今河南輝縣。秦攻齊，圍臨淄，齊王建不戰而降，國亡，秦遷建于共。齊人怨王，歌之曰：「松邪，柏邪？住建共者客邪？」參見〔一一五〕安平君祠「王建降秦」釋。此言嗣衡王係被俘死而非被遷。

〔雍門、流涕二句〕雍門周，戰國齊人，居臨淄之雍門，名周，亦稱雍門子。善鼓琴，嘗干孟嘗君，君曰：「先生鼓琴亦能令人悲乎？」周乃引琴而鼓之，徐動宮徵，揮角羽，終而成曲。孟嘗君欷歔而就之，曰：「先生之鼓琴，令文（孟嘗君名田文）立若破國亡邑之人也。」見説苑善説及桓譚新論。味「今有」、「相逢」句，疑先生此行曾遇能言衡府舊事者。

【箋】

淄、青密邇，均歷代齊國所在。此題則借春秋之姜齊，戰國之田齊，以及漢、晉諸齊故事，歷叙明代衡府之興亡，取材之博，用事之切，洵屬罕覯。前半諷昔時諸王立國之豪奢，後半哀今時遺址之淒涼，情隨事生，議因叙發，真詩而兼

史也。明代諸藩荷國厚恩，素不聞執干戈以衛社稷，及臨難輒紛紛不戰而自圖苟免，非獨衡府爲然，亦其「祖訓」有以致之。

〔一三七〕　督亢

此地猶天府，當年竟入秦。燕丹不可作，千載自悽神。野燒村中夕，枯桑壠上春。一歸屯占後，墟里少遺民。

【釋】

〔解題〕督亢，戰國時燕國膏腴之地，在今河北省涿縣、固安之間，地勢平衍，舊稱督亢陂。先生初次入京，過此賦詩，並成督亢圖，今圖失而詩存。

〔天府〕見〔四二〕京口釋。

〔當年竟入秦〕燕太子丹謀刺秦王政，命荆軻僞獻督亢地圖，藏匕首以進。事敗，秦滅燕，督亢卒入秦。事見戰國策燕策、史記刺客列傳及燕丹子。句謂「當年竟入秦」，言外意「如今竟入清」也。

〔燕丹不可作二句〕「作」，興也、起也。易乾卦：「聖人作而萬物覩。」又繫辭：「神農氏作。」二句謂燕丹不可復起，故深惜之。按：先生五律以工對爲正，其變格必在第二聯，又多出之流水，頗饒搖曳或直瀉之趣，如「送我山東去，春空一雁飛」（〔二七〕淮上別王生畧），「遥憶張平子，孤燈正勘書」（〔三六〕寄張文學弨），「一遇韓安國，同悲待溺餘」（〔三四〕贈同繫閻君）皆是。此二句則自襲〔六〕金陵雜詩之一：「詩人長不作，千載尚風流。」然意興大異。

〔野燒〕「燒」，本字去聲，名詞，泛指野火。嚴維荆溪館詩：「野燒明山驛。」

〔枯桑〕徐注：「天下郡國利病書引涿州志：『土宜桑棗，桑之葉大于齊魯。』」按：先生〔三六〕樓桑廟詩：「尚想舊宅桑，童童狀車蓋。」亦詠涿州桑，惟此處著「枯」字，則因全詩意旨宜然。

〔一歸屯占後二句〕自西漢開「屯田」，西晉行「占田」，歷代或承或廢，制度不一。明代京畿設「營屯」以衛京師，清初京畿許八旗官兵圈地（丈地用繩曰圈），營屯歸官，固有害矣；圈地私占，爲害尤烈。先生營平二州史實序（文集卷二）已云：「當屠殺圈占之後，人民稀少，物力衰耗。」詩既並言「屯」、「占」，則係兩斥之。「墟里」見〔三二〕墟里詩釋。「遺民」，此指劫後殘遺之民，與不仕新朝之遺民異（參照〔四九〕桃花溪歌釋）。孟子萬章：「雲漢之詩曰：『周餘黎民，靡有孑遺。』信斯言也，是周無遺民也。」味此「遺民」之義，知先生雖並斥屯占，而惡清占尤甚。

【箋】

先生今秋始遊北京，前此十餘題皆齊魯之作；自此以下十餘題，俱幽燕之作。未抵都門，先題督亢，觀此詩首聯，當知傷心人別有懷抱。孫寶侗（博山諸生）都門送寧人先生之永平詩，首聯云：「樓臺舊入伽藍記，雨雪新成督亢圖。」其詩乃繼先生後作，卽事寓意，決非湊韻，可視爲此題疏證。

〔一三八〕京師作

煌煌古燕京，金元遞開創。初興靖難師，遂駐時巡仗。制掩漢唐閎，德儷商周王。巍峩大明門，如翬峙南向。其陽肇圜丘，列聖凝靈貺。其內廓乾清，至尊儼旒纊。繚以皇城垣，靚深擬天上。其旁列兩街，省寺鬱相望。經營本睿裁，斲削命般匠。鼎從郟鄏卜，宅是成周相。穹然對兩京，自古無與抗。酆宮遜顯敞，未央失弘壯。西來太行條，連天矚崖嶂。東

盡巫閭支，界海看滉瀁。居中守在支，臨秋國爲防。人物並浩穰，風流餘慨慷。百貨集廣馗，九金歸府藏。通州船萬艘，便門車千兩。緜延祀四六，三靈哀板蕩。紫塞吟悲笳，黃圖布氈帳。獄囚圻父臣，郊死凶門將。悲號煤山縊，泣血思陵葬。宗子洎羣臣，鳶岑與黔漲。丁年抱國恥，未獲居一障。垂老入都門，有願無繇償。足穿貧士履，首戴狂生盎。愁同箕子過，悴比湘纍放。縱横數遺事，太息觀今鼎。空懷赤伏書，虛想雲臺仗。不覩舊官儀，惸惸念安傍？復思塞上遊，汗漫誠何當。河西訪竇融，上谷尋耿況。聊爲舊京辭，投毫一吁悵。

【釋】

〔解題〕「京師」通指國之首都。公羊傳桓公九年：「京師者何？天子之居也。京者何？大也。師者何？衆也。天子之居，必以『衆』、『大』之辭言之。」然先生肇域志則謂鳳翔有山曰「京」，有水曰「師」，周文王、武王建都于此，故合「京師」二字名之。據此則「京師」乃鳳翔之專稱，「首都」之義蓋出自引申，此又一説。明太祖始建都于應天府；後成祖建北京于順天府，遂改應天府爲南京。永樂十九年遷都北京，乃尊北京爲「京師」。按：清世祖入關，亦建都于此，然本題「京師」實指明朝京師，與清朝京師同地而不畀其名，是亦「正名」之道也，讀詩者不可不知。

〔煌煌古燕京二句〕「煌煌」，原鈔本作「嗚呼」。按：「煌煌」乃頌辭，「嗚呼」乃歎辭，易歎爲頌，大失先生本意。「燕」，本字陰平，原係古國名及地名。遼于其地設析津府，初名「南京」，開泰元年（一〇一二）始改號「燕京」。金貞元元年（一一五三）易稱「中都」，元爲「大都」。三朝遞相創建，至明初已三百餘年。

〔初興靖難師二句〕明惠帝用齊泰、黃子澄諸臣之謀，欲削諸藩。其時太祖第四子棣封燕王，駐北平府，乃以清君側爲

名起兵南下，稱其軍曰「靖難之師」（參見〔一〇四〕黄侍中祠解序）。迨燕王即位南京，永樂元年，即以北平府爲「北京」，設留守司、行府、行部、國子監。七年北巡，改北平府爲順天府，稱「行在」。十一年又北巡。十四年廷議遷都北京，鳩工興建。十五年又北巡。十八年郊廟、宫殿俱成，于是改北京爲「京師」（改應天府爲南京），遂定都北遷焉。「時巡仗」，天子臨時出巡所用之儀仗。

〔制掩、德儷二句〕「掩」，壓蓋；「儷」，比匹。「閎」，宏麗；「王」，本字去聲，義近「旺」。漢、唐兩朝都長安、洛陽，規制宏麗；商都亳、殷，周都鎬、雒，享國最久，然視明之都燕，或不及焉。二句雖係頌辭，然據明史輿服志四：永樂十八年建北京時，凡宫殿門闕規制，悉如南京，而壯麗過之，通爲屋六千三百五十楹。

〔巍峩大明門〕巍峩，高大貌，張衡西京賦：「疏龍首以抗殿，狀巍峩以岌嶪。」原鈔本作「巍巍」，蓋取義論語泰伯：「巍巍乎唯天爲大。」「大明門」乃皇城六奇門之一，明史地理志一以爲係正南門。此處獨舉大明門，意謂今之北京，原係大明京師。

〔如翬峙南向〕「翬」，五采山雉。詩小雅斯干：「如鳥斯革，如翬斯飛。」此狀檐阿對峙，如雉南飛。按：翬飛式俗稱「飛檐」。

〔其陽肇圜丘二句〕「陽」，指南方。「圜丘」，祭天之圓壇，見〔八〇〕十廟釋。「肇」，始建也。按：北京于永樂十八年先建大祀殿，嘉靖九年始作圜丘。圜丘祭天，大祀享帝，故云「列聖」。「貺」音況，賜也，後漢書光武紀：「光武誕命，靈貺自臻。」以上四句記外城門與天壇。

〔其内廓乾清二句〕「内」，指皇城内。「乾清」，宫名，在今保和殿正北乾清門内，乃皇帝正寢及召見臣工之所。「至尊」指皇帝。「旒」乃帝冕前後懸垂之玉串，「纊」乃用以塞耳之絲綿，「旒纊」合成帝冕，係皇威之象徵。

〔繚以皇城垣二句〕「繚」，圍繞。「皇城」即紫禁城，周十八里。「靚」通静，揚雄甘泉賦：「稍暗暗而靚深。」以上四句記紫

禁城，言其深邃可與天上紫微垣相比也。

〔其旁列兩階二句〕此言皇城外左右兩街形勢。「省」與「寺」本漢唐中央官署總稱，可比明代六部九卿衙門。「鬱相望」猶言密集相對。

〔經營本睿裁〕書召誥：「厥既得卜，則經營。」又詩大雅靈臺：「經始靈臺，經之營之。」均指建築營造。「本睿裁」謂根據天子睿智裁奪。按：永樂中京師肇建工程，均由成祖親決。

〔斲削命般匠〕「斲」音濁，入聲，斫也。孟子梁惠王下：「匠人斲而小之。」「般匠」指公輸般（般亦作盤、班），春秋魯人，又稱魯班，古之巧匠。

〔鼎從郟鄏卜〕見〔四二〕元日詩「卜年尚未逾」釋。

〔宅是成周相〕「相」，本字去聲，覘視也。書召誥：「成王在豐，欲宅雒邑，使召公先相宅。」書雒誥：「召公既相宅，周公往營成周。」成周即雒邑。此句謂成祖居南京時即擬經營京師。

〔穹然對兩京二句〕「穹然」，高大貌。「兩京」，此指明代南京、北京，意謂南北兩京穹然相對，自古難比。

〔酆宮、未央二句〕周文王作邑于酆（亦作豐），在今陝西鄠縣東，靈臺在焉。「未央」見〔六〕金陵雜詩「規因漢未央」釋。以上六句與古都、古宮比較。

〔西來太行條二句〕「太」，原鈔本作「大」，古本字。此謂自太行山西來之支（條）脈（即南起拒馬河、北至南口之西山），一望崖嶂連天。

〔東盡巫閭支二句〕「巫閭」即醫巫閭山，主峯在今遼寧北鎮西。「東盡」謂京師東盡于巫閭山之支脈（即今燕山），沿灤河可以達海。「滉瀁」，水深廣貌。

〔居中、臨秋二句〕「支」，原鈔本作「夷」，「支」乃韻目代字。「居中」謂京師適居西山與燕山之間。左傳昭公二十三年：

「古者天子，守在四夷。」「臨秋」卽防秋，原注：「史記李廣傳：以臨右北平盛秋。」唐書陸贄傳：「西北邊歲調河南、江淮兵，謂之防秋。」蓋古代邊疆少數民族往往于秋熟時入侵，自漢代起，卽有「臨秋」、「防秋」之舉。以上六句，均言京師地理形勢。

〔浩穰〕衆多貌。漢書張敞傳：「京兆典京師，長安中浩穰，于三輔尤爲劇。」注：「浩，大也；穰，盛也。」此並指人與物言。

〔風流餘慨慷〕「風流」見〔一三四〕酬歸戴王潘韭溪聯句釋。「慨慷」同慨忼，義近慷慨。成公綏嘯賦：「時出散而將絶，中矯厲而慨慷。」句用「餘」字，蓋切燕地人物，所謂燕趙多感慨悲歌之士也。

〔廣馗〕「馗」，音義同逵，九達道也。

〔九金歸府藏〕「九」，衆多也。「九金」謂九牧之金（猶言天下之財）。「府藏」卽府庫。按：此句但贊明初國庫豐實，並非諷刺。徐注引日知録財用條（卷十二）云：「以余所見有明之事，盡外庫之銀以解户部，蓋起于末造，而非祖宗之制也。」以爲此句諷搜括，非。

〔通州船萬艘〕通州卽今北京通縣，明代北運河直達通州。

〔便門車千兩〕便門卽京師東、西便門。「兩」今作「輛」。以上六句，俱言京師之富庶。

〔緜延祀四六〕「祀」卽「年」。唐虞曰載，夏曰歲，商曰祀，周曰年。「四六」謂二十四，自明太祖至神宗萬曆二十年，合二百二十四年。時神宗怠政，朝綱漸弛，高麗兵起，努爾哈赤蠶食諸部，明之國運寖衰。參見以下「赤伏符」釋。

〔三靈哀板蕩〕「三靈」，天地人也。「板蕩」見〔二一〕墟里釋。自「緜延」、「三靈」以下十句，轉叙明清之爭以迄明亡經過。

〔紫塞吟悲笳〕「紫塞」卽長城，見〔三〕感事釋。「吟悲笳」，原鈔本作「吹胡笳」，蓋言清兵將吹笳入關。

〔黄圖布氈帳〕「黄圖」見〔五〕京闕篇釋。「氈帳」指北方少數民族所居廬帳。此言清兵曾三度入侵京師。

〔獄囚圻父臣〕自注：「王洽。」按：王洽字和仲，臨邑人，萬曆進士。官知縣，以廉能稱；司考選，以得人稱。天啟中，爲

魏忠賢所斥。崇禎初擢兵部尚書，修武備，勤訓練。二年冬，清兵入塞圍京師，洽徵兵入衛，無功。閣臣周延儒言本兵禦備疏忽，調度乖張，遂下洽獄，逾年竟瘐死，人皆惜之。明史有傳。「圻父」，周代官名，掌京畿軍事。王洽官兵尚，故以爲比。

〔郊死凶門將〕自注：「滿桂。」按：滿桂，蒙古人。幼入中國，家宣府。崇禎初，官大同總兵。清兵入寇京師，滿桂率師入衛，拜武經略，盡統入衛諸軍與清兵戰于安定門外，以衆寡不敵，力戰死。明史有傳。「凶門將」指受天子親任出征之大將，參閱〔六〇〕淮東「我爲天朝將」六句釋。

〔悲號煤山縊〕號音豪，平聲，呼叫也。「煤山縊」指李自成破京師，崇禎帝自縊于煤山事，參見〔二〕千官「罷朝辭廟」句釋。

〔泣血思陵葬〕自注：「先皇帝陵今號思陵。」原鈔本作「虜酋上我先皇帝陵號曰思陵」。按：崇禎帝死，李自成初葬，清兵入關再葬，皆草草。南明廟謚思宗，後改毅宗；清初謚懷宗，乾隆時改謚莊烈帝。「思陵」乃陵名，非謚號。又此句下，原鈔本尚有「中華竟崩淪，燔瘞久虛曠」兩句，「燔」即燔柴，祭天之禮；「瘞」指瘞薶（同埋），祭地之禮，言明亡之後，京師天地之祭久不舉行也。此與篇首「其陽肇圜丘，列聖凝靈貺」二句對照。

〔宗子洎羣臣二句〕古代嫡子繼承大宗，稱「宗子」。禮曲禮下：「支子不祭，祭必告于宗子。」此似指永曆帝。「洎」，音義同「及」。「嶲岑」、「黔漲」取義隱晦，徐注引一統志及馬援傳，以嶲岑代「滇」，以黔漲代「黔」，似寓永曆君臣逃奔西南。按：原鈔本下文有「且調入沅兵，更造浮海舫」二句，徐雖未見，然其說甚是。

〔丁年抱國恥〕「丁年」，丁壯之年。甲申國變時，先生三十二歲。「國恥」見〔三〕感事釋。自此句以下，均先生自述心迹。

〔未獲居一障〕「障」亦書作鄣，供防禦之堡壘。漢書張湯傳：博士狄山諫伐匈奴，與張湯爭于武帝前，帝作色曰：「吾使

生（指狄山）居一郡，能毋使虜入盜乎？」曰：「不能。」「居一縣？」曰：「不能。」復曰：「居一障？」曰：「能。」帝使其乘障而守，月餘，匈奴斬其頭而去。此句承上，謂自國恥以來，未嘗有一障之試。

〔有願無繇償〕「繇」同由。「有願」之願當指以下「空懷」、「虛想」諸句。

〔足穿貧士履〕原注：「（史記）滑稽傳：東郭先生久待詔公車，貧困飢寒，衣敝，履不完，行雪中，履有上無下，足盡踐地。」

〔首戴狂生盎〕原注：「後漢書逢萌傳：首戴瓦盎，哭于市曰：新乎！新乎！」按：逢萌，北海人。王莽篡漢，改國號「新」。萌挂冠東都城門，戴盎（盆）而哭云云，表不仕莽之意。

〔愁同箕子過〕箕子，紂臣。殷亡朝周，過故殷墟，感宮室毀壞，生禾黍，傷之，作麥秀之詩。見史記宋微子世家。

〔悴比湘纍放〕「悴」，憔悴。「湘」即湘水；「纍」指無罪而死者。屈原無罪放逐，投汨羅死，故稱「湘纍」。揚雄反離騷：「欽弔楚之湘纍。」指此。

〔縱横、太息二句〕「太息」，見〔二五〕安平君祠釋。「鄉」音向，同嚮，往昔也。儀禮士相見禮：「鄉者，吾子辱使某見。……」二句承上啟下，以上已觀「鄉」，以下當觀「今」，原鈔本以下有觀今十二句，潘刻本全删。其文曰：「農甿（氓）苦追求，甲卒疲轉饟（餉）。且調入沅兵，更造浮海舫。索盜窮琅當（鋃鐺），追亡敝箠杖。太陰（月）掩心中，兩日相摩盪。大運有轉移，胡天亂無象。白水餤未然，緑林烟已煬。」大意謂清廷因與南明相持，農民逋賦，士卒乏餉，猶且調沅攻黔，造船浮海，捕盜則刑戮無功，追亡亦徒費鞭扑，以致太陰掩心（心宿），兩日相摩，天道好還，胡運不終，白水真人（漢光武）雖未應世，赤眉緑林已遍天下。此皆叙順治十四年、十五年近事，亦先生寄望所在。

〔空懷赤伏書〕後漢書光武紀：光武先在長安時，同舍生彊華自關中奉赤伏符曰：「劉秀發兵捕不道，四夷雲集龍鬬野，四七之際火爲主。」李賢注云：「四七，二十八也。自高祖至光武初起，合二百二十八年，即四七之際也。漢火德，故火爲主也。」按：此光武稱帝前所造符瑞，先生渴望明朝中興，故前云「繇延祀四六，三靈哀板蕩」。今引赤伏符「四七」

之説，以明否極泰來之意。

〔虚想雲臺仗〕東漢明帝在南宫築雲臺，追念中興功臣，因圖鄧禹等二十八將于其上。原鈔本「仗」作「狀」。按：「仗」本兵器，「狀」謂狀貌，孫盛魏氏春秋云：「帝下雲臺鎧仗授兵。」故知作「仗」是。然前已有「時巡仗」韻，避複亦可。以上二句首字分作「空」、「虚」，知先生亦疑「懷」、「想」難踐。

〔不覩舊官儀〕叔孫通曾撰漢儀，衛宏撰漢官舊儀，應劭撰漢官儀，均記漢家制度（其書皆佚，清孫星衍輯有漢官七種）。詩係暗指明朝制度，另參見〔五〕京闕篇「再見東都禮」釋。原鈔本「舊官儀」作「二祖興」，蓋指明太祖、成祖（句承上，亦可指漢高祖、世祖）。詞義甚顯，故改。

〔惸惸念安傍〕「惸」同煢，憂愁也。詩小雅正月：「憂心惸惸，念我無禄。」「安傍」猶言何依。

〔復思塞上遊二句〕「汗漫」，浩瀚不着邊際也。又轉作仙人名，淮南子道應：「吾與汗漫期于九垓之外，吾不可以久駐。」故張協七命有「過汗漫之所不遊，躡章亥之所未迹」句。先生則以「汗漫」本義狀「遊」字。二句似言過京師後，將作塞上之遊，惟汗漫不定所往耳。

〔河西訪竇融〕竇融（前一六——六二）字周公，扶風平陵人。以祖父世在河西（通指今甘肅省河西走廊一帶），知其土俗，更始時，求得爲張掖屬國都尉。更始敗，酒泉太守梁統等推融行河西五郡大將軍事。融聞光武即位，乃決策歸漢。後以功封安豐侯，官至大司空，世爲外戚。後漢書有傳。

〔上谷尋耿況〕耿況字俠游，茂陵人。王莽末，官上谷（郡治在今河北懷來東南）太守。光武欲收河北，行至薊，聞邯鄲王郎兵方到，懼而欲南歸。況長子弇時爲光武門下吏，力諫阻，且約父況及漁陽太守彭寵之兵南行。況後以功封隃麋侯，見耿弇傳附。按：竇融、耿況均興漢功臣，一居河西，一居河北，俱在塞上。先生汗漫尋訪，其取喻可知。

〔聊爲舊京辭二句〕「舊京」，京闕篇指南京，此則指北京。「舊京辭」，蓋借兩都、二京、三都諸賦以喻本篇。結句「投毫

一吁悵」，正與原鈔本起句作「嗚呼」相應。

【箋】

先生前有帝京篇（即[五]京闕篇），今有京師作；前係五言長排，今係五言古體，皆十字成韻，一韻到底，以詠舊京，可謂大重矣。然時隔十三年，二作雖體格不殊，而氣象大異。論體格，二作均先叙舊京歷史規模，繼叙人事喪亂，終以述志作結。論氣象，前作「念昔掄科日」以下，中興氣象盎然；今作「丁年抱國恥」以下，行邁靡靡，中心如噎，「空懷」、「虛想」、「不覩」、「聊爲」之辭，層見叠出，噫嘻，何其衰耶！然先生平生有哀歎而無絶望，潘刻所删十二句正先生寄望所在，雖曰「虛」、「空」，終歸「尋」、「訪」。來日墾田晉北，建瓴華陰，似皆知其不可爲而爲，仁人之志，似衰而未嘗衰也。

［一三九］ 薊州

北上漁陽道，陰風倍慘悽。窮魚浮淀白，孽鳥向林低。故壘餘安史，居人半霫奚。停驂聊一問，幾日到遼西？

【釋】

〔薊州〕其地隋時爲漁陽郡治，唐開元時始分幽州之漁陽、三河、玉田三縣地置薊州，宋、金、元、明皆稱「州」未改，惟明省漁陽縣入州，屬順天府，清仍之。民國改州爲縣，即今河北省薊縣。又自秦迄唐之「薊縣」在今北京大興，係唐時范陽之薊，與漁陽之薊不同地，先生京東考古録析之甚明。

〔漁陽〕秦設漁陽郡，今北京市東，天津市北，長城南，遵化西皆其地。治設漁陽縣（在今密雲之南。舊城在漁水之陽，

故名）。三國魏時，郡、縣俱廢。隋時復設郡，僅有今薊縣、平谷一帶地，設縣爲郡治。唐廢郡，明復廢縣，唯存薊州。詩所云「漁陽道」，從古地名。

〔窮魚浮淀白〕「窮魚」，受困之魚。梁簡文帝謝賜錢啟：「方使怖鴿獲安，窮魚永樂。」（藝文類聚六六）「淀」音甸，淺水湖泊。浮白，魚死而浮白也。

〔孽鳥向林低〕原注：「戰國策：雁從東方來，更羸以虚發而下之，曰：此孽也。注：孽者，謂隱痛于身，如孽子也。」按：引文出楚策，有省略。「孽子」，旁出之庶子，爲衆所賤，故孟子盡心上曰：「獨孤臣孽子，其操心也危。」「孽鳥」猶言尾行傷弓之鳥，並上句「窮魚」，俱以喻漢民。

〔故壘餘安史〕唐天寶十四載（七五五），安禄山、史思明發所部兵及羅、奚、契丹、室韋兵十五萬反于范陽。唐范陽郡在今北京市一帶，與當時漁陽縣密邇，故白居易長恨歌又曰「漁陽鼙鼓動地來」。然此所云「故壘」，實隱指崇禎二年與十五年清兵兩次入關攻薊州之遺迹；所云「安史」，亦借指清兵。

〔居人半霫奚〕原注：「舊唐書北狄傳：奚國在京師東北四千餘里，東接契丹，西至突厥，南拒白狼河，北至霫國。」按：「霫」與「奚」乃二少數民族名。霫音習，匈奴別種，居潢水之北鮮卑故地。奚亦東胡種，居遼水上游，漢稱烏桓，隋唐稱奚。貞觀四年（六三〇）突厥亡，霫、奚、室韋皆内附。俱見舊唐書北狄傳。然詩所云霫、奚，實指滿人。

〔停驂聊一問二句〕「驂」音參，本指一車駕三馬，或泛指馬或車。謝朓別范雲詩：「停驂君悵望。」按：明末，清兵被阻于遼西錦州至寧遠一綫，皇太極屢犯燕薊，均繞道喜峯口、牆子嶺突入，明軍但知死守山海關，而不知守此，故詩有此一問，意謂薊州距遼西非遥，清兵指日可到也。又，「遼西」本秦漢郡名，治先後設今盧龍、撫寧一帶，均明、清永平府轄地。先生行將赴永平，故此問亦屬雙關。

【箋】

孫寶侗都門送寧人先生之永平七律，首聯云：「縱横車馬薊門途，憔悴人如楚大夫。」末聯曰：「海上諸侯能好客，莫愁邊路出東都。」知先生此次出都東行，經薊州，過玉田，抵永平之盧龍；稍出山海關，登望夫石；折回關内，訪昌黎；然後北上越三屯營，抵昌平謁十三陵，自冬歷春之行程，居燕之日，即與朋儕籌之熟矣。

〔一四〇〕 玉田道中

我行至北方，所見皆一概。豈有田子春，尚守盧龍塞？驅車且東之，英風宛然在。山中無父老，故宅恐荒穢。浭水久還流，盤山仍面内。地道無虧崩，天行有蒙昧。騁目一遐觀，浩然發深慨。可憐壯遊人，不遇熙明代。

【釋】

〔解題〕玉田，縣名，明屬薊州。春秋時，其地爲山戎無終子國；漢設徐無無終縣，屬右北平郡；唐始改爲玉田縣，沿稱至今。「道中」謂自玉田至永平途中。

〔我行、所見二句〕俱指北方人物言。「一概」本係齊平斗斛之木棍，故「一概」猶言「一律」。屈原九章懷沙：「同糅玉石兮，一概而相量。」抱朴子釋滯：「各從其志，不可一概而言也。」二字多用于貶義。「所見一概」當隱指崇禎二年己巳之役、十七年甲申之役沿途迎降事，見後箋。

〔豈有田子春二句〕田疇字子春，漢末無終人。好讀書，善擊劍。董卓之亂，率宗族等數百人入徐無山（在境内），躬耕養親，來歸者五千餘家，北邊翕然服其威信。曹操北征烏丸，令疇向導，上徐無山，出盧龍，歷平岡，登白狼堆，去柳城二百餘里，虜乃驚覺，遂大斬獲。論功行封，疇固讓，曰：「疇負義逃竄之人耳。恩蒙全活，爲幸多矣，豈可賣盧龍

之塞以易賞禄哉！」見三國志魏志田疇傳。二句承上作反問，意謂我行所見皆碌碌，未知尚有堅守盧龍如田子春者否？

〔驅車且東之二句〕先生由薊州東行，經玉田；復東行，將抵永平府之盧龍。李白經下邳圯橋懷張子房詩：「我來圯橋上，懷古欽英風。」此處「英風」專指田疇遺風。

〔山中無父老二句〕「山」指徐無山；「父老」指田疇當年所率之宗族父老；「故宅」指田疇所居，皆途中想象之辭。「荒穢」猶荒蕪，陶潛歸田園居：「晨興理荒穢，帶月荷鋤歸。」

〔浭水久還流〕自注：「薊州志：浭水在豐潤縣西門外。凡水東流，而此獨西，故名曰還鄉河。」浭音庚，浭水源出遷安，西流入薊運河。

〔盤山仍面内〕盤山又名盤龍山，在薊州西北二十餘里。「面内」謂盤山面向内也，與上句「還流」取意同。司馬相如封禪文：「昆虫闓澤，回首面内。」（闓澤亦作闓懌）萬曆初，李成梁曾在盤山破土蠻，疑詩指此。

〔地道、天行二句〕「地道」猶地理。「無虧崩」，指浭水還流、盤山面内二事。「天行」即天道，「蒙昧」，昏暗無知貌，此言天道無知，喻時事。

〔騁目〕即縱目、縱覽。沈約郊居賦：「臨巽維而騁目。」

〔遐觀〕猶遠眺、遠望。陶潛歸去來辭：「時矯首而遐觀。」

〔深慨〕猶長歎。「慨」見〔一三〕爲丁貢士亡考生日作。

〔壯遊〕懷抱壯志而遠遊也，杜甫有壯遊詩。此處係先生自指。

〔熙明〕熙亦明也。書益稷：「百工熙哉！」「元首明哉！」

【箋】

崇禎二年己巳之役，清兵逾塞入侵，兵未至而先通款迎降者，玉田、遷安是也，其中最卑劣之官吏乃盧龍、遷安二令。又甲申四月多爾袞率師入關，經行路綫與先生正同；其時沿途迎降，與己巳之役亦同。此詩所記道中觀感，明頌田子春，實斥迎降者。然而明之叛臣，一變而成清之顯貴，時異勢異，豈刑戮所能加？惟有尚思古人，取譬山水，自歎不遇熙明而已。

〔一四一〕永平

流落天涯意自如，孤蹤終與世情疏。馮驩元不曾彈鋏，關令安能强著書？榆塞晚花重發後，灤河秋雁獨飛初。從兹一覽神州去，萬里徜徉興有餘。

【釋】

〔解題〕永平，明清時府名，曾轄盧龍、遷安、撫寧、昌黎、樂亭、臨榆六縣及灤州一州，治設盧龍，民初裁府留縣。詩以「永平」爲題，雖未詠永平事，然實作于盧龍。盧龍在灤河東岸，相傳爲古孤竹國地，隋始置盧龍縣，爲盧龍郡治。

〔終與世情疏〕「世情」，世態人情。王維送孟六歸襄陽詩：「久與世情疏。」

〔馮驩元不曾彈鋏〕驩又作諼、煖，音近歡。馮驩，戰國齊人。初爲孟嘗君下客，乃彈鋏（劍把）歌曰：「長鋏歸來乎！食無魚。」孟嘗君使人給之。後復彈「出無車（輿）」、「無以爲家」，孟嘗君悉滿足之。事見戰國策齊策及史記孟嘗君列傳。「元」，此處通原。

〔關令安能强著書〕「關令」參見〔一三〇〕前詩意有未盡再賦「門前有客」句釋。又史記老子傳：「老子居周，久之，乃遂去。至關，關令尹喜曰：『子將隱矣，强爲我著書。』」相傳尹喜字公度，爲函谷關令，老子授以道德經五千言，遂與老子俱西

去，莫知所終。以上「馮驩」、「關令」二句均反用其事。

〔榆塞〕即榆關或山海關，詳見〔一四〕山海關解題。「塞」本指邊界險要之處，多設城垣以守。古亦有樹榆爲塞者，然係通指。隋開皇時于長城起點設「榆關」，乃先生用詞所本。

〔灤河〕即古之濡水或難河。上源即今閃電河，至多倫折向東南流，始稱灤河。下游經遷西、遷安、盧龍、灤縣，至昌黎、樂亭之間入渤海。

〔神州〕見〔三〕感事釋。

〔徜徉〕音義同倘佯、相羊，叠韻聯緜字，徘徊或彷徨也。淮南子人間：「鴻鵠翔乎忽荒之上，徜徉乎虹蜺之間。」

【箋】

首尾兩聯係尋常行旅語，「榆塞」、「灤河」一聯爲狀景紀時作，全詩着意處唯頷聯二句。按：先生本年深秋抵盧龍，盧龍乃永平府治，其地官長正係孫寶侗所云「海上諸侯能好客」者，故有預邀先生撰志事。據先生營平二州史事序（文集卷二），謂其地之官長暨士大夫來言曰：「府志藁已具矣，願爲成之。」而先生則拒之曰：「嗟乎！無郭君（名造卿，曾作永平志百三十卷）之學，而又不逢其時；以三千里外之人，而論此邦士林之品第；又欲取成于數月之內，而不問其書之可傳與否，是非僕所能。」緣先生爲交結天下豪傑，始遍遊四方，且行且賈，既非彈鋏干人，亦不欲强自著書，「馮驩」、「關令」二句蓋反其事而言志也。

〔一四二〕謁夷齊廟

言登孤竹山，愾焉思古聖。荒祠寄山椒，過者生恭敬。百里亦足君，未肯滑吾性。遜國全

天倫，遠行辟虐政。甘餓首陽岑，不忍臣二姓。可爲百世師，風操一何勁。悲哉尼父窮，每歷邦君聘。楚狂歌鳳衰，荷蕢譏擊磬。自非爲斯人，棲棲無乃佞。我亦客諸侯，猶須善辭命。終懷耿介心，不踐脂韋徑。庶幾保平生，可以垂神聽。

【釋】

〔解題〕伯夷、叔齊，孤竹君之二子。父欲立叔齊，及父卒，叔齊遜伯夷，伯夷曰：「父命也。」遂逃去；叔齊亦不肯立而逃之。時殷紂暴虐，夷齊遂往周國，文王尊養之。文王卒，武王伐殷，夷齊叩馬而諫，以爲不當以臣伐君。紂亡，天下宗周，夷齊恥之，義不食周粟。隱于首陽山，采薇而食，竟餓死。事見史記伯夷傳及孟子萬章下。相傳盧龍即古孤竹國，故後人立廟于此，先生客盧龍時，因得謁焉。

〔言登孤竹山〕「言」，發語詞，無義。如詩周南漢廣：「翹翹錯薪，言刈其楚。」與「願言」（見〔八一〕金山）、「眷言」（見〔二二〕墟里）之爲語尾詞同。孤竹山一名洞山，在盧龍城西北二十里，有孤竹城舊址。山有清節廟，即夷齊祠也。

〔愾焉〕愾音概，歎息，見〔一三三〕爲丁貢士亡考生日作。

〔山椒〕見〔一一七〕勞山歌釋。

〔百里亦足君〕孤竹，小國也，此言立國不在大小。荀子仲尼：「故善用之，則百里之國足以獨立矣。」又孟子公孫丑上：「得百里之地而君之。」

〔未肯滑吾性〕滑音骨，亂也。莊子繕性篇以「繕性」與「滑欲」對言；劉勰新論云：「靡麗之華，不以滑性。」此句承上，意謂百里之君亦不可苟得。

〔遜國全天倫〕遜，讓也；遜國事見解題。「天倫」本指兄弟間之倫序，穀梁傳隱公元年：「兄弟，天倫也。」句謂夷齊互讓

國君之位以全兄弟天倫。

〔遠行辟虐政〕「辟」通避。孟子離婁上：「伯夷辟紂，居北海之濱。聞文王作，興曰：盍歸乎來！吾聞西伯善養老者。」

〔甘餓首陽岑〕「岑」，山之小而高者。首陽山即夷齊采薇餓死處。其山所在有多說：（一）今山西永濟之雷首山。（二）今河南偃師西北之首山。（三）在甘肅隴西縣之西南。（四）今山東昌樂縣東之孤山（見〔一三五〕濰縣自注）。（五）在盧龍縣東南，即嵎山，據詩意當指此。

〔不忍臣二姓〕不忍爲二姓之臣。按：殷姓子，周姓姬，孤竹君原係殷臣，故夷齊不忍食周粟。

〔可爲百世師二句〕孟子盡心下：「聖人，百世之師也，伯夷、柳下惠是也。」晉書賀循傳載陸機薦循疏：「德量邃密，才鑒清遠。服膺道素，風操凝勁。」風操謂風骨節操。

〔悲哉尼父窮二句〕「尼父」即孔子，見〔一三三〕登岱釋。「邦君」即諸侯、國君，論語八佾：「邦君樹塞門，管氏亦樹塞門。」「歷」，選擇也，離騷：「靈氛既告余以吉占兮，歷吉日乎吾將行。」二句意謂孔子雖遇困窮，亦不苟受諸侯之聘。

〔楚狂歌鳳衰〕論語微子：「楚狂接輿歌而過孔子，曰：『鳳兮，鳳兮！何德之衰！（衰音期）……已而，已而！今之從政者殆而！』」

〔荷蕢譏擊磬〕論語憲問：「子擊磬于衞，有荷蕢（音匱，盛草器）而過孔氏之門者，曰：『有心哉，擊磬乎！』既而曰：『鄙哉，硜硜乎！莫己知也，斯已而已矣。深則厲，淺則揭。』」上引楚狂與荷蕢之言，皆諷孔子不當從政，當知難而退。

〔自非爲斯人二句〕論語微子：「夫子憮然曰：鳥獸不可與同羣，吾非斯人之徒與而誰與？」又憲問：「微生畝謂孔子曰：丘何爲是棲棲者與？無乃爲佞乎！」「棲棲」見〔七三〕贈鄺處士繼思釋。二句謂苟不爲天下之人，則孔子忙忙碌碌，豈非諂佞乎？

〔我亦客諸侯二句〕孟子公孫丑下：「孟子曰：伯夷非其君不事，非其友不友，不立于惡人之朝，不與惡人言，……是故諸

侯雖有善其辭命而至者，不受也。」又曰：「我于辭命，則不能也。」詩二句蓋反孟子之意，謂我今亦遊于諸侯（指地方官守）之間，仍須工于辭命以自飾。

（終懷、不踐二句）「耿介」謂守正不阿，屈原離騷：「彼堯舜之耿介兮，既遵道而得路。」脂，油脂；韋，柔皮，楚辭卜居：「寧廉潔正直以自清乎？將突梯滑稽，如脂如韋以潔楹乎？」踐徑猶言行路。二句承上，謂我雖遊于諸侯之間，終當守正不阿，不爲諂佞油滑之行。

（庶幾保平生）庶幾，推定詞，表期望，孟子梁惠王下：「王庶幾改之。」「平生」指平生志節。

（可以垂神聽）「垂聽」猶傾聽或承蒙傾聽，多用于上對下，有表謙意。漢書董仲舒傳：「子大夫其精心致思，朕垂聽而問焉。」「神」，此處指夷齊。

【箋】

先生〔三五〕濰縣詩：「人臣遇變時，亡或愈于死。」「世人不達權，但拜孤山祀。」此右靡而左伯夷也。今此詩曰：「甘餓首陽岑，不忍臣二姓。可爲百世師，風操一何勁。」其以「風操」頌伯夷較韓愈伯夷頌實有過之。然則人臣是非竟無定乎？曰否，夷齊，聖之清者，清者守經；孔子，聖之時者，時者達權。先生師孔子，是故不夷不惠，若儒若賈，棲棲惶惶，遊于諸侯，爲斯人而又不爲佞也。此篇前半頌夷齊，後半全以尼父行事自喻，先生出處分寸大抵如是，故可作一篇「述志」讀。

編年(一六五九)

是年歲次己亥，明永曆十三年，清順治十六年。

正月，清兵攻入雲南(昆明)，繼續西進。永曆帝次永平，抵永昌(保山)。

二月，清兵佔永昌，永曆帝奔騰越，沿途武夫劫掠，從臣多叛。李定國設謀與清兵大戰于磨盤山，明三路伏兵皆敗。清兵以損折多，亦回師。

三月，永曆帝偕沐天波、馬吉翔等過囊木河，入緬甸。永曆臣馮雙禮、馬寶等均降清。時李定國屯猛緬，白文選屯木邦。文選擬迎永曆帝出緬，帝亦擬召文選，均不果。清于是以平西王吴三桂鎮雲南，以平南王尚可喜鎮廣東，以靖南王耿繼茂鎮四川(後改福建)。

閏三月，沐天波等内外諸臣謀奉永曆帝出奔，不果。

五月，緬人移永曆帝于阿瓦城(緬酋所居)之者梗(或作赭硜)，居草廬十餘間。從臣自備竹木，結宇聚處，亦有被緬酋編爲奴隸者。鄭成功、張煌言取崇明，不守，大舉入長江，以牽制清入滇軍。

六月，鄭成功連破清兵，克瓜洲、鎮江，抵南京近郊。張煌言召儀徵、蕪湖俱反正，江南北共收二十餘城。清帝大震，議親征。

七月，鄭成功圍南京，清兩江總督郎廷佐詐通款以驕之。成功懈，清總兵梁化鳳襲破甘輝兵，成功遂大敗，退入海，所復諸地盡失。張煌言被截于銅陵上江，清召之，不從，間關奔天台，與成功會晤。

八月，清兵入成都，四川平。川東李自成餘部李來亨等至是俱盡。
九月，鄭成功再攻崇明，不克。
十月，李定國移駐孟艮。鄭成功回厦門，使人赴緬告敗。
十二月，白文選移駐猛壤。

是年先生四十七歲。春，自盧龍稍出山海關，折返昌黎，作拽梯郎君祠記。還盧龍，纂成營平二州史事六卷。然後經遷安之三屯營，西北行至昌平，始謁天壽山十三陵，登居庸關。秋後南返，經山東鄒平，訂縣志，過長清，訪碑靈巖山寺。渡淮次揚州。復北上。

是年先生第三甥徐元文狀元及第。

〔一四三〕 寄弟紓及友人江南三首 已下屠維大淵獻

仲尼一旅人，棲棲去齊衛。當其在陳時，亦設先人祭。深哉告孟言，緬矣封防制。而我亦何爲，遠遊及三歲。前年北踰汶，頃者東過薊。三世但一身，南瞻每揮涕。未敢廢烝嘗，無由辦羊彘。粟從仁者求，酒向鄰家貰。庶幾儻來歆，精靈眇天際，不知自兹往，吾駕焉所稅。世故多屯邅，曰歸未成計。疢如切中心，没齒安蔬糲。

【釋】

〔解題〕先生生父顧同應生五子，先生行二，原名絳，襁褓出嗣。同懷長兄緗，字遐篆，崇禎六年順天舉人，十四年病卒。三弟纘（吴譜作季弟），字子叟；四弟繩，字子武，俱死乙酉之難。作詩時唯幼弟紓（崑新合志作「同應第三子」，欠確）存。紓字子嚴，幼先生七歲。少負經濟才，明亡後，隱居崑山千墩之舊廬。居親喪，哭過哀，目遂盲。性耿介，與兄並相砥礪。甥徐乾學兄弟勢望方隆，紓獨養高自重。華陰王弘撰稱其闇修于不聞不見之地，不愧隱君子。小腆紀傳附紓于兄炎武傳。本年紓四十歲，二十年後，先生又自關中寄紓五言古體一首，即〔二六六〕寄子嚴，似爲六十壽作。本題共三首，一、二係寄弟紓，其三則專寄江南友人，蓋同題而異作也。屠維大淵獻即己亥歲。

〔仲尼一旅人〕「旅」原鈔本作「魯」，似對下句齊、衛、陳而言。中華書局本據各本均作旅；徐注引杜甫兩當縣吴侍御江上宅詩「仲尼甘旅人」，與下句「棲棲」之義亦切，似可並存。

〔棲棲去齊衛〕「棲棲」見〔七三〕贈鄘處士繼思釋。「去」，離去。據史記孔子世家：魯亂，孔子適齊。齊景公弗能用，又適衛。或譖孔子于衛靈公，居十月，又去衛。

〔在陳、設祭、告孟三句〕原注：「家語：孔子厄于陳蔡，七日不食。子貢以所齎貨竊犯圍而出，告糴于野人，得米一石焉。顏回、仲由炊之。子召顏回曰：疇昔予夢見先人，豈或啟佑我哉？子炊而進飯，吾將祭焉。」「告孟言」，「孟」應作「夢」，中華書局本蓋承潘刻本及原鈔本之誤。告夢之言而曰「深哉」，蓋多其「啟佑」。

〔緬矣封防制〕「緬」，邈然遠思貌。「封」，積土使高。按：魯之防山，孔子合葬父母處。禮檀弓上：「孔子既得合葬（考妣）于防，曰：吾聞之，古也墓而不墳（墳高于墓），今某東西南北之人也，不可以弗識也。于是封之，崇四尺。」此句可參閱〔二九〕奉先妣葬詩及「宣尼封防」句釋。

〔而我亦何爲以下四句〕「何爲」猶爲何，發問詞。「三歲」謂自前年丁酉北遊，經去年（頃者）戊子，至今年己亥作詩時已

三年也。「踰汶」，見〔一三四〕酬歸戴王潘四子聯句「停車汶水西」句。「過薊」見〔一三九〕薊州詩。四句概述三年旅程。

〔三世但一身二句〕原注：「北史王慧龍傳：自慧龍入國，三世一身，至瓊始有四子。」按：王慧龍本係東晉王愉（坦之子）孫，愉得罪劉裕，被殺，子孫皆死。惟慧龍爲沙門僧彬所匿，後歸北魏，積功授龍驤將軍。慧龍獨子寶興亦授龍驤將軍。寶興獨子瓊，孝文帝時官兗州刺史，終中書令。慧龍、寶興、瓊三世單傳，故曰「三世一身」。先生嗣祖紹芾、嗣父同吉，至先生共三世，此時先生尚無子嗣（有子詒穀已殤），故三世亦止一身。下句「南瞻每揮涕」，以此。

〔烝嘗〕見〔六〕金陵雜詩「灑掃及冬烝」釋。

〔辦羊彘〕「辦」，原鈔本作「辨」，辨明也。古祭必用牛、羊、彘三牲，牛獨用曰太牢，羊獨用曰少牢，豕（亦稱豚、彘）獨用曰饋食。祭者選牲必親辨其肥瘠色澤，如禮曲禮下：「凡祭宗廟之禮，牛曰一元大武，豕曰剛鬣，豚曰腯肥，羊曰柔毛，……」疏云：「若羊肥則毛細而柔弱。」又彘，豕也，後蹄廢謂之彘。豚，小豕。均見說文。

〔粟從仁者求〕徐注引禮：父母既没，必求仁者之粟以祀之，此之謂禮終。

〔酒向鄰家貰〕「貰」，音世，賒貸。史記高祖紀：「爲泗水亭長，……常從王媼、武負貰酒。」按：以上四句，實狀旅中孤況。

〔庶幾儻來歆〕「庶幾」見〔一四二〕謁夷齊廟釋。「儻」，俗作倘，或然之詞，猶言「也許」。「歆」，享（饗）也，指鬼神接受祭饗。

〔精靈〕見〔一二七〕謁孟子廟釋。

〔吾駕焉所稅〕「焉」，疑問副詞，猶「何」、「安」。「駕所稅」，見〔一二七〕哭顧推官釋。

〔屯邅〕艱難曲折。易屯卦：「屯如邅如。」疏曰：「屯是屯難，邅是邅回。」

〔曰歸〕「曰」，語助詞，無義，詩豳風東山：「我東曰歸，我心西悲。」

〔疢如切中心〕原注:「詩:疢如疾首。」引詩見小雅小弁。「疢」音震,病也,通指熱病。此句意謂心急如焚。

〔没齒安蔬糲〕論語憲問:「問管仲,曰:人也。奪伯氏駢邑三百,飯疏食,没齒無怨言。」「没齒」謂盡天年,猶云終身。「疏食」即疏糲。「疏」,粗也,原鈔本誤作「蔬」(潘刻本作「疏」),中華書局本誤從原鈔本。左思魏都賦:「非疏糲之士所能精。」韓愈山石詩:「疎糲亦足飽我飢。」

吾家有賜塋,近在尚書浦。前區百畝田,後啟重門堵。子姓儼成行,科名多接武。家風萬石傳,花竹平泉圃。蟬聯二百祀,魂魄猶茲土。一旦閲滄桑,他人代爲主。痛我遊子身,中年遭薄祜。驅車去關河,行行遠豺虎。親朋不可見,何況予同父。碌碌想阿奴,耕田故辛苦。行者歎四方,居者愁門户。豈爲别離哀,努力念爾祖。

【釋】

〔吾家有賜塋二句〕「尚書浦」在崑山之千墩,「賜塋」見〔三九〕奉先妣葬詩,其地在當時崑山縣六保鳴字圩尚書浦之西。

〔前區百畝田〕「區」,區分也,此作動詞,與下「啟」字對。漢代分區耕種之田亦稱區田,見氾勝之書。

〔後啟重門堵〕「堵」即圍牆。「重門」指多重門户,易繫辭下:「重門擊柝,以待暴客。」按:「前區」、「後啟」二句係述顧氏千墩田宅,與「吾家」二句先記祖塋並非一地。

〔子姓儼成行〕言子孫整齊而衆多。儀禮特牲饋食禮:「子姓兄弟,如主人之服。」注:「所祭者之子孫。言子姓者,子之所生。」故知「子姓」即「子孫」。

〔科名多接武〕言科名歷世不絶。「科名」即科舉名目,係隋唐以後讀書人進身門徑,如唐之進士、明經,明之進士、舉人皆是。參見〔一〇四〕黄侍中祠釋。「武」,足跡,禮曲禮上:「堂上接武,堂下步伍。」故「接武」本指足跡前後相接,引申爲

人事歷代相承。先生顧氏譜系考載其高祖濟，正德丁丑進士；曾祖章志，嘉靖癸丑進士；祖紹芳，萬曆丁丑進士；生父同應，萬曆乙卯、戊午副榜；同懷兄緗，崇禎癸酉舉人。

〔家風萬石傳〕「家風」指家族傳統風尚。庾信哀江南賦序：「潘岳之文采，始述家風。」按：岳有家風詩。「萬石」本指食禄總數。漢有二千石官，凡一門有五二千石，則合稱萬石。如石奮及四子建、甲、乙、慶皆官二千石，景帝號奮爲「萬石君」。嚴延之五兄弟俱爲二千石，時號其母爲「萬石嚴嫗」。後世雖無二千石官，但一門受禄得比漢五二千石者，亦同此譽。崑山顧氏以二百年合計可達萬石，以一時一門計則殊不足。「傳」本字去聲，名詞，乃「傳記」之傳。

〔花竹平泉圃〕「圃」，園林。「平泉」，别墅名。唐李德裕有平泉山莊，去洛陽三十里，卉木臺榭，若造仙府。德裕有平泉山居草木記，白居易有醉遊平泉詩，其事亦見康駢劇談録。崑山千墩浦亦有顧氏園林之勝。

〔蟬聯二百祀〕「蟬」指貂蟬，貴官冠飾。「蟬聯」謂仕宦相承不絶。梁書王筠傳：「（沈約云：）吾少好百家之言，身爲四代之史，自開闢已來，未有爵位蟬聯、文才相繼如王氏之盛者也。」「祀」，年也，見〔一三八〕京師作「緜延祀四六」釋。

〔魂魄猶兹土〕原注：「陸士衡贈從兄車騎詩：營魄懷兹土，精爽若飛沈。」按：老子：「載營魄。」河上公注：「營魄，魂魄也。」「兹土」，指千墩故園。

〔一旦他人二句〕「滄桑」喻世變，見〔四九〕桃花溪歌「桑田滄海幾回更」釋。二句承上「兹土」，暗示國變後，崑山祖產已被他人霸佔，「他人」指葉方恆。事見〔九五〕贈路光禄太平箋附歸莊送顧寧人北遊序。

〔薄祜〕祜音户，福也。嵇康幽憤詩：「嗟予薄祜，少遭不造。」

〔豺虎〕喻惡人，張衡南都賦：「帝亂其政，豺虎肆虐。」詩以喻仇家葉氏。按：先生北遊原因甚多，寄弟紓詩但涉仇家，不及時事，與下寄友人多涉時事異。

〔予同父〕指同父兄弟，詩唐風杕杜：「豈無他人，不如我同父。」

〔碌碌想阿奴二句〕「碌碌」，平庸無能；「阿奴」，阿弟代詞。晉書周顗傳：母絡秀謂三子曰：「爾等並貴，吾復何憂？」嵩曰：「伯仁好乘人之弊，嵩性亢，亦不容于世；惟阿奴碌碌，當在阿母目下耳。」（嵩語亦見世説新語識鑒）按：絡秀三子，顗字伯仁，居長；嵩居次，皆褊急不容物，故先後爲王敦所害。三子謨，乳名阿奴，較平庸。初官後軍將軍，能爲兄顗申雪請贈，仕至侍中中護軍，封西平侯。後世因沿稱胞弟爲「阿奴」，此指紓。紓在家躬耕養拙。

〔行者、居者二句〕「行者」先生自指，「居者」指紓。「四方」見〔五五〕流轉「丈夫志四方」釋。「門户」猶門庭，此承「碌碌想阿奴」句故事：絡秀語伯仁等曰：「我所以屈節爲汝家作妾，門户計耳。」（見世説新語賢媛）又，左傳僖公二十八年：「不有居者，誰守社稷？不有行者，誰扞牧圉？」

〔努力念爾祖〕「努」，原鈔本作戮。詩大雅文王：「無念爾祖，聿修厥德。」

自昔遘難初，城邑遭屠割。幾同趙卒坑，獨此一人活。既偷須臾生，詎敢辭播越。十年四五遷，今復客天末。田園已侵并，書卷亦剽奪。尚虞陷微文，雉羅不自脱。却喜對山川，壯懷稍開豁。秉心在忠信，持身類迂闊。朋友多相憐，此志貫窮達。雖鄰河伯居，未肯求呴沫。出國每徒行，花時猶衣褐。以此報知交，無爲久惻怛。

【釋】

〔自昔遘難初二句〕「遘難」猶遇難、遭難，此指乙酉歲南都不守，清兵屠戮蘇崑，以及先生滿門罹禍事，參見乙酉編年。

〔趙卒坑〕見〔八〕秋山「長平敗」釋。

〔既偷須臾生〕「須臾」猶頃刻，禮中庸：「道也者，不可須臾離也。」此承上「獨此一人活」句，蓋自指。杜甫石壕吏：「存者且偷生，死者長已矣！」

〔詎敢辭播越〕「詎」，反問詞，猶豈、何、安。「播」，散也；「越」，遠也。「播越」言流離四方。左傳昭公二十六年：「茲不穀震蕩播越，竄在荆蠻。」

〔十年四五遷〕此追述乙酉以後遷徙頻繁之狀。「十之四五」舉約數，意謂一半流亡在外。如以遷居實地計，其可考者：崇禎十七年遷二次（四月遷常熟唐市，十二月遷常熟語濂涇）；順治三年命家人趙和等遷一次（未詳何地）；四年還語濂而已廬墓；茲後四五年流轉吴會，家設何處則不詳；十一年卜居金陵神烈山下。以上均見編年。

〔天末〕天之極端，喻遠地。張衡東京賦：「眇天末以遠期。」杜甫有天末懷李白詩。

〔田園已侵并以下四句〕此追述葉氏陷害事，詳情見第二首「一旦、他人二句」釋。「侵并」猶侵吞，此指田産；「剽奪」猶搶奪，此指藏書。「虞」，憂也。「微文」猶微辭，專指隱約譏諷之文，班固典引序（載文選）：「司馬遷著書成一家之言，揚名後世，至以身陷刑之故，反微文刺譏，貶損當世，非誼士也。」此借「陷微文」隱寓葉氏揭告先生通海事。「罹羅」泛指爲網，詩王風兔爰：「雉離（罹）于羅。」

〔持身類迂闊〕「持身」謂立身處世，列子説符：「子知持後，則可言持身矣。」「迂闊」謂言行迂遠而不切實際，漢書王吉傳：「上以其言迂闊，不甚寵異也。」

〔此志貫窮達〕「此志」謂「秉心在忠信」。後漢書申屠蟠傳：「不爲窮達易節。」注：「易曰：窮則獨善其身，達則兼善天下。」蓋達則行其志，窮亦不失其志，此謂「一以貫之」。

〔雖鄰、未背二句〕「河伯」，本指（黄）河神，後泛指水神，楚辭九歌有河伯篇。「呴」音吁，吹嘘也。莊子天運：「泉涸，魚相與處于陸，相呴以濕，相濡以沫。」後沿以「呴沫」或「呴濡」爲同類相助相救之詞。二句係「持身類迂闊」注脚。「河伯」不必有實指，蘧案以徐氏兄弟當之，不知徐氏此時尚未露頭角，否則先生亦不致被迫北遊也。

〔出國每徒行二句〕出國卽去國、離鄉。徒行謂徒步，論語先進：「以吾從大夫之後，不可徒行也。」衣褐，服粗衣，孟子滕

文公：「許子衣褐。」（衣，本字去聲，動詞）二句重申持身迂闊，不求呴沫之意。

〔以此報知交二句〕「此」指「秉心在忠信」以下八句。「怛」音場，「惻怛」，憂傷也，禮問喪：「惻怛之心，痛疾之意。」二句扣寄友人江南題意。

【箋】寄弟紓二首內容各異。前首自抒去國懷先、久廢蒸嘗之情；後首始及同父阿奴，共敘行者、居者之苦。遊子無家，鶺鴒有恨，二詩兼而有之。寄友人一首，前半敘往事，後半述今志，與去歲〔一三四〕酬歸戴王潘二十韻僅敘離情不同，而述志竟與今年〔一四三〕謁夷齊廟後半極相似。推先生之心，已知遊京華，客諸侯，磨涅之來，無時或已。苟欲不磷不緇，必先有所樹立。故一則曰，「我亦客諸侯」，「不踐脂韋徑」，再則曰，「雖鄰河伯居，未肯求呴沫」；一則曰，「庶幾保平生」，再則曰，「以此報知交」。蓋語異而心同，雖述而近誓矣。

〔一四四〕山海關

芒芒碣石東，此關自天作。粵惟中山王，經營始開拓。東支限重門，幽州截垠堮。前海彌浩漾，後嶺橫峉崿。紫塞爲周垣，蒼山爲鎖鑰。緬思開創初，設險制東索。中葉狃康娛，小有干王畧。撫順矢初穿，廣寧旗已落。抱頭化貞逃，束手廷弼却。駸駸河以西，千里屯氈幕。關外修八城，指揮煩內閣。楊公築二翼，東西立羅郭。時稱節鎮雄，頗折氛祲惡。神京既顛隕，國勢靡所託。啟關元帥降，歃血名王諾。自此來域中，土崩無鬬格。海燕春乳樓，塞鷹曉飛泊。七廟竟爲灰，六州難鑄錯。

【釋】

〔山海關〕古稱渝關、榆關。地當長城起點，南臨渤海，北依角山，明初在此築城設衛，清乾隆時置臨榆縣，以關爲縣東門。一九五四年撤縣，關亦劃歸秦皇島市。

〔芒芒碣石東〕「芒芒」，廣遠貌。詩商頌長發：「洪水芒芒。」左傳襄公四年：「芒芒禹迹，畫爲九州。」此狀水陸之廣遠，與狀迷濛之「茫茫」異。「碣」音揭，本指圓形如柱之石，與（方）碑對言。「碣石」乃山名，據云遠望其山，穹窿似塚，山頂有巨石如碣，故名。其山所在地向多異説，然禹貢兩言「碣石」，均曰「入于海」；秦皇、漢武皆曾東巡至此，史皆記其「刻石觀海」，故山在海畔應毋庸疑。明載其地者當據漢書地理志右北平郡驪成縣下云：「大碣石山在縣西南。」讀史方輿紀要謂撫寧縣即漢驪成縣地，故知今河北省撫寧縣西南之碣石山即先生所稱「碣石」也。又漢書武帝紀引文穎注云：碣石在遼西郡累縣，且曰「此石著海旁」。讀史方輿紀要謂昌黎縣有累縣城，故知今河北昌黎縣東南海濱之「碣石」乃俗稱「小碣石」，不得與撫寧西南（昌黎西北）之大碣石山混同也。魏書、隋書皆較漢書晚出，其地理志謂山在盧龍，以郡轄言，亦不爲誤。先生營平二州地名記均據漢書，故此句所云「芒芒碣石東」，正謂山海關在大碣石山之東也。近年遼寧省考古工作者謂碣石在綏中縣萬家鄉海濱，若然，則山海關反在其西矣。

〔自天作〕猶云「本天成」。

〔粤惟中山王二句〕「粤」，發語詞；「惟」，思念。「粤惟」猶伏惟、伏念。中山王即徐達，見〔四二〕京口詩「當年開土是中山」釋。「經營」見〔一三八〕京師作釋。「開拓」謂開闢、擴張，後漢書虞詡傳：「先帝開拓土域，劬勞後定。」按：明洪武四年（一三七一）始置山海衛；十五年命魏國公徐達築城爲關，以其背山面海，故取名「山海關」。

〔東支限重門〕「支」，原鈔本作「夷」，韻目代字也。「東夷」蓋指女真後金。「重門」見〔一四三〕寄弟紓釋。按：古渝關原在撫寧縣東二十里，徐達以其非控扼之要，移建于東六十里，即今山海關。當時北山南海，相距十里，城高四丈有奇，

周八里有奇。東西南北四門，各設重鍵，上設樓櫓，構鋪舍以便夜巡，號稱天下第一關。此句謂東夷被阻于山海關之外。

〔幽州截垠堮〕「幽州」，古十二州之一，歷代界限不同，此指舜分冀州東北爲幽州，據爾雅釋地，當有今河北省東北部及遼西一帶。「垠堮」（音銀鄂），邊界也。張衡西京賦云：「在彼靈囿之中，前後無有垠堮。」此句謂幽州被山海關截分爲二。

〔前海彌浩溔〕前海指渤海。彌，滿也。「浩溔」（音耀）同灝溔，水無涯際貌，司馬相如上林賦：「然後灝溔潢（滉）漾，安翔徐回。」此句謂山海關面對汪洋之大海。

〔後嶺橫岝崿〕後嶺指角山。「岝崿」（音作鄂），山陡峻貌，左思吳都賦：「雖有石林之岝崿，請攘臂而靡之。」按：「崿」與「堮」只是一字，「垠堮」與「岝崿」義雖畧異，然不得不視爲重韻。此句謂山海關背倚陡峭之角山。

〔紫塞爲周垣〕紫塞卽長城，見〔三〕感事釋。周垣，圍牆也，班固西都賦：「繚以周垣。」按：山海關北有角山，長城枕其上，至關，又東南築城抵海。

〔蒼山爲鎖鑰〕蒼山，泛指山海關西北燕山餘脈，山皆斗絶，狹僅通車，如設鎖鑰焉。宋王琪（字君玉）國老談苑二：「寇準鎮大名府，北使路由之，謂公曰：相公望重，何以不在中書？準曰：主上以朝廷無事，北門鎖鑰，非準不可。」

〔緬思、設險二句〕原鈔本二句作「緬思皇祖時，猶然制戎索」。「緬思」猶追惟。「皇祖」本指明太祖，潘刻諱作「開創初」。「制戎索」謂制定戎人之法也。潘刻諱「戎」爲「東」，亦韻目代字。「索」，法也。左傳定公四年：「啟以夏政，疆以戎索。」注：「太原近戎而寒，不與中國同，故自以戎法。」按：洪武二十二年，于兀良哈（民族名，蒙古支派）置朶顏（今朝陽至宣化）、泰寧（自錦州至瀋陽）、福餘（自瀋陽至開原）三衛，使之共抗韃靼（元裔）。又于朝陽、平泉、赤峯間置大寧衛，封子權爲寧王以鎮焉。成祖時，朶顏三衛暗通韃靼阿魯台，犯山海關，成祖親擊走之，此築關設險之效也。

〔中葉、小有二句〕「中葉」指嘉靖年間。「狃」，習慣于。「康娛」，安樂也，離騷：「日康娛而自忘兮，厥首用夫顛隕。」「小有」，「有」當作「醜」，亦韻目代字（原鈔本亦仍而未改）。「小醜」指建州女真。「干」，犯也。「王畧」指朝廷方畧。按：永樂元年，移大寧都司于保定，移營州等衛于內地，盡棄朶顏三衛，而于女真居地（今吉林省東南一帶）置建州衛。十年又置建州左衛。正統三年後，移建州衛至今遼寧新賓；七年增置建州右衛，共稱「建州三衛」。嘉靖以前，建州三衛受制于韃靼，尚無力直接擾明。嘉靖二十三年初犯鴉鶻關；明年又稍犯遼東松子嶺。時明朝但知南防倭寇，北禦韃靼（俺答與小王子等），于女真未以爲意。萬曆初，原建州右衛都指揮王杲（努爾哈赤外祖父）役屬左衛諸部，且屢犯遼東，張居正始命李成梁襲破之。十年，杲子阿台再犯瀋陽，李成梁追殺阿台，努爾哈赤父祖往援，亦死焉。

〔撫順矢初穿〕撫順即今遼寧撫順市。萬曆四十四年（一六一六），努爾哈赤稱帝，國號金，建元天命。四十六年以「七大恨」告天，起兵攻明復仇。首取撫順，明都督同知張承蔭死之；將士以下死逾萬。是爲愛新覺羅女真攻明之始。

〔廣寧旗已落〕「廣寧」，今遼寧北鎮。撫順既陷，明朝命楊鎬經畧遼東。萬曆四十七年，鎬分四路攻後金，自督西路，大敗于薩爾滸（山名，今新賓縣西）；其它諸路亦敗，楊鎬下獄論死。泰昌元年（一六二〇），以袁應泰經畧遼東；天啟元年（一六二一），後金陷瀋陽、遼陽，應泰自殺。于是再起熊廷弼經畧遼東，以王化貞撫廣寧。天啟二年，金攻廣寧，陷之，事見下二句釋。

〔抱頭化貞逃〕王化貞，字肖乾，諸城人，萬曆進士。爲人騃而愎，本不知兵而巡撫廣寧，輕視大敵，力主攻擊，與經畧熊廷弼牴牾。時廣寧有兵十四萬，化貞大言當一舉蕩平金兵。洎金兵進取西平堡，中軍游擊孫得功先降，化貞遂棄廣寧逃。金兵入廣寧，化貞已逃亡二日矣。後下獄論死。

〔束手廷弼却〕熊廷弼（一五六九——一六二五），字飛百，江夏人。萬曆進士。擢御史，巡按遼東，繕核軍實，風紀大振。及授經畧，深鑒楊鎬輕進之敗，乃建三方布置策：屯馬步于廣寧，置水師于天津、登萊，而自駐山海關，一力主

守，人心復固。王化貞與議不合。洎化貞敗，廷弼亦退。旋以剛直見嫉，論死，傳首九邊，遠近莫不嗟憤。

〔駸駸河以西二句〕「駸駸」，馬行疾貌，此狀時光迅速。「河」指遼河。「氈幕」猶氈帳，見〔一二八〕京師作釋。二句謂廣寧既敗，金兵勢力已達遼西。

〔關外修八城二句〕「內閣」下有自注「孫承宗」三字。孫承宗（一五六三——一六三八）字稚繩，高陽人，萬曆進士。天啟二年以兵部尚書兼東閣大學士，繼熊廷弼經畧薊遼。時遼瀋、廣寧俱破，承宗請督師山海關，便宜行事。在關四年，修復關外大城九、堡四十五，練兵十一萬，開屯五千頃。遣將戍錦州、松山、大小凌河，拓地二百里。天啟五年十月，以忤魏忠賢，罷。詩所云「關外八城」，當指錦州、右屯、松山、杏山、大凌河、小凌河、塔山、寧遠等。

〔楊公築二翼二句〕「楊公」下有自注「嗣昌」二字。楊嗣昌（一五八八——一六四一）字文弱，武陵人。崇禎四年以右參政移駐山海關，此言飭兵築二翼城以拱衞之。「羅郭」即羅城，城外之大城也。山海關羅城乃附山海城，其東郭萬曆十二年建，西郭崇禎十五年建，即詩所云「二翼」。按：嗣昌實繼袁崇煥，在關一年，二翼非其始築。先生不敘崇煥功而獨頌嗣昌，甚怪。嗣昌後期誤國事，見〔一〇五〕王徵君潢具舟城西詩「赫怒我先帝」釋。

〔時稱節鎮雄二句〕「節鎮」指節度使或其轄區。宋史王彥超傳：「翌日，皆罷行德等節鎮。」明代無節度使，此處用爲督撫、經畧之代稱。「折」謂折服。「氛祲」，不祥之氣。杜甫送楊六判官使西蕃詩：「帝京氛祲滿。」此處指金兵氣焰。二句承上四句，謂山海關經孫承宗、楊嗣昌兩番佈置，近可以守，遠可以攻，儼然九邊節鎮之雄。

〔神京既顛隕二句〕「神京」指帝都。二句專謂李自成攻破九京，朝廷已無主宰。

〔啟關元帥降〕句下有自注「吴三桂」三字。原鈔本「啟關」作「辮頭」，「辮」，動詞，謂結辮。按：李自成既破北京，命三桂父襄作書招之。時三桂以總兵平西伯鎮守山海關，得書已擬歸順自成矣，忽聞愛妾陳沅被奪，乃大忿，欲乞師于清。會洪承疇與三桂舅祖大壽均已降，乃引見清睿親王多爾袞，遂薙髮辮頭稱臣，開關迎清兵。

〔歃血名王諾〕「名王」見〔一七〕贈顧推官釋。原鈔本「名王」作「夷王」，指多爾袞。此句承上，謂三桂以烏牛白馬祭天地，歃血折箭訂盟，示不負清，多爾袞始許諾出師。

〔自此來域中二句〕謂從此清兵入關取京，勢如土崩，無復戰鬭。「格」本作「挌」，從「手」、「各」，漢書戾太子傳：「主人公遂挌鬭死。」

〔海燕、塞鷹二句〕「塞」，孫詒讓校本作「胡」。二句謂從此海燕可以巢棲，山鷹可以翔海，往返自如，無復山海關之阻阸矣。

〔七廟竟爲灰〕禮王制：「天子七廟，三昭三穆，與太祖之廟而七。」故「七廟」亦可代表王朝，賈誼過秦論：「一夫作難而七廟隳。」又杜甫送從弟亞赴河西判官詩：「宗廟尚爲灰。」按：「隳」音灰，義近，燬壞也。

〔六州難鑄錯〕原注：「通鑑：羅紹威召朱全忠盡殺魏博牙軍，雖去其逼，而魏兵自是衰弱。紹威悔之，謂人曰：合六州四十三縣鐵，不能爲此錯也。注：錯，鑢也；又誤也。羅以殺牙軍之誤，取鑄錯爲喻。」按：注文本出孫光憲北夢瑣言。先生引喻，蓋深憾吴三桂開關迎盗，自毁中華也。

【箋】

明初建國，于北方少數民族，向采守勢。先設「塞王」，後置「九邊」，莫不本此。山海關介薊、遼兩鎮之間，依山傍海，本係咽喉之地，然後金建國前，猶未見重也。此詩自起句至「設險制東索」，已概述山海形勢及建關目的。「中葉」句後，畧叙明金交鋒，多係崇禎以前遼錦諸役，距關猶遠，然明之疆臣已知祖宗設關遺意矣。崇禎十七年中，凡三易薊遼經畧：袁崇焕因受金反間，不幸被誅；孫承宗復起，遭讒奪職；洪承疇松山戰敗，被俘降清。三臣在職時，上則拒敵于關外，下亦能堅守山海，皇太極雖多次由喜峰口、牆子嶺等地入塞擾京，甚且掠及山東州縣，終因山海關中隔，不得不三入三返。迨吴三桂啟關降清，引狼入室，明朝始徹底滅亡。然則山海關由開拓至失守，其關係明朝之國運詎淺尠

哉！先生國變前已着力于郡國、肇域之書，然多得之于史志；北遊之後，歷覽山川都邑阨塞，「或與平日所聞不合，則即坊肆中發書而對勘之」。故所撰地志，俱極詳審。然此殆就地志一端而言，至先生所爲詩，則兼「地志」、「史論」、「文學」三者之長，爲千古詩人所未有，故特表而出之。

〔一四五〕望夫石

威遠臺前春草萋，望夫岡畔夜烏啼。九枝白日扶桑上，萬疊蒼山大海西。國是祇憑三寸舌，老謀終惜一丸泥。愁心欲共秦貞女，目斷天涯路轉迷。

【釋】

〔解題〕原鈔本題下有「在永平府」四字，蓋「望夫石」所在多有，皆云有女望夫，立化爲石，女之主名則不一。其確指爲「秦貞女」者，地亦有二：清嘉慶一統志錦州府以爲在寧遠州（今遼寧興城）西南中前所城西二十五里。方輿紀要撫寧縣（屬永平府）角山注以爲在山海關東八里海中。兩地相去將二百里，先生足跡未至寧遠，故特加注「永平」焉。

〔威遠臺〕在今山海關古戰場歡喜嶺上，距關東三四里。

〔望夫岡〕在歡喜嶺東鳳凰山上，建有「貞女祠」（今名「孟姜女廟」），祠後有望夫石，蓋宋人據孟姜女哭長城故事附會而成，未足信也。方輿紀要謂望夫石即姜女墳，在海中，今長城盡處老龍頭以東海畔，有礁石似墳，四周環水，爲飛雁所聚者是也。先生但言「岡」而不言「石」，或從方輿紀要説。

〔夜烏啼〕古有烏夜啼曲名，樂府詩集一云宋臨川王劉義慶侍妾作，一云魏何晏女作，皆謂烏啼有喜（望夫而夫至），然與先生詩意不合。「啼」猶泣也，以狀夜景淒清爲是。

〔九枝白日扶桑上〕原注：「山海經：陽谷上有扶桑，十日所浴，居水中。有大木，九日居下枝，一日居上枝。」扶桑，神木名，相傳日出其下。陽谷，亦作暘谷。淮南子天文：「日出于暘谷，浴于咸池，拂于扶桑，是謂晨明。」又此句「上」字，與山海經作「下」字反，故徐注本作「下」，甚是。句係登岡望遠，九日居下，一日居上，蓋有所歎也。

〔萬疊蒼山大海西〕此亦望遠所見，然係實指。上句記晨，下句記暮；上句望東，下句望西，皆不離海上。「蒼山」泛指羣山。蘧案以「白日」喻永曆，以「蒼山」爲雲南點蒼山，引時事皆先生所不及見。

〔國是祇憑三寸舌〕原注：「新序：楚莊王問于孫叔敖曰：寡人未得所以爲國是也。孫叔敖曰：國之有是，衆非之所惡也，臣恐王之不能定也。」「是」與「非」對言，謂國之是非，賢王猶不能定，況憑口舌爭之乎？此殆追論崇禎時諸臣爭山海關拒守事。蘧案又引去年十二月永曆由滇都出奔時諸臣爭所往，其事尤非先生今春所能耳聞。

〔老謀終惜一丸泥〕原注：「晉語：郤叔虎曰：既無老謀，而又無壯事，何以事君？」又東觀漢記隗囂載記：囂將王元説囂背漢曰：「元請以一丸泥爲大王東封函谷關，此萬世一時也。」（後漢書隗囂傳簡作「一丸」）此殆惜崇禎諸臣恃山海關太過，關一失則七廟隳也。蘧案復謂「老謀」指劉文秀，並引求野録載去年四月文秀在滇所上遺表以實之。不知滇、燕相去間關萬里，先生今春何由得見文秀遺表？

〔愁心欲共秦貞女二句〕「秦貞女」即俗傳孟姜女。先生日知録卷二十五杞梁妻條引左傳、孟子、列女傳、説苑，但叙（齊）杞梁之妻哭長城事，另云：「後人相傳乃謂秦築長城，有范郎之妻孟姜送寒衣至城下，聞夫死，一哭而長城爲之崩。」俱未言「望夫石」事，蓋以傳聞而無史實依據也。然「目斷」二字仍切「望」字。

【箋】

味詩意，蓋登望夫岡廻望山海關時作也，着力處全在一個「望」字。此承山海關詩末句「六州難鑄錯」餘意，深惜空談誤國及險不足恃，故雖極目遠望，終覺眼前一片迷惘。惜往即所以傷今，然不必爲傷今作也。尾聯或有望君意，若

坐實滇緬，則殊失實。去年十二月永曆君臣始逃離滇都，今年正月清兵即進據之。然後追永曆君臣至騰越，大敗明兵于磨盤山，遂折返昆明。三月，永曆帝乃入緬。夫滇緬與幽燕懸隔萬里，軍事奏報非數月可達；先生去秋出京東遊，度歲盧龍，春初稍出山海關，登岡望遠，何由歷歷知滇緬事？徐注與蘧案每喜引據後來始見之資料，而超前附會先生之詩意，穿鑿愈深，去旨愈遠，故不可不辨。

〔一四六〕 昌黎

彈丸餘小邑，固守作東藩。列郡誰能比，雄關賴此存。霜槎春砦出，風葉夜旗翻。欲問嬰城事，聲吞不敢言。

【釋】

〔昌黎〕郡名亦縣名。三國魏始設昌黎郡，北魏仍之，隋開皇三年廢。先生京東考古録謂古昌黎有五，詩所詠乃金大定二十九年(一一八九)定名之昌黎縣，明清均屬永平府，即今河北省昌黎縣。

〔彈丸〕「彈」，本字去聲；「彈丸」，以彈弓發射之彈丸，借喻狹小之物。戰國策趙策：「誠知秦力之不至，此彈丸之地猶不與也。」

〔固守作東藩〕「藩」，屏蔽；「東藩」謂昌黎乃京師東方之屏蔽。「固守」見下「嬰城事」釋。

〔列郡誰能比〕「列郡」專指當時昌黎周近府縣。按：崇禎二年己巳清兵入塞，薊東如玉田、遷安、遵化、盧龍、順義諸縣，莫不聞風迎降。參見〔一四〇〕玉田道中箋釋。

〔雄關賴此存〕雄關指山海關，句意見後箋。

〔霜槎、風葉二句〕槎，枝椏也。砦，音義同「寨」，營壘也。二句謂霜枝由春寨伸出，風葉隨夜旗翻卷，共狀當年守城孤危形勢，是虛筆，以引出尾聯。

〔嬰城事〕「嬰」，環繞；「嬰城」謂藉城以自環衛。漢書蒯通傳：「（邊地）必將嬰城固守，皆爲金城湯池，不可攻也。」按：崇禎二年己巳十月，皇太極親統兵分三路入塞攻明，前鋒所向，明州縣率先迎降，惟昌黎令左應選率軍民堅守不下。先生拽梯郎君祠記（文集卷五）畧記其事曰：「方東兵之入遵化、薄京師、下永平而攻昌黎也，俘掠人民以萬計，驅使之如牛馬。是時昌黎知縣左應選與其士民嬰城固守，而敵攻東門甚急。是人者（指郎君）爲敵舁雲梯至城下，（敵）登者數人，將上矣，乃拽而覆之，其帥磔諸城下。積六日不拔，引兵退，城得以全。」

〔聲吞不敢言〕後漢書曹節傳：「羣公卿士，杜口吞聲，莫敢有言。」鮑照行路難：「心非木石豈無感，吞聲躑躅不敢言。」

【箋】

昌黎彈丸小邑，無險可守，而「雄關賴此存」者，正見其難守而又必守也。己巳之役，皇太極迂廻入塞，以爲若得盧龍、昌黎，則山海關東西受困，不攻自下。不意盧龍雖降，而昌黎竟嬰城固守，清兵六日不拔，乃棄城引去。昌黎既全，山海關得屹立于山海間，皇太極遂不得不退出關外。噫，亦險矣哉。

〔一四七〕三屯營

三屯山勢鬱峥嶸，少保當年此建旌。名似北平臨宿將，制如河上築降城。忠祠日落來山鬼，武庫苔封蝕禁兵。一望幽燕人物盡，頹垣荒草不勝情。

【釋】

〔三屯營〕明戚繼光練兵處，在遷安縣西北百二十里（今河北遷西縣境），有城，周四里，景泰中，即派大將駐守，繼光拓而新之。

〔崢嶸〕狀山高峻，李白蜀道難：「劍閣崢嶸而崔嵬。」另見〔五〕京闕篇及〔九三〕贈路光禄釋。

〔少保〕戚繼光（一五二八——一五八七）字元敬，祖籍定遠（在安徽），遷山東蓬萊，世襲登州指揮僉事。繼光初以抗倭著稱，倭平，奉調北上。隆慶二年（一五六八）以都督同知總理薊州、昌平、保定三鎮練兵事，總兵以下悉受節制。在鎮十六年，邊備修飭，節制嚴明，軍容爲諸邊冠，寇不敢犯，薊門晏然。卒謚武毅，贈少保。明史有傳。遺著有紀效新書、練兵紀實、止止堂集等。

〔建旄〕猶建節、建麾，喻掛帥練兵。

〔名似北平臨宿將〕「北平」乃「右北平」之省，秦置郡名，地在今河北省東北部，治在今承德東之平泉。李廣在漢武帝時爲右北平太守，匈奴畏之，號「飛將軍」，避之數歲不敢入右北平。「臨」，蒞臨，武帝報廣書云「以臨右北平盛秋」。「宿將」本義爲老將，戰國策魏策：「齊田肦，宿將也。」又史記魏公子傳：「晉鄙，嚄唶宿將。」廣曾以事免官，其騎對霸陵尉稱「故李將軍」，再起爲右北平太守，故有雙關義。此句以李廣比繼光，繼光以總兵官由浙調總三鎮，故云「名似」。

〔制如河上築降城〕「降城」乃「受降城」之省，漢唐均有。漢武帝派公孫敖所築（見史記匈奴傳）約在今内蒙古烏拉特旗北。唐中宗派張仁愿所築（見舊唐書本傳）有三，然所在多異説，西城約在豐州，中城約在五原，東城約在勝州。中城距東西二城各四百里，均倚黄河。此詩所指當係唐城。「制」謂規模制度。繼光于隆慶中議在薊鎮邊垣跨牆爲臺，睥睨四達，名曰「敵臺」。臺高五丈，虚中爲三層。臺宿百人，鎧仗糗糧具備。五年秋，功成，共千二百座。萬曆

初，復增建。先生昌平山水記曾詳記敵臺制度，謂皆戚少保遺畫，故曰「制如」。

〔忠祠日落來山鬼〕「忠祠」乃「三忠祠」之省，自注：「三忠祠在城南山上。」「城」即三屯營城，「山」係景忠山。祠並祀諸葛忠武（亮）、岳武穆（飛）、文信國（天祥）三人。〔山鬼〕即山神，楚辭九歌有山鬼篇。

〔武庫苔封蝕禁兵〕「武庫」乃「神器庫」之省，自注：「城西小門內有神器庫。」「禁兵」指天子武庫中兵器。張衡西京賦：「武庫禁兵，設在蘭錡。」「蝕」，腐鏽也。

〔幽燕人物〕指明代守禦幽燕之著名人物，如翁萬達、王崇古、戚繼光等。

【箋】

題作「三屯營」，實詠戚少保。後半極狀舊營荒涼零落，讀至「一望幽燕人物盡」，尤見名將難得。

〔一四八〕恭謁天壽山十三陵

成祖昔定都，乃省茲山陽。羣山自天來，勢若蛟龍翔。東趾據盧龍，西脊馳太行。後尻坐黃花，前面臨神京。中有萬年宅，名曰康家莊。可容百萬人，豁然開明堂。維時將作臣，奉旨趨傍傍。盛德比霸杜，宏規軼瀍邙。雷電驅玄冥，白雲升帝鄉。三光墜榆木，窮北回輼輬。駊騀金粟堆，寂寞橋山藏。右獻左次景，裕茂迤西旁。泰陵在茂西，稍折南維康。永陵在東南，規模特恢張。碝石爲玄墀，丹青煥雕梁。昭近九龍池，定依昭左方。其制亦如永，工麗踰孝長。慶居獻西隅，德莫永東岡。環山數十里，松柏參天蒼。列宗每駕朝，百執

恒趨蹌。一年祭三舉，侍從來班揚。詩追安世歌，典與郊禘光。自傷下士臣，不睹昭代章。天禍降宗國，滅我聖哲王。渴葬池水南，靈宫迫妃殤。上無寶城制，周帀唯甎牆。下有中涓墳，陪葬義所當。殿上立三主，並列田孃孃。問此何代禮，哽咽不可詳。麥飯提一簞，棗榛提一筐。村酒與山蔬，一一自攜將。下階拜稽首，出涕雙浪浪。主祭非曾孫，降假非宗祊。重上諸陵間，裴回復彷徨。茂陵樹千株，獨立不受戕。門闔尚完具，上頭安御牀。自康以接慶，小樹多榆枋。殿樓盡黄瓦，逶迤各相望。康昭二明樓，並遭劫火亡。定陵毁大殿，以及東西廊。餘陵半無門，累甓仍支宲。尚存宰牲亭，暨外諸監房。石人十有二，袍笏兼戎裝。六獸柱則四，制與鍾山亢。跨以七孔橋，峙以白石坊。仁宗所製碑，峉崒當中央。行宫已頹壞，御路徒荒涼。每陵二太監，猶自稱司香。人給地數畝，把耒耕山場。春秋祭碑下，共用一豕羊。皆云牧騎來，斫伐尤狓猖。并力與之爭，僅得保界疆。有盜貴妃塚，斬首竿以槍。於時姦宄民，瞿然始懲創。繞陵凡六口，六口各有兵。一陵立一衞，衞設屯與倉。居庸有總兵，昌平有侍郎。一朝盡散迸，無復陵京防。燕山自峩峩，沙河自湯湯。皇天自高高，后土自芒芒。下痛萬赤子，上呼十四皇。哭帝帝不聞，籲天天無常。幽都蹲土伯，九關飛虎倀。日月相蝕虧，列宿爲參商。自古有殂落，劇哉哀姚黄。從臣去鼎湖，二妃沈江湘。倉皇一抔土，十五零秋霜。天運未可億，天心未可量。仲華復西京，崔損修中唐。

誰能寄此詩，雅頌同洋洋。

【釋】

〔解題〕此先生始謁十三陵也。陵在昌平縣東北，原名東山，乃軍都山之餘阜，永樂七年（一四〇九）始建長陵，其後成祖閱陵，稱觴于此，因改山名爲「天壽」。明代自成祖以後，除景帝被黜外，十三帝皆葬此，清以後沿稱「十三陵」，即成祖長陵、仁宗獻陵、宣宗景陵、英宗裕陵、憲宗茂陵、孝宗泰陵、武宗康陵、世宗永陵、穆宗昭陵、神宗定陵、光宗慶陵、熹宗德陵、思宗思陵。

〔成祖昔定都二句〕成祖先封燕王，靖難成功後即位南京，而欲移都北京，因徵購昌平之東山，擇其山南爲皇家墓地，其後歷代陵寢皆葬焉。「省」，察也。「山陽」即山南。

〔東趾據盧龍以下四句〕此承上句「蛟龍翔」而來。趾、脊、尻（音考，平聲，坐骨）面，均就龍軀言，東西前後合成龍翔態勢。「盧龍」見〔一四二〕永平解題；「神京」指北京；「黄花」，鎮名，在昌平縣北八十里左右。

〔中有萬年宅二句〕堪輿家稱吉地爲「萬年宅」；宅，陰宅也。「康家莊」不復存，相傳今長陵東數百步有一土丘，即當年山主康老墓葬。

〔可容百萬人二句〕此指天壽山南全境而言。其陵園部分，東、西、北三面環山，中呈盆地形，温榆河自西北蜿蜒繞行，南以龍、虎二山爲門户，地勢開豁，隨處皆可建陵。「明堂」，堪輿用語，專指墓前南向開闊之地，與〔一三三〕登岱詩義異。

〔將作臣〕「將作」，古官名，掌修作帝王宗廟、路寢、宫室、陵園土木之工。秦有將作少府，漢更名將作大匠，隋改將作監，唐宋因之。明廢，事歸工部。

〔趨傍傍〕言奔走煩忙。「傍傍」音彭彭，事務煩劇貌，詩小雅北山：「四牡彭彭，王事傍傍。」

〔霸杜〕漢二陵名。文帝葬霸陵,宣帝葬杜陵,均在長安縣東。

〔軼瀍邙〕「軼」,過也。「瀍」,水名;「邙」,山名,均在洛陽境,東漢皇陵在焉。「邙」,參見〔六〇〕淮東詩「有金高北邙」釋。「瀍」,參見〔五〕京闕篇「德過瀍水卜」釋。

〔雷電驅玄冥〕「玄冥」本指暗昧幽杳之境,莊子秋水:「始于玄冥,反于大通。」又「玄」指北方,故此句似言成祖親征韃靼,見「三光」句釋。

〔白雲升帝鄉〕喻皇帝之死,見〔一〕大行哀詩「白雲乘」釋。

〔三光墜榆木二句〕「三光」,日月星。「榆木川」在今内蒙古多倫西北。「窮北」即窮髮之北(見莊子逍遥遊),此指韃靼所居不毛之地。「轀輬」,卧車或喪車。按:永樂二十二年(一四二四)四月,成祖親擊阿魯台,追至祥雲屯。以阿魯台遠走,始班師歸。七月,行至榆木川,箭創發,病死。仿秦始皇道崩沙丘,棺載轀輬車歸京師,始發喪舉哀。

〔駊騀金粟堆〕原注:「揚雄甘泉賦:崇邱陵之駊騀兮。」師古注曰:「高大之狀。」「駊騀」音頗我,狀長陵岡巒高大形勢。舊唐書玄宗紀:「(帝)親拜五陵。至睿宗橋陵,見金粟岡有龍蟠虎踞之勢。」

〔寂寞橋山藏〕見〔一〕大行哀詩「橋陵」釋。自起句至此,綜述天壽山形勢及長陵始葬經過。

〔右獻左次景〕先生昌平山水記云:「長陵在天壽山中峯之下,獻陵在西峯之下,景陵在東峯之下。」蓋以成祖爲大祖,仁宗爲昭,宣宗爲穆也。故以下叙述諸陵位置,亦必先標左(東)、右(西)。

〔裕茂迤西旁〕「迤」同迆,邪行。書禹貢:「東迆北會于滙。」「旁」通傍,靠近。此句言裕、茂二陵均在獻陵西偏而互相靠近。按:英宗爲昭,憲宗爲穆,若以成祖爲大祖,則茂陵當在景陵之東。今異乎是,乃知天壽山自茂陵以下俱不遵昭穆之序,由各代嗣君自由選葬。

〔泰陵在茂西〕昌平山水記:泰陵在史家山,距茂陵西少北二里。

〔稍折南維康〕「維」猶乃、是。此句承上，言自泰陵稍向南折即是康陵（昌平山水記謂康陵在金嶺山，距泰陵西南二里）。可知孝宗、武宗父子二陵亦南北靠近。

〔永陵在東南以下四句〕此「東南」謂在長陵東南也。按：景陵距長陵東少北一里半；永陵在陽翠嶺，距長陵東南三里。世宗在位四十五年（嘉靖一五二二——一五六六），自營永陵，超宗邁祖，先生特以四句狀之。「恢張」見〔五〕京闕篇釋。「碔」音軟，原注：「司馬相如子虛賦：碝石碔砆。注：張揖曰：碝石，白者如冰，半有赤色。」「玄墀」，以漆飾階，班固西都賦：「玄墀釦砌，玉階彤庭。」「丹青」，此處泛指彩繪。

〔昭近九龍池〕昭陵在距長陵西南四里之文峪山，陵之左有九龍池。

〔定依昭左方以下三句〕昭、定二陵俱東向，定陵在大峪山，距昭陵北一里。神宗在位四十八年（萬曆一五七三——一六二〇），自營定陵仿其祖世宗永陵之制，而工灑遠過孝陵、長陵。

〔慶居獻西隅〕此謂慶陵在獻陵、裕陵之間，仍在天壽山西峯之右。

〔德奠永東岡〕此謂德陵在永陵東岡之上（天壽山之檀子峪）。至此，明十二陵叙畢。若以長陵居中，則西有八陵，東僅三陵（景陵、永陵、德陵）。諸陵方位距離，俱見先生昌平山水記。今日實勘，亦然。

〔列宗每駕朝〕「列宗」指歷代嗣君。此謂仁、宣、英、武、世、穆、神諸帝均曾御駕謁陵。

〔百執恒趨蹌〕「百執」指文武大臣之侍祭者。「趨蹌」，奔走匍匐狀，見〔八〇〕十廟釋。

〔一年祭三舉〕據明史禮志，列宗謁陵祭廟，每年三次，即清明、中元、冬至。

〔侍從來班揚〕「侍從」此指文學侍臣，謂彼等皆如班固、揚雄。曹丕典論論文云：「孔融亦揚班儔也。」

〔詩追安世歌〕「安世歌」即安世房中歌（「房」指宗廟陳列神主之所），漢代祀神之樂，云係高祖唐山夫人作，共十七章，其辭見漢書禮樂志，已收入郭茂倩樂府詩集。此句謂文學侍從所作詩歌可以上追漢樂。

〔典與郊禘光〕「郊禘」通指天子郊、廟之祭。王者既立始祖之廟，又推始祖所出之帝，祀之于始祖之廟，而以始祖配之。故禮祭法曰：「有虞氏禘黄帝而郊嚳，夏后氏亦禘黄帝而郊鯀，殷人禘嚳而郊冥，周人禘嚳而郊稷。」蓋有遠祖近祖之別。詩句本無定指，但言明代祭陵之典與古郊禘之典同。

〔自傷下士臣二句〕「下士」對上天而言，詩邶風日月：「日居月諸，照臨下土。」「昭代」本謂聖明之世，後多指本朝，如唐褚亮傷始平李少府正已詩：「聲華滿昭代，形影委窮塵。」先生此二句實小結以上十句，意謂區區下土之臣，惜未曾親見往日本朝祭陵之盛典。

〔天禍降宗國二句〕「宗國」見〔三四〕賦得江介多悲風釋，此指北京朝廷。「聖哲王」指思宗。自此以下十二句專記思陵。

〔渴葬池水南二句〕「渴葬」，急劇草草而葬也。原注：「公羊傳：不及時而日，渴葬也。注：喻急也。釋名：日月未滿而葬曰渴。」原注引公羊傳在「隱三年」，引釋名在「釋喪制」，下云：「言渴欲速葬，無恩也。」此爲先生他日稱思陵爲「欑宫」之所本。思宗自縊于三月十九日，李自成命藁葬于四月三日，事見甲申傳信録卷一。大要云：「二十一日，自成命以兩扉舁上及王承恩置東華門側，給錢二十串，市柳木棺殮之，枕土塊，覆以蓬廠。而周后亦從東華門出，置龍文凳上，藉以錦褥，覆以錦被。二十二日，上猶暴露，遂撤錦被以覆上，遷帝于茶庵。二十三日，自成用王德化言，易以硃漆梓宫及皇后梓宫殮之。……二十四日，東華門東北首哭聲大震，闖問何故，答曰：諸臣及士民内監請葬先帝。闖許葬以帝禮，祭以王禮。二十五日，光禄寺稍供祭禮以奠上。二十六日，具帝冠服，后霞服，内侍爲帝梳髮尚冠入殮。……二十七日黎明，移先帝及后梓宫于城外。二十八日，二王（思宗次子永王慈焕，十二歲；三子定王慈燦，十歲）著青巾至梓宫前哭拜。……四月初三日黎明，藁葬上及后于田貴妃墓，臨者惟太監百姓而已。」「池水」即九龍池。「靈宫」，地下寢宫。「迫」，近也。「妃殤」，指早逝之田妃。妃，陝西人，後家揚州。侍崇禎帝于信邸，元年封禮妃，進貴妃，十五年卒，謚恭淑，明史后妃有傳。先生昌平山水記云：大行皇帝御宇之日，未卜山陵。田妃薨，葬悼

陵之下，南距西山口一里餘。……營建未畢而都城失守。賊以大行帝、后梓宮至。「昌平州之士民，率錢募夫葬之田妃墓内。移田妃于右，帝居中，后居左，以田妃之椁爲帝椁，斬蓬藋而封之。」按：崇禎帝后與田妃合墓事，係由當時署昌平州吏目趙一桂經手。南疆逸史義士有專傳，並載其事竣申州狀，先生言易妃椁爲帝椁，或已與聞趙一桂、孫繁祉等士民斂錢共葬事。

〔上無寶城制二句〕「寶城」，見〔七九〕孝陵圖詩「寶城獨青青」釋。「周帀」（帀同匝），此處作周圍講。趙一桂申州狀云：「初六日癸亥，又率諸人祭奠，號哭震天者移時。呼集西山口居民百餘人畚土起塚，又築牆高五尺有奇。」則「甎牆」云者，亦趙一桂與居民所築。

〔下有中涓墳二句〕「中涓」本指親近之臣，後沿稱太監，此指王承恩。據甲申傳信録：崇禎帝既逼周后自縊，乃召京城内外九門提督太監王承恩至，命酒與承恩對酌。久之，易袍履與承恩走萬壽山，至衣帽局自縊。承恩隨駕入巾帽局，亦自縊。此謂承恩扈從陪死，葬之于思陵之下，于義應當。承恩事詳見下王太監墓釋。

〔殿上立三主以下四句〕「主」指死者木主。「殿」即思宗陵殿。按：陵殿三間，乃多爾袞遣使巡視後所建，繚以周垣，設守陵户以主之。先生昌平山水記云：「後乃建碑亭各一座，門三道，殿三間，無陛。兩廡各三間，有周垣而規制狹小。」殿上所立三主，當係思宗、周后、田妃。「孃」即娘，「孃孃」乃母后俗稱。史稱田妃「明惠沉默，寡言笑」，最得帝寵。先卒，葬思陵生壙。吴偉業有永和宫詞記妃遺事。先生以爲后、妃不當並列，故有「何代禮」之問；答者當係守陵太監，惟哽咽示悲耳。

〔麥飯、棗榛以下四句〕棗與榛（榛乃榛樹果實，俗名「榛子」）均係昌平周近土産，見昌平山水記。又禮曲禮下：「婦人之贄，椇榛脯修棗栗。」知棗榛雖細，與村酒山蔬皆可成禮。四句合言祭奠之薄。

〔下階拜稽首二句〕稽音啟，上聲。先拜而後叩首至地也，見〔七九〕孝陵圖解序釋。「浪」，本字陽平，浪浪，淚流貌，離騷：

「攬茹蕙以掩涕兮，霑余襟之浪浪。」

〔主祭非曾孫〕「曾孫」，見〔四三〕元日釋。又詩大雅行葦：「曾孫維主。」注：「曾孫，主祭者之稱。」此句歎息無皇室子孫主祭。

〔降假非宗祊〕「假」通「格」，至也、到也。動詞。詩商頌烈祖：「來假來饗，降福無疆。」「宗祊」即宗廟，見〔五〕京闕篇「泣血貫宗祊」釋。此句歎息列祖列宗不能在宗廟内受饗降福。

〔重上諸陵間二句〕「裴回」同徘徊。自「麥飯提一簞」至此十句，簡叙獨祭情狀；自此至「瞿然始懲創」四十句，畧記諸陵現狀。

〔茂陵樹千株以下四句〕言諸陵唯憲宗茂陵樹木無損，門闔(門扉)完備，御牀無恙。

〔自康以接慶以下八句〕言武宗康陵、世宗永陵、穆宗昭陵、神宗定陵、光宗慶陵(以次相接)小樹尚多，殿瓦俱全，惟康、昭之明樓及定陵之殿廡爲李軍所焚。均見昌平山水記。「榆枋」專指小樹，莊子逍遥遊：「我決起而飛，搶榆枋。」「明樓」見〔六九〕再謁孝陵釋。「大殿」，此指定陵祾恩殿。

〔餘陵半無門以下四句〕「餘陵」，據上下句意，當指康慶五陵以外諸陵。「甓」即甎。「宋」，屋大樑，此言諸陵毀壞較五陵爲甚，半無門闔，惟堆甎以支撑大樑耳。所幸宰牲亭及陵外神宮監(太監所居)均在。

〔石人十有二以下八句〕畧記長陵前十餘里之「神路」(又稱神道或御路)。詩因組材叶韻故，所記多不按序。據昌平山水記及今存實况，神路自南向北，首爲「白石坊」(今稱石牌坊)，五門六柱。前行二里爲「大紅門」(今稱大宮門或陵門)，門三道，門外刻碑曰：「官員人等至此下馬。」又一里爲「碑亭」(今稱碑樓)，碑高二丈餘，龍首龜趺，嶾崒(音因翠，高峻貌)中立，題曰「大明長陵神功至德碑」，碑文爲仁宗親製。過碑亭，沿路二里皆石人石獸，共十八對，計石人六對：四勳臣、四文臣、四武臣，文臣穿袍執笏，武臣皆戎裝；石獸十二對，分六種，即馬、麒麟、象、橐駝、獬豸、獅子，

各四隻，二立二蹲，另有石柱二對，刻雲氣，夾侍神路兩旁。石人獸之北即「欞星門」（俗名龍鳳門），凡此規制均可與南京鍾山孝陵相比。過欞星門北約二里即「大石橋」，七孔。

〔行宮、御路二句〕「行宮」乃嗣君親祭時休憩之所，不止一處，皆已頹壞。「御路」除長陵最長外，諸陵亦各長三、四里，亦皆荒廢。

〔每陵二太監以下六句〕此言明亡後，清朝仍置守陵太監，人數雖減，「司香」之稱仍舊。司香謂管理香火也。太監皆自耕而食，故每年僅春秋兩祭。每祭亦不能逐陵舉行，但宰猪羊各一，統祭于仁宗所製長陵神功聖德碑下。

〔皆云收騎來以下四句〕「牧」，原鈔本作「胡」，指清兵。此引守陵太監之言，見清兵毁林之甚。「狓猖」同披猖，囂張也。據昌平山水記：長陵大紅門内松柏數十萬株，東山口松園全部松檜，俱已伐盡。

〔有盜貴妃塚以下四句〕此亦守陵太監所言，見姦民盜墓之甚。「貴妃」指神宗恭恪皇貴妃鄭氏，福王常洵生母，崇禎三年薨，明史后妃有傳。墓在昭陵南。徐注引吴偉業銀泉山詩：「五陵小兒若狐兔，夜穴紅牆縣官捕。玉椀珠襦散若煙，云是先朝貴妃墓。」以證貴妃墓被盜確有其事。「斬首」原鈔本作「首從」，按：首從本指首犯、從犯，意謂不分首從（悉誅之），然省作「竿以槍」，其義不明。潘刻改作「斬首」，則所竿者「首」，義遂顯。「姦宄」（宄音軌），盜竊作亂者，書舜典：「寇賊姦宄。」「瞿然」，驚駭貌，莊子徐無鬼：「子恭瞿然喜曰。」「懲創」，警惕也，韓愈岳陽樓别竇司直詩：「生還真可喜，剋己自懲創。」

〔繞陵凡六口以下八句〕此追述甲申國變前天壽山陵衛情況。天壽山出入共十口，其中繞十二陵者有六口，即中山口（在長陵大紅門東三里）、老君堂口（在東山口北而西十里）、賢莊口（泰陵北五里）、錐石口（康陵東北二里）、雁子口（康陵西北三里）、西山口（悼陵南二里）。凡口皆築垣設兵。十二陵各置一衛，每衛約五千人（見〔七九〕孝陵圖解序）。衛下設倉，收屯田所入，謂之屯倉。時居庸關總兵駐昌平，後因清兵踰牆入擾，昌平乃祖陵所在，復設兵部侍郎調度

之。故知明朝重視天壽山陵，設口、置衛、儲糧、益兵，且派文武要員分鎮居庸、昌平，其防守似密，可保無虞矣。不意李自成軍一至居庸，僅三日而諸陵俱毁，又三日而京師遂陷。據甲申傳信録：是年三月初，昌平兵變，官衙民舍，焚劫殆盡。撫臣何謙捕斬亂首，撫之。初五日，調宣府太監杜勳、山海關總兵唐通守居庸關。十三日，李自成至居庸關，杜勳、唐通叛降；何謙奉命協守居庸，亦逃。十五日，李自成由紅門川突攻昌平，總兵李守鑅及監軍太監並逃去。十六日，李自成毁十二陵，焚享殿，伐松柏，陵衛散迸（散迸猶流迸，散走也），陵京遂失。

〔燕山、沙河二句〕「燕山」本山脈名，主峯在薊縣東，向爲京師屏障。「峩峩」，山高貌，列子湯問：「峩峩兮若泰山。」「沙河」本河名亦鎮名，在清河之北，源出軍都山，初分南北，至鎮東合流徑通州入白河。李自成圍北京前，自沙河進軍。「湯」音商；「湯湯」，大水激流貌，書堯典：「湯湯洪水方割。」按：二句皆用「自」字（下二句亦同），謂「本自」或「猶然」也，有山河依舊，人事已非之慨。自此至詩末，皆寄慨語。

〔皇天、后土二句〕「后」，古天子與諸侯之共稱，與後世專指女后異。左傳僖公十五年：「君履后土而戴皇天，皇天后土，實聞君之言。」「芒芒」見〔一四〕山海關釋。

〔萬赤子〕猶言萬民。「赤子」本指嬰兒（古人以爲子生赤色），書康誥：「若保赤子。」後引喻爲人民，漢書龔遂傳：「故使陛下赤子，盜弄陛下之兵于潢池之中耳。」

〔十四皇〕指十三陵諸帝及景帝。景帝被廢，墓在今北京西直門外沙河之南，金山之麓，不在天壽山諸陵之列。其事不公，先生並稱十四，有以也。

〔哭帝、籲天二句〕哭帝之「帝」指天帝。籲天猶呼天，書召誥：「以哀籲天。」又泰誓：「無辜籲天。」「天」，上天也。「天無常」，謂天道多變，與以下「天運未可億，天心未可量」句一以致疑，一以致望冀異。

〔幽都蹲土伯〕「幽都」本指陰府，楚辭招魂：「魂兮歸來，君無下此幽都！」此處隱喻燕京。「土伯」本鬼怪名，招魂：「土

伯九約，其角觺觺些！」此處喻清帝。

〔九關飛虎倀〕「九關」，九重天也，招魂：「虎豹九關，啄害下人些！」「倀」音張，厲鬼名，相傳虎噬人死，魂則隸事虎，助虎爲虐。此處喻漢奸吴三桂、洪承疇之流。

〔日月、列宿二句〕日月互蝕，喻爲政不明，晉書天文志：「日月薄蝕，明治道有不當者。」列宿參商喻朝臣齟齬，左傳昭公元年謂高辛氏二子不和，帝遷爲參、商二星，使弗能相見。二句似影射明末朝政。

〔自古有殂落二句〕「殂落」同徂落，指天子死，書舜典：「二十有八載，帝（堯）乃殂落。」「劇」，痛極之辭。「姚」指虞舜（舜姓姚），「黄」指黄帝。均喻思宗。

〔從臣去鼎湖〕此句扣「黄」字。史記封禪書：「黄帝鑄鼎于荆山（傳在今河南靈寶東南）下，鼎成，乘龍上仙。」又羣臣攀龍從上者七十餘人，見〔一三〕陳生芳績兩尊人先後即世「天上龍髯從二親」釋。按：崇禎帝殉國，文臣死難者有范景文、倪元璐等二十一人。

〔二妃沈江湘〕此句扣「姚」字。相傳堯二女娥黄、女英，乃舜之二妃。舜巡蒼梧不歸，二妃追至湘水，聞舜死，均自沈焉。此以周后、袁妃喻二妃，事見〔一四九〕王太監墓解題。

〔倉皇一抔土二句〕「抔」音婆。平聲，雙手捧物也。「一抔土」猶言一捧土，史記張釋之傳：「假令愚民取長陵一抔土，陛下何以加其法乎？」後遂借指帝陵或墳墓。二句謂思宗于甲申倉皇草葬，至今已十五年。

〔天運、天心二句〕「天運」，天道運行也，詞出莊子天運篇。「天心」猶天意，書咸有一德：「克享天心，受天明命。」「億」，以意度之也，論語憲問：「不億不信。」二句雖連用「未可」二字，而實致望于天，終有祚明復興之日。

〔仲華復西京〕「仲華」，鄧禹字；「西京」，漢都長安。事見〔五七〕恭謁孝陵「顧言從鄧禹」原注。

〔崔損修中唐〕原注：「唐書德宗紀：貞元十四年，以左諫議大夫平章事崔損爲修奉八陵使。先是昭陵寢殿爲火所焚，至

是獻、昭、乾、定、泰五陵各造屋三百七十八間，橋陵一百四十間，元陵三十間；惟建陵仍舊，但修葺而已。陵寢中牀褥帷幄一事以上，帝皆親自閱視，然後授損送于陵所。」按：德宗以前唐八陵爲高祖獻陵、太宗昭陵、高宗乾陵、中宗定陵、睿宗橋陵、玄宗泰陵、肅宗元陵、代宗建陵。

〔誰能寄此詩二句〕詩中雅、頌多廟堂中和之樂，即所謂盛世之聲。論語子罕：「子曰：吾自衞反魯，然後樂正，雅、頌各得其所。」又泰伯：「洋洋乎盈耳哉！」洋洋，美盛貌。下句用「同」字，蓋與上句「此詩」同也。

【箋】

通首重在紀實，故用賦體。先由成祖開山建陵説起，畧記諸陵方位及思陵陋狀，然後下拜稽首，登高徘徊，對比今昔，欷歔志感，讀之亦令人鬱悒。昔雍門子鼓琴，孟嘗君聞之，一若破國亡邑之人，乃知歌詩移情，同于音樂。先生慣作五言，或律或古，大率應手而成，此篇叙述簡要有法，刻寫質朴無華，不排不比，亦文亦詩，七十韻無一湊泊，七百字不嫌辭費，真乃亡國之臣，痛極呼天，不煩雕琢者也。

〔一四九〕王太監墓

先帝賓天日，諸臣孰扈從？中涓能一死，大節獨從容。地切山陵閟，魂扶輦御恭。遠同高力士，陪葬哭玄宗。

【釋】

〔解題〕「太監」本唐代始設官名（如「中御大監」），不專用閹人。至明置二十四衙門（十二監、四司、八局），專司帝后宗室事務，始各設「掌印太監」，與外朝「國子」、「欽天」諸監迥異，于是「太監」遂爲宦官之專稱。其後不論品級高低，一

律稱「太」，僅冠以大、小，示區別而已。王承恩係司禮掌印太監，先生用其官稱，蓋尊之也。明代以宦官監軍，甲申三月初九日，崇禎帝以承恩兼京城内外九門提督。十八日戌時，帝既劍斫袁妃、長公主，諷皇太妃李氏、皇后周氏自縊，乃命酒與承恩對酌。漏下三鼓，攜承恩手，幸其第；脱黄巾，取承恩及韓登貴大帽衣靴著之。隨太監數百，欲走齊化、崇文二門出，不能；再走正陽門，亦不克。倉皇還宫，易袍履，與承恩奔萬壽山（今景山），至巾帽局壽皇亭自縊，時已十九日夜子時。承恩既助帝縊，亦自縊于帝位之下。福王時贈承恩謚「忠愍」。明史宦官有傳。先生昌平山水記云：「大行皇帝欑宫門外有司禮監太監王承恩墓，以從死祔焉。」另見前恭謁天壽山十三陵詩「下有中涓墳二句」釋。

〔賓天〕見〔一〇〇〕贈潘節士檉章「皇祖昔賓天」釋。此指崇禎帝自縊殉國。

〔諸臣孰扈從〕「扈從」，專指隨從皇帝，司馬相如上林賦：「孫叔奉轡，衞公驂乘，扈從横行，出乎四校之中。」此句設問，蓋歎從死先帝者寡。

〔中涓〕「中」，内也；「涓」，潔也。「中涓」本謂居中掃潔親侍之臣，史記曹相國世家：「高祖爲沛公而初起也，參以中涓從。」後專稱宦官，此指王承恩。

〔地切山陵閟〕「地」，承恩葬地；「切」，貼近；「山陵」，見〔五〕京闕篇釋，此指思陵；「閟」，幽深貌。句謂承恩墓貼近思陵，情境幽深。

〔輦御〕同御輦，皇帝車乘。

〔遠同高力士二句〕原注：「唐書高力士傳：力士配流黔中，赦歸。至朗州，聞上皇厭代，北望號慟，嘔血而卒。代宗以其耆宿，保護先朝，贈揚州大都督，陪葬泰陵。」按：唐宦官高力士（六八四——七六二）本姓馮，盎之曾孫；高延福養爲子，故冒姓高。性謹密强悟，玄宗時以誅蕭、岑等功，寵任頗專；與楊國忠勾結，左右朝政。肅宗在東宫時，事以兄

禮，然心弗善也。累官驃騎大將軍、開府儀同三司。肅宗立，爲李輔國所譖，長流巫州，尋赦還卒。新舊唐書俱有傳。力士忠于玄宗，然唐代宦官專擅自力士始。

【箋】

王承恩臨難不苟，終以一死扈從思宗，大節彪炳，足以愧死滿朝文武矣。先生素惡宦官（見日知録宦官條），獨于承恩前後二詩俱褒其陪葬，蓋特筆也。

〔一五〇〕劉諫議祠在昌平舊縣，今廢

皁囊青史漫傳名，白日黄泉氣未平。自古國亡緣宦者，可憐身没尚書生。荒阡草長妖狐出，舊驛風寒劣馬行。一自德陵升馭後，山河祠廟總淪傾。

【釋】

〔解題〕劉蕡字去華，唐昌平人。通春秋，沈健有謀，浩然有救世意。擢進士第。時宦官擅兵，横制海内，號爲「北司」，蕡甚痛疾。文宗大和二年（八二八）舉賢良方正直言極諫，蕡對策萬餘言，請去宦官，切中時弊。考官見對歎服，以爲過古晁、董，然畏宦官不敢入選。時被選者二十三人，所言皆冗龊常務，類得優調。選人李郃曰：「劉蕡下第，我輩登科，實厚顔矣。」疏請以所受官讓蕡，不納。令狐楚在興元，牛僧孺在襄陽，皆表蕡幕府，授祕書郎，以師禮事之。而宦官深嫉蕡，誣以罪，貶柳州司户參軍，卒。昭宗時，贈右諫議大夫。新舊唐書均有傳。元時以昌平驛官宮祺奏請，始爲之立祠，元泰定二年（一三二五），于昌平置諫議書院，祀蕡。祠本在舊縣，先生過之，祠已徙廢。

〔皁囊青史句〕「皁囊」，黑色封囊，用以封貯密奏者。後漢書蔡邕傳：「以邕經學深奥，故密特稽問，……指陳政要，……

以阜囊封上。」此指劉蕡對策。「青史」義近「汗青」，猶言史籍、簡册。李白過四皓墓詩：「紫芝高詠罷，青史舊名傳。」

〔白日黄泉句〕「白日黄泉」喻幽與明、死與生。左傳隱公元年：「不及黄泉，無相見也。」黄泉在地下，人死葬地下，故以黄泉喻死。江總哭魯廣達詩：「黄泉雖抱恨，白日自留名。」「氣未平」者，謂志不得展，心有不平也。

〔自古國亡緣宦者〕此用劉蕡對策之基本論點。蕡對賢良方正直言極諫策（見全唐文）議論激切，指斥不諱，文字犀利，篇幅宏巨，爲歷代對策之冠。然大旨皆告誡朝廷親賢遠奸，裁抑宦豎。如建言「塞陰邪之路，屏褻狎之臣，制侵陵迫脅之心，復門户掃除之役」。其意蓋以宦官爲婦寺，故曰「陰邪」；謂宦官乃皇帝所私倖，故曰「褻狎」；穆、敬、文三君皆宦官所立，文宗時宦官王守澄等專擅欺君，故曰「侵陵迫脅」；宦官只應供宫庭驅使，本不容過問朝政，故曰「復門户掃除之役」。

〔可憐身没尚書生〕此歎息劉蕡至死仍不脱書生氣。此句「書生」乃指儒生中質樸而不達世務之人，雖貶實褒。

〔荒阡、舊驛二句〕「阡」，墓道。「舊驛」，原昌平驛。按：漢始置昌平縣，明升爲州。地當居庸關南口，元時置驛，係舊縣地，亦宫祺立祠時舊址也。二句似先生經過時實況。

〔一自德陵升馭後二句〕「德陵」即明熹宗陵，此處以陵名代熹宗。「馭」，龍馭；「升馭」猶言龍馭上升，喻天子死。明代宦官之禍與漢唐同。英之王振，憲之汪直，武之劉瑾，至熹之魏忠賢而登峯造極。其時閹宦分割朝政，殺害忠良，民怨沸騰，敵寇日深，亡國之兆已伏。熹宗既死，思宗雖盡誅閹黨，然遺毒已深，門户森立，終不免山河易主，社稷淪喪。

【箋】

東漢朋黨，明季東林，均係反對宦官之儒生集團，雖遭禁錮刑戮，其風義節操俱足彪炳史册。唐代閹禍過于漢明，然牛李兩黨竟不能聯合以抗，獨劉蕡一策尚存空谷足音，此諫議祠之所以立也。先生前詩頌王太監，此詩褒劉諫議，

既不誣人，亦不誣史。

〔一五一〕居庸關二首

居庸突兀倚青天，一澗泉流鳥道懸。終古戍兵煩下口，本朝陵寢託雄邊。車穿褊峽鳴禽裏，烽點重岡落雁前。燕代經過多感慨，不關遊子思風煙。

【釋】

〔居庸關〕在今昌平西北軍都山上，與居庸山兩山夾峙，崖壁陡絶。呂氏春秋有始所謂「山有九塞」，居庸即其一，漢代因山設關故亦稱「軍都關」，北齊名「納款關」，唐時稱「薊門關」。太行山自南迤北，爲「陘」者八，居庸不論爲山爲關，皆其第八陘，形勢險要，向爲燕薊屏障。

〔居庸、一澗二句〕「居庸」，此指居庸山。「突兀」，高貌，見〔五二〕金壇縣南五里顧龍山釋。「鳥道」，指僅容鳥飛之險峻小道，如李白蜀道難：「西當太白有鳥道，可以横絶峩嵋顛。」二句分言山高關險，已將居庸形勢概括殆盡。

〔終古戍兵煩下口〕原注：「魏書常景傳：『都督元譚據居庸下口。』亦作夏口，北齊書文宣紀：『築長城，自幽州北夏口至恆州九百餘里。』即今之南口也。」此句謂「下口」自古以來，即爲戍兵防守之地。按：北魏名下口，北齊易名夏口，元時始名南口，謂在居庸關之南隘也。原注「亦作夏口」、「即今之南口也」，皆注者注中之注，不可攙入引文。

〔本朝陵寢託雄邊〕此句謂天壽山諸陵全賴宣府爲屏障。按：明代北方要鎮有九，合稱「九邊」，居庸關外之宣府（今河北宣化）其一也。原設左、中、前三衞，永樂中直隸京師，置總兵坐鎮。甲申三月，李自成經大同、取宣府，入居庸關，遂毁天壽山諸陵。

〔車穿褊峽鳴禽裏〕原注：「水經注：居庸關山岫層深，側道褊峽，林鄣據險，路才容軌。曉禽暮獸，寒鳴相和，羈官遊子，聆之者莫不傷思矣。」此就關内彈琴峽至南口一段而言。

〔烽點重岡落雁前〕「點」，燃火也，唐皮日休釣侶詩：「烟浪濺篷寒不睡，更將枯蚌點漁燈。」自大同、宣府至居庸關，沿邊烽堠相連，數百里朝報夕至。

〔燕代經過多感慨二句〕燕與代（今河北蔚縣一帶）均戰國時國名。「風煙」猶烽煙，喻戰火。「思」讀去聲，懷念也，與「感慨」相應。二句係虛寫，實義見下首「北狩」、「西來」二句釋。

極目危巒望八荒，浮雲夕日徧山黄。全收朔地當年大，不斷秦城自古長。北狩千官隨土木，西來羣盜失金湯。空山向晚城先閉，寥落居人畏虎狼。

【釋】

〔八荒〕本指八方荒遠之地，此句但指居庸關外。賈誼過秦論：「（秦孝公）有席卷天下、包舉宇内、囊括四海之意，并吞八荒之心。」劉向説苑辨物：「八荒之内有四海，四海之内有九州。」

〔全收朔地當年大〕「朔」，原鈔本作胡。按：唐代沿長城置燕雲十六州，五代石敬瑭以十六州賂契丹（遼），于是歷遼、金、元四百餘年（九三六——一三六八）不復爲漢族所有。至明太祖、成祖盡驅蒙元，全收朔地，明朝版圖始復漢唐之舊。

〔秦城〕此指長城，居庸關亦跨長城。

〔北狩千官隨土木〕「北狩」言天子北巡，孟子梁惠王下：「天子適諸侯曰巡狩，巡狩者，巡所守也。」「千官」見〔三〕千官解題。正統十四年（一四四九）七月，瓦剌也先入犯大同，太監王振嗾英宗出居庸親征，未至大同而城已陷。八月，折返蔚州，中途改經懷來土木堡，爲也先所襲，五十萬大軍盡覆，英宗被俘，從官多死，王振亦被亂軍所殺，史稱「土木

之變」。

〔西來羣盜失金湯〕原注：「陳江總作魯廣達墓銘曰：災流淮海，險失金湯。」「金」謂金城，「湯」謂湯池，喻城池堅險。漢書蒯通傳：「邊地之城……必將嬰城固守，皆爲金城湯池，不可攻也。」又江總之「銘」，蓋本後漢書光武紀：「金湯失險，車書共道。」此句係追述甲申舊事。其年初，李自成由西安東渡山西，破蒲汾，取太原，陷大同，然後西經宣府，入居庸關，于是京師屏障全失。

【箋】

第一首前三聯多從形勢着筆，末聯始由關内涉想關外；第二首多從史實着筆，末聯復由關外回顧關内。如此安排，同題二首遂不見重複。按：居庸關繫明京師與陵寢安危，其初實較山海關尤重。蓋明萬曆以前二百年，外患在韃靼，故居庸宣府爲九邊之首；萬曆之後，外患在女真，故山海關一躍爲節鎮之雄。然明之初亡，亡于農民軍，乃居庸關失守之過；明之終亡，亡于滿清，乃山海關失守之過。先生本年連登二關，重温亡國之痛，其極目危巒，經過感慨，應非區區文字所能盡也。

〔一五二〕　重登靈巖在長清縣東南九十里

重來絶巘一攀緣，壞閣崔嵬起暮煙。山静鼯猱棲佛地，堂空龍象散諸天。芝林果熟紅椒後，入定僧歸白鶴前。莫問江南身世事，殘金兵火一凄然。

【釋】

〔解題〕「靈巖」，山名亦寺名。其山原名「方山」，酈道元水經注又稱「玉符山」。東晉永和六年（三五〇），竺僧朗來此説

法，「猛獸歸伏，亂石點頭。」故取名「靈巖」（見靈巖志）。其山屬今山東長清縣，在泰山之北，濟南市之南，方圓百里。北魏正光（五二〇——五二五）初，法定禪師來此開闢道場，于山南建靈巖寺，唐李吉甫譽爲「域中四絶」之一。本題曰「重登」，則始登當在去歲或前歲。據張穆年譜及先生山東考古録與金石文字記，似此次專爲訪碑而來，然詩中全未及訪碑事。

〔重來絶巘一攀緣〕此句言山。「絶巘」，高峯也。張協七命：「登絶巘。」李白望終南山：「滅迹棲絶巘。」

〔壞閣崔嵬起暮煙〕此句言寺。「壞閣」係指靈巖寺之千佛殿，此殿乃唐太宗時高僧慧崇初建，宋仁宗時寺僧瓊環重修，原係木構，先生來時寺已毁圮，故云「壞閣」（今已全部修復）。「崔嵬」見〔三〕海上行釋。

〔山静鼪猱棲佛地〕此句言山。「鼪」亦作狌，鼬鼠類，赤黄色，大尾；「猱」一作狨，猿類，能升木，皆野生動物。

〔堂空龍象散諸天〕此句言寺。「堂」，殿堂也。佛氏稱修行有大力者爲「龍」爲「象」，杜甫山寺詩：「如聞龍象泣。」「諸天」，泛指諸天神。佛經言欲界有六天，色界之四禪有十八天，無色界之四處有四天，其它尚有日天、月天、韋馱天等，總稱爲諸天，杜甫山寺詩：「諸天必歡喜。」

〔芟林果熟紅椒後〕此句言山。「芟」音衫，刈草也。「芟林」指摘果後整林除草。「紅椒」此指花椒（即秦椒），秋日果熟則呈赤色。以此知先生登靈巖時確係秋日。

〔入定僧歸白鶴前〕此句言寺。「入定」謂僧家静坐收心，使身、口、意三業止于一處。既定則似閉目入睡，「出定」則似睜目醒悟。白居易在家出家詩：「中宵入定跏趺坐，女唤妻呼多不應。」此句「僧歸」實謂出定。句下有自注：「寺有雙鶴泉。」按：方山原有六泉，俱以甘冽著名。法定禪師到靈巖時，引泉建寺，白鶴泉其一也。全句但謂僧人出定必在白鶴歸來之前，爲下句「問」字造境，不必真有白鶴歸來之實。

〔莫問江南身世事二句〕下有自注：「寺自宋以來最盛，金末侯摯屯兵，張汝楫據守，而寺爲墟矣。」按：金宣宗（一二一三

——一二二三）、哀宗（一二二四——一二三四）時，屢爲蒙古所逼，國力日衰。加以山東紅襖農民軍大盛，金尚書右丞侯摯（東阿人，金史有傳）行省事于東平，權本路兵馬都總管，屯兵于河右長清。興定（一二一七——一二二一）中，討平濟南、泰安、滕、兖諸部紅襖軍，其魁李全乃附宋。蒙古既滅夏（一二二七），遂入山東攻李全，圍青州，全降蒙古。之後，金泰安張汝楫復據靈巖以抗元，以至于亡。先生山東考古録亦謂靈巖寺在宋時爲山東名刹，自金之末年，遂爲屯兵之地。此注但舉侯、張屯據，而未舉李全（北海人）、嚴實（長清人）之攻掠，蓋就「殘金」而言耳。「江南身世事」暗扣南明之亡，「莫問」，意謂寺僧休問也。

【箋】

先生詩不喜用唐以後事，如用宋事，必與金有關，蓋金本女真，與滿清同族也。此詩末聯以「江南」與「殘金」對舉，似不相涉，然一讀自注，乃知借古以喻。蓋謂國之將亡，必先自亂于內，然後外敵乘之。明之有李自成猶金之有紅襖軍；殘金國力耗于紅襖軍，亦猶明末國力耗于李自成，故一覩殘金兵火，益覺其淒然可哀。

〔一五三〕秋雨

生無一錐土，常有四海心。流轉三數年，不得歸園林。蹠地每塗淖，闚天久曀陰。尚冀異州賢，山川恣搜尋。秋雨合淮泗，一望無高深。眼中隔泰山，斧柯未能任。車没斷崖底，路轉崇岡岑。客子何所之，停驂且長吟。夸父念西渴，精衛憐東沈。何以解吾懷，嗣宗有遺音。

【釋】

〔生無、常有二句〕「錐」，尖鋭之器，其末甚微，故「一錐土」猶言「一寸土」。漢書食貨志：「富者田連阡陌，貧者無立錐之地。」「四海」至廣，故「四海心」猶言志在天下。二句反義，與「舜無立錐之地以有天下」（見漢書枚乘傳）取義正同。

〔流轉三數年二句〕「流轉」見〔五五〕流轉釋。「三數年」，當自前年北遊起算。

〔蹠地句〕「蹠」音只，踐踏。傅毅舞賦：「蹠地遠羣，闇跳獨絶。」「淖」音澇，去聲，爛泥；「塗淖」猶塗泥，見〔一三四〕酬歸戴王潘韮溪聯句釋。

〔闚天句〕「闚」同窺。莊子秋水：「是直用管闚天，用錐指地也，不亦小乎？」「曀」音壹，陰晦貌。詩邶風終風：「曀曀其陰，虺虺其雷。」

〔尚冀異州賢二句〕原注：「後漢書梁鴻傳：冀異州兮尚賢。」「異州」猶異鄉、異地，此處疑指濟南。「恣搜尋」猶任搜討、尋訪，似指尋碑訪古。二句恐非泛叙，先生所著金石文字記與山東考古録當奠基于是時。

〔秋雨合淮泗二句〕本年秋，江北久雨，徐州、淮安、揚州、鳳陽等地大水，淮泗諸水漲漫合流，一望無際。

〔眼中隔泰山二句〕原注：「孔子龜山操：予欲望魯兮，龜山蔽之；手無斧柯，奈龜山何！」「龜山」在泗水縣東北，接新泰縣界，孔子自齊望魯，故云。先生自濟南望淮泗，所隔在泰山，故亦云。

〔車没、路轉二句〕「車没」謂車輪陷没也。「岑」，此處作崖岸講。

〔停驂且長吟〕「停驂」見〔一三九〕薊州釋。「長吟」二字領起夸父、嗣宗四句。

〔夸父念西渴〕山海經海外北經：「夸父與日逐走，入日，渴，欲得飲，飲于河渭。河渭不足，北飲大澤，未至，道渴而死，棄其杖，化爲鄧林。」經文無「西」字，時永曆帝已西奔緬甸，此句似以夸父自喻。

〔精衛憐東沈〕見〔三一〕精衛詩解題及「我願平東海，身沈心不改」二句。

〔何以解吾懷二句〕阮籍字嗣宗，「遺音」此指其詠懷詩。籍生魏晉易代之際，常憂危懼禍，故其爲詩亦多隱刺而不

易測。

【箋】

前年苦雨，有〔一二九〕淮北大雨詩，本年苦雨，又有秋雨詩，二詩均作于山東旅途，故阻雨思歸之意俱濃。惟此首「夸父」、「精衛」等句，詞旨隱晦，似與今年七月張、鄭大舉入江有關。其時江上傳烽，直徹燕南，先生飄零絕塞，故有「客子何之」之問，此詩殆南歸之際有感而作乎？

〔一五四〕與江南諸子別

絕塞飄零苦著書，揭來行李問何如？雲生岱北天多雨，水決淮壖地上魚。濁酒不忘千載上，荒雞猶唱二更餘。諸公莫效王尼歎，隨處容身足草廬。

【釋】

〔解題〕先生顧與治詩序（文集卷六）云：「余兄事與治，曩北行時，謂與治曰：……。余行三歲乃歸，次揚州，而與治卒。」知先生本年南歸曾至揚州，然元譜不載本年南歸事，故此詩及〔一五五〕江上詩均不知作于何地。茲據先生與黃師正酬贈詩，推定作于揚州。

〔絕塞飄零苦著書〕「絕塞」見〔一三〕延平使至釋。按：先生北遊後始發憤著書，尤重「地志」，如營平二州地名記、營平二州史事（唯存序）、京東考古録、昌平山水記、萬壽山考、岱嶽記、山東考古録等，皆有得于行旅阨塞間也。黃師正奉酬寧人廣陵客舍見贈之作曰：「山經水志闕王畧，豈爲窮愁始著書？」二句可謂道出先生著書宗旨。

〔揭來行李問何如〕原注：「杜子美簡王明府詩：行李須相問。」「行李」即使者，日知録行李條：「古者謂行人爲行李，亦曰

行理。」如左傳僖公三十年：「若舍鄭以爲東道主，行李之往來，共其乏困，君亦無所害。」「謁來」猶往來、去來，重在「來」字，與〔三九〕張隱君元明于園中置仙隱祠取義畧異。故全句既謝諸子來使之情，兼答「何如」之問，以下三聯俱由此句生發。

〔雲生岱北天多雨〕「岱」，泰山，此句借泰山能興雲雨而論今年多雨之由，見〔一一七〕勞山歌「或者其讓雲雨功」釋。此句虛寫。

〔水決淮壖地上魚〕原注：「史記：秦始皇八年，河魚大上。漢書五行志：魚逆流而上也。北史劉豐傳：王思政據長社，民訛言大魚道上行。豐建水攻之策，遏洧水灌城。水長，魚鼈皆游焉。城遂陷。」「壖」同堧，音垣，河邊岸道。史記河渠書：「五千頃故盡河壖棄地。」「上」，動詞，向上行也。句謂淮岸既決，魚乃上游陸地。此句實寫。

〔濁酒不忘千載上〕陶潛時運詩：「清琴在床，濁酒半壺。黃唐莫逮，慨獨在余。」按：黃即黃帝，唐即唐堯，皆千載以上人，潛謂「莫逮」，先生則云「不忘」，蓋貌異心同也。

〔荒雞猶唱二更餘〕原注：「管輅別傳：雞一二更鳴者爲荒雞。」另參見〔一七〕贈顧推官「便蹴劉司空二句」釋。此句以荒雞之唱喻世亂。

〔王尼歎〕原注：「晉書王尼傳：尼早喪婦，有一子，無居宅。唯畜露車，有牛一頭，每行輒使御之，暮則共宿車上。嘗歎曰：滄海横流，處處不安也。」按：尼字孝孫，城陽人。初寓洛陽，爲護軍府軍士，給事養馬，後免爲兵。東嬴公騰辟爲車騎將軍府舍人，不就。嘗預知尚書何綏逾侈必亡。後洛陽陷，避亂江夏，父子俱餓死。又，「滄海横流」原出范甯春秋穀梁傳序：「孔子覩滄海之横流，乃喟然而歎曰：文王既沒，文不在兹乎？」此詩用王尼牛車故事，諒與先生常以二馬二騾載書自隨有關，用「滄海横流」語，兼與頷聯「天多雨」、「地上魚」暗合。

〔隨處容身足草廬〕謂我以有草廬容身而自足也。杜甫茅屋爲秋風所破歌：「何時眼前突兀見此屋，吾廬獨破受凍死亦

足。」此句與王尼「處處不安」語對應。

【箋】

自先生乙酉北遊，于今三年。此三年中，江南友人如歸莊有寄懷寧人詩，潘檉章有和寧人過安平君祠詩，陳芳績有秋日懷涂中先生詩，黄師正有懷寧人客燕詩，錢秉鐙有懷寧人道長詩，而先生去年秋亦有酬歸戴王潘韮溪聯句詩，本年春有寄友人江南詩，至秋又有此作。據「竭來行李問何如」句，知三年南北雖隔，而友朋音書固未嘗絶也。惟此詩雖似面別，竟不著「諸子」一人之名，意者與元譜不載今年歸次揚州事俱有所諱乎？

〔一五五〕江上

江上傳夕烽，直徹燕南陲。皆言王師來，行人久奔馳。一鼓下南徐，遂拔都門籬。黄旗既隼張，戈船亦魚麗。幾令白鷺洲，化作昆明池。于湖擔壺漿，九江候旌麾。宋義但高會，不知兵用奇。頓甲守城下，覆亡固其宜。何當整六師，勢如常山蛇。一舉定中原，焉用尺寸爲？天運何時開，干戈良可哀。願言隨飛龍，一上單于台。

【釋】

〔解題〕此係先生詩集中以「江上」命題之二。前甲午〔八七〕江上作于張名振兩次入江之後，共二首，詞旨隱晦，不知所指。此則直詠鄭成功、張煌言圍南京、下蕪湖，先勝後敗事，詞旨甚顯，故潘刻本未收，原鈔本置本年之末，兼爲卷三之殿。按：今年春，清兵三路取雲南，永曆帝奔緬，鄭成功、張煌言爲牽制清軍，乃于五月大發兵入長江。先取崇明，不守；旋溯江斷清兵横江鐵鎖，毁其兩岸西洋大炮，直抵瓜洲，殲清兵千餘，克其城，命同知柯平守之。煌言先以輕

舟薄金陵觀音門，清兵不敢出，成功遂得悉力取鎮江。六月二十四日，成功登陸京口，擒清操江提督朱衣佐，殺其游擊左雲龍，遂克鎮江，令周全斌守之。時煌言已進取儀徵、六合，士民紛紛反正。復以哨卒七人乘虛掠江浦，取之，亟告成功速以步卒先趨南京以阻清援軍。乃成功竟以水師徐徐行，至則清之征黔軍已回師南京共守，不得已遂圍之。七月初，成功命煌言駐蕪湖以控上游，煌言傳檄江南北，凡四府、三州、二十二縣匝月而定，並貽書成功速攻南京。成功因屢捷，不肯發令，坐待清兵之降，而不知清各路援軍已長驅至。先是清崇明副將梁化鳳已降，此際竟趁丹陽無備，引兵突入南京會師。成功則命八十三營釋戈開宴，任軍士捕魚縱酒爲樂。于是化鳳等以輕騎掘地道出襲，破成功前鋒，擒其將余新；餘衆氣餒，拔營遁。清兵復傾城出，成功之良將甘煇馬獗被擒，死，遂大敗。成功亟登舟乘流下海，所復州縣一時俱失，上江軍聞之亦潰。煌言無路出海，乃間關英、霍、祁門、休寧，自東陽、義烏出天台，達海壖，會成功于閩。

〔江上傳夕烽二句〕「夕烽」見〔八八〕久留燕子磯院中作釋。「陲」本作垂，邊遠之地。上句用「傳」字，下句用「徹」字，極狀王師聲勢。據小腆紀年：清帝聞警，駭然議親征。按：此詩卽以首句首二字「江上」爲題，此亦擬題常法，非故有所隱也。

〔王師〕見〔四〕京口卽事釋，與〔八二〕金山所用「王旅」同。「王師」二字是春秋筆法，此而不隱，復何所隱？

〔行人久奔馳〕謂行路之人奔走相告也，與上句「皆言」相應。蘧案以「行人」爲官名，至引先生不及知之事爲證，不知此句貫串上下，皆所以渲染「王師」聲勢，一作官名，氣韻俱死。且孫詒讓別校本「久」作「又」，蓋謂王師「久不來」或「幸又來」也。

〔一鼓下南徐二句〕「一鼓」謂一鼓作氣，詞出左傳莊公十年。「南徐」，東晉僑置郡名，治京口，向爲南京藩籬。張名振、張煌言數度入江圍京，均先下南徐，成功今次亦然。

〔黄旗既隼張〕「隼」，音准，鷹類猛禽。此言軍中黄旗如隼之張翼，由詩小雅斯干「如鳥斯革，如翬斯飛」化出。

〔戈船亦魚麗〕「戈船」見〔九三〕常熟歸生晟陳生芳績書來「海上戈船」釋。「麗」通儷，比也，耦也。「魚麗」，古陣名，形如魚之相比次。左傳桓公五年：「爲魚麗之陣。」

〔幾令化作二句〕白鷺洲在南京西南長江中，因洲上多白鷺得名。李白登金陵鳳凰台詩：「三山半落青天外，二水中分白鷺洲。」昆明池在長安西南，漢書武帝紀：元狩三年，發謫吏穿昆明池。注謂西南夷昆明國有滇池，漢欲伐之，故作昆明池象之以習水戰。其池自晚唐後已涸爲平陸。二句言成功既下南徐，則其舟師可望直取南京，決一死戰。用「幾令」二字，有惜其爲功不成之意。

〔于湖擔壺漿〕「于湖」，地名。晉太康二年分丹陽縣立于湖縣，在今當塗縣南，隋廢，詩似以蕪湖當之。又孟子梁惠王：「簞食壺漿，以迎王師。」

〔九江候旌麾〕「九江」，古郡名，秦隋均置；明清改置九江府，所轄地區，歷朝大小不同，據詩意，似以今九江市一帶當之。「旌麾」，帥旗也。三國志魏志夏侯淵傳：「大破（韓）遂軍，得其旌麾。」按：「于湖」、「九江」二句，極狀張煌言上江軍威之盛及遺民盼望王師之切。

〔宋義但高會以下四句〕宋義，故楚令尹，從項梁伐秦，梁敗，楚懷王（心）以義爲上將軍，諸别將皆屬之，號爲「卿子冠軍」，令北救趙。軍至安陽，留不進，飲酒高會，項羽即其帳中斬之。然後引兵渡河，破釜沈舟，大破秦章邯軍。見史記項羽本紀。又老子：「以正治國，以奇用兵。」「頓甲」謂按兵不動。四句責鄭成功貽誤軍機，比之宋義。

〔六師〕同「六軍」，即王師也，見〔三〕感事釋。

〔勢如常山蛇〕孫子九地：故善用兵，譬如「率然」。率然者，常山之蛇也，擊其首則尾至，擊其尾則首至，擊其中則首尾皆至。「常山」在今浙江常山縣東。「常山蛇」亦古陣法之一，如晉書桓温傳：「温見之（指諸葛亮八陣圖），謂此常

山蛇勢也。」先生論天下形勢，每重荆襄，視爲「天下之吭」；以秦蜀爲領，兩淮爲背，如常山之蛇，以秦蜀爲首，荆襄爲脊，兩淮爲尾，是故爭雄必據上游，恢復必自中原始，斤斤取江守江，非先生志也。

〔一舉定中原二句〕「尺寸」猶言尺尺寸寸，喻其小也。國語周語下：「夫目之察度也，不過步伍尺寸之間。」此句指土地，如史記項羽本紀：「羽非有尺寸（之地），乘勢起隴畝之中。」「爲」，語尾疑問助詞，無義，如論語顏淵：「君子質而已矣，何以文爲。」

〔天運〕見〔一四八〕恭謁天壽山十三陵釋。

〔顧言隨飛龍二句〕「言」，語助詞，無義。「飛龍」喻帝王，易乾卦：「九五，飛龍在天。」「單于台」在今山西大同市（古雲中）。漢書武帝紀：「（帝）出長城，北登單于台，告單于曰：『單于能戰，天子自將待邊；不能，亟來臣服。』」此以單于喻清帝。

【箋】

此詩前半狀王師聲勢，頗類甲午金山詩；後半「宋義但高會」四句詰責甚苛，與金山詩通首歌讚迥異。同一入江，名振則舉火焚舟，有勝無敗，且望祭山陵，不勝慷慨欷歔；成功本操勝算，徒以驕惰致敗，故先生不能無憾。然此特就一時一地之勝敗而言，若以天下形勢論，義旗所指，宜在中原，不必于東南沿海爭尺寸之地，故張、鄭之間，本無優劣，此先生以詩論史之大端也。夫北都傾覆，南都繼喪，中原砥定，已十五年。永曆君臣寧奔滇緬，誓不入海，其不忘中原，天日可鑒，然終未能攻取中原尺寸，則所謂「整六師」、「定中原」，是言之易而行之難矣。況鄭氏一門，久習海師，棄海登陸，本非所長，雖屢臨京郊，終莫能守土，更何望其「一舉定中原」乎？蓋大勢既去，大局已定，孑遺君臣，或播遷西南，或游弋東海，皆明知其難爲而爲之，故不可以勝敗論。

〔一五六〕天津

文皇都北平，始建天津衛。内以輔神京，外徼溟海際。南北瀉兩河，吐納百川細。輓漕日夜來，貢賦無留滯。重臣鎮其間，鼎足分宣薊。豈惟念輸將，隱然存大計。孼盜踵巢芝，共主非幽厲。曾無一矢遺，欻啟都城閉。馬嵬止玄宗，曹陽宿獻帝。雖云兩日程，乘輿豈能詣？先帝一出宫，洞然知國勢。與其蹈危塗，不若宫中縊。嗚呼事一乖，宇宙遂顛躓。開府固庸才，奉頭竟南逝。侈言曲突謀，縱有亦奚濟？何人爲史官，直筆掃蕪翳。登陴望九門，臨風灑哀涕。

【釋】

〔解題〕原鈔本天津、舊滄州二題均置明年白下詩之前，潘刻本竟誤置今年與江南諸子別之後，中華新刊本亭林詩集以潘刻爲底本，故仍之不變。按：原鈔本諸題編年及次序皆先生手定，天津在北，滄州在南，未有今年入京，既至天津，又返滄州者，故當從原鈔本。又吳譜、徐譜竟據潘刻本，斷言先生今年渡歲天津，亦未見當。

〔文皇都北平〕明成祖謚「文」，故稱文皇帝。定都北平事，見〔三八〕京師「初興靖難師」二句釋。

〔始建天津衛〕「衛」係軍隊編制。明以武功定天下，自京師達于郡縣，皆立衛所，京外統之都司，京内統于五軍都督府。連郡設衛，大率五千六百人；要害地繫一郡設所，所有千户、百户等武職。俱見明史兵志。天津即金代直沽，明永樂二年，築城置戍，調兵駐焉，遂稱天津衛。

〔內以輔神京〕神京本指帝都，此專指北平。「輔神京」三字係全篇着眼處。

〔外徹溟海際〕徹，通達。溟海，泛指深遠之海。舊題東方朔十洲記：「東王所居處山外有員海，海水正黑，謂之溟海。」

〔南北瀉兩河二句〕舊天津自三岔口起，沿段滙合北運河、永定河、大清河、子牙河、南運河諸水，合稱沽河（大、小直沽）或海河。滙合謂「納」，然後東南流自大沽口入海，謂之「吐」。二句重言天津水運，與「溟海」、「輓漕」二句承接。

〔輓漕日夜來二句〕「漕」本指水路運糧，史記平準書：「漕轉山東粟，以給中都官。」水運必用舟，舟需牽輓（挽），故曰「輓漕」。二句言天津乃南北運河所經，天下貢賦俱滙集流通于此。

〔重臣鎮其間二句〕明末遼東漸多事，倭寇又侵掠朝鮮，天津衞形勢益重。其時宣府、薊州已設巡撫，萬曆二十五年亦在天津增設巡撫，稱鼎足焉。

〔豈惟、隱然二句〕「輸將」指運輸貢賦。「隱然」，威重貌。二句承上，謂天津不僅爲財賦轉運之樞紐，亦兼捍衞京師之南北通道，其巡撫任重可知。自起句至此，全從天津地理形勢及朝廷所以重之而言，以下始引叙時事以慨歎之。

〔孽盜踵巢芝〕「孽盜」指李自成、張獻忠等。「巢」即黄巢，「芝」即王仙芝，皆唐末農民軍領袖。「踵」，接踵，猶言步後塵。此句謂李、張踵法黄巢、王仙芝。

〔共主非幽厲〕「共主」謂天下之主，本指周天子，此指崇禎帝。句謂明崇禎帝不同于周代亡國之君幽王、厲王。按：李自成大順永昌元年檄書亦云：「君非甚闇，孤立而煬竈恆多；臣盡行私，比周而公忠絶少。」其恕君而責臣，與此詩後半意近。

〔曾無、欻啟二句〕左傳成公十二年：「無亦唯是一矢以相加遺。」言一矢未發也。「欻」亦作欻，音忽，猶忽然。「啟」，開也。「閉」，此作名詞，本指門閂之孔，古稱門牝（參見〔一〕大行哀詩原注）。二句謂李自成尚未加矢，而叛監已啟都門納降。據甲申傳信録（下引事同）：崇禎帝縊于三月十九日夜子時。在此之前，十七日，李自成自北京西直門圍

城，遣叛監杜勳縋城入議和，帝許未決。十八日午後，李軍攻彰義門，監軍太監曹化淳忽啟門迎降，李自成遂入，攻內城；內城諸門未下，帝已自縊。十九日黎明，內城諸門同時俱啟，自成于午刻由德勝門入。太監王德化率內員三百人迎于門外；曹化淳導自成由西長安門入大內，自成乃發三矢射中承天門，遂入宮。

〔馬嵬、曹陽二句〕此舉二例，言自古都城被圍，天子亦有出奔之事。如唐天寶十五載六月，安祿山將崔乾祐陷潼關，玄宗倉皇棄長安西走，止馬嵬驛，誅楊國忠，縊楊貴妃，然後留太子而奔成都。又如後漢興平二年六月，獻帝棄長安東奔，李傕、郭汜追之。十一月，戰于弘農東澗，王師敗績，帝幸曹陽澗（在今陝縣），露次田中。明年七月始至雒陽。

〔雖云兩日程二句〕言天津距京師雖止兩日路程，然天子當時豈容輕往。按：居庸關未陷之前，朝臣及駙馬鞏永固曾請崇禎帝南巡天津，帝意未決。三月十四日居庸陷，帝再召問，永固則對曰：「賊前尚遠，人皆畏賊，六龍南幸，從者必多。今已逼近，人心瓦解，臣不敢誤陛下。」上頷之。又，黃宗羲留仙馮公神道碑銘以南遷之議歸之馮元颷與李邦華，其事在崇禎十六年十月及次年三月初，此二句則指圍城前夕事。「乘」音勝，去聲；「乘輿」，後世通指皇帝車駕。

〔先帝一出宮以下四句〕此言崇禎帝未曾出奔之由。按：三月十八日酉刻，太監曹化淳已開彰義門降，帝急遣內監密敕新安侯劉文炳、駙馬鞏永固各帶家丁護送出城南遷。劉、鞏並入內殿見帝，曰：「法令素嚴，臣等何敢私蓄家丁？即率家人數百，何足以當賊鋒？」帝默然。漏下三更，帝又攜王承恩及太監數百走齊化、崇文二門，不能出。走正陽門，將奪門出，守城軍疑爲奸細，弓矢下射；守門太監且施砲向內，從者急答曰：「皇上也！」砲亦無子，弗害。帝愴惶還宮，遂決心自縊。

〔嗚呼事一乖二句〕「事」指先帝應否奔津。「乖」，誤也。「顛蹶」猶顛躓、顛覆；「宇宙顛蹶」喻天下傾危。

〔開府固庸才二句〕句下自注「巡撫馮元颷」。「開府」謂開建府署。漢魏多以大將軍、三公開府，晉且以刺史開府。後世不設開府官，明清尊外省督撫爲開府。「奉」同捧；「奉頭」狀逃竄醜態。按：馮元颷字爾賡，慈谿人。崇禎進士，授

都水主事。與弟元飆俱以論中官有直聲，時稱「二馮」。十四年以右僉都御史巡撫天津，帝眷甚厚。時遼西、山東多故，天津勢益重，元飆辦餉不力，天子方怒，元飆乃以衰老乞休，詔遣李希沆代，代未至而京師陷，元飆遂倉皇由海道南逃，歸卒。明史附其弟元飆傳。二句蓋刺元飆：「庸才」定其資質，「奉頭」狀其醜態，且自注元飆姓名以誅伐之。

〔侈言曲突謀二句〕「侈言」，大言也，貶義，左思三都賦序：「侈言無驗，雖麗非經。」「突」，煙囱；「曲突謀」喻防患未然之謀。漢書霍光傳載：客有過主人者，見其竈直突，旁有積薪。客因告主人更爲曲突，徙其薪；不者，將有火患。主人不從，俄而家果失火。事亦見淮南子説山注。二句承上「開府」二句，謂元飆雖有南遷之議，然臨難逃竄，本不足恃。按：當時論者已譏元飆藉帝未納南遷之疏而文飾己罪，先生詩蓋公論也。獨怪黄宗羲之碑銘竟曰：「南遷之論，……在外惟公。舉朝不然，至委神器！……公言若行，天威尚厲。……吁嗟馮公，此願不遂。」是以鄉情而掩公論，與南雷集中其它門户之見正同。

〔掃燕翳〕意卽駁此謬論。「燕」，雜草；「翳」，障蔽之物。

〔登陴望九門〕「陴」，女牆上之短牆，上有孔穴，可以窺外。「九門」，天子所居有九門，見〔六〇〕淮東釋，此借指皇城。句謂登天津之女牆以望北京。

【箋】

北都驟陷，思宗倉皇自縊，論者遂謂朝廷昧于料事，既不識天津之要衝，又不早定南遷之大計。先生路過天津，勘其地形，驗其沿革，詳審京師被圍前後之時勢，特作此詩以駁之。蓋文皇始于天津建衛，已有輔弼神京之意；中晚以後，增設巡撫，鼎足宣薊，其重視天津之軍事經濟地位可知。至于遷都避敵，歷來不敢輕議。曩者也先土木之變，俺答四郊之擾，皇太極三度入塞，都城皆岌岌可危，朝臣尚不敢倡言南遷，動摇國本，而京師拒守，亦竟轉危爲安。此皆外敵，猶不必避，況今來西師尚遠在千里之外乎？馮元飆之議本爲避清計，初不知西師之來也，帝不能早決，蓋亦以此。

孰知變起倉卒，事出意料，李自成正月甫稱王西安，二月始攻山西，三月初取大同，然後破宣府，陷居庸，十五日而昌平失，十七日而京師圍，十八日而彰義門大開，當此迅雷疾雨之際，帝雖欲如獻帝宿曹陽，玄宗止馬嵬，已不可得。天津設衛開府，本以羽翼京師，元颺不此自勉，而首倡避清南遷；迨西師北來，又不聞勤王之兵：曲突徙薪之謀，固如是乎？是故天津雖邇，乘輿卽詣，又安必其南巡扈駕而無吳橋兵變之虞？此思宗初尚易服突圍，一旦洞知事不可爲，與其蹈危見辱，不若自縊以明志也。封建君主于生死存亡、間不容髮之際，不惜一死以殉其社稷，由先生視之，事非得已，情尤可哀。獨怪彼迂儒小子于酒酣飯飽之餘，摇脣鼓舌，横議是非，不獨誣君，抑且誣史，此先生所不忍言者也。讀此詩，當細嚼「侈言曲突謀」以下四句，方知先生命意寄情所在。

〔一五七〕　舊滄洲

落日空城内，停驂問路岐。曾經看百戰，唯有一狻猊。

【釋】

〔解題〕「洲」字係承原鈔本之誤，應作「州」。滄州轄區及州治代有變易：（一）後魏熙平二年（五一七）始分瀛、冀二州之地爲滄州，州治在今河北省南皮縣東南，隋廢。（二）唐復置滄州，宋、金、元仍之，治設清池縣。（三）明省清池縣入州，移州治于長蘆故縣（卽今滄縣治），屬直隸天津府。本題所稱「舊滄州」，係指舊清池縣，在今滄縣東南。

〔停驂〕見〔一三九〕薊州釋。

〔曾經、唯有二句〕舊滄州開元寺内有一鐵獅子（卽狻猊），高一丈七尺，長六尺，相傳係周世宗時（九五四——九五九）所鑄。自周世宗而後，滄州向爲宋與遼、金與蒙、明與清設戍必爭之地。皇太極三次入塞擄掠，滄州漢民受禍尤慘，

鐵狻猊可爲歷史見證。

【箋】

先生詩，民族意識特重。此詩所云「百戰」，亦指民族戰爭，尤以宋與金、明與清爲然。試讀〔四三〕石射堋山、〔五四〕榜人曲、〔一五三〕重登靈巖諸詩自曉。

編年(一六六〇)

是年歲次庚子,明永曆十四年,清順治十七年。

正月,明永曆帝仍居緬甸阿瓦舊城之者梗,其外臣屬均紛紛降清。清嚴禁朝野結社訂盟。

三月,張煌言率殘部駐林門,尋移駐桃渚。李定國將賀九儀欲降清,定國杖殺之,其步卒多潰回雲南。

四月,清吳三桂請進兵緬甸攻永曆帝。明白文選移軍景線。

五月,清兵攻廈門,鄭成功禦却之,並誅叛將陳鵬秋。

七月,白文選迎永曆帝于緬甸阿瓦,爲緬人所敗。

八月,清雅州守將郝承裔復叛歸明,逾月敗死。時永曆帝君臣困居阿瓦,至碎皇帝之寶以分餉臣僚,無復君臣體統,緬人益輕之。

十二月,白文選居木邦之南甸,李定國仍據孟艮,二人相去二千里而不相聞。

是年先生四十八歲。春二月,再謁天壽山十三陵。在京晤徐氏長甥乾學。旋出都經天津、舊滄州,仍至山東。秋過淮上,返南京,七謁孝陵。訪白下林古度。九月,與黄師正會于揚州僧舍。冬,經六合,歲暮歸吳門。

是歲長甥徐乾學登京兆薦。

〔一五八〕 再謁天壽山陵 已下上章困敦

諸陵何崔嵬，不改蒼然色。下蟠厚地深，上峻青天極。佳氣鬱葱葱，靈長詎可測。云何月遊路，坐見塞塵偪？空勞牲醴陳，微寘神豈食？仁言人所欣，甘言人所惑。小修此陵園，大屑我社稷。堨來復仲春，再拜翦荆棘。臣子分則同，駿奔誰共識。區區犬馬心，媿乏匡扶力。

【釋】

〔解題〕原鈔本題作「再謁天壽山十三陵」，第四卷從此詩起，中華本據潘刻本延伸至癸卯年。上章困敦即庚子歲。

〔崔嵬〕見〔三〕海上行釋。

〔下蟠、上峻二句〕禮樂記：「及夫禮樂之極乎天而蟠乎地。」又中庸：「大哉聖人之道，洋洋乎發育萬物，峻極于天。」

〔佳氣鬱葱葱〕論衡吉驗篇：望氣者蘇伯阿爲王莽使，至南陽，遥望見舂陵（今湖北棗陽東，光武故里）城郭，喟曰：「氣佳哉！鬱鬱葱葱然。」（亦見後漢書光武紀）

〔靈長〕謂國祚綿長。世説新語黜免：「簡文更答曰：若晉祚靈長，明公（指桓温）便宜奉行此詔。」以上六句與去年謁陵詩所狀陵景迥然有異，似畧寓諸陵小修之實。

〔云何、坐見二句〕「云何」猶爲何，反詰詞，詩唐風揚之水：「既見君子，云何不樂？」原鈔本「月遊路」作「宮闕旁」；「塞塵」作「獯戎」。「月遊」見〔五七〕恭謁孝陵釋。「獯戎」即獯鬻，夏朝北方少數民族，周曰玁狁，漢曰匈奴。二句承上急轉，詰問爲何寢園之外，仍遭清兵踐踏。

〔空勞牲醴陳以下六句〕揭穿清帝祭修明陵之僞善。世祖實録順治十六年：十一月壬申，上駐蹕昌平州。是日，上道經明崇禎帝陵，悽然泣下，酹酒陵前。癸酉，上閲明帝諸陵。甲戌，遣內大臣索尼祭明崇禎帝，文曰：「惟帝亶聰御極，孜孜以康阜兆民爲念，十七年劼毖無斁。不意流寇猖獗，國遂以傾，身殉社稷。倘使遭際景運，可稱懿辟。乃纘承衰緒，適丁劫厄，雖勵精圖治，而傾厦莫支。朕念及此，恒用深惻。前巡畿輔，偶過昌平，睇望陵寢，益爲慘然。特備牲帛酒果，用昭禮祭。尚饗。」又清史稿世祖本紀載：遣祭之日，並祭諸陵，增陵户，加修葺，禁樵採。「牲」，祭用牲畜；「醴」，祭用旨酒。「微寘」二字不辭，疑係韻目代字而未經潘耒改正者，汪辟疆以爲應作「非類」是也。左傳僖公十年：「神不歆非類，民不祀非族。」非類者，非我族類也，此指滿清。「仁言」，仁人之言，左傳昭公三年：「仁者之言其利溥哉！晏子一言而齊侯省刑。」「甘言」，阿諛逢迎之言，史記商君傳：「語有之矣，……苦言，藥也；甘言，疾也。」此指清帝詔祭之文。「屑」字費解，疑亦韻目代字，汪以爲當作「竊」或「滅」，是也。「小修」與「大竊」相對，諷怒之極。

〔臣子、駿奔二句〕「分」，本字去聲，即職分、本分。「駿奔」，猶言快速奔走，詩周頌清廟：「駿奔走在廟。」原鈔本「誰共職」，作「乃其職」。

〔朅來、再拜二句〕「朅來」見〔三九〕張隱君元明園中仙隱祠釋。「仲春」，二月。用「復」字，推知去年初謁亦在二月。

〔區區犬馬心〕「區區」表細小，謙詞。「犬馬心」意謂犬馬戀主之心，史記三王世家：「（霍去病言）臣竊不勝犬馬心。」

〔匡扶〕扶之使正也。「匡」，糾正。

【箋】

十三陵自多爾衮死後，十年迄未修葺。前遭李軍劫火，後遭清兵斫伐，先生初謁詩所狀陵景，蓋紀實也。詩末「仲華」、「崔損」二句本寄望于曾孫，不意逾年而有清帝修祭之事。蓋自去秋鄭、張海師入江，南北響應，清帝始知漢族思明，未可輕侮。爲懷柔計，遂親祭思陵，普修諸陵，既「大竊」明之社稷矣，而「小修」明之陵園，強盜僞善，昭然若揭。

又，先生凡六謁天壽山陵，前二次似普謁諸陵，後四次則專謁思陵。故「初謁」、「再謁」詩多綜叙或泛寫，後四詩則每稱「欑宮」，有謁欑宮文四篇可供取證。

〔一五九〕 送王文學麗正歸新安

兩年相遇都門道，只有王生是故人。原廟松楸頻眺望，夾城花蕚屢經巡。悲歌絶塞將歸客，學劍空山未老身。貰得一杯燕市酒，傾來和淚溼車輪。

【釋】

〔解題〕王麗正生平無考。據題及詩與自注，知其爲明諸生（文學），安徽歙縣（古新安）人。乙酉歲曾從金聲起兵抗清，兵敗，守志不屈。

〔兩年、只有二句〕先生前年秋及今年春兩度在京與麗正相遇，謂之「故人」，則相交有素。

〔原廟〕指祖宗正廟以外別立之廟，見〔五七〕恭謁孝陵「衣冠、法駕二句」釋。明太祖正廟在南京，北京皇城内太廟可視爲原廟。

〔夾城花蕚句〕「花蕚」即華鄂，詩小雅常棣：「常棣之華，鄂不韡韡。凡今之人，莫如兄弟。」故後世皆以「花蕚」喻兄弟。唐玄宗友愛其兄弟，嘗于宮之西南建花蕚樓，爲諸王召對宴集之所（見唐書讓皇帝傳）。樓傍夾城，直通曲江，故杜甫秋興詩：「花蕚夾城通御氣，芙蓉小苑入邊愁。」然北京明故宮並無夾城及花蕚樓，詩係借指紫禁城周圍。「經巡」同經行、經過。

〔悲歌、學劍二句〕自注謂「生舊在金侍郎聲幕府」。按：金聲（一五九八——一六四五）字正希，安徽休寧人。崇禎元年

進士，改庶吉士，早年謝病歸。十六年冬，起修撰，未赴。南都立，超擢左僉都御史，堅不起。迨乙酉夏，清兵破池州，聲奮然奉明太祖像，率士民痛哭，謀起兵。門人江天一奔赴，貴池吳應箕、歙縣温璜、寧國邱祖德等俱響應，隆武帝授聲右都御史、兵部右侍郎，總督南直軍務。聲初保績溪、黄山，旋據守徽州。苦戰數月，殺傷相當。九月，徽州前御史黄澍叛降清，著故衣冠誘城，城遂破。聲被擒，天一自投。解至南京，見洪承疇，承疇勸之降，俱駡賊以死。麗正歙縣人，入侍郎幕府，當係乙酉秋日事。上句「絶塞」指燕，下句「空山」指歙；「將歸客」、「未老身」均指麗正。

〔貰得一杯燕市酒二句〕「貰」，賒也，見〔一四三〕寄弟紓「酒向鄰家貰」釋。「燕市」本指燕國國都，此指北京。史記刺客列傳：「荆軻嗜酒，日與狗屠及高漸離飲于燕市。」此處與「悲歌絶塞」四字應。「溼車輪」，謂傾酒以酹送行之車也。

【箋】

先生詩集中，不收與當道及已變節之士應酬之作，其所稱科名或官職必係明朝之遺，以見其人仍不失爲處士、高士。前年秋及今年春，雖兩度入都，集中俱不載交游酬贈詩，信乎此時此地「只有王生是故人」也。前年在山東作〔一三五〕七十二弟子詩，自注「一時同人多入官長幕」，蓋已不慊于心矣。觀此詩末聯，其踽涼之情仍可想見。

〔一六〇〕答徐甥乾學

轉蓬枯質自來輕，繞樹孤棲尚未成。守兔江湄遲夜月，飲牛澗底觸秋聲。孤單苦憶雖兄弟，薄劣煩呼似舅甥。今日燕臺何邂逅，數年心事一班荆。

【釋】

〔解題〕徐乾學（一六三一——一六九四）字原一，號健菴，崑山人。先生第五妹嫁同邑恩貢徐開法（太僕少卿徐應聘之

孫），生三子，長卽乾學。是年秋，乾學領京兆薦（順天舉人），故春夏皆在都。本題用「答」字，料乾學必先存問先生。

〔轉蓬〕蓬草遇風根拔而飛轉，故謂之轉蓬。曹植雜詩：「轉蓬離本根，飄颻隨長風。」後多以轉蓬喻身世飄零，如李商隱無題詩「走馬蘭臺類轉蓬。」

〔繞樹孤棲尚未成〕「繞樹」承轉蓬而言。曹操短歌行：「月明星稀，烏鵲南飛。繞樹三匝，無枝可依。」句謂頻年飄泊，尚未覓得一枝之棲也。

〔守兔江湄遲夜月〕原注：「鮑照擬古詩：南國有儒生，迷方獨淪誤。伐木清江湄，設罝守毚兔。」「湄」，水邊。「遲」，等候。「守兔」恐非守株待兔之兔，而係月中玉兔之兔。

〔飲牛澗底觸秋聲〕徐嘉引高士傳許由洗耳、巢父牽犢故事爲注，僅解得「飲牛」二字，餘五字全無着落，實屬牽合，先生用事貼切，必不信手出此。味全詩，頷聯二句似追憶居吳時事，當于紀實中求其寓意。

〔孤單苦憶難兄弟〕「孤單」指三徐幼年喪父。全祖望亭林先生神道表：「徐尚書乾學兄弟，甥也。當其未遇，先生振其乏。」「難兄弟」沿稱才德相埒之兄弟。東漢陳寔長子名紀，字元方；幼子名諶，字季方，俱以才德有名于時。元方子長文與季方子孝先各論其父功德，爭之不能決，乃咨于祖父寔。寔曰：「元方難爲兄，季方難爲弟。」見世說新語德行。徐氏兄弟三人，乾學居長。次名秉義（一六三三——？）字彥和，號果亭，康熙十二年探花及第，官至閣學及吏侍。三名元文（一六三四——一六九一）字公肅，號立齋，順治十六年狀元及第，官至文華殿大學士。乾學于康熙九年始以探花及第，授編修；十四年，遷左贊善，丁母艱；起充明史總裁官；遷侍講學士，晉詹事；擢內閣學士，充會典、一統志副總裁，纂修鑑古輯覽、古文淵鑑；二十六年，擢右都御史；次年授刑部尚書；三十三年卒。按：乾學負海內人望，爲「三徐」之最，一時山林耆宿如陳維崧、吳兆騫、黃虞稷、吳任臣、倪燦等，皆千里從之。惟以不飭家人，屢遭彈章，且黨附明珠，史多微辭。乾學學富，藏書亦富，有傳是樓書目行世。清史稿有傳。

〔薄劣煩呼似舅甥〕「薄劣」，先生自謙。謝靈運九日從宋公戲馬臺集送孔令詩：「彼美丘園道，喟然傷薄劣。」杜甫獨酌詩：「薄劣慚真隱。」東晉何無忌乃劉牢之甥，酷似其舅，見晉書本傳。又羊曇乃謝安甥，亦相傳舅甥之雅。

〔燕臺〕戰國時燕昭王築臺，以黄金招賢士，遂名其臺爲招賢臺，又稱賢士臺或黄金臺，故址在今河北易縣東南。後通以「燕臺」稱北京。此句用「燕臺」二字，疑有諷意。

〔邂逅〕音解后，不期而遇也。詩鄭風野有蔓草：「邂逅相遇，適我願兮。」按：去年三甥元文在京舉進士第一，先生詩文全未提及；此詩係作于乾學舉順天鄉試前。

〔數年心事一班荆〕「數年」當指先生北遊前後三數年。「班荆」，路遇時鋪荆坐談也，見〔一三四〕酬歸戴王潘韭溪聯句釋。

按：「心事」是全詩用力點，可以口述而不可見諸文字。

【箋】

王士禛謂「同胞三及第，前明三百年所未有」(池北偶談「崑山徐氏三及第」條)，故三徐之名頗噪于清初。就中以元文科名最顯，官位最高；以乾學最負盛名，最稱飽學。先生爲其母舅，方三子未遇時，固嘗振其匱乏，稍後貴顯，三子亦尊先生如父。先生得辭修史之役，得免鴻博之召，得遊隱天下而不墜大節，三子與有力焉。然先生詩集中僅收乾學未第時答詩一首；文稿中雖尚存手札十餘通，亦皆不出甥舅家人之言，勉彼立身，行我之素，固未嘗以親誼而廢大義也。

〔一六二〕白下

白下西風落葉侵，重來此地一登臨。清笳皓月秋依壘，野燒寒星夜出林。萬古河山應有主，頻年戈甲苦相尋。從教一掬新亭淚，江水平添十丈深。

【釋】

〔解題〕「白下」，南京之別稱。東晉咸和三年（三二八），陶侃討蘇峻，在今南京市北築白石壘，後因以爲城。唐武德九年（六二六）移金陵治于此，遂改金陵縣爲白下縣。故明清人多以「白下」稱南京。本題不用「南京」而改稱白下，蓋重言城北白石壘也。又，原鈔本此首前有天津、舊滄州二首，潘刻本誤將二首植于去歲之末。

〔登臨〕指登古白石壘而言，下句「秋依壘」之壘同。

〔野燒〕即野火，見〔一三七〕督亢釋。

〔一掬、平添二句〕「新亭淚」見〔四二〕京口詩及〔一〇五〕王徵君潢具舟城西「新亭宴」釋。江水添深，掬淚使之深也。

【箋】

後二聯似有感于張名振、張煌言、鄭成功等「頻年」大舉入江，迄未見功事，不必遠溯乙酉。又，吳丕績彙校補録瞿氏鐵琴銅劍樓藏蔣山傭詩集同題詩云：「白下西風木葉多，重來舊館一經過。氈裘水上依摇櫓，烽火山頭出負戈。月逗隱磯驚鸛雀，雲迷絶島失黿鼉。登樓卽有清笳韻，獨夜何人與嘯歌？」按：原鈔本〔八二〕僑居神烈山下前二聯與瞿氏藏本亦畧異，然意韻相同，工拙尤不易辨，故瞿氏藏本可視爲同題初稿。瞿本「白下」詩則不然，除首聯字面畧近外，餘均不得視爲同題初稿，亦不得視爲同題二首之組詩，蓋立意與取韻迥異也。此詩全從登白石壘憶舊戰場立意，後二聯最是先生本色；若改作「經過舊館」，縱有「氈裘」、「烽火」字樣，而後二聯只是尋常感慨，與先生詩格氣韻殊不侔矣。先生五言古體及雜言歌行獨成一家，迥不可學；七律以寄託勝，其遣詞構架，畧高于明七子，可以贋代也，世傳「六十自題小像」詩類此。原鈔本係先生手定，「不別與人以供其改竄」者，當從。

〔一六二〕 重謁孝陵

舊識中官及老僧，相看多怪往來曾。問君何事三千里，春謁長陵秋孝陵？

【釋】

〔解題〕題曰「重謁」，實爲「七謁」，全祖望神道表作「六謁」，蓋失考。然元譜載謁孝陵亦止此。

〔中官〕即宦官、內官。漢書高后八年紀注「諸中官」，曰：「凡閹人給事于中者皆是也。」詩指守陵太監。

〔老僧〕孝陵不設僧職，疑指靈谷寺僧，見〔七〇〕恭謁高皇帝御容于靈谷寺解題。

〔往來曾〕「曾」，本字陽平，曾經、屢次之意。

〔三千里〕北京至南京距離約數。

【箋】

詩末二句，殆指本年事，若從國變及今後計，當作「六謁長陵七孝陵」也。觀去年秋雨、與江南諸子別、江上及今年白下詩，可知自丁酉元日「六謁」至今秋「七謁」，三年之間，先生未曾返南京。然徐嘉注白下詩，竟謂去年南京被圍時，先生適在城中；近人趙儷生撰顧炎武傳畧（上海人民出版社一九五五年版）亦踵其誤，甚且謂先生北遊五年（一六五七——一六六二），每年終輒歸揚州或蘇杭。此皆未見原鈔本且未深考先生譜傳所致。

〔一六三〕 贈林處士古度

老者人所敬，于今乃賤之。臨財但苟得，不復知廉維。五官既不全，造請無虛時。趙孟語

諄諄，煩亂不可治。期頤悲褚淵，耄齒嗟蘇威。以此住人間，動輒爲世嗤。嶷嶷林先生，自小工文辭。彬彬萬曆中，名碩將因依。高會白下亭，卜築清溪湄。同心游岱宗，誼友從湘纍。江山忽改色，草木皆枯萎。受命松柏獨，不改青青姿。今年八十一，小字書新詩。方正既無詘，聰明矧未衰。吾聞王者興，巡狩名山來。百年且就見，況德爲人師。唯此耇成人，皇天所憖遺。以洗多壽辱，以作邦家基。

【釋】

〔解題〕林古度（一五八〇——一六六六）字茂之，號那子，福清人，流寓金陵。少以詩鳴，晚歲卜居金陵珍珠橋南陋巷中，猶不廢吟詠。江寧府志謂其貧甚，又失明，旅寓蕭然，冬夜但擁敗絮，是亦明遺民中以勁節稱者。清史列傳文苑有傳。先生識古度當在贈詩之前，同志贈言全載古度奉答寧人先生贈詩次韻，其中「隨」、「披」、「儀」三韻與原贈「依」、「萎」、「基」三韻異，疑先生定稿時自改如此。

〔老者人所敬〕原注：「漢書東方朔傳：老者人所敬也。」

〔臨財但苟得〕論語季氏：「及其老也，戒之在得。」禮曲禮：「臨財毋苟得。」古度老而安貧，故取反語爲勸諷。

〔廉維〕管子牧民：「禮義廉恥，國之四維。」廉，對財而言。

〔五官既不全〕荀子正名：「五官簿之而不知。」注曰：「五官，耳目口鼻心也。」又同書天論：「心居中虛，以治五官。」注曰：「心居于中空虛之地，以制耳目口鼻形之五官。」此謂以心制形。「五官不全」，則是形不受制于心，有心與無心同。無心之人指亡國士夫不知廉維者。又，孝經云：「身體髮膚，受之父母，不敢毁傷。」毁傷髮膚亦猶五官不全也，疑此句兼諷薙髮之臣。時有黄士俊者，順德人。萬曆丁未狀元，累官禮部尚書，崇禎間入閣，國變後，復以故輔事永曆。

三年，清軍陷廣州，士俊率先剃頭迎降，時人嘲之云：「君王若問臣年紀，爲道今年方薙頭。」蓋其時已八十二矣。

〔造請無虛時〕「造請」，謂造門乞請，漢書張湯傳：「其造請諸公，不避寒暑。」此諷降臣既降之後，仍靦顏乞求富貴利達。

〔趙孟語諄諄二句〕趙孟即趙盾，衰子，晉之正卿。左傳襄公三十一年：「趙孟將死矣，其語偷，不似民主。且年未盈五十而諄諄焉如八九十者，弗能久矣。」「治」，本字平聲，理也。漢書張敞傳：「能吏任治煩亂。」此殆譏降臣老悖，飾辭造請，言不足法。

〔期頤悲褚淵〕原注：「南史褚淵傳：齊受禪，拜司徒，賓客滿座。其兄炤歎曰：彥回少立名行，何意披猖至此！門戶不幸，復有今日之拜！使彥回作中書郎而死，不當是一名士邪？名德不昌，乃復有期頤之壽！」禮曲禮：「百年曰期頤。」褚淵(四三五——四八二)字彥回，陽翟人。少有清譽，美儀貌，尚宋孝武帝女。明帝崩，遺詔爲中書令，與袁粲同輔政。蕭道成將篡宋，粲謀攻之，淵泄其謀，粲父子遂戰死于石頭。齊受禪，淵拜司徒，加尚書令。時人歌曰：「可憐石頭城，寧爲袁粲死，不作褚淵生。」

〔耄齒嗟蘇威〕原注：「隋書蘇威傳：大唐秦王平王充，坐于東都閶闔門內，威請謁見，稱老病不能拜起。王遣人數之曰：『公隋朝宰輔，政亂不能匡救，遂令品物塗炭，君弒國亡，見李密、王充皆拜伏舞蹈，今既老病，無勞相見也。』尋歸長安，至朝堂請見，又不許。卒于家，年八十八。」禮曲禮：「八十、九十曰耄。」蘇威(五三四——六二一)字無畏，武功人，綽子，仕周至開府。隋文帝篡周，威拜太子少保，與高熲同輔政，天下稱平。煬帝時官尚書右僕射，開府儀同三司，位望益隆。及宇文化及弒煬帝，以威爲光祿大夫，開府儀同如故。化及敗，威歸李密；密敗，歸王世充(即「王充」，唐人避太宗諱，省世字)，皆拜伏舞蹈如儀。及唐秦王李世民平王世充，威在洛陽、長安兩度造請，秦王皆不見。遂死。

〔以此住人間二句〕言「老而不死是爲賊」也。此承「期頤」、「耄齒」二句，舉褚、蘇見嗤于時以明「于今賤老」之故。以下始引出「林先生」爲起句「老者人所敬」釋例。

〔嶷嶷林先生二句〕嶷音逆，入聲，說文：「小兒有知也。」詩大雅生民：「誕實匍匐，克岐克嶷。」嶷嶷猶岐嶷，謂小兒漸能起立，狀幼年聰慧。按：鄧之誠清詩紀事初編卷二：「古度少以撾鼓行受知屠隆。」隆（一五四二——一六〇五）字長卿，鄞人。萬曆進士，官至禮部主事。工詩文，爲「後五子」之一。古度受知于隆，年未弱冠，此正杜甫所云「少小愛文辭」也。

〔彬彬萬曆中二句〕「彬彬」，文質並茂貌，論語雍也：「文質彬彬，然後君子。」「名碩」指聲望德業俱高之人，唐書盧鈞傳：「以鈞名碩長者。」「因依」猶依傍，阮籍詠懷詩：「迴風吹四壁，寒鳥相因依。」按：清詩紀事初編又云：「古度與曹學佺、吳非熊唱和，後遇鍾惺、譚元春，詩格一變。」學佺（一五七四——一六四七）字能始，侯官人。非熊名兆，休寧人。鍾惺（一五七二——一六二四）字伯敬，竟陵人。譚元春（一五八六——一六三七）字友夏，亦竟陵人。四人皆萬曆間名士，古度與之遊，科名雖不及，詩名則相埒焉。又，古度次韻詩，此句易「依」爲「隨」（恍爾是天隨），疑先生初作本押「隨」字（如「名碩相追隨」）。

〔高會白下亭〕此句記與名碩相集事，白下亭在當時南京通濟門外。

〔卜築清溪湄〕「卜築」謂擇地建屋，梁書劉訏傳：「因共卜築宋熙寺東澗，有終焉之志。」「清溪」即青溪，見〔一〇三〕桃葉歌「青溪橋」釋。「湄」，水之涯。按：古度晚歲卜居珍珠橋南陋巷，雖同在南京，知此句係記國變前事。

〔同心、誼友二句〕「同心」猶同志，「誼友」即知交，均作名詞。「岱宗」，泰山也；「湘纍」即屈子，見〔一三八〕京師作。二句概敘國變前古度偕友人南北暢遊事。

〔江山、草木二句〕暗示國變。「草木」喻變節之徒，與下句「松柏」對應。「改色」與下句「不改」對應。按：古度次韻詩，

此句易「萎」爲「披」(覽之不勝披),疑先生初作本押「披」字(如「草木皆離披」)。

(受命、不改二句)原注:「莊子:受命于地,唯松柏獨也,冬夏青青。」

(今年八十一以下四句)俱承上句「不改」二字而來。「方正」指品行方廉正直,韓非子姦劫弑臣:「我不以清廉方正奉法,乃以貪污之心,枉法以取私利。」「詘」通屈。王士禛池北偶談談藝云:「林翁茂之居金陵,年八十餘,貧甚,冬夜眠敗絮中,其詩有恰如孤鶴入蘆花句。」清詩紀事謂「兒時一萬曆錢,佩之終身,吳嘉紀爲賦一錢行」。此皆「方正無詘」之證。惟「小字書詩」、「聰明未衰」則係先生本年所見。池北偶談謂「余見之時,兩目已失明」。古度卒于康熙五年,壽八十七,墓葬鍾山,失明自是本年以後事,先生恐未見也。

(吾聞王者興二句)孟子公孫丑下:「五百年必有王者興。」又禮王制:「歲二月,東巡狩至于岱宗。」「名山」此指泰山。

(百年且就見二句)「百年」指百歲老人。禮王制:「……柴而望祀山川,覲諸侯,問百年者就見之。」「人師」,人倫之師。

(唯此耉成人)原注:「書康誥:汝丕遠惟商耉成人。」「耉」音苟,老也。「耉成人」即老成人,指林處士。

(皇天所憖遺)「憖」音刃,去聲,願也,寧也。詩小雅十月之交:「不憖遺一老,俾守我王。」後世因沿用「天不憖遺」爲哀悼賢哲之辭。此句承上反其義而用之,言林處士乃皇天所遺以爲人師者。

(以洗多壽辱)原注:「莊子:多壽則多辱。」語出天地篇,爲「于今乃賤之」、「動輒爲世嗤」翻案。

(以作邦家基)詩小雅南山有臺:「樂只君子,邦家之基。」古度次韻詩,此句易「基」爲「儀」(出圖而來儀),疑先生初作本押「儀」字(如「以作邦家儀」)。

【箋】

先生雅重老成,詩集中如〔四九〕贈陳處士梅、〔二〇六〕贈孫徵君奇逢,皆以其耆年而心儀之。獨此篇前半以多壽爲辱,

以所敬爲賤，何耶？夫人必先自敬而後人敬之，必因自賤而後人賤之，歷代鼎革之際，勝國耆成人多矣，或爲遺老，或爲貳臣，敬之賤之，不在人而在己。詩舉褚淵、蘇威爲例，衡之有明，黄士俊、何吾騶輩是也。然作詩時，黄、何皆已骨朽；猶然「住人間」者，非錢謙益莫屬。謙益（一五八二——一六六四）字受之，號牧齋，常熟人。萬曆進士，崇禎時官禮侍，福王時進禮尚。南京陷，率先迎降，仍官禮侍，兼管秘書院事。旋歸里，以文章標榜江南，人戲稱「兩朝領袖」。晚年懼入「貳臣傳」，嘗輯明人詩爲列朝詩集，又著初學、有學二集，詭託勝國之思。兼與同邑門人瞿式耜書札往還，欲收歸莊及亭林先生于門牆以自湔（見「九芑」贈路光禄太平箋），真可謂娼妓自詡貞節，「不復知廉維」者矣。謙益今年七十有九，老而不死，多壽多辱，疑先生所諷在此。

王士禛池北偶談云：「林茂之先生攜其萬曆甲辰（一六〇四）以後六十年所作，屬予論定。因爲披揀，得百五六十首，皆清新婉縟，有六朝初唐之風。」按：今傳林茂之詩選二卷，起甲辰，迄甲子，不出二十年間，皆漁洋所選也。鄧之誠論曰：「古度遺詩數千篇，王士禛盡去天啟甲子（一六二四）以後之作，謂刊落楚風，歸于正始，于是古度故君故國之思，憑弔興亡之作，胥不傳矣。士禛此選蓋懼以文字貽禍，託言標格，以欺當世之人耳！」所論亟是。故清詩紀事所選，惟觀大西洋自鳴鐘刻漏一篇，殊不足以窺古度也。兹全録其奉答寧人先生贈詩次韻（載同志贈言），庶見豹之一斑云爾。

夙聞聖人言，老者曰安之。今世無聖人，久已弛四維。布内非不欲，有司非其時。予也每自省，平生生莫治。未能卽仙去，學彼丁令威。躑躅塵市中，嘗爲俗世嗤。幸遇顧夫子，錯愛賜温辭。有若古賢哲，恍爾是天隨。忘形出至性，過從淮水湄。篋中寡庸言，著述頗累累。最要北遊草，覽之不勝披。筆墨類容貌，端然忠義姿。謁拜十三陵，以史而託詩。直是紀朝代，切志興兹衰。旋當建功業，勿謂俟將來。老少不足論，儒雅真吾師。滔滔者斯世，賴有救子遺。龍馬與鳳鳥，出圖而來儀。

〔一六四〕 羌胡引

今年祖龍死，乃至明年亡。佛狸死卯年，却待辰年戕。歷數推遷小贏縮，天行有餘或不足。東夷跳梁歷三世，四十五年稱僞帝。牂牁越嶲入輿圖，兩戒山河歸宰制。佳兵不祥，天道好還，爲賊自賊，爲殘自殘。我國金甌本無缺，亂之初生自夷孽。徵兵以建州，加餉以建州，土司一反西蜀憂，妖民一唱山東愁，以至神州半流賊，誰其嚆矢繇夷酋。四入郊圻躪齊魯，破邑屠城不可數。刳腹絶腸，折頸摺頤，以澤量尸。幸而得囚，去乃爲夷。夷口呀呀，鑿齒鋸牙，建蚩旗，乘莽車。視千城之流血，擁豔女兮如花。嗚呼！夷德之殘如此，而謂天欲與之國家！然則蒼蒼者，其果無知也耶？或曰完顏氏之興，不亦然歟？中國之弱，蓋自五代。宋與契丹，爲兄與弟。上告之明神，下傳之子孫。一旦與其屬夷，攻其主人，是以禍成于道君，而天下遂以中分！然而天監無私，餘殃莫贖，汝水雲昏，幽蘭景促，彼守緒之遺骸，至臨安而埋獄。子不見夫五星之麗天，或進或退，或留或疾，大運之來，固不終日。盈而罰之，動而蹶之。天將棄蔡以壅楚，如欲取而故與。力盡敝五材，火中退寒暑。湯降文生自不遲，吾將翹足而待之！

【釋】

〔解題〕「羌」通指我國古西方少數民族，「胡」通指我國古北方少數民族，二字連綴，與「夷狄」同表異族，不必强分東南

西北也，此篇則影射滿清。蘧案以爲先生詩集未嘗以「羌」代清，因據孫校本作「陽麌」，疑係韻目代「王虜」二字，互乙則爲「虜王」，虜王卽順治，與詩所斥相應。其説曲折，未必可信。潘耒原鈔本于先生所用韻目大都改正，極少遺漏，本篇未付刻，故改之尤盡。查諸本皆仍本題（篇中當諱字或用「□」代），唯孫本于本題及篇中當諱字俱改用韻目，此孫氏家法，不免有「想當然」處。「羌胡」韻目當作「陽虞」，孫誤作「陽麌」，于是原題「羌胡」一變爲「羌虜」，再變爲「王虜」，三變爲「虜王」，皆想當然也。（二）「引」有二義：（一）樂曲之序曲往往稱「引」，如蔡邕琴操序首有列女引等九引，後世詞曲調以「引」名者本此。（二）「引」有引導、引進及先行之義，故唐以後序文亦往往稱「引」，如王勃滕王閣序自云「敢竭鄙誠，恭疏短引」。蘇洵父名「序」，故諱序爲引，如送石昌言使北引。先生之文有「序」而無引，先生之詩有「行」而無引，獨此篇題曰「羌胡」而綴以「引」字，似兼序文、序曲二義。此篇潘刻本未收，當係指斥太露，無法諱改故，中華本據原鈔本補。

〔今年祖龍死二句〕「祖龍」，指秦始皇，事見〔二〇〕秦皇行「自言王者定不死」釋。按：持璧者本曰：「今年（始皇三十六年）祖龍死。」然始皇實死于明年（三十七年）七月。「乃」，此作轉折詞，義同「却」。

〔佛狸死卯年二句〕「佛狸」，北魏太武帝拓跋燾小字。宋元嘉二十七年庚寅（四五〇）大舉攻魏，拓跋燾親禦之。二十八年辛卯（四五一）燾進至瓜步而還。時童謠曰：「虜馬飲江水，佛狸死卯年。」然燾至明年壬辰（四五二）二月始爲中常侍宗愛所弑。見宋書臧質傳。

〔歷數推遷小贏縮二句〕「歷」亦作曆。「贏」亦作「嬴」，有餘也。二句謂曆法推算與天道運行皆畧有伸縮，或盈餘，或不足，乃是常事。按：順治十七年冬已盛傳清世祖福臨大漸，然至十八年正月丁巳（初六）始崩，年二十四。時尚有「順治出家」之説，事涉宮闈，本極曖昧，疑先生此詩本作于十八年正月福臨死耗公布之後，故以祖龍、佛狸故事爲喻，且移置今年末（它本或移此詩于贈黃師正後），以證傳言有徵。

〔東夷跳梁已三世二句〕「東夷」指建州女真（見後「徵兵、加餉」二句釋）。「跳梁」，詞原出莊子秋水：「（井鼃）出跳梁乎井幹之上。」本作跳擲解，後多用于貶義，狀叛亂跋扈，如漢書蕭望之傳：「今羌一隅小夷，跳梁于山谷間。」按：後金太祖努爾哈赤于明萬曆四十四年（一六一六）稱帝，歷子皇太極（清太宗）、孫福臨（清世祖）共三世，至今年已四十五年（一六一六——一六六〇）。

〔牂牁越嶲入輿圖二句〕「牂牁」音牂柯，漢武帝初置郡，約當今貴州大部及滇東、桂北一帶。「越嶲」（音檇）亦漢武帝初置郡，本西南夷邛都之地。「輿圖」作版圖解，參見〔三〕感事釋。「戒」，通界。唐書天文志：「一行以爲天下山河之象，存乎兩戒。」僧一行所云「兩戒」，北戒約當今青海東移至陝北，晉、冀、遼一綫；南戒約當今四川、陝南、豫、鄂、湘、贛、閩一綫。「宰制」謂主宰、轄制，史記禮書：「宰制萬物，役使羣衆。」詩二句蓋謂中國大陸已漸歸滿清統轄。時永曆帝盡棄據地逃緬，鄭成功僅有海濱數縣，故云。

〔佳兵不祥二句〕老子：「夫佳兵者不祥之器，物或惡之。」「佳兵」二字釋義多歧，通指窮兵黷武。又同書：「以道佐人主者，不以兵强天下，其事好還。」後「事」字與前「道」字應，故沿謂「天道好還」，卽惡有惡報，佳兵者必自禍。

〔爲賊、爲殘二句〕孟子梁惠王下：「賊仁者謂之賊，賊義者謂之殘，殘賊之人謂之一夫。」自賊、自殘卽自作自受，亦「天道好還」之意。

〔我國金甌本無缺二句〕「甌」，盆盂；「金甌」喻國家。南史朱异傳：「我國家猶若金甌，無一傷缺。」「夷孽」指滿清。詩小雅巧言：「亂之初生，僭始旣涵。」二句謂明之破亡實導因于滿清，以下六句舉事爲證。

〔徵兵、加餉二句〕「建州」，女真族之代稱。明永樂元年（一四〇三）在今吉林省東南一帶（卽女真族居地）置建州衞，永樂十年又置建州左衞，正統七年（一四四二）增置建州右衞，統稱建州三衞。萬曆時努爾哈赤併吞三衞，始進犯明朝。二句追論明啟禎兩朝徵兵、增餉，釀成內亂，皆因防禦建州女真之故。

〔土司一反西蜀憂〕指川黔土司奢崇明、安邦彥之亂，事詳〔七八〕贈郝將軍太極「水繭諸酋」釋。

〔妖民一唱山東愁〕天啟二年（一六二二）五月，山東白蓮教首領徐鴻儒起事于鉅野，破鄆城，稱中興福烈帝，建國大成，建元興勝，用紅巾爲幟。六月，破滕縣，七月攻曲阜，十月敗死。

〔以至神州半流賊〕「神州」見〔三〕感事釋。「流賊」專指崇禎時李自成、張獻忠等農民軍，明史特立流賊傳。

〔誰其嚆矢繇夷酋〕「嚆矢」，響箭，喻事物之先行或發端，莊子在宥：「焉知曾、史之不爲桀、跖嚆矢也。」「繇」通由，由于。「夷酋」，夷族酋長，此指努爾哈赤子孫。以上八句，一氣直下，意謂我明朝原本太平無事，自東夷跳梁，朝廷不得不徵兵加餉，以致擾民病民。于是西自巴蜀，東至齊魯，以及黄淮中原，農民紛紛揭竿而起，天下大亂。究其罪因，莫不由東夷引起。以下乃痛陳東夷之殘暴。

〔四入郊圻躪齊魯二句〕「郊圻」即京郊，書畢命：「申畫郊圻，慎固封守。」此指北京周圍。「躪」，蹂躪，踐踏。二句概指崇禎時皇太極四次繞道入塞，圍北京，掠直隸、山東。第一次，崇禎二年十月，皇太極親統兵分三路入塞攻明，破遵化等城，進圍北京。三年五月，始撤出塞外。是役袁崇焕率師入援，反遭清間下獄被殺。第二次崇禎九年六月，清兵入喜峰口，連陷昌平、安州十六城，逾月退走。是役前，皇太極改國號「後金」爲「大清」。第三次崇禎十一年九月，清兵分道入塞，會于通州。十一月，趨涿、易，破高陽，前大學士孫承宗死之。十二月，犯鉅鹿，宣大總督盧象升力戰死。清兵破直隸四十餘城遂入山東。明年正月破濟南，俘德王由樞等。三月清退兵。此次入塞，共破明城六十餘，俘漢民四十餘萬口，掠金四十餘萬兩，銀九十七萬餘兩。第四次崇禎十五年十一月，清兵分道入塞，破薊州，趨真定、河間，然後入山東，破臨清諸州縣。十二月，破兗州，掠海州、贛榆、沭陽、豐、沛。明年春，再折返直隸，破順德，由懷柔出塞。此次入犯，躪城八十八，俘民三十七萬，獲金萬二千兩，銀二百二十萬兩，牛馬等五十五萬餘頭，珍寶、緞匹八萬餘件，魯王以派自殺。

〔刳腹絶腸至以澤量尸三句〕狀清兵殺戮漢民之慘之多。相傳韓、魏殺智伯瑶于鑿臺之下，刳智伯之腹而斷其腸，折智伯之頸而毁其腮。又莊子人間世：「輕用民死，死者以國量乎？」言死者以國計，何其多也。「以澤量尸」，意謂死者滿布沼澤。

〔幸而得囚二句〕此言漢民被俘爲奴之苦。按：滿清入關之前，所俘漢民多編爲「包衣」（滿語奴僕），分屬滿八旗：屬上三旗（鑲黄、正黄、正白）者，隸内務府，充護軍兵卒；屬下五旗者，分隸諸王府，爲其世僕，亦即「去而爲夷」也。

〔夷口呀呀、鑿齒鋸牙〕「呀呀」，口張大貌，韓愈月蝕詩：「月蝕于汝頭，汝口開呀呀。」「鑿齒」言齒如鑿，與「鋸牙」（牙如鋸）對，非怪獸名也，試與〔三〕海上行「鑿齒磨牙」比較。

〔建蚩旗、乘莽車〕「蚩尤旗」本妖星名，其狀似彗而後曲，象旗，故名。「莽」即王莽，篡漢後，曾造華蓋之車。建旗乘車，似喻夷酋已入關篡位稱帝。

〔擁艷女兮如花〕此言清兵擄掠婦女。事見〔八〕秋山詩與〔一〇三〕桃葉歌。

〔天欲與之國家〕謂天將以中國與清也，此蓋清帝僞託之辭。完顔氏開國，建元「天輔」、「天會」、「天眷」，愛新覺羅氏開國亦稱「天命」、「天聰」，先生特設疑以駁之。

〔蒼蒼者〕指天。爾雅釋天：「穹蒼，蒼天也。」注曰：「天形穹窿，其色蒼蒼，因名云。」又莊子逍遥遊：「天之蒼蒼，其正色邪？」

〔完顔氏之興不亦然歟〕「完顔」本女真部落名，金之始祖函普娶完顔部人之女，遂以完顔爲姓。此句設問，暗示金與清均出女真族，金以殘賊興與清同，清以殘賊亡亦必與金同。故以下自「中國之弱」至「臨安埋獄」，歷敍金之興亡。

〔中國之弱，蓋自五代〕「五代」謂後梁、後唐、後晉、後漢、後周，共五十三年（九〇七——九五九）。其中唐、晉、漢皆非漢族，而沙陀石晉復割燕雲十六州以畀契丹，自後北方屏蔽全失，少數民族遂疊主中原。

〔宋與契丹，爲兄與弟〕北宋景德元年（一〇〇四）十二月，真宗與契丹訂澶淵之盟，真宗尊契丹蕭太后爲叔母，契丹主尊宋主爲兄。

〔上告之明神二句〕宋葉隆禮契丹國志載當時契丹報宋誓書云：「某雖不才，敢遵此約，告之天地，誓之子孫，苟渝此盟，明神是殛。」

〔與其屬夷，攻其主人〕「與」，動詞，親附也，此處作貶義，有「勾結」之意。「屬」，藩屬；「屬夷」指女真，「主人」指遼（契丹）。女真初屬遼，因避遼興宗耶律宗真諱，改稱「女直」。宋政和初，女真已漸盛，童貫乃引遼地燕人馬植（即趙良嗣）來議結女真以圖遼之策，徽宗從之。其後完顏阿骨打建金國，屢攻遼，陷遼東京遼陽、上京臨潢。宣和四年（一一二二）陷中京大定，遼天祚帝奔西京大同。宋亦命童貫進攻遼燕京，不克，金自取之。宣和七年，金俘天祚帝，遼亡。

〔禍成于道君二句〕「道君」即宋徽宗。政和七年（一一一七）徽宗自稱「道君皇帝」。二句承上，謂徽宗既聯金滅遼，兩年後，金趁勢南下滅宋。此禍實釀成于徽宗，遂開金據中原、南宋偏安之局。以上先敘完顏氏之興。

〔然而天監無私二句〕「然而」重轉，敘完顏氏之亡。「天監」，上天監察，詩大雅大明：「天監在下，有命既集。」「餘殃」指尚未遭報之罪過，易坤卦：「積不善之家，必有餘殃。」「莫贖」謂罪不容赦。按：金滅北宋，俘徽、欽二帝及后妃三千人北去，俱遭凌辱。徽宗于紹興五年（一一三五）困死五國城；欽宗于紹興三十一年爲金主完顏亮射死。二句意謂完顏氏祖輩之罪過，天必報之其子孫。

〔汝水、幽蘭二句〕「汝水」在今河南省，有南北之分，至新蔡合流入淮，詩指流經汝南之南汝水。「幽蘭」，軒名，原在蔡州城内。「景」，日光；「景促」猶言日短。宋理宗紹定五年（一二三二）與蒙古約夾攻金。次年金南京（汴）降于蒙古，金帝完顏守緒出歸德奔蔡州（今汝南），宋與蒙古合圍之。端平元年（一二三四）正月，守緒于圍城中匆匆傳位宗室承麟，自縊于幽蘭軒（日知録金史條：「幽蘭之縊，承麟謚之曰哀宗」）。金亡。

〔彼守緒之遺骸二句〕金蔡州破，宋主將孟珙執金參政張天綱，問金主所在，始知完顏守緒已自縊，諸禁近舉火焚之，煙燄未盡。珙遂與蒙古將塔齊爾分守緒遺骨，獻于臨安，備禮告太廟，藏其骨于大理獄庫。事見宋史理宗紀與孟珙傳，續資治通鑑亦采其說。金史哀宗紀謂瘞骨于汝水上，蓋諱之也。按：金滅北宋，俘殺趙氏子孫如彼之慘；南宋滅金，故分守緒遺骨藏之大理獄，以示明正典刑，此正所謂「天道好還」、「餘殃莫贖」也。

〔「五星麗天」至「固不終日」五句〕「五星」即水、火、金、木、土五行星（又別稱辰星、熒惑、太白、歲星、填星）。「麗」，附著也，易離卦：「日月麗乎天。」進、退、留、疾本狀太白之運行，詩借指五星。「大運之來」暗示「天道好還」。「不終日」謂不滿一日，言其速也，易豫卦：「六二，介于石，不終日，貞吉。」此五句蓋呼應前「歷數推遷小贏縮」二句，意謂天象運行雖有遲速，然大限一到，不過朝夕。

〔「盈而罰之」至「欲取故與」四句〕左傳昭公十一年：「（子産曰）蔡小而不順，楚大而不德，天將棄蔡以壅楚，盈而罰之，蔡必亡矣。」按：蔡靈侯于魯襄公三十年（前五四三）弑君而自立，獲罪于君而又不得其民。至本年（前五三一）四月，楚靈王召而殺之，並使公子棄疾帥師圍蔡。鄭將救蔡，故子産云云。「壅」，蔽也；「壅楚」，使楚因滅蔡而自蔽。「盈」，罪惡貫盈，指蔡侯。「動而蹶之」（蹶，顛仆），左傳無此句，係湊對湊韻。「故」通固，原鈔本作「固」。韓非子喻老：「將欲取之，必固與之。」語出老子。又左傳昭公十一年：「桀克有緡以喪其國，紂克東夷而隕其身。楚小位下，而亟暴于二王，能無咎乎？天之假助不善，非祚之也，厚其凶惡而降之罰也。」此晉叔向論楚靈王滅蔡，亦「壅楚」及「故與」之意。

〔力盡敝五材〕「五材」，金木水火土也。左傳昭公十一年：「且譬之如天，其有五材而將用之，力盡而敝之，是以無拯，不可没振。」此亦承上晉叔向論楚靈王滅蔡語，謂貪用五材，力盡而敝，楚靈恃威，亦復如是。

〔火中退寒暑〕「火」，心星，二十八宿之一。左傳昭公三年：「譬如火焉，火中，寒暑乃退。」謂心星行之天中（杜注以爲季冬旦中，季夏昏中），則寒暑俱退。此喻暴政必有終極。以上復據左傳所載楚靈滅蔡事，論證金之滅宋與清之滅明，

皆天欲壅之，俟其盈而罰之。

〔湯降文生二句〕「湯」，商湯；「文」，周文。「降」與「生」同義。詩商頌長發：「帝命不違，至于湯齊。湯降不遲，聖敬日躋。」又大雅大明：「大任有身，生此文王。」「翹足而待」狀盼來之速，史記商君傳：「秦王一旦捐賓客而不立朝，秦國之所以收君者，豈其微哉！亡可翹足而待。」按：作詩時永曆帝已逃緬，明室子孫亦誅亡殆盡，二句殆寄望于新天子。

【箋】

先生詩以「歌」標體共六首，以「行」標體共九首。其中全首用五字句或七字句者過半；兼三、五、七言者次之；唯〔三〕海上行一首則加入四言，故已畧近散文。羌胡引一首雖以「引」標體，實亦雜言歌行也，全首不獨三、五、七、九字句與二、四、六字句並舉，即詞彙、句式、音節皆不受詩律所拘，讀之尤近散文。所不以散文稱者，僅用韻而已。全首凡十五易韻，或連用，或隔句，或遵切韻，或入古韻，其自由隨意亦與構句摛詞同。前人謂昌黎以文爲詩，先生此題殆過之。然先生非故爲奇拙也，蓋爲咒清故。咒清必說理，夫「天道好還」、「欲取故與」，東夷既以殘賊興，亦必以殘賊滅，完顏氏已然，愛新覺羅氏何獨不然？故知其不死于卯，必死于辰；不死于今年，必死于明年也。——此全首咒清主旨，亦議論之所在，詩近散文亦以此。或曰：「天道好還」、「天臨無私」、「天不欲與之國家」、「天將棄蔡而壅楚」，咒清而侈言天命，先生得毋唯心乎？曰：先生論史，雖託天命，必本于人事。夷德之殘，人事也；悖入悖出，亦人事也，據人事以言天命，則天命不失爲自然之理。蓋有興必有亡，有盛必有衰，爲賊自賊，爲殘自殘，驗諸史實，未嘗或爽，不獨完顏氏爲然。彼守緒之遺骸，至臨安而埋獄，安知夷酋之餘殃，不降假其子孫乎？遺民于國破家亡之日，借古喻今，鑒往希來，每多發憤切膚之作，讀此詩不得以「唯心」、「唯物」而妄分之也。

〔一六五〕贈黃職方師正建陽人

黃君濟川才，大器晚成就。一出事君王，牧馬踰嶺岫。元臣舉國降，羽葆蒙塵狩。崎嶇遂奔亡，空山侣猿狖。蕭然冶城側，窮巷一廛僦。數口費經營，索飯兼穉幼。清操獨介然，片言便拂袖。常思驅五丁，一起天柱仆。微誠抱區區，時命乃大謬。南望建陽山，荒阡餘石獸。生逵鹿柴居，死欠狐丘首。矢口爲詩文，吐言每奇秀。揚州九月中，煨芋試新酎。猛志雷破山，劇談河放溜。否極當自傾，佇待名賢救。落落我等存，一繩維宇宙。

【釋】

〔解題〕黃師正，字帥先，建陽人。初以布衣入史可法幕。揚州破，可法殉，師正以黃冠歸里，居武夷之小桃源。唐王立，以兵部主事（明兵部設職方司，仿周禮也）監軍，曾以進史可法遺表知名。唐王敗，流寓金陵，易名徵之，字静宜，漫遊大江南北。窮老無子，康熙二十年後，歿于揚州。師正工詩，與先生同受唐王官，相契久。先生北游初，師正有懷寧人客燕詩；今年南歸，再晤于揚州僧舍，作此以贈。

〔濟川才〕宰相才也。書説命上：「爰立作相，王置其左，命之曰：……若濟巨川，用汝（指傅説）作舟楫。」

〔大器晚成就〕老子：「大器晚成，大音希聲。」三國志崔琰傳：「琰從弟林，少無名望，雖姻族猶多輕之。而琰常曰：此所謂大器晚成者也。」

〔一出事君王以下六句〕簡敍黃師正出事唐王經過。「牧馬」，原鈔本作虜馬；「羽葆」，原鈔本作天子。「元臣」指鄭芝龍。「羽葆」，以鳥羽注于柄頭如葆蓋，天子儀仗也，此處即以代天子。「狩」，巡所守。左傳僖公二十四年：「天子蒙塵于

外，敢不奔問官守。」「侶猿狖」謂與猿猴爲伍，「狖」音宥，猿屬，長尾。按：隆武二年（一六四六）八月，清博洛兵踰武夷，破建寧，唐王由延平奔汀州，爲清兵所俘；其時輔臣鄭芝龍已叛明降清，詳見〔六八〕路舍人家見東武四先曆「龍馭杳安之」釋。師正事唐王前曾入史可法幕，詩未及；「崎嶇奔亡」事亦未詳，與〔五三〕贈于副將元凱詩寫法異。

〔蕭然冶城側二句〕「冶城」，南京代稱，見〔一〇三〕桃葉歌「相逢冶城下」釋。「廛」指市内一夫所居之地，孟子滕文公上：「遠方之人聞君行仁政，願受一廛而爲氓。」「僦」音就，去聲，租賃。按：師正流寓金陵，它書多不載，據詩則流寓固甚久也。

〔數口費經營二句〕「經營」，見〔三五〕推官二子執後欲爲之經營釋，此處指營生。按：師正歿于先生贈詩後二十年，其時窮老無子，然則詩所云「穉幼」，後或夭折，或指弱女歟？

〔清操獨介然二句〕「清操」指清高之操行，陶潛感士不遇賦序：「懷正志道之士，或潛玉于當年；潔己清操之任，或没世以徒勤。」「介然」，堅定不移貌，荀子修身：「善在身，介然必以自好也。」「片言」不知所涵，句承上，當指有損清操之言。

〔常思驅五丁二句〕「五丁」，相傳乃古蜀國五大力士，均出秦惠王時。有二説：一説惠王欲伐蜀而不知道路，作五石牛，以金置尾下，言能屎金。蜀王負力令五丁引之成道。見水經注沔水。一説惠王以五女妻蜀王，蜀王遣五丁迎女，遂開蜀道。見華陽國志蜀志。「天柱」，頂天立地之柱，列子湯問：共工氏與顓頊争爲帝，怒而觸不周之山，折天柱，絶地維。「仆」，向前傾倒。原鈔本二句作「常思扶日月，摘却旄頭宿」。日月爲「明」。「旄頭」，星名，即昴宿。史記天官書：「昴曰旄頭，胡星也。」原句扶明滅胡之意甚顯。

〔微誠抱區區二句〕「微誠」見〔六三〕贈路舍人澤溥釋。「區區」見〔一五八〕再謁天壽山陵釋。全句倒裝，實謂抱區區之微誠，原鈔本作「神州既陸沈」，見〔三三〕吴興行釋。「時命」指命運，岑參陪狄員外早秋登府西樓詩：「時命難自知，功業豈相

忘。」二句本謂明室傾覆，自己命運亦因之大變，諱改後語意不明。

〔南望建陽山二句〕言自南京南望建陽祖塋也，與以下「狐死首丘」句應。建陽多山，據「荒阡石獸」句，當係專指祖塋所在。

〔生逢鹿柴居〕「逢」，離也。「鹿」，粗陋，如言鹿牀、鹿裘、鹿車，此句「鹿柴」同。「柴」通「砦」，籬柵也。王維輞川別業（在今陝西藍田縣南）有鹿柴，嘗與裴迪賦鹿柴詩，後沿以「鹿柴」稱山莊別墅，此句指建陽故居。

〔死欠狐丘首〕禮檀弓：「古之人有言曰：狐死正首丘，仁也。」疏謂「所以正首而向丘者，丘是狐窟穴根本之處，雖狼狽而死，意猶向此丘。」屈原哀郢亦曰「狐死必首丘」。按：「生逢」、「死欠」二句恐係師正自言，先生述之。

〔矢口爲詩文二句〕揚雄法言五百：「聖人矢口而成言。」注：「矢，正也。」「詩文」，此處作偏義複詞，指詩而不指文。按：師正詩多近體，工整雅潔，有如其人；「奇秀」二字，實足以當（見後箋）。其以黃冠歸閩隱居小桃源時，作小桃源山居詩云：「衲繫方知入世非，幽尋勝踐豈全違。琴清月夜留僧宿，酒熟春山待客歸。自製竹皮籠短髮，新裁荷葉理初衣。平生羞乞陶奴米，橡實寒泉可療飢。」王士禛亟稱之。詩多山林氣而乏君國興亡之思，宜乎爲漁洋山人所重也。

〔揚州九月中〕詩作于九月，它本或將羌胡引置此詩之後，是也。

〔煨芋試新酎〕唐李泌在衡嶽，嘗夜謁高僧懶殘，殘命之坐，發火煨芋以啖之。事見李蘩鄴侯家傳。後多借狀僧俗交往，先生時寓揚州僧舍，故云。「酎」，音胄，醇酒。

〔猛志雷破山〕陶潛讀山海經詩：「刑天舞干戚，猛志固常在。」莊子齊物論：「疾雷破山。」

〔劇談河放溜〕「劇談」，猶暢談，漢書揚雄傳：「口吃不能劇談。」「放溜」，謂放舟聽其順流自行也。梁元帝早發龍巢詩：「征人喜放溜，曉發晨陽隈。」按：以「河放溜」狀「劇談」，係由王衍語化出。世説新語賞譽：「王太尉（衍）云：郭子玄（象）語議如懸河瀉水，注而不竭。」

〔否終當自傾二句〕「否」，卦名，閉塞不通之象，易否卦：「否終則傾，何可長也。」「傾」，盡也，此謂否極泰來。「佇」音貯，久立也；「佇待」言久立以待，見否猶未極。

〔落落、一繩二句〕「落落」，疏闊不苟合貌，後漢書耿弇傳：「將軍前在南陽建此大策，常以爲落落難合，有志者事竟成也。」故與下句「一繩」相應，意謂「大樹將顛，非一繩所維」。參見〔八〕久留燕子磯院中「相逢、多謝」二句原注。

【箋】

先生與師正乃同志兼文字交，故贈詩云云，無一泛語；所敍師正經歷志行，尤足以借詩存人。師正于先生亦脱畧形迹，貴相知心，其懷寧人客燕詩二首，已備述先生當時行踪；寧人道兄歸自燕山出示近作詩云：「訪嶽先成登岱記，入都争誦謁陵詩。」知先生除岱嶽記八卷外，另有登岱記一篇，惜已不見于文集。凡此皆足以考證先生詩文。

另録師正奉酬寧人廣陵客舍見贈之作二律

落木淮南惜歲餘（先生贈詩：「揚州九月中」），紙窗燈火伴離居。雲開睥睨遥帆轉，霜冷觚棱遠磬疏。此日依僧仍貰酒（先生贈詩：「煨芋試新酎」），從來爲客不歌魚（先生永平詩：「馮驩元不曾彈鋏」）。山經水志關王畧，豈爲窮愁始著書（先生永平詩：「關令安能强著書」）。

異時憂患共艱難（此追述二人同事唐王時事），何意今朝續舊歡。激烈歌聲知近楚（先生贈詩：「猛志雷破山，劇談河放溜」），繁華風物故稱邗（邗溝，切揚州）。聞雞拔劍中宵舞，走蠹攤書盡日看。却笑爲儒頭欲白，與君冠敝不須彈（先生七十二弟子詩：「門人惟季次，未肯作家臣」）。

可知師正酬章不僅和先生贈詩，亦兼及先生「出示之近作」；不僅談今，亦兼敍舊；句句切情切事，又似不甚經意，此正所謂「矢口爲詩，吐言奇秀」也。

編年(一六六一)

是年歲次辛丑,明永曆十五年,清順治十八年。

正月,清世祖福臨死,子玄燁嗣,是爲清聖祖仁皇帝,改明年爲康熙元年。以内大臣索尼、鰲拜、遏必隆、蘇克薩哈等輔政。明永曆帝仍居緬甸者梗。

二月,李定國自孟艮西行,遇白文選擬入緬迎永曆帝,與緬軍戰,敗之,遂進駐大金沙江。清罷十三衙門,復設内務府。

三月,鄭成功始攻台灣,逐荷蘭人,進駐赤嵌城。蘇州抗糧哭廟案作,清殺倪用賓、金人瑞等十二人。

四月,李定國等自大金沙江諭緬人,擬假道入覲永曆帝,緬人拒之,且據險設礮以守。旋以兵襲李定國,定國乃移駐亦渺賴山下。

七月,緬酋誘殺永曆帝從官四十餘人,沐天波、馬吉翔等均死焉,是爲「咒水之禍」。稍後緬人移帝于沐天波之室,侍從存者仍三百四十餘人。

八月,李定國等再攻緬甸以迎永曆帝,不克。定國乃引餘兵三千還孟艮,白文選亦入山據險自保。

十月,清以鄭成功拒絶招降,至是殺其父鄭芝龍于寧古塔,夷其族。吴三桂自大理、騰越攻緬,脅緬人送還永曆帝,且使馬寶追白文選至木邦,説之,乃降。

十二月，吳三桂率兵入緬，駐舊晚坡，永曆帝移書責之。李定國奔景綫。緬人拘送永曆帝與眷屬（太后、皇后、太子等）于吳三桂。三桂擁帝還雲南，南明于是乎亡。

是年先生四十九歲。春在吳門。旋遊杭州、會稽，謁禹陵，弔宋六陵，爲餘姚呂章成作呂氏千字文序。秋返吳門。是行往返兩訪潘檉章于韭溪。即赴南京。閏七月，返山東，抵益都。八月，赴德州，初交程先貞。十二月，撰山東考古録成。

〔一六六〕　元日 已下重光赤奮若

雰雪晦夷辰，麗日開華始。窮陰畢除節，復旦臨初紀。行宮刊木間，華路山林裏。雲氣誰得窺，真龍自今起。天王未還京，流離況臣子。奔走六七年，率野歌虎兕。行行適吳會，三徑荒不理。鵬翼候扶摇，鯤鬐望春水。頽齡尚未衰，長策無中止。

【釋】

〔解題〕此詩潘刻本未收，據原鈔本補。刻本以杭州爲辛丑年第一首。現將杭州題下「已下重光赤奮若」（即辛丑歲）七字復歸元日題下，俾知本年詩從此首起。

〔雰雪晦夷辰〕「雰」，雪霜迷濛狀，詩小雅信南山：「雨雪雰雰。」「晦」，使動詞，雨雪使夷辰（指清朝元旦）晦暗也。此詩前四句下有自注：「夷曆元日先大統一日。」義見〔四二〕己丑元日詩「反以晦爲元」釋。按：清時憲曆順治十八年正月辛

亥朔爲元旦。

〔麗日開華始〕「麗日」，姸麗之日，兼指元旦，即明大統曆永曆十五年正月壬子朔。「華始」，萬物英華之始，漢書禮樂志安世房中歌：「七始華始。」先生詩用「華」字，借作華夏之華，以對「夷」字。

〔窮陰畢除節〕「窮陰」，陰之極也。「畢」，動詞，殺也、結也、盡也。「除」通餘，「除節」即餘節，猶「除日」即餘日。鮑照舞鶴賦：「窮陰殺節。」此句呼應「霧雪晦夷辰」句，均狀辛亥日之陰晦。

〔復旦臨初紀〕「復旦」，夜而復明也，尚書大傳卿雲歌：「日月光華，旦復旦兮。」「臨」，動詞，降臨。「初紀」即初歲，一年之始也。此句呼應「麗日開華始」句，均狀壬子日之華麗。以上兩聯蓋對應成文。

〔行宮刊木間〕「行宮」，天子行幸所居，左思吴都賦：「烏闚梁岷有陟方之館，行宮之基歟？」「刊木」猶槎（斫）木，此句作名詞，書益稷：「隨山刊木。」

〔蓽路山林裏〕「蓽」亦作篳。左傳宣公十二年：「篳路藍縷，以啓山林。」杜注：「篳路，柴車；藍縷，敝衣。」本以開闢土地喻創業艱難，此合「行宮」、「蓽路」兩句，遥想永曆帝寄居蠻荒之艱苦。

〔雲氣、真龍二句〕「雲氣」指天子氣，史記高祖本紀：「呂后曰：季所居上常有雲氣，故從往常得季。」「真龍」見〔七〇〕恭謁高皇帝御容詩及〔三四〕哭楊主事「真龍起芒碭」釋。二句承上，仍以應運之君喻永曆。

〔天王未還京〕「天王」，參見〔四三〕元日「天王春」釋。周襄王時，狄人侵周，立王母弟王子帶爲王，襄王出居鄭。春秋僖公二十四年：「冬，天王出居于鄭。」穀梁傳曰：「天子無出，出，失天下也；居者，居其所也。雖失天下，莫敢有也。」先生借襄王失國喻永曆帝。「未還京」，失國之諱詞。

〔流離況臣子〕「流離」謂流轉離散，居無定址，漢書薛廣漢傳：「關東困極，人民流離。」此句以下，皆先生自謂。

〔奔走六七年二句〕此先生追感作詩前六七年流離事。曰「六七」，蓋可六可七也。當自乙未（一六五五）殺奴入獄起算

至今，皆不得已而奔走也（參閱本書編年）。史記孔子世家載：陳蔡大夫圍孔子于野，不得行，絶糧。顔淵入見，孔子曰：「詩云：匪兕匪虎，率彼曠野。吾道非邪？吾何爲于此！」按：「匪兕匪虎」八字出詩小雅何草不黄，孔子引之，意謂「吾非兕虎，何爲循曠野而奔？」蓋自歎流離也。

〔行行適吴會二句〕日知録吴會條云：魏文帝雜詩：「吹我東南行，行行至吴會。」不得以爲「會稽」之會也。蓋漢初元有此名，如曰「吴都」。可知此句「吴會」專指吴門（蘇州），與〔五五〕流轉所指異。故下句「三徑」亦指吴門流寓。趙岐三輔決録逃名謂王莽時蔣詡辭官居家，于舍中竹下開三徑，陶潛歸去來辭遂有「三徑就荒」之句。

〔鵬翼候扶摇〕「扶摇」，從下而上之飈風。莊子逍遥遊：「鵬之背不知其幾千里也，怒而飛，其翼若垂天之雲。」又：「鵬之徙于南溟也，水擊三千里，摶扶摇而上者九萬里。」

〔鯤鬐望春水〕「鬐」，魚脊。宋玉對楚王問：「鯤魚朝發崑崙之墟，暴鬐于碣石，暮宿于孟諸。」「望春水」，參見〔九七〕贈路舍人「岷江春水下枯魚」釋。

〔頽齡尚未衰〕「頽齡」猶衰年，陶潛九日閑居詩：「酒能袪百慮，菊解制頽齡。」先生今年四十九歲，句有當衰而未衰之意。

〔長策無中止〕「長策」即長鞭或長遠規劃。賈誼過秦論：「振長策而御宇内，吞二周而亡諸侯。」「無中止」，謂執鞭前驅無時或止也。

【箋】

先生終身奉明正朔，詩集中所作「元日」詩凡五次，潘刻本摒己丑、辛丑兩次不録，蓋因清時憲曆元日較明大統曆先一日，而此兩次適逢清之元日（即明之除日）晦，而明之元日晴，先生皆借以斥之也。又本篇頽而不衰，長策無已與它篇同，惟前半遥憶永曆則爲它篇所未有。

〔一六七〕杭州二首

宋世都臨安，江山已失據。猶誇天目山，龍翔而鳳翥。重江險足憑，百貨東南聚。於此號行都，六帝鑾輿駐。西輸楚蜀資，北擁淮海戍。湖光映罘罳，山色連宫樹。兩國罷干戈，君臣日遊豫。襄樊一陷没，千里無完固。梵唄響殿庭，番僧扣陵墓。天運亦何常，以此思其懼。

【釋】

〔解題〕「杭州」原屬春秋吴越之境，初名錢塘，秦漢時爲會稽郡，隋始置杭州。以後多仍「杭州」之名，或爲州、爲府、爲路以至爲縣、爲市。明時稱府，轄錢塘、仁和、海寧、餘杭、富陽、臨安、於潛、新城、昌化九縣，治設錢塘，清仍之。

〔宋世都臨安二句〕「臨安」本西晉時所置縣名，梁陳時廢，唐復置，屬杭州。宋高宗建炎三年自建康南奔杭州，以州治錢塘爲行宫，遂升杭州爲「臨安府」，與「紹興府」均寓居安思危，力圖恢復之義。紹興八年遂定臨安府爲行都，即今之杭州市而非臨安縣也。「失據」，失去依靠，宋玉神女賦：「徊腸傷氣，顛倒失據。」按：汴京既陷，朝議遷都。主戰諸臣多主遷都關中或襄陽，未有倡議巡幸江南者；即幸江南，亦當拒守建康或京口，未有退避臨安者。前如李綱、張浚，後如陳亮、辛棄疾皆同；先生亦主是説。

〔猶誇天目山二句〕天目山在臨安縣西北，舊由於潛縣分爲東天目與西天目，山勢蜿蜒，向稱臨安府屏障。「翥」音煮，飛舉也。郭象地記云：「天目山垂兩乳長，龍飛鳳舞向錢塘。」指山有雙瀑下注成溪而言。二句冠以「猶誇」，實謂不足誇也。「猶」，不足之詞。

〔重江險足憑〕「重」，本字平聲，作「重複」之重。宋高宗渡江至鎮江，召從臣問去留，王淵獨言「鎮江止可捍一面，不如

錢塘有重江之險。」（見宋史高宗紀）按：王淵語出鮑照蕪城賦：「重江複關之隩。」

〔于此號行都〕首都之外，天子行幸或臨時移駐之都曰「行都」，名始于南宋。宋史黃裳傳「中興規模與守成不同，出攻入守，當據利便之勢，不可不定行都。」此指杭州。

〔六帝鑾輿駐〕「六帝」卽南宋高、孝、光、寧、理、度六宗。「鑾輿」見〔一三〕上吴侍郎暘釋。

〔西輪、北擁二句〕南宋以爲守江必先守淮，于淮東、淮西分別屯戍。宋史張浚傳謂「淮東宜于盱眙屯戍，以扼清江上流；淮西宜于濠壽屯戍，以扼渦潁之運」。其後又分設淮東、淮西制置使，以防金兵、元兵。按：南宋先後與金、元俱以楚蜀、淮海爲界，「西輪」、「百貨」兩句皆言財源，「北擁」、「重江」兩句皆言防務。

〔湖光、山色二句〕「湖」卽西湖，「山」，指鳳凰山，二句俱狀杭州行宮得借湖山勝景，實有貶意，所謂「山外青山樓外樓」是也。「罘罳」音桴思，此處指門外之屏。釋名釋宫室：「罘罳在門外。罘，復也；罳，思也，臣將入請事，于此復重思之也。」日知録罘罳條：「罘罳字雖從网，其實屏也。」故此處不作透孔窗櫺解。

〔兩國罷干戈〕「兩國」專指南宋與金，不及蒙元，蓋金與清同族也。南宋對金曾三次乞和罷兵，稱臣稱姪，卽紹興和議（一一四一）、隆興和議（一一六四）、開禧和議（一二〇七）。

〔君臣日遊豫〕「遊豫」指帝王遊樂。孟子梁惠王：「吾王不遊，吾何以休？吾王不豫，吾何以助？一遊一豫，爲諸侯度。」趙注謂「王者行狩觀民，其行從容，若遊若豫。豫亦遊也，遊亦豫也」。故知「遊豫」一詞，初無貶義，惟本句則係諷刺南宋君臣忘國大仇，苟且求安，一如當時人林升詩所云：「山外青山樓外樓，西湖歌舞幾時休。暖風吹得遊人醉，却把杭州作汴州。」

〔襄樊一陷没二句〕襄樊乃江漢屏藩。宋咸淳四年（一二六八）蒙古始圍襄陽，歷時五年，奸相賈似道竟瞞之不救。咸淳九年襄樊陷，守將吕文焕舉族降元。次年（一二七四）正月，元世祖命伯顏率師伐宋，度宗驚死。元軍由漢水入江

東下，千里無阻。賈似道一敗池州，再奔揚州，元軍遂徇湘贛，下建康，圍臨安。德祐二年(一二七六)正月，恭帝及太后等請降，宋亡。

〔梵唄、番僧二句〕「梵唄」，佛教作法事時歌詠讚歎聲，楞嚴經六：「梵唄詠歌，自然敷奏。」「抇」音窟，掘也，荀子正論：「抇人之墓。」「番僧」，此專指楊璉真珈。二句乃敘番僧掘宋六陵事，詳見〔一六九〕宋六陵詩「冬青」、「杜宇」釋。

〔天運〕猶天道，見〔一四八〕恭謁天壽山十三陵釋。

浙西錢穀地，不以封宗室。南渡始僑藩，懿親藉丞弼。序非涿郡疏，德則琅琊匹。如何負扆謀，蒼黃止三日。那肱召周軍，北庭王衛律。所以敵國人，盡得我虛實。青絲江上來，朱邸城中出。一代都人士，盡屈旃裘膝。誰爲斬逆臣，一奮南史筆。

【釋】

〔浙西錢穀地二句〕「浙西」通指浙江以西地，在唐稱浙江西道，南宋爲浙江西路，明代有松、嘉、湖、杭諸府，地當江、湖、海之間，爲東南財賦所自出。明洪武三年曾建吳王府于杭州，十一年改封周王，旋移周府于開封，自是不以其地封宗室。

〔南渡始僑藩二句〕「南渡」指明福王由崧卽位南京。「僑藩」言在杭州僑置藩府。「懿親」猶至親，左傳僖公二十四年：「兄弟雖有小忿，不廢懿親。」「丞弼」同承弼，輔佐也。自二句以下，均敘明潞王事。潞王常淓之父翊鏐乃穆宗子，神宗翊鈞弟，始封潞王，國河南衛輝。萬曆四十二年翊鏐薨，謚簡，子常淓于萬曆四十六年(一六一八)襲封。崇禎十七年二月，衛輝爲農民軍所陷，常淓南奔，流寓杭州。時南京方議立君，呂大器、張慎言、姜曰廣等以潞王工書畫，通釋典，有賢名，能急國難，共議立之。及馬、阮定議策立福王由崧，奸臣遂謂杭州省會，非藩王所宜居；潞王亦懼而請移僻郡。弘

光元年四月，朝廷遂命潞王居湖州，未及離杭而南都陷。詩云「南渡始僑藩」，似謂潞王曾移藩杭州，其實，流寓而已。

〔序非涿郡疏二句〕「涿郡」指劉備。備字玄德，東漢涿郡人。本係西漢景帝子中山靖王劉勝之裔孫，于獻帝爲疏族。洎曹丕廢獻帝，備以皇叔繼立于蜀，以延漢祚，史稱蜀漢昭烈帝。「琅琊」指司馬睿。睿字景文，本係司馬懿曾孫琅琊王覲之子，于晉愍帝爲疏族。洎劉曜殺愍帝，睿遂繼立于江東，以延晉祚，史稱東晉元帝。二句以漢昭烈與晉元比明潞王，蓋潞王乃福王之堂叔，以譜序、以君德皆足以繼福王而立也。

〔如何負扆謀二句〕「負」，背倚，動詞。「扆」音以，上聲，户牖間畫有斧形之屏風。「負扆」，喻以叔輔姪爲君，荀子儒效：「周公屏成王而及武王，履天下之籍，負扆而坐，諸侯趨走堂下。」「蒼黄」，變化翻覆也，見〔三五〕推官二子執後欲爲之經營詩釋。乙酉六月，潞王常淓未及離杭而南都陷，馬士英奉弘光鄒太后（或云僞）至杭州，潞王入覲，馬士英、方國安與唐王聿鍵等皆請王監國，王不受；太后泣且拜之，終不受。詩謂「負扆謀」指此，蓋王長福王由崧一輩，將如周公負扆以輔成王也。時叛臣陳洪範等導清貝勒博洛入浙，疾趨杭州，與巡撫張秉貞等持博洛書説潞王降，王度力不能拒，又不忍殘民，遂身詣敵營，請勿殘民，貝勒許之，按兵入城，兵不血刃。據南畧浙紀，由議監國至請降僅三日。該年九月，清兵挾潞王入燕，明年五月與福王同遇害。

〔那肱召周軍〕原注：「北齊書高阿那肱傳：後主還鄴，侍衛逃散，惟那肱及内官數十騎從行。後主走度太行，令那肱以數千人投濟州關，仍遣覘候。每奏云：周軍未至，且在青州集兵，未須南行。及周將軍尉遲迥至關，肱遂降。時人皆云：肱表款周武，必仰生致齊主，故不速報兵至，使後主被擒。肱至長安，授大將軍，封郡公，爲隆州刺史。誅。」按：「高」，姓；「阿那肱」，名。其人與父（高）市貴並爲高齊宗室勳臣。齊末，賣主降周。此句似以高阿那肱比張秉貞，秉貞以巡撫駐杭，猶那肱守濟州關也。

〔北庭王衛律〕「北庭」，原鈔本作「匈奴」，均喻清。「王」，使動詞，以爲王也。衛律本長水胡人，生長于漢。與協律都尉李

延年善，以延年薦使匈奴。還，會延年家被誅，律懼，亡降匈奴。單于愛之，使爲丁靈王。後屢爲匈奴設謀困漢，以盡知漢之虛實也。衛律事散見漢書李陵、蘇武及匈奴諸傳。此句似以衛律比陳洪範，洪範曾出使清廷而私降于清，猶衛律曾使匈奴而終降匈奴也。

〔青絲江上來〕此指清貝勒博洛入浙，參見〔一四〕海上「名王白馬江東去」釋。

〔朱邸城中出〕此指潞王自杭州出降，參見〔一四〕海上「故國降旛海上來」釋。「朱邸」，漢代諸侯王皆以朱漆宅門，故名，謝朓拜中軍記室辭隋王箋：「朱邸方開，效蓬心于秋實。」

〔一代都人士二句〕詩小雅都人士：「彼都人士。」大城曰「都」，人有士行者稱「人士」，此處專指杭城士紳。「旃裘」，原鈔本作「穹廬」，一指胡服，一指胡帳，皆代清朝。「厀」同膝。丘遲與陳伯之書：「對穹廬而屈膝。」潘諱作「旃裘」，義同而失典矣。按：二句蓋就杭籍士紳而言，至于流寓居杭之士紳則死難極爲壯烈；如大學士劉宗周（山陰）、高弘圖（膠州）、原蘇松巡撫祁彪佳（山陰）、行人陸培（仁和）、現任錢塘知縣顧咸建（崑山）、臨安知縣唐自綵（達州）、訓導過俊民（無錫），或絕食，或投繯，或赴水，或闔門自盡，未嘗屈此膝也。

〔逆臣〕蘧案引孫託荀校本，謂元本「匈奴王衛律」句下有自注「真東嗛」三字，尹炎武以韻目諧之，當指陳洪範。然則「逆臣」亦非泛指。

〔南史筆〕南史氏乃齊國史官，與董狐並稱良史。左傳襄公二十五年：「（齊）太史書曰『崔杼弒其君』，崔子殺之。其弟嗣書而死者二人。其弟又書，乃舍之。南史氏聞太史盡死，執簡以往，聞既書矣，乃還。」然則書「崔杼弒其君」者，實非南史氏，故文天祥正氣歌曰「在齊太史簡」，尤近實。

【箋】

同題二首，一敘南宋事，一敘南明事；既哀杭州，又傷亡國，故以「天運亦何常，以此思其懼」兩句爲二事關合。夫

南宋退都杭州，本已怯懦失策，然江山猶可守險，財賦差可自給，其致亡之由，在于君臣居安忘危，以「臨安」爲「長安」耳。弘光朝則視杭州如外府，但愛其財賦而禁其設防，是故南京不守，杭州亦覆。此雖兵事之必然，獨惜其不發一矢，拱手迎降。先生論其速降之由，首責「逆臣」甘爲虎倀，次責「都人士」甘心屈膝，而于潞王則少譴辭。蓋潞王素有賢名而不知兵，且無守藩之責，倉促之際，不忍殘民而自縛請命，其事可哀，其情殆可恕也。

〔一六八〕 禹陵

大禹巡南守，相傳此地崩。禮同虞帝陟，神契鼎湖升。窆石形模古，墟宮世代仍。探奇疑是穴，考典或言陵。玉帛千年會，山河一氣憑。御香來勑使，主守付髡僧。樹暗巖雲積，苔深壑雨蒸。鵂鶹呼冢柏，蝙蝠下祠燈。餘烈猶於越，分封並杞鄫。國詒明德胙，人有霸圖稱。往者三光墜，江干一障乘。投戈降北固，授子守西興。冲主常虛己，謀臣動自矜。普天皆爵祿，無地使賢能。合戰山回霧，窮追海踐冰。蠡城迷白草，鏡沼爛紅菱。樵採岡林徧，弓刀塢壁增。遺文留仆碣，仄徑長荒藤。望古頻搔首，嗟今更撫膺。會稽山色好，悽惻獨攀登。

【釋】

〔解題〕「禹陵」卽夏禹之陵，亦稱禹穴，相傳在浙江紹興會稽山西北。

〔大禹巡南守二句〕「守」同狩；「巡南守」猶南巡狩。史記夏本紀：「十年，帝東巡狩至于會稽而崩。」先生詩云「南巡」，史記云「東巡」，夏都安邑（今山西省夏縣北），故東、南二義俱通。又墨子節葬：「禹東教乎九夷，道死，葬會稽之山。」先

生俱疑之，故用「相傳」字樣。

〔禮同虞帝陟〕虞帝指舜。「陟」即陟方，書舜典：「五十載陟方乃死。」孔傳曰：「方，道也。舜即位五十年升（陟）道南方巡守，死于蒼梧之野而葬焉。」故知陟方亦巡守。禹與舜俱死于巡守，故曰「禮同」。

〔神契鼎湖升〕「契」，合也。「升」，升天、升遐，天子死之諱詞。史記封禪書言黃帝采首山之銅，鑄鼎于荆山（今河南省閿鄉縣南）之下。鼎成，乘龍升天。後人因名其處爲「鼎湖」。帝王世紀亦言禹鑄鼎于荆山（今陝西富平）。禹與黃帝均鑄鼎而死，故曰「神契」。

〔窆石形模古〕「窆」音貶，穿土以下棺也。「窆石」指葬時引棺下隧之石。「形模」猶言型制。相傳會稽山之東隱若劍脊，西向而下，下有窆石，形長而橢圓，上有穿孔，乃葬禹時所遺。

〔墟宮世代仍〕「仍」，仍其舊也。「墟宮」即墓室，禮檀弓下：「虛（墟）墓之間，未施哀于民而民哀。」

〔探奇疑是穴〕史記太史公自序：「二十而南游江淮，上會稽，探禹穴。」集解引張晏曰：「上有孔穴，民間云禹入此穴。」

〔考典或言陵〕古帝王墓稱「陵」自漢始，太史公時只言「禹穴」，未嘗稱「禹陵」，以陵與穴猶山與谷，一高一深固相遠也。宋太祖乾德（九六三——九六八）中始立禹王廟于會稽，置守陵五户，正式命爲「禹陵」。先生重史實，不輕信傳聞，故用「疑」、「或」二字。

〔玉帛千年會〕「玉帛」，瑞玉與縑帛，會盟禮品。句見〔五〕帝京篇「玉帛塗山會」釋。塗山所在向多異說，先生北嶽辨云：「禹會諸侯于塗山。塗山，近濠之地也。」則山在今安徽懷遠東南。又越絶書記地傳：「塗山者，禹所娶妻之山也，去紹興縣三十五里。」此詩詠禹陵，則當從紹興說。

〔一氣〕指天地萬物共有之氣質。莊子知北遊：「通天下一氣耳。」論衡齊世：「一天一地，並生萬物；萬物之生，俱得一氣。」按：「玉帛、山河」二句雖云夷夏一統，仍寓以夏變夷之意。

〔御香、主守二句〕此言明朝禹陵禮制。明史禮志四云：洪武三年遣使訪先代陵寢，在會稽者有二：夏禹與宋孝宗。每年遣使諭各陵致祭，並設陵户二人守視，禹陵則以僧主之。「髡」本係古剃髮之刑，沿作僧徒之賤稱。「敕使」，皇帝使者，晉書何無忌傳：「無忌僞著傳詔服，稱敕使。」

〔樹暗巖雲積以下四句〕此狀禹陵及禹王廟之荒僻。「鵂鶹」，梟類，亦名茅鴟，大目猫頭鷹也，鳴聲連轉如「休留」。

〔餘烈猶於越〕原注：「史記越世家贊：越世世爲公侯，蓋禹之餘烈也。」「餘烈」猶遺業，賈誼過秦論：「及至始皇，奮六世之餘烈。」「於越」，春秋時越國之異稱，左傳定公十四年：「五月，於越敗吴于檇李。」按：會稽乃春秋越國地。

〔分封並杞鄫〕原注：「周語：有夏雖衰，杞鄫猶在。」杞與鄫俱國名，相傳周武王分封夏禹之後于此。「杞」在今河南杞縣；「鄫」亦作繒，近今山東臨沂縣。此句言越國與杞、鄫並受封爲大禹之後。

〔國詒明德胙〕「詒」，音義同貽，遺傳也。「胙」通祚，福佑也。左傳昭公元年：「美哉禹功，明德遠矣。」「明德」謂完美之德，書君陳：「黍稷非馨，明德惟馨。」禹有治水之功，故稱「明德」。

〔人有霸圖稱〕上句「國」指越國，此句「人」指越人。越國稱霸自越王勾踐始。勾踐先爲吴王夫差所敗，後乃卧薪嘗膽，十年生聚，十年教訓，遂滅吴。然後渡淮會諸侯，受方伯之命，稱霸中國。此句以上，記禹陵，敍越國，皆「望古」之辭。

〔往者三光墜〕「三光」，日月星也。「三光墜」喻亡國。此句以下追憶魯王紹興兵敗事，皆「嗟今」之詞。

〔江干一障乘〕「一障」見〔三八〕京師作「未獲居一障」釋。此指清兵乙酉渡江前，朝命鄭鴻逵、鄭彩叔姪守鎮江事，見京口「末代棄江因靖鹵」釋。

〔投戈降北固〕「北固」與金、焦二山俱在京口，見〔五三〕重至京口釋。此追述乙酉五月鄭鴻逵、鄭彩叔姪棄金、焦、北固不守，投戈而逃事。「北固」與下句「西興」地名巧對，然二事亦相接，意謂長江之險甫失，錢塘江又設險拒守，蓋襃之也。

〔授孑守西興〕原注：「左傳：授師孑焉以伐隨。」引文出左傳莊公四年：「楚武王荆尸（兵陣名），授師孑焉以伐隨。」「孑」，戟也，戈之有勾旁出者。「西興」在今蕭山西北瀕錢塘江處。乙酉閏六月，張國維等自台州迎魯王回駐紹興，以總兵王之仁守西興。十月，總兵方國安與王之仁等大戰清兵于錢塘江上，七戰皆有功，清兵不能進。十一月，魯王親勞軍江上，駐劄西興，築壇拜方國安爲帥，命各營僉聽節制，猶授孑焉。

〔冲主常虚己〕「冲」，幼小也。「冲主」指魯王，時未弱冠。魯王名以海，明太祖十世孫。父壽鏞死，兄以派襲封，居兖州。崇禎十五年，清兵破兖，以派自縊。十七年二月，以海嗣王位。北都之變，諸王皆南下，乙酉四月，福王由崧命以海移駐台州。五月，南都不守；六月，杭州潞王亦降；閏六月，張國維等遣舉人張煌言赴台迎王監國，回駐紹興。先生謁紹興禹陵，故詩中所敍皆魯王乙酉、丙戌據紹興抗清事（均見下釋）。迨江上師敗，王被迫入海，不復還陸。自後漂泊大洋，以舟楫爲宫殿，陸居唯舟山二年耳。癸巳（一六五三），自去「監國」號，依鄭成功于金門。壬寅（一六六二）秋，病死台灣，年止三十四。「虚己」謂自視若虚，受聽于人，漢書霍光傳：「光每朝見，上（昭帝）虚己斂容，禮下之已甚。」魯王與漢昭皆冲主，故以爲喻，非貶詞也。

〔謀臣動自矜〕「動」，常常，副詞。「自矜」猶自負、自誇，此處意謂矜功。時閩有唐王，浙有魯王，各爲臣下擁立。二王皆皇室疏族，本無君臣名分，唐王年長輩尊（于魯王爲族叔），先頒「詔」于浙，欲使魯王稱臣，魯王輔臣張國維以爲「唐、魯同宗，無親疏之别，義兵同舉，無先後之分，惟成功者帝耳」（見小腆紀傳紀第七），拒不受詔，于是閩、浙交惡而力分。先生曾受唐王官，故于張國維等有此微辭。

〔普天皆爵禄〕「爵禄」，原鈔本作「晉禄」，雖與下句「賢能」欠對，然意重禄米（軍餉），頒爵猶次之。時武臣封爵，「正兵」給餉，皆濫而不公，如方國安由侯晉公，王之仁由伯進侯，鄭遵謙以諸生封伯。而方、王之兵稱「正兵」，浙東地丁「正餉」六十餘萬盡予之。而揭竿招募之「義兵」則僅取給于民户樂捐之「義餉」。義餉每不足，故衆心涣散。錢肅樂屢疏

入告，王不能問。

〔無地使賢能〕「無地」猶云「無處」，全句蓋謂英雄無用武之地。 時錢肅樂、朱大典欲調解閩浙，謂魯王「宜權稱『皇太姪』報命，大敵在前，未可先仇同姓」。諸帥嫉之，誣以「通閩」而使居外。 于是以朱大典守金華（其後城破自焚死），移錢肅樂守海口（後以無所得餉奔舟山），朝政漸入方國安、降臣謝三賓、内臣客鳳儀、李國輔之手。

〔合戰山回霧〕此言丙戌六月魯王江上兵潰事。 是年夏旱水涸，錢塘江可徒涉往返，清兵驅馬試之，不及馬腹， 遂駐軍江中，錢塘江潮竟數日不至。 六月丙子朔，清兵乘霧以數十騎過江，明兵列戍驚潰， 清兵遂畢渡。 于是方國安拔營走紹興，劫魯王南行；王乘間得脱入海，浙東之地盡失。

〔窮追海踐冰〕此言丙戌初冬清兵下海追魯王事。 原注：「通鑑：慕容皝攻慕容仁，時海凍，皝自昌黎東踐冰而進。」魯王既入海，張名振以舟師扈王至舟山，黄斌卿不納。 時唐王已死，鄭彩乃以其水軍奉王入閩。 丙戌十月，王發舟山；十一月，次中左所（厦門），清海師追之不及。

〔蠡城、鏡沼二句〕自此以下， 俱敍今日所見所感。「蠡城」指紹興府治山陰縣故城， 相傳係越王勾踐時范蠡所築。「白草」，泛指枯草，與胡地白草異，參見〔四六〕賦得秋鷹釋。「鏡沼」即鏡湖（亦作鑑湖），在紹興。「蔆」，菱也。 二句狀紹興之荒蕪。

〔樵採、弓刀二句〕原注：「越絶書：防塢者，越所以遏吴軍也；杭塢者，勾踐杭也。 二百石長員，卒七，士人度之， 會夷。」「杭」同航，「員」同圓，「塢壁」見〔六〕金陵雜詩釋。「岡林」原鈔本作「岡陵」（它本皆作「岡林」），故蓬案引東華録以秦世楨伐宋陵樹木當之。 按：宋陵在蕭山，禹陵在山陰境，「蠡城」、「鏡沼」俱係山陰所見，不應遠及蕭山。「陵」乃丘陵之陵，非陵墓之陵也。 原注引越絶書，殆謂今日之塢壁即古越國之塢壁，惟弓刀有所增耳。 二句似敍清兵仍在紹興伐木建塢以設防。

〔望古、嗟今二句〕「望古」謂仰望古昔，顏延之陶徵士誄：「望古遥集。」全詩「人有霸圖稱」句以上皆望古也。「嗟今」謂嗟歎今日，全詩「往者三光墜」句以下皆嗟今也。「撫膺」猶捶胸，表慨歎，張華雜詩：「慨然獨撫膺。」

〔會稽山〕在今紹興縣東南，禹陵在焉。史記夏本紀：「禹會諸侯計功而崩，因葬焉，命曰會稽。」故知「會稽」猶會計。

【箋】

此詩以「往者三光墜」句中分爲二：「望古」部分乃詠懷古蹟，無甚新意，先生攀登時，興會亦不在此；「嗟今」部分則全敍魯王駐紹興抗清事。方魯王駐蹕紹興，自稱「監國」時，兩浙豪傑率先響應，得人之盛，遠過唐藩。惜偈促不前，徒恃錢塘以自保，故不出一年，江上兵敗，倉皇入海，一蹶不振。此與唐藩之奮然出關，明知難爲而爲之，其敗雖同，其志則迥不侔矣。然細味「冲主」、「謀臣」二句，一曰「虚己」，一曰「自矜」，恕其君而諉過其臣，意者先生閩浙之見猶未泯乎？

〔一六九〕　宋六陵

六陵饒荆榛，白日愁春雨。山原互起伏，井邑猶成聚。偃折冬青枝，哀哀叫杜宇。海水再桑田，江頭動金鼓。躡屩一遷逡，淚灑欑宮土。

【釋】

〔解題〕南宋六帝陵寢均在會稽之蕭山，按序爲高宗永思陵、孝宗永阜陵、光宗永崇陵、寧宗永茂陵、理宗永穆陵、度宗永紹陵。

〔饒〕豐多。

〔井邑猶成聚〕古者有邑必有井，易井卦：「改邑不改井。」井邑，人所居也。「聚」猶聚落，史記五帝紀：「一年而所居成聚。」按：漢陵成，必徙民户居之，後世亦謂之陵户。

〔偃折冬青枝二句〕隱用唐珏收瘞宋六陵骸骨事。據陶宗儀輟耕録：臨安既陷，元總統江南浮屠之番僧楊璉真珈于世祖至元十五年戊寅（一二七八）十二月率徒役頓蕭山，發趙氏諸陵寢，斷肢焚胔，掠其寶物。時有義士唐珏，字玉潛，會稽山陰人。少孤貧力學，聚徒教授，聞之痛憤。亟貨家具，造石函，邀里中少年收遺骸共瘞之，葬蘭亭山。又于宋常朝殿前掘冬青樹一株，植于兩函土堆之上，作夢中詩三首以詠之。其二云：「一抔自築珠丘土，雙匣親傳竺國經。只有春風知此意，年年杜宇哭冬青。」謝翱感其事，爲作冬青樹引。「冬青」即女貞，以其冬月青翠不凋，故名。「杜宇」，鳥名，又稱望帝，相傳爲蜀王所化，亦冤禽也。又按：楊璉真珈（元史釋老傳作「楊剌勒智」，通鑑後編作「嗣古妙高」）掘宋陵事，它書或繫于順帝至正時（一三四一——一三六七），俱誤，宜從輟耕録。

〔海水、江頭二句〕隱指清順治朝再伐宋陵事。「海水」句見〔四九〕桃花溪歌「桑田滄海」釋，此處暗示舊事重演。東華録載順治十三年，浙撫秦世楨以造戰船，伐宋陵樹木。又，其年八月，清兵再破舟山。「江頭」，宋陵所在；「動金鼓」，謂鳴金擊鼓以助威也。

〔躡屩〕見〔三五〕擬唐人五言八韻「申包胥乞師」釋，此處先生自謂。

〔遷逡〕原注：「楚辭九章：遷逡次而勿驅兮，聊假日以須時。洪興祖補注：遷逡猶逡巡，行不進貌。逡，七旬反。」

〔欑宫〕「欑」通攢。章炳麟新方言釋宫：「江淮吴越皆謂藁葬爲欑，謂其屋爲欑基。」宋南渡後，帝后塋塚不稱陵而稱欑宫，蓋宋之祖陵皆在汴，視會稽之葬不過暫厝，與國都臨安但稱「行在」同。

【箋】

先生至此已七謁孝陵，兩謁十三陵矣。今年入浙而謁宋六陵，夫宋亡于元，明亡于清，異族侵陵，如出一轍。安知趙

氏扣墓抛尸之禍，它日不降于明之孝陵、十三陵乎？讀此詩末句，知「淚灑欑宫土」五字並非輕下。

〔一七〇〕顔神山中見橘

黄苞緑葉似荆南，立雪淩寒性自甘。但得靈均長結伴，顔神山下即江潭。

【釋】

〔顔神山〕在山東益都西南百餘里與萊蕪接界處。其地原有顔神鎮，相傳齊孝婦（顔文妻）居此，被尊爲神，故名。

〔荆南〕泛指古荆以南之地。其地自古産橘，如武陵有橘奴，桂陽有橘井，湘江有橘洲。

〔淩寒〕「淩」同凌，冒犯。「淩寒」猶冒寒、冲寒。

〔但得靈均長結伴〕「靈均」，屈原字，離騷：「名余曰正則，字余曰靈均。」又，屈原曾作橘頌，有句曰：「願歲並謝，與長友兮。」

〔江潭〕「潭」音尋，水畔。「江潭」猶江潯，見〔九〕表哀詩釋。楚辭漁父：「屈原既放，遊于江潭，行吟澤畔。」知「潭」與「畔」乃對言，當讀如「潯」。原鈔本「江潭」本作「江南」，「南」字重韻，潘刻本及它本多改作「江潭」，蓋誤讀「潭」爲談也。

【箋】

全首以橘自喻，前二句似橘頌，後二句闕合屈原，結句蓋決志移家山東也。元譜謂本年閏七月返山東，見橘而賦詩當在此時。

編年（一六六二）

是年歲次壬寅，清聖祖愛新覺羅玄燁康熙元年。

二月，吴三桂奏俘明永曆帝及宫兵四千三百餘名，清廷命禮部擇吉告廟，詔免獻俘。

三月，吴三桂因永曆帝父子于雲南故都督府，嚴兵守之。

四月，吴三桂以弓弦絞死永曆帝父子，叢葬于郡城北門之外。其后妃等解送北京，多死于途。

五月，明招討大將軍、延平郡王鄭成功卒于台灣，子鄭經嗣王位，仍奉永曆年號，繼續抗清。清晉封吴三桂爲平南親王。

六月，明招討大元帥晉王李定國乞兵暹羅、車里諸國，行至孟臘，聞永曆帝被害，痛哭發喪，遂悲憤死。餘衆皆散。

十一月，明魯王以海殂于金門，諸舊臣禮葬之。

是年中國大陸始統一于清，全國共有丁口一千九百二十餘萬，耕地五百三十一萬頃。

是年先生五十歲。春自山東北上。三月在昌平，十九日三謁天壽山思陵，始作謁欑宫文，且聞永曆帝在緬被俘之報。旋經密雲出古北口。五月回昌平，二十八日適逢五十初度。復南行，至曲陽謁北嶽。過新樂，觀林華皖所修縣志。秋，由井陘入山西。十月，抵大同之渾源。冬，渡汾河，之平陽府，

謁堯廟。在臨汾度歲。

〔一七二〕三月十九日有事于欑宮，時聞緬國之報已下玄黓攝提格

此日空階薦一觴，軒臺雲氣久芒芒。時來夏后還重祀，識定凡君自未亡。宿鳥乍歸陵樹穩，春花初放果園香。年年霑灑頻寒食，咫尺龍髯近帝旁。

【釋】

〔解題〕先生謁天壽山諸陵凡六次，此其三也。首二次俱標題「謁陵」，三至六次則改題「有事于欑宮」，知首二次係普謁諸陵，後四次則專謁思陵也。先生昌平山水記辨「陵」與「欑宮」之義曰：「昔宋之南渡，會稽諸陵皆曰欑宮，實陵而名不以陵。春秋之法：君弑，賊不討，不書葬，實陵而名未葬。今之言陵者名也，未葬者實也。實未葬而名葬，臣子之義所不敢出也。故從其實而書之也。」然則陵與欑宮之分，在于葬與未葬。夫君弑賊不討，春秋不書葬，思宗之陵，修自崇禎之初，故早有陵名，然思宗死于國難，雖始葬于李，復葬于清，揆諸春秋之法，俱不得謂之葬。未葬則稱欑宮，故當從其實而書。其它諸陵皆有異乎是。另見〔一六九〕宋六陵「欑宮」釋。「緬國之報」指今年一月吳三桂奏自緬國俘永曆帝之報。先生聞報時，已知明亡，然猶不知永曆帝將于四月被害也。玄黓攝提格卽壬寅歲。

〔此日〕三月十九日，思宗(甲申)忌辰。

〔薦〕祭獻也。又，無牲而祭曰薦。

〔軒臺雲氣〕指天子氣。「軒轅」本星座名，晉書天文志：「軒轅十七星在七星北，軒轅黃帝之神，黃龍之體也。」詩稱「軒臺」，喻華夏帝位，不專指崇禎欑宮。

〔芒芒〕渺遠貌，見左傳襄公四年「芒芒禹迹」句。又目視不明貌，如漢書司馬相如傳：「芒芒怳惚。」二義于此俱通。參見〔一四四〕山海關釋。

〔時來夏后還重祀〕此謂夏后相失國，夏祀中絶四十年，其子少康滅有窮氏，遂復夏祀，見左傳襄公四年魏絳對晉侯語。另見〔六八〕路舍人家見東武四先曆「夏后昔中微」釋。

〔識定凡君自未亡〕原注：「莊子（田子方）：楚王與凡君坐，少焉，楚王左右曰「凡亡」者三。凡君曰：「凡之亡也，不足以喪吾存。夫凡之亡不足以喪吾存，則楚之存不足以存存。由是觀之，則凡未始亡，而楚未始存也。」」「凡」，周公支子別封之國（伯爵），約在今河南衛輝近境，見左傳隱公七年：「冬，王使凡伯來聘。」又左傳襄公十二年：「是故魯爲諸姬，臨于周廟；爲邢、凡、蔣、茅、胙、祭，臨于周公之廟。」詩引凡君對楚王語，意謂存亡繫乎我心，我不自以爲亡則未始亡也。

〔果園〕原注：「三輔黄圖：安陵有果園。」按：安陵，漢惠帝陵。

〔霑灑〕謂灑淚霑衣。

〔頻寒食〕寒食節每在清明節前一、二日，與崇禎帝忌辰相接。參見〔六〕金陵雜詩「百五日」釋。

〔咫尺龍髯近帝旁〕參見〔一三〕元日「咫尺猶天顔」及〔一二三〕陳生芳績兩尊人先後即世「天上龍髯從二親」釋。

【箋】

先生己亥初謁十三陵詩，已悲思陵爲「渴葬」；其後四謁，不稱陵而獨稱「欑宮」，知先生蓋忠寄哀于思宗深且厚也。特録其首次謁欑宮文以見心志：「伏念臣草野微生，干戈餘息。行年五十，慨駒隙之難留；涉路三千，望龍髯而愈遠。茲當忌日，祇拜山陵。履雨露之方濡，實深哀痛；瞻松楸之勿翦，猶藉神靈。敢陳于沼之毛，庶格在天之馭。臣某謹言。」

〔一七二〕 古北口 四首

漢家亭障接山南，光禄臺空倚夕嵐。戍卒耕田烽火寂，唯餘城下一茅庵。

【釋】

〔解題〕古北口在今北京市密雲縣東北百餘里，明代爲昌平州屬，又名虎北口，與山海關、喜峰口、牆子嶺、居庸關均爲燕薊長城主要隘口。洪武十二年置守禦千户，三十年改設密雲後衛。兩崖壁立，寬僅容車，乃當時軍事要地及交通孔道。先生昌平山水記記之綦詳。

〔漢家亭障〕「亭障」（障同鄣），守邊之堡壘。史記張儀傳：「守亭鄣者不下十萬。」漢書西域傳：「于是漢列亭障至玉門關。」此處以漢代明。洪武時，自永平、薊州、密雲以西二千餘里，關隘百二十九，皆置戍守。

〔接山南〕「山南」指天壽山之南，其地有黄花鎮（見〔一四八〕恭謁天壽山十三陵「後尻坐黄花」釋），明代口外有警，輒報至山南，所以重陵墓也。

〔光禄臺〕本指漢光禄城或光禄塞，地在今内蒙古巴彦淖爾盟烏拉特中後聯合旗境内。史記匈奴傳：「太初三年（前一〇二），漢使光禄徐自爲出五原塞（在今河套）數百里，遠者千餘里，築城障列亭至臚朐（即克魯倫河）。」詩中「光禄臺」係借指明代塞外廢堡。

〔夕嵐〕「嵐」音蘭，山間霧氣。「夕嵐」，薄暮山霧。王維逍遥谷宴集序：「日在濛汜，羣山夕嵐。」

〔戍卒耕田烽火寂二句〕「戍卒耕田」指軍屯言，與民屯異。「城下」指古北口城下，據昌平山水記，古北口城在山上，周四里三百一十步，三門。二句乃先生經行所見，言此際軍屯雖在，而烽火不舉矣。

歲歲飛鴻出口迴，年年採木下川來。山中鹿角都除却，便似函關日夜開。

【釋】

〔歲歲飛鴻出口迴二句〕「飛鴻」乃候鳥，借喻古北口内居民。採木之地無定指，然必傍「川」。「下川」之「川」指古鮑丘水，卽今潮河，發源于古北口外豐寧縣北，南流經古北口、密雲、懷柔與白河合。二句謂口内居民年年傍川出口伐木，沿溯往來若飛鴻然。

〔山中鹿角都除却〕「鹿角」卽鹿角栅，軍寨取尖頭竹木插植地上，外向如鹿角，可防敵軍衝擊，舊時設營往往用之。「山」字承上「採木」句疑指雲霧山，意謂居民採木時兼取鹿角而去。然山中鹿角何故而植？山距古北口甚遥，何致影響古北口防務如此深遠？均不得其解。查原鈔本及潘刻本「山」皆作「川」。「川中」何爲設鹿角？似亦費解。蘧案引昌平山水記曰：「（潮河）寬處可一二里，昔人斫大樹倒著川中，狹處僅二、三丈。以巨木爲柞，縱横布石，以限戎馬。」謂此卽「川中鹿角」。又引山水記曰：「然水性湍急，大雨則諸崖之水奔騰而下，漂木走石，當歲歲修治。」謂此乃「都除却」之故。王説係引本證，當從。

〔函關〕卽古函谷關，本係秦國要塞，「日入則閉，雞鳴則開」（參見〔三〇〇〕硤石驛東有西鵶路至臨汝棄垣封閉「秦法、雞鳴二句」釋）。此詩以函關喻古北口；「日夜開」，言古北口已無險可守也。亦係先生經行所見。

白髮黄冠老道流，自言家世小興州。一從移向山南住，吹角孤城二百秋。

【釋】

〔黄冠〕指道士，見〔一七〕贈顧推官釋。

〔小興州〕金代始置興州，元稱大興州，故城在今河北省灤平縣境。明初另置小興州，在古北口外九十里。大、小興州俱在古北口山外。

〔一從移向山南住〕自注：「永樂初，棄大小興州。」按：明洪武初，原在大、小興州置左右中前後五衛；永樂元年（一四〇

三)廢大寧衛，徙興州五衛于玉田、遷安、良鄉、豐潤、三河等地。

〔吹角孤城二百秋〕「孤城」指古北口城。「二百秋」，自永樂棄大小興州至明末約計。此言自興州撤戍，塞外已無險可守，古北口遂爲孤城。句襲杜甫「孤城背嶺寒吹角」詩意。

霧靈山上雜花生，山下流泉入塞聲。却恨不逢張少保，磧南猶築受降城。

【釋】

〔霧靈山〕係古北口外之屏障，在密雲東北約二百里，南距邊四十里，峯巒攢列，松深柏茂，可倚山爲城。

〔山下流泉入塞聲〕「流泉」，泛指山下細流。「塞」，長城。「流泉入塞」，見霧靈山密邇邊防。

〔張少保〕唐張仁愿，下邽人。有文武才，爲朔方總管，請乘虛取漠南地，築三受降城，自是突厥不敢逾山牧馬。累官同中書門下三品，封韓國公，卒贈少保。唐書有傳，此處喻王大用。

〔磧南〕「磧」音績，沙漠。「磧南」猶漠南。此指今內蒙古陰山、狼山以南地。

〔受降城〕張少保築受降城二句下有自注：「霧靈山在曹家寨邊外。嘉靖初，巡撫王大用欲賂三衛取其山城之，不果。」按：唐景龍二年(七〇八)張仁愿在黄河以北築東、中、西三受降城。據元和郡縣志，中受降城在五原(今包頭市西北)，東受降城在榆林東北八里(今內蒙古托克托南)，西受降城在豐州西北八十里(今杭錦後旗烏加河北岸)。中城與東、西二城各距四百里左右，置烽候一千八百所，東、西呼應，爲國屏藩。參見〔一四七〕三屯營詩「制如河上築降城」句釋。詩借張仁愿築受降城，深惜王大用欲城霧靈山而不果。

【箋】

先生纂輯天下郡國利病書，于山川要塞，多作實地調查，詩集中遊歷之作，輒與其書相應。至于專記一山、一水、一地之書，尤係經行時所録，昌平山水記、營平二州地名記、京東考古録諸書是也。居庸關、古北口詩作成于昌平山水記

之前，語多感慨，蓋爲口外不設險而發。如此題第一首隱刺耕戍而忘烽火之不當，第二首慨歎居民自隳山川之險，第三首借老道之言諷成祖自棄大小興州爲失策，第四首深憾王大用欲城霧靈山而不果，每首均由經行親見生發，不同于向壁議論。昌平山水記于古北口山川形勢、地理沿革，記述尤詳，雖不爲議論，而議論亦在其中。故習先生旅遊詩者，當取先生地書並讀。

〔一七三〕 五十初度，時在昌平

居然濩落念無成，隙駟流萍度此生。遠路不須愁日暮，老年終自望河清。常隨黄鵠翔山影，慣聽青驄別塞聲。舉目陵京猶舊國，可能鐘鼎一揚名？

【釋】

〔解題〕「初度」，沿指生日。離騷：「皇覽揆余初度兮，肇錫余以嘉名。」「度」，尺度，如字，謂以初生之年時爲尺度以覽揆也。先生生于明萬曆四十一年癸丑（一六一三）五月二十八日，今年同日滿四十九周歲。古人以生年爲一歲，越年即爲二歲，蓋以「享年」計也。日知録生日條下自注：「余昔年薊門生日，有致饋者，答以書。」所指即本年事。然此答書文集失收，今卷三所載與友人（指富平令郭友芝）辭祝書乃六十八歲生日作，不可混爲一事。

〔居然濩落句〕「濩落」，見〔一三〇〕前詩意有未盡再賦四章釋。又杜甫自京赴奉先詠懷詩：「居然成濩落。」居然，竟然也。

〔隙駟〕「隙」同郤，壁之縫隙。莊子知北遊：「人生天地之間，若白駒之過郤，忽然而已。」白駒指良駟（或曰日影）；忽然，迅速貌。「隙駟」狀光陰易逝，參閲〔六五〕丈夫「駟隙、流光二句」釋。

〔流萍〕猶浮萍，杜甫佐還山後寄「浩蕩逐流萍」，狀生涯漂泊。

〔遠路不須愁日暮〕謂行程雖遠，尚不憂日景之暮。或云，路程既遠，則不必愁今日之暮，以尚有明日也。史記伍子胥傳載子胥語：「吾日暮途遠，吾故倒行而逆施之。」又杜甫投贈哥舒開府翰詩：「幾年春草歇，今日暮途窮。」皆作消極語，先生則反其意而用之。

〔老年終自望河清〕謂年雖垂暮，猶信太平之可期。按：黄河水濁，難得清時，古人因以「河清」爲太平之象，如易緯乾鑿度：「天之將降嘉瑞應，河水清三日。」然左傳襄公八年鄭子駟引周詩：「俟河之清，人壽幾何！」則係消極語，先生蓋反其意而用之。

〔黄鵠〕相傳係仙人所乘之大鳥，一舉千里。楚辭卜居：「寧與黄鵠比翼乎？」又古詩十九首：「願爲雙黄鵠，奮翅起高飛。」

〔青驄〕青白雜毛之良馬，古詩爲焦仲卿妻作：「躑躅青驄馬，流蘇金縷鞍。」按：上句「黄鵠翔山」暗示連年祭陵，此句「青驄別塞」隱指連年戰伐，蓋爲末聯作勢。

〔陵京〕「陵」指天壽山諸陵，「京」指昌平(參閱〔一四八〕恭謁天壽山十三陵「無復陵京防」句)，作詩時在昌平，故有此聯想。

〔鐘鼎揚名〕劉峻廣絶交論：「聖賢以此鏤金版而鐫盤盂，書王牒而刻鐘鼎。」文選注：「墨子：琢之盤盂，銘于鐘鼎，傳于後世。」

【箋】

起聯看似蕭颯，其實自責；結聯憑空發問，其實自許。詠懷述志，俱見中腹二聯，所謂烈士暮年，壯心不已者也。

〔一七四〕　北嶽廟

曲陽古名邦，今日稱下縣。嶽祠在其中，巍峩奉神殿。體制匹岱宗，經營自雍汴。鶴駕下層

霄，宸香閟深院。睒陽鬼目獰，盤蹙松根轉。白石睇穹文，丹楹仰流絢。肇典在有虞，望秩羣神徧。時巡歲卽暮，歸格牲斯薦。自此沿百王，彬彬著紀傳。恆山跨北極，自古無封禪。賴以鎮華戎，帝王得南面。河朔多彊梁，燕雲屢征戰。赫赫我陽庚，區分入邦甸。告祈無闕事，降福蒙深眷。周封喬嶽柔，禹別高山奠。疆吏少干城，神州恣奔踐。祠同宋社亡，祭卜伊川變。再拜出廟門，嗚呼淚如霰。

【釋】

〔解題〕恆山爲北嶽，見爾雅。古帝王立五嶽之祭皆在其山下之邑，而不必于其山之巔，北嶽之祭在上曲陽，明以前皆然。此詩題曰「北嶽廟」，卽指上曲陽祭北嶽之廟。先生本年夏辭昌平南行至曲陽謁北嶽，作此詩；十月入晉祭渾源，又作北嶽辨（載文集卷一）。

〔曲陽古名邦二句〕「上曲陽」地原在河北省定縣境，本係戰國時趙曲陽邑，漢置上曲陽縣，屬常山郡，北齊始去「上」字，卽今河北省曲陽縣。先生北嶽辨引漢書云「常山之祠于上曲陽」，乃孝宣之詔太常，故詩曰「古名邦」。清順治以後，嶽祠移至山西渾源州，曲陽遂爲下縣，屬正定府。二句以「名邦」與「下縣」對言，已有無限惋惜意。

〔巍峩〕高大貌，參見〔一三八〕京師作釋。

〔體制匹岱宗〕「體制」，此指嶽祠規模及祀祭制度。「岱宗」，泰山別稱，見〔一一七〕勞山歌釋。北嶽辨言曲陽之祠北嶽，與博（春秋時博邑，在今山東泰安縣東南）之祠東嶽同。

〔經營自雍汴〕「經營」見〔一三八〕京師作釋。「雍」，秦地；「汴」，宋都，詩卽以二字代秦、宋。北嶽辨引水經注曰：「上曲陽故城，本嶽牧朝宿之邑也。……秦以立縣，縣在山曲之陽，是曰曲陽；有下，故此爲上矣。」辨又云：「宋初，廟爲契丹

所焚，淳化二年（九九一）重建。」

〔鶴駕〕本指駕鶴仙人，薛道衡老氏碑：「蜺裳鶴駕，往來紫府。」此指北嶽神駕。

〔下層霄〕自層霄而下。「層霄」猶重霄、九霄，指天外高空。李白大鵬賦：「爾乃蹶厚地，揭太清，亙層霄，突重溟。」

〔宸香〕「宸」，北宸，以喻北嶽帝位。「宸香」，指北嶽神靈之香，與帝王所齎「御香」異。

〔閟深院〕「閟」音祕，閉也。文天祥正氣歌：「春院閟天黑。」

〔睒睗鬼目獰〕原注：「左太冲吴都賦：忘其所以睒睗，失其所以去就。李善注：『説文曰：睒，暫視也；睗，疾視也。』」「鬼」指嶽廟所塑之鬼卒。

〔盤蹙〕「盤」通槃。北嶽多虬松怪柏，嶽廟植之。「盤蹙」狀松根之盤旋跼蹙。

〔白石睇穹文〕「睇」，近視。「穹文」，穹碑之文。原注：「舊唐書張嘉貞傳：爲定州刺史。至州，于恆嶽廟中立頌，自爲文，書于石。其碑用白石爲之，素質黑文，甚爲奇麗。今碑在廟中。」先生北嶽辨亦引唐書曰：「張嘉貞爲定州刺史，于恆嶽廟中立頌。予嘗親至其廟，則嘉貞碑故在。」又先生金石文字記亦曰：「恆山祠碑，張嘉貞撰並書，行書。開元十五年八月。在今曲陽縣北嶽廟中。」原注出自潘耒，係據先生二文而作，惟所云「今在」則指刊集時也。

〔丹楹仰流絢〕「丹楹」，紅色殿柱。「絢」音炫，去聲，文采也。此句但言仰觀丹柱所繪之流采。

〔肇典在有虞以下四句〕此據書舜典，謂北嶽之祀肇始于虞舜。虞書舜典：「望于山川，徧于羣神。」言舜望祭于山川，偏及百神。又同書：「十有一月朔，巡守至于北嶽，……歸格于藝祖，用特。」言舜徧巡四岳，二月岱宗，五月南岳，八月西岳，十一月至北岳，歲將暮矣，然後以一牲（特）歸告（格）于文祖（藝祖，指高祖或太祖）之廟。

〔自此沿百王二句〕據北嶽辨，自虞書載肇祀北岳，其後史記、漢書、後漢書、魏書、隋書、唐書諸紀傳俱載歷代帝王祀北嶽事。「彬彬」，文質兼備貌，見〔一六三〕贈林古度釋。

〔恆山跨北極以下四句〕謂恆山雖在中國極北，自古天子但巡狩而不封禪，然與其它四岳之祭均在天子之邦，賴之以遥鎮華戎，俾天子有南面之尊，是故歷代改都而不改嶽。然則北嶽祠在曲陽（不在渾源），自古然矣。

〔河朔、燕雲二句〕「河朔」泛指黄河及其以北地；「强梁」，剛暴之輩，隱指十六國與北朝非漢族。「燕雲」，今河北、山西以北地，時稱「燕雲十六州」；「屢征戰」，隱括宋與遼、金、元之爭。二句蓋謂自東晉、南朝及宋、元時期，北嶽曲陽之祠長期非漢族所有。

〔赫赫我陽庚二句〕「赫赫」，顯耀貌，詩大雅大明：「赫赫在上。」「陽庚」韻目代字，原鈔本作「皇明」。「邦甸」，古指王城百里之外、二百里之内地域，見周禮天官太宰「邦甸之賦」注。二句蓋謂明既滅元，統一中國，曲陽遂劃歸京師所統諸縣之一。

〔告祈、降福二句〕謂明代祭嶽之禮不闕，神亦眷顧降福。徐注引恆嶽志，自洪武二年至崇禎元年，朝廷遣使告祈北嶽二十六次。

〔周封喬嶽柔〕詩周頌時邁：「懷柔百神，及河喬嶽。」河指河神，喬嶽指高山之神。「懷柔」本無貶義，謂使民懷德而安撫招徠之。

〔禹别高山奠〕書禹貢：「奠高山大川。」「别」，區别；「奠」，祭奠。「高山」猶喬嶽。「周封、禹别」二句蓋承上陽庚（皇明），謂皇明封祀北嶽與夏、周兩朝同。

〔疆吏少干城〕「疆吏」指地方守土官吏，左傳桓公十七年：「齊人侵魯疆，疆吏來告。」「干」與「城」皆扞衛之器，借喻衛國之才，詩周南兔罝：「赳赳武夫，公侯干城。」此句諷明末地方武臣之無能。

〔神州恣奔踐〕「神州」見〔三〕感事釋。「恣奔踐」，任意奔馳踐踏也。此指明末清兵三度竄擾京畿，定州曲陽亦徧遭蹂躪。

〔祠同宋社亡〕自注:「時嶽祀移渾源州。」據池北偶談北岳祀典條:「五岳皆祀于山,獨恆岳祭于曲陽。自漢宣帝神爵元年始,而恆山實在渾源州。……順治十七年,上允刑科給事中粘本盛之請,罷曲陽廟祀祀渾源。千年因循之訛,至是始釐正焉。」按:渾源州即今山西省渾源縣,在恆山北約二十里。先生北嶽辨附嘉靖時馬文升(一四二六——一五一〇)請移曲陽北嶽祠于渾源州疏,以爲「恆山爲北嶽,在今大同府渾源州,歷秦漢隋唐俱于山所致祭」,且曰:「渾源州廟址猶存,故老傳說,的的不虛。乞……增修如制,以祀北嶽。」先生特撰北嶽辨責文升道聽途說,未曾見十七史。因「先至曲陽,後至渾源,而書所見以告後之人,無惑乎俗書之所傳焉」。然終明之世,北嶽之祀在曲陽,未嘗易也。入清後,于順治十七年始移祀渾源,實踐誤也。王士禎以爲千年之訛,至是釐正,實亦未曾見十七史者。原注:「漢書郊祀志:周顯王之四十二年,宋太邱社亡。」太丘社在今河南省永城縣西北,係戰國時宋之社廟。「社亡」乃國亡之前兆,時在宋偃王二年(前三二七);又四十二年(前二八六),宋果亡。詩以北嶽祠比社廟,以宋社比明社,以宋社之亡喻明社之亡,故用「同」字。

〔祭卜伊川變〕「伊川」即今河南入洛之伊水及其流經之地。左傳僖公二十二年:「初,平王之東遷也,辛有(人名)適伊川,見被髮而祭于野者,(辛有)曰:不及百年,此其戎乎?」按:被髮而祭于野(猶遷曲陽祠于渾源),非禮也,惟戎不知禮,故辛有于周平王東遷之初即預卜他日伊川將爲戎所居。至魯僖公二十二年秋,秦晉果遷陸渾之戎于伊川。此句以「戎」喻清,斥其不知禮。

〔淚如霰〕「霰」,雪珠、雪子。江淹擬李陵從軍詩:「日暮浮雲滋,握手淚如霰。」

【箋】

先生北嶽辨,據史以考實,斷言北嶽祠當在曲陽而不在渾源,所駁馬文升改祀之請甚力。此誠樸學說理之文,與先生身負沉痛、幽隱莫發之衷,一若無甚關聯者。及讀北嶽廟詩,始知先生初意原不止此。詩自「河朔」、「燕雲」二句

以下，不復申嶽祠之辨，而重華戎之辨，于是歎宋社之亡，痛伊川之變，再拜出廟，老淚如霰，然後知先生所辨本不在嶽之南北，而深痛乎國亡而祠亦亡也。

〔一七五〕 井陘

水折通燕海，山盤上趙陘。權謀存史册，險絶著圖經。瞰下如臨井，憑高似建瓴。鑿冰當路白，窯火出林青。頗憶三分國，曾觀九地形。秦師踰上黨，齊卒戍熒庭。獨此艱方軌，於今尚固扃。連恆開晉索，指昴逼虞星。乞水投孤戍，炊藜舍短亭。却愁時不會，天地一流萍。

【釋】

〔井陘〕山名、關名、亦縣名。縣在今河北省石家莊市之西，古屬趙地；漢始置縣，屬常山郡；明屬真定府，皆因山得名。山在井陘縣西北，係太行支脈。其山四面高平，中下如井，故名。關又稱土門關或井陘口，在井陘山上，係太行八陘之一，當冀、晉兩省交通孔道，形勢險峻，爲古今著名要隘。先生今年由冀入晉過此，詩所詠由山及關，而不言縣。

〔水折通燕海〕「水」指滹沱河，「燕海」指渤海。滹沱河由山西繁峙發源，穿太行、井陘、獲鹿入冀，折而合子牙河匯海河入渤海。

〔山盤上趙陘〕「山」指太行山，「陘」謂連山中斷處。此句言太行山北盤入趙境而中斷成（井）陘。

〔權謀存史册〕意謂王翦、韓信、拓跋珪等先後用兵井陘，俱出權謀，其事皆載于歷代史册。又「權謀」亦書名，漢書藝文志兵志有權謀十三家。

〔險絶著圖經〕「圖經」泛指附有圖説之地志，如隋書經籍志所載冀州圖經、幽州圖經之類。井陘屬冀州，其州圖經已

佚，太平御覽及太平寰宇記曾引之。此句專指井陘地險而言，下數句有照應。

〔瞰下如臨井〕釋井陘得名之由。元和郡縣志恒州引述征記曰：「其山（太行山）首自河内有八陘，井陘第五，四面高，中央低，似井，故名之。」

〔憑高似建瓴〕漢書高帝紀：「（秦）地勢便利，其以下兵于諸侯，譬猶居高屋之上建瓴水也。」按：「瓴」字取義所説不一。漢書如淳注曰：「瓴，盛水瓶也。居高屋之上而幡覆其瓴水，則向下之勢易也。」王先謙漢書補注引沈欽韓説：「瓴，瓴甋也，屋簷瀉水者。」味其意即戴侗六書故所謂「瓦溝」（仰蓋之牝瓦）。先生喜用「建瓴」一詞，未嘗申辨其義，然喻居高臨下，勢不可遏則同。

〔壑冰、窯火二句〕即景也。「窯」同窰。

〔三分國〕杜甫八陣圖詩「功蓋三分國」，所指三國乃魏、蜀、吳；此處則指韓、趙、魏。井陘原係晉地，乃韓、趙、魏三分晉國，遂歸趙。

〔九地形〕「九地」，孫子篇名，專言用兵地形，所謂「用兵之法，有散地、有輕地、有爭地、有交地、有衢地、有重地、有圮地、有圍地、有死地」是也。如曰：「行山林險阻沮澤，凡難行之道者，爲圮地。」又曰：「所由入者隘，所從歸者迂，彼寡可以擊吾之衆者，爲圍地。」又曰：「疾戰則存，不疾戰則亡者，爲死地。」以上圮地、圍地、死地，皆險隘利疾戰，井陘近之。

〔秦師踰上黨〕「上黨」，地名，先屬韓，後降趙，秦滅趙，置上黨郡，治壺關，在今山西省長治市境。戰國時，秦趙搆兵，爲太行所阻。當時井陘未開，秦攻趙，輒取途上黨。如周赧王五十五年（前二六〇），秦白起攻趙，大戰于長平（今山西高平縣西北），坑趙降卒四十餘萬。明年定上黨，拔武安，始有邯鄲之圍。

〔齊卒戍熒庭〕原注：「左傳襄二十三年：齊侯伐晉，張武軍于熒庭，戍郫、邵，封少水，以報平陰之役。」按：「熒庭」，晉地，

在今山西翼城縣東南。春秋時，齊晉搆兵，亦不敢由井陘。

〔獨此艱方軌〕「方軌」，兩車並行也。史記淮陰侯傳：「今井陘之道，車不得方軌。」此句蓋承上「秦師」、「齊卒」二句，謂春秋、戰國時，上黨可踰，癸庭可戍，獨此井陘之道，險偪難行。

〔於今尚固扃〕自注：「井陘之道，春秋戰國用兵未有由之者。自王翦、韓信伐趙始開此路。而魏道武伐燕，使公孫蘭、于栗磾帥步騎二萬自太原開井陘關路襲慕容寶于中山，於今遂爲通塗。」自注所引王翦、韓信、拓跋珪開闢井陘事，應前「權謀存史册」句。按：王翦伐趙在秦王政十九年（前二二八）。時趙李牧以讒誅，翦進圍邯鄲，下之，獲趙王遷，盡定趙地。追趙公子嘉自立爲代王，翦復北出井陘，屯中山以臨燕代。見史記趙世家。韓信伐趙在漢王劉邦三年（前二〇四）十月。時信至井陘口三十里止舍，先設背水陣，旋出井陘口，誘趙開壁相擊。信出奇兵馳入趙壁，拔趙幟，立漢幟。趙兵亂，因大破之，擒趙王歇。見史記淮陰侯傳。魏道武帝（拓跋珪）襲慕容寶（垂子）在晉太元二十一年（三九六）。時寶駐中山，珪先取并州，然後開井陘東襲之。見資治通鑑。惟自注已云「於今遂爲通塗」，而詩句則作「於今尚固扃」，何耶？意者雖爲通塗，先生過關時，復設關禁乎？

〔連恆開晉索〕原注：「左傳定四年：命以唐誥而封于夏墟，啟以夏政，疆以戎索。」按：引文乃衛子魚對周萇弘語，係追述周成王初封弟叔虞于唐（今山西省翼城縣西）時之誥辭。「唐」本夏封地，故曰「啟以夏政」；「唐」據大原（指今山西太原、汾陽以南之平原）而近戎族，故曰「疆以戎索」（卽限以戎法）。叔虞死，子燮父遷曲沃，改稱「晉」。晉至春秋時滅戎拓地至于井陘，于是其境北連恆嶽，遂開晉索矣。

〔指昴逼虞星〕「虞星」，原鈔本作「胡星」，「虞」亦韻目代字。「昴」，二十八宿之一，亦名大梁。爾雅釋天：「大梁，昴也。」疏：「大梁，趙也。」晉書天文志：「自胃七度至畢十一度爲大梁，于辰在酉，趙之分野，屬冀州。」又史記天官書：「昴曰髦頭，胡星也。」總上引文，已知趙國當大梁之分野，大梁卽昴宿，昴宿卽胡星。戰國時井陘屬趙國，故曰「指昴逼（近）

〔一七七〕　堯廟

舊俗陶唐後，嚴祠古道邊。土階依玉座，松棟冠平田。霜露空林積，丹青彩筆鮮。垂裳追上理，曆象想遺篇。鳥火頻推革，山龍竟棄捐。汾方風動壑，姑射雪封顛。典册淪幽草，文章散暮煙。滔天非一族，猾馬已三傳。歲至澆村酒，人貧闕社錢。相逢華髮老，猶記漢朝年。

【釋】

〔解題〕相傳堯都平陽。「平陽」以在平水之陽而得名，西周時爲唐地，春秋爲晉地，戰國爲魏地，秦、漢均屬河東郡，三國魏始分設平陽郡，宋、明、清則稱府，府治在臨汾縣。據臨汾縣志，城東七十里有堯陵，廟亦在焉。然先生詩題稱「廟」不稱「陵」，蓋以臨汾志之説爲可疑也。日知録堯冢靈臺條以爲自漢以來，皆云堯葬濟陰成陽（今山東曹縣東北），有靈臺碑記其事。堯都于平陽，葬不必在平陽也。又，山西洪洞、浮山、太平、垣曲、霍州諸地皆有堯廟，先生所詠則在臨汾耳。

〔舊俗陶唐後〕相傳帝堯乃帝嚳之子，姓伊祁，名放勳，初封于陶丘（今山東定陶縣西南），後徙于唐（今河北唐縣），故稱陶唐氏。堯都于平陽，平陽後爲周成王弟叔虞所封地，故亦名「唐」（今山西翼城境）。詩唐風蟋蟀傳曰：「蟋蟀，刺晉僖公也。……此晉也，而謂之唐，本其風俗憂深思遠，儉而用禮，乃有堯之遺風焉。」傳謂詩不稱「晉風」而稱「唐風」，蓋追慕唐堯之舊俗也。

〔嚴祠〕莊嚴之祠，指堯廟。

〔土階依玉座〕墨子尚儉：「堯堂高三尺，土階三等（級），茅茨不翦。」「玉座」猶御座、帝座，見〔八二〕僑居神烈山下及〔一三一〕

賦得秋柳釋。

〔松棟冠平田〕原注：「符子：堯曰：余坐華殿之上，森然而松生于棟；余立櫺扉之內，霏然而雲生于牖。」意謂身居華屋而心在巖壑。「平田」，平整之田。詩小雅信南山：「信彼南山，維禹甸之。」鄭箋：「禹決除其災，使成平田。」「土階」、「玉座」二句，兼贊堯之儉樸。

〔霜露、丹青二句〕卽景。上句狀廟外冬景，下句指廟壁彩繪。

〔垂裳追上理〕易繫辭下：「黄帝堯舜垂衣裳而天下治。」「上理」卽上治，「垂裳」狀無所事。

〔曆象想遺篇〕書堯典：「乃命羲和，欽若昊天，曆象日月星辰，敬授人時。」蔡傳以爲「曆所以紀數之書，象所以觀天之器」。按：堯典所載卽世傳堯命羲和作曆之所本。堯曆雖不傳，然史記曆書、漢書律曆志皆嘗追叙其事。

〔鳥火頻推革〕「鳥」，星名，書堯典：「日中星鳥，以殷仲春。」蔡傳曰：「星鳥，南方朱鳥七宿。」此處表春。「火」，星名，書堯典：「日永星火，以正仲夏。」蔡傳曰：「星火，東方蒼龍七宿。」（火乃心宿）此處表夏。「推革」卽推移與變革，易程傳「天地革而四時成」注：「推革之道，極乎天地變易，時運終始也。」全句應上「曆象」句，言春去夏來，不斷變革。

〔山龍竟棄捐〕書益稷：「日月、星辰、山、龍、華（花）、蟲（雉），作會。」蔡傳以爲「會」，繪也。「日月」、「星辰」取其照臨，「山」取其鎮，「龍」取其變，「華」、「蟲」取其文，六者繪之于衣。故易曰：「黄帝、堯、舜垂衣裳而天下治。」全句應上「垂裳」句，言以六者繪于衣裳，乃堯舜古制，今悉爲滿服所棄捐矣。

〔汾方、姑射二句〕卽景。「汾方」代汾水，原注：「詩：彼汾一方。」（按：引詩出魏風汾沮洳）「姑射」，山名，卽平山，係平水發源地，在臨汾之西，亦名壺口山，後更附會爲莊子逍遥遊所稱之藐姑射山。

〔典册、文章二句〕隱斥滿清毁滅中華文化。

〔滔天非一族〕書堯典「象恭滔天」，傳曰：「言共工……貌象恭敬而心傲很，若水漫天。」後沿以「滔天」狀罪惡之甚。此

斥滿清如共工（堯時四凶之一），謂非漢之同族也。

〔猾馬已三傳〕「猾馬」，原鈔本作猾夏，「馬」亦韻目代字。書舜典：「蠻夷猾夏，寇賊姦宄。」「猾」，動詞，擾亂；「夏」指華族。句以「猾夏」代滿清，深歎其亂華已歷三世（努爾哈赤、皇太極、福臨），參見〔一六四〕羌胡引「東夷跳梁歷三世」釋。

〔歲至、人貧二句〕「歲至」指每年冬至日。「社錢」指社祭日助祭錢。「澆」，薄也，使動詞。「闕」通缺。村酒、社錢皆祭後當分之物，二句蓋狀平陽人民之窮困。

〔相逢、猶記二句〕言謁堯廟而知晉南父老不忘漢儀。

【箋】

此詩前八句但詠堯廟，不離本題。自「鳥火」、「山龍」兩句以下，忽然繞題生發，既歎歲月推移，衣冠異代；又痛河山寂寞，典章淪散，或隱諷，或顯斥，俱見先生本色。可怪者，「滔天」「猾馬」二句，不得糜蘖，而知其爲痛詆滿清，潘耒刻集竟不之删，時人讀之亦不之訝，豈清初文網，竟恢恢然漏及吞舟乎？

中國古典文學基本叢書

顧亭林詩箋釋

下册

王冀民 撰

中華書局

顧亭林詩箋釋卷四 起康熙二年癸卯(一六六三)終康熙十二年癸丑(一六七三)

編年(一六六三)

是年歲次癸卯,清康熙二年。

三月,荷蘭船至福建,求助攻臺灣,許之。

五月,准吴三桂鑄錢于雲南,自選官吏,于是吴三桂日漸坐大。是年湖州莊廷鑨「明史案」作,遂爲清代第一次文字獄。

六月,李定國子嗣興率明官兵殘部千餘人降清,授以都統品級。

八月,鄭經部下鄭纘緒、何義等先後叛降于清。

十月,鄭經攻海澄,不克。清靖南王耿繼茂、水師提督施琅、黄梧等及荷蘭船襲據金門、厦門。鄭經退守臺灣。

十二月,明末農民軍郝摇旗等十三家散居鄂西、川東,與明東安王朱盛蒗抗清二十年,至是皆敗潰死。

是年先生五十一歲。在臨汾作隆武十九年元旦詩。然後北往霍縣,登霍山,遊女媧廟。春抵太原,始交傅山。初聞湖州莊廷鑨「明史獄」。北行至代州,拜李克用墓,遊五臺山。五月在代州識李因

篤，遂訂交。南旋至汾陽，繼聞吳、潘二節士死難，于旅舍遥祭。秋，歷蒲州，渡黄河入潼關，遊華山。過華陰，初訪王宏撰。八月經驪山，至西安。渡渭過富平李因篤家。遊乾陵。十月朔，至盩厔訪李顒。再返西安，住明宗室朱存杠家。歲杪與存杠等别于慈恩寺大雁塔，遂渡河返晉。

本年先生南北奔波于晉，東西蹀躞于陝，兩渡關河，勞頓殊甚。然與傅山、李因篤、王宏撰、李顒等訂交，及議卜宅華陰，俱始于本年，故特拈出之。

〔一七八〕 元旦已下昭陽單閼

平明遥指五雲看，十九年來一寸丹。合見文公還晉國，應隨蘇武入長安。驅除欲淬新硎劍，拜舞思彈舊賜冠。更憶堯封千萬里，普天今日望王官。

【釋】

〔解題〕原鈔本題作「十九年元旦」，以本年爲唐王隆武十九年也（一六四五——一六六三），參見〔六八〕路舍人家見東武四先曆釋。昭陽單閼即癸卯歲，是歲元旦先生仍在汾陽。

〔平明〕天甫明也。荀子哀公：「君昧爽而櫛冠，平明而聽朝，日昃而退。」

〔五雲〕古人以赤黄青白黑五色雲爲瑞雲，常以代天子所居或帝陵所在。李白侍從宜春苑奉詔賦：「是時君王在鎬京，五雲垂暉耀紫清。」杜甫重經昭陵：「再窺松柏路，還有五雲飛。」

〔一寸丹〕「丹」即「丹心」之省。杜甫鄭駙馬池臺詩：「丹心一寸灰。」

〔合見文公還晉國〕春秋時晉公子重耳四十三歲出亡，在外十九年（前六五五——六三六），六十二歲歸國稱霸，是爲晉

文公。及見文公歸國者，有侍從狐偃、趙衰、介之推等十餘人。「合」，口語，猶「應該」。先生作詩時恰在古晉國。

〔應隨蘇武入長安〕蘇武以漢武帝天漢元年出使匈奴，被留，徙北海上牧羝，至昭帝始元六年還長安，居匈奴共十九年（前一〇〇——八一）。隨武還者僅有舊官屬常惠等九人。先生作詩後即赴長安。

〔驅除欲淬新硎劍〕「驅除」，掃清（障礙），參見〔七四〕昔有「或爲真人驅」句釋。「淬」音翠，鑄刀劍時，先燒而後漬于水中也，動詞。「硎」，磨刀石，此處作動詞「磨」。原注：「莊子養生主：今臣之刀十九年矣，所解數千牛矣，而刀刃若新發于硎。」

〔拜舞思彈舊賜冠〕「拜舞」指羣臣朝賀禮，通常係先拜後舞，繼之以呼。「彈冠」謂彈去冠上灰塵也。楚辭漁父：「吾聞之，新沐者必彈冠，新浴者必振衣。」「舊賜」隱指唐王曾授先生兵部職方司郎中（參見〔一三〕延平使至詩）。徐注「彈冠」引王陽、貢禹故事，大謬。

〔堯封〕相傳堯分天下爲十二州，舜因之，故書舜典云：「封十有二山」，謂每州表封一山也。後遂沿稱中國疆域爲「堯封」。杜甫諸將詩：「滄海未全歸禹貢，薊門何處盡堯封。」先生此詩作于堯廟所在，尤切。

〔王官〕指天子命官所轄之地，左傳成公十一年：「襄王勞文公而賜之溫，狐氏、陽氏先處之而後及子，若治其故，則王官之邑也，子安得之？」杜甫王命詩：「慟哭望王官。」意同。上句「堯封」用「憶」字，此句「王官」用「望」字，實慟中國已非明朝所有。

【箋】

去年桂王被害，明祚永絶，然海上鄭氏仍稱永曆年號。先生曾受唐王官，唐王殉國，先生奉隆武正朔不變。今年係永曆十七年，隆武十九年，此詩題作「十九年元旦」，寓意甚明，潘刻本諱削三字是也。然徐氏及各家注俱昧于其事，或謂「十九年」始于崇禎甲申，或云係用弘光十九年之數，故雖盛讚此詩巧用「十九年」故事，而不明先生心迹之所繫，

至以楊窲詩例擬之。先生用事貴在言志，豈效尋常文士作數字遊戲乎？又或以王陽、貢禹故事釋「彈冠」，然則先生于國破家亡之際，猶以富貴可求而見獵心喜乎？是真大謬不然者也。

〔一七九〕　霍山

霍山古帝畿，崔嵬據汾左。東環太行趨，北負恆山坐。幽泉迸雷出，奇峯挾雲墮。百物饒姿容，名花獻千朵。廟食當山阿，重門莫磊砢。像設猶古先，冠裳蒙堀堁。春雪覆松杉，堂基對蓬顆。主守各散亡，空室無一鎖。五鎮稱副嶽，亦能降淫禍。豈忘帝王朝，時陟高山墮。黍稷既非馨，趨將況云惰。神人一失職，庶事交叢脞。有寺號興唐，近在祠東埵。昔日義旗來，列宿紛旖旎。更念七雄時，晉卿特幺麽。茫然二節竹，刻期兆猶果。竇命何邇封，四荒無不可。再拜霍山神，惟神實知我。

【釋】

〔解題〕霍山在今山西省霍縣東南。一名「太岳」，見書禹貢：「壺口、雷首至于太岳。」及元和郡縣志：「霍山一名太岳。」又稱「中岳」，見禹貢錐指。此山因被嵩高所壓，後降而爲「鎮」(隋開皇十四年詔以霍山爲「冀州鎮」)，歷代因之。其山蜿蜒二百里，主峯高百餘丈。另按：今安徽省霍山縣南亦有同名之山。該山本名天柱山，漢武帝時曾代祠南岳(衡山)，當辨勿誤。

〔古帝畿〕上古稱天子所領之地曰「畿」，詩商頌玄鳥：「邦畿千里，維民所止。」霍山近堯都平陽，故曰「古帝畿」。

〔崔嵬〕山高貌，見〔三〕海上行釋。

〔汾左〕汾河之東。

〔北負恆山坐〕「負」，背倚。「恆山」見〔一七四〕北嶽廟釋。據句意，知霍山坐北面南。

〔幽泉迸雷出〕霍山有打鼓泉，自山頂下注于地，聲如播鼓。「迸」，散流，狀泉出之貌；「雷」，雷鳴，狀泉出之聲。

〔奇峯挾雲墮〕霍山高出雲表，其蓮花山並峙七峯，俱似蓮花蕊。相傳山上有五色花，下句「名花獻千朵」，指此。

〔廟食當山阿〕「廟食」本謂神靈享食于祠廟，此處指神祠。「山阿」，山麓之曲處。

〔重門奠磊砢〕「磊砢」，石累積貌。司馬相如上林賦：「蜀石黃碝，水玉磊砢。」「奠」，放置。句言廟門層置疊石之上。

〔像設、冠裳二句〕「像設」猶設像，楚辭招魂：「像設君室，靜閒安些。」「堀堁」音枯課，堀有突起之義；堁，塵埃也。宋玉風賦：「堀堁揚塵。」注：「堀堁，風動塵也。」二句言神像猶有古意，然冠服已被塵污。

〔堂基對蓬顆〕「堂基」，堂屋之基，詩周頌絲衣：「自堂徂基。」顆，土塊；「蓬顆」，長有蓬草之土塊。漢書賈山傳：「秦爲埋葬之侈，使其後世曾不得以蓬顆蔽冢而託葬焉。」句言堂基生蓬，極狀殿宇之荒涼。

〔主守〕指守祠之人。

〔五鎮稱副嶽二句〕「嶽」與「岳」通。古五嶽之外，另設五鎮，實爲五嶽之副，即東鎮青州沂山、西鎮雍州吴山、南鎮揚州會稽山、北鎮幽州醫巫閭山、中鎮冀州霍山。諸鎮名見周禮夏官職方氏。至明洪武初定五鎮，名亦仍之。「淫禍」猶邪禍。二句意謂五鎮雖非正嶽，然亦有福善禍淫之職責，爲下句「神人失職」立論。

〔豈忘、時陟二句〕「陟」，登也。「嶞」音朵，上聲，山形狹長貌。詩周頌般：「陟其高山，嶞山喬嶽。」毛傳曰：「高山，四岳也；嶞山，山之嶞小者也。」二句謂明朝皇帝不論五嶽五鎮，皆以時登陟。

〔黍稷、趨將二句〕「黍稷」，此指祭祀所用穀物。書酒誥：「黍稷非馨，明德惟馨。」「趨將」通趨蹌，奔走趨侍也，詩齊風猗嗟：「巧趨蹌兮。」二句謂今既無黍稷之馨，況有趨侍之情乎？極狀神祠香火之衰。

〔神人一失職〕言神與人同一失職也。「神」指霍山神，失降禍之職；「人」隱指清朝，失趨將之職。

〔庶事交叢脞〕「庶事」，衆事。「叢脞」，煩瑣細碎，不識大體。書益稷：「元首明哉！股肱良哉！庶事康哉！」又「元首叢脞哉！股肱惰哉！萬事墮哉！」此承上句，言神與人失職，則萬事紛紜不理。

〔有寺號興唐以下四句〕叙霍山神助李淵破隋將，以及興唐寺建立之因由。原注：「舊唐書高祖紀：師次靈石，隋武牙郎將宋老生屯霍邑以拒義師。會霖雨積旬，餽運不給，有白衣老人詣軍門曰：『余爲霍山神使，謁唐皇帝曰：「八月雨止，路出霍邑東南，吾當濟師。」』高祖曰：『此神不欺趙無卹，豈負我哉！』八月辛巳，高祖引師趨霍邑，斬宋老生。」按：唐貞觀元年，在霍縣南、趙城縣東北建興唐寺，寺在霍山神祠之東埵（「埵」音朶，聚土成堆）。「義旗」指李淵自太原起軍。「旖㫊」猶旖旎，旌旗隨風飄舉貌，司馬相如上林賦：「旖旎從風。」「列宿」，此指義旗上所繪之星象。

〔更念七雄時以下四句〕追叙霍山神助趙襄子滅智氏及霍山祠祀之由來。原注：「史記趙世家：襄子奔晉陽，原過從。後，至于王澤，見三人，自帶以上可見，自帶以下不可見。與原過竹二節，莫通，曰：『爲吾以是遺趙無卹。』原過既至，以告襄子。襄子齊三日，親自剖竹，有朱書曰：『趙無卹，余霍泰山山陽侯天使也。三月丙戌，余將使女反滅智氏，女亦立我百邑，余將賜女林胡之地。』襄子既并智氏，遂祠三神于百邑，使原過主霍泰山祠祀。」「七雄」指秦楚齊燕趙魏韓七國。周威烈王二十三年，趙魏韓三家分晉，是爲戰國之始。「晉卿」本指原晉國諸卿，如范中行氏、智氏、趙氏、魏氏、韓氏等，詩所專指乃趙襄子無卹。一國之卿本不足道，故曰「么麽」。班彪王命論：「又況么麽尚不及數子（指韓信、季布、項梁、項籍、王莽等），而欲闇奸天位者乎？」「芒然」，幽暗不明貌，此狀竹節不通，兼喻迷惑不解。「刻期」指竹上所刻滅智氏之日期。「兆」，預兆；「果」，驗也。四句意謂趙無卹不過晉國一卿，山神刻竹約期相助，猶不失信。以此應上引唐書高祖紀「此神不欺趙無卹，豈負我哉」句。

〔賓命何邇封二句〕原注：「左傳昭九年：吾何邇封之有？」「邇封」猶近封，言封之近地。「賓命」指帝命、天命、神命，書

金縢：「無墜天之降寶命。」又原注：「爾雅（釋地）：觚竹、北户、西王母、日下，謂之四荒。」疏曰：「聲教不及，無禮義文章，是四方昏荒之國也。」二句言寶命所封之地何必以近爲貴，雖封之四荒亦無不可。徐注引趙城縣志：唐開元八年，封霍山中鎮爲應聖公，宋政和二年改封應靈王，元加崇德應靈王，至明改稱霍山中鎮之神。按，以遠近而論，明都距霍山最遠，故「寶命」實指明封。

【箋】

此詩末二句「再拜霍山神，惟神實知我。」應係卒章顯志。然所顯何志，戛然無所發明，當據全詩求之。詩云：「主守各散亡，空室無一鎖。」「黍稷既非馨，趨將況云惰。」蓋狀今人之惰神，責今人之失職也。又云：「五鎮稱副嶽，亦能降淫禍。豈忘帝王朝，時陟高山墮。」蓋謂神受明朝之馨，而不能降禍今之惰神之人，是神之失職也。今之神猶晉唐之神，今之人則滿清之人，據此則先生再拜問神之意與夫神之知我者，已約畧可知。

［一八〇］書女媧廟

吁嗟乎！三代以後天傾西北不復補，但見悲風淅淅吹終古。日月星辰若綴旒，赤黄青白交旁午。北極偏高南極低，四時錯迕乖寒暑。城淪洪水海成田，六鼇簸蕩中流柱。羲和益稷不任事，畫州造曆迷堯禹。彎弓不射九日落，蒼蒼列象生毛羽。仁人志士久鬱邑，精衛空費西山土。排天門，盪地户，見天皇，與天姥。五色之石空媥爛，道旁委棄無人取。長人十二來臨洮，苻姚劉石相雄豪。天竺之書入中國，三千弟子多其曹。涼州龜兹奏宮廟，漢魏

雅樂隨波濤。花門吐蕃日侵軼，天子數出長安逃。人似魚蝦隨水落，世以東南爲大壑。一半乾坤長草萊，山南代北虚城郭。百年舊跡邈難記，遺宮別寢屯狐貉。至今趙城之東八里有冢尚崔嵬，不見媧皇來制作。里人言是古高禖，萬世昏姻自此開。華渚虹藏河馬去，三皇五帝愁胚胎。奇功異事不可問，汾邊山下餘蘆灰。惟天生民，無主乃亂；必有聖人，以續周漢。如冬復如春，日月如更旦。剥復相乘除，包犧肇爻象。不見風陵之堆高突兀，沒入河中尋復出，天迴地轉無多日。

【釋】

〔解題〕相傳女媧氏係我國上古著名女帝，故又稱「媧皇」。其事蹟較早見于淮南子覽冥訓、列子湯問以及太平御覽等轉引其它佚書，然皆不脱神話本色。此詩涉及女媧大事有二：一曰補天，謂遠古之時，天柱折，地維絶，洪水橫流，女媧乃煉五色石以補天，積蘆灰以止水。二曰神禖（媒），謂女媧乃伏羲氏之妹（或妻），佐伏羲成嫁娶之禮，使民不復羣婚。女媧廟曾分建于晉南之臨汾、洪洞、太平（侯馬）、蒲縣、靈石諸地，墓則在趙城之東八里。先生所書女媧廟在趙城（今併入洪洞縣）東五里，乃宋開寶元年（九六八）建，明代經修。

〔三代以後〕指夏商周以來。

〔天傾西北〕列子湯問：「共工氏與顓頊爭爲帝，怒而觸不周之山，折天柱，絶地維。故天傾西北，日月星辰就焉；地不滿東南，故百川水潦歸焉。」按：此係神話，乃我國地勢西北高、東南低之反映。

〔不復補〕淮南子覽冥訓：「往古之時，四極廢，九州裂，天不兼覆，地不周載，……于是女媧鍊五色石以補蒼天，斷鼇足以立四極。」注：「三皇時，天不足西北，故補之。」據此可知：（一）女媧補天與共工觸崩不周山本無因果關係。（二）女

媧年代早于共工，故共工觸山之後，天傾西北已無人復補。全詩基本議論俱由此生發。

〔淅淅吹〕「淅淅」，象風聲，杜甫秋風詩：「秋風淅淅吹我衣。」

〔終古〕自古到今。參見〔一四〕海上及〔三〕精衞釋。

〔綴旒〕「綴」，連結；「旒」，旌旗之垂飾，詩商頌長發：「受小球大球，爲下國綴旒。」此處謂日月星辰如旌旗之旒，懸掛而連結。

〔交旁午〕猶言交錯。「旁午」，縱横紛錯貌，見〔六〇〕淮東釋。此處謂日月星辰之赤黄青白諸色交織相映。

〔錯迕〕猶錯亂。宋玉風賦：「眩眩雷聲，迴穴錯迕。」此處專指四時寒暑錯亂。

〔六鼇簸蕩中流柱〕原注：「列子：龍伯之國有大人，一釣而連六鼇，……于是岱輿、員嶠二山流于北極，沉于大海。」按：原注引文出自列子湯問，其前文曰：「渤海之東有五山焉（同篇謂「五山」爲岱輿、員嶠、方壺、瀛洲、蓬萊），常隨潮波上下往還，不得蹔峙。帝乃命禺彊使巨鼇十五舉首而戴之，五山始峙。」故陸游神山歌云：「一朝六鼇被釣去，岱輿、員嶠沈洪濤。」蓋十五鼇分戴五山，三鼇共戴一山，龍伯大人所釣六鼇即岱輿、員嶠二山之戴者。六鼇被釣，二山遂沈，後世唯存方壺、瀛洲、蓬萊三山焉。「中流柱」即「中流底柱」之省，此句借指岱輿、員嶠二山。

〔羲和益稷不任事二句〕羲與和二人助堯造曆（書堯典：「乃命羲、和，欽若昊天，曆象日月星辰，敬授民時。」），益與稷二人助禹畫州（益佐禹治水，稷佐禹爲農官，功既成，助禹畫天下爲九州），句謂「不任事」（不負責）係從反説，意謂從此羲和不復助堯造曆，以致天時亂；益稷不復助禹畫州，以致地理亂。

〔彎弓不射九日落二句〕楚辭天問：「羿焉彃日？烏焉解羽？」王逸注曰：「羿仰射十日，中其九日，日中九烏皆死，墮其羽翼。」淮南子本經訓載其事曰：「堯之時，十日並出，草木焦枯，乃命羿仰射十日，中其九。日中有烏，烏死，墮羽翼。」「蒼蒼列象」指天上諸烏。二句亦從反説，意謂從此羿不復射日，以致日中諸烏復生毛羽。

〔鬱邑〕愁貌。屈原九章惜誦：「心鬱邑余侘傺兮」，「邑」通悒。

〔精衛句〕見〔三〕精衛釋。

〔排天門，盪地户，見天皇，與天姥〕古以爲天有門，地有户，如楚辭九歌大司命：「廣開兮天門」；吴越春秋闔閭内傳：「立蛇門者，以象地户也。」「天皇」與「天姥」均天神名，張衡思玄賦：「叫帝閽使闢扉兮，覿天皇于瓊宫。」又剡縣有天姥山，謝靈運與李白均有詩詠之。此處十二字係先生設想之辭，猶言「升天入地求之徧」也。

〔五色之石空煸爛二句〕「五色之石」即女媧補天之石，見解題。「煸爛」，色彩錯雜鮮明貌。二句承上十二字，言升天入地求之，但見女媧補天之石委棄道旁，無人拾取。自起句至此，俱言「天傾西北不復補」對天文地理之影響，以下轉言人事。

〔長人十二來臨洮二句〕漢書五行志載秦始皇二十六年，有大人長五丈，足履五尺，皆夷狄服，凡十二人，見于臨洮。史記始皇紀贊注曰：「始見大人于臨洮，故銷兵器鑄而象之。」按：「臨洮」，秦所置縣，約今甘肅岷縣。蒙恬築長城以防匈奴，即起臨洮，止遼東。此處以臨洮泛指西北邊地，以長人喻少數民族，如前秦（三五一——三九四）苻氏，氐族；後秦（三八四——四一七）姚氏，羌族；前趙（三〇四——三二八）劉氏，匈奴族；後趙（三一九——三五〇）石氏，羯族，皆「五胡十六國」之雄豪，一時紛紛入主中國。

〔天竺之書，三千弟子二句〕言佛教傳入中國，儒生皆受其影響。「天竺」即印度，其書指佛經。「三千弟子」泛指孔子之徒，即儒生。「曹」，儕輩，同學。韓愈原道：「佛者曰：『孔子，吾師之弟子也。』爲孔子者習聞其説，樂其誕而自小也，曰：『吾師亦嘗師之云爾。』不惟舉之于其口，而又筆之于其書。」

〔涼州龜兹、漢魏雅樂二句〕言胡樂傳入中國，漢樂多受其影響。「涼州」通指西涼（四〇〇——四二一），占地在今甘肅西北敦煌、酒泉一帶。「龜兹」（龜音鳩），漢西域國名，地在今新疆庫車與沙雅之間。西涼樂係十六國時後涼、北涼

變龜兹聲爲之，北魏統一河西後取歸，沿至北周、隋、唐初，凡管弦雜曲皆西涼樂，凡歌舞曲皆龜兹樂，朝廷宗廟俱奏之。而漢族原有之郊廟朝會正樂（所謂「漢魏雅樂」）則隨波逐流，雜取其聲而效之。以上四句，蓋諷漢族文化之夷化。

〔花門吐蕃日侵軼〕「花門」即唐時回紇（亦作回鶻）之別稱，本出匈奴族，曾助唐平安史之亂，杜甫留花門詩云：「花門既須留，原野轉蕭瑟。」「吐蕃」（蕃音婆）本出羌族，唐時據有今西藏拉薩，雄霸西土，雖兩尚唐公主，仍屢爲邊患。「侵軼」（軼通佚）猶突襲、包抄。左傳隱公九年：「北戎侵鄭，鄭伯禦之，患戎師，曰：彼徒我車，懼其侵軼我也。」

〔天子數出長安逃〕唐代皇帝因亂而逃離國都長安者，有玄、代、德、僖、昭五朝九次，其中肇因少數民族叛亂者，在前有天寶十五載（七五六）六月安禄山陷潼關，玄宗倉皇棄長安奔蜀；有廣德元年（七六三）十月，吐蕃掠涇州，攻邠州、武功、奉天，逼長安，代宗東奔陝州。在後有光啓元年（八八五）十二月李克用（沙陀族）敗田令孜，令孜挾僖宗由長安南奔興元；有乾寧二年（八九五）李克用討李茂貞，進兵長安，七月，昭宗奔南山。

〔人似魚蝦隨水落二句〕「人似魚蝦」狀洪水之甚，由左傳昭公元年：「微禹，吾其魚乎」句化出。孟子告子：「禹之治水，水之道也，是故禹以四海爲壑。」（壑，坑谷泄水處）句言「以東南爲大壑」，蓋本「北極偏高南極低」之義（列子謂「天傾西北」、「地不滿東南」），西北如有水患，則人必漂向東南也。二句實借水患言漢民爲西北異族所逼，不得不逃向東南。

〔一半乾坤長草萊二句〕「一半乾坤」泛指中國西北。「山南」，太行山之南；「代北」，山西代州之北，均切趙城而言，兼與「一半乾坤」相應。「長草萊」、「虚城郭」，均狀西北屢經兵災之慘象。自「長人十二」句至此，俱言「天傾西北不復補」對漢胡人事之影響。

〔百年舊跡邈難記以下四句〕「百年」猶千年、萬年，狀時間之長，故承以「邈」字。「遺宫別寢」係對正宫正寢而言，班固

西都賦「徇以離（遺）宮別寢」，義同。「至今」承上「百年」，猶云自古至今。「有家」指趙城之東媧皇墓，墓與廟異，故云「崔嵬」。「制作」指鍊石補天。四句總束女媧補天傳說，而歎其不復制作。

〔里人言是古高禖二句〕原注：「路史：古高禖祀女媧。」按：「高禖」本古求子之神，「禖」亦作媒，變媒言禖者，神之也，故又稱「神媒」，祀之于郊則稱「郊禖」。所祀本高辛氏之二妃，即相傳吞玄鳥卵而生契之娀簡，履帝武敏而生稷之姜嫄。惟宋羅泌路史后紀二則曰：「女皇氏媧少佐太昊（伏羲氏），禱于神祈而爲女婦，正姓氏，職昏姻，通行媒，以重萬民之則，是曰神媒。」先生似不信羅泌之説，指爲「里人言」；里人以爲求子必先有昏姻，昏姻之通必賴行媒，遂訛「禖」爲「媒」，而以女媧當之。

〔華渚虹藏河馬去二句〕路史后紀又載太昊之母居于華胥之渚，履巨人跡，意有所動，虹且繞之，因而始娠，生帝（伏羲氏）于成紀。同書又載太昊時龍馬負圖出于河，帝遂則其文以畫八卦。此句以「華渚虹」喻伏羲之母，以「河馬」喻伏羲，一「藏」一「去」，言聖母聖子今俱往矣。

〔三皇五帝愁胚胎〕「胚胎」亦作「肧胎」，孕之初期也，古稱婦孕一月爲肧，孕三月爲胎。「三皇五帝」此處泛指古聖君，言伏羲而後，聖賢之君多不知其始也，句有諷意。按，以上僅四句畧言女媧爲神禖，故知先生不信其事。

〔奇功異事二句〕「奇功異事」包括女媧補天、治水、神禖全部事跡。「汾邊」，汾水之邊；「山下」，太行山下，此指趙城周境。「餘蘆灰」，謂女媧止淫水之蘆灰尚在也。二句將全詩剖分爲二：以上分叙女媧奇功異事，以下因書廟而出折寄慨。

〔「惟天生民」至「以續周漢」四句〕書仲虺之誥：「惟天生民，有欲無主，乃亂。」「聖人」指聖君、聖主。「周漢」，此處代表「華夏」或漢族，參見〔一八五〕詠史釋。四句與「三皇五帝愁胚胎」應。

〔如冬復如春二句〕意謂有冬則有春，有夜則有晝，冬去春來，月盡日出，乃天道之常。「更旦」猶復旦，尚書大傳卿雲

歌:「日月光華,旦復旦兮。」

〔剥復相乘除〕「剥」、「復」皆卦名。「剥卦」坤下艮上(即下五爻皆陰,上剥一陽),陽有剥落之象。「復卦」震下坤上(即上五爻皆陰,下復一陽),陽有來復之象。剥、復二字連用,表盛衰消長;乘、除二字連用,表抵消還原,蓋一乘一除,仍爲原數也。

〔包犧肇爻象〕「包犧」即伏羲氏,始畫八卦。每卦以六「爻」相交成象,「象」者,象其事、其物、其意;「爻象」指該卦所示之形象。凡總論一卦之象,曰「大象」;分論一爻之象,曰「小象」。爻、象之説皆肇始于包犧,上句「剥復相乘除」,實亦卦象也。以上四句均暗示天道好還,與〔一六四〕羌胡引立論同;以下三句以風陵沒而復出爲證。

〔風陵之堆三句〕原注:「唐書五行志:天寶十三載,虢州閿鄉縣界黄河中女媧墓因大雨晦冥,失其所在。乾元二年六月一日,夜,河濱人家忽聞風雨聲,曉見其墓涌出,上有雙柳樹,下有巨石,二柳各長丈餘,今謂之風陵堆。」按:女媧,風姓,故「風陵」即風后女媧之陵,其一在今山西省永濟縣南黄河北岸,其旁即風陵渡。先生引唐書五行志,蓋證上四句「天道好還」之説不謬。「突兀」見〔五一〕金壇縣南顧龍山釋。「天廻地轉」猶天旋地轉(白居易長恨歌:「天旋地轉回龍馭」)。「尋復出」,言不久復出,蓋天寶十三載(七五四)至乾元二年(七五九)僅隔五年。

【箋】

經不載女媧其人,史不傳女媧之事,立廟造冢,皆好事者所爲,先生「書廟」,亦未嘗坐實其事也。且「長人十二」以下八句詠史,「惟天生民」以下八句立論,皆與女媧無涉,而與先生抗清復明之志合,故知此詩言在此而意在彼,較盧仝日蝕、李賀夢天皆深一層。

又,此詩不以「歌」名,不以「行」名,但冠一「書」字,其實,論詞彙、句式、音節均近羌胡引,亦雜言歌行體也。全詩僅六換韻,每换一韻,輒换一意,不論韻脚之多少,要皆先疏而後密。如第一韻「取」字,凡二十句,三押;末韻「日」字,

僅三句，亦三押，先緩後促，戛然而止，與羌胡引似而不似。欲習先生古歌行者，當取兩篇並讀。

［一八一］　晉王府

卜雒方遷鼎，封唐次翦珪。國分河華北，星主實沈西。攘狄威名重，垂昆敬德躋。寵光延白屋，惠澤普黔黎。別殿俄傳燧，深宮早聽鼙。梯衝臨玉壁，戈旝繞銅鞮。井竭龍池水，梁空燕壘泥。囿花游鹿采，山木化鵑啼。國語春秋志，賢王暇日題。定知慈儉理，得與禹湯齊。玉葉衣冠盡，金刀姓字迷。那堪梁苑草，春日更萋萋。

【釋】

〔解題〕明太祖第三子朱棡，封晉王，國太原。明史諸王傳謂其性驕，在國多不法，太祖怒欲罪之，以懿文太子力救得免。洪武二十四年來朝，始折節爲善。時塞王如秦王樉、燕王棣、寧王權、代王桂、遼王植均習兵事，晉、燕二王尤被重寄。棡卒，謚恭。傳十一世至求桂，爲李自成所執，國亡。晉王府在太原府治陽曲城外東北，洪武三年建。

〔卜雒方遷鼎〕「雒」通洛，「卜雒」見〔五〕京闕篇「瀍水卜」釋。左傳宣公三年：「成王定鼎于郟鄏。」郟鄏即王城雒邑。相傳禹鑄九鼎象九州，後爲三代傳國重器，周都既定，鼎亦遷之。此句言明朝建都南京，始封太子、諸王。

〔封唐次翦珪〕史記晉世家載：周成王與弟叔虞戲，削桐葉爲珪（上圓下方之瑞玉）以與叔虞，曰：「以此封若。」史佚因請擇立叔虞，遂封于唐（今山西省翼城縣西）。參見〔一七五〕井陘「連恆開晉索」釋。按：叔虞初封于唐，其子遷曲沃，始改稱晉。此句言棡之封晉亦猶叔虞封唐。「次」，居其次也。棡封在洪武三年，居秦王樉之次。

〔國分河華北〕原注：「張衡西京賦：左暨河華。」「河」即黃河，「華」乃華山。此言朱棡封國在河華之北。

〔星主實沈西〕左傳昭公元年：「遷實沈（人名，高辛氏之季子）于大夏（地名，今晉南），主參（星宿名，即參星），唐人是因。……及成王滅唐而封大叔（虞）焉，故參爲晉星。」此句言唐、晉同地，均在實沈所主參星之西。

〔攘狄威名重〕春秋時，狄人勢盛，滅衛、滅温、侵周，晉獻公、文公均有攘狄之功。此以晉侯喻晉王棡。明史諸王傳稱晉王棡修目美髯，顧盼有威，多智數。自爲塞王，數命將兵出塞及築城屯田。大將如宋國公馮勝、潁國公傅友德皆受節制。

〔垂昆敬德躋〕「昆」同晜，後嗣也。書仲虺之誥：「垂裕後昆。」猶言垂澤後世。「躋」，登或升也。詩商頌長發：「湯降不遲，聖敬日躋。」猶言德業日增。

〔寵光延白屋〕「寵光」，寵遇與光照，左傳昭公十二年：「寵光之不宣。」「白屋」本爲布衣所居，此處借代布衣之士，漢書蕭望之傳：「恐非周公躬吐握之禮，致白屋之意。」全句嘉晉王棡優禮儒生。

〔惠澤普黔黎〕「黔黎」即黔首或黎民。此句嘉晉王棡恩澤普及百姓。以上八句叙述晉王棡受封建國及其功德。

〔別殿、深宮二句〕「別殿」、「深宮」均指太原晉王宮殿。「傳燧」猶傳烽，古舉火曰烽，燔煙曰燧。晝則燔燧，夜則舉烽，所以傳遞軍情也。「鼙」，軍鼓或騎鼓，禮樂記：「君子聽鼓鼙之聲，則思將帥之臣。」後多以「聽鼙」表聞警。二句蓋襲白居易長恨歌「漁陽鼙鼓動地來，驚破霓裳羽衣曲」之意，叙李自成將攻太原。

〔梯衝、戈旝二句〕「梯衝」，攻城之具，見〔八〕秋山釋。「戈旝」，戈矛旗幟（「旝」音檜，軍中大將之旗）。「玉壁」，地名，在今山西稷山縣南；「銅鞮」，地名，在今山西沁縣，李自成由陝入晉，均經過焉。又「玉壁」亦指殿宇牆壁，銅鞮本晉平公所築宮名，二句用詞雙關，叙李自成進圍晉王宮。

〔井竭龍池水〕原注：「唐六典：玄宗所居隆慶坊宅之東，有井，忽湧爲小池，周袤十數丈，常有雲氣或黃龍出其中。至景龍中，潛復出水，其沼浸廣，里中人悉移居，遂鴻洞爲龍池。」此句喻晉王絕嗣。按：崇禎十六年冬，李自成圍太原陽

曲，次年二月破其城，入據晉王宮，執末代晉王朱求桂，械至北京，後不知所終。自此句以下，先生自記遊晉王府時所見所感。

〔梁空燕壘泥〕「燕壘」，名詞，指燕銜泥所壘之窩。薛道衡昔昔鹽：「户牖懸蛛網（或作「苔壁涎蝸篆」），空梁落燕泥。」此狀人去樓空。

〔囿花游鹿采〕吴越春秋：「將見麋鹿遊姑蘇之臺矣。」此狀園囿荒蕪。

〔山木化鵑啼〕「化鵑啼」參見〔一〕大行哀詩「望帝化」釋。「望帝」本蜀王名，詩云「化鵑」，蓋悲晉王求桂不得其死。

〔國語、賢王二句〕自注：「壁上大書楚語靈王爲章華之台一篇。」「國語」一書相傳爲左丘明作，載周、魯、齊、晉、鄭、楚、吴、越八國事，又名「春秋外傳」，謂其有續春秋之志也。「賢王」指朱求桂。求桂父晉穆王敏淳萬曆三十八年死，求桂嗣焉。

〔定知慈儉理二句〕據上二句及自注，知求桂所書僅國語楚語「靈王爲章華之臺」一篇，此外並無題識，二句蓋據楚語内容而推知。楚語載靈王爲章華之臺（臺在今監利縣西北），左傳昭公七年亦記其事。時大臣伍舉進諫，以爲先王爲臺榭，不奪穡地，不廢時務是謂之「慈」；不匱財用，不煩官業，是謂之「儉」。又老子亦云：「我有三寶，持而保之，一曰慈，二曰儉，……」先生以爲晉王求桂能書楚語，必知愛民以慈，律身以儉。古者大禹以儉稱，商湯以慈稱，故以晉王匹之。

〔玉葉、金刀二句〕「玉葉」指皇室後裔，見〔三〕賦得秋柳釋引六帖。「金刀」本指劉姓，漢書王莽傳：「夫劉之爲字，卯金刀也。」此處借作帝王姓。二句似言晉王子孫已無士流，其存者亦不敢再用朱姓。明代諸王後裔參見〔二〇一〕別中尉存杠、〔三三〕寓中尉敍浵箋釋。

〔那堪梁苑草二句〕「梁苑」，後人沿稱漢梁孝王所築園名，在今河南開封東南。梁孝王即劉武，文帝次子，景帝同母弟。

初立爲代王，後徙梁，卒謚孝。好營宮室苑囿，喜與文士游息。此處以「梁苑」喻晉王府，以梁王尚文比晉王尚文。又楚辭招隱士：「王孫游兮不歸，春草生兮萋萋。」先生遊晉王府時，正當春日，蓋切實也。冒廣生謂「梁苑」指福王，蘧案以常洵實之，未免遐思太過。

【箋】

先生忠于明室，于末代諸王鮮致微辭，非徒哀之，兼爲尊者諱也。此詩于開國晉王棡及失國晉王求桂揄揚尤甚，或者二王畧勝于衡、福諸王乎？然它書記太原圍城時，謂官民乞王毁家紓難，王性吝，不得已輸銀三千兩助軍，已無及矣。

〔一八二〕 贈傅處士山

爲問明王夢，何時到傅巖？臨風吹短笛，劚雪荷長鑱。老去肱頻折，愁深口自緘。相逢江上客，有淚溼青衫。

【釋】

〔解題〕傅山（一六〇六——一六八五）初名鼎臣，字青竹，後改名山，字青主，又字嗇廬，別署公之它，亦曰朱衣道人，太原陽曲人。少受知袁繼咸，重氣節；甲申後，衣朱衣，居土穴養母。天下大定，始稍稍出接賓客，詭習莊列，隱于黄冠。少有異禀，詩文書畫、金石篆刻，無所不工。尤精于醫，家傳有禁方，乃資以自活。一子眉，字壽髦，學行亦肖父，嘗與子共挽父牛車出遊，暮宿逆旅，仍篝燈夜讀，詰旦成誦乃行。後賣藥太原市，先父卒。康熙戊午（一六七八），山年七十有四，徵舉鴻博，固辭以疾，有司舁其床以行。既至都，以死拒，詔免試，授中書舍人，許放歸。舁至午

門，淚涔涔下。掖之謝，仆于地。既歸，不復出，卒，以朱衣黃冠殮。著述傳世者有霜紅龕集，子眉詩亦附焉。生平詳見丁寶銓傅山年譜、全祖望陽曲傅先生事畧及國朝耆獻類徵、國朝先正事畧等。先生今春至太原，首訪青主于松莊(在陽曲城東七八里永祚寺塔之下)，既返舍，乃先賦「巖」韻五律以贈；青主亦于晤言還村途中賦「茄」韻七律一首。于是先生復次青主茄韻二首，青主亦和先生巖韻一首。今五首俱存，可以參證。

〔爲問明王夢二句〕書説命上序：「高宗夢得説，使百工營求諸野，得諸傅巖。」又説命中：「惟説命總百官，乃進于王曰：嗚呼明王！……」「明王」指殷高宗武丁。「傅巖」又作傅險，云在虞、虢之界，讀史方輿紀要謂在山西平陸縣東三十五里，俗名聖人窟。據上引書説命，知高宗先夢得賢臣名「説」，乃使人求之，得諸「傅巖」，因名其人爲「傅説」，命爲相，國大治。此詩起二句用傅説事，蓋切處士之姓及寓處。

〔臨風、劚雪二句〕「劚」同「斸」，斫也。「長鑱」，掘土器，鍬、鍤之類。吹笛、荷鑱皆即事即景，别無寓意，與袁凱杖木笛、杜甫掘黄精不相涉。先生廣師篇云：「蕭然物外，自得天機，吾不如傅青主。」二句似之。

〔折肱句〕左傳定公十三年：「三折肱知爲良醫。」又屈原惜誦：「九折臂而成醫兮。」均謂多次折肱或折臂則熟知醫治折肱(臂)之理。處士精醫，句言其晚年益以醫術自養。

〔緘口句〕孔子家語觀周：「有金人焉，三緘其口而銘其背曰：古之慎言人也。」處士憂國，句言其遵時養晦以避禍。

〔相逢江上客二句〕此追憶處士往事，「江上客」指袁繼咸幕客。袁繼咸(一五九八——一六四六)字季通，號臨侯，袁州宜春人，天啟乙丑(一六二五)進士。爲吏廉能尚氣節，提學山西時，爲巡按御史張孫振誣劾受逮。時傅山爲陽曲縣學諸生，約同學曹良直等詣闕訟冤，得釋。崇禎十六年，繼咸以兵部右侍郎兼右僉都御史，總督九江軍務，能箝制並協和左良玉，敉其兵變。南都既立，明年左兵復東下九江，繼咸迎而折之。會良玉病死，其子夢庚與監軍黄澍降清，繼咸竟被劫北去。在道自縊不死，絶粒八日不死，丙戌六月被殺于燕京之菜市。明史有傳。繼咸在燕京難中寄書傅

山曰：「晉士惟門下知我深，蓋棺不遠，斷不敢負知己，使異日羞稱友生也。」山得書痛哭曰：「公乎，吾亦安敢負公哉！」傅山此前曾南游，「江上客」及「溼青衫」俱用白居易琵琶行語。

【箋】

傅山和章復惠佳什再和賜韻云：「好音無一字，文彩會賁巖。正選高松坐，全忘小草鑱。天涯之子對，真氣不吾緘。祕讀朝陵記，臣躬汗浹衫。」按：先生原贈，句句切人切事；處士和章，不免浮泛湊合，惟「朝陵記」係指先生南北謁陵之作，不可移易他人。

〔一八三〕又酬傅處士次韻二首

清切頻吹越石笳，窮愁猶駕阮生車。時當漢臘遺臣祭，義激韓讎舊相家。陵闕生哀回夕照，河山垂淚發春花。相將便是天涯侶，不用虛乘犯斗槎。

【釋】

〔解題〕「又酬傅處士」，謂已贈五律，此又酬處士七律也。「次韻」，謂賡和處士原韻。處士原韻晤言寧人先生還村途中歎息有詩云：「河山文物卷胡笳，落落黃塵載五車。方外不嫻新世界，眼中偏認舊年家。乍驚白羽丹楊策，徐領雕胡玉樹花。詩詠十朋江萬里，閣吾儋筆似枯槎。」

〔清切頻吹越石笳〕劉琨（二七〇——三一八）字越石，中山人。西晉末，以大將軍都督并、冀、幽三州諸軍事。晉室南渡，琨仍堅守并州，與石勒、劉曜對抗。後兵敗，投段匹磾，因反間被害。晉書本傳載琨在晉陽（太原）嘗爲胡騎所圍，乃乘月登樓清嘯，中夜奏胡笳，曉復吹之，聞者淚落，賊棄圍而走。按：傅處士太原人，善笛，見前首五律「臨風吹

短笛」句，笳、笛均管樂，故以笳喻。

〔窮愁猶駕阮生車〕「阮生」卽阮籍。籍處魏晉易代之際，忠于魏而莫能救之，每借酒狂以自晦。嘗率意獨駕，不由徑路，車轍所窮則慟哭而返。參見〔四〇〕將遠行作「所之若窮途」釋。籍事另見〔九三〕常熟歸生晟陳生芳績書來「步兵」釋。傅處士出遊，子眉與孫嘗共挽車，見前首解題。

〔時當漢臘遺臣祭〕事見〔一三〕陳生芳績兩尊人先後卽世「祭禰不從王氏臘」句釋。此以漢遺臣陳咸喻處士。

〔義激韓讎舊相家〕張良爲韓報仇事，見〔一〇〕秦皇行「博浪沙」句釋及〔五三〕贈于副將元凱「君看張子房」釋。張良五世相韓，故用「舊相家」三字。此句以張良泛擬處士，不必另含深意，遽案疑「義激」事亦指袁繼咸，未免索隱太過，處士忠貞豈繼咸一人激成？且繼咸官階去「舊相」尚遠也。觀上句「時當」、「遺臣」俱無深意，則知此句亦不過就事用事。

〔陵闕、河山二句〕似自說南北二京謁陵感受，爲引出末聯設意。

〔相將、不用二句〕「相將」猶相攜、相隨，潛夫論救邊：「相將詣闕，諧辭禮謝。」「天涯侶」切下句「犯斗」，暗指同泛天河之侶，與尋常之侶不同。相傳天河與海通。有人居海渚，見年年八月有浮槎竹木筏來去不失期，乃立飛閣于槎上，多齎糧，乘槎而去。十餘月至一處，有城郭狀，屋舍甚嚴。遥望宮中多織婦，見一丈夫牽牛渚次飲之。此人問此是何處？答曰：「君還至蜀郡，訪嚴君平則知之。」後至蜀問君平，曰：「某年月日，有客星犯牽牛宿。」計其年月，正是此人到天河時也。事見張華博物志三。杜甫秋興八首之二：「奉使虛隨八月槎。」乃借「八月槎」以喻秋日歸長安，先生易「八月」爲「犯斗」（用宋之問詩「星無犯斗槎」），暗示乘槎將有所犯，實寓勸阻處士謁陵之意，參見後箋。

愁聽關塞徧吹笳，不見中原有戰車。三户已亡熊繹國，一成猶啟少康家。蒼龍日暮還行雨，老樹春深更著花。待得漢廷明詔近，五湖同覓釣魚槎。

【釋】

〔愁聽關塞徧吹笳二句〕言身居關塞（太原）雖聞笳聲，然南望中原已無戰報。二句蓋悲明祚已經中斷。

〔三户已亡熊繹國〕「三户」見〔一〇五〕王徵君潢具舟城西「楚雖三户存」釋。「熊繹」，周成王時人，芈姓，成王封以子男之田，居丹楊（楊亦作陽，今湖北秭歸東），爲楚立國之始。此句承上「不見中原有戰車」之意，暫認楚已爲秦所滅。

〔一成猶啟少康家〕原注：「楚辭離騷：及少康之未家兮。」「少康」事見〔一〕大行哀詩「羣心望有仍」釋。此句「猶啟」與上句「已亡」爲轉折流水對，終認少康可望中興。

〔蒼龍日暮還行雨〕「蒼龍」與「白虎」對言，本指東方七宿，此句借「蒼」對「老」。「行雨」猶施雨、布雨，出宋玉高唐賦：「旦爲行雲，暮爲行雨。」而義不同。龍而「行雨」，出自道藏，如大雲請雨經俱言龍有興雲致雨之功。先生采其説而增「日暮」二字，言老龍雖至日暮猶有行雨之功，可與〔一七三〕五十初度「遠路不須愁日暮」句對照。

〔老樹春深更著花〕「著」乃附著之著，著色之著，「著花」謂在花軸之上再生花也。故「著花」與「開花」畧異，實即易大過「枯楊生稊」之意。先生復益「春深」二字，言老樹雖至春將盡時猶能再花也。

〔待得漢廷明詔近二句〕此用嚴光與光武帝故事。嚴光字子陵，會稽餘姚人。少與光武帝同學。及光武中興，屢下詔徵光，不赴；遣使聘之，至而不受官。退隱于富春江，後人名其釣處爲「嚴陵瀨」或「嚴陵釣臺」。事見後漢書隱逸傳。「五湖」此指太湖，見〔三七〕偶來「湖上」釋。

【箋】

先生前贈處士五律，猶替人畫像，全從處士著筆。酬此二律時，已讀處士所和五律及原作七律，兩心相照，故多合説，尤以中腹二聯切人切己，似爲二老同日説法。相傳傅青主本志士而兼游俠，曾共先生鳩貲墾荒于雁北；章炳麟書顧亭林軼事（太炎文録續編卷六）至謂先生創會黨，設票號均與青主共之。事雖荒誕不經，然視先生與處士爲同志則

一也。今讀二律，尤信。

又，處士和先生五律云：「祕讀朝陵記，臣躬汗浹衫。」想見先生與處士晤言時，必曾告以在京謁陵及所作謁陵詩諸事，處士聞言感極「汗衫」，遂欲「相將」先生一了謁陵之願。先生所酬七律首章先有「陵闕生哀」、「河山垂淚」之歎，然先生本年無意返京，故終以「相將便是」、「不用虛乘」二句回報。先生和韻無斧斲痕，于此可見。

〔一八四〕陸貢士來復述昔年代許舍人曦草疏攻鄭鄤事

雒蜀交爭黨禍深，宵人何意附東林。然犀久荷先皇燭，射隼能忘俠士心？梅福佯狂名字改，子山流落鬢毛侵。愁來忽遇同方友，相對支牀共越吟。

【釋】

〔解題〕鄭鄤字謙止，號峚（音義通「密」）陽，武進人。天啟二年壬戌（一六二二）進士，改庶吉士，有直諫聲，與文震孟、黃道周爲友。崇禎八年乙亥（一六三五）爲首輔溫體仁所搆，以杖母不孝罪下錦衣獄，同里許曦上疏證實其罪。在獄四年，己卯（一六三九）八月磔于市。許曦（曦亦作爔）其人無傳，據北畧，亦武進人。本係落魄生員，無聊至京，會武英殿考中書，許以同學之助，得取，每月支俸米一石，猶未提授實職，非官而似官之流也。按：「中書舍人」本官名，歷代職權不一，明内閣有中書科，置「舍人」二十員，繕寫文書而已，實近吏職，先生直呼爲「許舍人曦」，蓋蓄意尊之也。「陸貢士來復」下僅有自注「武進人」三字，其人亦無考，北畧但云「主計者代（曦）爲草疏」，未言代者之名，今據先生詩，始知爲陸來復也。

〔雒蜀交爭黨禍深〕宋元祐（一〇八六——一〇九三）時，高太后秉政，重用舊黨，盡除新黨。然新黨雖去，舊黨亦裂而

爲三：「雒黨」以程頤、賈易爲首，「蜀黨」以蘇軾、呂陶爲首，「朔黨」以劉摯爲首。三黨互攻，勢同水火。此句以「宋」比「明」，明季朝廷士大夫亦分黨。先是萬曆末，顧憲成、高攀龍等講學無錫東林書院，評議朝政，忌者遂目爲「東林黨」。時朝臣中尚有「宣黨」、「崑黨」，臺諫中又分齊、楚、浙三黨，共排東林。

〔宵人何意附東林〕「宵人」即小人，史記三王世家廣陵王策：「毋侗好軼，毋邇宵人。」此句指鄭鄤。「何意附」，它本亦作「依附半」，二義畧異：用「何」字，誅心之問；用「半」字，謂依附之多。按：鄭鄤自入仕至被刑戮，俱與東林領袖往還，本東林中人，非依附也。黄宗羲鄭峚陽先生墓表云：「文文肅（即文震孟，東林領袖）以朝講建言，刺及宫奴客、魏，疏上留中。公（指鄤）諫留中非制，與文肅皆降二級調任。」此鄤初仕之時也。表又云：「丁卯，削籍爲民；逆閹伏誅，原官起用。」此證鄤與魏閹之不兩立也。又云：「崇禎乙亥，入京待補。時温體仁當國，媢嫉異己，既排文肅去之，以公爲文肅所援必爲己患，遂……特疏參公。」此言鄤之致禍亦由東林也。表復舉黄石齋（道周）、劉念臺（宗周）救援之狀，益證鄤與東林交遊有終始也。宗羲兩世東林，所言如此，可信鄤爲真東林，安得謂「宵人依附」？況阮大鋮等所撰東林點將録尚載有「白面郎君鄭鄤」之名哉！

〔然犀久荷先皇燭〕「然」即燃；「然犀」謂燃犀角以照妖。晉書温嶠傳：「至牛渚磯（即采石磯），水深不可測，世云其下多怪物，嶠遂燬犀角而照之。須臾見水族覆火，奇形異狀。」「荷」，本字去聲，蒙受也。「先皇」，此指明思宗。「燭」，名詞，寓明察之意，見韓非子外儲説所載「郢書燕説」故事：「舉燭者，尚明也。」按：天啟七年（一六二七）八月熹宗死，弟由檢（即思宗）嗣。十一月，逮治魏忠賢。十二月，誅客氏及客、魏之黨。崇禎元年（一六二八）贈卹天啟朝被難諸人，詔定魏忠賢逆案。思宗初即位時，燃犀燭姦，加惠東林，先生往往稱之（如〔一〕大行哀詩「紫蜺迎劍滅」句）。然此句似指鄭鄤事。方温體仁疏糾鄭鄤杖母時，思宗覽疏即赫然震怒，下鄤于錦衣獄。指揮吴孟明謂按律忤逆惟父母告乃坐，今鄤父母皆亡，事隔數十年前，故不肯定讞，且疏求釋放。思宗則以爲杖母逆倫，干憲非輕，因嚴責吴孟

明不能治獄，革任。于是鄤在獄四年，無人敢爲之理。據先生詩意，「宵人」鄭鄤在獄四年，終焉伏法，皆先皇久燭其姦故也。

〔射隼能忘俠士心〕此用易解卦隱括陸來復代疏攻鄭鄤事。易解卦：「其來復，吉，乃得中也。」又：「上六，公用射隼于高墉之上，獲之，無不利。」「來復」二字寓「俠士」之名；「隼」，鷙鳥也，喻「宵人」鄭鄤。「能」乃「詎能」，反詰詞。

〔梅福、子山二句〕均先生自喻。「梅福」見〔五九〕贈萬壽祺「吳市卒」釋。「子山」，庾信字。原注：「庾信哀江南賦：年始二毛，即逢喪亂。」「二毛」指斑白之鬢髮。按：庾信（五一三——五八一）初仕南朝梁，奉使西魏，被留不放還。西魏亡，又仕北周。身雖在北，仍眷念南朝。

〔同方〕猶同道、同志，參見〔一〇〇〕贈潘節士檉章釋。然此處兼有同地、同鄉之義（先生與陸鄰郡），以應下句「共越吟」三字。

〔越吟〕越人莊舄仕楚執珪，有頃而病。楚王曰：「舄故越之鄙細人也。今仕楚執珪，富貴矣，亦思越不？」中謝對曰：「凡人之思故，在其病也。彼思越則越聲，不思越則楚聲。」使人往聽之，猶尚越聲。見史記張儀列傳。後沿指「越吟」爲久遊不忘故鄉。王粲登樓賦：「莊舄顯而越吟。」

【箋】

崇禎中，奸相溫體仁疏糾東林黨人鄭鄤杖母不孝罪，獄四年不決；及決，論磔。其時輿論不一，至明亡猶存爭議。先生作此詩時，上距鄭鄤寃死已二十五年。詩中斥鄭鄤爲「宵人」，尊代疏者爲「俠士」，至比其事如「然犀」、「射隼」，足知先生嫉惡之深。然鄤既因杖母得罪，先生不此之責，獨責其「依附東林」，則進退失據矣。黃宗羲兩世東林，于三朝士夫孰爲東林，孰爲依附，知之最稔。所撰鄭峚陽先生墓表力證鄤爲東林，且明言：「時溫體仁當國，媢嫉異己，既排文肅去之，以公爲文肅所援，必爲己患，遂以惑父披薙，迫父杖母，特疏參公。下于刑部獄，屬司寇殺之，司寇不可；改入

錦衣獄，金吾亦不敢承。體仁乃使其門人主之。黄石齋先生召對，以爲衆惡必察；劉念臺先生亦疏言杖母之獄不可以無告坐。體仁之黨募公同鄉之市儈以證之。己卯八月，擬辟；上命加等，公遂死于西市。從來縉紳受禍之慘，未有如公者也。」先生既不信鄭鄤之爲東林，則當深責鄤之杖母，然詩與題均未涉及其事，是真確信其逆倫不孝矣。然據烈皇小識云：「鄤父振先私寵一婢，爲嫡吴氏（卽鄤母）所虐，振先與子謀，假乩仙以怵之。吴氏懼，甚願受杖，卽令此婢行杖，鄤不禁失笑。吴大怒，訴三黨。」又據陸繼輅合肥學舍札記則曰：「鄤以孝聞于鄉里。初，鄭太公有妾頗擅寵，而鄭太夫人奇妒，素信二氏之教，太公因假扶乩之術，爲神言責數之，且命與杖。鄤方少，叩頭涕泣請代，贖母罪。」二書雖傳聞異辭，然所謂「杖母」，充其極，不過鄤父假乩仙以杖悍婦，與婦之子固無涉也。繼輅字祁孫，嘉慶舉人，亦武進人，其辯鄤之死曰：「通籍後，屢以直言忤烏程（温體仁，烏程人），烏程思中傷之，謀于中書舍人許某。許某者，亦武進人也。誣奏鄤杖母大逆不孝，而鄤弟號「四將軍」者，受許賂，證成之。鄤不忍自明以顯二親之過，遂論死。劉宗周、黄道周先後上疏申救甚力，爲烏程所持，竟棄市。」繼輅之文似兼爲先生此詩而發，曰：「此事我鄉少長皆知之。偶閲顧亭林詩，乃斥爲宵人，而深許許爲義俠，又稱代許草疏之陸貢士某者爲同方之友。亭林，君子也，其言將爲百世所信，特申辨之。」蘧案又引楊狷庵峚陽公寃案傳信録序云：「訟峚陽之寃者多矣，如黄石齋、劉念臺、黄黎洲諸公，此主持清議之得中者也。博古通今如顧寧人亦誤聽人言，作詩譏刺。」因知先生此詩不符事實，不愜人心，旁覩者多知之。先生〔二〇〇〕贈潘節士檉章詩曰：「三案多是非，反覆同一轍。始終爲門户，竟與國俱滅。」又記與孝感熊先生語（殘稿卷二）曰：「數十年以來門户分爭，元黄交戰，嘖有煩言，至今未已。」在先生本無門户，然「射隼」者未必無門户；先生惡附東林，然「射隼」者必非東林！鄤父寵妾杖妻事已三十年，始經温體仁疏奏；又四年，許、陸證成之。計鄤父杖妻時，許、陸尚在孩提，其證安可置信？且許某市儈無文，艱于自疏，陸某竊而代之。當時迫于公論，陸某不敢以此自炫，必俟國亡家破二十餘年後，始于異鄉沾沾述之，其飾己誣人本不足怪；獨怪先生愛東林、惡不孝，竟爲小人所乘，孟子謂「君子可欺之以

其方」，先生近之。

〔一八五〕　詠史

永嘉一蒙塵，中原遂翻覆。名孤石勒誅，觸眇苻生戮。哀哉周漢人，離此干戈毒。去去王子年，獨向深巖宿。

【釋】

〔解題〕原鈔本題作「聞湖州史獄」。按：湖州史獄即康熙二年之莊廷鑨明史案，實爲清代大型文字獄之始。當時官書所載，語多污蔑不實；時人筆記僅存大端，惟先生書吳潘二子事（文集卷五）得之于親知，斷之以史筆，詳覈可據，特摘録之：「……會湖州莊氏難作。莊名廷鑨，目雙盲，不甚通曉古今，以史遷有『左丘失明，乃著國語』之説，奮欲著書。其居鄰故閣輔朱公國楨家。朱公嘗取國事及公卿誌狀疏草命胥鈔録，凡數十帙，未成書而卒。廷鑨得之，則招致賓客，日夜編輯爲明書，書冗雜不足道也。廷鑨死，無子，家貲可萬金。其父胤城流涕曰：『吾三子皆已析産，獨仲子死無後，吾哀其志，當先刻其書，而後爲之置嗣。』遂梓行之。慕吳（炎）、潘（檉章）盛名，引以爲重，列諸參閲姓名中。書凡百餘帙，頗有忌諱語，本前人詆斥之辭未經删削者。莊氏既巨富，浙人得其書，往往持而恐嚇之，得所欲以去。歸安令吳之榮者，以贓繫獄，遇赦得出。有吏教之買此書恐嚇莊氏，莊氏欲應之，或曰：『踵此而來，盡子之財不足以給，不如以一訟絶之。』遂謝之榮。之榮告諸大吏，大吏右莊氏，不直之榮；之榮入京師，摘忌諱語密奏之。四大臣大怒，遣官至杭，執莊生之父及其兄廷鉞及弟姪等。並列名于書者十八人皆論死。其刻書、鬻書、並知府、推官之不發覺者亦坐之。發廷鑨之墓，焚其骨，籍沒其家産。所殺七十餘人，而吳、潘二子與其難。……方莊生作書時，屬

客延余一至其家，余薄其人不學，竟去，以是不列名，獲免于難。」

〔永嘉一蒙塵二句〕「永嘉」，西晉懷帝年號（三〇七——三一二）。時八王與五胡已交亂，永嘉五年三月，東海王越死，石勒追其喪至苦縣，殺晉王、公、官、兵十餘萬，八王之亂畢。六月，劉曜攻洛陽，懷帝欲棄洛陽奔長安，爲曜兵所執，獻俘劉聰。聰遷帝于平陽，封平阿公。又二年，聰宴羣臣，命帝著青衣行酒，遂被殺害。「蒙塵」，專指天子蒙難出奔，左傳僖公二十四年：「天子蒙塵于外，敢不奔問官守？」「遂」，原鈔本作「遽」。「翻覆」，謂中原自此大亂，無復綱紀也。懷帝既死，愍帝繼位長安，中原之地先歸劉聰；愍帝被害，元帝繼位建康，是爲東晉。北方前、後趙爭立，中原益亂。

〔名弧石勒誅〕「弧」，原鈔本作「胡」。時羯族首領石勒建國後趙（三一九——三五〇），法令甚嚴，諱「胡」尤峻。凡名「胡」之物皆易名，如胡餅曰麻餅，胡豆曰國豆，胡荽曰香荽。犯之者必誅。參見後趙録。

〔觸眇苻生戮〕氐族建國前秦（三五一——三九四），其主苻生幼而無賴，生瞎一目。兒時祖洪戲之曰：「吾聞瞎兒一淚，信乎？」生怒，引佩刀自刺出血，曰：「此亦一淚也。」父健卒，嗣位，荒誕淫虐，殺戮無辜。自以眇目，故諱殘、缺、偏、隻、少、無、不具之類詞語，凡觸犯者，死無赦。見晉書本傳及前秦録。按：以「胡」、「眇」等文字罪人，猶清朝之忌「夷」、「虜」，故以爲喻。不然，明太祖所諱尤多，何不舉而出之？

〔周漢人〕指漢族人民，見〔一八〇〕書女媧廟「以續周漢」釋。

〔離〕音義通「罹」，遭受也。

〔去去王子年二句〕王嘉字子年，隴西安陽人。後趙末年，隱居長安南山。清虛服氣，聰睿内明，言未然之事，辭如讖記，事過皆驗。今傳拾遺記，舊署「王嘉作」，蓋有由也。然不與世人交，鑿巖穴以居，秦苻堅累徵不起。晉書藝術有傳。「去去」猶行行，促人速去也。王子年生于後趙、前秦之際，與羯、氐建國同時，故取譬戒人勿仕異族，歸隱巖穴。

又按:姚萇破秦入長安,子年仍見殺。士生異族鐵蹄之下,終不得免。

【箋】

大凡借古諷時之作,每以「詠史」爲題以避文網,古人詩集往往可見。先生此詩原題爲聞湖州史獄,作于本年春初,刺清諷時之旨甚明。先生詩集及身未刊,僅留鈔本,故不須諱改題目。一旦刊行,便須避諱。潘刻本共有「詠史」二題(另一在卷五,原題王良),皆此類也。

〔一八六〕李克用墓

唐綱既不振,國姓賜沙陀。遂據晉陽宫,表裏收山河。朱溫一篡弑,發憤横瑚戈。雖報上源讐,大義良不磨。竟得掃京雒,九廟仍登歌。伶官隕莊宗,愛壻亡從珂。傳祚頗不長,功名誠足多。我來雁門郡,遺冢高嵯峨。寺中設王像,緋袍熊皮鞾。旁有黄衣人,年少神磊砢。想見三垂岡,百年淚滂沱。敵人亦太息,如此孺子何!千載賜姓人,流汗難重過。

【釋】

〔解題〕李克用(八五六——九〇八)别號鵶(鴉)兒,眇一目,人呼「獨眼龍」,唐末西突厥沙陀族人。祖朱邪執宜,元和初款塞歸唐,累拜金吾將軍。父朱邪赤心以平龐勳功,始受唐國姓,賜名(李)國昌,由大同軍節度使遷代北軍節度使。克用少驍勇使氣,與父率沙陀兵破黄巢,復長安,論功第一,授河東節度使,封晉王,居晉陽宫。其人獷悍跋扈,僭、昭兩朝曾兩度兵諫犯闕,逼帝出奔(參見〔一八〇〕書女媧廟「天子數出長安逃」釋),然實忠于唐朝。尤惡朱溫。溫亦忌其能,欲襲殺之,不果。于是長期混戰,搆隙不解。溫既篡唐,淮(楊渥)、蜀(王建)、燕(劉仁恭)、岐(李茂貞)皆擬

自帝，惟晉堅守臣節。既卒，子存勗（八八五——九二六）滅梁，建國亦稱「唐」（史稱後唐），追尊克用爲太祖，謚武。新舊五代史唐紀均載其事。克用墓又稱「晉王墓」，詩題下自注「在代州西八里」，即今山西代縣柏林寺東。清曹溶曾出二碑于土，一爲克用父國昌神道碑，一爲克用弟克讓神道碑，俱載朱彝尊曝書亭集。

〔唐綱、國姓二句〕「綱」，綱之大繩，此處借指維繫國家之總綱。史記淮陰侯傳：「秦之綱絶而維弛。」「國姓」，專指每朝天子之姓。古天子賜臣姓以示褒寵（如堯嘉禹德，賜以姒姓），然不賜國姓，尤不賜異族。今賜沙陀，故曰「唐綱不振」，實諷之也。

〔遂據晉陽宫〕「晉陽宫」，隋大業三年（六〇七）建。十二年，李淵爲太原留守，明年遂據晉陽宫起兵入長安，又明年建唐稱帝。故晉陽宫實爲唐朝發祥之地，尤不宜封異族。詩用「據」字，亦諷也。

〔表裏收山河〕左傳僖公二十八年：「晉子犯曰：戰也！戰而捷，必得諸侯；若其不捷，表裏山河，必無害也。」此言晉國内山（太行山）、外河（黄河），可攻可守，實爲圖王稱霸之地。

〔朱温一篡弑二句〕唐天祐四年（九〇七）四月，朱温篡唐，弑哀帝，自改名「晃」，改國號爲「梁」。「琱」音凋，義同雕，刻也。「琱戈」即刻鏤之戈。國語晉語：「晉惠公令韓簡挑戰，（秦）穆公横琱戈出見使者。」二句言朱温四月篡唐，李克用六月即横戈誓師，與梁軍大戰于澤潞。

〔上源讐〕唐中和四年（八八四）五月黄巢趣汴州，朱温（時已叛巢降唐，賜名全忠，守汴）告急。李克用奉朝命追巢，巢走兗州。于是克用班師過汴，朱温部將館之于上源驛，受命密謀殺克用，克用醉中率從人登尉氏門縋而出，得還營。由是結讐不解。

〔大義良不磨〕此承上句，言克用雖志在報私讐，然立志滅梁存唐之大義終不可磨滅。「良」，副詞，確實，曹丕與吳質書：「古人思秉燭夜游，良有以也。」按：朱温既篡唐，蜀王建遺書李克用「請各帝一方」，克用復書謂「誓于此生靡敢失

節」。天祐五年（九〇八）二月，克用將死，以三矢授子存勗，曰：「梁，吾仇也；燕王吾所立，契丹與吾約爲兄弟，而皆背晉以歸梁。與爾三矢，必報三仇。」

〔竟得掃京雒二句〕「京雒」即洛陽，後唐國都。「九廟」指天子宗廟。古者天子廟七，王莽始增爲九，唐仍之。「登歌」同升歌，大祭時專頌祖德之歌。周禮春官大師：「大祭祀，帥瞽登歌，令奏擊拊。」按：克用子存勗與朱温父子隔河苦戰十餘年，終焉掃清河洛，滅梁建國，復唐稱號。先是存勗既受父三矢，藏之太廟。及討燕劉仁恭，命以少牢告廟，請一矢，盛以錦囊，使親將負之，以爲前驅。凱旋之日，隨俘馘納矢于太廟。其後伐契丹，滅朱梁，亦如之。

〔伶官隕莊宗〕「隕」通殞，死也，使動詞。存勗滅梁稱帝，好勇鬬狠，荒于治國。在位僅四年，伶人郭從謙謀反，存勗中流矢死，廟號莊宗。

〔愛壻亡從珂〕「從珂」即後唐末帝，本係明宗嗣源養子。嗣源另有愛壻石敬瑭，與從珂爭位，引契丹南下滅之，建國後晉。

〔傳祚、功名二句〕後唐僅傳兩代四帝十三年（九二三——九三六），然而滅燕、滅梁、滅前蜀，拒契丹，其功烈遠在後梁、後晉、後漢之上。

〔雁門郡〕雁門置郡始于趙，秦漢因之。歷代治所多變，然轄地均在今山西省北部。隋以後廢郡，詩稱「雁門郡」，係用古地名，實指當時太原府代州。

〔遺冢高嵯峨〕「遺冢」指李克用墓。「嵯峨」，高峻貌，司馬相如上林賦：「崇山巃嵸，崔巍嵯峨。」

〔緋袍熊皮韡〕「緋」，絳色。按唐制，文武官四品服深緋，五品服淺緋，三品以上服紫。克用生封王，薨尊帝，不當服緋，係後人誤飾。「韡」音訛，亦作「鞾」，履之有皮統者，武將御之。隋書禮儀志：「鞾，胡履也。取便于事，施于戎服。」

〔旁有黄衣人二句〕此叙晉王像旁以子存勗陪饗。「黄衣」與黄衫同。唐以黄袍爲天子服，以黄衫爲華貴少年服，「黄衣

人」指少年時之李存勗。「磊砢」狀才氣卓特，與本年霍山詩「磊砢」義異。

〔想見三垂岡二句〕原注：「五代史唐本紀：存勗，克用長子也。初，克用破孟方立于邢州，還軍上黨，置酒三垂岡，伶人奏百年歌，至于衰老之際，聲辭甚悲，坐上皆悽愴。時存勗在側，方五歲，克用慨然捋鬚指而笑曰：『吾行老矣，此奇兒也。後二十年，其能代我戰于此乎？』及克用卒，存勗卽王位。梁人圍潞州，王乃出兵趣上黨，行至三垂岡，歎曰：『此先王置酒處也。』會天大霧，晝暝，兵行霧中，攻其夾城，破之。梁軍大敗，凱旋告廟。」「三垂岡」卽三垂山，在今山西長治。「百年歌」，樂曲名，由陸機百年詩引出，記人生自幼（十歲）至老（百二十歲）之經歷。

〔敵人亦太息二句〕三垂岡戰敗，朱溫懼而歎曰：「生子當如是，李氏不亡矣。若吾諸子乃豚犬耳。」

〔千載賜姓人二句〕此諷鄭成功父子也。鄭成功，本名森，唐王聿鍵賜姓名爲朱成功，當時俱尊爲「國姓爺」。去年五月，成功卒于臺灣，子經嗣王位，仍奉永曆正朔。「流汗」，慚愧甚貌。「重過」謂重過李克用墓也。

【箋】

詩末二句，所謂「卒章顯志」是也。詩以「賜姓」起，故以「賜姓」結，使無此結句，則全詩不過尋常弔古之作，先生未必爲之。克用本沙陀族，受賜國姓，乃唐綱解紐之象，本不足取。然父子堅守臣節，滅梁存唐，雖郭子儀、李晟何以遠過？成功乃炎黃子孫，受唐王賜姓，力反乃父，堅守臣節，抗清十七年，寸土未復，齎志以歿。先生作詩時，其子經仍據臺灣，獨延明朔，成敗利鈍，尚未可知，而結句「流汗」云云，殆春秋責備賢者乎？秋鷹之褒（見〔四六〕賦得秋鷹），江上之貶（見〔一五五〕江上），俱因一時一事而發，此則蓋棺之論，殊失其平矣。

〔一八七〕 五臺山

東臨真定北雲中，盤薄幽并一氣通。欲得寶符山上是，不須參禮化人宮。

【釋】

〔五臺山〕先生五臺山記（文集卷五）云：「五臺山在五臺縣東北一百二十里，西北距繁峙縣一百三十里。」又引華嚴經疏曰：「歲積堅冰，夏仍飛雪，曾無炎暑，故曰清涼。五峯聳出，頂無林木，有如壘土之臺，故曰五臺。」

〔真定〕府名，亦縣名，清代避世宗諱（禛）改稱「正定」，即今河北省正定縣。詩用當時地名。

〔雲中〕唐始置雲州，尋改爲雲中郡，後復稱雲州。明清爲大同府，治今大同。詩用舊名。

〔盤薄〕亦作磐礴，旁薄，聯綿詞，狀氣勢廣大。郭璞江賦：「荆門闕竦而盤礴。」

〔幽、并〕相傳古分天下爲冀、兖、青、徐、揚、荆、豫、梁、雍九州，虞舜時復分冀西恆山之地爲并州，東北醫無閭之地爲幽州。幽、并二州歷代轄地不同，唐時幽州治薊（今河北大興），并州治太原。五代以後不復置，詩用舊名。

〔欲得寶符句〕晉趙簡子（鞅）告諸子曰：「吾藏寶符于常山上，先得者賞。」諸子馳至常山上，求無所得。獨毋卹（即趙襄子）還曰：「已得之矣。」簡子曰：「奏之。」毋卹曰：「從常山上臨代，代可取也。」（見史記趙世家）先生五臺山記引昔人之言，謂「四埵去中臺各一百二十里，東埵爲趙襄子所登，以臨代國。」由此推知，東臺本與常山相連，昔人視爲一山，故襄子所登即五臺山。

〔不須參禮句〕「化人宫」指佛寺。列子周穆王載：「西極之國有化人來，謁王同遊。王執化人之袪騰而上者，中天乃止，暨及化人之宫。」翻譯名義集七謂「周穆王時，文殊、目連來化，穆王從之，即列子所謂化人者是也。」按，此係佛徒曲解列子以坐實佛法東來之早，于是訛傳五臺山爲文殊菩薩示現之地。不知「五臺」之名始見于北齊。又因此山亦名清涼，于是訛傳攝摩騰自天竺來中國即居是山，不知漢明帝圖像之清涼臺本在洛陽。然自經唐宰相王縉張皇其事，五臺之名遂傳播外夷，先生均視爲謬説。此句承上，蓋謂登此山，寶符可得（言此山臨代，代可取也），山中佛寺則不必參禮。

【箋】

先生惡佛與韓昌黎同，然昌黎但惡其亂儒，故斥其説爲異端；先生則惡其亂華，故視其人曰「彼教」。本年辭太原，經代州，登五臺，既撰記，又賦詩，諄諄寄意，猶辨北嶽焉。

〔一八八〕 酬李處士因篤

三晉阸河山，登覽苦不暢。我欲西之秦，潛身睨霸王。一朝得李生，詞壇出飛將。撝呵斗極迴，含吐黄河漲。上論周漢初，規模迭開創。以及文章家，流傳各宗匠。道術病分門，交游畏流宕，朋黨據國中，雌黄恣騰謗。吾道貴大公，片言折邪妄。論事如造車，欲決南轅向。觀人如列鼎，欲察神姦狀。稍存俞咈詞，不害于喁唱。君無曲學阿，我弗當仁讓。更讀詩百篇，陡覺神采壯。先我入深巖，嶔崟破重嶂。高披地絡文，下挈竺乾藏。大氣橐山川，雄風被邊障。泚筆作長歌，臨岐爲余貺。自哂同坎竈，難佐北溟浪。惟此區區懷，頗亦師直諒。竊聞關西士，自昔多風尚。豁達冠古今，然諾堅足仗。如君復幾人，可愜平生望？東還再見君，牀頭倒春釀。

【釋】

〔解題〕李因篤（一六三一——一六九八？）字天生，一字子德，其先山西洪洞人，元時遷陜，遂隸籍富平。幼孤，外祖田時需亦富平人，撫之成立，且授業焉。及長，出陜遊晉，訪求奇傑之士，不得，退而讀書，以朱熹爲宗，精于音訓，善講

易。汪琬與人論師道書，謂「當世未嘗無可師之人，其經學修明者，吾得二人焉，曰顧子寧人、李子天生。」康熙戊午、己未之際，薦舉鴻博，以母老辭，不獲。召試，授檢討，復辭，表三上乃許。後歸養母，不復出。有詩說、春秋說、漢詩音註及受祺堂集三十四卷。先是秀水曹溶以廣東布政謫山西觀察，因篤以故人子相從，遂識馮雲驤兄弟。馮，代州人，因篤初主其家，後遊寓句注、夏屋（代州二山名）者累年。本年先生由太原抵代州，適值五十一歲初度，因篤先「製二十韻以代洗爵」，先生遂賦此酬之。又，因篤哭先生詩有「縞帶曾貽晉」句，自注云：「先生初同曹司農公過鴈門，晤余于陳使君席上。」即今年事也。

〔三晉阸河山二句〕「三晉」本指韓、趙、魏三國，約當今晉豫兩省及冀西南之地，此句僅指今山西省。「阸河山」意謂晉地阻于黃河及太行山，故不能暢遊。

〔我欲西之秦二句〕「之秦」謂往秦也。戰國時，秦據關中，即今陝西之地。「霸王」指稱霸與稱王者（「王」，本字去聲）。禮經解：「義與信、和與仁，霸王之器也。」二句謂歷代據關中者非王即霸，故欲潛身一往窺之。

〔一朝得李生二句〕「飛將」本指李廣（見漢書本傳），此切因篤姓。「詞壇」猶文壇、詩壇，歐陽修答梅聖俞詩：「文會忝予盟，詩壇推子將。」二句謂欲之秦而先得李生，係全詩開合關鍵。以下六句，先論因篤詩文。

〔撝呵、含吐二句〕「撝」，通揮、麾；「撝呵」猶揮斥、呵護。韓愈石鼓歌：「鬼物守護煩撝呵」。「斗極」，斗柄所指。淮南子齊俗：「夫乘舟而惑者，不知東西，見斗極則悟矣。」「含吐」謂一含一吐。二句皆先生自造，極狀因篤才氣。

〔上論周漢初二句〕「上論」同尚論，謂追論也，孟子萬章下：「以友天下之善士爲未足，又尚論古之人。」「規模」同規摹，奠基立制也。二句謂因篤取法乎上，力追周漢。

〔以及文章家二句〕「宗匠」猶宗師。二句謂因篤爲文兼法歷代大家。按：國朝先正事略贊因篤詩，以爲「原本風騷，而以少陵爲宗。」以下六句繼論因篤道術。

〔道術病分門以下六句〕「分門」，分立門户。「流宕」，放蕩而不合中道。後漢書方術傳序：「意者多迷其統，取遺頗偏，甚有雖流宕過誕亦失也。」此言道術不可各立門户，亦不可茫無所歸。「雌黄」本係塗改文書之顏料，故可引申爲竄改（貶義）。晉王衍能言，于意有未安者，輒更易之，時號口中雌黄。見晉書本傳。此斥時人各自爲黨，信口互訐。「吾道」即孔子之道，禮記禮運：「大道之行也，天下爲公。」大公與黨私異，言大公之外，皆邪妄也。按：關中三李，因篤以朱子爲宗，故與先生同，而與李顒異。然俱尊孔孟，不爲門户同異之爭。以下六句贊因篤論事、觀人。

〔論事如造車二句〕「造車」，此處專指造指南車。相傳黄帝與蚩尤戰，蚩尤善作霧，黄帝造指南車以定方向。一説周初越裳氏來朝，周公造指南車導其歸路。二句謂論事必有指歸。

〔觀人如列鼎二句〕左傳宣公三年：「昔夏之方有德也，……鑄鼎象物，萬物而爲之備，使民知神姦。」「姦」通奸；「神姦」，沿指巧于爲奸者。鼎有九而並陳，故稱「列鼎」；列鼎所象皆魑魅魍魎。二句謂觀人貴在能燭察其奸。

〔稍存、不害二句〕書堯典及舜典，俱以「俞」表允許，以「咈」表不允許。此處「俞咈」合用爲偏義複詞，所偏在咈，指意見相左之言。「于喁」，此唱彼和也，莊子齊物論：「前者唱于，而隨者唱喁。」二句轉折相承，謂即令意見小有不同，同志之人亦不妨互相切磋。

〔君無、我弗二句〕史記轅固生傳：「（公孫弘）側目而視固，固曰：『公孫子務正學以言，無曲學以阿世。』」此轅固生誡公孫弘勿曲解聖人之學以逢迎世俗也。論語衛靈公：「當仁，不讓于師。」謂學者以行仁爲己任，雖師亦無所遜也。二句以「君」、「我」合言，既見同志，亦以互勉。全篇自此以上皆論因篤，以下轉叙友情。

〔更讀詩百篇二句〕「詩百篇」下有自注：「游五臺山諸作。」按：順治十八年（一六六一）早秋，因篤遊五臺山三日，得詩百首，俱載受祺堂詩集。「神采」，精神風采，陳書江總傳：「爾操行殊異，神采英拔，後之知名，當出吾右。」自此以下八句，俱贊因篤遊五臺山詩。

〔嶔崟〕高峻貌，見〔四五〕懷人釋。

〔高披地絡文〕「披」猶披覽。「地絡」猶地脈，後漢書隗囂傳：「分裂郡國，斷截地絡。」注：「絡猶經絡也。」句承上，謂深巖重嶂之上，披覽地絡之文。

〔下挈竺乾藏〕「挈」，鍥刻。「竺乾」指天竺或佛，白居易新昌新居書事：「大抵宗莊叟，私心事竺乾。」（「竺乾」或作胡僧）「藏」，本字去聲，指佛、道經典。句亦承上，謂深巖重嶂之下，刻有佛教經藏。

〔大氣、雄風二句〕均贊詩之詞。「橐」音託，動詞，囊罩之也。「被」亦作動詞，布蓋之也。

〔泚筆作長歌二句〕「泚筆」，以筆蘸墨。「長歌」指因篤所作代洗爵詩。「貺」音況，贈也。時先生已定西行之計，故視該詩爲贈行。

〔自哂、難佐二句〕「坎黿」即坎井之蛙。莊子秋水：「井蛙不可以語于海者，拘于墟也。」言其所居之小。又荀子正論：「淺不可與測深，愚不足與謀知，坎井之黿不可與語東海之樂。」言其所見之小。「北溟」見〔一六六〕元日「鵬翼候扶搖」釋。二句以坎黿自比，以鯤鵬比因篤，係極謙之辭。

〔區區懷〕猶言區區此心，參見〔一五八〕再謁天壽山陵「區區犬馬心」釋。

〔師直諒〕直，正直；諒，信實。論語季氏：「益者三友，……友直、友諒、友多聞。」此言以直諒爲師，則進乎友矣。亦極謙之辭。

〔關西士〕「關西」指函谷關以西，亦稱關右、關中。因篤富平人，關西士也。

〔風尚〕北史崔振傳：「少温厚，有風尚。」按，史稱崔振少有學行，居家孝友，則「風尚」云者，蓋謂學行爲時所尚也。

〔豁達、然諾二句〕「豁達」謂不拘泥而通達。舊唐書高祖紀：「倜儻豁達，任性率真。」「然諾」猶許諾，「然」即「諾」也。史記張耳陳餘傳：「上賢貫高爲人能立然諾。」二句譽關西之士胸襟豁達，然諾足恃。按：潘耒李天生詩集序及國朝先

正事畧均言因篤「爲人豁達慷慨」，其後力脱先生于濟南獄（詳見〔三三〕子德李子聞余在難詩）可證。

〔愜〕亦作「㥦」，音義近「洽」，謂稱心合意也。「愜望」猶愜心、愜懷。

〔東還再見君二句〕「春釀」，春酒也。據詩意，先生原擬今年入關，明春返晉，然再見因篤則在三年之後矣。

【箋】

附李因篤雁門邸中值寧人先生初度製二十韻以代洗爵詩

海内求遺逸，如君氣自豪。名成郎位晚，地闊少微高。已往長孤憤，相逢遽二毛。客身霜露浹，歲事豆籩勞。宿衞惟占斗，晨征遂渡濠。故宫歌黍稷，九廟達焄蒿。入世深肥遯，同羣識勁操。尚懷遊嶽計，不問過江艘。車馬隨書局，乾坤到彩毫。丁年無曠日，乙夜有燃膏。獨樹三吳幟，旁窺兩漢濤。經邦籌利病，好古博風騷。負版悲天塹，班荆慰塞壕。亂離途迴別，今昔首重搔。暑雨留前席，昏鐙對濁醪。落花餘滿袖，逝水各霑袍。白雪吹炎夏，丹經照蟹螯。幽貞恆坦坦，窮達任囂囂。莫訝聲聞闊，曾知寵命褒。紵衣如可賦，堪比吕虔刀。

亭林詩集載酬贈李因篤詩凡八題十一首，先生朋輩得詩之多無出因篤右者。然二人交游之始則俱見此二篇。因篤另有詠懷五百字奉亭林先生詩專志斯會，曰：「班荆雁門邸，傾囊出夙撰。」「慨然弟畜予，札僑風斯踐。」先生〔二六四〕過李子德詩追記其事，亦曰：「憶昔論交日，星霜一紀更。及門初拜母，讓齒忝爲兄。」蓋先生長因篤十八歲，清詩紀事初編謂因篤「欲師事顧炎武，不可，乃爲友。」故二人情如兄弟而義兼師友，相交二十年，先生雖臨終絶筆（見〔三六〕酬李子德二十四韻），猶眷眷以因篤爲念，終不忍以干旟之辱（二十四韵：「自言安款段，何意辱干旟。」）而疏此舊交（二十四韻：「詎驚新寵大，肯與舊交疏？」）也。

〔一八九〕雨中送申公子涵光

十載相逢汾一曲，新詩歷落鳴寒玉。懸甕山前百道泉，臺駘祠下千章木。登車衝雨馬頻嘶，似惜連錢錦障泥。并州城外無行客，且共劉琨聽夜雞。

【釋】

〔解題〕申涵光字和孟，號凫盟，廣平府永年（在今河北省邯鄲市北）人。父佳胤，崇禎四年進士，官至太僕丞，閱馬京畿。李自成破居庸，胤亟入京謁大臣議戰守。城陷，冠帶投井死。涵光博學能文，少以詩名河朔間，與張蓋（字覆輿，永年人）、殷岳（字伯巖，鷄澤人）並稱畿南三才子。自以父死國難，遂絶意仕進。居鄉以理學訓其兩弟，皆知名。仲弟涵煜，字觀仲，康熙舉人。工詩善畫，能寫蘭竹，有集。幼弟涵盼，字隨叔，順治末年進士，官檢討。學詩于長兄，能與並驅，有集，另撰廣平府志。涵光晚年名益高，累薦不就。有故人自京師寄書通問，報以一詩而已。其詩以少陵爲宗，而兼采高、岑、王、孟之長。著有聰山集、荆園小語諸書。先生送韻譜帖子（收入亭林佚文輯補）曰：「申凫盟，名涵光，永年人。太僕公之長子，今庶常隨叔之兄也。太僕公甲申殉國難。」詩題稱涵光爲「公子」，稱殷岳亦「公子」（見〔三三五〕輓殷公子岳），蓋嘉二人能繼父志也。

〔十載相逢句〕疑先生十年前在江南時已與申涵光相識。涵光本與路澤溥兄弟同郡（永年、曲周俱屬廣平府），且係澤濃妻兄，涵光南游或居停路氏家，先生赴吳，路氏或爲之中介也。「汾一曲」此指太原，詩魏風汾沮洳：「彼汾一曲」。按：汾水經陽曲環太原南流，故云。據詩意，二人重逢與送別均在太原。

〔新詩歷落句〕「歷落」，稀疏錯落貌，此狀聲響。水經注河水四：「峯次青松，巖懸赬石，於中歷落有翠柏生焉。」「寒

玉」，古瑟名，以其聲響如冷玉鏘鳴也。二句蓋狀詩音，意猶不足，又益以「懸甕」、「臺駘」二句。

〔懸甕山前百道泉〕懸甕山在太原西，又名龍山，晉水自山竇中出，故多泉瀑。沈佺期奉和春初幸太平公主南莊詩：「竹裏泉聲百道飛。」

〔臺駘祠下千章木〕「駘」音台，「臺駘」乃汾水之神，相傳係少昊金天氏之裔，爲帝顓頊水官。嘗通汾、洮二水，帝嘉之，遂封于汾，後人立祠祀之。主祠在太原南，它如汾州、曲沃沿河各地均設焉。「章」，大材，杜甫遊何將軍山林詩：「千章夏木清。」

〔登車銜雨馬頻嘶〕「銜」，冒犯也，此指馬向，應本題「雨中」二字。

〔似惜連錢錦障泥〕此釋上句「馬頻嘶」三字。「障泥」亦作「鄣泥」、「蔽泥」，馬韉也。下垂馬背兩旁以障泥土，富貴家多以錦爲之。李商隱隋宮詩：「春風舉國裁宮錦，半作障泥半作帆。」「連錢」亦作「連乾」，馬飾也，常與障泥並著。世說新語術解：「王武子（濟）善解馬性。嘗乘一馬，著連錢障泥，前有水，終日不肯渡。王云：此必是惜障泥。使人解去，便徑渡。」晉書王濟傳記此事同，惟「錢」作「乾」。

〔并州〕本古十二州之一，其後所轄益小，治所亦屢遷，唐以後始改（并）州爲（太原）府，治設陽曲，明清仍之。詩用舊州名，實指太原，其舊城晉陽相傳係劉琨所築。

〔且共劉琨聽夜雞〕見〔一七〕贈顧推官「便蹴劉司空」釋。此以祖逖喻涵光，實兼遺老互勉之意。

【箋】

此詩前四句但記相逢，兼讚詩美；後四句始叙送別，寄意良深。各用三韻，看似兩首，然句意宛轉銜接，似斷而續，不可粗心讀過。

〔一九〇〕酬史庶常可程

伊尹適有夏，太公之朝歌，吾儕亦此時，將若蒼生何！跨驢入長安，七貴相經過。不敢飾車馬，資用防其多。豈無取諸人，量足如飲河。顧視世間人，夷清而惠和。丈夫各有志，不用相譏訶。君今寓高都，連山阻巍峩。佳詩遠寄將，建安激餘波。想見蕭寺中，抱膝苦吟哦。古人尚酬言，亦期相切磋。願君無受惠，受惠難負荷；願君無倦遊，倦遊意蹉跎。

【釋】

〔解題〕史可程字赤豹，號蘧庵，河南祥符人，可法同祖弟。崇禎癸未進士，擢庶吉士。李自成入京，可程降；多爾衮入京，可程仍原官。南都立，三法司奏須從逆六等定罪條例，可法請置之理，福王以可法故，赦之，令歸養母，遂居南京，不復仕。亂後流寓宜興，閱四十年而卒，壽七十七。本年可程于太原初交先生，賦贈七絕四首及贈寧人社翁五言十二韻。適先生抵平陽，遂酬以此詩。「庶常」即庶吉士，明置，本書立政「庶常吉士」之意，隸翰林院，選進士工文學書法者任之。先生仍稱可程明官，從福王之赦也。

〔伊尹適有夏〕原注：「書序：伊尹去亳適夏。既醜有夏，復歸于亳。」按：引文出商書汝鳩及汝方序。

〔太公之朝歌〕「朝歌」乃殷紂之都，在今河南淇縣北。齊太公呂望歸周前，曾屠牛于朝歌，見史記齊太公世家索隱。又楚辭惜往日：「呂望屠于朝歌兮。」

〔吾儕、將若二句〕「蒼生」，此指百姓。謝安字安石，東晉陽夏人。少有重名，隱居東山，徵辟不就。時人每相與言：「安石不肯出，將如蒼生何！」見晉書本傳。此承上「伊尹」、「太公」二句，謂湯、文未聘之前，伊、呂俱遊桀、紂之都，今吾

輩所處之時亦若彼；不遊，其奈百姓何。

〔長安〕應上「有夏」、「朝歌」，實指清都北京。

〔七貴相經過〕潘岳西征賦：「窺七貴于漢庭。」文選注謂七貴乃呂、霍、上官、丁、傅、趙、王七姓外戚。李白流夜郎贈辛判官詩：「昔在長安醉花柳，五侯七貴同杯酒。」「相經過」猶言時相過從，亦李白「同杯酒」之意。此處「七貴」泛指當時北京權貴。

〔不敢飾車馬二句〕莊子讓王：「輿馬之飾，憲不忍爲也。」又阮籍詠懷詩：「黃金百鎰盡，資用常苦多。」二句謂雖與權貴交游，然行李力求儉約，不敢逞其資用。

〔豈無取諸人二句〕孟子萬章上：「一介不以與人，一介不以取諸人。」又莊子逍遥遊：「偃鼠飲河，不過滿腹。」滿腹猶言「量足」。二句謂遊京師雖不免受人餽贐，取其適量而已。

〔顧視世間人〕係借句，古樂府隴西行：「顧視世間人，爲樂甚獨殊。」

〔夷清而惠和〕孟子萬章下：「伯夷，聖之清者也。……柳下惠，聖之和者也。」

〔丈夫、不用二句〕「譏訶」猶譏刺，「訶」通呵。二句承上，謂人各有志，或願爲夷清，或願爲惠和，均不必相譏。

〔君今寓高都〕史記周本紀：「蘇代曰：臣能使韓毋徵甲與粟于周，又能爲君得高都。」索隱云：「高都，韓邑。」時可程居絳州（今山西新絳）。

〔連山阻巍峩〕「巍峩」見〔一三八〕京師作釋。此言平陽與絳州爲連山所阻，故下句云「佳詩遠寄」。

〔佳詩遠寄將二句〕「佳詩」指可程自絳州所寄贈寧人社翁詩，起韻爲「儒術方趨賤，吾道竟安如？」結韻爲「乘風寄遠音，振策自躊躇。」詩係五言十二韻，近建安體，故曰「激餘波」。

〔蕭寺〕見〔六三〕贈路舍人澤溥「嶺表多炎風四句」釋。清初文士旅游多僦住僧寺，可程亦然。

〔抱膝苦吟哦〕古人席地而坐，以手抱膝，狀極悠閒，三國志諸葛亮傳注引魏畧：「(亮)每晨夜從容，常抱膝長嘯。」

〔古人尚酬言〕「酬言」猶贈言。荀子非相：「故贈人以言，重于金石珠玉。」史記孔子世家：「富貴者送人以財，仁者送人以言。」此詩末四句即先生之贈言。

〔切磋〕詩魏風淇奧：「有匪君子，如切如磋，如琢如磨。」按：切磋、琢磨本指治玉，借引爲朋友間觀摩互助。

〔負荷〕「荷」，動詞，承擔，唐以後通讀去聲，此處叶韻，當讀平聲，故原注曰：「黄氏日鈔：柳子厚平淮夷雅『威命是荷』，音何，注引左傳昭七年『弗克負荷』，平聲。按後漢書班超傳贊、魏嵇康答二郎詩、晉潘岳河陽縣作、劉琨答盧諶詩，並作平聲。」

〔願君無倦遊二句〕「遊」有游宦、游學、游觀之分：(一)韓非子和氏：「禁游宦之民而顯耕戰之士。」注曰：「不守本業，游散求官者。」(二)同書五蠹：「是故服事者簡其業，而游學者日衆。」此謂周游講學。史記陳丞相世家：「獨與兄伯居。伯常耕田，縱平使游學。」此謂出游求學。(三)王褒聖主得賢臣頌：「今臣僻在西蜀，生于窮巷之中，長于蓬茨之下，無有游觀廣覽之知，顧有至愚極陋之累。」此與後世遊歷、遊覽之義同。「遊」既有以上三義，則「倦遊」之義必歧。如史記司馬相如傳「長卿故倦游」，集解曰：「厭游宦也」；而漢書司馬相如傳則注曰：「言厭倦游學」。故此句「願君無倦遊」，當本「酬言」二字統前後意解之，見後箋。

〔意蹉跎〕「蹉跎」本義爲失足困頓，楚辭九懷：「驥垂兩耳兮，中坂蹉跎。」引申爲失時、失意。「意蹉跎」猶言意志消沈。

【箋】

史可程先降李，後降清，理應爲先生所痛惡，然國變二十年後初識于太原，即有題扇詩相贈(詩已佚)，得可程贈寧人社翁五言十二韻，又酬以此詩；可程載賡一章後，先生與人書又反復念之。誠不知先生于此失節之人究何所取？茲全録可程原贈詩及載賡詩並先生與人書，藉釋本詩，兼論其事。

史可程贈寧人社翁詩（載同志贈言）

儒術方趨賤，吾道竟安如？黎首濛濛動，乾坤豈遂虛。宗傳留一線，羣喙競鳴餘。所以古哲人，皇皇晚著書。客遊與子親，立談愧我疎。淩寒孤出塞，濟汾更需車。玄覽搜星嶽，夙志鄙蟲魚。文字經討論，犂然復皇初。籌時擴大猷，嚼乎管晏除。願弘無猝獲，行邁日勞劬。伊余傷老大，得子心神舒。乘風寄遠音，振策自躊躇。

史可程載賡一章：寧人盟長答余詩云，「願君無受惠，受惠難負荷。願君無倦遊，倦遊意蹉跎。」物老則息，游何可長耶？「受惠難負荷」，君子哉言乎？載賡一章，寄謝寧人，知不我遐棄也。（載同志贈言）

孔説七十二，墨突不至黔。所由塗已廣，利己一何廉。廓然觀天道，陰符教我嚴。受命爲孤蓬，乘風未得淹。飢來四方走，避惠如避鉗。偶至逢人喜，事過心愈阽。束舟向皎日，安得以影潛？幸有同心侶，隱然無苟甜。展卷未及終，汗浹敝衣沾。白藏適當令，羈懷屬惔惔。資世何必多，儉德足自占。跽承仁者贈，拜手想三緘。

先生與人書六：生平所見之友，以窮以老遂至于衰頽者，十居七八。赤豹君子也，久居江東，得無有隕穫之歎乎？昔在澤州得拙詩，深有所感，復書曰：「老則息矣，能無倦哉！」此言非也。夫子「歸與！歸與！」未嘗一日忘天下也。故君子之學，死而後已。（載文集卷四）

先生此詩本係酬章，「酬」者，對原詩作答也。可程原詩深歎儒道之不傳，而又自傷老大，故以「吾道竟安如」起問，以「振策自躊躇」作結，隱然如靈均之「卜居」，不知何去何從也。先生遂本「古人重酬言」之義，以「無受惠」、「無倦遊」二語答之。何謂「無倦遊」？伊尹、太公是也；何謂「無受惠」？取其量足而已。伊尹、太公生乎亂世，不耻遊于桀、紂之都，是誠聖之任者。先生所處之時世同，故不可倦遊，倦遊則意志衰頽，不免隕穫之歎矣。夫既遊矣，豈能不取諸人？然取之必有其道。無故而予取，則予者爲施恩，取者爲受惠，焉有君子而可以受惠哉！乃知先生酬詩本意首在勸遊，因遊而戒受惠，可程不明主次，賡詩首贊「受惠難負荷」爲君子之言，而曰「物老則息，遊何可長」，殊失先生本意。故與

人書不復言受惠，但云「老則息矣，能無倦哉」，此言非也。兼引孔子「歸歟」不忘天下，以證「君子之學，死而後已」。蓋先生國變之後，以遊爲隱，其遊實兼「游觀」與「游學」，故雖窮老而不衰。先生以此期可程，亦猶劉琨之期盧諶，乖心必矣。然先生固嘗稱可程爲「君子」矣，可程果得爲君子乎？推先生之意，可程于甲申數月之間，降李降清，誠失大節，然福王已赦之于前，可程亦自湔于後，其事畧同于倉卒被俘，逼受僞官之王維，而異于貞姦已判，中道失節之吳偉業。詩云：「靡不有初，鮮克有終」，先生觀人，察其終而不保其初，況夷清惠和，各有其志乎？先生亦嘗「去鬚毛」矣（見〔五五〕流轉），亦嘗「客諸侯」矣（見〔一四三〕謁夷齊廟），世何曾以此譏訶哉！可程奉命侍母，久居江東，「飢來四方走，避惡如避鉗。」以窮以老，是其知耻補過必有異于鴻博諸人者，期之爲君子，未必不宜。

〔一九二〕汾州祭吳炎、潘檉章二節士

露下空林百草殘，臨風有慟奠椒蘭。韭溪血化幽泉碧，蒿里魂歸白日寒。一代文章亡左馬，千秋仁義在吳潘。巫招虞殯俱零落，欲訪遺書遠道難。

【釋】

〔解題〕汾州，後魏初置，歷代仍之。明清改州爲府，治設汾陽。潘檉章生平見〔一〇〇〕贈潘節士檉章解題。檉章與吳炎俱死于湖州史獄，見本年〔一八五〕詠史解題。吳炎字赤溟，又字如晦，號媿庵，明亡後更號赤民，吳江人。本明諸生，年二十餘遭國難，隱居教授，以詩文自娛，所擬古賦及今樂府，皆傳誦于時。初遯迹湖州山中，後出而與其伯叔昆季宗漢、宗潛、宗泌等結「逃社」于韭溪，唱和往還。既而不欲以文士自囿，遂與同邑契友潘檉章共撰明史。書未成，湖州莊廷鑨編刻明書難作，炎與檉章因被列名參閱，亦同被難。按：莊氏湖州史獄決于本年五月二十六日，先生初聞知

于太原，已作詠史詩；至汾陽，始知吳潘二節士亦與其難，因于旅舍遥祭。

〔露下空林百草殘〕原注：「楚辭九辯：白露既下百草兮，奄離披此梧楸。」此句明序時令，實喻史獄株連之廣。

〔奠椒蘭〕「奠」，祭也。椒與蘭皆芬香之草，楚辭九歌東皇太乙：「蕙肴蒸兮蘭藉，奠桂酒兮椒漿。」

〔韭溪〕自注：「二子所居。」其地在吳江，見〔一三四〕酬歸戴王潘韭溪聯句見懷解題。

〔血化幽泉碧〕「幽泉」猶黃泉，俗指人死所往處。「碧」，本指青色玉，莊子外物：「萇弘死于蜀，藏其血，三年化爲碧。」

按：萇弘本周大夫，以冤死。此以萇弘喻吳、潘。

〔蒿里〕山名，在泰山南。又古樂府相和曲名，原係輓歌，亦名泰山吟行。

〔一代文章亡左馬〕「左」，左丘明，左傳作者；「馬」，司馬遷，史記作者。此以左、馬比吳、潘，可謂推崇倍至。先生書吳潘二子事亦云：「二子皆高才」，又引二子之言曰：「當成一代史書，以繼遷、固之後。」結云：「其人實史才，非莊生者（指莊廷鑨）流也。」

〔千秋仁義在吳潘〕原注：「宋書孝義傳：王韶之贈潘綜吳逵詩：『仁義伊在？惟吳惟潘。心積純孝，事著艱難。投死如歸，淑問若蘭。』」按：引文巧切二節士之姓。又書吳潘二子事：「當鞫訊時，或有改辭以求脱者，吳子獨慷慨大罵，官不能堪，至拳踢仆地。潘子以有母故，不罵亦不辨。其平居孝友篤厚，以古人自處，則兩人同也。予之適越，過潘子時，余甥徐公肅新狀元及第，潘子規余慎無以甥貴稍貶其節，余謝不敢。二子少予十餘歲，而予視爲畏友，以此也。」

〔巫招、虞殯〕招魂及送葬曲名。原注：「左傳哀公十一年：公孫夏命其徒歌虞殯。」知「虞殯」原係曲名。楚辭招魂：「帝告巫陽曰：有人在下，我欲輔之；魂魄離散，汝筮予之。」此縮「巫陽招魂」四字爲「巫招」，亦借作曲名。

〔欲訪遺書遠道難〕「遺書」指吳潘二子合著之明史記遺稿。戴笠潘力田傳：「……撰述數年，其書既成十之六七，而南潯莊氏史獄起，兩人遂罹慘禍。天下既惜兩人之才，更痛其書之不就，並已就者亦不傳也。」笠與吳、潘爲摯友，且曾

分任該書之撰述，所云其書「不就」亦「不傳」，最爲可信。先生作詩時當不知其事，故止歎遠道難訪耳。

【箋】

本年詠史詩僅抨及湖州史獄，此詩則專悼因史獄株連而死之二節士。湖州史獄不過清代千百樁文字獄之一，斷絞凌遲僅七十二人，較後來戴名世案、查嗣庭案、吕留良案、謝濟世案，以及張熙、曾静諸案多無罪而死者，未爲慘酷。吴、潘二人雖屬株連得禍，然既私撰明史記，已有取死之道，較同時僅因助貲刻書、開肆售書、行路購書以及書手、刻工知情未報而駢首就戮，而籍没徒流，而終身囚繫者，未爲冤枉。故讀先生詩，當據此獄舉一反三，連類而及，然後知清初民族壓迫之甚，與夫文字禁忌之嚴也。

〔一九二〕　寄潘節士之弟耒

筆削千年在，英靈此日淪。猶存太史弟，莫作嗣書人。門户終還汝，男兒獨重身。裁詩無寄處，掩卷一傷神。

【釋】

〔解題〕潘耒（一六四六——一七〇八）字次耕，號稼堂，吴江人，潘節士檉章之弟。檉章被難時，耒年僅十八，承兄遺囑，往投亭林先生，遂終身受業焉。耒在江南，曾先後從徐枋（俟齋）、戴笠（耘野）、王錫闡（寅旭）游，故凡詩文、經史、曆算之學，罔不精通。康熙己未（一六七九）舉博學鴻詞，與同舉之朱彝尊、嚴繩孫稱「江南三布衣」，授檢討，與修明史，充日講起居注官。後爲忌者所中，坐浮躁降調，遂借母憂歸，不復出。耒性孝友，于師門之義尤篤，如經理徐俟齋之喪，刊行亭林先生遺著，均爲時人所稱。晚號止止居士，名其别集曰遂初堂詩文集，以示不忘師教。本年

湖州史獄作，檉章蒙難，先生在汾祭二節士時，知耒尚未受株連，故因屋及烏，作詩寄意。

〔筆削千年在〕「筆削」本作動詞，筆，記也；削，刪也，猶言褒貶。史記孔子世家：「至于爲春秋，筆則筆，削則削，子夏之徒不能贊一辭。」此句「筆」、「削」連用作名詞，意指檉章所著明史記。「千年在」猶云千秋不朽，蓋其時先生尚不知遺書已全失也。

〔英靈此日淪〕「英靈」專指人中精華，隋書李德林傳：江總目送德林曰：「此河朔之英靈也。」（按：德林安平人）又唐殷璠編有河嶽英靈集，録常建至閻防二十四人詩。上二句均自潘節士言，猶云書在人亡。

〔猶存、莫作二句〕左傳襄公二十五年：「（齊）太史書曰：『崔杼弑其君』，崔子殺之。其弟嗣書而死者二人。其弟又書，乃舍之。」參見〔一六七〕杭州「南史筆」釋。二句皆寄耒之言，以下同。

〔門户終還汝〕「門户」猶門庭、門楣，三國志蜀志張裔傳：「（楊）恭早死，……恭之子息長大，（裔）爲之娶婦，買田宅産業，使立門户。」「還汝」猶歸汝。此句意謂潘氏門户（自汝兄逝後）終將歸汝支撑也。先生與潘次耕書（文集卷六）云：「古人于患難之餘而能奮然自立，以亢宗而傳世者，正自不少。足下勉旃！毋怠。」「亢宗傳世」亦近支撑門户之意。

〔男兒獨重身〕「重身」，自愛其身也，其義有二：一曰勿蹈虎尾，一曰勿輕出處。時大案初決，安危莫卜，故但望其明哲保身。

〔裁詩無寄處二句〕「裁詩」，裁牋以賦詩也，李商隱寄韓冬郎兼呈畏之員外詩：「十歲裁詩走馬成。」按：先生于汾州設祭時，檉章已論死于杭，家産籍没，妻子入官，其他人事則尚無確息，故有此二句。據徐枋俟齋集潘母吴太君壽序，知耒此時奉母避難居山中，先生固不知也。

【箋】

先生與潘耒師生之誼多載文集書札，見于詩集者僅六題九首，此其始也。檉章少先生十餘歲，先生嘗視爲「畏友」（見書吴潘二子事），先生長耒三十餘歲，北遊時，耒甫束髮，終以其爲畏友之弟，未敢以門人視之，故此詩但稱「潘節士之弟」。又六年，耒奉兄遺命求師，先生贈詩仍題曰「亡友潘節士之弟耒遠來受學」。迨師弟禮成，始改稱「潘生次耕」，先生于稱謂不苟如此。此詩腹二聯但囑耒以兄爲鑒，勿再蹈覆轍；更盼力撑門户，明哲自保，喁喁絮絮，一若長兄之告幼弟。夫劫後之言，卑之無高，讀之尤覺至情動人。

［一九三］王官谷

士有負盛名，卒以虧大節。咎在見事遲，不能自引決。所以貴知幾，介石稱貞潔。唐至昭宗時，干戈滿天闕。賢人雖發憤，無計匡杌隉。邈矣司空君，保身類明哲。墜笏雒陽墀，歸來卧積雪。視彼六臣流，恥與冠裳列。遺像在山厓，清風動巖穴。堂茀一畝深，壁樹千尋絶。不復見斯人，有懷徒鬱切。

【釋】

〔解題〕王官谷在舊虞鄉縣（今山西永濟縣）東南十里中條山中，旁有天柱、跨鶴諸峯，瀑布、貽溪諸水，懸崖幽壑，風景絶美。舊有漢王官廢壘，故名。唐末司空圖隱居在此，並撰有中條山居記。

〔咎在見事遲二句〕「咎」本義爲災病、罪責，引申爲過失、錯誤。「引決」亦作引訣，意謂下決心。司馬遷報任安書：「此人皆身至王侯將相，聲聞鄰國，及罪至罔加，不能引決自裁，在塵埃之中。……」

〔所以貴知幾二句〕「知幾」謂預知先兆，易繫辭：「知幾其神乎！……幾者動之微，吉之先見者也。君子見幾而作，不俟終日。」「介石」即界石，「貞潔」即貞吉，易繫辭：「易曰：介于石，不終日，貞吉。」以上六句謂士君子于出處之際，當先幾立斷，全其貞潔；稍一遲疑，則虧大節矣。六句道出全詩主旨。

〔唐至昭宗時二句〕「天闕」專指唐朝國都長安，二句亦專言昭宗時長安戰亂。按：昭宗李曄在位十六年（八八九——九〇四），其初承僖宗時黃巢起義之後，天下益亂，諸强藩視天子如棋子，視長安如棋局。乾寧二年（八九五），李克用討李茂貞，進兵長安，昭宗出奔南山；三年，李茂貞攻長安，昭宗出奔華州。天復元年（九〇一），宰相崔胤召朱全忠入長安，宦官韓全誨劫昭宗奔鳳翔；四年，朱全忠殺崔胤，脅昭宗棄長安，遷洛陽。

〔賢人、無計二句〕「杌隉」音勿厄，不安貌，書秦誓：「邦之杌隉，曰由一人。」「匡」，動詞，救正也，詩小雅六月：「王于出征，以匡王國。」二句暗示賢人既無力解救國難，理當知幾引決。

〔邈矣司空君〕「邈」，久遠也，屈原九章懷沙：「湯禹久遠兮，邈而不可慕。」按：司空圖（八三七——九〇八）字表聖，唐河中虞鄉人。咸通十一年（八七〇）進士，累官知制誥、中書舍人、禮部郎中。天下將亂，避居中條山王官谷，作休休亭，號知非耐辱居士。時盜寇所至殘暴，獨不入王官谷，人多依以避難，視同鄭公鄉。朱全忠既篡唐，召爲禮部尚書，不赴；聞哀帝被弑，遂不食卒。圖工詩，平奇濃淡，無體不備。著有詩品、司空表聖集。唐書文苑有傳。

〔保身類明哲〕詩大雅烝民：「既明且哲，以保其身。」

〔墜笏雒陽墀二句〕昭宗被劫遷洛陽，朱全忠以柳璨同中書門下平章事，矯詔司空圖入朝，擬誅天下才望。圖知全忠將篡弑，故以老病辭，陽墜笏于墀，璨乃聽之還。「卧積雪」，喻歸隱也。吳丕績校引曲阜顏氏家藏顧亭林手札，此二句作「放逐歸山阿，閉門卧積雪。」疑係初稿。蓋「墜笏雒陽墀」正承上句「保身類明哲」，恰係「保身」一例；若作「放逐」，則何「明哲」之有？

〔視彼六臣流二句〕天復四年(九〇四)朱全忠弑昭宗,立哀帝。又三年,嗾朝臣逼哀帝禪位。乃以攝中書張文蔚爲册禮使,禮部尚書蘇循副之;以攝侍中楊涉爲押傳國寶使,翰林院張策副之;以御史大夫薛貽矩爲押金寶使,尚書左丞趙光逢副之。率百官備駕詣梁,迎全忠即帝位。歐陽修撰新五代史,特立六臣傳。「冠裳」猶衣冠,士大夫之服,即以二字稱士大夫。二句謂司空君歸隱,耻與六臣同列于冠裳也。

〔遺像在山厓以下四句〕先生自狀游谷時所見。谷中有司空圖祠,祠中有影堂,旁有休休亭諸遺蹟。「堂茆」(茆同茅),覆屋之茅草。

〔鬱切〕鬱之極也。

【箋】

司空圖傳,新舊唐書均入「文苑」,其論詩分二十四品,于文論中别創一格,然先生此俱不叙,獨叙其知幾墜笏,保身自潔,且以「六臣」爲鑒,故此詩主旨已約畧可知。明季士夫負盛名而虧大節者自不乏人,俱在隱刺之列,固不必一一指名而實之也。

〔一九四〕蒲州西門外鐵牛唐時所造以繫浮橋者,今河西徙十餘里矣

唐代浮梁處,遺牛制尚新。一朝移岸谷,千載困風塵。失水黿鼉没,依城鸛雀鄰。應無丞相問,儻與牧童親。世變形容老,年深戰伐頻。無窮懷古意,舍爾適西秦。

【釋】

〔解題〕蒲州,明清府名,治永濟,即今山西省永濟縣,唐時屬河東道治。開元十二年于蒲州開東西門,各造鐵牛四、鐵

人四，其牛下並鐵柱連腹入地尺餘，夾岸以維浮梁。見太平寰宇記。又唐書地理志所載近同。永濟地處河曲，黃河本經城西，後河益西徙，則鐵牛在陸地矣。

〔唐代、遺牛二句〕「梁」，橋也。聯舟而爲橋謂之「浮橋」或「浮梁」。「制」，名詞，指（構造物）形制。此十字實爲一句，重言唐代浮梁處之遺牛形制尚新，以別于移岸谷後之久困風塵也。

〔一朝、千載二句〕「岸谷」即陵谷，見〔六四〕清江浦「陵谷天行變」釋。此處與黃河西徙雙關。「風塵」見〔二五〕推官二子執後釋。「困風塵」兼世變與風沙二事而言。

〔失水黿鼉没〕原注：「竹書紀年：周穆王三十七年伐楚，起師至于九江，叱黿鼉以爲梁。江淹恨賦：方駕黿鼉以爲梁。」按：黿與鼉本係二物（鼈與鰐類），古人以其軀大善游，故擬之爲浮梁。此句即借喻唐時浮橋，意謂河既西徙，浮橋失水亦不復存也。

〔依城鸛雀鄰〕自注：「舊有鸛雀樓在城西南黃河中高阜處，時有鸛雀棲其上，遂名。後爲河流衝没，即城角樓名之，以存其蹟。」按：鸛雀樓建于鐵牛之前，王之渙（六八八——七四二）已有登鸛雀樓詩。據沈括夢溪筆談十五藝文尚言「河中鸛雀樓三層，前瞻中條，下瞰大河。」證北宋時原樓尚在河中，不知何時爲城角樓所代。此句意謂樓既依城，則鐵牛將與鸛雀爲鄰。

〔應無丞相問〕「丞相」指西漢丙吉。吉爲相出行，道逢死傷不問。逢人逐牛，牛喘吐舌，使騎吏問：「逐牛行幾里矣？」人或譏之，吉曰：「民鬭相殺，京兆職所當禁。三公典調和陰陽，方春牛喘，恐寒暑失節，故當問。」見漢書丙吉傳。句用「應無」二字，有諷時意。

〔儻與牧童親〕「儻」，或然之詞，猶今「也許」、「可能」。以上二句，暗切「牛」字。

〔世變形容老〕杜甫冬至詩：「江上形容吾獨老，天涯風俗自相親。」以下四句皆先生自抒。

〔年深戰伐頻〕「年深」謂連年；「戰伐」猶言爭戰攻伐。三國志魏志辛毗傳：「連年戰伐而介胄生蟣蝨。」

〔懷古意〕「懷古」謂追念古昔，張衡東京賦：「望先帝之舊墟，慨長思而懷古。」先生懷古之意當統指鐵牛鑄造以來，蒲州陵谷變遷，戰亂頻仍諸事。

〔舍爾適西秦〕「舍」，棄也。「爾」，此句指鐵牛。原注：「甯戚飯牛歌：吾將舍爾適齊國。」此句言「適西秦」，兼用老子騎青牛過函谷關西遊入秦故事（參見〔一三〇〕前詩意有未盡再賦「有客、相迎二句」釋），時先生正由蒲州渡河經潼關入陝。

【箋】

晉書載索靖有先識遠畧，知天下將亂，指洛陽宫門銅駝歎曰：「會見汝在荆棘中耳。」其後永嘉亂作，劉曜、石勒入洛陽，銅駝果入荆棘。蒲州鐵牛，自唐遞清已近千載，其久困風塵又豈銅駝一旦在荆棘可比？然人皆知洛陽有銅駝，不知蒲州有鐵牛，所處之地使然也。今幸先生表而出之，鐵牛宜不朽矣。

〔一九五〕　潼關

黄河東來日西没，斬華作城高突兀。關中尚可一丸封，奉詔東征苦倉卒。紫髯豈在青城山？白骨未收殽澠間。至今秦人到關哭，淚隨河水無時還。

【釋】

〔解題〕潼關，今縣名，古關名。縣在陝西華陰縣東約四十里；關在縣城東南，東漢末所置，以有潼水而名。詩所詠者關而非縣。關之地古稱桃林之塞；西薄華山，南臨商嶺，北距黄河，東接桃林，向爲秦、晉、豫之要衝，乃歷代兵家必爭

之地。明洪武九年置潼關衞。崇禎末，農民軍李自成部與明朝官兵連戰于此。

〔黄河東來日西没〕此襲王之渙登鸛雀樓詩（樓在潼關對岸蒲州河中，見〔一九四〕蒲州西門外鐵牛釋）「白日依山盡，黄河入海流」句意，借狀潼關形勢。

〔斬華作城高突兀〕史記秦始皇紀贊：「然後斬華爲城，因河爲池。」「斬」，斷也；「華」，華山，猶言斷華山以爲城。明初潼關舊有關城十二里，依山勢曲折爲六門。「突兀」見〔五二〕金壇縣南五里顧龍山釋，此狀關城之高。

〔關中尚可一丸封〕「一丸封」見〔一四五〕望夫石「老謀終惜一丸泥」釋。此句接下，謂關中之地本可委之孫傳庭，以阻農民軍西進。

〔奉詔東征苦倉卒〕「倉卒」見〔二四〕哭楊主事「我慕淩御史」二句釋。此句蓋承上，深惜明廷不當逼孫傳庭倉卒出關東征，致有潼關之敗。孫傳庭（一五九三——一六四三）字伯雅，代州振武衞人。萬曆進士，官吏部主事。天啟中，以魏忠賢亂政，乞歸。崇禎九年擢右僉都御史，巡撫陝西，俘殺農民軍首領高迎祥，屢敗李自成軍，在陝三年，關中告靖。十一年冬，清兵犯京師，本兵楊嗣昌召傳庭率陝西兵入衞，因留其兵守薊。傳庭以爲留陝兵則關中將復墮農民軍手，嗣昌不聽，傳庭乃引疾乞休，嗣昌劾之，下獄三年。十五年正月，再起兵部侍郎，總督陝西。九月，朝命出關討李自成，傳庭上言兵新募，不堪用，帝不聽。十月，傳庭大敗于郟縣（即「柿園之役」），復歸陝，扼潼關以守。自是李自成破襄陽、承天；張獻忠破武昌、衡岳，豫鄂俱失，朝廷震動。十六年五月，命兼督陝、豫、川三省，改稱「督師」，嚴責東征。傳庭頓足歎曰：「奈何乎！吾固知往而不返也！」八月出潼關，轉戰郟縣、襄城、汝州，敗退南陽。李自成空壁追之。一夜官軍北奔四百里，至于孟津，死者四萬餘。傳庭單騎渡河至垣曲，復由閿鄉濟，躍馬大呼歿于陣。十月，李自成遂破潼關，入西安，建國稱王焉。事俱見明史孫傳庭傳。

〔紫髯豈在青城山〕原注：「陸游姚平仲傳：欽宗即位，金人入寇，平仲請出死士斫營，不利，遂乘青騾亡命至青城山上清

宮。留一日，復入大面山，乃解縱所乘騾，得石穴以居。朝廷數下詔物色求之，弗得也。乾道淳熙間始出，至丈人觀道院，自言如此。年八十餘，紫髯鬱然長數尺。」引文出陸著南唐書。按：潼關之役，或妄言傳庭未死而遁，崇禎帝亦疑之，故不予贈蔭。詩用「豈」字，下接「白骨未收」句，蓋斷言傳庭已死。

〔白骨未收殽澠間〕此借蹇叔哭師與秦封殽尸二事痛惜朝廷處事之誤。左傳僖公三十二年：秦穆公欲襲鄭，蹇叔諫不聽。其子與師，遂哭而送之，曰：「晉人禦師必于殽，殽有二陵焉，……必死是間，余收爾骨焉。」又文公三年：「秦伯伐晉，濟河焚舟，取王官及郊，晉人不出。遂自茅津濟，封殽尸而還。」「澠」指澠池，在殽山之東。此句意謂秦人雖敗，終能封殽雪恥，不似潼關之敗，至今白骨尚棄而未收也。

〔秦人〕兼指古秦國之人及今關中之人，詞義極活。

【箋】

詩以「潼關」爲題，雖迭用故事而未嘗顯言孫傳庭潼關之敗，蓋詩貴含蓄，祇于言外見意也，先生詩史大抵類此。

茲摘録先生書故總督兵部尚書孫公清屯疏後（文集卷六）以論其事：

「國家當危亂之日，未嘗無能任事之人，而嘗患于不用；用矣，患不專；用之專且效矣，患于輕徙其官。使之有才不得遂其用，以至于敗，而國隨之，若總督兵部尚書孫公之事，可悲矣！」

起段「用之專且效矣，患于輕徙其官」，係全文主旨所在。

「方崇禎朝，流賊爲秦患且五、六年。天子一旦用公巡撫陝西，于是……關中之賊或斬、或擒、或撫，三年，關中幾無賊矣。」

此言「用之專且效矣」。

「而東邊告急，天子用武陵楊公之言，召公入援，遂用之督師薊州，又移之保定。而公請陛見，不許；因以病辭，且得

罪，下獄。及賊陷襄雒，復出公總督軍務，公至關中而事已不可爲矣。」

此言「患于輕徙其官」。

「使當日用他將統勤王之師，而自陝以西悉委之公，十年而奏其效，則他邊方雖潰敗，而公必能爲國家保有關中，以待天子。且使賊不得關中，必不敢長驅而向闕也。一詔移公，而國之存亡乃判于此。」

此對比「委以關中」與「輕徙其官」之利弊。

「然則天下未嘗無人，而患于不用；又患于用之而徙。用、徙之間無幾何時，而大事已去，此忠臣義士所以追論而流涕者。嗚呼！先帝末年之事可勝歎哉！」

末段呼應起段，即所謂三復斯言。此文作于先生入關之後，殆本詩腹二聯最佳之解釋，先生詩與文往往契合如此。

〔一九六〕華山

四序乘金氣，三峯壓大河。巨靈雄贔屭，白帝儼巍峩。地劣窺天井，雲深拜斗阿。夕嵐開翠巇，初月上青柯。欲摘星辰墮，還虞虎豹訶。正冠朝殿闥，持杖叱羲和。勢扼雙殽壯，功從駟伐多。未歸桃塞馬，終負魯陽戈。山鬼知秦帝，蠻王厲趙佗。出關收楚魏，浮水下江沱。老尚思三輔，愁仍續九歌。唯應王景畧，歲晚一來過。

【釋】

〔華山〕「華」，本字去聲，山名，在今陝西省華陰縣南，亦名太（泰）華山（與西南之少華山對稱），主峯高一九九七公尺，係五嶽中之西嶽。

〔四序乘金氣〕「四序」猶四季。唐玄宗西嶽華山碑銘有「天有四序」，「其行配金」之句。先生今年入關，于序爲秋，于行爲金，于嶽曰西，亦切。

〔三峯壓大河〕華山多峯，故「三峯」所指亦歧。一説爲芙蓉、明星、玉女，一説中爲蓮花、東爲仙人掌、南爲落雁，一説中爲蓮華、東爲仙人掌、西爲巨靈足，……其中芙蓉、蓮花、蓮華俱係中峯異名。杜甫詩謂「諸峯羅列似兒孫」，均指中峯而言。「河」本專名，即今之黄河。漢以後「河」與「江」爲通稱，言今黄河者每加「大」字，句用「大河」，從古也。

〔巨靈雄贔屭〕相傳華山本與河東蒲州首陽爲一山，河神巨靈手劈其山，足踏其下，以通河流。故張衡西京賦曰：「綴以二華，巨靈贔屭。高掌遠蹠，以流河曲。」「二華」即太華與少華。「贔屭」音備丕，作力貌。今傳仙人掌與巨靈足二峯即「高掌」、「遠蹠」之遺。

〔白帝儼巍峩〕「白帝」，此指西方山神，與上句河神巨靈對言。相傳少昊金天氏即白帝，主西嶽。「巍峩」，高峻貌，見〔三八〕京師作釋。以上四句，總述華山氣勢。

〔地劣窺天井〕「地劣」，地勢低陷也。「天井」，華山中路之一段，上下斗絶，纔容人行，紆迴頓折而上，如捫參歷井焉。又，天井亦星名。

〔雲深拜斗阿〕「斗阿」猶斗柄，借對上句「天井」。原注：「華嶽志：青柯坪西有峯插天，名曰北斗坪，蓋毛女拜斗得仙之地也。」

〔夕嵐開翠巘〕「夕嵐」見〔一七三〕古北口釋。「翠巘」，翠色小山峯，謝靈運晚出西射堂詩：「連鄣疊巘崿，青翠杳深沈。」全句謂夕嵐開而翠巘出也。

〔初月上青柯〕「青柯」即原注青柯坪，亦高峯名。「月上青柯」，蓋狀峯之高。

〔欲摘星辰墮〕相傳殷紂有樓名「摘星」，所以狀其高也。故宋楊億詩云：「危樓高百尺，手可摘星辰。不敢高聲語，恐驚

天上神。」

〔還虞虎豹訶〕原注：「楚辭招魂：虎豹九關。」謂虎豹把守天門之九關也。「虞」，憂懼；「訶」，怒呵。此句承上，言本欲登峯摘星，復懼虎豹怒訶。

〔正冠朝殿閫〕「正冠」猶整冠，「殿閫」即殿門、天門。

〔持杖叱羲和〕「持杖」用夸父追日故事，見〔一五三〕秋雨「夸父念西渴」釋。「羲和」，日之御者，屈原離騷：「吾令羲和弭節兮。」王逸注：「羲和，日御也。」自「地劣窺天井」至此八句，由下而上，由夕而晝，極狀華山之高。

〔勢扼雙殽壯〕原注：「謝朓和王著作八公山詩：二別阻漢坻，雙崤望河澳。」按：殽山東接澠池，西北接陝縣，古分東、西二殽，相連三十五里，峻阜絶澗，車不得方軌。句云「勢扼」，就華山而言。

〔功從駟伐多〕禮樂記：「王者功成作樂，……其功大者其樂備。」又：「夾振之而駟伐，盛威于中國也。」注：「駟當作四」，與「雙」字對。此句以周武王自西土東伐商，功成奏「四伐」之樂，以引起下句。

〔未歸桃塞馬〕原注：「水經注：湖水出桃林塞之夸父山。武王伐紂，天下既定，王及嶽瀆，放馬華陽，散牛桃林，即此處也。其中多野馬。」按：武王功成、歸馬放牛，諸書備載，如上句「功從駟伐多」出禮樂記賓牟賈侍坐章，下云：「武王克殷反商，……濟河而西，馬散之華山之陽而弗復乘，牛散之桃林之野而弗復服。」古文尚書武成篇：「歸馬于華山之陽，放牛于桃林之野。」然均無「桃林塞」之稱，原注引水經注，尤切。

〔終負魯陽戈〕「負」，孤負。「魯陽戈」見〔九二〕松江別張處士慤「日爲魯陽驅」釋。按：魯陽（今河南魯山）公與韓戰，韓正在桃塞之外。此句承上，有天下未平，回天無力之感。

〔山鬼知秦帝〕事見〔一〇〕秦皇行「王者不死」以下五句釋及〔一六四〕羌胡引「今年祖龍死」釋。按：山鬼即華山神，持璧遮秦使者正在華陰。此句似詛咒清帝。

〔蠻王屬趙佗〕漢書終軍傳載軍入關（當爲函谷關）棄繻故事。後自請「願受長纓，必羈南越王（趙興）而致之闕下。」既至，南越王願舉國内屬。又史記南越傳載南越王趙佗上書文帝，自稱「蠻夷大長老臣佗」。句用終軍入關棄繻事，蓋切華山；用蠻王趙佗事，隱貶清帝，實則終軍時，南越王已非趙佗也。

〔出關收楚魏〕原注：「史記淮陰侯傳：漢二年，出關收魏，河南韓殷王皆降。」按：「出關」之關亦指函谷關。河南、韓皆楚地。

〔浮水下江沱〕原注：「蘇代傳：蜀地之甲乘船浮于汶，乘夏水而下江，五日而至郢。漢中之甲乘船出于巴，乘夏水而下漢，四日而至五渚。」「沱」音駝，江水支流之統稱，詩召南江有汜：「江有沱。」據原注，此句當云「浮水下江漢」，改用「沱」字以叶韻。詠華山而云「出關」、「浮水」，實所謂「若志在四方，則一出關門亦有建瓴之便」。

〔老尚思三輔〕「三輔」泛指長安附近之地，見〔四〕京口即事釋。此句由華山推想，故用「思」字。以下四句，均由此出。

〔愁仍續九歌〕九歌乃屈原放逐之後作，王逸謂其「上陳事神之敬，下見己之冤結。」説雖不確，然人多信之。故凡宋玉九辯、王褒九懷、劉向九歎、王逸九思等辯、懷、歎、思之作，皆續九歌也。

〔唯應王景畧二句〕原注：「晉書：王猛隱于華陰山，懷佐世之志，希龍顔之主，斂翼待時，候風雲而後動。」按：「景畧」乃王猛（三二五——三七五）字。猛初隱華山，桓温入關，猛被褐謁之，捫蝨談當世務，旁若無人。温請與偕行，不就。後佐前秦苻堅，統一北方，人比之諸葛武侯。猛傳見晉書前秦載記。原注引猛傳「斂翼待時，候風雲而後動。」蓋深知先生係以王猛自喻也。或謂王猛指王弘撰（弘撰字無異，華陰人，吴譜謂先生此行實過訪之），味此句用「應」而不用「因」，似非他指。

【箋】

題詠「華山」，實由華山而華陰，而關中，而放眼天下。先生寄三姪書（文集卷四及殘稿卷三）曰：「華陰綰轂關河之

口，雖足不出户，而能見天下之人，聞天下之事。一旦有警，入山守險，不過十里之遥；若志在四方，則一出關門，亦有建瓴之便。」此先生定居華陰之隱衷也。書寫于十六年之後（康熙己未），詩作于今年入關之初，知草堂之卜，啟心久矣。又朱彝尊謂先生詩「事必精當，詞必古雅。」此篇前半據地理以狀華山形勢，選詞頗古雅；後半據華陰古蹟畧寄隱衷，用事亦精當。

〔一九七〕驪山行

長安東去是驪山，上有高臺下有泉。前有幽王後秦始，覆車在昔良難紀。華清宮殿又何人？至今流恨池中水。君不見天道幽且深，敗亡未必皆荒淫。亦有英君御區宇，終日憂勤思下土。賢妃助内詠雞鳴，節儉躬行邁往古。一朝大運合崩頹，三宮九市横豺虎。玄宗西幸路仍迷，宜臼東遷事還沮。我來驪山中哽咽，四顧徬徨無可語。傷今弔古懷坎軻，嗚呼其奈驪山何！

【箋釋】

〔解題〕驪山在今陝西省臨潼縣東南，與藍田縣之藍田山相連，古驪戎居之，故名。西周幽王末，犬戎入寇，殺王于此山下。秦始皇嘗建閣道至此，死即葬此山。山下有温泉，名華清池，唐玄宗因建華清宮，率楊妃浴于此。原注：「通鑑唐敬宗紀：上欲幸驪山温湯，左僕射李絳、諫議大夫張仲方等屢諫不聽。拾遺張權輿伏紫宸殿下叩頭諫曰：昔周幽王幸驪山爲犬戎所殺，秦始皇葬驪山國亡，玄宗宮驪山而禄山亂，先帝（按指穆宗）幸驪山享年不長。上曰：驪山若此之凶邪？我宜一往以驗彼言。」本題係「行」體而非七古，凡六易韻，「君不見」句共八字。

〔上有高臺下有泉〕「高臺」指驪山上周幽王烽火臺遺蹟。幽王寵褒姒，褒姒不好笑，王百計悦之，仍不笑。乃舉烽火以徵諸侯之兵，諸侯倉皇至而無寇，褒姒遂大笑。後西夷、犬戎入寇，王舉火徵兵，諸侯不至，犬戎遂殺王于驪山之下。「泉」指驪山下華清宫温泉，即楊貴妃出浴處。其泉在貞觀時本名湯泉，開元時改稱温泉，天寶中定名華清池。

〔覆車〕説苑善説篇：「周書曰：前車覆，後車戒。」按：此即「車鑒」一詞之所本，韓詩外傳及荀子成相篇語同，蓋古諺也。

〔亦有英君御區宇〕「英君」，英明之君，此指明思宗。天子治事均稱「御」；「御區宇」與「御宇」同，皆謂坐天下。白居易長恨歌：「漢皇重色思傾國，御宇多年求不得。」自此以下八句，據實以證思宗敗亡不由于荒淫。

〔下土〕自天對地而言，地爲下土。詩邶風日月：「日居月諸，照臨下土。」此處引申爲下土之民。

〔賢妃助内詠雞鳴〕「助内」猶内助，三國志魏文德郭皇后傳：「在昔帝王之治天下，不唯外輔，亦有内助。」「雞鳴」，詩齊風篇名，序曰：「雞鳴，思賢妃也。」此句「賢妃」實指思宗后周氏。周后本蘇州人，徙居大興，初選信王妃；信王（即思宗）嗣帝位，立爲后。史稱其性嚴慎，有賢道，未嘗干政。甲申三月十八日，都城將陷，帝令后自裁，后頓首曰：「妾事陛下十有八年，卒不聽一語，至有今日。」乃撫太子、二王慟哭，遣之出宫，遂入室闔户，先帝縊死。清順治初謚「愍」，明史后妃有傳。

〔節儉躬行邁往古〕「邁」，過也。明史莊烈帝本紀謂帝躬行節儉，以寇亂茹蔬。另見〔一〕大行哀詩「采堊昭王儉」釋。

〔大運〕亦作「天運」。

〔三宫九市横豺虎〕喻北京爲李自成部攻占。「三宫」本指明堂、辟雍、靈臺，張衡東京賦：「乃營三宫，布教頒常。」「九市」本指宫市，漢書東方朔傳：「夫殷作九市之宫而諸侯畔。」漢代兼指京市，班固西都賦：「九市開場，貨别隧分。」據詩意，此句「三宫九市」係泛指北京街市。又庾信哀江南賦：「路交横于豺虎。」

〔玄宗西幸路應迷〕唐天寶十五載（七五六）六月，安禄山命將陷潼關，玄宗自長安西奔入蜀。此句借玄宗西奔喻明思宗

于北京圍城時，擬南奔未果事，見〔一五六〕天津釋。

〔宜臼東遷事還沮〕「宜臼」，周幽王太子。幽王被殺，諸侯奉太子東遷雒邑，是爲東周平王。「沮」，阻止。平王東遷並未受沮，此借喻北京危急時，朝議奉太子南行未果事。先是甲申三月初，左都御史李邦華、户部尚書倪元璐密請擇大臣奉太子南行，而己輔皇上固守。思宗初以爲然，後復疑之曰：「朕方責諸臣以大義，而使太子出，是倡逃也，其謂社稷何！」給事中光時亨遂稱「諸臣奉太子往江南，將欲爲唐肅宗靈武故事乎？」議遂寢。按：「玄宗」、「宜臼」二句，蓋爲西幸、東遷二事俱不成而致惜也。

〔中哽咽〕「中」，名詞，内心也。史記韓安國傳論：「壺遂之深中隱厚。」「哽咽」，因悲歎而喉塞氣結。劉琨扶風歌：「揮手長相謝，哽咽不能言。」

〔懷坎軻〕「懷」，動詞，懷念也。「坎軻」同「坎坷」、「轗軻」，本義爲不平貌，引申爲不得志、不順利。此處用本義，謂追懷之際，爲之不平也。

【箋】

古來亡國之君，或因庸懦，或爲荒淫，未有「英君」而敗亡者。唯此詩關鎖，竟在「敗亡未必皆荒淫」一句，然則思宗果爲「英君」乎？明史莊烈帝紀贊曰：「在位十有七年，不邇聲色，憂勤惕厲，殫心治理。」從來亡國之君未有獲此佳譽者。此非明史一家之言也，明之遺臣莫不同此，先生所譽尤有甚焉。遊驪山而懷先帝，二事看似風馬牛不相及，讀詩末四句，始聞心聲。

〔一九八〕長安

東井應天文，西京自炎漢。都城北斗崇，渭水銀河貫。千門舊宫掖，九市新廛閈。雲生百子

池，風起飛廉觀。呼韓拜殿前，頡利俘橋畔。武將把雕戈，文人弄柔翰。遺迹俱煙蕪，名流亦星散。愁聞赤眉入，再聽漁陽亂。論都念杜篤，去國悲王粲。積雨乍開褰，淒其秋已半。惆悵遠行人，單衣裁至骭。

【釋】

〔長安〕本係漢唐京兆（國都）所在，宋爲陝西路，元改奉元路，明太祖洪武二年（一三六九）改名西安府，轄長安、咸寧、臨潼、渭南、藍田、鄠、盩厔、咸陽、興平、醴泉、高陵、三原、涇陽、富平、同官諸縣，府治設長安（在今西安市境）。旋封次子朱樉爲秦王，築城建府焉。

〔東井應天文〕「東井」，星名，即二十八宿之井宿。「井」在「參」東，故稱「東井」。「應天文」，謂地理與天文相應也。漢志：「漢元年十月，五星聚于東井。」即金、木、水、火、土五星同時並見于一方，又稱「五星聯珠」，乃漢有天下之祥。長安地在東井之分野，漢五年高祖乃由洛陽遷都長安以應之。班固西都賦「仰悟東井之精」，亦指此事。

〔西京自炎漢〕此句承上，言以長安爲「西京」始于漢代。按：唐、五代、北宋均有西京，其地不同，漢之西京則專指長安。又，漢朝按五行相生之説，係以「火德」王，故又稱「炎漢」。

〔都城北斗崇〕言都城象北斗之崇高。三輔黄圖漢長安故城：「城南爲南斗形，北爲北斗形，至今人呼漢京城爲斗城。」

〔渭水銀河貫〕言渭水如銀河之横貫。原注：「史記秦始皇紀：爲複道自阿房渡渭，屬之咸陽，以象天極閣道絶漢抵營室也。」按：「閣道」乃星名，史記天官書：「紫宫後六星絶漢抵營室曰閣道。」「漢」即天上銀河、銀漢，此喻渭水。「絶」，横絶也。「營室」亦星名，即室宿。注文意謂秦始皇由阿房宫（在渭水南）建複道横渡渭水，北接（屬）咸陽，以象天上

之閣道六星横渡銀河，直抵室宿。

〔千門舊宫掖〕「掖」，宫内之旁舍；「宫掖」，泛指皇宫之内。班固西都賦：「張千門而立萬户，順陰陽以開闔。」杜甫哀江頭：「江頭宫殿鎖千門。」

〔九市新壥閈〕「壥閈」泛指市門、里門。鮑照蕪城賦：「壥閈撲地，歌吹沸天。」「九市」見〔一九七〕驪山行「三宫九市」釋。又，班固西都賦「九市」注：「長安立九市，其六市在道西，三市在道東。」

〔雲生百子池〕「百子池」，漢代長安已有，見西京雜記。至唐代，俗呼玄宗故宅隆慶坊之龍池爲「五王百子池」，見長安志。句謂「雲生」，當指唐代龍池（「龍池」見〔一八一〕晉王府「井竭龍池水」釋）。

〔風起飛廉觀〕「觀」亦作「館」。飛廉本係風神，亦神禽名。漢書武帝紀：「作長安飛廉館。」注云：「飛廉，神禽，能致風氣者也。」又三輔黄圖：「飛廉館在上林，武帝元封六年作。」

〔呼韓拜殿前〕「呼韓」指匈奴呼韓邪單于。初立時，爲兄郅支單于所敗，乃從漢求助，朝宣帝于甘泉宫，漢以兵助之歸國。元帝時，陳湯誅郅支，呼韓邪喜，復入朝，願爲漢壻以自親，帝遂以後宫良家子王嬙賜之。此句鈔本蔣山傭詩集作「橋邊拜單于」。

〔頡利俘橋畔〕「頡利」指突厥頡利可汗，本姓阿史那，名咄苾。唐武德時，歲入寇；貞觀中，太宗令李靖討破之。頡利走保鐵山，投沙鉢羅部，李道宗使蘇尼失執之，張寶相受俘以獻京師。據史，頡利無被俘橋畔事。唯唐紀載太宗御順天樓以受俘，然「樓」不得有「畔」也。又，武德九年八月高祖禪位太宗時，突厥頡利、突利二可汗乘機入寇，進至渭水便橋之北，遣其腹心執失思力入見，太宗囚之。且親詣渭上，責頡利負約；頡利請和，遂盟于橋上，然亦未便俘之也。此句鈔本蔣山傭詩集作「闕下俘可汗」，似于史爲近。

〔雕戈〕同「琱戈」，見〔一八六〕李克用墓「發憤横琱戈」釋。

〔弄柔翰〕柔翰，筆也。左思詠史：「弱冠弄柔翰」。自起句至此，全叙漢唐兩朝長安盛況。

〔遺蹟俱煙蕪二句〕「煙蕪」，如暮煙之蕪没也，徐注引權德輿九日詩：「煙蕪斂暝色」。「星散」，如晨星之消散也，三國志蜀王平傳：「平連規諫謖，謖不能用，大敗于街亭，衆盡星散。」自二句以下，俱叙今日之長安。

〔愁聞赤眉入〕王莽末，赤眉軍起兵山東，攻入長安。此句隱喻李自成入西安建大順國。

〔再聽漁陽亂〕唐天寶末，胡（奚）族安禄山起兵漁陽，攻入長安。此句隱喻清兵追李自成，再破西安。

〔論都念杜篤〕原注：「後漢書杜篤傳：上奏論都賦。」杜篤字季雅，杜陵人。少博學，以誄吴漢知名。仕郡文學，自以關中表裏山河，先帝舊京，不宜改營京洛，乃上奏論都賦。此句意謂長安地據關中，形勢扼要，未嘗不可都，故用「念」字。

〔去國悲王粲〕王粲（一七七——二一七）字仲宣，山陽高平人。獻帝被迫由洛西遷，粲從至長安。粲去國來長安，與先生南人遊北至長安正同，故以自喻。粲後赴荆州依劉表，曾作登樓賦以見志。

〔積雨乍開褰〕「積雨」謂久雨。「褰」，音愆，袴也。「開褰」猶褰裳，杜甫雨詩：「褰裳蹈寒雨」。

〔淒其秋已半〕「淒其」，風寒貌，詩邶風緑衣：「淒其以風」。又杜甫九日曲江詩：「百年秋已半」。此句記至西安時日。

〔惆悵遠行人〕「惆悵」，失意感傷貌。「遠行人」，先生自謂。宋玉九辯：「廓落兮，覊旅而無友生！惆悵兮，而私自憐！」

〔單衣裁至骭〕「裁」，音義同「纔」，僅也。「骭」音幹，脛骨。甯戚飯牛歌：「短布單衣裁至骭。」

【箋】

先生遊南京、北京、長安、雒陽，皆有詩作，〔五〕京闕篇意在頌聖，〔一三八〕京師作頗寓興亡，煌煌巨製，自先生始。長安、雒陽名正「京都」，班張二賦已居選首，先生各出之以五言短古，蓋以意勝。觀此詩但叙漢唐兩代之長安，而不及苻姚與周隋：其頌帝都、斥夷狄之「民族觀」，與班張亦有異同。故知詩賦不論大小，當于貌同心異處着力。

〔一九九〕 乾陵

代運當中絶，房幃召女戎。誅鋤宗子盡，羅織庶僚空。典祏遷新主，司筵掃故宮。貞符疑改卜，大禮竟升中。復子仍明兩，登遐獲令終。彌縫由密勿，迴斡賴元功。祔廟尊親並，因山宅兆同。至今尋史傳，猶想狄梁公。

【釋】

〔乾陵〕唐高宗李治陵，在今陝西省乾縣西北之梁山。文明元年（六八四）八月葬，因析醴泉（今禮泉）、好畤（北周廢）等地，置縣曰奉天（元廢）以奉陵寢。至神龍元年（七〇五）武后病死，祔葬乾陵。詩以「乾陵」爲題，非詠高宗，實詠武后。

〔代運當中絶二句〕「代運」謂周代唐運也。「中絶」猶云（唐運）中斷。「房幃」本指内室，此指後宮。「女戎」喻女禍，國語晉語：「史蘇告大夫曰：有男戎必有女戎，若晉以男戎勝戎，而戎必以女戎勝晉，其若之何！」注云：「戎，兵也。女戎，言其禍猶兵也。」史蘇之語蓋預示驪戎之女驪姬將禍晉國；先生引之，亦寓武氏之女將代唐運。按，武則天祖籍并州文水（在今山西），亦古戎之地也。相傳太宗得祕讖，言「唐將中弱，有女武代王。」以問李淳風。對曰：「其兆既成，已在宮中，又四十年而王，夷唐子孫且盡。」見唐書方伎李淳風傳。

〔誅鋤宗子盡〕「宗子」，古爲嫡長子專稱，詩大雅板：「懷德維寧，宗子維城。」又禮曲禮：「支子不祭，祭必告于宗子。」疏曰：「宗子上繼祖禰，族人兄弟皆宗之。」秦漢以後，凡宗室子弟亦泛稱宗子。武則天所殺高祖、太宗諸子數百人且不論，僅史載其所誅鋤高宗子孫已不可勝紀。最著者如高宗長子燕王忠（首立爲皇太子，後廢爲梁王，再廢爲庶人，

賜死）、三子澤王上金（被誣謀反，自殺，子義珍、義政七人俱流配死）、四子許王素節（被誣謀反，殺之，子瑛、琬、璣等九人亦被殺）、五子弘（繼燕王忠立爲皇太子，爲武后酖死，後追謚孝敬皇帝）、六子賢（繼弘立爲皇太子，廢爲庶人，逼令自殺，子光順亦被誅。賢後得謚章懷太子）等，弘、賢皆武后所自出也。

〔羅織庶僚空〕「庶僚」猶百僚，指朝廷衆官。「羅織」謂網羅編織，陷人于罪。舊唐書來俊臣傳：「招集亡賴，令其告事，共爲羅織，千里響應。」唐會要酷吏亦載周興、來俊臣「共爲羅織，以陷良善。」又資治通鑑載周、來諸人共撰告密羅織經數千言，教其徒網羅無罪，織成反狀，共殺大臣裴炎、劉禕之、魏玄同、傅游藝、李昭德等及武臣程務挺、阿史那等各數十人。趙翼廿二史劄記載武后殘忍誅戮事尤詳。

〔典祏遷新主〕「主」，死者受供之牌位，凡木製者稱木主。「祏」音石，每廟盛木主之石函也，祭則出主，祭畢復納于函。「典祏」，管理石函之人，左傳莊公十四年：「先君桓公命我先人典司宗祏。」「遷新主」，謂武則天爲武氏立新主，置廟遷而享之。舊唐書則天后紀：永昌元年（六八九）二月，武后追尊其父爲太皇，母爲太后。明年，武后改唐爲周，自稱聖神皇帝，改元天授，立武氏七廟，罷唐廟爲享德廟，四時僅祠高祖以下三室，餘均廢不享。

〔司筵掃故宫〕原注：「周禮（春官）：司几筵下士二人。」又同書：「司几筵掌五几、五席之名物，辨其用，與其位。……祀先王昨（酢）席亦如之。」詩句承上，意謂唐宗不祀，則司几筵者無所事，但掃除唐故宫耳。

〔貞符疑改卜〕原注：「陸機漢高帝功臣頌：三靈改卜。」「貞符」，天子受命之符。「改卜」猶言天命已改。按：武后以周書武成有「大告武成」，「受命于周」，「垂拱而天下治」等語，遂視爲受命之符，改唐永昌元年（六八九）十一月爲載初元年正月，用周曆也。至載初元年（六九〇）九月乃廢唐爲周，改是年爲周天授元年，自稱大周「聖神皇帝」，追尊周文王爲「始祖文皇帝」，平王少子武爲「睿祖康皇帝」。詩句用「疑」字，意謂既改國號、改曆、改宗廟，改后稱帝，疑其已近篡奪也。

〔大禮竟升中〕「大禮」，此指天子巡狩封禪之禮。禮禮器：「因名山升中于天」，注曰：「升，上也；中，猶成也。謂巡守至于方岳，燔柴祭天，告以諸侯之成功也。」按：周證聖元年（六九五）四月，鑄天樞成，名曰「大周萬國頌德天樞」。九月，祀天南郊，自加號「天册金輪聖神皇帝」，改元天册萬歲。臘月，封嵩山，禪少室，册山之神爲帝、后，自製升中述志，刻石示後，改元萬歲登封。詩句用「竟」字，意謂封禪郊天之禮既成，終于篡奪也。

〔復子仍明兩〕「復子」謂還政于子，書洛誥：「朕復子明辟。」此借「復子」言武后終許中宗復位。先是周長安末（七〇四），武后有疾不愈，居迎仙院。唐神龍元年（七〇五）正月，宰相張柬之等擁太子顯入宮，李多祚率御林軍共誅張易之、張昌宗。武后聞變而起，羣臣請傳位太子，后返臥不復語，中宗于是復辟。「明兩」猶「兩明」，易離卦：「象曰明兩作離，大人以繼明照于四方。」按：離爲日，日爲明，離卦本係離下、離上，正乃兩明相繼之象。後沿以「明兩」二字贊頌帝王明照四方。此句意謂武后前雖昏暗，終因「復子」而仍不失爲「明兩」。

〔登遐獲令終〕「登遐」指帝王之死，見〔一三〕陳生芳績兩尊人先後即世「帝后登遐一忌辰」釋。「令終」猶善終，指盡天年、保善名而死。詩大雅既醉：「昭明有融，高朗令終。」按：中宗既復位，同年十一月，武后死于上陽宮，年八十一。遺制去帝號，稱「則天大聖皇太后」。舊唐書爲立則天后紀，新唐書仍入后妃傳，終唐之世，不敢有貶詞。

〔彌縫、迴斡二句〕贊頌狄仁傑等，爲全詩末句作勢。「彌縫」即補合，左傳僖公二十六年：「彌縫其闕而匡救其民。」「密勿」，此處指機密大臣，參見〔一〇五〕王徵君潢具舟城西「南走付密勿」釋。「迴斡」猶斡旋、挽回，謝惠連七月七日詠牛女詩：「傾河易迴斡」。「元功」即首功，見〔七〇〕恭謁高皇帝御容釋。狄仁傑爲相，每以中宗與太后母子恩情爲言，太后亦漸感悟。時武三思、武承嗣覬覦太子位，仁傑輒密言「陛下立子則千秋萬歲配享太廟，承繼無窮；若立姪，復未聞姪爲天子而祔姑于廟者也。」因勸太后召還廬陵王（即中宗），並薦張柬之爲相。其後太后果召太子回長安，張柬之等亦擁中宗復位。

〔祔廟尊親並〕「祔」有「附」義，後死者與先死者合葬、合廟、合祭均曰「祔」。「祔廟」謂移後死者木主入祖廟也。「尊親」含天子之尊、父母之親。初，武后配祔高宗廟，主題「天后聖帝」，故兼嗣君尊尊親親二義（至開元四年，始易題「則天皇后武氏」）。

〔因山宅兆同〕「山」指梁山，「宅」指墓穴，「兆」指塋域。孝經：「卜其宅兆而安厝之。」此句謂武后祔葬高宗乾陵（俗稱合墓），所依梁山及所建宅兆均相同也。

〔至今、猶想二句〕「史傳」當指新舊唐書狄仁傑傳。仁傑（六三〇——七〇〇）字懷英，太原人。舉明經，高宗時遷大理丞，斷獄七千，時稱平恕。巡撫江南，毀淫祠千七百所。爲豫州刺史，活冤死獄二千餘人。所至人民皆愛之。武周時，屢蹶屢起，天授二年（六九一）與神功元年（六九七）兩度同鳳閣鸞臺平章事，稱賢相焉。其功業除拒契丹、突厥外，于武氏有：（一）能諫武則天行法戒殺，以平恕治天下；（二）能調護武后母子之間，李氏賴以不絕；（三）能薦賢（如張柬之、姚崇）自代，奠定興唐之基。卒謚文惠，追封梁國公。

【箋】

此詩前半明斥武則天篡唐之罪，後半隱叙狄仁傑存唐之功，雖據帝后家事以論人，然帝后家事即國事，未可強爲家國之分也。乃知仁傑之功不在于勸武后「復子」，而在于集衆力以存唐；不在于助中宗復位，而在于使玄宗中興。

〔二〇〇〕 樓觀

頗得玄元意，西來欲化胡。青牛秋草没，日暮獨躊躇。

【釋】

【解題】此詩潘刻本無，據原鈔本補（原鈔本置乾陵前，誤）。推潘刪之由，當因「玄」字犯聖祖玄燁諱，「胡」及「化胡」尤爲時忌。詩短不可改，故刪。「樓觀」係道觀專名，在今陝西周至（盩厔）縣東三十里。先生本年十月訪李顒于盩厔，或順道過此。

〔頗得玄元意〕「玄元」指老子。唐高宗自謂李氏系出老子李耳，因追尊老子爲「太上玄元皇帝」。盩厔縣樓觀相傳係關尹喜舊宅，其南有玄元皇帝廟。尹喜師老子，句謂其「頗得玄元意」，非先生自謂也。

〔西來欲化胡〕此亦就尹喜而言。按：東晉時，佛、道兩教互爭邪正，道士王浮因著老子化胡經，僞造老子入秦，西渡流沙，轉生天竺，爲釋迦之師，以其道化胡成佛云云。今其書雖不存（僅有敦煌出土唐人手寫殘卷，收入羅振玉鳴沙石室遺書），然「老子化胡」、「老子爲釋迦師」之説，仍爲道家所樂道。

〔青牛秋草没〕仍用尹喜與老子故事，見〔三〇〕前詩意有未盡再賦「門前有客跨青牛」釋。先生過樓觀時，適值秋令，句兼即景。

〔日暮獨躊躇〕「躊躇」，此作駐足不前解，漢武帝李夫人誄：「哀徘徊以躊躇。」句用「日暮」，謂日暮途遠，欲西行化胡而躊躇也。「躇」，原鈔本作「蹰」。

【箋】

先生視佛、老均爲異端，然尤惡佛，以其「胡」也。此詩前二句多從樓觀主人尹喜著意，可以不論；後二句則顯係先生自抒，先生重儒，而欲聯道以闢佛，可乎？曰：「可」。蓋佛、老雖同屬異端，然猶有夷夏之辨。「老子化胡」，用夏變夷者也。先生不仕滿清，不甘夷化，故每軒輊于佛、老之間。然化胡亦殊不易，況值日將暮乎？詩之氣勢前鋭後衰，以此。

〔二〇一〕將去關中，别中尉存杠于慈恩寺塔下

廓落悲王子，棲遲愛友朋。荒郊紆策馬，獵徑傍韝鷹。土室人稀到，衡門客少應。傾壺頻進酒，散帙每挑燈。歎昔當憂患，先人獨戰兢。薄田遺豆麩，童皁剩薪蒸。疾病嗟年老，虔恭尚夙興。芋魁收蜀郡，瓜種送東陵。世業爲奴有，空名任盜憎。幸餘忠厚福，猶見子孫承。渭水徂年赤，岐山一夜崩。低頭從竈養，脱跡溷林僧。毒訐哀阮趙，淫刑虐用鄧。忠魂依井植，碧血到泉凝。困鬣時防罟，驚禽早避矰。屢捫追駟舌，莫運擊蛇肱。謬忝師資敬，多將氣誼憑。深情占復始，積德望高升。子建工詩早，河間好學稱。堂垣逾舊大，國邑與前增。九鼎知猶重，三光信有徵。沈埋隨劍璽，變化待鯤鵬。樹落龍池雪，風懸雁塔冰。更期他日會，拄杖許同登。

【釋】

〔解題〕明制：皇子封親王，其嫡長子年及十歲，立爲王世子；其諸子年十歲，封爲郡王。郡王嫡長子立爲郡王世子；其諸子授鎮國將軍，孫輔國將軍，曾孫奉國將軍。以下第四世孫授鎮國中尉，五世孫輔國中尉，六世孫以下皆奉國中尉。朱存杠，明太祖第二子秦王樉十世孫，例授奉國中尉。存杠父誼汻，字子斗，久以詩文爲關中士人領袖，先生有朱子斗詩序（載文集卷二）。存杠于明亡後改從祖母姓楊，名謙，字伯常，住西安府南八里大塔堡内（見先生送韻譜帖子）。大塔者，慈恩寺塔也。寺舊在長安東南曲江北，唐高宗爲太子時，就隋無漏寺舊址，爲母后長孫氏所建，故

名「慈恩」。此塔即俗稱大雁塔，見後釋。

〔廓落悲王子〕「廓落」見〔一三四〕酬歸、戴、王、潘韭溪草堂聯句釋。「王子」見〔七〕千里釋，此句專指朱存杠，義同「王孫」。

〔棲遲愛友朋〕「棲遲」，游息也，見〔三七〕偶來釋。「友朋」即朋友，左傳莊公二十二年：「豈不欲往，畏我友朋。」以上二句乃全詩抒情根本。

〔紆策馬〕「紆」，動詞，迂迴而行。「策馬」，着策（鞭）之馬。

〔韝鷹〕「韝」亦作鞲，革製臂衣（打獵時可用停立獵鷹）；「韝鷹」猶停臂之鷹。

〔土室〕關中地處黃土高原，居人多穴土爲室，存杠住大塔堡内，故云「土室」，不必以後漢袁閎居土室擬之。

〔衡門客少應〕「衡門」，横木爲門，言其儉也，見〔三七〕偶來釋。「客少應」謂客來鮮被接納。

〔散帙每挑燈〕「散帙」猶披書、展卷，杜甫酬高蜀州人日見寄：「今晨散帙眼忽開」。按：先生至長安時，朱誼𣲖已殁；見其子存杠後，始得讀誼𣲖著作，爲撰朱子斗詩集序。此句疑指夜讀誼𣲖遺著。以上六句，係記初訪時實況。

〔歎昔當憂患二句〕「先人」，存杠稱其父誼𣲖。朱子斗詩集序云：「子斗名誼𣲖，永興王府奉國中尉。當天啟時，開科舉之途，而子斗久以詩文爲關中士人領袖。」「余聞萬曆以來，宗室中之文人莫盛于秦，秦之宗有七子，而子斗最少。及崇禎之末，六子皆先逝，而子斗獨年至八十，後先帝十一年乃卒。」「長子存杠伯常，余至關中，年已六十二。」「戰兢，恐懼戒慎貌，詩小雅小旻：「戰戰兢兢，如臨深淵，如履薄冰。」省作「戰兢」。自此二句至「莫運擊蛇肱」句，均係先生記録存杠先人憂患戰兢之言。

〔豆麧〕猶豆、麥。「麧」同麧，音紇，通覈，即堅麥，麥之磨不碎者，此處可泛稱粗糧。

〔童阜剩薪蒸〕「童阜」，秃山之小者；「薪」與「蒸」均燃料柴禾之屬。詩小雅無羊：「以薪以蒸。」蒸，薪之細者。

〔虔恭尚夙興〕虔，敬也；恭，古作「共」，詩大雅韓奕：「夙夜匪解，虔共爾位。」又，夙，早也；興，起也，詩小雅小宛：「夙興

夜寐。」此承上句，意謂年既老而愈戰兢。

〔芋魁收蜀郡〕「芋魁」即芋根之大者，本賤食，不必出自蜀郡，然蜀地自古以繁芋著稱，且與下句「東陵」地名對言。

〔瓜種送東陵〕召平者，故秦東陵侯。秦破，爲布衣，種瓜于長安城東之青門。瓜美，時號東陵瓜。見史記蕭相國世家，沿稱故侯瓜。此句切誼𣲖故王孫身份。

〔世業、空名二句〕概述誼𣲖式微後，祖業漸爲平民侵占，對外徒負王孫虛名。「奴」與「盜」俱對「主人」而言，如左傳成公十五年：「盜憎主人，民怨其上。」故不必坐實其事。

〔幸餘忠厚福二句〕詩大雅行葦序：「行葦，忠厚也。周家忠厚，仁及草木，故能內睦九族，外尊事黃耇，養老乞言，以成其福祿焉。」又抑：「子孫繩繩，萬民靡不承。」二句謂誼𣲖忠厚傳家，若子（存杠）、若孫（烈）當承享其福。自「薄田遺豆麮」至此，叙明季至李自成破西安前誼𣲖家況。

〔渭水、岐山二句〕「徂年」，往年。「渭水赤」係以商鞅臨渭決囚之多（見史記商君傳集解），狀李軍殺人之多。「岐山崩」係以周亡喻秦邸之亡（見國語周語「三川竭，岐山崩」）。按：崇禎十六年十月李自成破西安，即以秦王殿爲宮，改西安府爲長安。十七年正月自稱大順國王，建元永昌。旋率兵渡河入晉。三月十九日破北京，四月爲清兵所敗，月杪回京倉促稱帝，急撤兵回陝。七月再據西安。不半載，清兵破潼關，李自成自西安奔襄陽，計李自成據西安共約一年。二句以下八句俱叙此一年內誼𣲖與秦宗室受禍之酷。

〔低頭從竈養〕「竈養」即「竈下養」，古對庖丁廚工之蔑稱。後漢書劉玄傳：「或有膳夫庖人，多著繡面衣……罵詈道中，長安爲之語曰：『竈下養，中郎將；……爛羊頭，關內侯』。」「長安語」蓋諷賤卒驟貴，詩句則歎息秦府子孫，俱須聽命于農民軍。

〔脫跡溷林僧〕「脫跡」猶遁跡。「溷」猶混雜。「林僧」謂禪林之僧。據詩意，亂中秦府子孫必有逃居僧寺者。朱子斗詩

序：「賊陷西安，（子斗）長子存杠伯常扶其父逃之村墅，得免。」

〔毒計、淫刑二句〕秦昭襄王四十七年，白起大破趙師于長平，誘阬趙降卒四十萬。見史記白起列傳。左傳僖公二十三年：「淫刑以逞，誰則無罪？」「淫刑」謂濫用刑法也。周襄王十一年，宋襄公使邾文公「用鄫子于次睢之社。」殺人以祭也，事亦見左傳僖公二十三年。按：「阬趙」似狀李自成殺官軍之多；「用鄫」似言李自成誅明宗室之濫。然據甲申傳信録卷二陝西條，西安係王根子開南門降，道臣楊玉林及方伯以下皆降，似無阬卒事。又烈皇小識載李自成入據秦王府，授秦王將軍，似亦未殺。惟吳偉業鹿樵紀聞載太原之陷，晉王降，賊臣韓文銓捕晉宗室四百餘人送西安，悉殺之。先生殆連類而及乎？

〔忠魂、碧血二句〕自注：「賊陷西安，令弟存柘投井死。」朱子斗詩序亦云：「當天啟時，開科舉之途，……其次子存柘彥衡乃得爲諸生，中副榜。賊陷西安，存柘義不屈，投井死。」「碧血」句見〔一九二〕汾州祭吳潘二節士「血化幽泉碧」釋。

〔困鬣、驚禽二句〕「鬣」音獵，此處專指魚類頜旁小鬐，卽以代稱魚類。「罟」音古，網之總名；「矰」射鳥箭。李自成佔據西安僅一年，自後西安遂歸清有。故「困鬣」以下四句均叙存杠父子自清據西安至今惴惴不安之情。

〔屢捫追駟舌〕「捫舌」謂握舌使勿言，詩大雅抑：「莫捫朕舌，言不可逝矣。」又論語顏淵：「駟不及舌。」注曰：「過言一出，駟馬追之不及。」故舌又稱「追駟舌」。此句謂存杠父子雖有舌而不敢出言。

〔莫運擊蛇肱〕左傳成公二年：「（齊逢）丑父寢于轏（卧車）中，蛇出于其下，以肱擊之，傷而匿之。」此句謂存杠父子雖有手而不敢自衛。朱子斗詩序：「（子斗）後先帝十一年乃卒，故其爲詩多離亂之作，有閔周哀郢之意而不敢深言。」「（伯常）爲人亦温恭葸慎，以求全于世，惟恐人目之爲故王孫者。」

〔謬忝師資敬二句〕自注：「中尉子及甥皆執經于余。」「師資」猶言師之資格、資歷，沿以二字代「老師」。後漢書廉范傳：「以爲（薛）漢等皆已伏誅，不勝師資之情。」「謬」與「忝」均表謙詞。「氣誼」謂意氣與道義。時存杠子朱烈（或楊烈）、

甥王太和皆從亭林先生受經。參見〔二六〕得伯常中尉書，却寄，並示朱烈、王太和二門人箋釋。自此二句以下，叙交誼，述離衷，轉入贈別正題。

〔占復始〕見〔三九〕奉先妣葬「公侯子孫久必復」釋。

〔積德望高升〕原注：「易升大象：地中生木，君子以順德，積小以高大。」

〔子建、河間二句〕「子建」乃曹植（一九二—二三二）字。「河間」即西漢河間獻王劉德，景帝子。史稱其好儒學，被服造次必如儒者，見史記五宗世家。植與德均王孫，借喻存杠。

〔堂垣、國邑二句〕堂垣猶門牆，國邑指食邑，明已亡而祝其增大，顯係希冀設想之辭，下數句亦同。

〔九鼎知猶重〕左傳宣公三年：楚子觀兵于周疆，問鼎之大小輕重。王孫滿對曰：「成王定鼎于郟鄏，卜世三十，卜年七百，天所命也。周德雖衰，天命未改，鼎之輕重，未可問也。」此句謂明之天命未改。

〔三光信有徵〕「三光」，日月星也。「徵」，預兆、蹟象，荀子富國：「觀國之强弱富貴有徵。」此句謂日月星有重光之兆。

〔沈埋隨劍璽〕原注：「謝靈運和伏武昌登孫權故城：『炎靈遺劍璽。』」按：「謝靈運」應作「謝朓」，原注誤。「炎靈」即炎漢，見〔一六八〕長安釋。劍與璽俱漢朝傳國之寶，文選注云：「晉惠帝元康三年，武庫火，燒漢高斬白蛇劍。」又：「初，黃門張讓等劫天子出奔，尚璽投井中。」本句以漢喻明，言明之劍璽（雖）已沈埋，爲下句「變化」作勢。

〔變化待鯤鵬〕「鯤鵬」見〔一六六〕元日「鵬翼候扶摇」釋。杜甫泊岳陽城下詩：「變化有鯤鵬。」此句承上，言鯤鵬尚有變化之日。

〔龍池〕見〔一八一〕晉王府「井竭龍池水」釋。

〔風懸雁塔冰〕雁塔在慈恩寺内，係唐永徽三年（六五二）玄奘法師造。初唯五層，後增一層，累增至十層（今止七層），高三百尺。本名「慈恩寺塔」，據大唐西域記，塔係用印度故事所造。傳印度小乘戒不忌食「三淨肉」，一日有比丘見

羣雁飛過，心動肉念，即有一雁自殞。衆驚曰：「此雁垂戒，宜旌彼德。」遂瘞雁建塔，玄奘實仿之，因錫名「雁塔」。稍後中宗時于薦福寺造塔，高十五層而規模畧小，二塔遂有大、小之分。存杠父子住大塔堡内，時在冬令。〔同登〕謂同登雁塔也。唐時新進士于曲江宴後，有雁塔題名之舉；杜甫、岑參、白居易等均有登慈恩寺塔詠懷詩。

【箋】

先生忠于明，故亦關懷其宗室。日知録所論明待宗藩之弊，往往較論其它制度爲剴切；然寄情于事，據事説理，則多洞見于詩集。詩集叙及或涉及明之宗藩或其後嗣者，多達十餘題。福、唐、魯、桂諸王或稱帝、或監國，固無論矣，他如杭州潞王、濟南德王、益都衡王、太原晉王、大同代王亦莫不述其終始，鑒往知來。諸王之裔孫于國變後無不零落，與先生過從者雖不下十餘人，然載諸詩集僅三題五首，「別中尉存杠」乃其一也。此題本係贈別之作，故以「情」勝。起聯一「悲」、一「愛」實乃全篇言情總匯，悲者，悲其「憂患」；愛者，愛其「氣誼」，前半叙憂患，後半宣氣誼，故雖萍交三月，而情真語摯，一若相契百年者。此無他，彼爲宗室，此爲遺臣而已耳。

編年(一六六四)

是年歲次甲辰,清康熙三年。

正月,耿繼茂有疾,請賜歸在京質子耿精忠,許之。
三月,輔政大臣鼇拜誣殺内大臣費揚古等。
七月,明兵部尚書張煌言被俘于定海懸山之范嶴,不屈死。以鄭成功叛將施琅爲靖海將軍,攻臺灣。
十月,荷蘭船至閩安,候助攻臺灣。

是年先生五十二歲。正月出潼關,初五至蒲州之榮河(今山西萬榮),遊后土寺。過龍門,往汾州。北上自大同至西口,入都。七月朔至昌平,四謁天壽山思陵。至容城訪孫奇逢。南下返山東,在泰安州度歲。

〔二〇二〕　后土祠有序　已下闕逢執徐

漢孝武所立后土祠在今榮河縣北十里,地名郟上,或曰脽上。史所云「幸河東,祠后土者」,蓋屢書焉。其後宣、元、成三帝及唐、宋二宗皆嘗親幸;以及國朝雖不親祀典,而歷代相傳,宫殿之巍峩,像設之莊静,香火之駢闐,未嘗廢也。歲闕逢執徐王正五日,予至其下。廟祝云:距此十五年,爲

黄河所齧，神宇圮焉。乃徙像于東南二里坡下，今所謂行宫者。而古柏千章，盡伐之以充改造之用，廟未成而木盡矣。是日大雪，令祝引導，策馬從之。逶迤而登，則坊門墀廡宛然；東有大寧宫，亦存遺址。惟正殿及秋風、洗粧二樓，皆已蕩然爲斷崖絶壑；而王文正旦之碑猶卧雪中，不能洗而讀也。愴然有感，乃作是詩。

靈格移鄈上，洪流圮故宫。事同淪泗鼎，時接墮天弓。古木千章盡，層樓百尺空。地維疑遂絶，皇鑒豈終窮？髣髴神光下，昭回治象通。雄才應有作，灑翰續秋風。

【釋】

〔解題〕古「后土」與「皇天」對言，宋玉九辯：「皇天淫溢而秋霖兮，后土何時而得漧！」此「后土」實指大地。又禮月令謂「中央土，……其日戊己，……其神后土。」可知主五行之「土」之神亦曰「后土」。其後土神改稱「社」，「后土」則專指地神矣。古天子祭天，祠地各有定所，漢武帝元鼎四年（前一一三）于汾陰立后土祠，歲時祠焉。閼逢執徐即甲辰歲。

〔解序〕（一）漢孝武立祠在鄈上：原注：「漢書武帝紀：元鼎四年十一月甲子，立后土祠于汾陰脽上。師古曰：『脽者，以其形高起如人尻脽，故以名云。一説此臨汾水之上，地本名鄈，音與葵同。彼鄉人呼葵音如誰，故轉而爲脽字耳。故漢舊儀云葵上。』」榮河縣即漢之汾陰縣，今山西萬榮縣。（二）史所云「幸河東、祠后土」者蓋屢書焉……：漢武、宣、元、成諸帝祠后土均見漢書各紀。唐玄宗祠后土在開元十一年、二十年；宋真宗祠后土在大中祥符四年，分見唐書、宋史。（三）「國朝」指明朝，「國」或作「本」，義同。（四）像設之莊静：「像設」即設像，見〔一七九〕霍山釋。「莊静」亦作「莊靚」，静、靚、倩均狀女貌，后土神本作女身，其像莊而靚（倩），三字皆通。（五）「駢闐」同駢田、駢填，聯綿詞，羅列雜陳貌，王勃晚秋遊武檐山寺序：「龍鑣翠轄，駢闐上路之遊。」（六）王正五日：指明曆正月

五日，此用春秋筆法以别于清曆，見〔四三〕元日詩「天王春」釋。（七）廟祝：祠廟中司香火者。（八）距此十五年：距先生來時上溯十五年乃順治五年，其年河汾水溢。（九）「千章」見〔一六九〕雨中送申公子涵光釋。（十）大寧宮：原在脽上之東北隅，宋真宗祀汾陰時，此其齋宮。（十一）王文正旦之碑：王旦（九五七——一〇一七）字子明，宋真宗時賢相，卒謚文正。然不諫天書之僞，而又助成封禪之事，故爲世所譏。真宗祀后土，旦撰碑記其事。其碑名祀汾陰碑，旦撰文，尹熙古行書。

〔靈格移郊上〕「靈」，神靈，楚辭九歌雲中君：「靈皇皇兮既降，猋遠舉兮雲中。」「格」，來也，書舜典：「格，汝舜。」「郊上」，見解序。

〔洪流圮故宮〕見詩序「廟祝云」以下三句。蓋郊上北瀕汾水，西傍黄河，洪水所至，郊崩而祠圮也。

〔事同淪泗鼎〕「淪泗鼎」見〔一一三〕陳生芳績兩尊人先後即世「九鼎淪」釋。「事同」謂祠圮亦如明朝之亡也。

〔時接墮天弓〕「墮天弓」見〔三九〕奉先妣葬「先皇弓劍橋山岑」釋。「時接」謂祠圮之時距思宗殉國不久也。

〔古木、層樓二句〕俱見詩序。「層樓」指秋風、洗粧二樓。

〔地維疑遂絶〕「地維」，地之綱維，列子湯問：「共工氏與顓頊爭爲帝，怒而觸不周之山，折天柱，絶地維。」此句切后土祠爲洪流所圮，兼喻明亡。

〔皇鑒豈終窮〕「皇鑒」言皇天鑒察，潘岳西征賦：「皇鑒揆余之忠誠。」「豈終窮」係反詰肯定句，謂不終窮也。

〔髣髴神光下二句〕「髣髴」，見不明貌，義猶「模糊」，楚辭九歎：「時髣髴以遥見兮。」「神光」，神前燭光，漢書武帝紀：「詔祭后土，神光三燭。」「昭」，光照；「回」，迴轉，詩大雅雲漢：「倬彼雲漢，昭回于天。」「治象」，爲治之象，周禮天官太宰：「乃懸治象之法于象魏。」二句意謂在后土神光照耀下，致治之象已隨光明而回轉。

〔雄才應有作〕「雄才」指漢武帝，漢書武帝紀贊：「如武帝之雄才大畧……」此句借指類武帝者。「作」，興起也，易繫辭：

「神農氏作。」

〔灑翰續秋風〕「翰」，毛筆；「灑翰」猶濡筆，杜甫陳拾遺故宅詩：「到今素壁滑，灑翰銀鉤連。」秋風辭，漢武帝行幸河東，祠后土時作，辭共九句：「秋風起兮白雲飛，草木黄落兮雁南歸。蘭有秀兮菊有芳，懷佳人兮不能忘。汎樓船兮濟汾河，横中流兮揚素波，簫鼓鳴兮發棹歌。歡樂極兮哀情多，少壯幾時兮奈老何！」「續秋風」，謂續漢武之大業也。

【箋】

先生自聞「緬國之報」後，始作晉陝之遊。兩年中所至山嶽祠廟，輒有題詠。每題皆不免亡國之哀，如論北嶽移祀，則曰「祠同宋社亡」（見〔一七四〕北嶽廟）；如歎后土祠圮，則曰「事同淪泗鼎」。然題外仍多復興之望，如詠華山之險，則云「老尚思三輔」（見〔一六六〕華山）；如贊女媧之功，則云「必有聖人，以續周漢。」（見〔一八〇〕書女媧廟）如祠后土，則云「雄才應有作，灑翰續秋風。」夫不有亡國之哀，則頑者無以知耻；不有復興之望，則懦者何以立志？明乎此，乃知先生出入關中，蹀躞雁代，皆有所爲而遊也。

〔二〇三〕龍門

亙地黄河出，開天此一門。千秋憑大禹，萬里下崑崙。入廟焄蒿接，臨流想像存。無人書壁問，倚馬日將昏。

【釋】

〔龍門〕本山名，在今山西省河津縣西北約三十里，陝西省韓城縣東北約八十里，分跨黄河兩岸，形如門闕。相傳其初本爲一山，東西横亙，夏禹導河至此，鑿以通流，東西相距僅八十步，故亦名禹門渡。又辛氏三秦記謂江海魚集其

下，登者化龍，不登者仍爲魚，點額暴腮（水經注所載亦同），故稱龍門。

〔亙地〕「亙」音梗，通「亘」，去聲，綿延連接也。孫綽望海賦：「彌綸八荒，亙帶九地。」

〔千秋、萬里二句〕與上「亙地」、「開天」二句交錯成文。一言龍門山憑大禹而開，一言黃河水自崑崙而下，語皆出水經注河水。

〔入廟焄蒿接〕「廟」即禹廟，又稱明德宮，詳見明薛瑄遊龍門記。「焄」，香氣；「蒿」，氣蒸出貌，禮祭義：「其氣發揚于上，爲昭明，焄蒿悽愴，此百物之精也。」「接」，謂（香氣蒸出）接連不斷。

〔臨流想像存〕左傳昭公元年：「天王使劉定公勞趙孟于潁，館于雒汭。劉子曰：美哉禹功，明德遠矣！微禹，吾其魚乎？」意謂臨雒汭而想見禹功也。「想像」猶想見，楚辭遠遊：「思舊故以想像兮，長太息而掩涕。」

〔書壁問〕原注：「王逸楚辭天問序：仰見圖畫，因書其壁，呼而問之。」

〔倚馬〕此記實也。「凡先生之遊，以二馬、二騾載書自隨。」見全祖望亭林先生神道表。

【箋】

前四句詞大，氣勢亦大，非龍門莫能當；後四句即景記實，不出先生「遊隱」與「遊學」本色。

〔二〇四〕　自大同至西口　四首

舊府荒城内，頽垣只四門。先朝曾駐蹕，當日是雄藩。綵帛連樓滿，笙歌接巷繁。一逢三月火，惟弔國殤魂。

【釋】

〔解題〕「大同」，明清府名，轄內外長城間七縣二州，治大同，即今大同市。「西口」，長城著名關口之一，原名「殺虎口」，在今山西右玉縣北、內蒙古涼城縣南，自古爲邊城戍守要地。明嘉靖間在長城附近築「殺虎堡」，就澗壑以啟門户，遂開蒙漢出入孔道，爲長城内外商貨過棧。據題意，四詩當係自大同至西口途中作。

〔舊府、頹垣二句〕「舊府」指原代王府，「頹垣」指大同城垣。洪武二十五年，改封第十三子豫王桂爲代王，國大同，建代王府。桂性暴，建文朝以罪廢爲庶人；成祖時復爵，猶不自斂，賜敕列其三十二罪責之。正統中，卒，謚簡。崇禎二年，傳至傳𤏪；十七年三月，李自成取大同，明大同總兵姜瓖叛降，迎自成入城，殺傳𤏪及宗室殆盡。及自成敗，姜瓖復叛自成降清，清仍許其總大同兵事。順治五年，明降將金聲桓、李成棟等在贛粵反正，十二月，姜瓖亦據大同叛清。清遣郡王尼堪攻之不克，多爾袞怒，親率兵圍大同，六年九月城始破，瓖爲部下所殺。多爾袞入城，盡誅官吏軍民，並將城垣削去五尺。大同兩經兵燹，舊創未復，詩云「荒城」、「頹垣」，蓋紀實也。

〔先朝曾駐蹕〕「先朝」指明武宗時。「駐蹕」，天子留止所在，北史周宣帝紀：「一昨駐蹕金墉，備嘗遊覽。」按：明武宗朱厚照荒淫而喜耀武，曾兩次駐蹕大同：正德十二年（一五一七）八月，微行出居庸關，至宣府，自稱「總督軍務、威武大將軍、總兵官」。十月，聞小王子犯陽和，掠應州，因遣將敗之，遂駐蹕大同。又正德十三年七月，復出居庸，駐宣府，自稱「朱壽」，詔稱巡邊。九月，復至大同，巡偏關，所至掠民女，恣淫樂，世傳「游龍戲鳳」，即此時事。

〔當日是雄藩〕代王係明初諸「塞王」之一。初封時，並置大同五衛、陽和五衛及東勝五衛，衛各有兵五千六百人，屯田戍邊，爲國屏藩。史載代簡王桂，年雖老，尚時時與諸子窄衣禿帽，遊行市中，袖錘斧傷人。其行雖暴虐不端，然好勇鬭狠則可知也。當時雲内、豐州悉爲内地，邊圉寧謐者數十年。

〔綵帛、笙歌二句〕極狀武宗駐蹕及代王桂時大同盛況。

〔三月火〕本指項羽「燒秦宮室，火三月不滅。」（見史記項羽本紀）然李自成破大同亦在三月，故係雙關。

〔國殤〕指死于國事者。楚辭九歌有國殤篇云:「魂魄毅兮爲鬼雄」。

落日林胡夜,南風盛樂春。地當天北極,山是國西鄰。冠帶中原隔,金繒異域親。武靈遺策在,猶可制秦人。

【釋】

〔落日、南風二句〕「林胡」,古地名,見〔一七九〕霍山「更念七雄時」四句原注「余將賜汝林胡之地」。其地在戰國時已歸趙有,約當今内蒙古陰山、河套之間,以緯度高(北緯四十度以北),故日落即夜。「盛樂」亦地名,原注:「宋白續通典:唐振武軍,漢定襄郡之盛樂也。在陰山之陽,黄河之北,後魏所都盛樂是也,在唐朔州北三百餘里。」盛樂在今内蒙古伊克昭盟和林格爾,拓跋什翼犍曾都于此。以緯度高(同林胡),故入夏始春。

〔地當天北極〕宋書天文志:「周天三百六十五度,……半露地上,半在地下,其二端謂之南極、北極。」所言南、北極與今言地球之南、北極近似。而此句所云「北極」則猶「極北」,意謂林胡、盛樂之地在大明之極北。

〔山是國西鄰〕「山」指林胡之玉林山、盛樂之九峯山等;「國」指代國,即大同。

〔冠帶、金繒二句〕此言韃靼衣冠不類中國,朝廷羈之使不叛唯賴金帛。按:明自永樂至嘉靖間,北方强敵向以蒙古族之韃靼、瓦剌爲最。成祖因親征韃靼阿魯台而傷死榆木川,宣宗屢敗韃靼而瓦剌轉强,英宗時瓦剌也先犯邊,致有土木之變。憲、孝、武、世之際,瓦剌復不振,韃靼又轉强。嘉靖時俺答、濟農、阿不孩迭據河套,屢犯宣大,明朝並無長策禦此「套寇」,但優以賞撫,誘以金繒,圖苟安而已。

〔武靈遺策在二句〕原注:「史記趙世家:主父欲從雲中、九原直南襲秦。」趙武靈王名雍,肅侯子。即位後,胡服騎射,以教百姓,拓地北至燕代,西至雲中、九原。在位二十七年,立子何爲王,自號「主父」。嘗欲窺秦虚實,詐爲使者入秦,昭王不知,已而怪其狀,使人追之,而主父已馳脱關矣。卒謚「武靈」。原注引趙世家,暗示武靈遺策既可從雲中、九

原襲秦，則明朝亦可由林胡、盛樂以襲套寇。

駿骨來蕃種，名茶出富陽。年年天馬至，歲歲酪奴忙。蹴地秋雲白，臨壚早酎香。和戎真利國，烽火罷邊防。

【釋】

〔駿骨來蕃種〕「駿骨」，駿馬之代稱。杜甫畫馬讚：「瞻彼駿骨，實爲龍媒。」蓋據燕郭隗「千金市骨」之説，以「骨」代馬也。「蕃」，通番、藩，外族之稱，周禮秋官大行人：「九州之外，謂之蕃國。」「蕃種」，蕃國之種。此指蒙古馬。

〔名茶出富陽〕富陽在今杭州西南，富春江北岸。秦時置富春縣，晉以後諱改爲「富陽」，其地盛産茶。

〔年年天馬至〕「天馬」即大宛馬，見〔六七〕傳聞「西極馬」釋，此借指韃靼馬。嘉靖二十二年（一五四三）後，韃靼酋長俺答（一五〇七——一五八二）屢寇明邊，朝廷遂用仇鸞之議，于嘉靖三十年繼明初「以茶易馬」之法，開馬市于大同，許韃靼以馬易茶。

〔歲歲酪奴忙〕「酪奴」即茶之代稱，洛陽伽藍記載南齊王肅北奔魏，不食羊肉與酪漿（牛羊乳），常飯鯽魚羹，渴飲茗汁（茶），曰：「羊比齊魯大邦，魚比邾莒小國，惟茗不中，與酪作奴。」自是沿稱茶爲酪奴。明史食貨志四謂番人嗜乳酪，不得茶則困病，故唐、宋以來行茶馬法。

〔蹴地秋雲白〕「蹴」音就，入聲，足踢也。此句狀天馬蹴地行空雄姿，與一、三句對應。

〔臨壚早酎香〕原注：「禮記月令：『孟夏，天子飲酎。』注：『酎之言醇也，謂重釀之酒也。』楚辭大招：『四酎并熟。』」「壚」，累土爲之，四面隆起，其一面高，形如鍛壚，店家賣酒處。「文君當壚」，即此。「早酎」（酎音胄）本指挏馬酒（見本題第四首釋），然韃靼人飲挏馬酒後必飲茶，故此句實狀茶香，以與二、四句對應。

〔和戎真利國二句〕「和戎」，謂與戎狄講和也。左傳襄公四年：「無終子嘉父使孟樂如晉，因魏莊子納虎豹之皮以請和

諸戎。……（晉悼）公曰：『然則莫如和戎乎？』（魏絳）對曰：『和戎有五利焉。……』」「烽火」見〔二〕千官「傳烽」釋。「邊防」猶防邊，明史兵志有「邊防」條。按：嘉靖三十年于大同開馬市後，陝邊、宣鎮均相繼行，然俺答市罷仍入掠，帝惡之，詔罷馬市。隆慶四年（一五七〇），俺答孫把漢那吉以俺答奪其妻三娘子，怒而降明，明授以官，俺答乃乞降請貢，並獻奸民趙全等，明遂遣把漢那吉還。隆慶五年，俺答感激上表求封，宣大總督王崇古爲介于朝，張居正等許之。于是封俺答爲順義王，重開馬市于大同等處，自是邊防安靖四十餘年。由是可知，僅憑茶馬市尚不足以禦戎靖邊，當以「和戎」爲救兵上策。

舊説豐州好，于今號板升。印鹽和菜滑，挏乳入茶凝。塞北思脣齒，河東問股肱。獨餘京雒叟，終日戍樓憑。

【釋】

〔豐州〕原注：「舊唐書唐休璟傳：超拜豐州司馬。永淳中，突厥圍豐州，都督崔志辨戰歿，朝議欲罷豐州，徙百姓于靈夏。休璟以爲不可，上書曰：『豐州控河遏賊，實爲襟帶。自秦漢以來，列爲郡縣，田疇良美，尤宜耕牧。隋季喪亂，不能堅守，乃遷徙百姓就寧、慶二州，致使戎羯交侵，乃以靈夏爲邊界。貞觀之末，始募人以實之，西北一隅，方得寧謐。今若廢棄，則河旁之地復爲賊有，靈夏等州，人不安業，非國家之利也。』朝廷從其言，豐州復存。」按：豐州歷代轄地異，治所亦異。隋始置豐州，治今內蒙古五原縣，尋廢。唐太宗時，原地復置，休璟永淳時所爭即此。北宋五原地陷西夏，乃僑置豐州于河套東南，即今陝西府谷之北。以上二豐州皆唐宋漢族政權所有，即詩所云「舊説」之豐州也。又，遼亦置豐州，州治在今內蒙古托克托，歷元、明兩朝，至嘉靖時，其州地歸韃靼所有，其酋俺答另築豐州灘以居。既受封順義王，遂名其灘爲歸化城，在今內蒙古呼和浩特市，即下句所謂「于今號板升」者也。

〔板升〕明嘉靖初，中國叛民逃出邊外者，升板築牆，蓋屋以居，以別于韃靼氈幕，號爲「板升」。明朝邊將以彼等勾結韃

鞚，窺伺內地，故往往出襲，毀其板升。詩所謂「板升」則專指豐州灘以及逃居豐州灘而爲俺答所利用之漢民，詞寓貶義甚顯。

〔印鹽〕原注：「唐書（地理志）：豐州九原郡貢印鹽。」印鹽乃鹽池之水借日光之熱，蒸積而成。先成者爲花鹽；久不接取，即成印鹽，大如豆粒，堅緻精好，大同至西口，所食皆同。「印鹽」本對「私鹽」而言，然板升私販，國法不能禁也。

〔挏乳〕「挏」音同，平、上二聲，撞拌也。原注：「漢書禮樂志：『給大官挏馬酒。』李奇曰：『以馬乳爲酒，撞挏乃成也。』」又顏師古注曰：「馬酪味如酒，而飲之亦可醉，故呼『馬酒』也。」按：「印鹽」、「挏乳」二句上承「豐州」、「板升」句，下接「塞北」、「河東」句，正見大同、西口密邇韃靼套寇，形勢扼要。

〔塞北思脣齒〕左傳哀公八年：「夫魯，齊晉之脣，脣亡齒寒，君所知也。」（亦見左傳僖公五年）此句謂塞北豐州之地與大同猶外脣內齒，決不可棄，棄則齒寒矣。

〔河東問股肱〕「股」，今謂大腿；「肱」，今謂胳膊。左傳昭公九年：「君之卿佐，是謂股肱；股肱或虧，何痛如之？」此句謂河東之地（今山西省黃河以東、太原以北地）乃大同之股肱，河東不守，大同亦危矣。

〔京雒叟〕「京雒」，專指東漢京師洛陽。「叟」，班固，此處係先生自比。班固東都賦：「子徒習秦阿房之造天，而不知京洛之有制也；識函谷之可關，而不知王者之無外也。」

〔戍樓憑〕「戍樓」，此指西口城上守望之樓。憑樓可以望遠，呼應「塞北」、「河東」二句。

【箋】

此係組詩，專叙自大同至西口所見所聞所感，而以所感爲多。先生北遊，凡長城阨塞，無不親歷，如山海關、三屯營、居庸關、古北口，皆有詩紀之。大同係明代四鎮九邊之一，西口又長城內外貨物聚散之地，先生溷跡商賈，密察山川，此誠所必遊，遊而必有詩也。先生嫻于明史，精于地理，詩中涉及史地、邊防、通貨、和戎諸事，寓意或顯或晦，未便

穿鑿以求，得其大旨可矣。第一首直詠大同城及代王府，命意較顯。腹二聯憶昔，首尾聯傷今，「綵帛」、「笙歌」之後，繼以三月之火，蓋歎百里阿房，盡付楚人一炬也。第二首由大同高瞻遠矚。前半總攬塞內外形勢，後半則思料敵制勝之策。據詩意，似謂金繒不可以懷遠，當取林胡、盛樂以制套寇。此首蓋就嘉靖時而言。第三首專言塞內外茶馬交易。一、三、五句説馬，二、四、六句説茶，馬蹴茶香，對應成趣，蓋以「和戎」爲利也。然此僅就隆萬際俺答已乞和而言，若嘉靖時雖行茶馬法而烽火不息，則邊防終不可罷。第四首起聯係全首議論所本，蓋舊豐州皆唐宋所有，今豐州則爲韃靼所據，奸民賴以販私，呼爲「板升」，深惡之也。頷聯「滑」、「凝」二字亦鄙之之詞。後二聯據脣齒、股肱之義，中之以「王者無外」之説，戍樓憑望，餘意無窮。

〔二〇五〕　孟秋朔旦有事于欑宮

秋色上陵垌，新松夾殿青。草深留虎跡，山合繞龍形。放犢朝登壠，司香月掃庭。不辭行潦薦，髣髴近惟馨。

【釋】

〔解題〕原鈔本「欑宮」上有「先皇帝」三字。先生前年三月十九日三謁思陵，此四謁也。謁陵日期詩題作「孟秋朔旦」，謁欑宮文作「孟秋之望」（見附録），據「司香月掃庭」句，似以望日爲正，且秋祭多在「中元」（七月十五日）也。

〔陵垌〕陵之遠野，此指陵麓。參見〔五七〕恭謁孝陵「郊垌」釋。

〔留虎跡〕自注：「茂陵寶城內獲二虎。」按：茂陵，明憲宗陵。「寶城」，見〔七九〕孝陵圖釋。

〔山合繞龍形〕〔四八〕恭謁天壽山十三陵詩：「蠢山自天來，勢若蛟龍翔。東趾據盧龍，西脊馳太行。後尻坐黃花，前面

臨神京。中有萬年宅，名曰康家莊。」蓋言羣山東西前後合攏，中間呈盤龍狀，即康家莊，十三陵所在。

〔登壠〕「壠」同壟，冢也。禮曲禮上：「適墓不登壠。」今言放犢者登壠，傷褻也。

〔司香月掃庭〕「司香」，見〔一四八〕恭謁天壽山十三陵「每陵二太監」釋。「月」指月夜。月夜掃庭，悲司香者寡也。

〔行潦薦〕左傳隱公三年：「苟有明信，……潢汙行潦之水，可薦于鬼神。」「潢汙」者止水，「行潦」者道旁流潦。以行潦薦，傷儉也。

〔髣髴近帷馨〕「髣髴」，見〔二〇二〕后土祠釋。「帷馨」，見〔一七九〕霍山「黍稷、趨將二句」釋。

【箋】

先生四謁思陵，詩意低沈與謁欑宮文同。文曰：「自違陵下，即度太行，遠歷關河，再更寒暑。茲以孟秋之望，重修拜奠之儀。身先旅雁，過絶塞而南飛；跡似流萍，隨百川而東下。感河山之如故，悲灌莽之方深。庶表忱思，伏祈昭鑒。」

〔二〇六〕贈孫徵君奇逢

海內人師少，中原世運屯。微言垂舊學，懿德本先民。早歲多良友，同時盡諍臣。蒼黃悲詔獄，慷慨急交親。黨錮時方解，儒林氣始申。明廷來尺一，空谷賁蒲輪。未改幽棲志，聊存不辱身。名高懸白日，道大屈黃巾。衛國容尼父，燕山住子春。門人持笈滿，郡守式廬頻。竹柏心彌勁，陶鎔化益醇。登年幾上壽，樂道即長貧。尚有傳經日，非無拜老辰。伏生終入漢，綺里只辭秦。自媿材能劣，深承意誼真。惟應從卜築，長與講堂鄰。

【釋】

〔解題〕孫奇逢（一五八四——一六七五）字啟泰，號鍾元，保定容城人。萬曆庚子舉于鄉，年僅十七。與同郡定興鹿善繼爲友，討論經術，不爲詞章訓詁之學。天啟末，友人左光斗、魏大中、周順昌皆以攻劾魏閹先後被逮。時善繼方贊閣部孫承宗幕，奇逢遣弟馳書求援，雖不得免，而經紀諸人之喪，不避禍患，人皆高其節義。思宗立，屢徵不就。崇禎九年，清兵圍容城，奇逢率宗人鄉户堅守，城賴以完，優詔褒獎。後避亂移家易州之雙峯，宗姻門生依以互保者數百家，弦歌不輟，寇不敢犯。明亡後，復南遷輝縣蘇門山之夏峯，清廷徵聘，堅謝不出。其學以慎獨力行爲宗，故能折中朱陸之間。門人負笈來者，隨其所詣，不爲門户，于理學、經學均有所創，號稱河北學者之宗。年九十二卒。遺著有理學宗傳二十六卷、夏峯先生集十六卷等。亭林先生于奇逢年輩爲晚，今年初謁，先生五十二，奇逢已八十一。詩尊稱爲「徵君」，知其指明徵，而不從清徵也。又，亭林諸譜皆繫先生訪奇逢于本年秋後，衍生元譜則于本年訪孫事增「至河南輝縣」五字。蘧案因據湯斌等孫夏峯年譜，以爲「本年自秋徂冬，奇逢尚留容城原籍，（亭林）何緣于輝縣見之耶？此必有誤。」于是斷言：「訪奇逢當在明年五月（奇逢再抵夏峯）以後，不當在本年。」並以爲「詩既誤編于前，譜又誤從于後，不可不辨。」民按：奇逢卒于康熙十四年（一六七五）孟冬，時先生僑寓太原，不獲執紼，作詩曰：「憶叨忘年契，一紀秋徂冬。」據此上推，初謁奇逢恰在今年，決不可遲至本年以後，故知詩未「誤編」。本題但云「贈孫徵君奇逢」，並未標明贈詩之地；味全首詩意，亦未見初謁便在輝縣。考先生前後出京返山東，或取道津滄，或途經保定，然後交會于德州入山東境。本年至泰安度歲，何至繞道河南？故知先生初謁奇逢必在今年另一地所。夏峯年譜出自湯斌等人之手，既云本年自秋徂冬皆留容城，容城屬保定府，正係先生南北往返所必經，于此相見，最爲便捷。衍生但知奇逢晚年長住輝縣，不知本年有北上對簿之事，遂妄增「至河南輝縣」五字，此非先生編詩之誤，實元譜之誤也。

〔海内人師句〕荀子儒效：「四海之内若一家，通達之屬莫不從服，夫是之謂人師。」然則「人師」者，人之師表也，與孟子離婁所云「人之患在好爲人師」（他人之師）異。

〔世運屯〕猶言世道艱難。班彪王命論：「驗行事之成敗，稽帝王之世運。」説文：「屯，難也。」

〔微言垂舊學〕漢書藝文志：「昔仲尼没而微言絶。」微言者，孔子隱微不顯而大義彪炳之言也。「垂舊學」謂傳孔子之學。

〔懿德本先民〕「懿德」即美德，詩大雅烝民：「民之秉彝，好是懿德。」「先民」指古賢，詩大雅板：「先民有言，詢于芻蕘。」

以上四句盛贊徵君遭逢亂世，而能修身傳道，是全詩綱領。

〔早歲、同時二句〕二句合「良友」與「諍臣」爲一，蓋指左光斗、魏大中、周順昌及鹿善繼等。諍亦作爭，讀去聲，以言諫也。孝經謂「天子有爭臣」、「士有爭友」、「父有爭子」。説苑臣術：「有能盡言于君，用則可生，不用則死，謂之諍。」故諍臣即死諫之臣，韓愈有諍臣論。

〔蒼黄、慷慨二句〕自注：「天啟中，左光斗、魏大中、周順昌三君被逮至京，君爲周旋營救，不辟禍患。」「蒼黄」見〔三五〕推官二子執後釋。「詔獄」專指天子詔命治繫之獄，始于西漢，詩指明代特設之東、西廠及錦衣衛、鎮撫司獄。「交親」指朋友至交，荀子不苟：「交親而不比。」陳子昂送東萊王學士無競詩：「懷君萬里别，持贈結交親。」按：自天啟四年左副都御史楊漣劾魏忠賢二十四大罪，南北諸臣亦交章論劾。忠賢怒，先後被削籍逮捕者數十人，最著者如楊漣、左光斗、魏大中、顧大章、周起元、周順昌、趙南星、高攀龍、繆昌期、黄尊素等，忠賢皆矯詔令廠衛行之。諸人或自殺，或死獄中。奇逢于光斗、大中、順昌等皆舍身營救。先是天啟五年，左、魏逮繫來京，奇逢拮据調護，供橐饘。並與新城張果中、定興鹿正（善繼之父）設匭募金，得數千，齎入京，而左魏已斃獄中。明年，周順昌逮至，鎮撫司擬贓五千，奇逢復爲之營畫，得數百，而周亦已斃。乃皆經紀其喪，且按籍悉還募金。時邏校嚴急，容城去京師不二百里，

人皆爲奇逢危。幸忠賢左右多近畿人，素重奇逢志行，皆陰爲之地，故得免禍。時海内有「范陽三烈士」之稱，謂奇逢與正、果中也。

〔黨錮、儒林二句〕「黨錮」原指東漢桓、靈兩朝禁錮黨人（後漢書有黨錮傳），此指明末東林黨禍，見〔一六四〕陸貢士來復述代疏攻鄭鄤事「雒蜀交爭」句釋。按：漢末朋黨始于朝臣之間，演變爲朝野士大夫與宦官交惡；明末黨禍亦始于朝臣之間，演變爲朝臣中小人投靠宦官共攻東林黨。漢黨錮至中平元年（一八四）黄巾起義時始得解釋；明之閹黨至思宗即位後俱遭顯戮，東林黨人始得昭雪進用。詩云「時方解」之「時」，乃指天啟七年（一六二七）八月熹宗死後。其年十一月，即安置魏忠賢于鳳陽，忠賢自縊。十二月誅客氏。崇禎元年正月，大赦東林黨人，戮魏忠賢尸。三月，贈卹天啟被難諸人。五月，毁閹黨所編三朝要典。崇禎二年正月，詔定魏忠賢逆案。「儒林」謂儒雅之林，史記有儒林列傳，詩專指東林黨人。

〔明廷、空谷二句〕「明廷」同明庭，古帝王祀神靈、朝諸侯之地，史記封禪書：「其後黄帝接萬靈（于）明廷。」此指崇禎朝廷。「尺一」見〔一〇〕聞詔釋。「空谷」，賢者隱居之地，詩小雅白駒：「皎皎白駒，在彼空谷。」「賁」，動詞，盛飾之也。「蒲輪」，以蒲裹車輪，取其安穩，漢書武帝紀：「遣使者安車蒲輪，束帛加璧，徵魯申公。」二句叙思宗時屢詔徵用奇逢。

〔未改、聊存二句〕此襲杜甫寄李十二白詩：「未負幽棲志，兼全寵辱身。」言奇逢志在隱居不辱，故拒徵不赴。

〔名高、道大二句〕李白古風：「白日懸高名。」「屈黄巾」見〔一六〕不其山原注，意指奇逢避亂易州之雙峯，寇不敢犯（見解題）。按：自「早歲多良友」至此十二句叙奇逢篤于友情，潔身不仕，全係明亡以前事。至下句「衛國容尼父」始轉叙國變後事。

〔衛國容尼父〕「尼父」即孔子。魯定公時，齊饋魯女樂，孔子因辭魯適衛。衛靈公問孔子居魯得禄幾何？對曰：「奉粟

六萬。」衛人亦致粟六萬（見史記孔子世家）。按：衛國所在地即明清河南省衛輝府，輝縣屬焉。明亡後，奇逢移家輝縣。先生送韻譜帖子云：「孫徵君名奇逢，字啟泰，容城人，今住輝縣，萬曆庚子舉人，年八十三，河北學者之宗師也。」時在丙午歲（一六六六），奇逢住輝縣已二十年矣。此句「衛」字雙關，隱指清朝能容奇逢不仕，蓋幸之也。

〔燕山住子春〕見〔一四〕玉田道中「豈有田子春」釋。按：明亡後，奇逢南遷輝縣，慕蘇門山百泉之勝，遂擇夏峯而居，築堂曰「兼山」，講學其中。四方來學願留者，亦授田使耕，所居成聚。事與漢末田子春近同。徐嘉注引茅元儀掃盟餘話序：「戊寅（崇禎十一年）率其宗族鄉黨入雙峯（在易州）。及兵入，從之者數縣，累數千百人，多衣冠禮樂之士。所以整齊而約束之者，一如子春。」又先正事畧亦云：「時（崇禎時）畿內盜賊數駭，先生率子弟門人入易州五公山，結茅雙峯，戚族相依者數百家。乃飭戎器，偫糗糧，部署守禦。又以其暇賦詩習禮，絃歌聲相聞，盜賊皆屏跡。時以方田子春之在無終山焉。」故知前人皆取奇逢居易州雙峯時事以方田子春。然此詩于「衛國容尼父」句下繼以「燕山住子春」，則顯指明亡以後事，「燕山」云者，非易州之五公山，乃輝縣之蘇門山也。

〔門人、郡守二句〕「笈」，書箱。「持笈」猶負笈，史記蘇秦傳：「負笈從師。」奇逢弟子千餘，以刁包、湯斌最知名。「式廬」即軾廬，謂過其居而凭車軾以示敬也。呂氏春秋：「段干木者，魏文侯敬之，過其廬而軾之。」

〔竹柏、陶鎔二句〕「竹柏」喻奇逢，贊其勁節。「陶鎔」喻其師弟，贊其教化。按：順治初，徵奇逢爲國子祭酒，固辭。自明至清，凡十一徵，俱不應。弟子上至公卿大夫，下至販夫走卒，無不因材施教，以誠相接。

〔登年幾上壽〕「登年」謂年齡增高也，國語晉語：「（君子）哀名之不令，不哀年之不登。」「幾」本字去聲，通「冀」，希冀也。莊子盜跖：「上壽百歲，中壽八十，下壽六十。」句謂今年奇逢已過中壽（八十一歲），則上壽可幾矣。此係祝辭。

〔樂道即長貧〕「樂道」，樂習聖賢之道，東方朔答客難：「今子大夫修先王之術，慕聖人之義，……好學樂道之效，明白甚

矣。」湯斌孫夏峯年譜謂奇逢「嘗至饘粥不給，而守貧彌堅。」

〔尚有傳經日以下四句〕「傳經」指伏生口傳尚書。伏生名勝，字子賤，濟南人，本秦博士。始皇焚書，伏生藏尚書于屋壁。漢興，伏生以遺書教于齊魯之間。文帝時，生年九十餘，帝使鼂錯從之學，生使其女孫口傳二十九篇，即今文尚書。事見史記儒林傳。「拜老」，謂敬老而拜之，後漢書明帝紀贊：「臨雍拜老。」詩指商山四皓受漢太子拜。「四皓」即東園公、綺里季、夏黄公、甪里先生，因四人鬚眉皆白，故稱四皓，秦時避亂，隱居商山。漢初，高祖議廢太子，呂后用張良計，迎四皓侍太子，高祖驚，遂罷其議。此四句，「尚有」與「伏生」二句，「非無」與「綺里」二句，對應成文。自「衛國容尼父」至此共十二句，叙奇逢篤志傳經，拒不仕清，全係明亡以後事。

〔自媿才能劣以下四句〕「意誼」亦作氣誼，見〔二〇二〕將去關中别中尉存杠釋。「卜築」見〔一六三〕贈林古度釋。「講堂」，講學之堂也，容城北城村、易州之雙峯、輝縣之夏峯均有奇逢講堂。在夏峯者即兼山堂。

【箋】

清人爲孫奇逢作傳立譜，于明清易代之際，往往以不事王侯，潔身傳道尊之，而于奇逢嚴分夷夏，不仕異族則諱而不言，即其高弟如湯斌、私淑如方苞亦未免焉。故方之爲子春，輒舉雙峯而不舉夏峯，稱之爲徵君，則詳清之徵而不詳明之徵。先生雖初謁，獨能燭其心跡，于詩中曲折言之。「綺里辭秦」、「伏生入漢」，固昭昭矣；「微言垂舊學」、「竹栢心彌勁」，亦宜于言外求之。

編年（一六六五）

是年歲次乙巳，清康熙四年。

正月，定每六年舉京察大計。

二月，吳三桂平水西土司，擒其土司安坤，置黔西三府。

三月，大漢奸洪承疇死。

六月，吳三桂平雲南省城迤東土酋王耀祖等。

八月，令各地送明天啟、崇禎間事迹，備修「明史」。

十月，鄭經部將朱英叛降于清。

十二月，令明宗室改易姓名隱匿者，皆復舊囘籍。

是年先生五十三歲。由泰安至濟南。始置田地屋宇于章丘之大桑家莊，先是章丘人謝長吉負先生貲，抗不肯償，至此以田產抵焉。秋，在濟寧，再至曲阜謁孔林，游闕里，初交顏光敏。

〔二〇七〕酬程工部先貞已下旃蒙大荒落

緜上耕山日，青門灌圃時。懷人初有歎，裂素便成辭。一雁陵秋闊，雙魚入水遲。任城樓

突兀，大野澤參差。物象今來異，天心此際疑。風沙春氣亂，彗孛夜芒垂。見魃當郊舞，聞人叫廟譆。頻翻坤軸動，乍鬬日輪虧。水竭愁魚鼈，山空困鹿麋。傷心猶賦斂，舉目盡流離。旅計真無奈，朋歡可更追？秋吟酬鮑照，日飲封袁絲。簪急當軒響，花繁繞砌枝。朱絃彌唱古，白雪每誇奇。劍術人誰學，琴心爾共知。三年嗟契闊，隻羽倦差池。尚媿劬勞憶，還添老大悲。幾闚尼父室，獨近董生帷。器忝南金許，文承黼段詒。清風來彩筆，疎韻落芳卮。西蜀玄方草，東周夢未衰。會須陪燕笑，重和鄴中詩。

【釋】

〔解題〕程先貞字正夫，山東德州人。明工部侍郎程紹孫、建昌通判程泰子，以祖蔭歷官工部員外郎。明末曾入復社，名列德州第一。國變後，家居二十餘年，扶風教，崇簡樸，搜集里中節義之事及州邑先賢之詩俱成帙。平居講易賦詩，自著有海右陳人集等。先生作此詩時，識先貞已三年餘，詩文集中有關程工部詩共五首，另程正夫詩序一篇；同志贈言録先貞詩亦五首，另贈顧徵君亭林序一篇。德州正當南北交通要衝，爲先生旅途必經之地，此章乃酬先貞自德州來詩，時先生適在濟寧、曲阜旅中。旃蒙大荒落即乙巳歲。

〔緜上、青門二句〕「緜上」在山西介休縣介山下，左傳僖公二十四年：「介之推隱而死，晉侯求之弗獲，以緜上爲之田。」「青門」，長安之東門，邵平種瓜處，見〔三〇二〕將去關中別中尉存杠「瓜種送東陵」釋。兩地皆先生前年所經，故係追憶。

〔懷人、裂素二句〕詩周南卷耳：「嗟我懷人。」見〔四五〕懷人解題。「裂」，裁也；「素」，白絹，古以代紙。班婕妤怨歌行：「新裂齊紈素，皎絜如霜雪。」

〔一雁、雙魚二句〕雁與魚均代表書信。「一雁」見〔一七六〕一雁「塞上愁書信」釋。「雙魚」見古樂府：「尺素如殘雪，結成雙鯉魚。」又杜甫送梓州李使君之任：「雙魚會早傳。」據此二句，知先生去年自平陽曾有書寄先貞。

〔任城樓突兀〕「任」音壬，平聲。「任城」，漢置縣名，明初廢，地入兗州府，在今山東濟寧市境。「樓」，相傳係李白飲酒之地。「突兀」見〔五二〕金壇縣南五里顧龍山釋。

〔大野澤參差〕「大野」，古澤名，在兗州鉅野縣北，今山東巨野、嘉祥一帶，相傳爲西狩獲麟處。「參差」，狀涸澤交錯。自「任城」、「大野」二句至「舉目盡流離」十四句，俱敘濟寧近年災情。

〔物象、天心二句〕「物象」，事物之徵象，孟郊同年春燕詩：「視聽改舊趣，物象含新姿。」「天心」，天帝之心，書咸有一德：「克享天心。」二句引出以下風沙、彗孛、地震、日蝕等自然災變。

〔彗孛夜芒垂〕此句言彗星見。公羊傳文公十四年：「孛者何？彗星也。」古人彗、孛同舉，即俗稱掃帚星，尾有光芒。東華録載康熙三年十月至四年二月彗星見。

〔見魃當郊舞〕此句預言大旱。「魃」音拔，旱神。詩大雅雲漢：「旱魃爲虐。」注引神異經云：「南方有人，長二三尺，袒身而目在頂上，走行如飛，名曰「魃」。所見之國，大旱，赤地千里。清史稿災異志載：康熙四年八月，兗州濟寧州旱。

〔聞人叫廟譆〕此句預言有災。左傳襄公三十年：「（五月）或叫于宋太廟曰：『譆譆出出』，……甲午，宋大災。」按：「譆譆出出」，狀鬼神之聲。「出」通「咄」。

〔頻翻坤軸動〕此句記地震。「坤軸」即地軸，博物志地：「地下有四柱，四柱廣十萬里，地有三千六百軸。」杜甫南池詩：「安知有蒼池，萬頃浸坤軸。」又晦日尋崔戢李封詩：「地軸爲之翻，百川皆亂流。」清史稿災異志載：康熙四年二月，（山東）平陰地震。自是京師、滄景等地皆震。

〔乍鬭日輪虧〕此句記日蝕。原注：「淮南子：麒麟鬭而日月食。」清史稿天文志十二載：康熙三年十二月戊午朔，申時，

日食九分弱。

〔流離〕本指流離失散，不得其所，見〔一六六〕元日詩釋。此處借指災民。

〔旅計、朋歡二句〕「旅計」指旅人生計，「朋歡」謂友朋交歡。二句由旅途生計艱難而追憶昔日與先貞之歡會，以下八句全叙歡會事。

〔秋吟酬鮑照〕原注：「宋鮑照有園中秋散詩。」鮑照（四一四——四六六）字明遠，南朝宋東海人。工詩文，與謝靈運齊名，並稱「鮑謝」。嘗官臨海王劉子頊前軍參軍，世又稱「鮑參軍」。江陵亂，死亂軍中，有集傳世。先生每過德州，常在秋日（參見〔三一〇〕德州過程工部），故疑此句所詠乃順治十八年（一六六一）秋先生初交先貞時事。

〔日飲對袁絲〕原注：「史記袁盎傳：盎兄子種謂盎曰：南方卑溼，君能日飲，毋苛。」袁盎字絲，本楚人。曾爲吳王相，吳王欲反，故其兄子教之云云。夙與鼂錯搆隙，錯勸景帝削諸侯，吳楚七國遂反，盎勸景帝誅錯以謝七國。亂平，遷楚相。後以阻梁王求嗣，梁王使人刺殺之。按：「毋苛」，漢書爰盎傳作「亡何」，注曰：「無何，言更無餘事。」先生用「日飲亡何」故事，蓋自嘲自晦也。

〔蛬急、花繁二句〕均狀秋景。「蛬」音共，一名促織，即蟋蟀。鮑照擬古之七：「秋蛬扶户吟，寒婦成夜織。」「花」，此指菊花。「砌」，臺階。

〔朱絃、白雪二句〕「朱絃」，樂器所用之紅色絲絃，禮樂記：「清廟之瑟，朱弦（同「絃」）而疏越，壹倡而三歎，有遺音者矣。」「白雪」，古曲名，或謂師曠所作，與陽春曲並稱。二句乃借樂喻詩。王士禛漁洋詩話評先貞海右陳人集，以爲才情不及盧德水（名世濯，涞水人，亦明臣仕清者），而深隱過之。

〔劍術、琴心二句〕「劍術」句似先生自謂（相傳先生擅擊劍），先貞答亭林留別赴山右詩：「篋底新書藏定本，匣中孤劍起寒稜。」當係紀實。「琴心」句恐係共説，先貞再次酬亭林先生將適山右詩：「燈燭清輝分粲粲，琵琶哀響撥稜稜。」似

借「瑟琶語」以代「琴心」。

〔三年嗟契闊〕「契闊」猶言離與合、聚與散，詩邶風擊鼓：「死生契闊，與子成說。」後多沿用爲複詞偏義，謂久別也，陸機吳王郎中時從梁陳作詩：「誰謂伏事淺，契闊踰三年。」據先生詩，知康熙元年自山東北上，路經德州後，與先貞已一別三年。

〔隻羽倦差池〕「隻羽」係先生以孤燕自喻。「差池」，羽毛不整貌，詩邶風燕燕：「燕燕于飛，差池其羽。」「三年」、「隻羽」二句承上憶昔，啟下撫今。

〔尚媿劬勞意〕自注：「來詩云：看君行邁劬勞甚。」來詩載海右陳人集，詩云：「懷古遙應處處同，青鞋布襪御長風。猶聞采蕨思殷社，漫道歌薰入漢宮。山色千重遮冀北，河流萬里下蒲東。看君行邁劬勞甚，五噫誰知廡下鴻？」原題爲答亭林平陽見寄（之二），惜先生所寄書詩俱失載也。「劬勞」猶勞苦，詩小雅鴻雁：「鴻雁于飛，肅肅其羽。之子于征，劬勞于野。」

〔老大悲〕文選樂府古辭：「少壯不努力，老大乃傷悲。」

〔幾闚尼父室〕「幾」，副詞，幾乎、差不多。「闚」同窺。「尼父」即孔子。論語子張：「賜之牆也及肩，窺見室家之好；夫子之牆數仞，不得其門而入。」又先進：「子曰：由也升堂矣，未入于室也。」此句「闚室」，蓋贊先貞近道。

〔獨近董生帷〕自注：「相傳德州有董子讀書臺。」董仲舒（前一七九——一〇四），漢廣川（故城鄰德州）人。武帝時，以對策稱旨見重，拜江都相，再出爲膠西相。病免家居，猶受朝廷諮詢。生平推尊儒術，抑黜百家，世稱「董生」。漢書本傳：「下帷誦讀……蓋三年，董仲舒不觀于舍園，其精如此。」句言「近帷」，蓋贊先貞篤學。

〔器忝南金許〕詩魯頌泮水：「大賂南金。」注謂荆揚出金，謂之「南金」，喻南方美才。晉薛兼清素有器宇，少與紀瞻、閔鴻、顧榮、賀循齊名，號爲五儁。初入洛，司空張華見而奇之，曰：「皆南金也。」（見晉書薛兼傳）據詩意，先貞必盛稱

先生才器。先貞謝亭林先生爲予序詩詩有「羨爾才華冠友朋」句。

〔文承繡段詒〕「詒」通貽，贈也。張衡四愁詩：「美人贈我錦繡段，何以報之青玉案。」據詩意，先貞必亟稱先生詩文。先貞再次酬亭林先生將適山右詩有「詩客渾如杜少陵」句。上句「忝」表謙，此句「承」表敬。

〔彩筆〕見〔五〕京闕篇釋。

〔疏韻〕風竹聲也，白居易詩：「風竹含疏韻。」

〔西蜀玄方草〕揚雄（前五三——後一八），漢西蜀成都人，曾仿易而作太玄。程先貞亦治易，故云。

〔東周夢未衰〕論語陽貨：「（子曰）如有用我者，吾其爲東周乎！」又述而：「子曰：甚矣吾衰也！久矣吾不復夢見周公。」此句反其意而用，蓋謂先貞尚未及衰也。

〔會須陪燕笑〕「會須」猶言該當，李白將進酒：「烹羊宰牛且爲樂，會須一飲三百杯。」「燕」通宴；「燕笑」即宴飲談笑，詩小雅蓼蕭：「燕笑語兮，是以有譽處兮。」

〔重和鄴中詩〕漢建安時，曹操封于鄴（今河南臨漳）。其時詩人輩出，多游宴于鄴中，所爲詩即稱「鄴中詩」。南朝詩人如謝靈運、鮑照、江淹等仿擬三曹、七子之作，即所謂「和鄴中詩」也。此句承上「陪燕笑」句，並追憶「朋歡」、「日飲」之樂，故以「重和鄴中詩」結之。

【箋】

先生稱先貞爲「程工部」，當係仍其明時故官，然其人于國變後持節如何，諸書多語焉不詳。戴望但云「亂後隱居」；濟南府志云「告病歸，家居二十年。」吴映奎引山左詩鈔小傳，曰：「年甫及强，遽長揖歸。」惟清詩紀事初編則斷言「順治三年告終養。」據府志謂先貞「年六十七，預置一棺，題曰休息庵。」假定其壽止六十七，則逆推順治三年，正四十歲，與「年甫及強」合，疑鄧氏斷言亦或本此。鄧氏且引先貞自題第三小像云：「乙酉北謁，賜蟒衣一襲。濫江干之役，

腰横玉具，行色匆匆。」推知先貞此行，乃爲清師招降錢謙益。信如是，則其人殆于順治二年降清，以原官用；旋南下招降，爲虎作倀；翌年乞歸，猶以北謁賜蟒腰玉爲榮也。大節既虧，廉耻復喪，先生與之交稔逾恆，悼詩至有「交情多媿郅君章」之嘆，是誠蘧案所謂「不可解」者。大約先生北游以後，居停屢遷，交接日廣，值滿運炙手可熱之際，欲爲合法之遊隱，必有難言之處。故律己雖方嚴不苟，取人則不宜故立厓岸，所謂「夷清惠和」，折衷于「時」是已。此意于〔一九〇〕酬史庶常可程箋後已約畧言之。今讀先貞丙戌秋日初至桑園舊莊作所云「漫游餘緬想，觸目淚盈巾」，似告歸之日，猶存恫瘝之心。其謝亭林先生序詩詩：「周行中土三千里，慟哭先朝十四陵」，似失足之後，尚餘故國之思。而先生所爲詩序，亦僅告以不忘祖父爲孝，不忘先民爲忠，勗以善俗而率民，克盡鄉大夫之職而已，過此本無奢望也。乃知先生但取人今日之一善，而不責其既往之大咎，于史可程已然，于程先貞亦然。

編年(一六六六)

是年歲次丙午，清康熙五年。

正月，吴三桂、張國柱等平滇南土酋禄昌賢。

二月，令安南繳送所受明永曆帝敕印，否則絶其貢使。

五月，令安南解送「海寇」黄明標等。安南已繳到所受永曆帝敕印，乃遣使册封黎維禧爲安南國王。

七月，鄭經部將李順叛降于清。

八月，吴三桂奏于滇東土司地設一府一州，從之。

十二月，鼇拜益專擅，以圈换正白、鑲黄兩旗分地事，殺大學士蘇納海、總督朱昌祚、巡撫王登聯等。

是年先生五十四歲。春，自章丘過濟寧，經廣平至曲周。然後逾太行，抵太原。朱彝尊自布政司來訪，遂訂交。北上至代州，寓陳上年州署。李因篤與屈大均亦自關中來晤，因相與鳩貲墾荒于雁北、五臺之東。秋，自雁北經應州再至大同，寓曹溶道署。旋赴京師，經德州回山東。游泰安天慶宫，然後至兖州守彭繩祖署度歲。

是年十月，著韻補正成。

〔二〇八〕　寄劉處士大來已下柔兆敦牂

劉君東魯才，頗能究經傳。時方渾九流，發憤焚筆硯。久客梁宋間，落落無所見。棄家走關中，自結三秦彥。便居公瑾宅，直上高堂宴。憶昨出門初，朔風灑冰霰。獨身跨一驢，力比蒼鷹健。崎嶇上太行，彳亍甘重趼。一過信陵君，下士色無倦。贈別寶刀裝，賓僚陪祖餞。麾檝渡蒲津，駿馬如奔電。上下五陵間，秦郊與周甸。花殘御宿苑，麥秀含元殿。常過韋杜家，早識嚴徐面。意氣何翩翩，交游良可羨。回首憶故人，久滯臨淄縣。黃塵汙人衣，數舉西風扇。山東不足居，苦爲相知勸。世路況悠悠，窮愁儻能遣？聊裁一幅書，去託雙飛燕。

【釋】

〔解題〕劉處士，元譜云「無考」，徐注疑即「劉六如」。然據詩意，已知其爲東魯人，通經術，不仕。久客梁宋間，近年出遊山右，歷太行，客代州，識郡守陳上年。然後南下由蒲津渡河入關中，再館李因篤家。先生寄此詩時，劉尚在關中。此先生詩可以存人之一證。又蘧案據吳懷清李天生年譜及受祺堂詩集，考定劉處士大來號六茹，山東兗州濟寧人。康熙六年（一六六七）曾入山西安邑令趙增（字講村）幕，八年（民按：應作七年）卒（于里）。餘考均與此詩合。柔兆敦牂即丙午歲。原鈔本卷五從此詩起。

〔劉君東魯才〕周武王封其弟旦于魯，魯在周之東，故稱「東魯」。梁簡文帝請賀琛奉述毛詩義表：「東魯夢周，窮茲刪采。」乃以「東魯」代孔子（孔子魯國人）。劉大來濟寧人，濟寧古屬魯地，故云。

〔渾九流〕原注：「晉韓延之復劉裕書：假令天長喪亂，九流渾濁。」漢書藝文志以儒家、道家、陰陽家、法家、名家、墨家、縱横家、雜家、農家爲「九流」，本指戰國時九種學術流派。漢武帝獨尊儒家，後世遂以儒家爲主流。「渾」通混；「渾九流」，猶言九流混雜。

〔焚筆硯〕晉書陸機傳：弟雲嘗與書曰：「君苗見兄文，輒欲焚其筆硯。」按：崔君苗欲焚筆硯，蓋媿而焚也，此處則係憤而焚。

〔久客梁宋間〕「梁」，本指戰國時魏國，都大梁，即今開封。「宋」，本指東周時宋國，都今商丘。漢梁孝王于梁宋間築梁園，當時名士枚乘、司馬相如、鄒陽皆客遊于此。李白書情贈蔡舍人雄：「一朝去京國，十載客梁園。」皆此句所本。

〔落落〕見〔一六五〕贈黃師正釋。

〔三秦彥〕指關中豪傑。昔項羽三分關中之地，立秦三將爲雍王（章邯，領咸陽以西地）、塞王（司馬欣，領咸陽以東地）、翟王（董翳，領咸陽以北，即今陝北地），後世因稱關中爲「三秦」。「彥」，賢美之士，詩鄭風羔裘：「彼其之子，邦之彥兮。」

〔便居公瑾宅二句〕自注：「館李子德家。」周瑜（一七五——二一〇）字公瑾，三國廬江舒人。吳志本傳：孫堅家于舒，堅之子策與瑜善，瑜推道南大宅以舍策。左思蜀都賦：「置酒高堂，以御嘉賓。」又，隋唐以後稱父母亦曰「高堂」，因篤家有老母，故云。以上十句，畧介處士生平及以前遊踪。

〔憶昨出門初二句〕「昨」不知何年，據陳上年仕歷，當在三、四年前。「霰」音綫，雪珠或雪絲，詩小雅頍弁：「如彼雨雪，先集維霰。」

〔彳亍廿重趼〕「彳亍」，欲行不前貌。潘岳射雉賦：「彳亍中輟。」柳宗元答周君巢書：「彳亍而無所趨。」「趼」音義同繭，足久行所生硬皮，莊子天道：「吾固不辭遠道而來願見，百舍重趼而不敢息。」

〔一過信陵君二句〕自注：「陳君上年。」上年字祺公，保定清苑人。順治己丑（一六四九）進士，康熙二年至六年任代州守，遷山西布政使參議，後官雁平兵備道。好與文士交，先生及朱彝尊、李因篤、屈大均等皆友之。「信陵君」，戰國時魏公子，名無忌。史記魏公子傳：「公子爲人，仁而下士。」「下士」，謂折節以禮遇士人。傳又載其會賓客，迎侯生，

俁生愈示驕，「公子顏色愈和」，即此句所云「色無倦」也。

〔贈別寶刀裝〕李白贈華州王司士：「知君先負廟堂器，今日還須贈寶刀。」李詩用晉書王覽傳呂虔贈刀故事。

〔賓僚陪祖餞〕出行前祭路神曰「祖」，以酒食送別曰「餞」。三國志魏志管輅傳：「館陶令諸葛原遷新興太守，輅往祖餞之，賓客並會。」以上十句叙處士近年遊晉。

〔麾檝渡蒲津二句〕「麾檝」同揮楫。「蒲津」即蒲坂津，黄河渡口之一，在蒲州（今永濟）西門外，即三年前先生由晉入陝處，見〔二四〕蒲州西門外鐵牛詩。「奔電」本駿馬名，秦始皇駿馬之一，庾信馬射賦：「尚帶流星，猶存奔電。」二句一叙渡河，一叙奔陸，極狀神速。

〔上下五陵間二句〕班固西都賦：「南望杜霸，北眺五陵。」文選注：「高帝葬長陵，惠帝葬安陵，景帝葬陽陵，武帝葬茂陵，昭帝葬平陵。」此五陵皆在渭北，因葬時必征豪族聚居，故當時極繁華。國外曰「郊」，郊外曰「甸」。秦都咸陽，周都豐鎬。二句概述處士泛遊長安四郊。

〔花殘御宿苑〕「御宿苑」乃宫苑名，亦作「籞宿」、「御羞」，係漢武帝所開，在長安城南御宿川（今西安市南）。杜甫秋興詩：「昆吾御宿自逶迤」，指此。苑必植花，句云「花殘」，與下句「麥秀」對言，亦寓故國之思。

〔麥秀含元殿〕「含元殿」乃唐殿名，在大明宫丹鳳門内（故址約當今陝西長安縣東）。「麥秀歌」相傳爲箕子過殷墟感宫室毁壞傷心作，有句「麥秀漸漸兮，禾黍油油。」與詩王風黍離寓意同。

〔常過韋杜家〕唐時長安城南有「韋曲」、「杜曲」二地，乃韋、杜兩豪族所居，辛氏三秦記云「城南韋杜，去天尺五。」言距天之近也。韓愈出城詩：「應須韋杜家家到，秖有今朝一日閒。」

〔早識嚴徐面〕「嚴」指嚴安，臨淄人；「徐」指徐樂，燕郡無終人。漢武帝時，俱因上書得幸，官郎中，在帝左右，見漢書嚴朱吾丘主父徐嚴終王賈傳。後沿以「嚴徐」爲布衣才士之稱，梁任昉奉答敕示七夕詩啓：「晚屬天飛，比嚴徐而待

詔。」上二句叙處士在長安交游之廣。

〔意氣何翩翩二句〕「翩翩」，狀人風采飄逸，史記平原君傳贊：「平原君，翩翩濁世之佳公子也。」以上十句叙處士近年遊陝。

〔回首憶故人二句〕「故人」，先生設言自謂。「臨淄」，古齊都，可代山東。先生自順治十四年（一六五七）北遊，迄今已近十年。其間雖徧歷燕、趙、關中，然終以山東爲歸宿，蓋不始于去年置産章丘時也，「久滯」二字謂此。自此以下六句，皆代處士設言。

〔黄塵汙人衣二句〕原注：「世説：庾公在石頭，王公在冶城，坐，大風揚塵，王以扇拂塵曰：『元規塵污人。』」引文出世説新語輕詆。「庾公」即庾亮，字元規；「王公」指王導。時亮權重，勢壓王導，王不平，故云云。石頭在冶城西北，故扇著「西風」二字。詩句用此，但謂追名逐利之場不可近，與王導語意不同。

〔山東不足居二句〕先生深惡齊俗，俱見所撰萊州任氏族譜序（文集卷二）。該序作于脱濟南獄後，于萊人好訟尤惡焉，故特重言及之。此處謂「山東不足居」，殆承「黄塵」句來，蓋亦借處士代言，故云「苦爲相知勸」也。

〔世路況悠悠二句〕「世路」猶言世道、人生道路，王粲贈蔡子篤詩：「悠悠世路，亂離多阻。」「悠悠」，遠也，後漢書張衡傳：「以思世路，斯何遠矣。」「儻」通倘，反詰或然之詞。自此以下四句，均先生自省自答之言。

〔聊裁一幅書二句〕江淹雜體李都尉從軍詩：「袖中有短書，願寄雙飛燕。」飛燕即青鳥使，可以傳書。以上十句，故設主客問答之詞，以見寄詩真意。

【箋】

劉大來，先生稱之爲「處士」，李因篤尊之爲「高士」，其人本「儒士」，詩所叙又頗類「俠士」，蘧案以爲「繫心前朝陰圖恢復者」，近矣。詩共二十韻，每五韻爲一組，每組叙一意，順序而讀，頓覺處士爲人、行踪、志趣頗與先生相類。觀

其崎嶇太行、上下五陵、渡蒲津、歷秦郊，乃至過信陵君、居公瑾宅，與先生前年歷遊晉陝似出一轍。夫寄詩而代敘他人遊踪，甚異；敘他人遊踪而能逼真如是，甚難，先生故爲其異而優爲其難，皆「山東不足居」一念促成之也。推先生之意，處士籍山東而棄家走關中，我本江南產反久滯臨淄縣，世路悠悠，黄塵汙人，何居乎？何居乎？讀此乃知先生移家關陝雖在十年之後，而思發實在未入濟南獄之前。本年重遊山右，再贈李因篤及寄朱存杠詩恐皆出此。

〔二〇九〕朱處士彝尊過余于太原東郊，贈之

詞賦雕鐫老，河山騁望頻。末流彌宇宙，大雅接斯人。世業推王謝，儒言纂孟荀。書能搜五季，字必準先秦。攬轡長城下，回車晉水濱。秋風吹雁鶩，夜月卧麒麟。玉盌人間有，珠襦地上新。吞聲同太息，吮筆一酸辛。與爾皆椎結，于今且釣緡。羈心縈故跡，殊域送良辰。草没青驄晚，霜浮白墮春。自來賢達士，往往在風塵。

【釋】

〔解題〕朱彝尊（一六二九——一七〇九）字錫鬯，號竹垞，浙江秀水人。明亡時，年尚少，肆力古學，博極羣書。及壯，主山陰祁氏，擬圖恢復。康熙元年，幾遭魏耕之獄（事見小腆紀傳魏耕傳）。于是奔走四方，南踰嶺表，北出雲朔，東泛滄海，所至輒以搜剔金石爲事。故精于考證，尤工詩詞。康熙十八年（一六七九）年已五十，舉鴻博，與蕭山毛奇齡、無錫嚴繩孫號「江南三布衣」，合富平李因篤而得四焉。既授官檢討，與修明史，體例多從其議。後入值内廷，被劾罷。尋復原官，引疾罷歸，卒年八十一。詩與王士禛齊名，時稱南朱北王，輯有明詩綜百卷。詞與陳維崧齊名，刻有朱陳村詞，輯有詞綜三十四卷，爲浙派之開山。文以雅潔淵懿勝，根柢深厚，與汪琬頡頏，有曝書亭集八十卷。又

喜藏書，積八萬卷。兼通經史，著有經義考三百卷，日下舊聞四十二卷。本年彝尊三十八歲，春日在太原，客山西布政使王顯祚幕，先生抵東郊，彝尊往訪，遂訂交焉。曝書亭集有與顧亭人書，云：「太原客館，兩辱賜書，贈以長律二百言。」今此詩僅百二十字，不知是否該作。

〔詞賦雕鐫老〕「雕鐫」（鐫音泉）猶雕刻、雕琢。揚雄法言吾子：「或問吾子少而好賦，曰：『然，童子雕蟲篆刻。』俄而曰：『壯夫不爲也。』」按：「蟲書」與「刻符」本係兩種書體，漢代乃童子所習，爲壯夫所輕。法言與此句俱以雕鐫喻詞賦，蓋輕之也。如北史李渾傳：「（渾）嘗謂魏收曰：雕蟲小技，我不如卿。」亦指詞賦。詞賦既如童子雕蟲篆刻，壯夫不爲，此句竟綴以「老」字，解嘲之意甚明。彝尊與顧寧人書：「去夏過代州，遇翁山、天生，道足下盛稱僕古文辭。」而此詩但期以「大雅」、「儒言」，贊其「搜書」、「準字」，知先生不欲彝尊以「詞賦雕鐫老」也。

〔河山騁望頻〕「騁望」（騁音逞，上聲）猶言馳騁遊覽，後漢書循吏傳序：「損上林池籞之官，廢騁望弋獵之事。」此句尾用「頻」字，知與九歌湘夫人「白薠兮騁望」義異，後者但作縱目望遠解。按：彝尊好遊，前此已南極海隅，北抵關塞，足跡所至，已徧歷閩浙吴楚，乃至齊燕趙魏之間，蓋亦有所圖焉。

〔末流彌宇宙〕「末流」謂九流之末，參見〔二〇八〕寄劉處士大來「渾九流」釋。「彌宇宙」，狀其瀰漫之廣，詞用貶義，如杜甫寄張十二山人彪詩：「羣凶彌宇宙。」按：此句「末流」係對士風而言，不限于文辭也。徐注引潘耒朱竹垞文集序，以「僞文」當之，蓋因諱而識小，與前後句誤注同。漢書游俠傳序：「惜乎不入于道德，苟放縱于末流。」「末流」與「道德」對言。

〔大雅接斯人〕「大雅」指宏大雅正之人，與詩經大雅之樂異。如漢書河間獻王傳：「夫唯大雅，卓爾不羣。」又班固西都賦：「大雅宏達，于兹爲羣。」皆同。「斯人」指彝尊。以上四句以大重之筆籠罩全篇，係虚寫隱寫；「斯人」以下轉入贈題，始實寫明寫。

〔世業推王謝〕「王」與「謝」乃東晉南朝衣冠世族，此以秀水朱氏擬之。彝尊曾祖朱國祚，萬曆十一年（一五八三）狀元。光宗初，起南京禮部尚書入閣，後以户尚兼武英殿大學士。卒贈太傅，謚文恪。國祚六子，長大競，雲南楚雄知府；大競子五人，長茂暉，中書舍人，入復社，乃彝尊嗣父。彝尊生父茂曙，諸生，亦重儒術，學者稱安度先生。孔叢子執節：「仲尼重之以大聖，自兹以降，世業不替。」故知「世業」本指儒業，與文章事業異，觀下句用「儒言」可知。

〔儒言纂孟荀〕此句明言彝尊治經學。彝尊所纂經義考三百卷，初名經義存亡考，統考歷代經義之目，網羅極富。全書部帙浩大，雖成書于康熙三十八年，諒已經始于此時矣。

〔書能搜五季〕此句明言彝尊治史學。「五季」即五代，後梁、後唐、後晉、後漢、後周是也。蘇軾金門寺中見李西臺與二錢唱和……跋之詩云「五季文章墮劫灰」，此宋人沿稱五代爲「五季」之始，意謂此五代皆唐朝之季世也。彝尊三十歲即有志注歐陽修五代史記（即新五代史），爲此而搜輯五季史料甚勤，一則委託友人抄撮羣書，二則摩挲殘碑破冢之文而拓之，三則輯録薛氏舊史佚文，據三者以考以注，期與劉、裴鼎足。彝尊治學謹嚴，與先生同，故特以「能搜」予之。惜彝尊此注卒未成書，蓋所搜史料一失于友人鍾廣漢之死，一失于壁魚穴鼠之齧，五十年辛苦，付之永歎，然先生已不及知矣。詳見曝書亭集徐章仲五代史記注序。

〔字必準先秦〕此句明言彝尊治小學。相傳周制已有大學、小學之分，八歲至十五歲入小學，習「六藝」（禮、樂、射、御、書、數），其五曰「書」，即識字之學也。故南宋以前，凡文字、訓詁、音韻之學，恆稱「小學」。宋孝宗時，小學但教童子以灑掃應對進退之節，沿至清代，識字之學遂成專業，而仍「小學」之名焉。彝尊治小學，不限于小篆六書，兼及先秦金石古文，與先生實有同好。

〔攬轡、回車二句〕「攬轡」意謂騎馬。「晉水」源出太原西南懸甕山滴水泉，春秋時，智伯遏晉水以灌晉陽，即此。彝尊于康熙三年秋後出居庸關，經土木、宣府、上谷而抵大同，此所謂「攬轡長城下」也。康熙四年秋，由大同再度雁門，

經晉祠，達太原，此所謂「回車晉水濱」也。二句緊扣彝尊近年行踪，彷彿起聯「河山騁望頻」注脚。

〔秋風、夜月二句〕「麒麟」泛指塚前石獸。「秋風」句狀節令景物，「夜月」句記尋碑訪碣。二句承上聯，記彝尊昨前兩年秋日途中事。

〔玉盌人間有〕玉盌、金盌皆指殉葬器物。相傳漢武帝茂陵被盜，玉盌流出；崔少府女與盧充幽婚，金盌流出。故沈炯通天臺表：「茂陵玉盌，遂出人間。」杜甫諸將詩：「昨日玉魚蒙葬地，早時金盌出人間。」

〔珠襦地上新〕「珠襦」，以珠綴成之短衣，后妃之服，亦作殮服。西京雜記一：「漢帝送死皆珠襦玉匣。」「地上新」指器物出土。以上二句皆暗示陵墓被盜，亦彝尊途中所見。

〔呑聲、吮筆二句〕自注：「盜發晉王墓，得黃金數百斤。」按：此指晉王朱棡墓，「晉王」見〔一八〕晉王府解題。「呑聲」，心有怨而不敢作聲，後漢書曹節傳：「杜口呑聲，莫敢有言。」「太息」，見〔一二五〕安平君祠釋。二句極狀亡國士民抑哀之情，爲下句「椎結」二字作襯。

〔與爾皆椎結〕「爾」即汝，俱友朋親昵之詞，杜甫醉時歌：「忘形到爾汝。」「結」通髻，「椎髻」乃一撮之髻，形狀如椎，係戎虜髮型。劉向説苑善説：「西戎衽左而椎結，由余亦出焉。」史記貨殖列傳：「程鄭，山東遷虜也，亦冶鑄，賈椎髻之民，……」漢書陸賈傳：「賈至，尉佗魋(通椎)結箕踞見賈。」所指皆同。此句蓋歎彝尊與己皆不得已而剃髮清裝。參見〔五五〕流轉「稍稍去鬓毛，改容作商賈」句。

〔于今且釣緡〕詩召南何彼穠矣：「其釣維何？維絲伊緡。」「緡」，繩也，此指釣絲。全句暗示當今唯有遊隱于江湖。

〔羈心縈故跡〕「羈心」，羈旅之心，鮑照還都道中詩：「羈心苦獨宿。」「故跡」指所訪之殘碑斷碣。李元度國朝先正事畧：「竹垞所至，叢祠荒冢金石斷缺之文，莫不搜剔考證，與史傳互參同異。」

〔殊域送良辰〕「殊域」，異鄉，此指太原。「良辰」，指二人相會于本年春日。

〔青驄〕見〔一七三〕五十初度釋。

〔霜浮白墮春〕北魏河東人劉白墮善釀酒。青州刺史賫酒之蕃，途中遇劫盜，以酒飲之，皆醉而被擒。時爲語曰：「不怕張弓挾矢，唯怕白墮春醪。」見洛陽伽藍記城西。「霜浮」謂酒上浮蟻也。

〔自來賢達士二句〕「賢達」，賢能通達者。陶潛擬挽歌辭：「千年不復朝，賢達無奈何。」「風塵」，見〔三五〕推官二子執後詩釋。自「吞聲同太息」至篇末共十句，改單寫彝尊爲合寫二人；回顧起四句，乃知既狀彝尊，亦先生自況也。

【箋】

先生取友首重氣節，次學問，又次詞章，康熙戊午（一六七八）以前能兼此三者，當以朱彝尊爲最。彝尊少先生十六歲，明亡時，年未弱冠，未嘗受明官、食明禄，取明科名，非前朝遺老、遺少之比，苟出仕新朝，又何譏焉。乃于清兵取滇、永曆奔緬、鄭張入海、明焰將熄之際，仍密參山陰祁氏（理孫、班生）恢復之謀，一旦事洩，主謀魏耕被誅，祁氏兄弟一戍一死，彝尊疾走海上始免。其堅持民族氣節，冒死不顧，視尋常「處士」爲尤難。事解北遊，本年得晤先生于太原，距魏耕之獄纔四年耳。此時彝尊經史之學，詩文之名，已久播士林，先生敬之重之，過于李因篤，故首贈之作，輒許以「大雅」「賢達」，于「椎結」中引爲同志，不似初酬因篤詩，但以詩文相尚也。其後與彝尊等相與鳩貲墾荒于雁北；及先生自投濟南獄，彝尊復在山東巡撫幕爲之力解，使其尚氣治學不衰，則先生没齒之日，必以彝尊爲死友矣。惜乎戊午之薦，終以「名太高、迹太顯」與因篤同受牽挽，得毋「文勝質」之過乎？然論者竟以此而謂彝尊一舉鴻博，先生卽「與之交絶」，「名字卽不再入集」，一若不如此則不足見先生之方嚴剛正。此不獨不洞知先生，且去事實亦遠。夫先生之卒距戊己之薦不過二、三載，若謂因仕清而除集中彝尊名字，則戊己距此詩已逾一紀，中間何亦不見酬贈之篇？若曰割削，又何必獨留此傾心始贈之作？先生己未（一六七九）與潘次耕札（應載殘稿卷三，中華本將原文録入文集卷四）未云：「此札可與錫鬯、公肅觀之。」可知彝尊仕清後，先生未嘗「與之交絶」，此時集中亦未嘗無彝尊名字也。先生酬史庶

常可程詩云:「顧視世間人,夷清而惠和。丈夫各有志,不用相譏訶。」先生明知「于此時而將行吾道,其誰從之?」(文集卷三與友人論門人書)是故律己必如夷之清,待人則如惠之和,或取其今而恕其往,或畧其跡而原其心,要必其人果有可恕可原之處,斷非故爲寬假也。清詩紀事于彝尊但以文人視之,而「惜其輕于一出,終傷鎩羽。」「而後削文類「布衣」之稱,題詩集「騰笑」之名,毋乃忸怩。」其責是矣。先生于彝尊雅不欲其爲文人,故雖盛稱其文辭,而斷不爲文字交,二人詩集鮮唱酬之作,理或在此。然彝尊「篤于朋友」與李因篤、潘耒「躬行孝悌」同,先生既恕潘李矣,豈獨求全于彝尊?是故廣師篇云:「文章爾雅,宅心和厚,吾不如朱錫鬯。」朱之得恕,其在兹乎?

〔二一〇〕屈山人大均自關中至

弱冠詩名動九州,紉蘭餐菊舊風流。何期絕塞千山外,幸有清樽十日留。獨漉泥深蒼隼没,五羊天遠白雲秋。誰憐函谷東來後,班馬蕭蕭一敝裘。

【釋】

〔解題〕屈大均(一六三〇——一六九六)本番禺人,生于南海邵氏,故本題于「大均」下自注爲「南海人」。隆武初,年十六,以「邵龍」姓名補明南海縣學生員,其父遂攜之歸沙亭(屬番禺),復姓屈氏,易名「紹隆」(以示不忘邵氏),字翁山,又字介子。永曆元年(一六四七),從師陳邦彦(順德舉人,永曆時授兵科給事中)起義攻廣州。邦彦死難,大均奔肇慶,將授官中祕,聞父病遽歸。父卒,爲僧,法名今種,字一靈,又號騷餘,僧服出遊大江南北,遍交豪傑之士,與朱彝尊尤相契。後隨鄭成功入鎮江,攻南京,兵敗。旋與彝尊同參魏耕、祁氏兄弟通海之謀,再敗。于是歸里,返初服,更名大均,北遊山陜,入京師,下維揚,自金陵返粤。與先生相識代州,正大均北遊之初也。吳三桂叛清時,復明

衣冠，蓄髮，大均往參孫延齡軍，遂左右其間。後知其將敗，丙辰（一六七六）謝歸，家居卒，年六十七。大均以詩名，與陳恭尹（一六三一——一七〇〇，邦彦子）、梁佩蘭（一六二九——一七〇五）並稱「嶺南三大家」。其它著述亦多，雍乾兩朝嚴禁不傳，並其生平亦多傳載失實。如小腆紀傳屈大均傳云：「自固原攜妻至代州，與顧炎武、朱彝尊遇于太原。」蓋本元譜謂先生遊太原時，「秀水朱竹垞過訪，「南海屈翁山亦自關中來會」云云，一似大均與先生初識于太原，其實皆誤，說見下「何期、幸有二句」釋。大均著述至晚清始稍稍出，今存廣東新語、皇明四朝成仁録，翁山詩外、翁山文外（合編爲翁山詩文集）等。「山人」通指山居隱士（見〔一二〕送張山人應鼎解題），此係沿大均舊稱，時屈已返儒服，非僧也，故以下出雁門關詩即直書爲「生」。

〔弱冠詩名動九州〕「弱冠」，男子二十歲，禮曲禮：「二十曰弱，冠。」謂加冠而體猶未壯也。「九州」有禹貢、爾雅釋地、周禮職方氏諸異說，今通采禹貢，即冀、豫、雍、揚、兗、徐、梁、青、荆九州，沿指中國，參見〔三〕感事「神州」釋。按：大均以詩享名當世，自不待言。然此句乃贊其得名之早（弱冠）及傳名之廣（九州），語似溢美，然必有所據。大均屢得朋友書札感賦：「名因錫鬯起詞場，未出梅關名已香。」自注云：「予得名自朱錫鬯始。未出嶺時，錫鬯已將予詩徧傳吴下矣。」大均未出梅嶺時正值弱冠前後，時先生尚在吴下，未北遊也，故亦聞名甚早。又，此詩一起便贊大均「詩名」，偶題起句亦稱「六代詞人」，出雁門關詩末聯復曰「登高有賦」，似先生所取于屈大均者，全在詩才。

〔紉蘭餐菊舊風流〕離騷：「紉秋蘭以爲佩。」又：「夕餐秋菊之落英。」「舊風流」，此指屈原。大均自以族出南宗屈氏，乃屈原之裔，三閭之後，因自號「騷餘」。其屢得朋友書札感賦云：「遂使三閭長有後，美人芳草滿番陽。」（「番」音潘，「番陽」謂番禺縣番山之南）其送寧人先生之雲中詩：「君追孔氏著麟書，我學三閭持橘頌。」人亦以屈子之裔譽之，如潘耒廣東新語序：「翁山之詩，祖靈均而宗太白。」朱彝尊九歌草堂詩集序：「予友屈翁山爲三閭大夫之裔，其所爲詩多愴怳之言，……予以爲皆合乎三閭之志者也。」

〔何期、幸有二句〕據鄔慶時屈翁山年譜：康熙五年六月偕李因篤自富平同至代州，客陳上年尚友齋中，識顧炎武。又先生與顏修來手札六（佚文輯補）：「弟以今六月至雁門，時李君天生自關中來。」及陳上年賦送寧人先生詩：「……樽前煙雨饒相和，室裏芝蘭迥自如。渭水（李）吴門（顧）方駕久，更來彼美説三閭（屈）。」知後二句乃記本年六月先生與李、屈二人共集代州守陳上年署中事。

〔獨漉泥深蒼隼没〕「獨漉」亦作獨鹿、獨禄、求禄，象聲詞，無實義，可作晉拂舞歌名、酒器名、古劍名、旋風名，此處宜作山名。「獨鹿山」在今河北省涿鹿縣西，鄰大同境，爲大同沿桑乾河入京必經之地。史載漢元封四年（前一〇七）十月，武帝北巡出蕭關，獵新秦中，歷獨鹿、鳴澤，自代而還，即此。「蒼隼」即蒼鷹，戰國策魏策：「要離之刺慶忌，蒼鷹擊于殿上。」説苑作「蒼隼」。獨鹿山與蒼隼皆塞上景物，爲先生昔日及大均來日所必經，故與下句「五羊」南北借對（「獨」作數詞，「漉」同鹿）。徐注引古樂府「獨漉獨漉，水深泥濁。」而未詳其義。蘧案疑「獨漉」影射陳恭尹，尤屬揣測。

〔五羊天遠白雲秋〕「五羊」，廣州别稱。太平寰宇記廣州謂五羊城在南海縣，初有五仙人騎五色羊執六穗秬而至，故名。「白雲」，廣州山名。此句切大均籍貫，言南北遠隔也。

〔誰憐、班馬二句〕「函谷」即函谷關；「函谷東來」扣本題「自關中至」。按：本年大均遊華山，賦西嶽詩百韻，李因篤驚歎，以書告代州參將趙彝鼎，趙使使來富平迎因篤與大均同出關至代。「班」，别也；「班馬」乃載人離别之馬，李白送友人詩：「揮手自兹去，蕭蕭班馬鳴。」戰國策秦策：「（蘇秦）説秦王，書十上而説不行，黑貂之裘敝，黄金百斤盡。」後沿以「敝裘」狀行李蕭條。據此二句，知大均雖已至代，尚未入贅趙家，先生作詩時亦不知大均有此婚事也。參見〔三三〕偶題箋。

【箋】

明末志士未冠而參與抗清者，以夏完淳（一六三一——一六四七）、李因篤（一六三一——一六九八？）、屈大均（一六三〇——一六九六）、朱彝尊（一六二九——一七〇九）爲最早。完淳國殤類汪踦，死難時年僅十六；朱、李爲「處士」三十餘年，一舉鴻博，頓喪晚節；唯大均顛沛流離，蹶而復起，或僧或俗，至老不衰。爲僧前，喋血粤中，務在進取；削髮後，奔走吴越，屢參恢復；既返服，北遊關塞，廣交志士，以爲遠圖。洎三藩事起，遂建義始安，從軍于楚，思假吴三桂以復明朝（大均爲吴三桂監孫延齡軍諸事，見自撰繼室黎氏行略及伯兄墓表）。事敗，里居二十年，于著述中指斥清虜有加。雍乾兩朝，其書屢禁，其墓兩掘，原擬剉尸梟首而獲免（僅籍没戍子孫），亦幸矣。先生與四人皆有交往，于完淳爲父執，集中有〔三〕上吴侍郎及〔六〕哭陳太僕詩，而不及完淳，應不足怪。獨怪其初贈朱、李詩，即推心置腹，引爲同志，而贈大均詩則皆近體短章，雖亦清新跳脱，終乏黍離麥秀之思。豈先生與大均文字交深，同志交淺耶？大均有哭亭林處士詩（翁山文外八）：「雁門相送後，秋色滿邊城。白日惟知暮，寒天詎肯明。纔分南北路，便有死生情。皓首悲難得，黄河忽已清。」據此詩自注「甲子河清」四字，知作于先生歿後二年（康熙二十三年甲子），道遠聞耗遲也。詩意内斂而所寓甚深，苟非同志，決難作此。果爾，則大均知先生深，而先生知大均反淺也。

〔二一一〕重過代州，贈李處士因篤，在陳君上年署中

雁門春草碧，且復過滹沱。爲念離羣友，三年愁緒多。魯酒千鍾意不快，龜山蔽目齊都隘。却來趙國訪廉頗，還到關中尋郭解。陳君心事望諸儔，吾友高才冠雍州。玉軸香浮鈴閣曉，彩毫光照射堂秋。人來楚客三閭後，賦似梁園枚馬遊。句注山邊餘舊壘，五原關下臨河水。青冢哀笳出漢宮，白登奇計還天子。窮愁那得一篇書，幸有心期託後車。又逐天風歸大海，

好憑春水寄雙魚。

【釋】

〔解題〕先生于癸卯(一六六三)初過代州，始交李因篤(見〔一六八〕酬李處士因篤)，此係「重過」，時李在陳上年代州府署。「上年」見〔二〇八〕寄劉處士大來「一過信陵君」釋。「代州」即秦漢時雁門郡，隋改爲代州。明清時代州轄今代縣、繁峙、五臺、原平等縣，治設代縣。

〔雁門春草碧〕「雁門」，此作山名，在代州西北，上有關，兩山夾峙，形勢雄險，據傳唯雁飛得過，與寧武、偏頭共稱山西「三關」。江淹別賦：「春草碧色，春水緑波。」按：先生今年六月至雁門(見〔二一〇〕屈山人大均自關中至「何期、幸有二句」釋)，故知「春草碧」三字但借以誌別離，與作詩節令無關。以下「射堂秋」之「秋」，「春水寄雙魚」之「春水」，均係泛用。張穆以爲重至代州詩「雁門」二句，蓋在三月杪，拘泥「春」字，非祇違實，亦無以釋全詩。

〔且復過滹沱〕「滹沱」，河名，見〔一七五〕井陘「水折通燕海」釋。代州在滹沱河北岸，先生康熙二年、三年取道太原北上，已兩過滹沱矣。

〔爲念離羣友二句〕禮檀弓上：「余離羣而索居亦已久矣。」「離羣友」指因篤。先生于康熙二年五月生日前至代州與因篤相識，至本年六月，恰滿三年。以上四句用五言，以下全用七言，故全篇成古歌行體。

〔魯酒、龜山二句〕「魯酒」，魯國之薄酒，莊子胠篋：「魯酒薄而邯鄲圍。」庾信哀江南賦：「楚歌非取樂之方，魯酒無忘憂之用。」「龜山」在今山東泗水縣東北，孔子曾登之而作龜山操曰：「予欲望魯兮，龜山蔽之。手無斧柯，奈龜山何！」「齊都」本指臨淄，參見〔二〇八〕寄劉處士大來「回首憶故人，久滯臨淄縣」及「山東不足居」等句釋。按：如二句係從山左(齊魯)對山右(晉陝)而言，時先生居齊魯。「龜山」句是因，「魯酒」句是果。

〔却來趙國訪廉頗〕史記廉頗藺相如列傳：「廉頗者，趙人也。」今代州、太原均趙國舊地。

〔還到關中尋郭解〕漢代游俠，前有朱家，後推郭解，俱見史記游俠列傳。解本軹（今河南省濟源縣南）人，武帝時徙茂陵。解入關中，關中賢豪知與不知，皆交歡之。以上「趙國」、「關中」二句，追憶三年前初遊晉陝訪友事。

〔陳君心事望諸儔〕「陳君」指陳上年，見解題。「望諸」指戰國時燕將樂毅。毅助燕昭王伐齊，下齊七十餘城，封昌國君。昭王死，惠王信讒，使騎劫代毅，毅奔趙，趙封爲望諸君，史記有傳。「儔」，同輩。先生先後以信陵君、望諸君比上年，蓋取其豪俠仗義，禮賢下士。

〔吾友高才冠雍州〕「吾友」指李因篤。因篤陝西富平籍，係古雍州地。

〔玉軸香浮鈴閣曉〕此句對「陳君」而言。「玉軸」，玉製書軸，庾信哀江南賦：「乃使玉軸揚灰。」「鈴閣」，將帥治事之所，晉書羊祜傳：「鈴閣之下，侍衛者不過十數人。」（時上年兼署雁平兵備道）先生鈔書自序（文集卷二）云：「今年（丁未）至都下，從孫思仁先生得春秋纂例、春秋權衡、漢上易傳等書，清苑陳祺公（即陳上年）資以薪米紙筆，寫之以歸。」知陳君亦係藏書愛書者。

〔彩毫光照射堂秋〕此句對「吾友」而言。「彩毫」即彩筆，見〔五〕京闕篇釋。「射堂」即射宮，古代習射受學之所，庾信春賦：「拂塵看馬埒，分朋入射堂。」因篤高才，故云。

〔人來楚客三閭後〕此句專指座客屈大均。參見〔二一〇〕屈山人大均自關中至「何期、幸有二句」釋。

〔賦似梁園枚馬遊〕此句合指上年署中諸客。「梁園」即梁苑，見〔一八二〕晉王府釋。「枚」即枚乘，見〔五〕京闕篇「賦客餘枚叟」釋。「馬」指司馬相如（前一七九——一一八）字長卿，成都人。漢武帝時以獻賦得官，亦曾遊梁園，見〔二〇八〕贈劉處士大來「久客梁宋間」釋。

〔句注山〕「句」，音義同鈎。句注山即雁門山，因山形鈎轉，水勢注流而名，係古九塞之一。史載漢高祖伐匈奴，踰句注，「餘舊壘」當指此。又，因篤前曾遊寓山下。

〔五原關句〕代郡有五原關，見漢書地理志，然與「五原塞」異（五原塞在今内蒙古五原縣境）。關臨黄河，「臨河水」當指此。

〔青冢哀笳出漢宫〕「青冢」即昭君墓，在今呼和浩特市南，相傳其冢色青，故名。昭君姓王名嫱，昭君其字也（晉人避司馬昭諱，改稱「明君」或「明妃」）。漢南郡秭歸人，元帝宫女。時匈奴呼韓邪單于求美人爲閼支，帝爲和親計，特予昭君。昭君戎服乘馬，抱琵琶出塞，嫁呼韓邪，號寧胡閼支，生一男。呼韓邪死，又遵胡俗嫁其子，生二女，卒葬匈奴。按：昭君和番，正統史家多悲其事，以爲漢恥，詩用「哀笳」，亦然。

〔白登奇計還天子〕「白登」，山名，在今山西大同西。漢初，高帝追匈奴至平城，冒突單于圍帝于白登七日。史記陳丞相世家謂平「凡六出奇計」。集覽云：「解白登之圍，六也。」高帝紀與陳平傳及匈奴傳均載其事，惟陳平用何「奇計」則各説不一，今多從桓譚新論，謂平潛往説匈奴閼支，云漢擬獻美女于單于，閼支妒，遂退軍。「還」，使之還也，詞有諷義。按：「青冢」、「白登」二句俱借漢困于匈奴悲明亡于清。

〔窮愁那得一篇書〕此用虞卿因窮愁而著書事，見〔九六〕贈錢行人邦寅「窮愁」釋，係先生自況。

〔幸有心期託後車〕「心期」，心相期許，南史向柳傳：「柳曰：我與士遜（顔峻）心期久矣，豈可一旦以勢利處之？」「後車」，後繼之車，漢書賈誼傳：「前車覆，後車誡。」此句謂鑒于前朝之失，特託心期于來者。又，後車即「倅車」、「副車」，佐貳所乘。時李因篤在陳上年幕，故亦可兼指因篤。

〔又逐、好憑二句〕「雙魚」參見〔二〇七〕酬程工部先貞釋。前句「歸海」言仍將返山東，後句「寄魚」預約互通音問，近流水對。

【箋】

全詩以贈李因篤爲主，于陳上年、屈大均及署中諸客亦面面照顧，如此始稱切題（在陳君上年署中）。看似尋常友

朋應酬之作，然插入「句注」、「五原」、「青冢」、「白登」四句，漢胡、夷夏之辨又躍然紙上。

〔二一二〕 偶題

六代詞人竟若何？風流似比建安多。湯休舊日空門侶，情至能爲白紵歌。

【釋】

〔解題〕此詩潘刻本無，據原鈔本補。「偶題」而無作者自釋，則與署「無題」同。以其原編贈李處士詩後及出雁門關之前，據詩意，當係爲屈大均作。

〔六代〕通稱「六朝」，即吳、東晉、宋、齊、梁、陳，以其均建都建康，故合稱之。李白留別金陵諸公：「六代更霸王，遺跡見都城。」

〔詞人〕揚雄法言吾子：「詩人之賦麗以則，詞人之賦麗以淫。」詩人、詞人並舉，可知漢時二者攸分，然其人俱以能賦稱。此以「詞人」喻大均，蓋隱嘲其作品麗以淫也。

〔風流似比建安多〕此句係承上句「竟若何」作答。「建安」，漢獻帝年號，對上句「六代」而言。建安時，三曹、七子俱以詩名，文質並茂，所謂「建安風骨」是也。六代則多風流艷體，尤以南朝爲盛，故曰「似比建安多」也。

〔湯休舊日空門侶〕南朝宋僧惠休，又稱休上人。善屬文，辭采綺艷，顏延之每薄其詩，曰：「惠休制作，委巷中歌謡耳。」徐湛之與之善，孝文帝令使還俗，本姓湯，因名湯休，官至揚州從事。湯休無專傳，事附宋書徐湛之傳。佛教尚空，故稱「空門」。「侶」即僧侶。湯休先爲僧，後返俗，與屈大均同，因以爲比。鍾嶸詩品謂「惠休淫靡，情過其才。」故下句亦用「情至」二字。

〔情至能爲白紵歌〕「白紵」同白苧，夏布之細潔者，可作舞衣。「白紵歌」，古樂府名，初爲吴之舞曲，其詞盛贊舞者容姿。樂府詩集録白紵舞歌詩序曰：「質如輕雲色如銀，製以爲袍餘作巾。」此狀白紵。又録惠休白紵歌二首，其二云：「少年窈窕舞君前，容華艷艷將欲然，爲君嬌凝復遷延，流目送笑不敢言，長袖拂面心自煎，願君流光及盛年。」此狀舞姿。先生既以湯休比屈大均，疑大均新婚時亦有艷情之作。

【箋】

先生初識大均，稱之爲「山人」，以其雖返儒服，山林之氣猶存也。不逾時，易稱爲「屈生」（見下出雁門關詩題），蓋知大均將續絃也。翁山文外繼室王孺人行畧曰：「王氏字華姜，榆林人。父都督壯猷，順治乙酉建義旗于園林驛，戰敗死之。時華姜生始三日，母任懷之走侯公家，孀守十七年没。侯及繼室趙夫人篤愛之，欲得才賢士爲配。趙公彝鼎者，趙夫人之弟也，以參將守代州，與李因篤最交歡。侯託趙公求壻，趙更以屬李。丙午，余有事華山，賦西嶽詩百韻，李子見而驚歎，以書告趙，使使來迎至代，李子爲蹇修，華姜自固原至。既嬪，戊申秋出雁門，己酉秋抵番禺，云云。據屈向邦粤東詩話：「華姜育于諸姑侯氏家。」王士禛池北偶談謂「固原守將某（即所云「侯公」）見而慕其（指大均）才，以甥妻之。」二文俱不誤，然王復謂「（翁山）自固原攜妻至代州、上谷，再遊京師歸粤。」則與大均自述異。據大均繼室王孺人行畧，本年係代州參將趙彝鼎使使至富平迎李因篤及大均先至代。華姜本居固原，至代受嬪當畧後。故先生前贈屈山人詩末聯云：「誰憐函谷東來後，班馬蕭蕭一敝裘。」時尚不知大均將賦桃夭也。既知其事，遂作此詩嘲之。先生不喜詞，而大均則兼工此道，意者結褵之夕，大均曾賦艷詞，先生故稱「詞人」以謔之乎？又，此詩全無忌諱語，而潘耒削之，殆因先生集中無戲語，留之徒滋累歟？

〔二一三〕出雁門關，屈趙二生相送至此，有賦二首

一雁孤飛日，關河萬里秋。雲横秦塞白，水入代都流。烽火傳西極，琴樽聚北州。登高欣有賦，今見屈千牛。

【釋】

〔解題〕此題二首，一贈屈生，一贈趙生，互不相干。屈卽屈山人大均，已見前釋。趙乃趙勔鼎，字季襄，榆林人。其兄卽大均所云「以參將守代州」之趙彝鼎。先生本年與李因篤、朱彝尊、傅山等二十餘人鳩貲墾荒于雁門之北，至秋遂出雁門，後經大同入北京。此行大均有送寧人先生之雲中七古、七律各一。勔鼎亦能詩，其送寧人先生五律腹二聯「飛來太湖月，散作雁門秋。大道天人貫，遺民海嶽留。」切人切事，落落不俗。

〔一雁、關河二句〕十個字記人（一雁）、記事（孤飛出雁門關）、記地（關——雁門關；河——滹沱河）、記時（秋），用筆開闔雅重。先生五律起聯，大多類此。

〔雲横秦塞白〕「秦塞」，此指秦嶺。韓愈左遷至藍關示姪孫湘：「雲横秦嶺家何在」，句本此。大均與先生俱曾遊關中華嶽，故兼及之。

〔水入代都流〕「代都」，此指代州。徐注引史記孝文本紀「高祖十一年，立爲代王，都中都」是也，陳上年賦送寧人先生詩：「此去秋山遲好會，傳魚早晚過中都。」可證。蘧案以爲當指大同，不知大同從不以「代都」名也。據此則知「水入」之水指滹沱河水。

〔烽火傳西極〕「烽火」見〔二〕千官「傳烽」釋。「西極」參見〔六七〕傳聞「西極馬」釋。本年青海額魯特（蒙古族，卽明之瓦剌）入侵祁連山，擬寇秦隴，甘肅提督張勇屢敗之，作詩時烽火尚未熄，事見清史稿藩部五。此句應上「秦塞」句，是賓。

〔琴樽聚北州〕「北州」泛指代都諸地，參見前贈屈山人「幸有清樽十日留」句。此句應上「代都」句，是主。

〔登高欣有賦〕詩鄘風定之方中，傳曰：「升高能賦。」漢書藝文志引傳作「登高能賦。」王勃滕王閣序亦有「登高作賦」句。此句「登高」顯指雁門山，「作賦」指大均所贈送寧人先生之雲中二詩。

〔今見屈千牛〕莊子養生主：「今臣之刀十九年矣，所解數千牛矣，而刀刃若新發于硎。」後世因以「千牛」爲利刀名。自北魏至隋唐設宮庭衛仗官，佩刀立御座左右，名「千牛仗」或「千牛衛」。王建宮詞：「千牛仗下放朝初，玉案傍邊立起居。」元、明兩朝已不設此官，古人屈姓亦不見有官千牛者，疑大均曾從永曆帝奔走侍衛，擬授官中祕，故借古官爲喻。又據魏書，孝武帝西奔，沙門惠臻負璽持千牛刀以從，大均曾爲僧，故戲擬之。

趙國佳公子，翩翩又一時。滿壺桑落酒，臨別重相思。路絕花驄汗，情深越鳥枝。賢兄煩鎖鑰，邊塞寄安危。

【釋】

〔趙國佳公子二句〕「公子」指戰國時趙國平原君趙勝，史記平原君列傳：「平原君，翩翩濁世之佳公子也。」此處切代州(古屬趙國)及勔鼎之姓。

〔滿壺桑落酒二句〕「桑落酒」即白墮酒，見〔二〇九〕朱處士彝尊過余太原東郊「霜浮白墮春」釋。又水經注河水：「民有姓劉名墮者，宿擅工釀，採挹河流，醞成芳酎。懸食同枯枝之年，排于桑落之辰，故酒得其名矣。」按：二句失對。先生五律第二聯常用十字流水法，如〔六〕金陵雜詩之一：「江月懸孤影，還窺李白樓。詩人長不作，千載尚風流。……」又如〔一三七〕晉亢：「此地猶天府，當年竟入秦。燕丹不可作，千載自悽神。……」此二句亦然，意謂飲酒以重相思之情也。

〔路絕花驄汗〕「路絕」謂山路險絕。「花驄」即青驄馬，杜甫驄馬行：「初得花驄大宛種。」「汗」，馬行汗出也，此作名詞，

與下句「枝」字對。

〔情深越鳥枝〕見〔三〕賦得越鳥巢南枝解題，此句喻思鄉。

〔賢兄煩鎖鑰二句〕自注：「趙生之兄爲雁門參將。」參見解題。宋史寇準傳：「北門鎖鑰，非準不可。」雁門猶國之北門，此以寇準喻趙彝鼎。按：彝鼎能與李因篤交歡，且能迎屈大均至代，徐注引朱彝尊王處士墓志銘，記其斂葬王處士事，推知其人亦非風塵俗吏。此句因弟而及兄，雖不無溢美，亦應酬文字之常。

【箋】

先生去年置田産于章丘之大桑家莊，今年又與李因篤、朱彝尊、傅山等二十餘人鳩貲墾荒于雁門之北、五臺之東，事見與潘次耕書（文集卷六）。原書但云：「近則稍貸資本……應募墾荒……而立室廬于彼。然其地苦寒特甚，僕則遨遊四方，亦不能留住也。」則知雁北室廬僅爲墾荒而置，非常住之地。故全氏神道表叙其事曰：「苦其地寒，乃但經營創始，使門人輩司之，而身出遊。」所云「門人輩」亦不知爲誰。表又云：「東西開墾，所入別貯之以備有事。」所備何事，以未見實施，殆不可考。章炳麟顧亭林遺事謂「亭林設票號，屬傅青主主之，立新制，天下信從，于是饒于財用。」（太炎文録續編卷六）設有其事，亦當在此時；至謂「天下信從」，史籍均不見載。蘧案此詩引鄔慶時屈翁山年譜，云「（翁山）知山陝之間，僻處一隅，清不甚防閑，有志之士，多匿處以圖恢復。……顧亭林、李天生、朱竹垞、傅青主等先後集太原，定計分進。送顧、李出雁門之後，先生（指屈大均）亦即南歸，徧遊廣東南路，事雖未成，而其志可知矣。」民按：亭林先生終生不忘故國，不忘抗清，是矣。然謂其雁北墾荒，華陰卜宅，皆欲有所爲，則苦無實證。章、鄔諸君于清季民族抗爭之際，多飾前賢以號召，故不免揣摩其事。即如全氏神道表所云「以備有事」，亦不過據先生「華陰綰轂」之言，申先生「幽隱莫發」之志而已。不然，何同時諸人別集隻字不載，即如屈、趙二生贈行詩亦不見其端倪耶？

〔二一四〕　應州 二首

灅南宮闕盡，一塔挂青天。法象三千界，華戎五百年。空簷搖夜月，孤磬落秋煙。頓覺諸緣滅，臨風獨灑然。

【釋】

〔應州〕五代時後唐明宗始置州名。州北有龍首，州南有雁門，二山對應，故名「應州」。其時兼置金城縣爲州治，即今山西省之應縣。明清均廢縣留州，屬大同府。其地北界桑乾河，南倚恆山餘脈，實爲大同之後衛。

〔灅南宮闕盡〕原注：「魏書：太祖天賜三年（四〇六）六月，發八部五百里內男丁築灅南宮門闕，高十餘丈。太宗泰常五年（四二〇）四月丙寅，起灅南宮。」按：灅水（灅，或作漯）一名治水，又名沙河，實卽桑乾河之上源。拓跋魏初興時都平城，卽今大同，故亦于灅南築宮室。「盡」，謂北魏時宮闕，今不復存也。

〔一塔挂青天〕自注：「城內木塔，遼清寧二年建。」按：此塔卽今應縣城內之木塔。先是後晉天福間（九三六——九四二）于應州建寶宮寺，契丹道宗清寧二年（一〇五六）建塔，元延祐二年（一三一五）改寺名爲佛宮寺，易塔名爲「釋迦塔」。塔五層，木製，高三十六丈，故以「挂青天」喻之。明成祖北征、武宗巡邊，均曾駐蹕于此。

〔法象三千界〕「法象」見〔七〇〕恭謁高皇帝御容詩「人間垂法象」釋。「三千界」本佛教語「三千大千世界」之省稱。佛經以須彌山爲中心，以鐵圍山爲外部，合成「世界」。于是以千倍累進，曰小千世界、中千世界、大千世界，共稱三千世界。全句謂一切法象皆在三千界內。

〔華戎五百年〕原鈔本「戎」作「夷」，清諱言「東夷」，故以「西戎」之戎字代。按自北魏至明一千餘年，應州地初屬北魏，

中屬遼金，後屬蒙元，皆「夷」也，惟隋、唐、明爲華族，是華、夷各領應州五百年也。

〔空幡、孤磬二句〕以幡摇、磬落狀寺僧禮佛，引起下句。

〔頓覺諸緣滅〕「頓覺」猶「頓悟」，對漸悟而言。佛教禪宗以爲人皆有佛性，可以一觸而悟，謂之頓悟，南宗主之。「諸緣」亦佛家語。「緣」對「因」而言，事物之來，主其成者爲因，助其成者爲緣，因有限而緣無窮，故言緣必曰「諸緣」、「萬緣」。此句承上，謂于幡影磬聲中，頓覺萬緣俱滅，四大皆空。「滅」字原鈔本作「滅」。

〔灑然〕灑脱貌。謂瀟灑脱俗，不爲塵世所拘也。

尚憶沙陀事，明宗此郡生。艱難當亂世，太息軫遺氓。鳳彩留荒井，龍文照古城。焚香祝天願，果得見昇平。

【釋】

〔沙陀〕西突厥之别部，五代時後唐李存勗、後晉石敬瑭、後漢劉知遠皆出此族，詩則專指後唐。

〔明宗此郡生〕自注：「五代史：唐明宗，應州人。」按：後唐明宗李嗣源本胡族，無姓氏，初名邈佶烈，李克用養爲子，遂賜今姓名。咸通八年丁亥（八六七）九月九日懿皇后（明宗追尊生母）生之于應州之金城縣。見五代史明宗紀。

〔艱難、太息二句〕「太息」猶長歎息。「軫」本謂心傷痛，如言軫惜、軫悼、軫念、軫懷等。「遺氓」同「遺民」，此指遭災禍而倖存之民，與不仕異朝之民異。孟子萬章：「雲漢之詩曰：周餘黎民，靡有孑遺。信斯言也，是周無遺民也。」二句即明宗「祝天願」之辭。

〔鳳彩留荒井〕自注：「志云：州有金鳳城，明宗生于此，有金鳳井。」

〔龍文照古城〕「古城」即當時之金城縣，本名金鳳城。「龍文」，駿馬名，沿以喻佳子弟，北齊書楊愔傳：「此兒（指愔）駒齒未落，已是我家龍文。」又，應州東北三十里有龍首山，州南四十里有龍灣山。上句「鳳彩」切后瑞，此句「龍文」切

帝瑞。

〔焚香祝天願〕唐莊宗被弒，明宗嗣位，年已六十。史稱其爲人淳質，寬仁愛人。每夕宮中焚香，仰天祝禱曰：「某，蕃人也，遇亂世爲衆推戴，事不獲已。願上天早生聖人，與百姓爲主。」

〔果得見昇平〕史稱明宗即位後，減罷宮人、伶官，廢内藏庫，百姓賴以休息。中原無事，比歲豐登，在位八年（九二六——九三三），于五代稱小康。按：「果得」二字原鈔本作「何日」，本係疑詞；改作「果得」，便近諛詞，與先生借古抒懷大異其趣。

【箋】應州彈丸之地，本無可詠，此題但借寺塔與鳳井以抒借古傷今之情。兩首主旨俱在頷聯：第一首「法象、華戎」二句謂應州邊郡，向爲華、戎平分，未足爲怪。第二首「艱難、太息」二句亟贊明宗撥亂愛民之心。夫明宗，胡族也，能致小康；今滿清亦胡族也，何日得見之乎？詩贊明宗與贊李克用父子同，但論其是非善惡，未嘗以異族而絶之也。

〔二一五〕重至大同

頻年落落事孤征，每到窮邊一寄情。馬跡未能追穆后，虎頭空自相班生。風吹白草桑乾岸，月照黄沙盛樂城。忽見丹青意惆悵，君看曹霸陀才名。

【釋】

〔落落〕多義詞，此句應「孤征」二字，當作孤獨解，猶言「落落」難合。參見〔一六五〕贈黄師正釋。

〔每到窮邊〕「窮邊」，極邊也，此指大同。四字扣題。

〔馬跡未能追穆后〕「穆后」指周穆王。周以前帝王皆得稱「后」。左傳昭公十二年：「昔穆王欲肆其心，周行天下，將皆必有車轍馬跡焉。」按：先生與潘次耕書（文集卷六）云：「頻年足跡所至，無三月之淹。友人贈以二馬二騾，裝馱書卷，所雇從役，多有步行，一年之中，半宿旅店。」知此句係由紀實引出。

〔虎頭空自相班生〕後漢書班超傳：「超問其狀，相者指曰：生燕頷虎頸，飛而食肉，此萬里侯相也。」東觀漢記「頸」字作「頭」，參見〔五〕京闕篇釋。按：「馬跡、虎頭」二句，皆先生所謂「寄情」也。

〔風吹白草〕岑參輪臺歌送封大夫出師西征：「北風捲地白草折。」

〔桑乾〕河名，即古㶟（漯）水，發源于今山西省朔縣（馬邑）之桑乾山，東流經懷來而南，明稱之爲無定河，清康熙後稱永定河。大同在桑乾上游北岸。

〔盛樂〕見〔二〇四〕自大同至西口釋。

〔忽見丹青意惆悵二句〕自注：「代府中尉俊㖊能畫。」元譜：康熙五年，重過大同，遇故代府中尉俊㖊。日知錄九族條自注：「余丁未歲（應作丙午歲）在大同，遇代府中尉俊㖊，年近五十。考其世次，于孝宗爲昆弟，而上距弘治（一四八八——一五〇五）之元已一百八十年，秦晉二府見在者多其六、七世孫。」杜甫丹青引贈曹將軍霸：「將軍魏武之子孫。」霸本曹操之後，善畫馬。唐開元中，官左武衞將軍。朱俊㖊係明代王子孫，能畫，故以曹霸喻之。丹青引又云：「將軍畫妙蓋有神，偶逢佳士亦寫真。……途窮反遭俗眼白，世上未有如公貧。但看古來盛名下，終日坎壈纏其身。」此謂霸爲才名所扼，俊㖊亦與之同。

【箋】

此詩前六句已將「重至大同」四字說盡，末聯迸出題外，知此詩兼爲朱俊㖊作。先生集中涉及見存明宗室者有三人，即秦府中尉存杠，代府中尉俊㖊，晉府中尉敏浮。先生落落孤征秦、晉、代二十年，相逢明裔必不止此，但三人受阸

于時則一。

〔二一六〕 得伯常中尉書，却寄，并示朱烈、王太和二門人

岱雲東浮日西晻，下有畸人事鉛槧。忽來青鳥銜尺書，月入軒欞燈吐燄。别子三年斷音問，敝裘白髮空冉冉。引領常睎函谷關，停驂尚憶終南广。瀕行把酒送余去，重來何日當分陝？腐儒衰老豈所望，感此深情刻琬琰。擔簦百舍不自量，可能再上三峯險。君家賢甥與令嗣，舞雩歸詠同曾點。尚論千秋品並堪，以吾一日年猶忝。期君且復慰離愁，勿向流光悲荏苒。

【釋】

〔解題〕「伯常中尉」即朱存杠，其子朱烈、甥王太和俱見〔二〇二〕將去關中别中尉存杠解題及「謬忝師資敬」釋。吳譜于今年編年詩集得伯常中尉下注「明宗室，名俊晰」，大誤。錢邦彦校補吳譜且附會之曰：「俊晰、謙皆存杠之改名。」皆失之眉睫。俊晰屬代府，存杠屬秦府，居地與年輩俱不相及，試將詩集〔二〇二〕、〔二二五〕、〔二二六〕三首相比較，並取文集卷二朱子斗詩序及日知録九族條一讀即知。「却寄」猶回寄、回復。

〔岱雲東浮日西晻〕「岱雲」，泰山之雲。「晻」猶暝，日不明也，漢書五行志：「日光晻。」此句記得書之時、之地。按：先生今秋由大同赴京師，經德州返山東，遊泰安天慶宫，作聖慈天慶宫記（文集卷五），因暫居泰山下。又先生本年與顔修來手札（佚文輯補）曰：「弟以今六月至雁門，……初秋入都，……頃至岱下，俟主人之歸，即過兖都。先此奉候，并問秦中諸子消息。」時修來正在西安藩署，疑先生此詩與顔札係同時却寄。

〔下有畸人事鉛槧〕「下」，泰山之下。「畸人」，不同流俗之人，先生自指，莊子大宗師：「畸人者，畸于人而侔于天。」鉛，粉筆；槧，木牘。西京雜記：「揚子雲好事，常懷鉛提槧，從諸計吏，訪殊方絶域四方之語。」「鉛槧」二字連用，猶言筆録、撰述。此句記得書時所從事。據元譜、吴譜：本年十月，著韻補正成。詩或指此。參見文集卷六吴才老韻補正序。

〔青鳥銜尺書〕「青鳥」喻使者，見〔一三九〕張隱君元明仙隱祠詩釋。「尺書」專指書信，駱賓王軍中行路難詩：「雁門迢遞尺書稀。」徐注引雲笈七籤「青鳥銜書」事，其「書」非書信之書，與詩意不合。

〔軒欞〕指門窗上格子。

〔别子三年〕先生于康熙二年（一六六三）冬，别存杠于西安慈恩塔下（見〔二〇一〕題），至今已三年。

〔冉冉〕行漸進貌，此狀時光漸逝。離騷：「老冉冉其將至兮。」

〔引領常睎函谷關〕「引領」即伸頸，狀望遠，左傳成公十三年：「及君之嗣也，我君景公引領西望，曰：庶撫我乎？」「睎」，義同眄，迷眼而望也。時伯常父子俱在關中。

〔停驂〕見〔一三九〕薊州釋。

〔終南广〕「終南山」即秦嶺，其脈西起天水，東至陝縣，主峯雖在長安南，驪山、華山亦屬焉。「广」音儼，因厂（山厓）爲屋也，此指伯常父子所居土室。

〔瀕行〕猶臨行。「瀕」音頻，靠近。

〔分陜〕見〔三〕感事詩釋。此憶伯常曾以「分陜」之任見期，故下句有「腐儒衰老豈所望」之謙。

〔刻琬琰〕「琬」，圭之上端渾圓者；「琰」，圭之上端尖鋭者，皆可刻寫以記事。孝經序：「寫之琬琰，庶有補于將來。」蔡邕胡公碑：「論集行跡，銘諸琬琰。」

〔擔簦百舍〕「簦」音登，笠之有長柄者，猶今之傘。「擔簦」即荷傘戴笠之意。史記虞卿傳：「躡蹻擔簦，說趙孝成王。」「舍」，三十里；「百舍」，三千里，喻道遠。

〔三峰〕指華山三峯，見〔一九六〕華山釋。

〔君家賢甥與令嗣〕賢甥指王太和，令嗣指朱烈，伯常嗣子，皆先生前年入關所收門人。

〔舞雩歸詠同曾點〕論語先進：「（曾皙）曰：『暮春者，春服既成，冠者五六人，童子六七人，浴乎沂，風乎舞雩，詠而歸。』夫子喟然歎曰：『吾與點也』。」按：曾皙名點。

〔尚論千秋品並堪〕孟子萬章：「以友天下之善士爲未足，又尚論古之人。」「尚」，上也，句謂朱、王上論古人如曾點等，堪與媲美。

〔以吾一日年猶忝〕論語先進：「子路、曾皙、冉有、公西華侍坐，子曰：以吾一日長乎爾，毋吾以也。」按：「忝」，有所辱也，表謙詞。自「君家賢甥」以下四句，俱用論語先進子路等侍坐事，意謂君之甥嗣皆能上追古賢，余不過忝居年長耳。

〔流光〕指流逝之時光，李白古風：「逝川與流光，飄忽不相待。」

〔荏苒〕漸進貌，多指時間之消逝，陶潛雜詩：「荏苒經十載，暫爲人所羈。」

【箋】

先生不欲「徇衆人之好而自貶其學，以來天下之人。」尤不效「二三先生招門徒，立名譽，以光顯于世。」（見文集卷三與友人論門人書）故雖定居華下，仍「不坐講堂，不收門徒，悉反正德以來諸老先生之夙習。」（餘集與潘次耕札）所云「二三先生」或「諸老先生」，疑指孫奇逢、黃宗羲輩日坐講堂，以招門徒爲事者。然先生亦未嘗無門人，賢如潘耒，次如李雲霑（衍生之師），又次如毛今鳳（自吳中負笈北來），及此詩所指朱烈、王太和，其初俱稱私淑而不爲禄利，不開講堂，而先生終一一門人之。至若貴介公子如張雲翼雖銜父命來聘，竟兩却之，然後知先生命意之所在。

編年（一六六七）

是年歲次丁未，清康熙六年。

二月，吳三桂奏俘貴州烏撒女土司隴氏。

三月，江南民沈天甫等僞撰詩二卷，嫁名陳濟生所編，借以訛詐，事白皆誅死。于是禁以「通海」、「逆書」、「于七黨」、「逃人」等罪名誣陷他人，查實則反坐。

五月，令雲貴兩省文官皆由吏部題授。

六月，輔政大臣索尼死，鼇拜益專。

七月，清聖祖始親政，年僅十四。輔政大臣鼇拜誣殺輔政大臣蘇克薩哈等。

十二月，荷蘭入貢。

是年先生五十五歲。春初，留居兖州司李劉澤遠署，删訂近儒名論甲集。南旋至淮安，主王略家，始刻音學五書并製序，屬張弨父子手寫訂訛。然後北渡河由山東至廣平之曲周，拜路文忠公祠。八月過德州，主程先貞及李濤家，偕先貞共弔蘇祿國王墓，作程正夫詩序。入都，居慈仁寺。與李因篤同從孫承澤借得春秋纂例、春秋權衡、漢上易傳等書，陳上年助以薪水紙筆，寫之以歸，作鈔書自序。

〔二一七〕淮上別王生畧 已下彊圉協洽

子高徒抗手，君獨淚沾衣。送我山東去，春空一雁飛。沂山朝靄合，淮水夜燈微。去去懷知己，愁來不可揮。

【釋】

〔解題〕據先生山陽王君墓誌銘（文集卷五），知王君諱畧，字起田，淮安山陽人，家清江浦之南。與先生同年月生，而長先生二十餘日。生八歲而孤，事母孝，事其兄恭，其居財也有讓。少爲括帖之學；及中年，遂閉户不試。家頗饒，每受人之負，折券不較，以是其產稍落，而四方賓客至者，未嘗不與之周旋。先生于順治八年（一六五一）初至淮安，即與王君交，自此一二年或三四年輒一過。每爲先生言：「子行遊天下二十年，年漸衰，可已矣。幸過我卜築，一切居處器用，能爲君辦之。」先生逡巡未決也。康熙二年（一六六三）潘檉章死難，其弟耒年十八，隻身走燕都，先生一僕介之見王君，王君以先生故，迎而壻之。本年先生南旋，主王君家，爲刻音學五書故也。又二年（一六六九）王君卒，其壻耒以狀及子寬以書來，乞銘，先生遂銘之如上。彊圉協洽即丁未歲。

〔子高徒抗手二句〕原注：「孔叢子：子高遊趙，平原君客有鄒文、李節者，與相友善。及將還魯，諸故人訣既畢，文、節送行，三宿，臨別，文、節流涕交頤，子高徒抗手而已。」子高卽孔穿，魯人，孔子裔。嘗與公孫龍會于平原君之所，龍能爲堅白異同之辨，穿折之。平原君謂龍曰：「君無復與孔子高辨事也，其人理勝于詞，公詞勝于理；詞勝于理，終必受詘。」按：臨別不哀，僅抗手（舉手）示意，亦理勝于詞也。先生山陽王君墓誌銘追記本年之別曰：「別君之日，持觴送我大河之北，留一宿，視余上馬，爲之出涕，若將不復見者。」然則詩所云「君獨淚沾衣」蓋紀實也。誌所謂「若將不復

見者」，蓋此別之明年，先生遂有山東濟南之獄，君亦爲里中兒所阨；又明年，君卒，是真不復見也。

〔送我山東去二句〕「山東」，指送別所往；「春空」，指送別之時。又，先生五律第二聯喜用十字句流水（見〔二三〕出雁門關屈趙二生相送詩第二首釋），此亦一例。

〔沂山〕在山東臨朐縣南，沂水縣北，西接泰山，故又名東泰山。詩以「沂山」對「淮水」，蓋以其山代山東。

〔去去〕猶行行，有愈行愈遠意。曹植雜詩：「去去莫復道，沈憂令人老。」

【箋】

讀先生爲王畧所撰墓誌，推知其人必樂善不倦，仁而愛人，蓋天性使然，雖不學古而闇合于義者也。其生平以友朋爲天倫，待亭林先生如昆弟，故此詩亦如墓誌，但作家常語而無一藻飾，然他日詩讖亦兆于此。

〔二一八〕贈蕭文學企昭

生年十五餘，卽與人事接。中更世難嬰，書史但涉獵。率爾好爲文，蔚然富枝葉。終媿康成學，久曠周孔業。日西歲將晏，行事苦不立。禮堂寫六經，庶幾猶可及。俗流好鄭衞，淫詞自親狎。用以扶道真，十無一二合。出門游萬里，踽踽恆負笈。晚得逢蕭君，探賾窮魯汲。車中服子愼，一見語便洽。上考三傳訛，獨授尼父法。方深得朋喜，豈料歸歎急。黃鶴對青山，翩然鼓江楫。浮雲翳楚天，引領空於邑。何時復相從？問奇補三篋。惟期夕惕心，不負朋簪盍。

【釋】

〔解題〕蕭企昭，字文超（自注漢陽人），順治丁酉（一六五七）副貢。爲學尊法程、朱，詆斥陸、王。所著有客窗隨筆一卷，再筆二卷，闇修齋日記一卷，雜筆一卷。卒後，其兄廣昭合編爲性理譜五卷，論讀書之序甚詳（見四庫全書提要子部儒家類存目三）。先生本年由淮安南行至六合，與企昭相識于旅次。「文學」見〔一五九〕送王文學麗正解題。「副貢」亦在「文學」之列，先生蓋用企昭舊時科名。

〔生年十五餘二句〕起句自叙。「十五餘」正值崇禎初元，時先生已納穀入學，並參加復社。

〔中更世難嬰〕此言中年屢遭世亂。「更」，本字平聲，動詞，經歷。「嬰」，纏繞，陸機赴洛道中詩：「世網嬰我身。」

〔書史但涉獵〕言書史僅淺嘗而已。「涉獵」謂若涉水獵獸，心不專一。漢書賈山傳：「山受學祛，所言涉獵書記，不能爲醇儒。」

〔率爾好爲文〕「率爾」，輕率貌，論語先進：「子路率爾而對。」又陸機文賦：「或操觚以率爾。」則專指輕率爲文，句本文賦。

〔蔚然富枝葉〕草木繁盛曰「蔚」，特指文彩。易革卦：「君子豹變，其文蔚然。」「枝葉」，喻浮辭，禮表記：「天下無道，則辭有枝葉。」先生與施愚山書（文集卷三）自云：「近來刊落枝葉，不作詩文。」是重根本不重枝葉，亦晚年悟學之言。

〔康成學〕鄭玄字康成，見〔一二六〕不其山釋。康成之學首在釋經，多從文字訓詁入，不爲虛浮穿鑿之言，爲「漢學」（或稱樸學）之宗。潘耒亭林先生六十壽序：「先生之學，邃于經術而又洞達當世之故。……有功後學不在康成下。」江藩漢學師承記列名四十，以先生居首。

〔周孔業〕周公、孔子之業，實即儒業。先生鈔書自序：「炎武之先家海上，世爲儒。」

〔日西歲將晏以下四句〕此據鄭玄語，自謂年已垂暮，當效玄寫定六經。原注引「後漢書鄭玄傳：戒其子益思曰：所好羣

書，率皆腐敝，不得于禮堂寫定，傳與其人，日西方暮，其可圖乎？」「晏」即日偏西。「行事」謂有所爲，易乾卦：「終日乾乾，行事也。」又離騷：「恐修名之不立。」「禮堂」，講學習禮之堂。「六經」有諸説，據莊子天運篇，本指詩、書、禮、樂、易、春秋，然樂經無書，後多稱「五經」。寫六經事，參見先生本年所作鈔書自序（文集卷二）。

〔俗流好鄭衞以下四句〕此仍承「率爾好爲文」二句，申言淫辭害道。「鄭、衞」本國名，此指二國之樂。禮樂記：「鄭衞之音，亂世之音也。」詩鄭風有溱洧篇，衞風有桑中篇，皆刺淫之詩。故向稱鄭衞之音爲淫聲，詩爲淫辭（辭通詞）。「親狎」猶親暱，貶義。「道真」，即道藝之真，原注：「漢書劉歆傳：黨同門，妒道真。」

〔踽踽恆負笈〕「踽踽」，獨行貌，詩唐風杕杜：「獨行踽踽。」「笈」，書箱之類；「負笈」猶言載書而行，與〔二〇六〕贈孫徵君奇逢「門人負笈」或負笈從師之義異。按：先生之游，恆「以二馬二騾載書自隨。」載書即負笈也，事見全祖望亭林先生神道表。

〔探賾窮魯汲〕「賾」音嘖，此作名詞，指深幽難見之祕。「魯」指魯壁（又稱「孔壁」），魯共王發孔壁而得虞夏商周之書，見孔安國尚書大傳。「汲」指汲冢。晉太康二年（二八一）汲郡人不準發魏襄王冢而得竹書數十車，中有逸周書等，見晉書束皙傳。

〔車中服子慎二句〕原注：「世説：鄭玄欲注春秋傳，尚未成時，行與服子慎遇，宿客舍，先未相識。服在外車上與人説己注傳意，玄聽之良久，多與己同。乃就車而與語言：吾久欲注，尚未了，聽君向言，多與吾同，今當盡以所注與君。遂爲服氏注。」按：服虔字子慎，東漢滎陽人。靈帝中平（一八四——一八九）末，曾任九江太守。著有春秋左氏傳解誼，曾以左傳駁何休所論漢事六十條。服氏左傳尚在南北朝時通行，自唐孔穎達正義專用杜注，服注遂亡。今本係清人輯佚所得。「洽」，合也。

〔三傳〕指春秋三傳，即春秋左氏傳，春秋公羊傳，春秋穀梁傳。

〔尼父法〕春秋相傳爲孔子所作，于當時之人與事，筆則筆，削則削，是謂褒貶，亦卽春秋筆法。「三傳」各釋經文大義，後儒亦有補益。先生左傳杜解補正序（文集卷二）已詳言其「補正」之由，又曰：「若經文大義，左氏不能盡得，而公、穀得之；公、穀不能盡得，而啖、趙及宋儒得之者，則別記之于書而此不具也。」似先生于補正之外，于三傳大義尚有所記，然衍生所編亭林著書目不載，其已見贈蕭君，故以服虔相擬乎？此說本蘧案。

〔方深、豈料二句〕易坤卦：「西南得朋。」論語公冶長：「子在陳曰：歸歟，歸歟！」上句係先生自謂，下句從蕭企昭言。

〔黄鶴對青山〕黄鶴指武昌黄鶴樓，青山指對岸漢陽之龜山，蕭君故鄉也。

〔鼓江檝〕「檝」同楫，短槳也。「鼓檝」猶搖槳、鼓枻。「江」，此指長江。知蕭君此行係由六合溯江返故里，詩兼贈別。

〔浮雲翳楚天〕「翳」，音倚，動詞，蔽也。「楚天」，楚地之天空，係泛指，杜甫暮春：「楚天不斷四時雨，巫峽常吹千里風。」又古詩：「浮雲蔽白日，遊子不顧返。」係此句所本。

〔引領空於邑〕「引領」猶伸頸，見〔三六〕得伯常中尉書釋。「於邑」同於悒，憂傷鬱結也，屈原九章悲回風：「傷太息之愍憐兮，氣於邑而不可止。」

〔問奇補三篋〕「問奇」見〔一三四〕酬歸戴王潘韭溪聯句「問字誰供酒」釋。漢書張安世傳載：武帝幸河東，亡書三篋。詔問莫知，惟安世識之，具記其事。此句用「補」字，當仍就三傳補正而言。

〔夕惕〕意謂朝夕警惕，易乾卦：「君子終日乾乾，夕惕若厲，無咎。」

〔不負朋簪盍〕易豫卦：「由豫，大有得，勿疑，朋盍簪。」盍，聚合也。簪，迅疾之意。「朋盍簪」，謂朋友聚合迅速也。後多沿以「朋簪」二字代朋友。唐戴叔倫卧病詩：「滄洲詩社散，無夢盍朋簪。」此句顛倒「盍」字以叶韻，意謂不負朋友相聚一場也。

【箋】

此詩自「晚得逢蕭君」以上，全係自叙；以下始點明贈行。由自叙可窺知先生中歲以前但好文章，歲之將晏始重經學，此爲研究先生治學本末者不可不知。後半贈詩，于經學中僅及春秋經傳，但此就蕭企昭所操而言，未足以概先生學術也。先生之學以「經」爲經，故五經專著雖少傳本（今僅存左傳杜解補正三卷。易解不傳，音學五書及九經誤字等舊入經部，今則視爲文字音韻之學），然其治文、治史，乃至經世之學（如名著日知録），莫不折衷經傳，以爲指歸，此又爲研究先生學術一貫者不可不知。

〔二一九〕曲周拜路文貞公祠

淩煙當日記形容，閩海風飈未得從。故里尚留旋馬宅，他鄉遥起若堂封。苔生宋璟祠前碣，雪覆要離墓上松。借問家聲誰可似？只今荀氏有雙龍。

【釋】

〔解題〕曲周，今河北省縣名，明、清均屬廣平府。路振飛，曲周人，曾官唐王聿鍵文淵閣大學士，卒謚文貞。見〔六三〕贈路舍人澤溥「先大父」釋。其子澤溥客居太湖，澤濃隱居蘇州。曲周之祠或係澤濃北歸後所建。

〔淩煙當日記形容〕唐書太宗紀：十七年二月，圖功臣于淩煙閣，自趙公長孫無忌至胡公秦叔寶共二十四人，閻立本畫，太宗作贊，褚遂良題閣，閣在長安城中。按：淩煙閣圖功臣像不始于唐，庾信周柱國大將軍紇干弘神道碑已有「天子畫淩煙之閣，言念舊臣」之句。「形容」，古指面貌，韓非子姦劫弑臣篇：「豫讓乃自黔劓，敗其形容。」

〔閩海風飈未得從〕乙酉（一六四五）五月南都覆滅，閏六月，黄道周、鄭芝龍等奉唐王聿鍵稱帝于福州，建元隆武，繼起抗清。時先生亦受唐王遥封，以母喪未葬，不得赴閩蒞任。明年八月汀州破，唐王不知所終。故先生雖與振飛俱事

唐王，實未曾相從一晤也。「風颸」喻戰亂，吳子論將：「居軍荒澤，草楚幽穢。風颸數至，可焚而滅。」

〔故里尚留旋馬宅〕此言曲周尚有文貞舊宅（康熙十六年，先生主澤濃家，即此）。宋史李沆傳：「治第封丘門內，廳事前僅容旋馬。」「旋馬」言使馬轉身，狀佔地狹仄。沆（九四七——一〇〇四）字太初，洛州肥鄉人，宋真宗時賢相，卒謚文靖。

〔他鄉遥起若堂封〕句下自注：「公葬吳之洞庭山。」歸莊路文貞公行狀：「澤溥、太平（即澤濃）以庚子歲（一六六〇）二月十九日葬公于洞庭東山法海隝之新阡。」「封」謂築土爲壟。「若堂」，形似四方而高之堂屋。禮檀弓上：「吾見封之若堂者矣，……」按：古代封墓有「若堂」、「若坊」、「若斧」、「若覆夏屋」之分，若堂，封之大者也。

〔宋璟祠〕宋璟（六六三——七三七），唐邢州南和人，睿、玄兩朝任宰相，封廣平郡公，謚文貞。其祠在今邢臺縣東，墓在今沙河縣西北。璟與振飛同里、同謚，祠亦相近，故以作比。此句應領聯上。

〔要離墓〕要離，春秋吳人。助公子光刺吳王僚子慶忌于江中，慶忌義之，使還吳以旌其忠。要離行至江陵，亦伏劍以報。吳人葬要離于閶門泰伯廟南。事見吳越春秋闔閭內傳。後梁鴻卒葬要離墓側，人曰：「要離烈士，伯鸞清高，可相近。」見後漢書逸民傳。陸游詩亦云：「生擬入山隨李廣，死當穿冢近要離。」古人重之如此。振飛墓距要離墓非遥，故以作比。此句應領聯下。

〔家聲〕家世聲望。司馬遷報任安書：「李陵既生降，隤其家聲。」

〔荀氏雙龍〕荀淑（八三——一四九），後漢潁陰人。少博學有高行，李固、李膺等皆宗師之，稱曰「神君」。有子八人（儉、緄、靖、燾、汪、爽、肅、敷），時稱「八龍」，以靖、爽最知名。按：振飛有子三人，長澤溥，中澤淳，季澤濃，時淳已前卒，故以「荀氏雙龍」喻之。

【箋】

曲周乃先生自山左至山右往來屢經之地，去年初過，今年專爲謁祠來。時路澤濃已北歸，明年先生遭濟南之獄，澤濃救援與有力焉。此詩結構若嵌合，用事極精當，雍容雅正，非謁宰相祠不足以當。

〔二二〇〕 德州過程工部

海上乘槎客，年年八月來。每逢佳節至，長得草堂開。老桂香猶吐，孤鴻影自迴。未論千里事，一見且銜杯。

【釋】

〔解題〕德州，明、清均屬濟南府，民初改州爲縣，即今山東德州市。「過」，本字平聲，經過而訪問也。「程工部」見〔二〇七〕酬程工部先貞解題。

〔海上乘槎客二句〕見〔一八三〕又酬傅處士「相將、不用二句」釋。

〔每逢佳節至二句〕「佳節」，沿指中秋或重陽。「草堂」，本指成都杜工部住處，此借指程工部家。先貞謝亭林先生爲余序詩詩：「草堂暫住往來朋。」

〔老桂、孤鴻二句〕明寫時令，暗喻工部（上句）及自喻（下句）。

〔千里事〕呼應起聯「海上來」意。

〔銜杯〕指飲酒，劉伶酒德頌：「先生于是方捧甖承槽，銜杯漱醪。」

【箋】

程先貞贈顧徵君亭林序（康熙九年八月）云：「每過吾州輒見訪，如僑、札之歡，臯、梁之託也。爲余談説經史，不憚

娓娓。或留信宿，或浹月經時，然後乃得去。」(載同志贈言)至于先生何時過州，則此詩已明言「年年八月」，證以二人它作，竟一絲不謬。然後知此詩八句，句句説到實處，不徒用事貼切也。

〔二二一〕 過蘇禄國王墓 有序

永樂十五年九月，蘇禄國東王來朝，歸次德州，病卒。遣官賜祭，命有司營墳，葬以王禮，上親爲文，樹碑墓道，留其傔從十人守墓，其後子孫依而居焉。余過之，出祝版一通，乃嘉靖年者，宛然如故，其字體今人亦不能及矣。

豐碑遥見炳奎題，尚憶先朝寵日磾。世有國人供灑掃，每勤詞客駐輪蹄。九河冰壯尨狐出，十二城荒白鶴棲。下馬一爲郯子問，中原雲鳥正淒迷。

【釋】

〔解題〕「蘇禄」係羣島名，今屬菲律賓，在其棉蘭老島西南及北加里曼丹島之東。明史外國傳六所稱「蘇禄」係該地區小國之一，其國東王巴都葛叭哈剌于成祖時來朝，道死中國，墓葬德州白草洿附近。

〔解序〕(一)永樂(一四〇三——一四二四)，明成祖年號，「十五年」即公元一四一七年。(二)蘇禄國東王來朝：據明史成祖紀，是年蘇禄東、西、峒三王並率其家屬頭目凡三百四十餘人浮海朝貢，帝禮之，皆封爲國王，賜印誥、襲衣、冠帶及鞍馬、儀仗等。又外國傳云：「三王居二十七日辭歸。」所叙賜物如玉帶、金銀鈔帛、蟒龍麒麟衣等尤詳。(三)歸次德州，病卒：按卒者唯東王巴都葛叭哈剌(清史稿屬國傳「葛」作噶，「剌」作答)，西王麻哈剌叱葛剌麻丁及峒王妻叭都葛巴剌卜當已如期歸國。(四)「遣官賜祭」至「十人守墓」：明史外國傳言成祖遣官賜祭，命有司營葬，勒碑墓

道，謚曰「恭定」。留其妻妾傔從十人守墓，俟畢三年喪，遣歸。（五）其後子孫依而居焉。」清史稿屬國傳謂蘇祿國東王歿，長子都馬含歸國襲封，次子安都祿、三子温哈剌留居守塋，其子孫遂以祖名分爲「安」、「温」二姓，至今存焉。（六）

出祝版一通：當指每年致祭時書寫祝文之紙版。「通」，文書首末俱備者。後漢書崔寔傳：「宜寫一通。」

〔豐碑遥見炳奎題〕「豐」，大也。「豐碑」本指先秦帝王葬時下棺之大木柱（立于槨之四角），禮檀弓下：「公室視豐碑，三家視桓楹。」漢以後樹巨石于墓前以載死者生平，亦以「豐碑」名之，庾信周隴右總管長史豆盧公神道碑銘「石壇承祀，豐碑頌靈」是也。徐注引檀弓「豐碑」，誤。「炳」，文采焕發。「奎題」猶奎章，見〔六〕蟫磯釋，此指明成祖御製碑文。

〔尚憶先朝寵日磾〕金日磾（前一三四——八六），本匈奴休屠王太子，字翁叔。早歲以父不降見殺，與母、弟並没入宫。武帝因休屠作金人爲祭天主，因賜姓金（「日磾」讀如「美低」）。初爲馬監，累官侍中。侍帝數十年，慎無過失，甚見親信。帝崩，與霍光同受遺詔輔政，爲光副。歲餘薨，賜葬具冢地，祔茂陵，謚曰敬侯。「先朝」，此指明朝。蘇祿東王與金日磾均屬藩王，受中朝寵渥相同，故以爲比。

〔世有國人供灑掃〕「國人」指歷代蘇祿本國之人及東王子孫。「灑掃」同灑埽，禮内則：「灑掃室堂及庭。」詩豳風東山：「灑埽穹室。」此處專指灑掃墓堂。

〔每勤詞客駐輪蹄〕「勤」，勞也。「詞客」泛指詩人、文人，王維偶然作：「宿世謬詞客，前身應畫師。」「輪蹄」，分指車馬，韓愈南内朝賀歸呈同官：「綠槐十二街，涣散馳輪蹄。」此言二百年來墓多題詠。

〔九河冰壯尨狐出〕「九河」，昔指徒駭、太史、馬頰、覆釜（亦作鬴）、胡蘇、簡、絜、鉤盤、鬲津等九河（見禹貢「九河既道」及爾雅釋水各注），惟諸河久已不能盡考，詩所指當係相傳流經德州之太史、馬頰、鉤盤、鬲津諸河。「冰壯」謂冰厚也，禮記月令：「仲冬之月，冰益壯。」「尨（音龐）狐」即雜色狐，與下句「白鶴」對言。相傳河冰始合，狐欲渡河掠食，此

物善聽，聽冰下無水聲，然後過河（見晉郭緣生述征記）。詩謂「冰壯狐出」，以此。

〔十二城荒白鶴棲〕自注：「州北有十二連城。」按：建文元年（一三九九）七月，靖難之役起。八月，曹國公李景隆爲大將軍督師討燕，軍于河間，進圍北平。十一月兵敗，退守德州，築十二連城以爲進攻退守之計。明年四月再戰于河間，先勝後敗，仍退守德州。五月，燕師入德州，景隆南奔。景隆係太祖甥李文忠子，紈袴不知兵，頗類括謖，後迎降。此句弔古是虚，引出末聯悲今是實。

〔下馬一爲郯子問二句〕「郯」音談，國名，周初，封少皞（亦作少昊，即黄帝少子摯）之裔于郯（舊城在今山東郯城縣西南），子爵，後滅于越。左傳昭公十七年：「秋，郯子來朝，公與之宴，（叔孫）昭子問焉，曰：少皞氏鳥名官，何故耶？郯子曰：吾祖也，我知之。昔者黄帝氏以雲紀，故爲雲師而雲名，……我高祖少皞摯之立也，鳳鳥適至，故紀于鳥，爲鳥師而鳥名。……仲尼聞之，見于郯子而學之。既而告人曰：吾聞之，天子失官，學在四夷，猶信。」故「雲鳥」即寓官名制度。二句蓋歎滿清入據中原，漢族官儀俱迷失也。

【箋】

先生詩無不寄慨，故同題之作，往往迥異時人，而寄慨最多者厥惟華夷之辨。蘇祿國王墓不乏題詠，先生詩前六句亦非新見，惟末聯「雲鳥」一問，要非先生不敢想，不敢作。試以程先貞同題詩較之：

陪寧人先生過蘇祿國東王墓，地近白草洿，李景隆十二連城在焉

萬里遺魂滯此方，孤亭猶自焕奎章。衣冠特覲中朝主，玉帛何殊異姓王。月滿蒼松棲鸛鶴，雲連白草散牛羊。無端極目生遥慨，十二城邊古戰場。

程詩前六句與先生意境尚近，末聯極目生慨，似亦推開一層，然所慨僅及靖難之成敗，而不敢觸及時事，則其胸襟見識已較先生短狹多矣。

編年（一六六八）

是年歲次戊申，清康熙七年。

二月，詔外國非貢期不許貿易。

三月，安南都統使莫元清被逼奔雲南，遣使諭安南國王黎維禧以高平還歸莫氏。

七月，還奉天唐官屯等處圈地于民。命鄉、會試復用八股文。

九月，定一甲武進士前三名授官例，以參將、游擊、署游擊都司用。

是年先生五十六歲。春，在都門寓慈仁寺。聞萊人姜元衡誣以輯刻啟禎集，山東將咨行原籍逮問，乃于二月十六日自京師奔濟南投案。三月二日抵濟南，十五日入府獄，五月十九日院審，九月二十日保釋，暫住章丘徐令署中。十一月十日初結。

本年秋，從子熊來濟南省問。

［二一二］　赴東六首有序　已下著雍涒灘

萊人姜元衡訐告其主黄培詩獄，誅連二三十人。又以吴郡陳濟生忠節録二帙首官，指爲余所輯，書中有名者三百餘人，余在燕京聞之，亟馳投到，頌繫半年，竟得開釋，因有此作。

人生中古餘，誰能免尤悔。況余庸駑姿，側身涉危殆。窫窬起東嵎，長鯨翻渤澥。斯人且魚爛，士類同禽駭。稟性特剛方，臨難詎可改。偉節不西行，大禍何繇解？

【釋】

〔解題〕「赴」，趨走也，有不避艱險而疾往之意，如赴難、赴敵、赴義、赴湯蹈火、前赴後繼等。「東」，東方，由燕京赴濟南，謂在京之東或在山之東也。不日自投濟南獄，而曰「赴東」，諒係諱詞。據殘稿卷二與人書：「秋杪一函並赴東詩想已塵覽。」歸莊次韻詩四云：「尺素從天來，乃在孟冬時。」又與顧寧人書云：「得所寄書及六詩。」因知此詩題及首數必于本年秋杪已經寫定。著雍涒灘即戊申歲。

〔解序〕先生于本年三月十五日入濟南府獄，據此序所云「頌繫半年，竟得開釋，因有此作。」並參以先生與人書，知詩與序皆本年秋杪同時作，與往年松江獄後贈路光禄太平數首僅共一序，且皆作詩在前，補序在後不同。（一）萊人姜元衡，本係萊州即墨縣故明兵部尚書黃嘉善家僕黃寬之孫，黃瓚之子。張譜引進士履歷便覽謂黃元衡字元璿，即墨縣籍，膠州人，順治六年己丑（一六四九）科會試十八名，欽授內翰林國史院庶吉士，辛卯（一六五一）升弘文院編修。（二）黃培（一六〇四——一六六九）字孟堅，號封岳，即尚書嘉善之孫，御史宗昌之姪。幼孤，以恩廕錦衣衛指揮僉事，遷都指揮使，提督街道。入清不仕。（三）訐告其主黃培詩獄：黃培晚年好寫詩，有含章館詩集（張譜誤「章」爲辛，它本亦皆承誤。此據盧興基撰康熙手抄本含章館詩集的發現與黃培詩案一文改正，盧文載中華文史論叢一九八四年第二輯）。集中多斥清思明之作。培又刻有黃氏十二君唱和序跋及郭汾陽王考傳，亦有忌諱語。元衡于養親回籍後，重理主僕恩怨，遂因藍溥（字天水，培之內從弟）之首告而踵接之，並牽連現任浦江縣令黃坦（培堂弟）及現任鳳陽府推官黃貞麟（培兄子）等十四人。此案于康熙五年六月奉旨發山東督撫親審，已歷三載，株連二三十人。先生赴東

時，尚未審結。（四）吴郡陳濟生忠節録：陳濟生字皇士，長洲人，先生姊夫。本明南京國子祭酒陳仁錫（字明卿）子，官至太僕寺丞，國亡不仕。同志贈言中有濟生送先生還鍾山詩，並列名爲先生徵書啟。現已身故。忠節録原本啟禎集，集載有黄尊素等天啟、崇禎朝一百七十人詩與小傳，録僅録集中小傳。該集已于去年二月經沈天甫、吕中、夏麟奇等首告，謂係陳濟生所輯逆詩。沈、吕、夏等並借口故明大學士吴甡爲之序，以要挾其子現任中書吴元萊，元萊察其序非父手迹，遂上控。去年四月奉旨經部議審結，謂書係沈、吕、夏合夥僞造，沈等皆論斬。（五）指爲余所輯：去年沈、吕、夏所首啟禎集共三百一十六葉，案結後已燬。今年姜元衡又出首一百二十餘葉之忠節録二本，云即陳濟生所編。因書中有黄御史傳（御史宗昌乃坦之父），内云「家居二年，握髮以終」，以證坦父不曾剃頭。有顧推官咸正傳，内云「晚與寧人游」，又云「有寧人所爲狀在」，以證「寧人」即崑山顧寧人，並證寧人曾到黄家搜輯發刻。（六）「書中有名者」至「亟馳投到」：沈、吕、夏所首之書有名之人共七百名，姜元衡所首之書不及其半，故只三百餘人。此案若不湔雪，則三百餘人皆將罹禍，故先生不待「咨行原籍逮證」，即由燕京至濟南自行投到。（七）頌繫半年竟得開釋：「頌」，原鈔本作「訟」。頌、誦、訟本可通；「訟繫」謂因訟而繫，案猶未結，暫時拘禁之意。案結時有罪則囚，無罪則釋。「訟繫半年」四字下，原鈔本有「當事審鞫，即上年沈天甫陷人之書」十四字。此十四字在于説明「竟得開釋」之原因，決不應省。潘刻本省之必另有由也。

〔人生中古餘二句〕易繫辭：「易之興也，其于中古乎？」又：「作易者，其有憂患乎？」論語爲政：「言寡尤，行寡悔。」「尤悔」與憂患義近。詩二句借易始于中古商、周易代之際，其作者或因憂患尤悔而發，以引起「況余」二句。

〔況余庸駑姿二句〕「庸駑」，平庸低劣也，後漢書馮衍傳：「材素庸駑。」「側身」，謂憂不自安，不敢正身而立也，詩大雅雲漢序：「遇災而懼，側身修行欲銷去之。」先生與人書：「弟不遵明哲之訓，果有此累。」

〔窫窳起東嵎〕「窫窳」同窫窳、猰貐，怪物名，見山海經。與下句「長鯨」均表惡勢力。「東嵎」即嵎夷，猶言東夷，書堯

典：「分命羲仲，宅嵎夷，曰暘谷。」孔傳云：「東表之地稱嵎夷。」全句喻滿清起自東方。

〔長鯨翻渤澥〕「渤澥」即渤海，司馬相如子虛賦：「浮渤澥，游孟諸。」唐代所設渤海郡與明所設建州衞均在今松花江以南地，故此句暗示滿清興自建州。

〔斯人且魚爛〕公羊傳僖公十九年：「梁亡，此未有伐者，其言梁亡何？自亡也。其自亡奈何？魚爛而亡也。」按：魚爛自内，謂梁因内亂而亡。另據左傳，梁（春秋時，梁國在今陝西韓城）峻法，秦取梁，民懼而潰。「斯人」猶斯民。

〔士類同禽駭〕言讀書人將如禽鳥同受驚駭。吕氏春秋審應：「凡鳥之舉也，去駭從不駭。」以上二句謂自滿清入統後，萬民塗炭，讀書人尤受驚擾，此顯指近年屢起之文字獄。

〔偉節不西行二句〕原注：「後漢書賈彪傳：延熹元年黨事起，太尉陳蕃争之不能得，朝廷寒心，莫敢復言。彪謂同志曰：吾不西行，大禍不解。乃入雒陽，説城門校尉竇武、尚書霍諝等使訟之，桓帝以此大赦黨人。」賈彪字偉節，東漢名儒，時爲新息長。後亦以黨被禁錮，卒于家。按：先生此次臨難不懼，勇于自赴，蓋舍己以救人也。其與人書曰：「獨念事關公義，不宜避匿，又恐久而滋蔓，貽禍同人，故重趼赴濟，徑自投到，南冠就縶。區區自矢，不惜以一簣障江河。神之聽之，事果得白。」上國馨叔書（殘稿卷一）曰：「身負微名，事關公義，無避匿之理。千里投到，不惜以一簣障江河。」它書亦有「區區自矢」及「一簣障河」等語，均可爲此詩之注脚。

行行過瀛莫，前途憩廣川。所遇多親知，摇手不敢言。爾本江海人，去矣足自全。無爲料虎鬚，危機竟不悛。下有清直水，上有蒼浪天。且起策青騾，夕來至華泉。

【釋】

〔瀛莫〕「瀛」指瀛州，北魏始置，今河北省河間一帶。「莫」指莫州，唐改漢鄚縣置，今河北省任丘縣。

〔廣川〕漢置縣名，在今河北省棗强縣東北。

〔親知〕猶親友、知交，謝朓和王著作八公山詩：「浩蕩別親知，連翩戒征軸。」

〔江海人〕浪跡江湖以避世者。莊子刻意篇：「此江海之士、避世之人，閒暇者之所好也。」杜甫贈王二十四侍御詩：「時邀江海人。」此借親知之口以自比。

〔料虎鬚〕「料」音聊，撩動、逗弄，動詞。莊子盜跖：「料虎頭，編虎鬚，幾不免虎口哉！」

〔危機竟不悛〕「悛」音千，動詞，悔止也。左傳隱公六年：「長惡不悛，從自及也。」句謂蹈危機而不悔。「爾本江海人」以下四句，皆親知相勸之語。

〔下有、上有二句〕原注：「詩（魏風伐檀）：河水清且直猗。古樂府東門行：上用蒼浪天故，下爲黃口小兒。」二句借古語自誓清白，兼表赴東決心。

〔華泉〕泉在歷城東華不注山下。此處以「華泉」代濟南。

苦霧凝平皋，浮雲擁原隰。峯愁不注高，地畏明湖溼。客子從何來，徬徨市邊立。未得訴中情，已就南冠縶。夜半鵂鶹鳴，勢挾風雨急。枯魚問河魴，嗟哉亦何及！

【釋】

〔平皋〕水邊平地，史記司馬相如傳：「（哀二世文）汩減噏習以永逝兮，注平皋之廣衍。」

〔原隰〕原，平原，隰音濕，下濕之地。詩小雅信南山：「畇畇原隰，曾孫田之。」

〔峯愁不注高〕「不注」即華不注山，見〔一三〇〕濟南「落日、平臨二句」釋。

〔明湖〕即濟南大明湖，參見同「不注」。

〔中情〕內心之情，離騷：「荃不察余之中情兮。」

〔已就南冠縶〕左傳成公九年：「南冠而縶者誰也？」注：「縶，拘執也。」詳見〔二四〕哭楊主事「南冠囚」釋。先生與人書：「今

于三月四日，束身詣院投到，伏聽審鞫。」又云：「南冠而縶，竟不得出。」

〔鵂鶹〕見〔一六〕禹陵釋。

〔枯魚問河魴二句〕原注：「古樂府：枯魚過河泣，何時悔復及。作書與魴鱮，相教慎出入。」

荏苒四五日，乃至攀髯時。夙興正衣冠，稽首向園堧。詩人岸獄中，不忘恭敬辭。所秉獨周禮，顛沛猶在斯。北斗臨軒臺，三辰照九疑。可憐訪重華，未得從湘纍。

【釋】

〔荏苒四五日二句〕「荏苒」見〔二六〕得伯常中尉書却寄釋。「攀髯」見〔一三〕陳生芳績兩尊人先後即世釋。「攀髯時」三字下本有「三月十九日」五字自注，潘刻本諱省，原鈔本贅在全首之末，亦欠妥。按：先生與人書云：「于三月二日抵濟南」，「三月四日束身詣院投到」，「三月十五日入濟南府獄」。距思宗忌辰僅四五日，故云。

〔夙興〕早起也，詩小雅小宛：「夙興夜寐。」

〔稽首〕叩頭至地，見〔七九〕孝陵圖詩解序。

〔園堧〕陵園之階陛，此指思宗攢宮所在方向。

〔詩人岸獄中〕詩小雅小宛：「哀我填寡，宜岸宜獄。」「岸」通「犴」，朝廷曰「獄」，鄉亭之獄曰「犴」。「詩人」，此指詩經作者，先生取以自喻。

〔不忘恭敬辭〕左傳宣公二年：「(鉏麑歎曰)不忘恭敬，民之主也。」此贊趙宣子盛服將朝，尚早，坐而假寐，是居暗室而不忘君。今先生居獄，故取爲比。

〔所秉獨周禮〕「秉」，操持。「周禮」指周公所制之禮，亦兼書名。左傳閔公元年：「(齊侯)曰：『魯可取乎？』對曰：『不可，猶秉周禮。』」

〔顛沛猶在斯〕「顛沛」，引申義指人事乖違。論語里仁：「君子無終食之間違仁，造次必于是，顛沛必于是。」「是」與「斯」均代詞。此句承上，言雖在牢獄，亦不敢違禮。

〔北斗臨軒臺〕「北斗」即北斗七星。「軒臺」參見〔一七一〕三月十九日有事于欑宮釋，此處借軒轅之臺喻思陵所在。北斗在天，故對思陵用「臨」字。

〔三辰照九疑〕「三辰」，日、月、星。「九疑」亦作九嶷，山名，在今湖南省寧遠縣境，相傳舜墓在焉。

〔可憐訪重華二句〕「重華」，舜名，見史記五帝本紀。「湘纍」指屈原，見〔一三八〕京師作「悴比湘纍放」釋。二句係由屈原離騷「濟沅湘以南征兮，就重華而陳詞」導出。

羲仲殷東方，伶倫和律管。陰崖見白日，黍谷回春煖。柔艣下流澌，輕舟渡危棧。草木皆欣欣，不覺韶光晚。大造雖無私，薰蕕不同產。奈此物性何，鳩化猶鷹眼。

【釋】

〔羲仲殷東方〕羲仲乃羲和四子之一，居治東方。書堯典：「分命羲仲宅嵎夷，曰暘谷。」（嵎夷、暘谷均表東方，參見第一首「東隅」釋）「殷」，正也、定也，動詞。堯典：「日中星鳥，以殷仲春。」全句意謂羲和既正東方之位，則大地春回。

〔伶倫和律管〕伶倫乃黃帝時樂官，能以竹管（或金屬管）定音律（或候氣）。呂氏春秋古樂：「昔黃帝令伶倫作律。」「和」，調和也，動詞。書舜典：「聲依永，律和聲。」全句意謂伶倫既調和律管，則百樂皆正。

〔陰崖見白日〕「陰崖」，背日之深崖，潘岳西征賦：「眺華嶽之陰崖。」陰崖與「暘谷」相對，故此句應上「羲仲殷東方」句。

〔黍谷回春煖〕「黍谷」，山名，在今北京市密雲縣西南，故又名「燕谷」；舊說其地苦寒，不生五穀，故亦名「寒谷」；後因鄒衍吹律（律爲陽聲，呂爲陰聲）而地温，故又名「律谷」；燕人乃得種黍其中，遂名「黍谷」。「煖」同暖，庾信謝趙王賚絲布等啟：「黍谷長寒，于今更暖。」按：黍谷回春乃吹律所致，故此句應上「伶倫和律管」句。

〔柔艣下流澌〕「艣」同櫓，船槳，杜甫船下夔州别王判官：「柔艣輕鷗外。」「澌」，解凍後之冰水，楚辭九歌河伯：「與女游兮河之渚，流澌紛兮將來下。」

〔危棧〕「棧」即棧道，傍山架木而成之險路。

〔草木皆欣欣二句〕上句由陶潛歸去來辭「木欣欣以向榮」化出；下句承上，意謂草木既欣，故不以韶光爲晚也。總上八句皆暗示冬去春回，否極泰來，蓋深慶獄解。

〔大造雖無私〕「造」即造化，指冥冥中創造化育者。莊子大宗師：「今以天地爲大鑪，以造化爲大冶。」後沿以天地爲造化，故「大造」猶天地。禮中庸：「天無私覆，地無私載。」

〔薰蕕不同産〕「薰」，香草，「蕕」，似蘭而臭。左傳僖公四年：「一薰一蕕，十年尚猶有臭。」注謂「十年有臭」，言善易消，惡難除也。故孔子家語云：「薰蕕不同器而藏。」味「大造、薰蕕」二句，似謂天地無私，大禍將解，然同案中人，亦有君子小人之異。味「同産」二字，其人必係兄弟行，故知二句係指黄培、黄坦。先生初識黄氏在順治十四年（一六五七）北遊萊州即墨時。培、坦本嫡堂兄弟，培忠于明朝，以文字賈禍，係「黄培詩獄」主犯，自當爲黄氏之「薰」；坦違父（宗昌）、兄（朗生）之志而仕清，官至浦江知縣，被訐後諉罪黄培，自求苟免（參閲〔三五〕爲黄氏作全部箋釋），其不肖又何止黄氏之「蕕」？本年姜元衡出首之忠節録，一告「坦父不曾剃頭」，一告「寧人搜輯此書」，今先生赴東自投，實于坦有大德，坦正宜與先生協同力辯，不意先生「乃反以不刻揭之故，取怒于江夏（指黄坦），而多方下石。凡當日撫軍止批『審後酌奪』，臬司徑發府送羈，以至院示取保而不得保，已准保而不得出，皆江夏之爲也，可謂中山狼矣。」（先生與原一甥書）

〔奈此、鳩化二句〕此斥姜元衡。東晉時，蘇峻叛，攻入建康，孔羣在横塘爲匡術所逼。後王丞相導欲保存術，因衆坐令術勸羣酒，以釋横塘之憾。羣答曰：「德非孔子，厄同匡人。雖陽和布氣，鷹化爲鳩，猶憎其眼。」（見世説新語）按：

鷹，惡鳥；鳩，良禽。然鳩眼似鷹，故鷹雖化鳩，眼猶可憎，喻惡人雖僞裝爲善，其質未變，蓋「物性」使然也。此句以鷹喻姜元衡。姜本黄氏家奴，滿清新貴，其賣主求榮，與先生惡僕陸恩正同。先生與人書（殘稿卷二）云：「釁起于章丘，禍成于卽墨（姜，卽墨人），遂以三千里外素不識面之人，而請旨逮問。」又云：「怨雙讎對，自古有之。至遷怒于一書之三百餘人，而幾起大獄，則非常情所料。」可知姜本「鷹」質，罪無可逭。然姜挾仇告主是實，株連先生則非其本心。故先生它書又云：「與姜「本自無仇」，及至案將結時，「天水（指姜）亦甚悔此一節，對簿析辨，俱是皮毛之語。」先生「問姜要顧寧人輯書實證，無詞以對。」其後「原告（指姜）當堂口稟，求不深究。」遂使忠節録一案急轉直下，不了了之。此卽「鷹」而「鳩化」之全過程也。

天門詄蕩蕩，日月相經過。下閔黄雀微，一旦決網羅。平生所識人，勞苦云無他。騎虎不知危，聞之元彦和。尚念田晝言，此舉豈足多。永言矢一心，不變同山河。

【釋】

〔天門詄蕩蕩二句〕漢書禮樂志：「天門開，詄蕩蕩。」「詄」音迭，遺忘也，引申爲曠蕩貌。「蕩蕩」，廣遠貌。王先謙漢書補注曰：「天體廣遠，言象俱忘，故曰詄蕩蕩。」按：此「天門」乃想象之詞，與天文學中所指日月經過之黄道帶不同。二句乃獄解後感激天日照臨之辭。

〔下閔黄雀微二句〕「下」對天門、日月而言。「閔」卽憫。曹植野田黄雀行：「羅家得雀喜，少年見雀悲。拔劍捎羅網，黄雀得飛飛。」「決」通抉，裂也。二句謝知交相救。

〔平生所識人二句〕「勞」，本字去聲。「勞苦」，動詞，慰問也。史記張耳傳：「（貫高）仰視曰：『泄公邪？』泄公勞苦如平生驩。」「云無他」猶「無他云」。二句謂平生相識之人，但來慰問而不言其它，懼連累也。

〔騎虎不知危二句〕原注：「魏書彭城王勰傳：孝文之崩，咸陽王禧謂勰曰：汝非但辛勤，亦危險至極。勰對曰：兄識高年長，故知有夷險；彥和握蛇騎虎，不覺艱難。」此言握蛇則難舍，騎虎則難下，形勢所迫，故不知危。元彥和即彭城王（拓跋）勰，魏孝文帝胞弟，盡忠王室，爲同朝大臣所忌。孝文死，宣武立，勰終以讒誅。先生引元彥和「騎虎」之言，非真不知赴東之危也，故再引田晝之言以釋之。

〔尚念田晝言二句〕原注：「宋史田晝傳：鄒浩諫立劉后得罪，竄新州。晝迎諸塗，浩出涕，晝正色責曰：使志完隱默，官京師，遇寒疾不汗，五日死矣，豈獨嶺海之外能死人哉！願君毋以此舉自滿，士所當爲者未止此也。」按：田晝字承君，陽翟人，官校書郎，與鄒浩以氣節相激厲。鄒浩字志完，晉陵人，元豐進士，哲宗朝官右正言。章惇獨相，浩屢章數其不忠，因削官，編管新州（今廣東新興）。徽宗立，復官。浩喜直言，凡兩謫嶺表，卒謚忠。「此舉」，先生借指「赴東」事，「多」，贊許也。句亦暗示己「所當爲者未止此」。

〔永言矢一心二句〕「言」，語助詞，無義。「矢」通誓。史記高祖功臣侯者年表：「封爵之誓曰：使河如帶，泰山若礪，國以永寧，爰及苗裔。」二句蓋借「帶礪山河」自矢此心不變。

【箋】

先生五十六歲入濟南獄，潘刻文集隻字不載，蓋事涉抗清，牽連且廣，潘耒不得不首先刪削也。所刻詩集亦僅存二題（〔三三〕〔三三〕），赴東六首雖完整無缺，然詩重抒情，不貴叙事，故案情經過，僅可推知大概。今幸蔣山傭殘稿、亭林佚文輯補均已刊行（收入中華版顧亭林詩文集），其它有關資料亦續有發現，箋詩者乃得詳其始末而辨析焉。

一、濟南獄之起因

萊人姜元衡訐告舊主黃培之詩案始于康熙五年（一六六六）六月，吳人沈天甫詐騙吳元萊之啟禎集案始于康熙六年二月，兩案一南一北，本無聯繫，與亭林先生尤不相干。合「黃培詩案」與「啟禎集案」爲一案，並使先生不得不自投

濟南府獄，實乃謝長吉從中主唆所致。長吉字世泰，山東章丘諸生。康熙四年因負先生千金而以章丘大桑家莊田十頃作抵，在先生本已吃虧，而長吉竟陰欲奪回其田。會元衡以奴告主之案未結，思另興一獄以重主罪，不知從何處得來據啟禎集輯編之忠節録二本，中有黄御史傳一篇，内云「家居二年，握髮以終。」可爲御史不曾剃頭之證。另有顧推官傳一篇，内云「晚與寧人游」及「有寧人所爲狀在」二語，以爲寧人搜刻此書之證。「御史」乃黄坦（培從弟）之父，「寧人」乃先生改字，長吉因借此教唆元衡于康熙七年正月再向山東撫院呈上「南北通逆」一禀，以致先生牽連獲罪，大桑家莊田復歸長吉佔有。先生與原一甥書（見殘稿卷二）云：「天水（指姜元衡）本自無仇，釁起章丘謝生。千金被坑，償以莊田十頃，主唆出此一禀，遂占收其田。」先生嗣子衍生所編元譜亦云：「是獄爲謝長吉主唆。」先生罹濟南獄之主因大畧在此。

二、濟南獄之正名

清初多文字獄，史家爲相互區别，往往以其人或書之名名之，如「明史案」（先生所稱「湖州史獄」）、「南山集案」、「查嗣廷案」、「吕留良案」等等。本年姜元衡于濟南出首忠節録，因未成災，每爲史家所忽。兼以其書與去年沈天甫在吴中出首之啟禎集本係一書分刻，故史家多視同「啟禎集案」，又因其事本由「黄培詩案」引起，史家又或附于黄案，不另立名。其實皆不妥。蓋此案與「黄培詩案」絶非一事：黄案必以黄培詩著爲罪由，此案則與培著無關；黄案早發而晚結，此案晚發而早結，後案僅前案之插曲；黄案結時有誅戮，此案雖遷延一年，幸未成災，等等。又此案亦不同于「啟禎集案」：啟禎集初名天啟崇禎兩朝遺詩（簡稱啟禎詩選），係長洲陳濟生編，有詩有傳，意在以詩存人、存史，體例與中州集及列朝詩集近似，沈天甫等在吴中出首者當係此書。忠節録則係從啟禎集中輯出之詩人小傳，易名「忠節」，顯係輯刻者另有寄意，姜元衡在濟南出首者當係此書。故沈天甫所首之書全無「忠節」之名，元衡則禀稱「南人之書有啟禎集卽忠節録，又口供「啟禎集二本皮面上有舊墨筆寫忠節録字樣」。夫「橘逾淮則爲枳」，此書既由吴中移至濟南，且已易

名、易刻，則此案亦當正名爲「濟南忠節録案」。

三、先生親自「赴東」之由

先生四十三歲被繫蘇州，移獄松江，俱由官府解送；而濟南之獄，一聞蜚語，即不待文移逮繫，自行赴東投到，其紀事之詩亦以赴東爲題，訟繫半年，危而不死，何其幸也！又何其壯也！緣此案雖因株連引起，然先生既被控爲搜刻之人，則一旦獄成，便成主犯，不僅身誅族滅，即如書中列名之三百餘人亦難免死。況其時山東撫院已移文崑山提逮，崑山雖復以「顧亭林久離原籍，無憑查解。」（此復疑出徐氏兄弟授意）如先生此際隱跡求免，則案情必將滋蔓，不可收拾。爲自救救人計，被髮纓冠，慷慨自赴，乃烈士處變之必然。赴東詩第一首云：「偉節不西行，大禍何繇解。」正先生親自赴東之由也。

四、先生辯解之依據

先生親自赴東，決非畏罪自首，蓋已洞察案情，成竹在胸，知此禍可以辯解也。其辯解依據俱見與人書（與此案有關之與人書分載殘稿及佚文輯補，共十一通），尤以離京途中及詣院投到時二書最詳盡；後雖畧有周折，終于脱禍，大率據此。今欲知先生脱禍之由，必先知去年吴中啟禎集案之實質。先是奸徒沈天甫欲騙詐現任中書吴元萊銀二千兩，未給，乃將啟禎集出首，謂書係陳濟生所編刻之逆詩，其序乃元萊亡父故明大學士吴甡作。元萊察知其序非父手蹟，遂反控于京師巡城御史以聞。該案僅歷時三月，便奉旨經刑部審結，謂陳濟生久經物故，從海外帶詩之施明又經逃走，沈天甫等所指茫無憑據，于是沈等四人俱因「合夥指造逆詩」，「嚇詐平人，摇動良民，誣稱謀叛，以行挾害」之罪于去年閏四月奉旨在京處斬。奸徒伏誅，大快人心，然謂啟禎集全係彼等合夥僞造，則殊難置信。該書載黄尊素（宗羲父）等一百七十人詩作，陳濟生編，吴甡等六人爲之序，部議且云：「書内有名之人共七百名，内有寫序、寫詩譏傷本朝之人五十餘名。」今啟禎集殘本尚存，猶可窺其涯畧。因知沈等所告是實，部議亦是實，獨朝旨一再指爲僞造，并迅將

出首人全部處斬，被控之作者、編者、序者、刻者反置不問，如此斷獄，與四年前湖州明史案殊異。今據理推之，此書原本必係陳濟生生前編刻，當時或已傳至北方；然南方自經湖州史案，原板必已暗中銷燬。沈天甫欲行騙詐，偶得其殘，增飾出首，亦極可能；至其內容大端，決非沈天甫輩所能僞造。況陳濟生乃先生姊夫，兼爲同學好友，曾列名爲顧亭林徵天下書籍啟。濟生父官明國子祭酒，濟生亦仕至太僕寺丞，故國之思，寓之鉛槧，乃士夫之常。先生北遊前，讀其書兼爲之搜輯，亦非不可能。觀先生與顧咸正同族、同氣，没齒不忘（見〔三〇〕華下有懷顧推官詩），則顧推官傳中所謂「寧人」者，非先生而何（先生「所爲狀」已不見潘刻文集，可知已刪）？然該案牽連過廣，清廷明知事出有因，幸作者、編者俱已先死，其子弟歸順在朝如吴元萊者恐亦不少，今天下大定，當撫定人心，不必如湖州明史案誅殺過多，故不但不追究作詩、作序及編書之人，反誅出首者以杜告訐之路（兹後康熙朝再無此類文字獄。南山集案因事涉「三藩」，與亡明不同）。該案既經朝廷「欽定」，則先生只須指證姜元衡所挾之書即去年沈天甫所首之書，蓋書既係奸徒僞造，則作者、編者皆僞，與先生尤不相干。設元衡堅據顧推官傳中二語，咬定先生即輯刻忠節録之人，先生仍可抗論「寧人」並非「顧寧人」，並「問姜要顧寧人輯書實證」。故不論啟禎集及忠節録之真僞，先生均可據此辯解而立于不敗之地。

五、全案審理之始末

兹據現存資料，記録濟南獄自發案、審理至結案之日程于下：康熙七年二月十五日先生寓北京慈仁寺，聞山東有案株連，次日即自行奔赴。中途停德州二日，知已有咨文到原籍逮證。三月二日抵濟南，四日詣撫院投到。十五日前後，臬司徑發送府獄。十九日，在獄中祭思宗忌辰。延至五月十九日院審，雖未保出而是非初定。又延至九月二十日方得保出，因不許遠離，暫寄居徐真修通判署。赴東詩六首即作于此時。十一月十日，與同案之人俱赴院再審，當事頗有心開豁，然結否尚未可定。康熙八年正月初四回京，三月十二日五謁思陵，旋回都門，移主徐元文邸。十六日，即墨一案（即忠節録案）始結。夏初，匆匆出都，至濟南，章丘一案亦結。

據上所録日程，知先生拘繫濟南府獄自三月十五日至九月二十日，長達六月有餘，實則入獄甫兩月「是非已定」。佚文輯補與人書記五月十九日院審云：「先取有同案中年老者四五人保識黄御史曾已剃頭口供，次辯啟禎集中有寧人字無顧姓，又不在黄御史一篇傳内，並審出章丘地土情由。惟問姜要顧寧人輯書實證，無詞以對。又扳即墨老諸生杜廷交（自注此人從不識面）爲證。又展轉推出所從得書之人爲萊陽縣孫榮之，乃積年走空之人，今并行提去矣。雖未保出，而是非已定。」先生此時既云「是非已定」，緣何院審後又延期四個月方得保出？據先生之意，責不在姜而在黄坦。殘稿與原一甥云：「天水（指姜）亦甚悔此一節，對簿折辨，俱是皮毛之語。而此書（指忠節録）之所從來，竟無着落，乃反以不刻揭之故，取怒于江夏（指黄培）。凡當日撫軍止批審後酌奪，臬司徑發府送羈，以至院示取保而不得保，已准保而不得出，皆江夏之爲也，可謂中山狼矣！」蓋忠節録案本係黄培詩案之插曲，詩案主犯係黄培，案發後即已囚繫；録案被告係黄坦，因罪止疑似尚未拘押。坦被告有二事：一即坦父宗昌至死不曾剃頭；一即顧亭林曾至其家輯刻此書。五月十九日院審之後，坦罪已卸，惟此書之所從來，仍無着落，坦因遷怒先生而多方下石。坦本卑鄙小人，民族敗類，以怨報德，自屬可能。然身爲被告，縱未囚繫，未必有力左右全局，故知結案延期必另有原因。據理據實推之，當因此案與去年吴中啟禎集案殊多牽連，使官府不敢輕斷。

先是原告姜元衡所上「南北通逆」原禀已云「南人之書有啟禎集即忠節録」，先生詣院投到時亦指證元衡所首之書與沈天甫所首本爲一書。二人指認之目的雖異，視二書同源則一。既原告與被告皆謂忠節録即啟禎集，官若斷爲二書，則于理于實俱不合；官若斷爲一書，則無異認定啟禎集並非沈天甫等僞造，亦即推翻去年欽定之案，此真邏輯學中所謂「二難問題」也。先生但知不論書之真僞均可使己立于不敗之地，而不顧官府斷案有此二難。故赴東之初，先自辯曰：「奉旨爲沈天甫指造之書，即已故之陳濟生尚屬誣罔，而況餘人乎？」又反訴曰：「是已故之濟生，聖明猶燭其誣罔，而元衡欲以此牽事外之人，而翻久定之案。」（俱見佚文輯補與人書）「翻案」二字最爲官府所忌，故先生愈訴，官

府愈不敢理。久之，先生始知「其中別有隱情，上下推諉，不能即審。」（見殘稿上國馨叔）故與人書曰：「來諭惓惓，深感厚愛。……所云止當力辯有無，勿牽別事，敬如台旨。」與原一甥書亦云：「書中云云，所見畧同，已一一如示行之。」以此，先生得于九月二十日保釋出獄，然猶曰：「此事上台不肯擔當結案，今又題展限兩月。」蓋官府既不敢翻欽定之案，則無法加罪于先生；既不便斷言忠節録爲僞造，則無法駁回元萊之騙詐。欲變「二難」爲「兩全」，惟有疏通原告自動撤回原訴，不了了之。果然，展限兩月後于十一月十日全案之人赴院再審，「證佐之人杜廷蛟（交）既供（與先生）從不相識，而黄御史傳中並無（先生）『賤名』；其別篇中有『晚與寧人游』一句，亦無顧姓。又審出此書即係去年斬犯沈天甫詐騙吴中翰（元萊）之書，奉旨所云『海中帶來者』。原告當堂口稟，求不深究。」如此審斷，其利有三：（一）先生既與黄家無瓜葛，又未從顧推官游，故原告謂「崑山顧寧人到黄家搜輯發刻此書」便屬誣罔。（二）既承認此書係沈天甫僞造之書，故官府不爲翻欽定之案。（三）沈書既係海中帶來，原告亦不爲騙詐；「求不深究」，應毋庸議。于是原告、被告、證人三方當堂畫供，官府斷訖，只待「題結」。

清代司法制度，地方（省、府、縣）各級審理斷訖，均可稱「結」；其需題請上級批復或報准者，則稱「題結」。即墨姜元衡以奴告主全案（包括黄培詩案、忠節録案）係「奉旨發山東督撫親審」者，故需「題結」；先生控告章丘謝長吉陷害奪田一案則不需「題結」。明乎此，然後知先生「與人書」用詞之異，如云「章丘一案已得小結。」「十一月十日，一案之人俱已赴院畫供，想有題結之望。」元譜繫結案于明年四月，蓋指章丘一案；吴譜繫結案于明年三月，則專指即墨一案。先生與人書（殘稿卷二）曰：「弟于正月四日入都，即墨一案至三月十六日始結。」或以爲先生是年三月十二日方謁欑宫，不可能于四日内趕赴濟南結案，疑月日有誤，蓋不知朝旨覆允，已毋須再審也。

六、先生入獄後之外援

先生以孑然外鄉之人，罹殺身滅門之禍，「頌繫半年，竟得開釋。」斷非偶然僥倖。與原告本自無仇，官府有所顧

忌，是其二因；然親友之營謀，當局之默助，或更有力焉。據先生與人書，入獄後爲之奔走呼號最力者，首推李因篤，故潘刻詩集唯保留贈李詩一首（詳見〔三三〕子德李子聞余在難詩箋釋）。其次如王宏撰、朱彝尊、路澤濃、程先貞、李源兄弟、顔修來叔侄以及陳上年、孫承澤等，皆友朋相助可以考知或推知者。南方親友，則因道路阻隔，即如歸莊亦未見纓冠之救。徐氏三甥惟元文（字公肅）早仕，已官掌院學士，適因葬父南歸。先生入獄時上國馨叔書已云：「惟趣公肅速發北轅，則不煩力而自解。」保出後與原一甥書復言：「公肅之來，正當其時，若得言之撫軍（劉芳躅），比宋澄嵐（黄培姊夫，亦被捲入詩案）之例摘釋，庶無牽絆。」結案後，又將章丘之田，寄託元文名下管業。故知李因篤之功在于「疾呼輦上，協計橐饘。」徐元文之功在于親赴濟南，斡旋結案。時山東巡撫即劉芳躅，字增美，號鍾山，宛平人，與孫承澤、陳上年皆鄉故，朱彝尊本年適在其幕中。忠節録案由芳躅承審，得孫、陳、朱爲先生説項，故雖「未識紫芝之容，靡通正平之刺，獨蒙垂問，且賜公扶。」凡先生書中所云「上台秉公持正」、「當事留心開豁」、「撫軍止批審後酌」，皆指芳躅。其他親友，或「發蹤先示」，或代傳書札，或「屢有言相致」，在現存資料中多不書名，正見先生「所以入險能生，困而不躓者，皆知己扶持之力」也。

七、章丘田之結局

濟南獄「釁起于章丘，禍成于即墨」，前論獄之起因已詳及之。先生詣院報到時一稟（即佚文輯補與人書之首）但詳辯姜元衡所控搜刻忠節録事；稟末始云「至教唆陷害，别有其人，尚容續布。」蓋謝長吉既非原告，又非證人，爲鬼爲蜮，俱在幕後也。章丘田産十頃，本抵債所得，向日租銀止一百六十兩，由莊頭劉成志包管。先生入獄後，謝公然「占收其田」，「莊田之麥俱爲劉棍割去。」以致先生「債主斷絶，日用艱難」，「每日以數文燒餅過活」。然此事本不在元衡與先生兩造官司之内，故五月十九日雖已「審出章丘地土情由」，仍不能單獨結案。迨至九月二十日先生保釋，忠節録案取勝在望，本謂「萊兵既却而鄆田始歸」，先生遂具稟撫院批示軍廳提究。至此，先生乃由忠節録案之被告，一變

爲章丘奪田案之原告。前案審結于十一月十日，當時「章丘陷害之謀亦已畢露」，本應同時了結後案，然軍廳竟「見批未審」。緣長吉本章丘土豪，先生乃異鄉孤客，故不得不于本年冬再向人乞助，書云：「（此案）結否尚不可知，駁允更不可定。馬角無期，貂裘久敝，惟長者垂憫孤根，錫之嘘植。但得此中有可倚仗，不致爲土豪魚肉，即石田十頃徐圖轉售，尚得爲首丘之計。」此時先生視山東人情「不啻蠻髦」，但求回田轉售，以免孤危。然此案直至明年四月先生再返濟南，與長吉對簿始結。斡旋之力端賴顏氏叔侄，與顏修來手札畧云：「夏初匆匆出都，……章丘一案已得小結，雖陷害之情未明，而霸占之律已正。」蓋謂田已判歸，然反控長吉主唆陷害則官司不理也。

八、赴東詩六首簡析

先生四十三歲罹松江獄，有「蒙難之作」六、七題，其總序置贈路光禄太平題下，叙事頗有首尾。赴東詩序則不然，僅叙事由，至其過程則以「訟繫半年，竟得開釋」八字盡之。且詩六首亦多抒情議論而諱其實事，蓋時距湖州史獄不久，清廷文網甚密，不得不爾也。然六首合成一組，起訖結構則甚完整。第一首「偉節不西行，大禍何繇解」，表明赴東目的，係全組主意所在。第二首設爲途中與親知對答，語極率直，然此首介在一、三首之間，益見臨難不苟免之決心。第三首入獄，第五首獄解，本係紀事關鍵處，竟反覆用烘托或象徵詞句將實事隱去。第六首「尚念田晝言，此舉豈足多」，係提高一層以應第一首，使「赴東」義舉，更爲生色。第四首介三、五首之間，專叙獄中祭思宗忌日。全首皆真情實感，最足考見先生人格。時先生在獄「鶉衣糲飯」，「每日止以數文燒餠過活」，吉凶生死皆未可卜。且此何時乎？人方以明遺臣罪我，我將避「忠節」二字不遑，乃一遇思宗忌日，仍肅正衣冠，冒死致祭，真可謂造次顛沛，不忘恭敬者也。

九、附録歸莊和作並簡析

先生松江之獄，得歸莊之助爲多；濟南之獄，得李因篤之助爲多。然莊與先生乃總角交，故二獄均可取證于歸高

士集。松江獄已録莊之書及序，此獄再録其今存和韻五首。

歸莊顧寧人去冬寄詩次韻答之

一、中材涉末流，動即生尤悔。禍機非一端，前年事幾殆。譬若無維檝，孤舟涉滄澥。恬然卧舟中，旁人爲震駭。有口自須言，非過何由改？皇天終愛材，涣然幸冰解。

二、忽聞吾友事，亦如涉大川。迢迢三千里，惟聞道路言。事起兩相讎，客子宜得全。但憂吾友性，迂怪終不悛。遠禍在人爲，豈容獨恃天？此世宜斂跡，知我唯龍泉。

三、貞松挺高岡，芳蘭被皋隰。四皓老深山，賈生夭卑溼。人生何必同，要在有所立。近傳我故人，株連竟囚縶。情事不能悉，猶幸獄未急。永歎愧良朋，救患非所及！

四、尺素從天來，乃在孟冬時。開緘得新詠，朗吟步階墀。徐生從北還，亦多贊歎辭。寵辱不曾驚，面目只如斯。微聞讞獄者，此案在矜疑。著書猶未就，不願脱囚纍。

六、君詩古風調，應劉不能過。惟恐賢諸侯，或以禮爲羅。將使江南産，有耀翻自他。南皮名建安，蘭亭著永和。興到不自禁，著述應更多。故人在廬中，相望隔山河。

綜觀莊詩，亦少叙事而多議論，然議論中得畧窺此案之側影。第一首全係莊自叙。可知前年沈天甫所首啟禎集案，牽涉七百人之多，苟非「奉旨」糊塗了結，恐莊亦不免禍。第二首「事起兩相讎」二句蓋得之道路傳言。先生上國馨叔書云：「匆匆作書，一切未悉，並希垂鑒。元恭（莊字）亦不及作札。」故此時莊尚未聞先生入獄消息，但知案出黄家主僕相仇，于先生應無大礙。第三首已聞先生竟因株連入獄，但仍謂案情不緊。第四首接先生赴東詩，益信此案將因「矜疑」而免。味莊詩前四首各一句：「前年事幾殆」、「客子宜得全」、「猶幸獄未急」、「此案在矜疑」，似莊已預知前年啟禎集案既幸「冰解」，則與該案同源之忠節録案亦不足爲害。第五首已佚，據莊同時與顧寧人書所云「江南樂土」及「丘

墓之思」，當係敦勸先生南歸。第六首必係第五首之發揮，蓋恐先生不歸，終不免名高之累也。

〔一二三〕子德李子聞余在難，特走燕中告急諸友人，復馳至濟南省視。于其行也，作詩贈之

急難良朋節，扶危烈士情。平居高獨行，此去爲同盟。撫劍來燕市，揚鞭走易京。黄埃隨馬漲，黑水繫船横。救宋裳初裹，因梁獄未成。盈庭多首鼠，中路復怔營。已涉平原里，遄驅歷下城。雲浮泉氣活，日麗嶽林明。夜樹蟬初引，晨巢鵲亟鳴。喜猶存卞璞，幸不蹈秦坑。勞苦詞難畢，悲歡事忽并。橐饘勤問遺，寢息共論評。發憤皆公正，姱修自幼清。君賢關羽弟，我媿季心兄。將伯呼朝士，同人召友生。詩書仍燼溺，禹稷竟冠纓。頗憶過從數，深嗟歲序更。川巖句注險，池館薊丘平。每並登山屐，常隨泛月觥。詩從歌伎采，辯使坐賓驚。禄位揚雄小，囊錢趙壹輕。與君俱好遯，于世本無爭。史論悲鉤黨，儒流薄近名。材能尊選愞，仁義怵孤嫭。自得忘年老，聊存處困貞。不才偏累友，有膽尚談兵。坎窞何當出，虞機詎可攖。殷勤申别款，落莫感精誠。禽海填應滿，鼇山抃豈傾。相期非早暮，渭釣與莘耕。

【釋】

〔解題〕「子德」，李因篤字，見〔一六八〕酬李處士因篤解題。先生去歲入都，與因篤同住慈仁寺，作鈔書自序贈之。因篤因事別去返關中。今年春，先生赴東投獄，致書友人曰：「若天生至晉，可爲弟作書促之入京，持輦上一、二函至歷下，必當有所濟。弟已別有字往關中矣。」（先生致因篤促救書已不存）因篤聞訊，先奔燕京，持輦上數書至濟南，爲先生通關節，理獄食。無何，觸暑致疾，將還關中，先生作此以贈，時猶未保出也。

〔急難良朋節〕謂急人之難乃良朋之品節。詩小雅常棣：「脊令在原，兄弟急難。每有良朋，况也永歎。」急，動詞，與下句「扶」字對。

〔平居高獨行〕「平居」猶言平時，戰國策齊策：「此夫差平居而謀王。」杜甫秋興詩：「故國平居有所思。」「獨行」（行，本字去聲）謂操行獨特，禮儒行：「其特立獨行有如此者。」此句言因篤平時極重視節行。

〔同盟〕即盟友，先生自指。左傳僖公九年：「凡我同盟之人，既盟之後，言歸于好。」

〔燕市〕指北京，見〔一五九〕送王文學麗正釋。

〔易京〕漢末公孫瓚據幽州之易縣，盛修營壘樓觀，改稱「易京」，故城在今河北省雄縣西北。「易京」以下八句均記因篤由燕市南奔歷下途中情事。參見〔三五四〕廣昌道中釋。

〔黄埃、黑水二句〕象徵水陸兩路奔波。黑水貶義，非地名。

〔救宋裳初裹〕原注：「墨子：公輸般爲楚設機械以攻宋，墨子聞之，自魯往，裂裳裹足，日夜不休，十日十夜而至于郢。」此以墨子喻因篤。

〔因梁獄未成〕鄒陽，漢臨淄人。事梁孝王，爲羊勝等所譖，下獄。陽在獄中上書梁王自陳，王出之，待爲上賓。見史記鄒陽傳。此以鄒陽自喻，言因篤出京時，己雖已入獄，而案尚未定。

〔盈庭多首鼠〕「盈庭」，滿庭也，詩小雅小旻：「發言盈庭，誰敢執其咎。」「首鼠」，猶疑不決貌，史記武安侯傳：「（田蚡）怒曰：與長孺共一老秃翁，何爲首鼠兩端？」集解釋「首鼠」爲一前一却。此謂京師相識多存觀望。

〔中路復怔營〕「中路」即中途，宋玉九辯：「然中路而迷惑兮，自壓按而學誦。」「怔營」，惶恐不安貌，原注：「後漢書鄧騭傳：惶窘怔營。」又郎顗傳：「怔營惶怖。」按：盈庭、中路二句皆叙因篤途中所感，蘧案引與原一甥書所叙皆保出後事，欠切。

〔已涉、遄驅二句〕「平原里」本指平原君故里，在今山東平原縣境，此處實指德州（隋改德州爲平原郡）。德州傍運河，故用「涉」字，平原縣則否。按德州爲程先貞及「三李」所居，皆先生贊友。三李乃李源、李濤、李浹，曾助先生獄外聯絡。先生與人書云：「如有札寄示，乞寫德州北李宅家報，付報房封遞，三、四日可達。李老先生諱源，字星來，原任河津令，與弟交頗密，即爲專人賫至省城也。……報至德州先到蕭宅，次即傳至李宅。有二李，故稱『北』以别之。」「歷下」即濟南。「遄」音專，疾速也。二句蓋上應「來燕市」、「走易京」二句，狀因篤舟車南奔之速。

〔雲浮、日麗、蟬引、鵲鳴四句〕借客觀景物，象徵案情已有轉機，以引起「喜」、「幸」二句。「泉」指濟南趵突泉。「嶽」，東嶽泰山。「引」謂引聲，引吭，此狀蟬聲之長。

〔喜猶、幸不二句〕「璞」，玉在石中未治者。「卞」指卞和，曾獻璞于楚厲王、武王，王未治璞即刖卞和二足。見韓非子和氏。「坑」同阬，秦始皇阬殺儒生四百六十人。唐顔師古以爲新豐縣西南三里之馬谷有阬，故老相傳即始皇阬儒處。二句喻因篤抵濟南時，先生猶未刖未阬也。

〔勞苦、悲歡二句〕「勞苦」謂慰問，見〔三三〕赴東釋。「悲歡」句猶言悲喜交集。

〔橐饘、寢息二句〕「橐饘」句見〔九九〕松江别張處士慤、王處士煒「橐饘誰問遺」釋。二句記因篤不僅探監慰問，且寢息飲食，討論日知録每與先生共之。因篤奉答前詩云：「膏沐誰追理，壺飧欲就傾。畏塗晨上謁，羈邸夜班荆。續燭探行

筒，聯床敞外楹。年華窮不滅，日録老逾精。」可以印證。按：先生自投濟南府獄，尚屬案前羈押，與案結囚繫異，故容因篤聯床寢息如此。又先生在獄不廢著述，亦見歸莊次韻第四首：「著書猶未就，不願脱囚纍。」

〔發憤皆公正〕原注：「史記伯夷傳：非公正不發憤。」此贊因篤急公好義。

〔姱修自幼清〕「姱」音誇或户。「姱修」，美好也。原注：「楚辭招魂：朕幼清以廉潔兮。」又：「姱容修態，絙洞房些。」此贊因篤生性涓潔。

〔君賢關羽弟〕「關羽弟」三字均指關羽，羽乃劉備義弟。「賢」謂賢過、賢于。

〔我媿季心兄〕「季心兄」指季心之兄，即季布，先生自比。原注：「史記季布傳：布弟季心，氣蓋關中，爲任俠，長事袁絲，弟畜灌夫、籍福之輩。」句言自愧不如季布，布亦以俠稱。按：先生友朋中以「兄」、「弟」互稱者，唯與李因篤一人。參見〔二六四〕過李子德「及門初拜母，讓齒忝爲兄」句，又李因篤詠懷五百字奉亭林先生詩「慨然弟畜予，札僑風斯踐」句。

〔將伯呼朝士〕詩小雅正月：「將伯助予。」傳曰：「將，請也；伯，長也。」疏云：「請長者助我。」後沿以「將伯之呼」表示求助。「朝士」，泛指朝廷士夫。此句專指因篤燕京之行。

〔同人召友生〕「同人」，卦名，謂和同于人也。二字本係動賓結構，後演變爲名詞，作「同仁」、「同志」解。詩小雅常棣：「雖有兄弟，不如友生。」「生」本係語尾助詞。無義，故「友生」即友朋。此句言因篤號召友朋。

〔詩書仍燼溺〕「燼」，焚于火；「溺」，没于水。此句言詩、書終不免水火之災，暗喻當時文字之獄。

〔禹稷竟冠纓〕「冠纓」猶纓冠。纓本冠之繫，纓不繫冠而並著于頭，狀急迫。孟子離婁：「被髮纓冠而往救之。」相傳禹治水，稷焚山澤，皆能救民于水火者。此句以禹、稷喻因篤。

〔頻憶、深嗟二句〕「數」音索，入聲，屢也。「更」音根，平聲，換也。先生與因篤康熙二年初識于代州，五年再晤，六年同

居燕京慈仁寺，今春甫別，入夏又于濟南相晤，可謂過從甚數，然已六易寒暑矣。自此二句以上，詳敍因篤闘難奔救情狀，以下憶舊、撫今、贈別。

〔句注〕山名，見〔三二〕重過代州贈李處士因篤釋。

〔薊丘〕舊燕都，見〔三五〕高漸離擊筑釋。

〔登山屐〕宋書及南史謝靈運傳，謂靈運好尋山陟嶺，嘗著木屐，上山則去其前齒，下山則去其後齒。後因稱其屐爲「登山屐」或「謝公屐」。此應上「川巖」句。

〔泛月觥〕王勃拜南郊頌：「戈船泛月。」「觥」音庚，酒器。此應上「池館」句。

〔詩從歌伎采〕此用唐薛用弱集異記所載「旗亭畫壁」故事，以贊因篤詩名遐邇皆知。然李因篤乃服、鄭之輩，不知先生何故用歌伎事。

〔辯使坐賓驚〕此從杜甫飲中八仙歌「高談雄辯驚四筵」句化出。〔一八〕酬李處士因篤云：「朋黨據國中，雌黄恣騰謗。吾道貴大公，片言折邪妄。」可知因篤善辯。

〔禄位揚雄小〕原注：「漢書揚雄傳：凡人賤近而貴遠，親見揚子雲容貌不能動人，故輕其書。」此句反其義而用，謂因篤不重名位。

〔囊錢趙壹輕〕原注：「後漢書趙壹傳：文籍雖滿腹，不如一囊錢。」趙壹字元叔，東漢西縣人。恃才傲物，仕不過郡吏，撰刺世疾邪賦，「文籍，不如」二句即該賦所附五言詩。此句亦反其義而用，謂因篤不重財利。

〔好遯〕「遯」音義同「遁」，隱退也。易遯卦：「九四，好遯，君子吉，小人否。」因篤雁門邸中值寧人先生初度詩亦有「入世深肥遯」句。

〔史論悲鉤黨〕互相牽引曰「鉤」。後漢書靈帝紀：「制詔州郡大舉鉤黨，于是天下豪傑及儒學行義者，一切結爲黨人。」

按：名之爲「黨」，先鉤後錮，乃東漢速亡之因，故史論悲之。此句仍指明末黨爭事，參見〔二〇六〕贈孫徵君奇逢「黨錮」句釋。

〔儒林薄近名〕莊子養生主：「爲善無近名。」（老子亦云）「近名」謂邀求名譽，語雖出道家，儒家亦薄之。

〔材能尊選愞〕「選」即巽，怯弱；「愞」同耎、懦，柔順。漢書西南夷傳：「恐議者選耎，復守和解。」句謂有材能者不以才凌弱。

〔仁義怵孤㛍〕「怵」，悲傷、悽愴。「㛍」本作「惸」，惸同「煢」，無兄弟曰「惸」，無父曰「孤」。句謂仁義之人憐彼孤獨。以上「材能」、「仁義」皆指困篤。

〔自得、聊存二句〕「處困貞」謂處困境而守貞（正），易困卦：「困，亨貞，大人吉。」二句以下皆先生自述。

〔坎窞何當出〕「坎」，穴也；「窞」音陷，坎中小穴。易坎卦：「初六，習坎，入于坎窞，凶。」

〔虞機詎可攖〕「虞機」，虞人所張之機弩，書太甲上：「若虞機張。」「攖」，接觸，孟子盡心：「虎負隅，莫之敢攖。」坎窞、虞機均喻當時刑網；「何」、「詎」二字見臨別時尚無保釋之望。

〔別款〕「款」，誠也，此指離情別緒。

〔落莫〕同「落寞」，謂冷落寂寞。韓愈送楊少尹序：「不知楊侯去時，城門外送者幾人？車幾兩？馬幾匹？……不落莫否？」

〔精誠〕猶真誠。莊子漁父：「真者，精誠之至也；不精不誠，不能動人。」

〔禽海填應滿〕「禽海」即東海，此用精衛填海故事，見〔三二〕精衛釋。

〔鼇山抃豈傾〕原注：「楚辭天問：鼇戴山抃。張衡思玄賦：鼇雖抃而不傾。」鼇山指六鼇所戴五山，此用列子湯問故事，參見〔一六〇〕書女媧廟「六鼇簸蕩中流柱」釋。「抃」，鼓掌表慶也，字從手不從心。「禽海」、「鼇山」二句似預知此獄得

解，故有「相期非早暮」句。

〔渭釣與莘耕〕姜太公未遇周文時，曾釣于渭水，見史記齊太公世家。伊尹未仕商湯時，曾耕于有莘之野，見孟子萬章上。此句謂獄解後將相約歸隱以待時。

【箋】

松江之獄，先生贈人紀事詩自〔九三〕贈路光禄太平以下，尚有〔九四〕酬王生仍、〔九六〕酬陳生芳績、〔九七〕贈路舍人、〔九九〕別張慤王煒處士等多首，潘刻詩集，俱未刊落，獨濟南之獄，贈人詩僅留贈子德李子一首。據先生出獄後與人書（「人」當係劉芳躅輩）于「衆君子孚號之助」，特告以「富平李天生因篤者，三千里赴友人之急，疾呼輦上，協計橐饘，馳至濟南，不見官長一人而去。此則季心劇孟之所長，而乃出于康成子慎之輩，又可使薄夫敦而懦夫立者也。」（見殘稿卷二）乃知先生與因篤師友兄弟之情實不同于尋常君子之交，附録因篤答詩以相印證。

舊年寧人先生以無妄繫濟南，走書報余，觸暑馳視，苦疾作，辭還，先生寄贈行三十韻詩。春日晤保州，重會薊門，奉答前詩，廣五十韻（受祺堂詩十二）：

卧病三秋色，懷人五嶽情。涼飆吹夢起，啄雀喚愁生。客返關中路，書傳歷下城。（客秋有鄉人至自濟南，拜先生書。）倒衣初罷枕，垂涕復沾纓。巷伯詩難讀，梁園獄已平。長吟歸黯淡，別緒鬱縱横。憶折前津柳，同炊古寺羹。（前年與先生同客慈仁寺，予先别去。）有孚謀且窒，無角兆先成。遠道蒹葭隔，周行坎窞并。莒萊矜野語，虞芮亂囂聲。（訟起因小人奪先生田。）歘櫂江波大，潛揚海汐輕。（時訟牘株累多人，用已結海上事。）羣疑紛所出，衆口漫多驚。智勇微夫子，艱危詎此行。奮身甘下吏，微服恥爲氓。易象繇斯昉，騷歌比類明。經旬喧地圾，舉國丐天晴。（時地震淫雨。）節至通蘋藻，（先生在難，不廢時祭。）愁來憶弟兄。曾要肝膽契，況忝雪霜盟。草茀虛炎月，雲高隱暮旌。罷呼燕市酒，遄決薊門程。戍角迷丹幛，河陰護緑衡。崩堤頻淖馬，廢塢剩聞鶯。水旱憂兼劇，誅求慘自鳴。（時道多流亡，别自有詩。）此邦哀

瑣尾，何室厭香橙。觸目難俱述，驚時已漸更。馳闘瀛隰盡，頗喜岱嵐迎。膏沐誰遑理？壺飧欲就傾。畏途晨上謁，羈邸夜班荆。續燭探行笥，聯牀敞外楹。年華窮不減，日録老逾精。(先生時成日知録若干卷。)恨失登山約，嗟爲抱甕貞。徘徊違魯賻，(劉六如新故，未能往弔。)邂逅合秦箏。(鄉人閻天木以事滯山左。)閣彷滄溟峻，泉憐趵突清。(趵突泉東有白雪樓。)狂濤終砥柱，直道益崢嶸。旅食悲寒及，歸舟阻潦盈。依然垂橐去，率爾采薪嬰。左次才彌拙，西還意若醒。貧非荒竹徑，渴豈慕金莖。急難睽良友，端居愓遠征。寸心如濩落，中夜幾屏營。自得分魚素，空教怨鹿苹。川原仍獨往，伏臘互相衡。甫定他鄉榻，俄從上日觥。(先生以二月朔至。)好音隨杖屨，佳會足公卿。律轉堅冰解，春迴早卉榮。斂才期近物，逃俗勵修名。忽復追鞭弭，還來過帝京。每詢邙邑樹，誰薦寢園櫻？(時在清明。)進履躭逢石，將詩悚報瓊。雍田關華好，爲耦待躬耕。(時先生與無異有華山卜築之約。)

〔二二四〕贈同繫閻君明鋒先出

鄒陽方入獄，未上大王書。一遇韓安國，同悲待溺餘。春風吹卉木，大海放禽魚。莫作臨岐歎，行藏總自如。

【釋】

〔解題〕此詩潘刻本無，據原鈔本補。「鋒」，原鈔本作「鐸」，中華本誤作鋒。李因篤奉答前詩「邂逅合秦箏」句自注曰：「鄉人閻天木，以事滯山左。」據論語八佾「天將以夫子爲木鐸」句，「天木」當係明鐸字。因篤稱之爲「鄉人」，又云「合秦箏」，疑明鐸係陝西富平籍。

〔鄒陽方入獄二句〕鄒陽入獄事見前贈子德李子行「囚梁獄未成」釋。味「方入」、「未上」之義，知明鐸入獄尚在先生

之前。

〔一遇韓安國二句〕事見〔九七〕贈路舍人「寒灰卽溺餘」及〔九三〕贈路光禄太平「獄卒逢田甲」二句釋。按：鄒陽與韓安國皆曾事梁孝王，又皆有入獄事，故先生以鄒陽自比，以安國喻明鐸。四句順勢直下，用事活而切。

〔卉木〕卽草木。「卉」音諱，草之總名。

〔放禽魚〕「放」，任之也，有鳶飛魚躍意。「春風」、「大海」二句象徵出獄之喜，無它深義。

〔臨岐〕詞兼二義，一卽明鐸先出，與先生臨別，高適別韋參軍詩：「丈夫不作兒女別，臨岐涕淚沾衣巾。」二謂臨到岐路，沈吟未知所擇（見〔六二〕贈人「楊朱見路岐四句」釋）。據詩末「行藏」句，實兼臨別、泣岐二義。

〔行藏總自如〕論語述而：「子謂顏淵曰：用之則行，舍之則藏，唯我與爾有是夫！」後多以用舍、行藏爲士夫出處大節。此句蓋有我行我素之意。

【箋】

此詩雖不犯時忌，而潘刻不收，蓋世俗多以繫獄爲恥，觀因篤詩注但云「以事滯山左」，可知潘刻不收乃爲明鐸諱。明鐸與先生同繫，當與黃培詩案有關；案未結而「先出」，或以涉嫌較輕故。先生與原一甥書（殘稿卷二）云：「若得言之撫軍，比宋澄嵐例摘釋，庶無牽絆。」澄嵐係宋繼澄字，繼澄乃黃培姊夫，曾爲黃培含章館詩集作序，且向來詩酒過從甚洽，亦竟「摘釋」，則明鐸「先出」，不足爲異。

〔二二五〕 爲黃氏作

齊虜重錢刀，恩情薄兄弟。蟲來齧桃根，桃樹霜前死。

【釋】

〔解題〕此詩潘刻本無，據原鈔本補。「黃氏」兼指黃培、黃坦兄弟，然詩中所斥則非培而實坦。黃培詩案與忠節録案題結于明年己酉三月十六日，培被殺于明年四月初一日，朱刻本注云：「屠維作噩。在樓桑廟後，己酉。」近是。原鈔本誤繫本年，中華本亦承誤，蓋本年詩案、録案俱未結，黃培在監猶未死也。

〔齊虜〕對齊地人之賤稱。史記劉敬傳：「上（高祖）怒罵劉敬曰：齊虜以口舌得官。」按：敬本姓婁，齊人。以獻西都關中之策，賜姓劉，封侯。

〔錢刀〕泛指金錢貨幣。史記平準書：「龜、貝、金、錢、刀、布之幣興焉。」章炳麟小學答問：古之鑄錢者，形如契刀，故謂之「刀」；亦象枲臿，故謂之「錢」。

〔恩情薄兄弟〕猶云「兄弟恩情薄」。黃培與黃坦本係嫡堂兄弟，培事見〔三三〕赴東詩解序。坦乃培叔宗昌子。清兵圍即墨，宗昌拒守，城獲全。仲子基以守城中矢死，妻及三妾皆殉，時稱一門五烈。明亡，宗昌家居不仕，握髮以終。宗昌長子朗生，繼父修成勞山圖志，亭林先生爲之序（文集卷二）。故宗昌父子皆不愧明臣，惟坦最不肖，國亡仕清爲浦江縣知縣。姜元衡以奴叛主，訐及黃氏全族，坦亦遭連累。然培本以己詩含章館集獲罪，另刻黃氏十二君唱和序跋，實爲「黃培詩案」之主犯，久居囹圄，自知必死。坦已仕清，除忠節録所載黃御史宗昌傳有「握髮以終」句，可證坦父不曾剃頭，因而罪狀坦外，別無背逆之迹，故案發後，坦似未入獄。至其如何薄及兄弟，文獻無徵，然先生「與之同事」（謂同在忠節録一案），知其人既驕且吝，「上有求而下不應」，于先生亦「絶不照管」，「反以不刻揭之故」而「多方下石」，「可謂中山狼矣！」（引文分見殘稿與原一甥及佚文與人書）今據「重錢刀」、「薄兄弟」句意推之，坦必有諉罪其兄、落井下石，甚且陰圖霸産之迹。

〔蟲來齧桃根〕古樂府雞鳴篇（出宋書樂志）：「桃生露井上，李樹生桃旁。蟲來齧桃根，李樹代桃僵。樹木身相代，兄弟

還相忘」」樂府本意以桃李喻兄弟，贊桃李能共患難，諷兄弟不能同甘苦。此句借「蟲」喻姜元衡，以「桃」喻兄黄培。

〔桃樹霜前死〕此句反樂府詩意，謂李不代桃，致桃先死。據盧興基康熙手抄本含章館詩集的發現與黄培詩案一文，知黄培于康熙八年己酉四月一日「死于市」，正在此案三月十六日題結之後，唯坦之結局無考。然先生與人書已云「取有同案中年老者四五人保識黄御史曾已剃頭口供」，「是非已定」，可知忠節録案，坦未連及。況坦乃靦顔仕清之徒，平時必無干犯取戾之處；黄培詩案未連及培子貞明（見含章館詩集焚餘小引），更何有于堂弟培？培被摘釋乃必然，否則，先生此詩可不作也。

【箋】

黄氏本萊州即墨巨族，先生始遊齊東時（一六五七）即與黄氏相識，爲黄御史長子朗生作勞山圖志序，至今已逾十年。故姜元衡告主時稟稱：忠節録一書「係崑山顧寧人到黄家搜輯發刻者」，雖實證不足而似若可信。蓋先生既可以「南人北遊」，則忠節録亦未嘗不可以借先生而「南書北刻」也。然而「大造雖無私，薰蕕不同産」，先生所與交遊者必黄氏之「薰」，而非黄氏之「蕕」，培，黄氏之薰也；坦，黄氏之蕕也。先生不幸與黄氏之蕕「同事」，而又親見其以弟擠兄，致兄于死，故有斯作，其憎鄙之情，又豈區區二十字足以表之？當時與原一甥書已云：「至于山東人情，固已不啻蠻髦」，其後作萊州任氏族譜序，尤痛詆齊俗，如歎其人「好逋」、「好訟」，知爲謝長吉發；指云「盜誣其主人而奴訐其長」，知爲姜元衡發；至于盛贊任氏之「尊祖睦族」，並諄諄告以「凡今之人，莫如兄弟」，則爲黄氏發也。

編年（一六六九）

是年歲次己酉，清康熙八年。

五月，輔政大臣鼇拜有罪革職，并其子内大臣那摩佛禁錮終身，其黨羽斬革有差。旋昭雪蘇克薩哈等。

六月，永禁旗人圈占民地，禁王公大臣家下商人赴各省貿易。

八月，禁各省建立天主教堂傳教。

是年先生五十七歲。正月四日偕從子熊經涿州入都，寓七聖庵。二月朔出都，經保定會李因篤。旋往山東，復入都，寓文昌閣。三月十二日清明與李因篤五謁天壽山思陵。旋回都門，移居徐甥元文邸。十六日部批山東題結忠節録案。四月再出都，過順德，歷邯鄲，返濟南，與謝長吉對簿結奪田之案。夏赴德州，主謝重輝（字方山）家。秋，自大名北上，經保定欲晤李因篤，不果。再返德州。十一月二十六日入都，先後主甥壻申䅗（字叔旆）及謝重輝家。歲杪，潘耒自淮安經德州入都受學。

是年六月摯友王略卒于淮安。次甥徐秉義登京兆薦。

〔二一二六〕　樓桑廟已下屠維作噩

大雪閉河山，停驂阻燕界。日出見平岡，廟制頗宏大。昭烈南面尊，其旁兩侯配。陰森宮前木，蕪没畦首菜。遺像纏風塵，荒碑委榛蒯。痛惟初平時，中原已横潰。跳身向荆益，歷險誠不悔。終焉嗣漢業，上帝居禋類。獨此幽并區，頻在衣冠外。不得比南陽，何由望豐沛？尚想舊宅桑，童童狀車蓋。黄屋既飄飖，霓旌亦杳靄。惟有異代臣，過瞻常再拜。不及二將軍，提戈當一隊。

【釋】

〔解題〕樓桑廟在河北涿州（漢涿郡，今涿縣）樓桑村，祀劉備。始建于唐昭宗乾寧四年（八九七），明孝宗弘治二年（一四八九）重修，以關羽、張飛配享。屠維作噩即己酉歲。

〔大雪閉河山〕本年正月初四先生由涿州入都，時大雪。

〔停驂阻燕界〕「停驂」，見〔一三九〕薊州釋。涿州鄰易水，古燕界也。

〔昭烈南面尊〕劉備謚昭烈皇帝。備（一六一——二二三）字玄德，漢末涿郡人，景帝子中山靖王劉勝之裔。少孤，與母販履織席爲業。靈帝末，天下大亂，備從公孫瓚擊黄巾有功，思振漢業，然屢遭破敗。後得諸葛亮爲軍師，聯孫權，破曹操，取荆益，自立爲漢中王。曹丕篡漢，備亦稱帝于蜀，史稱蜀漢先主。三國志有傳。「南面」謂面南而坐，易説卦：「聖人南面而聽天下，向明而治。」後因謂帝王君臨天下爲南面稱尊。

〔其旁兩侯配〕「兩侯」即關羽、張飛。羽（一六〇——二一九）字雲長，解（在今山西運城、臨猗、永濟之間）人。飛（一六七——二二一）字翼德，涿郡人。共事昭烈帝，情同兄弟。蜀漢既建，羽封漢壽亭侯，追謚壯繆侯；飛封西鄉侯，追謚桓侯。「配」即配享，猶祔祭。

〔蕪没畦首菜〕「蕪没」謂亂草埋没。備居許昌日，每閉門率人種蕪菁，示無大志。此句借用其事狀廟宇荒蕪。

〔荒碑委榛蒯〕據先生金石文字記，「荒碑」當指蜀先主廟碑，唐乾寧四年初建廟時郭某撰。先生見時，碑多剥蝕。「榛蒯」，泛指叢生草木，蕭詧（梁宣帝）游七山寺賦：「撥榛蒯之瀰蒙。」「委」，棄置。

〔痛惟初平時二句〕「初平」，漢獻帝年號（一九〇——一九三）。此四年中，先是董卓弑少帝弘農王，立獻帝（年九歲）。繼而劫獻帝遷都長安，大焚洛陽宫室，掘陵墓，劫財物，盡驅百姓西徙，洛陽爲之一空。三年，王允計誅董卓，卓部曲李傕、郭汜等遂大亂長安，劫天子百官。其時，東方軍閥如袁紹、公孫瓚、曹操等亦連年混戰。「横潰」，謂如河海之横流潰決也，謝靈運擬鄴中詩：「天地中横潰。」

〔跳身向荆益〕「跳」音義同「逃」，「跳身」謂脱身出奔。史記蕭相國世家：「夫上（高祖）與楚相距，跳身遁者數矣。」「荆」指荆州，約當今湖北、湖南省境；「益」指益州，約當今四川省地。劉備在建安五年以前，與曹操、袁紹等馳驅中原，屢不利。後奔荆州投劉表。十三年，表卒，其子琮降曹，備與孫權聯兵戰曹操于赤壁，遂據有荆州。十六年，劉璋懼操，迎備入益州。十九年，備圍成都，璋降，備遂兼領益州牧。備既得荆益，遂定天下三分之局。

〔終焉嗣漢業〕建安二十四年（二一九），備自稱漢中王。明年，曹丕簒漢，廢獻帝，建國魏，改元黄初（二二〇）。又逾年，備亦稱帝，建元章武（二二一），仍稱漢，故曰「嗣漢業」。

〔上帝居禋類〕「禋」，祭天之禮。周禮春官大宗伯：「以禋祀昊天上帝。」「類」本作「禷」，按事分類而祭。此句言劉備嗣漢後，上帝乃歆其禋祀（受其祭享）。

〔獨此幽并區二句〕「幽并」見〔一八七〕五臺山釋。「頻」通瀕、濱，臨近也。「衣冠」意指漢族地區。二句謂涿州居幽并之間，瀕臨漢族地區之外（不爲蜀漢所有）。

〔不得比南陽〕「南陽」指漢之南陽郡，治宛，在今河南省南陽縣。漢光武帝劉秀係南陽人，中興漢室。此句歎涿州不及

南陽，蓋謂昭烈帝嗣漢而未能興漢。

〔何由望豐沛〕「豐沛」即今江蘇省豐縣、沛縣，漢高祖劉邦乃豐沛（漢之沛郡豐邑）人。句謂高祖開國，尤非昭烈所敢望。

〔尚想舊宅桑二句〕三國志蜀先主傳：「先主少時，宅東南角籬上有桑樹生，高五丈餘，遥望見童童（亦作「幢幢」，樹蔭下垂貌）如小車蓋。先主嘗與諸小兒于樹下戲，曰：『吾必當乘此羽葆車蓋。』」

〔黄屋既飄颻〕「黄屋」見〔五二〕金壇縣南五里顧龍山釋。「飄颻」同飄摇、飄遥，此處狀飄飄遠去。

〔霓旌亦杳靄〕「霓旌」同蜺旌，儀仗旗也，漢書司馬相如傳：「拖蜺旌，靡雲旗。」「杳靄」同「杳藹」，深遠貌，張衡南都賦：「杳藹蓊鬱于谷底。」以上二句暗寓先主帝業未達于故里。

〔異代臣〕先生自指。

〔二將軍〕亦指關羽、張飛。先主爲漢中王時，曾拜羽爲前將軍，飛爲右將軍。

〔提戈〕見〔三五〕祖豫州聞雞釋。

〔當一隊〕猶言獨當一面。漢書李陵傳：「願得自當一隊。」

【箋】

高祖開國，光武中興，昭烈延漢祚于一線，三君功業雖異，要皆漢族衣冠也，今之僂桑則與幽并俱歸左衽矣。故知本篇與〔二七〇〕漢三君詩贊「三人一龍」之旨異。

〔二一七〕 三月十二日有事于欑宫，同李處士因篤

餘生猶拜謁，吾友復同來。筋力愁初減，天顔佇一廻。巖雲隨馭下，寢仗夾車開。未得長

陪從，辭行涕泗哀。

【釋】

〔解題〕此先生五謁思陵也。先生共六謁思陵，與之偕者惟李因篤（餘皆不著姓名），故此次謁欑宮文係二人具名。文曰：「臣炎武，臣因篤，江左豎儒，關中下士。相逢燕市，悲一劍之猶存；旅拜橋山，痛遺弓之不見。時當春暮，敬擷村蔬。聊攄草莽之心，式薦園陵之事。告四方之水旱，及此彌年；乘千載之風雲，未知何日。伏惟昭格，俯鑒丹誠。」又前録因篤奉答前詩廣五十韻云：「忽復追鞭弭，還來過帝京。每詢邙邑樹，誰薦寢園櫻。」當指此次謁陵事。自注「時在清明」，則本年三月十二日乃清明也。原鈔本「欑宮」之上有「先皇帝」三字。

〔餘生〕先生去年因忠節録案自投濟南獄，雖經保出，猶未題結（部批在今年三月十六日），「餘生」謂劫餘之身也。

〔筋力愁初減〕「筋力」指老年筋骨力氣，禮曲禮上：「老者不以筋力爲禮。」此亦承「餘生」句來。

〔天顔佇一廻〕「天顔」見〔三〕延平使至釋。「佇」，久立。「廻」同回。

〔巖雲、寢仗二句〕均想象天顔降臨之辭。「馭」乃龍馭之省，實指駕車之馬，白居易長恨歌：「天旋日轉廻龍馭。」「寢仗」，帝王陵寢之儀仗。

〔陪從〕猶追陪。「從」，本字去聲，隨行在後也。

【箋】

五謁思陵在濟南出獄之後，結案之前；同謁者又係披髮奔救之摯友，故前三句「餘」、「復」、「初」諸字均非輕下。全首蒼涼可感，所謂「有動乎中，必搖其精」者也。因篤同賦則稍異。

〔附〕李因篤三月十二日有事于欑宮同顧徵士炎武賦用來字

再出松楸路，初將灑埽盃。百神春轉肅，孤寢墓同哀。渚雁依靈藻，峯霞拂繡苔。葱葱橋嶽氣，日向五雲來。

〔二二八〕　贈李貢士嘉，時年八十

居然漢代表遺民，猶向甘陵説黨人。久矣泥塗嗟絳縣，不妨漁釣老河濱。花香元亮籬前酒，雨墊林宗野外巾。此日耆英誰得似？飲和先作一方春。

【釋】

〔解題〕李嘉，自注「故城人」，生平待考。「貢士」亦諸生，仍明制，見前〔一三三〕丁貢士、〔一八四〕陸貢士等。「故城」，元初所置縣，明因之，在德州西南，清屬河間府景州，即今河北省故城縣。

〔遺民〕見〔四九〕桃花溪歌釋，此指李嘉。

〔猶向甘陵説黨人〕後漢書黨錮傳序：「初，桓帝受學甘陵周福，及即位，擢爲尚書。時同郡河南尹房植有名當朝，二家賓客互相譏揣，遂各樹朋徒，漸成尤隙。由是甘陵有南北部，黨人之議，自此始矣。」「甘陵」，本名厝縣，漢安帝以孝德皇后葬此，陵名甘陵，縣亦改名，屬清河郡，即今河北省清河縣。周福字仲進，既擢尚書，時語曰：「因師獲印周仲進」。房植字伯武，官終司空。故城與甘陵相鄰，此借李嘉之口重説明季朝野分黨事，參見〔一八四〕贈陸貢士來復「雒蜀交争」句釋。

〔久矣泥塗嗟絳縣〕「絳縣」，春秋晉地，在今山西曲沃南。左傳襄公三十年：「晉悼夫人食輿人之城杞者。絳縣人或年長矣，無子而往與于食。有與疑年，使之年」云云，見〔四九〕桃花溪歌「疑年」釋。下文趙武「召之而謝過焉，曰：『使吾子辱在泥塗久矣，武之罪也，敢謝不才。』遂仕之。」此句以絳縣老人擬李嘉。

〔不妨漁釣老河濱〕此以姜太公釣于渭河之濱（故城傍運河）喻李嘉。

〔花香元亮籬前酒〕陶潛字元亮，嗜酒愛菊，見〔三五〕陶彭澤歸里釋。又南史本傳及晉陽秋均載潛九月九日于宅邊東籬下，摘菊盈把，獨坐其側，適江州刺史王弘命白衣人送酒至，即便就酌，酣飲而歸。

〔雨墊林宗野外巾〕郭泰（一二七——一六九）字林宗，東漢太原介休人。嘗野行遇雨，巾一角墊（下陷），時人乃故折巾一角，號「林宗巾」。見後漢書本傳。

〔耆英〕指高年傑出之士，詳見〔一〇七〕賈倉部必選説易釋。

〔飲和先作一方春〕原注：「淮南子：不言而能飲人以和。」按：當引莊子則陽：「故或不言而飲人以和。」「飲」，本字去聲，使動詞。「方」非方位之方，蓋指一地、一邦而言，如書湯誥：「誕告萬方。」此指河間故城一帶。全句贊李貢士能布德于鄉里。

【箋】

先生敬老，尤重先朝遺民。詩集中贈〔四九〕陳處士梅、〔一〇七〕賈倉部必選、〔一二九〕張隱君元明、〔一六三〕林處士古度、〔二〇六〕孫徵君奇逢均本此意，不獨此篇爲然。

〔二一九〕邯鄲

趙國地生毛，叢臺野火燒。平原與馬服，纍纍葬枯蒿。飢烏啄冬雪，獨雁號寒郊。有策無所用，拂拭千金刀。豈聞蕭王來，北發漁陽豪。晝卧温明殿，蒼生正嗸嗸。太息復何言，此身隨所遭。

【釋】

〔解題〕邯鄲，戰國時趙都。「邯」，山名；「鄲」，盡也，謂邯山至城西而盡，故名「邯鄲」。秦置趙郡，秦末張耳據此稱趙王；漢置趙縣，漢之趙王亦都此，故沿稱趙王城。明清時爲廣平府治，即今之河北省邯鄲市（縣）。據詩中「飢烏啄冬雪」二句，此詩當係先生今年十一月杪由德州赴京，途經邯鄲作，故編次應靠後。

〔趙國地生毛〕原注：「史記趙世家：民謡言曰：趙爲號，秦爲笑，以爲不信，視地之生毛。」「謡言」即訛言。「號」，哭也。「地生毛」，亡國之徵。

〔叢臺野火燒〕原注：「漢書五行志：高后元年五月丙申，趙叢臺災。」「叢臺」，戰國時趙武靈王所築，在邯鄲城内，因其連聚非一，故名叢臺。「災」，毁于火也，亦不祥之兆。

〔平原與馬服〕乃戰國時趙之二「君」。平原君趙勝，惠文王弟，始以貴封，與孟嘗、信陵、春申齊名。馬服君趙奢，本趙之庶族，平原君薦之惠文王，用治國賦。秦伐韓，趙以奢爲將，救之，大破秦軍，遂以功封。

〔纍纍葬枯蒿〕「纍纍」，連綿不斷貌。「蒿」音豪，野草類。樂府詩集紫騮馬歌辭：「遥看是誰家，松柏冢纍纍。」平原君墓在肥鄉縣東南七里；馬服君墓在邯鄲西十里之馬服山（紫山）。以上四句懷古，以下四句傷今。

〔有策無所用二句〕左傳文公十三年：「繞朝贈之（指晉士會）以策（馬鞭）曰：子無謂秦無人，吾謀適不用也。」「拂拭」，指擦示將用，李白留别賈舍人至詩：「拂拭倚天劍。」二句隱言有才無用，有自傷意。

〔豈聞蕭王來四句〕「蕭王」指漢光武帝劉秀。王莽既死，羣雄紛立，邯鄲卜人王郎以爲河北有天子氣，遂僞稱成帝子，據邯鄲稱皇帝。時劉秀奉更始帝命渡河進圍邯鄲，破而滅之，登叢臺高會，更始遂封秀爲蕭王。秀既封王，陰有異志，晝臥温明殿。茂陵人耿弇時署門下吏，因入造牀下請間，説秀據河北，專征伐，以定天下。秀遂北聯漁陽（今北京附近）彭寵、吴漢等兵將豪傑，發幽州十郡兵擊降銅馬、龍來、上江、五校等農民軍，盡有河北地。明年（公元二十五年）六月，遂稱帝鄗南（今河北高邑、柏鄉之間）。「蒼生」，百姓，見〔六〕金陵雜詩第四首釋。「嗸嗸」即嗷嗷，集衆

悲鳴貌,詩小雅鴻雁:「鴻雁于飛,哀鳴嗸嗸。」傳謂未得所安集則嗸嗸然。此言河北百姓盼蕭王之切。以上四句懷古,下二句傷今。

〔太息二句〕「太息」,長歎息。杜甫避地詩:「此身隨所遭。」

【箋】

蕭王劉秀以破邯鄲、收河北而定天下,興漢室,向爲先生所慕,詩集頌及凡十餘見,此篇特就邯鄲生發。今天下蒼生亦嗷嗷然,懷古傷今,自有寄託。

〔一三〇〕 邢州

太行從西來,勢如常山蛇。邢洺在其間,控壓連九河。唐人守昭義,桀驁不敢過。憑此制山東,腹心實非他。事已遡悲風,芒然吹黄沙。乞食向野人,從之問桑麻。

【釋】

〔解題〕邢州,春秋時邢國地,秦置信都縣,項羽改稱襄國,石勒以爲後趙國都。隋始置邢州,宋易名邢臺,明清均爲順德府治,即今之河北省邢台市(縣)。

〔太行、勢如二句〕邢州在太行之東,西帶上黨(今長治),北控常山(今正定),項羽曾封張耳爲常山王,居此。「勢如」句見〔一五五〕江上釋。

〔邢洺在其間二句〕「邢」即邢州。「洺」亦州名,北周于廣平郡始置洺州,唐宋改廣平郡,亦稱洺州,元稱廣平路,明清改永年縣,爲廣平府治,今仍稱永年縣。「在其間」謂在常山蛇首尾之間也。「九河」見〔三一〕過蘇禄國王墓釋。

〔唐人守昭義以下四句〕「唐人」指李抱真。原注：「舊唐書李抱真傳：爲昭義軍節度使時，田悦、朱滔、王武俊相繼反叛。及上幸梁州，抱真獨于擾攘傾潰之中，以山東三州，外抗羣賊，内輯軍士，羣賊深憚之。」按：抱真，河西人。本姓安，隨兄抱玉賜姓李。唐代宗、德宗兩朝藩鎮跋扈，抱真獨守臣節。昭義軍所領邢、洺、磁三州均在太行山之東，故稱「山東三州」。「桀驁」同桀傲，指藩鎮兵之暴戾不馴者。四句論抱真事，蓋謂邢、洺、磁形勢險要，守之者須用腹心之臣，與李白蜀道難立意同。

〔事已遡悲風二句〕「遡」同泝，逆向也。「芒然」猶罔然，漢書司馬相如傳：「天子芒然而思，似若有無。」「黄沙」指戰場之沙。二句謂往事已如逆風之捲黄沙，芒然若失。

〔乞食向野人二句〕左傳僖公二十三年：「（晉公子重耳）出于五鹿，乞食于野人。」按：「五鹿」，春秋衛地，在今河南濮陽南。「野人」，田野之人，農夫也，與「問桑麻」相應。二句似途中紀實，兼有「風景不殊」之感。

【箋】

先生詩凡以地標題者，每借其地往事以傷時。此篇「事已遡悲風」以下抒感蒼涼，注家咸謂其事或從「唐人守昭義」導出，疑與明末盧象昇戰死順德（邢州）有關。象昇字建斗，宜興人，天啟進士。善射，嫻將畧，能治軍。初歷大名、廣平（洺州）、順德兵備，進按察使。陝北農民軍由晉攻畿輔，屢爲象昇所敗。其後撫鄖陽，督漢南，進兵部尚書，賜上方劍，總理直隸、河南、山東、湖廣、四川軍務。崇禎九年六月，清兵入喜峯口擾京師，召象昇入衛。十一年，清兵大入塞，會通州，趨涿州，擾易州、雄縣，破高陽，前大學士孫承宗死之。繼犯鉅鹿，朝廷震動。時象昇總督宣大，急召入衛。會宰臣楊嗣昌、中官高起潛等主和議，與象昇議不合，遇事掣其肘。象昇名雖督天下兵，實卒師不及二萬。十二月一日兵至鉅鹿賈莊，起潛率兵在雞澤，距賈莊五十里而不應。象昇軍至蒿水橋，猝遇清兵，圍之三匝，象昇炮盡，身中四矢三刃，奮鬭而死。此役實楊嗣昌所陷，及象昇死，猶誣其降或竄。福王時，始追謚忠烈。事詳明史盧象昇傳及儲欣

（康熙時宜興舉人）盧忠烈公傳（載在陸草堂集）。本篇蓋以明之邢、洺比唐之昭義，象昇屢主其地，西阻農民軍，北拱畿輔，終焉以身殉國，其事可哀，其人尤堪嘉憫。然先生一向推重楊嗣昌，詩旨隱約而無自注，殆爲嗣昌諱歟？

〔一二三一〕　自大名至保定，子德已先一月西行，賦寄

念爾西歸日，嗟余望路岐。殊方頻邂逅，千里各差池。木落燕臺早，霜封華掌遲。秦郊須置驛，莫後鄭當時。

【釋】

〔解題〕今年三月，先生偕李因篤共謁欑宮。頃之，相偕出都，子德主保定陳上年家，先生則返山東與謝長吉對簿。秋，先生返京，途經大名，過保定，因篤已先一月經大同西歸關中。先生訪李不遇，賦此寄之。因篤有答章，附後。

〔嗟余望路岐〕見〔六二〕贈人詩「楊朱見路岐」釋。

〔殊方頻邂逅〕「殊方」猶異地、異鄉，參見〔一〇〕聞詔釋。「邂逅」見〔一六〇〕答徐甥乾學釋。先生與因篤屢年在代州、京師、保定、濟南相晤，皆異鄉邂逅也。

〔差池〕相左或失誤。左傳襄公二十二年：「謂我敝邑，邇在晉國，譬諸草木，吾臭味也，而何敢差池？」此言鄭國事晉，不敢失誤，與〔三三〕越鳥巢南枝「羽差池」義異。

〔燕臺〕見〔一六〇〕答徐甥乾學釋。

〔華掌〕指華山仙人掌峯，見〔一九六〕華山「三峯」及「巨靈句」釋。

〔秦郊須置驛二句〕「秦郊」參見〔二〇八〕寄劉處士大來釋。鄭當時字莊，西漢陳人。任俠自喜，聲聞梁楚間。景帝朝爲太

子舍人，每五日洗沐，常置驛馬四郊，存問故人惟恐不徧。所交並天下名士。史記、漢書俱有傳。觀「置驛、莫後」句意，似先生預告即將赴陝相見，然先生再次赴陝，實在作詩八年之後。

【箋】

先生擅五言律，凡使事、用韻、對仗俱極工穩；以之抒懷、狀景、表意每如幽谷泉水，自然流出。昔人謂詩有別才，非關學問，然先生詩則不得謂與學問無關也。附李因篤答顧徵君保州見懷之作，用來韻以資對照。

雁繞行峯側，魚傳渭水湄。翻愁先夙駕，不及共臨歧。夜雪懷人迥，春堂入夢遲。躬耕千載事，努力赴同期。

【二三二】亡友潘節士弟耒遠來受學，兼有投詩，答之二首

生平不擬託諸侯，吾道仍須歷九州。落落關河蓬轉後，蕭蕭行李雁飛秋。爲秦百姓皆黔首，待漢儒林已白頭。何意故人來負笈，艱難千里媿從游。

【釋】

〔解題〕「潘節士」見〔一〇〇〕贈潘節士檉章解題。「弟耒」見〔一九二〕寄潘節士之弟耒解題。按：潘耒于康熙六年就婚山陽王畧家（參見〔二一七〕淮上別王生畧解題），今年六月王畧病卒，十一月耒妻亦卒，耒乃攜内兄王寬書擬自淮陰適德州謁先生。然據先生復智栗（王寬）書：「不佞以十一月二十六日入都，而次耕後此匝月始至。」（載佚文輯補）知耒行至山東，聞先生已行，乃直赴京師與先生相會。耒之投詩題曰己酉冬暮自淮陰抵平原謁寧翁先生敬述長律六十韻，所云「抵平原謁」，王撰彙注附亭林詩譜疑耒詩已成于抵平原（德州）之前，至京呈時或仍舊題而未改，說似近實。

〔生平不擬託諸侯〕孟子萬章下：「士之託于諸侯，非禮也。」詩用「諸侯」，係泛指清朝當事；「託」，入幕之謂。先生北遊

二十餘年，不干當事，亦不受當事招致，偶有居停，亦不出文字道義之交。「門人惟季次，未肯作家臣。」（見〔一三五〕七十二弟子）可爲此句注脚。

〔吾道仍須歷九州〕言仍當效仲尼之環轍天下。先生以遊爲隱，故不爲「游觀」，則爲「游學」，而決不爲「游宦」（參見〔一九〇〕酬史可程「顧君無倦游」釋）。故卜居太華前，「九州歷其七，五嶽登其四。」（見文集六與戴耘野）以下頷聯由此句導出。

〔落落關河蓬轉後〕「落落」，稀疏零落貌，陸機歎逝賦：「親落落而日稀。」與〔一六五〕贈黄師正、〔二三五〕重至大同詞義畧異。「蓬轉」謂似蓬草因風而轉，潘岳西征賦：「飄萍浮而蓬轉。」此句言所歷之地。

〔蕭蕭行李雁飛秋〕「蕭蕭」，風聲。「行李」見〔一五四〕與江南諸子別釋。此句記所歷之時。

〔爲秦百姓皆黔首〕史記秦始皇本紀：「更名民曰黔首。」「黔」有黧黑之義，故説文云：「周謂之黎民，秦謂之黔首。」此處蓋以秦喻清。

〔待漢儒林已白頭〕秦始皇焚書坑儒，儒生待漢之興。至文景之世，伏生、轅固生、申公均已八、九十高齡而承皇帝詔問傳經。參見史記儒林傳。此句係先生自比。

〔何意故人來負笈〕先生北遊之歲（一六五七），次耕年僅十二；南返蘇、杭時（一六六一），次耕已届十六。當時屋烏友于之情，必有因其兄力田而及于次耕者，「故人」之意本此。「負笈」見〔三八〕贈蕭文學企昭釋，次耕敬述長律亦云「夙懷期負笈」，均作從師解。

〔艱難千里媿從游〕先生與潘次耕第一書（文集卷六）曰：「接手札如見故人，追念痛酷，其何以堪！……承諭負笈從游，古人盛節，僕何敢當！」後又復書曰：「接手書，具感急難之誠，尤欽好學之篤。顧惟鄙劣，不足以裨助高深，故從游之示，未敢便諾。」知潘耒雖遵亡兄遺命千里投師，而先生前此每因耒乃亡友之弟，遲遲未允從游之請。

十年離別未言還，楚水楓林極望間。野雀暮歸吴季廟，寒濤秋擁伍胥山。人琴已逝增哀涕，笠屩相看失壯顔。獨有士龍年最少，一朝詞筆動江關。

【釋】

〔十年離別未言還二句〕「十年」，約數；「離別」，別江南也。先生首次北遊，距今已逾十二年，其後南旋復北上，至今亦八年。「楚水」，泛稱江南之水；「楓林」專指夢魂縈繞之地，見杜甫夢李白「魂來楓林青」句。「極望」二字導出頷聯。

〔吴季廟〕在蘇州武山錦鳩峯下。春秋吴王壽夢季子名札，沿稱「吴季」、「季札」或「延陵季子」，參見〔一五〕「不去『徐君』」釋。

〔寒濤秋擁伍胥山〕伍胥山簡稱「胥山」，有三處，一在蘇州香山東南太湖口；一即杭州之吴山，可以觀錢塘江潮；一即嘉興張山。據「寒濤秋擁」意，此句所指當係杭州胥山，前六年潘檉章就義于此。

〔人琴已逝句〕王子猷（徽之）、子敬（獻之）俱病篤，子敬先亡，子猷來奔喪，徑入，坐靈床上，取子敬琴彈，弦久不調，乃擲地曰：「子敬！子敬！人琴俱亡！」（見世説新語傷逝）此歎檉章先我而逝。

〔笠屩相看句〕「屩」，草履。古越歌謡：「君乘車，我戴笠，他日相逢下車揖。君擔簦，我跨馬，他日相逢爲君下。」言不以貧賤易交也，句作「笠屩」乃襲「笠簦」之意。此歎貧賤之交俱已云老。

〔獨有士龍年最少〕「士龍」，晉陸雲字，雲與兄機並稱「二陸」。晉書本傳言其幼時，吴尚書閔鴻見而奇之，曰：「此兒若非龍駒，當是鳳雛。」後舉賢良，年僅十六。又世説新語賞譽注謂雲雅有俊才，博聞强記，善著述，六歲便能賦詩，時人以爲項橐、揚烏之儔也。潘耒少其兄檉章二十歲，少先生三十三歲，今年纔二十四，故以陸士龍比之。

〔一朝詞筆動江關〕杜甫詠懷古蹟：「庾信平生最蕭瑟，暮年詞賦動江關。」此句蓋贊潘耒所投詩。耒詩五言長排六十韻，首頌先生德業，中叙先生與其亡兄交誼並及己之身世，末陳負笈求師之誠悃。全詩頌師、痛兄、傷己多用曲筆，

以避時諱；然至誠動人，讀之酸鼻，故以庾信詞筆譽之。詩長不録，摘句見意。頌師云：「斯文知未墜，夫子實通儒。」「賈馬寧方駕，班揚敢並驅。」痛兄云：「向子聞鄰笛，王公憶酒壚。遥知悲宿草，無處奠生芻。」傷己云：「落魄餘文舉，伶仃有少孤。素絃哀絶調，枯樹慘同株。戢影依慈母，含辛對阿奴。向人言慷慨，伏枕淚模糊。流浪來淮市，飄零客射湖。」「范叔綈袍盡，相如四壁無。」求師云：「夙懷期負笈，雅志有懸弧。」「龍門雖自峻，蠡測肯辭愚？」「駑駘還賴策，蓬草或堪扶。斧削資良匠，陶鎔付大爐。垂恩無以報，感激一微軀。」

【箋】

湖州史獄，至今六年矣。先生于潘耒，曾屢拒其「從游」之請，始則曰：「頻年足迹所至，無三月之淹。友人贈以二馬二騾，裝馱書卷；所雇從役，多有步行；一年之中，半宿旅店，此不足以累足下也。」繼則曰：「顧惟鄙劣，不足以裨助高深。……如炎武者，使在宋元之間，蓋卑卑不足數。……惟願刻意自厲，身處于宋元以上之人與爲師友。」前乃謂行旅之人不可與同游，後則謂德業鄙劣不足爲人師；前係實事，後則過謙。本年耒之外舅（王畧）卒，髮妻王氏亦喪，因攜舅兄寬書及所撰外舅行狀由山陽北行，與先生相晤于京師。觀此詩題曰「遠來受學」，是已正師弟之誼矣。又，先生覆智栗（王寬）書亦云：「不佞以十一月二十六日入都，而次耕後此匝月始至。今將于長安圖一讀書之地，必不虚其千里相從之願也。」兹後先生每歲出游返京，必親授其業；而耒亦不免與三徐過從，聲譽漸著。他日鴻博之薦，實肇于此。

編年（一六七〇）

是年歲次庚戌，清康熙九年。

正月，原所没收明宗藩自置田地由民佃種者，既納正賦，復征租銀，至此免納租銀。

三月，增滿洲兵餉。定滿漢官員品級，滿大學士、尚書、左都御史俱一品，漢俱二品。

十月，鄭經部將林伯藩等叛降于清。

是年先生五十八歲。春在京。五月往山東德州。六月應程先貞、李濤等邀，在德州講易，至八月始畢。于是道返京師，與秀水朱彝尊、永年申涵光、嘉定陸元輔等同在清侍郎孫承澤家詳定所藏古碑刻。復南游，經曲周訪路澤濃，聞殷岳之喪。旋返章丘大桑家莊度歲。

本年春，先生長甥徐乾學（原一）殿試第三名及第。作山陽王君（畧）墓誌銘。初刻日知録八卷成。

〔二三三〕述古三首　已下上章閹茂

微言既以絶，一變爲縱横。下以游俠權，上以刑名衡。六國固蚩蚩，漢興亦攘攘。不有董夫子，大道何由明。孝武尊六經，其功冠百王。節義生人材，流風被東京。世儒昧治本，一概

而相量。於乎三代還，此人安可忘！

【釋】

〔解題〕論語述而：「子曰：述而不作，信而好古，竊比于我老彭。」此三首以「述古」爲題，亦有「竊比」之意。本年八月程先貞所撰贈顧徵君亭林序云：「自漢唐以來，諸賢林立，覩其（指亭林）意思，畧與鄭康成、王文中輩相彷彿，皆能深造理窟，力追大雅，以斯文爲己任者也。」疑先生此詩本爲示教潘耒而作，當時已寫而傳之。上章閹茂卽庚戌歲。

〔微言既以絶〕「以」通已。漢書藝文志：「昔仲尼没而微言絶。」「微言」，幽隱不顯之言，每指春秋褒貶之義。

〔一變爲縱横〕「縱横」同從衡。淮南子泰族：「張儀、蘇秦約從衡之事，爲傾覆之謀，濁亂天下，撓滑諸侯。」蓋蘇秦主山東六國南北聯合以拒秦，謂之合縱；張儀主山東六國俱西向而事秦，謂之連横。其徒類被稱爲縱横家，爲戰國九流之一。漢書藝文志謂「縱横家者流蓋出于行人之官」，理雖未必，然爲儒家所鄙則甚明。

〔下以游俠權〕「權」，動詞，衡量。漢代游俠多出下位，好交游，尚俠義，力折公卿。史記有游俠列傳，其索隱述贊曰：「游俠豪倨，籍籍有聲，權行州里。」

〔上以刑名衡〕「衡」，動詞，稱量。刑名之家主循名責實，尊君卑臣，崇上抑下，排斥游俠。韓非五蠹曰：「儒以文亂法，俠以武犯禁。」

〔六國固蚩蚩〕此結「微言、一變」二句，指戰國而言。「蚩蚩」，紛擾貌，與詩「氓之蚩蚩」義異。如揚雄法言重黎：「六國蚩蚩，爲嬴弱姬。」

〔漢興亦擾擾〕此結「下以、上以」二句，指漢初而言。「擾擾」同壤壤，紛錯貌，太公六韜：「天下擾擾。」史記貨殖列傳：「天下壤壤。」按：漢高祖溺儒冠（見史記高帝紀），孝文帝本好刑名之言，及至孝景，不任儒者（見史記儒林列傳）。以上六句言自戰國至漢初，縱横、游俠、刑名互爲更迭，獨儒家不傳。

〔不有董夫子二句〕「董夫子」即董仲舒，見〔二〇七〕酬程工部先貞「獨近董生帷」釋。仲舒上天人三策云：「諸不在六藝之科、孔子之術者，皆絶其道，勿使並進。」武帝爲之罷黜百家，獨尊儒術。劉向謂仲舒有王佐才，雖伊吕無以加。後世均尊之爲醇儒。

〔孝武尊六經二句〕漢書武帝紀贊曰：「漢承百王之弊，高祖撥亂反正，文景務在養民，至于稽古禮文之事，猶多闕焉。孝武初立，卓然罷黜百家，表章六經。」「六經」見〔三八〕贈蕭文學企昭「日西歲將晏」四句釋。

〔節義生人材二句〕「節」，節操；「義」，義理。「流風」猶遺風，「東京」指東漢。二句意謂六經既尊，則崇節尚義，故西漢人材輩出，延至東漢而不衰。先生日知録亦云：「光武躬行儉約，以化臣下；講論經義，常至夜分。故東漢之世，雖人才倜儻不及西京，而士風家法，似過前代。」合詩及録，知先生皆從「六經生節義，節義生人材」立論。按：西漢尊經而不尚節義，故王莽將篡，上書頌德者四萬八千；東漢尊經而標榜節義，故黨錮之禍，士夫毁家從難者不可數計。然則節義之材，東漢爲多，不止「流風所被」也。

〔世儒昧治本二句〕「治本」，爲治之本。「一概」猶一律，原注：「楚辭九章懷沙：同糅玉石兮，一概而相量。」「概」，盪平斗斛之木棍。二句謂俗儒不知爲治之本在于尊六經，崇節義，而以同一標準治不同之世，故曰「昧」。

〔於乎三代還二句〕「於乎」音義同「於戲」、「嗚呼」，歎詞，詩大雅桑柔：「於乎有哀，國步斯頻。」「三代還」即夏商周以來。「此人」指董仲舒。

六經之所傳，訓詁爲之祖。仲尼貴多聞，漢人猶近古。禮器與聲容，習之疑可睹。大哉鄭康成，探賾靡不舉。六藝既該通，百家亦兼取。至今三禮存，其學非小補。後代尚清談，土苴斥鄒魯。哆口論性道，捫籥同矇瞽。

【釋】

〔六經之所傳二句〕謂六經之所以能流傳，端賴訓詁家爲之祖述。爾雅疏曰：「詁，古也，通古今之言使人知也。訓，道也，道物之貌以告人也。」詁亦作「故」，訓詁亦作「詁訓」，猶今所云「釋義」。惟漢儒訓詁則專爲釋經，如書經有大小夏侯解故，詩經有魯故、齊后氏故、齊孫氏故、韓故、毛詩故訓傳等，見漢書藝文志。

〔仲尼貴多聞〕「多聞」意謂博學。論語季氏：「孔子曰：益者三友，……友直、友諒、友多聞。」又爲政：「子曰：多聞闕疑。」

〔漢人猶近古〕此謂漢之時代與古近，漢人訓詁亦與古近。

〔禮器、習之二句〕此證漢人近古。如司馬遷漢人，所撰史記孔子世家贊曰：「適魯，觀仲尼廟堂、車服、禮器，諸生以時習禮其家。」此漢人親睹習禮近古之證。「聲容」指樂之聲，禮之容，漢書禮樂志：「隆雅頌之聲，盛揖讓之容。」

〔鄭康成〕即鄭玄，詳見〔二六〕不其山釋。

〔探賾靡不舉〕「賾」音責，幽隱難見也，易繫辭：「探賾索隱。」後漢書鄭玄傳：「玄括囊大典，網羅衆家，删裁繁誣，刊改漏失，自是學者畧知所歸。」即所謂探討幽微無不得也。

〔六藝、百家二句〕「六藝」本指孔門所教六種科目，即禮、樂、射、御、書、數，漢以後則兼指「六經」。「該」謂兼備；「該通」猶兼通，言鄭玄于六經無所不通。「百家」句見上引本傳「網羅衆家」。

〔至今三禮存二句〕後漢書鄭玄傳載玄曾注周易、尚書、毛詩、儀禮、禮記、論語、孝經、尚書大傳、中候、乾象曆等。儒林傳則云：「馬融作周官傳授鄭玄，玄作周官注（即周禮注）。玄本習小戴禮，後以古經校之，取其義長者，故爲鄭氏學（即儀禮注）。玄又注小戴所傳禮記四十九篇（即禮記注），通爲「三禮」焉。按：鄭玄曾偏注羣經，它或闕失，唯三禮獨傳，以其精審也。「小補」謂小有補益，常用作謙詞，出自孟子盡心上：「上下與天地同流，豈曰小補之哉。」此處謂

鄭氏訓詁之學于「三禮」並非小補。

〔後代尚清談〕「清談」本指魏晉間事，時何晏、夏侯玄、王弼等祖述老莊，鄙薄孔孟，雅尚虛無，反對名教，于是競談玄理，流風所及，迄于晉亡。此句不云「魏晉尚玄談」，而泛言「後代」，蓋兼斥宋儒「哆口論性道」。

〔土苴斥鄒魯〕「土苴」指土渣、草芥等微賤之物。莊子讓王：「道之真以治身，其緒餘以爲家國，其土苴以治天下。」「鄒魯」乃孔孟出身之地，後世故以鄒魯之學爲儒學正宗。此句承上，謂清談之流視鄒魯之學如土苴。

〔哆口論性道〕「哆」音侈或茶，上聲，張口貌。詩小雅巷伯：「哆兮哆兮，成是南箕。」「性道」即性與天道，係宋儒對孔孟學説之曲解與臆測，與漢儒依據訓詁以釋經不同。先生惡言性道，比之爲清談誤國，其與友人論學書（文集卷三）曰：「百餘年以來之爲學者，往往言心言性，而茫乎不得其解也。命與仁，夫子之所罕言也；性與天道，子貢所未得聞也。……今之君子則不然，聚賓客門人之學者數十百人，……而一皆與之言心言性。舍多學而識以求一貫之方，置四海困窮不言而終日講危微精一之説，是必其道之高于夫子，而其門弟子之賢于子貢，祧東魯而直接二帝之心傳者也，我弗敢知也！」

〔捫籥同矇瞽〕「籥」音藥，古管狀樂器。「吹籥」似笛而短小，三孔；「舞籥」長而六孔。「矇瞽」，盲于目者。古之樂工多用盲人，周禮春官宗伯：「瞽矇掌播鼗。」蘇軾日喻説則借此以取諷，曰：「生而眇者不識日，問之有目者，或告之曰：『日之光如燭。』捫燭而得其形，他日揣籥，以爲日也。」故此句承上，諷空談性道之無知。先生與友人論學書曰：「士而不先言恥，則爲無本之人；非好古而多聞，則爲空虛之學。以無本之人而講空虛之學，吾見其日從事于聖人而去之彌遠也。」

五國並時亡，世道當一變。掃地而更新，三王功可見。鼓琴歌有虞，鈞者知其善。區區山澤間，道足開南面。天步未回旋，九州待龍戰。空有濟世心，生不逢堯禪。何必會風雲，弟子

皆英彥。俗史不知人，寥落儒林傳。

【釋】

〔五國並時亡以下四句〕原注：「文中子書：五國並時而亡，蓋傷先王之道盡墜，故君子大其言，極其敗，于是乎掃地而求更新也。」此引隋王通（生平見後箋）文中子書，即中說述史篇。按：王通著元經以續春秋，所叙乃晉、宋、拓跋魏、北齊、北周、隋六代之事，始于晉惠（二九〇），終于陳亡（五八九），共三百年史。該書自宋以後，則黜南齊而帝拓跋魏，尊中國（實指中原地區）而抑江南漢族，實與春秋嚴于夷夏之防大異。元經本王氏一家之書，其撰述意旨俱散見中說。中說述史篇另載王凝（字叔恬）與其兄王通（即文中子）對話：「敢問元經書陳亡而具五國（指晉、宋、齊、梁、陳），何也？」文中子曰：「江東，中國之舊也。……及其亡也，君子猶懷之。」按：太原王氏自王肅（所謂晉陽穆公）以漢人背南齊而投事北魏，其子孫如王通等猶存先王與故國之思。「掃地而更新」意謂陳亡于隋，南北統一，故有世變更新，三王復見之兆。

〔鼓琴歌有虞以下八句〕原注：「文中子書：子游汾亭上鼓琴，有釣者曰：『美哉琴心也！傷而和，怨而静，在山澤而有廊廟之志。』驟而歌南風，釣者曰：『嘻！非今日事也。道能利生民，功足濟天下，其有虞氏之心乎？不如舜自鼓也，聲存而操變矣！』」注文出中說禮樂篇。八句皆據釣者之言，深悲文中子有道而不遇時，惟有隱居汾上，以洙泗之事爲事。「有虞」指帝舜。「南面」見〔三六〕樓桑廟釋。「天步」喻國運，詩小雅白華：「天步艱難。」「九州」見〔三〕感事「神州」釋。「龍戰」喻羣雄爭奪天下，易乾卦：「龍戰于野，其血玄黃。」「生不逢堯禪」句暗示文中子雖有虞舜濟世之心，終不得在其位，句出寧戚飯牛歌：「生不逢堯與舜禪」。注文所稱「子」專指文中子。「汾亭」，汾上之亭，此指文中子隱居教授之地。「廊廟之志」指出仕朝廷之願。「南風」，歌名。相傳舜作五絃之琴以歌南風，鄭玄謂「其辭未聞」，孔子家語諸書則撰其辭曰：「南風之薰兮，可以解吾民之愠兮；南風之時兮，可以阜吾民之財兮。」

〔何必會風雲二句〕「會風雲」三字承前「龍戰」句，易乾卦：「雲從龍，風從虎，聖人作而萬物覩。」意謂風雲將隨龍虎而際會也。後多以喻賢才因時遇合，如後漢書二十八將傳論：「咸能感會風雲。」「英彥」指英才美士，晉書温羨之傳：「衣冠斯盛，英彥如林。」按：王通高弟據文中子世家及中説所載約三、四十人，唐初名臣如李靖、房玄齡、杜如晦、魏徵、温大雅、温彥博、陳叔達、竇威、張元素、杜淹、王珪、李百藥、薛收等均被闌入。

〔俗史不知人二句〕「俗史」，此處暗刺隋書，隋書有儒林傳，然無王通之名。唐書于王勃傳中提及「祖通」，亦僅寥寥數語，先生故爲之不平。

【箋】

此題三首皆述古人古事，無非「竊比」、「尚友」之意。第一首專述六經之所以尊。意謂仲尼既没，自戰國至漢初三百餘年九流並出，儒道不行，及董仲舒對策上書，武帝始盡黜百家，獨尊儒術，歷二千年而不墜。故稱董生爲「夫子」，論功當推三代以來第一。第二首專述六經之所以傳。漢儒重經文，尚訓詁，不爲臆測；宋儒重義理，好清談，病在空疏。先生爲學貴該博，于文字、聲韻、訓詁無所不通，故治經必以漢儒爲宗，此鄭康成得稱「大哉」也。第三首兼述儒生之行藏出處，實則竊比于王通。全首不著王通名字，但糅合中説之文，本文中子世家之説，傷其時，序其志，並借以自傷自序。先生與潘次耕札（載餘集）云：「六代之末猶有一文中子者，讀聖人之書而惓惓以世之不治、民之無聊爲亟，没身之後，唐太宗用其言以成貞觀之治，而房、杜諸公皆出于文中子之門，雖其學未粹于程朱，要豈今人之可望哉！」李因篤寄贈顧亭林先生四絶句（一六七七）亦有「著書何似文中子」之句，乃知先生于王通本極服膺，故述古詩得與董仲舒、鄭玄並列。然董、鄭與先生學問行事較爲符合，尊之尚可；獨王通其人其書自宋以來即多歧議，先生乃據王應麟、龔士卨之謬説，尊之爲「五子」而不予考實，殊覺可怪。而其時朱彝尊則以爲「講學諸公讀書不論其世，……遂據無稽之言，以子虛、無是公（俱指王通）巋然配食孔子之廡。」（見經義考卷二七九）顧、朱篤交，而意見相左至此，究其實，葢

兩失也。余曾撰長文論之（見拙作文中子辨，載一九八四年中華書局編文史第二十輯），文末斷語曰：

「文中子王通（五八四——六一七）字仲淹，龍門人。生于隋末，曾署蜀郡司户書佐。嘗講學河汾，以儒宗自任，負笈從游者有焉，一時問難者有焉。高弟董恆早卒；薛收雖顯于武德間，亦不永年，故于師道無傳焉。通爲人好學篤行，勤于著述，惜自視甚高，不通時變，蓋亦儒而近腐者。及其殁也，王氏子弟譽之太過，至比之于聖人，則離真益遠。通著有續六經，今多不傳，傳者唯元經，亦斷爛朝報之類。其門人子弟記其言行，著爲中説，即世傳之文中子，中多附益，可信者半，然通之得毀得譽，悉由是書。治思想史者固不可不讀，讀之而不知考證，則輕疑輕信，俱失其平矣。」

今先生不獨不辨其人其書之真僞，即如通撰元經，貶漢崇胡，與春秋所尊所攘無一毫合，與先生民族氣節尤其扞格，豈亦不知不辨而恕之耶？又中説盡攬唐初名臣爲通弟子，本極可笑，司馬光、朱熹已致其疑；先生博通史乘，反斷然信之，豈未細讀隋唐書志耶？

〔一二三四〕　德州講易畢，奉柬諸君

在昔尼父聖，韋編尚三絶。況于章句儒，未曉八卦列。相看五十餘，行事無一達。坐見悔吝叢，舉足防蹉跌。日昃乃研思，猶幸非大耋。微言詎可尋，斯理庶不滅。寡過殊未能，豈厭丁寧説。是時秋雨開，涼風起天末。蟋蟀吟堂階，疏林延夕月。草木得堅成，吾人珍晚節。亮哉歲寒心，不變霜與雪。憂患自古然，守之俟來哲。

【釋】

〔解題〕本年五月先生由京往德州。六月，程先貞、李濤等共延先生于家講易。「程先貞」見〔二〇七〕酬程工部先貞解題。

李濤字紫瀾，號述齋，德州人。康熙丙辰（一六七六）進士，選庶吉士，授編修。累擢廣西布政使，以太常少卿內召，庫有羨金萬餘，具册封識而去。官終刑部右侍郎。濤與兄浹（字霖瞻，官芮城令）俱尊禮先生，與程先貞並爲先生東道主。九月初講易畢，先生乃有此作。時李濤有講易畢奉謝寧人先生詩（同志贈言誤爲李因篤作），程先貞有贈顧徵君亭林序。「奉」，獻也。「柬」通簡；「奉柬」此處猶言「呈詩」。

〔在昔尼父聖二句〕史記孔子世家：「孔子晚而喜易，序彖、繫、象、説卦、文言，讀易韋編三絶。」古削簡而書，以韋（柔皮）編之。「韋編三絶」，言展讀之勤。

〔章句儒〕漢人治經，以訓詁舉大義者爲「通儒」，以章句求具文者爲「小儒」。漢書夏侯勝傳：勝非之曰：「建（勝侄）所謂章句小儒，破碎大道。」此處乃先生以小儒自謙，以反襯下句。

〔八卦列〕指八卦之排列與發展，如由陰（⚋）、陽（⚊）二爻組成八個單卦，即乾（☰）、兑（☱）、離（☲）、震（☳）、巽（☴）、坎（☵）、艮（☶）、坤（☷）；再由八個單卦兩兩相重，組合成六十四個重卦。故易繫辭曰：「八卦成列，象在其中矣。因而重之，爻在其中矣。剛柔相推，變在其中矣。」按：據八卦成列以解易，多屬象數派，先生曰「未曉」，蓋反言示譏。

〔相看五十餘〕此句「相」字乃第一人稱反身受事代詞，作「自」、「我」講，如賀知章詩：「兒童相見不相識」，相，我也，不作「互相」講。此處「相看」猶言「自看」，非彼此互看也。蘧案以爲兼指程先貞、李濤等，恐未必然。以下數句皆先生自謙而非代言，可證。孔子「五十以學易」，見下「寡過」句釋。

〔悔吝叢〕悔恨叢生也。易繫辭上：「悔吝者，憂虞之象也。」吝，恨惜。

〔蹉跌〕「蹉」、「跌」二字互訓，皆指意外失足或失誤，見〔三四〕哭楊主事「松江再蹉跌」釋。

〔日昃乃研思二句〕「日昃」本指日偏西，此喻年歲漸暮；「大耋」，高年也。二句皆出易離卦：「九三，日昃之離。不鼓缶而歌，則大耋之嗟，凶。」象曰：「日昃之離（離，火光），何可久也！」先生答汪苕文書（文集卷三）：「弟方纂録易解，程

朱各自爲書,以正大全之謬。而桑榆之年,未卜能成與否?」答書作于此詩後十年,知先生「日昃研易」,直至桑榆矣。

〔微言、斯理二句〕「微言」,見〔二三〕述古詩釋;「斯理」指易義、易理。二句正見先生解易崇理。

〔寡過殊未能二句〕論語憲問:「夫子欲寡其過而未能也。」又述而:「子曰:假我數年,五十以學易,可以無大過矣。」先生與次耕書(文集卷四)亦云:「退而修經典之業,假年學易,庶無大過。」「丁寧」今作叮嚀,反覆誡告也。二句蓋謙言學易雖未能寡過,然不可一日不講。

〔涼風起天末〕係借句,見杜甫天末懷李白詩。

〔蟋蟀鳴堂階〕詩唐風蟋蟀:「蟋蟀在堂,歲聿其莫。」

〔草木得堅成〕謂草木晚熟而堅舉。陸璣毛詩草木鳥獸蟲魚疏:「蒹葭蒼蒼,至秋堅成,則謂之萑。」

〔晚節〕晚年節操。宋書陸微傳:「冰心與貪流爭激,霜情與晚節彌茂。」

〔亮哉歲寒心二句〕「亮」,高尚正直也,如言「亮節」。張九齡感遇詩:「自有歲寒心。」參見〔四八〕虜伐我墓柏二株「後凋」釋。二句謂松柏之心不因霜雪而變。

〔憂患自古然二句〕易繫辭:「作易者,其有憂患乎?」潘岳西征賦:「如其禮樂,以俟來哲。」「守之」謂守此易理也。

【箋】

先生精于易,以程傳爲宗,蓋亦黜數崇理者,其旨俱見與友人論易書,並參見〔一〇七〕賈倉部必還説易箋。先生所著易解,除見答汪苕文書外,尤詳見與王山史書(殘稿卷三),曰:「冬來讀易,手録蘇、楊二傳,待駕歸,得共山中之約,將大全謬併之本,重加釐正,程、朱各自爲書,附以諸家異同之説,此則必傳之書也。」與山史書作于康熙十七年冬,下距先生逝世僅三年。據此三年行蹤及行事,未知易解能成書否?今其書已不傳,故此類書札及詩篇彌足珍視。如「況于

章句儒」看似自謙，「未曉八卦列」實貶象數，以明先生重在「微言」與「斯理」。又如「悔吝」、「憂患」本作易者之所有，而「防跌」、「寡過」乃學易者之所求。先生日昃研思，正所以珍晚節、守歲寒也。

〔一一三五〕輓殷公子岳二首

憶昔過從日，偏承藻鑑殊。堂中延太守，門外揖王符。木葉空郊晚，魚鱗大澤枯。邈如人世隔，無復問黃壚。

【釋】

〔解題〕殷岳（一六〇三——一六七〇）字伯巖，一字宗山，明雞澤舉人。父太白，官陝西副使，以忤楊嗣昌，坐法死獄中。岳上疏爲父乞骸骨，比歸而李自成陷京師，遂入西山與弟淵謀舉兵，事洩，淵死，岳匿申涵光家得免。清兵入關，吏部按籍除知睢寧縣事，布衣皂帽，騎驢之任，涵光遺書勸之歸，乃慨然曰：「我豈以一官易我友！」遂投劾歸。岳少與永年申涵光、張蓋稱「畿南三才子」。既居鄉，茅屋三楹，與涵光晨夕唱和爲樂。今年春，岳遊福建，六月病卒福州，年六十八。其友人朱彝尊爲撰殷先生墓誌銘，爲諸家作傳之所本。岳工詩，然不喜律詩，謂徒費對儷，無益性情，故所作惟五言古風一體，有留耕草堂詩一卷。先生稱岳爲「公子」，命意與稱申涵光爲公子同。「涵光」見〔一八九〕雨中送申公子涵光解題。

〔藻鑑殊〕「藻鑑」同藻鏡，品藻鑑別也，常用于官府選士，亦用稱士林相契。杜甫上韋左相詩：「持衡留藻鑑。」「殊」，謂異乎常人也，三、四句可證。

〔堂中、門外二句〕此對比皇甫規待雁門太守及王符事。王符（約八五——一六三）字節信，東漢安定臨涇人。少好學，

終生隱居未仕。著書評議時政，不欲顯名，故題曰潛夫論。另見〔二六五〕閏五月十日「王符老」釋。皇甫規字威明，安定朝那人。桓帝延熹（一五八——一六七）中，以服羌功拜度遼將軍。後解官歸，有安定鄉人以貨得雁門太守者，書刺謁規，規卧不迎。有頃，又報王符在門，規素聞符名，乃驚遽而起，衣不及帶，屣履出迎，援符手同坐，極歡。時人爲之語曰：「徒見二千石，不如一縫掖。」均見後漢書王符傳。「堂中延」謂客至内堂，主人始出也，與門外迎揖自殊。

以上四句，見先生與殷岳久已于雞澤相識。

〔木葉、魚鱗二句〕上句記時，下句記地，「大澤」當指古雞澤。本年秋後，先生曾訪路澤濃于曲周，疑即親赴殷宅輓之。

〔邈如人世隔二句〕世說新語傷逝：王濬仲（戎）爲尚書令，乘軺車經黄公酒壚下過，顧謂後車客：「吾昔與嵇叔夜、阮嗣宗共酣飲于此酒壚，竹林之遊，亦預其末。自嵇生夭，阮生亡以來，便爲時所羈紲。今日視此雖近，邈若山河。」（晉書王戎傳所載畧同）「壚」，此指酒肆。「邈」，渺遠也。

八俊名空大，千秋事已違。嶺雲緣旐下，溪鳥夾棺飛。薏苡當含貝，桄榔待復衣。寂寥漳水上，猶望楚魂歸。

【釋】

〔八俊、千秋二句〕「俊」即俊傑，人中之英也。「八俊」之稱，歷代多有。東漢有以李膺爲首及以張儉爲首之兩「八俊」，並見後漢書黨錮傳序。明末永年申涵光、張蓋，雞澤殷岳，曲周劉逢源，邯鄲趙湛皆畿南才俊，有文章志行，並以詩鳴河朔間。明亡後，一時俱隱。詩殆指此。「千秋事」謂文章之事，出杜詩。

〔嶺雲緣旐下四句〕均想象殷岳客死福州之詞，先生平生未到閩廣，所言「嶺」、「溪」俱不必鑿實。「旐」音兆，此處指喪旐。「薏苡」即薏米，其仁灰白似貝。馬援在交趾，以南方薏苡實大，欲目爲種，軍還載一車，人疑爲明珠。事見後漢書馬援傳。「含貝」，謂死者口含米貝以殮，儀禮士喪禮：「含用米貝。」「桄榔」，南方常緑樹名，果實稱桄榔子，可食。

葉下生鬚如粗馬尾，廣南人用作巾。「復衣」，覆尸之衣。禮喪大記：「其在野則升其乘車之左轂而復。復衣不以衣尸，不以斂。」注：「復衣初用以覆尸，浴則去之。」按：薏苡、桄榔二句，極狀客死無以爲斂。

〔漳水、楚魂二句〕漳水由臨漳縣東北流經雞澤縣東南。「楚魂」此指楚地客魂，與楚辭中楚人招楚魂異。二句設言殷家在漳水上招魂以祭。

【箋】

同題二首，最忌重複。此題第一首但叙朋友生死之情，第二首遥寄閩南瘞旅之痛。同是弔死，着力有異。

編年(一六七一)

是年歲次辛亥,清康熙十年。

正月,以滿洲官員兵丁已通漢語,罷内外各衙門通事(翻譯員)。

四月,江淮大飢,命截漕糧十萬石賑之。

五月,靖南王耿繼茂(仲明子)死,以其子和碩額駙襲爵,仍鎮福州。御史趙熼請增百官俸,疏入報聞。(時知縣每年支俸四十五兩,巡撫年一百三十兩,總督一百五十兩)

九月,清帝玄燁出關如盛京(瀋陽),逾月返京師。

十月,鄭經部將柯喬棟叛降于清。

十一月,募夫大挑淮揚裏河。

是年先生五十九歲。初春,由山東入京師。旋返山東;復入都,主長甥徐乾學家。夏,孝感熊賜履招飲,欲薦先生纂明史,力辭之。秋後出都赴山西,歷忻州,之静樂、平定,至太原訪傅山。十月應交城令趙天羽之邀,與華亭陸慶臻、上海蔡湘蒻燭賦詩。冬,遊盂縣。是年因傅山之勸,納妾于静樂(二年後,立姪議定,乃嫁之)。從子洪善(達夫)、洪慎(汝嘉)省先生于桑乾。

【二三六】　寄張文學弨,時淮上有築堤之役已下重光大淵獻

冬來寒更劇，淮堰比何如？遥憶張平子，孤燈正勘書。江山雙鬢老，文字六朝餘。愁絶無同調，蓬飄久索居。

【釋】

〔解題〕張弨（音召）字力臣，號亟齋，山陽（淮安）人。明諸生。父致中爲復社領袖，尊經博古而好金石。弨承父教，明亡不仕，賣書畫爲生。家貧，究心金石文字，尤精六書。晚以聾廢，然考證彌勤。有昭陵六駿贊辨、瘞鶴銘辨傳世。王畧爲亭林先生刻音學五書于淮上，皆弨與二子叶增、叶箕任校寫之役。先生廣師篇云：「精心六書，信而好古，吾不如張力臣。」即指弨也，餘見〔三〇〕贈張力臣。本年淮、揚界築翟家壩，至十八年始竣工，故云「淮上有築堤之役」。重光大淵獻即辛亥歲。

〔冬來寒更劇二句〕原注：「南史康絢傳：天監十四年築浮山堰。是冬寒甚，淮泗盡凍，士卒死者十七八。」按：浮山在江蘇盱眙縣西。梁天監十三年（五一四）十月大發揚、徐民作浮山堰以遏淮水，明年四月成而復潰，奔流決溢，見隋志。「比何如」，謂今冬因築堤堰而凍餒死者，與梁時相去幾何？蓋昨今兩年淮揚因水旱而飢餒也。

〔張平子〕即張衡（七八——一三九），字平子，東漢南陽人。通經、工文，尤精天文、數學、機械，其生平與張弨頗不類，此但借衡之姓以喻耳。衡另見〔五〕京闕篇釋。

〔勘書〕猶校書，白居易題詩屏風絶句：「相憶采君詩作鄣，自書自勘不辭勞。」先生與潘次耕書（文集卷四）：「即如近日力臣札來，五書改正約有一二百處。」又音學五書後序（文集卷二）云：「又得張君弨爲之考説文、采玉篇、仿字様，酌時宜而手書之。」乃知張弨有功于音學五書非淺。

〔文字六朝餘〕此句下有先生自注「得所寄瘞鶴銘辨」七字，知張弨此辨已在去年完成。按：瘞鶴銘一文本係碑刻，原刻

在鎮江焦山崖石上。不知其銘文作于何時何人，其碑又刻自何時何人，亦不知其碑石何時墜落江中。南宋淳熙中嘗挽出，後又復墜；至清康熙中陳鵬年募工拽出（時先生與張弨皆歿），重嵌焦山亭壁間，碑石已分裂爲五，尚存七十七字及不全者九字，其無字處以空石補之，是爲今存瘞鶴銘真跡。此銘首載于歐陽修集古録，修以爲書法類顏真卿；因署款爲「華陽真逸」，疑撰人爲顧況。南宋黄伯思撰東觀餘論，據文格字法，認定撰書者係南朝梁陶弘景，以弘景亦號「華陽隱居」也。稍後董逌廣川書跋、元陶宗儀輟耕録亦載銘文，雖互有異同，俱不過六十字左右。至明都穆則自云親搨其碑，「銘殘缺而録其全文」，「可讀者僅二十字」。明顧元慶作瘞鶴銘考，盡據都氏金薤琳瑯之説。總之，自歐陽以後著録論列此碑者不下數十家，于撰人歸屬不外歐、黄二説，于字數多寡則所得不等，蓋以原碑石久已摧落故也。張弨辨出，時人朱彝尊静志居詩話、王士禛池北偶談及先生金石文字記均曾迻載其事；先正事畧綜謂力臣「嘗登焦山，乘江潮歸壑，入巖下仰讀瘞鶴銘，證爲顧況書。」因仰卧而手搨之，共得六十九字，較宋人多得八字。後撰瘞鶴銘辨，援據甚該，考訂詳覈，蓋得之于實證也。陳鵬年既拽出原石，長洲汪士鋐因得覩殘跡，乃備采衆説，並引張弨之文而折衷之，著瘞鶴銘考一卷。今人但知汪氏有總結之功，後來居上，而不知張弨涉險獨行尤早尤難也。然先生似不信張弨主歐陽之説，而曰「文字六朝餘」，意謂弨所辨之銘文，實係六朝末世（陶隱居）之作。故金石文字記但云「吾友淮陽張弨以丁未（康熙六年）十月探幽山下，復得七字，皆昔人所未見也。」而結論仍從黄説，以爲此銘字體與陶弘景所書舊館壇碑同，當係陶作。

〔愁絶、蓬飄二句〕皆先生自謂。「同調」指聲調相同，借喻同心同氣。謝靈運七里瀨詩：「誰謂古今殊，異代可同調。」「蓬飄」猶飄蓬，喻行踪無定。「索居」見〔一〇〇〕贈潘節士檉章釋。

【箋】

此詩首二句如無潘耒原注，將以爲泛泛起興而已。疑詩成必曾面授次耕，否則不能作此浮山堰注也。頷聯流水，

可以不對，先生慣用此法。頸聯大重，最切力臣身世學問。末二句造語淒清，不知本年秋冬，力臣亦浮漢江，下秦棧，圖昭陵駿骨，拓燕山石鼓，一如飄蓬矣。九年後，先生〔三一〇〕贈張力臣詩，不曰「愁絶無同調」，而曰「四海有同調」，于力臣究心字學，老而有成，蓋心折焉。

〔一二三七〕 雙雁

雙雁東北飛，飛飛向城闕。聲含海上飆，影帶吴山月。有客從南來，遺我一書札。上寫召旻詩，如彼泉池竭。下列周鼎文，食人象饕餮。書成重密緘，一字一泣血。傳之與貴人，相視莫敢發。所計一身肥，豈望天下活。

【釋】

〔解題〕取全詩首二字爲題，實同無題。然雁飛東北，客從南來，既兼雁、客傳書之義，亦明書之取向，蓋爲家報發也。

〔城闕〕據詩意及先生本年行踪，「城闕」當暗示北京。

〔吴山〕與「海上」對言，係泛指吴地之山，不必專指杭州吴山。

〔有客、遺我二句〕古詩十九首：「客從遠方來，遺我一書札。」「遺」音畏，去聲，餽贈也。本年春，先生從子洪善、洪慎自原籍來京。

〔上寫召旻詩二句〕詩大雅召旻序曰：「召旻，凡伯刺幽王大壞也。旻，閔（憫）也，閔天下無如召公之臣也。」詩云：「池之竭矣，不云自頻（同瀕，水厓）；泉之竭矣，不云自中。」言池竭自厓，泉竭自中，喻王政之亂，有諷清意。

〔下列周鼎文二句〕原注：「吕氏春秋：周鼎著饕餮，有首無身，食人未咽，害及其身。」周鼎卽夏鼎，左傳宣公三年：「昔

夏之方有德也，遠方圖物，貢金九牧，鑄鼎象物，百物而爲之備，使民知神姦。」按：貪財爲饕，貪食爲餮。「饕餮」（音濤鐵），古之惡獸，著之鼎以象惡人。二句蓋喻貪官。

〔緘〕音尖，封閉也，與下句「發」（開啟）字反義，俱對書札言。

〔貴人〕可泛指朝廷權貴，亦可特指吳人新貴如葉方靄、韓菼、三徐等。

【箋】

唐宋以後，歷朝皆視東南爲財賦之所出，清代尤甚，蘇、浙之民幾負天下賦税之半。先生此詩借鄉人書札不云水旱疾疫，獨言泉池之竭，知所哀在重賦而不在天災。「饕餮」象地方官，「貴人」指朝廷官，皆係泛指，不必鑿實其人，一鑿實則伐檀與碩鼠皆見小矣。況此詩結句反用唐玄宗「朕瘦而天下肥」語，其筆鋒已直指當時第一人，決非爲一二權貴發也。

〔二三八〕夏日二首

首夏多恆風，塵霾蔽昏旦。舞雩告山川，白紙催州縣。未省答天心，且望除民患？黍苗不作歌，碩鼠徒興歎。仗馬適一鳴，身名已塗炭。貝玉方盈朝，此曹何所憚。博士有正先，實趣秦時亂。

【釋】

〔解題〕兩首俱以「夏日」爲題，知非專詠夏日也。然夏日致旱，旱則民困，困則爲盜。盜與碩鼠，爲患則一，故以「夏日」起興。

〔首夏〕「首」，始也。四時之始皆爲「首時」（見公羊傳隱公六年：「首時過則書。」），夏以四月爲始，故「首夏」即四月。曹丕槐賦（藝文類聚八八）：「伊暮春之既替，即首夏之初期。」

〔恆風〕有定向之風，季風也。書洪範：「曰蒙，恆風若。」

〔霾〕音埋，大風雜塵土而下也。詩邶風終風：「終風且霾，惠然肯來。」「塵霾」義同。

〔舞雩告山川〕「雩」，旱祭名，上古祈雨祭天地山川，則設壇命女巫爲舞。周禮春官司巫：「若國大旱，則帥巫而舞雩。」

〔白紙催州縣〕言大吏猶下令州縣額外催租。范成大後催租詩：「黃紙放盡白紙催。」黃紙乃正式官文，白紙乃無印鑑之便條，此喻浮收。

〔未省、且望二句〕「天心」猶天意，書咸有一德：「克享天心，受天明命。」二句承上，諷地方官吏一壁廂舞雩祈雨，一壁廂白紙催租，既未解上體天心，尚望其除民之災患耶？

〔黍苗不作歌〕詩小雅黍苗：「芃芃黍苗，陰雨膏之。悠悠南行，召伯勞之。」序曰：「黍苗，刺幽王也，不能膏潤天下，卿士不能行召伯之職焉。」句謂世無召伯，故黍苗之頌歌已不復作。

〔碩鼠徒興歎〕「碩鼠」見〔一〕大行哀詩釋。句謂今貪官繁多，徒興歎息而已。以上三聯，每聯上下句均反義，故三上句與三下句亦連鎖對應。

〔仗馬適一鳴二句〕「仗馬」指充儀仗用之立馬。「塗炭」，此指污穢（塗，泥也；炭，墨也）。孟子公孫丑上：「立于惡人之朝，與惡人言，如以朝衣朝冠，坐于塗炭。」二句蓋用李林甫事：林甫居相位十九年，固寵市權，欺蔽天子耳目，諫官皆持祿養資，無敢正言者。補闕杜璡再上書言政事，斥爲下邽令。林甫因以語動其餘曰：「君等獨不見立仗馬乎？終日無聲，而飫三品芻豆，一鳴則黜之矣。」（見新唐書李林甫傳）全祖望謂二句「不知何指」，蘧案：「此當謂熊賜履」，並引康熙六七兩年賜履上疏直言，鼇拜惡之，傳旨詰責，鐫二級事爲證。

〔貝玉方盈朝〕書盤庚中：「茲予有亂政，同位具乃貝玉。」後以具貝玉喻朝廷貪臣。

〔彼曹何所憚〕「彼曹」指地方貪官，與「貝玉」對言。此句承上，意謂朝廷內外貪官互相勾結，狼狽爲奸。

〔博士有正先二句〕原注：「漢書京房傳：昔秦時趙高用事，有正先者，非刺高而死，高威自此成。故秦之亂，正先趣之。」「正先」，姓正名先，秦之博士。「趣」音義同促。蘧案：「此蓋以正先況熊賜履，趙高況鼇拜也。」按：熊賜履（一六三五——一七〇九）字敬修，湖北孝感人。順治十五年進士。康熙時官學士，遷掌院事，拜武英殿大學士，尋罷歸，卒謚文端。賜履潛心理學，治經史，纂修甚多，自著亦富。本年夏，曾招飲先生，欲薦修明史，先生力辭之。事見先生記與孝感熊先生語（殘稿卷二）。賜履上書言事，實未嘗直斥鼇拜。鼇拜被革係清室內爭，與漢官尤無涉。且二人事俱在二、三年前，賜履身名既未塗炭，鼇拜革錮，天下亦未趨亂，何勞先生于二、三年後發此無端感慨？然其時官吏貪污，朝廷罔聞或有之，諫官不言，言者遭譴亦或有之，先生以秦喻清，冀其致亂，尤集中常見，固不必以某人某事一一實之也。

末俗無恆心，疾貧而好勇。不能事田園，何況談周孔。出門持尺刀，鑄錢兼掘塚。矧此大東謡，齊民半流冗。不見瓜寧男，死猶被天寵。嗚弓宿鳥驚，躍馬浮埃動。顧謂同行人，王侯寧有種？

【釋】

〔末俗無恆心〕「末俗」，末世習俗，漢書朱博傳：「今末俗之弊，政事煩多。」參見〔二三九〕張隱君于園中寘仙隱祠釋。孟子梁惠王上：「若民，則無恆産因無恆心；苟無恆心，放辟邪侈，無不爲已。」按：「無恆心」乃災民爲盜之主因，故以此意爲全首之總起。

〔疾貧而好勇〕「疾」，惡之甚。論語泰伯：「子曰：好勇疾貧，亂也。」

〔不能事田園二句〕此亦承孟子論「民無恆産則無恆心」而來。孟子以爲「明君制民之産」，必先授以「百畝之田」，「五畝之宅」，苟無此恆産，則無田園可事，無田園可事，則無以「謹庠序之教」，無以談周孔，所謂不能耕則不能讀也。

〔出門持尺刀〕「尺刀」，短刀。漢書李陵傳：「軍吏持尺刀，抵山入陿谷。」此句暗示出門爲盜。

〔鑄錢兼掘冢〕「鑄錢」指私人鑄錢；「掘冢」即盜墓，皆違法犯禁之事。史記游俠列傳：「（郭解）藏命作姦，剽攻不休，及鑄錢掘冢，固不可勝數。」

〔矧〕音審，義近「況」。

〔大東謡〕「謡」，歌謡。詩小雅大東：「大東大東，杼柚其空。」杼即梭，柚即捲軸，皆織布機部件。詩序曰：「大東，刺亂也。東國困于役而傷于財（杼柚上已無織物），譚大夫作是詩以告病焉。」故知大東亦諷刺暴斂之詩，可以與碩鼠、召旻、黍苗諸篇對看。

〔齊民〕「齊」，平也。「齊民」即平民，與貴族、富豪對言。漢書食貨志：「世家子弟富人，或鬬雞走狗馬，弋獵博戲，亂齊民。」

〔流冗〕流離失所。漢書成帝紀：「水旱爲災，關東流冗者衆。」注：冗，散失其事業也。

〔不見瓜寧男二句〕原注：「漢書王莽傳：上谷儲夏自請願説瓜田儀，莽以爲中郎，使出儀。儀文降，未出而死。莽求其尸葬之，爲起冢、祠室，謚曰瓜寧殤男，幾以招來其餘。」潘刻本無「其餘」二字，中華本據漢書補。按：瓜田儀，姓瓜田，名儀，臨淮人。王莽天鳳（一四——一九）中爲盜，依阻會稽長州。地皇（二〇——二三）中，莽遣儲夏招降儀及其餘衆，然儀死，卒無肯降者。「被天寵」，承蒙上天或天子之寵，易師卦：「在師中吉，承天寵也」。此指瓜田儀死後受王莽封謚。

〔鳴弓、躍馬二句〕承上，意謂天子雖招降其魁，餘衆仍操弓馳馬爲盜。

〔顧謂同行人二句〕此記盜民互相告語。史記陳涉世家：「〔陳勝、吴廣召令徒屬曰：〕且壯士不死則已，死即舉大名耳。王侯將相寧有種乎？」

【箋】

以上寄張文學弨、雙雁、夏日三題，皆作于本年春、夏。先是去年直隸、山東水災，淮、揚亦大水。今年淮上有築堤之役；入夏，直隸、山東旱象已成，江南賦額反遞增不減，民益困窮。先生往返京師、山東之間，凡所見聞，俱託詩以爲諷。于事則諷重賦、暴斂、禁言、致盜，于人則諷時君、權相、貪官、惡吏，引詩則召旻、黍苗、碩鼠、大東，皆隱然不失風人之旨。然先生不事新朝，本無白傅諷諭之責，故所作不似白傅之避忌，如云「所計一身肥，豈忘天下活？」「博士有正先，實趣秦時亂。」「顧謂同行人，王侯寧有種？」此等「卒章顯志」語，詎可供時君之采擇？由是可知，先生所諷未必實指某官、某人，蓋凡屈膝事清者，皆一丘之貉，不勞先生代分賢（熊賜履）、佞（鼇拜）也。

〔一二三九〕秋風行

白露早下秋風涼，誰家置酒開華堂？秦國丞相南面坐，三川郡守趨奉觴。燕娥趙女調清瑟，
六博彈棋費白日。致富應多文信金，論功詎足穰侯匹。莫欺張耳鬢如絲，及見夷門大會時。
車中公子常虛左，上客侯生衣敝衣。人生富貴駒過隙，唯有榮名壽金石。嗟嗟此曲難重陳，
柱摧絃斷長愁人！

【釋】

〔解題〕以「秋風行」爲題，除首句外，通篇不涉「秋風」二字，知其必有所寓。孔雀東南飛又題古詩爲焦仲卿妻作，雖曰補注，殆同蛇足，以其記事甚明也；秋風行則不得又題「爲秦國丞相作」，蓋後半夷門大會與秦國丞相了不相干也。所寓人事，畧見後箋。

〔白露早下二句〕用賦體總領前八句，極叙置酒開堂盛舉，並與後八句夷門大會對照。

〔秦國丞相二句〕原注：「史記李斯傳：長男由爲三川守，告歸咸陽。李斯置酒于家，百官長皆前爲壽，門廷車騎以千數。」原鈔本「長男」上有「以斯爲丞相」五字。按：秦武王始設丞相，位同晉之上卿，楚之令尹。本篇「丞相」則專指李斯。斯（前？——二〇八）本楚國上蔡人，師荀卿，入秦，以客卿助始皇統一六國，拜丞相。秦開國之制，多斯所定。始皇死，斯與趙高矯旨殺扶蘇，立胡亥，權傾人主。後趙高欲專擅，誣斯及子由謀反，斯誅咸陽市（另見〔三五二〕有歎第一首釋）。「三川」，秦郡名，以有河、伊、洛三川得名，轄地約今洛陽西南一帶。「守」，一郡之長。「告歸」，告假歸也。「爲壽」表致祝，與後世專指祝壽異。「奉觴」卽捧爵勸酒，此應李斯傳「爲壽」二字。

〔燕娥趙女調清瑟〕漢書楊惲傳：「婦，趙女也，雅善鼓瑟。」句並用燕、趙，暗示六國並亡。

〔六博彈棋費白日〕後漢書梁冀傳：「能挽滿、彈棋、格五、六博、蹴踘、意錢之戲。」按：六博、彈棋均係二人對局博弈游戲，起自何時已不可考，詳細着法亦無確傳。楚辭招魂：「晉制犀比，費白日些。」「費」，光貌，言晉制之犀比（金質帶鈎），光耀白日也。句謂「六博彈棋費白日」，「費」義近消費，去古意遠。

〔致富應多文信金〕吕不韋（前？——二三五）本陽翟（今河南禹縣）大賈，家累千金。秦王孫子楚（異人）爲質于趙，不韋以爲「奇貨可居」，助之歸國，後卽位爲莊襄王，以不韋爲丞相，封文信侯。史記有傳。

〔論功詎足穰侯匹〕魏冉（前？——二六五）本秦昭王母宣太后之異父弟。昭王立，年幼，冉以母舅當政，封于穰（在今河南鄧縣），號穰侯。冉舉白起爲將，先後伐韓、魏、齊、楚，權傾一國，威震一時。太史公謂秦所以東益地，弱諸侯，

嘗稱帝于天下，天下皆西向稽首者，穰侯之功也。見史記穰侯列傳。以上「致富」、「論功」二句意謂李斯功不及穰侯而貪過呂不韋。

〔莫欺張耳鬢如絲二句〕原注：「史記張耳傳：張耳者，大梁人也。其少時，及魏公子無忌爲客。」按：秦既滅魏，購張耳，耳與同里陳餘俱變姓名之陳，爲里監門。陳涉起兵，耳、餘共立陳人武臣爲趙王。二人後搆隙，耳歸漢，漢遣耳與韓信擊破陳餘井陘，斬之，漢封耳爲趙王，卒謚景。「夷門大會」指魏公子迎侯生事，見下釋。二句謂張耳少時既爲魏公子客，揣想其及見當年夷門大會，一證張耳老壽，一證魏公子禮賢。此處張耳似先生自比。

〔車中上客二句〕「公子」見〔二〇八〕寄劉處士大來「一過信陵君」釋。「侯生」名嬴，見〔一四〕海上釋。按：魏公子無忌聞夷門監者侯生賢，欲尊禮之，「乃置酒大會賓客。坐定，公子從車騎，虛左，自迎夷門侯生。侯生攝弊衣冠，直上載公子上坐，不讓。」見史記信陵君傳。古以左爲上，「虛左」，謂虛尊位以待賢也。二句以「夷門大會」之禮賢，反襯李斯華堂置酒之淫樂，爲以下「富貴」、「榮名」二句立論。

〔人生富貴駒過隙〕「駒過隙」狀時光疾速，見〔一七三〕五十初度「隙駟」釋。張良辟穀，呂后德其助立太子，乃强之食，曰：「人生一世間如白駒過隙，何至自苦如此乎？」見史記留侯世家。

〔唯有榮名壽金石〕原注：「古詩：奄忽隨物化，榮名以爲寶。」按：應增引古詩前二句「人生非金石，豈能常壽考。」四句本以「人生」與「榮名」對言，謂唯有芳名可與金石同壽。

〔嗟嗟此曲難重陳二句〕「此曲」指秋風行。劉琨扶風歌：「此曲悲且長，棄置勿重陳。」「柱」指琴瑟繫絃之軸，李商隱錦瑟詩：「一絃一柱憶華年。」

【箋】

此詩以秋風爲題，以歌行爲體，立意起步俱極開闊。漢武帝作秋風辭以抒情，先生作秋風行以論事，相同之處亦

在開闔。然開闔之外，俱朦朦朧朧，不着邊際，誠不定其所抒何情、所論何事也。此詩徐注引東華録，蘧案引清史稿，均以李斯爲影射鼇拜，看似或然，其實未必然。鼇拜滿人，通觀先生詩文，俱不屑爲滿人寄慨，此其一。鼇拜被逮，死于禁所，事在兩年前，不應今年始作詩，此其二。此詩但叙斯爲相富貴淫樂，而不涉其喪敗（亦猶〔三五二〕有歎但諷其不知所自處），故與鼇拜結局無關，此其三。詩中張耳顯係詩人自喻，然及見夷門大會事，與鼇拜死于專擅傾軋而非失于禮賢尤不相干，此其四。或謂此詩不稱李斯而稱「秦國丞相」，因疑影射孫可望。可望逼永曆帝封「秦王」而後自王；既叛降清，清封之爲「義王」，在京建府第，頗受寵渥。後病死，許子孫襲王爵。康熙十一年詔停襲王爵，降封慕義公。明叛將降清而得令終者，可望爲最。其事較鼇拜于此詩畧近，然亦未必然也。統觀詩意，似諷刺一富貴尊榮而又不知禮賢之降臣，它皆不類。

〔二四〇〕靜樂

邑枕汾川首，城分并塞支。馬牛遺牧地，材木剩山陲。沍澤魚空後，腥風虎下時。樓煩雖善射，不救漢王危。

【釋】

〔靜樂〕即今山西省靜樂縣。在太原西北。始置于隋，中廢。明洪武二年復置，清仍之，屬忻州（今山西忻縣）。

〔邑枕汾川首〕靜樂縣居汾水上源（隋稱「汾源縣」），其城傍汾水東。

〔城分并塞支〕「并」指并州；「并塞」指今晉陝北部一帶長城。「支」與「首」對言，謂靜樂城險要猶并塞之分支。

〔馬牛遺牧地以下四句〕狀靜樂之地荒寒未闢，又兼兵燹掠奪之餘。「遺」，殘留。「材」，原鈔本作「林」。「陲」，邊際。

「沍」音互、户，凍結凝固也。「沍澤魚空」（影射竭澤而漁），諷暴斂；「腥風虎下」，諷苛政（猛于虎）。

〔樓煩雖善射二句〕「樓煩」，古國名，在趙國西北，其人精于騎射，趙武靈王滅之。秦末其地屬匈奴。後漢高祖自擊匈奴，從至晉陽，乘勝逐北，至樓煩，會大寒，士卒墮指者十二三。進至平城，匈奴圍之七日。分見史記趙世家以漢書高帝紀。唐時于其地置樓煩縣，至今仍之，在静樂縣南。又，「樓煩」亦人名，漢之善騎射者。楚漢相持于廣武（今河南榮陽東北），楚挑戰，樓煩輒助漢射殺之。然項羽瞋目叱之則不敢發，漢圍訖未解。見史記項羽本紀。此二樓煩均善射，亦均不克救漢王之圍。按：明代曾在樓煩置鎮以拱衛太原，李自成陷晉王府（事見〔一六二〕晉王府釋），鎮兵亦不能救也。先生或有感于此。

【箋】

静樂小邑，兩經兵燹，其荒涼凋敝可以想見，詩腹二聯殆紀實也。據年譜，先生今明兩年俱在此地度歲。其規友人納妾書（文集卷六）曰：「炎武年五十九，未有繼嗣。在太原遇傅青主，浼之診脈，云：尚可得子。勸令置妾，遂于静樂買之。不一、二年而衆疾交侵，始思董子（仲舒）之言而瞿然自悔。立姪議定，即出而嫁之。」先生逗留静樂蓋以此。先生凡三納妾，均爲繼嗣計，及其無出或子殤，即速嫁之。古人以無後爲不孝，故白居易七旬而放樊素，皆不得已也。

〔二四一〕　太原寄王高士錫闡

游子一去家，十年愁不見。愁如汾水東，不到吴江岸。異地各榮衰，何繇共言晏。忽睹子綱書，欣然一稱善。知交盡四海，豈必無英彦。貴此金石情，出處同一貫。太行冰雪積，沙塞飛蓬轉。何能久不老，坐看人間换。惟有方寸心，不與元鬢變。

【釋】

〔解題〕王錫闡（一六二八——一六八二）字寅旭，號曉庵，吴江人。少友張履祥（一六一一——一六七四），講學以濂洛爲宗。兼通中西之學，尤精天算曆法。家居輒卧屋脊，仰察星象，竟夕不寐。能自立新法，不屑屑于門户之分，其言交食尤精確，爲梅文鼎（一六三三——一七二一）所敬服。著有曉庵新法、三辰晷志等十餘種。性耿介拔俗，詩才亦清妙。卒年僅五十五。錫闡與潘檉章、吴炎、戴笠均吴江人，年亦相若，亭林先生與爲文字道義交（參見〔三六〕送李生南歸寄戴笠王錫闡二高士），廣師篇云：「學究天人，確乎不拔，吾不如王寅旭。」即謂錫闡也。

〔游子、十年二句〕「游子」，先生自指。「十年」，自順治十八年（一六六一）往返吴門，兩過吴江，至今已滿十年。

〔愁如汾水東二句〕汾水自樓煩折向東流，至太原西復折向南流。「東」，向東流也，與方向詞「東」異，言汾水至太原不復東流，故不能通向吴江也。

〔何繇共言晏〕「繇」通由。「晏晏」，温和貌，詩衛風氓：「總角之宴，言笑晏晏。」

〔忽睹子綱書二句〕自注：「王君尺牘多作篆書。」原注：「三國志注：張紘字子綱，好文學，又善楷篆。與孔融書皆自書，融報紘曰：前勞手筆多篆書，每舉篇見字，欣然獨笑，如復覩其人也。」

〔英彦〕見〔三三〕述古「何必會風雲二句」釋。

〔貴此金石情二句〕「金石」，古以喻堅實不易之物。韓非子守道：「守道者常懷金石之心，以死子胥之節。」「出處」猶進退，易繫辭：「君子之道，或出或處。」「一貫」意謂堅持一理以統天下萬世之理，論語里仁：「吾道一以貫之。」詩二句係就錫闡出處言，徐注引史記淮陰侯傳，釋「金石情」爲「金石交」，則僅就先生與錫闡二人交情言，境界嫌小。蓋古人視出處爲大節，必堅持一貫不易之理，如「君臣之義」、「華夷之辨」等等。錫闡所以稱「高士」，其高正在此。

〔太行、沙塞二句〕「沙塞」泛指晉冀北方沙磧邊塞之地，徐注引北史周文帝紀：「北撫沙塞。」「蓬轉」見〔三三〕亡友潘節士

之弟耒遠來受學釋。按:太行、沙塞均年來先生遊歷所經,兼扣詩題「太原」二字。自此以下皆先生自述。

〔人間換〕暗示明亡清代。

〔方寸心〕「方寸」即心,見〔五〇〕瞿公子玄錥將往桂林釋。

〔不與元鬒變〕言〔丹心〕不與黑髮俱變。「元」,原鈔本作「玄」,黑色,刻本避清聖祖玄燁諱改。「鬒」,黑髮,謝朓晚登三山還望京邑:「有情知望鄉,誰能鬒不變。」

【箋】

先生詩集稱「高士」者共四人:歸莊、楊瑀、戴笠、王錫闡。四人均吴中籍,又皆抗節不仕,其「高」處正相同。先生雖不以「高」自鳴,然此詩「知交盡四海」以下,亦未嘗自外也。

〔二四二〕孟縣北有藏山,云是程嬰、公孫杵臼藏趙孤處

空山三尺雪,匹馬向荒榛。窈洞看冰柱,危峯遲日輪。水邊寒啄鶴,松下晚樵人。恐有孤兒在,尋幽一問津。

【釋】

〔解題〕「盂縣」在今山西省太原市東北,本晉國盂邑,中廢。隋復設,明仍之。程嬰、公孫杵臼藏趙孤事見〔一九〕義士行釋。

〔空山〕指藏山,因藏孤而得名,在盂縣北五十里。宋神宗元豐時,以帝闕嗣,在此立程嬰、公孫杵臼廟,後稱「二義士祠」。一云立廟于絳州。

〔荒榛〕荒蕪之灌木叢，孫綽遊天臺賦：「披荒榛之蒙蘢。」

〔窈洞〕相傳卽藏孤處。「窈」音杳，幽深貌。

〔冰柱、日輪〕李白寄太白隱者詩：「棧閣連冰柱，耕樵隔日輪。」詩句用「遲」字，謂峯高而日上遲也。

〔問津〕猶問路。陶潛桃花源詩序：「後遂無問津者。」

【箋】

丙戌（一六四六）秋，唐王敗死，桂、魯並立，明年，先生連作大漢行、義士行二詩，一見帝王之不可圖，一歎崇禎帝真孤之不復出，其志固可哀已。此詩作于義士行後二十四年，結句尚云「恐有孤兒在」，意其哀而近愚，然而再過三十七年（康熙四十七年），孤兒朱三太子及其五子竟爲清廷所獲，駢誅于京，知先生所慮深且遠也。

編年（一六七二）

是年歲次壬子，清康熙十一年。

正月，理藩院奏：厄魯特蒙古準噶爾部酋長噶爾丹自立爲準噶爾汗，請入貢，許之。

六月，頒訓諭十六條，首曰「敦孝悌以重人倫」，二曰「篤宗族以昭雍睦」。

八月，詔停故「義王」明降將孫可望子孫所襲王爵，降授「慕義公」。

十二月，裕親王福全、莊親王博果鐸等四人奏辭議政大臣職，允之。康親王傑書、安親王岳樂等四人仍留任。

是年先生六十歲。春，由山西至京，住徐元文家。先生從兄孝宏（萍菴）、甥徐履忱（乾學從兄）來省。五月至濟南，旋入都，仍主元文。秋往德州。冬，由井陘至山西，與閻若璩相遇于太原，共商日知録若干條。度歲于忻州之静樂。

是年從子洪善（達夫）舉鄉薦。寓書潘耒議撫吴江族子衍生爲子，譜名洪瑞。日知録刻成樣本。

〔二四三〕　讀李處士顒襄城紀事，有贈有序　已下元默困敦

處士之父可從，崇禎十五年以壯士隸督師汪公喬年麾下，以五千人剿賊，至襄城，死之。處士年

十六，貧甚，與其母彭氏并日而食，力學有聞。越二十九年，始得走襄城，爲汪公及其父設祭，招魂以歸。余與處士交，爲之作詩。

躑躅荒郊酹一樽，白楊青火近黃昏。終天不返收嵴骨，異代仍招復楚魂。湛阪愁雲隨獨雁，潁橋哀水助啼猿。五千國士皆忠鬼，孰似南山孝子門？

【釋】

〔解題〕李顒（一六二七——一七〇五）字中孚，陝西盩厔（今作「周至」）人。山曲曰「盩」，水曲曰「厔」，故自號二曲。幼孤，事母孝，刻苦自學，通覽經史百家，以闡明「關學」爲己任，雖無師承，而實偏向陸、王。與富平李因篤、郿縣李柏，共稱「關中三李」；又與容城孫奇逢、餘姚黃宗羲，鼎足稱「海內三大儒」。康熙戊午薦舉博學鴻儒，以死拒之（詳見〔三九二〕梓潼篇贈李中孚解題）。後居土室，不接賓客，唯顧亭林至始具雞黍。康熙帝西行傳召，辭以廢疾，乃御書「關中大儒」四字以顔其廬。著有四書反身録、二曲集等。高弟王心敬（鄠人）傳其學。亭林先生廣師篇云：「堅苦力學，無師而成，吾不如李中孚。」即其人也。清史稿儒林有傳。襄城紀事係顒自記徒步赴襄城尋父遺骨事。元（玄）黓困敦即壬子歲。

〔解序〕（一）處士之父可從：字信吾，慷慨有智畧，人稱「李壯士」。既從軍，將行，抉一齒與妻彭氏曰：「戰危事，不捷，吾當委骨沙場，子其善教兒矣。」既死，尸不得，彭氏遂葬可從之齒，曰「齒塚」。（二）督師汪喬年：遂安人，天啟進士。崇禎中，巡撫陝西。時李自成已破河南，詔喬年往救。喬年乃收散亡，出潼關。李自成方圍左良玉于郾城，其大營在襄城，喬年乃定攻襄解郾之策，使監紀孫兆禄率五千人以行。李果回師救襄，勢極盛，官軍不能支，城陷，復巷戰，喬年被俘殺，五千人盡没，李可從與焉。事見明史汪喬年傳。（三）母彭氏：聞可從訃，欲以身殉。顒年十六，哭曰：

「母殉父，兒亦必殉母，如是則李氏絶矣！」彭乃忍死撫兒。家貧無以爲生，或語彭可令兒傭，或給事縣廷，彭皆弗許，逕令顒從師學。久之，無以備束脩，乃謂顒：「經書固在，何必師？」顒遂取所讀學、庸，恍惚辨認，就途人叩字義，母每言忠義大節以督課之。母子煢煢相依，或一日不再食，或數日不火食，恬如也。母卒三年，顒服闋，乃赴襄城取父冢土西歸告母墓，附之齒冢，更持服如初喪。（四）越二十九年：可從死于崇禎十五年壬午（一六四二），至康熙九年庚戌（一六七〇）顒赴襄城求父骨，恰二十九年。（五）爲父設祭招魂以歸：顒徒步往襄城，繞城走，覓父遺蜕，不得，乃爲文禱于社，斬衰晝夜哭，淚盡繼以血。襄城張令聞之，出迎適館，辭不受。令亦爲之禱，卒不得。顒遂設祭招魂，狂號不絶聲。令因爲可從立信吾祠，且造冢于故戰場以慰顒心，並爲設祭，列長筵，徧及當時之死難者。參見全祖望二曲先生窆石文及二曲集義林記序。（六）余與處士交，爲之作詩：先生于康熙二年入關時始與處士交（見該年編年），至本年唯通音問，並未把晤。時襄城令張允中已撰襄城紀異，云：「康熙十年辛亥三月二十六日，二曲李隱君招其太翁信吾忠魂以歸，鄉紳父老醵楮帛爲詩歌以祖其行。先一夕，予命工鍥信吾傳于石，自鎮將、廳尉以迄殉難未有名氏之五千人胥勒焉。」同時顒亦自作襄城紀事，均在辛亥歲。亭林先生逾年讀顒文後，始有感而爲詩。顒今年已四十六，且已顯名，非如俗傳顒時年十九，賴先生作襄城紀異詩始名動海内也。

〔躑躅〕音擲濁，踏步不前貌。宋玉神女賦：「奮長袖以正衽兮，立躑躅而不安。」

〔青火〕燐火。杜甫玉華宫詩：「陰房鬼火青。」

〔終天不返收崤骨〕「終天不返」見〔三〕爲丁貢士亡考生日作「傷心」句釋。「收崤」，收于崤也。秦穆公謀襲鄭，蹇叔之子與師，哭而送之曰：「晉人禦師必于崤，崤有二陵焉，……必死是間，余收爾骨焉。」其後秦師果敗于崤。又三年（前六二四），秦謀復仇，伐晉，濟河焚舟，晉人不敢出，秦遂封崤尸而還。分見左傳僖公三十三年、文公三年。此句謂顒覓父遺蜕未得。

〔異代仍招復楚魂〕楚辭有招魂篇。「復」，回復，專指招魂復魄。「異代」暗示可從死于明而招魂于清。此句言顒招父魂而歸。

〔湛阪〕原注：「左傳襄十六年：楚公子格帥師，及晉師戰于湛阪。」按：河南寶豐縣東南有湛水，東流經葉縣入北汝河。「湛阪」在湛水之北，襄城之南。

〔潁橋〕潁水流經襄城之東，潁橋不知所在。先生此時尚未遊歷襄城，「湛阪」一聯蓋出于想象，借以承啟首尾二聯。

〔國士〕見〔三〕感事釋。

〔孰似南山孝子門〕「孝子」指李顒。「南山」即終南山，在盩厔之南，李顒居近。此句與「五千國士」句對言，疑「南山孝子門」五字，兼指襄城義林李可從（招魂）冢。二曲集義林記序：「襄人憫烈士（可從）之忠，而憐二曲先生之孝也，于是起冢西郊門外，鐫姓字、庚甲于石而葬之，表于道曰義林。」

【箋】

李顒少先生十四歲，先生視爲畏友，蓋顒之孝、之忠俱有大過人處。先生爲顒賦詩二首，此旌其孝，梓潼篇表其忠，至于「堅苦力學，無師而成」，第就學問而言耳。

〔二四四〕　寄楊高士瑀

廿載江南意，愁來更渺茫。友朋嗟日損，雞犬覺年荒。水歷書池淨，山連學舍長。但聞楊伯起，弦誦夜琅琅。

【釋】

〔解題〕楊瑀（一六二九——一七〇五）字組玉，號雪臣，又號旭樓，武進人。明諸生。少好奇節，國變後，不仕。率諸子鍵户力學，自經史外，分授天官、地理、律曆、兵農之書，然不使赴科場，但厚自刻勵而已。出則與同邑惲日初講學延陵書院，又應高世泰之邀，講學東林書院，如是者三十餘年。康熙四十四年乙酉卒，年七十七。遺著有旭樓集等。參見同邑董潮（東亭）所撰傳記，及徐乾學楊雪臣先生七十壽序。按：瑀曾列名爲顧寧人徵天下書籍啟，故知先生與瑀本係江南夙交。與楊雪臣書（文集卷六）云：「愚所深服先生者，在不刻文字，不與時名。至于朋友之中，觀其後嗣象賢食舊，頗復難之。郎君博探文籍而不赴科場，此又今日教子者所當取法也。」廣師篇亦云：「讀書爲己，探賾洞微，吾不如楊雪臣。」瑀之得稱「高士」，其高在此。

〔廿載江南意二句〕「廿載」，舉成數，專指先生甲申後尚留江南時之歲月（一六四四——一六六一）。其時明遺臣莫不懷規復之望，自永曆被害（一六六二），規復之望益渺茫矣。

〔友朋嗟日損〕「日損」，日有所減也。「減」有減員、減德二義：減員意謂故交凋謝；減德意謂友朋持節不終。孔子家語：「商也日益，賜也日損。」味全首詩意，似兼二義。

〔水歷、山連二句〕「山」、「水」均係泛指。「歷」，經過；「書池」，習書洗墨之池，張芝、王羲之均有臨池學書事。「學舍」通指學校或校舍，後漢書儒林傳序：「學舍頹敝，鞠爲園蔬。」此處學舍指書院。二句遥想楊高士教子、講學情景。

〔但聞楊伯起〕楊震（？——一二四）字伯起，東漢華陰人。少好學，明經博覽，諸儒尊之爲「關西孔子」。嘗客居于湖，不答州郡禮問數十年。後漢書有傳。另見〔三四〕哭楊主事「大鳥」釋。此借伯起之姓以喻楊瑀。

〔弦誦夜琅琅〕「弦誦」同絃誦，見〔一〇〇〕贈潘節士檉章釋。「琅琅」，象聲詞，狀玉石相擊，司馬相如子虛賦：「礧石相擊，琅琅磕磕。」後借狀讀書聲。

【箋】

前四句語義兼蓄，寄意甚深，不欲連累故人也。後四句但叙瑀治學及講學，似無深意，然正可爲廣師所稱「讀書爲己」作注脚。

〔一二四五〕齊祭器行 歲重光大淵獻，臨淄發地得古祭器數十事，監司攫而有之

太公封齊廿八世，春禘秋嘗長有事。猶從三代識遺聲，每見九夷朝祭器。器歷商周制度工，相傳丁癸及桓公。花紋不似萊人物，法象仍疑兩敦同。牛山下涕何悲苦，歲久光華方出土。夏后璜偏入向魋，魯宫寶又歸陽虎。歷下秋風動夕螢，古來神物亦飄零。誰知柏寢千年器，異日還陳漢武庭。

【釋】

〔解題及序〕「行」，歌行。此詩七言十六句，凡四易韻，故視爲歌行，不視爲七古。「重光大淵獻」即辛亥歲（一六七一）。「臨淄」，春秋戰國時齊都，本古營丘地，漢以後置縣，今屬山東淄博市。「祭器」，指祭祀時所用之禮器。「事」，計事（物）之單位，義同「件」。「監司」，明清通指提刑按察司，其首腦稱按察使，俗稱臬臺，係一省之司法長官。又王士禛池北偶談談異：「庚戌，臨淄人于古城耕田，得銅器數百枚，形制瑰異。白諸官，悉取入藩司，無從考其款識，殊可惜也。」所記與此序畧異：一在前年庚戌，一在去年辛亥；一曰數十事，一曰數百枚；一入藩庫（布政使司：藩臺），一歸監司，蓋傳聞異詞也。士禛新城世族，本朝新貴，猶曰「無從考其款識」；先生山東考古録不載，想亦未嘗親見。

〔太公封齊廿八世〕此據史記齊世家：自太公至康公凡二十八世。按：太公姜姓，周武王十二年（約前一〇六五年）封于齊，是爲「姜齊」始祖。傳至康公，于周定王十六年（前三八六年）爲其臣田和所篡，姜齊乃絶。其後即戰國之齊，世稱「田齊」。詩所詠祭器乃姜齊時物。

〔春禘秋嘗長有事〕禮王制：「天子諸侯宗廟之祭，春曰礿，夏曰禘，秋曰嘗，冬曰烝。」鄭注以爲此乃夏殷祭名，于周則春曰祠，夏曰礿。按：三代四時祭名不一，如詩小雅天保云「禴祠烝嘗」，無一相合。故此句祭名不必拘泥，但知其四時皆有祭事而已。

〔猶從三代識遺聲〕原注：「禮記樂記：齊者，三代之遺聲也。齊人識之，故謂之齊。」按：引文之前有「温良而能斷者宜歌齊」，引文之後有「明乎齊之音者，見利而讓」，可知齊樂不同于它樂，齊禮不同于它禮，臨淄出土之祭器亦必異于它祭器。

〔每見九夷朝祭器〕「夷」，古專指東方少數民族，禮王制：「東方曰夷。」「九夷」猶言「諸夷」，非數九也。論語子罕：「子欲居九夷」，齊東土著皆夷也。齊强故諸夷來朝。

〔器歷商周制度工〕「制度」本指規制、法度，作名詞用，如書周官：「考制度于四岳。」此句則謂制定法度，作動賓短語用，如禮中庸：「非天子不議禮，不制度，不考文。」商、周皆中原華族，齊雖東封，其祭器制度蓋承商周而來，非萊夷（見下句）可比。

〔相傳丁癸及桓公〕丁、癸、桓皆齊侯廟謚。「丁」指西周時之齊丁公（名吕伋），「癸」即齊癸公（名慈母），「桓」指春秋時之齊桓公（名小白）。句承上，謂齊祭器傳至丁、癸、桓公而愈工。

〔花紋不似萊人物〕原注：「左傳襄六年：陳無宇獻萊宗器于襄宫。」「萊」乃殷商時萊夷所建之萊國（今山東黄縣東南有萊子城），魯襄公六年（前五六七年）齊靈公滅之。萊與齊已異族，故祭器亦不同。

〔法象仍疑兩敦同〕原注：「禮記明堂位：有虞氏之兩敦。」「敦」音隊，去聲，盛黍稷之器，似彝有足。「法象」謂取法乎形象（意近仿制），作動詞、名詞均可。墨子辭過：「爲宫室若此，左右皆法象之。」取義與〔七〇〕恭謁靈谷寺、〔二二四〕應州皆異。以上「花紋」、「法象」兩句意謂出土祭器不似萊夷之物，乃似有虞氏（舜）之物。

〔牛山下涕句〕「牛山」見〔一三六〕衡王府釋。晏子春秋諫上：「景公遊于牛山，北臨其國城而流涕曰：若何滂滂去此而死乎？」此句喻齊將亡。

〔歲久光華方出土〕「光華」指齊祭器之光華，即以代祭器。此句言齊亡已久而祭器出。

〔夏后璜偏入向魋〕原注：「左傳哀十四年：向魋出于衛地，公文氏攻之，求夏后氏之璜焉。與之他玉而奔齊。」「魋」音頹；「向魋」即桓魋，宋大夫。因叛宋景公，出奔衛，再奔齊。此句但言向魋盜夏后氏之璜（璜，半璧形，亦禮器）而逃。

〔魯宫寶又歸陽虎〕「陽虎」即陽貨，魯季氏家臣。春秋定公八年：「盜竊寶玉大弓。」左傳云：「（陽氏敗）陽虎説（脱）甲如公宫，取寶玉大弓以出。」杜注曰：「盜謂陽虎也。家臣賤，名氏不見，故曰盜。」事又見〔三八〕語溪碑歌「寶弓得堤下」釋。以上引向魋盜璜、陽貨盜寶，均暗示山東監司攫有祭器。

〔歷下〕即濟南。

〔神物〕泛指神奇靈異之物，此專指齊出土祭器。易繫辭：「天生神物，聖人則之。」參見〔三九〕寄薛開封寀釋。

〔誰知柏寢千年器二句〕原注：「史記封禪書：（齊）少君見上（漢武帝），上有故銅器，問少君，少君曰：此器齊桓公十年陳于柏寢。已而案其刻，果齊桓公器。」按：柏寢乃春秋時齊國臺名。晏子春秋雜下：「景公新成柏寢之臺。」知臺建于桓公之後，少君所云桓公柏寢恐係地名或宫室名。今山東廣饒縣（淄博市東北）有柏寢臺。二句借齊之銅器後歸漢武，隱言今日所失之神器，來日終歸漢族所有。

【箋】

此詩前八句但叙齊祭器之歷史與特徵，後八句則借題以寓意。牛山下涕，光華出土，言明亡而祭器出，出非其時也。璜入向魋，寶歸陽虎，言祭器雖得，得非其主也。神物飄零，終歸漢武，則係推開一層，言天道好還，大明必有復興之日也。先生雖雅好金石，此詩則非專爲金石作。

〔二四六〕題李先生矩亭有序

德州東二十五里矩亭，故鄉舉思伯李君誠明讀書處。天啟中，權閹柄國，聞君通陰陽象緯之學，遣使徵之，辭疾不就，潔志以終。其子源修是亭以表遺躅，余爲之詩。

董生祠畔子雲亭，潤雨巖虹望獨扃。門外曉寒縈帶草，林端秋散照書螢。長留直道扶千載，自見遺文表六經。今日似君還肯構，應知家學本趨庭。

【釋】

〔解序〕李誠明，字思伯，德州人。萬曆甲午（一五九四）舉人。父大華，舉于鄉，官武強令。弟誠明，郡諸生。誠明無子，以誠明之子源爲嗣。源字江餘，一字星來，順治丙戌（一六四六）進士，授河津令，有能稱。爲人和易恬退，好讀書，至老不倦。于古今河渠、漕屯、兵農諸事討論尤精。後築退菴，因以自號。又于德州東二十五里築「矩亭」，表其嗣父誠明之遺躅。「矩亭」不知取義，疑與「七十不逾矩」相關。「權閹柄國」指天啟朝宦官魏忠賢亂政，「陰陽象緯之學」指研究日月五行之學，近天文，又近卜筮。「躅」，足跡；「遺躅」，此指先人遺跡，矩亭舊址疑卽源嗣父當年讀書處。

〔董生祠〕參見〔二〇七〕酬程工部先貞「獨近董生帷」釋。

〔子雲亭〕揚雄字子雲，漢成都人。後人于其讀書處建亭，劉禹錫陋室銘所謂「西蜀子雲亭」是也。此處以子雲亭喻矩亭。

〔縈帶草〕「縈」音榮，旋繞也。「帶草」即書帶草，又名沿階草，堅韌如帶可束書。後漢書郡國志東萊郡注引三齊記云：鄭玄教授不齊山，山下生草大如䪥，長一尺餘，堅韌異常，土人名曰「康成書帶」。

〔照書螢〕車胤，字武子，南平人。博學多通。家貧不常得油，夏月則練囊盛數十螢火以照書，以夜繼日焉。見晉書車胤傳。按：「照書」二字必須連讀，故「縈帶」二字亦須連讀作定語，然與「帶草」原稱不協矣。

〔直道〕正直之行。論語衛靈公：「斯民也，三代之所以直道而行也。」此指李誠明不受魏忠賢徵聘。

〔自見遺文表六經〕「遺文」，指誠明遺作。「六經」，似專指易經，蓋誠明「通陰陽象緯之學」也。

〔今日、應知二句〕書大誥：「若考作室，既底法，厥子乃弗肯堂，矧肯構？」傳曰：「以作室喻治政也。父（考）已致法，子乃不肯爲堂基，況（矧）肯構立屋乎？」按：誥文本斥子不能繼承父業，反之，凡能繼承父業者，則曰「肯堂」「肯構」。「趨庭」見論語季氏：陳亢問于伯魚（孔子長子，名鯉）曰：「子亦有異聞乎？」對曰：「未也。嘗獨立（此指孔子），鯉趨而過庭，（孔子）曰：『學詩乎？』（鯉）對曰：『未也。』（孔子）曰：『不學詩，無以言。』鯉退而學詩。他日又獨立，鯉趨而過庭，曰：『學禮乎？』對曰：『未也。』『不學禮，無以立。』鯉退而學禮。聞斯二者。」後多沿稱子承父教爲「趨庭」或「過庭」，本此。同志贈言載李源雪齋，霖瞻宅陪飲，即席呈亭林先生詩有「講易從君曾問字」句；又濟南府志載先生聞源談易數，歎曰：「今之管輅也。」可知源能講易乃秉承家學。

【箋】

先生往來京師、山左，德州居停舍程先貞外，尚有李浹、李濤、李源等所謂「北李」者（見佚文輯補與人書）。先生與

彼等書札往還，詩歌唱酬，以至學問相切磋，患難相扶持，似兼文字道義之交。然考諸人出處，均非潔身遠引，不仕新朝者。程先貞不矜名節，已汚貳臣，備見前箋。「三李」則競取科名（俱順、康進士），久游宦海，雖升沈各異（一終侍郎，二終縣令），然皆滿清士夫，絶非處士、逸民可比。是故先生雖與交游，往往贊其孝而諱其忠，稱其學而寛其行。此篇題矩亭而兼贊源能承父業，用意亦猶是。

〔二四七〕瓠

瓠實向秋侵，呺然繫夕林。不材留苦葉，槁死亦甘心。偶伴嘉蔬植，還依舊圃尋。削瓜輪上組，剥棗遜清斟。衛女河梁迴，涇師野渡深。未須驚五石，應信直千金。作器疑無用，隨流諒不沈。試充君子佩，聊比國風吟。

【釋】

〔瓠〕音胡，平、去二聲均可讀，蔬菜植物，又稱瓠子、扁蒲，今屬葫蘆（壺盧）科。按：葫蘆科之形似者有數種：果實細長而橢圓者曰「瓠」，扁圓者曰「匏」，短柄大腹者曰「壺」，兩端大而腰細者曰「蒲盧」。後人多混稱而不分，然詩小雅有瓠葉篇，詩邶風有匏有苦葉篇，知二者在古固有別也。先生此作似全無分別。

〔瓠實向秋侵〕「瓠實」，瓠之老熟者。「侵」，漸進也，故「秋侵」同秋深。

〔呺然繫夕林〕「呺」音枵，「呺然」，虛大貌。莊子逍遥遊：「惠子曰：魏王貽我大瓠之種，我樹之成而實五石。以盛水漿，其堅不能自舉也；剖之以爲瓢，則瓠落而無所容。非不呺然大也，吾爲其無用而掊之。」「繫」音計或系，縛也，掛也，論語陽貨：「吾豈匏瓜也哉，焉能繫而不食？」「夕林」喻桑榆晚景。

〔不材、槁死二句〕「不材」，木不成材也。莊子山木：「此木以不材得終其天年。」「槁死」謂枯槁而死。詩匏有苦葉篇，毛傳云：「匏葉苦，不可食也。」鄭箋曰：「瓠葉苦，謂八月之時。」詩題爲「瓠」，而用「匏」典；鄭箋「匏葉」，易名「瓠葉」，皆合匏、瓠爲一物。宋陸佃埤雅則云「瓠性甘，匏性苦。」此句則取「性甘」説。故知以上四句全係以物自喻，不勞辨其同異也。以下皆同。

〔偶伴、還依二句〕「嘉蔬」，見〔四九〕桃花溪歌釋。據「舊圃」二字，此處「嘉蔬」只指菜蔬，不指稻。「嘉蔬」似喻遺民，「舊圃」似喻故國。

〔削瓜輸上俎〕禮曲禮上：「爲天子削瓜者副之，巾以絺。」「俎」，陳置祭品之禮器。「輸」，遜讓、不及。此言祭祀時，瓠不及瓜之能登上俎。

〔剥棗遜清樽〕「剥」通撲，擊打也。詩豳風七月：「八月剥棗，十月穫稻。爲此春酒，以介眉壽。」此言棗可以佐酒。又同篇：「八月斷壺。」壺亦「瓠」，瓠至八月而葉苦，不可佐酒，故遜于棗。

〔衛女河梁迥〕詩邶風泉水：「毖彼泉水，亦流于淇。有懷于衛，靡日不思。」序曰：「泉水，衛女思歸也。」「河梁」猶橋梁，列子説符：「孔子自衛反魯，息駕乎河梁而觀焉。」此句似謂衛女欲渡河而無橋梁（並瓠亦無）。然割裂使典，句意涉晦，最爲詩忌。

〔涇師野渡深〕原注：「左傳襄十四年：諸侯之大夫從晉侯伐秦，……及涇不濟。叔向見叔孫穆子，穆子賦匏有苦葉，叔向退而具舟，魯人、莒人先濟。」按：匏有苦葉詩云：「匏有苦葉，濟有深涉。深則厲，淺則揭。」穆子賦此詩，意謂不論涇水深淺，均當濟也。「衛女」、「涇師」二句暗示匏可作舟。然表意甚曲。

〔未須驚五石〕莊子逍遥遊：「（莊子謂惠子曰）子有五石之瓠，何不慮以爲大樽而浮乎江湖，而憂其瓠落無所容？」

〔應信直千金〕「直」通值。鶡冠子：「賤生于無所用，中河失船，一壺（瓠）千金。」意謂瓠雖賤，苟用得其道，亦值千金。

〔作器疑無用〕見上引莊子逍遥遊「惠子曰」。

〔隨流諒不沈〕見上引莊子逍遥遊「莊子謂惠子曰」。

〔試充、聊比二句〕「佩」，佩帶之物，引申爲座右銘之類。「國風吟」回應詩邶風匏有苦葉篇。二句似謂以瓠爲佩，當知不材之物猶有所用。

【箋】

先生詩集似詠物而非詠物詩約六、七首（〔三一〕精衛、〔四六〕秋鷹、〔一三一〕秋柳、〔一三八〕桔槔、〔一九四〕蒲州鐵牛、〔二四五〕瓠、〔二七三〕簷下雀），謂其「似」，以其全篇句句均狀該物；謂其「非」，以其全篇句句另有所寄。瓠蓋借瓠以自喻也。起二句嵌入「秋」字、「夕」字，似所詠爲老瓠，知先生今年六十矣。「不材、槁死」二句，蓋借瓠以自誓晚節。接四句，借瓠自慰、自嘲，係陪襯而非主旨。後八句，合莊子與國風之義，力言不材之物未嘗無用，猶瓠之可以作舟，可以共濟，方是全詩主旨。六朝後，詩人多借不材之物自喻自嘲以宣洩憤懣之氣，本篇畧異乎是：自嘲近乎自謙，自喻近乎自警；結韻儒雅，尤與莊周寓言有别。

〔二四八〕土門旅宿 在獲鹿縣西南十里

歲歲征驂詎有期，棲棲周道欲安之？尼公匪兕窮何病，尚父維鷹老未衰。市酒薄驅冬宿冷，山犲輕壓曉行飢。從知宇宙今來闊，不似園林獨卧時。

【釋】

〔解題〕土門在今河北省井陘縣境。元和郡縣志恆州：「井陘口今名土門口，（獲鹿）縣西南十里。」新唐書地理志：「獲

鹿縣有故井陘關，一名土門關。」係今晉冀二省出入通道。另見〔一七五〕井陘釋。

〔征驂〕旅人所乘車馬。王勃春夜桑泉别王少府序：「高林静而霜鳥飛，長路曉而征驂動。」

〔棲棲〕忙碌不自安貌，詩小雅二月：「六月棲棲，戎車既飭。」參見〔一五〕不去及〔一四二〕謁夷齊廟釋。

〔周道〕大路、官道，詩小雅何草不黄：「有棧之車，行彼周道。」

〔尼公匪兕句〕原注：「漢書平帝紀：追謚孔子日襄城宣尼公。」「匪兕」見〔一六六〕元日「率野歌虎兕」釋。

〔尚父維鷹句〕「尚父」即師尚父，指吕望，吕尚、姜太公。詩大雅大明：「維師尚父，時維鷹揚。」毛傳謂師尚父如鷹之飛揚也。

〔山麰〕「麰」音謀，大麥。

〔從知、不似二句〕「園林獨卧」應題「旅宿」。前六句狀旅途情景，稍見淒涼，末二句一轉，言故園雖樂，惜不知天地之大也。可與〔一二九〕淮北大雨「人生只是居家慣」二句對照。

【箋】

先生以遊爲隱，故抒寫行旅詩特多，有不涉一地者，如〔五五〕流轉、〔一〇九〕旅中；有專詠一地者，如〔一七二〕古北口、〔一九六〕華山；有僅以地名起興者，如〔一四二〕永平、〔二四八〕土門旅宿。本篇未著「土門」一字，「市酒驅冷」、「山麰壓飢」二句但記旅途甘苦，「尼公匪兕」、「尚父鷹揚」二句但切近年心事，唯「冬宿」、「獨卧」扣題後半而已。文選所收「行旅詩」大率類此。

編年(一六七三)

是年歲次癸丑，清康熙十二年。

正月，漢大學士馮銓死。

二月，平南王尚可喜年已七十，受制于長子尚之信，因請撤廣東藩，歸老遼東。朝廷許之，并令之信偕行。于是「撤藩」事起。

七月，平西王吴三桂、靖南王耿精忠亦陽請撤藩，以窺朝廷意旨，清廷皆許之。

八月，命大臣分別前往雲南、廣東、福建經理三藩撤徙事宜。

九月，爲撤藩計，特增設雲南總督，以副原雲貴總督。

十一月，吴三桂見清廷決計撤藩，遂率其壻胡國柱、軍師夏國相、大將馬寶等起兵反清，自稱「天下都招討兵馬大元帥」，國號「周」，以明年爲周王元年。蓄髮，易漢衣冠，旗幟皆白。清貴州巡撫曹申吉、提督李本深，雲南提督張國柱皆應之。清雲貴總督甘文焜自殺，雲南巡撫朱國治被殺。報至京，清廷震動，大臣有請斬主撤藩諸臣以謝三桂者，清帝堅不許，但馳詔止閩、粤兩藩勿撤，而專罪狀吴三桂以分化之。

十二月，吴三桂兵自貴州入湖南，破沅州。清帝詔削吴三桂官爵，下其質子額駙吴應熊于獄，令順承郡王勒爾錦等督師分三路阻擊，並調各地駐防旗營分途防堵。同月，京師民楊起隆等詐稱「朱三太

子」起兵復明，事洩，捕其黨數百人殺之。楊起龍等在逃未獲。

是年先生六十一歲。春正月，由山西静樂南行，旋折返京師，主徐元文家。在京重晤錢秉鐙。四月，往德州，與修德州志，旋返章丘桑家莊。八月，游濟南，訪張爾岐于紫薇署。受邀助訂山東省志，與其事者尚有原仇家葉方恆（嘗官濟寧道僉事）。十月，自章丘往德州弔程先貞喪；再返章丘，聞從叔國馨及摯友歸莊之訃。繼聞吴三桂雲南舉兵之報。冬，入京度歲。

本年先生次甥徐秉義（彦和）殿試第三人及第。寄書潘耒，令族子衍生北上。

〔二四九〕燕中贈錢編修秉鐙已下昭陽赤奮若

一別秦淮將廿載，天涯垂老看猶在。斷煙愁竹泣蒼梧，秃筆悽文來漲海。燕市雞鳴動客輪，九門馳道足黄塵。相逢不見金臺侶，但説荆軻是酒人。

【釋】

〔解題〕錢秉鐙（一六一二——一六九三）字幼光；後改名澄之，字飲光，桐城人。明季嘗學易于黄道周。南都亡，走閩中，道周薦授推官。閩亡，自江南入粤。永曆三年（一六四九）舉進士，出嚴起恒名下，起恒薦授編修，知制誥，曾上疏言起恒公忠無私，金堡處分過當。尋因病乞假至桂林，桂林陷（一六五〇），妻孥盡死，乃祝髮爲僧，名西頑，往來震澤、南京。七年後始歸桐城故里，課耕以自給，自號田間老人。著有田間易學、田間詩學、莊屈合詁、所知録等。兼工詩，得香山、劍南之神髓，有藏山閣稿、田間集。壬子冬，秉鐙入都，館于龔鼎孳家，今年春，因得與先生相晤于

燕中。昭陽赤奮若卽癸丑歲。

〔一別秦淮將廿載〕「秦淮」指代南京。先生于順治十一年（一六五四）至十三年（一六五六）僑居南京，其時秉鐙亦往來太湖、南京間，二人訂交及相別當在此時，至今將二十年矣。秉鐙懷寧人道長詩（載同志贈言）：「憶別梅岡舊酒壚，憐君行脚一身孤。性難合處原知僻，跡太奇時漸近愚。闕里志書修得否？孝陵圖本搨殘無？白門相念癯禪（自注旭初）外，尚有南陔老病夫。」味詩意，當作于先生既遊曲阜（一六五八）之後，秉鐙未歸桐城故里（一六五八）之前。

〔天涯〕此指燕市，對崑山、桐城而言。

〔斷煙愁竹泣蒼梧〕「泣」，原鈔本作「啼」（彙注本失校），按：作「啼」是。博物志云：「舜二妃曰湘夫人。舜死蒼梧，二女啼于洞庭，以淚揮竹，竹盡斑。」韓愈送惠師詩：「斑竹啼舜婦，清湘沈楚臣。」齊己江上愛日詩：「故園舊寺臨湘水，斑竹煙深越鳥啼。」均用「啼」字。唯杜甫白帝城放船詩有「同泣舜蒼梧」句。秉鐙曾事唐王。隆武二年（一六四六）九月，清兵追唐王至汀州，王不知所終。先是王命人護曾后先行，清兵追后至羅漢嶺，后投水死。此句蓋追叙閩亡。

〔禿筆悽文來漲海〕「漲海」卽南海，此喻廣東。鮑照蕪城賦：「瀰迆平原，南馳蒼梧漲海，北走紫塞雁門。」秉鐙于閩亡後，入粤奔桂王。永曆三年，臨軒親試，授翰林院庶吉士。此句追叙秉鐙奔粤。

〔燕市、九門二句〕「燕市」、「客輪」見〔一五九〕送王文學麗正歸新安「貫得一杯燕市酒」二句釋。「九門」喻京師，見〔六〇〕淮東釋。「馳道」，天子輦道，史記始皇本紀：「（二十七年）治馳道。」「足黃塵」暗示車塵多而涴人也。二句諷往來京師者，無非雞鳴而起，孳孳爲利之徒。

〔相逢、但説二句〕「金臺」卽黃金臺，見〔一六〇〕答徐甥乾學「燕臺」釋。「金臺侶」指往來燕市之人，貶義。荆軻本齊人，徙于衞，後至燕，爲太子丹客，刺秦王，見〔三〇〕秦皇行釋。史記刺客傳云：「荆軻雖游于酒人，然其爲人深沈好書。」故以擬秉鐙。秉鐙弱冠時，有御史某，閹黨也，巡按至皖，盛威儀，謁孔子廟。諸生方出迎，秉鐙忽前攀輿而攬其帷，衆莫

知所爲。御史大駭，命停車，而溲溺已濺其衣矣。秉鐙徐正衣冠，昌言以詆之，騶從數十百人莫敢動。而御史方自幸脱于逆案，懼其聲之著也，漫以爲「酒狂」而舍之。由是名聞四方。（見國朝先正事略）

【箋】

甲申至此已三十年，南明焰熄亦十餘年。故國遺臣無論從浙（魯王）、從閩（唐王）、從粤（桂王），尚存者亦皆垂老。諸人或匿迹故里，或流寓他方，或稍稍出游，或因人入幕，雖行事若異，而不磷不緇則同。朱彝尊稱錢秉鐙「禁網潛踪，麻鞵間道，蓋窮而未達者。」即其類也。此詩前半多叙舊事，用仄韻，意境蒼涼。後半忽易平韻，點出「燕市」、「黄塵」，然後筆鋒一轉，跳出金臺之外，還我酒人之身，是真遺臣相贈之作也。

〔二五〇〕先妣忌日

風木凋零已過時，一經猶得備人師。聞絲欲下劉醲泣，執卷方知孟母慈。秋雨秀連中野蔚，夕陽光起北園葵。無窮明發千年慨，豈獨杯棬忌日思。

【釋】

〔解題〕古人于父母死日禁飲酒作樂，故曰「忌日」，見〔一三〕爲丁貢士亡考生日作詩序。先生嗣母貞孝王碩人于乙酉七月三十日絶食殉國（見乙酉編年），則此詩當作于該日。

〔風木凋零已過時〕「風木」見〔一三〕酬徐處士元善釋。王碩人殉國至今已二十八年，故云「過時」。

〔一經猶得備人師〕原注：「顔氏家訓：荒亂以來，雖寒畯之子能讀孝經、論語者，尚爲人師；雖奕葉冠冕，不曉書記者，莫不耕田養馬。」「人師」，見〔二〇六〕贈孫徵君奇逢釋。「一經」，謂通一經，漢書韋賢傳：「遺子黄金滿籯，不如教子一經。」

「備」，備員、備位，謙詞。此承上句，言喪母以來，尚能以一經自守，不違母教。

〔聞絲欲下劉瓛泣〕原注：「南齊書劉瓛傳：母没十餘年，每聞絲竹之聲，未嘗不歔欷流涕。」

〔執卷方知孟母慈〕「孟母」見〔九〕表哀詩「三遷」釋。又，孟母斷機以戒孟子廢學，亦見列女傳。此言執卷讀書時，方知阿母訓讀之慈。先生先妣王碩人行狀（載餘集）云：「（吾母）尤好觀史記、通鑑及本朝政紀諸書，而于劉文成、方忠烈、于忠肅諸人事，自炎武十數歲時即舉以教。」

〔秋雨秀連中野蔚〕「秋雨」扣先妣忌日。「中野」本指郊野之中，此處指葬地，易繫辭：「葬之中野，不封不樹。」「蔚」，牡蒿，詩小雅蓼莪：「蓼蓼者莪，匪莪伊蔚。哀哀父母，生我勞瘁。」此以「中野蔚」喻母墓上宿草。

〔夕陽光起北園葵〕原注：「晉陸機園葵詩：種葵北園中，葵生鬱萋萋。」按：婦女居北，葵心向陽，故以北園葵喻人子思母。

〔無窮明發千年慨〕詩小雅小宛：「念昔先人，明發不寐，有懷二人。」朱熹集傳曰：「明發，謂將旦而光明開發也。」二人，父母也。」「明發」猶黎明，後沿以「明發」喻孝子思親。「千年」狀時間之久，對「忌日」言。

〔豈獨杯棬忌日思〕「杯棬」同杯圈，木制飲器。禮記玉藻：「母没而杯圈不能飲焉，口澤之氣存焉耳。」後沿以「杯棬」之思喻人子思念亡母。

【箋】

先生與史館諸君書：「乙酉之夏，先妣時年六十，避兵于常熟縣之語濂涇。謂不孝曰：『我雖婦人，身受國恩，義不可辱。』及聞兩京皆破，絶粒不食，以七月三十日卒于寓室之内寢。遺命炎武讀書隱居，無仕二姓。迄今三十五年，每一念及，不知涕之沾襟也。」（文集卷三）書作于此詩後之七年；又先生絶筆之歲（一六八一），尚有寄題貞孝墓後四柿詩，乃知先生眷眷其母，誠如此詩所云「無窮明發千年慨，豈獨杯棬忌日思」也。

〔二五一〕　自章丘回至德州，則程工部逝已三日矣

高秋立馬鮑山旁，旅雁初飛木葉黃。十載故人泉下別，交情多媿郢君章。

【釋】

〔解題〕「程工部」見〔二〇七〕酬程工部先貞解題。本年四月，先生往德州訂州志，旋返章丘桑家莊。十月在章丘聞程工部疾，遄赴而不及見，因作此詩。

〔高秋〕卽深秋，謝朓奉和隋王殿下詩：「高秋夜方靜，神居肅且深。」此扣十月。

〔鮑山〕在歷城縣東，春秋齊鮑叔牙之食邑。詩用「鮑山」，隱寓管、鮑之交。

〔十載故人泉下別〕先生于康熙元年始與程先貞相識（見〔二〇七〕酬程工部「三年嗟契闊」釋），至今已逾十載。「泉下」見〔一五〇〕劉諫議祠「白日黃泉」句釋。

〔交情多媿郢君章〕自注：「時張文學弨自燕中來視其含殮。」又原注：「後漢書獨行傳：范式字巨卿，與汝南張劭爲友，劭字元伯。後元伯寢疾，同郡郢君章、殷子徵晨夜省視。元伯臨盡，歎曰：『恨不見吾死友！』子徵曰：『吾與君章盡心于子，是非死友，復欲誰求？』元伯曰：『若二子者，吾生友耳！山陽范巨卿，所謂死友也。』元伯尋卒。式往奔喪，未及到而喪已發引，柩不肯進。停柩移時，見有素車白馬號泣而來，其母望之曰：『是必范巨卿也！』式執紼引柩，于是乃前。」張弨，見〔三六〕寄張文學弨解題。據自注，殆以郢君章喻張弨，歎己並生友亦不如也。

【箋】

起句本以管鮑相喻，不意工部臨盡前，既未能晨夜省視，卒後復未能親視含殮，豈止死友之不若，並生友亦有媿

矣。全詩着力處全在末句，蓋深痛「回至德州」、「逝已三日」也。徐注本易題爲哭程工部，是既不解題意，亦不悟自注之旨。

〔二五二〕　有歎二首

少小事荀卿，佔畢更寒暑。慨然青雲志，一旦從羈旅。西游到咸陽，上書寤英主。門庭正翕集，車騎來千數。復有金石辭，粲爛垂千古。如何壯士懷，但慕倉中鼠！

【釋】

〔解題〕題曰「有歎」，有所歎也。第一首歎李斯，歎其但慕倉中鼠；第二首歎原涉，歎其汙盜忘羞。結韻「勉哉」、「無遺」二句顯有所寓。

〔少小事荀卿〕史記李斯傳云：年少時爲郡小吏，乃從荀卿學帝王之術。按：李斯韓非俱師荀況，由儒入法，評見蘇軾荀卿論。

〔佔畢更寒暑〕「更」音庚，動詞，經歷也。「佔畢」猶言觀書、讀書。禮記學記：「今之教者，呻其佔畢。」注：「佔，視也；簡謂之畢，……言今之師自不曉經之義，但吟誦其所視簡之文。」

〔青雲志〕王勃滕王閣序：「窮且益堅，不墜青雲之志。」通指有志于高官顯爵。

〔羈旅〕寄居作客。左傳莊公二十三年：「羈旅之臣……敢辱高位，以速官謗？」

〔西游、上書二句〕李斯傳謂斯學已成，度楚不足事，六國皆弱，無可爲建功者，乃西入秦，辭于荀卿，求爲文信侯呂不韋舍人。後秦宗室大臣請一切逐客，李斯亦在逐中。斯乃上書諫逐客，秦王寤，遂除逐客之令。斯由是見信用。

〔門庭、車騎二句〕「翕」音吸，集合，方言三：「翕，聚也。」餘見〔三九〕秋風行〔三川郡守趨奉觴〕原注。

〔復有金石辭二句〕此指刻在金石上之文辭。史記始皇紀：「羣臣相與誦皇帝功德，刻于金石，以爲表經。」按：秦之瑯玡刻石、泰山刻石、嶧山刻石等均出李斯手筆。

〔如何、但慕二句〕李斯傳謂斯爲郡小吏，見吏舍廁中鼠食不潔，近人犬，數驚恐之。觀倉中鼠食積粟，不見人犬之憂。于是李斯歎曰：「人之賢不肖譬如鼠矣，在所自處耳。」按：「壯士懷」與前「青雲志」對言，故有「如何」之問。

家世二千石，結髮常自修。譬如寡婦心，本慕共姜儔。不幸汙盜賊，遂忘淫佚羞。念彼巨先語，撫心悼遷流。如登千仞岡，失足竟不收。勉哉堅自持，無遺朋友憂。

【釋】

〔家世、結髮二句〕原注：「漢書游俠傳：原涉字巨先。或譏涉曰：子本結髮自修，以行喪推財禮讓爲名，正復讐取仇，猶不失仁義，何故遂自放縱爲輕俠之徒乎？」按：原注出原涉傳。引文「子本」二字之下，應增引「二千石之世」五字，始與詩起二句合。蓋涉父哀帝時曾官南陽太守，漢代郡守秩二千石也。「結髮」同束髮，指男子成童之年，史記李廣傳：「且臣結髮而與匈奴戰，今乃得一當單于。」「自修」猶修身，禮大學：「如琢如磨者，自修也。」疏謂自修飾矣。「自修」與下句「慕共」相應。

〔譬如寡婦心以下四句〕原注（承前）：「涉應曰：子獨不見家人寡婦邪？始自約敕之時，意乃慕宋伯姬及陳孝婦，不幸壹爲盜賊所污，遂行淫佚，知其非禮，然不能自還。吾猶此矣！」按：「家人」謂平民之家。「自約敕」即自修。「宋伯姬」本魯女，歸宋共公，共公死，守義，穀梁傳襄公三十年記其事，稱「共姬」。先生詩作「共姜」，疑係「共姬」或「伯姬」之誤（共姜乃齊女，衞世子共伯妻。共伯蚤死，共姜守義，見詩鄘風柏舟序）。「陳孝婦」，東海人，少寡守義，含冤死，見

漢書于定國傳。

〔念彼巨先語〕此句總束以上六句所引原涉與客問答之言。涉本茂陵人，父死，讓還賻送，廬墓三年，由是顯名。舉爲谷口令，不言而治。後爲季父報仇，自劾去官。諸爲氣節者皆歸慕之，涉遂傾身與相待。王莽末，拜天水太守。涉外温仁謙遜而內隱好殺，睚眦必報。後以殺申屠建主簿，爲建所斬。詳見原涉傳。

〔撫心悼遷流〕「撫心」，有所感而撫胸也。「遷流」，遷徙流變，陸游黄州詩：「局促常悲類楚囚，遷流還歎學齊優。」引申爲見異思遷，不能自持。

〔千仞岡〕左思詠史：「振衣千仞岡，濯足萬里流。」

〔失足〕禮記表記：「君子不失足于人。」引申爲失其所守。

〔堅自持〕原注：「後漢書馬援傳：居高堅自持。」

【箋】

徐嘉謂「有歎二首，所以警李良年也。」其言曰：「李良年字武曾，秀水人。少與兄繩遠、弟符齊名，號「三李」。武曾又與朱竹垞齊名，稱「朱李」。以國子生召試鴻博，未遇。徐健庵開志局于洞庭西山，聘主分修。康熙十年從曹申吉兵部侍郎入黔，既聞三藩同撤，曰：「亂將作矣。」遂力辭歸，抵家而雲貴告變，申吉或云從逆，或云爲三桂所殺，不知所終。良年有秋錦山房集，詞爲浙派開山之一」云云。徐氏叙良年生平而重言其從曹申吉入黔及雲貴告變事，推其意，不過以本年適值三藩之變，先生友人居黔者有李良年。佚文中有與李良年書、答李武曾書各一，計其時亦或作于康熙九年至十一年之間，于是生此臆説，其實錯亂無據已甚。蓋此題二首，分歎李斯、原涉，每首各擇述其人一事，然後評歎之。于李斯，但言其出身小吏，後雖得意，且多文采，然初志不過富貴苟安。于原涉，則言其出身世宦，初志且慕高潔，不幸一污盜賊，遂忘羞恥。是知二人二事，極不相類。雖同以「有歎」爲題，然所歎顯非一人，徐氏以李良年一人當之，不失

于斯，必失于涉，實則無一相合也。李斯及身爲丞相，詩故以「門庭、車騎」二句狀之，良年則以布衣終；原涉家世二千石而墮爲游俠，良年家世無顯宦，已則終生爲儒。且推徐氏之意，必以吴三桂爲「盜賊」，以清帝爲「英主」，然先生斥福臨父、祖三世爲「僞帝」（見〔一六四〕羌胡引），詎肯尊玄燁爲「英主」？況良年（一六三五——一六九四）少先生二十餘歲，先生在江南日未聞過從，當亦如朱彝尊相識在北。彝尊未舉鴻博前，尚不失爲「處士」，而良年兄弟則早已應試爲國子生，即令進而墮爲厠鼠、蕩婦，又何足邀先生深責而爲之憂且歎？試據徐氏之意而臆之，與其以此詩爲警李良年，何如以此詩爲警曹申吉？申吉字澹餘，山東安丘人，順治進士，累官兵部侍郎、貴州巡撫。其人少年科第，文章亦清遒粹美，尤長于詩歌，有澹餘南行、澹餘黔行、黔寄諸集（其兄貞吉即珂雪詞作者）。吴三桂反，攻貴州，申吉迎之，後不知所終。清史謂其從逆，故入逆臣傳。張貞（字起元，亦安丘人，康熙拔貢）爲撰墓誌銘，則云在雲南遇害。先生在山東日，或與二曹相識，徒以申吉有「從逆」嫌，不得不諱其事耳。

以上徐氏臆測，蘧案亦不之信，而曰：「玩詩意，似刺徐乾學。」因疑「門庭、車騎」二句爲「影射徐乾學怙勢好客。」並進而以乾學殿試對策爲「上書寤英主」，以乾學襲意先生錢糧論爲「少小事荀卿」，以乾學曾祖官太僕少卿爲「家世二千石」。明知乾學康熙九年始第進士，今年僅官編修；亦明知其怙勢好客不在此時，竟云「雖皆在後，然亦可以概其前。」至于「盜賊」一詞如何着落，「英主」一詞于義安否皆置不論，是真穿鑿附益，識小棄大，尤甚于徐氏矣。今按先生詩屬詞用事無不貼切，此題二人二事既不相類，萬無合歎一人之理。若歎一人，則據「寤英主」句，其人必曾受知明之崇禎、隆武諸帝；據「汙盜賊」句，其人必曾投降李自成或已仕新朝。此係出處大節，斷不容混；至其人之家世出身雖不容忽，亦未可穿鑿求之。又按先生交游，在江南則皭然如夷之清，故視與錢謙益遊如坐塗炭；既北遊，則浸假而爲惠之和，故孫承澤（一五九二——一六七六）、曹溶（一六一三——一六八五）、龔鼎孳（一六一五——一六七三）之流亦得袒裼裸裎于其側。此輩皆以明臣事清，本圖宦達，不矜名節，然先生既與之交，則不忍其淪爲厠鼠，淫而忘羞。偶發憂歎，容

或有之。至于所歎之人，莫非醜類，固不必一一爲之指實也。

［二五三］哭歸高士四首

弱冠始同遊，文章相砥厲。中年共墨衰，出入三江汭。悲深宗社墟，勇畫澄清計。不獲騁良圖，斯人竟云逝。

【釋】

〔解題〕「歸高士」即歸莊，見〔三二〕吴興行解題。莊本年仲秋以中酒病肺卒，壽六十一。先生聞訃，設祭于章丘大桑家莊。詩末自注已聞雲南舉兵，按，吴三桂割辮鑄印起兵在十一月二十五日，詩當作于其後。

〔弱冠始同遊〕「弱冠」，二十歲，見〔九三〕贈路光禄太平釋。「同遊」謂建交，歸莊于順治十四年（一六五七）撰送顧寧人北遊序（見〔九三〕箋）云：「余與寧人之交二十五年矣。」由此逆推至崇禎六年（一六三三）二人同庚，俱足二十歲。

〔文章相砥厲〕原注：「禮記儒行：近文章，砥厲廉隅。」「砥厲」（厲通礪），磨石也，本係名詞；作動詞義猶磨鍊。「廉隅」，棱角也。

〔中年、出入二句〕「墨」，動詞，染黑。「衰」音崔，同「縗」，喪服。左傳僖公三十三年：「子（晉襄公）墨衰絰。」注：「晉文公未葬，故襄公稱子，以凶服從戎，故墨之。」「三江」見〔五三〕贈于副將元凱釋。「汭」音鋭，河流彎曲處。乙酉秋，崑山、常熟既陷清，先生嗣母王氏絶食殉國，莊父昌世亦鬱鬱發疾卒。時二人俱在喪中，同參三江義軍，明年幾俱罹吴勝兆反正之禍。

〔悲深、勇畫二句〕「宗社」指皇室宗廟。「墟」，廢墟，此喻明亡。荀子解蔽：「此其所以喪九牧之地而墟宗廟之國也。」

「澄清」本指澄濁使清，引申爲撥亂反正。後漢書范滂傳：「登車攬轡，慨然有澄清天下之志。」

〔不獲騁良圖二句〕「騁良圖」謂施展宏謀，左思詠史：「夢想騁良圖」。「斯人」指歸高士。「云」，語助詞，無義。詩大雅瞻卬：「人之云亡，邦國殄瘁。」蓋深惜歸莊復國之志未酬而早逝也。

峻節冠吾儕，危言驚世俗。常爲扣角歌，不作窮途哭。生躭一壺酒，没無半間屋。惟存孤竹心，庶比黔婁躅。

【釋】

〔峻節冠吾儕〕「峻節」猶高節，顔延之陶徵士誄序：「若乃巢高之抗行，夷皓之峻節。」句謂「冠吾儕」，足證先生崇之之極。

〔危言〕直言。論語憲問：「邦有道，危言危行。」又後漢書黨錮傳序：「危言深論，不隱豪强。」注：「危言，謂不畏危難而直言也。」

〔常爲扣角歌〕「扣角歌」本指齊寧戚扣擊牛角所作之歌，三齊畧記云：「寧戚飯牛車下，扣角歌曰：『南山粲，白石爛，生不逢堯與舜禪。』」「扣」亦作「叩」，藝文類聚引琴操云：「寧戚飯牛車下，叩角而商歌。……桓公聞之，舉以爲相。」「寧戚」亦作「寧越」，淮南子道應篇：「寧越擊牛角而疾商歌，桓公命後車載之。」大抵爲扣角歌者，多係在野之人而有問世之意，此句則似專指歸莊所爲歌詩。今傳歸玄恭遺著存詩二百餘首，其卜居十二首及萬古愁曲子極沉鬱嶔崎之致，莊窮居時即爲時人所重，故先生特及之。

〔不作窮途哭〕「窮途哭」見〔四〕將遠行「所之若窮途」釋。此句言莊窮且益堅。莊撰寓言詩亦云「自從名教壞，更不哭途窮。」

〔生躭一壺酒〕「生」，深也、甚也，借對「没」字。「躭」，嗜也、悦也。歸莊嗜酒見先生手札（載佚文輯補）：「弟終日碌碌運

斃，而兄終日酣飲甕中物，此殆天乎！」又：「醉德無何，忽云改歲，兄今其脱然愈乎？」

〔孤竹心〕「孤竹」指伯夷、叔齊，見〔一四三〕謁夷齊廟解題。「孤竹心」暗示夷齊決心餓死首陽，不食周粟。

〔黔婁躅〕「躅」音濁，足跡。黔婁，齊之高士。修身清節，屢拒齊魯之聘。貧甚，及卒，衾不蔽體。曾西曰：「斜其被則斂矣。」其妻曰：「斜之有餘，不如正之不足。先生生而不斜，死而斜之，非其志也。」曾西不能答。見高士傳。

太僕經鏗鏗，三吳推學者。安貧稱待詔，清風播林野。及君復多材，儒流嗣弓冶。已矣文獻亡，蕭條玉山下。

【釋】

〔太僕經鏗鏗二句〕自注：「君曾祖諱有光，字熙甫，世稱震川先生。」按：歸有光（一五〇七——一五七一），嘉靖四十四年進士，官終南京太僕寺丞。通經術，工古文，爲有明一代宗師。明史文苑有傳。又，原注：「後漢書儒林傳：説經鏗鏗楊子行。」楊子行即楊政。「鏗鏗」狀説經之聲明朗。「三吳」見〔三七〕哭顧推官釋。

〔安貧稱待詔二句〕自注：「君叔祖諱子慕，字季思。」按：子慕（一五六三——一六〇六），有光少子，萬曆舉人。再試禮部不第，屏居江村，有文行，與無錫高攀龍爲友。所居陶菴，槿牆茅屋，詠歌以爲樂，人稱清遠先生，歿贈翰林院待詔。傳亦見明史文苑。

〔儒流嗣弓冶〕「儒流」即儒家者流，漢書藝文志諸子畧謂其「游文于六經之中，留意于仁義之際，祖述堯舜，憲章文武，宗師仲尼，以重其言，學道爲最高。」「弓冶」指弓匠、鑄匠，禮學記：「良冶之子必學爲裘，良弓之子必學爲箕。」喻子嗣父業。此句承上，言莊能以儒業世其家。

〔已矣文獻亡二句〕「文」指記録典章制度之文，「獻」指熟悉歷史掌故之人。論語八佾：「夏禮吾能言之，杞不足徵也；殷禮吾能言之，宋不足徵也，文獻不足故也。足，則吾能徵之矣。」「玉山」，崑山縣山名，見〔三八〕哭陳太僕釋。二句謂國

亡家破故文獻亡，歸氏世業亦隨之蕭條矣。

酈生雖酒狂，亦能下齊軍。發憤吐忠義，下筆驅風雲。平生慕魯連，一矢解世紛。碧雞竟長鳴，悲哉君不聞！

【釋】

〔酈生、亦能二句〕酈食其，陳留高陽人。好讀書，家貧落魄，爲里監門，人皆謂之狂生。沛公畧地陳留，至高陽傳舍，食其入謁，曰：「吾高陽酒徒也。」後助漢説齊，憑軾下齊七十餘城。史記、漢書均有傳。二句喻歸莊，與前「生躭一壺酒」應。

〔發憤、下筆二句〕均狀歸莊，然似不爲莊之詩文發（詩文已見第二首所述），當與下句「一矢解世紛」有關。

〔平生慕魯連二句〕自注：「君二十五年前作詩，以魯連一矢寓意。」史記魯仲連傳：齊田單攻聊城歲餘，士卒多死，而聊城不下。魯連乃爲書約之矢以遺燕將。又，魯連既解邯鄲之圍，平原君欲以千金爲仲連壽，仲連笑曰：「所貴乎天下之士者，爲人排患釋難解紛亂而無所取也。」按：歸莊「二十五年前」詩已無考，時在順治四年，疑當時詩作曾有望于吳三桂反正。

〔碧雞竟長鳴二句〕自注：「君没十旬，而文覃舉庚。」「文覃舉庚」即「雲南舉兵」，皆韻目代字。「碧雞」，山名，在雲南昆明西，其東爲金馬山。此以「碧雞鳴」喻雲南告變。原注：「左傳文十八年：卜楚丘，占之曰：齊侯不及期，非疾也，君亦不聞。」「不及期」，謂不及齊侯戒師之期（其期卽十八年秋）。「非疾」，暗示齊侯「不及期」非死于疾。「君亦不聞」，「君」指魯文公，謂文公亦不及聞戒師之期。其後文公果先齊侯二月死，齊侯（懿公）于五月被弑。二句蓋歎歸莊不聞三桂舉兵之期也。用事甚僻，非潘耒不能注。

【箋】

先生與莊少時即有「歸奇顧怪」之目，然先生北遊後已不復怪，莊雖里居而晚節益奇。既薙髮僧裝稱頭陀，又復返服廬于祖塋之側，終焉不能自給，寄食僧舍。嘗南渡錢塘，北涉江淮，所至遇名山川，憑弔古今，輒大哭，見者驚怪（張應遴海虞文苑歸莊傳）。魏禧讀其長歌萬古愁，至云「予驚怖其人，疑不可近。」（見魏撰歸玄恭六十序）然此僅狀莊之行事、形跡，而未及其心曲；先生之作則于歌哭之餘，照見其隱微。第一首因憶舊情舊事而深痛莊畢生志業不遂，係全詩綱領。第二首叙莊佯狂詩酒，窮且益堅，以明其追慕夷齊，不食周粟之志。第三首叙莊之家世，實歎明亡而世業亦亡。第四首借酈生下齊，魯連解紛，而隱悲莊不及聞雲南舉兵。前三首寓意讀詩可解，末首若無自注及末注，恐未必立知先生寄情所在，故推知莊之心曲實即先生之心曲也。今按三藩之變，歷時九年，先生與勝國遺臣、民族志士，詎無一毫動心于其間？然先生文集、書札竟隻字不載，潘刻詩集亦鮮蛛絲馬跡，唯手鈔本尚存「文覃舉庚」四字，殆先生刊削韻目而未盡者。昔吴三桂陽借復讎之名，引狼入室，繼而背叛明朝，屠戮同胞；至追永曆于異域，斬盡殺絕，古來臣子手弑其君，親滅國祚，殘酷之甚，未有過于吴三桂者。故凡明室遺臣，莫不痛心疾首于此獠，先生尤當有甚。自注「君没十旬而雲南舉兵」，雖似泛泛記實，而「碧雞竟長鳴，悲哉君不聞」，則欣喜悲惜之情，俱浮現于字裏行間矣！考三桂初起時，確有擲帽棄辮髮，易清服、著明服之舉，又相傳曾爲永曆發喪，素服謁陵，伏地慟哭，自鑄「天下都招討兵馬大元帥」之印，而非即日稱帝。先生嚴夷夏之防尤甚于懲亂臣賊子之誅，三桂既以討清復明爲辭，或將革面洗心，盡湔前惡，君子守其大端，不咎既往，先生聞變之初，與屈大均等俱曾寄望于吴三桂，要皆遺臣志士之宜也。先生編詩不廢此題末首，即所以存其初衷，潘未刊集而盡削所注，雖欲爲先生諱之于始，然而違衷違實多矣。

顧亭林詩箋釋卷五 起清康熙十三年甲寅（一六七四）終清康熙二十年庚申（一六八二）

編年（一六七四）

是年歲次甲寅，清康熙十三年，吴三桂周王昭武元年。

正月，吴三桂將王屏藩取四川，馬寶、吴應麟平湖南，清川、湘全失。

二月，清廣西將軍孫延齡（孔有德壻）據桂林反，附吴三桂。清詔削延齡職，令兩廣總督金光祖討之。

三月，清靖南王耿精忠據福州反，執閩浙總督范承謨幽之，遂附吴三桂，並路臺灣鄭經爲聲援，然後分三路北進：東取温、臺，西取廣、饒，中取金、衢。清命内大臣希根討之。清襄陽總兵楊來嘉以穀城附吴三桂。

四月，清殺吴三桂質子應熊及其孫世霖。

五月，吴三桂親赴常德督師，遂以大兵扼湖南，駐岳州以抗南下清軍。更分南北二路進擊：北路由四川進窺關陝，南路由長沙進窺江西。

六月，清廷分四路阻擊：命貝勒尚善出江西，命簡親王喇布鎮江南，命貝子洞鄂與莫洛由陝攻蜀，命康親王傑書與貝子傅喇塔由浙入閩。又令漢大臣尚可喜、金光祖合討孫延齡。

九月，清廣西提督馬雄、總兵郭義響應孫延齡，叛附吴三桂。清廷命安親王岳樂率師赴廣東討之。

十二月，清陝西提督王輔臣在寧羌殺經略莫洛反，遂駐平涼，與吴三桂駐漢中將王屏藩相應。清遣大學士圖海節制西征諸軍以討輔臣。

是年先生六十二歲。正月出都，由易州西行經廣昌往山西，抵汾陽訪碑。四月，經曲周至德州。秋，返濟南，同章丘之桑家莊度歲。

先生自云：自此以後，坐食六年（殘稿卷三與原一公肅兩甥書）。

［二五四］　廣昌道中二首　已下閼逢攝提格

匹馬去燕南，易京大如礪。五廻春雪深，淶上孤城閉。行行入飛狐，夕駕靡遑税。融冰見晛流，老樹陵寒霽。啄鵲馴不驚，卧犬安無吠。問客何方來，幽都近如沸。出車日轔轔，戈矛接江裔。此地幸無兵，山田隨樹藝。且偷須臾閒，未敢謀卒歲。

【釋】

〔解題〕「廣昌」，漢置縣名，隋改名飛狐，明、清復稱廣昌，屬山西大同府蔚州，今爲河北省淶源縣。詩所記係出燕京由易州（今易縣）西赴廣昌入代途中所見所感。閼逢攝提格即甲寅歲。

〔匹馬去燕南二句〕原注：「後漢書公孫瓚傳：前此有童謡曰：燕南垂，趙北際，中央不合大如礪。」按：「易」（古通埸）居燕之南，趙之北，向爲二國界。漢末公孫瓚據幽州，徙鎮易，改稱「易京」，盛修樓觀營壘，城三重，圍六里，然卒爲袁紹

所破。所傳童謠，滅亡之兆也。「礪」，粗磨石。

〔五廻春雪〕「廻」同回。原注：「水經注：代郡廣昌縣東南有大嶺，世謂之廣昌嶺。嶺高四十餘里，二十里中委折五回，方得達其上嶺，故嶺有五回之名。」先生出都在正月，嶺高，雪猶未融。

〔淶上孤城〕「淶」即淶水，又名拒馬河，源出廣昌縣之淶山。「孤城」指廣昌縣城，傍淶水北岸，今易廣昌名淶源，本此。

〔行行入飛狐二句〕「飛狐」即飛狐口（亦名飛狐道），在廣昌縣北，蔚州南界，係太行山八陘之一，隋時曾以「飛狐」名廣昌縣。入其口，兩崖壁立，仄徑内通，蜿蜒百餘里。「駕」，馬車；「靡追」猶不追、不及；「税」通脱，「税駕」猶解駕，參見〔二七〕哭顧推官「駕所税」釋。以上六句係按行程順叙出燕，經易、越五廻，歷廣昌而入飛狐，雖云日已近晚而無暇停車，然以下十句皆入飛狐後語。

〔融冰見晛流〕「融冰」，將融之冰。「晛」音現，日氣也。詩小雅角弓：「雨雪浮浮，見晛曰流。」此處但謂春冰見日而融流。「見晛」狀雪霽。

〔老樹陵寒霽〕「陵」通凌，犯也；「陵寒」猶冒寒。句謂老樹犯寒而獲霽色。

〔卧犬安無吠〕原注：「左傳昭元年：趙孟曰：吾兄弟比以安，尨也可使無吠。」按：引文前句爲「子皮賦野有死麕之卒章。」其卒章曰：「舒而脱脱兮，無感我帨兮，無使尨也吠。」故趙孟乃賦常棣云云。

〔問客何方來以下四句〕「客」，先生自指。「幽都」以下三句，皆客答在京聞見。「幽都」本唐縣名，遼改名宛平，明、清均爲順天府治，即北京所在也。先生不欲用「京師」之名，故以幽都代之。詩小雅有出車篇。「轔轔」，車聲，杜甫兵車行：「車轔轔，馬蕭蕭。」「戈矛」，兵器，詩秦風無衣：「王于興師，修我戈矛。」「江裔」猶江邊，見〔二七〕哭顧推官釋，此處泛指川、湘、鄂、贛沿江一帶。「如沸」，狀北京倉皇調兵情況，與楊起隆僞稱朱三太子事（見去年「編年」十一、十二月）無涉。

〔此地、山田二句〕「此地」，據「行行」以下數句，係指飛狐道，而非廣昌縣城。「樹藝」猶言種植，孟子滕文公上：「后稷教民稼穡，樹藝五穀。」

〔須臾〕片刻。荀子勸學：「吾嘗終日而思矣，不如須臾之所學也。」

〔偷閒〕白居易歲假内命酒贈周判官蕭協律：「闕健此時相勸醉，偷閒何處共尋春。」

〔卒歲〕猶言終歲、整年。管子大匡：「行此卒歲，始可以罰矣。」與「須臾」對言。

久客燕代間，遂與關山老。流連王霸亭，躑躅劉琨道。枯荑春至遲，落木秋來早。獨往茲愴然，同遊昔誰好？三楚正干戈，沅湘彌浩浩。世乏劉荆州，託身焉所保？縱有登樓篇，何能盪懷抱。思因塞北風，一寄南飛鳥。

【釋】

〔久客燕代間二句〕燕與代分指今河北、山西二省北部，即北京與朔、代之間。先生自康熙丙午（一六六六）與李因篤等鳩貲墾荒于雁北，迄今已七八年，廣昌、飛狐口爲東西往來必經之地。

〔流連王霸亭〕「流連」有留戀忘反意，詞出孟子梁惠王下。宋傅亮爲宋公修張良廟教：「游九京者，亦流連于隨會。」「王霸」字元伯，潁陽人，輔漢光武成帝業，爲雲臺二十八將之一。原注：「後漢書王霸傳：將弛刑徒六千餘人，與杜茂治飛狐道，堆石布土，築起亭障，自代至平城三百餘里。」按：王霸治飛狐道係初任上谷太守時事。凡與匈奴、烏桓大小數十百戰，後南單于與烏桓俱降服，北邊無事。霸在上谷二十餘年，以功封淮陵侯，卒。

〔躑躅劉琨道〕「躑躅」猶踟躕，踏步不前貌。宋玉神女賦：「奮長袖以正衽兮，立躑躅而不安。」原注：「晉書劉琨傳：率衆赴段匹磾，從飛狐入薊。」劉琨，見〔一八三〕又酬傅處士「越石笳」釋。段匹磾，鮮卑人，西晉末，據幽州。時琨爲并州大

都督，欲討石勒，以南北隔絶，遂與匹磾東西結盟。不久，琨爲石勒所敗，乃奔幽州投匹磾（原注引文即記其事）。逾年，竟因反間爲匹磾忌害。句用「躑躅」，蓋惜之也。

〔枯荑〕「荑」同稊，初生新葉。易大過：「九二，枯楊生稊。」

〔獨往、同遊二句〕「茲」，此也，指此時此地，與下句「昔」字對言。意謂今次獨往飛狐固悵然矣，而昔日同遊尚誰健哉？

〔三楚、沅湘二句〕「三楚」見〔一〇五〕王徵君潢具舟城西釋。「沅湘」，湖南二水名，屈原懷沙：「浩浩沅湘，分流汩兮。」二句蓋設想鄂、湘、贛諸省戰況。詩作于本年正月，邸報已知吴三桂遣王屏藩入川，馬寶、吴應麟入湖南，沅、辰、衡、澧、岳諸州及常德均失，清川湖總督蔡毓榮告急，吴三桂自立爲周王。

〔世乏劉荆州以下四句〕此引王粲（一七七——二一七）依劉表事。粲字仲宣，建安七子之一。劉表（一四二——二〇八）字景升，漢宗室，東漢末領荆州牧，史稱其愛民養士，從容自保，北據漢川，南接五嶺，地方數千里，帶甲十餘萬。粲與表俱山陽高平人，長安亂，粲年未弱冠，往投劉表，居當陽，作登樓賦以抒懷。

〔思因、一寄二句〕自注：「昔年與李子德同宿此縣。」按：李子德即李因篤（天生）。佚文輯補又答李武曾書：「天生至密而遠客三楚，此時猶未見弟之成書也。」答書甫作于本年之前，知「南飛鳥」仍指因篤，「三楚正干戈」句可證。

【箋】

同題二首，第一首意旨甚明。時吴三桂舉兵甫兩月，雲、貴、川、湘四省已迅速易手，幽都震動，兵車如織。廣昌地居北鄙，雖未被兵，然戰禍蔓延，不敢必其終歲無兵也。第二首則寓意隱微。前八句憶念在北，獨舉王霸、劉琨拒胡遺跡，意在戒同游無忘抗清夙志也。後八句遥寄在南，而曰「世乏劉荆州，託身焉所保」，得毋戒南飛之鳥無與三桂合作乎？是時三桂已建國改元，明室遺老，北不仕虜，南不投周，觀先生此後詩作可知。

〔二五五〕寄問傅處士土堂山中

向平常讀易，亦復愛名山。早跨青牛出，昏騎白鹿還。太行之西一遺老，楚國兩龔秦四皓。春來洞口見桃花，儻許相隨拾芝草。

【釋】

〔解題〕「傅處士」即傅山，見〔一八三〕贈傅處士山解題。「土堂山」在太原陽曲。甲申後，傅山衣朱衣，居土穴養母。天下大定，始稍稍出接賓客。先生于康熙二年（一六六三）至太原與傅山訂交，迄今已逾十年。「寄問」，寄此詩以候問。

〔向平常讀易二句〕向長字子平，西漢末朝歌人。隱居不仕，好通老、易。嘗讀易至損、益二卦，喟然歎曰：「吾已知富不如貧，貴不如賤，但未知死何如生耳。」建武（二五——五五）中，子女嫁娶已畢，遂邀北海禽慶俱遊五嶽名山，後不知所終。見後漢書逸民傳。又李白秋下荊門詩：「此行不爲鱸魚膾，自愛名山入剡中。」

〔騎白鹿〕原注：「晉書：陶淡結廬于長沙臨湘山中，養一白鹿以自偶。親友有候之者，輒移渡澗水，莫得近之。」引文出晉書隱逸傳。淡字處靜，侃孫。

〔跨青牛〕見〔一三〇〕前詩意有未盡再賦「門前有客」句釋。

〔太行之西一遺老〕太原陽曲在太行山之西。「遺老」指前朝遺民，呂氏春秋慎大：「武王乃太息恐懼流涕，命周公旦進殷之遺老而問殷之亡故。」徐注引史記，以漢本朝已故之蕭何、曹參、樊噲等當之，殊違先生尊傅山爲明遺老之本意。

〔楚國兩龔秦四皓〕此釋上句「遺老」兼比傅處士。「兩龔」見〔二四〕哭楊主事「楚龔」釋。「四皓」見〔二〇六〕贈孫徵君奇逢「綺

里辭秦」釋。
〔春來洞口見桃花〕暗用桃花源故事。陶潛桃花源記：「忽逢桃花林……林盡水源，便得一山。山有小口，髣髴若有光，便舍船，從口入。」此以桃源喻土堂山，以避秦喻避清。
〔儻許相隨拾芝草〕此承秦四皓事，高士傳載四皓作歌，曰：「曄曄紫芝，可以療飢。」「儻」，或然之詞，有詢問可否之意，以應本題「寄問」二字。

【箋】

本年正月，先生由易州至汾州訪碑，此詩題曰「寄問」，疑卽寄自汾陽。時三藩亂作，幽都鼎沸，山右當亦不靖，然全詩句句狀隱、尋隱，一若先生與處士俱無意世事者，對照十年前酬贈處士二題殊不相類。相傳傅山以遺老而兼志士，與先生皆欲有所爲（見〔一六三〕又酬箋），今觀此詩，殊覺不然。

〔二五六〕　與胡處士庭訪北齊碑

春霾亂青山，卉木苞未吐。繞郭號荒雞，中田散野鼠。策杖向郊坰，幽人在巖户。未達隱者心，聊進蒼生語。一自永嘉來，神州久無主。十姓迭興亡，高光竟何許？棲棲世事迫，草草朋儕聚。相與讀殘碑，含愁弔今古。

【釋】

〔解題〕胡庭字季子，汾陽人，傅山弟子。明亡後隱居講學，于易、詩、春秋、論語、大學、孟子皆有論著。亦工詩，傅山有書胡季子詩稿後詩云：「風流胡季子，花筆起河西。艷選徐陵勝，奇添李賀悽。大巫爲氣盡，老腐但頭低。公子爭裘

馬，文章有駃騠。」則其人固經生而兼雅士也。「北齊」（五五〇——五七七）係北朝之一，開國君高洋簒東魏自立，建都鄴（今河南安陽），滅于北周。汾陽屬北齊地，即先生訪碑處。

〔春靁〕春風揚塵也，「靁」音埋。

〔卉木〕見〔三三四〕贈同繫閻君釋。

〔號荒雞〕「號」，本字平聲，高鳴也。「荒雞」見〔一五四〕與江南諸子別釋。

〔中田〕猶田中，詩小雅信南山：「中田有廬。」

〔策杖向郊坰〕「策杖」猶杖策，見〔五五〕流轉釋。「郊坰」猶郊野，見〔五七〕恭謁孝陵釋。

〔幽人在巖户〕「幽人」與下「隱者」均指胡庭，孔稚圭北山移文：「或歎幽人長往。」「巖户」猶巖穴，隱士所居。以上六句，先叙出郊訪胡。

〔未達、聊進二句〕「達」，通曉。「蒼生」泛指天下百姓，參見〔一九〇〕酬史庶常可程釋。此言未曉隱者避世之心，且進軫念百姓之語。以下即所進語。

〔一自永嘉來二句〕「永嘉」，晉懷帝司馬熾年號（三〇七——三一三）。時當八王亂後，五胡亂初，自彼至北齊末（五七七）約二百七十年，中原不復爲漢族所有，即所謂「神州無主」也。

〔十姓迭興亡〕上述二百七十年間，天下分崩，羣雄迭起，曾霸據中原之少數民族共歷十姓，按序爲：前趙劉淵（三〇四——三一八）、後趙石勒（三一九——三五〇）、前燕慕容皝（三三七——三七〇）、前秦苻健（三五一——三九四）、後秦姚萇（三八四——四一七）、北魏拓跋珪（三八六——五三四）、東魏元善見（五三四——五五〇）、西魏元寶炬（五三五——五五七）、北齊高洋（五五〇——五七七）、北周宇文覺（五五七——五八一）。

〔高光竟何許〕西漢高帝劉邦與東漢光武帝劉秀皆統一中原之漢族天子。「何許」謂在何許也。以上四句即所云「蒼生

語」，意謂「高光不出，如蒼生何！」

〔悽悽世事迫〕意謂今我惶惶爲世事所迫也。「悽悽」，惶惶不安貌，見〔七三〕贈鄔處士繼思釋。

〔草草朋儕聚〕「草草」，匆促苟簡貌，杜甫送長孫九侍御赴武威判官詩：「聞君適萬里，取別何草草。」此句承上，疑朋儕爲「世事」而聚，恐不止先生與胡庭二人。

〔讀殘碑〕戴震汾州志以爲先生金石文字記所載相里寺碑、郭君碑文、任君碑、相里瑞碑、相里金碑等，皆身至其地摹拓者。然戴舉諸碑除相里寺碑屬北齊外，餘皆唐以後物。此詩題爲「訪北齊碑」，知當時所讀北齊「殘碑」決不止此。金石文字記謂北齊相里寺碑，八分書，天保三年（五五二）正月，今在汾陽縣大相里崇勝寺。碑刻佛像，其下方及兩傍皆題名；碑陰有文并頌一通，漫滅，云云，是真親至汾陽摹拓者。

【箋】

此詩先叙訪友，後叙訪碑，中論十姓興亡，末于弔古之外，另增一「今」字，乃知全詩主旨，仍在借古喻今，嚴夷夏之辨。然先生以六旬老翁，于今年新正卉木未苞之際，匹馬衝寒，駕不遑稅，匆匆由燕京崎嶇千里，逕奔汾陽，未必真爲專訪北齊一碑而來也。細味「未達、聊進」、「悽悽、草草」諸聯，疑先生此次遄返山右，係因「世事」所迫，草草與同志相聚，共商行止。其時湖湘易幟，幽都鼎沸，幽人隱者近歎蒼生，遠慕高光，必有一番重大感慨。惜詩文集于三藩亂事或諱或削，不可盡考矣。

〔一一五七〕 詠史二首

王良既策馬，天弧亦直狼。中夜視北辰，九野何茫茫。秦政滅六國，自謂過帝皇。豈知漁陽

卒，狐鳴叢祠旁。誰爲刑名家，至今怨商鞅。

【釋】

〔解題〕原鈔本二首同題曰王良，潘刻本改。

〔王良既策馬〕原注：「史記天官書：王良策馬，車騎滿野。」按：王良本係晉國善御馬者，用于天文，亦作星名。史記天官書：「漢中四星曰天駟，旁一星曰王良。」詩引「王良策馬，車騎滿野」二句，暗喻戰亂已起，兵車已動。

〔天弧亦直狼〕原注：「宋史天文志：弧矢九星在狼星東南，天弓也。矢不直狼爲多盜。」按：弧，弓也；矢，箭也。句謂弧矢（星）直（對準）狼（星），象討伐叛亂。參見〔三五〕班定遠投筆「忽見天弧動」釋。

〔北辰〕星名，爾雅釋天：「北極（星）謂之北辰。」論語爲政：「爲政以德，譬如北辰，居其所而衆星拱之。」此借「北辰」喻爲政當以德爲標準。

〔九野〕猶云九天，參閲〔一七〕贈顧推官咸正釋。

〔秦政滅六國二句〕秦始皇名「政」。既滅六國，令羣臣共議帝號。羣臣以爲陛下平定天下，上古以來未嘗有，五帝所不及，因上尊號爲「泰皇」。于是「王曰：去『泰』著『皇』，采上古帝位號，號曰『皇帝』」（見史記始皇本紀）。

〔豈知漁陽卒二句〕秦二世元年七月，發閭左適（謫）戍漁陽九百人，屯大澤鄉，陳勝吴廣皆次當行。會天雨失期，法當斬，勝、廣乃謀舉大計，借鬼兆以誑諸卒。勝令吴廣之次所旁叢祠中，夜篝火，狐鳴呼曰：「大楚興，陳勝王！」卒皆夜驚恐。旦日，卒中往往語，皆指目陳勝（見史記陳涉世家）。此以漁陽卒擁戴陳勝，喻官逼民反。

〔誰爲刑名家二句〕原注：「鹽鐵論：商鞅峭法長利，秦人不聊生，相與哭孝公。」按：商鞅（前三九〇——三三八）本姓公孫，名鞅，戰國衛人，又稱衛鞅。相秦孝公，封于商，遂稱商鞅或商君。商鞅爲秦變法，尊君抑臣，富國强兵，而民怨滋甚。孝公死，鞅被車裂。史記商君列傳謂其「少好刑名之學。」（「刑」通「形」）法家循名責實，故刑名家即法家。句

用「至今怨」三字，蓋借秦之商鞅以諷清之苛政。

商紂爲黎蒐，遂啟東夷叛。楚靈一會申，俄召乾谿患。甲兵豈不多，人人欲從亂。惟民國所依，疾乃盈其貫。皇矣監四方，得民天所贊。

【釋】

〔商紂爲黎蒐二句〕左傳昭公四年：「夏桀爲仍之會，有緡叛之；商紂爲黎之蒐，東夷叛之；周幽爲大室之盟，戎狄叛之，皆所以示諸侯汰也，諸侯所由棄命也。」「黎」，小國名。「蒐」音搜，大獵也。「汰」，侈之甚者。

〔楚靈一會申二句〕左傳昭公四年：「六月丙午，楚子合諸侯于申（在今河南省南陽縣北），……楚子示諸侯侈，……子產見左師曰：吾不患楚矣，汰而愎諫，不過十年。」又昭公十二年：「冬十月，……楚子（伐徐）次于乾谿（今安徽省亳縣東南）。」又昭公十三年：「夏四月，楚公子比自晉歸于楚，弒其君虔于乾谿。」按：以上「楚子」均指楚靈王熊虔（前五四〇——五二九在位）。虔本楚令尹，弒其君熊郟自立。其後窮兵黷武，會諸侯于申，遂以伐吳，克朱方，囚慶封，滅其族。王立十一年，伐徐以恐吳，次于乾谿以待。明年，國內亂，王亡走山中，後自縊于申亥家。上舉商紂、楚靈二例，均斥清以侈汰致亂。

〔甲兵豈不多二句〕此承上左傳昭公十三年：「民患王之無厭也，故從亂如歸。」又據孟子離婁上：「城郭不完，甲兵不多，非國之災也。……上無禮，下無學，賊民興，喪無日矣。」

〔惟民、疾乃二句〕「疾」，患苦。「盈」，滿盈。「貫」，一貫。書泰誓上：「商罪貫盈，天命誅之。」傳曰：「紂之爲惡，一以貫之。惡貫已滿，天畢其命。」二句謂民既患苦之，則其罪惡已滿貫矣。

〔皇矣監四方〕「皇矣」，此借指上帝。詩大雅皇矣：「皇矣上帝，臨下有赫。監觀四方，求民之莫。」「莫」通瘼，疾苦也。

〔得民天所贊〕左傳昭公二十七年：「季氏甚得其民，……有天之贊，有民之助。」

【箋】

原鈔本全無「詠史」題目，潘刻本則兩見，其一即原題聞湖州史獄，其二即原題王良。兩題皆借古事喻今事，詞鋒直指清帝，易題「詠史」諱之可矣。然讀者據編年史實推之，題旨俱不難識也。本題係由「雲南舉兵」引起，第一首斥清之暴，第二首斥清之汰，暴則民怨，汰則啟叛，俱從暴汰之害説法，至于燕可伐而齊非伐燕之人，惜無第三首明之也。

〔二五八〕路光禄書來叙江東同好諸友一時徂謝，感歎成篇

削迹行吟久不歸，修門舊館露先晞。中年早已傷哀樂，死日方能定是非。彩筆夏枯湘水竹，清風春盡首山薇。斯文萬古將誰屬？共爾衰遲老布衣。

【釋】

〔解題〕「路光禄」即路澤濃，字安卿，澤溥弟，詳見〔九三〕贈路光禄太平解題。澤濃自粤返居吴門，後歸曲周故里，時與内兄申涵光等往還。先生得脱濟南獄，澤濃亦與有力焉。「書來」謂書從曲周來也。「徂」通殂，「徂謝」即殂落、謝世，「死」之諱詞。

〔削迹行吟久不歸〕「削迹」謂剗削其跡，義猶匿迹、遁迹，暗示避禍北遊。莊子盜跖：「子（指孔子）自謂才士聖人耶？則再逐于魯，削迹于衛，窮于齊，圍于陳蔡，不容身于天下。」「行吟」本謂漫步歌吟，楚辭漁父：「屈原既放，遊于江潭，行吟澤畔。」轉義爲放逐哀吟。此句自歎二十年遊隱不歸。

〔修門舊館露先晞〕原注：「楚辭招魂：魂兮歸來，入修門些！」「修門」本指郢都城門，此借指南京國門或蘇州吴門；「舊館」謂舊遊之館舍，均係泛擬江南（諸友），而非特指。「晞」，乾也，詩秦風蒹葭：「蒹葭萋萋，白露未晞。」句用反義，謂

人生如朝露，見日先晞也。應題「江南同好諸友一時徂謝」。

〔中年早已傷哀樂〕原注：「晉書王羲之傳：謝安嘗謂羲之曰：中年傷于哀樂，與親友別，輒作數日惡。」

〔死日方能定是非〕原注：「太史公報任少卿書：要之死日，然後是非方定。」

〔彩筆夏枯湘水竹〕「彩筆」猶言文采之筆，潘岳螢火賦：「援彩筆以爲銘。」另見〔五〕京闕篇釋。「湘水竹」喻製筆之斑竹管，相傳梁元帝爲湘東王時，好學著書，文章瞻麗者，用斑竹管書之。見北夢瑣言。此句惜同好徂謝而文章不傳。

〔清風春盡首山薇〕「首山」原鈔本作「首陽」，義同。然上句用「水」字，則下句作「山」字是。昔夷齊不食周粟，采薇而食，竟餓死，見〔一四三〕謁夷齊廟解題。此句悲諸友多窮餓而死。

〔斯文萬古將誰屬〕「斯」，此也；「文」，泛指古禮樂制度。論語子罕：「天之將喪斯文也，後死者不得與于斯文也。」

〔與爾衰遲老布衣〕「爾」指路澤濃。「衰遲」謂衰年遲暮。「布衣」，平民之代稱。此句承上作答，謂斯文唯將屬我與爾兩布衣耳。

【箋】

人屆暮年，畏聞友朋殂謝，故全詩句句從「感歎」二字着意。首聯歎己未歸而故人先謝，十四字自悼悼人，已概括全題。頷聯自悼，頸聯悼人，尾聯設問自答，力掃衰颯之意，然感歎益濃。蓋是非易定，不待死日；哀樂難忘，尤在暮年，先生達人，知之而未能免也。

〔一五九〕　過矩亭，拜李先生墓下

人生無賢愚，大節本所共。蹉跎一失身，豈不負弦誦？卓哉李先生，九流稱博綜。心鄙馬季

長，不作西第頌。屏居向郊坰，食淡常屢空。清修比范丹，聰記如應奉。力學不求聞，終焉老家衖。同時程中丞，一疏亦驚衆。玉璽安足陳，亟進名臣用。黨論正紛拏，中朝並囂訟。世推山東豪，三李尤放縱。祠閣與哭輿，後先相伯仲。初踰士類閑，竟折邦家棟。悲哉五十年，風塵尚澒洞。我來拜遺阡，增此儒林重。雖無謦咳接，猶有風流送。自非隨武賢，九原誰與從？

【釋】

〔解題〕「矩亭」及「李先生」詳見〔二四六〕題李先生矩亭解序。本年四月，先生至德州，今謂過亭拜墓，則墓當在亭側。

〔蹉跎一失身〕「蹉跎」本義乃失足顛蹶貌，王褒九懷：「驥垂兩耳兮，中坂蹉跎。」補注曰：「蹉跎，失足。」故與〔一九〇〕酬史庶常可程用引申義異。

〔弦誦〕同絃誦，見〔一〇〇〕贈潘節士檉章釋。

〔九流〕見〔二〇八〕寄劉處士大來釋。

〔博綜〕指學問廣博而綜括。晉書王導傳：「博綜萬幾。」

〔心鄙馬季長二句〕原注：「後漢書馬融傳：爲梁冀作大將軍西第頌，以此頗爲正直所羞。」按：馬融（七九——一六六）字季長，東漢扶風茂陵人。學博才高，授徒數千，鄭玄、盧植皆出其門，世稱通儒。梁冀（？——一五九）乃順帝梁后之兄，繼父商爲大將軍，當政二十餘年，凶暴跋扈，百僚側目，爲東漢外戚專擅之最。桓帝時被收，自殺。傳見後漢書梁統傳附。二句借諷馬融爲梁冀作頌，贊李誠明不受魏忠賢之徵。

〔屏居、食淡二句〕「屏居」謂屏人獨居，喻歸隱，史記魏其侯傳：「魏其謝病，屏居藍田南山之下數月。」「郊坰」見〔五七〕恭

謂孝陵釋，此指誠明晚年隱居德州東郊。「食淡」猶食貧，史記叔孫通傳：「吕后與陛下攻苦食啖。」集解曰：「啖一作淡，食無菜茹爲淡。」說文：「淡，薄味。」「屢空」意謂常貧。論語先進：「回也其庶乎？屢空。」（空，去聲）陶潛五柳先生傳：「簞瓢屢空，晏如也。」蓋謂簞瓢每無物可盛。

〔清修比范丹〕「清修」，清苦修行。後漢書王渙傳：「詔：故洛陽令王渙，秉清修之節，蹈羔羊之義，盡心奉公，務在惠民。」「范丹」（丹亦作冉）字史雲，東漢陳留外黄人，違時絶俗，好爲激詭之行。桓帝時，以爲萊蕪長，遭母憂不到官，議者欲以爲侍御史，因敝服徒行以逃，賣卜于梁沛之間。遭黨人禁錮，遂推鹿車，載妻子，或依宿樹蔭，如此十餘年。既定居，所止單陋，有時絶粒，然窮居自若，言貌無改。閭里歌之曰：「甑中生塵范史雲，釜中生魚范萊蕪。」後漢書有傳。

〔聽記如應奉〕原注：「後漢書應奉傳：少聰明，自爲童兒及長，凡所經歷，莫不暗記。讀書五行並下。」按：應奉字世叔，汝南南頓人。桓帝時，官至司隸校尉。嘗詣袁賀，賀時出行，閉門造車，匠于内開扇出半面觀之。後數十年路逢車匠，識而呼之。

〔不求聞〕即不求聞達，語出三國志諸葛亮傳。

〔終焉老家衖〕原注：「漢司隸校尉魯峻碑：休神家衖。」按：注文出隸釋九，「休神」上有「以公事去官」句。「衖」即巷；「家衖」猶家鄉、故里；「老家衖」即終老故里。

〔同時程中丞以下四句〕自注：「中丞名紹，德州左衛人。巡撫河南時，漳河旁得玉璽，上疏言秦璽不足珍，國家以賢爲實。薦黨籍諸臣十餘人，不納，遂謝病歸。」按：程紹字公業，萬曆進士，崇禎間官終工部右侍郎。先生所云「中丞一疏」乃紹官光熹朝事。明代巡撫多兼副都御史或僉都御史銜，可比古御史中丞，故稱巡撫爲「中丞」。漳河得玉璽事在天啟四年，因其璽篆有「受命于天，既壽永昌」八字，故稱秦璽。紹與明誠均德州人，又係程先貞之祖，故一併表而

出之。

〔黨論正紛挐〕「黨論」,此指明末朝廷朋黨之爭。「紛挐」(挐音如)亦作紛拏,紛亂相持也,淮南子本經:「芒繁亂澤,巧僞紛挐,以相摧錯。」參見〔一八四〕贈陸貢士來復「雒蜀交爭」釋。

〔中朝並嚚訟〕「中朝」即内朝。漢代職官有中朝、外朝之分,中朝多侍從之官,如侍中、常侍等,後多用閹人,此句即以代閹黨。「嚚」音銀,左傳僖公二十四年:「口不道忠信之言爲嚚。」「嚚訟」謂奸詐而好訟,書堯典:「吁,嚚訟,可乎?」按:神宗末年,朝臣植黨,延至天啟時,遂爲魏忠賢閹黨所乘,設告訐羅織于其間。明史閹黨傳序曰:「神宗末年,訛言朋興(指梃擊、紅丸、移宫三案),羣相敵讎,門户之爭,固結而不可解。凶豎乘其沸潰,盜弄太阿,黠桀渠憸,竄身婦寺,……衣冠填于狴犴,善類殞于刀鋸。」又引思宗之言曰:「忠賢不過一人耳,外廷諸臣附之,遂至于此。」

〔世推三李二句〕李蕃,山東日照人,萬曆進士,魏忠賢心腹。官御史時,助閹黨排擊忠良;出督畿輔學政,建魏忠賢生祠于天津、河間、真定,呼忠賢爲「九千歲」。忠賢敗,被劾罷。李魯生,山東霑化人,萬曆進士,魏忠賢十孩兒之一,官給事中。忠賢誅,入逆案。順治初降清起用,授順天府丞。李恆茂,河北邢台人。官給事中,劾罷侍郎扶克儉等不附魏閹者。後爲御史鄒應龍劾罷。以上「三李」勾結吏、兵二部,交通請託,時人爲之語曰:「官要起,問三李。」見明史閹黨傳。「三李」不皆山東省人,先生謂之「山東豪」(「豪」指豪强,貶義),以其籍皆在太行山之東也。

〔祠閹與哭典二句〕「祠」係動詞,「祠閹」謂爲魏閹立生祠也。按:魏閹生祠之建,始于浙江巡撫潘汝楨建祠西湖,疏上,詔賜名「普德」。自是諸方效尤,幾徧天下,李藩其尤著者。「典」指魏閹所修之三朝要典,執纂者皆閹黨顧秉謙、馮銓等。記録萬曆、泰昌、天啟三朝有關梃擊、紅丸、移宫三案之詔諭、奏疏,並附按語以罪狀東林黨人。崇禎元年五月奉諭燬其板。時山東淄川人侍講孫之獬乃閹黨餘孽,聞之詣闕大哭,天下笑之。「祠閹」在天啟朝,「哭典」在崇禎朝,時有先後,然山東閹黨之醜則相類。又自注:「名並見欽定逆案」。

〔初踰、竟折二句〕「踰」同逾，越也。「閑」，規範、範圍，論語子張：「大德不踰閑，小德出入可也。」「士類」猶士流。左傳襄公三十一年：「（子産謂子皮曰）子于鄭國，棟也。棟折榱崩，僑將厭（壓）焉。」二句謂山東三李與孫之獬等閹黨皆出身士流，其初不過有違士教，終因放縱不修而遺害邦國。

〔悲哉五十年〕自魏忠賢任秉筆太監，提督東廠時（天啟三年，一六二三）起算至今（一六七四），約五十年，與下句引杜詩相應。

〔風塵尚澒洞〕「澒」音哄，上聲；「澒洞」，洶湧貌。杜甫公孫大娘舞劍器行：「五十年來事翻掌，風塵澒洞昏王室。」原鈔本「風塵」作「胡塵」，斥清也。

〔我來拜遺阡二句〕「遺阡」，此指李誠明墓；「阡」亦作仟，墓道。「儒林」見〔三三〕述古「儒林傳」釋。「增重」謂益尊此儒林先輩也。

〔雖無，猶有二句〕「謦咳」同謦欬，本係咳嗽聲，借喻言笑談吐，詞出莊子徐無鬼。「風流」猶流風，先輩遺風也。二句言雖未親聆李先生教益，猶幸有遺跡可仰。

〔自非隨武賢二句〕禮檀弓下：「趙文子與叔譽觀乎九原，文子曰：『死者如可作也，吾誰與歸？』叔譽曰：『其陽處父乎？』文子曰：『……其知不足稱也。』『其舅犯乎？』文子曰：『……其仁不足稱也。我則隨武子乎？利其君不忘其身，謀其身不遺其友。』晉人謂文子知人。」按：隨武即晉大夫范士會。爲人賤而有恥，柔而不犯。以事奔秦，秦用其謀，晉人患之，誘迎而歸。歸而執政，光輔五君，以爲盟主。「九原」見〔二七〕哭顧推官釋。「從」音衆，跟從也。「自非」猶如非、除非。二句以隨武喻李誠明，謂舍隨武外，吾將從誰于地下？

【箋】

李誠明行事多不傳，惠周惕撰李君（源）墓表，僅因子而及父；唯先生謁亭、拜墓各題詩一首，其服膺私淑之情，爲

詩集中所罕見。然誠明爲人,蚓而充之,不過絶裾權閹,不求聞達,處濁世而能自潔之隱君子耳。贊頌逾恒,殆爲時弊發也。蓋自明祚永絶,朝野士類不甘淡泊,蠅營蟻附之徒與日俱增。先生往來山東,于其士風尤感深惡。故此詩所褒者爲山東人,所貶者亦必山東人,卽其鄉人而對比褒貶之,則激揚之效當亦逾恒。詩云:「悲哉五十年,風塵尚澒洞。我來拜遺阡,增此儒林重。」先生之深意或在此。

〔二一六〇〕潘生次耕南歸寄示

知君心似玉壺清,未肯緇塵久雒京。若到吳閶尋舊跡,五噫東去一梁生!

【釋】

〔解題〕「潘生次耕」詳見〔一九二〕寄潘節士之弟耒及〔三三二〕亡友潘節士之弟耒遠來就學解題。按:耒北來從師,居京已逾四載。今次南歸兼理先生嗣子衍生北上事,以二人均籍吳江也。

〔心似玉壺清〕鮑照代白頭吟:「直如朱絲繩,清如玉壺冰。」王昌齡芙蓉樓送辛漸:「洛陽親友如相問,一片冰心在玉壺。」

〔緇塵久雒京〕「緇塵」,黑色風塵。陸機爲顧彥先贈婦詩:「京雒多風塵,素衣化爲緇。」謝朓酬王晉安:「誰能久京雒,緇塵染素衣。」

〔吳閶〕蘇州爲古吳都,其西門曰「閶門」或「金閶門」,梁鴻曾居吳,遺跡在焉。

〔五噫東去一梁生〕「噫」音衣,平聲,歎詞,無義。論語子張:「顏淵死,子曰:噫,天喪予,天喪予!」後漢書逸民傳:梁鴻字伯鸞,扶風平陵人。家貧,耿介尚節,與妻孟光共隱霸陵山中,以耕織爲業。因東出關,過雒陽,作五噫歌,曰:「陟

彼北邙兮，噫！顧覽帝京兮，噫！宮室崔嵬兮，噫！人之劬勞兮，噫！遼遼未央兮，噫！」其後避禍適吳，依大家臯伯通，居廡下爲人賃舂。及卒，葬要離塚旁。此句蓋贊梁鴻既作五噫，遂東去不復歸雒也。

【箋】

味詩旨全在勉潘耒離京歸吳，不復北上。蓋先生素惡清之京師，以其風塵污人，可使素衣化緇，可使志士易節，可偶遊而不可久居。故首聯以「玉壺」與「緇塵」對比，亟贊潘耒之高舉，全係明說；末聯用梁生過雒東去，終老吳閶事，全係暗喻，冀潘耒咀嚼自知也。兩年後，先生知徐乾學南歸，將邀潘耒返京坐幕，即手書明阻之曰：「世風日下，人情日諂，……吾以六十四歲之舅氏主于其家，見彼蠅營蟻附之流駭人耳目，至于徵色發聲而拒之，乃僅得自完而已。況次耕以少年而事公卿，以貧士而依廡下者乎？」又二年，清廷將舉博學鴻儒，先生又預書戒耒曰：「昔有陳亮工者（即芳績），與吾同居荒村，堅守毛髮，歷四五年，莫不憐其志節。及玉峯（玉山）坐館連年，遂忘其先人之訓，作書來勸，干祿之願，幾于熱中。今吾弟又往矣，此前人墜阬處也。楊惲所云『足下離舊土，臨安定，而習俗之移人者』，其能自保乎？」（俱見餘集與潘次耕札）不意徵詔既下，耒竟被迫易節北上，雖曰爲有老母在，終不得謂堅守師教也。

〔二六一〕　子房

天道有盈虛，智者乘時作。取果半青黃，不如待自落。始皇方侈時，士宇日開拓。海上標東門，長城繞北郭。欲傳無窮世，更乞長生藥。子房天下才，是時無所託。東見倉海君，用計亦疏畧。狙擊竟何爲，煩彼十日索。譬之虎負嵎，矜氣徒手搏。歸來遇赤精，奮戈起榛薄。嶢關一戰破，藍田再麾却。嘖嘖軹道旁，共看秦王縛。既已報韓仇，此志誠不怍。遂赴赤松

要，無負圯橋諾。

【釋】

〔解題〕張良(前？——前一八九)字子房，先世韓人。爲韓復仇，助漢高祖滅秦成帝業，封留侯。史記、漢書均有傳，另見〔三〇〕秦皇行、〔五三〕贈于副將元凱及〔一六三〕又酬傅處士諸釋。

〔天道有盈虛〕「天道」，此指自然規律，王充論衡亂龍：「天道自然，非人事也。」「盈虛」指贏與虧、消與長、圓與缺等對立轉化現象，易謙卦曰：「天道虧盈而益謙。」又豐卦曰：「天地盈虛，與時消息，而況于人乎？」

〔智者乘時作〕「作」，興起也，史記孔子世家：「聖人之興，因時而作。」孟子公孫丑：「雖有智慧，不如乘勢；雖有鎡基，不如待時。」

〔取果半青黃二句〕原注：「通鑑：慕容農言于慕容垂曰：夫取果于未熟與自落，不過早晚旬日之間，然其難易美惡相去遠矣。南史陸法和傳：侯景之圍臺城也，或問之曰：事將何如？法和曰：凡人取果，宜待熟時，不撩自落。」「撩」，挑、撥也。法和之言首見北齊書陸法和傳。

〔土宇〕指封疆、領土，曹操辭九錫令：「夫受九錫、廣開土宇，周公其人也。」徐注引詩(大雅卷阿)：「爾土宇昄章」，此「土宇」作居民土地屋宅解。

〔海上、長城二句〕此承上「土宇日開拓」句，極狀秦始皇統一六國，以天下爲家。史記始皇本紀：「于是立石東海上朐界中，以爲秦東門。」「乃使將軍蒙恬發兵三十萬人北擊胡，城河上爲塞。」按：「塞」謂邊塞，此指長城。

〔欲傳、更乞二句〕始皇本紀：「朕爲始皇帝，後世以計數，二世、三世至千萬世，傳之無窮。」「乞長生藥」見〔三〇〕秦皇行釋。

〔子房天下才以下六句〕亦見〔三〇〕秦皇行諸釋。

〔譬之虎負嵎二句〕「嵎」通隅，山曲險處。「虎負嵎」謂虎恃險頑抗也。孟子盡心：「晉人有馮婦者，善搏虎，卒爲善士。則之野，有衆逐虎，虎負嵎，莫之敢攖，望見馮婦趨而迎之。馮婦攘臂下車，衆皆悦之，其爲士者笑之。」「矜」有自負意。「矜氣」猶負氣。「徒手搏」，赤手相搏。按：孟子原意係諷馮婦既爲善士而重操舊業，先生引譬係戒張良徒手搏虎，行險僥倖。

〔歸來遇赤精二句〕「赤精」，專指漢高帝劉邦。漢書哀帝紀：「待詔夏賀良等言赤精子之讖。」注引應劭曰：「高帝感赤龍而生，自謂赤帝之精，良等因是作此讖之。」「榛薄」猶言草莽，淮南子原道：「隱于榛薄之中。」二句叙張良亡匿下邳，洎高帝起兵芒碭，良亦聚少年百餘人，相遇于途，遂屬焉。

〔嶢關、藍田二句〕「嶢關」在今陝西省藍田縣東南。秦二世三年：「子嬰既殺趙高，遣將拒守嶢關，劉邦用張良計降其軍，遂進取藍田。史記留侯世家：「沛公欲以兵二萬人擊秦嶢下軍，良説曰：「秦兵尚强未可輕。臣聞其將屠者子，賈豎易動以利，請令酈食其持重金啗秦將。」秦將果叛，欲連和俱西，沛公復因其懈襲敗之。遂北至藍田，再戰，秦益敗，遂至咸陽。

〔嘖嘖、共看二句〕「嘖嘖」音責責，象贊歎聲。「軹道」，亭名，在咸陽東北。史記高帝本紀：「（高帝既至咸陽）子嬰素車白馬，繫頸以組，封皇帝璽、符、節，降軹道旁。」二句狀張良與秦漢兵民共看秦王自縛請降貌。

〔不怍〕「怍」音作，慚愧。論語憲問：「其言之不怍，則爲之難也。」

〔遂赴、無負二句〕「赤松」見〔三九〕張隱君元明仙隱祠釋。赤松子本古仙人，或以爲即黄石公或圯上老人，無據。「要」音義同邀，約也。左傳哀公十四年：「使季路要我，吾無盟矣。」「圯」從土，巳聲，橋也，與「圮」字異。橋在今江蘇邳縣南。張良擊始皇不成，亡匿下邳，在圯上遇老父墮履圯下，良爲取履納之。父因授書一編，曰：「讀之可爲帝王師。」又曰：「後十三年遇我濟北穀城山下，黄石卽我矣。」良讀其書乃太公兵法。後十三年既佐漢高定天下，過穀城山下，

果得黄石取祠焉。遂辟穀，且有「從赤松子遊」語。此二句蓋贊張良大仇已復，功成身退。

【箋】

全詩主旨在起四句。自「始皇方修時」至「矜氣徒手搏」，惜子房「取果半青黄」也。自「歸來遇赤精」至「共看秦王縛」，證滅秦「不如待自落」也。末四句贊子房功成身退，以明唯智者識天道。故此詩論子房與蘇軾留侯論但主「尚忍」不同。本年吴三桂乘勝糾集閩桂諸藩，數月之間，清雲、貴、川、湘、桂、閩、浙、贛等省，先後俱失。然則取清室之果，此其時乎？詩未明言，然細味「歸來遇赤精」二句，今世顯無赤精其人，得其時而未得其人，雖有子房，無所用也。前明遺老于三藩叛清過程中俱作壁上觀，大抵緣是。

〔二六二〕　刈禾長白山下

載耒來東國，年年一往還。禾垂墟照晚，果落野禽閒。食力終全節，依人尚厚顔。黄巾城下路，獨有鄭公山。

【釋】

〔解題〕「刈」音疑，去聲，割取。詩周南葛覃：「是刈是濩。」長白山在今山東省鄒平縣，跨章丘縣、淄博市界，道書稱爲會仙山，以爲泰嶽之副。山周迴六十里，雲氣常白，故名。先生康熙四年(一六六五)置田産于章丘大桑家莊，刈禾處當在此。

〔載耒來東國〕「載耒」猶言負犁、荷鋤。古齊魯徐夷諸國，因在中國之東，故名「東國」。詩小雅大東序：「東國困于役而傷于財。」

〔年年一往還〕此指置田產後，每年至少遄返山東一次。

〔禾垂、果落二句〕「墟照」指村落之夕照，實謂落日。二句襲陶靖節詩意。

〔食力終全節〕「食力」即自食其力，庶人之事。國語晉語：「公食貢，大夫食邑，士食田，庶人食力。」「全節」謂保全名節，漢書昭帝紀：蘇武留單于庭十九年乃還，奉使全節。

〔依人尚厚顏〕書五子之歌：「鬱陶乎予心，顏厚而忸怩。」孔稚圭北山移文：「豈可使芳杜厚顏，薜荔無恥。」先生與原一公肅兩甥書（殘稿卷三）云：「北方往來，寄食于人。」知先生雖「不謁官長」，而旅游所至，盤纏饋贐，恐亦不免，此即所謂「依人」也。

〔黃巾城下路二句〕原注：「齊乘：北齊以黃巾城立章丘縣，其東有黌山，鄭康成注書其上。」按：此詩「鄭公山」即黌山，與即墨不其山（見〔一一六〕不其山釋）異。

【箋】

先生棄家北遊二十餘載，「頻年足跡所至，無三月之淹。」（文集卷六與潘次耕）然則何以取給？墾田度地（全祖望顧寧人先生神道表），一也；商賈所入（見〔五五〕流轉、〔一〇九〕旅中），二也；友朋致餽（如曾寅、黃斐），三也；千墩來物（殘稿卷三與原一公肅兩甥），四也。而以墾田爲首宗。所墾田東則章丘之長白山，西則雁門之北，五臺之東；入關復置五十畝于華下。此詩則係墾田章丘之紀實。原章丘「石田」十頃，本濟南獄之肇因，「及萊兵既却，而鄆田始歸。」（殘稿卷二與原一甥）彼時先生方決策南歸，故將該田託之三甥徐元文名下管業，以爲轉售之地。久之南歸不果，先生遂親自營治。去年與顏修來手札（佚文輯補）復云：「汶陽歸我，治之四年，始得皆爲良田。今將覓主售之，然後束書西行，爲入山讀書之計。」不料茲後西行亦不果，「自甲寅以後，坐食六年。」（與原一公肅兩甥）恐多取給于斯田也。故知斯田雖曾釀禍且欲售者再，惟雞肋之情終不忍棄，可于答章丘令徐某、魏某諸札中窺見之。

〔二六三〕歲暮 二首

平生慕古人，立志固難滿。自覺分寸長，用之終已短。良友益零落，悽悽獨無伴。流離三十年，苟且圖飽暖。壯歲尚無聞，及今益樗散。治蜀想武侯，匡周歎微管。願一整頹風，俗人謂迂緩。孤燈照遺經，雪深坐空館。

【釋】

〔解題〕「歲暮」，一年將盡也。暮，古作「莫」，詩小雅小明：「曷云其還，歲聿云莫。」古詩十九首：「四時更變化，歲暮一何速。」又，「歲暮」喻年老，漢書楚元王傳附劉向傳：「今（周）堪年衰歲暮，恐不得自信。」本題「歲暮」兼此二義。

〔平生慕古人二句〕「滿」，足也，盡也。二句謂平生立志學古人，然學之不盡，與孟子「尚友」之意同。

〔自覺分寸長二句〕「已」，過也，甚也。二句謂自覺有分寸之長，然用時則終感其過短。

〔良友益零落二句〕先生良友殂謝見之詩文者，已有歸莊、吳炎、潘檉章、陳濟生、萬壽祺、王猷定、顧夢麟、王畧、程正夫、殷岳等；其不知名者見本年路光禄書來叙江東同好諸友一時徂謝詩。

〔流離三十年〕「流離」見〔一六六〕元日釋。「三十年」可自弘光乙酉（一六四五）起算。

〔壯歲、及今二句〕禮曲禮：「三十日壯」，係指始壯。論語子罕：「四十、五十而無聞焉，斯亦不足畏也已。」乃先生用語之所本。「及今」指暮年，扣題。「樗散」出莊子人間世，指樗木、散木等無用之材，杜甫送鄭十八虔貶台州司户：「鄭公樗散鬢如絲，酒後常稱老畫師。」

〔治蜀想武侯〕「武侯」指諸葛亮，蜀漢建興初，封亮武鄉侯，簡稱武侯。史家論亮治蜀，各有所重，徐注引先生日知録，

謂先生取亮能「開誠心、布公道」，不任法術；然觀下「匡周」句，恐先生仍以亮「輔漢」大節爲重，不獨賞其治術也。

〔匡周歎微管〕論語憲問：「子曰：管仲相桓公，霸諸侯，一匡天下，民到于今受其賜。微管仲，吾其披髮左衽矣。」「微」，無也、非也；「微管」，意謂苟無管仲。後人因據孔子語尊稱管仲爲「微管」，如宋書謝靈運傳：「謝玄勳參微管，宜宥其後嗣。」徐注引先生日知録論管仲曰：「君臣之分所關者在一身，華裔之防所繫者在天下。故夫子之于桓管，畧其不死子糾之罪，而取其一匡九合之功。」詩文互證，甚是。

〔顧一整頹風〕先生重視人心風俗，屢見于文，如萊州任氏族譜序、程正夫詩序等。其與人書九（文集卷四）云：「目擊世趨，方知治亂之關必在人心風俗；而所以轉移人心，整頓風俗，則教化紀綱爲不可闕矣。」可與此句互證。

〔俗人謂迂緩〕「迂緩」謂迂腐而遲緩。王粲儒吏論：「竹帛之儒豈生而迂緩也？起于講堂之上，遊于鄉校之中，乃嚴猛割斷以自裁，雖欲不迂緩，弗能得矣。」按：竹帛之儒指但習文字章句之儒，與通經之儒異。先生乃通儒，欲挽頹風，非迂緩也。

〔空館〕時先生在大桑家莊度歲。下首「窮巷」同。

一歲倏遒盡，我行復何如？何爲窮巷中，悄然日閉居。未敢聽輪扁，且讀堂上書。糟粕雖已陳，致治良有餘。典謨化刀筆，衣冠等猿狙。孰令六代後，一變貞觀初？四海皆農桑，弦歌偏井閭。我亦返山中，耦耕伴長沮。

【釋】

〔一歲倏遒盡〕「倏」音術，入聲，疾速。「遒」音求，迫近。宋玉九辯：「歲忽忽而遒盡兮。」

〔未敢聽輪扁以下四句〕「聽」謂聽從。「輪扁」，古之雕斲車輪人，名扁。「糟粕」對精華言。「陳」謂陳舊或陳腐。故事出莊子天道篇：「齊桓公讀書于堂上，輪扁斲輪于堂下，釋椎鑿而上，問桓公曰：「敢問公之所讀何言耶？」公曰：「聖人

之言也。」曰：「然則公之所讀者，古人之糟粕已夫！」按：此莊子毁智棄聖之一端，凡道家多有此論，如淮南子道應篇亦云：「今聖人之所言者，亦以懷其實。窮而死，獨其糟粕在耳。」意謂聖人既死則精華永逝，所遺之言俱爲糟粕，不足學用。詩四句則謂輪扁不可聽從；聖人之言雖屬糟粕，亦足以致治。

〔典謨化刀筆〕「典」本指堯典、舜典；「謨」卽大禹謨、皋陶謨等，後沿以「典謨」爲聖人之言。「刀筆」出自刑名，秦法苛，多用刀筆吏。淮南子泰族：「然商鞅之法亡秦，察于刀筆之迹，而不知治亂之本也。」（參見〔三五七〕詠史「誰爲刑名家」二句釋）此句蓋斥後世棄儒用法。

〔衣冠等猿狙〕「衣冠」喻士夫。原注：「莊子天運：今取猿狙而衣以周公之服，彼必齕齧挽裂，盡去而後慊。」此承上句，謂後世士夫皆外儒内法，猶沐猴而冠，猴性不改。

〔孰令、一變二句〕「六代」見〔六〕金陵雜詩釋。此句「六代」應兼指北朝。「貞觀」，唐太宗年號（六二七——六四九）。時承六朝、隋末，天下統一，四夷賓服。房杜爲相，尊儒重學；加以連年豐稔，斗米三、四錢，歲決死囚僅二十九人，幾致刑措。二句取貞觀之治以較六代之亂，證明聖人糟粕猶可致治。

〔弦歌〕見〔三五〕七十二弟子釋。

〔井閭〕鄉井、里閭。

〔我亦返山中二句〕「耦耕」，二人並耕。論語微子：「長沮、桀溺耦而耕，孔子過之。」按：沮、溺皆避世之士。此句總承「貞觀」以下三句，謂天下既治，吾始避世歸隱。

【箋】

先生十年前酬傅處士山詩：「蒼龍日暮還行雨，老樹春深更著花。」可爲本題注脚。歲暮之人每逢歲暮，必多感慨，庸夫輒歎老嗟卑，烈士則壯心不已。本題第一首畧帶頹廢，意亦不屬；第二首則用世之志甚明，確係先生本色。

編年(一六七五)

是年歲次乙卯，清康熙十四年，吴三桂周王昭武二年。

正月，清進封尚可喜爲平南親王，以其次子之孝襲平南王爵。

二月，王輔臣兵陷蘭州，并取陝北延安諸城，清帝議親征。

三月，元嫡裔蒙古察哈爾親王布爾尼乘機叛清，率兵攻張家口，清命大學士圖海佐多羅信郡王鄂札討之。月餘平。

四月，清安親王岳樂奏招撫江西等處兵五萬餘人。

五月，耿精忠進軍無功，又連敗于東鄉、建昌等地。王輔臣亦敗于洮、河等州。惟鄭經進取汀州。

六月，王輔臣連失秦州、蘭州、延安，遂被清軍圍于平凉，其部下多降清。

十月，耿精忠失温州。

十一月，鄭經兵破漳州，清海澄公黄芳度投井死，其父黄梧亦被劈棺抛尸，蓋報康熙二年梧等襲據金門、厦門之仇也。

十二月，清帝始立皇子允礽(二歲)爲太子，遂開諸子爭嫡之端。

是年先生六十三歲。春，從子洪善自崑山至章丘省問。夏，赴濟陽訪張爾岐。入秋至德州送程

先貞葬。八月，經曲周往山西，寓祁縣戴廷栻家，廷栻爲築室祁之南山以爲書堂。十月，甘肅提督張勇遣長子雲翼至太原過訪。

單閼

〔二六四〕兄子洪善北來，言及近年吴中有開淞江之役，書此示之已下旃蒙

淞江東流水波緩，王莽之際尤枯旱。平野雲深二陸山，荒陂草没吴王館。五十年來羹芋魁，頓令澤國生蒿萊。豈無循吏西門豹，停車下視終徘徊。少時來往江東岸，人代更移年紀换。即今海水變桑田，況于爾等皆童丱。乍看畚鍤共歡呼，便向污邪祝一壺。豈知太平之世飴甘荼，川流不盈澤得瀦，風雨時順通祈雩。春祭三江，秋祭五湖，衣冠濟濟郊壇趨，歲輸百萬供神都。江頭擔酒肴，江上吹笙竽，吏無敲扑民無逋。嗟余已老何時見，久客中原望鄉縣。那聞父老復愁兵，秦關楚塞方酣戰。忽憶秋風千里蓴，淞江亭畔坐垂綸，還歸披褐出負薪，相逢絶少平生親，怪此傖夫是何人！

【釋】

〔解題〕顧洪善(一六四二——一六八一——？)字達夫，號柏亭，先生季弟纘(字子叟)長子，兄緗(字遐篆)嗣子也。康熙壬子(一六七二)舉鄉薦，丙辰(一六七六)舉進士，官中書。年未四十卒。本年春，洪善自崑山至章丘省問，與先生追述近年吴中濬河事。據元譜：康熙十年二月，蘇撫馬祐奏濬劉家河，十二月，委蘇松常道參議韓佐周及蘇松二府同

知、通判等董濬吳淞江，各于海口置閘，其經費則奏准留蘇松常三府及杭嘉湖三府漕糧折銀共十四萬兩充之。至十二年五月竣工，民賴以利。旃蒙單閼即乙卯歲。

〔淞江〕即吳淞江，發源于太湖，東流至上海與黃浦江會合，至吳淞口入海。

〔王莽之際尤枯旱〕原注：「漢書翟方進傳：汝南有鴻隙陂，王莽末常枯旱。」按：王莽時無淞江枯旱記載，此句僅借「王莽之際」代表亂世，不專指清。

〔二陸山〕晉陸機、陸雲兄弟並稱「二陸」，原籍松江華亭。二陸山亦名機山，在今松江縣西北，相傳二陸曾讀書于此。

〔吳王館〕即館娃宮，相傳吳王夫差藏西施於此。舊址在吳縣西南靈巖山。

〔五十年來蕪芋魁二句〕「芋魁」見〔二〇二〕將去關中別中尉存杠釋。「蕪」，此作動詞，以之爲蕪也。「澤國」本指沼澤之國，此處轉義爲「水鄉」。「蒿萊」，野草類。二句謂自明末啟、禎兩朝至今五十餘年，淞江枯旱淤塞，農家改水爲旱，以芋充飢；昔之水鄉，今已徧生野草。

〔豈無循吏西門豹二句〕「循吏」謂循理奉法之吏，見史記太史公自序。西門豹，魏文侯時人。治鄴，發民鑿十二渠，引河水灌民田，田皆溉。然豹入史記滑稽傳，而非循吏傳，二句但借言淞江既堙，西門豹亦無如之何。

〔江東岸〕指淞江下游。

〔人代更移年紀換〕「人代更移」指前後兩代人之交替；「年紀換」指紀年曆（如正朔）之更換，暗示明亡清代。

〔海水變桑田〕見〔四九〕桃花溪歌「桑田滄海」釋。此處兼喻水田改旱。

〔爾等皆童丱〕「爾等」猶言爾輩，此指洪善兄弟。「丱」音貫，束髮呈雙角貌，詩齊風甫田：「總角丱兮。」「童丱」連稱，沿指將冠而未成丁者，晉書慕容廆載記：「安北將軍張華雅有知人之鑒，廆童丱時往謁之，華甚歎異。」

〔乍看、便向二句〕「畚」音本，草或竹所編盛器；「鍤」即鍬。「畚鍤」合爲濬河掘土盛土工具，晉書石季龍載記：「勞役繁

輿，谷鍤相尋。」「污」亦作汙，「污邪」，下地田也。史記滑稽列傳：淳于髡曰：「今者臣從東方來，見道旁有禳田者，操豚蹄，酒一壺而祝曰：『甌窶滿篝，汙邪滿車，五穀蕃熟，穰穰滿家。』……」二句謂爾等纔見開江之役，便以爲豐收在望。據以下「豈知」十句，知二句頗具諷意。

〔豈知太平之世飴甘荼〕「太平之世」，指五十年前明萬曆時，參見〔四九〕桃花溪歌「老人尚記爲兒時」以下數句。「飴」音貽，動詞，食之如飴也。詩大雅緜：「周原膴膴，堇荼如飴。」荼本苦菜，然生于周原及太平之世，食之將如飴之甘。

〔川流不盈澤得瀦〕原注：「易：水流而不盈。」按：引文出易坎卦。「瀦」音猪，積水也。意謂川不盈則不泛濫，澤有積水則不涸。

〔風雨時順通祈雩〕「時」對雨言，「順」對風言。「祈」，祈年之祭；「雩」，求雨之祭。全句謂風調雨順，祈年得年，求雨得雨。

〔春祭三江、秋祭五湖〕原注：「越絶書：春祭三江，秋祭五湖，因以其時，爲之立祠。」

〔衣冠濟濟郊壇趨〕此句承上「祈雩」、「春祭」、「秋祭」，謂士夫皆整肅衣冠，趨拜于郊壇之上。「濟濟」，莊敬貌。「郊壇」，郊祭之壇。

〔歲輸百萬供神都〕此謂淞江流域每年上供京師糧米以百萬石計。先生日知録云：洪武中天下夏税秋糧總二千九百四十三萬餘石，而蘇州府二百八十萬九千餘，松江府一百二十萬九千餘，其田租比天下爲重，其糧額比天下爲多。按：此雖洪武時事，然蘇松常爲明朝財賦所資，迄萬曆時未變。

〔吏無敲扑民無逋〕「敲扑」，刑杖也，短曰敲，長曰扑。賈誼過秦論：「執敲扑以鞭笞天下。」「逋」，欠也，通指負欠官物而逃匿。此句贊吏不逼租，民不逃税。

〔嗟余已老何時見〕總括「豈知」以下十句，謂何時得見此太平之世。

〔秦關楚塞方酣戰〕秦關酣戰指去年十二月清陝西提督王輔臣在寧羌殺經略莫洛，遂駐平凉，與吴三桂駐漢中將王屏藩南北呼應。今年二月，輔臣又西陷蘭州，東取延安。楚塞酣戰指去年五月吴三桂親赴常德督師，切斷荆岳二州，并與叛清襄陽總兵楊來嘉東西呼應。其事俱見「編年」。

〔忽憶秋風千里蓴〕「蓴」音義同「蒓」，卽水葵，鮮嫩可以作羹。相傳晉張翰字季鷹，吴人，入洛，齊王冏辟爲掾。預知天下將亂，乃託言因見秋風起，思吴中菰菜、蓴羹、鱸魚膾，曰：「人生貴得適志，何能羈宦數千里以要名爵乎？」遂命駕歸。見晉書本傳。此句以下皆想象之辭，借言天下將亂，非真欲南歸也。

〔淞江亭畔坐垂綸〕淞江亭在吴江縣東江口，唐時驛站，宋時重修，改名「如歸」，旋復舊。明清仍之。「綸」，此指釣絲，「垂綸」卽垂釣，嵇康贈秀才入軍詩：「流磻平皋，垂綸長川。」

〔還歸被褐出負薪〕「還歸」猶言歸來。「被」，動詞，穿著；「褐」，粗服。老子：「聖人被褐懷玉。」「負薪」，背負柴草，借言力役。禮曲禮下：「問庶人之子，長曰：能負薪矣。幼曰：未能負薪。」是故史記滑稽列傳記優孟之言曰：「（孫叔敖）子孫窮困，被褐而負薪。」

〔相逢、怪此二句〕「平生親」，泛指平時友好，文選蘇武詩：「願子留斟酌，叙此平生親。」「傖」音村，本義爲粗鄙，故南朝人罵北朝人爲傖、傖父、傖夫。如（吴人）陸機與弟雲書曰：「此間（洛陽）有傖父（指臨淄人左思）欲作三都賦，須其成，當以覆酒甕耳。」（見晉書左思傳）先生以「傖父」、「傖夫」自嘲亦見于文，如與黄太冲書曰：「及至北方十有五載，……離羣索居，幾同傖父。年逾六十，迄無所成。」詩二句意謂「久客中原」，一旦還歸，鄉里將以北人待之也。

【箋】

此亦歌行體，凡六易韻（館、徊、丱、逋、戰、人），三轉折：自起句至「皆童丱」，言淞江淤塞已非一時，始于啟禎，入清尤甚。爾等時尚童丱，我則親目見之。自「乍看」至「民無逋」，言爾等一見開江之役，便喜豐收在望，豈不知先朝太平

之世，川澤本無盈枯，風雨本自調順乎？豈不知蘇松本係財賦之區，吏不催租，民亦樂輸而無逋賦乎？自「嗟余」以下，忽因「愁兵」而思蓴鱸，看似溢出題外，仍不妨「書此示之」。

[二六五] 閏五月十日二首

重逢閏五日，澶漫客山東。郡國戈鋋裹，園陵灌莽中。草穿新壘緑，花隔舊京紅。更憶王符老，飄淪恨不同。

【釋】

〔解題〕明太祖死于洪武三十一年(一三九八)閏五月十日，故其忌日當以閏五月爲正。明亡後，清順治十三年(一六五六)閏五月，先生有〔一〇二〕閏五月十日恭謁孝陵詩。今年又閏五月，雖不能南歸謁陵，仍賦詩紀之。

〔閏五日〕陰曆閏月不閏日，故「閏五」係「閏五月」之省，「日」係「十日」之省。

〔澶漫客山東〕原注：「杜子美詩：澶漫山東一百州。」「澶」音談；「澶漫」，放縱、浪漫也。莊子馬蹄：「澶漫爲樂。」按：作詩時，先生仍在山東章丘。

〔郡國以下四句〕「郡國」，此指江南各地。「戈鋋」猶戈矛(鋋音延，小矛)。「園陵」專指孝陵。「灌莽」謂灌木叢生之莽原，鮑照蕪城賦：「灌莽杳而無際。」此四句，前二句是主，叙新舊戰亂之迹；後二句是賓，「新壘」應「郡國」句，「舊京」應「園陵」句，其實皆想象之辭，時三藩雖亂，戰火終未燃至南京也。

〔更憶王符老二句〕自注：「王徵君潢，昔日同詣孝陵行香，今年七十七矣。」此借王符之姓以喻潢。王符(約八五——一六二)字節信，東漢臨涇人。少好學，有志操，與馬融、張衡、崔瑗等爲友，然不務游宦，終身隱居，譏評時政。所著不

欲彰顯己名，題曰潛夫論。後漢書有傳。另見〔三五〕輓殷岳「堂中、門外」二句釋。「王潢」見〔一〇五〕王徵君潢具舟城西解題。據先生自注，知王潢此時尚在南京，而先生則飄淪山東。詩云「恨不同」者，恨此日不能同詣孝陵行香也。

春秋書魯月，猶是謂文王。舊國還豐鎬，遺民自夏商。神遊弓劍遠，天與卦爻長。此日追休烈，於戲不可忘！

【釋】

〔春秋書魯月二句〕原注：「公羊傳：隱公元年春，王正月。……王者孰謂？謂文王也。」參見〔四二〕元日詩「天王春」釋。「猶是謂」暗示先生至今仍奉明朝正朔。

〔舊國還豐鎬〕東周遷都雒邑，豐鎬遂爲（西周）舊都。此句以豐鎬比南京。

〔遺民自夏商〕商革夏命，遺民乃夏人；周革商命，遺民乃商人。「遺民」見〔四九〕桃花溪歌釋，係先生自比。

〔神遊弓劍遠〕「神遊」見〔五七〕恭謁孝陵詩「衣冠、法駕」釋。「弓劍」見〔二九〕十月二十日奉先妣葬釋。

〔天與卦爻長〕「天與」謂上天賜與也，孟子萬章上：「舜有天下也，孰與之？曰：天與之。」「卦爻長」謂以卦卜年，卦爻之象甚長也，參見〔四二〕元日詩「卜年尚未逾」釋。

〔此日追休烈二句〕「追」，追念也。「休烈」，此指先皇盛美之功業，史記始皇本紀：「皇帝休烈，平一宇內，德惠脩長。」「於戲」音義同於乎、嗚呼，詩周頌烈文：「於乎，前王不忘！」「前王」指周朝開國武王，此借指明太祖。

【箋】

第二首雍容典重，年年五月忌日可用。第一首即時即事，即情即景。除本題閏五月外，不可移易。

〔二六八〕過張貢士爾岐

緇帷白室覩風標，爲歎斯人久寂寥。濟水夏寒清見底，石田春潤晚生苗。長期六籍傳無絶，能使羣言意自消。竊喜得逢黄叔度，頻來聽講不辭遥。

【釋】

〔解題〕張爾岐(一六一二——一六七七)字稷若，山東濟陽人。明諸生，入清，貢而不出，居鄉教授以終。性孝友，父死兵難，率四弟愉愉事母，取蓼莪詩意，題其室曰「蒿庵」，因以爲號。平生著述甚豐，臨殁自撰墓誌云：「喜論著，有易經説畧、詩經説畧，學者多傳録之。其儀禮鄭注句讀鮮愛者，遇崑山顧寧人炎武録一本，藏山西祁縣所立書堂；長山劉友生孔懷取一本，藏其家。夏小正傳注一卷、弟子職注一卷、老子説畧二卷、蒿庵集三卷、蒿庵閒話二卷、濟陽縣志九卷、吴氏(澄)儀禮考注訂誤一卷，俱藏家塾。」先生廣師篇謂「獨精三禮，卓然經師，吾不如張稷若。」所著日知録于「喪禮」、「停喪」二條備載其説。文集卷二儀禮鄭注句讀序至譽爲「後世太平之先倡」，可謂推崇備至。另見〔三三〇〕哭張爾岐詩。「貢士」見〔一三三〕爲丁貢士亡考生日作釋。

〔緇帷白室〕原注：「莊子：孔子遊乎緇帷之林，休坐乎杏壇之上。又曰：瞻彼闋者，虚室生白。」按：引文一見莊子漁父，一見莊子人間世。「緇帷」本係黑林名，以孔子曾遊，後借指教師所設之黑色帷帳(與「絳帳」對言)。「室」即心室，心能空虚，則純白獨生，故以「白室」狀心境坦白，本句則指爾岐所居之蒿庵。

〔風標〕猶風範、風采，魏書彭城王傳：「風標才器，實足師範。」

〔濟水句〕「濟」音己，上聲。「濟水」古與江、淮、河並稱「四瀆」，獨流入海。其後下游爲黄河所奪，然「濟南」、「濟陽」仍

因濟水得名。濟陽在濟水（今黄河）之北。「清見底」狀爾岐之高潔，大唐新語載張懷道餉馮履謙一鏡，謙悟其意曰：「水清見底，明鏡照心，余之效官，必同于此。」

〔石田句〕左傳哀公十一年：「（子胥諫曰：）「得志于齊，猶獲石田也，無所用之。」又杜甫寄贊上人：「亭午頗和暖，石田又足收。」句取杜詩意，蓋祝爾岐至晚有成。

〔六籍〕即六經，班固東都賦：「蓋六籍所不能談，前聖靡得言焉。」

〔能使羣言意自消〕莊子田子方：「正容以悟之，使人之意也消。」先生儀禮鄭注句讀序云：「濟陽張爾岐稷若録儀禮鄭氏注，而采賈氏、陳氏、吳氏之説，畧以己意斷之。」故此句似謂爾岐儀禮鄭注句讀能采摭衆説，以息爭議。

〔竊喜得逢黄叔度〕黄憲（七五——一二二）字叔度，汝南慎陽人。家世貧賤，年十四，荀淑目之爲顏子。初舉孝廉，又辟公府，暫到京師而還。陳蕃、周舉嘗相謂曰：「時月之閒不見黄生，則鄙吝之萌復存于心。」郭泰少遊汝南，稱「叔度汪汪若千頃陂，澄之不清，淆之不濁。」年四十八卒，天下號曰「徵君」。後漢書有傳。濟陽與章丘臨界，故先生得頻來聽講。

【箋】

蘧案以爲此詩「起句與落句云云，尚似初交。」因據羅有高所撰張傳，疑元譜繫先生與爾岐定交于順治十四年（一六五七）「不知何故」。實則就詩論事，亦不得謂二君初交于本年也。蓋漢人尊黄生，不貴初見，而貴常見，所謂「時月不見黄生則鄙吝之萌復生」是也。此詩起句之「覩」與落句之「逢」看似初見，然「頻來聽講」四字則明明喜得常見矣。況劉孔懷蒿庵集序已云「癸丑八月，余有事濟上，始識先生（指爾岐）于紫微署中。時吳門顧寧人在坐，先生謂之曰：壬寅于陽邱讀君（指寧人）古易序，非爲此君（指孔懷）作乎？寧人頷之。」癸丑係康熙十二年，其年八月，先生適遊濟南，正與劉序合。由此上溯至壬寅，則係康熙二年（一六六二），序所云陽邱之會，似亦非初見也。孔懷長山人，與爾岐同郡

鄒縣，記已事當不謬。羅有高與爾岐相隔百年，所云先生遊濟南，偶于官所聽爾岐與人談儀禮，遂投刺定交，傳既未明載年月，地兼有濟南、濟陽之異，尤不足證此詩乃定交時作。更以先生他文爲反證：殘稿卷一答張稷若書，中云：「田虧糧羨至四、五十畝。」知此書必作于「汶陽歸我」之初（約在康熙八、九年），而非「治之四年，始得皆爲良田」之後（引文見康熙十二年與顏修來手札）。又廣師篇作于汪琬丙辰刻集之後，爾岐丁巳逝世之前，所舉可師十人，莫非先生南北舊交逾十數年以上者。設此詩係二人初交，則相識不過年餘，先生詎推崇至此乎？今知此詩絶非初交時作，則定交自必在今年以前。元譜出自衍生之手，既繫之順治十四年，要必有據。惟吴譜據此而將先生儀禮鄭注章句序亦繫于該年，則殊失察。江藩漢學師承記謂爾岐年三十讀儀禮，取經與注，章分而定句讀，成書之時，年五十九。清史稿儒林張爾岐傳謂亭林先生遊山東，讀其書而善之，曰：「炎武年過五十，乃知不學禮，無以立。」已知順治十四年，爾岐年僅四十六，先生年尚四十五，其時爾岐書尚未成，先生安能爲之序？

〔二六七〕　送程工部葬

文獻已淪亡，長者復云徂。一往歸重泉，百年若須臾。寥寥揚子宅，惻惻黄公壚。揮涕送故人，執手存遺孤。末俗雖衰漓，風教猶未渝。願與此邦賢，修古敦厥初。

【釋】

〔解題〕程工部先貞于癸丑（一六七三）十月病逝，見〔三五一〕自章丘回至德州則程工部逝已三日矣。今年秋，先生復往德州送其葬。

〔文獻亡〕見〔三三三〕哭歸高士釋。

〔長者復云徂〕「長者」，對同輩年長者之尊稱（程工部約長先生六歲），孟子告子下：「徐行後長者，謂之弟。」「云」，語助詞，無義。「徂」，往也，生者來而死者往，應下句「一往」二字，故人死亦諱稱「徂」。參見〔三六〕路光禄書來叙江東諸友一時徂謝解題。

〔一往歸重泉〕左傳隱公元年：「不及黄泉，無相見也。」後沿指死者歸宿之所爲黄泉、九泉或泉下。「重泉」，泉下深處。潘岳悼亡詩：「之子歸重泉。」

〔須臾〕片刻、霎時，禮中庸：「道也者，不可須臾離也。」

〔寥寥揚子宅〕「揚子」即揚雄。左思詠史：「寂寂揚子宅，門無卿相輿。寥寥空宇内，所講在玄虚。」

〔惻惻黄公壚〕「惻惻」，傷痛貌，潘岳寡婦賦：「庶浸遠而哀降兮，情惻惻而彌甚。」「黄公壚」見〔三五〕輓殷公子岳「邈如人世隔」二句釋。

〔存遺孤〕謂唁問其孤子也。「存」，勞問（或撫養），禮月令：「是月（仲春）也，安萌牙，養幼少，存諸孤。」

〔末俗雖衰漓〕「末俗」見〔三八〕夏日釋。「漓」，澆薄也；常以狀酒或狀風俗。魏書良吏傳序：「後之爲吏，與世浮沈；叔季澆漓，姦巧多緒。」

〔修古敦厥初〕「敦」，督勉。「厥初」猶其初。禮禮器：「禮也者，反本修古，不忘其初者也。」

【箋】

程先貞曾失足降清，雖未卒歲即告終養，然大節已虧矣。先生與之爲友，所取于其人者，畧見程正夫詩序，曰：「余自少時侍于先王父，其終日言而無擇者，大率皆祖考之世德，鄉先生之行事。既得見于先王父之友，則其言亦然；既又得見于異邦之名公耆碩，則其言亦復然。距今三十餘年，而邈焉不可作矣。……余至德州，工部正夫程君出其所作，……而序之曰先賢詩，……曰程氏先賢詩，……其亦所謂景行行止者乎！故子孫不忘其祖父，孝也；後人不忘其先民，

忠也。忠且孝，所以善俗而率民也，是鄉大夫之職也。」今觀此詩末四句，知先生所取于正夫者，與所作詩序有要于鄉大夫者正同。序贈于生前，詩弔于身後，亦可謂心期不易矣。

〔二六八〕路舍人客居太湖東山三十年，寄此代柬

翡翠年深伴侣稀，清霜憔悴减毛衣。自從一上南枝宿，更不回身向北飛。

【釋】

〔解題〕路舍人即路澤溥，見〔六三〕贈路舍人澤溥解題。按：唐王丙戌(一六四六)八月兵敗汀州，從臣星散，澤溥間關奉母返太湖東山隱居，至今已三十年。先生壬辰(一六五二)識之于虎丘，相交亦二十餘年。「柬」通簡，信札也。

〔翡翠〕鳥名，亦名翠雀或翠鳥。本草綱目謂原産交廣、南越諸地，飲啄水側，穴居，生子亦巢于水。雄爲「翡」，其色多赤；雌爲「翠」，其色多青。此詩以翡翠喻路澤溥，蓋此鳥酷愛南方，水居多侣，愛惜羽毛，其涓潔似與路舍人同。

〔南枝宿〕古詩十九首：「越鳥巢南枝。」

【箋】

「寄此代柬」者，寄此詠物詩以代書簡也。全首均詠翡翠，亦句句詠路舍人，實意落在後聯；後聯又突出「南」、「北」二字，寓意與〔三〕賦得越鳥巢南枝同。然先生本南人，乃不歸南而留北，何耶？故知南、北二字另有寄意，不單指方向也。

〔二六九〕孫徵君以孟冬葬于夏峯。時僑寓太原，不獲執紼。適吴中有傳示同社名氏者，感觸之意遂見乎辭

老不越疆弔，吾衰況疏慵。遥憑太行雲，迢遰過夏峯。泉源日清泚，上有百尺松。憶叨忘年契，一紀秋徂冬。常思依蜀莊，有懷追楚龔。不得拜靈輀，限此關山重。會葬近千人，來觀馬鬣封。儻有徐孺子，隻雞遠奔從。一時諸生間，得無少茅容？俗流騖聲華，考實皆凡庸。淄澠竟誰知，管華稱一龍。我無人倫鑒，焉敢希林宗？惟願師伯夷，寧隘毋不恭。嗟此哀世意，往往纏心胸。回首視秋山，肅矣霜露濃。

【釋】

〔解題〕「孫徵君」見〔二〇六〕贈孫徵君奇逢解題。奇逢門人湯斌所作孫徵君墓誌，謂「康熙乙卯四月二十一日，萬曆舉人徵君孫某卒于輝縣夏峯之居；其冬十月十六日葬夏峯之東原。距生萬曆甲申，年九十二。」徵君葬時，先生適在太原祁縣，主戴廷栻家。廷栻爲先生置書堂于縣之南山，先生遂移妾于此，故曰「僑寓」。「紼」，引棺索，禮曲禮：「助葬必執紼。」「同社名氏」指明末參加復社諸人，先生弱冠即與歸莊列名該社。「見乎辭」謂心有所感則表現于言辭，易繫辭下：「聖人之情見乎辭。」

〔老不越疆弔〕原注：「禮記檀弓下：五十無車者，不越疆而弔人。」太原與輝縣隔省，是爲越疆。

〔吾衰況疏慵〕論語述而：「甚矣吾衰也。」「疏慵」猶懶散，與「衰」義異。白居易閒夜詠懷詩：「世名檢束爲朝士，志性疏慵是野夫。」

〔遥憑太行雲二句〕輝縣傍太行山東南，夏峯在輝縣蘇門山。「遰」同遞；「迢遞」猶迢遥，遠也。嵇康琴賦：「指蒼梧之迢遞，臨迴江之威夷。」二句乃憑空設想之辭，蓋已知其葬時葬地而未能執紼，故不免千里神馳。以下文字，全由二句引起。

〔泉源曰清泚二句〕「泉」指百門泉，源出蘇門山。「清泚」猶清澈，謝朓始出尚書省詩：「邑里向疏蕪，寒流自清泚。」「百尺松」見〔一三九〕張隱君元明仙隱祠釋。二句借泉松喻徵君之清高。

〔憶叨忘年契二句〕「叨」音滔，表謙詞，義近「忝」、「辱」，如叨蒙、謬叨等。「忘年契」指不拘年輩之交契，古人多有。如後漢書禰衡傳謂衡惟善魯國孔融及弘農楊修。衡（一七三——一九八）始弱冠，而融（一五三——二〇八）年四十，遂與爲交友。又如陳書江總傳：總時年少有名，張纘等雅相推重，爲忘年交。按孫奇逢長先生近三十歲。「一紀」爲十二年，先生識奇逢在康熙三年甲辰（一六六四），至今整一紀。「秋徂冬」猶云寒來暑往，一紀重周也。

〔蜀莊〕原注：「揚子法言：蜀莊沈冥。」按：蜀莊，本姓嚴，漢人諱嚴爲莊，名遵，字君平，蜀人。「沈冥」，玄寂泯然無迹之貌。引文出法言問明篇：「蜀莊沈冥，不作苟見，不治苟得，久幽而不改其操。」李軌注謂「是故成哀不得而利之，王莽不得而害也。」揚雄少從嚴遵學，遵賣卜于成都，日得百錢足自養，不仕，年九十餘卒。此以「蜀莊」比奇逢之明哲。

〔楚龔〕楚國龔勝、龔舍，見〔二四〕哭楊主事釋。此以「楚龔」比奇逢之不仕新朝。

〔靈輀〕「輀」音而，喪車。曹植王仲宣誄：「靈輀回軌，白驥悲鳴。」

〔會葬近千人〕古有集會行送葬之禮，如穀梁傳文公元年：「天王使叔服來會葬。」後漢書郭太傳，謂太（泰）之卒，「四方之士千餘人皆來會葬」。奇逢高年碩學，門人千數，且係原東林黨人，故設想其會葬者之多，爲「儻有徐孺子」以下四句先導。

〔來覲馬鬣封〕禮記檀弓上：「孔子之喪，有自燕來觀者，舍于子夏氏。子夏曰：聖人之葬人歟？人之葬聖人也，子何觀焉？」「馬鬣封」出禮記同篇，見〔一二三〕陳生芳績兩尊人先後即世「山頭馬鬣封孤子」釋。

〔儻有徐孺子以下四句〕「儻」今作倘，古義近「得毋」，今義猶「也許」、「莫非」，皆或然推定之詞，蓋設想也。徐孺子與茅容生平，已見〔八〇〕久留燕子磯院中作釋。此四句蓋出後漢書徐稺傳：稺嘗爲太尉黃瓊所辟，不就。瓊本江夏安陸

人，及卒歸葬，穉乃負糧自南昌徒步到江夏赴之，設雞酒薄祭，哭畢而去，不告姓名。時會者四方名士郭林宗等聞之，疑其穉也，乃選能言語生茅容輕騎追及之。爲沽酒市肉，穉爲飲食。問國事不答，問稼穡乃答。

〔俗流鶩聲華二句〕「俗流」，庸俗之流，韓愈薦士詩：「俗流知者誰？指注競嘲慠。」「鶩」，動詞，奔競。「聲華」，榮名、虚譽，任昉宣德皇后令：「客遊梁朝，則聲華籍甚。」「考實」，查其實際，離騷：「弗參驗以考實兮。」二句諷俗士名不副實。

〔淄澠竟誰知〕原注：「吕氏春秋：孔子曰：淄澠之水合，易牙嘗而知之。」「澠」音繩，與「澠池」之澠音閔異。此處淄與澠皆水名，春秋時俱流經臨淄。相傳二水味異，合則難分。

〔管華稱一龍〕管寧（見〔八三〕古隱士釋）、邴原（見〔七六〕送歸高士之淮上釋）與華歆三人皆朱虚（在今山東臨朐）人，少時同學相善，時稱三人爲一龍：歆爲龍頭，原爲龍腹，寧爲龍尾。說見魚豢魏畧。然三人他日出處名節極不相類。歆助曹操逼獻帝、收伏后；輔曹丕篡漢，官相國；佐曹叡，封太尉。位雖榮顯，然名節卑下。以上二句暗示同爲復社之人，亦薰蕕難辨。

〔我無人倫鑒二句〕「人倫鑒」指善于鑒別人才，晉書王戎傳：「戎有人倫鑒。」「林宗」，郭泰字，亦見〔八八〕久留燕子磯院中作釋。後漢書郭太傳稱其「雖善人倫，不爲危言覈論。」其獎拔士人，皆如所鑒，然黨錮之禍，泰獨免焉。二句係先生自謙亦自責，觀以下二句可知。

〔惟願師伯夷二句〕「伯夷」見〔一四三〕謁夷齊廟釋，此處似以伯夷喻孫徵君。孟子公孫丑上：「伯夷隘，柳下惠不恭，隘與不恭，君子不爲也。」句用「寧……毋……」字樣，似先生深悔對同社中人有失之過寬處。

〔嗟此衰世意二句〕易繫辭下：「於稽其類，其衰世之意邪？」「衰世」猶末世，指當時社會。先生〔一九〇〕酬史庶常可程詩云：「顧視世間人，夷清而惠和。丈夫各有志，不用相譏訶。」此詩則曰：「惟願師伯夷，寧隘毋不恭。」處此衰世，何去何從？自不免縈心之歎。

〔回首視秋山二句〕「秋山」喻夏峯孫徵君。禮祭義：「霜露既降，君子履之，必有悽愴之心，非其寒之謂也。」二句言秋山在望，當肅然感霜露之嚴，以此喻徵君風範及高山仰止之忱。

【箋】

先生推崇孫徵君之誠款已見〔二〇六〕贈孫徵君奇逢詩，此篇則因「不獲執紼」及「吳中有傳示同社名氏」二事而生感觸。欲知二事何以相關，當先知所稱「同社」實指復社。復社于崇禎初年成立于吳中，時有「小東林」之譽。吳偉業復社紀事（梅村家藏稿二四）謂其發起人本係太倉張溥，初名應社，至崇禎六年合併南（如雲間之幾社）、北（如山左之大社）諸社，始改稱「復社」。朱彝尊静志居詩話則謂吳江孫淳等于崇禎之初肇創時卽名復社，其後統舍它社，遂仍其名。彝尊年輩既晚，又非復社同人，難免耳食。偉業入社最早，言較可信，然歲時年月容或有誤。實則復社成立于崇禎四年（一六三一），該年張溥舉進士，在京師倡議併十六文社爲一社，以「世教衰，此其復起，名社曰『復』。」而以「興復古學，務爲有用」爲宗旨。至崇禎六年三月，社衆益增，徧及江右、山左、晉、楚、閩、浙各地，遂推張溥爲主盟，于蘇州虎丘召開第一次大會，到會者數千人。「復社」之名既定，前身諸社之名遂廢。先生入復社當在崇禎四年至六年之間，彙注附詩譜繫于天啟六年，蓋誤以太倉應社、松江幾社等爲復社也。復社雅繼東林，明末與閹黨餘孽及温體仁等不斷抗爭，明亡後揭竿抗清，死事尤烈。先生詩集所稱吳侍郎（瑒）、陳太僕（子龍）、楊主事（廷樞）、歸高士（莊）、萬舉人（壽祺）、錢編修（秉鐙）皆其犖犖有籍可考者。復社于順治九年爲清廷查禁，同人雖諱其籍，然其名氏固互曉也。三十年來，或淄或澠，或涇或渭，已不難分，故曰「一時諸生間，得無少茅容」乎？本題所云「吳中有傳示同社名氏者」，詩無自注，不知名氏爲誰，第知此時吳中同社尚有尤侗（一六一八——一七〇四，長洲人）、汪琬（一六二四——一六九〇，長洲人）、計東（一六二五——一六七六，吳江人）、陳維崧（一六二五——一六八二，宜興人）輩，先後皆守節不終，然先生此時縱有林宗人倫之鑒，能預斷其爲管寧、華歆乎？君子處衰世，但求自全而已，今而後惟當以伯夷爲師，寧失之隘而不與凡庸同

流，此先生感觸之最大者也。全詩自「會葬近千人」以上明寫「未獲執紼」，以下則賴懸想而曲折致感。蓋以黄瓊比孫徵君，以徐孺子自喻，以茅容反襯凡庸不肖之同社。結韻「秋山」、「霜露」二句又肅然借孫徵君東林風範以自警。于是前後結構皆活，本題「不獲執紼」與「傳示同社名氏」二事亦緊密相關矣。

編年(一六七六)

是年歲次丙辰，清康熙十五年，吴三桂周王昭武三年。

正月，清寧夏兵變，陝西提督兼西寧總兵王進寶討平之。

二月，清廣東討寇將軍尚之信反，幽其父尚可喜(不久憂憤死)。總督金光祖、巡撫佟養鉅皆叛應之信。至此，滇、黔、川、陝、湘、贛、閩、粵、桂九省已非清有，惟岳樂下萍鄉，攻長沙。

五月，清撫遠大將軍圖海大敗王輔臣于平凉，六月輔臣降。吴三桂將王屏藩、吴之茂等亦爲清靖逆侯張勇及王進寶所敗，于是關陝悉平，吴三桂北犯之謀大沮，戰局爲之一變。

六月，安南附吴三桂。

十月，清康親王傑書率師至福州，耿精忠降。清帝詔止八旗子弟考試生員、舉人、進士，懼誤兵事訓練也。

十一月，鄭經攻福州，敗。

十二月，孫延齡謀叛吴三桂，三桂使人襲桂林，擒殺之。尚之信懼，因密遣使至江西清簡親王喇布軍前乞反正，喇布許之。

是年先生六十四歲。春正月，自山西返山東。二月入都，館徐乾學家。三月再返山東。五月入

都，在徐乾學家度生日。秋，送別李因篤歸關中。十一月在京聞五妹徐太夫人（即三徐之母）訃，成服奠祭，因在京度歲。

是年兄緗嗣子洪善（達夫）舉進士。弟紓子洪慎得子，命名世樞，立爲詒穀後，更名宏佐。命嗣子衍生附湖州沈氏舟來京。爲庚戌（一六七〇）初刻之日知録補序（見文集卷二）。

〔二七〇〕漢三君詩三首　已下柔兆執徐

父老苦秦法，願見除殘凶。三章布國門，企踵咸樂從。雖非三王仁，寬大亦與同。傳祚歷四百，令名垂無窮。

右高祖

【釋】

〔解題〕西漢十二君，東漢十二君，蜀漢二君，其中高祖開國，光武中興，昭烈繼絶，功績雖異，然三人一龍，共支劉氏四百年家業，則不可缺一也。柔兆執徐即丙辰歲。

〔父老苦秦法以下四句〕史記高祖本紀：「（入關告諭）父老苦秦苛法久矣。吾與諸侯約，先入關者王之，吾當王關中。與父老約，法三章耳：殺人者死，傷人及盜抵罪。」「殘凶」同「凶殘」，此處指人亦指法，書泰誓中：「取彼凶殘。」「三章」猶今言三條。「國門」即都門。「企踵」猶今言跕起脚跟，漢書蕭望之傳：「是以天下之士，延頸企踵，爭願自效，以輔高明。」

〔三王〕指夏、商、周三代開國之君，即夏禹、商湯、周武。

〔寬大〕此指高祖胸襟，漢書高帝紀：「沛公素寬大長者。」

〔傳祚歷四百〕「祚」，帝位，史記秦楚之際月表：「平定海內，卒踐帝祚，成于漢家。」按：漢自高祖五年（前二〇二）滅項羽即帝位，至獻帝延康元年（後二二〇）爲曹丕所篡，共四百二十年。除去王莽及劉玄十五年，得年亦逾四百。又蜀漢歷四十四年（二二一——二六四），據題意似應併入。

〔令名〕「令」，美善也；「令名」即美名。左傳襄公二十四年：「非無賄之患，而無令名之難。」

文叔能讀書，折節如儒生。一戰摧大敵，頓使海寓平。改化名節崇，磨鈍人才清。區區黨錮賢，猶足支危傾。

右光武

【釋】

〔文叔能讀書二句〕漢光武帝劉秀字文叔，南陽人，高祖九世孫。王莽天鳳（一四——一九）中之長安，受尚書于中大夫廬江許子威，通大義。見後漢書光武紀。「折節」，屈己下人，用于褒義，管子霸言：「折節事彊以避罪，小國之形也。」

〔一戰摧大敵二句〕「一戰」指昆陽之戰。王莽地皇四年（後二三年）六月，劉秀率三千兵大破莽軍數十萬于昆陽（今河南葉縣），于是莽軍精鋭喪失殆盡。八月，更始帝劉玄遣將入關，九月破長安，誅王莽，新亡。見光武紀。「海寓」同海宇，古指中國或天下。

〔改化名節崇〕「改化」謂改變風化或教化，史記始皇本紀：「黔首改化。」「名節」指名譽節操，漢書兩龔傳：「二人相友，並著名節。」按：此句「改化」是因，「名節崇」是果。

〔磨鈍人才清〕「磨鈍」猶砥礪、磨礪，漢書梅福傳：「爵祿束帛者，天下之砥石，高祖所以厲世磨鈍也。」此句「磨鈍」是手

段，「人才清」是目的。

〔區區黨錮賢二句〕「區區」，小或少，孔叢子論勢：「以區區之衆，居二敵之間，非良策也。」「黨錮」見〔二〇六〕贈孫徵君奇逢釋。「黨錮賢」指受黨錮之賢者。按：東漢桓、靈之世，宦官專擅，朝廷士夫、外戚、太學生與之抗，宦官悉誣爲朋黨而禁錮之。黨人多清流尚氣之賢士，人數雖少，朝政雖敝，仍能苟延漢祚，危而不亡。二句承上，意在表揚光武崇儒改化、磨礪人才之功，參見〔三三〕述古詩「節義生人材，流風被東京」釋。

卓矣劉豫州，雄姿類高帝。一身寄曹孫，未得飛騰勢。立志感神人，風雲應時至。翻然遂翱翔，二豪安能制？

右昭烈

【釋】

〔劉豫州〕見〔三六〕樓桑廟釋。建安元年（一九六），呂布結袁術奪劉備徐州，以備爲豫州刺史。旋逐備，備奔曹操。操表備爲豫州牧，因稱劉豫州。此詩專詠劉備困窮時事，故仍其官稱。

〔雄姿類高帝〕三國志蜀先主傳論：「先主之弘毅寬厚，知人待士，蓋有高祖之風、英雄之器焉。」

〔一身寄曹孫二句〕建安元年，劉備奔曹操，留許昌三年（見起句釋），此所謂「寄曹」。操南取荆州，備東投孫權，共抗曹兵。迨赤壁戰勝，周瑜攻佔江陵，分公安與備。備以地少，遂從孫權借荆州數郡，此所謂「寄孫」。「飛騰」喻奮起，離騷：「吾令鳳鳥飛騰兮，繼之以日夜。」又三國志周瑜傳：「劉備以梟雄之姿，而有關羽、張飛熊虎之將，必非久屈爲人用者。」

〔立志感神人二句〕「神人」似喻諸葛亮。「風雲」喻英雄得勢，易乾卦：「雲從龍，風從虎，聖人作而萬物覩。」二句蓋謂劉

備立志興復漢室，三顧諸葛亮于草廬之中，亮感其誠，出而佐之，遂如風雲際會。

〔翻然遂翱翔二句〕「翻然」，高飛貌；「翱翔」與以上「飛騰」應。「二豪」指曹操、孫權。三國志蜀志法正傳：「（亮曰）當斯之時，進退狼跋，法孝直爲之輔翼，令翻然翱翔，不可復制。」

【箋】

所詠三君，各有所重：高祖開國，發政施仁；光武中興，崇儒尚節；昭烈繼絶，屈而後伸。孟子曰：「五百年必有王者興。」先生寄望于華夏之君，其在是乎？

〔二七一〕楚僧元瑛談湖南三十年來事，作四絶句

共對禪燈説楚辭，國殤山鬼不勝悲。心傷衡岳祠前道，如見唐臣望哭時。

【釋】

〔解題〕楚僧元瑛，不詳其身世，〔一〇五〕王徵君潢具舟城西，同楚二沙門小坐栅洪橋下云：「客有五六人，鼓枻歌滄浪。」似與本題結韻「不知今日滄浪叟，鼓枻江潭何處深」相對照。又云：「其餘數君子，鬚眉各軒昂。爲我操南音，未言神已傷。」則元瑛者，殆當年數君子之流乎？

〔共對禪燈説楚辭〕「禪燈」，通指佛前燈。據「共對禪燈」四字，疑先生與元瑛晤談于京師某寺。「楚辭」本係文體名及該體總集名，其特徵爲「書楚語、作楚聲、紀楚地、名楚物。」（見黄伯思翼騷序）句不云「讀楚辭」，而曰「説楚辭」，蓋元瑛所談皆楚人、楚事，故以「楚辭」代之耳。此是本題四首總起，可謂開章明義。

〔國殤山鬼〕楚辭九歌共十一篇，皆楚地祭歌，國殤祭死于國事者，山鬼祭（衡岳）山神。引此二篇以概括晤談内容，

兼承上句「楚辭」，引起下句「衡岳」。

〔心傷衡岳祠前道二句〕原注：「宋史米昂傳：父葆光，當梁氏篡唐，與唐舊臣顏蕘、李濤輩挈家南渡，寓潭州。每正旦、冬至，必序立南嶽祠前，北望號痛，殆二十年。」按：先生詩極少用五代以後事典，偶一用之，必甚貼切。此承上「不勝悲」句，借唐臣（唐王之臣）衡岳望哭，追悼當年何騰蛟等殉國舊事。參見〔三八〕浯溪碑歌及〔四五〕懷人二詩後箋。

孤墳一徑楚山尖，鐵石心肝老孝廉。流落他方餘惠遠，撫琴無語憶陶潛。

【釋】

〔孤墳一徑楚山尖〕「孤墳」指陶汝鼐墓。「楚山」此指湖南寧鄉西大溈山，其山因唐僧靈祐（號溈山禪師）曾居止而享名。「徑」，此指登山小路。

〔鐵石心肝老孝廉〕「鐵石心肝」言秉性剛毅，皮日休宋璟集序：「宋廣平剛態毅狀，疑其鐵石心腸。」「孝廉」本係漢代選舉科目，唐以後廢。以其係郡國所舉，故明清沿稱舉人爲孝廉。此指陶汝鼐，汝鼐係崇禎六年癸酉舉人。

〔惠遠〕亦作慧遠（三三四——四一六），東晉高僧，雁門樓煩人。俗姓賈，師事道安，博綜六經，尤善莊老。太元九年（三八四），入居廬山東林寺，與宗炳、劉遺民、慧永等十八人結白蓮社。居山三十餘年，爲佛教淨土宗初祖。見高僧傳六。此以惠遠比楚僧元瑛。

〔撫琴無語憶陶潛〕「陶潛」見〔三五〕陶彭澤歸里解題。潛與廬山惠遠爲方外交，相傳有虎溪三笑故事，惠遠有招淵明書。「撫琴」喻知音、知己。此借陶潛比陶汝鼐。按：此句下有先生自注：「先兄同年友長沙陶君汝鼐。」「先兄」即先生胞兄緗（顧同應長子），字遐篆，順天鄉試舉人。詩文樂府，迥出流輩。崇禎十四年病卒，年未四十。無子，以從子洪善嗣。崑新合志有傳。「同年」謂同榜，先生生員論中：「同榜之士謂之同年。」（文集卷一）顧緗與陶汝鼐均崇禎癸酉舉人。汝鼐字仲調，一字燮友，號密庵，湖南長沙寧鄉人。中舉後，官翰林待詔。福王立，改職方郎，任監軍。南都陷，

薙髮本邑大潙山，號忍頭陀。其人篤于行義，詩文書法，名動海內，有「楚陶三絶」之目。遺著有寄雲樓集、嘉樹堂集等多種。傳見國朝先正事畧，朱彝尊明詩綜亦有小傳。

督師公子竟頭陀，詩筆峥嶸浩氣多。兩世心情知不遂，待誰更奮魯陽戈？

【釋】

〔督師公子竟頭陀〕此首末句有先生自注：「武陵楊公子山松。」據此則知「督師」指楊嗣昌。「頭陀」，梵語稱男僧，本義爲抖擻，謂抖擻以去煩惱也。嗣昌有三子，長即山松，字長荃，一字龍髯。以廕襲錦衣衛指揮，改監紀同知。才畧明敏，從父贊畫軍務，每達旦。嗣昌剛愎誤國，畏罪自殺，山松哀毁不欲生，撰孤兒籲天録爲父辨冤，事稍得白。南都亡，削髮爲僧，號忍苦頭陀。吴三桂兵至湖南，欲授以職，遯至江東得免。鄧顯鶴（嘉慶時官寧鄉訓導）增輯楚寶孝友類有山松小傳。

〔詩筆峥嶸〕南朝人謂文爲筆，故杜牧稱「杜詩韓筆」。「峥嶸」狀高峻秀拔，見〔五〕京闕篇。按：山松與陶汝鼐爲友，二人俱工詩文，汝鼐爲山松作孤兒籲天録序，山松有與黄道周唱和詩。然汝鼐先逝，山松老壽。

〔兩世心情知不遂二句〕「兩世」指楊嗣昌與三子。嗣昌（一五八八——一六四一）字文弱，湖南武陵人，鶴子。萬曆進士，崇禎時，累官兵部右侍郎，總督宣大山西軍務。時農民軍頗熾盛，嗣昌主剿，獻十面張網之計，而勢愈蔓延不可制。旋命以兵部尚書督師，又以遥控主撫，屢失機會。後襄陽陷，襄王被殺，嗣昌驚悸，上疏請罪。俄聞洛陽陷，福王常洵被殺，遂絶食死。楊氏三世率師，嗣昌與山松父子俱以消滅農民軍爲己任。嗣昌死，山松猶與二弟山梓、山樧募兵常德謀復仇，清兵至，遂不果。所云「心情」，蓋指此。「魯陽戈」見〔九九〕松江别張處士慤「日爲魯陽驅」釋。

夢到江頭橘柚林，衲衣桑下愜同心。不知今日滄浪叟，鼓枻江潭何處深？

【釋】

〔夢到江頭橘柚林〕書禹貢：「厥包橘柚錫貢。」傳：「小曰橘，大曰柚。」按：江南自古産橘，漢以後洞庭湖南尤盛。相傳李衡于武陵氾洲上種橘千株，稱爲「木奴」（見三國志吴志孫休傳注）；蘇仙公成仙前，告其母取（郴州）橘葉井水可以療疫（見神仙傳）；今長沙湘江尚有橘子洲名。先生平生未至湖湘，故曰「夢到」。「江頭」，據末二句「滄浪叟」、「江潭」等詞，疑指湘江下游、洞庭湖畔，而非衡岳。

〔衲衣桑下愜同心〕「衲衣」卽僧衣，此處代僧。「桑下」猶桑梓、桑井、桑里，皆指鄉里或故居，與「桑中」絶異。後漢書襄楷傳：「浮屠不三宿桑下，不欲久生恩愛，精之至也。」蘇軾别黄州詩：「桑下豈無三宿戀，尊前聊與一身歸。」俱借爲戀舊懷鄉之詞。此句承上，言在夢中與當年楚僧輩共集桑下同心共契也。按：順治十三年（一六五六），先生與王潢具舟南京城西時，坐中有一少年沙門，自注「釋名髡殘」。髡殘卽石溪禪師，原籍武陵人。幼在南京出家。返楚，居桃源某庵；久之，復回南京。先生與之一别二十年，或因重談楚事而夢寄之乎？「愜」音揭，入聲，快心也。

〔不知今日滄浪叟二句〕參閲〔一〇五〕王徵君潢具舟城西「客有五六人，鼓枻歌滄浪」二句及釋。「江潭」見〔一七〇〕顔神山中見橘釋。按：二句均用屈原漁父事，則「夢到」之地可想；南京舊話與今日重談若合符節，則所夢之人亦可想。

【箋】

此題四首，各叙一楚人或一楚事。第一首可據「原注」解索；第二、三首皆有先生「自注」，不問自明；惟末首「衲衣」、「滄浪叟」，未知確指。蘧案引左宗植愼庵詩鈔京師九日同人慈仁寺祭顧先生祠贈同集諸君自注：「船山逃名似牛君直，先生尚友似郭林宗。『滄浪魂夢』見亭林集中與楚僧元瑛絶句，或謂此詩爲船山作也。」蘧案因釋末首云：「江頭」當謂楚南之江頭也。夫之，衡陽人，此亦可作一證。衲衣當指元瑛。「桑下」似謂夫之之居。夫之隱衡陽之石船山，築土室曰觀生居，元瑛當曾相見于此。今憶及，故首句曰「夢到」也。蘧又案：詩用楚人楚地，亦可爲爲王夫之

作之一證。繼引劉毓崧王船山先生年譜，自康熙十三年春至十五年九月，夫之均避兵在外，斷曰：可見夫之之不遑寧處，故有「鼓枻江潭何處深」云云也。民按：亭林、船山二先生雖同時同志，然考其生平，實無相知痕跡，亭林遊隱而未到湖湘，船山杜門而不與世接。遺著俱在，既不相涉；時人記載，亦無端倪。左宗植（宗棠兄，道光舉人，官内閣中書）已知「船山逃名」，而妄擬爲牛君直（名牢，漢光武布衣交，不與帝友）；借口亭林「尚友」，而妄測其必友船山，此蓋咸、同年間湖南曾、左等欲尊船山以自掩其臣清之醜耳。宗植所云「或謂此詩爲船山作」，正不知「或謂」者爲誰？尤不知造言者何據？況就詩解詩，安見「江頭」必爲楚南衡陽之江頭？安知「桑下」必係夫之之所居？何以證「衲衣」當指元瑛？何以知元瑛與夫之曾相見于石船山？元瑛本自無考，以三百年後之我，虛揣三百年前無考之人，武斷以釋詞，憑空而造事，想當然耳！其誰信之？

〔二七二〕賦得簷下雀

力小不成巢，翾飛無定止。所謀但一枝，徬徨靡可恃。曾窺王謝堂，不作銜泥壘。雖依簷下宿，無異深林裏。豈不慕高明，其奈驚丸餌。唯應罷官時，殷勤數來此。

【釋】

〔簷下雀〕雀，短尾小鳥。「簷下雀」，通指麻雀。

〔翾飛無定止〕「翾」音旋，小飛。劉禹錫謁枉山會禪師：「哀我墮名網，有如翾飛輩。」此句承上，言既無力營巢，又不能長飛，故無一定棲息之所。

〔謀一枝〕「一枝」，一根樹條，見〔三〕賦得越鳥巢南枝釋。又李義府咏鳥：「上林如許樹，不借一枝棲。」（見唐詩紀事四）

俱言所求之小。

〔曾窺、不作二句〕劉禹錫烏衣巷詩：「舊時王謝堂前燕，飛入尋常百姓家。」按：窺堂而不作壘，此正簷下雀異于梁上燕處。

〔雖依、無異二句〕「簷下宿」喻近權貴，「深林裏」喻遠塵囂。二句贊雀倚朱門而能自潔。

〔高明〕指權貴之家，原注：「漢書揚雄傳：高明之家，鬼瞰其室。」

〔鷩丸餌〕「丸」，彈丸；「餌」，誘餌，皆以捕鳥雀。説苑正諫：「黄雀延頸欲啄螳螂，而不知彈丸在其下也。」

〔唯應罷官時二句〕原注：「漢書鄭當時傳：先是下邽翟公爲廷尉，賓客填門。及廢，門外可設爵羅。」按：注文亦見史記汲鄭傳。「爵」通雀。「爵羅」，捕鳥具；「設爵羅」，喻無人也。

【箋】

本年先生館長甥徐乾學家。時滿洲大學士明珠以力主撤藩稱旨，聲勢顯赫。乾學黨附明珠，得由編修洊升右贊善，是爲乾學弄權之始。同年，三徐喪母，將南歸奔喪。乾學擬于北返時，邀潘耒入幕爲賓客。先生與潘次耕札（載亭林餘集）曰：

「原一（乾學字）南歸，言欲延次耕同坐。在次耕今日食貧居約，而獲遊于貴要之門，常人之情鮮不願者。然而世風日下，人情日諂，而彼之官彌貴，客彌多，便佞者留，剛方者去，今且欲延一二學問之士以蓋其羣醜，不知薰蕕不同器而藏也。吾以六十四之舅氏主于其家，見彼蠅營蟻附之流，駭人耳目，至于徵色發聲而拒之，乃僅得自完而已。況次耕以少年而事公卿，以貧士而依廡下者乎？夫子言『吾死之後，則商也日益，賜也日損。』子貢之爲人，不過與不若己者遊，夫子尚有此言；今次耕之往，將與豪奴狎客朝朝夕夕，不但不能讀書爲學，且必至于比匪之傷矣。孟子曰：『飢者甘食，渴者甘飲，是未得飲食之正也，飢渴害之也。』今以百斤之修脯，而自儕于狎客豪奴，豈特飢渴之害而已乎？荀子

曰：『白沙在泥，與之俱黑。』吾願次耕學子夏氏之戰勝而肥也。『吾駕不可廻。』當以靖節之詩爲子贈矣！」

觀此札則知本年賦得簷下雀一首實有感而發，與尋常自標高潔詩不同。詩中「曾窺、不作」與「雖依、無異」四句，極狀簷下雀異于他雀，顯係先生自喻，蓋先生托足權門，終能「自完」也。次耕以少年貧士而依公卿廡下，朝夕與豪奴狎客相伍，得不爲賜之日損乎？唯羅什始敢吞針，而潘耒終不免舉鴻博。兩相對照，知此詩所賦雖小，所寓則大。

〔二七三〕薊門送子德歸關中

與子窮年長作客，子非朱顏我頭白。燕山一別八年餘，再裹行縢來九陌。君才如海不可量，奇正縱橫勢莫當。彈箏叩缶坐太息，豈可日月無弦望？爲我一曲歌伊涼，挈十一州歸大唐。奇材劍客今豈絶，奈此舉目都茫茫。薊門朝士多狐鼠，舊日鬚眉化兒女。生女須教出塞妝，生男要學鮮卑語。常把漢書掛牛角，獨出郊原更誰與？自從烽火照桑乾，不敢宮前問禾黍。子行西還渡蒲津，正喜秋氣高嶙峋。華山有地堪作屋，相與結伴除荆榛。

【釋】

〔解題〕「薊門」即薊丘。明蔣一葵長安客話：「今德勝門外有土城關，相傳古薊門遺址，亦曰薊丘。」後通以「薊門」代燕京，如「薊門煙樹」被稱爲燕京八景之一。子德卽李因篤，陝西富平人，見〔一六八〕酬李處士因篤解題。

〔窮年〕猶累年、年年，韓愈進學解：「恆矻矻以窮年。」

〔子非朱顏我頭白〕本年子德四十六歲，先生六十四歲。

〔燕山一別八年餘〕先生出濟南獄後，于己酉（一六六九）三月與子德同謁攢宮，卽分別出京（見該年「編年」及詩），至今

年燕山再晤，已屆八年。

〔行滕〕「滕」音義同縢，「行滕」，古謂之幅或邪幅，後謂之緘足，類今之綁腿。詩小雅采菽：「邪幅在下。」鄭箋：「邪幅，如今行滕也。」

〔九陌〕路東西曰「陌」，引申爲街道。三輔黃圖謂漢代長安有八街九陌；駱賓王帝京篇：「三條九陌麗城隈。」後泛指京師大道。

〔君才如海不可量〕鍾嶸詩品：「陸才如海，潘才如江。」先生于因篤才學推獎倍至，與潘次耕札（載餘集）云：「天生之學乃是絶塵而奔，吾且瞠乎其後，不意晚季乃有斯人！……近讀其解易一卷，吾自手録之，學問亦日進。」

〔奇正縱横勢莫當〕循規蹈矩爲「正」，出人不意曰「奇」。孫子勢篇：「戰勢不過奇正，奇正之變，不可勝窮也。」老子：「以正治國，以奇用兵。」「縱横」，此作馳騁奔放，不受約束解。揚雄解嘲：「一縱一横，論者莫當。」

〔彈箏叩缶坐太息〕李斯諫逐客書：「夫擊甕叩缶、彈箏搏髀，而歌呼嗚嗚快耳目者，真秦之聲也。」此切因篤秦人。「太息」，出聲長歎，離騷：「長太息以掩涕兮。」

〔豈可日月無弦望〕自注：「望字作平聲，用阮籍詩：是時鶉火中，日月正相望。」又原注：「李陵與蘇武詩：安知非日月，弦望自有時。」「弦」，月成弦；「望」，月滿。「弦望」猶言盈虧、圓缺，專指月之形狀，不當指日。今兼言日月，蓋隱括「明」字，謂明朝氣運雖有衰時，終必復興也。

〔伊涼〕地名亦曲名。「伊州」治在今新疆哈密。白居易伊州詩：「老去將何散老愁，新教小玉唱伊州。」樂苑：「伊州，商調曲，西涼節度使蓋嘉運所進。」「涼州」治在今甘肅武威。杜牧河湟詩：「唯有涼州歌舞曲，流傳天下樂閒人。」樂苑：「涼州，宮調曲，開元中，西涼府都督郭知遠進。」

〔挈十一州歸大唐〕原注：「唐書：大中五年，沙州人張義潮以瓜、沙、伊、肅、鄯、甘、河、西、蘭、岷、廓十一州歸于有司。」

按：注文出宣宗紀。義潮原據沙州，繼驅吐蕃，取所侵河湟十州，盡獻于唐朝。宣宗遂置「歸義軍」于沙州，以義潮爲節度使及十一州觀察使。

〔奇材劍客今豈絶二句〕漢書李廣傳附李陵傳：「臣所將屯邊者，皆荆楚勇士、奇材劍客也。」二句先云「今豈絶」，忽又云「舉目都茫茫」，意或有所指。按：清陝西提督王輔臣本姓馬，號馬鷂子，原係李自成舊部。李敗，降清，改姓名王輔臣。前年十二月在寧羌叛清，殺清經畧莫洛，據平涼。不半載，佔有蘭州、延安、定邊、臨洮、綏德、洮河諸地，約當唐張義潮所歸十一州之半。若能以此復明，豈非奇材劍客？然今年五月，大爲清將軍圖海所敗，復降清（見「編年」）。故有舉目茫茫之歎。以上四句，悲漢族武將之無人。

〔薊門朝士多狐鼠〕此指北京漢官。「朝士」，朝廷士夫，卽中央官吏。劉禹錫聽舊宮中樂人穆氏唱歌：「休唱貞元供奉曲，當時朝士已無多。」「狐鼠」卽城狐社鼠，城與社喻朝廷。狐與鼠喻朝士。晉書謝鯤傳：「（王）敦將爲逆，謂鯤曰：劉隗奸邪，將危社稷，吾欲除君側之惡，匡主濟時，何如？對曰：隗誠始禍，然城狐社鼠也。」蓋鯤意狐鼠本不難除，懼壞城社。此句以狐鼠喻清廷漢官，可謂不諱而賤之之極。

〔舊日鬚眉化兒女〕此斥明朝舊臣今已降清者。古男子必蓄鬚，女子必滅眉，故「鬚眉」乃男子所以異于女子處，係男子之美稱。「兒女」則係對少年男女之賤稱，後漢書馬援傳：「男兒要當死于邊野，以馬革裹尸還葬耳！何能卧床上在兒女子手中邪？」又王勃送杜少府之任蜀州詩：「無爲在歧路，兒女共沾巾！」味句中「化」字，亦鄙之之極。

〔生女須教出塞妝〕「出塞妝」卽胡妝。此句暗示漢軍旗婦女皆著旗妝。

〔生男要學鮮卑語〕原注：「顔氏家訓：齊朝一士夫嘗謂吾曰：『我有一兒，年已十七，頗曉書疏。教其鮮卑語及彈琵琶，稍欲通解，以此伏事公卿，無不寵愛。』吾時俛而不答。」此句暗示漢官子弟有學滿洲語文者。以上二句隱斥漢官自滅漢族文化。

〔常把漢書掛牛角二句〕參見〔一三四〕酬歸戴王潘韭溪草堂聯句「掛帙安牛角」釋。此借李密喻李因篤，着重漢書之「漢」字。

〔自從烽火照桑乾〕「烽火」見〔二〕千官「傳烽」釋。「桑乾」見〔二二五〕重至大同釋。此句追述甲申（一六四四）三月李自成由宣大進取北京時事。

〔不敢宫前問禾黍〕詩王風黍離序：「周大夫行役至于宗周（鎬京），過故宗廟宫室，盡爲禾黍。閔周室之顛覆，彷徨不忍去而作是詩也。」按：甲申三月，李自成遂陷北京，故此句上承「烽火」句，痛明室之覆滅；下啟「子行」句，回應「薊門送子德」本題。

〔子行西還渡蒲津〕「行」宜作「將」字解，以與下句「正」字合。「蒲津」，黄河津渡名，舊屬蒲州（參見〔一九四〕蒲州西門外鐵牛詩解題），在今山西永濟接陝西朝邑處，係因篤西還關中要道。

〔嶙峋〕峻峭高聳貌，本以狀山，此處借狀秋氣。

〔華山、相與二句〕「相與」原鈔本作「相期」，「期」字較妥，以作屋結伴尚在來日也。按：先生己未歲（一六七九）始定居華山之下，然菟裘之思，詩集已屢預言之。

【箋】

此詩共二十四句：起結各四，中間兩組各八。故凡四易韻，易韻處，句似斷而實續，意似急而不迫，能于無律中用成法，于守成處破舊貫。其間復國之念與亡國之哀，悉如大珠小珠，叮咚雜出，閉目聆誦，無異聽穎師彈琴也。

〔二七四〕　李生符自南中歸檇李三年矣，追惟壯遊，兼示舊作

一卷別南中，孤帆自歸去。文飛鶴拓雲，墨染且蘭樹。丈夫行萬里，投分各有遇。明發著

萊衣，未肯朱門住。相送驛路旁，落英連古戍。儻有舊遊人，北望懷徐庶。

【釋】

〔解題〕李符（一六三九——一六八九）字分虎，號耕客，浙江秀水人，良年弟（良年字武曾，參見〔三五二〕有歎箋），早受知于同邑曹溶（一六一三——一六八五），又與朱彝尊等結詩社。工駢文詩詞，有香草居集。「南中」，泛指今滇、黔、川南一帶，三國志蜀志劉璋傳：「璋卒，南中豪率雍闓據郡反，附于吳。」「檇李」亦作醉李，即清之秀水，今之嘉興。「壯遊」通指宏偉之遠遊，杜甫有壯遊詩。今年五月後，先生均在京，主徐乾學家。李符「示舊作」，當亦在京。

〔一卷別南中二句〕李符隨兄良年于康熙十年從曹申吉（申吉亦見〔三五二〕有歎箋）入黔，提學副使張純熙愛其詩文，羅致門下。張改官滇南，復偕以行。知吳三桂將叛，兄弟二人遂先後歸里，故不及難。「一卷」當指一卷詩，即題目所云「舊作」。

〔文飛鶴拓雲〕「鶴拓」即南詔（見唐書南蠻傳），本在今大理一帶，詩泛指今雲南省。

〔墨染且蘭樹〕「且蘭」乃漢代牂柯郡治，即今貴州省福泉縣，詩泛指今貴州省。以上二句謂人去文留，追惟壯遊也。

〔投分各有遇〕「分」，本字去聲，此處指緣分。「投分」猶投緣、託意，潘岳金谷集作：「投分寄石友，白首同所歸。」注云：「阮瑀爲魏武與劉備書：『披懷解帶，投分託意。』」「各有遇」，不知實指，遽案以張純熙當之。

〔明發著萊衣二句〕「明發」表孝思，見〔三五〇〕先妣忌日釋。「萊衣」即老萊衣、斑衣，見〔九〕表哀詩釋。「朱門」，此處疑指吳三桂輩。徐乾學憺園集李分虎詩集序云：「既念家有老母，日南天末，不可以久居，則由金齒歷貴筑，從其仲兄武曾間關跋涉以歸。歸甫逾時，而西南之變作。」二句與徐序均暗示李符借口養母以避禍。

〔相送驛路旁二句〕「落英」，落花也，與離騷「夕餐秋菊之落英」作初生之花異。「古戍」，古營壘、城堡。二句追憶李符告別南中時朋儕相送之時地。

〔儻有舊遊人二句〕「舊遊人」指尚留南中之同遊舊侶。徐庶原名福，字元直，潁川單家子。客荆州時，往見劉備，備器用之。庶因薦諸葛亮，備三顧而後得。及曹操取荆州，破劉備，庶母爲曹操所獲。庶不得已而北詣操，然終身不爲操設謀攻備。後仕魏至御史中丞。庶事附見三國志諸葛亮傳。此以徐庶喻李符。

【箋】

詩末以徐庶喻李符，不知寓意何在。按庶去備事操，徒以老母爲操所執耳，然終身不爲操設一謀，故爲後世所稱。味「明發著萊衣」以下六句，寓意似在此。然則先生殆諷李符勿仕清耶？

編年（一六七七）

是年歲次丁巳，清康熙十六年，吴三桂周王昭武四年。

二月，清將軍喇哈達兵至漳州，復海澄等十縣，鄭經退守厦門，福建遂平。

三月，清簡親王喇布久圍吉安無功，適吴三桂守將高大節被讒死，吉安遂陷，江西亦平。

六月，喇布遣將軍莽依圖率兵至廣東韶州，尚之信如約降。已而肇慶金光祖及高、雷、廉、瓊、潮諸州相繼降，廣東悉平。

八月，原清將傅宏烈已降吴三桂，今復叛，再受清廣西巡撫官，復梧州，進克潯州、鬱林，三桂廣西據地，遂失其半。

十一月，清帝始設南書房，召翰林入内廷供奉。

是年先生六十五歲。正月，徐氏三甥將奔母喪，因話别于京師天寧寺。二月十日在昌平，六謁天壽山思陵。四月出都，十三日至德州張簡可家，始見嗣子衍生及其師李雲霑，行父子之禮。旋過訪李浹、李源。二十一日至鄭家口，二十四日抵曲周，主路澤濃。五月初，移寓曲周之增福廟，遂令雲霑、衍生暫留督課，自往山西，經介休、靈石，至龍門渡河。九月初，抵華下王弘撰家。旋渡渭至富平，過李因篤。時李顒移居富平東南軍砦之北，因暫卜鄰焉。十一月再遊太華，訪王弘撰。歲杪返山西，度歲于祁縣戴廷栻家。

本年先生從子洪慎又舉次子，先生名之曰世棠，因寄書弟紓，商立慎長子世樞爲殤子詒穀後。

〔二七五〕 二月十日有事于欑宮 已下彊圉大荒落

青陽回軒丘，白日麗蒼野。封如禹穴平，木類湘山赭。不忍寢園荒，復來奠樽斝。彷佛見威神，雲旗導風馬。當年國步蹙，實歎謀臣寡。空勞宵旰心，拜戎常不暇。賊馬與邊烽，相將潰中夏。頹陽不東升，節士長喑啞。及今擐甲兵，無復圖宗社。飛章奏天庭，謇謇焉能舍？華陰有王生，伏哭神牀下。亮矣忠懇情，咨嗟傳宦者。遺臣日以希，有願同誰寫？

【釋】

〔解題〕此先生六謁思陵也。其謁欑宮文云：「自違陵下，今又八年。濩落關河，差池烽火，想遺弓而在望，懷短策以靡前。每屆春秋，獨泣蒼梧之野；多更甲子，仍憐絳縣之人。朔氣初收，光風漸轉，敬羞蘊藻，重展松楸。雖鼎俎之久虛，幸罘罳之未壞。黃圖如故，乍驚失鹿之辰；白首無歸，終冀攀龍之日。仰憑明命，得遂深祈。」原鈔本「欑宮」上有「先皇帝」三字。又原鈔本卷之六從此詩起，彊圉大荒落即丁巳歲。

〔青陽回軒丘〕爾雅釋天：「春爲青陽。」史記五帝紀：「黃帝居軒轅之丘。」此句謂春回天壽山。

〔白日麗蒼野〕「麗」，動詞，附著，易離卦：「日月麗乎天」。「蒼野」謂蒼梧之野，舜死蒼梧。此句謂日照思陵。

〔封如禹穴平〕「封」，積土成冢。「禹穴」即禹陵，見〔一六〕禹陵釋。清人葬思陵，規制甚卑，無寶城之築，故久而封平，如禹穴焉。

〔木類湘山赭〕「赭」音者，盡伐草木，使山赤裸也。史記秦始皇紀：「浮江至湘山祠，逢大風，于是始皇大怒，使刑徒三千

人皆伐湘山樹，赭其山。」湘山相傳卽洞庭湖君山。

〔不忍寢園荒二句〕「寢園」見〔七九〕孝陵圖釋。「樽」同罇、尊，「斝」音賈，均酒器。二句承上，深痛陵寢荒蕪，故來祭奠。據謁攢宮文：「雖鼎俎之久虛，幸罘罳之未壞。」知殿堂尚存。

〔雲旗〕離騷：「駕八龍之蜿蜿兮，載雲旗之逶迤。」又九歌：「乘迴風兮駕雲旗。」

〔風馬〕以風爲馬。漢書禮樂志郊祀歌：「靈之下，若風馬。」又李白夢遊天姥吟留別：「霓爲衣兮風爲馬，雲之君兮紛紛而來下。」

〔當年國步蹙〕喻國運艱難。「蹙」，音促，急促也。詩大雅桑柔：「於乎有哀，國步斯頻。」此指崇禎末年局勢。

〔實歎謀臣寡〕參閱〔一〕大行哀詩「時危恨股肱」釋。

〔宵旰心〕「宵」指宵衣，卽天未明而穿衣。「旰」指晚食，卽日過午而進食，均指憂勞國事。左傳昭公二十年：「（伍）奢聞員（子胥）不來，曰：楚君大夫其旰食乎？」徐陵陳文皇哀册文：「勤民聽政，昃食宵衣。」杜甫秋日夔府詠懷：「宵旰憂虞軫，黎元疾苦駢。」

〔拜戎常不暇〕原注：「左傳昭公十五年：王靈不及，拜戎不暇。」按：注文係談籍對周天子語，前云「晉居深山，戎狄之與鄰而遠于王室。」故杜預注曰：「言王寵靈不見及，故數爲戎所加陵。」此以「戎」喻清。

〔賊馬與邊烽二句〕「賊星」俗稱流星，「賊馬」卽流星馬，明末指農民軍爲「流寇」，故以賊馬喻。「邊烽」本指九邊烽火，清兵在九邊外，故以邊烽喻。「相將」猶言相繼、相隨。「中夏」卽中國，對四夷而言，班固東都賦：「目中夏而布德，瞰四裔（夷）而抗援。」原鈔本此二句作「竟令左衽俗，一旦污中夏。」「左衽」顯指滿清，潘耒諱改爲「賊馬」、「邊烽」，則併斥農民軍矣。

〔頹陽不東升二句〕「頹陽」卽落日，如李白古風：「浮雲蔽頹陽。」此處喻明朝國運。然原鈔本此句作「三綱乍淪胥。」

〔「淪胥」謂相與淪亡〕蓋承上「左衽」句，亦斥滿清；諱作「頹陽」，則係自哀矣。「暗啞」，口不能言也。

〔及今擐甲兵二句〕「擐」，貫、穿，左傳成公二年：「擐甲執兵。」「圖宗社」，爲宗社計也。二句意謂今日雖有披甲執兵之人，然無力圖恢復明室者。此隱諷吳三桂之流。先生初聞「雲南舉兵」而心喜（見〔二五三〕哭歸高士箋），後耿、尚、孫（延齡）、王（輔臣）相繼叛清，恢復漢業益若可爲；及聞吳三桂建國改元，諸將亦各懷私計，遂有二句之歎。

〔飛章奏天庭二句〕「飛章」當指此次謁欑宮文。「天庭」，天上帝庭，揚雄甘泉賦：「選巫咸兮叫帝閽，開天庭兮延羣神。」此處實指思宗在天之靈。「謇謇」，忠貞貌，原注：「楚辭離騷：余固知謇謇之爲患兮，忍而不能舍也。」

〔華陰有王生〕句下有旁注「弘撰」二字，原鈔本無，想係潘耒刪去「咨嗟」句下自注二十一字後，酌補二字于此，遂致吳譜、徐注之誤。

〔亮矣、咨嗟二句〕原鈔本二句下有自注云：「吕太監言：昔年王生弘撰來祭先帝，伏哭御座前甚哀。」據此可知，王生「伏哭神床下」乃係「昔年」事；先生知其忠亮之情乃聞之吕太監，非親偕親見也。吳譜謂「當時與山史同奠。」徐注亦云：「是行也，與王山史偕。」要皆未見原鈔本自注耳。獨怪蘧翁所撰詩譜亦云「六謁天壽山及懷宗欑宮，與王弘撰偕。」豈未悟此注或未檢謁欑宮文耶？「亮」，忠正坦白。「宦者」，指吕太監。王弘撰，見本年〔二六三〕雨中至華下宿解題。

〔遺臣、有願二句〕「希」今作「稀」，少也。「有願」謂有「圖宗社」之願。

【箋】

先生謁陵後，不久出都；明年辭舉鴻博，遂不復至京師，故「六謁」即終謁也。先生未嘗親侍思宗，然泣血矢忠，迥異他帝，自〔一〕大行哀詩以下，篇什多有，不獨謁陵詩文爲然。惟今次謁陵，適值南北鏖兵之際，南方擐甲之士，無復圖明室；薊門朝士，尤多狐鼠，先生行年已六十有五，來日益淺？同志益稀，故不免頹唐絕望語。然「飛章奏天」，「謇謇難舍」，仍係孤忠本色。

[二七六] 贈獻陵司香貫太監宗

蕭瑟昌平路，行來十九年。清霜封殿瓦，野火逼山阡。鎬邑風流盡，邙陵歲月遷。空堂論往事，猶有舊中涓。

【釋】

〔解題〕「獻陵」，明仁宗高熾陵，見〔二四八〕恭謁天壽山十三陵「右獻左次景」釋。「司香」見同上「每陵二太監」釋。貫宗太監無考。

〔昌平路〕見〔二四八〕恭謁天壽山十三陵「繞陵凡六口」釋。

〔十九年〕先生自順治十六年丁亥(一六五九)始謁天壽山十三陵，至今年丁巳已十九年。

〔清霜〕原鈔本「清」作胡。清非清朝之清，胡乃胡族之胡。

〔山阡〕與上「殿瓦」對言。「山」，此指陵，廣雅釋丘疏證：「秦名天子冢曰山。」「阡」，墓道。

〔鎬邑句〕相傳周文王、武王、周公均葬于畢(在鎬京東南)，或云文王葬酆，武王葬鎬，皆在今西安附近。按鎬乃西周都，文、武乃周開國之君，故此句似借鎬邑喻南京孝陵。

〔邙陵句〕邙山在洛陽北，係東漢諸陵所在，世祖光武以下均葬焉。按洛陽乃東漢都，故此句實借邙陵喻北京十三陵。

〔空堂論往事二句〕「空堂」，獻陵殿堂。「中涓」，此指太監，參見〔二四八〕恭謁天壽山十三陵「下有中涓墳」釋及〔二四九〕王太監墓釋。

【箋】

明朝宦官之禍甚于漢唐，魏閹巨憝在所必誅，即如杜勳之射書，曹化淳之啟門，亦皆叛君求榮之尤，先生惡之是也。然如王承恩，先生固嘗弔其墓矣；如范養民，先生亦嘗爲作復庵記矣（載文集卷五）。觀此詩專贈司香太監貫宗，意其人亦必不忘舊君之流，末二句比之如「白頭宮女」，固宜。

〔二七七〕陵下人言，上年冬祭時，有聲自寶城出至祾恩殿，食頃止，人皆異之

昌平木落高山出，仰視神宮何崒嵂。昭陵石馬向天嘶，誰同李令心如日。有聲隆隆來隧中，駿奔執爵皆改容。萇宏自信先君力，獨拜秋原御路東。

【釋】

〔解題〕「冬季時」三字，原鈔本作「七月九日虜主來獻酒，至長陵」十二字。今據清史稿聖祖本紀：「十四年九月，上次昌平，詣明陵，致奠長陵，遣官分奠諸陵。」當指此事。時清帝懼明朝遺民附和滇黔，故親謁長陵，以示懷柔。由此可知：（一）「陵下」指明成祖長陵之下。（二）「上年」指康熙十四年，即前年。（三）「冬祭」實爲秋祭。本紀作九月，原鈔本作七月，當從本紀，蓋九月九日重陽之祭，祭之常也。潘刻本故諱其實。又「寶城」見〔七九〕孝陵圖釋。「祾」通稜，明史禮志：嘉靖十七年，改陵殿曰「祾恩殿」——即明樓前朝參正殿。「虜主」專指清康熙帝。

〔崒嵂〕高聳貌，參見〔七九〕孝陵圖釋。

〔昭陵石馬向天嘶二句〕「昭陵石馬」詳見〔三一〇〕贈張力臣釋。又原注：「李商隱復京詩：天教李令心如日，可要昭陵石馬來。」「李令」即中書令李晟。晟（七二七——七九三）字良器，唐臨潭人。德宗時平朱泚之亂，收復京師，以功官司

徒，拜中書令，封西平王。唐書本傳載晟復京表云：「臣已肅清宫禁，祗謁陵園。鐘簴不移，廟貌如故。」德宗泣曰：「天生李晟，爲唐社稷，非爲朕也。」

〔有聲隆隆來隧中〕原注：「漢書五行志：成帝河平二年正月，沛郡鐵官鑄錢，鐵不下，隆隆如雷聲。」按：「隆隆」，象雷聲，詩大雅雲漢：「蘊隆蟲蟲。」毛亨傳曰：「隆隆而雷。」原注不引毛傳，而引漢書五行志，蓋示警也。「隧」即地下墓道，左傳僖公二十五年：「晉侯請隧。」杜注：「闕地通路曰隧，王之葬禮也。」

〔駿奔執爵皆改容〕「駿奔」猶速奔，詩周頌清廟：「駿奔走在廟。」「執爵」猶奉觴（爵，酒器）。「改容」，肅然正色，莊子德充符：「子産蹵然改容更貌。」此句承上句，謂侍從奉觴之人聞隧中隆隆之聲莫不改容變色。二句皆陵下人所言。

〔萇宏自信先君力〕「宏」原鈔本作弘，潘刻翻印本避清高宗弘曆諱改。原注：「左傳昭公二十三年：南宫極震，萇宏（弘謂劉文公曰：君其勉之，先君之力可濟也。」「先君」，周之先君，詩借指明成祖。

〔獨拜秋原御路東〕原注：「左傳僖公三十二年：晉文公卒，將殯于曲沃，出絳，柩有聲如牛，卜偃使大夫拜。」「萇弘」、「獨拜」皆先生自謂。

【箋】

先生二月謁陵，而詩用「木落」、「秋原」等語，似全篇皆想象前年九月清帝親至長陵致奠時事。夫怪力亂神，夫子不語，先生何故信而拜之？前孝陵圖詩云：「雷震樵夫死，梁壓陵賊仆。乃信高廟靈，却立生畏怖。」此詩于「有聲隆隆句後，亦云「萇弘自信先君力」，始知先生所信者，一爲高廟之靈，一爲先君之力，與尋常迷信鬼神者異。

〔一一七八〕　過郭林宗墓

路畔纍纍墓石多，中郎遺愧定如何？應憐此日知名士，到死猶穿吉莫鞾。

【釋】

〔解題〕郭林宗即漢郭泰，見〔八〕久留燕子磯院中釋，參見〔二六九〕孫徵君以孟冬葬釋，泰墓在今山西介休故里。

〔纍纍墓石〕「纍」音雷，平聲，疊用，連綴重疊貌。樂府詩集紫騮馬歌辭：「遥看是君家，松柏冢纍纍。」「墓石」，此指墓碑。

〔中郎遺愧〕「中郎」指漢蔡邕。邕（一三三——一九二）字伯喈，陳留圉人。董卓强辟之，一日三遷，後拜左中郎將，世稱蔡中郎。卓誅，邕歎于坐，王允罪之，下獄瘐死。後漢書有傳。邕博學工文，名動朝野。代人作碑銘，尤爲世所重。郭泰墓碑亦係邕所撰，邕嘗曰：「吾爲碑銘多矣，皆有慚德，惟郭有道（泰曾舉「有道」科）無愧色耳。」見後漢書郭泰傳。

〔應憐、到死二句〕「知名士」本指郭泰，後漢書泰傳：「黨事起，知名之士多被其害，惟林宗及汝南袁閎得免焉。」又原注：「北齊書恩倖傳：有開府薛榮宗，常自云能使鬼，帝信之。經古冢，榮宗問舍人元行恭是誰冢？行恭戲之曰：『林宗冢。』復問林宗是誰？行恭曰：『郭元貞父。』榮宗因前奏曰：『向見郭林宗從冢出，著大帽，吉莫鞾，操馬鞭，問臣曰：我家阿貞來否？』」「鞾」音訛，「靴」本字。「吉莫鞾」猶皮靴，北齊時鮮卑人所著。

【箋】

詩用事極貼切，雖諧而實莊。前二句借中郎自言「吾爲碑銘皆有慚德」，戲問其于郭林宗碑定無愧色耶？後二句「此日」二字語帶雙關，若就事論事，則嘲北齊名士悉從胡俗；若借題寓意，實諷漢族士夫至死猶著滿服。然「知名士」三字，未免唐突郭林宗矣。

〔二七九〕 介休

淡霓生巖際，奔泉下石間。龍蛇方起陸，雀鼠尚爭山。雨靜前村市，秋凋故國顔。介君祠廟在，風義夐難攀。

【釋】

〔介休〕縣名，在今山西省汾陽縣東南，瀕汾水東岸及介山西北。漢名界休，晉改介休，明清沿之，屬汾州府。

〔霓〕亦作「蜺」，音疑，平仄兩讀。古人以正虹爲「虹」，副虹（所謂雌虹）爲「蜺」（見埤雅），色淡，虹之外環也。

〔龍蛇方起陸〕太公陰符經：「天發殺機，龍蛇起陸。」謂龍蛇欲從陸地騰起也。又史記晉世家：文公賞從亡者，未至隱者介之推，推亦不言禄，禄亦不及。從者憐之，乃懸書宮門曰：「龍欲上天，五蛇爲輔。龍已升去，四蛇各入其宇。一蛇獨怨，終不見處所。」此句「龍蛇」，應兼上二義。

〔雀鼠尚爭山〕自注：「縣西南三十里，有雀鼠谷。」按：「雀鼠」即鳥鼠，今甘肅渭源縣有鳥鼠山，相傳鳥與鼠共爲雌雄，同穴相處。此句用「爭」字，寓意見箋。

〔雨静〕「静」，古通淨。首句「霓生」，此句「雨静」，皆旅途紀實之筆。

〔介君祠廟〕即介之推祠，在介休縣南，靈石東北三十五里，詳見〔二六〇〕題。

〔風義〕風操氣節。李商隱哭劉蕡詩：「平生風義兼師友，不敢同君哭寢門。」

〔夐〕音義近「迥」，遠也。

【箋】

以縣名爲題，則非專爲介之推發，故與下首詠介之推祠異。此題主旨在二、四兩聯：「龍蛇起陸」與「雀鼠爭山」各

貫以「方」、「尚」等卽事之詞，其刺三藩與滿清之交鬨甚明；拈出介君，愈見超脫。

〔二八〇〕靈石縣東北三十五里神林晉介之推祠

古人有至心，不在狷與忍。國禄既弗加，吾身可以隱。去矣適其時，耕此荒山畛。更與賢母偕，丘壑情同允。卓哉鸞鳳姿，飄飄高自引。向使屬戎行，豈其遜枝軫。出處何必齊，此心期各盡。末世多浮談，有類激小忿。割股固荒唐，焚山事可哂。微哉仲子廉，立操同蚯蚓。遺祠君故鄉，父老事惟謹。牡丹異凡花，春深洗鉛粉。況此黄蘆林，晚送秋風緊。厲彼頑鈍徒，英名代無隕。

【釋】

〔解題〕靈石縣在介休縣西南，瀕汾水東。「神林」跨介休境，晉介之推祠在焉。「介之推」亦作介推、介子推、介子綏；「之」、「子」均助詞，實卽「介」氏而「推」（綏）名也。介推事迹始載于左傳，後亦雜見莊子、屈原九章、吕氏春秋，至史記晉世家而漸備。然傳聞之辭不盡可信。今據左傳僖公二十四年載，知介推從晉公子重耳出亡十九年，及還，重耳爲晉侯，賞從亡者，介推不言禄，禄亦弗及，遂與母隱于綿山（卽介山）。文公求之不獲，乃以緜上爲之田，曰：「以志吾過，且旌善人。」

〔至心〕「至」，極也，多用于褒義，如「至人」、「至行」、「至言」、「至交」等。「至心」謂極誠之心，晉書王嘉傳：「人候之者，至心則見之，不至心則隱形不見。」

〔狷與忍〕「狷」，狹隘剛介，有所不爲（見論語子路）。「忍」，克制退讓，壓抑性情（孟子告子所謂「動心忍性」）。狷與忍

均失平中道，先生不取。

〔荒山畛〕「畛」音診，界也。「荒山畛」猶言荒山界，故介山亦作界山，介休原作界休。

〔更與賢母偕〕左傳僖公二十四年：（介子推不言祿）其母曰：「盍亦求之？」對曰：「尤而效之，罪又甚焉。」其母曰：「亦使知之，若何？」對曰：「言，身之文也。身將隱，焉用文之！」其母曰：「能如是乎？與汝偕隱。」遂隱而死。

〔丘壑情同允〕「丘壑」指隱居之地，謝靈運齋中讀書詩：「昔余遊京華，未嘗廢丘壑。」「允」，信也。句謂母子兩情同託于丘壑。

〔卓哉鸞鳳姿二句〕「姿」，資質。「引」，卻退。原注：「賈誼弔屈原賦：風飄飄其高逝兮，夫固自引而遠去。」

〔屬戎行〕「屬」，適值。「戎行」，軍旅。左傳成公二年：「下臣不幸，屬當戎行。」

〔枝軫〕「枝」即欒枝，晉大將。文公作三軍，趙衰讓枝爲卿，乃使枝將下軍。逾年，晉與楚戰于城濮，既陣，枝使輿曳柴而僞遁，楚師馳逐，晉人橫擊之，楚師大潰。「軫」即先軫，晉主帥。城濮之役，將中軍，敗楚師。文公卒，秦襲鄭，襄公用先軫之謀，敗秦師于殽。事均見左傳僖公二十七年至三十三年。

〔出處何必齊二句〕「出處」見〔二四二〕太原寄王高士錫闡「出處同一貫」釋。此承「向使……豈其……」二句，謂倘使介推出仕軍旅，未必不如欒枝、先軫輩。今出處雖不相同，亦各盡其心而已。

〔末世多浮談二句〕此駁斥戰國後對介推故事之渲染（見下二句）。「浮談」，虛浮不實之談。「激小忿」，爲小忿所激。

〔刲股、焚山二句〕莊子盜跖篇云：介子至忠也，自割其股以食文公。文公後背之，子推怒而去，抱木而燔死。屈原九章惜往日：「介子忠而立枯兮，文公寤而追求。封介山而爲之禁兮，……因縞素而哭之。」琴操：「介之推抱木而死，晉文公哀之。」按：莊子多寓言，所記盜跖與孔子論辯，實則孔子、盜跖不同時，其杜撰可知。屈原之作多神話附益，「立枯」之義亦欠明。琴操晚出，更無論矣。然諸書亦未嘗言文公焚山事，作俑者自後漢始（如後漢書周舉傳、晉陸翽鄴

中記〉，傳謂文公求子推不獲，乃焚緜山，意子推將負母而出也，然子推竟與母抱木焚死。事皆荒唐可哂。

〔微哉仲子廉二句〕「微哉」，嘆其眇小也，與前「卓哉」句對照。「立操」，立身守操。「陳仲子」，見〔一三八〕賦得桔槔「此地近於陵」釋。孟子滕文公下：匡章曰：「陳仲子豈不誠廉士哉！……」孟子曰：「仲子惡能廉？充仲子之操，則蚓而後可者也。」孟子蓋嘲仲子操行似蚓，蚓食土飲泉，似極廉矣，然無心無識，苟守一介而已。二句取仲子爲比，謂使介推激于小忿而燔死，是亦仲子之廉也。

〔遺祠君故鄉二句〕後漢書周舉傳：「太原舊俗，以介之推焚骸，咸言神靈不樂舉火，由是每冬中輒一月寒食。」按：寒食禁火本係周制，與介之推焚死無關。自東漢以後漸附會爲介推事，且定在清明後一、二日禁火而寒食。他地未必遵，介休父老則遵奉惟謹。

〔牡丹異凡花以下四句〕此就「神林」景物喻介推廉靖品質：春不增華，秋抗風厲。「鉛粉」，化粧用品，沈約木蘭詩：「易却紈綺裳，洗却鉛粉妝。」

〔厲彼頑鈍徒〕「厲」，磨礪。「頑鈍」，本指不鋒利之器物。説苑雜言：「子貢曰：夫隱括之旁多枉木，良醫之門多疾人，砥礪之旁多頑鈍。」

〔英名代無隕〕「英名」此指介推之名。「代」，歷代、越代。「無隕」，不墜不廢。

【箋】

世傳介推割股食君，其愛君可謂深矣；又傳其寧抱木就焚而不受君禄，其怨君亦可謂甚矣。考其由愛生怨之由，不過因有德于君而禄竟弗及而已。割股食君，忍也；就焚而死，狷也。先生平生不爲矯激之行，而必順乎中道，故曰：「古人有至心，不在狷與忍。」狷忍之人，奚足取哉！此詩力駁末世之浮談，盛贊介推之至心，與日知録（卷三十一緜上條）同。録云：「余觀左氏、史遷之書，曷嘗有子推被焚之事。」「立枯之説，始自屈原；燔死之説，始自莊子。」「于是瑰奇

之行彰，而廉靖之心没矣。」按：先生之言甚辯。然左傳已明載之推責文公君臣「下義其罪，上賞其姦。」是以從亡受賞爲姦罪，其言亦殊悻悻；又明載之推「且出怨言，不食其食。」其行亦殊忿懟。以悻悻忿懟之人，而謂其有廉靖之心，可乎？

〔二八一〕　霍北道中懷關西諸君

苦雨淹秋節，屯雲擁霍州。蟲依危石響，水出斷崖流。驛路愁難進，山亭悵獨留。遥知關令待，計日盼青牛。

【釋】

〔解題〕先生今秋自曲周往山西，沿汾水經介休、靈石、霍縣至河津渡河入陝，此詩作于由靈石南行至霍州途中，故用「霍北」二字。「關西諸君」指李顒、李因篤、王弘撰、楊謙等。

〔苦雨淹秋節〕霖雨不止，爲人所患，則謂之「苦雨」。禮月令：「孟夏行秋令，則苦雨數來，五穀不滋。」「淹」，久留也，離騷：「日月忽其不淹兮，春與秋其代序。」句謂因苦雨而使秋季延長。

〔屯雲〕層雲也，列子周穆王：「出雲雨之上而不知下之據，望之若屯雲焉。」

〔霍州〕明代霍州治霍邑（後省縣入州），清初同。乾隆時，直隸山西省，轄靈石、趙城二縣，治設趙城（今洪洞）。

〔危石〕高峻之石，莊子田子方：「嘗與汝登高山，履危石。」

〔驛路、山亭〕霍州城東有霍山驛，「亭」亦霍山之亭。

〔遥知關令待二句〕見〔二三〇〕前詩意有未盡再賦「門前有客」句釋。按：有此二句，始與題懷關西諸君相應。

【箋】先生于康熙二年由山西入關，逗留不半載即返太原，距今已十四年矣。此行入關，將定居華下，霍州途中阻雨，有懷關西諸友，因念昔日卜鄰之約，遂有此作。同一阻雨，然與北遊之初諸作（如〔二一九〕淮北大雨、〔一五三〕秋雨）頗異其趣，往者憶家，今者懷友，南歸之念已眇然矣。

〔二八二〕河上作

龍門下雷首，自古稱西河。入自積石來，出塞復逶迤。呂梁懸百仞，孟門高峩峩。遠矣大禹功，山澤得所宜。靈跡表華巖，金行鎮西垂。黄虞日已遠，畀怒尋干戈。去年方鬭爭，掘壕守朝那。車騎如星流，衣裝兼橐駝。狼弧動箭鏃，參伐揚旂麾。嗟此河上軍，來往何時罷？今年暫寢兵，邏卒猶譏訶。手持一尺符，予錢方得過。追惟狄泉陷，地底生蒼鵝。窫窳來攫人，逵路横長蛇。寰區恣刀俎，飛走窮網羅。萬類不足飽，螻蟻其奈何。仰希神明眷，下戢陽侯波。行將朝白帝，一訴斯民罹。猿鳥既長吟，窮人亦悲歌。歌止天聽回，勿厭辭煩多。

【釋】

〔解題〕「河」指黄河。「河上」猶河畔，此專指今山西河津縣西北之禹門口（即龍門），由此渡河即陝西韓城縣境。本年秋先生赴陝，過此作。

〔龍門下雷首二句〕「龍門」見〔二〇三〕龍門釋。「雷首」，山名，在蒲州（今山西永濟）南。括地志謂「此山西起雷首，東至吳坂，長數百里，隨地易名。」如中條山、首陽山、吳山等皆是。「西河」專指上起龍門，下至雷首（即上起河津，下至永濟）此段黃河。書禹貢「黑水西河惟雍州」，漢書地理志注曰：「西河即龍門之河也，在冀州西，故曰西河。」

〔入自積石來二句〕「入」字與下句「出」字相對，均就「塞」（長城）字言，謂黃河尚在塞內也。「積石」本山名，有大小之分：大積石一說爲禹所導河源，在今青海省南部；小積石在今甘肅省臨夏西北，史記夏本紀「浮于積石，至于龍門西河」，即是。「出塞」謂黃河流出塞外也，實指今銀川經河套至山西河曲一段。「逶迤」，曲折延伸貌。

〔呂梁孟門二句〕「呂梁」，山名，在山西省境內。北起寧武（管涔山），南迄河津（龍門山），主峯在離石縣東北。「懸百仞」，狀山之高峻。水經注河水謂呂梁「蓋大禹所闢以通河者也。」「孟門」，亦山名，東起山西省吉縣，西至陝西省宜川，横跨黃河，在龍門山之北。水經注河水引淮南子曰：「龍門未闢，呂梁未鑿，河出孟門之上，大溢横流，名曰洪水。禹疏通之，謂之孟門。」二句所述乃黃河在山西境內自河曲至龍門一段。

〔遠矣大禹功二句〕左傳昭公元年：「美哉禹功，明德遠矣。」二句意謂大禹之功在于能依山之形，據水之性，使山水各得其所。

〔靈跡表華巖〕「華巖」指華山。此言禹之靈跡俱表見在華山，如巨靈掌、足等。參閱〔一九六〕華山釋。

〔金行鎮西垂〕「垂」通陲，邊疆也。金爲五行之一，主西方及兵象，以引起下文。

〔黃虞日已遠〕「黃虞」分指黃帝、虞舜，象太平之世。史記伯夷列傳：「黃、農、虞、夏，忽焉没兮。」

〔奰怒尋干戈〕「奰」音備，去聲，怒也。詩大雅蕩：「内奰于中國。」按「内奰」致内鬨，每招致干戈，以下叙近年關陝戰亂。

〔去年方鬭爭二句〕先是前年十二月，清陝西提督王輔臣反，自據平涼，分兵取陝北甘肅諸州縣。去年五月，清以大學士圖海爲撫遠大將軍西征，一戰而破輔臣于平涼之北，進而圍城，六月輔臣降。時吳三桂大將王屏藩、吳之茂等亦

爲清河西三將張勇、王進寶、趙良棟所敗，關陝漸平。「朝那」本漢置縣名，隋廢，其地在平涼西北。王輔臣去年掘壕守平涼，先生不欲顯指，故用古地名。

〔車騎、衣裝二句〕言軍運繁忙。「星流」猶星馳，狀車馬疾速。張衡東京賦：「煌火馳而星流，逐赤疫于四裔。」「橐駝」同橐駞，見〔八〕秋山釋。

〔狼弧動箭鏃〕見〔二五七〕詠史「天弧亦直狼」釋。

〔參伐揚旂麾〕「參」音森，二十八宿之一，白虎七宿之末，共有七星，其中央三小星曰「伐」（「伐」亦作罰）。廣雅釋天：「紫宮參伐謂之大辰。」尚書璇璣鈐：「參爲大辰，主斬伐。」「旂麾」，軍旗之屬。此句同上以星象喻戰亂作，如云參伐見則軍旗揚也。

〔嗟此河上軍二句〕「河上軍」指去年由河津渡口往來晉陝之軍旅。「罷」，休息、疲憊，秦漢音讀如「婆」，唐音「皮」，宋以後土音近「巴」，雖有四聲之異，輕重脣之分，然歌、支、麻三韻轉換之迹可尋也。此篇叶「歌」韻較多，「罷」字宜讀「婆」音，義近「休」，如論語子罕：「欲罷不能。」

〔今年暫寢兵〕自去年王輔臣乞降，吴三桂北進之謀大沮，王屏藩等僅能暫守四川，關中遂無戰事。「寢兵」即息兵，管子立政：「寢兵之説勝，則險阻不守。」

〔邏卒猶譏訶〕「邏卒」，巡邏兵。「譏」猶稽查；「訶」通呵、何、苛，怒斥也。「譏訶」，厲聲盤問。

〔手持、予錢二句〕此言邏卒藉端索賄。上古剖竹爲符，長短不一，上刻文字，兩造各執其半，以爲憑信。將兵之間亦用之，謂之兵符。此句邏卒所持諒係路牌之類，未必即上古之符也。「予」，給予，予通與。

〔追惟狄泉陷二句〕原注：「水經注：晉永嘉元年，雒陽東北步廣里地陷，有二鵝出，蒼色者飛翔冲天，白色者止焉。後五年，劉曜、王彌入雒，帝居平陽。」按：「狄泉」，水名，在雒陽。昔者周景王死，晉人立王子匄爲敬王，尹氏立王子朝，敬

王被迫避居狄泉。事見春秋昭公二十三年「天王居于狄泉。」原注引「步廣里」以釋詩中「狄泉」，以二地均在雒陽也。原注引「帝居平陽」，蓋借晉懷俘居平陽比周敬避居狄泉也。自二句以下皆追念明亡以來天下亂況。

〔窫窳〕怪物名，見〔三三〕赴東第一首釋。

〔逵路〕四通八達之路，左傳宣公十六年：「入自皇門，至于逵路。」

〔長蛇〕與「封豕」（大猪）同喻惡物，左傳定公四年：「吳爲封豕長蛇，以薦食上國，虐始于楚。」

〔寰區恣刀俎〕「寰區」猶寰宇或天下。「恣」，恣毒，此處猶「受虐于」。全句謂寰宇之人俱受虐于刀俎，即天下皆爲魚肉。

〔飛走窮網羅〕「飛走」指飛禽走獸，左思吳都賦：「窮飛走之棲宿。」此句謂飛走之物盡入于網羅，以見網羅之廣之密。

〔萬類、螻蟻二句〕總括以上窫窳、長蛇、刀俎、網羅四句，謂萬物不足饜其欲，螻蟻無法逃其生。

〔仰希、下戢二句〕「仰」與「下」對言。「眷」，佑助。「戢」，止息。「陽侯」，水神，屈原哀郢：「淩陽侯之氾濫兮。」淮南子覽冥訓：「武王伐紂，渡于孟津，陽侯之波，逆流而擊。」高誘注：「陽侯，陵陽國侯也。其國近水，休（溺）水而死。其神能爲大波，有所傷害，因謂之陽侯之波。」

〔行將朝白帝二句〕「白帝」，西嶽之神，見〔一六六〕華山釋。「罹」，苦難，作名詞，詩王風兔爰：「我生之後，逢此百罹。」先生渡河將至華下，故云。

〔歌止天聽回〕書泰誓中：「天視自我民視，天聽自我民聽。」言天之視聽，原本于民。此句承上「窮人亦悲歌」句，謂歌畢則天必鑒之。

【箋】

全詩分三解：第一解自起句至「金行鎮西垂」，但叙西河地理形勢。以下至「予錢方得過」爲第二解，專述去今兩

年關陝戰爭對河上交通之影響。自「追惟」以下爲第三解，痛訴國變以來，寰區萬類所受滿清蹂躪之苦。詩雖作于河上，著眼則在全國，非特爲關輔、關中發也。徐注「斯民罹」，但引先生答徐甥公肅書及錢糧論上（二文皆此次入關後作），褊矣。又此詩「支」、「歌」、「麻」韻同押，正先生所云「據古經以正沈氏、唐人之失」，「據唐人以正宋人之失」，「舉今日之音而還之淳古者」，故不憚以古韻入今詩，其實，殊不足法。

〔二八三〕雨中至華下，宿王山史家

重尋荒徑一銜泥，谷口牆東路不迷。萬里河山人落落，三秦兵甲雨淒淒。松陰舊翠長浮院，菊蕊初黄欲照畦。自笑飄萍垂老客，獨騎羸馬上關西。

【釋】

〔解題〕王弘撰（一六二三——一六九九後）字無異，亦字文修、山史，號待庵，華陰人。父官明兵部侍郎，己則明諸生。國變後不仕，築室華山下。嗜學好古，治金石文字，收藏法書名畫甚富。尤尚意氣，重名節，與「關中三李」齊名。康熙戊午以鴻博徵，至都，辭病不試而歸。先後與湯斌、朱彝尊、汪琬等爲友，尤服膺亭林先生，爲學宗朱而不薄陸、王，故與亭林先生合。遺著有砥齋集十二卷、西歸日記及待庵日記各一卷。歿年待考。因待庵日記止于己卯（一六九九），故推知其享年至少七十有八。

〔重尋荒徑一銜泥〕先生康熙二年入關時，曾遊華下，造訪弘撰，此係第二次入關見訪，故曰「重尋」。弘撰好遊，居家日淺，「三徑就荒」，當係紀實。「銜泥」，雨中踐泥而行也。杜甫崔評事弟許相迎不到詩：「虚疑皓首銜泥怯。」可與「銜雨」相較，見〔一八九〕雨中送申涵光詩。

〔谷口牆東路不迷〕「谷口」係東漢鄭樸(字子真)隱居處，詳見〔二九四〕關中雜詩第三首釋。「牆東」，隱者居宅，後漢書逸民逢萌傳謂王君公遭亂儈牛自隱，時人語曰：「避世牆東王君公」。庾信和樂儀同苦熱詩：「寂寥人事屏，還得隱牆東。」「路不迷」應上句「重尋」。據先生送韻譜小帖(佚文輯補)，知弘撰「住華陰縣西嶽廟南小堡內」。

〔人落落〕「人」，當指弘撰。「落落」，多義詞，參見〔一六五〕、〔二一五〕、〔二三二〕諸題。此處作疏曠不苟合解較宜。

〔三秦兵甲〕「三秦」見〔二〇八〕寄劉處士大來釋。「兵甲」猶干戈，喻戰局，參見〔二八三〕河上作。

〔菊蕊初黃〕先生與魏某書(殘稿卷一)云：「以九月二日入關，重登華嶽。且喜羽檄初停，四郊無警，而此中一、二賢者，復有式廬擁篲之風……」王弘撰山志亦云：「丁巳秋九月三日，亭林入關，主于予家。」故知先生抵王家正值九月。禮月令：「季秋之月，菊有黃華。」

〔飄萍垂老〕「飄」同漂。杜甫贈翰林張四學士垍詩：「此生任春草，垂老獨漂萍。」

〔羸馬〕羸音雷，瘦也。漢書陳遵傳：「公府掾吏皆羸車小馬，不上鮮明。」後多作「小車羸馬」。

【箋】

先生北遊後，行踪所至，半在居停，半在馬背，其間借流寓爲定居，惟山東之章丘與陝西之華陰而已。章丘置產，幾爲小人所搆，山東人情，尤爲先生所不喜，故出濟南獄後，即有移居之想。李因篤己酉薊門奉答五十韻(見〔三三〕贈子德李子後箋)詩末自注：「時先生與無異有華山卜築之約」，乃知先生已起興于十年之前，今兹入關，踐舊約而已。以後遣祁妾，迎嗣子，修朱祠，購山田，皆無異爲之經營。二人俱好遊，先生以南人遊北，無異則以北人遊南，雁來燕去，易地相逢，不得謂無緣也。先生既歿，歸葬崑山，無異南遊，曾三過其墓，爲詩哭之，詩句悽惋，讀之酸鼻。廣師篇云：「好學不倦，篤于友朋，吾不如王山史。」先生可謂知人有素矣。

〔二八四〕　過李子德四首

憶昔論交日，星霜一紀更。及門初拜母，讓齒忝爲兄。樹引流泉細，山依出月明。相看仍慰藉，均不負平生。

【釋】

〔解題〕「李子德」見〔一八八〕酬李處士因篤解題。「過」音戈，平聲，經過、過訪。按：先生原定中秋抵華下，因雨誤期，故子德往迎未至。先生既抵華下，遂北渡渭河，至富平韓家村子德家堡訪之。因贈詩四首，子德亦用韻奉答四首（見後附）。

〔憶昔論交日二句〕先生于康熙二年在山西代州初交李因篤，至今已十四年。「星霜」表一年（星一年一轉，霜一年一降），「一紀」爲十二年，逾十二年即「更」紀，非舉成數也。

〔及門初拜母〕范式字巨卿，東漢山陽金鄉人。少游太學，與汝南張劭爲友。告歸，式約曰：「後二年當過訪尊親。」至期，劭殺雞炊黍以待。母曰：「二年之別，千里結言，爾何相信之審耶？」劭曰：「巨卿信士，必不乖違。」言未絶，式果到，升堂拜母而飲。見後漢書范式傳。因篤母亦富平人，田氏女，年已七十餘。先生癸卯識因篤于代州，同年入秦，未嘗主因篤家，故云「初拜母」。

〔讓齒忝爲兄〕「讓齒」，謙辭，謂因年長而受尊也。晉書潘尼傳：「遵道讓齒，降心下問。」按：因篤少先生十八歲，初欲師事先生，先生不可，乃爲友。先生與李湘北書（文集卷三）爲因篤陳情云：「……而以生平昆弟之交，理難坐視。」因篤詠懷五百字奉亭林先生亦云：「慨然弟畜予，札僑風斯踐。」古人忘年相契，情同手足，不必定邀兄弟之盟也。

〔樹引、山依二句〕「出月」與「流泉」對，「明」與「細」對，而非山名「月明」也。自注：「居在月明山下。」月、明二字當乙，疑原鈔本有誤。因篤受祺堂集自注皆作「明月山」，明月山又稱「頻山」，在富平縣東北七十里，以濱頻水而得名，因篤家居山下。

〔慰藉〕盡意撫慰，後漢書隗囂傳：「光武素聞其風聲，報以殊禮，言稱字，用敵國之儀，所以慰藉之良厚。」

〔均不負平生〕「負」，孤負，謂皆不負平生交好也。與杜甫夢李白詩「出門搔白首，若負平生志」義同。

積雨秋方漲，相迎到華陰。水驚龍鬬駛，泥怯馬蹄深。尚阻東軒佇，多煩瀨口尋。白雲清渭色，聊足比君心。

【釋】

〔積雨、相迎二句〕此指先生阻雨行遲，因篤先至華陰相迎，不遇，參見解題。受祺堂集有詣華陰時寧人先生未至一宿而行詩二首。

〔水驚龍鬬駛〕「龍鬬」，狀水勢之大。左傳昭公十九年：「鄭大水，龍鬬于時門之外洧淵。」「駛」，馬疾行也，喻龍鬬之速。

〔尚阻東軒佇〕原注：「晉陶淵明停雲詩：靄靄停雲，濛濛時雨，八表同昏，平路伊阻。静寄東軒，春醪獨撫。良朋悠邈，搔首延佇。」「東軒延佇」指李因篤佇候先生，因雨受阻。受祺堂集有承問寧人先生中秋抵華下阻雨尚稽省視悵然有作詩四首。

〔多煩瀨口尋〕「瀨口」，急湍之口，亦作溪口。原注：「文選任彦升有詩云贈郭桐廬出瀨口見候，余既未至郭仍進村。」按：注文載文選卷二十六：任彦升（昉）五言詩一首，題曰贈郭桐廬出溪口見候，余既未至郭仍進村，維舟久之郭生方至。此以瀨口喻華陰。二句用典用事，俱極恰切。

〔白雲清渭色二句〕詩邶風谷風：「涇以渭濁，湜湜其沚。」蓋謂兩水交匯，涇因入渭而濁也，其實濁在渭而不在涇。釋文

竟曰：「涇，濁水也；渭，清水也。」又潘岳西征賦：「北有清渭濁涇。」或係釋文所本。二句但取「清」、「白」二字，以「比君心」。

拜跪煩兒女，追陪有弟昆。雲開王翦廟，風起魏公原。俠氣凌三輔，哀思叫九閽。向來多感激，不覺倒清罇。

【釋】

〔拜跪煩兒女〕先生富平李君墓誌銘（文集卷五）作于入關之前，已云李君（名映林，因篤父）有「孫男三人：漢、渭、泗。」又據吳懷清李天生年譜，知泗爲因篤子，早殤。後又生子壽，亦早殤。因篤五十無子，始以弟迪篤子渭嗣。因篤有二女，長女今秋卒。先生作此詩時，餘子女當尚在也。

〔追陪有弟昆〕自注：「令弟迪篤。」「弟昆」猶弟兄。「追陪」，陪伴也，用于同輩，與「追隨」畧異，韓愈奉酬盧給事雲夫四兄曲江荷花行見寄詩：「豈如散仙鞭笞鸞鳳終日相追陪。」迪篤乃因篤胞弟，字因材，少因篤一歲（此據富平李君墓誌銘、李文孝行狀則作少二歲），明諸生，卽先生書札中又稱「仲德」者。

〔雲開王翦廟〕王翦，秦頻陽（今富平）東鄉人。始皇時名將，奉命滅燕滅趙。後議伐楚，翦請兵六十萬，李信謂不過二十萬，始皇遂用信，大敗，卒用翦策滅楚。其子賁滅魏滅齊，統一六國。王翦廟在富平東北三十里頻山南麓。

〔風起魏公原〕「魏公」指張浚。浚（一〇九七——一一六四）字德遠，宋綿州人。徽宗時進士，南渡初，官川陝京西諸路宣撫使，力主抗金。秦檜主和，貶浚永州，在外近二十年。孝宗初，再起爲樞密使，都督江淮軍馬，封魏國公，卒謚忠獻。浚終生不主和議，爲國盡忠，然乏軍事才，屢戰屢敗。建炎中，率五路之師次于富平，與金人戰，因地勢不利，敗績。其地本名八公塠，亦名八公原，後稱魏公原。

〔俠氣凌三輔〕「三輔」見〔四〕京口卽事釋，富平屬之。先生富平李君墓誌銘：「曾祖諱朝觀者，爲邊商，以任俠著關中。」又

銘曰：「李氏之先，以節俠聞。」按，此句專頌因篤高祖朝覲。

〔哀思叫九閽〕「九閽」，九天之門。「叫閽」猶叩閽，所以伏闕鳴冤也。揚雄甘泉賦：「選巫咸兮叫帝閽。」李商隱哭劉蕡詩：「上帝深宫閉九閽，巫咸不下問銜冤。」富平李君墓誌銘又云：「（朝覲）與里豪爭渠田，爲齮齕以死。而君（映林）之祖諱希奎走闕下上書愬，天子直其事，大猾以次就法，報父讐，名動天下。」按，此句專頌因篤曾祖希奎。

〔向來多感激二句〕此先生自言，謂久聞李氏祖宗之德（詳見富平李君墓誌銘），故不覺感動激勵，爲之痛飲。按：此處「感激」與今義但作「感謝」不同，如諸葛亮出師表「……由是感激，遂許先帝以驅馳。」即兼上感動、激勵二義。又宋邵雍天津感事詩：「清樽倒盡人歸去，月色波光戰未休。」不知是否先生「倒清樽」三字所本。

擬卜南山宅，先尋北道鄰。關河愁欲徧，縞紵竟誰親？異國逢矜式，同人待隱淪。便思來嶽頂，揮手謝風塵。

【釋】

〔擬卜、先尋二句〕「卜宅」本出書召誥：「太保朝至于洛，卜宅。」後沿用爲遷地定居之詞。陶潛移居南村詩：「非惟卜其宅。」「北道」乃「北道主人」之省稱，與「東道主」取義同。後漢書耿弇傳：「光武指弇曰：此吾北道主人也。」二句中「南山」指代華山，「北道」指代富平。先生此次入關，已擬定居華陰，然先渡渭北訪因篤，故云。

〔縞紵竟誰親〕「縞」，生絲絹；「紵」，細麻布。左傳襄公二十九年：「（吴季札）聘于鄭，見子産（公孫僑）如舊相識，與之縞帶，子産獻紵衣焉。」後以「縞紵」喻友誼。因篤用韻奉答詩亦有「曾叨縞帶盟」句，又詠懷五百字奉亭林先生詩有「札僑風斯踐」句。

〔異國逢矜式〕「異國」猶異鄉，此指富平。「矜式」猶模式、法式，孟子公孫丑下：「我欲中國而授孟子室，養弟子以萬鍾，使諸大夫國人皆有所矜式。」自注：「郭君傳芳，時爲富平令。」按：郭傳芳字九芝，大同人。由選貢薦升富平令。先生

與潘耒書（餘集）云：「頻陽令郭公既迎中孚（李顒）僑居其邑，今復遣人千里來迎，可稱重道之風。」王弘撰山志云：「頻陽郭九芝明府聞之，以書來曰：寧人命世宿儒，道駕儼然，非無所期而至止。關學不振已久，斯其爲大興之日耶？」

〔同人待隱淪〕「同人」見〔一三四〕酬歸戴王潘韭溪草堂聯句釋。「隱淪」指隱士，桓譚新論：「天下神人五，一曰神仙，二曰隱淪。」自注：「李處士顒。」「李顒」見〔二四三〕讀李處士顒襄城紀事解題。按：此時李顒正由盩厔遷居富平東南軍砦之北，亦郭令與因篤迎至也。

〔嶽頂〕華山之頂。

〔謝風塵〕告别塵世。杜甫將赴成都草堂詩：「迴首風塵甘息機」。

【箋】

先生精五言，能用五字一句表達複雜之意，其祕訣在于用事切，鍊字穩，俾全首無一廢詞，無一閒句，不似長篇歌行可以氣勢勝，譬如長江大河，間雜泥沙而不覺也。此四首尤以結構勝，每首各叙一事，轉折及關鎖處全在第七句。如：第一首叙初見，前六句記事狀景，指歸近泛，幸賴第七句「相看仍慰藉」一收，始有「乍見翻疑夢，相悲各問年」之感。第二首謝相迎，前六句句句紀實，至第七句拈出「白雲清渭色」相比，然後「君心」如見，「謝」在其中。第三首贊李氏，前六句叙人倫，記地望，述祖德，皆係主人家事，至第七句「向來多感激」一轉，然後因主及賓，賓主交融。第四首擬卜鄰，前六句歷叙頻陽新舊知交，指歸亦泛，又賴第七句「便思來嶽頂」兜頭煞住，然後由卜鄰轉向偕隱，兩層意見俱出。

〔附〕李因篤亭林先生肯訪山村留宿見贈四詩用韻奉答

忽枉軒車轍，曾叨縞帶盟。秋陽生里巷，暮靄接柴荆。入座風威轉，褰簾月影清。慈親親刲薦，僕馬效將迎。（用

庚韻，答初見）

步屧曾徒往，騶旌乃惠臨。水澄圖史色，村静薜蘿陰。卜築何時定？燒燈此夜深。華嵐迎渭野，端足慰追尋。（用侵韻，答相迎）

馬首河山闊，春光几席温。出郊馳邑乘，聯榻擁朋尊。渚雁寒俱起，籬花晚自存。披囊頻太息，續學爲中原。（用元韻，謝入關）

契託金蘭重，詩貽白雪新。有材追二雅，微尚在三秦。日抱關烽發，霜吹戍角鄰。永言隨杖履，情洽和歌晨。（用真韻，答卜鄰）

〔二八五〕　皁帽

皁帽冬常著，青山老自看。鳥憐池樹静，雲近嶽天寒。淡食隨人給，藜牀任地安。閒來過道院，不爲訪金丹。

【釋】

〔皁帽冬常著〕此句出三國志魏志管寧傳：「寧常著皁帽。」句加「冬」字，知詩作于本年十一月重遊太華時。管寧事迹詳見〔八三〕古隱士釋，另參見〔二六九〕孫徵君葬不獲執紼「管華成一龍」釋。按：寧居遼東，常著皁帽（黑色帽），示不受緇涅也。文天祥正氣歌：「或爲遼東帽，清操厲冰雪」，即指此。

〔青山老自看〕「青山」與下「嶽天」之「嶽」均指華山。

〔鳥憐池樹静〕「憐」，愛也。此句由賈島詩「鳥宿池中樹」化出。

〔淡食隨人給〕「淡食」見〔二五九〕過矩亭拜李先生墓下「食淡」釋。本年先生入關，王弘撰、李因篤、郭傳芳等爭爲東道主，故云「隨人給」。

〔藜牀任地安〕「藜牀」，藜製之榻。庾信小園賦：「況乎管寧藜牀，雖穿而可坐。」又奉和趙王隱士詩：「藜牀坐欲穿。」庾信詩、賦蓋據高士傳：「管寧嘗坐一木榻，積五十年未嘗箕踞，榻上當膝皆穿。」本年先生入關後，遨遊富平、華下之間，故曰「任地安」。

〔閒來過道院二句〕「道院」，宋人專指道人所居之處。「金丹」乃道人、方士以金石煉成之長生藥，郭璞抱朴子金丹謂「老子受之于元君」，事近愚妄，先生固不之信。詩意蓋本唐人所云「因過竹院逢僧話，又得浮生半日閒」而已。

【箋】

題曰「皁帽」，顯係以管寧自比。時三藩亂作，南北擾攘，不啻漢末；關華守險，無異遼東，先生避地待時，固其宜也。與王虹友書（文集卷四）云：「流寓關華，已及二載，幸得棲遲泉石，不與弓旌。而此中一二紳韋頗知重道，管幼安之客公孫，惟説六經之旨；樂正裘之友獻子，初無百乘之家。若使戎馬不生，弦歌無輟，即此可爲優游卒歲之地矣。」書雖作于來年力辭鴻博之後，然弦歌卒歲之情，本年之詩與來年之書固無異也。

〔二一八六〕采芝

采芝來谷底，汲水到池坳。不礙風塵際，常觀氣化交。晨光明虎跡，夕霧隱鳶巢。昔日幽人住，攀厓此結茅。

【釋】

〔解題〕「芝」指靈芝，古人以爲神草（實爲菌類），服之得仙。秦末四皓隱于商山（見〔二〇六〕贈孫徵君奇逢「尚有傳經日四句」釋，及〔三五〕寄問傅處士土堂山中釋），采芝作歌曰：「莫莫商山，深谷逶迤。曄曄紫芝，可以療飢。唐虞世遠，吾將焉歸？」（見古今樂録）

〔不礙風塵際〕「風塵際」指戰亂之時，杜甫詠懷古蹟：「支離東北風塵際，飄泊西南天地間。」「不礙」謂采芝不礙也。

〔氣化交〕指陰陽二氣變化交爭，此喻戰亂之象。大戴禮曾子天圓：「陽之專氣爲雹，陰之專氣爲霰，霰雹者，一氣之化也。」

〔昔日幽人住〕「幽人」指隱士，易履卦：「履道坦坦，幽人貞吉。」按：五代時，陳摶曾隱華山。

〔攀厓此結茅〕「結茅」猶結廬，鮑照觀圃人藝植：「抱插壠上飡，結茅野中宿。」杜甫玄都壇歌：「獨在陰厓結茅屋。」

【箋】

皁帽以管寧自比，采芝以四皓自喻，帽與芝不足異，然一「著」、一「采」，便判見人事。管寧避漢末之亂而隱遼東，四皓避秦末之亂而隱商山，先生避三藩之亂而隱華陰，迹雖同而心則異，蓋管寧與四皓本無意于世事，不似先生雖值暮年，壯心猶在也。此詩「不礙」、「常觀」二句，故示胸襟之超脱；「虎跡」、「鳶巢」二句，隱喻時局之危惡，益信先生不類隱逸中人。

〔二八七〕寄李生雲霑，時寓曲周僧舍課子衍生

歲晚漳河朔雪霏，僕夫持得尺書歸。三冬文史常堆案，一室弦歌自掩扉。古廟薪殘燒粥冷，

荒陂水少食魚稀。何如長白山中寺，莫使匡時雅志違。

【釋】

〔解題〕李雲霑，本字雨公，吴江人，先生嗣子衍生之師；後從先生受學，改字既足，乃先生晚歲及門弟子。衍生字茂引，譜名洪瑞（與先生諸姪洪善、洪泰、洪慎、洪徽等叙雁行），原籍吴江，本生父名鼎文，字闇公，先生族兄弟行，故衍生實族子也。先生六十無嗣，因囑潘耒議撫衍生爲子。去年命雲霑率衍生附湖州沈度汪家眷便舟北上，今年四月十日至德州，將入京，先生預留書張簡可止之，而自由京南下。十三日，父子相見于張家；二十一日自德州至鄭家口；二十四日抵曲周，主路澤濃家；五月七日移寓曲周之增福廟，遂令雲霑暫留廟督課（參見編年）。先生既往山西，然後由晉入秦，作客關華；十二月復歸太原祁縣度歲。據起句，此詩當作于祁。

〔歲晚、僕夫二句〕此言時當冬杪，僕夫自曲周帶信歸祁縣。「尺書」見〔三六〕得伯常中尉書却寄「青鳥」釋。「漳河」在曲周西南三十里，由臨漳縣流入。

〔三冬、一室二句〕此言雲霑師生閉户誦讀之勤。「三冬文史」見〔三〇〕濟南「坐擁三冬萬卷書」釋。「弦歌」同絃歌，見〔三五〕七十二弟子釋。

〔古廟、荒陂二句〕此言雲霑師生飲食生計之儉。「古廟」指曲周增福廟。「燒粥」釋見下。「陂」，此處指池塘。

〔何如、莫使二句〕此言山寺讀書雖苦，亦不可有違濟世之志。「長白山」在山東鄒平縣南，以山中雲氣長白得名，乃泰山之副嶽。宋范仲淹（九八九——一〇五二）本蘇州吴縣人，生二歲而孤，隨母改適山東長山（在今淄博市）朱某。幼曾讀書長白山阿之醴泉寺，因貧，「斷虀塊粥而食」（「塊粥」謂畫粥成塊，分餐而食）。「匡時」謂挽救（匡正）時局，後漢書荀淑傳論：「平運則弘道以求志，陵夷則濡跡以匡時。」「雅志」，素志也。晉書謝安傳：「雅志未就。」

【箋】

寄詩之旨全在末二句，蓋以范仲淹先憂後樂勗雲霑也。此時雲霑尚無「欲執經北面」（見殘稿卷三答潘次耕）事，然觀此詩，先生固已知其「英年好學」（殘稿卷二與王山史書）矣。

編年（一六七八）

是年歲次戊午，清康熙十七年，吴三桂周昭武五年。

正月，清帝諭吏部：凡在京三品以上及科道官員，在外督撫布按，得各舉所知博學鴻儒，入京待試。

二月，清圖海進取四川。

三月，吴三桂稱帝，自長沙徙都衡州，置百官，造新曆，舉雲貴鄉試，以號召遠近。時三桂已失陝西（王輔臣）、福建（耿精忠）、廣東（尚之信）三大援，又失江西及廣西之半，所據除雲貴老巢外，僅川湘二省及廣西數府而已。

六月，吴三桂陷郴州，進圍永興。清帝再議親征，旋因三桂病死，議遂寢。

七月，鄭經復自廈門陷海澄、長泰等縣，進攻泉州。

八月，吴三桂病死衡州，大將馬寶等迎三桂孫世璠于雲南，至衡州立之，改元洪化。始發喪，擁柩歸雲南。

十一月，清簡親王喇布會同尚之信解永興圍，復郴州，進窺衡州。

是年先生六十六歲。春，復由太原入關，富平令郭傳芳郊迎之，遂仍居富平之軍砦。閏三月，遣李因篤家人至曲周增福廟接雲霑、衍生，期會于軍砦李顒家。四月朔，郭傳芳邀至縣城，寓南庵；旋移

寓朱樹滋家。時薦局方殷，先生未便出關東行，自秋徂冬，但往來河渭間：北至朝邑訪王建常，南止華州，居同知王爾謙署度歲。于是自本年起，先生不復赴燕都。本年先生摯友李因篤、王弘撰、傅山、門人潘耒等均被迫驅燕，惟李顒卧牀自刺以抗。時崑山葉方靄、長洲韓菼亦欲薦先生，賴三徐之力得免薦。又潼商道胡戴仁欲聘先生至署，謝不往；靖逆侯張勇命子雲翼(字又南)延聘先生往蘭州，尤堅辭之。

〔二八八〕春雨已下著雍敦牂

平生好修辭，著集逾十卷。本無鄭衛音，不入時人選。年老更迂疏，制行復剛褊。東京耆舊盡，羸瘵留餘喘。放跡江湖間，猶思理墳典。朝來閲徵書，處士多章顯。何來南郡生，心期在軒冕。幸得比申屠，超然竟獨免。春雨對空山，流泉傍清畎。枕石且看雲，悠然得所遺。未敢慕巢由，徒誇一身善。窮經待後王，到死終黽勉。

【釋】

〔解題〕本年正月，清帝詔諭吏部，畧云：「自古一代之興，必有博學鴻儒振起文運。我朝崇儒重道，四海之廣，豈無碩彦奇才可以追踪前哲者？令在京三品以上及科道官員、在外督撫布按，各舉所知……」時吴三桂報變已四載，戰亂未戢，反側未安，清廷懼漢民生變，漸示懷柔，而于明朝遺老尤加籠絡，故借纂明史，廣徵博學鴻儒，誘使來京，應試録用。此詩以「春雨」爲題，其實背景在此。著雍敦牂即戊午歲。

〔修辭〕修飾文辭，易乾卦文言：「修辭立其誠，所以居業也。」

〔著集逾十卷〕「集」，指專著外之詩文別集。按：先生詩文集原鈔本分文六卷、詩六卷；潘刻本仍文六卷，詩合成五卷，均逾十卷。

〔本無鄭衛音二句〕原注：「顔氏家訓：吾家世文章，甚爲典正，不從流俗。梁孝元在藩邸時撰西府新文，史記無一篇見録者，亦以不偶于世，無鄭衛之音故也。」按：鄭衛之音，淫聲也，亦亂世之音也。均見禮記樂記。又元好問論詩絶句：「真書不入時人眼，兒輩從教鬼畫符。」以上四句，緊扣「好修辭」言。

〔年老更迂疏二句〕狀老來之性格與行事。「制行」指有定則之操守。剛（愎）、褊（狹）、迂（腐）、疏（闊）皆貶詞，先生取以自況。按：先生少時與歸莊即有「歸奇顧怪」之目，及其老也，未嘗或變。故歸康熙八年答詩云：「但憂吾友性，迂怪終不悛。」（見〔三〕赴東詩附録）康熙十九年先生與王山史札（佚文輯補）亦云：「近來學得宋廣平（璟）面孔，頗善絶物。」唐宋璟向以耿介剛正、鐵石心腸見稱，先生自謂「學得」，實即夫子自道。

〔東京耆舊盡〕「東京」本指東漢國都洛陽，此處代明朝。「耆舊」猶故老，歷代方志、人物志以「耆舊」題名者，始于晉陳壽益州耆舊傳、習鑿齒襄陽耆舊傳。全句暗示明朝遺老俱盡。

〔羸瘵留餘喘〕「羸瘵」音雷蔡，病弱也。「餘喘」猶殘喘。此承上句，謂我尚苟延一息耳。

〔放跡江湖間二句〕「跡」同迹；「放跡」猶云放浪行迹。屈原九章：「見伯夷之放迹。」「墳典」即三墳五典，三國志吳志孫瑜傳：「瑜好樂墳典，雖在戎旅，誦聲不絶。」以上六句，由「好修辭」轉言「理墳典」。

〔朝來閲徵書二句〕「徵書」，天子徵召之書，世説新語賢媛：「徵書朝至夕發。」「章顯」，表彰顯露，揚雄連珠：「是以巖穴無隱而側陋章顯也。」按：清帝詔初下，大學士李霨（一六二五——一六八四）等即薦浙江曹溶等七十一人，入京待試。詩云「處士多章顯」，蓋諷也。

〔何來南郡生二句〕原注：「後漢書申屠蟠傳：黄瓊卒，歸葬江夏，四方名豪會帳下者六、七千人，互相談論，莫有及蟠者，

惟南郡一生與相酬對。既別，執蟠手曰：『君非聘則徵，如是相見于上京矣。』蟠勃然作色曰：『始吾以子爲可與言也。何意乃相狗效樂貴之徒邪！』因振手而去，不復與言。」「南郡」，漢時治今湖北江陵，轄武昌、襄陽、巫山、恩施等十八縣。「心期」，心所期許，見〔三二〕重過代州贈李處士因篤「幸有心期託後車」釋。「軒冕」，古制：貴官皆乘車服冕，後沿以「軒冕」喻顯者。莊子繕性：「古之所謂得志者，非軒冕之謂也。」

〔幸得比申屠二句〕原注：「申屠蟠傳：黨錮之禍，唯蟠超然免于評論。」按：蟠字子龍，漢末陳留人。隱居精學，博貫五經，兼明圖緯。郡召爲主簿，不行。見漢室陵夷，乃絶跡梁碭間，因樹爲屋，杜門養高，郭泰、蔡邕甚重之。後董卓廢立，荀爽、陳紀輩皆爲所脅，獨蟠得全，人服其先見。先生本年與李星來書（文集卷三）已云：「今春薦剡，幾徧詞壇，雖龍性之難馴，亦魚潛之孔炤。乃申屠之跡，竟得超然，叔夜之書，安于不作，此則晚年福事。」

〔春雨對空山以下四句〕原注：「唐錢起詩：初服傍清畎。」「初服」，仕前衣服，古人退職隱居謂「返初服」。「畎」，田間水溝。「枕石」，亦喻隱居生活，曹操秋胡行：「名山歷觀，遨遊北極，枕石漱流飲泉。」作此詩時，先生仍居富平之軍砦（見「編年」），故四句乃狀所居景物及時令，以見「超然獨免」之情。

〔未敢慕巢由二句〕巢父、許由均唐堯時高士，相傳堯嘗以天下讓之，俱不受。然二人不過獨善其身，故不足多慕。二句看似表謙，實係志傲，以引出下句。

〔窮經待後王二句〕「窮經」謂窮研六經。「黽勉」謂努力，詩邶風谷風：「黽勉同心，不宜有怒。」按：先生自云「五十以後，篤志經史」（文集卷四與人書二十五），與此詩「放跡江湖間，猶思理墳典」同。全祖望亭林先生神道表亦云：「晚益篤志六經。」「後王」，後起之王也。先生自信所著日知録必傳，每曰：「竊欲待一治于後王，啟多聞于來學。」（殘稿卷一與友人書）又曰：「有王者起，將以見諸行事，以躋斯世于治古之隆，而未敢爲今人道也。」

【箋】

康熙鴻博之舉乃明朝遺老出處名節之所繫，先生詩直涉其事者約十題，本篇則其始見也。「博學弘辭」科始于唐開元時，兩宋因之，元明不復繼，至清康乾兩朝重開。「弘」亦作「宏」、「鴻」（三字音訓同，避高宗諱也）；「辭」一作「詞」，義同。「弘辭」作「鴻儒」則誤，蓋「弘辭」係對科名言，「鴻儒」係對所舉之人言，不可不嚴格分之。該科所試最重文詞，故清廷詔曰：「其有學行兼優，文詞卓越之人，勿論已仕未仕，中外臣工，各舉所知，朕將親試焉。」先生與李星來書云：「今春薦剡，幾徧詞壇。」此詩亦以「平生好修辭」起句，其後所録，果皆文詞卓越者。然康熙重儒，故詔又云：「一代之興，必有博學鴻儒，振起文運。」是欲合「儒林」與「文苑」爲一，故舉必「鴻儒」，試必「文詞」，先生膺選亦必矣。此篇作于本年詔書初頒之時，已知「幸得比申屠，超然竟獨免」，其後亦果「獨免」，何耶？吴譜引元譜但云：「時朝議以纂修明史特開博學鴻詞科，徵舉海内名儒，官爲資送，以是年冬齊集都門候試。先生同邑葉訒庵（方靄）閣學及長洲韓慕廬（菼）侍講欲以先生名應薦，已而知志不可屈，遂止。」先生明年與葉訒庵書（文集卷三）追叙此事曰：「去冬韓元少（菼）書來，言曾欲與執事薦及鄙人，已而中止。」據此，知本年韓、葉欲薦先生確有其事，其「中止」亦必在作此篇之前，然中止之故，俱未明言。己未詞科録賈崧案：「葉訒庵侍郎欲舉亭林，亭林固辭，致書者三，遂不列薦剡。」似謂訒庵中止乃先生固辭，且「致書者三」所致。然文集不載本年所致書，恐係誤將明年辭史局書移作今年事。（該書云：「頃聞史局中復有物色及之者。……七十老翁何所求？正欠一死，若必相逼，則以身殉之矣！」）按：鴻辭薦主，必出本籍，先生雖「放跡江湖」，然在江南日，素以詩文著稱（詳見〔九三〕贈路光禄太平箋附歸莊與葉方恆書），韓、葉之薦是也。意者三徐俱已顯達，朝旨初下，預爲舅氏辭，韓、葉郡人，因而中止，先生必已知之，否則此詩云云，不可曉矣。然先生慕經儒而黜文人，則不始于今日。嘗謂「能文而不爲文人」（文集卷四與人書二十三），「一命爲文人，無足觀矣。」（與人書十八）又曰：「君子之爲學，以明道也，以救世也。徒以詩文而已，所謂雕蟲篆刻，亦何益哉！」（與人書二十五）「故凡文之不關于六經之指、當世之務者，一切不爲。」（與人書三）此詩首歎「平生好修辭」，「不入時人選」；繼云「年老更迂疏」，「猶思理墳典」；末言

「窮經待後王，到死終黽勉」，是以「修辭」與「窮經」並舉：修辭必無鄭衛之音，窮經以待後王之用，故知全篇述志如此，不獨爲不列薦剡自幸也。

〔二八九〕寄同時二三處士被薦者

關塞逾千里，交遊更幾人？金蘭情不二，猿鶴意相親。鄴下黄塵晚，商顔緑草春。與君成少别，知復念蘇純。

【釋】

〔解題〕先生已未答李子德書（殘稿卷三）云：「同榜之中，相識幾半。其知契者：愚山（衍生注：施閏章）、荆峴（湯斌）、鈍庵（汪琬）、竹垞（朱彝尊）、志伊（吴任臣）、阮懷（高詠）、蓀友（嚴繩孫）……」其中除朱彝尊、吴任臣、嚴繩孫于未舉前堪稱「處士」外，餘如湯斌、汪琬、施閏章等早登仕籍，皆不足稱，故與本題無涉。又先生本年與李星來書（文集卷三）云：「關中三友：山史辭病，不獲而行；天生母病，涕泣言别；中孚至以死自誓而後得免。」已知李顒舁榻絶食在本年八月，此詩作于本年春日，故所云「二三處士」，當指王弘撰、李因篤、李顒。

〔關塞逾千里〕「關」指秦關，「塞」指長城，暗示關中與京師距逾千里，以應末聯「少别」二字。

〔金蘭情不二〕見〔九五〕永夜「金蘭友」釋。

〔猿鶴意相親〕猿與鶴皆隱士交遊。孔稚圭北山移文：「蕙帳空兮夜鶴怨，山人去兮曉猿驚。」以上二句記舊情。

〔鄴下黄塵晚〕「鄴下」猶言鄴都之下。「鄴」在今河北臨漳，後趙、前燕、東魏、北齊皆嘗都此，蓋胡都也，此喻當時北京。

〔商顔緑草春〕「顔」音崖，義同「額」。「商顔」謂商山之額，四皓所居，在今陜西商縣東，與陜西大荔北之商原亦名商顔

異，先生本年答李紫瀾書（文集卷三）有「四皓之商顏，劉阮之天姥」二語可證。以上二句思別後。

〔少別〕猶小別、暫別，江淹別賦：「少別千年。」句用「少別」，尚冀其薦而不售也。

〔蘇純〕原注：「後漢書：蘇純字桓公，性切直，士友咸憚之。至乃相謂曰：見蘇桓公，患其教責人；久不見，又思之。」句用「蘇純」，蓋以自喻，冀二三子毋忘教責也。

【箋】

作此詩時，王李等雖已被薦，猶未北行，故預寄此詩以相砥礪。全首抒情甚委婉，稱「處士」，見其人原本高潔；言「被薦」，見其事異乎干祿；「金蘭」句顧交情終身不二；「猿鶴」句冀處士全節歸來；頸聯本係設想，仍以對比見意；末聯雖曰「少別」，猶借蘇純示警。此時也，先生已爲「天際之冥鴻」（見與李星來書），而「同志之侶欲相留避世」亦不可得，悲之不暇，又安忍深責？此詩似已分寄諸人，今存李因篤春日得寧人書敬佩韋弦輒酬短句一首，似可窺見諸人初衷：「春水沿洄雙鯉魚，爲修珍重數行書。幽芳出谷原多事，勁竹同根迴自如。北海翔鴻懷遠道，南風采葛戀吾廬。兼聞綿上傳經約，莫遣闕門步屧疏。」

〔二九〇〕　井中心史歌

崇禎十一年冬，蘇州府城中承天寺以久旱浚井，得一函，其外曰「大宋鐵函經」，錮之再重，中有書一卷，名曰心史，稱「大宋孤臣鄭思肖百拜封」。思肖號所南，宋之遺民有聞于志乘者。其藏書之日爲德祐九年，宋已亡矣。而猶日夜望陳丞相、張少保統兵外來以復土宇，至于痛哭流涕而禱之天地，盟之大神，謂氣化轉移，必有一日。于是郡中之人見者無不稽首驚詫，而巡撫都院張公國

維刻之以傳；又爲所南立祠堂，藏其函祠中。未幾而遭國難，一如德祐末年之事。嗚呼悲矣。其書傳至北方者少，而變故之後又多諱而不出。不見此書者三十餘年，而今復睹之富平朱氏。昔此書初出，太倉守錢君肅樂賦詩二章，崑山歸生莊和之八章。及浙東之陷，張公走歸東陽，赴池中死；錢君遯之海外，卒于瑯琊山；歸生更名祚明，爲人尤慷慨激烈，亦終窮餓以没。獨余不才，浮沈于世，悲年運之日往，值禁網之逾密，而見賢思齊，獨立不懼，故作此歌以發揮其事云爾。

有宋遺臣鄭思肖，痛哭元人移九廟。獨力難將漢鼎扶，孤忠欲向湘纍弔。著書一卷稱心史，萬古此心心此理。千尋幽井置鐵函，百拜丹心今未死。厄運應知無百年，得逢聖祖再開天。黄河已清人不待，沈沈水府留光彩。忽見奇書出世間，又驚牧騎滿江山。天知世道將反覆，故出此書示臣鵠。三十餘年再見之，同心同調復同時。陸公已向厓門死，信國捐軀赴燕市。昔日吟詩弔古人，幽篁落木愁山鬼。嗚呼！蒲黄之輩何其多，所南見此當如何！

【釋】

〔解序〕（一）鄭思肖（一二四一——一三一八），福建連江人。「思肖」乃宋亡後改名，即「思趙」也。字所南，又字憶翁，均寓不忘宋之意。初以太學上舍生應博學弘詞科，侍父震來吴，住條坊巷，遂家焉。元兵南下，叩闕上書，辭切直忤當道，不報。宋亡，隱居吴下，自稱三外野人。坐必南向，歲時伏臘，輒望南野哭，再拜乃返；聞北語，必掩耳疾走。人知其孤僻，亦不以爲怪。工畫墨蘭，自易代後，爲蘭不畫土，或詰之，則云：「爲番人奪去，汝猶不知耶？」不欲與人畫，雖迫以權勢，不可得。終身不娶，浪游無定跡。疾亟，屬其友唐東嶼爲書一位牌，曰：「大宋不忠不肖鄭思肖」，語訖而卒。思肖傳分見程克勤宋遺民録及朱明德廣宋遺民録，另參見蘇州府志。（二）志乘：「志」指志書，如人物志之

類。「乘」音勝，史書。（三）德祐九年：「德祐」乃南宋恭帝年號，僅二年（一二七五——一二七六）。今云九年，實卽元世祖至元二十年（一二八三）。黄宗羲謝時符墓誌銘曰：「鄭思肖之心史，鐵函封固，沈之井中，是時思肖年四十三耳，至七十八歲而卒。」而北畧竟云：「心史自宋端宗起，迄元成宗止，皆言宋政寬厚及元人殺戮等事。所載數十年事，俱書景炎幾年，不用至元、元貞等號。」今知藏書在世祖至元二十年，不應載成宗元貞時事，北畧誤。（四）陳丞相：指陳宜中，字與權，永嘉人。德祐初，以知樞密院事拜右丞相，轉左丞相。臨安圍，奉益王出奔。井澳之敗，欲奉王走占城，乃先往諭意，竟不返。至元十九年（一二八二），元兵伐占城，宜中奔暹，後殁于暹。（五）張少保：指張世傑，范陽人。元兵迫臨安，世傑護益、衞二王入福州，拜簽書樞密院事。益王死，立衞王昺，護至厓山，封少保越國公。元張弘範攻厓山，世傑率海師迎戰，兵敗，擬入海借兵復國，風起艦没，溺死。（六）而猶日夜望陳丞相、張少保統兵外來以復土宇：原鈔本作「而猶日夜望陳丞相、張少保統海外之兵以復大宋三百年之土宇，而驅胡元于漠北。」按：心史大義畧叙云：「近陳丞相挾占城出師甚盛，……逆韃亡，此其時矣！」又二唁詩叙：「聞公至海南諸國，……或傳其在真臘之間，併集外國兵來。微臣望東望南，一旦從天而下，盡復太祖、高宗境土，豈不快哉！」（七）必有一日：此四字原鈔本作「必有一日變夷而爲夏者」十字。（八）張國維：字九一，號玉笥，浙江東陽（金華）人。天啟進士，崇禎時曾以右僉都御史巡撫應天、安慶等十府（傳刻井中心史當在此時）。南都陷，魯王監國，進少傅、兵尚、武英殿大學士，督師江上（餘見詩序）。（九）富平朱氏：指朱長源，見［二九四］關中雜詩二自注「時寓富平朱文學樹滋齋中，藏書甚多。」（十）錢肅樂：字希聲，鄞人。崇禎進士，知太倉州，有政績（賦井中心史詩當在此時）。進刑部員外郎，以憂歸。清兵下杭州，肅樂起兵以抗。魯王召爲左僉都御史。江上之敗，鄭彩奉王至鷺門，晉肅樂大學士。然彩專國柄，肅樂憂憤成疾卒。按：「肅樂賦詩二章」，當作「十章」，皆七律，反復用徒、胡、枯、奴、渝五字爲韻，名句有「西山採蕨歌猶壯，東魯悲麟筆幾枯。」（十一）歸莊，見［三三］吴興行解題。「和之八章」，亦當作「十章」。歸莊庚辰詩卷有讀鄭所南心史，

已成七十韻；後錢希聲明府以十律見示，復次韻得十章詩。〔十二〕禁網：喻法令。漢書循吏傳序：「漢興之初，反秦之弊，與民休息，凡事簡易，禁網疏闊。」〔十三〕見賢思齊：論語里仁：「子曰：見賢思齊焉，見不賢而內自省也。」〔十四〕故作此歌以發揮其事云爾：此十一字原鈔本作「將發揮其事，以示爲人臣處變之則焉，故作此歌云爾」，共二十一字。

〔痛哭元人移九廟〕「元人」原鈔本作「胡元」。古帝王立七廟以祀其祖先，王莽時增黃帝、帝虞爲其初，始二祖，遂作九廟，後世遵之不變。「移九廟」謂滅宋也。

〔湘纍〕指屈原，見〔一三八〕京師作釋。

〔著書一卷稱心史〕朱明德廣宋遺民録鄭思肖：「德祐北狩，（思肖）憤恨若不欲生，遂改今名，字憶翁，號所南。作臣子盟檄兩篇，目之曰久久書，遂與所作咸淳集一卷、大義集一卷、中興集二卷及雜文詩，總爲心史，入一鐵函，投承天寺井中。」又云：「崇禎戊寅十一月八日，承天寺狼山中房僧達始，因旱浚井，啟而得之。計先生藏年至是三百五十六春秋（一二八三——一六三八）矣。不濡不滅，完好如新。」按：朱明德字不遠，吳江人。廣程克勤宋遺民録至四百餘人。明年以書來求序于亭林先生，先生爲作廣宋遺民録序，載文集卷二。

〔萬古此心心此理〕宋史陸九淵傳：「千百世之上，有聖人出焉，此心同也，此理同也。千百世之下，有聖人出焉，此心同也，此理同也。」按：先生釋「心史」之名，重在「心」字，下句「百拜丹心今未死」、「同心同調復同時」，用意皆同。

〔厄運應知無百年二句〕原鈔本作「胡虜從來無百年」。二句暗用明太祖滅元故實：吳王元年（卽元至正二十七年）遣徐達等北取中原，傳檄遠近，檄曰：「元之臣子，不遵祖訓，亂壞綱常，于是人心離叛，天下兵起。……古人云：胡虜無百年之運，驗之今日，信乎不謬。」按：蒙元自滅南宋至爲明所滅，約九十年（一二七九——一三六八）。又永樂元年謚太祖爲「神聖文武欽明啟運峻德成功統天大孝高皇帝」，嘉靖十七年，增謚「開天行道、肇紀立極，大聖至神，仁文義武，峻德成功」至二十五字。

〔黄河已清人不待二句〕「黄河清」喻天下太平，易緯乾鑿度下：「天之將降嘉瑞應，河水清三日。」「人不待」謂思肖已不及見。

〔水府〕泛指水底，韓愈貞女峽詩：「懸流轟轟射水府，一瀉百里翻雲濤。」此處隱寓承天寺井底。

〔又驚牧騎滿江山〕「牧騎」，原鈔本作「胡騎」。此句暗示滿清將入主中國。

〔天知世道將反覆二句〕上句暗示明清將易代，下句卽原鈔本序文末句「以示爲人臣處變之則焉」。原注：「禮記射義：爲人臣者以爲臣鵠。」「鵠」，射之的。「臣鵠」，爲臣準則。錢肅樂心史跋謂「士君子不可一日遭心史之事，不可一日不存心史之心。」皆此意也。

〔同調〕謂聲氣相同（調，聲調），謝靈運七里瀨詩：「誰謂古今殊，異代可同調。」

〔陸公已向厓門死〕陸秀夫字君實，鹽城人，景定進士。德祐初，官禮部侍郎。益、廣二王走温州，秀夫追從之。與陳宜中、張世傑等共輔幼主，進端明殿學士，雖在播越中，猶正笏立朝。衞王昺立，進左丞相。厓山破，秀夫驅妻子先入海中，已尋負帝昺赴海死。

〔信國捐軀赴燕市〕文天祥（一二三六——一二八三），德祐初拜右丞相，益王時進左丞相，衞王立，加少保，封信國公。祥興元年（一二七八）十一月，與元將張弘範驟遇于潮陽五坡嶺，衆不及戰，遂被執。呑腦子不死；弘範遣使護送至燕京，道中絶食不死。在燕囚三年，忽必烈欲官之，終不屈，作正氣歌以見志。至元十九年十二月就義于燕京之柴市。

〔昔日吟詩弔古人〕指錢肅樂、歸莊等讀心史後所作詩歌。

〔幽篁落木愁山鬼〕此借「山鬼」泛指鬼神，悉用山鬼篇中詞語。楚辭九歌山鬼：「余處幽篁兮終不見天！」又「風颯颯兮木蕭蕭」。

〔蒲黄〕自注：「宋末蒲壽庚、黄萬石。」蒲壽庚，泉州人，與其兄壽宬（亦作晟）俱番回。景炎元年（一二七六）十一月，端

宗（帝昰）奔泉州，壽庚時官宋招撫使，守泉，拒城不納，且殺宋宗室及從亡士大夫與淮兵之在泉州者。旋與兄密納款降于元。黄萬石，德祐二年十二月以宋江西制置使叛降元。時淮人米立爲萬石帳前都統制，獨迎戰不降，兵敗被執繫獄。元人遣萬石諭立，曰：「吾官銜一牙牌署不盡，今亦降矣，汝何爲不降？」立曰：「侍郎國家大臣，立一小卒耳，何足道！但三世食趙氏禄，趙亡，何以生爲？」遂遇害。萬石因欲取全閩以爲己功。此處以「蒲黄之輩」暗喻明之叛臣。

【箋】

心史七卷，今存，而四庫僅入集部存目。提要首責其鈔寫錯漏，于魏徵知避仁宗諱（禎），于李覯則不知避高宗諱（構）；于蒲壽庚竟書作蒲受耕。次責其記事多與史不合，如謂少保張世傑奉祥興皇帝奔遁，或傳今駐軍離裏，等等，于是斷言此書必非鄭思肖作，當係明末好異之徒作此以欺世，而故爲眩亂其詞者。今觀先生詩及序，則不獨其書爲可信，而其事亦鑿鑿有據。先生係親自見證之人，錢肅樂與歸莊之原唱俱在；當時刻其書者有東陽張國維，嘉定陸坦，福清林古度；記其事者有餘姚黄宗羲、吳江朱明德；北方藏其書者尚有富平朱長源；……世間竟有如此衆多知名之士，南北輻輳，相與作僞，欲共鑄成此一大錯，有是理乎？又何來如此「好異之徒」，敢于明朝未亡之際，一手掩盡三吳人士之耳目，預造此書以「欺世」乎？四庫館臣但據徐乾學通鑑後編考異，以爲海鹽姚士粦所僞託。乾學之説其或出于閻若璩，若璩自言聞諸曹溶。士粦（字叔祥）學問奥博，喜搜羅秦漢以來遺文，撰有祕册彙函跋尾，考訂詳覈，然其人卒于明末，其書亦未收心史，不知爲何蒙此僞託之名。意者溶本與士粦同郡，先造爲是説；若璩嘗問學于溶，故得聞其説；及入乾學太湖一統志局，乾學遂攬其説入考異。夫心史藏書之日爲德祐九年，時思肖在吳，未必確知二王及厓山覆舟消息，痛極呼天而記傳聞之辭，本情理之常。提要乃謂「當時國史野乘所記皆同，思肖尤不宜爲此無稽之談。」正不知其時何來「國史野乘」，不幾于痴人説夢乎？況宋人諱多而易亂；「蒲受耕」尤不過傳聞音譯，凡此種種，俱非作僞而錯漏，

適足以證孤臣孽子無心著書，故不免以昏瞀爲真實耳。夫一書真僞，兩造異詞，要必各有所本。先生以當時人，記當時事，見當時書，所本者極厚。曹溶本變節之徒，徐乾學乃新朝顯貴，閻若璩于清聖祖叩頭涕零，于四皇子尤感知遇，彼等皆以己之不潔而願天下不復有堅貞之士，皆可毋論矣。獨怪四庫開館時，先生詩集行世已久，館臣不引先生詩而引乾學耳食之説，得毋以心史痛斥胡元，懼遭時忌耶？

〔二九一〕 夏日

渴日出林表，炎風下高山。火旻雲去微，谷井泉來慳。晨露薄不濡，夕氛横空殷。百卉變其姿，蕉萃伴榛菅。深居廢寢興，無計離人寰。而況蚩蚩氓，謀食良巨艱。眷此負耒勤，羨彼濯流還。素月方東生，易忍桑榆間。乃悟處亂規，無營心自閒。詎如觸熱人，未老毛髮斑。坐須爽節至，一尊散襟顔。

【釋】

〔解題〕康熙十年（一六七一），作夏日詩兩首，詠夏旱也，其地在冀、魯。本年同題詩亦詠夏旱，其地則在陝、甘。先生時居關中，與公肅甥書（文集卷三）云：「此中自京兆抵二崤皆得雨；隴西、上郡、平涼比旱荒，恐爲大同之續。與其賑䘏于已傷，孰若蠲除于未病。……」

〔渴日出林表〕「渴日」猶旱日、焦日、驕陽。山海經海外北經：「夸父與日逐走，入日，渴欲得飲，飲于河渭；河渭不足，北飲大澤。未至，道渴而死。」後遂以夸父之渴爲日之渴。杜甫望南嶽詩：「渴日絶壁出，漾舟清光旁。」「林表」即林外。全句叙驕陽之初升。

〔炎風〕熱風。岑參使交河郡詩：「九月尚流汗，炎風吹沙埃。」

〔火旻雲去微〕「火旻」指秋日之天空，見〔一〇五〕王徵君潢具舟城西詩釋。全句狀秋高無雲。

〔谷井泉來慳〕「谷井」猶井谷，易井卦：「井谷射鮒。」此處實指關中之井渠。史記河渠書：「于是爲發卒萬餘人穿渠，自徵引洛水至商顏下。岸善崩，乃鑿井，深者四十餘丈。往往爲井，井下相通行水，水頹以絶商顏，東至山嶺十餘里間。井渠之生自此始。」按：關中井渠自秦漢迄今，相沿不絶。「慳」，缺也。全句謂井泉將竭。

〔濡〕音儒，動詞，濕潤也。

〔殷〕音煙，血色或赤黑色。

〔蕉萃侔榛菅〕「蕉萃」同憔悴、顦顇，疲弱萎靡貌，楚辭漁父：「顏色憔悴，形容枯槁。」「侔」音謀，齊同也。「榛菅」見〔一二三〕元日釋。此承上「百卉」句，狀百草因夏旱憔悴與榛菅同。

〔深居廢寢興〕「寢興」猶言起居、作息；「廢」，意謂失序不安。此句以下皆自謂。

〔蚩蚩氓〕淳樸之民。詩衛風氓：「氓之蚩蚩，抱布貿絲。」

〔負耒〕指農民。「耒」，木製耕具。徐陵在北齊與宗室書：「持竿而釣，徵聘不來；負耒而耕，公侯靡屈。」

〔濯流〕指隱者。左思詠史：「振衣千仞岡，濯足萬里流。」謝靈運憶山中詩：「濯流激浮湍。」取意本左。

〔素月〕清月。王禹偁黄岡竹樓記：「送夕陽，迎素月。」

〔易忍桑榆間以下三句〕原注：「淮南子：聖人之處亂世，若夏暴而待暮桑榆之間，逾易忍也。」按，此承「素月方東生」句，以「桑榆」喻日將暮。太平御覽三引淮南子曰：「日西垂景在樹端，謂之桑榆。」注言其光在桑榆上，即月生待暮之際，夏暴斯可忍也。「處亂規」指處亂世之準則。「無營」謂無所營謀，蔡邕釋誨：「安貧樂賤，與世無營。」

〔觸熱〕本指冒暑、冒熱，崔駰博徒論：「博徒謂農夫曰：子觸熱耕耘，背上生鹽。」後轉義爲趨炎附勢，如程曉嘲熱客詩：

「今世稚藏子，觸熱到人家。」先生所云「觸熱人」，當指今年應試鴻博諸徵士。

〔坐須爽節至〕「須」，待也。「爽節」通指秋季，謝朓奉和隨王殿下詩：「淵情協爽節，詠言興德音。」

〔一尊散襟顏〕「尊」同樽，指杯酒。「散」猶解。「襟」，胸襟；「顏」，容顏。杜甫上後園山脚詩：「飄飆散襟顏。」

【箋】

此詩前半憫農，後半序志，「眷此負耒勤，羨彼濯流還」二句實爲分野。以「觸熱」與「無營」對言，暗涉本年薦局，自慰與規諷之意亦甚明。

〔二九二〕 梓潼篇贈李中孚

益部尋圖像，先褒李巨游。讀書通大義，立志冠清流。憶自黃皇臘，經今白帝秋。井蛙分駭浪，嵎虎拒巖幽。譬旨鴻臚切，徵官博士優。里人榮使節，山鳥避車騶。篤論尊尼父，清裁企仲由。當追君子躅，不與室家謀。獨行長千古，高眠自一丘。聞孫多好學，師古接姱修。忽下弓旌召，難爲澗壑留。從容懷白刃，決絶郤華輈。介節誠無奪，微言或可投。風回猿岫敞，霧卷鶴書收。隱痛方童丱，嚴親赴國仇。尸饔常并日，廢蓼擬填溝。歲逐糟糠老，雲遺富貴浮。幸看兒息大，敢有宦名求。相對銜雙涕，終身困百憂。一聞稱史傳，白露滿梧秋。

【釋】

〔解題〕原注：「後漢書獨行傳：李業字巨游，廣漢梓潼人也。元始中，舉明經，除爲郎。去官，杜門不應州郡之命。王莽以業爲酒士，病不之官。遂隱藏山谷，絶匿名跡，終莽之世。及公孫述僭號，素聞業賢，徵之，欲以爲博士，業固疾不起。數年，述羞不致之，乃使大鴻臚尹融持毒酒奉詔命以劫業：若起，則受公侯之位；不起，賜之以藥。融譬旨勸之，業乃歎曰：危國不入，亂國不居，親于其身爲不善者，義所不從。君子見危授命，何乃誘以高位重餌哉！融見業辭志不屈，復曰：宜呼室家計之。業曰：丈夫斷之于心久矣，何妻子之爲？遂飲毒而死。述聞大驚，又恥有殺賢之名，乃遣使弔祠，賻贈百匹。業子翬逃辭不受。蜀平，光武下詔表其閭。益部紀載其高節，圖畫形像。」按：「梓潼」，漢縣名，係廣漢郡治，在今四川綿陽市東。李中孚即李顒，見〔二四三〕讀李處士顒襄城紀事解題。本年李顒以死拒試鴻博，其事頗類其先人李業拒公孫述博士之召。業係梓潼人，先生故作梓潼篇以贈。據先生答李紫瀾書（文集卷三）：「……同志之李君中孚遂爲上官逼迫，舁至近郊，至卧操白刃，誓欲自裁。關中諸君有以巨游故事言之當事，得爲謝病放歸。」然則「關中諸君有以巨游故事言之當事」宜在前，先生作詩宜在後也。

〔益部尋圖像二句〕「益部」，地名，卽漢之益州，在今四川省境内。漢自武帝後，分天下爲十三州，亦稱十三部。州、部乃監察區，朝廷設刺史。光武中興，仍遵其制。東漢益州刺史治今廣漢，梓潼其所屬也。詩所稱「益部」，據原注，當指益部紀。「圖像」乃紀中所載益部耆舊之圖像，李巨游像在焉。

〔讀書、立志二句〕後漢書光武紀：「受尚書，畧通大義。」三國志魏志陳羣傳：「動仗名義，有清流雅望。」按：後漢書李業傳載業「少有志操，習魯詩，舉明經……」未言其讀書立志如何。疑此二句乃先生據業畢生行事所爲斷語，兼以喻李顒者。

〔黄皇臘〕指王莽時代。莽滅劉氏，自謂以土克水，土色黄，故稱黄皇。其女本漢平帝后，既篡，因更號爲「黄皇室主」，

見漢書外戚傳。「臘」，祭名，見〔一三〕陳生芳績兩尊人先後即世「王氏臘」釋。

〔白帝秋〕指公孫述時代。述（前？——後三六）字子陽，扶風茂陵人。王莽末，起兵據益州，自立爲蜀王。建武元年稱帝，都成都，號成家。十二年爲漢軍所破，被殺。後漢書有傳。述僭號時，色尚白，因改成都秦時舊倉爲「白帝倉」，以魚復縣爲「白帝城」。按：此處「白帝」與〔一九六〕華山「白帝」義異。

〔井蛙、嵎虎二句〕「井蛙不可以語于海」，出莊子秋水。後漢書馬援傳載援評公孫述曰：「子陽井底蛙耳，而妄自尊大。」「嵎虎」出孟子盡心：「有衆逐虎，虎負嵎（嵎，山曲處），莫之敢攖。」二句諷公孫述見識褊狹，思以一隅之地與中原抗衡。

〔譬旨鴻臚切〕「譬」，曉諭。「鴻臚」，官名，周曰行人，秦曰典客，漢曰鴻臚，掌朝賀、慶弔贊禮諸事。句言尹融以公孫述詔旨剴切曉諭李業，見原注。

〔徵官博士優〕「博士」，官名，漢代曾設五經博士，屬太常。句言公孫述徵李業爲博士，官殊優厚。

〔里人、山鳥二句〕「使節」，此指天子（公孫述）持節之使，即尹融。「車騶」，此指天子使節所乘之車馬。二句係襲孔稚圭北山移文「鳴騶入谷，鶴書赴隴」原意，極狀世俗對天子徵召之敬畏。

〔篤論、清裁二句〕「篤論」，確當之論，與「論篤」義同。論語先進：「論篤是與，君子者乎！」「清裁」，嚴正之裁判。後漢書范滂傳：「（朱）零仰曰：范滂清裁，猶以利刃齒腐朽。」按：「尊尼父」、「企仲由」（仲由即孔子弟子子路，對孔子時有諍言），謂李業所歎之言（見原注）皆出自孔子及仲由也。如論語泰伯：「子曰：篤信好學，守死善道，危邦不入，亂邦不居，天下有道則見，無道則隱。」又論語陽貨：「佛佾召，子欲往。子路曰：昔者由也聞諸夫子曰：親于其身爲不善者，君子不入也。佛肸以中牟叛，子之往也，如之何！」又論語憲問：「（子路曰）今之成人者何必然？見利思義，見危授命，久要不忘平生之言，亦可以爲成人矣。」

〔當追君子躅〕「躅」音濁，足跡。郭璞爾雅序：「企望塵躅者，以將來君子爲亦有涉乎此也。」

〔不與室家謀〕尹融勸業「呼室家計之。」業曰：「丈夫斷之于心久矣，何妻子之爲？」見原注。

〔獨行、高眠二句〕禮儒行：「其特立獨行有如此者。」意謂志節高尚，不同流俗。後漢書首創獨行傳，李業與焉。二句以上全叙梓潼李業事，以下轉叙李中孚。

〔聞孫〕猶「耳孫」，玄孫之子孫，言去其曾、高益遠，但耳聞而已。此處「聞孫」專指李業之後裔，以引出李顒肖祖拒徵事。

〔嫮修〕見〔三三〕子德李子聞余在難詩釋。

〔忽下弓旌召以下四句〕（一）弓旌召：古天子以弓招士，以旌招大夫，見左傳昭公十二年齊侯招虞人事，後引申爲天子徵聘。（二）澗壑：猶丘壑，指隱居之地。（三）決絶：以死拒絶。古詩白頭吟：「聞君有兩意，故來相決絶。」（四）華輈：「輈」音舟，本指小車之曲轅，後以轅代舟。「華輈」卽彩舟。謝朓鼓吹曲：「凝笳翼高蓋，疊鼓送華輈。」四句概叙李顒以死拒徵。據國朝先正事畧諸書載：康熙癸丑（一六七三）陝督鄂善等卽以「隱逸」薦顒于朝。顒先貽書鄂辭謝，繼以股痺，絶食，堅不赴省。書凡八上，皆以病爲辭，得旨俟病愈敦促入都，自是每年檄司、府、縣查催。本年部臣復以「海内真儒」薦，有旨召對。于是督撫檄司府，司府檄富平縣力促。顒固稱疾篤，大吏催行益急，命舁榻以行。至省〔西安〕，督撫親至榻前慫恿，顒絶粒六日，至欲拔佩刀自裁。

〔介節誠無奪以下四句〕（一）介節：耿介之節，奪，易也。孟子盡心：「柳下惠不以三公易其介。」（二）微言：此指秘密進言，與〔三〕述古釋義異。呂氏春秋精喻：「白公問于孔子曰：人可與微言乎？孔子不應。」又史記武安侯田蚡傳：「武安侯乃微言太后諷上。」此卽先生答李紫瀾書中所云「關中諸君有以巨游故事言之當事」。（三）鶴書：鶴頭書乃詔板所用字體，古以之招隱士。按：顒既絶食自裁。陝督聞巨游故事，懼蒙殺賢之名，乃以李顒疾篤具復，徵召遂寢。四

句即暗叙其事。

〔隱痛方童丱以下四句〕追述顯少時孤苦，其事詳見〔二四三〕讀李處士顯襄城紀事解題。（一）隱痛：深痛，其痛在心。（二）童丱：指童年，見〔二六四〕兄子洪善北來釋。顯父死難襄城時，顯年僅十六。（三）尸饔常并日：詩小雅祈父：「胡轉予于恤，有母之尸饔。」尸，主持；饔，飲食餚饌。意謂子弟從軍，賴母爲之謀食。先生此句蓋紀實，顯母子并日而食亦見〔二四三〕解題。（四）廢蓼擬填溝：「廢蓼」見〔一一三〕陳生芳績兩尊人先後即世「王裒泣血」釋。「填溝」，死之諱詞，戰國策趙策：「（觸讋曰）願及未填溝壑而託之。」此言顯因父母之喪而痛不欲生。

〔歲逐糟糠老〕此言顯清貧度日。「糟糠」喻劣食，史記伯夷列傳：「回也屢空，糟糠不厭。」

〔雲遺富貴浮〕此言顯不慕富貴。論語述而：「（子曰）不義而富且貴，于我如浮雲。」

〔幸看兒息大二句〕此言顯教子不仕。「兒息」即兒子，李密陳情表：「門衰祚薄，晚有兒息。」「宦名」，仕宦功名。顯有二子：慎言、慎行。以門户故，出補諸生，然終不與科舉；後以選拔貢太學，亦不赴。

〔相對銜雙涕二句〕此叙顯與先生之交契。顯自乙卯遷居富平後，即居土室，不接賓客，惟亭林先生至，始開扉款之。

〔一聞稱史傳二句〕「史傳」指後漢書李業傳等，詳見原注所引。「秋」字原鈔本、潘刻本、中華本皆作「秋」。徐注本雖據潘刻本，獨此字易作「楸」，孫詒讓、汪辟疆校本與徐同，按：作「楸」是。宋玉九辯有「白露既下，梧楸離披」句，謂梧楸遇白露而凋零也。謝朓秋夜講解詩「露下梧楸傷」，亦本此。先生借白露傷梧以痛歷代因逼徵而殺士，刺清之意亦甚明。

【箋】

戊午之薦禍及天下，當時逼徵之急，拒聘之堅，莫過于李顯；由是而得名之盛，影響之遠，亦莫過于顯。先生此篇但記其事，頌其節，悲其志，未嘗言顯致禍之由，然先生它文則往往及之。其答李紫瀾書曰：「常歎有名不如無名，有位

不如無位。……此來關右，不干當事，不立壇宇，不招門徒，西方之人或以爲迂，或以爲是，而同志之李君中孚遂爲上官逼迫，舁至近郊，至卧操白刃，誓欲自裁。關中諸君有以巨游故事言之當事，得以謝病放歸，……真所謂威武不屈。然而名之爲累，一至于斯，可以廢然返矣。」又復陳靄公書（文集卷三）告以不招門徒曰：「（弟）方且逃名寂寞之鄉，混跡漁樵之侣，不敢效百泉、二曲爲講學授徒之事，亦烏有所謂門牆者乎？」小腆紀傳謂先生居華下，華下諸生請講學，謝之曰：「二曲徒以講學得名，招逼迫，幾凶死。雖曰威武不屈，然名之爲累則已甚，又況東林覆轍之進于此乎！」綜先生之意，講學則得名，有名則致禍，故欲避禍必先逃名，欲逃名則決不可講學。先生前鑒東林，後鑒二曲，似終身持之而未變。然則講學之害果如是乎？試以顒之行事證之。當時有所謂「海内三大儒」：河北之孫（奇逢），浙東之黄（宗羲），關中之李（顒），俱以講學馳名南北。顒年最少，明亡尚未冠，不足稱遺臣；入清未仕，名尤不顯。徒以主講關中書院，生徒日至，遂有「關中三李」（因篤、柏、顒）之稱。迨赴襄城覓父遺骨，「奇孝」之名益噪。繼而乘暇南馳，開講于無錫、江陰、宜興間，晝夜不息，遂與孫、黄鼎立，稱「三大儒」。是故鴻博科前，陝甘制府即以「隱逸」薦，州司之催，急如星火。顒牘凡八上，更辭以病，始得旨俟病愈敦促至京。自是大吏歲時問起居，顒之名益盛。戊午，他人多以「鴻詞」薦，顒獨因「昌明絶學」，部臣共以「海内真儒」薦。顒此時雖欲「決絶華輈」，蓋難矣。方其絶粒自刺時，始歎曰：「此事恐不死不止。所謂生我名者殺我身，不幸有此，皆平生學道不純，洗心不密，不能自晦所致。」（見小腆紀傳李顒）其言與上引亭林評語，似出一口，惜顒讀書近迂，見事尤遲耳。顒年輩較顧（炎武）、黄（宗羲）、王（夫之）三人畧晚，其學亦異乎明之遺臣，然出處大節則不亞于三賢。故雖因講學而得名，猶勝于因好名而講學。戊午之歲，夫之以築室船山，杜門著述，不爲人知，故無薦者。亭林以遊爲隱，不立壇宇，不招門徒，鄉里雖薦其名，終因無籍而未登鶴板。獨宗羲聚徒講學，頗騖虛名，丁未（一六六七）且大舉證人書院之會于越中，從者駢集，守令亦或與會。已而大府請其開講，亦欣然應之。故戊午之薦，宗羲亦詔再三下。當其時，宗羲不爲傅山之强舁至京，望見午門，淚涔涔下，至仆地而免，蓋亦

幸矣。

〔二九三〕 和王山史寄來燕中對菊詩

雪滿河橋歸轡遲，十行書札寄相思。楚臣終是餐英客，愁見燕臺落葉時。

【釋】

〔解題〕王山史即王弘撰，見〔二六三〕雨中至華下宿王山史家解題。本年山史亦被薦，辭以病，不獲免而行。既至京，居城西昊天寺，不謁貴游，卒以老病辭不入試，得罷歸。其留京待試之日，作燕臺對菊寄呈亭林先生詩云：「御水橋邊秋葉黄，一枝寒菊度重陽。臨風每憶陶元亮，恐負東籬晚節香。」即本題所云「燕中對菊」詩也。

〔雪滿河橋句〕「河橋」疑指當時蒲州（今山西永濟）通朝邑（今陝西大荔）之蒲津橋，係先生及時人由晉入陝必經之道，參見〔二六二〕河上作「嗟此河上軍」諸句釋。「歸轡遲」，言山史由秋徂冬尚未歸陝也。

〔十行書札句〕「十行書札」用〔一三〕延平使至「十行書字」引申義，此處指先生復書。按：本年先生由陝寄燕中山史書約三、四通，如云「弟以十月十七日自華下回頻陽（富平），付仲和（山史次子）一函，並疏廿紙，想已到。知卧疾京邸，甚善，甚善。」又「接來書及詩，並悉近況，甚慰。今有一詩奉和。孟子曰：『是求無益于得也』，況有損乎？願執事之益堅此志也。」（俱見殘稿卷三）味書中意，「十行書」當指後者。

〔楚臣餐英句〕屈原離騷：「夕餐秋菊之落英。」先生亦楚人，此借「楚臣」自喻。

〔燕臺落葉句〕「燕臺」見〔一六〇〕答徐甥乾學釋。「落葉」，它本或作「落日」，義無不可。若作「落葉」，當泛指秋葉（非指菊葉），借喻被迫喪志之被薦者。

【箋】

戊午鴻博之薦，本爲勝國遺民而發，意在拖人下水也。時先生友朋多遭薦禍，「燕臺落葉」之歎，不獨爲山史一人危，然山史竟臨崖而免，豈非幸耶？山史又有再寄亭林先生詩：「衰晚幽棲十載餘，行藏到此豈堪疏。故人自寄當歸草，何處能容却聘書？」乃知「却聘」亦非易易。

〔二九四〕關中雜詩五首

文史生涯拙，關河歲月勞。幽情便水竹，逸韻老蓬蒿。獨雁飛常迅，寒雞宿愈高。一闕西華頂，天下小秋毫。

【釋】

〔解題〕本年春，先生復由太原入關中，初居富平之軍寨，與李顒比鄰；四月，邑令郭傳芳邀至縣城，寓南庵；旋因李因篤之介，移居朱樹滋家。自是雖出行，然東僅渡洛水至朝邑，南僅渡渭河赴華下，蓋薦局未定，不欲出關東行也。題曰「雜詩」，實同「雜感」，既不專紀事，亦非同時同地之作。

〔文史句〕「文史」見〔一三〇〕濟南釋引漢書東方朔傳「三冬文史足用」。曰「生涯拙」，蓋謙詞，由以下「健作」、「文章」等句，可知生涯不拙。

〔便水竹〕「便」，本字平聲，動詞，宜也，此處謂〔幽情〕與水、竹相宜。按：本年多住朱長源家，朱家有亭臺林泉之勝。

〔老蓬蒿〕「蓬蒿」喻竹籬茅舍，李白南陵别兒童入京：「仰天大笑出門去，我輩豈是蓬蒿人。」「老」，動詞，言老死蓬蒿之下。

〔獨雁、寒雞二句〕「寒雞」指冬日報曉之雄雞，鮑照舞鶴賦：「感寒雞之早晨。」陸龜蒙自遣詩：「心摇祇待東窗曉，長媿寒雞第一聲。」按：「獨雁」、「寒雞」皆自喻。

〔一闕西華頂二句〕「西華」，西嶽華山之省稱。「秋毫」指鳥獸秋日更生之毫毛，狀微細物，孟子梁惠王上：「明足以察秋毫之末。」二句猶言「登華山而小天下」，自置甚高。

皇漢山樊久，興唐洞壑餘。空嗟衣劍滅，但識水煙疏。寥落三都賦，棲遲萬卷書。西京多健作，儻有似相如？

【釋】

〔皇漢、興唐二句〕「皇」，大也，「皇漢」即大漢。「興」，盛也，「興唐」即盛唐。原注：「宋王僧達和瑯琊王依古詩：隆周爲藪澤，皇漢成山樊。」「山樊」即山傍，莊子則陽：「冬則擉鼈于江，夏則休乎山樊。」按：關中本漢唐發祥之地及都邑所在，故二句意謂至今漢唐山川遺迹猶在。

〔空嗟衣劍滅二句〕「衣劍」，泛指帝王遺物，原注：「梁江淹從建平王游紀南城詩：年積衣劍滅。」「水煙」指水上煙霧，梁簡文帝登烽火樓詩：「水煙扶岸起，遥禽逐霧征。」二句承上聯，意謂漢唐山川未改，帝王遺躅則渺然無存，但見茫茫水煙一片而已。

〔寥落三都賦〕晉左思（二五〇——三〇五？）以三國時魏都鄴、蜀都成都、吴都建業爲「三都」，作三都賦以弔。謝靈運會吟行謂「兩京愧佳麗，三都豈能似。」蓋主「三都」不及「兩京」之説，此句用「寥落」二字，意同。

〔棲遲萬卷書〕「棲遲」見〔三七〕偶來釋，義近淹留。自注：「時寓富平朱文學樹滋齋中，藏書萬卷。」朱樹滋字長源，富平人，明兵部侍郎國棟孫，清河南布政司參政廷燝子。以諸生入成均，受知于王士禛，著有留雪齋稿。樹滋乃李因篤表弟，因篤哭顧亭林先生詩：「卜宅推中表」，自注「寓表弟長源家」是也。殘稿載先生與朱長源書，所談皆借書校書

事，大約亦作于此際。

〔西京多健作二句〕原注：「漢書揚雄傳：有薦雄文似相如者。」「西京」本指長安，借指西漢。「儻」，或然之辭。司馬相如（前一七九——一一八）與揚雄（前五三——後一八）均西漢成都人，俱以詞賦稱。朱樹滋與李因篤均關中富平人，俱工詩文，二句似有類比意。

谷口耕畬少，金門待詔多。時情尊筆札，吾道失弦歌。夜月辭雞樹，秋風下雀羅。尚留園綺迹，終古重山阿。

【釋】

〔谷口耕畬少〕原注：「漢書王貢兩龔鮑傳：谷口鄭子真不詘其志，耕于巖石之下，名震于京師。」按：原注引文首見于揚雄法言問神篇，〔三八三〕雨中至華下宿王山史家有釋。鄭子真名朴，褒中人，修道守默。漢成帝時，大將軍王鳳禮聘之，不應。家于谷口，世號谷口鄭子真。其地在今陝西禮泉縣東北，正當涇水出仲山之口處。「畬」音賒，動詞，火耕也，與三歲熟地曰「畬」（音余）異。此句蓋歎隱居修道者少。

〔金門待詔多〕「金門」即金馬門，漢宮門名。漢代徵士咸待詔公車，其尤優異者，令待詔金馬門，備顧問。此句諷今年赴京待試者之多。時人打油詩云：「西山薇蕨吃精光，對對夷齊下首陽。」寄慨亦同。

〔時情尊筆札〕原注：「漢書樓護傳：與谷永俱爲五侯上客，長安號曰：谷子雲筆札，樓君卿脣舌。」「筆札」指公文、書信之類，「脣舌」謂言談辯論。谷永字子雲，博學通經，尤工筆札，黨于王氏，官至大司馬。此句借谷永諷當時文士以詞章遊于滿洲顯貴之門（如徐乾學之于明珠）。本年開鴻詞科，亦重文不重道。

〔吾道失弦歌〕「弦歌」分見〔三八七〕寄李生雲霑、〔三三五〕七十二弟子、〔一〇〇〕贈潘節士檉章「絃誦」釋。此句承上「尊筆札」，言吾道已不復講學也。

〔夜月辭雞樹二句〕原注：「三國志注引世語：劉放、孫資共典機任，夏侯勝、曹肇心内不平，殿中有雞棲樹，二人相謂曰：「此亦久矣，其能復幾？」按：引文見魏志劉放傳注。劉放時任中書監，孫資爲中書令，後世因以「雞樹」代中書省。「雀羅」，捕鳥網，見〔三七二〕賦得簷下雀「唯應罷官時」釋。二句蓋雙關，言一朝失位，即墮羅網。

〔尚留園綺迹二句〕商山四皓（見〔二〇六〕贈孫徵君奇逢「綺李」釋）有東園公、綺里季，後遂以「園綺」代隱士，如魏志管寧傳：「德非園綺，而蒙安車之榮。」「山阿」，隱居處，嵇康幽憤詩：「采薇山阿，散髮巖岫。」二句與起聯對應。

徂謝良朋盡，雕傷節士空。延陵虚寶劍，中散絶絲桐。名譽蓀蘭並，文章日月同。今宵開敝篋，猶是舊華風。

【釋】

〔徂謝、雕傷二句〕「徂謝」同殂謝，死亡也，謝靈運廬陵王墓下作：「徂謝易永久，松柏森以行。」「雕傷」（「雕」通凋、彫）猶凋殘、凋謝，杜甫秋興：「玉露凋傷楓樹林。」「良朋」指歸莊等，「節士」指潘檉章等。

〔延陵、中散二句〕「延陵」，吴季札封地。贈劍事見〔一五〕不去「徐君」釋。此句與上「良朋」句呼應。「中散」指嵇康，康（二二三——二六二）仕魏，官中散大夫，爲司馬昭所殺。康善鼓琴，臨刑東市，索琴奏廣陵散，曲終歎曰：「袁孝尼嘗從吾學廣陵散，吾每靳固不與，廣陵散于今絶矣。」（見晉書本傳）此句與上「節士」句呼應。

〔蓀蘭〕同蘭蓀，見〔七三〕贈鄔處士繼思釋。

〔日月同〕原注：「史記屈原傳：推此志也，雖與日月爭光可也。」

〔今宵開敝篋二句〕自注：「與李生雲霑次第亡友遺詩。」「李雲霑」見〔二六七〕寄李生雲霑解題。本年閏三月，先生遣李因篤家人至曲周增福庵接雲霑，衍生師徒至富平，先寓李顒家，後同寓朱樹滋家，故有同編遺詩之舉。「華風」謂華苑之風，郭璞爾雅序：「夫爾雅者，……摛翰者之華苑也。」

緬憶梁鴻隱，孤高閲歲華。門西吴會郭，橋下伯通家。異地情相似，前期道每賒。請從關尹住，不必向流沙。

【釋】

〔梁鴻〕見〔二六〇〕潘生次耕南歸寄示釋，先生自比。

〔歲華〕「華」即精華。「歲華」猶年華，用于褒義，謝朓休沐重還道中詩：「歲華春有酒，初服偃郊扉。」

〔門西、橋下二句〕「門西」指蘇州金閶門之西。「吴會」指漢代會稽郡治吴縣（在今蘇州市）；「郭」，外城，其地有皋橋。相傳梁鴻居停主人皋伯通（漢議郎）家在皋橋下。二句似詠王弘撰。

〔異地情相似〕先生以南人客居關中，梁鴻以北人隱居吴會，地雖異而情實同。

〔前期道每賒〕謂欲前行而道遠終不可期也，爲末句「不必向流沙」作勢。

〔請從關尹住二句〕「關尹」見〔一三〇〕前詩意有未盡再賦「有客、相迎二句」釋，此處「關尹」指王弘撰。自注：「無異新搆小齋，將延予住。」無異，弘撰字。「流沙」見〔二〇〇〕樓觀「西來欲化胡」釋。據李因篤受祺堂集題無異先生顧廬詩序：「無異初輯讀易廬，學易其中，後延亭林先生居之。先生既殁，無異改署爲「顧廬」。故知自注「新搆小齋」，即讀易廬也。又據吴譜，明年先生即遷居是廬。

【箋】

庚申歲（一六八〇）李雲霑南歸，先生託致戴笠書（文集卷六與戴耘野）云：「關中詩五首，寄次耕詩一首呈覽，可以徵出處大概。」古人最重出處，此詩既係先生晚年自叙出處之作，故不可以尋常「雜詩」觀之。第一首籠罩全題，多用虚筆。前四句看似瀟灑飄逸，若無意于世事；後四句借「獨雁」、「寒雞」爲喻，自置雖高，然既已窺天下而小之；則先生

不甘爲辟世之士甚明。第二首前半歎山河不改，人事已非，仍不過關中懷古詩意；後半則隱然以文章博學自許，顯係先生寄意所在。與戴耘野書云：「百家之説，粗有窺于古人；一卷之文，思有裨于後代，此則區區自矢而不敢惰偷者也。」可爲此詩注脚。第三首全因時局而發。首二聯一「少」一「多」，一「尊」一「失」，兩兩對舉，極傷時之痛；三聯一「辭」一「下」，筆意急轉，然後末聯一「留」一「重」，始無孤硬湊句痕迹。又「谷口」、「園綺」皆關中故事，章法既嚴，扣題亦緊。第四首離題抒感，蓋爲「次第亡友遺詩」而作。「亡友」爲誰，自注雖未明指，然據「蓀蘭」、「日月」之擬，必係歸莊、萬壽祺、吳炎、潘檉章諸人，而程正夫、殷岳輩宜不與焉。證以與戴耘野書：「故人良友存亡出處之間，又不禁其感涕矣。」益知其爲江南志士無疑。第五首由古及今，由遠及邇，實寫華陰定居，與第一首用虚筆異。明年先生與三姪書（文集卷四）云：「華陰綰轂關河之口，雖足不出户，而能見天下之人，聞天下之事。」「若志在四方，則一出關門，亦有建瓴之便。」先生定居華陰，其真意殆在此。「流沙」異域，云「不必向」，蓋不欲爲辟世之士也。先生眷眷恢復，至老不衰，于此詩可以概見。

〔二一九五〕　過朝邑王處士建常

黄鵠山川意，相隨萬里翔。誰能三十載，龜殼但支牀？

【釋】

〔解題〕王建常字仲復，邠州長武人，明刑部尚書之寀從子。明亡，棄諸生，移居同州之朝邑（今陝西大荔），隱居河渭間，教授生徒，足不履城市。家貧，常不舉火，而泰然自得。其學一以朱熹爲宗，力斥陸、王。王弘撰常言：「關西高蹈，當推仲復獨步。」卒年八十五。著有律吕圖説。朝邑縣志有傳。按：建常性方嚴而行迂腐。王弘撰以父妾張氏

節孝，特加禮絻(脫冠紮髮，以布纏頭)以治其喪，遵亭林先生之意也。建常貽書先生，謂「發乎情不能止乎禮義，非賢者所爲。」先生特作書辯之。見文集卷四與王仲復書。

〔黄鵠、相隨二句〕「黄鵠」，鶴屬，古以爲大鳥，能高飛。楚辭惜誓：「黄鵠一舉兮，知山川之紆曲。」又卜居：「寧與黄鵠比翼乎？」

〔誰能、龜殼二句〕原注：「史記龜筴傳：南方老人用龜支牀足，行二十餘歲。老人死，移牀，龜尚生，不死。龜能行氣導引。唐王維詩：鳩形將刻杖，龜殼用支牀。」按：「龜牀」沿指隱者臥具。陸龜蒙幽居賦：「龜牀龜幘，訝將隱兮何遲。」

【箋】

前聯寫動，後聯寫靜。黄鵠之于山川，鵠動而山川不動，是謂「動中有靜」；牀之于龜殼，龜動而牀不動，是爲「靜中有動」。二十字全用比譬，極近隱士本色。

編年（一六七九）

是年歲次己未，清康熙十八年，吴世璠洪化元年。

正月，清安親王岳樂復岳州、長沙、常德諸府。

二月，清簡親王喇布遣兵復衡州。時吴世璠已退居貴陽，衡州守將夏國相等聞清兵至，驚遁。

三月，清帝親試博學鴻儒于體仁閣。時内外共薦博學鴻儒一百四十三人，録取一等彭孫遹二十人，二等李來泰三十二人，俱授翰林官，纂修明史。同時賜歸允肅等一百五十一人進士有差。

六月，清岳樂敗吴世璠兵于寶慶。

七月，北京等處大地震，壓死人畜甚多。

八月，清傅宏烈等盡復廣西。

九月，清命莽依圖等由南寧攻滇。

十一月，清平涼提督王進寶復漢中，吴世璠將王屏藩走四川廣元。

十二月，清岳樂奏俘明「僞太子」朱慈燦。

是年先生六十七歲。春正月，赴陝北同官謁寇慎墓，爲作誌銘。二月，攜李雲霑及嗣子衍生移居華陰王弘撰新搆之讀易廬，並擬商建朱子祠堂及書院。三月十日因避史局之邀，先期出關遊嵩少，途

經硤石、雒陽、嵩山、登封、密縣、歸德，本擬由此赴揚，不果。四月北上，經山東，抵曲周。秋，由河南至山西，抵汾陽，居天寧寺，李因篤來省。十一月歸華陰，毛錦銜來受業。十二月，張雲翼來訪。

本年燕京試博學鴻儒，榜發，先生友人李因篤、朱彝尊及門人潘耒等均中試授官。旋明史館開局，朝官又有相遊者，先生復峻拒之。

〔二一九六〕寄子嚴 弟紓字　已下屠維協洽

二紀違脊令，撫心悲如何？惟爾幼孤煢，十畝安江沱。不幸喪厥明，猶能保天和。今年已六十，與吾亦肩差。里人推祭酒，品行無譏訶。昔年遣兒來，省我桑乾河。兒言家頗温，歲得數囷禾。廚中列酒漿，籬下羣雞鵝。當時比鄰叟，農談一相過。亦有賦役憂，未妨藝桑麻。頃報得兩孫，青葱滿庭柯。媿我半生來，飄泊隨干戈。偶至渭水濱，垂釣臨洪波。春雲開三峯，秀出千丈荷。行止雖聽天，懷土情則那。反躬計所獲，孰與吾仲多？顧此暮年心，尚未甘蹉跎。寄爾詩一篇，當使兒子歌。

【釋】

〔解題〕顧紓字子嚴，先生同母弟，見〔一四三〕寄弟紓及友人江南解題。屠維協洽即己未歲。

〔二紀違脊令〕「脊令」同鶺鴒，鳥名，詩小雅常棣：「脊令在原，兄弟急難。」後沿以「脊令」喻兄弟。「二紀」，二十四年也。先生于順治丙申(一六五六)三月自松江回崑山奔生母何氏喪，得晤弟紓，自後北遊或南旋，迄今(一六七九)未晤已

二十四年矣。

〔幼孤煢〕「煢」同惸，「孤煢」猶惸獨，謂孤獨無依也。曹植靈芝篇：「丁蘭少失母，自傷蚤孤煢。」先生本生父同應卒于天啟六年（一六二六），紓年僅七歲。

〔十畝安江沱〕「江沱」，江之別支，參見〔一六〕華山釋。此指崑山城東南三十六里泙川鄉之千墩。按：辛巳歲（一六四一）先生嗣祖紹芾及胞兄緗卒，從叔叶墅與再從兄維謀奪產，搆家難，先生不得已，奉嗣母王氏遷居常熟（見殘稿答再從兄維書），弟紓則奉母何氏守薄產仍居千墩。

〔不幸喪厥明〕「喪明」謂目盲也。禮檀弓：「子夏喪其子而喪其明。」小腆紀傳謂紓「居親喪，哭過哀，目遂盲。」按：先生己亥寄弟紓詩尚未及喪明事，其時紓喪母（何氏）已三年，先生豈未之知耶？

〔天和〕自然祥和之氣。莊子知北遊：「若正汝形，一汝貌，天和將至。」

〔今年已六十〕紓生于萬曆四十八年（一六二〇），今年適六十，因疑此詩兼有祝嘏意。

〔與吾亦肩差〕一肩之差，謂長幼雁行，相差無幾也。韓愈太清宮詩：「二聖亦肩差。」先生行二，紓行五，先生長紓七歲。

〔祭酒〕古人宴饗時，酹酒祭神，每由年長者主之，因沿稱齒德俱尊者爲「祭酒」。史記荀卿傳：「齊襄王時，荀卿最爲老師。齊尚修列大夫之缺，而荀卿三爲祭酒焉。」

〔譏訶〕譏彈，呵責。與〔三六三〕河上作之「譏訶」義異。

〔昔年遣兒來二句〕此指辛亥歲（一六七一）先生從子洪善（字達夫，弟纘子）、洪慎（字汝嘉，弟紓子）由江南來省。元譜謂「省先生于都門」，此詩自云「省我桑乾河」，當從詩義。參見辛亥編年。

〔囷禾〕「囷」，圓倉。詩魏風伐檀：「胡取禾三百囷兮。」

〔比鄰〕近鄰。漢書孫寶傳：「寶徙入舍，祭竈請比鄰。」

〔農談〕閒談農事。庾信擬詠懷：「農談止穀稼。」

〔頃報得兩孫〕先生同父兄弟中，長兄緗、四弟繩及先生三人皆無子。唯三弟纘生子洪善（已嗣于緗）、洪泰，幼弟紓生子洪慎，故先生不得不另立吳江族子衍生爲後。幸洪慎丙辰歲（一六七六）生子世樞，丁巳歲（一六七七）生子世棠，今年先生與李霖瞻書（殘稿卷一）云：「從弟子嚴今將六旬，連得二孫，今抱其一（世樞）爲亡兒（貽穀）之嗣。而其父洪慎畧有才幹，家亦小康。……」（文集卷四所載畧異）即指此。

〔青葱滿庭柯〕「青葱」謂其色如葱，論衡自然：「草木之生，華葉青葱。」「庭柯」，庭樹之枝。陶潛停雲詩：「翩翩飛鳥，息我庭柯。」據世説新語言語：「謝太傅（安）問諸子姪：『子弟亦何預人事，而正欲使其佳？』諸人莫有言者。車騎（謝玄）答曰：『譬如芝蘭玉樹，欲使其生于階庭耳。』」此句承上，借喻子弟繁茂秀出。

〔春雲、秀出二句〕此狀華山景物。華山有三峯，「千丈荷」喻蓮花峯，參見〔一九六〕華山「三峯」釋。

〔行止雖聽天〕「行止」指進退出處，孟子梁惠王下：「行或使之，止或尼之，行止非人所能也。」「聽天」謂聽從天命，孔叢子鶚賦：「聽天任命，慎厥所修。」

〔懷土〕懷念鄉土。論語里仁：「小人懷土。」班彪王命論：「痛戍卒之言，斷懷土之情。」

〔則那〕左傳宣公二年：「牛則有皮，犀兕尚多，棄甲則那！」「則」，轉折詞，猶今「却」。「那」，音挪，係「奈何」二字合聲。先生日知録謂「直言之曰那，長言之曰奈何，一也。」

〔反躬計所獲二句〕「反躬」，反身自問。禮樂記：「不能反躬，天理滅矣。」史記高祖本紀：「高祖奉玉卮，起爲太上皇壽，曰：『始，大人常以臣無賴，不能治産業，不如仲力。今某之業所就，孰與仲多？』」「仲」，劉邦次兄劉仲，此處借指弟紓。

〔蹉跎〕兼失足、失時、消沈諸義，見〔一九〇〕酬史庶常可程釋。

〔當使兒子歌〕謂使洪慎輩歌之以聽，與前「喪厥明」應。

【箋】

二十年前寄弟紓詩二首，多叙家難與身世，于紓但言「碌碌阿奴，耕田辛苦」，寥寥數句，畧不多及。蓋其時先生被迫北遊，中懷抑鬱，而紓年方壯，不勞多囑也。今則相違二紀，弟兄俱老，設一旦把臂重晤，亦必絮絮呶呶，暢談家人瑣事。故此詩多用口語及第二人稱，通俗而親切，與先生它作頗不類。

〔二九七〕寄次耕，時被薦在燕中

昨接尺素書，言近在吳興，洗耳苕水濱，叩舷歌採菱。何圖志不遂，策蹇還就徵。辛苦路三千，裹糧復贏縢。夜馳燕市月，曉踏盧溝冰。京雒多文人，一貫同淄澠。分題賦淫麗，角句爭飛騰。關西有二士，立志粗可稱。雖赴翹車招，猶知畏友朋。儻及雨露濡，相將上諸陵。定有南冠思，悲哉不可勝。轉盼復秋風，當隨張季鷹。歸詠白華詩，膳羞與晨增。嗟我性難馴，窮老彌剛棱。孤迹似鴻冥，心尚防弋矰。或有金馬客，問余可共登？爲言顧彦先，惟辦刀與繩！

【釋】

〔解題〕「次耕」，潘耒字，見〔一九三〕寄潘節士之弟耒解題。去歲詔舉鴻博，時耒尚在吳興坐館，先生曾預爲書以陳亮工熱

中干禄爲戒（見餘集與潘次耕之四），耒亦擬堅隱苕溪，逃避薦局，然卒不果。既被迫赴燕，特寄書先生陳明不得已之情，先生時尚在華陰，作此以答。按：「時被薦在燕中」六字頗類自注，本題恐祇「寄次耕」三字，徐注止作寄次耕，近是。

〔尺素書〕專指書信。古樂府飲馬長城窟行：「客從遠方來，遺我雙鯉魚。呼兒烹鯉魚，中有尺素書。」按：耒書不載遂初堂集，然此詩「言」字以下數句，似轉述原書大意。

〔吳興〕在今浙江省，明清均屬湖州府。潘耒南歸後，由吳江遷此坐館養母。

〔洗耳苕水濱〕喻不欲聞問世事。高士傳許由：「堯讓天下于許由，……又召爲九州長，由不欲聞之，洗耳于潁水之濱。」潁水在今河南省；苕水即苕溪，在今浙江省。苕溪有二源，分出天目山南北。右源稱東苕，流至吳興爲霅溪，合北源之西苕入太湖。

〔叩舷歌採菱〕原注：「郭璞江賦：詠採蓮以叩舷。」樂府有採蓮曲，見樂府詩集。

〔何圖志不遂二句〕據沈彤（乾隆時吳江人）潘先生行狀：「康熙十七年朝廷徵博學鴻詞之士，左諭德盧琦，刑部主事謝重輝以先生名上，先生以母老固辭，被迫而行。」按：檉章蒙難時，耒年甫十八；北來就先生學，年僅二十四；南歸至今五年，亦不過三十二。少年得名，亦由詞章，觀其薦主謝重輝（德州人）輩皆工詩可知。此前先生屢戒其勿以文辭著書而爲名（餘集與潘次耕札一），勿以少年而事公卿（札二）。去年知其移居吳興，復引楊惲語云：「足下離舊土，臨安定，而習俗之移人者，其能自保乎？時歸溪上（指吳江之韭溪），宜常與令兄同志諸友（指戴笠、王錫闡等）往來講論，一暴之功，猶愈于十日之寒也。」（札四）其時猶不知有鴻博之舉，及聞已薦耒名而不知耒之所往，遂爲書賀而堅其心曰：「都中書至，言次耕奉母遠行，不知所往，中孚即作書相慶。緜山之谷，弗獲介推；汶上之疆，堪容閔子，知必有以處此也。」（札三）且在他人前爲之贊曰：「干木踰垣之志，介推偕隱之風，昔聞晉國，今在吳門矣。」既知耒已入

京，又不得不廣爲歎息：「比者人情浮競，鮮能自堅，不但同志中人多赴金門之召，而敝門人亦遂不能守其初志。」（分見殘稿卷二、卷三與蘇易公書）味此二句「何圖」、「還就」語意，知先生于耒猶有恕詞。「策蹇」猶策駑，謂驅使跛劣之驢馬也。

〔路三千〕約指由吳興赴燕京之途程。

〔裹糧、羸幐〕史記蘇秦傳：「羸幐裹糧。」戰國策秦策作「羸縢履蹻」。「幐」同縢，名詞，猶今之綁腿。「羸」，動詞，綁束。

〔盧溝〕本係水名，上游卽桑乾河，自今官廳水庫以下稱永定河，宋時呼爲盧溝。詩借指今北京城外之盧溝橋，明清時橋乃出入京師之通道。

〔京雒多文人〕「京雒」卽京洛，專指東漢京師洛陽，班固東都賦：「子徒習秦阿房之造天，而不知京洛之有制。」「文人」與經生對言。漢魏時，文學雖已漸獨立于經史之外，然經生多卑視文人。先生重經儒，故亦不喜文人。此次開「弘詞」（鴻辭）科，已寓重文之意，先生尤惡之，參見〔二六八〕春雨箋。又徐注引日知録云：「唐宋以下，何文人之多也！固有不識經術，不通古今而自命爲文人者矣。黄魯直言：『數十年來，先生君子但用文章提獎後生，故華而不實。』本朝嘉靖以來，亦有此風。宋劉摯訓子孫曰：『士當以器識爲先，一命爲文人，無足觀矣。』」故此句係以「京雒」稱燕京，意謂今年赴燕應徵者多文人也。

〔一貫同淄澠〕「一貫」猶「一樣」，謂相同而無區別。韓非子顯學：「磐不生粟，象人不可使拒敵也。今商官技藝之士亦不墾而食，是地不墾與磐石一貫也。」「淄澠」二水名，見〔二六九〕孫徵君以孟冬葬于夏峯釋。此句承上，謂赴試文人皆沆瀣一氣，清濁不分。

〔分題、角句二句〕原注：「揚子法言：辭人之賦麗以淫。」舊時文人相聚分探題目而賦詩曰「分題」。「角」，鬬也；「角句」

猶闕句。「飛騰」，此處指宦途得意，如杜甫奉寄李十五秘書文嶷：「飛騰知有策，意度不無神。」蘧案引東華録謂二句「似暗指博學鴻詞科試題」。東華録云：「康熙十八年三月試内外諸臣薦舉博學鴻儒一百四十三人于體仁閣，賜宴，題璇璣玉衡賦，省耕詩五言排律二十韻。」另據王士禛池北偶談談藝特達條：「康熙己未春，御試博學宏詞諸儒，閣臣擬進題有圭璋特達賦。」民按：先生此詩作于本年三月十日出關東遊之前，其時必不能預知京師試題，故此二句不過再承上聯，暗貶文人而已。

〔關西有二士以下四句〕「二士」，據殘稿卷二與王山史云：「前寄次耕詩有『關中二臣』語。」則此句原稿本作「關中有二臣」。按：「二臣」或「二士」均指王弘撰及李因篤。先生去年與李星來書（文集卷三）云：「今春薦剡，幾徧詞壇，……關中三友，山史辭病，不獲而行；天生母病，涕泣言別。……」左傳莊公二十二年：齊桓公欲使陳敬仲爲卿，敬仲辭，引詩曰：「翹翹車乘，招我以弓；豈不欲往，畏我友朋。」味四句，知先生于王、李二人之「赴招」，與潘耒之「就徵」同有怨詞，蓋王、李與潘皆被迫極不得已而行也。王之心事見〔二九三〕和王山史燕中對菊詩解題及箋。李辭招事見先生答李子德（殘稿卷三）、又與李湘北書（文集卷三）以及答潘次耕（文集卷四附殘稿文）轉述子德乞「勿遽割席」語。

〔儻及雨露濡以下四句〕禮祭義：「春，雨露既濡，君子履之，必有怵惕之心。」「相將」猶相隨、相攜。「南冠」用楚鍾儀故事（見〔二四〕哭楊主事釋）；「南冠思」，引申爲亡國羈囚諸義。四句蓋據春禘秋嘗之義，諷被薦在燕之人相與赴十三陵一祭，知屆時諸人定有怵惕之心及南冠亡國之悲也。

〔轉盼復秋風以下四句〕「轉盼」猶轉眼。「張季鷹」即晉人張翰，見〔二六四〕兒子洪善北來書示「忽憶秋風千里蓴」釋。「白華」乃詩小雅逸詩篇名，序曰：「白華，孝子之潔白也。……有其義而亡其辭。」其後晉束皙作補亡詩，白華篇曰：「馨爾夕膳，潔爾晨羞。」四句蓋暗示潘耒倘不得已而與試，秋後亦當借養母而南歸。又殘稿卷三載答潘次耕云：「至于當歸一詩，已焚稿矣。」其詩今不存，恐亦係重申四句之意。

〔嗟我性難馴二句〕顏延之五君詠嵇中散：「鸞翮有時鎩，龍性誰能馴？」後漢書王允傳：「允性剛棱疾惡。」注：「棱，威棱也。」

〔孤跡似鴻冥二句〕法言問明：「治則見，亂則隱，鴻飛冥冥，弋人何篡焉。」李白留別兩河劉少府：「君亦不得意，高歌羨鴻冥。」「鴻冥」二字本此。「弋矰」同矰弋，捕鳥具，莊子應帝王：「鳥高飛以避矰弋之害。」

〔或有金馬客二句〕「金馬客」參見〔二九四〕關中雜詩之三「金門」釋。「共登」謂共登金馬門，此處疑指今年將開明史館事。據池北偶談明史開局條：「……中選者彭孫遹等五十人，有旨俱以翰林用，開局編修明史。……以原任翰林院掌院學士徐元文爲監修官，翰林院掌院學士葉方藹、右春坊庶子兼侍講張玉書爲總裁官，開局于東華門外。」先是去年葉方藹（時官內閣學士）欲薦先生舉鴻博，事不果；今年葉充明史總裁，復擬招先生入史局。據此詩，似先生已微聞其事。

〔爲言顧彥先二句〕原注：「晉書顧榮傳：與州里楊彥明書曰：吾爲齊王主簿，恆慮禍及，見刀與繩，每欲自殺。」顧榮字彥先，三國吳人，吳平事晉。值趙王倫、齊王冏、長沙王乂彼此攻殺，中原大亂。榮爲齊王冏主簿，每憂禍及，遂還吳。原注引文乃榮還吳後所云。參見〔五三〕重至京口「白羽扇」釋。按：先生向不欲與修明史，其心迹已詳見〔一〇〇〕贈潘節士檉章箋。至其以死堅拒，則一見于記與孝感熊先生語（文係今年追記，載殘稿卷二），中云：「果有此舉，不爲介推之逃，則爲屈原之死矣。」二見本詩「惟辦刀與繩」句。三見上引答潘次耕，中云：「辛亥（一六七一）之夏，孝感特柬相招，欲吾佐之修史，我答以果有此命，非死則逃。原一在坐與聞，都人士亦頗有傳之者。耿耿此心，終始不變！幸以此語白之知交。」四見于今年與葉訒庵書（文集卷三），中云：「七十老翁何所求？正欠一死！若必相逼，則以身殉之矣。」此皆公開之宣言，屢載詩文書信，歷來却聘之堅，似無過于先生者。

【箋】

禮：「兄弟之讎不反兵」，言當奮戈相向，義無反顧也。耒兄檉章死于史難，其切齒于清廷，似宜倍于他人，而耒卒應鴻博之徵，論者咸不謂然，獨先生有恕詞，何耶？章太炎謂耒或以解禍，非以求榮，「故雖剛正如顧寧人，猶有爲耒寬假之辭。」(見書張英事)按：「解禍」之説近是，惟耒之解禍，異乎一己之苟免，其被迫赴燕，徒以有老母在也。耒生于明亡之後，本非明之遺民，彼其隱居不仕，正以不忘兄讎故。然耒三世一身，設因拒徵而重其罪，在耒不難爲嗣書之悌弟，其奈老母無人終養何！古人于忠孝不能兩全之際，必以忠爲主；于孝悌不能兩全時，必以孝爲主。先生寄書比之介推、閔子，此詩亦盼其歸詠白華，與曩時所囑「門户終還汝，男兒獨重身」正同。先生自當爲夷齊，耒則不必爲之。論者但知責耒兼爲悌弟與夷齊，不知先生于出處兩難之際有所輕重也。夫人各有所當立，君子不以己之當立而責人之不必立，亦不以人所難立而喪己所當立，是故先生既恕潘耒之不必立，復悲關西二士之所難立，其言皆紆迴婉轉，俱見師友之情，而無決絶之意。獨于己之出處則斷然凛然，舍刀與繩，别無抉擇。蓋君子責己重以周，責人寬以約，重以周則如夷之清，寬以約則如惠之和。先生曷嘗期人人爲聖賢，獨恥一身不能爲堯舜，窮老剛棱，莫不以此。

〔二九八〕次耕書來，言時貴有求觀余所著書者，答示

年來行止類浮萍，雖有留書未殺青。世事粗諳身已老，古音方奏客誰聽？兒從死父傳楹語，帝遣生徒受壁經。投筆听然成一笑，春風緑草滿階庭。

【釋】

〔解題〕題云「次耕書來」，今遂初堂集不載此書，故不知「時貴」爲何人，求觀者係何書。惟殘稿卷三載今年與潘次耕札

〔已録入文集卷四，改題爲與次耕書〕，畧言自次耕兄亡十七年，已已不見舊書，不談舊事，不敢以草野之人，追論朝廷之政。且云「往日對孝感之言，都人士所共知也」。由此推知本題所稱「時貴」必係新開明史館之當事者。彼等初欲浼先生入館，既知不可，則疑先生或已有成書，故託次耕以求觀。先生復札但言「今之修（明）史者，大段當以邸報爲主，兩造異同之論，一切存之，無輕删抹，而微其論斷之辭，以待後人之自定。」札尾且附加「此札可與錫鬯、公肅觀之」十字。又文集卷三有與葉訒菴書、與公肅甥書，卷六有答徐甥公肅書均涉及修史事。徐、葉分任明史監修、總裁官，求觀先生書可以想見。

〔行止〕見〔三九六〕寄子嚴釋。

〔浮萍〕杜甫又呈竇使君：「相看萬里別，同是一浮萍。」此借「浮萍」喻身世飄泊。

〔留書〕指存稿。

〔殺青〕後漢書吳祐傳：「（吳）恢欲殺青簡以寫經書。」注謂「殺青者，以火炙簡令汗，取其青易書，復不蠹，謂之殺青，亦謂汗簡。」按：「殺青」一詞始見于劉向戰國策序，後借指書稿付印。

〔諳〕音菴，動詞，熟悉、深知。

〔古音方奏〕此指已刻之音學五書。「古音」對「今音」而言，宋以後通以切韻成書前後劃界，先生治古音則專指先秦音。所著音學五書，丁未歲（一六六七）始刻于淮上，其年作序，一以三代音爲正。自云欲「據唐人以正宋人之失，據古經以正沈氏、唐人之失，而三代以上之音部分秩如，至賾而不可亂。」明年三月又作後序，謂「輯此書三十餘年」，「凡五易稿而手書者三」，「已登版而刊改者猶至數四」，「其工費則又取諸鬻産之直，而秋毫不借于人，其著書之難而成之之不易如此。」全書凡音論三卷，詩本音十卷，易音三卷，唐韻正二十卷，古音表二卷，實爲先生所治音學之結晶。故王弘撰曰：「博稽詳研，發前人之所未發，爲不朽之業者，顧亭林之于音韻。」見山志。

〔兒從死父傳楹語〕原注：「晏子春秋（雜下）：晏子病將死，鑿楹納書焉。謂其妻曰：『楹，語也，子壯而示之。』」梁吴均邊城將詩：「留書應鑿楹，傳功須勒社。」〔二〕「楹」，堂前柱。按：晏子所云「楹，語也。」謂楹中所藏乃先人遺語，須待子壯而傳。故「楹語」專指家學，與下句「壁經」不同。「兒」當指嗣子衍生，今年十四歲，尚未及壯，故云「從死父傳」，是望之于身後也。先生三年後病殁于曲沃，衍生年僅十七，所作元譜畧記先生遺書所向云：「終七後，不肖入關取各姓向所寄書籍，而大雲叔于三月望前抵沃，簡閲遺書文稿，二十四日衍生從關中至沃，同居喪次。其遺書文券皆擕至都中，致之健菴、立齋兩表兄及汝嘉兄，衍生爲之後，曾不得一寓目焉，痛哉！惜哉！」文似追記，然先生藏書及文稿初未經嗣子衍生之手則甚明。衍生事蹟不詳，今傳蔣山傭殘稿題下小字注文，即出衍生之手。張穆所見顧廣圻家藏先生著書目録，亦係衍生手蹟，其跋語尤見孝思，縱未能廣傳楹語，發揚家學，能讀父書則無疑也。

〔帝遺生徒受壁經〕此用漢文帝遣晁錯等向伏生受尚書故事，見〔二〇六〕贈孫徵君奇逢「尚有傳經日」釋。以「生徒」對「死父」，生、死二字借對甚妙。然此句亦如上句係談來日事，意謂來日秦亡漢興，伏生尚有傳經之日也。

〔听然一笑〕「听」音隱，從口從斤，笑貌。司馬相如子虛賦：「亡是公听然而笑」。

〔緑草階庭〕曹植閨情詩：「緑草被階庭。」

【箋】

時貴欲覩先生所著書，先生以此詩答之。粗看似囫圇恍惚，答非所問；細讀始知已委婉示意矣。先生著書可考者約五、六十種，析之則可五、六百卷，就中「史部」逾其半。然先生生前僅自刻音學五書三十八卷，初刻日知録八卷，它均爲鈔存本。詩云「留書未殺青」者，斷非天下郡國利病書及肇域志一、二種也。因知未殺青之留書中，必有待鑿楹而藏之「家學」。顧氏家學非它，明末三朝史耳。自先生嗣祖紹芾始，已年録三朝邸報，或標識其要；國變後，先生復爲之采補以成三朝紀事闕文（見餘集所載序）。先生自云「有志述三朝」（見〔一〇〇〕贈潘節士檉章），所撰「三朝史」可考者有

熹廟諒闇記事、聖朝紀事、明季實録多種。此類書稿正纂修明史之時貴亟欲觀者。先生不吝古音之奏，尤寄望壁經之授，獨于「楹語」則待身死而後傳，蓋清初文字獄多集中于明史，先生知之稔也。先生殁後，遺著爲四庫所收者可十九種（著録九、存目十），明史之作無一與焉。當時外省移咨應燬各種書目曾列有無名氏熹廟諒陰記事一書，顯係先生手著（今收入中華書局編顧亭林詩文集一九八三年第二版），以其無主名，故先生生不蹈潘檉章之覆轍，死不罹吕留良之慘禍，是誠「鴻飛冥冥，善避弋矰」者矣（見〔二九七〕寄次耕）。

〔二九九〕 雲臺觀尋希夷先生遺跡

舊是唐朝士，身更五代餘。每懷淳古意，聊卜華山居。月落巖阿寂，雲來洞口虚。果哉非荷蕢，獨識太平初。

【釋】

〔解題〕「雲臺觀」在華山蓮華峯下。始建于唐，鄭谷（八四二——九一〇）曾在此編次其詩曰雲臺編。「希夷」即陳摶賜號，釋見下。

〔舊是唐朝士以下四句〕原注引張舜民「畫墁録：希夷先生陳摶，後唐長興中進士也。既而棄科舉，之武當山，又止房陵。年七十餘，至華山，葺雲臺廢觀居之。」長興（九三〇——九三三），後唐明宗李嗣源年號。武當山在今湖北省均縣南，相傳爲道教玄武祖師修真之地。房陵即今湖北省房縣，東漢時名房陵，唐武則天禁錮中宗于此。「卜居」，以占卜選擇居所，楚辭有卜居篇。據宋史隱逸傳：陳摶（？——九八九）字圖南，號扶摇子，真源人。後唐時舉進士不第，遂隱居武當山九室巖，服氣辟穀。移居華山雲臺觀，又止少華石室。每寢處，恒百餘日不起。周世宗召爲諫議

大夫，不受。宋太平興國（九七六——九八七）中來朝，太宗賜號希夷先生。端拱（九八八——九八九）中重建雲臺觀玉泉院以居之，預言死期而卒。作先天圖，爲周敦頤太極圖之所本。著有指玄篇。

〔巖阿〕「阿」，山水曲處。「巖」指華山西南之避詔巖。華嶽志謂隱士焦道廣、賀元希均養靜于此，至陳摶手書「避詔巖」三字于巖之額。

〔洞口〕指蓮華峯張超谷口。徐注引華嶽全集陳摶傳謂摶自言于今月二十二日化形蓮華峯張超谷中，果如期而卒，經七日肢體猶温，有五色雲遮蔽洞口，經月不散。按：此説疑自宋史本傳「化形蓮華峯下」衍出。

〔果哉非荷蕢〕「蕢」，盛草器。論語憲問：「子擊磬于衛，有荷蕢而過孔氏之門者，曰：『有心哉，擊磬乎！』既而曰：『鄙哉，硜硜乎，莫己知也！斯已而已矣。深則厲，淺則揭。』子曰：『果哉！末之難矣。』」按：荷蕢者係隱士，此句蒙下，意謂摶非隱士。

〔獨識太平初〕宋史隱逸傳：摶居華山，自晉、漢以後，每聞一朝革命，輒顰蹙數日。及聞宋太祖登極，笑曰：「天下自此定矣。」按：宋史係據王偁東都事畧：摶嘗乘白驢入市，聞宋祖受禪，喜而墜驢曰：「天下于是定矣。」

【箋】

本年三月，先生出關東遊中原，共得紀遊詩約十首，此其始作也。去年薦局方殷，先生未便出關東行；今春科試已定，故可自決行止。然此次東行，復另有因由在。與李紫瀾書（殘稿卷二）云：「弟以三月十日出關，歷崤函，觀雒汭，登太室，遊大騩，域中五嶽得遊其四。不惟遂名山之願，亦因有帥府欲相招致；及今未至，飄然去之。」此書所舉因由有二，一爲遂名山之願，一以避帥府之招。後者蓋指甘肅提督張勇命其子太常寺卿雲翼來聘，先生不欲往，故先期避之。返華陰後，十二月雲翼仍來告訪，疑已再拒之。又與蘇易公書（殘稿卷三）：「都下書來，言史局方開，有議物色及弟者，弟述先妣遺命，以死拒之。……意欲來揚邑，懇台臺謀之彪翁（范鄗鼎，字彪西，山西洪洞人，時避薦講學揚州），尋鄉

村寺院，潛踪一兩月，……待舍甥入都，必有調停之法。」此所謂「史局方開，有議物色及弟者」，蓋指今年葉方靄薦修明史一事（見〔二九七〕寄次耕「或有金馬客」二句釋）。「舍甥」指徐元文，已奉命監修明史，將由原籍入都。然則先生此次東行，不徒避帥府之招，亦兼避史局之薦也。明乎此，然後知紀遊詩以尋希夷先生遺跡爲首，乃以陳摶自寓。起二句最切先生身世；第二聯「卜居華山」，亦係先生自況；第三聯叙陳摶遺蹟以切題；末二句乃此詩寄意所在，蓋希夷雖居華山，然身本唐臣，關心天下事，固非隱者之流可比也。

〔三〇〇〕硤石驛東二十里有西鵶路，繇趙保白楊樹二百五十里至臨汝，以譏察之嚴，築垣封閉，過此有題

行人愁向汝州來，前月西鵶禁不開。弔古莫言秦法峻，雞鳴曾放孟嘗回。

【釋】

〔解題〕硤石驛在今河南省陝縣東南，即古之崤陵關。因其地有硤石塢，故唐時置峽石縣（宋廢），清代設硤石驛，東通澠池，西通函谷，于驛口特設巡司戍守。「鵶」同鴉，西鵶路在峽石驛東二十里，東南行渡洛、伊，可至臨汝縣境。「繇」通由。趙保白楊樹即白楊關，在嵩縣境東。臨汝即今河南省臨汝縣。「譏察」猶稽查。「築垣封閉」指西鵶路至臨汝一段。徐注本省此題爲硤石驛東有西鵶路至臨汝築垣封閉有題，意尤簡明。或者先生本擬自西鵶路先赴臨汝，既至西鵶見已封閉，始折而東行直達雒陽。

〔汝州〕隋改伊州置汝州，以境內有汝水故也，治梁縣，即今臨汝。

〔弔古、雞鳴二句〕此用孟嘗君藉門客學雞鳴逃出函谷關故事，見〔三五〕祖豫州聞雞釋。意謂秦法雖峻，然函關啟閉猶有

定時，不似西鴉路禁閉不開也。

【箋】

此先生出關後第一首紀遊詩，可簡作「過西鴉路有感」或「西鴉路上作」，與〔二六二〕河上作「去年方鬭爭」以下所諷相同。蓋其時戰亂未息，道路之禁，尤嚴于秦也。

〔三〇一〕 雒陽

澗水成周宅，邙山漢代京。三川通地絡，鶉火葉星精。文軌同王朔，蒐畋會卜征。東門迎九鼎，北闕望璣衡。象魏雲常紫，龍池水自清。尊師延國老，聽講集諸生。金谷荒煙合，銅駝蔓草縈。曲多羌笛韻，縣有陸渾名。鶴望將焉屬，鯨吞未息爭。詎忘修禮樂，何計偃戈兵。赤伏看猶在，蒼鵝起莫驚。停驂觀雒汭，微禹動深情。

【釋】

〔解題〕秦滅東周，置雒陽縣，以在雒水之陽而名之也。按：「伊雒」之雒與「渭洛」之洛本爲兩字，至魏文帝黃初元年營洛陽宮，自以魏于行次爲土，土得水而柔，故除「隹」加「水」，變「雒」爲「洛」（見三國志注），故知魚豢謂光武帝先已去「水」而加「隹」，誤。然自魏後兩字遂混用不易分，並追溯至先秦典籍，俱遭混改，說見段玉裁伊雒字古不作洛考。先生用「雒」不用「洛」，不獨保持古意，兼因明諱光宗「常洛」之名，復改「洛陽」爲「雒陽」也。

〔澗水〕即穀水，源出河南澠池，東流經雒陽入雒河。書雒誥：「我乃卜澗水東，瀍水西，惟雒食。」

〔成周宅〕見〔三八〕京師作「宅是成周相」釋。按：周公營雒邑，以爲周之東都，故亦稱「東周」；成王所都，故曰成周。

〔邙山〕即北邙山，在雒陽北，東漢陵墓所在。

〔三川通地絡〕伊、雒、河三水，東周謂之「三川」，戰國策秦策：「今三川周室，天下之市朝也。」參見〔三九〕秋風行「三川郡守」釋。「地絡」猶地脈，原注：「後漢書隗囂傳：斷截地絡。」

〔鶉火葉星精〕「葉」即協，配合也。「鶉火」乃十二星次之一。「星精」指星象之精微。舊謂爾雅所記十二次與二十八舍（宿）之度皆創自黃帝，晉書天文志：「自柳九度至張十六度爲鶉火，周之分野，屬三河。」「三河」即河西、河南、河東，包括今洛陽黃河南北一帶。此句與上句蓋以天象、地象狀雒陽形勢。

〔文軌同王朔〕禮中庸：「今天下車同軌，書同文。」後遂以「文軌」象典制，而以文軌相同喻國家統一。「王朔」即天子正朔。此句謂東周、東漢雖遷都雒陽，其「一統」與「正統」仍與西周、西漢相同。

〔蒐畋會卜征〕「蒐」音搜，「畋」音田，皆指打獵。「征」，巡狩。天子五年一巡狩，五年五卜，皆吉乃行，故曰「卜征」。左傳襄公十三年：「先王卜征五年，而歲習其祥，祥習則行，不習則增。」故張衡東京賦：「卜征考祥，終然允淑。」此句謂天子出獵亦與巡狩之義相合。

〔東門迎九鼎〕原注：「後漢書郡國志：雒陽東城門名鼎門。帝王世紀曰：九鼎所從入。」左傳宣公三年：「成王定鼎于郟鄏。」即引文之所本。

〔北闕望璣衡〕「北闕」見〔五〕京闕篇釋。原注：「雒陽伽藍記：次北曰閶闔門，漢曰上西門，上有銅璇璣玉衡，以齊七政。」「璇璣玉衡」即北斗七星（第三星曰璇，第五星曰衡），亦指銅製測天儀器。

〔象魏〕原注：「東京賦：建象魏之兩觀。」宮闕外懸法象之所，其高魏魏然，有如樓觀，故又稱象闕或魏闕，合稱「象魏」。

〔龍池〕原注：「雒陽伽藍記：九龍殿前有九龍吐水，成一海。」

〔尊師延國老〕「尊師」見〔五〕京闕篇釋。「國老」指致仕之卿大夫，禮王制：「養國老于上庠，養庶老于下庠。」

〔聽講集諸生〕「諸生」指太學之儒生弟子。東漢諸帝皆崇儒，後漢書儒林傳：「帝正坐自講，諸儒執經問難于前。」按：「尊師、聽講」兩句以上，極狀帝都規模宏偉。

〔金谷荒煙合〕金谷，園名，在雒陽城西北。因金水經此谷入瀍水，故地名金谷，又名梓澤，西晉衛尉石崇于其地構園，繁華淫巧爲雒陽最，晉南渡後，園圮毀。

〔銅駞蔓草縈〕「駞」同駝。晉書索靖傳：「靖有先識遠量，知天下將亂，指雒陽宫門銅駞歎曰：『會見汝在荆棘中耳。』」按：「金谷、銅駞」兩句以下，極狀帝都淪陷之慘。

〔曲多羌笛韻〕此句暗示雒陽自西晉以後，常被羌胡所據。

〔縣有陸渾名〕原注：「左傳僖二十二年：秦晉遷陸渾之戎于伊川。注：允姓之戎居陸渾，在秦晉西北，二國誘而徙之，伊川遂從戎號，至今爲陸渾縣也。」按：陸渾縣係漢置，五代時廢。故城在今河南嵩縣北三十里，伊水域也。句引左傳杜注，亦暗示夷狄入據中原。

〔鶴望將焉屬〕原注：「三國志張飛傳：思漢之士，延頸鶴望。」「鶴望」，如鶴伸頸企足而望。「屬」，通矚，專注也。此句謂中原淪喪，漢民何所望焉。

〔鯨吞未息爭〕晉書慕容暐載記論：「猶將席卷京雒，肆其蟻聚之續，宰割黎元，縱其鯨吞之勢。」「鯨吞」謂如鯨吞物，狀兼併。此言滿清雖已吞明而干戈未息。

〔修禮樂〕修禮制樂，喻天下太平。漢書禮樂志：「漢興至今二十餘年，宜定制度，興禮樂。」

〔偃戈兵〕「偃」，止息，動詞。莊子徐無鬼：「爲義偃兵，造兵之本也。」

〔赤伏看猶在〕「赤伏」即赤伏符，見〔一三八〕京師作「空懷赤伏書」釋。此暗示漢室中興有望。

〔蒼鵝起莫驚〕「蒼鵝」，亂象，見〔二六二〕河上作「追惟狄泉陷二句」原注。此暗示中原亂象將生。

〔停驂覩雒汭二句〕「停驂」，見〔一三九〕薊州釋。「汭」，河流會合或彎曲處，「雒汭」則專指雒水入黃河處。左傳昭公元年：「天王使劉定公勞趙孟于潁，館于雒汭。劉子曰：美哉禹功，明德遠矣。微禹，吾其魚乎！」禹，夏王也，與戎羌對。

【箋】

雒陽乃東周、東漢首都，其地跨三川，據中原，非天子莫能居。故此詩「金谷句」以上，極狀雒陽形勢與帝都規模，而于曹魏、西晉建都均撇開不論；「金谷句」以下則全叙雒陽淪入北朝事，如「羌笛」、「陸渾」二句嚴夷夏之辨，其針對滿清甚明。徐注與蘧案則以洪武時曾封伊王、萬曆時曾封福王于雒陽，故分别以二王事當之，如「金谷、銅駞」二句，徐注備引福王常洵營雒陽宫及李自成陷雒陽、殺福王事；「尊師、聽講」二句，蘧案則引伊定王諟鈝好學崇禮以實之。殊不知長安、雒陽皆帝都，舍天子外，歷代不以封諸王，明太祖始封秦、伊，非古也。先生于濟南哀德王，于益都悼衡王，于杭州傷潞王，于太原悲晉王，于大同懷代王，獨于長安不涉秦王，蓋不敢以帝都擬藩邸，懼僭也。今細味此詩前半頌帝都，後半斥夷狄，與伊、福兩藩俱無與焉。且徐氏前引李自成，後引吴三桂，獨不敢觸及滿清，豈真不解先生心迹乎？

〔三〇二〕 三月十九日行次嵩山會善寺

獨抱遺弓望玉京，白頭荒野淚霑纓。霜姿尚似嵩山柏，舊日聞呼萬歲聲。

【釋】

〔解題〕「三月十九日」乃明思宗殉國忌辰。「行次」，中途止宿也，書泰誓中：「王次于河朔。」嵩山會善寺在嵩嶽寺西，原係魏孝文帝（四七七——四九九在位）離宫。魏亡後，爲澄覺禪師精舍。隋開皇中，始賜名會善寺。清初，寺雖半圮，北齊至唐之碑銘尚有存者，見先生金石文字記。

〔遺弓〕見〔二九〕十月二十日奉先妣葬「先皇弓劍」釋及〔一三三〕登岱「遺弓名烏號」釋。

〔玉京〕帝都或天闕之別稱。孔稚圭褚先生百玉碑：「鳳吹金闕，簫歌玉京。」李白廬山謡：「遥見仙人彩雲裏，手把芙蓉朝玉京。」

〔霜姿〕冰霜高潔之姿，先生自喻。

〔嵩山柏〕相傳嵩山嵩陽宫有古柏三株，大可六七人圍，小亦可四人圍，漢武帝曾封之爲「三將軍」。清初尚存一株半。

〔舊日聞呼萬歲聲〕漢書武帝紀：「朕親登嵩高，御史乘屬、在廟旁吏卒，咸聞呼萬歲者三。」嵩高即嵩山，漢元封元年（前一一〇），武帝曾登之。引文即後來「三呼」、「山呼」、「嵩呼」之所本，專用于臣民與天子之間。按：「霜姿」、「舊日」兩句扣「行次會善寺」本題。

【箋】

先生詩往往明標崇禎帝殉國忌日，如〔一一三〕陳生芳績兩尊人先後即世，適皆以三月十九日，〔一七一〕三月十九日有事于欑宫，時聞緬國之報，〔三三〕赴東第四首「攀髯時」下自注「三月十九日」，以及本題皆是也。故知先生于思宗，無論行旅、居獄，無論少壯、遲暮，念兹在兹，直可謂造次没齒不忘矣。又今年先生與陳介眉書、與次耕書、與山史書均附寄此詩（俱載殘稿），可知此詩乃先生晚年寄意之作：「獨抱遺弓」悲同志之日少也，「霜姿似柏」喜老而彌堅也，孤臣孽子之心句句可見。

〔三〇三〕　少林寺

峩峩五乳峯，奕奕少林寺。海内昔横流，立功自隋季。弘構類宸居，天衣照金織。清梵切

雲霄，禪燈晃蒼翠。頗聞經律餘，多亦諳武藝。疆埸有艱虞，遣之扞王事。今者何寂寥，閱矣成蕪穢。壞壁出游蜂，空庭雊荒雉。答言新令嚴，括田任污吏。增科及寺莊，不問前朝賜。山僧闕飧粥，住守無一二。百物有盛衰，回旋儻天意。豈無材傑人，發憤起頹廢。寄語惠瑒流，勉待秦王至。

【釋】

〔解題〕少林寺在今河南登封縣城西北二十餘里，位于嵩山西麓。北魏孝文帝太和十九年（四八五）爲西域沙門跋陀建，以其地面對少室山，叢林茂密，故敕名「少林寺」。北周静帝大象年間（五七九——五八一）改稱陟岵寺，隋文帝開皇時復原名，自唐迄今仍之。

〔五乳峯〕在少室山之北，五頂聳列如乳，少林寺背依其中。

〔奕奕〕盛美貌，狀廟宇，詩魯頌閟宫：「新廟奕奕，奚斯所作。」

〔海内昔横流〕春秋穀梁傳序：「孔子覩滄海之横流，乃喟然而歎。」此喻世局之動亂。

〔立功在隋季〕「隋季」指隋朝末年。按：少林寺僧爲唐朝立功在武德四年（參見本詩末聯自注），此謂「在隋季」，蓋追溯世亂之始。裴漼皇唐嵩嶽少林寺碑（鐫立于唐開元十六年）云：「大業之末，……此寺爲山賊所劫，僧徒拒之。」可證助秦王之先，寺僧已曾拒賊自衛。

〔弘構類宸居〕「弘」，清人諱作宏。「宏構」指宏偉之建築。五代殷文圭題丘光庭幽居（見全唐詩）詩云：「明堂宏構集良材。」「宸居」，帝王居處，班固典引：「是以高光二聖，宸居其域。」

〔天衣照金織〕「天衣」，佛教諸天所著之衣。「金織」，金線所織者。上二句狀明代少林寺殿宇及佛飾之盛。按：少林寺

歷唐宋至明代而臻鼎盛，明人薛正言登嵩山記、文翔鳳嵩高遊記均紀其實，然先生遊時皆不及見，當係聞諸寺僧或前人者。

〔清梵切雲霄〕「清梵」指僧徒誦經之聲，王僧孺初夜文：「清梵含吐，一唱三歎。密義抑揚，連環不輟。」「切」，貼近；「切雲」謂接近雲霄，狀極高。楚辭涉江：「冠切雲之崔嵬。」

〔禪燈晃蒼翠〕「禪燈」專指佛前燈。「晃」，搖動。「蒼翠」，喻山林竹影。

〔經律餘〕此謂僧人學習功課之餘。經、律與論合稱「三藏」，戒、定與慧並稱「三學」，佛徒清修當以通三藏、達三學爲主，其它皆僧徒餘事。

〔多亦諳武藝〕「諳」音俺，熟悉。少林寺僧多習武，不知始自何時。相傳創始人係禪宗初祖菩提達摩。禪宗尚壁觀及靜坐，故須練錘（拳）以解疲，可以養身，可以自衞。一說創始人爲緊那羅王，一說卽隋唐時寺僧曇宗。

〔疆埸有艱虞二句〕「埸」音易，界也；「疆埸」指國境及邊界，義與「疆場」異。左傳桓公十七年：「疆埸之事，慎守其一，以備其不虞。」「扞」同捍，抵禦也。「王事」，古指國事或公事，與家事、身事異。公羊傳哀公三年：「不以家事辭王事。以王事辭家事，是上之行乎下也。」日知録少林僧兵條：「嘉靖中，少林寺僧月空受都督萬表檄，禦倭于松江。其徒三十餘人自爲部伍，持鐵棒擊殺倭甚衆，皆戰死。」按：此事發生在嘉靖甲寅、乙卯（一五五四——一五五五）間，以地在松江，故先生知之甚詳，並贊曰：「嗟乎！能執干戈以捍疆埸，則不得以其髡徒而外之矣。」此卽明代少林僧爲國立功之一例，與先生「天下興亡，匹夫有責」之意合。

〔今者何寂寥以下四句〕「闃」音覓，入聲，寂靜也。「雊」音構，去聲，自動詞，雉鳴也。四句極狀清初少林寺之衰落。按：少林寺一燬于隋末，再燬于清康熙初，三燬于一九二八年軍閥石友三。先生遊寺適當康熙初燬時，其後葺新，先生則未之見。

〔答言新令嚴〕此答以上「今者何寂寥」四句，自「新令嚴」至「住守無一二」均係答辭。「新令」指近時詔令，而非新任縣令。

〔括田任汙吏〕「括田」指搜括田畝以增賦入。據唐書宇文融傳及食貨志：宇文融開元中爲監察御史，獻策請括天下游户羨田以佐軍需，由是擢爲覈田勸農使。諸道得客户八十萬，田亦稱是，自後歷代因其法。詩專斥三藩之亂時，清廷「新令」之所爲。

〔增科及寺莊二句〕「增科」謂增加科賦（清代户部定有田賦科則）。二句斥汙吏公然括及已被明代免賦之寺田。

〔山僧闕飧粥二句〕「闕」通缺。「飧」音孫，熟食。二句謂僧徒因缺乏飲食給養，極少留守寺院。

〔百物有盛衰二句〕「儻」，或然之詞。二句意謂天道好還，少林寺僧興唐之功或將重見。以下四句皆由此生發。

〔材傑人〕暗指秦王之流。

〔寄語惠瑒流二句〕自注：「唐武德四年，太宗以『陝東道行臺雍州牧秦王』率諸軍攻王世充，寺僧惠瑒、曇宗等執世充姪仁則來歸，賜地四十頃，水碾一具。」按：少林寺僧助秦王平王世充事，正史不載。今存最早記録爲秦王告少林寺主教碑（王之訓示曰「教」），王嗣帝位後，又稱太宗賜少林寺柏谷塢莊御書碑記（文見金石萃編四一）；次爲開元時裴漼所作少林寺碑（載全唐文），二碑文今尚存少林寺，唯合刻爲一碑耳。先生自注乃節自秦王碑。首云：「告柏谷塢少林寺上座寺主以下徒衆及軍民首領士庶等」。次叙武德四年寺僧歸唐立功原委；五年廢其寺，令僧徒還俗；七年復其寺；八年二月别敕賜寺田四十頃，水碾磑一具。末授寺僧曇宗大將軍；又列名立功僧志操、惠瑒、曇宗及普惠、明嵩等凡十三人。日知録節載其事亦同。

【箋】

此詩可分四解：起四句爲一解，簡述少林寺僧立功之始，爲全篇末聯預伏。自「弘構」至「扞王事」八句爲二解，追

摹明代少林寺之宏規及寺僧之功業，以與清代對比。自「今者」至「無一二」十句爲三解，概述清初少林寺之荒涼，並指斥寺僧受難之根由。自「百物」至結尾爲四解，暗示真天子將出，少林寺僧將再次立功。按：本題尋常只須作第一、二解便可完篇；如因即事而作第三解，亦未必傷時；至第四解則非先生不作且不能作。

〔三〇四〕 嵩山

位宅中央正，高疑上界鄰。蓄波含潁汝，吐氣接星辰。二室雲長擁，三呼響自臻。淳風傳至德，孤隱祕靈真。世敝將還古，人愁願質神。石開重出啟，嶽降再生申。老柏摇新翠，幽花茁晚春。豈知巢許窟，多有濟時人。

【釋】

〔解題〕「嵩」又作崧、作崇；「嵩高」與崧高、崇高取義皆同，均指嵩山。史記封禪書曰：「中嶽，嵩高也。」故知中嶽正名爲「嵩高」，今言「嵩山」，蓋簡稱或俗稱也。山在河南省登封縣北十里，合太室、少室而成，故又稱「嵩室」、「嵩少」或「嵩嶽」、「嵩丘」，均不離「嵩」字。然漢時始有「嵩」字，蓋由「崇」、「崧」（形聲）轉「嵩」（會意），取高山之義而省崇、崧之聲也。先生今年出關之行由西而東，故先至會善寺，繼經少林寺，然後抵太室之中峯（嵩頂），卽嶽廟所在。

〔位宅、高疑二句〕原注：「白虎通：中央之嶽特加高者何？中央居四方之中，可高，故曰嵩高山。」「宅」，動詞，居也。書禹貢「降丘宅土」，史記夏本紀作「下丘居土」。易象以居中得正爲貴，此中嶽所以異于它嶽處。「上界」卽天界或天上。詩二句一言「中」，一言「高」，與白虎通釋義正同。

〔蓄波含潁汝〕原注：「唐李林甫嵩陽觀頌：抱汝含潁，風交雨會。」潁、汝二水俱發源嵩高之南，潁近，故用「含」字；汝遠，

故用「抱」字。詩內則泛狀山脈之遠。

〔吐氣接星辰〕「吐氣」喻山巔霧氣，此句狀山峯之高。

〔二室雲長擁〕「二室」即太室、少室二山，以各有石室得名。俱在河南登封縣北，東西相距七十里。東太室二十四峯，其中峯即嵩頂（係全嵩最高處，海拔一四四〇公尺）；西少室三十六峯，高與太室相埒。太室有起雲峯，少室有白雲峯，峯頂白雲環繞，積久不散。

〔三呼響自臻〕「臻」，至也。原注：「後漢書文苑傳：多士響臻。」「三呼」見〔三〇二〕行次嵩山會善寺「聞呼萬歲聲」釋。

〔淳風傳至德〕「淳風」，淳樸之風。「至德」，至高無尚之德，本指泰伯（見論語泰伯），此處指禹、啟。北魏裴衍請隱嵩高表：「偶喟風雲，永歌至德。」

〔孤隱祕靈真〕附近箕山係巢父、許由棲隱之地；少室有靈隱峯。按：二句「至德」與「孤隱」皆暗寫禹啟、巢由，以下始明寫。

〔世敝、人愁二句〕「還古」即返樸歸真，與「淳風」應。「質神」謂質諸神而問之，原注：「中庸：質諸鬼神而無疑。」下聯即質神之意。

〔石開重山啟〕相傳禹娶塗山氏女。禹治水時，自化爲熊以通轘轅之道（指險道，在今河南偃師縣東南），女見之而慚，遂化爲石。時方孕啟，禹曰：「歸我子。」于是石破北方而生啟。故事極荒謬，皆後人本山海經太室山注、淮南子人間訓注等書緣飾而成。今登封縣北嵩山麓有啟母廟及啟母石。此句「質神」，願上天重生聖君。

〔嶽降再生申〕詩大雅崧高：「維嶽降神，生甫及申。」「嶽」即嵩高；「甫」即甫侯；「申」即申伯，周宣王母舅，周之賢卿士。尹吉甫作崧高詩以美之。舊嶽廟有生賢門、降神殿；壁上皆圖畫申、甫像。此句「質神」，願上天再生賢臣。

〔老柏新搖翠二句〕「老柏」參見〔三〇二〕行次嵩山會善寺釋。「幽花」，猶言幽谷之花。「茁」，旺盛也。二句似紀實，然觀

「老」、「幽」、「新翠」、「晚春」等詞，有借物狀人意。

〔豈知巢許窟二句〕「窟」指箕山，在登封縣東南。相傳許由墓在箕山之巔，巢父墓在箕山附近，二人皆堯讓位而不受者（又禹欲讓位伯益，禹崩，伯益亦避啟于此）。二句謂箕山本幽隱之地，然匡時濟世之士亦多有焉，知先生不無自許之意。

【箋】

此詩八韻十六句本屬排律，朱彝尊編明詩綜，但取「位宅」首聯及「石開」以下三聯，便成五律。今按原作前八句就山論山，雖甚恰切，然先生寄意本係後八句。彝尊與先生交稔，故能以意逆志，爲此大膽刪削。惟「石開」以下三聯，原係「還古」、「賓神」二句引出，今以「位宅」首聯當之，則前後文意不相承矣。

〔三〇五〕測景臺在登封縣東南三十里故告成縣

象器先王作，靈臺太室東。陰陽求日至，風雨會天中。考極三辰正，封畿萬國同。吾衰今已甚，猶一夢周公。

【釋】

〔解題〕「景」通影，古時以土圭測日影，因築臺焉。唐時測景臺在今河南省登封縣東南三十里，其地爲古陽城邑，漢置縣，唐改名告成。潘耒遊中嶽記：「告成鎮即古之陽城也。周公卜洛，立表測景，以此爲『地中』，今有測景臺存焉。臺高五丈，縱廣三丈，形體方正，而闕其北面十之三，云以懸壺滴漏。當闕處，鋪平石一行于地，其長視臺之高，廣可二尺許，刻水道其上以承壺漏，視水所至以定時，俗謂之『量天尺』。規制古樸，思理精微，非周公不能作。臺南一石

高丈許，上立一表，其長八尺，是謂『土圭』。此唐儀鳳中所立，見于杜氏通典。」又唐書地理志陽城縣注：「有測景臺，開元十一年詔太史監南宮説刻石表焉。」

〔象器先王作〕「象器」，象物之形以制器也。易繫辭上：「聖人有以見天下之賾而擬諸形容，象其物宜，故謂之象。」又「易有聖人之道四焉，……以制器者尚其象。」此句「象器」均指日圭、石表。周禮地官大司徒：「以土圭之法，測土深，正日景，以求『地中』。」此句「先王」似泛指，然據全詩末句當指周公，與潘耒所云「非周公不能作」同。

〔靈臺太室東〕靈臺本西周觀象臺，詩大雅靈臺：「經始靈臺，經之營之。」鄭箋云：「天子有靈臺者，所以觀祲象，察氣之妖祥也。」其後漢築靈臺，遂永爲觀測天象之所。「太室」見〔三〇四〕嵩山「二室」釋。

〔陰陽求日至〕古人以爲日行赤道南北，行至赤道極南處，日最短，稱「冬至」；行至赤道極北處，日最長，稱「夏至」。南爲「陽」，北爲「陰」，故曰據陰陽以求日至。杜佑通典載唐儀鳳四年（六七九）五月，命太常博士姚元于陽城測景臺依古法立八尺表，夏至日中測景尺有五寸正，與古法同。此即潘耒所云見于通典者也。

〔風雨會天中〕徐注引周禮疏：「風雨之所會也者，風雨所至，會合人心。」于「風雨」一詞，未明所象。詩鄭風風雨篇，後人多以「風雨」爲亂象，味先生詩意，蓋同。「天中」與「地中」應，周公卜洛，以洛爲地中；豫州亦稱天中，嵩高亦稱中嶽，故崇融啟母廟碑云：「九州地險，五嶽天中。」又先生此句蓋從劉長卿送裴晉公留守東都詩句「八方風雨會中州」截出。

〔考極三辰正〕「考」謂考測，「極」，至也。「三辰」，日、月、星。周禮春官宗伯：「土圭以致四時日月。」全句謂以石表、土圭測日之至、土之深、地之中，則日月星辰俱正。

〔封畿萬國同〕「畿」，土地區劃單位，漢書刑法志：「畿方千里。」古天子封畿千里，史記文帝紀後二年：「封畿之内，勤勞不處。」「萬國」指諸侯，周禮春官典瑞土圭：「封國則以土地。」鄭注：「封諸侯以土圭。」古以土圭測量地形，故周禮地

官大司徒云:「以土圭土(動詞,測量)其地而制其域。」其法蓋度日景,觀分寸長短:日景一寸,其地千里(王畿);其景一分,則一百里,餘類推。故曰,以土圭測封,則萬國皆同也。

〔吾衰今已甚二句〕論語述而:「子曰:甚矣吾衰也,久矣吾不復夢見周公。」「已甚」猶太甚。「一夢」,偶一夢見。按:告成鎮測景臺後有周公廟,故有此聯想。先生言必稱周、稱漢、稱唐,皆華夏而一統也。

【箋】

儒者喜言「中」,對四夷言,漢族爲之中,統萬國言,中國爲之中;合九州言,中州爲之中;就中州言,雒陽爲之中;自五嶽言,嵩嶽爲之中。先生由雒陽、嵩山登測景臺,所行皆地之中、天之中、人之中,故所爲五言詩,亦必春容大雅,允得平中。

〔三〇六〕卓太傅祠 在密縣東三十五里大隗鎮

拱木環遺寢,空山走部民。循良思舊德,執節表淳臣。几杖中興禮,丹青御座親。至今傳俎豆,長接大隗春。

【釋】

〔解題〕卓茂(前?——後二八)字子康,南陽宛人。西漢元帝時學于長安,習詩禮及曆算,稱爲通儒。初辟丞相(孔光)府史,後以儒術舉爲侍郎,給事黃門。平帝時,遷密縣令。性寬仁恭愛,視民如子。數年,教化大行,道不拾遺。王莽秉政,遷茂爲京都丞,密人老少皆涕泣隨送。及莽居攝,以病免歸。更始立,以爲侍中祭酒;知更始政亂,以年老乞骸骨歸。光武即位,先訪求茂以爲太傅。建武四年卒。後漢書有傳。密縣在登封縣東,漢時置,故城在今縣治東

南。「大騩鎮」原鈔本作「大騩嶺」，按，作「嶺」是。

〔拱木環遺寢〕「拱木」即墓木，江淹恨賦：「拱木斂魂。」詞本左傳僖公三十二年「（秦穆公謂蹇叔曰）：爾何知？中壽，爾墓之木拱矣！」禮月令注：「凡廟，前曰廟，後曰寢。」此句「遺寢」實指卓祠之全部。

〔空山走部民〕「空山」指大騩山。「部民」指密縣民。「走」，奔走也。茂官密縣令，于民有恩德（見解題），此句乃叙至今密縣民爭赴大騩山卓祠致祭。

〔循良思舊德〕「循良」專指奉公守法之循吏或良吏，柳宗元柳州謝上表：「常以萬邦共理，必藉于循良。」「舊德」謂舊日之德政，如易訟卦：「食舊德，貞厲終吉。」亦可指有德望之舊臣，如晉書何曾傳：「可謂舊德老成，國之宗臣者也。」

〔執節表淳臣〕原注：「後漢書卓茂傳：光武詔曰：前密令卓茂束身自修，執節淳固。今以茂爲太傅，封褒德侯，食邑二千户，賜几杖、車馬，衣一襲，絮五百斤。」「執節」猶持節、守節。「表」，表揚。「淳固」猶純樸、淳古。

〔几杖中興禮〕「几」，几案；「杖」，手杖，皆供老人依倚扶持之用。「賜几杖」乃古敬老之禮，禮曲禮上：「大夫七十而致事，若不得謝，則必賜之几杖。」光武討王莽，復漢室，稱「中興」。其賜卓茂几杖（見上原注引本傳），有如周宣王中興，任賢使能（見詩大雅烝民序）。

〔丹青御座親〕原注：「後漢書朱祐傳：永平中，圖畫二十八將于南宮雲臺，其外又有王常、李通、竇融、卓茂，共三十二人。」南宮係漢代雒陽宮名，雲臺在南宮中，明帝時圖功臣像于此，密邇御座。「丹青」本指繪畫顏色，後專指人物畫像，漢書蘇武傳：「雖古竹帛所載，丹青所畫，何以過子卿？」

〔傳俎豆〕「俎」，置肉几；「豆」，盛乾肉器。「俎豆」本係祭器、禮器，引申爲祭祀之禮。論語衛靈公：「俎豆之事，吾嘗聞之矣。」此處「傳俎豆」，意謂卓茂祠香火綿延不斷。

〔大騩春〕「騩」亦作隗，「大騩」本神名借作山名，即具茨山。莊子徐無鬼：「黄帝將見大騩乎具茨之山。」相傳其山即密

縣之大魏嶺，卓茂祠在焉。

【箋】

此詩頌卓茂全在「循良」、「執節」四字。卓茂宛人，歷官至太傅，而其祠竟在密縣，蓋有德于密民，足以「循良」稱也。茂歷仕四朝，非不愛官爵者，然仕漢不仕莽，仕治不仕亂，亦足以「執節」稱也。先生與潘次耕札(載餘集)曰：「如炎武者，使在宋、元之間，蓋卑卑不足數，而當今之世，友今之人，則已似我者多，而過我者少。俗流失，世壞敗，而至于無人如此！」試以卓茂比兩龔，亦卑卑不足數；然與當時干祿求仕之徒比，豈不卓卓然淳臣哉！此先生詩之所以作也。

〔三〇七〕梁園

梁園詞賦想遺音，雕繢風流遂至今。縱使鄒枚仍接踵，不過貪得孝王金！

【釋】

〔梁園〕漢梁孝王劉武所建，又稱梁苑或兔園(「兔」或作菟)，故址在今河南商丘縣東。西京雜記謂梁孝王好營宮室苑囿之樂，作曜華之宮，築兔園。園中有百靈山，山有膚寸石，落猿巖，棲龍岫；又有雁池，池間有鶴洲鳧渚。其諸宮觀相連，延亙數十里。奇果異樹，瑰禽怪獸畢備。王日與宮人賓客弋釣其中。又漢枚乘與梁江淹均有梁王菟園賦記其事。

〔梁園詞賦〕梁園賓客如鄒陽、枚乘、司馬相如等皆善辭賦，見史記、漢書本傳。按：「詞賦」在漢時通稱「辭賦」，「辭」與「賦」蓋二體。

〔遺音〕遺留之音，即餘音也。禮樂記：「清廟之瑟，朱弦而疏越，壹唱而三歎，有遺音者矣。」

〔雕繢風流〕「雕」同彫，鏤刻；「繢」音潰，采繪。宋顏延之嘗問鮑照己與謝靈運優劣，照曰：「君詩若鋪錦列繡，亦雕繢滿眼。」（見南史顏延之傳）意謂顏詩多人力，乏天然。「風流」猶遺風。按：漢代辭賦多鋪陳詞藻，堆砌事典，疊牀架屋，矯情飾物之作。謂之「雕繢風流」，蓋貶之也。

〔鄒枚〕鄒陽，漢臨淄人。景帝時與枚乘同仕吳，吳王濞有反謀，陽諫不聽，去之梁，從孝王游。後爲羊勝等所譖下獄，上書自陳，王出之，待如上賓。枚乘見〔五〕京闕篇「賦客餘枚叟」釋。

〔接踵〕足跟相接，喻前後相繼。戰國策秦策：「韓魏父子兄弟接踵而死于秦者百世矣。」

〔孝王金〕梁孝王劉武，漢文帝第二子，景帝同母弟。立爲代王，徙淮陽，終徙梁，卒謚「孝」。王恃母竇太后愛，驕奢跋扈，覬覦帝位。府庫金錢，巨逾百萬，珠玉寶器多于京師，賞賜不可勝道。齊人羊勝、公孫詭、鄒陽之屬初見王，賜千金，官中尉。

【箋】

清代兩開弘詞科，所試均重文詞，所取亦多文人，先生致歎之情，始見去歲春雨詩及關中雜詩，繼見今年寄次耕詩，而以梁園一絶最爲露骨。題曰「梁園」，看似詠古，然既云「至今」、「接踵」，則顯刺應舉鴻博矣。前二句貶其文，後二句貶其人，有直言，無曲筆，是真逢怒之作。

〔三〇八〕 海上

海上雪深時，長空無一雁。平生李少卿，持酒來相勸。

【釋】

〔解題〕先生詩以「海上」爲題者，丙戌（一六四六）有〔一四〕海上四律，丁亥（一六四七）有〔三三〕海上行一首，所詠雖不可盡

曉，然皆海上事也。今年復以「海上」爲題，則與海上事明不相干，顯係借題寓意，詳見後箋。

〔海上雪深時〕「海上」，謂北海上也。漢書蘇武傳載蘇武既矢志不降，匈奴單于「乃徙武北海上無人處，使牧羝，羝乳乃得歸。」「武既至海上，廩食不至，掘野鼠，去屮實而食之。」傳文所云「海上」卽今西伯利亞之貝加爾湖。蘇武持節在海上牧羝十九年始得歸。參見〔一七八〕元旦釋。

〔長空無一雁〕漢書蘇武傳：「漢求武等，匈奴詭言武死。後漢使復至匈奴，常惠請其守者與俱，得夜見漢使，具自陳道，教使者謂單于，言天子射上林中，得雁，足有繫帛書，言武等在某澤中。使者大喜，如惠語以讓單于，單于視左右而驚，謝漢使曰：武等實在。」按：「塞雁傳書」本無其事，然先生此句不在證其無雁，而係暗喻歸漢無望也。

〔平生李少卿二句〕「平生」乃「平生親」、「平生歡」之省詞，意謂平生至交也。李陵（前？——七四）字少卿，漢隴西成紀人，廣孫。武帝天漢二年（前九九），率步卒五千擊匈奴，敗降。蘇武傳載：「（陵）初與蘇武俱爲侍中，武使匈奴明年，陵降，不敢求武。久之，單于使陵至海上，爲武置酒設樂，因謂武曰：『單于聞陵與子卿素厚，故使陵來説足下虛心欲相待。終不得歸漢，空自苦無人之地，信義安所見乎？』」

【箋】

以起句首二字「海上」爲題，意卽無題；無題詩旨當從全篇涵蘊及作者行事求之。此詩全用蘇李海上事，疑本年或有變節故人來勸先生降志辱身者。其人爲誰，本難指實。蘧案以葉方藹去歲曾薦先生舉鴻博，今年又擬邀先生修明史，遂推斷爲葉氏。然方藹以明諸生而舉清進士，身爲貴官，早已失足，先生安肯以「平生」二字許之？前此與先生能共「平生」而又被逼應薦者，舍李因篤外，再無第二人。且先生詩用事必切，詞不輕下，尤喜借姓喻人，今不「名」蘇武而獨「字」李少卿，得毋爲李因篤發乎？

今年五、六月間，先生于汾州有答潘次耕書（殘稿卷三、文集卷四）曰：「子德書來云：『頃聞將特聘先生，外有兩人。』

此語未審虛實，吾弟可爲詗之，速寄字來。關中人述周總督之言曰：『天生自欲赴召可耳，何又力勸中孚？至誅之以利害，而强之同出，殆是蘧伯玉恥獨爲君子之意。』易曰：『君子之道，或出或處，二人同心，其利斷金。』彼前與我書，有『勿遽割席』之語，若然，正當多方調護，使得遂其魚鳥之性耳。豈可逆慮我之有言，而迫以降志辱身哉！」據此可知先生誤疑「特聘」之説出自因篤，故甚怒之。先借周總督之言，責因篤强李顒同出，無異拖人下水；繼引因篤「毋遽割席」之語，斷其逆慮己之有言，遂迫己同流合污。此詩適與答潘次耕書相先後，故語意頗深長：「海上」、「長空」二句既是少卿相勸之語，亦係少卿相勸之因。蓋長空既無雁，則歸漢已無望，證之史載少卿相勸曰：「（子卿）終不得歸漢，空自苦無人之地，信義安所見乎？」「人生如朝露，何久自苦如此！」與二句所擬正同。夫明亡至今三十餘年，死灰不可復燃，亦猶「長空無一雁」也，因篤雖未必有此勸詞，然先生固已「逆慮」之矣。

附先生答李子德書（摘録殘稿卷二，文集卷四）

……韓伯休不欲女子知名，足下乃欲播吾名于今日之士大夫，其去昔賢之見何其遠乎！「人相忘于道術，魚相忘于江湖。」……顧老弟自今以往，不復掛朽人于筆舌之間，則所以全之者大矣。先妣當年大節，炤耀三吳，讀行狀之文，有爲之下泣者，老弟亦已見之矣。他人可出而不孝必不可出，老弟其未之思耶？昔年對孝感之言，老弟已嘗述以告關中之人矣，平生之言，豈今日而忘之耶？若果有此舉（按指葉方藹薦修明史事），老弟宜力爲我設沮止之策，並馳書見示，勿使一時倉卒，而計出于無聊也！……關中人述周制府（按即周彝初總督）之言曰：「天生自欲赴召可爾，何又力勸中孚，至誅之以利害，殆是蘧伯玉恥獨爲君子之意。」竊謂足下身躡青雲（按四字諷極），當爲保全故交之計，而必援之使同乎己，非敗其晚節，則必夭其天年矣。易曰：「君子之道，或出或處，二人同心，其利斷金。」吾于老弟乎望之！

（民按：此書當係答子德「頃聞將特聘先生，外有兩人」來書，故可與箋引答潘次耕對照）

〔三〇九〕　五嶽

五嶽何時徧，行游二十春。誰知禽子夏，昔是去官人。

【釋】

〔五嶽〕「嶽」通岳，大山曰嶽。先秦時，僅有「四岳」之名，漢時乃有「五嶽」。通指東嶽泰山，西嶽華山，北嶽恒山，南嶽衡山(一説霍山，在今安徽省)，中嶽嵩山。「中嶽」之名最爲晚出，始見于周禮、爾雅。

〔五嶽何時徧〕先生今年與李紫瀾書(殘稿卷二)：「弟以三月十日出關，歷崤函，觀雒汭，登太室，游大騩，域中五嶽得游其四。」又與陳介眉(殘稿卷三)曰：「弟今年得一詣嵩山少室，天下五嶽已游其四。」明年與楊雪臣書(文集卷六)亦云：「且九州歷其七，五嶽登其四。」按：先生戊戌(一六五八)遊東嶽，作〔一三三〕登岱詩；壬寅(一六六二)遊北嶽，先後作〔一七四〕北嶽廟詩及北嶽辨；癸卯(一六六三)遊西嶽，作〔一九六〕華山詩；今年遊中嶽，作〔三〇四〕嵩山詩，故云「五嶽已游其四」。至于南嶽，先生終生未嘗親歷，而詩則屢及之(參見〔四五〕懷人、〔二七一〕楚僧元瑛談湖南三十年來事等)。

〔行游二十春〕先生自戊戌遊東嶽，至今已二十年。

〔誰知禽子夏二句〕原注：「漢書王貢兩龔鮑傳：北海禽慶子夏，儒生去官，不仕于莽。」按：禽慶字子夏，北海人。「去官」謂辭官也。又後漢書逸民傳載：向子平(名長)子女嫁娶畢，即出遊名山大川。高士傳則謂子平「與同好禽子夏俱遊五嶽名山，不知所終」。原注但知禽子夏之「去官」，而不知其亦復好遊也。

【箋】

先生今年出關紀遊詩至此止。以前各首皆隨地寄慨，惟此首不僅總括前遊，實暗示此行因果，故不可輕易讀過。夫

禽子夏不仕莽而出遊五嶽名山，似與先生相類，然先生未嘗一日仕清，有何「官」之可「去」？況贊子夏之「去官」，不云「應知」，而問「誰知」；不曰「今是」，而曰「昔是」，何耶？先生詩不苟作，字不苟下，細味詩意，當係追述一樁鮮爲人知之往事，其事詳見記與孝感熊先生語，全録之于下：

辛亥歲（一六七一）夏在都中。一日，孝感熊先生招同舍甥原一飲，坐客惟余兩人。熊先生從容言：「久在禁近，將有開府之推，意不願出，且擬纂修明史，以遂長孺之志。而前朝故事，實未諳悉。」欲薦余佐其撰述。余答以「果有此舉，不爲介推之逃，則爲屈原之死矣。」兩人皆愕然。余又曰：「即老先生亦不當作此。數十年以來門户分争，元黄交戰，嘖有煩言，至今未已。一入此局，即爲後世之人吹毛索垢，片言輕重，目爲某黨，不能脱然于評論之外矣。」酒罷，原一以余言太過。又二年，余復入都，問原一「孝感修明史事何如？」答云：「熊老師自聞母舅之言，絶不提起此事矣。」近有傳余此語者，或失其真，故聊筆之以視同志。

此記僅見晚出之蔣山傭殘稿卷二，前此潘刻本文集卷四答次耕書雖畧敍「辛亥之夏，孝感特柬相招，欲吾佐之修史，我答以果有此命，非死則逃。原一在坐與聞，都人士亦頗有傳之者。耿耿此心，終始不變！幸以此語白之知交。」答次耕書亦見殘稿卷三，然較潘刻文集所載倍長。另文集卷四有答子德書，僅戒子德勿相標榜，文甚短；殘稿卷二亦載此書，文甚長，中有句「昔年對孝感之言，老弟嘗述以告關中之人矣，平生之言，豈今日而忘之耶？」海上詩用「平生」二字，與此書正相合。按：熊賜履（一六三五——一七〇九）字敬修（一作敬存），孝感人。順治十五年（一六五八）進士，以密獻除鼇拜計爲聖祖所重，遷掌翰林院事。後力主撤藩，聖祖頗倚之。康熙十四年拜武英殿大學士，爲清代理學名臣。徐乾學字原一，年長于熊，以科試出其門，故稱師弟焉。熊欲薦先生佐修明史在八年前，當時先生已云非死則逃，然其事僅熊、徐二人知之。今年葉方藹充明史總裁，又欲招先生入局，先生因補記其事其語「以視同志」。蓋「佐修」或「入局」皆不免爲纂修官，詩所謂「去官」者，去「明史纂修官」也。此前紀遊詩均未言及出遊之故，惟此詩隱約及之。夫

同一事而記之于文，筆之于札，詠之于詩，其事爲先生重視可知。另先生出遊之由，仍參見〔二九九〕雲臺觀尋希夷先生遺蹟後箋。

〔三一〇〕贈張力臣

張君二徐流，篆分特精妙。獨坐淮水濆，臨池伴魚釣。京口躡寒蕪，彭城搴荒藿。扁舟浮漢江，一攬闕山要。西上定軍山，咨嗟武侯廟。旋車下秦棧，絶谷隨奔峭。昭陵圖駿骨，漢闕悲殘照。石鼓在燕山，望諸可憑弔。還登尼父堂，禮器存遺詔。囊中金石文，一室供長嘯。諸子並多材，筆畫皆克肖。削柎追宜官，俗書嗤逸少。尤工蒼雅學，深鄙庸儒剽。却思舊遊國，轉瞬分疆徼。古堠出夕烽，平林延野燒。惟此數卷書，鳴琴對言笑。持以勗兒曹，四海有同調。莫浪逐王孫，但從諸母漂。

【釋】

〔張力臣〕即張弨，見〔三三六〕寄張文學弨解題。

〔二徐〕五代南唐徐鉉、徐鍇兄弟，人稱「大徐」、「小徐」，俱以治許氏說文得名。徐鉉（九一七——九九二）字鼎臣，廣陵人。初仕吳，後事南唐，官至吏部尚書。南唐亡，隨李煜歸宋，累官至散騎常侍。精小學，善篆隸，嘗受詔校說文解字，續編文苑英華，著有騎省集三十卷。鍇（九二〇——九七四）字楚金，鉉弟。四歲而孤，母方教鉉，未暇及鍇，鍇能自知書。李璟見其文，以爲祕書省正字，累官至內史舍人。李煜失德，國勢益弱，鍇憂之。宋兵下金陵，卒于圍城

中。鍇精小學，專著有說文解字繫傳四十卷及說文解字篆韻譜五卷等。

〔篆分〕指篆書與分書。篆書有大小之別，說文用小篆。分書又稱「八分」，字體似隸而體勢多波磔，蓋自隸書化出。

〔淮水濆〕力臣，江蘇淮安人。「濆」音墳，水邊，詩大雅常武：「鋪敦淮濆，仍執醜虜。」

〔臨池伴魚釣〕衞恒四體書勢（見晉書衞瓘傳）：「（張伯英）臨池學書，池水盡黑。」此句雙關力臣學書習釣。

〔京口躡寒蕪〕「京口」卽鎮江。「躡」，足蹈。「蕪」，叢生草。句指力臣曾至焦山巖下訪瘞鶴銘石刻，見〔三六〕寄張文學弨「文字六朝餘」釋。

〔彭城搴寒藋〕「彭城」，今江蘇銅山。「搴」音牽，拔取。「藋」音調，去聲，草名，藜屬。句指力臣在銅山雲龍山下訪放鶴亭碑。按：以上數句均敍辛亥（一六七一）以前事。

〔扁舟浮漢江二句〕「漢江」卽流經陝鄂之漢水。「攬」同擥，收攏、挽抱。「關山要」意謂關山要塞。以下十二句敍力臣于辛亥冬西泝漢江赴陝南，然後北折至關中；明年抵燕京，南旋過邯鄲，經曲阜、濟寧，回淮安，共二年事。

〔西上定軍山二句〕原注：「蜀志諸葛亮傳：葬漢中定軍山，景耀六年詔爲立廟。」定軍山在今陝西勉縣（原沔縣）西南，諸葛武侯墓在焉。墓前有武侯廟，與成都武侯祠異。廟建于蜀亡之歲（二六三），祠建于東晉成漢李雄時。張弨集有武侯廟詩。

〔旋車下秦棧〕「旋車」謂回車北行。「秦棧」指自秦入蜀之道，于山路險峻處鑿壁架木通之。戰國策秦策：「棧道千里于蜀漢。」李白送友人入蜀詩：「芳樹籠秦棧。」

〔絶谷隨奔峭〕狀山谷隨勢奔馳而峻峭。謝靈運七里瀨詩：「徒旅苦奔峭。」

〔昭陵圖駿骨〕「昭陵」，此指唐太宗陵，在今陝西醴泉縣西北九嵕山。陵前有高宗時石刻六駿，均係太宗開國戰爭中所乘駿馬。力臣謁陵時，徧拓從葬諸王公墓碑及太宗六馬圖贊，並撰昭陵六駿贊辨。

〔漢闕悲殘照〕句本李白憶秦娥詞：「西風殘照，漢家陵闕。」

〔石鼓在燕山〕「石鼓」乃周秦時之鼓形刻石。凡十鼓，每鼓徑約三尺餘，上鐫篆文，其字形在大篆與小篆之間，其文有韻近詩。其刻石時代自唐以來則多異説，有謂周文、周成、周宣時者，有謂秦時者，有謂宇文周時者。近人據其字形類秦篆，故定爲秦刻。石于唐初自陝西天興縣之三時原出土，唐鄭餘慶遷之鳳翔，宋徽宗時再遷汴京，金人破汴輦歸燕京，明清仍藏北京國子監，現藏故宮博物院。力臣游燕，拓其文以歸。王士禛題張力臣小照詩：「白頭更訪鴻都學，手拓陳倉石鼓文。」指此。

〔望諸可憑弔〕樂毅，戰國時燕將，曾助昭王下齊七十餘城，僅莒與卽墨未下。後燕惠王信齊反間，使騎劫代毅。毅奔趙，封望諸君，卒于趙。史記有傳，參見〔二五〕安平君祠解題。望諸君墓在趙都邯鄲。韓愈送董邵南遊河北序「爲我弔望諸君之墓」，詩句本此。

〔還登尼父堂二句〕壬子（一六七二），力臣由燕山南旋，過濟寧州，登孔子廟，拓五漢碑而歸，撰有漢碑釋文。原注：「集古録有後漢修孔子廟禮器碑。」禮器碑在曲阜孔子廟中。碑文係敕撰，故曰：「禮器存遺詔。」

〔金石文〕「金」指鐘鼎之屬，「石」指碑碣之類；刻于鐘鼎碑碣之文字，統稱「金石文」。宋趙明誠金石録，清王昶金石萃編均以「金石」名之。此處「金石文」但指力臣所拓古人原迹，與下句「數卷書」專指力臣自著不同。

〔一室供長嘯〕「長嘯」謂蹙口作悠長之聲，表慷慨自得。三國志諸葛亮傳注：「每晨夜從容抱膝長嘯。」晉成公綏嘯賦：「乃慷慨而長嘯。」此句用「一室」則專指力臣，家人諸子不與焉。

〔諸子並多材二句〕力臣父致中（明復社領袖）博古好金石，故知力臣係承家學。力臣二子葉增、葉箕亦肖父工書，先生音學五書刊于淮上，賴力臣父子分任校寫之役，見音學五書後序。

〔削柎追宜官〕原注：「晉衞恒書勢：師宜官甚矜其能，或時不持錢詣酒家飲，因書其壁，雇觀者以讎酒直，計錢足而滅

之。每書輒削而焚其柎，梁鵠乃益爲版而飲之酒，候其醉而竊其柎。」師宜官，複姓師宜，名官，東漢南陽人。靈帝好書，徵天下工書者于鴻都門，至者數百人。官所書八分獨稱最，大則一字徑丈，小則方寸千言。性嗜酒，或時空至酒家，因書其壁以售之。觀者雲集酤酒，多售則鏟滅之。其事亦見後漢書靈帝紀及唐張懷瓘書斷。力臣工分書，故以爲比。「柎」音肺，同「柹」、同「柿」，削下之木皮片也。古人在木牘、木版上作書，不欲保存時，則刊削其外皮，謂之「削柎」。

〔俗書嗤逸少〕逸少，王羲之字。原注：「韓退之石鼓歌：羲之俗書趁姿媚。」宋王得臣塵史書畫曰：「王右軍書多不講偏旁，此退之所謂『羲之俗書趁姿媚』者也。」王士禛居易録云：「力臣嘗著一書，以辨俗書之譌。」則先生此句非虛發。按：力臣精小學與先生同，小學家解字求真，書法家書字求美，此力臣所以「嗤」逸少也。

〔尤工蒼雅學二句〕「蒼」亦作倉。「蒼雅學」即文字訓詁之學，專事字形、字義之研究。相傳黃帝史臣倉頡始造書契，秦李斯作蒼頡篇，漢初，合爰歷、博學共爲蒼頡篇，四字成句，六十字爲一章，凡五十五章，類後世之千字文，係我國最早之字書。「雅」指爾雅（義同「近正」），漢儒綴輯而遞相增益周秦字義，引以釋經，實即我國最早之詞書。其後衍爲「三蒼」、「五雅」，遂有所謂蒼雅之學。此句並提「蒼雅」二字，意在説明力臣不僅專研字形，亦兼研字義，集説文學與訓詁學于一身也。「剽」音漂，去聲，搶掠。此句專指偷取他人之作爲己作，如言「剽竊」、「剽襲」等。治訓詁之學而剽竊他人之作，是庸儒也，故深鄙之。

〔却思舊遊國二句〕「舊遊國」徐注本作「舊國遊」，蘧案承之，遂以爲「似謂京口以下游踪，與前相呼應」。因將「轉蹶」句併入下二句，以致情事背謬，文理不屬。按：「舊遊國」蓋指辛亥、壬子間力臣所遊漢中、秦棧等地（「國」者，兼指秦蜀、魏蜀）。其地自甲寅（一六七四）吴三桂遣將王屏藩取蜀，清陝西提督王輔臣叛降吴三桂，遂爲清周二國邊界。「疆徼」，邊界也。

〔古堠出夕烽二句〕「堠」音候，去聲，古代瞭望敵情之土堡，如言「斥堠」、「烽堠」。「夕烽」，見〔八〕久留燕子磯院中釋。

「野燒」見〔三七〕督亢釋。按：先生作詩時，王屏藩尚駐陝南。本年十一月，清將王進寶復漢中，屏藩始退走四川廣元。二句狀疆徼之間警戒景况。

〔惟此數卷書二句〕「數卷書」指力臣所著書。「鳴琴」猶彈琴，此處喻無所用心，呂氏春秋察賢：「宓子賤治單父，彈鳴琴，身不下堂而單父治。」「言笑」，此處喻談笑自如，詩衛風氓：「總角之宴，言笑晏晏。」二句謂讀書、著書，自有至樂。

〔持以勗兒曹二句〕「兒曹」即兒輩，此指力臣諸子弟。「同調」猶同心、同志，見〔三六〕寄張文學弨箋釋。二句承上，謂力臣當以讀書鳴琴訓子也。

〔莫浪逐王孫二句〕「浪」，本字去聲，輕率、徒然。韓愈秋懷詩：「胡爲浪自苦，得酒且歡喜。」「逐」謂酒食徵逐。「王孫」泛指貴家子弟。史記淮陰侯傳：「信釣于（淮陰）城下。諸母漂（洗衣），有一母見信飢，飯信，竟漂數十日。」二句引韓信微時故事，蓋以力臣父子亦淮陰人，俱在貧賤，望其安于貧賤也。

【箋】

今年先生出關時，留書與山史（殘稿卷三）曰：「弟以淮上刻書（按指音學五書）未竟，須與力臣面相考訂。……然聞中州淮甸在在饑荒，未卜前途何似。興盡而返，亦無容心也。」知先生原擬便道赴淮而未卜可必。其後與李星來書（殘稿卷一）、與李紫瀾書（殘稿卷二）及與陳介眉書（殘稿卷三）俱載先生今年出關東游止于梁宋（紀游詩亦止于梁園），然後北行至廣平，未嘗逕赴淮甸。蓋本年力臣已北游京師（見元譜），先生行至梁園始知也。陳介眉名錫嘏，鄞人，康熙進士，官編修，本年曾在燕京。先生與之書曰：「天生西來，知地震（今年七月北京地震）之前，臺旍已歸四明。弟有一書並詩本音一部留力臣處，想未徹覽也。」先生此書係本年秋作于汾陽，中所云「有一書留力臣處」，必係地震後託人捎至京師，疑此詩即附該書中，詩題曰「贈」，實未嘗至淮晤贈也。

此詩重點有三：（一）推崇力臣精小學，工書法，起二句實爲全篇綱領。（二）歷敍力臣南北訪古，于陝南之行言之詳

而寄慨尤深。〔三〕兼贊力臣子弟才藝，末四句勗勉之詞，全爲兒曹發。王士禛居易録云：「門人張弨力臣，今老矣，又耳聾，攜其兩子一孫客京師。」應即今年事。若然，此詩末二句尤寓警戒。

〔三一一〕子德自燕中西歸，省我于汾州天寧寺

一載燕臺別，頻承注問書。天空烏鳥去，秋到雁行初。共識斑衣重，偏憐皁帽疎。輕身騎款段，一徑訪樵漁。

【釋】

〔解題〕李因篤去歲被薦博學鴻儒，以母老辭；亭林先生亦爲之移書乞哀，俱不獲允。因篤欲峻拒，母勸之行，不得已于去秋九月就道。今年春試，授檢討；甫二月，即以母老且病乞歸，吏部不許。乃自齎疏跪午門外三日，遂特旨許歸。歸後遂不復出。先生今年出關遊嵩少、梁宋，秋由河南至山西，住汾州天寧寺，因篤自京西歸，遂過訪焉。天寧寺在汾陽縣東，本係東漢郭泰舊宅，唐改建爲太平寺，宋易名太子院，明洪武中易今名。

〔一載燕臺別〕自去秋因篤被逼赴京，至今秋因篤歸省，恰一載。「燕臺別」謂因篤居燕京，非謂相別于燕京也。

〔注問〕關注、存問。

〔天空烏鳥去〕「空」，動詞，與下句「到」字對。句指去歲因篤被逼北行，如烏鳥不能反哺而去。李密陳情表：「烏鳥私情，願乞終養。」此自因篤母子說。

〔秋到雁行初〕禮王制：「父之齒隨行，兄之齒雁行。」句指今秋因篤隨雁西歸，如兄弟之同行。此自因篤與先生說。

〔共識斑衣重〕「斑衣」見〔九〕表哀詩釋。因篤幼喪父，與弟迪篤賴母田氏鞠育以成。其家世參見〔二六四〕過李子德「及門初

拜母」諸釋。去年李天馥(字湘北,一六三五——一六九九)、梁清標(官户尚,一六〇八——一六八四)、項景襄、張雲翼等各以疏薦因篤舉鴻博,先生即以母老爲之乞哀。其與李湘北書(文集卷三)云:「關中布衣李君因篤頃承大疏薦揚,既徵好士之忱,尤羨拔尤之鑒。但此君母老且病,獨子無依;一奉鶴書,相看哽咽。雖趨朝之義已迫于戴星,而問寢之私倍懸于愛日。況年逾七十,久困扶牀;路隔三千,難通齧齒。一旦禱北辰而不驗,迴西景以無期,則缾罍之恥奚償,風木之悲何及!昔者令伯奏其悃誠,晉朝聽許;元直指其方寸,漢主遣行。求賢雖有國之經,教孝實人倫之本。是用遡風即路,瀝血叩閽。伏惟執事宏錫類之仁,憫向隅之泣,俯賜吹噓,仰徼俞允。俾得歸供菽水,入侍刀圭,則自此一日之斑衣,即終身之結草矣。……」另有與梁大司農書(殘稿卷二)文畧同,二書均迭用「斑衣」故事。因篤既被迫入京,先生復力勸其以母老而乞養,答李子德書(殘稿卷三)曰:「此番入都,不妨拜客,即爲母陳情,則望門稽首,亦不爲屈;雖逢人便拜,豈有周顒、种放之嫌乎?……頃與既足(即李雲霑)論及君家故事,有可以不死之巨游(李業),而必無乞養不終之令伯(李密)。一入都門,情辭激切,如慈親之在塗炭,則君不能留,友不能勸矣。」據此書,則知「共識」之「共」字,乃先生與因篤「共」也。

〔偏憐皁帽疎〕「皁帽」見〔二六五〕皁帽詩釋。「疎」,稀少也。　今年三月朔,康熙帝親試博學鴻詞,録取一等二十人,即彭孫遹、倪燦、張烈、汪霦、喬萊、王玲齡、李因篤、秦松齡、周清源、陳維崧、徐嘉炎、陸芬、馮最、錢中諧、汪楫、袁祐、朱彝尊、湯斌、汪琬、邱象隨。二等三十人,即李來泰、潘耒、沈珩、施閏章、米漢雯、黄與堅、李鎧、徐凱、沈筠、周慶品、尤侗、范必英、崔嘉岳、張鴻烈、方象瑛、李澄中、吴元龍、龐塏、毛奇齡、金甫、吴任臣、陳鴻績、曹宜溥、毛汝芳、曹禾、黎騫、高詠、龍燮邵、吴遠、嚴繩孫。因篤名在一等,榜下授翰林院檢討。先生寄書亦云:「同榜之中相識幾半,其知契者:愚山(衍生注:施閏章)、荆峴(湯斌)、鈍庵(汪琬)、竹垞(朱彝尊)、志伊(吴任臣)、阮懷(高詠)、蓀友(嚴繩蓀)。」以上五十人及先生「知契」,一旦應試受官,則著皁帽者日稀矣。詩云「偏憐」即「獨憐」,與上句「共」字反,暗示

因篤既受官，則不得與「共」也。

〔輕身騎款段二句〕「款段」即駑馬，見〔三七〕偶來釋。因篤甫受官，即上疏乞終養，集中乞養疏，人稱一代大文，可與陳情表並傳（參見江藩宋學淵源記）。朱樹滋李文孝先生行狀謂「抵家，隨易常服，……不改寒素。出門乘羸馬，從小奚，……」今讀此詩，知因篤歸途親訪先生時，即返初服矣。

【箋】

先生友朋至好，南推歸莊，北數李因篤。二人皆曾脱先生于危難，然歸終身被尊爲「高士」，李一試鴻博即不復稱爲「處士」，蓋歸乃死友，李止生友，不可苟同也。今觀因篤初薦，先生猶許之曰：「天生之學，乃是絶塵而奔，吾且瞠乎其後，不意晚季乃有斯人！今雖登名薦剡，料其不出山更未可知耳。」（餘集與潘次耕札）既而因篤被逼出山，先生仍諒之曰：「關西有二士，立志粗可稱。雖赴麴車招，猶知畏友朋。」（〔二九七〕寄次耕）及將與試，先生猶致書曰：「以不預考爲上上，至囑、至囑。」（殘稿卷三答李子德）既考試，仍爲之設計曰：「鴻都待制，似不能辭，然陳情一表，迫切號呼，必不可已。即其不申，亦足以明夙心而謝浮議，老夫所惓惓者此也。」既受官，始歎曰：「昔朱子謂陸放翁能太高，跡太近，恐爲有力者所牽挽，不得全其志節，正老弟今日之謂矣。」（文集卷四答子德）時清廷定策懷柔前明士夫，降清仕清之徒亟欲毁人名節，于是上徵下薦，促成博學鴻詞之科。因篤應試受官，本非夙志，其不得如李顒之挾刃自裁（顒未赴京），及傅山之望門仆地（山獲免試），徒以有老母在耳。先生曾疑因篤强李顒同出，又私薦先生參修明史（見〔三〇八〕海上箋），因甚怒之；及知其事乃莫須有，怒遂解。其後答子德書曰：「但與時消息，自今以往，别有機權。公事之餘，尤望學易。吾弟行年四十九矣，何必待之明歲哉！……次耕叨陪同事，顧加提挈。……同榜之中，相識幾半。……以目病不能多作字，旅次又無人代筆，祈爲道念。」先生于朱彝尊、吴任臣諸「同榜」猶然存問，于潘耒猶望「提挈」，何獨于此「生友」不能恝置哉！先生晚歲責己如夷之清，待人如惠之和，彼既騎款段而來，我則以漁樵自許，卿用卿法，我用我法，何妨兩得

之。或謂顧、李因鴻博之試而隙末，是不察之甚也。

〔三一二〕寄次耕三首

入雒乘軒車，中宵心有愠。儻呼黄耳來，更得遼東問。

【釋】

〔解題〕先生今年寄潘耒詩，函特多，前已録存五古、七律各一，此三首，鴻博榜後所寄也。耒録取二等第二名，授翰林院檢討。

〔入雒乘軒車〕「軒車」，大夫所乘，白虎通車旂：「諸侯路車，大夫軒車。」句用機、雲入雒故事：陸機（二六一——三〇三）與弟雲（二六二——三〇三）俱東吴世族，吴亡（二八〇），于晉太康末（二八九）雙雙自吴入雒，造大常張華，華曰：「伐吴之役，利獲二俊。」遂留仕晉。見晉書本傳。按：機、雲以吴人仕晉，與潘耒以吴人仕清畧同，且入雒之年亦相近，故以爲比。

〔中宵心有愠〕「中宵」，半夜。原注：「易夬：九三，若濡有愠。」按：「若濡有愠」上有「君子夬夬，獨行遇雨」八字。「濡」，浸濕；「愠」，怨怒也。意謂獨行遇雨而濕，君子亦決然而怨。詩句戒耒雖榜發受官，當毋忘兄讎，原注故借易象以諱之。

〔黄耳〕陸機所蓄犬名，見〔一三三〕自笑釋。

〔更得遼東問〕「問」，名詞，音問、消息。自注：「兄子兩人，今在兀喇。」殘稿卷三載與次耕書曰：「曲周接取中之報，頗爲惜之。吾弟今日迎養都門，既必不可；菽水之供，誰能代之？宜託一親人照管，無使有尸饔之歎。……又既

在京邸，當尋一的信與嫂姪相聞。即延津在繫，亦須自往一看。此皆吾輩情事，亦清議所關，不可闕畧也。」按，此書皆作家人語：一囑勿使老母失養，一囑當與嫂姪恢復音問，一囑往視與兄同案在囚之人，此皆湖州史獄之遺，次耕職責所在也。就中以尋訪「嫂姪」消息爲急，故此詩末句又重言之，蓋十六年前，耒兄檉章蒙難而死，其妻及二子均發配關外爲奴也。然潘耒詩集補遺慟哭七十韻有云：「廣寧城迢遥，淒風苦白日。哀哉吾貞嫂，畢命于荒驛。殊俗激清風，邊城悚英魄。空餘兩孤兒，零落竄海磧。死者長已矣，生者兩惻惻。」是潘耒親送嫂姪出關時，其嫂已死于廣寧途中，未嘗至戍地也。疑先生與次耕書中「嫂姪」或係「孤姪」之誤。自注「兀喇」即「烏喇」或「烏拉」，本係扈倫四部之一，早爲滿洲所滅。清初于烏喇舊城置烏喇總管。其地在今吉林省吉林市北六十里松花江畔，一稱烏拉街。按：烏喇或烏拉係清初流放免死犯人要地，如清史稿刑法志二：「有發遣名目：初第發尚陽堡、寧古塔（在今黑龍江寧安縣）或烏喇。」又清會典事例七四四刑名例律：「（康熙）十八年議定，凡軍罪及免死擬流人犯，俱安插于烏拉地方。」「（康熙）十九年議准，凡貪贓官役免死減等發落者，照例安插于烏拉地方。」「乾隆元年諭：黑龍江寧古塔、吉林烏拉等處地方，若概將犯人發遣，則該處聚集匪類多人，恐本處之人漸染惡習，有關風俗。……」烏喇（拉）高寒，非人所居，故十朝聖訓康熙朝二八載：「康熙二十一年五月壬子，上諭大學士等曰：流徙寧古塔、烏喇人犯，朕向來未悉其苦，今謁陵至彼，目擊方知。此輩既無房屋棲身，又無資力耕種，復困于差徭。況南人脆弱，來此苦寒之地，風氣凜冽，必至顛踣溝壑，遠離鄉土，音信不通，殊爲可憫。雖若輩罪由自作，然發遼陽諸處安置，亦足蔽其辜矣。彼地尚有田土可以資生，室廬可以安處，且此等罪人，雖在烏喇等處，亦無用也。」檉章二子久戍烏喇，後次耕用捐贖例，又逾十年，始得歸，然先生已不及見矣。

六鼇成簸蕩，夜宿看星河。相對愁珠桂，流民輦下多。

【釋】

〔六龍成簸蕩〕釋見〔一八〇〕書女媧廟，此處借喻本年七月北京大地震。據清史稿災異志載：本年七月初九日，京師與通州、三河、平谷、香河、武清、寶坻、固安地大震，響聲如雷，晝晦如夜，房屋傾倒，壓斃男婦無算。

〔星河〕即天河、銀河，此處喻京師。

〔相對愁珠桂二句〕戰國策楚策：「楚國之食貴于玉，薪貴于桂。」後沿謂柴米價貴曰「米珠薪桂」。「流民」，流離外地之民，史記萬石君列傳：「關東流民二百萬口，無名數者四十萬。公卿議欲請徙流民于邊以適之。」「輦下」，天子輦轂之下，指京師，漢書司馬遷傳：「僕賴先人緒餘，得待罪輦轂下。」

嘗披秋興篇，欲作東皋計。聞有二毛人，年纔三十二。

【釋】

〔披〕披閱、翻開，引申爲翻閱。梁書張纘傳：「兄緬有書萬餘卷，晝夜披讀，殆不輟乎。」

〔秋興篇〕指晉潘岳秋興賦，其序曰：「于時秋也，故以秋興命篇。」

〔東皋計〕歸耕東皋之計。「東皋」見〔一一八〕張饒州允掄山中彈琴釋。秋興賦：「耕東皋之沃壤兮，輸黍稷之餘稅。」

〔聞有二毛人二句〕「二毛」見〔一八四〕陸貢士來復述昔年代攻鄭鄤事「子山流落鬢毛侵」釋。此處用秋興賦序，序曰：「余春秋三十有二，始見二毛。」耒與岳俱姓潘，年亦相若，故以爲比。

【箋】

先生于曲周接潘耒取中之報，「頗爲惜之」。既而答書曰：「既已不可諫矣，處此之時，惟退惟拙，可以免患。吾行年已邁，閱世頗深，謹以此二字爲贈。」（文集卷四）本題三首亦不外惜之、勗之之意，而未嘗深責也。第一首借二陸爲喻，

知耒「中宵有愠」，則非責而實惜。第二首泛言地震成災，實暗示京師不可居。第三首全用潘賦，變秋興爲招隱，此正以「退」、「拙」二字勗之也。耒不久竟爲忌者所中，坐「浮躁」降調，遂借丁母憂歸，不復出，自號止止居士，名所居曰「遂初堂」，蓋不敢重違師教也。

〔三一三〕歲暮西還，時李生雲霑方讀鹽鐵論

積雪凍關河，我行復千里。忽聞弦誦聲，遠出衡門裏。在漢方盛時，言利弘羊始。桓生書一編，恢卓有深旨。發憤刺公卿，嗜利無廉恥。片言折斗筲，篤論垂青史。矧乃衰亂仍，征斂橫無紀。轉餉七盤山，骨滿秦川底。太息問朝紳，食粟斯已矣。幸哉荀卿門，尚有苞邱子。

【釋】

〔解題〕本年二月，先生攜嗣子衍生及其師李雲霑（見〔二八七〕寄李生雲霑解題）由富平至華陰，遷居王宏撰新構之讀易廬。三月出關，十一月自汾州西還華陰。鹽鐵論，西漢桓寬編次。先是漢昭帝始元六年（前八一）詔問郡國賢良文學民間疾苦，皆請罷鹽鐵、榷酤，帝令與御史大夫桑弘羊、丞相車千秋等反復詰難。至宣帝時，桓寬輯其所論，因榷酤雖廢，鹽鐵如昔，故全書六十篇僅以「鹽鐵」爲名。

〔我行復千里〕此指由山西汾州回陝西華陰一段路程。

〔弦誦〕見〔一〇〇〕贈潘節士檉章「城無絃誦生」釋。

〔衡門〕見〔九六〕酬陳生芳績釋。

〔言利弘羊始〕桑弘羊（前一五二——八〇），洛陽賈人子。年十三，爲武帝侍中，與東郭咸陽、孔僅言利事析秋毫。後

爲治粟都尉，領大農丞，盡管天下鹽鐵。元封(前一一〇——一〇五)中，遷御史大夫。後與霍光等受武帝遺詔輔幼主昭帝，自以爲國家興榷管之利，欲爲子弟得官，霍光不許，遂與上官桀助燕王謀反，被誅。參閱漢書食貨志及霍光傳等。

〔桓生書一編〕「桓生」指桓寬，字次公，汝南人。儒生，治公羊春秋，博通善文。宣帝時爲郎，後遷廬江太守丞。「編」與「篇」異，漢書張良傳「出一編書」，注：「編」謂聯次之也，聯簡牘以爲書，故云「一編」。此處指鹽鐵論。漢書鄭弘等傳贊謂桓寬「推衍鹽鐵之議，增廣條目，極其論難，著數萬言，亦欲以究治亂，成一家之法焉」。

〔恢卓有深旨〕原注：「鹽鐵論引春秋曰：其政恢卓，恢卓可以爲卿相；其政察察，察察可以爲匹夫。」按：「恢卓爲卿相，察察爲匹夫」，乃桓寬不滿桑弘羊爲政苛察之深旨，先生特揭出之。

〔發憤刺公卿二句〕「公卿」指車千秋、桑弘羊等。其時弘羊等主張鹽鐵、酒類應由國家專利，賢良文學等則主張由民間自由經營。桓寬輯論，右袒賢良而責弘羊，故多録賢良述先王、稱六經之言，直斥千秋、弘羊嗜利無恥。「發憤」謂發憤著書，此指桓寬。

〔片言折斗筲二句〕「斗筲」喻小器，論語子路：「斗筲之人，何足算也！」此指桑弘羊。「篤論」猶確論，見〔三九三〕梓潼篇釋，此處實指鹽鐵論雜論。雜論乃桓寬對當年鹽鐵議論之總評，曰：「余覩鹽鐵之義，觀乎公卿文學賢良之論，意指殊路，各有所出，或上仁義，或務權利。(以下舉文學賢良言王道，刺公卿爲例)……桑大夫據當世，合時變，推道術，尚權利。攝卿相之位，不引準繩，以道化下，放于利末；不師始古，處非其道，果隕其姓，以及厥宗。若夫羣丞相御史不能正議以輔宰相，成同類，長同行，阿意苟合，以説其上。斗筲之人，道諛之徒，何足算哉！」

〔矧乃衰亂仍二句〕「仍」，相襲、相隨。「衰亂相仍」指明末、清初以至三藩之亂。「紀」本指絲縷之頭緒，如墨子尚同：「譬如絲縷之有紀。」横徵暴斂則如絲縷之無紀矣。二句承上轉折，由讀鹽鐵論而借古傷時，以下同。

〔轉餉七盤山二句〕「七盤山」即七盤關（嶺），在今四川廣元與陝西寧強交界，其地與朝天關、籌筆驛均清兵與吳三桂部將王屏藩激戰處。「秦川」即渭水，此指今甘南、陝中之地。「轉餉」謂轉運軍糧，漢書高帝紀：「丁壯苦軍旅，老弱罷（疲）轉餉。」二句言由秦川轉餉至七盤山，夫役致死者盈川盈谷。

〔太息問朝紳二句〕「太息」，長歎，見〔二五〕安平君祠釋。「朝紳」專指朝廷垂紳搢笏之大臣。「食粟」猶云「吃乾飯」（貶義），孟子告子下：「（曹）交聞文王十尺，湯九尺，今交九尺四寸，以長，食粟而已。」按：先生明年答徐甥公肅書（文集卷六）曰：「關輔（秦川）荒涼，非復十年以前風景。而雞肋蠶叢（指王屏藩部）尚煩戎略；飛芻輓粟（指轉餉），豈顧民生？至有六旬老婦，七歲孤兒，挈米八升，赴營千里。于是强者鹿鋌（打劫），弱者雉經（自縊），闔門而聚哭投河，併村而張旗抗令。此一方之隱憂，而廟堂之上（朝紳）或未之深悉也。」可爲以上六句注脚。

〔幸哉荀卿門二句〕原注：「鹽鐵論又曰：李斯與苞邱子俱事荀卿，苞邱子飯麻蓬藜，修道白屋之下。」二句以荀卿自比，以苞邱子喻李雲霑。按：雲霑本衍生之師，丁巳歲（一六七七）伴衍生北上，先寓曲周僧舍（見〔三六七〕寄李生雲霑），去年入關，住李顒及朱長源家（見〔三九四〕關中雜詩之四自注），今春始移居華陰。雲霑初見時，即欲拜先生爲師，先生前答潘次耕書（殘稿卷三）云：「既足亦欲執經北面，吾以西席在先，須俟行時方受此禮。今欲留之關內而身一爲淮上之行。……」其後淮上之行不果，故今冬乃行師生之禮焉。又鹽鐵論毀學篇云：「方李斯之相秦也，始皇任之，人臣無二。然而荀卿爲之不食，覩其罹不測之禍也。」先生于受禮之初即作此詩以贈，愛之、戒之蓋深矣。

【箋】

先生惡聚斂，故併罪桑弘羊。其追述崇禎朝政曰：「憶昔庚辰、辛巳（崇禎十三至十四年）之間，國步阽危，方州瓦解，而老成碩彥，品節矯然。下多折檻之陳，上有轉圜之聽。思賈誼之言，每聞于諭旨；烹弘羊之論，屢見于封章。」（文

集卷六答徐甥公肅書）意謂明亡前夕，軍需孔亟，朝臣猶不敢苛斂擾民也。近年清廷乘三藩之叛而大肆搜括，先生尤深惡，故借雲霑讀鹽鐵論而痛詆之。實則先生治學經世，立論多通達切事，如論錢糧、錢法、田功諸文，均以保民利國爲宗，未嘗一律摒斥理財。蓋聚斂者私君，理財者重民，二者固皎然有别也。

編年（一六八〇）

是年歲次庚申，清康熙十九年，吴世璠洪化二年。

正月，清陝西提督趙良棟復成都。平凉提督王進寶入朝天關，吴三桂大將王屏藩戰死。清湖廣提督徐治復夔州，原清叛將楊來嘉、彭時亨等復降。于是川鄂悉平。

二月，鄭經失厦門，仍率師回臺灣。

三月，清叛將馬承蔭復叛，執清廣西巡撫傅宏烈送貴陽，吴世璠殺之。

五月，清簡親王喇布、將軍莽依圖、總督金光祖合討馬承蔭，平之，廣西再復。

八月，人告平南親王尚之信謀反，詔之信入京對質，遂賜死。其弟之節等俱被殺。

九月，川東吴三桂降將彭時亨、譚宏等復叛，十二月始平。

是年先生六十八歲。正月，由華下至富平，送康乃心歸郃陽。二月，仲姊（馬右實妻）訃至，山西鹽政曾寅致餽。三月，刊定音學五書，乃作後序。四月，王宏撰父妾卒，書來議葬禮，先生答之，因與王建常論辯。五月二十八日，六十八歲誕辰，辭富平令郭傳芳之祝。時姊夫馬右實亦卒于甘肅道任上，喪經華下，先生送喪出關，因命李雲霑附之南歸。遂回華陰，華陰令遲維城來訪，先生與之謀建朱子祠堂于雲臺觀之右，遲欣然捐俸爲倡。時王宏撰客游于外，先生遂與其弟允塞議明春興工。十月，

携衍生赴山西汾州之陽城里，訪明宗室朱敏泘。汾州守周于漆延入州署。十一月，先生元配王夫人卒于崑山故里。訃至次日，出署成服設祭。年末于汾州王中翰德元家度歲。

〔三一四〕送康文學乃心歸郃陽 已下上章涒灘

子夏看書室，臨河四望開。山從雷首去，浪拂禹門迴。大道疑將廢，遺經重可哀。非君真好古，誰爲掃莓苔？

【釋】

〔解題〕康乃心（一六四三——一七〇七）字太乙，一字孟謀，又號耻齋，陝西郃陽人。力學好古，一以聖賢爲準則。王士禎奉使過秦，見其題秦莊襄王墓絶句：「園廟衣冠此内藏，野花歲歲上陵香。邯鄲鼓瑟應如舊，贏得佳兒畢六王。」甚賞之，爲延譽，遂以此得名。中康熙三十八年（一六九九）舉人。居易録記長安語曰：「關中二李，不如一康。」蓋就經明行修言也。四十六年卒，得祀鄉賢，郃陽縣志有傳。著有莘野集、毛詩箋等。先生稱康爲「文學」，乃從清朝科名，以此時尚未中舉也。郃陽即今陝西合陽，清屬同州府，在韓城縣南，隔河與山西臨晉遥望。上章涒灘即庚申歲。

〔子夏看書室二句〕原注：「水經注：徐水東南逕子夏陵北，東入河。又曰：東南北有二石室，臨側河崖，名子夏室。」子夏姓卜名商，春秋時衛人，孔子高弟，魏文侯師。長于文學，曾序詩，傳易。晚年講學西河，最稱老壽。「西河」在黄河之西，史稱吴起守西河，正在此。清代屬陝西華陰、朝邑、澄城、郃陽一帶。

〔雷首〕山名，見〔三六三〕河上作釋。

〔禹門〕即龍門，在郃陽東北，見〔三〇三〕龍門釋。按：「山」、「浪」二句俱從「臨河四望開」開出。

〔大道疑將廢〕論語憲問：「道之將廢也與？命也！」

〔掃莓苔〕莓卽苔也，孫綽遊天台山賦：「踐莓苔之滑石。」句用「掃」字，有掃除污穢之意。

【箋】

康乃心以望六之年，猶然應舉，似非絶志利禄者。先生識之于丁壯，不過取其讀書好古，有異乎遺老之苟苟而已。詩稱子夏、贊禹門，惜大道、哀遺經，莫不寄意在此。

〔三一五〕友人來，坐中口占二絶

不材聊得保天年，便可長棲一壑邊。寄語故人多自愛，但辭青紫卽神仙。

【釋】

〔解題〕「口占」本指無稿而隨口成章，漢書朱博傳：「閤下書佐入，博口占檄文。」後多指口占絶句。「來」與「坐中」，疑在富平寓處。

〔不材句〕「不材」本指不能成材之木，「天年」謂自然應得之壽命。莊子山木：「此木以不材得終其天年。」此句似泛説，實先生自謂。夫不材之木，匠人見而棄之，先生幸免徵鴻博，故謙言之。

〔一壑〕隱士居地。太平御覽七九引符子：「黄帝……謂容成子曰：吾將鈞于一壑，棲于一丘。」

〔自愛〕猶自珍、自重。老子：「是以聖人自知不自見，自愛不自貴。」

〔青紫〕漢代卿相印綬用青紫色，後遂以「青紫」喻高官。漢書夏侯勝傳：「勝每講授，常謂諸生曰：士病不明經術，經術苟明，其取青紫如俛拾地芥耳。」

昨過河東望首陽，空山烟靄尚蒼蒼。傳聞高士燕中返，料理牀頭皁莢囊。

【釋】

〔昨過河東望首陽二句〕「昨過河東」指去冬由汾州經蒲州西歸。唐時蒲州屬河東道，治今山西永濟。「首陽」，山名，所在地多異説，此指雷首山南阜，以夷齊餓隱得名，有墓在焉。先生復庵記（文集卷五）曰：「余嘗一宿其庵，開户而望大河之東，雷首之山蒼然突兀，伯夷叔齊之所采薇而餓者，若揖讓乎其間。」記所述爲自華山隔河東望首陽，此詩所狀爲自蒲州沿河南望首陽，云「空山烟靄」者，暗示夷齊不復見也。

〔傳聞高士燕中返二句〕「高士」，褒義，與上首「故人」對稱，詞義有别。「皁」同皂；「皁莢」，樹名，果實可以洗垢。「料理」猶今言安排。原注：「隋書五行志：梁末童謡云：黄塵污人衣，皁莢相料理。」

【箋】

「友人來」，未言其姓名，然詩非爲來人作則甚明。按：鴻博之徵，先生關中三友，李顒以自刺免行，王宏撰雖行而辭疾未試，唯李因篤被逼應試受官。揣詩意，前首「故人」疑指李因篤，因篤既受官矣，當以辭官爲上；後首「高士」疑指王宏撰，宏撰幸未應試，然已污黄塵，歸來當以洗塵爲先。二首一云「寄語」，一云「傳聞」，知作詩時，「故人」與「高士」皆不在坐。

〔三一六〕送李生南歸，寄戴笠、王錫闡二高士

華山五粒松，寄向江東去。白雲滿江天，高士今何處？憶昔過湖濱，行吟兩故人。潛龍猶在水，别鶴已來秦。江海多翻覆，林泉異棲宿。驚聞東市琴，涕隕堂前筑。去去逐征蓬，隨風

西復東。風吹蘭蕙色，一夜落關中。五陵生蔓草，愁絶咸陽道。平生四海心，竟作終南老。送子出函關，南山望北山。洞庭多桂樹，折取一枝還。

【釋】

〔解題〕今年先生姊夫馬嗣光（字右實）卒于甘肅道任上；五月，先生送其喪出關，李雲霑附之南歸，因便託寄詩函于戴、王二高士。戴笠字耘野，吴江人，見〔三四〕酬歸戴王潘四子韭溪草堂聯句解題。王錫闡字寅旭，亦吴江人，見〔二四一〕太原寄王高士錫闡解題。

〔華山五粒松〕松在華山頂西南峯上，平如偃蓋，其葉五粒，故又稱「五鬣松」或「五鬚松」。此等松我國名山多產，不獨華山也。

〔憶昔過湖濱二句〕「湖濱」指太湖之濱。「兩故人」與上句「高士」相應，指戴、王。二句追憶二十年前相聚吴江韭溪唱酬往事。

〔潛龍、別鶴二句〕「潛龍」指戴、王，易乾卦：「潛龍勿用，陽在下也。」「水」指太湖。「別鶴」，先生自謂。古琴曲有別鶴操，本指夫妻離別，亦可用于朋友之間，參見〔四五〕懷人釋。「秦」，此指關中地。二句言高士尚隱湖濱而己則託迹關中。

〔江海多翻覆以下四句〕隱叙吴、潘湖州史獄，見〔一八五〕詠史（即聞湖州史獄）解題。「翻覆」，此處專指波濤起伏，陸機君子行：「休咎相乘躡，翻覆若波瀾。」「異棲宿」，言史獄發生後，因戴、王均曾與修明史記，恐受株連，相率隱避。「東市琴」，用嵇康被殺事，見〔三九四〕關中雜詩「延陵、中散二句」釋。「堂前筑」見〔三五〕高漸離擊筑釋。先生此次託雲霑寄與戴耘野書（文集卷六）云：「一別廿載，每南望鄉關，屈指松陵數君子，何嘗不緬想林宗，長懷仲蔚？音儀雖闊，志嚮靡移。其如一雁難逢，雙魚莫寄，而故人良友存亡出處之間，又不禁其感涕矣！」此四句叙及吴、潘之死，正所以明乎「存亡出處之間」也。

〔去去逐征蓬以下四句〕自叙北游飄泊，初到關中。「征蓬」喻遠遊者，吴均閨怨詩：「胡笳屢悽斷，征蓬未肯還。」「蘭蕙」，先生自比，李白古風：「光風滅蘭蕙。」「隨風」、「風吹」，均着重「風」字，與「逐」字、「落」字應，極狀飄泊。按：前云「已來秦」，此云「落關中」，重複。

〔五陵生蔓草以下四句〕自叙到關中後，先游渭北，後定居華陰。「五陵」皆漢陵，見〔一〇八〕寄劉處士大來釋。「咸陽」，秦都，李白詞憶秦娥：「樂遊原上清秋節，咸陽古道音塵絶。」「四海心」：以天下統一爲心（喻恢復），有四海爲家之心（喻飄泊）。「終南」，本指陝西秦嶺，此用廣義，專指華山。「老」，此作名詞，老人也。與戴耘野書云：「弟生罹多難，淪落異邦，長爲率野之人，無復首丘之日。然而九州歷其七，五嶽登其四，今將卜居太華，以卒餘齡。」

〔送子出函關〕「子」，指李雲霑。「函關」，見〔一七二〕古北口釋。先生去年答潘次耕書（殘稿卷二）云：「既足亦欲執經北面，吾以西席在先，須俟行時方受此禮。」乃知雲霑南歸，去年已有成約。又與戴耘野書末云：「昔年有纂録南都時事一本，可付既足持來。」知雲霑原擬南歸不久即將北還。

〔南山望北山〕「南山」應上句「終南」，即華山。「北山」當指吴江縣之北山，蓋李、戴、王皆吴江人也。

〔洞庭多桂樹二句〕「洞庭」即太湖洞庭山，山多桂樹，明初王鏊（吴縣人，謚文恪）手植席園桂樹，至先生時猶存，見歸莊看桂花記。二句與全詩起二句呼應，一「寄向」，一「取還」，如縞紵焉。

【箋】

本篇共二十四句，每四句一易韻，仄平相間，自然鏗鏘，于五古中最稱嚴整。全詩緊扣「送」、「寄」二字：送者，「送子出函關」；寄者，「寄向江東去」。被送者將復還，故情淺；所寄者難再晤，故情深。先生中年離鄉，晚歲欲歸未得，其懷舊傷逝之情，多見于篇什，非此詩所獨有，當取〔一三四〕酬歸戴王潘韭溪聯句見懷、〔一四三〕寄弟紓及友人江南、〔一五四〕與江南諸子别、〔一九二〕汾州祭吴潘二節士、〔二四二〕太原寄王高士錫闡、〔二五三〕哭歸高士、〔二五八〕路光禄書來叙江東同好一時徂

謝、〔二九四〕關中雜詩之四、〔三一〇〕華下有懷顧推官、〔三一三〕悼亡、〔三一四〕寄題貞孝墓後四柿諸篇並讀。

〔三一七〕 酬族子湄

二紀心如昨，詩來覺道同。微禽難入海，寒木久生風。谷口青門外，沙頭白蜆東。不知耆舊里，何處有龐公？

【釋】

〔解題〕顧湄字伊人，江蘇太倉人。生父程新，官惠安令，與顧夢麟（字麟士）善。夢麟無嗣，抱湄鞠之，因冒姓顧。湄習經于陳瑚（字言夏，太倉人），學詩于吳偉業，故經史詩文俱通，尤以詩文見稱，與黃與堅（號忍庵）等共稱「婁東十子」。因奏銷案受連累，絕意仕進，著有水鄉集。吳偉業選婁東十子詩，湄列第三。夢麟于亭林先生爲同輩遠族，亦曾列名爲顧寧人徵天下書籍啟，故先生與湄亦以叔姪稱。湄先有寄族叔亭林先生四絕句，先生作此酬之。

〔二紀〕二十四年。先生自丁酉（一六五七）北遊，至今已二紀。

〔詩來覺道同〕湄寄詩第一首云：「頭白孤臣氣拂膺，半生心事漢諸陵。蔣山圖畫昌平記，旅壁僧窗黯一燈。」最能揭出先生心事。以下腹二聯均從「道同」着筆。

〔微禽難入海〕原注：「郭璞遊仙詩：淮海變微禽，吾生獨不化。」按：郭璞詩蓋自變化說，故不脫遊仙本色；先生詩自「入海」說，故「微禽」專指精衛，見〔三一〕精衛解題。此句暗寓二人俱抱亡國之恨而無力濟之。

〔寒木久生風〕「風木」之典出韓詩外傳，悲親亡不得養也，見〔一三〕酬徐處士元善、〔三五〇〕先妣忌日釋。湄父夢麟鼎革後，絕跡城市。先生書楊彝萬壽祺等爲顧寧人徵天下書籍啟後作于壬寅（一六六二），已云：「麟士、年少、菌生、于一

諸君相繼即世而不得見，念之尤爲慨然！」則先生知夢麟之卒已久。湄事父甚孝，吳偉業顧母陳孺人壽序云：「余嘗訪伊人于其里……見嘉樹文石，（湄）則曰：『此吾父在日，某先生所嘗過而憩者也。』丹黃遺帙，插架如新，蘚壁舊題，漫漶可識。噫嘻！麟士可謂有子矣。」此句言二人早失怙恃亦同。

〔谷口青門外〕「谷口」見〔二九四〕關中雜詩三，〔二八三〕雨中至華下宿王山史家釋。「青門」見〔三〇二〕將去關中別中尉存杠「瓜種送東陵」及〔三〇七〕酬程工部先貞「鄜上、青門二句」釋。此句先生自言居地。

〔沙頭白蜆東〕原注：「史記正義：三江在蘇州東南三十里，一江東南上七十里白蜆湖。」「蜆」音現或見。「白蜆」，江名亦湖名，均在蘇州東南。此句當指顧湄棲息處。

〔不知耆舊里二句〕襄陽耆舊傳載：龐德公，襄陽人，漢末隱君子，久居峴山南，不入城市。劉表屢聘不出，司馬德操、徐庶、龐統、諸葛亮均尊事之。後攜妻子隱鹿門山，採藥不返。湄詩第三首云：『鳳雛龍首句難忘，片紙摩挲舊寄將。他日相逢追往昔，定應揮淚説都昌。」湄自注謂「乙未（一六五五）冬寄楊都昌並伊人三十韻，有『耆德推龍首，交游獎鳳雛』句。」「龍首」喻楊都昌，「鳳雛」即龐統，喻顧湄。故知先生此二句係追憶己舊作，兼酬湄新作。龐公係龐統叔，「何處有龐公」即所以問顧麟士也。

【箋】

全詩以「道同」二字爲綱領。夫道不同不相爲謀，道既同矣，則無論年輩。故腹二聯句句看似分説，句句又似合説。唯末聯一問，則仍歸結到老輩：不知江東耆舊，尚有孤臣如令尊輩否？

〔三一八〕朱處士鶴齡寄尚書埤傳

昔我適濟南，曾過伏生祠。青山對虛楹，零露寒高枝。精靈竟何往，再拜空階墀。迫怵秦火

焚，豈意逢漢時。此書立博士，天下亦一治。嗟彼九十翁，俟河未爲遲。不厭文字謡，百王賴著龜。後人失其傳，巧文患多師。忽見吾友書，一編遠來貽。緬想江上村，弦歌類齊淄。白首窮六經，夢寐親皋伊。百家紛綸説，爬羅殆無遺。論及禹貢篇，九州若列眉。上愁法令煩，下慨淳風衰。君今未大耋，正可持綱維。煙艇隔吴門，臨風苦相思。爲招陽鳥來，寄此懷人辭。

【釋】

〔解題〕朱鶴齡（一六〇八——一六八三）字長孺，吴江人。明諸生，甲申後自號愚庵，絶意仕進，以高尚終。鶴齡工詩文，精箋注之學，嘗繼錢謙益而箋杜詩，步常熟釋道源而箋義山詩，俱有名。先生在江南日即與鶴齡相契，因以經學相激勵，始移詩文箋注于諸經注疏，著有毛詩通義、春秋集説、讀左日鈔、尚書埤傳、禹貢長箋等，另有愚庵詩文集。本題所舉尚書埤傳十五卷，附考異及書説餘各一卷，共十七卷，係鶴齡晚年定稿，四庫全書已著録。

〔伏生〕見〔二〇六〕贈孫徵君奇逢「尚有傳經日四句」釋。

〔虚楹〕「楹」所以藏書，見〔三九八〕次耕書來言時貴有求觀余所著書者「楹語」釋。「虚楹」，意謂無書可藏。

〔零露〕隕落之露。詩鄭風野有蔓草：「野有蔓草，零露漙兮。」

〔精靈〕指人死後之神靈。左思吴都賦：「舜禹游焉，没齒而忘歸；精靈留其山阿，翫其奇麗也。」詩指伏生。

〔墀〕音犀，殿階，在伏生祠内。

〔迫怵秦火焚〕「迫」，驅迫；「怵」同訹，利誘。管子心術上：「君子不怵乎好，不迫乎惡。」「迫怵」猶怵迫，賈誼鵩鳥賦：「怵迫之徒兮，或趨西東。」按：秦始皇三十四年（前二一三）定挾書律，下令焚書。除醫卜種樹之書外，凡秦記（即秦國所

編史書〕以外之列國史記及私藏之詩、書、百家語皆燬。令下三十日不焚者，黥爲城旦。此句追述秦時脅迫焚書，尚書亦在被焚之列。

〔豈意逢漢時〕漢惠帝時，始除秦挾書之律。文帝時詔求天下遺書，使博士、諸生采録經文作王制。武帝即位，黜刑名，興太學，崇儒術，遂一反秦之所爲。

〔此書立博士〕武帝建元五年（前一三六）始置五經博士。「五經」指易、詩、書、禮、春秋。其時尚書博士即授伏生傳歐陽生本，宣帝時又增大小夏侯本。

〔天下亦一治〕謂天下因此而治。孟子滕文公下：「天下之生久矣，一治一亂。」

〔嗟彼九十翁二句〕「九十翁」指伏生，伏生九十傳尚書，見前釋。「俟河」謂等待黄河由濁變清，喻天下由亂變治，見〔一七三〕五十初度「老年終自望河清」釋。二句與「豈意逢漢時」呼應。

〔不厭文字譌〕「不厭」猶不棄，論語鄉黨：「食不厭精，膾不厭細。」「譌」，音義同「訛」，誤也。相傳孔子删書尚存百篇，秦火之餘，亡數十篇。伏生口傳僅二十九篇，以漢初隸書書之，稱爲「今文尚書」。其後孔安國獻孔壁所出尚書較伏書多十六篇，皆漢以前蝌蚪文字，稱「古文尚書」。二書對照，不僅字體不同，即字句篇章亦不盡同。漢書藝文志六藝畧書叙云：劉向以中古文字校歐陽、大小夏侯經文，酒誥脱簡一，召誥脱簡二。率簡二十五字者，脱亦二十五字；簡二十二字者，脱亦二十二字。文字異者七百有餘，脱字數十。

〔百王賴蓍龜〕「百王」指後代諸帝王。「蓍」，草所以筮，「龜」甲用于卜，易繫辭：「探賾索隱，鉤深致遠，以定天下之吉凶，成天下之亹亹者，莫大乎蓍龜。」此句承上，意謂尚書文字雖有訛誤，然歷朝帝王治天下，莫不恃之爲龜鑑。

〔後人失其傳二句〕「傳」，師傳也，與「多師」二字應。按自漢武帝立五經博士，其後治經皆重師傳，如伏生今文尚書傳大小夏侯及歐陽三家，先立于學官。孔氏古文尚書由安國授都尉朝，朝授膠東庸生，庸生授清河胡常少子，至王莽

時亦立于學官。迨西晉末，伏、孔今古文尚書併亡，此所謂「後人失其傳」也。其後，東晉元帝時，梅賾自云得安國之書上之，唐孔穎達爲之疏，遂爲十三經注疏本之所本，宋蔡沈爲「集傳」，元時遂與王（肅）注孔疏並立于學官，言尚書者但知有古文矣。「巧文」謂舞文弄墨，貶義，潛夫論實邊：「傾側巧文，要取便身利己。」二句謂尚書既失真傳，于是生徒各本師承，巧爲文飾，各是其是，遂有今文、古文之爭。

〔忽見吾友書二句〕「吾友書」專指朱鶴齡尚書埤傳。「貽」本作詒，贈送。以上但泛論尚書傳授，至此二句始扣題上題。

〔緬想江上村二句〕「緬」，遠也。「江上村」指鶴齡吴江居地。「弦歌」見〔一三五〕七十二弟子釋。「齊淄」，齊都臨淄。二句以鶴齡吴江課徒比伏生臨淄傳經。

〔白首窮六經二句〕蘇轍范鎮可侍讀太乙宮使制：「謂白首窮經之樂，尚可推以與人；而真祠訪道之遊，足使退而養志。」「皋」謂皋陶，堯之賢臣，尚書有皋陶謨篇。「伊」謂伊尹，湯之賢臣，尚書有伊訓篇。二句所「窮」者經，所「親」者人，語帶雙關。

〔百家紛綸説二句〕「紛綸」，淵博浩繁也，後漢書逸民井丹傳：「少受業太學，通五經，善談論，故京師爲之語曰：五經紛綸井大春。」「爬羅」，爬梳搜羅，韓愈進學解：「爬羅剔抉，刮垢磨光。」按：此句「百家」承上「窮經」句，係對六經言；蒙下「禹貢」句，係對尚書言。蓋鶴齡兼通諸經，此詩則着重其尚書埤傳。吴譜引元譜謂鶴齡「以蔡氏（沈）説書未精，撰尚書埤傳」。論者謂其書旁引曲證，訓詁而兼釋義，于漢宋諸儒無偏廢，與先生所云「爬羅無遺」正同。

〔論及禹貢篇以下四句〕「禹貢」，尚書夏書篇名，按貢賦之異，分天下爲冀、豫、雍、揚、兖、徐、梁、青、荆九州，所載各州山川、物産，實即中國周秦時自然地理簡介。其成書較爾雅（釋地）、周禮（夏官職方氏）畧早，故亦較二書所叙「九州」爲可信。「列眉」，言雙眉並列，清晰顯見，戰國策燕策：「吾必不聽衆口與讒言，吾信汝也，猶列眉也。」「上愁……下慨……」皆「論及」内容。此四句皆指尚書埤傳之禹貢篇言，不關鶴齡另著之禹貢長箋。

〔君今未大耋〕「耋」音跌,老壽;一説「八十日耋」。「大耋」,泛指高壽。易象:「九三,日昃之離,不鼓缶而歌,則大耋之嗟,凶。」按:鶴齡長先生五歲,今年七十有三。

〔綱維〕本指綱之總綱及四維,引申爲人倫法紀。

〔煙艇〕游艇,此指鶴齡在吴江太湖所乘遊船。杜甫八哀詩:「猶思理煙艇。」

〔隔吴門〕「吴門」,吴縣城門。「隔」,因望而煙艇被隔,參見〔三三〕登岱「獨立瞻吴門」釋。按自華陰南望,先見吴縣,後見吴江。

〔陽鳥〕雁之別名,見〔一四〕海上釋。雁可寄書,故下句用「寄」字。

〔懷人辭〕指此詩。「懷」,懷念,詩周南卷耳:「嗟我懷人,寘彼周行。」

【箋】

先生答曾庭聞書(文集卷三)曰:「弟白首窮經,使天假之年,不過一伏生而已。」知先生服膺伏生匪淺。故此詩前半贊伏生傳尚書,後半贊鶴齡作坤傳,二老白首窮經,俟河未遲,先生遂取以互比。至其盛贊鶴齡論列禹貢,蓋不勝九州淪喪之感也。鶴齡嘗與錢謙益游,人或以此譏之,不知歸莊亦謙益門下。文字往還,貞不絶俗,先生固嘗許莊爲「高士」矣。況鶴齡所作書元裕之集後已云:「裕之于元既踐其土,茹其毛,即無反詈之理。乃今之詆訕不少避者,若欲掩其失身之事以誑國人,非徒誖也,其愚亦甚矣。」此借元好問斥錢謙益甚明。大抵鶴齡雖與錢、徐(乾學)、王(士禛)輩交游,但論文藝而已,至于民族氣節則未嘗苟同。兹録鶴齡詠史詩一首(愚庵小集補遺),亦以見其心迹:「海録遺編手自披,百年丁運欲何之?鐵函怨史文難滅,釣瀨狂歌鬼亦悲。匹馬居庸符白雀,雙丸淮右整朱旗。不知王戴諸山叟(自注「王逢戴良輩」。按二人皆仕元不仕明),底事終身痛黍離?」

〔三一九〕　哭李侍御灌谿先生模

故國悲遺老，南邦憶羽儀。巡方先帝日，射策德陵時。落照辭烏府，秋風散赤墀。行年逾八十，當世歷興衰。廉里居龔勝，緜山隱介推。清操侔白璧，直道叶朱絲。函丈天涯遠，杓衡歲序移。無繇承問訊，祇益歎差池。水没延州宅，山頹伍相祠。傳家唯疏草，累德有銘碑。灑涕瞻鄉社，論心切舊知。空餘歲寒誼，不敢負交期。

【釋】

〔解題〕李模（一五九九——一六八〇）字子木，吴縣人。天啟乙丑（一六二五）成進士；後舉卓異，授河南道御史。福王立，知時事不可爲，稱病事父不出。明亡，里居三十餘年，自號灌谿居士，人稀得見。年八十二卒。蘇州府志有傳。

「侍御」本係古代侍從官，後稱御史爲侍御，乃監察官。

〔故國悲遺老〕「故國」，已亡之國，此指明朝。史記淮南王安傳：「臣聞微子過故國而悲，于是作麥秀之歌。」「遺老」，前朝之臣，此指李模。吕氏春秋慎大：「武王乃恐懼太息流涕，命周公旦進殷之遺老，而問殷之亡故。」

〔南邦憶羽儀〕「南邦」，南方之國，詩崧高：「王命申伯，式是南邦。」此借指今蘇南一帶。「羽儀」本指羽毛製成之儀飾，易漸卦：「鴻漸于陸，其羽可用爲儀。」此處引申爲表率楷模，如新唐書張薦傳：「（顔）真卿逮事四朝，爲國元老，忠直孝友，羽儀王室。」

〔巡方先帝日〕漢時視州郡如方國，刺史出巡曰「巡方」；明代遣御史巡視州府，亦同巡方。「先帝」，此專指明思宗。李模在崇禎時曾官河南道御史，巡按真定諸府。

〔射策德陵時〕「射策」本係漢代取士之制，主試者書題于策，應試者隨意取答，答中猶射之中的，故名。「德陵」，明熹宗陵。李模在天啟五年應試成進士。

〔烏府、丹墀二句〕「烏府」指御史府，漢書朱博傳：「是時御史……府中列柏樹，常有野烏數千棲宿其上，晨去暮來，號曰『朝夕烏』。」「赤墀」同丹墀，天子殿陛。自注：「君以崇禎十四年左遷南京國子監典籍。南渡復官，稱病不出。」按：白居易代書詩：「再喜登烏府，多慚侍赤墀。」先生二句仿白詩而反其意，「辭烏府」暗示左遷典籍，「散赤墀」暗示雖復官而稱病不出。

〔廉里居龔勝〕原注：「漢書龔勝傳：勝居彭城廉里。」「龔勝」見〔三四〕哭楊主事「楚龔」釋。

〔緜山隱介推〕見〔三八〇〕靈石縣東北晉介之推祠解題。

〔清操侔白璧〕「清操」，清高之操行，後漢書高詡傳：「(詡)以信行清操知名。」「侔」，相比也。

〔直道叶朱絲〕「直道」，正直之道，論語衛靈公：「斯民也，三代之所以直道而行也。」「叶」即協，合也。鮑照白頭吟：「直如朱絲繩。」

〔函丈〕潘刻本與原鈔本「丈」皆作杖，是以函與杖爲二事，誤。禮曲禮：「席間函丈。」謂講席之前可以容丈也。後沿用爲對師長之尊稱。

〔杓衡〕「杓」音標，北斗星柄，共三星。「衡」，北斗中星，即北斗七星之第五星，在杓上。按：北斗星賴杓衡指方向，每因歲序而移，亦沿用爲對導師之尊稱。

〔繇〕音義同「由」，自或從也。

〔差池〕詩邶風燕燕：「燕燕于飛，差池其羽。」本義爲不齊，可轉義爲差錯、延誤。

〔水没延州宅〕吴季札本封延陵(在今江蘇武進)，後復封州來(在今安徽壽縣)，二地春秋末均屬吴國，先生因合「延」、

「州」二字稱吳季札。左傳昭公二十七年：「（吳子）使延州來季子聘于上國。」杜注甚明，非合指一地也。李模吳人，故以爲比。又本年八月，太湖溢。

〔山頹伍相祠〕伍員相吳，故稱「伍相」，其祠在吳縣西南胥山。禮檀弓上載孔子歌曰：「泰山其頹乎！……」又云：「予殆將死也。」其後「寢疾七日而没」。此句「山頹」與上句「水没」均喻死。

〔傳家唯疏草〕模官御史時，有直聲。福王立，諸臣互推翊戴功，模以國子監典籍上疏責之，因力辭復官。又其子李炳字文中，明亡後亦棄諸生，隱居不仕。

〔累德有銘碑〕原注：「周禮：太祝作六辭，六曰誄。注：誄謂積累生時德行，以賜之命。」原鈔本「累」作「誄」，皆動詞，于義亦通。

〔灑涕論心二句〕先生乙未（一六五五）遭葉氏陷害，移獄松江之際，歸莊與葉方恒書（見〔九三〕贈路光禄太平箋）云：「寧人腹笥之富，文筆之妙，非弟一人私言，即灌老諸公皆擊節稱賞。」灌老當即「灌谿」之尊稱。以此推知先生在江南時，曾受知于模，難中或得其援手也。

〔歲寒〕見〔四八〕歲九月虜令伐我墓柏二株「後凋」釋。

〔交期〕交誼、期許，杜甫送鄭廣文虔詩：「九重泉路盡交期。」

【箋】

先生自題悼友詩多用「哭」字，前如〔二四〕哭楊主事、〔二七〕哭顧推官、〔二八〕哭陳太僕，三人皆烈士，「哭」之是也。後如〔二五一〕哭程工部、〔二五三〕哭歸高士，一生友，一死友，「哭」之亦是也。獨與李模交誼無考，而本題書其官、稱其號、諱其名，尊之如長者，初意其不免過情，及細讀全詩，前半歷叙模生平，龔勝、介推之比，清操直道之贊，可謂無玷矣。後半追述舊日相知之情，廿年契闊之感，雖師友亦兼同志，宜先生灑涕而哭之也。

〔三二〇〕 華下有懷顧推官

秋風動喬嶽，黄葉辭中林。策杖且行游，息此空亭陰。伊昔吾宗英，賦詩一登臨。爾來閲三紀，斯人成古今。邈矣越石嘯，悲哉嵇生琴。鐘吕久不鳴，乾坤盡聾暗。爲我呼蓐收，虎爪持霜金。起我九原豪，獮彼田中禽。下見采薇子，舊盟猶可尋。神理儻不睽，久要終此心。

【釋】

〔解題〕「顧推官」即顧咸正，見〔一七〕贈顧推官咸正解題。咸正曾官延安推官，後被李自成俘禁西安，繼復起事韓城，終焉間關南歸。先生贈詩有「遂從黄冠歸，間關策青驪」，又「却望殽潼間，山高别馬嘶」之句，咸正曾過華下，故先生有懷于此。

〔喬嶽〕「喬」，高也。詩周頌時邁：「懷柔百神，及河喬嶽。」此處指華山。

〔中林〕林之中。詩周南兔罝：「肅肅兔罝，施于中林。」

〔策杖且行游〕曹植苦思行：「策杖從我遊。」先生詩兩用「杖策」，皆借鄧禹事，然明年與李中孚書(文集卷四)云：「衰疾漸侵，行須扶杖。」詩殆紀實。

〔伊昔吾宗英〕「伊」，發語詞，「伊昔」猶云從前，陸機答賈長淵詩：「伊昔有皇，肇濟黎庶。」「吾宗英」專指顧姓同宗之英傑。漢書一〇〇下敘傳：「河間賢明，……爲漢宗英。」「河間」指河間獻王劉德，此句喻顧咸正。

〔賦詩一登臨〕吴譜注編年詩曰：「(咸正)任延安推官，嘗登華賦詩者。」殆據先生此詩。咸正詩雖不存，然覩以下數句，當確有其事。

〔爾來閱三紀〕謂自彼以來已歷三紀。按：咸正登華山在甲申、乙酉（一六四四——一六四五）間，至今已三十六年。

〔斯人成古今〕謂其人已作古也。孟浩然與諸子登峴山詩：「往來成古今。」「古今」，複詞偏義。

〔邈矣越石嘯〕「邈」音眇，遠也。「越石嘯」見〔一六三〕又酬傅處士「越石笳」釋。

〔嵇生琴〕見〔三九四〕關中雜詩「延陵、中散二句」釋。

〔鐘呂久不鳴〕「鐘」，黄鐘；「呂」，大呂，均古樂律名，稱正樂。周禮春官大司樂：「乃奏黄鐘，歌大呂，舞雲門，以祀天神。」又楚辭卜居：「黄鐘毁棄，瓦缶雷鳴。」

〔乾坤盡聾喑〕「喑」通瘖，啞也。以上三句「嘯」、「琴」、「鐘呂」皆有聲之物，今俱不發聲，故謂天地盡聾啞。此喻三紀以來時局。

〔爲我呼蓐收二句〕原注：「晉語：虢公夢在廟，有神人面、白毛、虎爪，執鉞立于西河。召史嚚占之，對曰：如君之言則蓐收也，天之刑神也。」按：「蓐收」，古以爲主金之官，後爲金神。又，禮月令：「孟秋之月，其神蓐收。」秋主刑殺，故蓐收又爲刑神。「霜金」猶霜刀、白刃，孟郊魯山詩：「豺狼恥狂噬，齒牙閉霜金。」此處喻刑具。

〔起我九原豪二句〕「九原」指墓地，見〔三七〕哭顧推官釋。「豪」即豪傑，喻咸正。「獮」音險，本義爲秋獵，周禮夏官大司馬：「中秋……遂以獮田。」注：「秋田爲獮。」此作動詞，引申爲殺戮。原注：「易師卦：六五，田有禽，利執言。」按：「田」，獵也。「禽」即擒，獲也。「田有禽」，本義爲獵而有獲，詩句用「田中禽」，則義同「田中之鳥」，與原注不合矣。以上四句一氣直下，意謂爲我召來刑神蓐收，持彼利刃，偕我推官，獮殺此田中妖鳥。味詩意，蓋以「田中禽」喻滿清。

〔下見采薇子二句〕「下」，地下。「采薇子」本指夷齊，此喻咸正（句本阮籍詠懷詩「下有采薇士」）。「舊盟」，舊日盟約，左傳昭公十九年：「平邱之會，君尋舊盟。」按：〔三七〕哭顧推官有「及乎上郡還，始結同盟契」句，知「舊盟」實指當年太湖義師之盟。

〔神理儻不睽二句〕「神理」指死者精靈，參見〔三八〕浯溪碑歌釋。「儻」，假設之詞。「睽」音葵，乖違也。「久要」謂長久要約，三國志蜀志許靖傳：「（與曹操書曰）昔在會稽，得所貽書，辭旨款密，久要不忘。」語本論語憲問「久要不忘平生之言」。以上四句亦一氣直下，意謂生死契闊，此心不變。

【箋】

亭林詩集共有「贈」、「哭」、「懷」顧推官三首，前二首敘述推官由出仕至死義，爲時不過三載；後一首追懷舊情舊事，距推官之死已三十餘年。先生晚歲多傷逝之作，于死難諸友尤三復致意。今秋已定居華下，覩咸正遺迹而懷之，非獨重于推官，薄于楊主事、陳太僕及吴潘二子也。全詩局格甚穩，每四句一轉，故可分爲五解：第一解以秋日遊華下起意。第二解追憶顧推官登臨賦詩，引出「有懷」二字。第三解痛惜推官齎志死義，無復繼者。第四解忽發狂想，欲召刑神一助推官地下殺敵。第五解近誓詞，意謂但使此志不渝，終當尋盟于地下。前三解觸景傷情，集中多有；後二解編織幻覺，詞旨哀厲，則係集中所鮮見。

〔三二一〕華陰古蹟三首

平舒道

何處平舒道，西風卷夕雲。空留一片璧，爲遺滈池君。

【釋】

〔解題〕秦始皇三十六年秋，使者從關東夜過華陰平舒道，有人持璧遮使者曰：「爲吾遺滈池君。」因言曰：「今年祖龍死。」使者問其故，因忽不見，置其璧去。使者奉璧具以聞。始皇默然良久曰：「山鬼固不過知一歲事也。」退言曰：「祖

龍者，人之先也。」使御府視璧，乃二十八年南行渡江所沈璧也。事見史記秦始皇本紀，此詩所用故實皆本此。

〔平舒道〕「平舒」，地名，在今陝西華陰西北數里。「道」指道路上。

〔西風〕切「始皇三十六年秋」，不必切作詩時令。

〔空留一片璧〕始皇本紀但言「有人持璧遮使者」，及「因忽不見，置其璧去」，而未言其人爲誰。索隱則直曰：「江神以璧遺滈池之神，告始皇之將終也。且秦水德王，故其君將亡，水神先自相告也。」蓋據水經注渭水：「昔秦之將亡也，江神送璧于華陰平舒道。」疑酈注乃據本紀下文「渡江沈璧」推斷，以證送璧、留璧者確係江神而非始皇所云「山鬼」。

〔爲遺滈池君〕「遺」音畏，去聲，交付。「滈」音皓，古水名，流經長安，「滈池」其源也。據江神遺璧之説，「滈池君」亦係水神。

回谿

回谿非故隘，九虎失西東。惟有黄金匱，依然又省中。

【釋】

〔回谿〕古溝名，在今河南洛寧縣東北，長四里，寬二丈，深二丈五尺。自其低處言，又名回阬；自其高處言，又名回谿阪，實卽東殽山阪。東漢馮異曾與赤眉軍激戰于此，異大敗，棄馬步走上回谿阪；後又收集散卒，大破赤眉于殽底。故光武帝勞之曰：「始雖垂翅回谿，終能奮翼黽池，可謂失之東隅，收之桑榆。」（見後漢書馮異傳）回谿因此著名。

〔回谿、九虎二句〕漢書王莽傳載：莽拜將軍九人，皆以「虎」爲號。更始攻王莽，莽分遣九虎「至華陰，距隘而戰」。又鄧曄傳：更始初，曄與析縣人于匡等起兵應漢軍，敗莽虎士于回谿，遂開武關，引軍至長安，共誅莽。二句意謂回谿不在華陰，本非華陰故隘，然九虎東失于回谿，西失于華陰，是東西兩失也。

〔惟有、依然二句〕「匱」，唐以來作「櫃」。「省中」猶禁中，漢時指宫禁，以三省皆設于禁中也。漢書王莽傳：時省中黄金

萬觔者爲一匱，尚有六十匱；黄門鈎盾藏府中尚方處，各有數匱。而前賜九虎士人止四千錢，士皆重怨無鬬志。

【箋】

「華陰古蹟」，平舒道是而回谿不屬焉，故知所詠不在其地而在其事。第一首平舒道最不易解，據末二句，蓬案以爲「似有所詛」，並以〔一六四〕羌胡引爲比。然前作引時，適值福臨之死，詛而得遂，不爲妄詛；本年玄燁安居無恙，豈其爲詛而詛耶？第二首回谿，徐注以爲「嘲秦府」，近是。按：崇禎十六年（一六四三）十月，李自成破潼關，孫傳庭戰死，西安岌岌可危，明秦王猶擁重金而不卹士。西安既破，藏金盡歸自成所有。詩用「依然」、用「又」字，蓋歎其重蹈王莽覆轍也。

〔三二一〕　悼亡五首　上章涒灘

獨坐寒窗望藁砧，宜言偕老記初心。誰知遊子天涯别，一任閨燕日夜深。

【釋】

〔解題〕「悼亡」謂哭妻也。晉潘岳妻死，賦悼亡詩三首，後世遂多同題之作。崇禎四年（一六三一）先生年十九，娶太倉王氏（元譜稱安人，以别于王碩人），賢而無子，先生不得已納妾韓氏、戴氏等，王氏仍以元配家居。後先生北遊，音問亦未嘗斷。譜載今年十一月安人卒于崑山故里，時先生方率嗣子衍生住汾州守周于漆（字西水）署，訃至次日即出署，十一日成服設祭，逢七祭奠焚帛如常儀。本題下注「上章涒灘」，原鈔本無，蓋與〔三一四〕送康文學乃心歸郃陽題下注複也。

〔獨坐寒窗望藁砧〕「藁」亦作稾，「砧」通碪、椹。古代罪人席藁伏砧，以鈇斬之。「鈇」音夫，故以「藁砧」代「夫」。玉臺

新詠古絶句：「藁砧今何在？山上復有山。何當大刀頭，破鏡飛上天。」四句蓋隱語，乃問夫出何時歸還，俾破鏡如月能重圓也。按：悼亡五首，自第二首以下皆自言，唯第一首似代言，由「獨坐寒窗」句可知。

〔宜言偕老記初心〕詩鄭風女曰雞鳴：「宜言飲酒，與子偕老。」「言」，助詞，無義。「偕老」專指夫婦共同生活到老。「初心」猶初衷，吴融和楊侍郎詩：「煙霄慚暮齒，麋鹿愧初心。」

〔遊子〕此指亭林先生。

〔一任閨蕪日夜深〕「一任」，一直聽任。「閨蕪」，閨中蕪草。原注：「江淹悼亡詩：窗塵歲時阻，閨蕪日夜深。」原鈔本「江淹悼亡詩」作「江淹悼室人詩」，是也。

北府曾縫戰士衣，酒漿賓從各無違。虛堂一夕琴先斷，華表千年鶴未歸。

【釋】

〔北府曾縫戰士衣二句〕「北府」見〔三〕感事第七首釋。「賓從」即賓客隨從。按：乙酉、丙戌之際，先生適在兵間。〔二八〕哭陳太僕詩自叙與太僕同時亡命曰：「君來別浦南，我去荒山北。柴門日夜扃，有婦當機織。未知客何人，倉卒具櫑食。……」與「北府」、「酒漿」二句印證，可知王安人助軍、相夫、好客，深具民族意識。

〔虛堂一夕琴先斷〕「虛堂」猶言空房，昭明太子詩：「高宇既清，虛堂復静。」「琴斷」，此處喻喪妻，古以琴瑟比夫婦，如詩周南關雎：「窈窕淑女，琴瑟友之。」白居易甲去妻……判：「王吉去妻，斷絃未續。」意均同。

〔華表千年鶴未歸〕見〔九〕表哀詩「白鶴非新表」釋。按「虛堂」、「華表」二句對偶而兼流水，一歎王安人之逝，一歎己之久遊不歸。

廿年作客向邊陲，坐歎蘭枯柳亦衰。傳説故園荆棘長，此生能得首丘時？

【釋】

〔廿年作客向邊陲〕「邊陲」即邊境,左傳成公十三年:「芟夷我農功,虔劉我邊陲。」此句「邊陲」不必拘泥于先生足迹所到之山海關、居庸關、古北口、大同等地,「廿年」亦不必定其起止,推其意不過謂北遊之後,離家益久益遠而已。

〔坐歎蘭枯柳亦衰〕此借陶潛擬古詩「蘭枯柳亦衰」句承上啟下。「蘭枯」寓蘭摧玉折,襯下句「荆棘長」;「柳衰」借桓温泣柳應上句「向邊陲」,俱言人事代謝。

〔故園〕指崑山之千墩。先生本生父母及弟紓等住崑山縣城柴巷之遺清堂,先生出嗣後,初奉嗣母住崑山縣城東南三十餘里之千墩鎮(係五世祖鑑始遷地,鑑乃章志之祖)。不久,避亂移常熟之唐市及語濂涇;後復遷徙不定,或居吳,或居洞庭。先生北遊,王安人未隨行,不久仍歸崑山。按:千墩浦係顧氏祖塋及王碩人葬地,觀下句「首丘」字樣,意元譜所云「卒于崑山」,係對蘇州、常熟言,而非崑山縣城,縣城不得言「荆棘長」也。千墩屬崑山,安人卒于此,詩所謂「故園」亦指此。

〔此生能得首丘時〕「能」音轉「寧」,「能得」猶「寧得」(怎得)。「首」,向也;「丘」,此指狐穴。「首丘」喻歸葬故土。禮檀弓上:「禮不忘其本,古之人有言曰:狐死正首丘,仁也。」亦見屈原哀郢:「鳥飛返故鄉兮,狐死必首丘。」按:先生卒于曲沃之明年,門人弟子奉喪歸葬崑山千墩之祖塋,可謂「得首丘」矣。

貞姑馬鬣在江村,送汝黄泉六歲孫。地下相煩告公姥,遺民猶有一人存。

【釋】

〔貞姑馬鬣在江村〕「貞姑」指先生嗣母貞孝王碩人,本係王安人娘家姑母。「馬鬣」,墓之代稱,見〔一二三〕陳生芳績兩尊人先後即世釋。乙酉七月,貞孝王碩人絶食殉國于常熟之語濂涇,十二月暫厝崑山千墩浦先生曾祖章志公塋側,丁亥十月始與嗣父同吉合葬祖墓之左。千墩浦即尚書浦(見〔一四三〕寄弟紓「吾家有賜塋,近在尚書浦」釋),地傍江村。

〔送汝黄泉六歲孫〕「黄泉」，人死後所居地下，左傳隱公元年：「不及黄泉，無相見也。」「六歲孫」即顧世樞（初字榮緒），本係先生弟紓孫，姪洪慎長子，丁巳歲立爲先生殤子貽穀後（見丁巳編年）。世樞生于丙辰（一六七六），至明年送嗣祖母王安人葬，正六歲。又按：世樞年十三，補松江府庠生，更名宏佐，字復吕，年二十病瘵卒。無後，其胞弟世棠復以長子炯詩嗣之。

〔公姥〕古婦人稱夫之父母曰「舅姑」，俗稱「公姥」。古詩孔雀東南飛：「勤心養公姥，好自相扶將。」此指先生嗣父同吉、嗣母王碩人。

〔遺民〕見〔四九〕桃花溪歌釋。此先生自指。

摩天黄鵠自常饑，但惜流光不可追。他日樂羊來舊里，何人更與斷機絲？

【釋】

〔摩天黄鵠自常饑〕「摩天」謂高可觸天也，曹植野田黄雀行：「飛飛摩蒼天。」「黄鵠」，大鳥名。此句似襲陸游書憤詩「黄鵠飛鳴未免饑，此身自笑欲何之」句意。

〔但惜流光不可追〕「流光」，流逝之光陰，李白古風：「逝川與流光，飄忽不可待。」此句緊承上，謂饑本不可惜，惟光陰空逝爲可惜，以與下句「斷機絲」事相應。

〔他日、何人二句〕「樂羊子」，東漢河南人，與戰國時魏將樂羊爲二人。後漢書列女傳樂羊子妻：「樂羊子遠尋師，一年來歸。妻引刀趨機而言曰：『此織生于蠶繭，成于機杼，一絲而累以至于寸，累寸不已遂成丈匹。今若斷斯機也，則損失成功，稽廢時日，若中道而歸，何異斷斯機乎？』羊子感其言，復還終業。此二句不在先生以樂羊子自責，而在先生視王安人爲畏友。

【箋】

前人「悼亡」詩雖分首抒叙，然所遺悲懷，往往不免重複，重複處即痛楚處也。先生悼亡痛楚有三：(一)久遊不歸，致令深閨獨守，未能偕老。(二)追念亡者事姑、相夫、撫孫之德，及堅持抗清守志之義。(三)自傷廿年作客，難得首丘，然誓作遺民，不負母教。又本題第四首叙及三世，俱作家人語，然民族大節凜然，可與陸游示兒詩並讀。

〔三二三〕冬至寓汾州之陽城里中尉敏泘家，祭畢而飲，有作三首

歲時常祭祀，朝夕自饔飧。尚是先人祚，誰非故國恩。枯畦殘宿雪，凍樹出初暾。奠醊求何所，鄰家借小園。

【釋】

〔解題〕「冬至」，農曆二十四節氣之一，陽曆固定在十二月二十二日或二十三日，農曆則否，本年在十月。「中尉」見〔三〇一〕將去關中別中尉存杠解題。「敏泘」其人無考，然此詩見載于舊汾州志藝文，則敏泘必係汾州人。州志載有朱敏濛，字龍澤，係慶成府鎮國將軍，死于李自成攻晉之役，疑敏泘與敏濛爲兄弟行，惟譜叙畧疏耳。「陽城里」在汾陽縣東南十里。按：冬至之祭，漢代已然。明初定制，羣臣家祭可擇四仲（春分、秋分、冬至、夏至）吉日行之，可知冬至係每年家祭之一。又，此詩應編置悼亡詩之前，蓋冬至在十月，悼亡在十一月也。

〔朝夕自饔飧〕孟子滕文公：「饔飧而治。」注：「朝曰饔，夕曰飧。」

〔尚是、誰非二句〕「先人」即先祖，詩小雅小宛：「我心憂傷，念昔先人。」此指晉王棡支派。「祚」，福澤。上句就敏泘言，下句就遺民言。

〔枯畦、凍樹二句〕「凍樹」，據齊民要術凍樹日注：「凝霜封著木條也。」「初暾」即朝陽。二句謂枯畦之宿雪已殘，凍樹遇朝陽而化。先生今冬在汾州與李子德書（殘稿卷一）云：「今冬又值奇寒，終日煤炭中坐，甚悔此一來矣。」詩句蓋紀實。

〔奠醊求何所二句〕「奠醊」音典輟，以酒灑地連續而祭也，後漢書王渙傳：「男女老壯皆相與賦斂，致奠醊以千數。」按：奠醊祭神多于户外設壇爲之，故有求借鄰園之語。

流離踰二紀，愴怳歷三都。墮甑煤還拾，承槽酒旋沽。荒庭依老檜，空谷遺生芻。白髮偕宗叟，相看道不孤。

【釋】

〔流離踰二紀〕「流離」見〔一六〕元日釋。「踰二紀」蓋自順治十四年（一六五七）北遊始算，江南流轉不與焉。

〔愴怳歷三都〕「愴怳」，失意貌。宋玉九辯：「愴怳（音恍）懭悢兮，去故鄉而猶新。」「三都」，注家有歧説。明三都爲南京、北京、中都（鳳陽）；左思三都爲鄴、成都、建業，先生均未徧歷。意者先生北遊後，順治十五年（一六五八）初至北京，康熙二年（一六六三）繼至西安，康熙十八年（一六七九）始遊雒陽，此「三都」爲歷史名都，先生殆指此乎？

〔墮甑煤還拾〕原注：「呂氏春秋：顏回對曰：嚮者煤室入甑中，棄食不祥，回攫而飯之。」按：注文出呂氏春秋任數篇。「煤室」今作「煤炱」，炱音台，煙塵也。「墮甑」謂煙塵墮入甑中，與孟敏荷甑墮地無關，此用孔子祭先事。

〔承槽酒旋沽〕原注：「劉伶酒德頌：于是方捧甖承槽。」（「承槽」下可增引「銜杯漱醪」四字）「承槽」謂承酒槽而飲也。

〔荒庭依老檜〕「老檜」見〔二四〕謁夫子廟釋。敏泙荒庭未必有此老檜，用一「依」字，意謂皈依聖道。

〔空谷遺生芻〕詩小雅白駒：「皎皎白駒，在彼空谷。生芻一束，其人如玉。」「遺」，贈也。此句暗用徐孺子弔郭林宗事

（見〔八〇〕久留燕子磯院中釋）以贊敏浮。

〔白髮偕宗叟〕「白髮」，先生自指。「宗」指（明）宗室，「宗叟」則敏浮也。

〔相看道不孤〕論語里仁：「德不孤，必有鄰。」

王孫猶自給，一頃豆萁田。今日還相飯，千秋共爾憐。青門餘地窄，白社舊交偏。傳與兒曹記，無忘漢臘年。

【釋】

〔王孫猶自給〕「王孫」，王者之後代，此指朱敏浮中尉，與〔三一〇〕贈張力臣「王孫」義畧異。「自給」謂自食其力，後漢書李恂傳：「後坐事免。步歸鄉里，潛居山澤，結草爲廬，獨與諸生織席自給。」

〔一頃豆萁田〕參閱〔九三〕贈路光禄太平「落萁、覆草」二句」釋。

〔相飯〕「相」，借作代詞，用于賓提動前，如賀知章還鄉偶書：「兒童相見不相識，笑問客從何處來。」「相」字不作「互相」解，但謂兒童見我不識我而已。此處「相飯」猶言「飯我」，「相」字正與下句代詞「爾」字對。

〔爾憐〕猶「憐爾」，亦賓提動前結構，如詩衛風竹竿：「豈不爾思，遠莫致之。」

〔青門餘地窄〕「青門」見〔二〇一〕將去關中別中尉存杠「瓜種送東陵」釋。「餘地窄」謂無種瓜餘地也。

〔白社舊交偏〕「白社」，地名，在西晉時洛陽境，今屬偃師。本係叢祠，後沿用爲「市隱」之地。晉書董京傳載：道士董京字威輦，初與隴西計吏俱至洛陽，宿白社中。或乞于市，被髮而行，逍遥吟詠，了不食。陳子叙等共資食之，從學道。著作郎孫楚就社中與語，載與俱歸。後數年遁去，莫知所之（另見抱朴子雜應）。劉禹錫遊桃源詩：「居安白社貧，志傲玄纁辟。」「偏」，少也。據「青門、白社」二句，疑敏浮在明亡前曾居太原或晉府。

〔無忘漢臘年〕見〔一三〕陳生芳績兩尊人先後即世「祭禰不從王氏臘」釋。

【箋】

前〔二〇二〕別中尉存杠詩全用賦體，多叙存杠家世；此三首皆用律體，各由「冬祭」生發。第一首叙敏浮家祭，記時記地，一如平人；惟「先祚」「國恩」二句，畧寓中尉家世。第二首轉爲自叙，前四句見流離中不忘先人之祭，與〔三三二〕赴東第四首「詩人岸獄，不忘恭敬」之意同。後四句用「依」、「遺」、「偕」三字，深喜白髮之年，吾道不孤。第三首雜叙王孫今昔，由飲飯歸結到「無忘漢臘」，仍不離冬祭之意。先生明臣，二中尉皆明裔，故贈酬之辭亦異乎常人。別存杠詩作于十七年前，故尚多「九鼎猶重」、「三光有徵」祝頌語；此詩乃作于三藩浸滅，抗清餘盡之際，故不免「爾憐」、「地窄」衰頹語。然不忘國恩，不忘漢臘，仍係先生本色。

編年(一六八一)

是年歲次辛酉,清康熙二十年,吳世璠洪化三年。

正月,明延平王鄭經卒,庶長子鄭克𡒉被襲殺,侍衛馮錫範等立經次子克塽,仍據臺灣,内亂紛起。
二月,清進攻雲南之軍連下黔西等地。
三月,吳世璠棄貴陽,奔回雲南。
四月,大理等處吳氏官將紛降于清。
七月,吳三桂舊部馬寶、胡國柱等降清,仍執送燕京,殺之。
九月,清雲貴總督、兵部尚書趙良棟會師攻雲南省城昆明。
十月,昆明城破,吳世璠自縊,丞相夏國相、大將郭壯圖自殺。三藩之亂共歷八年,至是悉平。

是年先生六十九歲。二月望日,由汾州往曲沃,至解州、運城。三月,運城鹽運使黄斐(號菉園)來會,晦日往答,即延入州署。四月初,黄丁内艱,先生入弔訖,即出署。十日,攜衍生入關至華陰訪王宏撰(已南遊吳越),因以黄斐之餽金爲落成朱子祠堂之費。七月,李雲霑北還至華陰寓邸。八月初,先生復攜衍生、雲霑自華陰束裝至山西,由運城抵曲沃。縣令熊僎(字耐徒)命輿至侯馬驛相迎,並轡入城,寓玄帝廟。十一日,先生寢疾嘔瀉,得儒醫郭自狹三五劑藥而愈。十八日,雲霑聞父母俱

亡之信，復星夜南歸。九月，先生移居曲沃上坡韓鏡宅。十月，又移居下坡韓進士宣（字旬公）之宜園。望後病勢已減，爲衍生議婚曲沃靳氏。臘月，李因篤遣使來候起居，並附詩五首。

〔三二四〕寄題貞孝墓後四柿 重光作噩

四柿先人種，旁臨一畝池。霜彫萱草色，日映女貞枝。舊業從飄蕩，非材得慭遺。清陰常不散，勿使衆禽窺。

【釋】

〔解題〕「貞孝墓」係先生嗣母貞孝王碩人與嗣父之合墓，在崑山千墩浦祖塋東側，見〔二九〕十月二十日奉先妣葬于先曾祖墓之左解題。曰「寄題」，疑此詩作于本年八月李雲霑再次南歸之際。重光作噩即辛酉歲，原鈔本「重光作噩」上有「已下」二字。

〔四柿先人種〕「柿」，木名，從「木」從「市」，與「杮」（削木成片）異。其果俗稱柿子，此句指柿樹。「先人種」，祖先所種。首句提出「先人」，示不忘本。

〔旁臨一畝池〕見〔二九〕奉先妣葬自序：「先考葬祖墓左四十年，其左有池。」

〔霜彫萱草色〕萱草即諼草，又名忘憂草、無愁草、宜男草。詩衞風伯兮：「焉得諼草，言樹之背。」「言」，發語詞；「背」通「北」。後人以母居堂屋之北，故北堂即萱堂，並以萱草喻母。此句以「萱草色」喻柿色。

〔日映女貞枝〕女貞即蠟樹，凌冬青翠不凋，古以喻貞女。此句以「女貞枝」喻柿枝。

〔舊業從飄蕩〕「從」，任從。「舊業」，泛指顧氏遺業（參見〔七三〕贈路光祿太平箋引歸莊送顧寧人北遊序），兼指先塋樹木

〔參見[四八]虜令伐我墓柏二株釋〕。

〔非材得慭遺〕「非材」猶不材，本指不成材之木，莊子山木：「此木以不材得終其天年。」此處可視爲柿之謙詞。「非材」猶庸材，如史記吳泰伯世家：「札雖不材，願附于子臧之義。」此處亦可視爲先生之謙詞。「慭」音寧，去聲；「不慭」猶寧不、何不。詩小雅十月之交：「不慭遺(留)一老，俾守我王。」句曰「得慭遺」，有幸蒙留而不死之意。

〔清陰常不散二句〕原注：「爾雅翼：柿有七絶，一壽，二多陰，三無鳥巢，四無蟲蠹，五霜葉可玩，六嘉實，七落葉肥火。」「肥火」，應作肥大。上句扣「多陰」，下句扣「無鳥巢」，皆指柿德而言，亦先生自喻。

【箋】

此詩句句詠柿，亦句句詠人，關合之妙，集中少見。按：先生悼亡與題柿二詩皆生者告死者之辭，且皆作于卒前約一年。安人賢孝，碩人貞孝，先生忠孝，俱見于字裏行間，實文文山所云「而今而後，庶幾無愧」者也。

〔三二五〕　贈衛處士蒿

拘疾來河東，息此澮水旁。寒禽繞疏枝，百卉沾微霜。幸逢同方友，典墳共相將。逢萌既解冠，范丹亦絶糧。弦歌足自遣，感慨論百王。王赧遂頓首，孝獻封山陽。一身殉社稷，自古無先皇。與君同歲生，中年歷興亡。衰遲數儔輩，落落晨星行。旅懷正鬱邑，矧乃多病妨。著書陳治本，庶以回穹蒼。遥遥千載心，眷眷桑榆光。

【釋】

〔解題〕衛蒿字匪莪，曲沃人。初名麟貞，字瑞鳴，以居母喪而易今名。與汾陽曹良直、太原傅山友善。晚年闢絳山書

院，教授其中。人稱綷山先生。曲沃志、小腆紀傳儒林所載畧同。先生本年至曲沃爲嗣子衍生議婚靳氏，有媒人四，蒿其一也。與蒿訂交當在識傅山之後。

〔拘疾來河東〕「拘」，原鈔本作「抱」，當從。「河東」，此指今晉西南永濟、夏縣、侯馬市、曲沃一帶。本年八月先生由華陰經運城至曲沃，縣令熊僎迎居玄帝廟，寢疾嘔瀉。九月移寓縣之上坡韓鏡家，十月又移寓下坡韓進士宣之園亭，望後病勢稍減，爲衍生議婚。詩當作于此時前後。

〔息此澮水旁〕「澮水」即澮河，源出山西翼城縣東，西流經曲沃、侯馬市入汾河。左傳成公六年所云「新田有汾澮」，即此水。進士韓宣家有宜園傍澮水，先生養疴于該園之白石樓。

〔百卉沾微霜〕「卉」，草之總名。謝莊月賦：「微霜沾人衣。」

〔同方友〕見〔一〇〇〕贈潘節士檉章「同方」釋。

〔典墳共相將〕「典墳」或「墳典」，均三墳五典之省稱，陸機文賦：「佇中區以玄覽，頤情志于典墳。」另見〔二六八〕春雨「理墳典」釋。「相將」猶相隨，見〔一八三〕又酬傅處士山次韻釋。

〔逢萌既解冠〕「解冠」意即辭官。逢萌字子慶，北海都昌人。通春秋經，家貧爲亭長，既而去之長安。王莽殺其子宇，萌謂友人曰：「三綱絶矣，不去將禍及。」即掛冠東都城門，攜家屬浮海客遼東。及光武即位，乃返瑯玡勞山，養志修道，人皆化其德。累徵不起，以壽終。後漢書有傳。

〔范丹亦絶糧〕見〔三五九〕過矩亭拜李先生墓下「清修比范丹」釋。

〔弦歌足自遣〕「弦歌」同絃歌，見〔三五〕七十二弟子釋。時蒿在曲沃義學教生徒。

〔感慨論百王〕「百王」本指歷代君王，漢書武帝紀贊：「漢承百王之弊，高祖撥亂反正。」以下數句所論則專指亡國之君。

〔王赧遂頓首〕「王赧」指周朝亡國之君赧王，名延，慎靚王子。時雒陽東、西周分治，王徙都西周，益微弱。五十九年

（前二五六）秦昭王攻西周，西周君盡獻其地，赧王亦朝于秦，歸而卒，史稱「周亡」。「赧」音乃，因愧而面赤也。「頓首」，周禮九拜之一，頭叩至地而九拜，先秦時視爲非常之禮；秦漢時多以「頓首」爲請罪之辭。此句用「頓首」二字，蓋諷赧王以天子之尊而請罪于諸侯也。

〔孝獻封山陽〕「孝獻」指漢朝亡國之君獻帝（一八一——二三四），名協，靈帝子。董卓立之，曹操輔之，傀儡守位而已。建安二十五年（二二〇）曹丕篡漢，廢帝爲山陽公，漢亡。「山陽」，地名，在今河南省修武縣西北。

〔一身殉社稷二句〕「先皇」，專稱明崇禎帝。先生于歷代亡國之君以及明朝諸帝特尊思宗，正以思宗能「一身殉社稷」也。

〔與君同歲生二句〕推知衞處士蒿亦生于明萬曆四十一年（一六一三），今年六十九歲。「興亡」，複詞偏義，專指亡國之痛。

〔衰遲數儔輩二句〕「衰遲」，暮年也，與上句「中年」對言。「數」，同字上聲，動詞，計算也。「儔輩」即同輩。「落落」，稀疏貌。「晨星」謂晨見之星，喻漸稀之物，此處喻「儔輩」。陸機歎逝賦：「親落落而益稀，友靡靡而愈索。」唐書劉禹錫傳：「同年友……今來落落如晨星之相望。」按：先生同輩遺老至今尚在者，南北合計亦不過傅山、朱鶴齡、王錫闡、戴笠、楊瑀、路氏兄弟寥寥數人而已。

〔鬱邑〕「邑」同悒，楚辭惜誦：「心鬱邑余侘傺兮。」

〔著書陳治本〕「治本」謂治國之根本，管子權修：「民之修小禮，行小義，飾小廉，謹小恥，禁微邪，治之本也。」歷代百家治本之術各異，先生所陳治本多見自著日知録中。與友人論門人書（文集卷三）曰：「所著日知録三十餘卷，平生之志與業皆在其中。……有王者起，得以酌取焉。」

〔回穹蒼〕意謂挽回天命。「穹蒼」即天，其形穹隆，其色蒼蒼。詩大雅桑柔：「靡有旅力，以念穹蒼。」

〔眷眷桑榆光〕「眷眷」，依戀向往貌，張衡思玄賦：「魂眷眷而屢顧兮。」「桑榆」見〔一七〕贈顧推官咸正釋。「桑榆光」指日暮之光，太平御覽三引淮南子：「日西垂景在樹端，謂之桑榆。」注言其光在桑榆上。此句喻暮年光陰。

【箋】

讀先生贈衛處士蒿原詩，推知處士亦安貧守志而好學。二人同歲生，故所歷、所論必多明末三朝事，然先生詩但以王赧、孝獻對比明思宗，于歷代亡國之君畧一致慨。及讀衛處士次韻，方知二老「同歲」、「同方」，于光、熹、禎三朝遺事及「梃擊」、「紅丸」、「移宮」三案始末皆稔而能詳。故先生詩云「著書陳治本」，處士詩亦曰「著述追往迹」，今先生遺著俱在，而處士著則渺然無存，惜哉！特全録處士次亭林先生見贈之作，亦所以存其人也（句間小注皆筆者所加）。

神祖（神宗）盛明際，艷煽（鄭貴妃）方在旁。堅冰雖未至，陰凝已履霜。漢法戒不道，春秋謹無將。乃有入幕客（指閣臣），開門齎盜糧。梃擊不可問，三子並封王（福王常洵等）。紅丸速殂落（光宗暴死），移宮似昭陽（李選侍）。椓人（魏忠賢）因竊柄，舉國若皇皇。英烈如先帝（思宗），無以救衰亡。徒有殉國志，未造鴛鴦行。性命全亂世（自謂），于理亦無妨。讀書期明善，敢惜鬢髮蒼。著述追往迹，願言依末光。

〔三二六〕　酬李子德二十四韻 重光作噩

戴雪來青鳥，開雲見素書。故人心不忘，旅叟計何如？上國嘗環轍，浮家未卜居。康成嗟耄矣，尼父念歸與。忽枉佳篇贈，能令積思攄。柴門晴旭下，松徑谷風舒。記昔方傾蓋，相逢便執袪。自言安款段，何意辱干旟。適楚懷陳軫，游燕弔望諸。詎驚新寵大，肯與舊交疎！不磷誠師孔，知非已類蘧。老當爲圃日，業是下帷初。達夜抽經笥，行春奉板輿。誅

茅成土室，闢地得新畬。水躍穿冰鯉，山榮向日蔬。已衰耽學問，將隱悔名譽。客舍輕彈鋏，王門薄曳裾。一身長瓠落，四海竟淪胥。契闊頭雙白，蹉跎歲又除。空山清澮曲，喬木絳郊餘。不出風威滅，無營日景徐。但看堯典續，莫畏禹陰虛。地闊分津版，天長接草廬。一從聽七發，欲起命巾車。

【釋】

〔解題〕「酬」，答也。李因篤原寄七律五首，序曰：「亭林先生尊兄自秋適晉，初冬得書，知病新起，且驚且喜。阻雪，及臘始專一走往候，寄詩五章。」因知先生辛酉十月移居韓宣宜園時，病勢少減，曾有書致因篤，因篤以阻雪不能由陝赴晉，至臘始遣一僕來候，並附詩五首(詩附後箋)，先生遂酬此二十四韻，蓋絕筆也。「重光作噩」四字原鈔本無。

〔戴雪、開雲二句〕「青鳥」指使者，見〔三九〕張隱君元明園中仙隱祠釋。「素」指白絹，古人以白絹作書，故稱書信爲「素書」，飲馬長城窟行：「呼童烹鯉魚，中有尺素書。」「戴雪」句記因篤使者來候之時，「開雲」句狀青鳥銜書自天而下。

〔上國嘗環轍〕「上國」對「下國」言，見〔七九〕孝陵圖詩「下國有幾臣」釋。左傳昭公二十七年：「(吴子)使延州來季子聘于上國。」疏引服虔：「上國，中國也。蓋以吴辟在東南，地勢卑下，中國在其上流，故謂中國爲上國也。」「環轍」猶「轍環」，見〔三七〕偶來釋。先生本吴人，此句自謂已遍遊中原。

〔浮家未卜居〕「浮家」言到處漂泊，唐書張志和傳：「志和(謂顔真卿)曰：願爲浮家泛宅，往來苕霅間。」「卜居」，楚辭篇名，沿謂卜求居所，與卜築、卜宅義近。先生前年已定居華下，此言「未卜居」，蓋就曲沃借寓韓宅而言。

〔康成嗟耄矣〕鄭康成，東漢經儒，先生素所服膺，見〔一一六〕不其山及〔三三〕述古釋。「耄」，泛指高年。後漢書鄭康成傳載其戒子書曰：「入此歲來，已七十矣。宿素衰落，仍有失誤，案之禮典，便合傳家」云云，皆「嗟耄」之語。先生作此

詩時，已入壬戌歲，亦七十矣。

〔尼父念歸與〕「尼父」即孔子。論語公冶長：「子在陳曰：歸與！歸與！」（「與」後作「歟」。）「歸與」猶云「歸去來」，思鄉之辭也。陶潛歸去來辭自序：「彭澤縣去家百里，……眷然有歸與之情，……命篇曰歸去來。」按：上四句，「環轍」與「嗟耄」，「浮家」與「歸與」皆對應成文。

〔急枉、能令二句〕「佳篇」指因篤所贈七律五首。「積思」猶積慮、積念，指以上歎老、思歸之情。「攄」，音廬，平聲，發抒也。班固西都賦：「（顧客）攄懷舊之蓄念，發思古之幽情。」

〔晴旭下〕「旭」，朝日。加「晴」字，應起句「戴雪」二字，謂雪霽日出也。「下」，動詞，（日光）下照。

〔谷風舒〕「谷風」，此處指東風，爾雅釋天：「東風謂之谷風。」疏：「谷之言穀，穀，生也。谷風者，生長之風也。」「舒」，動詞，舒展。

〔記昔、相逢二句〕「傾蓋」指初交，見〔一三〕酬徐處士元善釋。先生與因篤癸卯（一六六三）初識于代州，事見〔一八〕酬李處士因篤解題及箋。「執袪」，狀親密。「袪」音去，平聲，衣袖。詩鄭風遵大路：「遵大路兮，摻執子之袪兮。」

〔自言安款段二句〕「款段」，駑馬，見〔三七〕偶來釋。「干旟」，旗名，上繪鳥隼。詩鄘風干旄：「孑孑干旟，在浚之都。」朱熹集傳言衛大夫建此旟旐，以見賢者。按：因篤本意安于貧賤，無意辱于富貴，先生特追述初交時因篤之「自言」以實之。參見〔三一〕子德自燕中西歸「輕身騎款段」句釋。

〔適楚懷陳軫〕陳軫本夏人，與張儀俱事秦惠王，後去秦而之楚。此借陳軫由秦適楚喻因篤壬子、癸丑間（一六七二——一六七三）南遊。據吳懷清李天生年譜：因篤康熙十一年春曾入楚臬高欽如之幕，常往返武昌與荆州間，至十二年冬始西還。先生壬子答李武曾書（佚文輯補）云：「若頻陽至近，天生至密，而遠客三楚，此時猶未見弟之成書也。人事之不齊有如此者，可爲喟然一歎！」讀此可知詩用「懷」字甚切實。

〔游燕弔望諸〕「弔望諸」見〔三〇〕贈張力臣「望諸可憑弔」釋。「游燕」上承「適楚」句，係泛叙因篤南北行踪。按：因篤游燕者屢，且常與先生偕：丁未(一六六七)陪先生鈔書，己酉(一六六九)從先生五謁思陵，丙辰(一六七六)先生有薊門送子德歸關中詩。或謂此句係指前年赴燕試鴻博，果爾，則不得用「游」字。

〔詎驚、肯與二句〕「新寵」指清廷，「舊交」乃先生自謂。「詎」、「肯」二字用于反詰，義近「豈」字，二句合成肯定語，意謂「豈肯因彼新寵而疏我舊交乎！」

〔不磷誠師孔〕「磷」音吝，去聲，磨損也。論語陽貨：「(孔子曰)不曰堅乎？磨而不磷。」自此以下十句皆勗勉因篤之辭。

〔知非已類蘧〕「蘧」指蘧瑗，見〔六二〕僑居神烈山下「猶餘伯玉當年事」釋。史記仲尼弟子列傳序稱孔子之所嚴事，于周則老子，于衛則蘧伯玉。淮南子原道：「蘧伯玉年五十而知四十九年之非。」先生庚申答子德書(文集卷四)云：「自今以往，別有機權，公事之餘，尤望學易。(論語述而：「五十以學易。」)吾弟行年四十九矣，何必待之明年哉！」故因篤來詩第五首答云：「五十知非似醉醒，柴門寂寞晝長扃。」先生此句則係答而復答也。

〔老當爲圃日〕「當」謂時正值也。「爲圃」即治圃或灌園。論語子路：「樊遲請學稼，子曰：『吾不如老農。』請學爲圃，曰：『吾不如老圃。』」此句反其義而用之。

〔業是下帷初〕「業」，學業。「初」，開始。「下帷」見〔二〇七〕酬程工部先貞「獨近董生帷」釋。按：以上「爲圃」句勸耕，「下帷」句勸讀，係勗勉主旨。

〔達夜抽經笥〕「達夜」謂自晝至夜(「達」，到達)，徐注引襄陽耆舊傳：「龐士元詣司馬德操，德操與語，自晝達夜。」「笥」，竹製方形盛器，可以貯經，後漢書邊韶傳：「腹便便，五經笥。」按：李因篤以「經學修明」見稱于時(見汪琬與人論師道書)，其遺著有目可徵者三、五種，惜不多傳。先生尤稱其易學，戊午歲與潘次耕札(載餘集)云：「天生之學乃是絶塵而奔，吾且瞠乎其後，不意晚季乃有斯人！……近讀其解易一卷，吾自手録之，學問亦日進。」故知「經笥」之比非

虛譽。

〔行春奉版輿〕漢太守巡視州縣以勸農桑，謂之「行春」。後漢書鄭弘傳：「太守第五倫行春，見（弘）而深奇之。」「版輿」，老人代步小車。潘岳閑居賦：「微雨新晴，六合清朗，太夫人乃御版輿，升輕軒，遠覽王畿，近周家園。」按：版輿奉母，本指現任官吏，此句但贊因篤乞養。

〔誅茅成土室〕「誅茅」，專指剪草爲屋，梁書沈約傳：「（郊居賦）或誅茅而剪棘。」杜甫楠樹爲風雨所拔歎：「誅茅卜居總爲此。」「土室」，此句專指爲母築室，後漢書袁閎傳：「（閎）欲投迹深林，以母老不宜遠遁，乃築土室，四周于庭，不爲户，自牖納飲食而已。」

〔闢地得新畬〕「畬」音余，墾種三載之墊田，詩周頌臣工：「如何新畬？」

〔水躍穿冰鯉〕「躍」，（水暖）使之躍也。此暗用王祥剖冰求魚故事。干寶搜神記：「繼母常欲生魚，時天寒冰凍，祥解衣，將剖冰求之。冰忽自解，雙鯉躍出。」又晉書王祥傳則云：「……時天寒，沂水冰，祥解衣卧冰上……」皆勗孝也。

〔山榮向日蔬〕「榮」，繁茂，亦使動詞。「向日蔬」，古人多指葵藿，此句泛指草菜，應上「爲圃」。

〔已衰耽學問〕「耽」音丹，嗜愛。先生與湯聖弘書（殘稿卷三）：「弟以望七衰齡，猶希炳燭。」按：「老而好學，如炳燭之明。」見說苑建本。自此至「莫畏禹陰虛」句，皆自礪。

〔將隱悔名譽〕此暗用介之推將隱故事。左傳僖公二十四年：「其母曰：『亦使知之若何？』對曰：『言，身之文也；身將隱，焉用文之？是求顯也。』」先生答子德書（文集卷四）：「昔朱子謂陸放翁能太高，迹太近，恐爲有力者所牽挽，不得全其志節，正老弟今日之謂矣。」此句乃借鑒因篤，亦以昔日得名自悔。

〔客舍輕彈鋏〕用馮驩客孟嘗故事，見〔一四二〕永平釋。句用「輕」字，謂不屑彈也。

〔王門薄曳裾〕「曳裾」猶言拖衣襟，有奔走趨奉之意。漢書鄒陽傳：「（陽上吳王書）飾固陋之心，則何王之門不可曳長

裾乎？」句用「薄」字，謂鄙薄曳裾也。按「彈鋏」、「曳裾」二句蓋本李白行路難：「彈劍作歌奏苦聲，曳裾王門不稱情。」

〔瓠落〕空廓貌，見〔二四七〕瓠「呺然」釋。又義近「廓落」，見〔一三四〕酬歸戴王潘韭溪草堂聯句釋。

〔淪胥〕詩大雅抑：「如彼泉流，無淪胥以亡。」毛傳：「淪，率也。」鄭箋：「胥，皆也。」陳奐傳疏：「言周之君臣將相率而底于敗亡也。」此處「淪胥」直作淪亡解。

〔契闊頭雙白〕「契闊」意謂久別，見〔二〇七〕酬程工部先貞釋。先生與因篤自己未（一六七九）秋汾州天寧寺一別，至今三年，故謂契闊矣。

〔蹉跎歲又除〕「蹉跎」，狀光陰虚度，阮籍詠懷：「娛樂未終極，白日忽蹉跎。」另參見〔一九〇〕酬史庶常可程釋。「歲又除」，謂一年又終了也。「除」，餘也，「除日」、「除夕」、「除夜」，義皆通。孟浩然除夜樂城張少府宅詩：「如何歲除夜，得見故鄉親。」

〔清澮〕見〔三三五〕贈衞處士蒿「澮水」釋。

〔絳郊〕絳縣郊外。春秋時晉國初都絳，在今山西翼城縣東南；後徙新田，亦名絳，即今山西絳縣。先生居曲沃韓氏之宜園，傍澮水，其南即絳縣，故云「絳郊餘」。

〔不出風威滅〕「風威」，風之威勢也，鮑照蕪城賦：「蔌蔌風威。」此句謂不出户則不懼風威。兼有言外意，「不出」即不出仕也。

〔無營日景徐〕「景」通影。「無營」，無所營求，曹植七啟：「與物無營。」此句謂無營求則光陰可以徐度。

〔但看堯典續〕今文尚書有堯典，無舜典。唐孔穎達爲（僞）古文尚書作正義，始據晉梅賾與齊姚方興之言，割堯典「慎徽五典」以下爲舜典。先生日知録亦云：古時堯典、舜典本合爲一篇，陸氏釋文謂梅賾上孔氏傳古文尚書亡舜典一篇，時以王肅注頗類孔氏，故取王注從「慎徽五典」以下爲舜典以續孔傳。然此句所云「堯典續」者，殆暗示明雖亡必

有漢族續之者。

〔莫畏禹陰虛〕晉書陶侃傳：「（侃曰）大禹聖人且惜寸陰，吾輩當惜分陰。」此句承上，似謂但得明室有續，則吾生未爲虛度。

〔地闊、天長二句〕唐李華弔古戰場文：「地闊天長。」「津版」，分隔津渡之版築，左傳僖公三十年：「許君焦瑕，朝濟而夕設版焉。」時因篤居秦，先生在晉，爲蒲津所隔。二句謂地雖分而天相接，故七發猶可聽也。

〔一從聽七發二句〕「七發」，西漢枚乘所作賦名。賦凡八段，首段叙楚太子卧疾，中六段借吴客説七事以啟發之。末段陳述要言妙道，太子遂據几而起，霍然病愈。「巾」猶衣。「命巾車」謂整衣命車而行。孔叢子：「孔子歌曰：『巾車命駕，將適唐都。』」陶潛歸去來辭：「或命巾車。」二句以七發喻因篤來詩，以楚太子自喻，謂一讀來詩，己病亦霍然而愈。

【箋】

此詩確係先生絶筆，然竣稿究在何時，潘刻本題下綴「重光作噩」四字，未必可信。蓋刻本既在寄題貞孝墓後四柿下注「重光作噩」，則不當在此題下重注。且此題後又附庚申所作贈毛錦銜一首，如此顛倒錯亂，顯係旁人于先生身後匆匆編次。今按因篤哭亭林先生一百韻于「臘杪纔呼走」句下，自注「遣使往訊起居」，知遣使時已屆臘杪。而前寄七律第一首已云：「鴻雁分飛聲遠及，雪霜高卧歲將除。」「歲將除」與「臘杪」先後正合。又百韻詩「報章驚絶筆，幽怨屈空拳」下自注：「晨起，承報余二十四韻，夕卒。」先生卒于壬戌正月初九丑刻，則酬韻成時乃正月初八晨上馬拜客前也。證以酬韻「蹉跎歲又除」句，與越年正月初八亦合，因篤稱此詩爲先生「絶筆」，信然。故當編入「玄黓閹茂」，即壬戌年也。

〔附〕李因篤原寄七律五首（序見解題）

雙屐遥憐掃徑疎，朶雲（序稱「初冬得書」）欣奉杖藜初。雖愁藥物甘辭餽，不苦呻吟減著書。鴻雁分飛聲遠及，雪霜高卧歲將除。詰朝河外（指富平）圖傳使，齋宿中庭拜所如。

澗樹東連嶽樹深，相思北接太行岑。蒹葭倘觸居關興，蟋蟀偏工入冀吟。世易繁霜應有道，天留碩果定何心。晨星落落頻蒿目，肯使尋盟負斷金！

王路風流縞帶長，霸圖聊託晉初鄉。遺音西國思千里，老眼中原淚數行。春逼夢隨池草發，臘殘清引閣梅芳。曾論徽祀（指朱子祠祀）虚籩豆，許傍新宫自築堂。

水凍河梁客未還，教人雨雪怨空山。難同受性松根迥，更羨從飛雉子班（指嗣子衍生隨侍）。到處青藜恆照夜，何時紫氣復臨關。偶耕兼有吾廬約，南畝桑陰盡日閒。

五十知非似醉醒，柴門寂寞晝常扃。古人何可欺毛義，吾道將無愧管寧。豳俗好風吹舉趾，漢時明月照傳經。鳴車整旆西歸日，户外寒融柳色青。

既讀因篤原作，復讀先生酬章，始知二詩寄情之篤，二人交誼之深。先生詩本在抒懷，故乏程序，約畧尋之，可得五解：自起句至「谷風舒」句爲第一解，皆由「見素書」、「贈佳篇」引出，故不免客中作客，老倦思歸之感。「記昔」以下八句爲第二解，追憶舊情舊事，以證因篤雖背初衷而不疎舊交。「不磷」、「知非」以下十句爲第三解，勗勉因篤耕讀奉母，係酬詩寄意實在處。「已衰」、「將隱」以下七聯爲第四解，意在自礪，其中「耽學」、「無營」四字，最能體現先生晚年心迹。末二聯爲第五解，一「分」一「接」，一「聽」一「命」，十分緊湊，最得答人問病之體。全篇筆隨意轉，開合自如，氣勢之暢，不類絶筆。此雖出自學問功力，亦烈士暮年，壯心不已之證。先生入關定居倏忽二年，富平華下先後作客，然不意關中之客，竟客逝于河東，讀此詩末韻，知先生未嘗預知哲人之萎也。讀因篤盼其「復臨」、「西歸」之句，尤爲惘然。

〔三二七〕 贈毛錦銜

來時冬雁飛，去日春風度。浮雲戀故山，翔鳥懷高樹。一別遂西東，各言難久駐。去去慎所之，長安有歧路。

【釋】

〔解題〕毛今鳳字景巖，一字錦銜，長洲人。元譜、吴譜均記其己未年（一六七九）來受業，係先生晚年末屆弟子。文集卷六尾載與毛錦銜書一篇，内云：「憶昔萬曆庚申，吾年八歲，今年元旦作一對曰：『六十年前，二聖升遐之歲；三千里外，孤忠未死之人。』便中有字與吴門，可代爲録此。……一詩並附。」乃知該書與所附此詩均寫于康熙庚申年（一六八〇），潘刻本置此詩于詩集之末，亦猶該書被置于文集之末，皆信手所植也。

〔來時冬雁飛〕此記錦銜北來受業時間。先生己未（一六七九）秋由河南至山西，居汾州天寧寺，十一月回華陰。詩云「冬雁」，則錦銜來受業當在先生回華陰之後。時先生已率李雲霑及衍生師徒移居王弘撰新建之讀易廬。

〔去日春風度〕此記錦銜出關東去時間。同志贈言載毛今鳳恭呈顧老夫子七律一首，尾聯云：「至止十旬多訓誨，春風著處不勝披。」知百日訓誨別時正當春日。

〔浮雲戀故山〕「浮雲」比游子，李白送友人：「浮雲游子意，落日故人情。」此句先生自況。

〔翔鳥懷高樹〕「翔鳥」比毛錦銜，「高樹」喻高位。此句諷錦銜東行目的。

〔一別遂西東二句〕華陰在西，燕京在東，均非久駐之地。

〔去去、長安二句〕「長安」喻京師。「歧路」見〔六一〕懷人釋。據此確知錦銜係由華陰赴燕京，二句顯係告誡之辭。

【箋】

贈行而實不欲其行，措詞寓意最宜微婉，韓昌黎送董邵南游河北序得之矣，先生此詩亦然。一、二句惜錦衡來去匆匆也；三、四句言故山可戀，高樹不足懷也；五、六句承上，謂戀故山者不安于西，懷高樹者亦未必得志于東，皆難以久駐也。七、八句直云「去去慎所之」，則不欲其行之意已婉而達矣。錦衡事迹無考，蔣山傭殘稿卷一首載答門人毛景巖一書，題下有衍生小注：「諱今鳳，貢監，長洲人。」此書所談均「汪承毛後」事，知其父輩本姓汪，與長洲汪琬同宗，時琬已舉鴻博在京，錦衡往投，蓋爲「受産」或「易姓」計也。又此答書已稱錦衡爲「門人」，其寄書年月當在前引庚申一書及此詩之後，則錦衡爲「貢監」亦必在受業之前。又同志贈言收其贈茂引世兄(卽衍生)五律一首，起句「華嶽風淳古」，似卽作于華陰共學之日，末聯云：「勿爲文史誤，挾策獻皇都。」是其人本懷利禄之心，不煩先生諄諄告誡也。

編年(一六八二)

是年歲次壬戌,清康熙二十一年。

正月,清靖南王耿精忠前已入覲,至是清廷藉故磔之于市,並頒示海内。耿所部諸將亦相繼誅死。詔掘吴三桂墓,拆其骸骨。

十月,纂修平定三藩方畧。

是歲全國人丁户口一千九百四十三萬餘。

是年先生七十歲。正月,仍寓曲沃韓宣家。四日爲先生設宴會親友。八日早,將答賀熊縣令僎及在官諸君,方上馬,失足墮地,舊疾遂作,止不行,日夜嘔瀉,至九日丑刻逝世。嗣子衍生侍疾在側。經理先生喪者,進士韓宣,縣令熊僎、廣東道仇昌祚、義學師衞蒿、縣丞徐嘉霖及郭某等。終七後,衍生入關取先生文稿書籍。三月望前,從弟巖(大雲)抵沃,二十四日衍生亦返自關中,叔姪遂同居喪次。

明年,門人弟子奉喪歸葬崑山之千墩祖墓。

顧亭林詩箋釋集外詩補

〔三二八〕　和若士兄賦孔昭、元奉諸子遊黃歇山大風雨之作

江上秋色高，欣理登山屐。八子攀危崖，將覽前古迹。滃然雲氣興，天地昏墨色。烈風排山巔，奔濤怒淜砉。急雨淩空來，深山四五尺。伏地但旁睨，突兀真龍偪。得非楚葉公，見之喪其魄？黃帝至襄城，七聖皆迷惑。始皇上泰山，或云風雨厄。二者將何居？一笑江雲白！

【釋】

〔解題〕「若士」、「孔昭」、「元奉」等人名籍生平俱無考。黃歇山亦名「黃山」、「君山」，蓋以春申君黃歇得名也。地在武進孟河之東，江陰之北，見嘉慶一統志常州。以其俯瞰長江，又名瞰江山。東北有小山入江，謂之吳尾，以羣山西來，至此而盡也。南宋以後在此設營，江北有黃山門，皆爲江防要地。

〔欣理登山屐〕「欣理」，欣然料理。「登山屐」見〔三三〕子德李子聞余在難詩釋。

〔八子〕指孔昭、元奉等八人，與以下「七聖」對應。

〔前古迹〕山上有席帽峯，下有晉郭璞故宅，黃山門有五代楊、吳時所建烽火臺。

〔滃然〕「滃」音翁，雲氣湧起貌。

〔天地昏墨色〕杜甫茅屋爲秋風所破歌：「俄頃風定雲墨色，秋天漠漠向昏黑。」此應起句「秋」字。

〔烈風〕激風，書舜典：「納于大麓，烈風雷雨弗迷。」

〔奔濤怒淜砉〕杜甫飛仙閣詩：「積陰帶奔濤。」「淜砉」亦作崩砉、淜湱，讀如崩荷，浪濤冲擊聲。郭璞江賦：「砯巖鼓作，淜湱㶁灂。」

〔伏地但旁睨以下四句〕楚葉公子高好龍，鉤以寫龍，鑿以寫龍，屋室雕文以寫龍。于是天龍聞而下之，窺頭于牖，施尾于堂，葉公見之，棄而還走，失其魂魄，五色無主。是葉公非好龍也，好夫似龍而非龍者也。（見劉向新序雜事）此借葉公畏見真龍故事，喻八子在大風雨中恐懼情狀。「旁睨」，不敢正視。「突兀」猶突然，參見〔五一〕金壇縣南顧龍山釋。「偪」通逼。

〔黃帝至襄城二句〕莊子徐無鬼：黃帝將見大隗（同騩，神名）乎具茨之山（在今河南密縣），方明爲御，昌寓驂乘，張若、謵朋前馬，昆閽、滑稽後車，至于襄城（在今河南省）之野，七聖皆迷。此借「七聖」喻八子。

〔始皇上泰山二句〕見〔一三〕登岱「立石、封松二句」釋。此以「風雨厄」比八子遭風雨之災。

〔二者將何居二句〕「二者」指黃帝與始皇所遭二事。「何居」（「居」，音姬，助詞，無實義）猶何如、如何，莊子齊物論：「何居乎？形固可使如槁木，心固可使如死灰乎？」「一笑」句承上作答，意謂黃帝、始皇所遭與八子所遭同也。

【箋】

此詩徐注録自吴映奎顧亭林先生年譜「附亭林先生軼詩」，下有吴氏小注：「墨蹟藏張浦朖蓑菴」。按：先生集中不收甲申以前詩，味此詩狀物抒感，畧無憂虞激憤之情，當係在學宮爲秀才時往來應酬之作。然全篇取譬用事，蓄勢行氣，頗與先生後來一貫，乃知先生「腹笥之富，文筆之妙」（語見〔九三〕贈路光禄太平箋引歸莊與葉方恆書），早已植根于少年時矣。

〔三二九〕　古俠士歌二首

曾作函關吏，雞鳴出孟嘗。只今猶未老，來往少年場。

【釋】

〔函關吏〕見〔三五〕擬唐人五言八句「祖豫州聞雞」釋。

〔少年場〕少年遊樂任俠之地。樂府詩集雜曲歌辭有結客少年場行，言輕生重義，慷慨以立功名也。

廣柳車中人，異日河東守。空傳魯朱家，名字人知否？

【釋】

〔廣柳車中人二句〕季布，楚人。好任俠，爲項羽將，數窘漢王劉邦。漢王既滅羽稱帝，購布，急，布匿濮陽周氏。周氏乃髡鉗季布，衣褐衣，置廣柳車中，之魯朱家所賣之。朱家心知是季布，爲説滕公；滕公爲帝言之，乃赦布，拜爲郎中。孝惠時，遷河東守。史記、漢書均有布傳。「廣柳車」即柩車，「廣」，大也；「柳」，柩車之飾。一説廣柳車即轉運大車。

〔魯朱家〕朱家，魯人。少以俠聞，趨人之急如己之私，所藏活豪士以百數。嘗陰脱季布之厄，及布貴，家終身不與布相見。漢初言俠士，必以朱家稱首。

【箋】

此詩徐注録自王士禛感舊集。第一首詠函關吏，第二首詠魯朱家。然史稱關吏聞雞鳴遂發傳出，實非有意爲俠如朱家者也。先生北遊前一年（一六五六）有〔一〇八〕出郭、〔一〇九〕旅中二詩，所叙微服出亡情狀與本題畧同。惟前二詩

所詠乃亡命，本題所感在俠士，意者先生亡命時曾陰脱于抱關執柝者乎？

〔三三〇〕 哭張蒿庵先生

歷山東望正淒然，忽報先生赴九泉。寄去一書懸劍後，貽來什襲絶韋前。衡門月冷巢傷室，墓道風枯宿草田。從此山東問三禮，康成家法竟誰傳？

【釋】

〔解題〕張爾岐，號蒿庵，見〔二六〕過張貢士爾岐解題。爾岐卒于康熙十六年丁巳（一六七七）冬，時先生正在關中，故推知此詩作于次年。

〔歷山東望、忽報二句〕爾岐，山東濟陽人，先生順治十四年（一六五七）與相識于濟南，故用「歷山」字樣。「九泉」本指地下深處，借喻人死埋葬之所，係「黄泉」一詞增義，阮瑀七哀詩：「冥冥九泉室，漫漫長夜臺。」二句由懷舊引出聞訃，故用「正」、「忽」二字關鎖。

〔寄去一書懸劍後〕「懸劍」即掛劍，見〔一五〕不去「徐君」釋。「懸劍後」謂蒿庵身殁之後也。據句意，先生聞訃前當有一書寄蒿庵，然文集不載。

〔貽來什襲絶韋前〕「貽」，贈也。「什」亦作「十」；「什襲」謂將貴重之物層層包裹也。藝文類聚六闕子載宋之愚人以燕石爲寶，「革囊十重，緹巾十襲」。後遂以「什襲」喻珍藏物。「絶韋」見〔三四〕德州講易畢詩「尼父、韋編二句」釋。「絶韋前」謂已尚未下苦功之前也。句下有自注：「君有儀禮鄭注句讀十卷，録其副畀予。」按：爾岐自撰墓誌云：「喜論著，……其儀禮鄭注句讀鮮愛者。遇崑山顧寧人炎武録一本，藏山西祁縣所立書堂。」所誌與先生自注正合。

〔衡門月冷巢鳹室〕「衡門」見〔六六〕酬陳生芳績釋。「巢鳹室」喻爾岐居室。張翰字子明，鉅鹿人，漢末隱士。遁徙常山，不與時競，以道自樂。正始元年（二四〇），戴鳹之鳥巢翰門陰。翰告門人曰：「夫戴鳹，陽鳥，而巢門陰，此凶祥也。」乃援琴歌詠，作詩二篇，旬日而卒，年一百零五歲。見三國志魏志管寧傳附。「鳹」音任，古人頭飾，亦名華勝。「戴鳹」或「戴勝」即頭戴華勝，可作鳥名。此句借張翰之姓比張爾岐，暗喻爾岐死久。

〔宿草田〕喻爾岐墓田。「宿草」，隔歲之草，見〔九七〕贈路舍人釋。

〔從此山東問三禮二句〕「三禮」即儀禮、周禮、禮記。鄭玄字康成，山東高密人，漢經學大師，尤精三禮，見〔一六〕不其山釋。爾岐山東人，亦精三禮，故以康成擬之。

【箋】

此詩徐注謂亭林詩集不載，附見于蒿庵集末。中華一九八三年本據清胡德琳乾隆三十八年編刻本蒿庵集增補領聯下自注，標題亦異。徐注題爲「哭張爾岐」，中華本題爲「哭張蒿庵先生」，獨濟陽縣志題爲「聞張稷若赴」（「赴」通「訃」）。今據此詩首聯「忽報」句，題作「聞赴」是。惟其題作「聞赴」，故首聯二句極緊湊；腹二聯，一憶昨，一思來；尾聯用「從此」一問，然後全首開合自如。不知如此好詩，原鈔本爲何失載。

〔三三一〕 圍城選一

莫向山中問酒家，行人一去即天涯。長安道上多男子，又得相逢廣柳車。

【釋】

〔廣柳車〕見〔三九〕古俠士歌釋。

【箋】

此詩係中華一九八三年本據卓爾堪遺民詩卷五補。題曰「圍城」，未詳其本事，觀其詩意恍惚，頗類丙戌（一六四六）［一五］不去詩。卓爾堪曾從征耿精忠，棄戰功而遨遊四方，有豪俠名。喜從明逸老遊，多方求其詩刻之。今存遺民詩十六卷，皆晚節彪炳者。先生不去詩三首，以事代言，寓意不屬，雖四首、五首不能盡也。其第一首起句有「不去圍城」四字，此詩以「圍城」命題，而不及圍城事，意者爾堪與先生年輩相接，殆逆其志而選其棄餘耶？

［三三二］姬人怨二首

傷春愁絶泣春風，髮亂如油脣又紅。不是長干輕薄子，如何歌笑入新豐？

【釋】

〔解題〕玉臺新詠載有梁王僧孺何生姬人有怨、爲姬人自傷詩，本係艷體，此題省爲「姬人怨」，與「閨怨」、「宮女怨」近同而實託興。

〔泣春風〕李商隱無題詩：「十五泣春風，背面鞦韆下。」

〔長干〕地名，本在建業南之山岡間，以其平岸可居，故以東西大小長干呼之。此處借指南京。

〔輕薄子〕泛稱放蕩無行之人，馬援報兄子嚴敦書：「效季良不得，陷爲天下輕薄子。」（見後漢書本傳）用于艷體，多指輕薄少年。

〔新豐〕地名，在今陝西臨潼縣東北。漢高祖劉邦本沛縣豐邑人，既稱帝，定都長安。其父太上皇思鄉，遂改築秦之驪邑如豐邑，因號「新豐」，迎太上皇居之。此處「新豐」暗指清之新都北京。

雲鬟玉鬢對春愁，不語當窗嬌半羞。柳絮飛花無限思，教儂何物得消憂？

【釋】

〔雲鬟〕狀婦女髮髻堆束如雲。沈約樂將殫思未已應詔詩：「雲鬟垂寶花，輕妝染微汗。」

〔玉鬢〕玉飾之鬢髮。

〔柳絮飛花〕皆輕薄之物，杜甫詩：「顛狂柳絮隨風舞，輕薄桃花逐水流。」

〔儂〕古代吴人自稱或他稱。此處係自稱，猶「我」。

【箋】

此詩彙注據陳其年篋衍集録入集外詩存。詩雖艷體，實爲託興，然姬人所怨者何，殊不易知。蘧案以明之降臣當之，故直編入所附詩譜弘光乙酉（一六四五）之末，畧繹全詩，所案甚是。第一首怨長干輕薄子，第二首怨柳絮飛花，一望即明，此即所謂艷體也。艷體懊儂、西曲、玉樹後庭之類本無深意，然本題「姬人」並非燕姬、趙姬，而係吴姬，長干輕薄子而入于新豐，知其已有「南」、「北」寓意；且兩首皆不離「春」字，既「傷春」、「泣春」矣，又復「對春」而「愁」，其以「春」喻「明」乎？南京既陷，明室遂屋，〔八〕秋山兩首已記其慘烈矣，獨于明大臣王鐸（大學士）、錢謙益（禮部尚書）等匍匐迎降無所誅，得此二首，可補先生史詩之闕。又嘗進而思之，此詩殆爲柳如是作。柳本吴江名妓，色藝冠一時，工詞翰，識大體。後歸錢謙益，甚相得，謙益構絳雲樓居之。南都將陷，柳勸謙益殉國，謙益陽允而陰降，柳恥之，遂終生不下樓。洎謙益死，柳身殉焉。先生集中不收艷體，或既作而終棄之歟？

附録「自題六十像」一首

鹿鹿風塵數十年，芒鞵踏遍萬山煙。漫期竹簡藏三策，且弄梅花付七絃。碗茗清譚真供養，

罏香靜坐小游仙。指揮玉意飛英落，阿堵傳神亦夙緣。

【箋】

此詩自題手跡及禹之鼎繪像均見顧亭林詩集彙注前頁附圖，另見彙注詩譜康熙十一年壬子末綴「相傳有自題六十像一首」，下引自跋云：「慎齋鴻臚爲予作小象于燕臺，見者謂爲神肖，吾家虎頭之後，此其替人。因題一律，以志墨緣。」蘧案曰：「慎齋，禹之鼎字。驗書法與真跡不甚類，詩亦空泛平滑，項聯尤非平昔勤厲持身之旨，與五十初度詩相校，其去遠矣。姑附于此。」詩譜但云「相傳」，案語復言「姑附」，集外詩存亦摒而不録，是蘧常先生已視此詩爲贋作矣。

歷來以書、畫、詩共濟其僞者甚夥，殊不知贋書雖可亂真，丹青雖可摹擬，常人之詩亦可詭託，獨先生詩如其人，人不可誣，詩亦不可僞也。先生朝乾夕惕，無日不望恢復，今日「漫期三策」，「且弄梅花」，此豈先生之夙志？先生平生不信仙佛，不談因果，詩尤嚴而不苟，實而不虛，何來游仙供養之言，爐香清談之趣？夫「自題」即自狀，焉有「寧人自狀」而不類寧人者乎？詭託此詩者既未能洞察先生之爲人，又不知熟揣先生之詩作，徒聞先生好遊，且喜顧氏掌故，于是拼湊首尾，茅塞中腹，足成此作，托之書畫，俾不識者詑爲奇珍異寶，歷二百餘年而始出也。按自清季漢族倡言革命以來，尊顧之風流行南北，其時僞造先生之軼事，詭託先生之詩文，不減南社之于太平天國。此作殆其同類，然而誣人誣詩多矣。

先生康熙戊午（一六七八）與潘次耕札云：「至于著述詩文，天生與吾弟各留一本，不別與人以供其改竄也。」此殆先生晚年詩文定本，僅付與李、潘二人。明年又與潘次耕札曰：「既足、衍生並好，寄去文集一本，僅十之三耳，然與向日抄本不同也。」此寄文本殆供既足師徒所需，量少而文字亦復有異。又三年，先生卒。其遺書文稿下落據衍生元譜云：「終七後，不肖入關取各姓向所寄書籍，而大雲叔于三月望前抵沃，簡閱遺書文稿（此文稿包括近三年所撰）。二十四日，衍生從關中至沃同居喪次，其遺書文券皆攜至都中，致之健庵、立齋兩表兄及汝嘉兄。衍爲之後，曾不得一寓目

焉，痛哉惜哉！」乃知先生文稿先歸徐家，潘耒與徐氏在京有舊，故得從而編集。至于詩稿則係先生逐年自編，戊午以前已有定本付與李、潘，戊午以後又續作三十餘首，惟末年稍有錯落，然取舍嚴謹如前，亦不容後人改竄也。今存潘刻文集之外，尚有餘集、殘稿、佚文輯補供人考鑒；至于詩集之外，苟勉爲輯補，若非贋作，便係棄餘，豈真有裨于先生哉！

附録

全祖望亭林先生神道表（鮚埼亭集卷十二）

顧氏世爲江東四姓之一，五代時由吴郡徙徐州，南宋時遷海門，已而復歸于吴，遂爲崑山縣之花浦村人。其達者始自明正德間，曰工科給事中廣東按察使司僉事濬，及刑科給事中濟。刑科生兵部侍郎章志，侍郎生左贊善紹芳及國子生紹芾，贊善生官蔭生同應，同應之仲子曰絳，即先生也。紹芾生同吉，早卒，聘王氏未婚守節，以先生爲之後。先生字曰寧人，乙酉改名炎武，亦或自署曰蔣山傭，學者稱爲亭林先生。少落落有大志，不與人苟同，耿介絶俗，其雙瞳子中白而邊黑，見者異之。最與里中歸莊相善，共遊復社，相傳有「歸奇顧怪」之目。于書無所不窺，尤留心經世之學。其時四國多虞，太息天下乏材以至敗壞。自崇禎己卯後，歷覽二十一史、十三朝實録、天下圖經、前輩文編説部，以至公移邸抄之類有關于民生之利害者隨録之，旁推互證，務質之今日所可行，而不爲泥古之空言，曰天下郡國利病書。然猶未敢自信，其後周流西北且二十年，遍行邊塞亭障，無不了了而始成。其別有一編曰肇域志，則考索利病之餘，合圖經而成者。予觀宋乾淳諸老以經世自命者，莫如薛艮齋，而王道夫、倪石林繼之，葉水心尤精悍，然當南北分裂，聞而得之者多于見。若陳同甫則皆欺人無實之大言，故永嘉、永康之學皆未

甚粹；未有若先生之探原竟委，言言可以見之施行，又一稟于王道，而不少參以功利之說者也。最精韻學，能據遺經以正六朝唐人之失，據唐人以正宋人之失，欲追復三代以來之音，分部正帙而究其所以不同，以知古今音學之變，其自吴才老而下廓如也，則有曰音學五書。性喜金石之文，到處卽蒐訪，謂其在漢唐以前者，足與古經相參考，唐以後者，亦足與諸史相證明。蓋自歐、趙、洪、王後，未有若先生之精者，則有曰金石文字記。晚益篤志六經，謂古今安得別有所謂理學者，經學卽理學也。自有舍經學以言理學者而邪說以起，不知舍經學則其所謂理學者，禪學也。故其本朱子之說，參之以慈谿黄東發日抄，所以歸咎于上蔡、横浦、象山者甚峻。于同時諸公，雖以苦節推百泉、二曲，以經世之學推梨洲，而論學則皆不合，其書曰下學指南。或疑其言太過，是固非吾輩所敢遽定，然其謂經學卽理學，則名言也。而日知録三十卷，尤爲先生終身精詣之書，凡經史之粹言具在焉。蓋先生書尚多，予不悉詳，但詳其平生學業之所最重者。初，太安人王氏之守節也，養先生于襁保中。太安人最孝，嘗斷指以療君姑之疾，崇禎九年，直指王一鶚請旌于朝，報可。乙酉之夏，太安人六十，避兵常熟之郊，謂先生曰：「我雖婦人哉，然受國恩矣！果有大故，我則死之！」于是先生方應崑山令楊永言之辟，與嘉定諸生吴其沆及歸莊共起兵，奉故鄖撫王永祚以從夏文忠公于吴，江東授公兵部司務。事既不克，永言行遁去，其沆死之，先生與莊幸得脱，而太安人遂不食卒，遺言後人莫事二姓。次年，閩中使至，以職方郎召，欲與族父延安推官咸正赴之，念太安人尚未葬，不果。次年，幾豫吴勝兆之禍。更欲赴海上，道梗不前。先生雖世籍江南，顧其姿稟頗不類吴會人，以是不爲鄉里所喜。而先生亦甚厭帬屐浮華之習，嘗言古之疑衆者，行僞而堅；今

之疑衆者，行僞而脆，了不足恃。既抱故國之戚，焦原毒浪，日無寧晷。庚寅，有怨家欲陷之，乃變衣冠作商賈，遊京口，又遊禾中。次年，之舊都，拜謁孝陵。癸巳，再謁；是冬又謁而圖焉。次年遂僑居神烈山下，遍遊沿江一帶，以觀舊都畿輔之勝。顧氏有三世僕曰陸恩，見先生日出遊，家中落，叛投里豪。丁酉，先生四謁孝陵歸，持之急，乃欲告先生通海，先生亟往擒之，數其罪，湛之水。僕壻復投里豪，以千里賄太守求殺先生，不繫訟曹而即繫之奴之家。危甚，獄日急，有爲先生求救于□□者，□□欲先生自稱門下而後許之。其人知先生必不可，而懼失□□之援，乃私自書一刺以與之。先生聞之，急索刺還；不得，列揭于通衢以自白。□□亦笑曰：「寧人之卞也！」曲周路舍人澤溥者，故相文貞公振飛子也，僑居洞庭之東山，識兵備使者，乃爲愬之，始得移訊松江而事解。于是先生浩然有去志，五謁孝陵始東行，墾田于章丘之長白山下以自給。戊戌，遍遊北都諸畿甸，直抵山海關外，以觀大東。歸至昌平，拜謁長陵以下，圖而記之；次年再謁。既而念江南山水有未盡者，復歸六謁孝陵，東遊直至會稽。次年復北謁思陵，由太原、大同以入關中，直至榆林。是年浙中史禍作，先生之故人吳、潘二子死之，先生又幸而脫。甲辰，四謁思陵。事畢，墾田于雁門之北，五臺之東。初，先生之居東也，以其地濕，不欲久留，每言馬伏波田疇皆從塞上立業，欲居代北。嘗曰：「使吾澤中有牛羊千，則江南不足懷也。」然又苦其地寒，乃但經營創始，使門人輩司之，而身出遊。丁未之淮上，次年自山東入京師。萊之黄氏有奴告其主所作詩者，多株連自以爲得，乃以吴人陳濟生所輯忠義録，指爲先生所作，首之，書中有名者三百餘人。先生在京聞之，馳赴山東自請勘，訟繫半年，富平李因篤自京師爲告急于有力者，親至歷下解之，獄始白。復入京師，五

謁思陵，自是還往河北諸邊塞者幾十年。丁巳，六謁思陵，始卜居陝之華陰。初，先生遍觀四方，其心耿耿未下，謂秦人慕經學，重處士，持清議，實他邦所少；而華陰綰轂關河之口，雖足不出户，而能見天下之人，聞天下之事；一旦有警，入山守險，不過十里之遥，若志在四方，則一出關門，亦有建瓴之便。乃定居焉，王徵君山史築齋延之。先生置五十畝田于華下供晨夕，而東西開墾所入，别貯之以備有事。又餌沙苑蒺藜而甘之，曰：「啖此久，不肉不茗可也。」凡先生之遊，以二馬二騾載書自隨，所至阨塞，即呼老兵退卒詢其曲折，或與平日所聞不合，則即坊肆中發書而對勘之。或徑行平原大野，無足留意，則于鞍上嘿誦諸經注疏，偶有遺忘，則即坊肆中發書而熟復之。方大學士孝感熊公之自任史事也，爲書招先生爲助，答曰：「願以一死謝公，最下則逃之世外。」孝感懼而止。戊午大科詔下，諸公爭欲致之。先生豫令諸門人之在京者，辭曰：「刀繩具在，無速我死。」次年大修明史，諸公又欲特薦之，貽書葉學士訒菴，請以身殉，得免。或曰：「先生盍亦聽人一薦，薦而不出，其名愈高矣。」先生笑曰：「此所謂釣名者也。今夫婦人之失所天也，從一而終，之死靡慝，其心豈欲見知于人？若曰盍亦令人强委禽焉，而力拒之以明節，則吾未之聞矣。」華下諸生請講學，謝之曰：「近日二曲亦徒以講學故得名，遂招逼迫，幾致凶死。雖曰威武不屈，然而名之爲累則已甚矣，又況東林覆轍有進于此者乎！」有求文者，告之曰：「文不關于經術政理之大，不足爲也。韓文公起八代衰，若但作原道、諫佛骨表、平淮西碑、張中丞傳後諸篇，而一切諛墓之文不作，豈不誠山斗乎？今猶未也！」其論爲學則曰：「諸君關學之餘也，横渠、藍田之教以禮爲先，孔子嘗言：『博我以文，約之以禮。』而劉康公亦云：『民受天地之中以生，所謂命也，是以有動作禮義威儀之則以

定命。』然則君子爲學，舍禮何由？近來講學之師專以聚徒立幟爲心，而其教不肅，方將賦茅鴟之不暇，何問其餘？」尋以乙未春出關，觀伊洛，歷嵩少，曰：「五嶽遊其四矣！」會年飢，不欲久留，渡河至代北，復還華下。先生既負用世之畧，不得一遂，而所至每小試之。墾田度地，累致千金，故隨寓即饒足。徐尚書乾學兄弟，甥也，當其未遇，先生振其乏。至是鼎貴，爲東南人士宗，四方從之者如雲，累書迎先生南歸，願以別業居之，且爲買田以養，皆不至。或叩之，答曰：「昔歲孤生，飄摇風雨；今兹親串，崛起雲霄。思歸尼父之轅，恐近伯鸞之竈。且天仍夢夢，世尚滔滔，猶吾大夫，未見君子，徘徊渭川，以畢餘年，足矣。」庚申，其安人卒于崑山，寄詩挽之而已。次年，卒于華陰。無子，徐尚書爲立從孫洪慎以承其祀。年六十九，門人奉喪歸葬崑山之千墩。高弟吳江潘耒收其遺書序而行之，又別輯亭林詩文集十卷，而日知録最盛傳。歷年漸遠，讀先生之書者雖多，而能言其大節者已罕。且有不知而妄爲立傳者，以先生爲長洲人，可哂也。徐尚書之冢孫涵持節粤中，數千里貽書以表見屬，予沈吟久之。及讀王高士不菴之言曰：「寧人身負沈痛，思大揭其親之志于天下。奔走流離，老而無子，其幽隱莫發數十年靡訴之衷，曾不得快然一吐，而使後起少年推以多聞博學，其辱已甚，安得不掉首故鄉，甘于客死！噫，可痛也。」斯言也，其足以表先生之墓矣夫！其銘曰：

先生兀兀，佐王之學。雲雷經綸，以屯被縛。渺然高風，寥天一鶴。重泉拜母，庶無愧怍。

後記

父親一生的心血——顧亭林詩箋釋，就要由中華書局正式出版了。我對亭林詩雖然瞭解不多，但對父親數十年來，爲亭林詩箋釋所做的工作，却耳聞目睹，知之甚悉。正因如此，父親命我爲本書寫篇後記，我明知不是適當人選，却也只有勉力爲之。

父親早年失怙，由先祖母撫養成人，對先祖母極盡孝道。先祖母出身世家，精通文史，自己雖述而不作，對父親却有遺訓二則：一要考辨王通其人，一要箋釋亭林之詩。所以要考辨王通其人，是因爲我們廣濟王氏，本出太原，據族譜記載，屬於王通一脉。王通雖爲隋末大儒，言行事迹却頗多疑問。先祖母認爲，作爲王通胤胄，責無旁貸，應對王通其人進行研究。爲此，父親曾撰文中子辨（文史第二十輯，中華書局，一九八三年），對有關王通言行事迹的若干問題進行了考辨。所以要箋釋亭林之詩，父親在本書自序中已有解説，這裡不另贅述。

我從懂事時起，就知道父親有一個很大的研究和寫作計劃。父親最早完成的著作是十五萬字的辛棄疾評傳。此書承夏承燾先生推薦，湖北人民出版社原已決定出版，但因父親身陷「反右」冤案，而最終不得不退稿。此後，父親雖然明知自己的論著在很長一段時間内不可能發表和出版，但仍堅持研究、寫作不止。「文革」以前，父親已完成或將完成的論著，除前述辛棄疾評傳外，還有：（一）秦觀及其

淮海詞。論文，五萬字，已完成。（二）唐宋文學史年表。著作，始公元六一八年，止公元一二七九年，每年均分國家大事、文學活動、作家生卒、名著編年等項，約數十萬字，已完成。（三）唐宋元明清五朝詩詞選。著作，凡選詩一千七百首，詞八百首，約數十萬字，已完成。（四）歷代名人生卒年表。著作，包括生、卒年及字號、籍貫、簡歷、備考六項，共六千餘人，近百萬字，將完成。（五）中國學術史初探。著作，六朝文體，已完成子、史、小學三編，約十萬字。（六）顧亭林詩箋釋。著作，五卷，四十餘萬字，已完成。不到十年時間，父親於教書之外，做了這麼多的工作，直到現在也還讓我感到驚訝和欽佩。

然而，在那個人妖顛倒的時代，像父親這樣曾遭坎坷的知識分子，是不可能受到什麼公正的待遇的。當時，父親幾乎没有朋友。父親獨立從事研究和寫作，總有落寞之感，很容易把孩子當作自己的知音。我還記得，六十年代初，父親正在編著唐宋文學史年表和歷代名人生卒年表，常讓我幫着畫表格。空閑時候，父親也常將他的研究和寫作心得講給我聽。講得最多的，自然是顧亭林詩箋釋。不僅講亭林的忠君愛國思想，亭林與潘耒的師生之情，還講清末徐嘉所作顧詩箋注的得失。當時我雖然並不全懂，但由於父親善於評説，生動、形象、透徹，使我對亭林其人其詩留下很深的印象，對徐嘉箋注的美中不足，父親箋釋的匠心獨具，也略有所知。可惜的是，「文革」亂作，我們屢被抄家，父親包括顧亭林詩箋釋在内的所有手稿都被洗劫一空。自己的辛勤勞動成果，被人憑空無理地劫毁，父親心情之悲痛，可想而知。

十年後，撥亂反正。而其時，父親已無精力全面重整舊著。但對於顧亭林詩箋釋，由於先祖母遺

訓猶在，父親還是決心重寫的。一九八一年，我畢業分配來京。一九八三年，父親來京小休。我陪父親夜訪周振甫先生，言及亭林詩箋釋事，承周先生見告，始知王蘧常先生已有匯注本，且即將出版。歸後，父親很平靜，思想如同本書自序所説：「苟獲同心，理宜讓善。」但我的看法不同。我深信父親數十年來，對亭林詩傾注全部感情的研究和理解，是很難重複和取代的。於是，我們都靜候王蘧常先生匯注本的出版。不久，王蘧常先生的匯注本出版了。我和父親的門生余傳棚兄（現爲武漢大學中文系副教授），不約而同，各買了一套匯注本，送給了父親。又不久，我接到父親的來信，説拜讀匯注本後，感到與自己的箋釋并不重複，因而已下決心重寫顧亭林詩箋釋。我自然非常高興。一九八五年，父親尋訪亭林遺躅，途經上海，拜訪蘧常先生未遇，留柬及箋釋手稿數紙。返漢後，接蘧常先生手書，全文爲：

冀民仁兄：

前奉手示，對拙著盡心校訂，至爲感謝。因手顫不能細書，屬門人轉録匯注本上，備他日重版改正。蘧常年已八十有六，老病頹唐，如心臟病、胃疾及消渴等，無日不在藥爐之畔，意緒可知。今得足下匡謬誤，針膏肓，實五中感激。緣尊著能補常之不逮，尤以先睹爲快，私淑二字，如何敢當！尊太夫人遺訓，深佩足下之遵囑不憚，尤可風也。今日理書案抽屜，敬讀尊信，稽答過久，歉甚歉甚。此請大安。

王蘧常手啓

乙丑孟冬深夜

父親受到鼓舞，工作愈加努力。此後五年間，父親幾乎每年都有尋訪亭林遺躅之舉，而每次尋訪的終點站又幾乎都是北京。我不僅又能經常聆聽父親重箋顧詩的心得，分享父親發前人所未發的快樂，更深深感到，亭林詩的箋注考釋，從徐嘉的顧詩箋注到王蘧常先生的顧亭林詩集匯注，又從王蘧常先生的顧亭林詩集匯注到父親的顧亭林詩箋釋，雖然「三人一龍」〔一〕，不可偏廢，但畢竟後來居上，至父親的箋釋，始稱大成。

本書完稿後，父親命我帶到北京，交中華書局出版。其時正逢出版單位由國家包辦改爲自負盈虧之後不久，學術著作的出版受到限制，加上中華書局曾經出版顧亭林詩文集，本書的出版頗費周折。後蒙古典文學編輯室主任徐俊先生、副主任兼責編顧青先生努力，終於列入出版計劃。尤其顧青先生，作爲本書的第一讀者，對本書的價值較我認識更深。在此，我謹代表父親，對徐俊先生、顧青先生，以及對本書出版給予關心和支持的張忱石先生、柴劍虹先生，致以深深的謝意。

王　素

一九九六年十二月於北京工體公寓

〔一〕三國志卷一三魏書華歆傳注引魏略云：「歆與北海邴原、管寧俱游學，三人相善，時人號三人爲『一龍』，歆爲龍頭，原爲龍腹，寧爲龍尾。」